Legado

Legado

o

La Cripta de las Almas

Christopher Paolini

Traducción de Carol Isern y Jorge Rizzo

rocabolsillo

Título original inglés: *Inheritance*
© 2011 by Christopher Paolini

This translation published by arrangement with Random House Children's Books,
a division of Random House, Inc.

Primera edición en este formato: noviembre de 2012

© de la traducción: Carol Isern y Jorge Rizzo
© de esta edición: Roca Editorial de Libros, S. L.
Av. Marquès de l'Argentera, 17, pral.
08003 Barcelona
info@rocaeditorial.com
www.rocaeditorial.com

Impreso por Liberdúplex, S.L.U.
Crta. BV-2249, km 7,4, Pol. Ind. Torrentfondo
Sant Llorenç d'Hortons (Barcelona)

ISBN: 978-84-92833-85-6
Depósito legal: B. 19.096-2012
Código IBIC: YFH; YFC

Como siempre, este libro está dedicado a mi familia.
Y también a los soñadores de sueños:
a los muchos artistas, músicos y contadores de historias
que han hecho posible este viaje.

Al principio

Una historia sobre *Eragon, Eldest* y *Brisingr*

Al principio había dragones: orgullosos, fieros e independientes. Sus escamas eran como piedras preciosas, y todos aquellos que las miraban desesperaban, pues su belleza era grande y terrible.

Y vivieron solos en la tierra de Alagaësia durante innumerables eras.

Después el dios Helzvog hizo a los robustos y resistentes enanos a partir de la piedra del desierto de Hadarac.

Y esas dos razas se enfrentaban a menudo.

Más adelante, los elfos navegaron hasta Alagaësia a través del mar plateado. Ellos también lucharon contra los dragones. Pero los elfos eran más fuertes que los enanos, y hubieran llegado a destruir a los dragones, a pesar de que estos también hubieran acabado con los elfos.

Y así fue que se firmó una paz y se selló un pacto entre los dragones y los elfos. Y con este acuerdo crearon a los Jinetes de Dragón, que mantuvieron pacificada toda Alagaësia durante miles de años.

Luego los humanos llegaron a Alagaësia por mar. Y también los úrgalos de grandes cuernos. Y los Ra'zac, que son los cazadores de la noche y los comedores de carne humana.

Y los humanos se unieron al pacto con los dragones.

Sin embargo, un joven Jinete de Dragón, Galbatorix, se sublevó contra su propio rey, esclavizó al dragón negro Shruikan y convenció a trece Jinetes de que lo siguieran. Y esos trece Jinetes fueron llamados los Trece Apóstatas.

Y Galbatorix y los Trece Apóstatas derrotaron a los Jinetes y quemaron su ciudad, en la isla de Vroengard. También mataron a todos los demás dragones y solo salvaron tres huevos: uno rojo, uno azul y uno verde. Y se apoderaron del corazón de corazones, el eldunarí, de todos los dragones que les fue posible. El eldunarí contiene la fuerza y la mente del dragón una vez separados de su cuerpo.

Y durante ochenta y dos años, Galbatorix fue el rey de todos los humanos. Los Trece Apóstatas murieron, pero él no, pues su fuerza procedía de todos los dragones y nadie era capaz de derrocarlo.

Durante el octogésimo tercer año de reinado de Galbatorix, un hombre robó el huevo de dragón azul de su castillo. Y ese huevo pasó a manos de aquellos que todavía luchaban contra Galbatorix, a quienes se conocía como vardenos.

Arya, la elfa, custodió el huevo y buscó entre elfos y hombres a aquel con el cual el huevo pudiera eclosionar. Y esa búsqueda duró veinticinco años.

Un día, mientras Arya viajaba a Olison, una ciudad de los elfos, un grupo de úrgalos la atacaron y mataron a sus guardias. Entre esos úrgalos se encontraba Durza, el Sombra, un hechicero poseído por unos espíritus a quienes él mismo había conjurado para que se sometieran a su voluntad. Después de la muerte de los Trece Apóstatas, Durza se había convertido en el sirviente más temido de Galbatorix. Sin embargo, antes de que los úrgalos y el Sombra capturaran a Arya, la elfa utilizó la magia para poner el huevo a salvo y llevarlo a alguien que pudiera protegerlo.

Pero el hechizo fracasó.

Y así fue como Eragon, un huérfano de tan solo quince años, encontró el huevo en las montañas de las Vertebradas. Se lo llevó a la granja donde vivía con su tío, Garrow, y con su único primo, Roran. Y el huevo le eclosionó a él, y a partir de ese momento, Eragon crio a la dragona, que se llamó Saphira.

Galbatorix mandó a dos de los Ra'zac a que buscaran el huevo, y estos mataron a Garrow y quemaron la casa de Eragon. Galbatorix había hecho de los Ra'zac, de los cuales quedaban ya muy pocos, sus esclavos.

Eragon y Saphira decidieron vengarse de los Ra'zac. En esa empresa los acompañó Brom, que había sido Jinete de Dragón hasta la Caída de los Jinetes, mucho tiempo atrás. Era a él a quien la elfa Arya había querido enviar el huevo.

Brom enseñó a Eragon a luchar con la espada, a emplear la magia y a comportarse con honor. Y le dio *Zar'roc*, la espada que una vez había pertenecido a Morzan, el principal y más poderoso de los Trece Apóstatas. Pero los Ra'zac mataron a Brom durante un combate, del cual Eragon y Saphira escaparon gracias a la ayuda de Murtagh, hijo de Morzan.

En uno de sus viajes, el Sombra Durza capturó a Eragon en la ciudad de Gil'ead. El chico consiguió huir, y al mismo tiempo liberó a Arya, que se encontraba en otra celda. La elfa había sido envenenada y había sufrido heridas graves, así que Eragon, Saphira y Murtagh la llevaron con los vardenos, que vivían junto con los enanos en las montañas Beor.

Allí, Arya sanó y, allí también, Eragon bendijo a una niña llamada Elva para que la desgracia nunca la alcanzara. Pero pronunció mal el hechizo y, sin querer, la convirtió en una maldición a Elva que hizo que la niña sintiera en su piel el dolor de los demás y tuviera que protegerlos.

Poco después, Galbatorix mandó un gran ejército de úrgalos a atacar a los enanos y a los vardenos. Y fue en esa batalla cuando Eragon mató a Durza, el Sombra. Pero este lo hirió en la espalda, y el chico sufrió un gran dolor a pesar de los hechizos de los sanadores vardenos.

Y mientras soportaba ese dolor, Eragon oyó una voz que le dijo: «Ven a mí, Eragon. Ven a mí, pues tengo las respuestas a todas tus preguntas».

Tres días después, el líder de los vardenos, Ajihad, cayó en una emboscada y murió a manos de los úrgalos, que estaban a las órdenes de dos magos gemelos que habían traicionado a los vardenos y se habían unido a Galbatorix. Los gemelos también raptaron a Murtagh y lo mandaron con Galbatorix. Pero lo hicieron de tal forma que Eragon y los vardenos creyeron que Murtagh había muerto. Eragon sintió una gran tristeza.

Entonces, Nasuada, la hija de los Ajihad, se convirtió en la líder de los vardenos.

Eragon, Saphira y Arya partieron de Tronjheim, el hogar de los enanos y donde residía su poder, y viajaron hacia el bosque septentrional de Du Weldenvarden, donde vivían los elfos. Con ellos viajó también el enano Orik, sobrino de Hrothgar, el rey de los enanos.

En Du Weldenvarden, Eragon y Saphira conocieron a Oromis y a Glaedr, el último Jinete libre y el último dragón libre de Alagaësia, respectivamente, que habían pasado el último siglo escondidos y esperando a que llegara el momento de instruir a la siguiente generación de Jinetes de Dragón. También conocieron a la reina Islanza-dí, líder de los elfos y madre de Arya.

Mientras Oromis y Glaedr instruían a Eragon y a Saphira, Gal-batorix envió a los Ra'zac y a un grupo de soldados a Carvahall, el pueblo natal del chico, esta vez para que capturaran a su primo Ro-ran. Pero este se escondió, y no lo hubieran encontrado de no haber sido por el odio de Sloan, el carnicero, que mató a uno de los vigi-lantes para permitir la entrada de los Ra'zac al pueblo y que pudie-ran, así, pillar desprevenido a Roran.

El chico se libró de los Ra'zac y huyó, pero esas criaturas consi-guieron arrebatarle a su querida Katrina, hija de Sloan. Entonces Roran convenció a los vecinos de Carvahall de que partieran con él, y todos viajaron por las montañas de las Vertebradas, la costa de Alagaësia y por el país meridional de Surda, que todavía estaba li-bre de las garras de Galbatorix.

Mientras tanto, la herida que Eragon tenía en la espalda conti-nuaba atormentándolo. Durante la Celebración del Juramento de Sangre de los elfos, en la cual se conmemoraba el antiguo pacto en-tre Jinetes y dragones, su herida fue sanada por un dragón que los elfos invocaron al final de la fiesta. Además, le confirió a Eragon una fuerza y una velocidad similares a las de los propios elfos.

Después Eragon y Saphira volaron hasta Surda, adonde Nasua-da había llevado a los vardenos para lanzar un ataque contra el Im-perio de Galbatorix. Allí los úrgalos se aliaron con los vardenos, pues afirmaron que Galbatorix les había perturbado la mente y querían vengarse de él. Entre los vardenos, Eragon encontró a la niña Elva, que había crecido a una prodigiosa velocidad a causa de su hechizo. Ahora ya tenía tres o cuatro años, y su mirada era de lo más grave, pues conocía el dolor de todos aquellos que estaban a su alrededor.

No lejos de la frontera de Surda, en la oscuridad de los Llanos Ardientes, Eragon, Saphira y los vardenos lucharon en una gran y sangrienta batalla contra el ejército de Galbatorix. En plena bata-lla, Roran y los vecinos de Carvahall se unieron a los vardenos, igual que los enanos, que habían marchado tras ellos desde las montañas Beor.

Sin embargo, lejos, en el este, se alzó un ser ataviado con una brillante armadura y montado sobre un centelleante dragón rojo. Pronunció un hechizo que mató al rey Hrothgar. Eragon y Saphira lucharon contra ese Jinete y su dragón rojo, y descubrieron que se trataba de Murtagh, que combatía para Galbatorix, a quien había hecho un inquebrantable juramento de fidelidad. Y el dragón era Espina, el segundo de los tres huevos, que ya había eclosionado.

Murtagh derrotó a Eragon y a Saphira gracias a la fuerza del eldunarí que Galbatorix le había dado. Pero permitió que escaparan, pues todavía sentía cierto aprecio por el chico. Y porque, tal como él mismo le contó a Eragon, eran hermanos: ambos eran hijos de Selena, la consorte favorita de Morzan.

Luego Murtagh le quitó *Zar'roc*, la espada de su padre, a Eragon y partió con Espina de los Llanos Ardientes, igual que hizo el ejército de Galbatorix.

Después de la batalla, Eragon, Saphira y Roran volaron hasta Helgrind, la oscura torre de piedra que servía de escondite a los Ra'zac y a sus repugnantes compañeros, los Lethrblaka, y allí rescataron a Katrina. En otra de las celdas de Helgrind, Eragon encontró al padre de Katrina, ciego y medio muerto.

El chico pensó en matar a Sloan como castigo por su traición, pero rechazó la idea. En lugar de ello, hizo que Sloan se sumiera en un profundo sueño y dijo a Roran y Katrina que el padre de Katrina había muerto. Luego pidió a Saphira que llevara a Roran y a Katrina con los vardenos mientras él daba caza al último Ra'zac.

Así, Eragon mató a la última de estas criaturas. Luego se llevó a Sloan de Helgrind. Después de pensarlo mucho, descubrió cuál era el verdadero nombre de Sloan en el idioma antiguo, el lenguaje del poder y de la magia. Lo ató a su nombre y lo obligó a jurar que nunca más vería a su hija. Luego lo envió a vivir con los elfos. Pero lo que Eragon no le dijo a Sloan es que los elfos le curarían la ceguera si se arrepentía de su traición y su asesinato.

A medio viaje de regreso con los vardenos, Arya fue al encuentro de Eragon y, juntos, volvieron a pie y atravesando terreno enemigo. Cuando llegaron, el chico supo que la reina Islanzadí había enviado a doce hechiceros elfos al mando de Blödhgarm para que lo protegieran a él y a Saphira. Eragon debilitó tanto como pudo la maldición que sufría la niña Elva, y consiguió que ya no sintiera la necesidad de protegerlos. A pesar de ello, ella siguió sintiendo el dolor ajeno.

Y Roran se casó con Katrina, que estaba embarazada, y por primera vez en mucho tiempo Eragon se sintió feliz.

Después, Murtagh, Espina y un grupo de hombres de Galbatorix atacaron a los vardenos. Gracias a la ayuda de los elfos, Saphira y Eragon consiguieron rechazarlos. Este y Murtagh se enfrentaron, pero ninguno de ellos consiguió derrotar al otro. Fue un combate difícil, pues Galbatorix había hechizado a los soldados para que no sintieran el dolor, y los vardenos sufrieron muchas bajas.

Cuando la batalla terminó, Nasuada envió a Eragon en representación de los vardenos a la elección del nuevo rey de los enanos. El chico no quería ir, pues Saphira tenía que quedarse para proteger el campamento de los vardenos, pero no le quedó más remedio que satisfacer a Nasuada.

Y Roran prestó su servicio con los vardenos, y subió de rango, pues demostró ser un hábil guerrero y un buen líder de los hombres.

Mientras Eragon estaba con los enanos, siete de ellos intentaron asesinarlo. Una investigación reveló que el clan Az Sweldn rak Nahûin era el responsable del ataque. Pero la reunión de clanes continuó, y Orik fue elegido para suceder a su tío. Saphira se reunió con Eragon para la coronación. Durante esta, la dragona cumplió la promesa que había hecho de que repararía el preciado zafiro estrellado que había roto durante la batalla de Eragon contra el Sombra Durza.

Al terminar la ceremonia, Eragon y Saphira regresaron a Du Weldenvarden. Allí, Oromis reveló la verdad sobre Eragon: no era hijo de Morzan, sino de Brom, aunque él y Murtagh sí tenían la misma madre, Selena. Oromis y Glaedr también explicaron qué era un eldunarí, y contaron que un dragón podía decidir separarlo de su cuerpo cuando todavía se encontraba vivo, aunque esa era una operación que debía llevarse con gran cuidado, pues cualquiera que lo poseyera podía controlar al dragón al cual pertenecía.

Mientras se encontraba en el bosque, Eragon decidió que necesitaba una espada para reemplazar la *Zar'roc*. Allí recordó un consejo que le había ofrecido Solembum, el hombre gato, durante sus viajes con Brom. Y así fue a buscar el árbol Menoa, en Du Weldenvarden. Cuando lo encontró, habló con él y el árbol consintió en darle el acero brillante que guardaba entre sus raíces a cambio de algo que no dijo.

Rhünon, el herrero elfo que había forjado todas las espadas de los Jinetes, trabajó con Eragon para forjar una espada nueva para él. La espada era azul y Eragon la bautizó como *Brisingr*, «fuego». La espada se envolvía en llamas cada vez que él pronunciaba su nombre.

Después Glaedr confió su corazón de corazones a Eragon y a Saphira, y estos regresaron con los vardenos mientras Glaedr y Oromis se unían a los suyos para atacar la parte norte del Imperio.

Durante el sitio de Feinster, Eragon y Arya encontraron a tres magos enemigos, uno de los cuales se había transformado en el Sombra Varaug. Con la ayuda de Eragon, la elfa lo mató.

Mientras tanto, Oromis y Glaedr se enfrentaban a Murtagh y a Espina. Galbatorix consiguió dominar la mente de Murtagh. Y, empleando el brazo de este, mató a Oromis. Espina acabó con el cuerpo de Glaedr.

Los vardenos vencieron en Feinster, pero Eragon y Saphira lamentaron la muerte de su maestro Oromis.

Los vardenos siguieron avanzando, e incluso ahora continúan penetrando en el Imperio en dirección a la capital, Urû'baen, donde se encuentra Galbatorix, orgulloso y confiado, pues suya es la fuerza de los dragones.

En la grieta

*L*a dragona Saphira rugió, y los soldados que se encontraban ante ella temblaron, acobardados.

—¡Conmigo! —gritó Eragon mientras levantaba *Brisingr* en alto y la sostenía por encima de su cabeza para que todos la vieran. La hoja de la espada brilló con unos destellos iridiscentes y azulados, desnuda ante la masa de nubes negras que se estaba formando en el oeste—. ¡Por los vardenos!

Una flecha pasó silbando por su lado, pero Eragon no se inmutó.

Los guerreros, reunidos al pie del montón de escombros sobre el cual se encontraban Eragon y Saphira, respondieron con un único y ronco bramido:

—¡Los vardenos!

Y blandiendo sus armas, se lanzaron a la carga corriendo sobre los cascotes de piedra.

Eragon se volvió y dio la espalda a sus hombres. Al otro lado del montón de escombros había un amplio patio donde se apiñaban unos doscientos soldados del Imperio. Por detrás de ellos se elevaba una torre del homenaje alta y oscura, con unas estrechas aspilleras por ventanas y unos torreones cuadrados, el más alto de los cuales estaba iluminado por una luz encendida en su interior. Eragon sabía que en algún punto del interior de esa torre se encontraba Bradburn, el gobernador de Belatona, la ciudad que los vardenos habían estado asediando durante muchas horas.

Con un grito de guerra, Eragon saltó por encima de los escombros en dirección a los soldados. Al verlo, estos retrocedieron desordenadamente, aunque mantuvieron las lanzas y las picas apuntando hacia el agujero que Saphira había abierto en el muro exterior del castillo.

Al aterrizar en el suelo, Eragon se torció el tobillo derecho y cayó apoyándose en la rodilla y en la mano con que manejaba la espada. Uno de los soldados aprovechó la oportunidad y, saliendo de la formación, le tiró su lanza en dirección a la garganta, pero Eragon la desvió con un gesto de la muñeca al tiempo que desenfundaba *Brisingr* con una rapidez que ningún ser humano ni elfo hubieran podido seguir. El soldado se quedó boquiabierto y aterrorizado al comprender el error que había cometido. Intentó huir, pero no había tenido tiempo de moverse ni un centímetro cuando Eragon ya se había lanzado sobre él y le había lanzado una estocada en el vientre.

En ese momento, Saphira, escupiendo llamaradas azules y amarillas a su alrededor, aterrizó justo detrás de Eragon. El impacto de las patas de la dragona contra el suelo hizo temblar el patio entero, y los pequeños cristales que formaban un mosaico en el suelo delante de la torre del homenaje se desprendieron y salieron volando por el aire, como impulsados por la superficie golpeada de un tambor. Arriba, un par de contraventanas se abrieron y volvieron a cerrarse con un golpe seco.

Arya acompañaba a Saphira. Con el cabello largo y negro ondeando al viento y azotándole el rostro anguloso, la elfa saltó por encima del montón de escombros. Tenía los brazos y el cuello, al igual que el filo de la espada, manchados de sangre. Cuando aterrizó, solamente se oyó el golpe sordo de la piel de sus zapatos contra la piedra. La presencia de Arya dio ánimos a Eragon: no hubiera preferido a ninguna otra persona al lado de él y de Saphira; Arya era la compañera de armas perfecta. Eragon le sonrió, y ella le devolvió la sonrisa con una expresión fiera y jubilosa. En la batalla, su habitual actitud reservada desaparecía y la elfa mostraba una expresividad que pocas veces se veía en otras situaciones.

De repente, una llamarada de fuego azulado se extendió alrededor de ellos y Eragon se agachó detrás de su escudo para protegerse. Miró por la pequeña abertura del yelmo y vio que Saphira bañaba a los atemorizados soldados en un torrente de llamas que, sin embargo, no les causaba ningún daño. Como respuesta, los arqueros apostados en las almenas del castillo lanzaron una andanada de flechas contra Saphira, pero el calor que emanaba de ella era tan intenso que gran parte de las flechas se prendieron en el aire y quedaron convertidas en cenizas. El resto se desvió gracias a la protección mágica con que Eragon había rodeado a la dragona. Solamente una de las flechas impactó con un golpe seco contra el escudo de Eragon y lo melló. Tres de los soldados se vieron engullidos por las llamas y murieron en el acto, sin tener tiempo ni siquiera de gritar. Los demás se habían apiñado en medio del infierno de fuego y las puntas de sus lanzas deprendían brillantes destellos azulados. A pesar de que Saphira se esforzaba, no conseguía ni siquiera chamuscar al grupo de soldados, así que al final abandonó todo intento y cerró las fauces. El fuego desapareció y el patio quedó sumido en un silencio abrumador.

Eragon pensó, al igual que había hecho muchas otras veces, que el responsable del escudo mágico que protegía a los soldados debía de ser un mago hábil y poderoso. «¿Se trata de Murtagh? —se preguntó—. Si es así, ¿por qué no están él y Espina aquí para defender Belatona? ¿Es que a Galbatorix no le importa conservar el dominio de sus ciudades?» Sin perder más tiempo, se lanzó a la carrera y, con un único golpe de *Brisingr*, cortó el extremo superior de doce lanzas con la misma facilidad con que, en su juventud, segaba los tallos de cebada. Clavó la espada en el soldado que tenía más cerca: atravesó su cota de malla como si no estuviera hecha más que de una tela fina e hizo fluir un manantial de sangre de su pecho. Otro hombre apareció de inmediato y recibió una estocada; y otro por la izquierda, al cual Eragon empujó con su escudo contra tres de sus compañeros haciéndolos caer al suelo a todos.

La reacción de los soldados era lenta y torpe, o así le parecía a Eragon mientras se abría paso entre sus filas lanzando estocadas con impunidad. Saphira apareció en medio de la refriega, a su izquierda: con sus enormes patas y su cola recubierta de púas barría a los soldados y los lanzaba volando por los aires, mientras que con sus fuertes mandíbulas los apresaba y los desgarraba. A su derecha, Arya se movía con la velocidad del rayo y cada golpe de su espada significaba la muerte para uno de los sirvientes del Imperio.

Eragon dio un giro esquivando dos lanzas que caían sobre él. En ese momento vio que se acercaba Blödhgarm, el elfo de pelo azulado como la noche, acompañado de los once elfos encargados de protegerle a él y a Saphira. Un poco más lejos, los vardenos habían penetrado en el patio a través del boquete del muro exterior del castillo; sin embargo, se habían detenido antes de lanzarse al ataque, pues acercarse a Saphira resultaba demasiado peligroso. Pero ni la dragona ni Eragon, ni tampoco los elfos, necesitaban ayuda alguna para acabar con los soldados.

Durante la pelea, Eragon y Saphira se fueron distanciando hasta quedar cada uno en un extremo del patio. A pesar de ello, Eragon no se sentía preocupado porque sabía que la dragona, aun sin el escudo mágico, era capaz de derrotar a un grupo de veinte o treinta humanos con facilidad.

Una lanza impactó contra su escudo, golpeándole el hombro. Eragon se giró hacia el soldado que la había lanzado, un hombre grande y lleno de cicatrices al que le faltaban los dientes inferiores, y se lanzó a la carrera contra él. Al verlo, el soldado intentó desenvainar una daga que llevaba colgada del cinturón, pero, antes de que lo consiguiera, Eragon lo embistió y le clavó el hombro en el esternón con tal fuerza que el tipo retrocedió varios metros y cayó al suelo apretándose el pecho con las dos manos.

En ese momento, una lluvia de flechas se precipitó sobre ellos y mató e hirió a muchos de los soldados. Eragon se alejó un poco y se pertrechó bajo su escudo. Aunque estaba seguro de que su escudo mágico lo protegía, no era bueno mostrarse descuidado: uno nunca sabía en qué momento un hechicero podría lanzar una flecha encantada capaz de atravesar su protección mágica. Eragon sonrió con amargura al darse cuenta de que los arqueros habían llegado a la conclusión de que su victoria dependía de que consiguieran matar a Eragon y a los elfos, sin reparar en cuántos de los suyos tuvieran que sacrificar para conseguirlo. «Ya es demasiado tarde —pensó, sintiendo una triste satisfacción—. Deberíais haber abandonado el Imperio cuando todavía teníais la posibilidad de hacerlo.»

La avalancha de flechas le dio la oportunidad de descansar unos instantes, lo cual agradeció. El ataque contra la ciudad había comenzado al alba, y él y Saphira se habían mantenido en la vanguardia desde ese momento.

Cuando la lluvia de flechas amainó, Eragon sujetó *Brisingr* con la mano izquierda y, con la derecha, cogió una lanza de los soldados y la apuntó hacia los arqueros, que se encontraban a unos doce metros hacia arriba. Sabía que era difícil lanzar bien si uno no tenía práctica en ello, así que no le pilló por sorpresa ver que fallaba el blanco que se había marcado. Pero sí se sorprendió al ver que la lanza no acertaba a ninguno de los arqueros que se alineaban en las almenas: la lanza pasó por encima de todos ellos y se rompió al impactar contra la pared del fondo del castillo. Al verlo, los arqueros prorrumpieron en carcajadas y abucheos, al tiempo que le dirigían gestos ofensivos.

De repente, un rápido movimiento a su lado captó su atención. Giró la cabeza justo a tiempo para ver que Arya tiraba su propia lanza contra los arqueros y atravesaba a dos que se encontraban juntos. Luego señaló a los hombres con su espada y gritó:

—*¡Brisingr!*

Inmediatamente, la lanza se encendió en un fuego de color verde esmeralda. Los arqueros se alejaron rápidamente de los cuerpos en llamas, abandonaron las almenas y se apiñaron ante las puertas que conducían a los pisos superiores del castillo.

—No es justo —se quejó Eragon—. Yo no puedo pronunciar este hechizo sin que mi espada se encienda como una hoguera.

Arya lo miró, divertida.

La lucha continuó unos minutos más, durante los cuales los soldados se rindieron o intentaron huir. Eragon dejó escapar a los últimos cinco soldados que tenía delante, pues sabía que no podrían llegar muy lejos. Luego, después de inspeccionar rápidamente los cuerpos que había a su alrededor para confirmar que estaban muertos, se giró para examinar el otro lado del patio. Allí, unos cuantos vardenos habían abierto las puertas del muro exterior y estaban empujando un ariete por la calle que conducía al castillo. Otros se estaban colocando en filas desordenadas delante de la puerta de la torre, dispuestos a entrar en el castillo y a enfrentarse a los soldados que había dentro. Entre ellos se encontraba el primo de Eragon, Roran, dando órdenes al destacamento que tenía bajo su mando mientras gesticulaba con el martillo que siempre llevaba en la mano. En el extremo más alejado del patio, Saphira se encontraba en medio de los cuerpos de sus víctimas. Todo a su alrededor estaba destrozado. La dragona tenía todo el cuerpo manchado de sangre, y el color rojo contrastaba vívidamente con el azul de alhaja de sus escamas. Levantó la cabeza y soltó un rugido triunfal tan potente y feroz que ahogó el clamor de la ciudad.

Entonces se oyó un ruido de arrastre de cadenas procedente del interior del castillo, seguido por el de la fricción de unos grandes troncos de madera. El sonido llamó la atención de todo el mundo hacia las puertas de la torre que, con un *boom* hueco, se abrieron de par en par liberando una densa nube de humo procedente de las antorchas que había en el interior. Los vardenos empezaron a toser y se cubrieron la nariz y la boca. En algún punto de las profundidades de esa oscuridad retumbaron unos cascos metálicos contra el pavimento de piedra; al cabo de un instante, un caballo montado por un jinete apareció en el centro de la humareda. Con la mano izquierda, el jinete sujetaba un arma que a Eragon primero le pareció una lanza común, pero pronto se dio cuenta de que estaba hecha de un extraño material de color verde y de que su hoja de púas tenía un diseño desconocido. Un halo difuso rodeaba la punta de la lanza, y esa luz innatural delataba la presencia de magia.

El jinete tiró de las riendas e hizo que el caballo se colocara mirando hacia Saphira, quien, al verlo, ya empezaba a desplazar el peso de su cuerpo sobre sus patas traseras preparándose para lanzar uno de sus terribles y mortales zarpazos con las patas delanteras.

Eragon se alarmó seriamente: ese jinete se mostraba excesivamente seguro de sí mismo, y su lanza era demasiado rara e inquietante. A pesar de que el escudo mágico protegía a Saphira, estuvo seguro de que la dragona corría un peligro mortal. «No podré llegar a tiempo hasta ella», pensó. Decidió concentrarse en contactar con la mente de Shapira, pero esta estaba tan aplicada a su tarea que ni siquiera percibió la presencia de Eragon, y el hecho de encontrar su mente tan abstraída solo le permitió conseguir un contacto superficial con su conciencia. Eragon, entonces, decidió replegarse mentalmente en sí mismo e intentar recordar unas palabras antiguas con las que componer un sencillo hechizo que hiciera detener en seco al caballo. Era un intento desesperado, pues no sabía si el jinete era un mago ni qué precauciones podía haber tomado en caso de ser atacado con algún encantamiento, pero Eragon no estaba dispuesto a quedarse sin hacer nada si la vida de Saphira corría algún riesgo. Inhaló y se llenó los pulmones, se repitió mentalmente la pronunciación correcta de algunos de los sonidos más difíciles del idioma antiguo y se dispuso a lanzar el hechizo.

Sin embargo, los elfos fueron más rápidos que él. Antes de que dijera la primera palabra, oyó que empezaban a entonar suavemente una canción. Sus voces, superponiéndose las unas a las otras, componían una melodía discordante e inquietante.

—*Mäe...* —fue lo único que Eragon consiguió decir antes de que la magia de los elfos surtiera efecto.

Los pequeños cristales que formaban un mosaico en el suelo justo delante del caballo empezaron a agitarse y a soltarse hasta que se fundieron y fluyeron como un río. Inmediatamente, la tierra se abrió formando una grieta larga y de una profundidad incierta. El caballo relinchó con fuerza y cayó hacia delante, rompiéndose las patas delanteras, pero mientras el animal se hundía en ese abismo, el jinete levantó el brazo y tiró su brillante lanza contra Saphira.

La dragona no tenía tiempo de huir, ni tampoco de esquivar la lanza, así que levantó una pata delantera en un intento por desviarla. Pero falló por unos pocos centímetros, y Eragon vio, horrorizado, que se le clavaba en el pecho, justo por debajo de la clavícula. La rabia le nubló la vista. Sin pensarlo, invocó todas las reservas de energía que le quedaban —en su cuerpo, en el zafiro engarzado en la empuñadura de su espada, en los doce diamantes escondidos en el cinturón de Beloth *el Sabio* que llevaba en la cintura, y en *Aren*, el anillo élfico que adornaba su mano derecha— preparándose para aniquilar a ese jinete, sin importarle el riesgo que eso pudiera suponer. De repente, Blödhgarm saltó por encima de la pata izquierda de Saphira y aterrizó encima del jinete, como una pantera que cae sobre un venado, y lo tumbó de costado. El elfo ladeó la cabeza y, con un gesto salvaje, desgarró con sus blancos y largos dientes el cuello del hombre.

En ese momento se oyó un grito de dolor procedente de una de las ventanas que quedaban encima de la entrada de la torre, y casi al mismo tiempo, se produjo una potente explosión que lanzó un sinfín de bloques de piedra sobre los vardenos, rompiendo piernas y costillas como si fueran ramas secas.

Eragon no prestó atención a las piedras que caían sobre el patio y corrió hasta Saphira, casi sin darse cuenta de que Arya y sus guardias lo seguían. Unos elfos que se encontraban cerca de la dragona ya se habían reunido a su alrededor y examinaban la lanza que sobresalía de su pecho.

—¿Cómo...? ¿Está...?

Eragon estaba tan afectado que no pudo terminar las frases. Deseaba comunicarse mentalmente con Saphira, pero mientras pudiera haber algún hechicero enemigo en la zona, no se atrevía a hacerlo por miedo a que sus pensamientos pudieran ser espiados y a que los rivales pudieran dominar su cuerpo. Después de una espera que se le hizo interminable, oyó que Wyrden, uno de los elfos, decía:

—Ya puedes dar las gracias al destino, Asesino de Sombra.

Todos los elfos, excepto Blödhgarm, circunspectos como sacerdotes ante un altar, pusieron las palmas de las manos sobre el pecho de Saphira y entonaron una canción que sonó como un susurro del viento entre un bosquecillo de sauces. Cantaron al calor y al crecimiento, al músculo y tendón y a la sangre, así como a otros elementos más arcanos. Saphira, con un esfuerzo que debió de ser titánico, aguantó durante todo el ensalmo, pero unos temblores sacudían su cuerpo cada poco. Un hilo de sangre le manaba del lugar en que tenía la lanza clavada.

Blödhgarm se puso al lado de Eragon, y este lo miró un momento. El elfo tenía el pelo de la barbilla y del cuello manchado de sangre, lo cual hacía que su habitual color azul noche se hubiera vuelto de un negro opaco.

—¿Qué ha sido eso? —preguntó Eragon, señalando las llamas que todavía estaban vivas en la ventana de encima del patio.

Blödhgarm se lamió los labios un momento dejando al descubierto sus colmillos gatunos antes de responder:

—En cuanto él murió, pude penetrar en la mente del soldado y, a través de ella, llegar a la mente del mago que lo estaba ayudando.

—¿Mataste al mago?

—En cierta manera, sí. Lo obligué a matarse. En condiciones normales no hubiera recurrido a una estrategia tan teatral y extravagante, pero me sentía… exasperado.

Eragon dio unos pasos hacia delante, pero se detuvo en seco al oír que Saphira emitía un gemido prolongado y grave. La lanza que tenía clavada en el pecho empezó a desprenderse sin que nadie la tocara. La dragona abrió los ojos con dificultad y tomó aire de forma entrecortada mientras los últimos quince centímetros de lanza emergían de su cuerpo. La punta de pinchos, con el halo de color esmeralda, cayó al suelo y rebotó en las piedras del pavimento con un sonido que se parecía más al del latón que al del metal.

Los elfos dejaron de cantar y apartaron las manos del cuerpo de Saphira. Sin esperar más, Eragon corrió a su lado y le acarició el cuello. Deseaba tranquilizarla, decirle lo asustado que se había sentido, unir su mente con la de la dragona. En lugar de eso, se conformó con clavar la mirada en uno de sus ojos azules y brillantes y le preguntó:

—¿Estás bien?

Le sonó trivial en comparación con la profundidad de la emoción que sentía. Saphira respondió con un guiño de ojo; luego bajó la cabeza y le acarició el rostro con un suave soplido de aire caliente. Eragon sonrió. Luego, dirigiéndose a los elfos, les dio las gracias en el idioma antiguo.

—*Eka elrun ono, älfya, wiol förn thornessa.*

Los elfos que habían colaborado en la sanación, incluida Arya, asintieron con la cabeza e hicieron rotar las muñecas derechas frente al pecho, en el gesto de respeto propio de los de su raza. Entonces Eragon se dio cuenta de que la mitad de los elfos que cuidaban de él y de Saphira estaban pálidos, débiles y que casi no podían tenerse en pie.

—Retiraos y descansad —les dijo—. Si os quedáis, solo conseguiréis que os maten. ¡Marchaos, es una orden!

Eragon notó que los siete elfos detestaban tener que irse, pero al final respondieron:

—Como desees, Asesino de Sombra.

Se alejaron del patio pasando por encima de los cuerpos y de los escombros. Se los veía nobles y dignos, a pesar de que se encontraban al límite de sus fuerzas.

Luego Eragon fue a reunirse con Arya y con Blödhgarm, que estaban examinando la lanza. Ambos tenían una expresión extraña en el rostro, como si no estuvieran seguros de qué hacer. Eragon se agachó a su lado, con cuidado de no rozar el arma con ninguna parte del cuerpo. Observó las delicadas líneas talladas en la base de la hoja, que le resultaron familiares, aunque no sabía exactamente por qué; el asta de tono verdoso, que estaba hecha de un material que no era ni madera ni metal, y ese suave destello, que le recordaba las linternas sin llama que los elfos y los enanos utilizaban para alumbrar sus casas.

—¿Creéis que puede ser obra de Galbatorix? —preguntó—. Quizás haya decidido que prefiere matarnos a Saphira y a mí en lugar de capturarnos. A lo mejor cree que nos hemos convertido en una amenaza para él.

Blödhgarm sonrió sin ganas.

—Yo no me engañaría con ese tipo de fantasías, Asesino de Sombra. Nosotros no somos más que una pequeña molestia para Galbatorix. Si alguna vez quiere matarnos, a ti o a nosotros, solo tiene que volar en línea recta desde Urû'baen y presentar batalla. Caeríamos como hojas secas bajo un viento de invierno. La fuerza de los dragones lo acompaña, y nadie puede resistirse a su poder. Además, Galbatorix no cambia tan fácilmente de objetivo. Quizás esté loco, pero también es astuto y, por encima de todo, es decidido. Si desea hacerte su esclavo, perseguirá ese objetivo como una obsesión, y nada lo podrá detener, excepto el instinto de supervivencia.

—En cualquier caso —intervino Arya—, esto no es obra de Galbatorix. Es obra nuestra.

Eragon frunció el ceño.

—¿Obra nuestra? Esto no lo han hecho los vardenos.

—No lo han hecho los vardenos, sino un elfo.

—Pero… —Eragon dudó un momento, intentando encontrar una explicación—. Pero ningún elfo accedería a trabajar para Galbatorix. Preferirían morir antes que…

—Galbatorix no ha tenido nada que ver con esto, y aunque no fuera así, no le daría un arma tan rara y poderosa a un hombre que no fuera capaz de protegerla. De entre todas las armas que existen en toda Alagaësia, esta es la que Galbatorix desearía que nosotros tuviéramos.

—¿Por qué?

Blödhgarm, en un tono de voz ligeramente ronroneante, dijo:

—Porque, Eragon *Asesino de Sombra*, esta es una *dauthdaert*.

—Y se llama *Niernen*, la Orquídea —añadió Arya.

La elfa señaló las líneas talladas en la hoja. Eragon se dio cuenta que se trataba de una estilización de los signos de escritura élficos: unas formas curvas que se entrelazaban y terminaban en unas puntas largas y afiladas.

—¿Una *dauthdaert*?

Arya y Blödhgarm lo miraron, incrédulos, y Eragon se encogió de hombros, avergonzado por su falta de conocimientos. Durante décadas, los elfos jóvenes habían tenido el privilegio de recibir educación con los mayores eruditos de su raza. A Eragon le resultaba frustrante que a él su tío Garrow ni siquiera le hubiera enseñado a leer y a escribir, por considerarlo poco importante.

—Solo aprendí a leer un poco en Ellesméra. ¿Qué es? ¿Fue forjada durante la Caída de los Jinetes para ser utilizada contra Galbatorix y los Apóstatas?

Blödhgarm negó con la cabeza:

—*Niernen* es muchísimo más antigua.

—Las *dauthdaerts* —explicó Arya— surgieron del miedo y del odio que caracterizaron los últimos años de nuestra guerra contra los dragones. Nuestros herreros y hechiceros más hábiles las fabricaron con materiales que ya no se conocen, las cargaron con unos hechizos cuyas palabras ya no se recuerdan y las bautizaron, a las doce, con los nombres de las flores más hermosas, aunque esa asociación resulta un poco desagradable porque las hicimos con un único objetivo: matar a los dragones.

Eragon sintió una gran repulsión al mirar la brillante hoja.

—¿Y lo consiguieron?

—Los que lo presenciaron afirman que la sangre de los dragones caía del cielo como en un chaparrón de verano.

Saphira emitió un siseo fuerte y agudo. Eragon le echó un vistazo y vio con el rabillo del ojo que los vardenos continuaban manteniendo su posición delante de la torre del homenaje, esperando a que él y la dragona volvieran a tomar el mando de la ofensiva.

—Se creía que todas las *dauthdaerts* habían sido destruidas o que se habían perdido —dijo Blödhgarm—. Es evidente que estábamos equivocados. *Niernen* debió de pasar a manos de la familia Waldgrave, y ellos debieron de haberla escondido aquí, en Belatona. Supongo que cuando nosotros traspasamos los muros de la ciudad, a Lord Bradburn le falló el coraje y ordenó que le trajeran *Niernen* del arsenal pensando que así podría deteneros a ti y a Saphira. No me cabe duda de que Galbatorix montaría en cólera si se enterara de que Bradburn ha intentado matarte.

Eragon sabía que era necesario darse prisa, pero su curiosidad no le permitió dejar el tema ahí.

—Sea o no una *dauthdaert*, todavía no me has explicado por qué Galbatorix no querría que nosotros la tuviéramos. —Señaló la lanza y preguntó—: ¿Qué hace que *Niernen* sea más peligrosa que esa lanza de ahí o, incluso, que *Bris...* —se calló a tiempo para no pronunciar el nombre completo y continuó—, que mi espada?

Fue Arya quien respondió.

—No se puede romper de forma normal, el fuego no la puede dañar, y es casi completamente inmune a la magia, tal como tú mismo has visto. Las *dauthdaerts* fueron diseñadas para que no las afectara ningún hechizo que los dragones pudieran lanzarles, y para proteger de la misma forma a quien las empuñara, lo cual es sobrecogedor conociendo la fuerza, complejidad y naturaleza inesperada de la magia de los dragones. Aunque Galbatorix se haya protegido, a sí mismo y a Shruikan, con más escudos mágicos que nadie de Alagaësia, es posible que *Niernen* sea capaz atravesar esas defensas como si no existieran.

Eragon se mostró lleno de júbilo al comprender qué significaba eso:

—Tenemos que...

Pero en ese momento, un chillido lo interrumpió.

Era un sonido penetrante, cortante, escalofriante, como el del metal al ser frotado contra la roca. Eragon sintió la vibración incluso en los dientes e, inmediatamente, se tapó los oídos con ambas manos haciendo una mueca mientras se giraba para ver si conseguía localizar de dónde procedía. Saphira agitó la cabeza y emitió un gemido de angustia que Eragon oyó a pesar del estruendo. Tuvo que mirar a su alrededor dos veces hasta que pudo distinguir una nube de polvo que se levantaba desde el muro de la torre: en él se había abierto una grieta de unos treinta centímetros de ancho, por debajo de la semidestruida ventana de la sala donde Blödhgarm había matado al mago. A pesar de que la intensidad del chirrido aumentaba, Eragon se arriesgó a destaparse un oído para poder señalar en dirección a la grieta.

—¡Mira! —le gritó a Arya, y ella asintió con la cabeza.

Eragon volvió a cubrirse el oído de inmediato. Entonces, inesperadamente, el sonido cesó. El chico esperó un momento antes de bajar ambas manos; por primera vez en su vida, deseó no tener el oído tan sensible. Al instante, la grieta se abrió más y más, y se alargó hacia abajo, hacia la parte superior de la puerta, rompiendo la piedra del muro como si fuera un rayo y rociando de piedras el suelo. Todo el castillo pareció gemir, y la parte delantera de la torre, desde la ventana rota hasta la clave del arco de la puerta, empezó a inclinarse hacia delante.

—¡Corred! —gritó Eragon a los vardenos.

Sin embargo, los hombres ya se habían dispersado por todo el patio, desesperados por salir de debajo de aquella pared. Eragon dio un paso hacia delante con todos los músculos del cuerpo en tensión: no veía a Roran por ninguna parte.

Por fin lo encontró: estaba atrapado al final del último grupo de hombres que quedaba delante de la puerta, y les gritaba desaforadamente, pero Eragon no podía oír sus palabras, pues el sonido se perdía en medio de la conmoción. La pared continuaba cediendo hacia delante, separándose cada vez más del edificio, y unas piedras cayeron encima de Roran. Él perdió el equilibrio y se vio obligado a refugiarse debajo del arco de la puerta.

Las miradas de Roran y de Eragon se encontraron un instante. Eragon vio en sus ojos un miedo y una impotencia rápidamente sustituidas por la resignación, como si su amigo supiera que, por mucho que corriera, no conseguiría salvarse a tiempo.

Roran sonrió con cierta amargura.

Y la pared se derrumbó.

La avalancha

—¡*N*o! —gritó Eragon al ver que la pared de la torre se derrumbaba con un clamoroso estruendo y enterraba a Roran y a otros cinco bajo una montaña de piedras de seis metros de alto.

Una oscura nube de polvo llenó el patio. Eragon había gritado con tanta fuerza que la voz se le quebró. Notó el sabor metálico de la sangre en la garganta y empezó a toser, doblándose sobre sí mismo.

—Vaetna —consiguió pronunciar, haciendo un gesto con la mano.

La densa nube de polvo gris se abrió emitiendo un sonido como el de la seda al rasgarse. Eragon pudo mirar hacia el centro del patio. Estaba tan preocupado por lo que le había sucedido a Roran que casi no se dio cuenta de la fuerza que había perdido al pronunciar ese hechizo.

—No, no, no, no —decía—. No es posible que haya muerto. No es posible, no es posible, no es posible…

Como si por el mero hecho de repetirlo pudiera hacerlo realidad, Eragon continuó pronunciando mentalmente la frase. Pero cada vez que lo hacía, se trataba menos de una certeza o una esperanza que de una oración elevada a los cielos.

Arya y unos cuantos guerreros vardenos se encontraban delante de él, todavía tosiendo y frotándose los ojos con las manos. Muchos de ellos continuaban agachados, como si esperaran una explosión; otros miraban boquiabiertos la torre destrozada. Las piedras de la pared se habían desparramado por todo el suelo del patio, ocultando el mosaico. Dos habitaciones y media del segundo piso de la torre, y una del tercero —la habitación donde el mago había muerto de forma tan violenta— habían quedado expuestas a los elementos. Las estancias y sus muebles se veían sucios y gastados a la luz del sol. En su interior, unos cuantos soldados armados con ballestas se apartaban a cuatro patas del precipicio ante el cual se habían encontrado de repente y, empujándose y dándose codazos, se precipitaban hacia las puertas para desaparecer en las profundidades de la torre del homenaje.

Eragon intentó hacerse una idea de lo que debía de pesar uno solo de los bloques de piedra que habían formado el montón: debían de ser más de doscientos kilos. Si los elfos, Saphira y él trabajaban juntos, seguro que podrían levantar las piedras utilizando la magia, pero ese esfuerzo los debilitaría y los dejaría vulnerables. Además, tardarían demasiado tiempo. Por un momento, Eragon pensó en Glaedr —el dragón dorado tenía fuerza más que suficiente para levantar todas las piedras a la vez—, pero en ese momento la rapidez era un factor esencial y tardaría demasiado en sacar el eldunarí de Glaedr. Y, en cualquier caso, Eragon sabía que no conseguiría convencer a Glaedr de que hablara con él, y mucho menos de que lo ayudara a rescatar a Roran y a los demás hombres. Entonces recordó la imagen de su primo justo antes de que la avalancha de piedras cayera sobre él, de pie, debajo del arco de la puerta de la torre. De repente, con un sobresalto, comprendió lo que tenía que hacer.

—¡Saphira, ayúdalos! —gritó Eragon al tiempo que tiraba su escudo al suelo y se lanzaba a la carrera.

Oyó que, a sus espaldas, Arya decía algo en el idioma antiguo, una frase corta que podía ser algo así como «¡Esconde esto!». Al instante vio que la elfa se colocaba a su lado y corría con él llevando la espada en la mano, lista para presentar batalla.

Al llegar al pie del montón de piedras, Eragon dio un salto tan alto como le fue posible y cayó sobre un pie encima de uno de los bloques, desde donde se impulsó otra vez hacia el siguiente. Así continuó, como una cabra que escala la pendiente de un precipicio. No le gustaba poner en peligro la estabilidad de las piedras, pero esa era la manera más rápida de llegar a su destino.

Con un último esfuerzo, Eragon saltó al interior del segundo piso y cruzó la estancia corriendo. Abrió la puerta del otro extremo con un empujón tan fuerte que rompió las bisagras y la puerta salió volando hacia el pasillo con los tablones de madera hechos añicos.

Eragon corrió por el pasillo. Su propia respiración le resonaba en los oídos, como si los tuviera repentinamente llenos de agua. Eragon redujo la velocidad al ver que se acercaba a una puerta abierta, al otro lado de la cual cinco hombres armados discutían mientras señalaban un mapa. Ninguno de ellos se dio cuenta de la presencia de Eragon, que continuó corriendo.

Al girar una esquina, chocó contra un soldado que caminaba en dirección contraria y se golpeó la frente contra el borde de su escudo. Aturdido y con la visión borrosa, Eragon se sujetó al escudo y los dos recorrieron el pasillo agarrados y forcejeando como dos bailarines borrachos. El soldado, mientras luchaba por mantener el equilibrio, soltó una maldición:

—¿Qué te pasa, maldito...? —empezó a decir, pero en cuanto vio el rostro de Eragon, abrió los ojos con sorpresa y exclamó—: ¡Tú!

Sin esperar, Eragon clavó el puño en el estómago del soldado, justo debajo de las costillas, con tanta fuerza que este salió volando por los aires y fue a chocar contra el techo.

—Yo —asintió Eragon, cuando el soldado cayó al suelo, sin vida.

Continuó corriendo por el pasillo. La velocidad de su pulso parecía haberse doblado desde que había entrado en la torre, y se sentía como si el corazón estuviera a punto de estallarle en el pecho.

«¿Dónde está?», pensó mientras miraba, frenético, por otra puerta que daba a una habitación vacía.

Por fin, al otro extremo de un lúgubre pasillo secundario, vio una escalera de caracol. Se lanzó escaleras abajo saltando los escalones de cinco en cinco en dirección al primer piso, y solamente hizo una pausa para empujar a un sorprendido arquero que le entorpecía el paso. La escalera terminaba en un cámara de techos altos y abovedados que recordaba la catedral de Dras-Leona. Eragon miró a su alrededor: escudos, armas y banderines rojos colgados de las paredes; antorchas sujetas a soportes de hierro forjado; hogares de chimenea apagados; largas y oscuras mesas de caballete alineadas a ambos lados de la sala, y, a uno de los extremos de esta, una tarima sobre la que un hombre barbudo y vestido con una túnica se encontraba de pie ante un sillón de respaldo alto. A la derecha, entre él y las puertas que conducían a la entrada de la torre, había un contingente de unos cincuenta soldados o más. El gesto de sorpresa de los soldados hizo brillar el hilo de oro de sus casacas.

—¡Matadle! —ordenó el hombre de la túnica, pero su tono de voz era más de miedo que de mando—. ¡Quien le mate recibirá una tercera parte de mi tesoro! ¡Lo prometo!

Eragon sintió una profunda frustración al verse entorpecido otra vez. Sacó la espada de su funda, la levantó por encima de la cabeza y gritó:

—¡*Brisingr*!

Inmediatamente, unas furiosas lenguas de fuego azul rodearon el filo de la espada y danzaron hacia la punta. Eragon notó el calor del fuego en la mano, el brazo y un lado de la cara. Entonces, bajó la mirada hasta los soldados y gruñó:

—Fuera.

Los soldados dudaron un instante, pero al final dieron media vuelta y salieron huyendo. Eragon cargó hacia delante sin hacer caso de los aterrorizados soldados que se habían quedado rezagados y que se encontraron al alcance de la espada llameante. Uno de esos hombres tropezó y cayó delante de él, pero Eragon saltó por encima sin ni siquiera rozarle la borla del yelmo. El aire que levantaba a su paso empujaba las llamas de fuego de la espada hacia atrás, como crines de un caballo al galope. Al llegar a la doble puerta principal de la sala, encogió los hombros y la atravesó como una bala, saliendo a una sala larga y ancha rodeada de unas recámaras repletas de solda-dos —y engranajes, poleas y otros mecanismos que se utilizaban para subir y bajar las puertas de la torre— y continuó corriendo a toda velocidad hasta un rastrillo que cortaba el paso al lugar en que Roran se encontraba cuando la pared de la torre se había desmoro-nado. Sin detenerse, cargó contra el rastrillo con todas sus fuerzas y el hierro se dobló un poco, pero no consiguió romperlo.

Eragon dio un paso atrás, vacilante.

Se concentró una vez más en canalizar la energía almacenada en el interior de los diamantes de su cinturón —el cinturón de Be-loth *el Sabio*— hacia *Brisingr*, vaciando las piedras preciosas de su valioso contenido, para encender su espada con un fuego de una intensidad casi insoportable. Luego, con un grito, levantó el brazo y descargó un golpe de espada contra el rastrillo. Una lluvia de chispas naranjas y amarillas lo roció, agujereando sus guantes y su casaca, y quemándole la piel. Un trozo de hierro derretido le cayó en la punta de la bota. Eragon se lo sacudió con un gesto brusco del tobillo.

Dio tres golpes, y una parte del rastrillo —del tamaño de un hombre— cayó al suelo. Los extremos recién cortados de la reja bri-llaban con un color blanco incandescente e iluminaban el área con una luz suave.

Eragon dejó que las llamas de *Brisingr* se extinguieran y pasó a través de la abertura que acababa de hacer.

Siguió el pasadizo hacia la izquierda, luego hacia la derecha y, de nuevo, a la izquierda: ese pasaje había sido diseñado para hacer más lento el avance de las tropas que consiguieran acceder a la torre del homenaje. Cuando dobló la última curva, Eragon vio su objetivo: el vestíbulo, lleno de cascotes. A pesar de su visión de elfo, en esa oscuridad solamente era capaz de distinguir las formas más grandes, pues el derrumbe había apagado las antorchas de las paredes. Al acercarse oyó un extraño ruido de algo que se arrastraba, como si un animal torpe se abriera paso entre los cascotes de piedra.

—*Naina* —dijo.

Y una luz azul iluminó el espacio. Allí, delante de él y cubierto de tierra, sangre, ceniza y sudor, vio a Roran, que, con una mueca terrible, luchaba con un soldado entre los cuerpos de dos hombres muertos. El soldado cerró los ojos para protegerse de la inesperada luz, y Roran aprovechó esa distracción para obligarlo a ponerse de rodillas. Entonces cogió la daga que su oponente llevaba en el cinturón y se la clavó en el cuello. El soldado sufrió dos convulsiones y murió.

Roran se levantó, resollando; unas grandes gotas de sangre le caían de los dedos de las manos hasta el suelo. Miró a Eragon con una expresión extrañamente fría y dijo:

—Ya era hora de que...

Pero, en ese instante, su mirada se perdió y se desmayó.

Unas sombras en el horizonte

Si quería sujetar a Roran antes de que llegara al suelo, Eragon tenía que soltar *Brisingr*, lo cual no le gustaba nada. A pesar de ello, abrió la mano y la espada cayó al suelo con un golpe metálico justo en el momento en que Roran aterrizaba en sus brazos.

—¿Está malherido? —preguntó Arya.

Eragon se sobresaltó, sorprendido de encontrar a la elfa y a Blödhgarm de pie, a su lado.

—Creo que no.

Dio unas palmaditas en las mejillas de Roran, sacudiéndole el polvo que se le había adherido a la piel. Bajo esa luz cruda y azulada que el hechizo de Eragon había encendido, Roran parecía demacrado: una sombra violeta le rodeaba los ojos cerrados y un tono púrpura le apagaba el color de los labios, como si se los hubiera manchado con el jugo de unas moras.

—Vamos, despierta.

Al cabo de unos segundos, Roran entreabrió los ojos y miró con expresión confusa a Eragon, que sintió un alivio tan grande que fue como si se hubiera sumergido en agua fresca.

—Te has quedado inconsciente unos instantes —le explicó.

—Ah.

¡Está vivo! —le explicó a Saphira, permitiéndose correr un instante de riesgo al contactar con la dragona.

Ella le respondió con gran alegría:

Bien. Me quedaré aquí para ayudar a los elfos a apartar las piedras del edificio. Si me necesitas, llámame y encontraré la manera de llegar hasta ti.

La cota de malla de Roran tintineó cuando Eragon lo ayudó a ponerse en pie.

—¿Y los demás? —preguntó Eragon, señalando el montón de piedras.

Roran negó con la cabeza.

—¿Estás seguro?

—Nadie podría sobrevivir ahí abajo. Yo escapé porque…, porque los aleros me protegieron, en parte.

—¿Y tú? ¿Estás bien? —preguntó Eragon.

—¿Qué? —Roran frunció el ceño, desconcertado, como si no se le hubiera ocurrido pensar en eso—. Estoy bien… Quizá tenga la muñeca rota. Pero nada grave.

Eragon dirigió una mirada expresiva a Blödhgarm. El rostro del elfo se tensó mostrando cierto desagrado, pero se inclinó hacia Roran y en voz baja, mientras alargaba la mano hacia el brazo herido del chico, le dijo:

—¿Me permites…?

Mientras Blödhgarm estaba ocupado con Roran, Eragon recogió *Brisingr* y fue a montar guardia en la entrada, al lado de Arya, por si acaso a algunos soldados insensatos se les ocurría organizar un ataque.

—Bueno, ya está —dijo Blödhgarm, apartándose de Roran.

El chico hizo unos gestos de rotación con la muñeca para comprobar cómo reaccionaba la articulación. Satisfecho, le dio las gracias a Blödhgarm. Luego estuvo buscando por entre los escombros hasta que encontró el martillo y, una vez armado, se reajustó la armadura.

—Ya he tenido suficiente de este Lord Bradburn —dijo, mirando hacia fuera, con un tono engañosamente tranquilo—. Creo que hace demasiado tiempo que ocupa esa silla, y deberíamos liberarlo de sus responsabilidades. ¿No estás de acuerdo, Arya?

—Lo estoy —repuso la elfa.

—Bueno, pues vamos a buscar a ese viejo idiota y blando; le daré unos suaves golpecitos con mi martillo en recuerdo de todos a los que hemos perdido hoy.

—Hace unos minutos se encontraba en la sala principal —dijo Eragon—, pero dudo que se haya quedado a esperar a que regresáramos.

Roran asintió con la cabeza.

—Entonces tendremos que darle caza —repuso, iniciando la marcha.

Eragon hizo que se apagara la luz que había generado con el hechizo y se apresuró tras su primo con *Brisingr* en la mano. Arya y

Blödhgarm los siguieron tan de cerca como les permitía el sinuoso pasillo.

La cámara hasta la cual conducía ese pasillo se encontraba vacía, al igual que lo estaba la sala principal del castillo, donde solamente quedaba un casco tirado en el suelo como único testimonio de las decenas de soldados y oficiales que habían estado allí. Mientras pasaban corriendo por delante de un estrado de mármol, Eragon redujo la velocidad para no dejar atrás a Roran. A la izquierda del estrado encontraron una puerta que abrieron de una patada, e iniciaron el ascenso por las escaleras que quedaban al otro lado. Cada vez que llegaban a un rellano, se detenían unos instantes para que Blödhgarm rastreara el piso mentalmente en busca de alguna pista de Lord Bradburn y su séquito, pero no encontraban ninguna. Pero cuando llegaban al tercer piso, Eragon oyó una conmoción de pasos y, de repente, vio que una multitud de lanzas en ristre se precipitaba hacia ellos rozando el techo abovedado.

Una de las lanzas hirió a Roran en la mejilla y en el muslo derecho, cubriéndole la rodilla de sangre. El chico rugió como un oso herido y, colocándose el escudo a modo de pantalla, cargó contra las lanzas para poder subir los últimos escalones hasta el rellano. Los hombres gritaban frenéticamente.

Eragon, que se encontraba justo detrás de Roran, se pasó *Brisingr* a la mano izquierda y alargó el brazo derecho por el costado del cuerpo de su primo. Agarró con fuerza una de las lanzas y dio un tirón fuerte para arrancarla de quien la estuviera sujetando. La hizo girar rápidamente y la arrojó hacia el centro de los hombres que se apiñaban en el pasillo. Al instante se oyó un grito y en esa pared de cuerpos se abrió un hueco. Eragon repitió la operación varias veces y, poco a poco, el número de soldados se fue reduciendo hasta que Roran consiguió hacer retroceder la masa de soldados.

Cuando Roran consiguió subir el último escalón, ya solo quedaban doce soldados que se dispersaron por el amplio vestíbulo balaustrado, buscando espacio suficiente para disparar sus lanzas. Roran soltó un rugido y se lanzó tras el soldado que tenía más cerca. Esquivando la estocada de su enemigo, atravesó su defensa y le dio un golpe en el yelmo, que resonó como una olla de hierro.

Eragon cruzó el vestíbulo a la carrera y cargó contra dos soldados que se encontraban el uno junto al otro. Los tumbó en el suelo al mismo tiempo y acabó con ellos con un único golpe de *Brisingr*. Aprovechando el impulso, se agachó para esquivar un hacha que volaba hacia él girando sobre sí misma y empujó a un hombre por encima de la barandilla mientras arremetía contra otros dos que se disponían a destriparlo con sus lanzones.

En medio del grupo de soldados, Arya y Blödhgarm avanzaban con la elegancia propia de los elfos, silenciosos y mortíferos, haciendo que el combate pareciera más una artística coreografía que una lucha sórdida y violenta.

En medio del entrechocar del metal y del chasquido de huesos rotos y piernas cortadas, los cuatro acabaron con el resto de los soldados. Como siempre, el combate había llenado de júbilo a Eragon: para él era como recibir una estimulante ducha de agua fría que lo dejaba con una sensación de lucidez que ninguna otra actividad le proporcionaba. Roran, por su parte, se inclinó apoyando las manos en las rodillas: tenía la respiración agitada, como si acabara de llegar al final de una carrera.

—¿Me permites? —preguntó Eragon, señalando los cortes que Roran tenía en la mejilla y en el muslo.

Antes de contestar, Roran comprobó si la pierna herida podía soportar el peso de su cuerpo.

—Puedo esperar. Vamos a buscar a Bradburn, primero.

Roran encabezó la marcha y los cuatro continuaron la ascensión por la escalera. Por fin, después de unos cuantos minutos más de búsqueda, encontraron a Lord Bradburn atrincherado en el interior de la habitación superior del torreón que se encontraba más al oeste de la torre del homenaje. Eragon, Arya y Blödhgarm pronunciaron varios hechizos para desmontar las puertas que les cerraban el paso y las dejaron en un montón a sus espaldas.

Al verlos entrar en las estancias, los criados de mayor rango y los guardias que se habían reunido ante Lord Bradburn palidecieron, y algunos incluso empezaron a temblar. Eragon mató a tres de los guardias y vio, aliviado, que los demás dejaban los escudos y las armas en el suelo en un gesto de rendición.

Cuando todo hubo terminado, Arya se acercó a Lord Bradburn, quien había permanecido en silencio hasta el momento, y le dijo:

—¿Y ahora, vais a ordenar a vuestro ejército que se rinda? Solo quedan unos cuantos, pero todavía podéis salvarles la vida.

—No lo haría aunque pudiera —respondió Bradburn, en un tono tan cargado de odio y cinismo que Eragon estuvo a punto de golpearlo—. No haré ninguna concesión contigo, elfa. No voy a entregar a mis hombres a una criatura tan asquerosa e innatural como tú. Es preferible la muerte. Y no creas que me podrás engañar con palabras dulces. Conozco vuestra alianza con los úrgalos, y confiaría antes en una serpiente que en alguien que comparte el pan con esos monstruos.

Arya asintió con la cabeza. Cerró los ojos, levantó la mano y la colocó con la palma dirigida hacia el rostro de Bradburn. Los dos permanecieron inmóviles un rato. Eragon contactó con la mente de Bradburn y sintió la lucha de voluntades que se estaba desarrollando entre ellos. Arya se iba abriendo paso a través de las defensas de él para llegar a su conciencia. Tardó un minuto en hacerlo, pero al final obtuvo el control de la mente del hombre y pudo evocar y examinar todos sus recuerdos hasta que descubrió la naturaleza de sus protecciones mágicas. Entonces, Arya pronunció unas palabras en el idioma antiguo y envolvió a Bradburn en un hechizo que esquivó esas protecciones y que lo sumió en un profundo sueño.

—¡Lo ha matado! —gritó uno de los guardias.

Los demás prorrumpieron en exclamaciones de miedo y de resentimiento. Mientras Eragon intentaba convencerlos de que no era así, se oyó el sonido de una de las trompetas de los vardenos a lo lejos. Otra trompeta respondió a la primera, esta mucho más cercana e, inmediatamente, otra. Acto seguido, llegó un murmullo entrecortado procedente del patio de abajo; a Eragon le parecieron exclamaciones de alegría.

Desconcertado, miró a Arya y ambos se dieron la vuelta al mismo tiempo para acercarse a las ventanas de la sala.

Al suroeste se encontraba Belatona, una ciudad próspera, y una de las más grandes del Imperio. Los edificios cercanos al castillo eran unas construcciones impresionantes hechas de piedra y con techos inclinados, mientras que los que se encontraban lejos de la fortaleza habían sido construidos con madera y yeso. Durante el enfrentamiento, varios de los edificios de madera se habían incendiado, y el humo llenaba el cielo con una nube marrón que provocaba escozor en los ojos y en la garganta. Alejado un kilómetro y medio de la ciudad y en la misma dirección se levantaba el campamento de los vardenos: unas largas hileras de tiendas de lana de color gris protegidas tras unas trincheras de estacas; unos cuantos pabellones de brillantes colores y adornados con banderas y banderines, y, cubriendo el suelo, cientos de hombres heridos. Las tiendas destinadas al cuidado de los heridos estaban abarrotadas.

Al norte, más allá de los muelles y de los almacenes, se extendía el lago Leona, una enorme masa de agua punteada con la espuma de alguna que otra cresta de ola.

En lo alto, una masa de nubes oscuras avanzaba desde el oeste cerniéndose sobre la ciudad y amenazando con envolverla por completo con las ráfagas de lluvia que se desprendían desde su vientre como los flecos de una falda. Unos rayos de luz azulada se filtraban aquí y allá desde lo más profundo de la tormenta, y los truenos sonaban como rugidos de una bestia furiosa.

A pesar de todo ello, Eragon no vio nada que explicara el escándalo que le había llamado la atención.

Arya y él corrieron hasta la ventana que quedaba directamente encima del patio. Allí, Saphira y los hombres y elfos que trabajaban con ella acababan de apartar todos los bloques de piedra de delante de la torre. Eragon silbó, y cuando la dragona levantó la mirada, le hizo una señal con la mano. Sus enormes comisuras se separaron en una sonrisa que dejó al descubierto todos sus dientes, y una lengua de humo salió por sus fosas nasales y su boca.

—¡Eh! ¿Qué noticias hay? —gritó Eragon.

Uno de los vardenos, que se encontraba en los muros del castillo, levantó un brazo y señaló hacia el este.

—¡Asesino de Sombra! ¡Mira! ¡Vienen los hombres gato! ¡Los hombres gato!

Eragon sintió un escalofrío helado en la espalda. Miró hacia donde señalaba el hombre y vio un ejército de figuras oscuras y diminutas que emergía de una ladera a varios kilómetros de distancia, al otro lado del río Jiet. Algunas de las figuras avanzaban a cuatro patas; otras, erguidas. Sin embargo, se encontraban demasiado lejos para distinguir con certeza si se trataba de hombres gato.

—¿Es posible? —se sorprendió Arya.

—No lo sé... Sean lo que sean, lo averiguaremos muy pronto.

El rey gato

*E*ragon estaba de pie encima del estrado de la sala principal de la torre del homenaje, justo a la derecha del trono de Lord Bradburn. Apoyaba la mano izquierda sobre la empuñadura de *Brisingr*, que llevaba enfundada. Al otro lado del trono estaba Jörmundur —comandante de los vardenos—, que sujetaba su casco con el brazo. Tenía el cabello de color castaño excepto en las sienes, donde se le veían unos mechones grises, y lo llevaba sujeto en una larga cola. Su rostro delgado había adoptado la estudiada expresión vacía de las personas que tienen una larga experiencia en esperar a los demás. Eragon vio que una fina línea roja le recorría la parte interior de uno de los brazales, pero la expresión de Jörmundur no delataba que sintiera ningún dolor.

Entre ambos se sentaba su líder, Nasuada, resplandeciente con su vestido verde y amarillo, que se acababa de poner tan solo unos momentos antes para vestir de forma más apropiada durante la gestión de las cuestiones de Estado. Ella también había recibido una herida durante la batalla, lo cual evidenciaba la venda que llevaba en la mano izquierda.

Nasuada, en voz baja, para que solo Eragon y Jörmundur la oyeran, dijo:

—Si por lo menos pudiéramos conseguir su apoyo…

—Pero ¿qué nos pedirán a cambio? —preguntó Jörmundur—. Nuestros cofres están prácticamente vacíos, y nuestro futuro es incierto.

—Quizá no deseen nada más de nosotros que la oportunidad de devolverle el golpe a Galbatorix —respondió ella casi sin mover los labios—. Pero si no es así, tendremos que pensar en alguna cosa que no sea oro para convencerlos de que se unan a nosotros.

—Les podrías ofrecer barriles de crema de leche —sugirió Eragon, lo que provocó que Jörmundur soltara una carcajada y Nasuada sonriera.

En ese momento, su discreta conversación se vio interrumpida por el sonido de tres trompetas fuera de la sala.

Un paje de pelo rubísimo y vestido con una túnica bordada con el estandarte de los vardenos —un dragón blanco sujetando una rosa sobre una espada que apuntaba a un campo de color púrpura— cruzó la puerta abierta del otro extremo de la sala, golpeó el suelo con su bastón de ceremonias y, con voz melodiosa y suave, anunció:

—Su excelentísima alteza real, Grimrr *Media Zarpa*, rey de los hombres gato, señor de los rincones solitarios, soberano de los terrenos de la noche, el que camina solo.

Vaya un título extraño, «el que camina solo» —le comentó Eragon a Saphira.

Pero muy merecido, diría yo —contestó ella.

Eragon percibió el tono divertido de Saphira, a pesar de que la dragona no era visible desde donde se encontraba, enroscada en la torre.

El paje se hizo a un lado y Grimrr *Media Zarpa* entró, en forma humana, delante de cuatro hombres gato que lo seguían con el paso elegante de sus largas y peludas patas. Los cuatro se parecían a Solembum, el único hombre gato que Eragon había visto en forma de animal. Eran unos seres de espaldas fuertes y largas patas, pelaje corto y oscuro en el cuello y en la cruz, largos y tiesos mechones en las orejas, así como colas sinuosas con la punta de color negro. Sin embargo, Grimrr *Media Zarpa* no se parecía a ninguna persona ni criatura que Eragon hubiera visto nunca. De un metro veinte de altura, aproximadamente, tenía la misma estatura que un enano, pero nadie lo hubiera confundido con un enano ni con un ser humano. Tenía la barbilla pequeña y puntiaguda, las mejillas anchas y, bajo unas arqueadas cejas, destacaban sus ojos verdes y rasgados con pestañas grandes como abanicos. Un flequillo enmarañado le caía sobre la frente, mientras que sobre los hombros el pelo era lustroso y suave, muy parecido a las melenas de sus compañeros. Su edad era imposible de adivinar.

Vestía solamente un tosco chaleco de piel y un taparrabos de piel de conejo. Atados a la parte anterior del chaleco llevaba los cráneos de unos doce animales —pájaros, ratones y otros animales pequeños— que entrechocaban entre ellos cada vez que el hombre gato se movía. Una daga enfundada sobresalía en ángulo del cinturón con que se sujetaba el taparrabos. Su piel, oscura y del color de la avellana, estaba surcada por cuantiosas cicatrices delgadas y blancas, como la superficie arañada de una mesa envejecida. Y, tal como indicaba su apodo, le faltaban dos dedos de la mano izquierda: parecía que se los hubieran arrancado de un mordisco. Aunque los rasgos de su rostro eran finos, los músculos marcados y fuertes de sus brazos y de su pecho, sus caderas estrechas y la seguridad de su paso mientras cruzaba la sala en dirección a Nasuada no dejaban lugar a dudas de que era un macho.

Los hombres gato no prestaron la más mínima atención a ninguna de las personas que se alineaban a cada lado de ellos, observándolos, hasta que Grimrr llegó a la altura de Angela, la herbolaria, que se encontraba al lado de Roran y tejía un calcetín de rayas con seis agujas. Angela levantó la vista de la prenda y la miró con expresión lánguida e insolente.

—Pío, pío —dijo.

Por un momento, Eragon creyó que el hombre gato atacaría a la herbolaria. El rostro y el cuello de Grimrr se cubrieron de un rubor oscuro, las fosas nasales se le dilataron y el hombre gato emitió un gruñido suave. Los otros gatos se agazaparon, dispuestos a saltar, con las orejas hacia atrás. Inmediatamente, el eco de la fricción de las espadas al ser medio desenvainadas llenó la sala.

Grimrr soltó un bufido, pero se dio la vuelta y continuó avanzando. El último de los hombres gato, al pasar por delante de Angela, levantó una pata y dio un rápido zarpazo al hilo de lana que colgaba de las agujas de la herbolaria, como hubiera hecho cualquier gato casero y juguetón.

El desconcierto de Saphira era tan grande como el de Eragon.

¿Pío, pío? —preguntó.

Eragon se encogió de hombros, olvidando que la dragona no podía verlo.

¿Quién sabe por qué Angela hace nada de lo que hace?

Al final, Grimrr llegó ante Nasuada e inclinó un poco la cabeza con un gesto que exhibía la inmensa seguridad, incluso arrogancia, que les está reservada solamente a los gatos, los dragones y a alguna mujer de alta cuna.

—Lady Nasuada —saludó.

Su voz tenía un tono sorprendentemente profundo, más parecido al gruñido grave y bronco de un gato salvaje que al habitual tono agudo del chico joven que parecía.

Nasuada le devolvió el saludo también con una inclinación de cabeza.

—Rey Media Zarpa. Los vardenos te dan la más sincera bienvenida, a ti y a los de tu raza. Debo pedir disculpas por la ausencia de nuestro aliado, Orrin, el rey de Surda: no ha podido estar aquí, tal como deseaba, para darte la bienvenida, porque él y sus jinetes están defendiendo nuestro flanco oeste contra las tropas de Galbatorix.

—Por supuesto, lady Nasuada —repuso Grimrr. Sus blancos colmillos brillaban cada vez que movía los labios para hablar—. Uno nunca debe dar la espalda a sus enemigos.

—Así es... ¿Y a qué debemos el inesperado placer de tu visita, alteza? Los hombres gato son conocidos por su distanciamiento y soledad, y por mantenerse apartados de los conflictos del momento, especialmente desde la Caída de los Jinetes. Se diría incluso que, en el último siglo, los de tu raza se han convertido más en un mito que en una realidad. ¿A qué se debe, pues, que hayáis decidido presentaros aquí?

Grimrr levantó el brazo derecho y señaló a Eragon con un dedo encorvado y rematado por una afilada uña.

—A causa de él —gruñó el hombre gato—. Un cazador nunca ataca a otro hasta que este último haya mostrado su debilidad, y Galbatorix ha mostrado la suya: nunca matará a Eragon *Asesino de Sombra* ni a Saphira *Bjartskular*. Hemos estado esperando esta oportunidad durante largo tiempo, y la aprovecharemos. Galbatorix aprenderá a temernos y a odiarnos, y finalmente se dará cuenta del alcance de su error, y sabrá que nosotros habremos sido los únicos responsables de su ruina. ¡Y cuán dulce será el sabor de esta venganza! Tan dulce como el tuétano de un jabalí joven y tierno. Ha llegado el momento, humana, de que todas las razas, incluso la de los hombres gato, se unan y demuestren a Galbatorix que no ha conseguido doblegar nuestra voluntad de luchar. Nos uniremos a tu ejército, lady Nasuada, en calidad de aliados libres, y os ayudaremos a conseguirlo.

Eragon no hubiera podido decir qué pensaba Nasuada en esos momentos, pero tanto él como Saphira estaban impresionados por el discurso del hombre gato.

Después de una breve pausa, Nasuada dijo:

—Tus palabras son muy agradables para mis oídos, alteza. Pero antes de que pueda aceptar tu oferta, necesito que me ofrezcas unas cuantas respuestas, si te parece.

Grimrr, con su porte de inquebrantable indiferencia, hizo un gesto de permiso con la mano.

—Está bien.

—Los de vuestra raza se han mostrado tan distantes y tan esquivos que, debo confesar, no había oído hablar de vuestra alteza hasta el día de hoy. De hecho, ni siquiera sabía que los de vuestra raza tenían un dirigente.

—Yo no soy un rey como los vuestros —repuso Grimrr—. Los hombres gato prefieren caminar solos, pero incluso nosotros debemos elegir un líder cuando vamos a la guerra.

—Comprendo. ¿Hablas en nombre de toda vuestra raza, pues, o solamente en el de quienes te acompañan?

Grimrr hinchó el pecho y su expresión se hizo, si cabe, más petulante.

—Hablo en nombre de todos los de mi raza, lady Nasuada —ronroneó—. Todos los hombres gato capacitados, excepto los que se encuentran al cuidado de otros, han venido para luchar. Somos pocos, pero nadie puede igualar nuestra ferocidad en la batalla. También lidero a los inmutables, aunque no puedo hablar por ellos, puesto que son mudos como todos los animales. A pesar de todo, harán lo que les pidamos.

—¿Los inmutables? —preguntó Nasuada.

—Los que conocéis como gatos. Los que no pueden cambiar de piel, como hacemos nosotros.

—¿Y tienes su lealtad?

—Sí. Nos admiran…, como es natural.

Si lo que dice es verdad —le comentó Eragon a Saphira—, *los hombres gato podrían sernos increíblemente valiosos.*

Nasuada continuó:

—¿Y qué es lo que deseas de nosotros a cambio de tu ayuda, rey Media Zarpa? —Miró a Eragon, le sonrió y añadió—: Podemos ofrecerte toda la crema de leche que quieras, pero, a parte de eso, nuestros recursos son limitados. Si tus guerreros esperan recibir un pago por su trabajo, me temo que sufrirán una grave decepción.

—La crema de leche es para los gatitos, y el oro no nos interesa en absoluto —respondió Grimrr, mientras se inspeccionaba las uñas de la mano con los ojos entrecerrados—. Nuestras condiciones son las siguientes: a cada uno de nosotros que lo necesite se le entregará una daga para luchar; cada uno tendremos dos armaduras hechas a medida, una para cuando nos erguimos sobre dos patas, y la otra para cuando marchamos sobre las cuatro. No necesitamos más equipo que este. Ni tiendas, ni sábanas, ni platos, ni cucharas. A cada uno se le dará un único pato, urogallo, pollo o pájaro similar cada día, y al siguiente, un cuenco de hígado fresco. Aunque no nos lo comamos, esta comida se reservará para nosotros. Además, si ganáis esta guerra, aquel que se convierta en vuestro siguiente rey o reina (y todos los que reclamen ese título a partir de entonces) colocará un mullido cojín al lado de su trono, en un lugar de honor, para que cualquiera de nosotros se siente en él si así lo desea.

—Negocias como un legislador enano —comentó Nasuada en tono seco. Se inclinó hacia Jörmundur, y Eragon oyó que le susurraba—: ¿Tenemos hígado suficiente para alimentarlos a todos?

—Creo que sí —contestó Jörmundur en voz baja también—. Pero depende del tamaño del cuenco.

Nasuada se irguió en su asiento.

—Dos armaduras son demasiado, rey Media Zarpa. Tus guerreros tendrán que decidir si quieren luchar en forma de gato o de humano, y mantener esa decisión. No puedo permitirme vestiros de las dos formas.

Eragon estaba seguro de que si Grimrr hubiera tenido cola, en ese momento la hubiera agitado a un lado y a otro. Pero el hombre gato se limitó a cambiar de postura.

—Muy bien, lady Nasuada.

—Y hay otra cosa. Galbatorix tiene espías y asesinos escondidos por todas partes. Por ello, y como condición previa a que os unáis a los vardenos, tenéis que permitir que uno de nuestros hechiceros examine vuestros recuerdos para asegurarnos de que Galbatorix no ejerce ningún poder sobre vosotros.

Grimrr sorbió por la nariz.

—Sería una insensatez que no lo hicierais. Si hay alguien tan valiente como para leer nuestra mente, que lo haga. Pero ella no —añadió, girándose y señalando a Angela—. Ella nunca.

Nasuada dudó un instante, y Eragon se dio cuenta de que deseaba preguntar por qué. Pero se reprimió.

—Que así sea. De inmediato, mandaré buscar a los hechiceros para que podamos zanjar este asunto sin más demora. Según lo que descubran (y no será nada indigno, estoy segura), me sentiré honrada de formar una alianza entre vosotros y los vardenos, rey Media Zarpa.

Cuando hubo terminado de pronunciar estas palabras, todos los humanos de la sala prorrumpieron en aclamaciones y empezaron a aplaudir, incluida Angela. También los elfos parecían complacidos.

Sin embargo, los hombres gato no mostraron ninguna reacción. Se limitaron a echar las orejas hacia atrás, molestos por el ruido.

Después de la batalla

*E*ragon soltó un gruñido y apoyó la espalda en Saphira. Se sujetó las rodillas con ambas manos y se dejó caer deslizándose por las escamas de la dragona hasta que quedó sentado en el suelo. Luego estiró las piernas.

—¡Tengo hambre! —exclamó.

Él y Saphira se encontraban en el patio del castillo, un poco alejados de los hombres que se afanaban en limpiarlo —apilando bloques de piedra y cuerpos en las carretillas— y de la gente que entraba y salía del edificio medio derruido, muchos de los cuales habían estado presentes durante la audiencia de Nasuada con el rey Media Zarpa y que ahora se marchaban para atender otros asuntos. Blödhgarm y cuatro elfos estaban cerca de ellos, vigilando por si aparecía algún peligro.

—¡Eh! —gritó alguien.

Eragon levantó la vista y vio que Roran se acercaba hacia él desde la torre. Angela iba unos pasos por detrás, con el hilo de lana volando al viento tras ella y casi corriendo para seguir su ritmo.

—¿Adónde vas ahora? —preguntó Eragon en cuanto Roran se detuvo delante de él.

—A ayudar para proteger la ciudad y organizar a los prisioneros.

—Ah... —Eragon dejó vagar la vista por el atareado patio un momento y luego volvió a mirar el rostro amoratado de Roran—. Has luchado bien.

—Tú también.

Eragon dirigió la atención hacia Angela, que había vuelto a concentrarse en tejer. Movía los dedos con tal rapidez que no era posible seguir sus movimientos.

—¿Pío, pío? —preguntó.

Angela meneó la cabeza con expresión pícara y los rizos de su voluminoso cabello se agitaron con fuerza.

—Es una historia para otro momento.

Eragon aceptó esa evasiva sin quejarse. No esperaba que Angela le diera ninguna explicación, pues la herbolaria lo hacía pocas veces.

—¿Y tú? —preguntó Roran—. ¿Adónde vas?

Vamos a buscar un poco de comida —respondió Saphira, dándole un suave cabezazo a Eragon y exhalando un bufido caliente.

Roran asintió con la cabeza.

—Eso parece lo mejor. Así pues, nos vemos en el campamento esta noche. —Mientras se daba la vuelta para alejarse, añadió—: Dile a Katrina que la quiero.

Angela guardó las agujas y la lana en un bolso acolchado que llevaba colgado de la cintura.

—Creo que yo también me marcharé. Tengo una poción al fuego, en la tienda, que debo vigilar, y hay uno de esos gatos al que quiero seguir.

—¿Grimrr?

—No, no..., a una vieja amiga mía..., la madre de Solembum. Si es que todavía sigue viva... —Formó un círculo con el índice y el pulgar de la mano, se lo acercó a la frente y terminó—: ¡Hasta pronto! —Y, sin más preámbulo, se marchó.

Sube a mi espalda —dijo Saphira y, sin esperar, se puso en pie dejando a Eragon sin apoyo.

El chico trepó hasta la silla que la dragona llevaba sobre el cuello. Ella desplegó las alas sin hacer más ruido que el suave murmullo de la fricción de la piel contra la piel. Sus movimientos provocaron una brisa silenciosa y suave como los rizos de la superficie de un lago. Todos los que estaban en el patio se detuvieron para mirarla.

Mientras Saphira levantaba las alas por encima de su cabeza, Eragon se fijó en la red de venas de color púrpura que las surcaban, palpitantes, hinchándose y vaciándose a cada latido del corazón. De repente, con una sacudida, ambos se elevaron por los aires y el mundo giró como enloquecido alrededor de ellos: Saphira había saltado desde el patio hasta la cima del muro del castillo y, una vez allí, se detuvo en equilibrio encima de las almenas, que crujieron bajo la presión de sus garras. Eragon se sujetó con fuerza a una de las púas del cuello de Saphira para no caerse. Rápidamente, la dragona saltó del muro y el mundo giró otra vez. Eragon sintió un sabor y un olor acre mientras pasaban por en medio de la densa nube de humo que cubría Belatona como una sábana de dolor, rabia y tristeza. Saphira aleteó con fuerza dos veces y emergieron a la luz del sol, planeando por encima de las calles de la ciudad, punteadas aquí y allá por fuegos inextinguidos. Sin mover las alas, la dragona se dejó llevar por el aire caliente para elevarse todavía más.

A pesar del cansancio que sentía, Eragon disfrutaba de la magnífica vista: la amenazadora tormenta que había estado a punto de engullir toda la ciudad de Belatona ahora aparecía blanca y brillante por uno de los costados, mientras que, un poco más lejos, la parte delantera de las nubes evolucionaba adoptando unos tonos entintados y opacos que los rayos iluminaban de vez en cuando. También llamaban su atención el brillante lago y los cientos de granjas, pequeñas y verdes, que se esparcían por todo el paisaje, pero nada resultaba tan impresionante como esa montaña de nubes.

Como siempre, Eragon se sintió privilegiado de poder ver el mundo desde esas alturas, pues sabía que muy pocas personas habían tenido la oportunidad de volar encima de un dragón.

Un fuerte viento se había despertado por el oeste, anunciando la inminente llegada de la tormenta. Eragon se agachó y se agarró todavía con más fuerza a la púa del cuello de Saphira. Los campos se ondulaban, brillantes, bajo la fuerza de la incipiente galerna, y Eragon pensó que eran como la pelambrera de una bestia enorme y verde.

Saphira voló por encima de las filas de tiendas en dirección al claro que tenía reservado; un caballo relinchó asustado. Al llegar a él, Eragon se incorporó sobre su silla mientras Saphira extendía las alas por completo, frenando, hasta que quedó casi inmóvil encima del trozo de tierra removida del claro. Cuando tocaron suelo, la fuerza del impacto hizo que Eragon cayera hacia delante.

Lo siento —se disculpó la dragona—. *He procurado aterrizar con toda la suavidad posible.*

Lo sé.

Mientras desmontaba, Eragon vio que Katrina corría hacia ellos. El cabello, largo y pelirrojo, se le arremolinaba alrededor del rostro, y la fuerza del viento le pegaba el vestido al cuerpo delatando su vientre abultado.

—¿Qué noticias traes? —preguntó levantando la voz y con una marcada expresión de preocupación.

—¿Has oído lo de los hombres gato?

Ella asintió con la cabeza.

—No hay ninguna noticia aparte de esa. Roran está bien; me ha pedido que te diga que te quiere.

La expresión de Katrina se suavizó, pero su preocupación no desapareció del todo.

—¿Se encuentra bien? —Mostró el anillo que llevaba en el anular de la mano izquierda, uno de los dos anillos que Eragon había hechizado para que ella y Roran pudieran saber si el otro estaba en peligro—. Me pareció sentir algo, hace más o menos una hora, y tenía miedo de que…

Eragon negó con la cabeza.

—Roran te lo explicará. Ha recibido unos cuantos golpes y rasguños, pero, aparte de eso, está bien. Eso sí, me dio un buen susto.

La expresión de inquietud de Katrina se intensificó, pero hizo un esfuerzo para sonreír:

—Por lo menos los dos estáis bien.

Se separaron. Eragon y Saphira se dirigieron a una de las desordenadas tiendas que se encontraban al lado de las lumbres de los vardenos, y allí se hartaron de carne y de hidromiel mientras oían el aullido del viento y la lluvia azotaba los laterales de la tienda. Mientras Eragon masticaba un trozo de panceta asada, Saphira preguntó:

¿Está buena? ¿Para chuparse los dedos?

Mmm —respondió Eragon, con las comisuras de los labios manchadas de aceite.

Recuerdos de los muertos

—Galbatorix está loco y, por tanto, es impredecible; pero, por otro lado, su razonamiento tiene ciertas lagunas que una persona normal no posee. Si las puedes descubrir, Eragon, quizá tú y Saphira le podáis derrotar.

Brom apartó la pipa de sus labios con expresión grave.

—Espero que lo hagáis. Mi mayor deseo, Eragon, es que tú y Saphira tengáis una vida larga y fructífera, libre del miedo a Galbatorix y al Imperio. Me gustaría poder protegerte de todos los peligros que os amenazan, pero, ¡ay!, eso no está en mi mano. Lo único que puedo hacer es ofrecerte mi consejo y enseñarte todo lo que pueda ahora que todavía estoy aquí…, hijo mío. Pase lo que pase, recuerda que te quiero, y que tu madre también te quería. Que las estrellas te protejan, Eragon Bromsson.

El chico abrió los ojos y el recuerdo se esfumó. Por encima de él, el techo de la tienda se hundía hacia dentro como el cuero de un odre vacío, flácido por el maltrato de la reciente tormenta. Una gota de agua se desprendió de uno de los pliegues y cayó sobre su muslo derecho traspasándole las calzas y helándole la piel. Pensó que debía ir a tensar las cuerdas de la tienda, pero tenía pereza de salir del catre.

¿Y Brom nunca te dijo nada de Murtagh? ¿No te contó que Murtagh y yo éramos medio hermanos?

Saphira, que se había echo un ovillo delante de la tienda, respondió:

El que me lo preguntes otra vez no va a hacer que mi respuesta sea distinta.

Pero ¿por qué no lo hizo? ¿Por qué? Seguro que tenía conocimiento de Murtagh. No es posible que no lo tuviera.

Saphira tardó en contestar.

Brom siempre se guardaba sus motivos, pero imagino que pensó que era más importante decirte lo mucho que te quería, y darte todos los consejos que pudiera, que malgastar el tiempo hablando de Murtagh.

Pero podría haberme avisado. Unas cuantas palabras habrían sido suficiente.

No sé cuál fue su motivo, Eragon. Has de aceptar que siempre habrá preguntas acerca de Brom que no podrás responder. Confía en el amor que te tenía, y no permitas que ese tipo de pensamientos te incomoden.

Eragon bajó la mirada y clavó los ojos en los pulgares. Los puso el uno al lado del otro, para compararlos: tenía más arrugas en la segunda articulación del pulgar izquierdo que en la del derecho, pero en este dedo tenía una cicatriz pequeña e irregular que no recordaba cómo se había hecho, aunque debía de haber sido después del Agaetí Blödhren, la Celebración del Juramento de Sangre.

Gracias, le dijo a Saphira.

A través de la dragona, Eragon había podido observar y escuchar el mensaje de Brom tres veces desde la derrota de Feinster, y en cada ocasión había notado algún detalle nuevo en el discurso o en el gesto de Brom. Esa experiencia lo había consolado y lo había satisfecho, pues le había permitido cumplir un deseo que lo había perseguido durante toda la vida: conocer el nombre de su padre y saber que este lo amaba.

Saphira contestó a su agradecimiento con un cálido destello afectuoso.

Aunque había comido y había estado reposando casi una hora, el cansancio todavía no había desaparecido. Pero Eragon no esperaba que se le pasara tan pronto: sabía por experiencia que se podía tardar semanas en recuperarse de la debilidad que provocaba una de esas interminables batallas. Y a medida que los vardenos se acercaran a Urû'baen, el ejército de Nasuada tendría cada vez menos tiempo para sobreponerse antes de entrar en otra confrontación. La guerra los iría desgastando hasta dejarlos ensangrentados, agotados y casi incapaces de seguir luchando, y justo en ese momento tendrían que enfrentarse a Galbatorix, que los habría estado esperando con tranquilidad y rodeado de comodidades.

Eragon procuraba no pensar demasiado en ello.

Otra gota de agua le cayó sobre la pierna, fría y dura. Irritado, bajó los pies al suelo y se sentó. Luego se acercó hasta un rincón de la tienda y se arrodilló en el suelo, ante un trozo de tierra removida.

—*Deloi sharjalví* —dijo, y despés añadió unas cuantas frases más en el idioma antiguo para deshacer las trampas que había armado el día anterior.

El suelo empezó a agitarse, como si fuera agua hirviente, y de ese remolino de piedras, insectos y gusanos surgió un cofre de hierro de unos cuarenta centímetros de largo. Eragon lo cogió y deshizo el encantamiento. La tierra del suelo quedó en calma otra vez.

Abrió la tapa del cofre y un suave resplandor dorado iluminó toda la tienda. Dentro, bien sujeto en el forro de terciopelo, reposaba el eldunarí de Glaedr, el corazón de corazones del dragón. La piedra, grande y hermosa como una joya, desprendía un halo oscuro, como el de un ascua que se apagara. Eragon tomó el eldunarí con las dos manos y sintió el calor de sus facetas irregulares y afiladas en las palmas. Lo miró: en sus palpitantes profundidades, una pequeña galaxia de diminutas estrellas giraba alrededor del centro. Se dio cuenta de que la velocidad del giro era menor que la última vez que lo había observado, en Ellesméra, cuando Glaedr lo había expulsado de su cuerpo y lo había dejado al cuidado de Eragon y de Saphira. Como siempre, Eragon se quedó fascinado al verlo. Hubiera podido pasarse días enteros contemplando esa cambiante remolino estrellado.

Deberíamos intentarlo otra vez —dijo Saphira.

Eragon asintió. Ambos proyectaron sus mentes al mismo tiempo hacia esas lucecitas distantes, hacia ese mar de estrellas que era la conciencia de Glaedr. Navegaron a través del frío y la oscuridad; luego atravesaron el calor, la desesperanza y la indiferencia, y su vastedad les robó toda voluntad de hacer otra cosa que no fuera detenerse y llorar.

Glaedr… Elda —gritaron una y otra vez, pero no obtenían respuesta, no notaron ningún cambio en ese mar indiferente.

Por fin se retiraron, incapaces de soportar el aplastante peso de la tristeza y la añoranza de Glaedr.

Al volver en sí, Eragon oyó que alguien llamaba golpeando el poste de la puerta de la tienda. Fuera, Arya preguntó:

—¿Eragon? ¿Puedo entrar?

Eragon sorbió por la nariz y se secó los ojos.

—Claro.

Ella apartó la cortina de la entrada de la tienda; la luz agrisada de ese día nuboso penetró en el interior. Eragon sintió un aguijonazo en el estómago cuando sus ojos se encontraron con los de la elfa, y un ansia dolorosa lo invadió.

—¿Ha habido algún cambio? —preguntó Arya, arrodillándose a su lado.

La elfa no vestía con la armadura, sino con la misma camisa de cuero negro, los mismos pantalones y las mismas botas de suela fina que había llevado el día en que él la había rescatado en Gil'ead. El cabello, recién lavado, le caía, húmedo, por la espalda formando unos pesados y largos mechones. Olía a pino, como siempre. Eragon se preguntó si utilizaría algún hechizo para elaborar ese aroma o si ese era su olor natural. Le hubiera gustado preguntárselo, pero no se atrevía a hacerlo.

Negó con la cabeza.

—¿Puedo? —pidió ella, señalando el corazón de corazones de Glaedr.

—Por favor —consintió Eragon, apartándose para dejarle espacio.

Arya puso las manos a ambos lados del eldunarí y cerró los ojos. Mientras permanecía así, sentada, Eragon aprovechó la oportunidad para observarla directa e intensamente, de una manera que hubiera resultado ofensiva en cualquier otra situación. La elfa parecía ser, en todos los aspectos, la máxima expresión de la belleza, incluso a pesar de que muchos dirían que tenía la nariz demasiado larga, o las facciones demasiado marcadas, o las orejas excesivamente puntiagudas, o los brazos demasiado musculosos.

De repente, Arya apartó las manos del corazón de corazones con una exclamación ahogada, como si se las hubiera quemado. Bajó la cabeza y Eragon se fijó en que el mentón le temblaba un poco.

—Es la criatura más infeliz que he visto nunca… Ojalá pudiéramos ayudarla. No creo que sea capaz de encontrar la salida de esa oscuridad él solo.

—¿Crees que…? —Eragon dudó un instante, sin atreverse a decir en voz alta lo que sospechaba, pero al final continuó—: ¿Crees que se volverá loco?

—Quizá ya le haya sucedido. Si no es así, se encuentra al borde de la locura.

Los dos contemplaron la piedra dorada unos instantes. Eragon sentía una gran tristeza. Cuando por fin fue capaz de decir algo, preguntó:

—¿Dónde está la *dauthdaert*?

—Escondida en mi tienda, igual que tú has ocultado el eldunarí de Glaedr. La puedo traer aquí, si quieres, o puedo continuar guardándola hasta que la necesites.

—Guárdala. No la puedo llevar conmigo, pues así Galbatorix se enteraría de que existe. Además, sería una locura guardar tantos tesoros en un único sitio.

Arya asintió. Eragon, a su lado, sintió que el desasosiego lo dominaba.

—Arya, yo...

Pero en ese instante se vio interrumpido por una visión de Saphira: uno de los hijos de Horst, el herrero —Albriech, pensó Eragon, aunque era difícil distinguirlo de su hermano Baldor a causa de la visión distorsionada de Saphira— corría en dirección a la tienda. Esa distracción le alivió, pues no sabía exactamente qué era lo que se disponía a decirle a Arya.

—Viene alguien —anunció, cerrando la tapa del cofre.

Fuera, se oyó el chapoteo de unos pasos sobre el barro, y entonces Albriech —porque se trataba de él— gritó:

—¡Eragon! ¡Eragon!

—¡Qué!

—¡Mi madre acaba de empezar a tener dolores de parto! Mi padre me ha mandado para que te lo diga y te pida que esperes con él por si acaso algo fuera mal y nos hiciera falta tu magia. Por favor, si puedes...

Fuera lo que fuera lo que el chico dijera después, Eragon no lo oyó. Se apresuró a enterrar el cofre, se echó la capa por los hombros y ya se había enredado con la cortina de la puerta cuando Arya lo tocó en el brazo y le dijo:

—¿Puedo acompañarte? Tengo un poco de experiencia en estos casos. Si mi gente me lo permite, puedo hacer que su parto sea más fácil.

Eragon ni siquiera se paró a meditar la respuesta. Hizo un gesto hacia la puerta y dijo:

—Tú primero.

¿Qué es un hombre?

El barro se pegaba a las botas de Roran cada vez que levantaba un pie del suelo, retrasando su avance y haciendo que sus piernas, ya cansadas, casi le quemaran por el esfuerzo. Era como si el mismo suelo intentara arrancarle el calzado. Además de espeso, el barro estaba muy resbaladizo, y cedía bajo el peso de su cuerpo en los peores momentos, justo cuando su equilibrio era más precario. Por otro lado, formaba una capa muy honda. El paso continuado de hombres, animales y carromatos había convertido los quince centímetros de tierra de la superficie en un cenagal casi imposible de transitar. A ambos lados del camino —que cruzaba en línea recta el campamento de los vardenos— todavía quedaban algunos trozos de hierba pisoteada. Roran pensó que pronto desaparecerían bajo las botas de los hombres que intentaban no pisar el barro.

Por el contrario, él no se esforzaba en evitarlo. Ya no le importaba que sus ropas se ensuciaran. Además, estaba completamente agotado y le resultaba más fácil continuar con paso lento y pesado en la misma dirección que tener que saltar de un trozo de hierba al siguiente.

Mientras caminaba, pensaba en Belatona. Desde la audiencia de Nasuada con los hombres gato, él se había ocupado de erigir un puesto de mando en el cuadrante noroeste de la ciudad y había hecho todo lo posible para hacerse con el control de esa zona: había ordenado apagar fuegos, registrar las casas en busca de soldados y confiscar todas las armas. Era una tarea enorme. Roran no tenía esperanzas de poder de llevarla a cabo por completo y temía que la ciudad estallara en otra confrontación. «Espero que esos idiotas sean capaces de pasar la noche sin hacerse matar.»

El costado izquierdo le dolía tanto que tenía que apretar los dientes y aguantar la respiración para seguir adelante.

«Maldito cobarde.»

Alguien le había disparado con una ballesta desde uno de los tejados. Roran se había salvado por los pelos: uno de sus hombres, Mortenson, se había colocado delante de él justo en el momento en que su atacante disparaba. El virote le había entrado por la parte baja de la espalda y le había atravesado el vientre, y a pesar de ello, todavía había conseguido impactar con fuerza en el costado de Roran y provocarle un feo moratón. Mortenson había muerto en el acto; el hombre que le había disparado había conseguido escapar.

Al cabo de pocos minutos, una explosión extraña —posiblemente provocada con artes mágicas— había matado a dos más de sus hombres cuando estos entraban en uno de los establos para averiguar cuál era la causa de unos ruidos que les habían llamado la atención.

Al parecer, ese tipo de ataques eran habituales en toda la ciudad. No cabía duda de que los agentes de Galbatorix estaban detrás de muchos de ellos, pero los habitantes de Belatona también eran responsables: hombres y mujeres que no podían soportar quedarse pasivos mientras un ejército invasor se hacía con el mando de sus casas, y a quienes no importaba lo honorables que pudieran ser las intenciones de los vardenos. Roran comprendía que esas personas sintieran la necesidad de defender a sus familias, pero al mismo tiempo los maldecía por ser tan cerrados de mente y no entender que los vardenos intentaban ayudarlos, en lugar de hacerles daño.

Se detuvo un momento y, rascándose la barba, esperó a que un enano apartara su poni, que iba cargado con un inmenso fardo. Cuando el camino quedó despejado, Roran continuó su lento progreso.

Al llegar cerca de su tienda divisó a Katrina, que se encontraba restregando una venda manchada de sangre contra una tabla de lavar al lado de una tina llena de agua. Se había subido las mangas por encima de los codos, llevaba el cabello sujeto formando un desordenado moño y tenía las mejillas encendidas por el esfuerzo, pero a Roran nunca le había parecido tan bonita. Ella era su descanso —su descanso y su refugio—, y el mero hecho de verla le aliviaba de esa sorda sensación de estar desencajado que lo atenazaba.

En cuanto lo vio, Katrina abandonó la colada, corrió hacia él secándose las manos enrojecidas en la parte delantera del vestido y se lanzó sobre él, rodeándole el pecho con los brazos. Roran soltó un rápido gruñido de dolor. Inmediatamente, ella se soltó y se apartó un poco. Con el ceño fruncido, exclamó:

—¡Oh! ¿Te he hecho daño?

—No…, no. Es solo que tengo el cuerpo un poco dolorido.

Ella no le preguntó nada; se limitó a abrazarlo otra vez, con mayor suavidad, y levantó la mirada hacia él con los ojos húmedos. Roran la abrazó por la cintura y la besó, inexpresablemente agradecido de su presencia.

Katrina se puso un brazo de él encima de los hombros y Roran no se resistió a su ayuda. Caminaron hasta la tienda. Una vez que estuvieron dentro, él se dejó caer encima de un trozo de tronco que utilizaban como asiento y que Katrina acababa de colocar delante de un pequeño fuego con el que había calentado la tina de agua y que ahora hacía hervir un guisado. La chica puso un poco de guisado en un cuenco y se lo ofreció. Luego fue a buscar una jarra de cerveza y un plato con media rebanada de pan y un trozo de queso.

—¿Necesitas algo más? —preguntó con una voz extrañamente ronca.

Roran no contestó. Se limitó a ponerle una mano en la mejilla y se la acarició dos veces con el pulgar. Ella sonrió, temblorosa, y puso su mano encima de la de él. Luego volvió a concentrarse en sus tareas y empezó a barrer con el ánimo renovado.

Roran permaneció largo rato mirando el cuenco sin empezar a comer. Todavía se sentía demasiado tenso, y no creía que el estómago le aceptara el alimento. Pero después de dar unos mordiscos al pan notó que recuperaba el apetito y se dispuso a comer con ganas.

Cuando hubo terminado, dejó los platos en el suelo y se quedó sentado calentándose las manos al fuego mientras daba los últimos tragos de cerveza.

—Oímos el estruendo cuando las puertas cayeron —dijo Katrina, escurriendo un trapo—. No aguantaron mucho tiempo.

—No… Tener un dragón de tu lado es una ayuda.

Katrina tendió el trapo en la cuerda que habían atado entre dos postes de la tienda. Mientras lo hacía, Roran observó su vientre. Cada vez que pensaba en el niño que esperaban, el niño que habían creado juntos, sentía un enorme orgullo; pero ese orgullo estaba teñido de cierta ansiedad, pues no sabía cómo podría ofrecer un hogar seguro a su hijo. Además, si la guerra no había terminado cuando Katrina diera a luz, ella pensaba separarse de Roran para irse a Surda, donde podría criar a su hijo con relativa tranquilidad.

«No puedo perderla, otra vez no.»

Katrina sumergió otra venda en la tina.

—¿Y la batalla de la ciudad? —preguntó, removiendo el agua—. ¿Cómo ha ido?

—Hemos tenido que luchar a cada paso. Incluso para Eragon ha sido duro.

—Los heridos hablaban de unas ballestas montadas encima de unas ruedas.

—Sí. —Roran dio un trago y describió rápidamente cómo los vardenos habían avanzado por Belatona y los contratiempos que habían encontrado al hacerlo—. Hemos perdido demasiados hombres hoy, pero hubiera podido ser peor. Mucho peor. Jörmundur y el capitán Martland habían planificado bien el ataque.

—Pero sus planes no hubieran salido bien de no haber sido por ti y por Eragon. Te has comportado con la mayor valentía.

Roran soltó una carcajada:

—¡Ja! ¿Y sabes por qué ha sido? Te lo voy a decir. No hay un solo hombre que esté dispuesto a atacar al enemigo. Eragon no se da cuenta, porque siempre está en la vanguardia de la batalla dirigiendo a los soldados, pero yo sí me doy cuenta. La mayoría de los hombres se quedan rezagados y no luchan a no ser que se encuentren acorralados. O, si no, se dedican a ir por ahí agitando los brazos y montando un gran escándalo, pero sin hacer nada.

Katrina se mostró horrorizada:

—¿Cómo es posible? ¿Es que son cobardes?

—No lo sé. Creo…, creo que, quizá, no son capaces de matar a un hombre mirándole a la cara, aunque les resulta muy fácil acabar con los soldados que les dan la espalda. Así que esperan recibir órdenes para hacer lo que no pueden hacer por sí mismos. Esperan a gente como yo.

—¿Crees que los hombres de Galbatorix hacen lo mismo?

Roran se encogió de hombros.

—Es posible. Pero ellos no pueden hacer otra cosa que obedecer a Galbatorix. Si él les ordena que luchen, luchan.

—Nasuada podría hacer lo mismo. Podría hacer que los magos formularan unos hechizos para que nadie pudiera eludir su deber.

—¿Y entonces qué diferencia habría entre ella y Galbatorix? De todas formas, los vardenos no lo tolerarían.

Katrina dejó la colada para ir a darle un beso en la frente.

—Me alegro de que hagas lo que haces —susurró. Regresó a la tina y empezó a restregar otro trozo de lino en la tabla de fregar—. Antes percibí una cosa, venía del anillo… Pensé que quizá te había pasado algo.

—Estaba en medio del campo de batalla. No sería extraño que hubieras recibido una punzada cada cinco minutos.

Katrina se quedó quieta un momento con los brazos dentro del agua.

—Nunca me había pasado antes.

Roran se bebió lo que quedaba de cerveza, como si quisiera postergar lo inevitable. Habría querido evitarle los detalles de lo que le había sucedido en el castillo, pero estaba claro que Katrina no dejaría de insistir hasta que supiera la verdad. Intentar convencerla de que no había pasado nada solo serviría para que ella imaginara cosas mucho peores. Además, no tenía sentido que lo mantuviera en secreto, pues pronto todos los vardenos tendrían noticia de lo sucedido.

Así que se lo contó. Le resumió lo ocurrido e intentó que el derrumbe de la pared pareciera más un molesto contratiempo que una adversidad que había estado a punto de matarlo. A pesar de ello, le resultó difícil describir la experiencia: hablaba de forma entrecortada, esforzándose por encontrar las palabras adecuadas. Cuando terminó el relato, se quedó en silencio, perturbado por el recuerdo de ese desagradable episodio.

—Por lo menos no estás herido —dijo Katrina.

Él mordisqueó el borde descascarillado de la jarra, distraído.

—No.

Roran no la miró, pero dejó de oír el sonido del agua y notó los ojos de ella clavados en él.

—Te has enfrentado a peligros mayores antes.

—Sí…, supongo.

—¿Qué es lo que pasa, entonces? —preguntó Katrina en un tono más dulce. Al ver que él no contestaba, añadió—: No hay nada que no puedas contarme por terrible que sea, Roran. Tú lo sabes.

El chico cogió la jarra otra vez y se arañó el pulgar con el borde. Mientras acariciaba la parte descascarillada con aire pensativo, dijo:

—Cuando la pared se derrumbó, creí que iba a morir.

—Cualquiera lo habría creído, en tu lugar.

—Sí, pero la cuestión es que «no me importó». —Levantó la vista y la miró con ojos angustiados—. ¿No lo comprendes? «Abandoné.» Cuando me di cuenta de que no podía escapar, lo acepté con la misma mansedumbre que la de un cordero que llevan al matadero, y yo… —Incapaz de continuar hablando, soltó la jarra y se cubrió el rostro con las dos manos. Tenía un nudo en la garganta tan grande que le resultaba difícil respirar. Pronto notó el contacto suave de los dedos de Katrina sobre los hombros—. Abandoné —gruñó, furioso y enojado consigo mismo—. Dejé de luchar…, por ti… por nuestro hijo. —Sintió que se ahogaba al pronunciar esas palabras.

—Shh, shh —lo tranquilizó ella.

—Nunca antes había abandonado. Ni una sola vez… Ni siquiera cuando los Ra'zac te secuestraron.

—Ya lo sé.

—Esta lucha tiene que terminar. No puedo continuar así… No puedo… Yo… —Roran levantó la cabeza y se alarmó al ver que Katrina estaba a punto de llorar. Se puso en pie y la abrazó con fuerza—. Lo siento —susurró—. Lo siento. Lo siento. Lo siento… No volverá a pasar. Nunca más. Lo prometo.

—«Eso» me da igual —dijo ella con la cara hundida en el pecho de él.

A Roran le dolió aquella respuesta.

—Sé que he sido débil, pero mi palabra todavía debería significar algo para ti.

—¡No quería decir esto! —exclamó Katrina, levantando la cabeza y mirándolo con ojos acusadores—. A veces eres un tonto, Roran.

Él sonrió débilmente.

—Lo sé.

Katrina le pasó las manos por la nuca y le explicó:

—Nunca podría pensar mal de ti, sin importar lo que sintieras cuando la pared se derrumbó. Lo único que me importa es que estás vivo… Cuando la pared cayó, no podías hacer nada, ¿verdad?

Roran negó con la cabeza.

—Entonces no tienes que avergonzarte de nada. Si hubieras podido evitarlo, si hubieras podido escapar y no lo hubieras hecho, entonces sí hubieras perdido mi respeto. Pero hiciste todo lo posible, y al ver que no había otra alternativa, hiciste las paces con tu destino. No te resististe a él de forma insensata. Eso es sabiduría, no debilidad.

Él le dio un beso suave en la frente, justo sobre la ceja.

—Gracias.

—Y para mí, tú eres el más valiente, el más fuerte y el más amable de todos los hombres de Alagaësia.

Esta vez Roran la besó en los labios. Al cabo de un instante, Katrina se rio con ganas, soltando toda la tensión, y los dos permanecieron abrazados, meciéndose al ritmo de una melodía que solamente ellos podían oír.

Al final, Katrina lo empujó con gesto juguetón y se fue a terminar la colada. Roran volvió a sentarse encima del tronco, contento por primera vez desde que la batalla había terminado, y a pesar de que le dolía todo el cuerpo.

Roran permaneció un rato contemplando a los hombres, caballos, enanos y úrgalos que pasaban con paso fatigado por delante de la tienda. Se fijaba en las heridas que tenían o en la condición en que se encontraban sus armas y armaduras. Intentaba captar el estado de ánimo de los vardenos, pero la única conclusión a la que llegó fue que todos, excepto los úrgalos, precisaban una buena noche de descanso y una comida decente. Y que todos ellos, incluidos los úrgalos —en especial ellos— necesitaban además que los restregaran de pies a cabeza con un buen cepillo y les echaran encima unos cuantos cubos de agua jabonosa.

También observaba a Katrina: se dio cuenta de que, mientras trabajaba, su buen humor inicial iba dando paso a una irritación cada vez mayor. Frotaba las manchas de la ropa una y otra vez, pero no conseguía gran cosa. Fruncía el ceño con gesto adusto y ademán frustrado. Al fin lanzó el trozo de tela con fuerza contra la tabla de lavar, salpicando todo de agua, y se apoyó en la tina con los labios apretados. Roran se levantó del tronco y se acercó a ella.

—Déjame a mí —le dijo.

—No es apropiado —repuso ella.

—Tonterías. Ve a sentarte. Yo terminaré… Vete.

Ella negó con la cabeza.

—No. Eres tú quien debería descansar, no yo. Además, esto no es trabajo para un hombre.

Él soltó un bufido de burla.

—¿Quién lo dice? El trabajo de un hombre, y el de una mujer, consiste en hacer lo que haya que hacer. Ahora ve a sentarte; te sentirás mejor cuando descanses los pies.

—Roran, estoy bien.

—No seas tonta.

El chico intentó apartarla con suavidad de la tina, pero ella se negó a moverse.

—No está bien —protestó—. ¿Qué pensará la gente? —preguntó, haciendo un gesto en dirección a los hombres que se afanaban por el fangoso camino de delante de la tienda.

—Que piensen lo que quieran. Soy yo quien se ha casado contigo, no ellos. Si creen que soy menos hombre por ayudarte, entonces es que son idiotas.

—Pero…

—Pero nada. Aparta. Venga, vamos, fuera de aquí.

—Pero…

—No pienso discutir. Si no vas a sentarte, te voy a llevar a la fuerza hasta allí y te voy a atar a ese tronco.

Ella lo miró con expresión divertida.

—¿De verdad?

—Sí. ¡Fuera!

Al ver que continuaba resistiéndose, Roran soltó un bufido de exasperación.

—Eres tozuda, ¿eh?

—Mira quién habla. Una mula podría aprender mucho de ti.

—¿De mí? No soy yo el testarudo.

Roran se desató el cinturón, se quitó la camisa y se subió las mangas de la túnica. Sintió el aire frío en la piel de los brazos; las vendas todavía estaban más frías —se habían quedado heladas de estar encima de la tabla de lavar—, pero no le importó porque el agua estaba aún caliente, y pronto también lo estuvieron los trapos. Unas iridiscentes burbujas de espuma se le pegaban a las muñecas cada vez que arrastraba las vendas fuera del agua y las restregaba sobre la irregular superficie de la tabla. Miró a Katrina y se alegró al ver que ella por fin se estaba relajando en el asiento, por lo menos tanto como era posible hacerlo encima de un tronco tan incómodo.

—¿Quieres una infusión de manzanilla? —preguntó ella—. Gertrude me ha traído un ramo de flores frescas esta mañana. Puedo preparar un cazo para los dos.

—Sí, me apetece.

Se sumieron en un silencio cómplice. Roran continuó lavando el resto de la colada. La tarea le puso de mejor humor: le gustaba hacer algo con las manos que no fuera manejar el martillo; además, estar cerca de Katrina le producía una profunda satisfacción.

Justo cuando terminaba de lavar la última pieza y Katrina acababa de servirle la infusión, oyeron que alguien los llamaba desde el ajetreado camino de delante de la tienda. Roran tardó unos momentos en reconocer que era Baldor quien corría a través del fango en dirección a ellos, esquivando hombres y caballos. Llevaba puesto un delantal con pechera y unos pesados guantes que le llegaban hasta el codo y que se veían sucios de hollín, tan gastados que la parte de los dedos había quedado acartonada y lisa, pulida como el caparazón de una tortuga. Se había recogido el hirsuto cabello con una tira de cuero, y tenía el ceño fruncido. Baldor no era tan alto como Horst, su padre, ni como Aldrich, su hermano, pero, comparado con la mayoría de los hombres, se lo veía grande y musculoso, resultado de haber pasado la infancia ayudando a su padre en la forja. Ninguno de los tres había luchado ese día —pues los herreros hábiles eran demasiado valiosos para correr el riesgo de que murieran en la batalla—, aunque a Roran le hubiera gustado que Nasuada lo hubiera permitido, pues los tres eran guerreros muy capaces y se podía contar con ellos incluso en las circunstancias más adversas.

Roran dejó la colada y se secó las manos, preguntándose qué podía haber sucedido. Katrina se levantó del tronco y fue hasta él.

Cuando Roran llegó a la tienda, tardó unos segundos en recuperar el ritmo normal de respiración. Luego, de un tirón, dijo:

—Venid, deprisa. Madre acaba de ponerse de parto y…

—¿Dónde está? —se precipitó a preguntar Katrina.

—En nuestra tienda.

Katrina asintió con la cabeza:

—Estaremos allí enseguida.

Con expresión agradecida, Baldor dio media vuelta y se fue corriendo.

Mientras Katrina volvía a entrar en la tienda, Roran vació el agua de la tina sobre el fuego, hasta apagarlo. La madera siseó y crujió, y una nube de vapor llenó el aire con un olor desagradable.

Roran se movía impulsado por el temor y la prisa. «Espero que no muera», pensó, recordando haber oído a las otras mujeres comentar que ella ya era mayor y que su embarazo estaba siendo demasiado largo. Elain siempre se había mostrado amable con él y con Eragon, y le tenía aprecio.

—¿Estás listo? —preguntó Katrina, saliendo de la tienda otra vez mientras se anudaba un pañuelo azul que se había puesto sobre la cabeza.

Roran cogió su cinturón y su martillo y respondió.

—Listo. Vamos.

El precio del poder

—*Y*a está, señora. Ya no van a hacer más falta. ¡Ya era hora!

Farica, la sirvienta de Nasuada, tiró de la última venda de lino que le envolvía el brazo. Había llevado los dos brazos vendados desde el día en que ella y Fadawar, el señor de la guerra, habían puesto a prueba su coraje al enfrentarse el uno al otro en la Prueba de los Cuchillos Largos. Mientras Farica la asistía, Nasuada mantenía la vista clavada en los agujeros de uno de los tapices de la pared. Pero al fin se armó de valor y bajó los ojos, despacio. Había sido la ganadora de la Prueba de los Cuchillos Largos, pero no soportaba verse las heridas: eran tan recientes y tenían un aspecto tan terrible que no se había sentido capaz de mirarlas otra vez hasta que se hubieron curado. Las cicatrices eran asimétricas: había seis que le recorrían la parte interna del antebrazo derecho, y tenía tres más en el antebrazo izquierdo. Todas ellas tenían entre siete y diez centímetros de longitud, y eran rectas, excepto una, que se curvaba en uno de los extremos. Eso se debía a que, en el último momento, Nasuada había perdido el control de sí misma y el cuchillo se le había escapado, haciéndole un corte irregular del doble de longitud que los demás. La parte de piel que rodeaba las cicatrices tenía un tono rosado y estaba hinchada, y la piel que las cubría era solo un poco más clara que la del resto del cuerpo. Nasuada se sintió aliviada al verlo, pues había temido que hubieran cobrado un aspecto blanquecino, lo cual las habría hecho mucho más visibles. Sobresalían casi un centímetro de su brazo, como unas crestas duras. Parecía que le hubieran insertado unas finas varillas de acero bajo la piel.

Esas marcas le provocaban sentimientos ambivalentes. Cuando era niña, su padre le había enseñado las costumbres de su pueblo, pero Nasuada había pasado toda su vida con los vardenos y los enanos, y los únicos rituales que había visto entre esas gentes nómadas —y solamente de vez en cuando— estaban asociados con su religión. Ella nunca había aspirado a llegar a dominar la Danza de los Tambores, ni a participar en la difícil Convocatoria por Nombres, y ni mucho menos a superar a nadie en la Prueba de los Cuchillos Largos. A pesar de todo, allí estaba, todavía joven y todavía bonita, y ya con esas nueve cicatrices en los antebrazos. Por supuesto, podía ordenar a uno de los magos de los vardenos que las hicieran desaparecer, pero eso implicaría renunciar a su victoria, y las tribus nómadas la rechazarían como su soberana.

Aunque lamentaba no tener ya unos brazos suaves y bien torneados que atrajeran las miradas de admiración de los hombres, se sentía orgullosa de sus cicatrices, pues eran el testimonio de su fuerza de carácter y un signo evidente de su devoción por los vardenos. Todo aquel que las viera se daría cuenta de su valentía, y Nasuada decidió que eso era más importante que su aspecto.

—¿Qué te parecen? —preguntó, alargando los brazos hacia el rey Orrin, que permanecía ante la ventana abierta del estudio contemplando la ciudad.

Orrin se dio media vuelta y frunció el ceño, mirándola con sus ojos oscuros. Se había quitado la armadura y ahora llevaba una túnica roja y una capa ribeteada de armiño blanco.

—Me resultan desagradables a la vista —repuso, y volvió a dirigir su atención hacia la ciudad—. Cúbrete. Es inapropiado para una persona educada.

Nasuada se observó los antebrazos otra vez.

—No, creo que no lo haré.

Se apretó los nudos de las cintas que sujetaban sus medias mangas y despidió a Farica. Luego caminó sobre la suntuosa alfombra tejida por los enanos que cubría el centro de la habitación y se puso al lado de Orrin para observar los estragos que la batalla había causado en la ciudad. Se alegró al ver que todos los fuegos del muro oeste, excepto dos, habían sido ya extinguidos. Luego levantó la mirada hacia el rostro del rey.

Durante el corto periodo de tiempo en el que los vardenos y los surdanos se habían lanzado al ataque contra el Imperio, Nasuada había visto que la expresión de Orrin se había vuelto más seria. Su anterior actitud entusiasta y excéntrica había dejado paso a un ademán adusto. Al principio se había alegrado al ver ese cambio en él, pero a medida que la guerra continuaba, había empezado a echar de menos sus apasionadas discusiones sobre filosofía natural, así como sus rarezas. Ahora se daba cuenta de que Orrin le había alegrado los días, aunque a veces le hubiera resultado irritante. Además, ese cambio hacía que él fuera ahora un rival más peligroso. Visto su estado de ánimo, a Nasuada le resultaba más fácil imaginar que pudiera intentar algo para desplazarla de su puesto de líder de los vardenos.

«¿Podría ser feliz si me casara con él?», se preguntó. El aspecto de Orrin no era desagradable: tenía una nariz pequeña y un poco respingona, pero su mandíbula era fuerte, y sus labios, expresivos y bien dibujados. Los muchos años de entrenamiento militar le habían conferido un físico fuerte. No cabía duda de que era inteligente y, en general, su carácter era agradable. A pesar de todo, de no ser por que él era el rey de los surdanos y por que suponía una amenaza tan grande a su posición, Nasuada nunca hubiera considerado un enlace con él. «¿Sería un buen padre?»

Orrin apoyó las manos en el alféizar de piedra y se inclinó un poco hacia delante. Sin mirarla, dijo:

—Tienes que romper tu pacto con los úrgalos.

Nasuada se quedó perpleja.

—¿Y eso por qué?

—Porque no nos hace ningún bien. Hombres que, en otras circunstancias, se hubieran unido a nosotros, ahora nos maldicen por habernos aliado con esos monstruos y se niegan a deponer sus armas cuando llegamos a sus casas. La resistencia de Galbatorix les parece justificada a causa de nuestra unión con los úrgalos. La gente común no comprende por qué nos hemos unido a ellos. No saben que también Galbatorix utilizó a los úrgalos, ni que fue Galbatorix quien los engañó para que atacaran Tronjheim bajo las órdenes de un Sombra. No es posible explicar todas esas sutilezas a un granjero asustado. Lo único que ese hombre sabe es que esas criaturas a quienes ha temido y ha odiado toda la vida ahora marchan hacia su casa bajo las órdenes de un enorme dragón y de un Jinete que se parece más a un elfo que a un humano.

—Necesitamos el apoyo de los úrgalos —dijo Nasuada—. Nuestro número ya es escaso contando con ellos.

—No, no nos hacen tanta falta. Ya sabes que lo que digo es verdad. ¿Por qué, si no, impediste que los úrgalos participaran en el ataque de Belatona? ¿Por qué les ordenaste que no entraran en la ciudad? Pero mantenerlos alejados del campo de batalla no es suficiente, Nasuada. Las noticias sobre su presencia corren por todas partes. Lo único que puedes hacer para mejorar esta situación es acabar con esta funesta alianza antes de que nos cause males mayores.

—No puedo hacerlo.

Orrin se dio media vuelta y la miró con el rostro contraído por el enojo.

—Hay hombres que están «muriendo» porque tú decidiste aceptar la ayuda de Garzhvog. Mis hombres, tus hombres, los hombres del Imperio…, muertos y «enterrados». Esta alianza no merece tanto sacrificio, y por mi vida que no consigo comprender por qué continúas defendiéndola.

Nasuada no pudo sostenerle la mirada: le hacía sentir la culpa que tantas veces la asediaba cuando intentaba conciliar el sueño. Así que clavó los ojos en el humo que se elevaba desde una torre situada en uno de los extremos de la ciudad. Despacio, repuso:

—La defiendo porque creo que si mantenemos esta alianza con los úrgalos, conseguiremos salvar más vidas de las que nos va a costar… Si logramos derrotar a Galbatorix…

Orrin soltó una exclamación de duda.

—Ya sé que no es seguro —dijo Nasuada—. Lo sé. Pero debemos hacer planes teniendo en cuenta esa posibilidad. Si lo derrotamos, entonces tendremos la responsabilidad de ayudar a nuestra raza a recuperarse de este conflicto y a construir un país nuevo y fuerte a partir de las cenizas del Imperio. Y parte de ese proceso dependerá de que, después de un siglo de refriegas, tengamos paz. No voy a derrocar a Galbatorix para que luego los úrgalos nos ataquen cuando estemos ya debilitados.

—Lo podrían hacer de todas formas. Siempre lo han hecho.

—Bueno, ¿y qué otra cosa podemos hacer? —repuso ella, molesta—. Tenemos que intentar domarlos. Cuanto más los vinculemos a nuestra causa, menos probable será que se vuelvan contra nosotros.

—Yo te diré qué podemos hacer —gruñó Orrin—: acabar con ellos. Rompe tu pacto con Nar Garzhvog y mándalo, a él y a sus carneros, bien lejos. Cuando ganemos esta guerra podremos negociar un nuevo tratado con ellos, y estaremos en situación de imponer los términos que queramos. O, mejor incluso, manda a Eragon y a Saphira a las Vertebradas con un batallón de hombres para que acaben con ellos de una vez por todas, tal como deberían haber hecho los Jinetes hace siglos.

Nasuada lo miró, sin poder creer lo que oía.

—Si rompemos nuestro pacto con los úrgalos, se enojarán tanto que nos atacarán de inmediato. Y no podemos luchar contra ellos y contra el Imperio al mismo tiempo. Provocar eso sería la peor de las locuras. Si, en su sabiduría, los elfos, los dragones y los Jinetes decidieron tolerar la existencia de los úrgalos (incluso aunque hubieran podido aplastarlos con facilidad), nosotros tenemos que seguir su ejemplo. Ellos sabían que hubiera estado mal matar a todos los úrgalos, y tú también deberías saberlo.

—Su sabiduría... ¡Bah! ¡Como si su «sabiduría» les hubiera servido de algo! De acuerdo, deja vivos a algunos úrgalos, ¡pero mata al resto para que los que queden no se atrevan a abandonar sus guaridas durante cien años o más!

El tono dolido de su voz y la tensión que se le veía en el rostro sorprendieron a Nasuada. Lo examinó con atención, intentando adivinar el motivo de su vehemencia. Al cabo de unos momentos se le ocurrió una explicación que, analizada, parecía evidente.

—¿A quién has perdido? —le preguntó.

Orrin apretó un puño y lo levantó, como si fuera a golpear con todas sus fuerzas el alféizar de la ventana, pero la fuerza le falló. Dio dos débiles puñetazos sobre la piedra y dijo:

—A un amigo con quien crecí en el castillo Borromeo. Creo que no lo conocías. Era uno de los tenientes de mi caballería.

—¿Cómo ha muerto?

—Como era de esperar. Acabábamos de llegar a los establos de la puerta oeste y estábamos protegiéndolos cuando uno de los mozos salió corriendo de una de las caballerizas y le clavó una horca. Cuando lo atrapamos, no dejaba de gritar tonterías sobre los úrgalos y de afirmar que nunca se rendiría a ellos... Ya no sabía lo que se decía. Lo maté con mis propias manos.

—Lo siento —dijo Nasuada.

Orrin asintió con la cabeza y las piedras preciosas de su corona brillaron.

—Por muy doloroso que sea, no puedes permitir que tu tristeza dicte tus decisiones... No es fácil, lo sé, ¡bien que lo sé!, pero debes ser fuerte, por el bien de tu gente.

—Debo ser fuerte —repitió él con tono de burla.

—Sí. A nosotros se nos exige más que a la mayoría de la gente. Además, debemos esforzarnos por ser mejores que los demás si queremos ser merecedores de nuestra responsabilidad... Los úrgalos mataron a mi padre, recuérdalo, pero eso no evitó que yo forjara una alianza con ellos para ayudar a los vardenos. No permitiré que nada me impida hacer lo mejor para ellos y para nuestro ejército, sin importar lo doloroso que pueda ser.

Nasuada levantó los brazos, mostrándole las cicatrices otra vez.

—¿Esa es tu respuesta, entonces? ¿No vas a romper el pacto con los úrgalos?

—No.

Orrin aceptó la negativa con una tranquilidad que inquietó a Nasuada. El rey volvió a apoyarse en el alféizar y continuó observando la ciudad. Llevaba cuatro anillos grandes en los dedos; uno de ellos lucía el sello real de Surda grabado sobre una amatista: sobre un harpa, un ciervo de grandes cuernos a cuyos pies se enredaban unas ramas de muérdago, y, al otro lado, la imagen de una torre fortificada.

—Por lo menos no encontramos ningún soldado que hubiera sido hechizado para no notar el dolor —dijo Nasuada.

—Te refieres a los muertos sonrientes —farfulló Orrin, utilizando el término que ya era común entre los vardenos—. No, ni tampoco a Murtagh ni a Espina, lo cual me preocupa.

Durante un rato, ninguno de los dos dijo nada.

Al fin, Orrin preguntó:

—¿Qué tal fue tu experimento anoche? ¿Salió bien?

—Estaba demasiado cansada para llevarlo a cabo. Me fui a dormir.

—Ah.

Al cabo de unos momentos, como por un acuerdo tácito, ambos fueron hasta un escritorio que se encontraba apoyado en una de las paredes de la sala. Montones de papeles, tabletas y rollos de pergamino lo cubrían por completo. Nasuada contempló ese panorama desolador y suspiró: hacía tan solo unos momentos que el escritorio estaba vacío y sus ayudantes lo acababan de limpiar.

Se concentró en un informe que se encontraba encima de los demás y que ya le resultaba demasiado familiar. Era una estimación del número de prisioneros que los vardenos habían hecho durante el asedio de Belatona, con los nombres de las personas más importantes escritos con tinta roja. Ella y Orrin estaban discutiendo las cifras cuando Farica se había presentado para quitarle las vendas.

—No se me ocurre cómo salir de este enredo —dijo Nasuada.

—Podríamos reclutar guardias de entre los hombres de aquí. Así no tendríamos que dejar a tantos de nuestros guerreros detrás.

Nasuada cogió el informe.

—Quizá sí. Pero será difícil encontrar a los hombres que necesitamos, y nuestros hechiceros ya están peligrosamente sobrecargados de trabajo…

—¿Ha descubierto Du Vrangr Gata la manera de quebrar un juramento pronunciado en el idioma antiguo? —Cuando Nasuada le dijo que no, Orrin preguntó—: Pero ¿han hecho algún progreso?

—Ninguno que resulte práctico. Incluso he preguntado a los elfos, pero ellos no han tenido más suerte durante estos años que nosotros durante estos últimos días.

—Si no resolvemos esto, pronto, puede que nos cueste la guerra —dijo Orrin—. Este único tema, este de aquí.

Nasuada se frotó las sienes.

—Lo sé.

Antes de que abandonaran la protección de los enanos en Farthen Dûr y en Tronjheim, ella había intentado prever todas las dificultades con que los vardenos se encontrarían durante la ofensiva. Pero el problema ante el que se hallaban en ese momento la había pillado totalmente desprevenida. Esa dificultad ya había aparecido después de la batalla de los Llanos Ardientes, cuando se hizo evidente que todos los oficiales del ejército de Galbatorix, y también la mayoría de los soldados, habían sido obligados a jurar lealtad a Galbatorix y al Imperio en el idioma antiguo. Nasuada y Orrin se dieron cuenta de inmediato de que nunca podrían confiar en esos hombres; quizá ni siquiera aunque acabaran con ellos. Por tanto, no podían permitir que los hombres que deseaban desertar se unieran a los vardenos, pues tenían miedo de lo que ese juramento les podría empujar a hacer.

En esos momentos, Nasuada no se había sentido desbordada por la situación. Los prisioneros eran una consecuencia de la guerra, y ya había previsto, con el rey Orrin, que los cautivos regresarían a Surda y que, allí, serían destinados a la construcción de carreteras, de canales, a las minas y a otros trabajos duros.

Sin embargo, cuando los vardenos tomaron la ciudad de Feinster, Nasuada comprendió cuál era la dimensión real del problema. Los agentes de Galbatorix habían obtenido el juramento de lealtad no solamente de los soldados de Feinster, sino también de los nobles, de muchos de los oficiales que se encontraban a su servicio y de un número indeterminado de gente común de toda la ciudad; un número importante que, Nasuada sospechaba, los vardenos no habían conseguido determinar. Los que habían sido identificados habían tenido que ser encerrados bajo llave para que no intentaran subvertir a los vardenos. A partir de ese momento, encontrar gente en quien pudieran confiar y que estuviera dispuesta a trabajar con los vardenos había resultado más difícil de lo que Nasuada había imaginado.

El número de personas que había que vigilar era tan grande que se había visto obligada a dejar el doble de soldados de los que inicialmente había previsto. Además, con tantos prisioneros, el normal funcionamiento de la ciudad era imposible, así que había tenido que destinar un número importante de soldados del ejército de los vardenos a ocuparse de que la ciudad no muriera de hambre. No podrían aguantar esa situación mucho tiempo, y, ahora que también se habían hecho con Belatona, el problema se agravaría.

—Es una pena que los enanos no hayan llegado todavía —dijo Orrin—. Su ayuda nos vendría bien.

Nasuada asintió. En ese momento solo había unos cuantos centenares de enanos con los vardenos. Los demás habían regresado a Farthen Dûr para asistir al entierro de su rey, Hrothgar, y para esperar a que los jefes de sus clanes eligieran al sucesor de Hrothgar, circunstancia que Nasuada había maldecido varias veces. Había intentado convencer a los enanos de que designaran un regente provisional para el periodo de guerra, pero eran tozudos como mulas y habían insistido en llevar a cabo sus antiquísimas ceremonias, aunque eso significara abandonar a los vardenos en medio de la campaña. De todas formas, ahora los enanos ya habían elegido a su nuevo rey —el sobrino de Hrothgar, Orik— y habían partido de las distantes montañas Beor para ir a reunirse de nuevo con los vardenos. En ese mismo momento marchaban a través de las vastas llanuras que quedaban justo al norte de Surda, entre el lago Tüdosten y el río Jiet.

Nasuada dudaba de que los enanos estuvieran preparados para luchar cuando llegaran. En general, eran más resistentes que los humanos, pero llevaban dos meses caminando y eso podía consumir las fuerzas de cualquier criatura, por resistente que fuera. «Deben de estar cansados de ver siempre el mismo paisaje», pensó.

—Ya tenemos demasiados prisioneros —dijo Orrin—. ¿Qué te parece si pasamos de largo Dras-Leona?

Rebuscó en un montón de papeles del escritorio hasta que encontró un gran mapa de Alagaësia hecho por los enanos y lo desplegó por encima de los montones de documentos ministeriales. La irregular base sobre la que el mapa descansaba confería una topografía extraña a Alagaësia: montañas al este de Du Weldenvarden, una profunda depresión en las montañas Beor, cañones y barrancos por todo el desierto Hadarac y grandes ondulaciones a lo largo de la parte septentrional de las Vertebradas, formadas por los rollos de pergamino del escritorio.

—Mira. —Orrin trazó con el índice una línea que iba desde Belatona hasta la capital del Imperio, Urû'baen—. Si nos dirigimos aquí en línea recta, ni siquiera nos acercaremos a Dras-Leona. Será difícil cruzar este trecho todos a la vez, pero quizá lo consigamos.

Nasuada no necesitaba reflexionar sobre esa posibilidad, pues ya lo había hecho antes.

—El riesgo sería demasiado grande. Aunque lo hiciéramos, Galbatorix nos podría atacar con los soldados que tiene apostados en Dras-Leona, y no son pocos, según la información de nuestros espías. Entonces acabaríamos enfrentándonos a dos ofensivas a la vez, y no se me ocurre una forma mejor de perder una batalla… o una guerra. No, es necesario que nos hagamos con Dras-Leona.

Orrin le dio la razón con un leve asentimiento de cabeza.

—Entonces tenemos que traer a nuestros hombres de vuelta de Aroughs. Necesitamos a todos los soldados para continuar.

—Lo sé. Quiero asegurarme de que el asedio haya terminado antes del final de la semana.

—Espero que no sea enviando a Eragon allí.

—No, tengo un plan diferente.

—Bien. ¿Y mientras tanto? ¿Qué vamos a hacer con esos prisioneros?

—Lo que hemos hecho hasta ahora: guardias, vallas y candados. Quizá también los podamos cercar con algunos hechizos que limiten su capacidad de movimiento para que no tengamos que vigilarlos tan estrechamente. Aparte de eso, no veo ninguna otra solución, excepto matarlos a todos, y yo preferiría… —Se interrumpió un instante para pensar en qué no estaría dispuesta a hacer para derrotar a Galbatorix—. Preferiría no recurrir a medidas tan… drásticas.

—Sí.

Orrin se encorvó, izando los hombros como un buitre, sobre el mapa y observó unos borrosos trazos de tinta que dibujaban un triángulo formado por Belatona, Dras-Leona y Urû'baen. No se movió hasta que Nasuada dijo:

—¿Hay alguna otra cosa que debamos decidir? Jörmundur está esperando órdenes, y el Consejo de Ancianos ha solicitado una audiencia conmigo.

—Estoy preocupado.

—¿Por qué?

Orrin pasó la mano por encima del mapa.

—Tengo miedo de que esta empresa esté mal pensada desde el comienzo… Me preocupa que nuestros ejércitos, y los de nuestros aliados, estén tan dispersos, y que a Galbatorix se le pueda meter en la cabeza la idea de salir él mismo al campo de batalla. Si lo hiciera, nos destruiría tan fácilmente como Saphira acaba con una manada de cabras. Nuestra estrategia depende por completo de que consigamos que Galbatorix se encuentre con Eragon, con Saphira y con tantos hechiceros como podamos reunir. En nuestras filas ahora solo contamos con un pequeño número de hechiceros, y no podremos juntarlos a todos hasta que lleguemos a Urû'baen y nos encontremos con la reina Islanzadí y su ejército. Hasta ese momento seremos terriblemente vulnerables a un ataque. Estamos arriesgando demasiado por el supuesto de que el orgullo de Galbatorix le impedirá entrar en batalla hasta que nuestra trampa esté lista.

Nasuada compartía la misma preocupación, pero sabía que era mucho más importante hacer que Orrin recobrara la confianza que lamentarse con él, pues una falta de determinación en el rey repercutiría en el ejercicio de sus deberes y acabaría por menoscabar el ánimo de sus hombres.

—No estamos totalmente indefensos —repuso—. Ya no. Ahora tenemos la *dauthdaert*, y con ella creo que podríamos matar a Galbatorix y a Shruikan en caso de que salieran de los confines de Urû'baen.

—Quizá sí.

—Además, preocuparse no sirve de nada. No podemos apremiar a los enanos, ni tampoco acelerar nuestro avance hacia Urû'baen. Tampoco podemos dar media vuelta y huir. Así que no permitiré que nuestra situación te preocupe en exceso. Lo único que podemos hacer es esforzarnos por aceptar nuestra situación con elegancia, sea la que sea. La alternativa es permitir que el miedo a los posibles actos de Galbatorix nos ofusque la mente, y «eso» no lo toleraré. Me niego a concederle tanto poder sobre mí.

Un crudo alumbramiento

*U*n grito desgarró el aire: agudo, entrecortado y penetrante, de un volumen y un tono casi inhumanos.

Eragon se puso en tensión, como si alguien le hubiera clavado una aguja. Había pasado casi todo el día viendo a los hombres pelear y morir —y había matado a unos cuantos—, pero eso no impedía que se sintiera preocupado al oír los gritos de angustia de Elain. Eran tan terribles que ya empezaba a preguntarse si sobreviviría al parto.

Cerca de donde se encontraba, al lado del barril que le servía de asiento, Albriech y Baldor permanecían de cuclillas y se entretenían arrancando las maltrechas hojas de hierba que tenían entre los pies. Agarraban cada hoja con sus gruesos dedos y tiraban de ella con una concentración metódica antes de pasar a la siguiente. Tenían la frente perlada de sudor, y la rabia y la desesperación habían endurecido sus ojos. De vez en cuando intercambiaban alguna mirada o escrutaban la entrada de la tienda, al otro lado de la calle, donde se encontraba su madre. Pero pasaban casi todo el tiempo con la mirada fija en el suelo, ignorando lo que ocurría a su alrededor.

A poca distancia de ellos, Roran también esperaba sentado en un barril que estaba tumbado de costado en el suelo y que se mecía cada vez que él se movía. A uno de los lados del camino se habían reunido un grupo de varias decenas de vecinos de Carvahall, la mayoría hombres y amigos de Horst y de sus hijos, u hombres cuyas esposas estaban ayudando a Gertrude, la curandera, a cuidar de Elain. Por detrás de ellos se veía a Saphira, con el cuello arqueado y la punta de la cola doblada como si estuviera cazando. La dragona sacaba y metía la lengua con movimientos muy rápidos, buscando algún olor en el aire que le ofreciera información sobre Elain o el hijo que estaba a punto de nacer.

Eragon se frotó un músculo dolorido del antebrazo izquierdo. Hacía varias horas que esperaban, y el atardecer se acercaba. Unas sombras alargadas y oscuras se proyectaban de las tiendas y los hombres en dirección al este, como si se esforzaran por alcanzar el horizonte. El aire se había enfriado, y los mosquitos y los caballitos del diablo del río Jiet volaban de un lado a otro por todas partes.

Otro grito rompió el silencio.

Los hombres se mostraron intranquilos y empezaron a hacer gestos destinados a alejar la mala suerte y a hablar en susurros, pero Eragon los oía con claridad. Comentaban lo difícil que era el embarazo de Elain. Algunos declaraban solemnemente que si no daba a luz pronto, sería demasiado tarde tanto para ella como para el niño. Otros decían cosas como: «Ya es duro para un hombre perder a su mujer en la mejores de las épocas, pero todavía lo es más aquí y ahora», o «Es una pena, es…». Algunos achacaban los problemas de Elain a los Ra'zac o a los sucesos que habían tenido lugar durante el viaje de los habitantes del pueblo en busca de los vardenos. Y más de uno hizo un comentario desconfiado sobre el hecho de que hubieran permitido a Arya ayudar en el parto. «Es una elfa, no una humana —decía Fisk, el carpintero—. Debería quedarse con los suyos, eso es, y no ir por ahí metiéndose donde nadie la llama. ¿Quién sabe qué quiere realmente, eh?.»

Eragon oyó todo eso y mucho más, pero ocultó sus sentimientos y se mantuvo tranquilo, pues sabía que los vecinos del pueblo se intranquilizarían mucho si supieran lo fina que se había vuelto su capacidad auditiva.

De repente oyó un crujido procedente del barril de Roran y vio que este se había inclinado hacia delante para decir algo:

—¿Crees que deberíamos…?

—No —dijo Albriech.

Eragon se arrebujó en el abrigo. El frío empezaba a calarle los huesos. Pero no pensaba irse hasta que el suplicio de Elain terminara.

—Mirad —exclamó Roran, repentinamente excitado.

Albriech y Baldor giraron la cabeza al mismo tiempo.

Al otro lado de la calle, Katrina acababa de salir de la tienda con un fardo de trapos sucios en los brazos. Antes de que la cortina se cerrara otra vez, Eragon entrevió que Horst y una de las mujeres de Carvahall —no estaba seguro de quién era— se encontraban a los pies del catre de Elain. Katrina, sin prestar atención a todos los que la estaban mirando, se acercó casi corriendo a la hoguera en la cual Isold, la esposa de Fisk, y Nolla estaban hirviendo los trapos para volver a utilizarlos.

Roran cambió de postura y el barril volvió a crujir. Eragon casi esperaba verlo salir corriendo tras Katrina, pero se quedó donde estaba, igual que hicieron Albriech y Baldor. Los tres, al igual que el resto de las personas, siguieron a Katrina con mirada atenta y sin pestañear.

De repente se oyó otro grito de Elain, igual de penetrante que los anteriores, y Eragon hizo una mueca de dolor.

Entonces la cortina de la tienda volvió a abrirse y Arya salió a la calle con paso enérgico, los brazos desnudos y despeinada. Los mechones de pelo se le enredaban sobre el rostro mientras se acercaba a tres de los guardias elfos de Eragon, que estaban de pie bajo la sombra de uno de los pabellones cercanos. Estuvo hablando unos instantes con uno de ellos, con una elfa de rostro alargado que se llamaba Invidia, y luego regresó por donde había venido.

Eragon llegó hasta ella a mitad de camino.

—¿Qué tal va? —preguntó.

—Mal.

—¿Por qué está tardando tanto? ¿No puedes ayudarla a parir más deprisa?

La expresión del rostro de Arya, que ya era de angustia, se hizo todavía más sombría.

—Podría hacerlo. Hubiera podido hacer salir al niño de su vientre durante la primera media hora, pero Gertrude y las otras mujeres solamente me han permitido utilizar los hechizos más sencillos.

—¡Pero eso es absurdo! ¿Por qué?

—Porque le tienen miedo a la magia…, y me tienen miedo a mí.

—Entonces explícales que no vas a causar ningún daño. Díselo en el idioma antiguo y no les quedará más alternativa que creerte.

Arya negó con la cabeza.

—Eso solo empeoraría las cosas. Creerían que intento hechizarlas contra su voluntad, y me echarían fuera.

—Pero seguro que Katrina…

—Gracias a ella he podido formular unos cuantos hechizos.

Volvieron a oír un grito de Elain.

—¿No permitirán, por lo menos, que le alivies el dolor?

—No más de lo que ya lo han hecho.

Eragon se giró hacia la tienda de Horst.

—¿Ah, sí? —gruñó, apretando los dientes.

Arya lo sujetó del brazo para que no se moviera de donde estaba, y él la miró como pidiéndole una explicación. Ella negó con la cabeza.

—No lo hagas —le pidió—. Estas costumbres son muy antiguas. Si interfieres en esto, harás que Gertrude se enoje y se incomode, y muchas de las mujeres del pueblo se pondrán contra ti.

—¡Eso no me importa!

—Lo sé, pero confía en mí: ahora mismo, lo más sensato que puedes hacer es esperar con los demás. —Arya le soltó el brazo como para enfatizar esa afirmación.

—¡No puedo quedarme de brazos cruzados y permitir que siga sufriendo!

—Escúchame. Es mejor que te quedes aquí. Yo ayudaré a Elain tanto como pueda, eso te lo prometo, pero no entres ahí. Solo conseguirás provocar conflictos y rabia, y eso no hace ninguna falta… Por favor.

Eragon dudó unos momentos. Al oír otro grito de Elain, soltó un bufido de disgusto y levantó las manos en un gesto de rendición.

—Vale —dijo, acercando su rostro al de Arya—, pero, pase lo que pase, no permitas que ni ella ni el niño mueran. No me importa lo que tengas que hacer, pero no permitas que mueran.

Arya lo observó con expresión seria.

—Nunca permitiría que un niño sufriera ningún mal —contestó, y continuó su camino.

Mientras Arya volvía a entrar en la tienda de Horst, Eragon regresó al lado de Roran, Albriech y Baldor y volvió a sentarse en el barril.

—¿Y bien? —preguntó Roran.

Eragon se encogió de hombros.

—Están haciendo todo lo que pueden. Debemos tener paciencia…, eso es todo.

—Me parece que ella ha dicho bastantes cosas más —intervino Baldor.

—Todo quería decir lo mismo.

El sol se acercaba al horizonte y había cambiado de color: ahora mostraba unas tonalidades anaranjadas y violetas. Las pocas nubes que quedaban en la parte oeste del cielo —restos de la tormenta anterior— habían adquirido unos tonos parecidos. Las golondrinas pasaban volando por encima de sus cabezas cazando moscas, polillas y otros insectos. A medida que pasaba el rato, los gritos de Elain perdían fuerza: los potentes chillidos del principio se habían convertido en unos gemidos entrecortados que a Eragon le ponían los pelos de punta. Lo que más deseaba era liberarla de ese tormento, pero no podía ignorar el consejo de Arya, así que se quedó donde estaba y se entretuvo mordisqueándose las uñas y charlando con Saphira. Cuando el sol tocó el horizonte, sus rayos se extendieron a lo largo de la tierra como los hilos de una yema de huevo desparramada. Entre los gorriones empezaron a aparecer murciélagos que aleteaban frenéticamente sus alas apergaminadas y que emitían unos chillidos agudos y penetrantes.

De repente, Elain soltó un grito que apagó todos los demás sonidos de la noche, un grito que Eragon deseó no volver a oír nunca más. Después se hizo un silencio profundo.

Poco a poco, se empezó a distinguir el llanto agudo y entrecortado de un niño recién nacido, ese escándalo inmemorial que anuncia la llegada de un nuevo ser humano al mundo. Al oírlo, Albriech y Baldor sonrieron, igual que Eragon y Roran, y algunos de los hombres que esperaban en la calle prorrumpieron en alaridos de alegría.

Sin embargo, la celebración duró poco. Un lamento profundo, estremecedor y lastimoso dejó a Eragon helado de miedo. Sabía que aquello solo podía significar una cosa: había ocurrido la peor de las tragedias.

—No —dijo, incrédulo, poniéndose en pie. «No puede estar muerta. No puede… Arya lo prometió.»

Como respondiendo a sus pensamientos, Arya abrió la cortina de la tienda y corrió hasta él con unas zancadas imposiblemente largas.

—¿Qué ha sucedido? —preguntó Baldor en cuanto se detuvo.

Sin prestarle atención, Arya dijo:

—Eragon, ven.

—¿Qué ha sucedido? —repitió Baldor, enojado y cogiendo a la elfa por el hombro.

Rápida como el rayo, Arya le cogió la muñeca y le dobló el brazo tras la espalda obligándolo a encorvarse como un tullido. Baldor hizo una mueca de dolor.

—¡Si quieres que tu hermanita viva, quédate a un lado y no te metas!

La elfa lo soltó y le dio un empujón que lo mandó a los brazos de Albriech. Luego dio media vuelta y regresó a la tienda de Horst.

—¿Qué ha pasado? —preguntó Eragon reuniéndose con ella. Arya lo miró con ojos encendidos.

—La niña está sana, pero ha nacido con un labio leporino.

Eragon comprendió inmediatamente el motivo de los lamentos de las mujeres. A casi ninguno de los niños que nacían con esa maldición se les permitía vivir porque era difícil alimentarlos y, aunque sus padres fueran capaces de hacerlo, más adelante sufrían un destino miserable. Eran ignorados, ridiculizados, y no podían encontrar una pareja para casarse. En casi todos los casos hubiera sido mejor que hubieran nacido muertos.

—Tienes que curarla, Eragon —dijo Arya.

—¿Yo? Pero si yo nunca… ¿Por qué no tú? Tú sabes más de sanación que yo.

—Si modifico el aspecto de la niña, la gente dirá que la he raptado y la he reemplazado por otra. Conozco muy bien las historias que los tuyos cuentan acerca de los de mi raza, Eragon…, demasiado bien. Lo haré si es necesario, pero la niña sufrirá por ello durante toda su vida. Tú eres el único que la puede salvar de ese destino.

Eragon se sentía atenazado por el pánico. No quería ser responsable de la vida de otra persona; ya había demasiadas personas que dependían de él.

—Tienes que curarla —insistió Arya con vehemencia.

Esas palabras hicieron recordar a Eragon hasta qué punto los elfos cuidaban de sus niños, y de los niños de todas las razas.

—¿Me ayudarás si lo necesito?

—Por supuesto.

Y yo también —dijo Saphira—. *¿Hacía falta que me lo preguntaras?*

—De acuerdo —repuso Eragon, decidido, mientras apoyaba una mano en *Brisingr*—. Lo haré.

Y se dirigió hacia la tienda, seguido por Arya. En cuanto abrió las pesadas cortinas, el denso humo de las velas le escoció en los ojos. A pesar de ello, distinguió a cinco mujeres de Carvahall, que se apiñaban ante una de las paredes, y la actitud que vio en ellas lo impactó con tanta fuerza como si le hubieran dado un puñetazo. Las mujeres se balanceaban, como sumidas en un trance, y se tiraban de las ropas y del pelo mientras gemían desconsoladamente. Horst se encontraba a los pies del camastro y discutía con Gertrude. Se le veía el rostro rojo e hinchado a causa del agotamiento. La rolliza curandera sujetaba un fardo de trapos contra el pecho, y, aunque no lo podía ver bien, Eragon se dio cuenta de que se trataba de la niña porque se movía y chillaba, participando así en el alboroto general. Gertrude tenía las mejillas brillantes de sudor, y el pelo se le pegaba a la piel. Sus antebrazos desnudos estaban manchados de fluidos varios. Y Katrina, arrodillada sobre un cojín a la cabecera del camastro, refrescaba la frente de Elain con un trapo húmedo.

Elain estaba irreconocible: se la veía demacrada, tenía unas ojeras oscuras y profundas y la mirada perdida, como si fuera incapaz de enfocar los ojos. Unas grandes lágrimas se le deslizaban por las sienes y desaparecían entre los rizos enredados. Abría y cerraba la boca, farfullando palabras ininteligibles. Una sábana manchada de sangre le cubría el cuerpo.

Ni Horst ni Gertrude notaron la presencia de Eragon hasta que este se acercó a ellos. Había crecido desde que se marchara de Carvahall, pero Horst continuaba siendo más alto que él. Los dos levantaron la mirada y, al verlo, el sombrío rostro de Horst se iluminó con un brillo de esperanza.

—¡Eragon! —exclamó, poniéndole un brazo encima del hombro y apoyándose en él como si necesitara descansar el peso de su cuerpo—. ¿Lo has oído?

No era una pregunta, realmente, pero el chico asintió con la cabeza. Entonces Horst dirigió una rápida y penetrante mirada a Gertrude y, proyectando la mandíbula hacia delante con gesto pensativo, preguntó:

—¿Puedes…? ¿Crees que puedes hacer algo por ella?

—Quizá —repuso Eragon—. Lo intentaré.

Eragon alargó los brazos hacia Gertrude, y ella, después de dudar durante unos instantes, le pasó el fardo. Luego se apartó, preocupado.

De entre los pliegues de la tela sobresalía una carita diminuta y arrugada. Tenía la piel roja, los ojos, hinchados y cerrados, y parecía estar haciendo una mueca, como si estuviera enojada por el reciente maltrato…, cosa que a Eragon le pareció perfectamente justificada. Pero el rasgo más llamativo era un gran agujero que se abría desde su fosa nasal izquierda hasta la mitad del labio superior y que dejaba al descubierto la lengua, rosada, blanda y húmeda.

—Por favor —dijo Horst—. ¿Hay alguna manera de que…?

El gemido de las mujeres se había hecho más agudo. Eragon hizo una mueca de incomodidad.

—No puedo trabajar aquí —dijo, dando media vuelta para marcharse.

Pero antes de que saliera de la tienda, Gertrude anunció:

—Voy contigo. Es necesario que esté con ella alguien que sepa cómo cuidar a un recién nacido.

Eragon no quería tener a Gertrude pendiente de él mientras intentaba arreglar el labio de la niña, y ya estaba a punto de decírselo cuando recordó lo que Arya le había comentado acerca de que pudieran pensar que iban a sustituir a esa niña por otra. Era necesario, pues, que alguien de Carvahall, alguien en quien los habitantes del pueblo confiaran, estuviera presente para que luego pudiera dar fe de que la niña era la misma. Eragon calló sus objeciones y dijo:

—Como desees.

Salieron de la tienda. La niña se movía, inquieta, y emitía un lloro lastimoso. Al otro lado del camino, la gente los miraba, señalando con el dedo. Enseguida, Albriech y Baldor hicieron ademán de acercarse a él, pero Eragon les hizo una señal negativa con la cabeza y los dos se quedaron quietos, observándolo con expresión de impotencia.

Eragon atravesó el campamento en dirección a su tienda con Arya y Gertrude a ambos lados. Saphira, detrás, hacía temblar el suelo a cada zancada. Los guerreros que se cruzaron en su camino se apartaron rápidamente para dejarle paso. Eragon caminaba pisando el suelo con toda la suavidad posible para no asustar al bebé, que despedía un aroma fuerte y almizclado, como el olor del suelo de un bosque en un cálido día de verano.

Ya casi habían llegado cuando Eragon vio a Elva, la niña bruja, de pie entre dos hileras de tiendas, al lado del camino. Lo miraba con una expresión de solemnidad en sus grandes ojos de color violeta. Llevaba puesto un vestido negro y morado, y se había cubierto la cabeza con un largo velo hecho de encaje que dejaba a la vista la mancha plateada y con forma de estrella, parecida a su gedwëy ignasia, que tenía en la frente. La niña bruja no dijo ni una palabra, ni tampoco intentó detenerlo. Pero, a pesar de ello, Eragon comprendió la muda advertencia, pues su mera presencia significaba un reproche para él. Ya en otra ocasión había jugado con el destino de un bebé, lo cual había tenido consecuencias nefastas. No podía permitirse cometer otro error como aquel, no solamente por el daño que podía causar, sino porque en ese caso Elva se convertiría en su enemiga. A pesar de todo el poder que tenía, la temía. La habilidad que tenía la niña de conocer el interior del alma de las personas y de predecir todo aquello que estaba a punto de hacerles daño la convertían en uno de los seres más peligrosos de toda Alagaësia.

«Pase lo que pase —pensó Eragon mientras entraba en la oscuridad de su tienda—, no quiero hacerle daño a este bebé.» En cuanto lo hubo afirmado mentalmente, sintió una renovada determinación de ofrecer a esa niña la oportunidad de vivir la vida que las circunstancias parecían haberle negado.

Canción de cuna

*L*a tenue luz del final del día se colaba en el interior de la tienda de Eragon. Allí dentro todo se veía gris, como tallado en el granito. Gracias a su visión de elfo, podía ver la forma de los objetos sin esfuerzo, pero sabía que Gertrude tendría problemas, así que, para hacérselo más fácil, dijo:

—*Naina hvitr un böllr*.

E hizo aparecer una pequeña esfera de luz flotante en el interior de la tienda. La suave circunferencia blanca no generaba ningún calor, pero iluminaba tanto como una antorcha grande. Eragon había evitado pronunciar la palabra «*brisingr*» en el hechizo para no envolver en llamas el filo de su espada.

De inmediato, percibió que Gertrude, a sus espaldas, se había detenido. Se dio la vuelta y la vio mirando boquiabierta la lucecita y apretando con fuerza la bolsa que tenía en las manos. El familiar rostro de la mujer le recordaba el hogar y Carvahall, y de repente Eragon sintió un inesperado aguijonazo de nostalgia. Gertrude bajó la mirada lentamente hacia él.

—Cómo has cambiado —dijo—. El niño al que una vez cuidé mientras luchaba contra la fiebre hace tiempo que ha desaparecido, me parece.

—Pero me sigues conociendo —contestó Eragon.

—No, creo que no.

Su respuesta lo incomodó, pero no se podía permitir pensar mucho en ello, así que se lo quitó de la cabeza y se acercó con paso decidido al catre. Con toda la suavidad de que fue capaz, como si estuviera hecho de cristal, dejó al bebé sobre las sábanas. La niña agitó las manitas y le mostró un puño cerrado. Eragon sonrió, acariciando su pequeño puño con la punta del índice, y la niña emitió unos suaves gorgoritos.

—¿Qué vas a hacer? —preguntó Gertrude, sentándose en un taburete que había al lado de una de las paredes de la tienda—. ¿Cómo la vas a curar?

—No estoy seguro.

En ese momento, Eragon se dio cuenta de que Arya no había entrado en la tienda con ellos. La llamó en voz alta y, al cabo de un instante, oyó su voz amortiguada por la gruesa tela que los separaba.

—Estoy aquí —dijo la elfa—. Y aquí esperaré. Si me necesitas, solo tienes que proyectar tus pensamientos hacia mí y vendré.

Eragon frunció el ceño ligeramente. Había dado por supuesto que ella permanecería a su lado durante el proceso para ayudarlo en caso de que no supiera cómo hacer algo, o para corregirlo si cometía algún error. «Bueno, no importa. Podré hacerle preguntas si lo necesito. Así Gertrude no tendrá ningún motivo para sospechar que Arya haya tenido algo que ver con la niña.» Le sorprendía lo precavida que se mostraba Arya para evitar la sospecha de que pudieran sustituir a la niña, y Eragon se preguntó si alguna vez la habrían acusado de raptar al hijo de alguien.

Se agachó sobre el bebé apoyándose en el catre, que crujió bajo el peso de su cuerpo. Observó a la niña con el ceño fruncido y percibió que Saphira también la observaba a través de él. La niña, tumbada sobre las sábanas, dormía, completamente ajena al mundo que la rodeaba. Por la abertura de la boca se le veía la lengüecita, brillante.

¿Cómo lo ves? —preguntó Eragon.

Ve despacio, para que no te pises la cola por accidente.

Eragon estaba de acuerdo, pero, sintiéndose repentinamente travieso, preguntó:

¿Lo has hecho alguna vez? Quiero decir, pisarte la cola.

Saphira respondió con un silencio altivo, pero Eragon percibió un rápido destello de sensaciones: árboles, hierba, el sol, las montañas de las Vertebradas y el empalagoso aroma de las orquídeas rojas; y, de repente, un dolor agudo, como si una puerta le hubiera pillado la cola al cerrarse.

Eragon rio para sus adentros, pero pronto se concentró en elaborar los hechizos que necesitaba para curar al bebé. Tardó bastante rato, casi media hora. Durante ese tiempo, él y Saphira repasaron las misteriosas frases una y otra vez, examinando y discutiendo cada palabra y cada frase, incluso la pronunciación, para asegurarse de que los hechizos tendrían el efecto que deseaban y ningún otro.

Mientras se encontraban inmersos en esa silenciosa conversación, Gertrude, inquieta, dijo:

—Tiene el mismo aspecto de siempre. El trabajo va bien, ¿verdad? No hace falta que me ocultes la verdad, Eragon. Me he encontrado con cosas peores en mis tiempos.

Eragon arqueó las cejas, sorprendido, y respondió con una voz suave.

—El trabajo todavía no ha comenzado.

Gertrude se quedó callada. Metió la mano en su bolsa y sacó un ovillo de lana amarilla, un suéter a medio terminar y un par de pulidas agujas largas. Con dedos rápidos y ágiles, acostumbrados por la larga práctica, empezó a tejer. El rítmico entrechocar de las agujas tranquilizó a Eragon: era un sonido que había oído muchas veces durante su niñez y que asociaba con la lumbre de la cocina en una fría tarde de otoño y con las historias que contaban los adultos mientras fumaban en pipa o saboreaban una jarra de cerveza negra después de una opípara comida.

Finalmente, cuando tanto él como Saphira estuvieron seguros de que habían dado con los hechizos adecuados, y cuando Eragon hubo comprobado que no se le trabaría la lengua al pronunciar ninguno de los extraños sonidos del idioma antiguo, reunió la fuerza de los cuerpos de los dos y se preparó para lanzar el primer hechizo.

Entonces dudó.

Por lo que él sabía, cada vez que los elfos utilizaban la magia para conseguir que un árbol o una flor creciera con la forma deseada, o para alterar sus cuerpos o el de cualquier otra criatura, lanzaban el hechizo como una canción. Y en ese momento le parecía adecuado hacer lo mismo. Pero Eragon solamente conocía algunas de las muchas canciones de los elfos, y ninguna lo bastante bien para estar seguro de que podría reproducir de la forma adecuada esas melodías tan hermosas y complejas. Así que decidió elegir una canción sacada de lo más profundo de su memoria, una canción que su tía Marian le había cantado cuando era pequeño, antes de que esa enfermedad se la llevara. Era una canción que las mujeres de Carvahall habían cantado a sus hijos desde tiempos inmemoriales cuando los arropaban bajo las mantas por la noche. Era una canción de cuna. Las notas eran sencillas, fáciles de recordar, y tenían un aire tranquilizador que podría ayudar a que el bebé estuviera tranquilo.

Eragon empezó a cantar en voz baja, dejando que las palabras fluyeran despacio, y el sonido de su voz llenó la tienda de calidez. Antes de emplear la magia, le dijo a la niña, en el idioma antiguo, que él era su amigo, que tenía buenas intenciones y que debía confiar en él.

La niña se movió un poco, todavía dormida, como si le respondiera, y la expresión de su carita se dulcificó.

Entonces Eragon pronunció el primer hechizo: era un encantamiento sencillo que consistía en dos frases cortas que recitó una y otra vez, como una plegaria. Entonces, la pequeña hendidura rosada que partía el labio de la niña pareció vibrar y temblar, como si una criatura se moviera debajo de la superficie de la piel.

Lo que intentaba hacer no era nada fácil. Los huesos de la niña, como los de todos los bebés, eran blandos y cartilaginosos, diferentes de los de un adulto y distintos a todos los huesos que él había sanado durante su estancia con los vardenos. Debía tener cuidado de no llenar la abertura de la boca con el hueso, el músculo y la piel de un adulto, porque entonces esas zonas no crecerían igual que el resto del cuerpo. Además, cuando corrigiera el paladar superior y las encías, tendría que desplazar, asegurar y colocar de forma simétrica la parte donde crecerían sus futuros dientes frontales, cosa que nunca había hecho hasta ese momento. Y, para complicarlo todo más, debía tener en cuenta que no había visto a la niña sin esa deformidad, así que no estaba seguro de qué aspecto debían tener su labio y su boca. La niña tenía el mismo aspecto que todos los bebés que había visto: suave, regordeta y con líneas poco definidas. Eragon tuvo miedo de hacer que su cara pareciera agradable en ese momento, pero que, a medida que pasaran los años, se convirtiera en un rostro extraño y desagradable.

Así que trabajó con cuidado, realizando pequeños cambios poco a poco y haciendo una pausa para evaluar los resultados. Empezó con las capas más profundas del rostro de la niña, con el hueso y el cartílago, y a partir de ahí fue avanzando despacio hacia la superficie, sin dejar de cantar en ningún momento.

Saphira empezó a tararear con él desde fuera de la tienda, y su voz profunda hacía vibrar el aire. La pequeña luz flotante aumentaba y disminuía su luminosidad con unas pulsaciones que respondían al volumen de su voz, cosa que a Eragon le pareció extremadamente curiosa. Decidió que se lo preguntaría a Saphira más tarde.

Palabra a palabra, hechizo a hechizo, minuto tras minuto, la noche iba pasando, pero Eragon no prestaba ninguna atención a la hora. Cuando la niña lloraba de hambre, la alimentaba con unas gotitas de energía. Tanto él como Saphira evitaban entrar en contacto con la mente de la cría, pues no sabían cómo ese contacto podría afectar su conciencia inmadura, pero a pesar de ello no podían evitar rozarla de vez en cuando. A Eragon le parecía una mente vaga e indiferenciada, un mar revuelto de emociones que reducían el resto del mundo a algo insignificante.

Gertrude, detrás de él, continuaba tejiendo: el rítmico entrechocar de las agujas solo se veía interrumpido cuando la curandera debía contar los puntos o deshacer unas cuantas pasadas para corregir algún error.

Al fin, poco a poco, con gran lentitud, la fisura de las encías y del paladar de la niña empezó a cerrarse, las dos mitades del labio se juntaron —la piel había fluido como el líquido— y el labio superior adquirió una forma bien dibujada y sin ningún defecto. Eragon insistió un buen rato en la forma del labio hasta que Saphira le dijo:

Ya está. Déjalo.

Eragon tuvo que aceptar que ya no podía mejorar el aspecto de la niña, que a partir de ese momento todo lo que hiciera solo conseguiría empeorarlo. Dejó que la última nota de la canción de cuna se desvaneciera en el silencio. Sentía la lengua seca e hinchada, y la garganta, irritada. Se levantó del catre, pero tuvo que esperar un poco para erguir el cuerpo del todo, pues se había quedado completamente entumecido.

En ese momento, además de la luz procedente de la esfera de luz, en el interior de la tienda se percibía un suave resplandor parecido al que había al empezar el proceso. Al principio, Eragon se sintió confuso: ¡el sol ya tenía que haberse puesto! Pero pronto se dio cuenta de que ahora el resplandor procedía del este, no del oeste, y lo comprendió.

No me extraña que me duela todo el cuerpo. ¡He estado sentado aquí toda la noche!

¿Y yo qué? —repuso Saphira—. *Los huesos me duelen tanto como a ti.*

El hecho de que la dragona admitiera que le dolían los huesos lo sorprendió, pues ella pocas veces reconocía el dolor por muy extremo que fuera. Ese trabajo debía de haberle consumido más fuerzas de lo que habían pensado. Cuando Saphira percibió que Eragon había llegado a esta conclusión, se apartó un poco de él y dijo:

Cansada o no, todavía sería capaz de aplastar a todos los soldados que Galbatorix nos pudiera enviar.

Lo sé.

Gertrude, que ya había guardado el suéter y la lana en su bolsa, se puso en pie y se acercó al catre cojeando ligeramente.

—Nunca pensé que vería algo así —dijo—. Y mucho menos de

ti, Eragon Bromsson. —Lo miró con expresión interrogadora—. Brom era tu padre, ¿verdad?

Eragon asintió con la cabeza y repuso:

—Lo era.

—Por algún motivo, me parece que tiene sentido.

Eragon no tenía ganas de hablar más de ese tema, así que se limitó a soltar un gruñido de asentimiento y apagó la esfera de luz con una mirada y un pensamiento. De repente, todo quedó a oscuras, excepto por el resplandor del amanecer. Los ojos de Eragon se adaptaron al cambio más deprisa que los de Gertrude, que parpadeaba, fruncía el ceño y giraba la cabeza a un lado y a otro, como si no supiera dónde se encontraba.

Eragon cogió a la niña y sintió su peso y su calor en los brazos. No sabía si su cansancio se debía a los hechizos o al largo periodo de tiempo que había tardado en hacer ese trabajo. Miró al bebé y, con un súbito sentimiento protector, murmuró:

—Sé ono waíse ilia.

«Que seas feliz.» No era un hechizo, no exactamente, pero esperaba que eso pudiera ayudarla a evitar algunos de los dolores que afligían a tantas personas. O, por lo menos, que la ayudara a sonreír.

Y así fue. El diminuto rostro se iluminó con una gran sonrisa y, con gran entusiasmo, la niña dijo:

—¡Gahh!

Eragon también sonrió. Luego se dio la vuelta y salió de la tienda.

Fuera, una pequeña multitud se había reunido en semicírculo alrededor de la tienda. Algunos estaban de pie; otros, sentados, y algunos esperaban en cuclillas. A la mayoría de ellos los recordaba de Carvahall. Arya y los elfos también estaban allí, un poco apartados del resto, así como algunos guerreros de los vardenos cuyos nombres desconocía. Al lado de una tienda cercana vio a Elva, que se había bajado el velo para cubrirse el rostro.

Se dio cuenta de que debían haber estado horas esperando, y pensó, extrañado, que no se había percatado de su presencia. Había estado protegido por Saphira y los elfos que montaban guardia, pero esa no era una excusa válida para haberse vuelto tan descuidado. «Tengo que hacerlo mejor», se dijo a sí mismo.

Delante de todos se encontraban Horst y sus hijos. Parecían preocupados. Horst frunció el ceño cuando bajó la mirada hasta el bulto que Eragon llevaba en los brazos y abrió la boca un momento como si quisiera decir algo. Pero permaneció callado.

Eragon, sin ceremonias ni preámbulos, se dirigió al herrero y colocó el bebé de tal modo que este pudiera verle la cara. Por un momento, Horst no hizo nada; pero pronto los ojos empezaron a brillarle y su rostro adoptó una expresión de alegría y alivio tan profundos que casi se podrían haber confundido con tristeza. Mientras le ponía la niña entre los brazos, Eragon le dijo:

—Mis manos han tocado demasiada sangre para llevar a cabo esta clase de trabajo, pero me alegro de haber podido ayudar.

Horst tocó el labio superior de la niña con la punta del dedo corazón y negó con la cabeza.

—No me lo puedo creer… No me lo puedo creer. —Miró a Eragon y añadió—: Elain y yo estaremos en deuda contigo para siempre. Si…

—No hay ninguna deuda —repuso Eragon con amabilidad—. Solo he hecho lo que cualquiera hubiera hecho, de tener la posibilidad.

—Pero tú eres quien la ha curado, y es a ti a quien estoy agradecido.

Eragon dudó unos instantes y, finalmente, bajó la cabeza, aceptando la gratitud de Horst.

—¿Qué nombre le vais a poner?

El herrero sonrió mirando a su hija.

—Si a Elain le gusta, he pensado que podemos llamarla Hope, que significa «esperanza».

—Hope… Un buen nombre —respondió, y pensó que todos necesitaban echar mano de la esperanza—. ¿Cómo está Elain?

—Cansada, pero bien.

Albriech y Baldor se apretujaron a ambos lados de su padre para mirar el rostro de su nueva hermanita, y lo mismo hizo Gertrude, que había salido de la tienda poco tiempo después que Eragon. El resto de los vecinos los imitaron tan pronto como perdieron la timidez. Incluso el grupo de guerreros se apiñó con curiosidad alrededor de Horst, alargando el cuello para poder echar un vistazo a la niña.

Al cabo de un rato, los elfos se levantaron y también se acercaron. La gente, al verlos, se apartó, dejando paso libre hasta Horst. El herrero se mantuvo tenso y con la barbilla echada hacia delante, como un bulldog, mientras los elfos, uno a uno, se inclinaban sobre la niña para observarla y le decían algunas palabras en voz baja, en el idioma antiguo. Ninguno de ellos prestó atención a las miradas de desconfianza de los habitantes del pueblo.

Cuando solamente quedaban tres elfos para ver al bebé, Elva salió corriendo de detrás de la tienda donde se había escondido y se colocó al final de la fila. No tuvo que esperar mucho para que le llegara el turno de ponerse delante de Horst. El herrero, aunque no parecía muy predispuesto, bajó los brazos y dobló un poco las rodillas, pero era tan alto que Elva tuvo que ponerse de puntillas para poder verla. Mientras Elva observaba a la niña, Eragon aguantó la respiración, incapaz de adivinar la expresión de ella tras el velo. Al cabo de pocos segundos, Elva volvió a apoyar los talones en el suelo y, con paso estudiado, enfiló el camino que pasaba por delante de la tienda de Eragon. Cuando se hubo alejado unos veinte metros, se detuvo y se dio la vuelta.

Eragon ladeó la cabeza y arqueó una ceja.

Elva le dirigió un rápido y abrupto asentimiento con la cabeza y continuó su camino.

Mientras Eragon contemplaba a Elva alejarse, Arya se puso a su lado.

—Tendrías que estar orgulloso de lo que has conseguido —murmuró—. La niña está sana y bien formada. Ni siquiera nuestros más hábiles magos podrían superar tus artes. Es algo muy grande lo que le has dado a esta niña: un rostro y un futuro. Y ella no lo olvidará…, estoy segura. Ninguno de nosotros lo olvidará.

Eragon se dio cuenta de que tanto ella como el resto de los elfos lo miraban con una nueva expresión de respeto, pero para él lo más importante era la admiración y la aprobación de Arya.

—He tenido a la mejor maestra del mundo —respondió, también en voz baja.

Arya no dijo nada. Juntos, observaron a los vecinos del pueblo, que ya empezaban reunirse alrededor de Horst y de la niña, y que hablaban entre ellos con gran excitación. Sin apartar la vista de ellos, Eragon se inclinó un poco hacia Arya y dijo:

—Gracias por ayudar a Elain.

—De nada. Hubiera sido una negligencia por mi parte no hacerlo.

Horst se dio media vuelta y fue a llevar a la niña a su tienda para que Elain pudiera ver a su hija recién nacida. Pero el grupo de gente no tenía intención de marcharse, y cuando Eragon se cansó de estrechar manos y de responder preguntas, se despidió de Arya y se fue a su tienda. Una vez dentro, cerró firmemente las cortinas de la entrada.

A no ser que nos ataquen, no quiero ver a nadie durante las próximas diez horas, ni siquiera a Nasuada —le dijo a Saphira mientras se tumbaba en el catre—. *¿Se lo dirás a Blödhgarm, por favor?*

Por supuesto —repuso la dragona—. *Descansa, pequeño, que yo también lo haré.*

Eragon suspiró y se cubrió los ojos con el brazo para que la luz de la mañana no lo molestara. Poco a poco, el ritmo de su respiración se fue tranquilizando. Su mente empezó a vagar, y pronto se encontró rodeado por las extrañas visiones y sonidos de sus sueños de vigilia: reales aunque imaginarios, vívidos aunque transparentes, como si esas visiones estuvieran hechas de cristales coloreados. Por un rato, Eragon pudo olvidar sus responsabilidades y los angustiosos sucesos del último día. Y, en medio de esos sueños, sonaba la canción de cuna como un susurro del viento, lejana, casi olvidada, y Eragon dejó que lo consolara con los recuerdos de su hogar y que lo sumiera en la paz de su niñez.

Sin descanso

*D*os enanos, dos hombres y dos úrgalos —miembros de la guardia personal de Nasuada, los Halcones de la Noche— se encontraban apostados ante la habitación del castillo en que Nasuada había instalado su cuartel general. Observaban a Roran con ojos vacíos. Roran, por su parte, los miraba con la misma expresión anodina.

Era un juego al que ya habían jugado otras veces.

A pesar de que los Halcones de la Noche se mostraban completamente inexpresivos, Roran sabía que estaban concentrados en adivinar cuál sería la manera más rápida y más eficiente de matarlo. Lo sabía porque él estaba haciendo lo mismo con ellos, como siempre.

«Tendría que dar marcha atrás a toda prisa…, hacer que se separaran un poco —pensó—. Los hombres llegarían primero hasta mí: son más rápidos que los enanos; por otro lado, entorpecerían los movimientos de los úrgalos, detrás… Tengo que arrebatarles esas alabardas. Sería difícil, pero creo que podría hacerlo. Por lo menos, a uno de ellos. Quizá tenga que usar mi martillo. Cuando tuviera la alabarda, podría mantener al resto a distancia. Los enanos no tendrían muchas posibilidades, pero los úrgalos serían un problema. Son unas bestias bastante feas… Si me parapetara tras esa columna, podría…»

De repente, la puerta con remaches de acero que se encontraba en medio de las dos líneas de guardias crujió y se abrió. Un paje de unos diez o doce años y vestido con brillantes colores salió y anunció en un tono más alto de lo necesario:

—¡Lady Nasuada te recibirá ahora!

Algunos de los guardias se distrajeron un momento y apartaron la mirada. Roran sonrió y pasó por su lado para entrar en la sala. Sabía que ese pequeño error, por leve que hubiera sido, le habría permitido matar a, por lo menos, dos de ellos, antes de que contraatacaran. «Hasta la próxima», pensó.

La sala era grande y rectangular, y estaba escasamente decorada. Solo había una alfombra muy pequeña en el suelo, un tapiz comido por las polillas colgado de una de las paredes, a la izquierda, y una única ventana de arco ojival en la pared de la derecha. Aparte de esos tres detalles, no había ningún otro objeto ornamental. Arrinconada en una de las esquinas había una mesa de escritorio desbordada de libros, rollos de pergamino y hojas de papel. Unas cuantas sillas grandes —tapizadas con piel y con remaches de latón— rodeaban el escritorio desordenadamente, pero ni Nasuada ni las doce personas que se afanaban alrededor del escritorio se habían dignado a utilizarlas. Jörmundur no se encontraba allí, pero Roran reconoció a algunos de los guerreros presentes: había luchado con algunos de ellos, y a otros los había visto en acción durante la batalla o los conocía por algún comentario de los hombres de su compañía.

—¡Y no me importa que le provoque un «retortijón de estómago»! —exclamó Nasuada, dando un manotazo sobre el escritorio—. Si no conseguimos esas herraduras, y más, ya nos podremos comer los caballos, pues no nos van a servir para nada más. ¿Ha quedado claro?

Todos los hombres allí presentes asintieron a la vez. Aparentaban estar un tanto intimidados, incluso avergonzados. A Roran le parecía un tanto extraño e impresionante que Nasuada, siendo una mujer, fuera capaz de despertar un respeto tal entre los guerreros, respeto que Roran compartía. Nasuada era una de las personas más decididas e inteligentes que había conocido, y estaba convencido de que ella habría triunfado sin importar dónde hubiera nacido.

—Y ahora, marchaos —dijo Nasuada.

Ocho de los hombres desfilaron hacia la puerta, y Nasuada le hizo un gesto a Roran para que se acercara. Roran obedeció y esperó con paciencia mientras ella mojaba una pluma en un potecito de tinta y escribía unas cuantas líneas en un pequeño pergamino que entregó a uno de los pajes diciéndole:

—Para el enano Narheim. Y esta vez, asegúrate de tener su respuesta antes de regresar, o te mandaré con los úrgalos a limpiar y a hacer recados para ellos.

—Sí, mi señora —respondió el chico, que salió corriendo como llevado por el diablo.

Nasuada empezó a rebuscar en un montón de papeles que tenía delante. Sin levantar la mirada, dijo:

—¿Has descansado bien, Roran?

A Roran le extrañó que se mostrara interesada en ello.

—No especialmente.

—Pues es una pena. ¿Has estado despierto toda la noche?

—Durante una parte de ella. Elain, la esposa del herrero, dio a luz ayer, pero…

—Sí, me han informado. ¿Supongo que no habrás permanecido despierto hasta que Eragon terminó de sanar a la niña?

—No, estaba demasiado cansado.

—Por lo menos, tú has tenido sentido común. —Cogió otra hoja de papel de encima de la mesa, la observó con atención un instante y la dejó sobre un montón ordenado. Y, con el mismo tono pragmático de antes, añadió—: Tengo una misión para ti, Martillazos. En Aroughs, nuestro ejército ha encontrado una fuerte resistencia, mayor de la que habíamos esperado. El capitán Brigman no ha conseguido resolver la situación, y ahora necesitamos traer de regreso a esos hombres. Así que te mando a Aroughs para que reemplaces a Brigman. Un caballo te está esperando en la puerta sur. Cabalgarás a toda velocidad hasta Feinster, y desde allí a Aroughs. Caballos de refresco te estarán esperando cada dieciséis kilómetros hasta Feinster. A partir de allí, tendrás que encontrarlos por tu cuenta. Espero que llegues a Aroughs dentro de cuatro días. Una vez que hayas descansado, te quedarán, aproximadamente, unos… tres días para acabar con el sitio. —Nasuada levantó la vista—. Dentro de una semana, contando desde hoy, quiero tener nuestra bandera ondeando en Aroughs. No me importa cómo lo hagas, Martillazos; solo quiero que lo consigas. Si no puedes, no me quedará otra opción que enviar a Eragon y a Saphira a Aroughs, lo cual nos dejaría casi incapaces de defendernos si Murtagh o Galbatorix nos atacaran.

«Y entonces Katrina estaría en peligro», pensó Roran, con una desagradable sensación en el estómago. Cabalgar hasta Aroughs en tan solo cuatro días sería una prueba terrible y desastrosa, sobre todo teniendo en cuenta cuánto le dolía todo el cuerpo. Y tener que hacerse con el dominio de la ciudad en tan poco tiempo era como mezclar el desastre con la locura. Esa misión era igual de atractiva como tener que mecer a un oso con las manos atadas a la espalda.

Roran se rascó la barba y dijo:

—No tengo ninguna experiencia en sitiar una ciudad. Por lo

menos, no de esta manera. Entre los vardenos debe de haber alguien más adecuado para esta misión. ¿Qué hay de Martland *Barbarroja*?

Nasuada negó con un gesto.

—No puede galopar a toda velocidad con una sola mano. Deberías tener mayor confianza en ti mismo, Martillazos. Entre los vardenos hay quienes saben más sobre la guerra, es verdad: hombres que han estado más tiempo en el campo de batalla, hombres que han hecho instrucción con los mejores guerreros de la generación de su padre... Pero cuando se desenfundan las espadas y se entra en batalla, no son ni el conocimiento ni la experiencia lo que más importa, sino ser capaz de «ganar», y eso es algo que parece que tú cumples con creces. Y además, tú tienes suerte.

Nasuada apartó unos papeles y se apoyó en el escritorio.

—Has demostrado que eres capaz de luchar. Has demostrado que sabes cumplir órdenes..., cuando te apetece, por cierto. —Roran recordó el amargo y mordiente contacto del látigo sobre su espalda después de que se negara a cumplir las directrices del capitán Edric—. Has demostrado que puedes dirigir a un grupo de hombres a caballo. Así que Roran *Martillazos*, veamos si eres capaz de hacer algo más, ¿te parece?

Roran tragó saliva y respondió:

—Sí, mi señora.

—Bien. Te asciendo a capitán a partir de ahora. Si tienes éxito en Aroughs, tendrás ese título de forma permanente, por lo menos hasta que te muestres merecedor de honores más altos o más bajos.

Nasuada volvió a dirigir la atención al escritorio y rebuscó entre un montón de rollos de pergamino.

—Gracias.

Ella asintió con un leve y evasivo sonido gutural.

—¿Cuántos hombres tendré bajo mi mando en Aroughs? —preguntó Roran.

—Le di a Brigman mil guerreros para que tomara la ciudad. De esos, no quedan más de ochocientos en condiciones de cumplir con su deber.

Roran estuvo a punto de soltar una maldición. «Tan pocos.» Como si lo hubiera oído, Nasuada dijo con tono seco:

—Nos hicieron creer que las defensas de Aroughs eran más débiles de lo que son.

—Comprendo. ¿Puedo llevar conmigo a dos o tres hombres de Cárvahall? Una vez dijiste que nos permitirías servir juntos si...

—Sí, sí —asintió Nasuada con un gesto de la mano—. Ya sé lo

que dije. —Frunció los labios con expresión pensativa y añadió—: Muy bien, llévate a quien quieras, siempre y cuando te marches dentro de una hora. Hazme saber cuántos van a ir contigo, y me encargaré de que encontréis los caballos de refresco necesarios durante el camino.

—¿Puedo llevarme a Carn? —pidió Roran, refiriéndose al mago con el cual había luchado en varias ocasiones.

Nasuada clavó la mirada en una de las paredes un instante, inmóvil. Finalmente, para alivio de Roran, asintió con la cabeza y continuó removiendo el montón de rollos.

—¡Ah, aquí está! —exclamó, sacando un pergamino atado con un cordón de cuero—. Es un mapa de Aroughs y de sus alrededores, así como uno más grande de la provincia de Fenmark. Te aconsejo que los estudies con atención.

Le ofreció el rollo. Roran lo guardó debajo de su túnica.

—Y toma —añadió Nasuada, dándole un rectángulo de pergamino doblado y sellado con cera roja—, es tu misión. Y aquí tienes tus órdenes —dijo, dándole un segundo rectángulo, más grueso que el anterior—. Enséñaselas a Brigman, pero no permitas que se las quede. Si no recuerdo mal, no sabes leer, ¿verdad?

Roran se encogió de hombros.

—¿Para qué? Puedo contar igual de bien que cualquiera. Mi padre decía que enseñarnos a leer tenía tanto sentido como enseñarle a un perro a caminar sobre las dos patas traseras: divertido, pero que no valía el esfuerzo.

—Y yo estaría de acuerdo si tú fueras un granjero. Pero no lo eres, y no estoy de acuerdo. —Nasuada señaló los pergaminos doblados que Roran tenía en la mano—. Para ti, cualquiera de estos podría ser una orden escrita de tu ejecución. En estas condiciones, tu utilidad me resulta muy limitada, Martillazos. No puedo enviarte mensajes porque alguien tendría que leerlos; y si tuvieras que informarme de algo, no tendrías otra alternativa que confiar en uno de tus subordinados para que escribiera tus palabras. Eso te convierte en alguien fácil de manipular. Te transforma en alguien de poca confianza. Si quieres ascender entre los vardenos, te aconsejo que busques a alguien que te enseñe. Y ahora, vete. Hay otros asuntos que requieren mi atención.

Chasqueó los dedos y uno de los pajes corrió hasta ella. Nasuada le puso una mano en el hombro, se inclinó hacia él y dijo:

—Quiero que traigas a Jörmundur directamente aquí. Lo encontrarás en la calle del mercado, en el lugar en que esas tres casas... —De repente, se interrumpió y miró a Roran arqueando una ceja al ver que el chico todavía no se había movido de sitio—. ¿Quieres decirme algo más, Martillazos? —preguntó.

—Sí. Antes de irme, me gustaría ver a Eragon.

—¿Y eso por qué?

—Casi todos los escudos mágicos con que me protegió para la batalla ya han desaparecido.

Nasuada frunció el ceño y continuó hablando con el paje:

—En la calle del mercado, allí donde esas tres casas fueron incendiadas. ¿Sabes dónde? Bien, pues vete. —Le dio unas palmadas en la espalda y el chico salió corriendo de la sala—. Sería mejor que no lo hicieras.

Esa afirmación sorprendió a Roran, pero no dijo nada y esperó a que Nasuada se explicara. Y ella lo hizo, pero dando un rodeo:

—¿Te diste cuenta de lo agotado que se encontraba Eragon durante mi audiencia con los hombres gato?

—Casi no podía tenerse en pie.

—Exacto. Se ha quedado sin fuerzas, Roran. No es posible que nos proteja a ti, a mí, a Saphira, a Arya y quién sabe a quién más, y que, encima, haga lo que tiene que hacer. Necesita conservar sus fuerzas para cuando tenga que enfrentarse a Murtagh y a Galbatorix. Y cuanto más nos acerquemos a Urû'baen, más importante será que esté preparado para enfrentarse a ellos en cualquier momento del día o de la noche. No podemos permitir que todas las otras preocupaciones y distracciones lo continúen debilitando. ¡Fue muy noble por su parte sanar el labio de esa niña, pero esa acción nos habría podido costar la guerra!

»Luchaste sin escudos mágicos cuando los Ra'zac atacaron a tu pueblo en las Vertebradas. Si quieres a tu primo, si deseas derrotar a Galbatorix, debes aprender a luchar sin ellos otra vez.

Cuando hubo terminado, Roran asintió con la cabeza. Nasuada tenía razón.

—Saldré de inmediato.

—Te lo agradezco.

—Con tu permiso...

Roran dio media vuelta y se dirigió hacia la salida. Justo cuando iba a cruzar la puerta, Nasuada lo llamó:

—¡Ah, Martillazos!

Él giró la cabeza, curioso.

—Procura no incendiar Aroughs, ¿de acuerdo? Las ciudades son difíciles de reemplazar.

Bailando con espadas

*E*ragon, impaciente por marcharse, golpeaba con los talones la peña sobre la cual estaba sentado. Él, Saphira y Arya, así como Blödhgarm y los demás elfos, esperaban en el montículo de tierra de al lado de la carretera que salía de Belatona. La carretera se alejaba hacia el este atravesando campos de cultivo verdes y ya maduros, cruzando el puente de piedra por encima del río Jiet, y pasando después por el punto más meridional del lago Leona. Allí la carretera se bifurcaba: hacia la derecha se dirigía a los Llanos Ardientes y a Surda; hacia la izquierda, iba al norte, hacia Dras-Leona y, finalmente, a Urû'baen.

Miles de hombres, enanos y úrgalos pululaban ante la puerta este de Belatona, así como por dentro de la ciudad, discutiendo y gritando mientras los vardenos procuraban organizarse de forma coordinada. Además de los desordenados grupos de hombres a pie, estaba también la caballería del rey Orrin: una masa de caballos inquietos y escandalosos. Y por detrás de la sección de ataque se veía el convoy de avituallamiento: una hilera de dos kilómetros de longitud compuesta por carromatos, vagones y jaulas con ruedas, y flanqueada por los innumerables rebaños de ganado que los vardenos habían traído de Surda, a los cuales se habían añadido todos los animales que habían podido robar a los granjeros que habían encontrado por el camino. Desde allí se elevaba el fragor de los bramidos de los bueyes, el rebuzno de las mulas y los burros, el graznido de los patos y los relinchos y resoplidos de los caballos de tiro.

Todo eso hacía que Eragon deseara taparse los oídos.

Se diría que tendríamos que ser mejores en esto, teniendo en cuenta las veces que lo hemos hecho hasta ahora —le dijo a Saphira, saltando de la peña.

La dragona sorbió por la nariz:

Deberías ponerme al mando. Les daría tal susto que los haría ponerse en su sitio a todos en menos de una hora, y así no tendríamos que perder tanto tiempo esperando.

Aquello divirtió a Eragon.

Sí, estoy seguro de que podrías hacerlo… Pero ten cuidado con lo que dices, porque a lo mejor Nasuada te obliga a hacerlo.

Eragon pensó en Roran, al cual no había visto desde la noche en que sanó a la niña de Elain. Se preguntó cómo le iría a su primo, y le preocupaba haberlo dejado tan atrás.

—Eso fue una locura —farfulló el chico para sí, recordando que Roran se había marchado sin permitir que le renovara los escudos mágicos.

Es un cazador experimentado —comentó Saphira—. *No será tan tonto para permitir que sus presas le pongan las zarpas encima.*

Lo sé, pero a veces no se puede evitar… Será mejor que vaya con mucho cuidado, eso es todo. No quiero que regrese cojo o, lo que sería peor, envuelto en un sudario.

Un estado de ánimo funesto se apoderó de él, pero decidió quitárselo de encima. Empezó a dar saltitos, inquieto y ansioso por hacer alguna actividad física antes de las seis horas que le esperaban sentado encima de Saphira. Se alegraba de tener la oportunidad de volar con ella, pero no le gustaba la idea de pasarse el día entero recorriendo los mismos veinte kilómetros, dando vueltas como un buitre por encima de las lentas tropas. Solos, él y Saphira podrían llegar a Dras-Leona, en el peor de los casos, esa misma tarde.

Se alejó de la carretera y se detuvo en una zona de césped relativamente plana. Allí, sin hacer caso de las miradas de Arya y de los demás elfos, desenfundó *Brisingr* y se puso en guardia, tal y como Brom le había enseñado a hacer tanto tiempo atrás. Inhaló profundamente y flexionó las rodillas, sintiendo la textura del suelo a través de las suelas de las botas. De repente, y con una rápida y potente exclamación, levantó la espada dibujando un círculo por encima de su cabeza y la dejó caer con una fuerza que hubiera partido por la mitad a cualquier humano, elfo o úrgalo, llevaran la armadura que llevaran. Paró el golpe a menos de tres centímetros del suelo y mantuvo la espada firme en esa posición. La hoja de la espada temblaba de forma casi imperceptible, y el color azulado del metal, en contraste con el verde de la hierba, había cobrado una viveza que parecía casi irreal. Eragon volvió a inhalar y se lanzó hacia delante, apuñalando el aire como si fuera un enemigo mortal. Uno a uno, fue practicando los movimientos básicos de la lucha con espada concentrándose no tanto en la velocidad como en la precisión.

Cuando hubo entrado en calor, miró hacia sus guardias, que permanecían en semicírculo a cierta distancia de él.

—¿Alguno de vosotros quiere cruzar su espada con la mía un rato? —preguntó, elevando la voz.

Los elfos se miraron entre sí con expresión inescrutable. El elfo Wyrden dio un paso hacia delante.

—Yo lo haré, Asesino de Sombra, si eso te complace. Pero te pediría que te pusieras el yelmo para practicar.

—De acuerdo.

Eragon enfundó *Brisingr*. Luego corrió hasta Saphira y trepó por su costado y, al hacerlo, se cortó el pulgar izquierdo con una de sus escamas. Llevaba puesta la cota de malla, así como las grebas y los brazales, pero había dejado el yelmo dentro de una de las alforjas para que no cayera del lomo de la dragona y se perdiera en la hierba. Cuando fue a cogerlo, vio, en el fondo de la alforja, el corazón de corazones de Glaedr envuelto en un paño. Lo tocó, rindiendo homenaje en silencio a lo que quedara del majestuoso dragón dorado. Luego volvió a cerrar la alforja y saltó al suelo.

Mientras regresaba al trozo de césped, Eragon se colocó el yelmo y se lamió la sangre que le salía de la herida en el pulgar. Luego se puso los guantes, esperando que el dedo no le sangrara demasiado dentro del guante. Tanto él como Wyrden lanzaron un hechizo a sus respectivas espadas para levantar unas barreras a su alrededor —invisibles excepto por la ligera distorsión que provocaban en el aire— y evitar que pudieran cortar algo con ellas. También bajaron los escudos que los protegían de cualquier amenaza física.

Cuando estuvieron listos, él y Warden tomaron posiciones el uno frente al otro, bajaron la cabeza en señal de respeto y levantaron las espadas. Eragon observaba los ojos negros y fijos del elfo, y Wyrden miraba los de él. Sin apartar la mirada de su contrincante, Eragon empezó a avanzar hacia el lado derecho de Wyrden esperando que, al luchar este con el brazo derecho, le sería más difícil defender ese costado.

El elfo se giró lentamente sobre sí mismo, aplastando la hierba bajo los talones, sin dejar de estar de frente a Eragon. Después de dar unos cuantos pasos, Eragon se detuvo. Wyrden estaba demasiado atento y tenía demasiada experiencia para permitir que Eragon le entrara por el flanco. Nunca podría atrapar al elfo en un momento de desequilibro. «A no ser, por supuesto, que lo distraiga.» Pero antes de que decidiera qué hacer, Wyrden hizo una finta en dirección a su pierna, como si le fuera a asestar un golpe en la rodilla, y en el último momento giró la muñeca y el brazo para descargar la espada sobre el pecho y el cuello de Eragon. El elfo fue muy rápido, pero Eragon lo fue todavía más. En cuanto vio el cambio de postura de Wyrden, que delataba sus intenciones, se apartó un paso, dobló el codo y paró el golpe del elfo con la espada a la altura del rostro.

—¡Ja! —exclamó, y su grito se confundió con el entrechocar de las espadas.

Eragon empujó a Wyrden y saltó tras él, acribillándolo con unos cuantos golpes furiosos. Continuaron luchando en el césped durante unos minutos. Eragon consiguió asestar el primer golpe —un suave roce sobre la cadera de Wyrden—, y también el segundo, pero a partir de ese momento el combate estuvo más equilibrado, como si el elfo hubiera aprendido su manera de luchar y empezara a anticiparse a sus movimientos de ataque y de defensa.

Eragon rara vez tenía la oportunidad de ponerse a prueba con alguien tan rápido y fuerte como Wyrden, así que disfrutaba del duelo que mantenía con el elfo. Pero su placer duró poco, pues Wyrden le asestó cuatro golpes en una rápida sucesión: uno en el hombro, dos en las costillas y un tajo en el abdomen. Los golpes le escocieron, pero su orgullo todavía lo hizo más. Le preocupaba que el elfo hubiera podido esquivar sus defensas con tanta facilidad. Sabía que, si estuvieran luchando en serio, hubiera podido derrotar al elfo durante los primeros intercambios, pero eso le ofrecía escaso consuelo.

No deberías haber permitido que te golpeara tanto —comentó Saphira.

Sí, ya me doy cuenta —respondió Eragon, con un gruñido.

¿Quieres que lo tumbe por ti?

No..., hoy no.

De mal humor, Eragon bajó la espada y le agradeció a Wyrden que hubiera entrenado con él. El elfo le dedicó una inclinación de cabeza y dijo:

—De nada, Asesino de Sombra.

Y regresó con sus camaradas.

Eragon dejó *Brisingr* en el suelo, entre sus pies —lo cual no hubiera hecho nunca si la espada hubiera sido de acero normal—, y apoyó las manos en la empuñadura mientras observaba a los hombres y a los animales que se apiñaban en la carretera que salía de la enorme ciudad de piedra. El desorden de sus filas había disminuido considerablemente, así que pensó que no tardarían mucho en oír la llamada de los cuernos indicando a los vardenos que avanzaran.

Mientras, Eragon continuaba sintiéndose inquieto.

Miró a Arya, que estaba al lado de Saphira, y sonrió. Apoyando *Brisingr* en la espalda, se acercó a paso lento y, cuando estuvo cerca de la elfa, dijo señalando su espada:

—Arya, ¿qué me dices? Tú y yo solo entrenamos juntos en Farthen Dûr. —Sonrió otra vez y, haciendo una floritura con *Brisingr*, añadió—: He mejorado un poco desde entonces.

—Sí, has mejorado.

—¿Qué me dices, pues?

Arya miró hacia los vardenos con expresión ceñuda y se encogió de hombros.

—¿Por qué no?

Mientras los dos caminaban hacia la extensión de césped, Eragon dijo:

—No vas a poder superarme con tanta facilidad como antes.

—Estoy segura de que tienes razón.

Arya preparó su espada. Se colocaron el uno frente al otro, a unos nueve metros de distancia. Eragon, confiado, avanzó con agilidad hacia ella, sabiendo de antemano dónde le asestaría el golpe: en el hombro izquierdo. Arya no hizo ningún ademán de moverse ni de esquivarlo. Cuando Eragon se encontraba a menos de cuatro metros de ella, le dedicó una sonrisa tan cálida y luminosa que toda su hermosura se vio resaltada por ella. Eragon dudó un instante y todos sus pensamientos se desvanecieron.

Un rayo de acero volaba hacia él.

Eragon levantó con torpeza *Brisingr* para parar el golpe. La punta de su espada dio contra algo sólido —empuñadura, hoja o músculo, no estaba seguro—, pero fuera lo que fuera se dio cuenta de que había calculado mal la distancia y de que esa mala reacción lo había dejado vulnerable a cualquier ataque. No tuvo tiempo de detener el impulso hacia delante: otro golpe le obligó a bajar el brazo y, rápidamente, sintió un agudo dolor en el abdomen. Arya lo había tocado y lo había derribado.

Eragon aterrizó de espaldas soltando un gruñido y sin aire en los pulmones. Miró al cielo, abrió la boca para respirar pero le fue imposible hacerlo. Sentía el abdomen duro como la piedra, y no era capaz de llenarse los pulmones de aire. Ante sus ojos se formó una constelación de lucecitas violetas y, durante unos segundos que le parecieron interminables, pensó que iba a perder la conciencia. Pero al final los músculos de su abdomen se relajaron y pudo volver a respirar con normalidad.

Al cabo de unos momentos, con la cabeza más despejada, se puso en pie apoyándose en *Brisingr*. Sin soltar el apoyo, como un anciano encorvado sobre su bastón, esperó a que el dolor del abdomen se le pasara.

—Has hecho trampa —dijo, apretando los dientes.

—No, he aprovechado la debilidad de mi contrincante, que es una cosa muy distinta.

—¿Tú crees que… eso es «debilidad»?

—En la lucha, sí. ¿Deseas que continuemos?

Por toda respuesta, Eragon levantó *Brisingr* del suelo, volvió a colocarse en la posición inicial y levantó la espada.

—Bien —dijo Arya, imitándole.

Esta vez, Eragon se aproximó a ella con mayor precaución, y Arya no se quedó quieta. La elfa avanzaba con pasos medidos y sin apartar sus claros ojos verdes de él ni un momento.

Arya hizo un movimiento rápido y Eragon se encogió. Se dio cuenta de que estaba aguantando la respiración, así que se obligó a relajarse y, dando otro paso hacia delante, se giró sobre sí mismo con toda la fuerza y velocidad de que fue capaz. Ella paró el golpe, que iba directo a sus costillas, lanzando la espada en dirección a la axila de Eragon, que había quedado desprotegida. Pero el irregular filo de su espada resbaló sobre el dorso de la mano libre de Eragon, rasgando la malla del guante, y él empujó la espada lejos. En ese momento el torso de Arya quedó desprotegido, pero se encontraban demasiado cerca el uno del otro para que él pudiera aprovecharlo. Así que Eragon se lanzó hacia delante y le golpeó en la clavícula con la empuñadura de la espada con intención de tumbarla al suelo, tal como ella le había hecho a él. De repente, y sin saber cómo había sucedido, Eragon se encontró inmovilizado bajo uno de los brazos de Arya, que lo sujetaba por la garganta; la punta de la espada le apretaba la mejilla. Arya, a sus espaldas, le susurró al oído:

—Te hubiera podido cortar la cabeza con la misma facilidad con que arranco una manzana de un árbol.

Y le dio un empujón, soltándolo. Enojado, Eragon se dio media vuelta y vio que ella ya lo estaba esperando con la espada preparada y una expresión de determinación en el rostro. El chico cedió a su rabia y se lanzó contra ella.

Intercambiaron cuatro golpes, a cual más terrible. Arya lanzó el primero, hacia las piernas. Eragon rechazó el golpe y lanzó la espada hacia su cintura, pero ella saltó hacia atrás y esquivó la brillante hoja de *Brisingr*. Sin darle oportunidad a responder, Eragon la siguió y, con un gesto circular y taimado, quiso asestarle un corte que ella paró con una facilidad engañosa. Entonces Arya dio un paso hacia delante y, ligera como el ala de un pájaro, asestó un tajo en el vientre de Eragon. Después de eso, Arya mantuvo su posición, su rostro a pocos centímetros del de él. Tenía la frente perlada de sudor y las mejillas encendidas. Luego se separaron con un cuidado extremo.

Eragon se colocó bien la túnica y se agachó al lado de Arya. La rabia del combate ya había desaparecido y se sentía completamente lúcido, aunque no del todo cómodo.

—No lo comprendo —dijo en voz baja.

—Te has acostumbrado demasiado a luchar contra los soldados de Galbatorix. Ellos no pueden igualarte en el combate, así que corres riesgos que no te atreverías a correr en otras circunstancias. Tus movimientos de ataque son demasiado evidentes. No deberías confiar por completo en la fuerza, y te has relajado mucho en la defensa.

—¿Me ayudarás? —pidió Eragon—. ¿Me entrenarás cada vez que puedas?

Ella asintió con la cabeza.

—Por supuesto. Pero si no puedo hacerlo, acude a Blödhgarm. Él es tan hábil con la espada como yo. Lo único que necesitas es práctica, una práctica adecuada.

Eragon acababa de abrir la boca para darle las gracias cuando sintió contra su mente la presencia de una conciencia que no era la de Saphira. Era una conciencia vasta y temible, sumida en la más profunda de las melancolías, y con una tristeza tan grande que Eragon sintió un nudo en la garganta y le pareció que los colores del mundo perdían su brillo. Entonces, con una voz profunda y lenta, como si hablar fuera un esfuerzo de proporciones insoportables, el dragón dorado Glaedr dijo:

Debes aprender... a ver lo que estás mirando.

Después se desvaneció, dejando un vacío negro tras de sí.

Eragon miró a Arya, que parecía tan sorprendida como él: también había oído las palabras de Glaedr. Blödhgarm y los demás elfos, que estaban más allá, se mostraban inquietos y murmuraban. También Saphira, desde el otro lado de la carretera, había girado la cabeza e intentaba echar un vistazo al interior de las alforjas. Eragon se dio cuenta de que todos ellos lo habían oído. Arya y Eragon se levantaron del suelo y corrieron hasta Saphira.

No me contesta; estuviera donde estuviera, ha regresado, y no presta atención más que a su tristeza. Mira...

Eragon unió su mente a la de Saphira y a la de Arya. Los tres proyectaron sus pensamientos hacia el corazón de corazones de Glaedr, escondido dentro de la alforja. Notaron que aquella parte del dragón estaba más fuerte que antes, pero todavía tenía la mente cerrada a la comunicación con el exterior. Encontraron su conciencia apática e indiferente, igual que había estado desde que Galbatorix asesinó a Oromis, su Jinete. Eragon, Saphira y Arya intentaron sacar al dragón de su letargo, pero Glaedr los ignoró por completo, les prestó la misma atención que la que prestaría un oso en hibernación a unas cuantas moscas revoloteando sobre su cabeza. A pesar de todo, después de oír las palabras del dragón, Eragon no podía evitar pensar que su indiferencia no era tan absoluta como parecía.

Finalmente, los tres tuvieron que admitir su derrota y regresaron a sus cuerpos. Mientras Eragon volvía en sí, oyó que Arya decía:

—Quizá, si pudiéramos tocar su eldunarí...

De inmediato, Eragon enfundó *Brisingr*, saltó sobre la pata delantera derecha de Saphira y trepó hasta la silla colocada sobre su cruz. Desde allí, se giró y empezó a desatar los nudos de la alforja. Ya había desatado el primero y estaba ocupado en el segundo cuando oyeron la viva llamada de un cuerno procedente de la cabeza del ejército de vardenos: anunciaban su inminente avance. El enorme grupo de hombres y animales inició la marcha con movimientos que eran inseguros al principio, pero que fueron ganando decisión y fluidez poco a poco.

Eragon miró a Arya, indeciso, pero la elfa resolvió su dilema diciendo:

—Esta noche, hablaremos esta noche. ¡Ve! ¡Vuela con el viento!

Rápidamente, Eragon volvió a atar los nudos de la alforja, deslizó los pies por las sujeciones que había a cada lado de la silla y las ajustó para asegurarse de no caer cuando Saphira estuviera volando.

Luego la dragona se agachó para tomar impulso, emitió un rugido de alegría y saltó hacia el camino. Los hombres se tiraron al suelo, y los caballos se desbocaron al ver que la dragona desplegaba sus enormes alas. Pronto, Eragon y ella se alejaron del suelo y penetraron en la lisa expansión del cielo.

Eragon cerró los ojos y levantó el rostro, alegre de abandonar Belatona por fin. Después de haber pasado una semana en la ciudad sin nada que hacer excepto comer y descansar —pues Nasuada había insistido en ello—, estaba ansioso por continuar el viaje hacia Urû'baen.

Cuando Saphira se estabilizó de nuevo, a cientos de metros por encima de los picos y las torres de la ciudad, Eragon dijo:

¿Crees que Glaedr se recuperará?

Nunca volverá a ser el mismo.

No, pero espero que encuentre la manera de superar su dolor. Necesito su ayuda, Saphira. Hay muchas cosas que todavía no sé. Sin él, no tengo a nadie a quien preguntar.

La dragona permaneció en silencio unos instantes. Solo se oía el aleteo de sus alas.

No podemos meterle prisa —dijo, finalmente—. *Ha sufrido la peor herida que un dragón o un Jinete pueden sufrir. Antes de que pueda ayudarte a ti, o a mí, o a cualquier otro, debe decidir que desea continuar viviendo. Hasta que no lo haga, nuestras palabras no le llegarán.*

Sin honor y sin gloria: solo unas ampollas

Cada vez se oía más cerca a los perros: sus aullidos anunciaban su ansia de sangre.

Roran tomó con fuerza las riendas y se agachó sobre el cuello del caballo al galope. El sonido de los cascos contra el suelo resonaba como un trueno.

Él y sus cinco hombres —Carn, Mandel, Baldor, Delwin y Hamund— habían robado unos caballos del establo de una casa de campo que se encontraba a menos de un kilómetro y medio de distancia. Aunque los mozos no se habían tomado a la ligera el robo, las espadas habían bastado para que se callaran sus objeciones. Pero debían de haber alertado a los guardias de la casa después de que Roran y sus acompañantes hubieron partido, pues ahora los perseguían diez guardias con una manada de perros de caza.

—¡Allí! —gritó Roran, señalando una delgada línea de abedules que se alargaba entre dos colinas cercanas y que no seguía el curso de ningún río.

Al oírlo, los hombres desviaron a sus caballos de la carretera de tierra apisonada y se dirigieron hacia los árboles. El suelo irregular los obligaba a disminuir la velocidad, cosa que hicieron solamente un poco, arriesgándose a que los caballos metieran el pie en un agujero y se rompieran una pata o desmontaran a su jinete. A pesar del peligro que eso suponía, permitir que los perros los alcanzaran todavía era peor.

Roran clavó las espuelas en los costados de su montura.

—¡Yea! —gritó con todas sus fuerzas y a pesar de que tenía la garganta llena de polvo.

El caballo aceleró todavía más la marcha y, poco a poco, fue alcanzando a Carn. Roran sabía que llegaría un momento en que el caballo no podría continuar con esa velocidad por mucho que él le clavara las espuelas o le diera latigazos con los extremos de las riendas. Detestaba comportarse de forma tan cruel, y no tenía ningún deseo de matar al animal de cansancio, pero no tenía intención de salvar la vida de un caballo si eso significaba echar a perder su misión.

En cuanto llegó al lado de Carn, gritó:

—¿No puedes ocultar nuestro rastro con un hechizo?

—¡No sé cómo hacerlo! —respondió Carn, con voz casi inaudible en medio del fragor del viento y de los cascos de los caballos al galope—. ¡Es demasiado complicado!

Roran soltó un juramento y miró hacia atrás: los perros estaban girando por la última curva de la carretera. Parecían volar sobre el suelo, y sus esbeltos cuerpos se alargaban y se encogían a cada zancada con furiosa velocidad. A pesar de la distancia, Roran podía distinguir el color rosado de sus lenguas e incluso le pareció ver el destello de unos colmillos blancos.

Cuando alcanzaron los árboles, Roran giró y empezó a adentrarse en las colinas manteniéndose todo lo cerca posible de la línea de abedules sin colisionar con las ramas más bajas o tropezar con los troncos caídos. Los demás lo imitaron, subiendo por la pendiente, sin dejar de azuzar a voz en grito a los caballos para evitar que perdieran velocidad. Roran vio, a su derecha, que Mandel cabalgaba agachado sobre el cuello de su yegua pinta con una expresión fiera en el rostro. Ese joven ya había impresionado a Roran por su resistencia y su fortaleza durante esos últimos tres días. Desde que Sloan, el padre de Katrina, traicionó a los habitantes de Carvahall y mató a Byrd, el padre de Mandel, el chico se había mostrado decidido a demostrar que podía igualar a cualquier hombre del pueblo, y durante las dos batallas entre los vardenos y el Imperio se había desenvuelto con honor.

Roran se agachó a tiempo de esquivar una gruesa rama, pero sintió los arañazos de las ramitas secas en el yelmo. Una hoja le cayó sobre el rostro y le tapó el ojo derecho un instante, pero enseguida el viento se la llevó. La respiración del caballo se iba haciendo más trabajosa a medida que continuaban adentrándose en las colinas por la hondonada. Roran miró hacia atrás y vio que la manada de perros se encontraba a menos de cuatrocientos metros de distancia. Unos minutos más y darían alcance a los caballos.

«Maldición», pensó. Miró con desesperación a un lado y a otro, hacia el tupido bosque de la izquierda y la colina verde de la derecha, buscando algo, cualquier cosa, que les pudiera ayudar a esquivar a sus perseguidores.

Estaba tan mareado a causa del agotamiento que casi no lo vio: a unos veinte metros de distancia, un sinuoso sendero natural cruzaba el camino y desaparecía entre los árboles.

—¡Eh!... ¡Eh! —gritó Roran, echándose hacia atrás y tirando de las riendas. El caballo disminuyó la velocidad al trote relinchando y cabeceando mientras intentaba morder el bocado—. Ah, no, no te voy a dejar —gruñó Roran, tirando de las riendas con más fuerza. Obligó al caballo a girar y, adentrándose en el sendero, gritó a los demás—: ¡Deprisa!

Entre los árboles, el aire era frío, casi helado, lo cual ofrecía un agradable alivio, pues Roran estaba acalorado por el esfuerzo. Pero solo pudo saborear la sensación durante un breve momento, pues de inmediato el caballo empezó a precipitarse por una pendiente en dirección a un arroyo que corría al fondo. Las hojas secas crepitaban bajo sus herraduras. Para no caer hacia delante, Roran tuvo que tumbarse de espaldas casi por completo y estirar las piernas hacia delante haciendo fuerza con las rodillas para sujetarse a los costados del animal.

Cuando llegaron al fondo del cañón, el caballo se adentró por el pedregoso suelo del arroyo salpicando a Roran hasta las rodillas. Al fin, consiguió detenerlo y miró hacia atrás para comprobar que los demás lo seguían. Ahí estaban, bajando en fila india por entre los árboles. Y más arriba, en el punto por donde se habían adentrado en el bosque, se oían los ladridos de los perros.

«Tendremos que enfrentarnos a ellos», pensó Roran.

Soltó otra maldición y espoleó al caballo para salir del arroyo. El animal subió por la orilla cubierta de suave musgo y continuó hacia delante por el mal dibujado sendero. No muy lejos de allí se levantaba una línea de altos helechos y, más allá, se veía una hondonada. Roran observó un árbol caído y pensó que, colocándolo de la manera adecuada, les podía servir como barrera improvisada.

«Espero que no tengan arcos», deseó. Hizo una señal con el brazo a sus hombres.

—¡Aquí!

Dio un latigazo al caballo con las riendas y lo condujo a través de los helechos hasta la hondonada. Al llegar saltó del caballo, pero en cuanto tocó el suelo con los pies las piernas estuvieron a punto de fallarle. Por suerte, se había sujetado a la silla al saltar. Con una mueca de dolor, apoyó la cabeza en el costado del caballo, resollando. Tuvo que esperar un rato para que las piernas dejaran de temblarle.

Los demás llegaron hasta él, inundando el ambiente con el olor del sudor y el sonido de los arneses de los caballos. Los animales también estaban temblorosos por el cansancio, tenían la respiración agitada, y la boca, llena de espuma.

—Ayúdame —pidió Roran a Baldor, señalando el árbol caído.

Agarraron el tronco por los dos extremos y lo levantaron del suelo. Roran tuvo que apretar los dientes para soportar el dolor de las piernas y la espalda. Después de cabalgar al galope durante tres días seguidos, y sin dormir más de tres horas por cada doce que pasaban sobre el caballo, estaba peligrosamente agotado.

«Es lo mismo que si me presentara a la batalla bebido y casi inconsciente», pensó Roran mientras soltaba el tronco en el suelo y volvía a incorporarse. Encontrarse en esas condiciones lo inquietaba.

Sin perder tiempo, los seis hombres se posicionaron delante de los caballos, de cara a la hilera de helechos, y empuñaron las armas. Al otro lado de la hondonada, los ladridos de los perros se hacían cada vez más fuertes y su eco resonaba entre los árboles creando un estridente alboroto. Roran se puso en guardia y levantó el martillo. Pero, de repente, y a pesar de los ladridos de los perros, oyó una extraña y cadenciosa melodía cantada en el idioma antiguo. Era Carn quien cantaba, y el poder que reconoció en esas frases le erizó los cabellos de la nuca. El hechicero pronunció unas cuantas frases de forma rápida y casi sin aliento, haciendo que las palabras se mezclaran confusamente. Cuando terminó, hizo una señal a Roran y a los demás y, en un susurró, ordenó:

—¡Agachaos!

Sin hacer preguntas, Roran se puso en cuclillas, lamentándose —y no por primera vez— de no ser capaz de utilizar la magia. De entre todas las habilidades que un guerrero podía poseer, ninguna era de tanta utilidad como la hechicería; no tener esa habilidad lo dejaba a merced de todos aquellos que eran capaces de reconfigurar el mundo con el poder de su voluntad y unas palabras.

En ese momento, los helechos empezaron a agitarse y un perro sacó el morro negro entre el follaje, husmeando la hondonada. Delwin siseó, levantando la espada como si fuera a decapitar al perro, pero Carn soltó un gruñido de alarma y le hizo una señal para que bajara la espada.

El perro parecía desconcertado. Olisqueó el aire de nuevo y se pasó la lengua morada por el morro. Luego, se retiró.

Cuando el perro hubo desaparecido y los helechos hubieron recuperado su posición inicial, Roran soltó todo el aire que había estado aguantando en los pulmones. Miró a Carn arqueando una ceja, esperando una explicación, pero este se limitó a negar con la cabeza mientras se llevaba el dedo índice a los labios.

Al cabo de unos segundos, dos perros más aparecieron entre los helechos para inspeccionar la hondonada. Luego, al igual que había hecho el primero, se fueron. Inmediatamente, la manada empezó a aullar y a gañir mientras buscaba entre los árboles, sin saber adónde se había ido su presa.

Mientras esperaba sentado, Roran se dio cuenta de que tenía varias manchas oscuras en la parte interior de las calzas. Puso un dedo encima de una de ellas y, al apartarlo, vio que lo tenía manchado de sangre: ampollas. Y no eran las únicas: también tenía en las manos —provocadas por el roce de las riendas entre el pulgar y el índice—, en los talones y en otros puntos del cuerpo más incómodos. Se limpió el dedo en la hierba con expresión de disgusto. Miró a los demás hombres, todavía agachados o arrodillados en el suelo, y se dio cuenta de que también tenían una expresión de incomodidad en el rostro y que sujetaban las armas de forma extraña. Ninguno de ellos se encontraba en mejores condiciones que él. Roran decidió que, la próxima vez que se detuvieran para dormir, haría que Carn le curara las llagas. Aunque si el hechicero estaba demasiado cansado para hacerlo, se aguantaría y continuaría soportando el dolor para que este no gastara todas sus fuerzas antes de llegar a Aroughs. Estaba seguro de que la habilidad de Carn sería muy necesaria para hacerse con la ciudad.

Mientras pensaba en Aroughs y en el sitio que, se suponía, debía llevar a cabo, Roran se llevó la mano al pecho, donde había guardado el paquete con las órdenes que no era capaz de leer y con la misión que no se creía capaz de cumplir. Todavía estaban allí, protegidas bajo la túnica.

Al cabo de unos minutos que le parecieron interminables, uno de los perros empezó a ladrar con insistencia desde algún punto entre los árboles que había más arriba del arroyo. Los demás animales corrieron en esa dirección y volvieron a emitir unos profundos aullidos que indicaban que habían retomado la persecución de su presa.

Cuando los aullidos hubieron desaparecido en la distancia, Roran se levantó despacio e inspeccionó con la vista los árboles y los matorrales.

—Despejado —dijo, todavía en voz baja.

Los demás también se incorporaron. Hamund, un hombre alto, de cabello hirsuto y rostro marcado por profundas arrugas, a pesar de ser un año más joven que Roran, se giró hacia Carn con el ceño fruncido y preguntó:

—¿Por qué no has hecho esto antes en lugar de permitir que nos lanzáramos a esa alocada carrera pendiente abajo que casi ha provocado que nos rompiéramos el cuello?

Carn respondió con el mismo tono de enojo:

—Porque no se me ha ocurrido antes, por eso. Y puesto que os he evitado la incomodidad de acabar con unos cuantos agujeritos en el cuerpo, creo que deberías mostrar un poco más de gratitud.

—¿Ah, sí? Pues yo creo que tendrías que dedicar más tiempo a tu trabajo de hechicero en lugar de permitir que tengamos que huir a quién sabe dónde y…

Roran, que notó que la discusión estaba alcanzando un tono peligroso, se interpuso entre los dos.

—Ya basta —dijo. Y, dirigiéndose a Carn, le preguntó—: ¿Tu hechizo nos hará invisibles a ojos de los guardias?

Carn negó con la cabeza.

—Es más difícil engañar a los hombres que a los perros. —Mirando con desdén a Hamund, añadió—: Por lo menos, a la mayoría de ellos. Puedo hacer que no nos vean, pero no puedo borrar nuestro rastro —explicó, señalando los helechos aplastados y las huellas del suelo—. Sabrán que estamos allí. Si nos marchamos antes de que nos vean, los perros los conducirán lejos…, y nosotros…

—¡Montad!

Los hombres, maldiciendo a media voz y gruñendo de disgusto, subieron sus caballos. Roran echó un último vistazo a la hondonada para asegurarse de que no habían olvidado nada; después, espoleó a su montura y la condujo hasta la cabeza del grupo.

Juntos salieron galopando de la sombra de los árboles y se alejaron de la quebrada, continuando su interminable viaje hacia Aroughs. Lo que harían una vez llegaran a la ciudad continuaba siendo un misterio para Roran.

Comedora de Luna

$\mathcal{M}$ientras atravesaba el campo de los vardenos, Eragon iba moviendo los hombros para deshacer el nudo de tensión que se le había formado en la nuca en el entrenamiento con Arya y Blödhgarm esa tarde.

Llegó a lo alto de un pequeño promontorio que sobresalía como una isla entre ese mar de tiendas y allí se detuvo. Con los brazos en jarras, observó el paisaje a su alrededor. Delante de él se extendía el lago Leona, brillante con la luz del ocaso y tocado en las crestas de sus pequeñas olas por el reflejo dorado de los fuegos del campamento. La carretera que los vardenos habían seguido se alargaba entre su orilla y las tiendas. Era una ancha cinta de piedras unidas con mortero que había sido construida —o eso le había dicho Jörmundur— mucho antes de que Galbatorix hubiera derrotado a los Jinetes. A unos cuatrocientos metros hacia el norte, un pequeño y achaparrado pueblo de pescadores se agazapaba a la orilla del lago. Eragon sabía que sus vecinos no estaban nada contentos de que un ejército armado hubiera acampado a sus puertas.

«Debes aprender... a ver lo que estás mirando.»

Desde que abandonaron Bellatona, Eragon no había dejado de darle vueltas al consejo de Glaedr. No estaba seguro de qué había querido decir exactamente el dragón, ya que Glaedr se había negado a añadir nada a esa enigmática frase, así que Eragon había decidido interpretarla en sentido literal. Hasta ese momento había estado esforzándose en «ver» todo lo que había delante de él, por pequeño o insignificante que fuera, y en comprender el significado de lo que veía. A pesar de ello, y aunque se había empeñado mucho en lograrlo, había fracasado miserablemente. Por todas partes donde miraba veía un apabullante sinfín de detalles, pero estaba seguro de que siempre había algo que no era capaz de percibir. Peor incluso: pocas veces conseguía encontrar algún sentido a lo que observaba. Por ejemplo, al hecho de que en esos momentos no se viera humo en tres de las chimeneas del pueblo de pescadores.

Sin embargo, a pesar de lo inútil que le parecía ese empeño, el esfuerzo había demostrado ser de ayuda en un sentido por lo menos: ahora Arya ya no lo derrotaba cada vez que entrenaban juntos. Eragon la había estado observando con una atención redoblada —como el cazador que acecha a una presa— y así había ganado algunos de los combates. Aun así aún no estaba a su altura. Y Eragon no sabía qué era lo que tenía que aprender —ni quién podía enseñárselo— para conseguir la misma habilidad con la espada que tenía ella.

«Quizás Arya tenga razón y la experiencia sea la única maestra que me pueda ayudar ahora —pensó—. La experiencia requiere tiempo, y tiempo es lo que no tengo. Pronto llegaremos a Dras-Leona, y luego a Urû'baen. Dentro de unos meses, como mucho, tendré que enfrentarme a Galbatorix y a Shruikan.»

Soltó un suspiro y se frotó el rostro, intentando dirigir su mente hacia temas menos preocupantes. Siempre le venían a la cabeza las mismas dudas, y les daba vueltas con la misma insistencia con que un perro roe su hueso. Pero lo único que sacaba de todo eso era una ansiedad cada vez mayor.

Perdido en sus pensamientos, bajó la pendiente. Caminó sin rumbo entre las sombras de las tiendas, más o menos yendo en dirección a la suya, pero sin prestar mucha atención a si se desviaba un poco. Los hombres que encontraba por el camino se apartaban con reverencia y se llevaban un puño al pecho mientras lo saludaban con un «Asesino de Sombra». Eragon respondía con un educado asentimiento de cabeza.

Llevaba un cuarto de hora caminando, deteniéndose y reanudando el camino al ritmo de sus pensamientos, cuando lo sobresaltó la voz aguda de una mujer que parecía estar contando algo con gran entusiasmo. Curioso, se dirigió hacia el lugar de donde procedía la voz y llegó a una tienda un tanto apartada del resto y cercana a un retorcido sauce —el único árbol próximo al lago que el ejército no había talado para hacer leña—. Allí, bajo el techo de sus ramas, se encontró con el escenario más extraño que había visto en su vida.

Doce úrgalos, entre ellos su líder Nar Garzhvog, se encontraban sentados formando un semicírculo alrededor de una pequeña hoguera. Las sombras que se proyectaban en sus rostros les conferían un aspecto temible, pues remarcaban sus peludas cejas, sus pómulos anchos y sus enormes mandíbulas, además de los surcos de sus cuernos que se curvaban hacia atrás y hacia los lados del cráneo. Los úrgalos no llevaban protecciones ni en los brazos ni en el pecho, solamente unas pulseras y unas tiras de cuero trenzado que les colgaban desde los hombros hasta la cintura. Además de Garzhvog, había tres kull más. Su enorme constitución hacía que los demás úrgalos —ninguno de los cuales medía menos de un metro ochenta— parecieran niños a su lado.

Entre ellos —y encima de ellos— también había varias decenas de hombres gato en su forma animal. Muchos de ellos permanecían sentados delante del fuego, en completo silencio, con las orejas gachas hacia delante con actitud atenta y sin mover ni siquiera la cola. Otros estaban tumbados en el suelo, o encima de los regazos de los úrgalos, o entre sus brazos. Para sorpresa de Eragon, una mujer gato, blanca y delgada, descansaba hecha un ovillo encima de la enorme cabeza de uno de los kull; tenía una pata alargada hacia uno de los extremos del cráneo, y la otra, extendida con gesto posesivo hasta las cejas del úrgalo. A pesar de su diminuto aspecto si se los comparaba con los úrgalos, ambas razas se veían igual de salvajes. Eragon no tenía ninguna duda de con cuál de ellas preferiría enfrentarse en una batalla: a los úrgalos los comprendía, pero los hombres gato eran… imprevisibles.

Al otro lado del fuego, delante de la tienda, se encontraba Angela, la herbolaria. Estaba sentada en el suelo con las piernas cruzadas encima de una manta doblada, e hilaba lana con un uso, que mantenía en alto como si quisiera hipnotizar con él a quienes tenía delante. Tanto los hombres gato como los úrgalos le prestaban plena atención y no apartaban sus ojos de ella. Angela estaba diciendo:

—… pero fue demasiado lento, y el fiero conejo de ojos rojos le rajó la garganta a Hord, matándolo al instante. Entonces el conejo salió corriendo hacia al bosque y nunca más se supo de él. Fin de la historia. Pero —y ahora Angela se inclinó hacia delante y bajó la voz— si viajáis por esa zona tal como yo he hecho…, a veces, incluso hoy en día, os podríais encontrar con un ciervo recién muerto o un Feldûnost con la garganta rajada, como un nabo. Y a su alrededor veréis las huellas de un conejo de un tamaño más que enorme. A veces desaparecen guerreros de Kvôth, y más tarde los encuentran muertos con la garganta rajada…, siempre con la garganta rajada.

Angela volvió a sentarse con la espalda recta y continuó:

—Terrin se sintió terriblemente desolado por haber perdido a su amigo, por supuesto, y quiso dar caza al conejo, pero los enanos todavía necesitaban su ayuda. Así que regresó a la fortaleza, y durante tres días y tres noches defendieron sus murallas hasta que empezaron a quedarse sin víveres y todos los guerreros estuvieron acribillados de heridas.

»Finalmente, a la mañana del cuarto día, cuando no parecía haber ninguna esperanza, se abrió un claro en las nubes y Terrin vio que, en la distancia, Mimring volaba a la cabeza de una enorme tronada de dragones en dirección a la fortaleza. Los atacantes tuvieron tanto miedo al ver a los dragones que soltaron las armas y huyeron al bosque. —Angela hizo una mueca con los labios—. Esto, como podéis imaginar, puso muy contentos a los enanos de Kvôth: hubo una gran alborozo.

»Y cuando Mimring aterrizó, Terrin se sorprendió al ver que sus escamas se habían vuelto claras como el diamante, lo cual, según se dice, sucedió porque Mimring voló muy cerca del sol. Y es que, para poder alcanzar a los demás dragones a tiempo, había tenido que volar por encima de las cumbres de las montañas Beor, a una altura a la cual no había volado nunca ningún dragón. A partir de ese momento, se consideró a Terrin el héroe del sitio de Kvôth, y a su dragón lo llamaron Mimring *el Brillante*, por sus escamas. Y vivieron felices para siempre. Pero, a decir verdad, Terrin siempre tuvo miedo de los conejos, incluso cuando ya era viejo. Y eso es lo que sucedió en Kvôth.

Angela se quedó en silencio. Los hombres gato empezaron a ronronear, y los úrgalos emitieron unos cuantos gruñidos de aprobación.

—Cuentas una buena historia, Uluthrek —dijo Garzhvog con una voz atronadora como el estruendo de una avalancha de rocas.

—Gracias.

—Pero no es como la que he oído yo —intervino Eragon, saliendo de entre las sombras.

A Angela se le iluminó el rostro.

—Bueno, no puedes esperar que los enanos admitan que estuvieron a merced de un conejo. ¿Has estado escondido en las sombras todo este rato?

—Solamente un minuto —confesó Eragon.

—Entonces te has perdido la mejor parte de la historia, y no pienso repetirla esta noche. Tengo la garganta muy seca de estar hablando tanto rato.

Los úrgalos y los kull se pusieron en pie y el suelo tembló tanto a causa de su movimiento que Eragon notó sus vibraciones en la planta de los pies. Tampoco a los gatos que estaban en sus regazos les gustó tanto movimiento, y soltaron maullidos de protesta por tener que saltar al suelo.

A Eragon le costaba un gran esfuerzo no empuñar automáticamente la espada ante ese grupo de grotescas caras con cuernos. A pesar de que había luchado, viajado y cazado al lado de los úrgalos, y aunque había tocado los pensamientos de algunos de ellos, su presencia todavía le causaba una fuerte impresión. Sabía que eran sus aliados, pero su cuerpo no podía olvidar el terror visceral que lo había atenazado durante las muchas ocasiones en las que se había enfrentado a esa raza en la batalla.

Garzhvog sacó una cosa de un bolsito de cuero que llevaba colgado del cinturón. Alargó el brazo por encima de la hoguera y se lo ofreció a Angela. Ella, después de dejar el huso en el suelo, lo aceptó con las dos manos. Era una rugosa bola de cristal del color verde del mar y emitía unos destellos parecidos a los de la nieve cristalizada. Angela se la guardó en la manga del vestido y volvió a coger el huso del suelo.

Entonces Garzhvog dijo:

—Tienes que venir algún día a nuestro campamento, Uluthrek, y nosotros te contaremos muchas historias. Tenemos a un cantor con nosotros. Es bueno. Cuando se le escucha recitar la historia de la victoria de Nar Tulkhqa en Stavarosk, la sangre empieza a hervir y uno tiene ganas de aullarle a la luna y de hacer entrechocar los cuernos con el peor de sus enemigos.

—Bueno, eso dependerá de que uno tenga cuernos —repuso Angela—. Me sentiré honrada de escuchar vuestras historias. ¿Quizá mañana por la noche?

El gigantesco kull asintió con la cabeza. Pero Eragon preguntó:

—¿Dónde está Stavarosk? Nunca he oído hablar de ese lugar.

Los úrgalos se mostraron inquietos. Garzhvog bajó la cabeza y bufó como un toro.

—¿Qué truco es este, Espada de Fuego? —preguntó—. ¿Es que quieres provocarme con este insulto? —Tenía los brazos caídos, y abría y cerraba los puños en un gesto de amenaza.

Eragon respondió con cautela:

—No pretendo insultarte en absoluto, Nar Garzhvog. Ha sido una pregunta sincera. Nunca he oído el nombre de Stavarosk.

Los úrgalos murmuraron todos a la vez, sorprendidos.

—¿Cómo es posible? —exclamó Garzhvog—. ¿Es que los humanos no conocen Stavarosk? ¿Es que nuestro mayor triunfo no se canta en todas las casas desde los páramos septentrionales hasta las montañas Beor? Desde luego, por lo menos los vardenos deben de hablar de eso.

Angela suspiró y, sin levantar la vista del huso, dijo:

—Será mejor que se lo cuentes.

Eragon percibió que Saphira estaba escuchando el diálogo con los úrgalos, y supo que se estaba preparando por si tenía que acudir volando a su lado en caso de que la lucha fuera inevitable. Eligiendo con atención las palabras, dijo:

—Nadie me ha hablado de eso, pero no hace mucho que estoy con los vardenos y…

—¡Drajl! —maldijo Garzhvog—. Este traidor sin cuernos ni siquiera tiene el valor de admitir su propia derrota. ¡Es un cobarde y un mentiroso!

—¿Quién? ¿Galbatorix? —preguntó Eragon, prudente.

Algunos de los hombres gato bufaron al oír aquel nombre. Garzhvog asintió con la cabeza.

—Sí. Cuando tomó el poder, quiso destruir a nuestra raza para siempre. Envió un enorme ejército a las Vertebradas. Sus soldados arrasaron nuestras aldeas, quemaron nuestros huesos y dejaron una tierra negra y amarga a su paso. Nosotros luchamos: al principio con alegría, pero más tarde sin esperanza, y, a pesar de ello, seguimos luchando. Era lo único que podíamos hacer. No podíamos huir a ningún sitio, no había dónde esconderse. ¿Quién protegería a los Urgralgras, si incluso los Jinetes habían sido puestos de rodillas?

»Pero fuimos afortunados. Teníamos un gran jefe: Nar Tulkhqa. Conocía bien a los humanos porque había sido capturado por ellos una vez, así que conocía vuestra manera de pensar. Esa fue la causa de que consiguiera unir a muchas de nuestras tribus bajo su bandera. Él condujo al ejército de Galbatorix a un estrecho y profundísimo paso por entre las montañas, y nuestros carneros cayeron sobre él desde todos los lados. Fue una masacre, Espada de Fuego. Toda la tierra se manchó de sangre, y los montones de cuerpos eran más altos que yo. Incluso a día de hoy, si vas a Stavarosk, oirás crujir los huesos bajo tus pies, y encontrarás monedas, espadas y trozos de armadura bajo el musgo.

—¡Así que fuisteis vosotros! —exclamó Eragon—. Siempre me habían contado que Galbatorix había perdido a la mitad de sus hombres una vez en las Vertebradas, pero nadie me supo decir de qué manera o por qué.

—Perdió a más de la mitad, Espada de Fuego. —Garzhvog hinchó el pecho y emitió un sonido gutural desde el fondo de la garganta—. Y ahora me doy cuenta de que tendrèmos que trabajar para explicarlo y conseguir que nuestra victoria se conozca. Buscaremos a vuestros cantores, vuestros bardos, y les enseñaremos las canciones que hablan de Nar Tulkhqa, y nos aseguraremos de que no se olviden de cantarlas a menudo y en voz alta. —Asintió con la cabeza, como si acabara de tomar una decisión; fue un gesto impresionante, teniendo en cuenta las dimensiones de su cráneo. Luego añadió—: Adiós, Espada de Fuego. Adiós, Uluthrek.

Entonces él y sus guerreros se adentraron en la oscuridad con paso lento.

Eragon se sobresaltó al oír que Angela se reía.

—¿Qué? —preguntó, dándose la vuelta hacia ella.

Angela sonrió.

—Me estoy imaginando la cara que pondrá el pobre músico de laúd cuando se encuentre a doce úrgalos, cuatro de ellos kull, de pie delante de su tienda y dispuestos a darle unas lecciones de cultura úrgala. Me sorprendería si sus gritos no llegaran hasta aquí.

Volvió a reír. También riéndose, Eragon se sentó en el suelo delante de la hoguera y avivó el fuego con una rama. De repente notó un peso en el regazo y, al mirar hacia abajo, vio que un gato se estaba haciendo un ovillo sobre sus muslos. Levantó una mano para acariciarlo, pero se lo pensó mejor y le preguntó:

—¿Puedo?

El gato movió la cola a un lado y a otro, pero ignoró la pregunta. Eragon, con la esperanza de no estar cometiendo un error, empezó a rascarle la nuca. Al cabo de un momento, el gato empezó a ronronear.

—Le gustas —comentó Angela.

Por algún motivo, el chico se sintió extrañamente complacido.

—¿Quién es? Quiero decir, ¿quién eres? ¿Cómo te llamas?

Miró al gato, preocupado por que hubiera podido ofenderlo con la pregunta. Angela rio.

—Se llama Cazadora de Sombras. O eso es lo que su nombre significa en el idioma de los hombres gato. En verdad, es… —De repente, la herbolaria tosió de forma extraña, haciendo un sonido gutural que puso los pelos de punta a Eragon—. Cazadora de Sombras es la compañera de Grimrr *Mediazarpa*, así que se puede decir que es la reina de los hombres gato.

El ronroneo de la gata se hizo más profundo.

—Comprendo. —Eragon miró a los otros hombres gato—. ¿Dónde está Solembum?

—Ocupado, persiguiendo a una hembra de largos bigotes a la cual dobla en edad. Se comporta de forma tan alocada como un gatito…, pero, bueno, todo el mundo tiene derecho a un poco de locura de vez en cuando. —Angela cogió el huso con la mano izquierda, dejó de girarlo y empezó a enrollar el hilo recién hecho en la base del disco de madera. Luego volvió a hacerlo girar y continuó trabajando con el ovillo que tenía en la otra mano—. Por tu expresión, parece que tengas tantas preguntas en la cabeza que te esté a punto de estallar.

—Siempre que me encuentro contigo acabo más confuso que antes.

—¿Siempre? No será para tanto… Muy bien, procuraré dar más explicaciones. Pregunta.

Eragon, sin acabar de creerse esa disponibilidad, pensó en qué era lo que quería saber. Finalmente, dijo:

—¿Una tronada de dragones? ¿Qué querías decir…?

—Esa es la palabra correcta para referirse a una manada de dragones. Si alguna vez hubieras visto una en pleno vuelo, lo comprenderías. Cuando diez, doce o más dragones pasan volando por encima de tu cabeza, el aire que hay a tu alrededor reverbera tanto que es casi como si estuvieras sentado dentro de un tambor gigantesco. Además, ¿cómo se podría definir mejor a un grupo de dragones? Tenemos un espanto de cuervos, una bandada de águilas, un rebaño de ocas, una volatería de patos, un jabardillo de arrendajos, una asamblea de lechuzas y todo eso. Pero ¿y para los dragones? ¿Un «cernido» de dragones? No suena muy adecuado. Tampoço funciona hablar de una «llamarada» ni de un «cataclismo», aunque yo prefiero «cataclismo»… Pensándolo bien: un cataclismo de dragones… Pero no, una manada de dragones es una tronada. Y todo eso lo sabrías si tu educación hubiera incluido algo más que manejar un arma y conjugar cuatro verbos en el idioma antiguo.

—Tienes razón —asintió Eragon. Gracias al perpetuo vínculo que mantenía con Saphira percibió que ella también aprobaba la expresión «una tronada de dragones», y él estaba de acuerdo: era una descripción muy adecuada. Permaneció pensativo unos instantes y, finalmente, preguntó—: ¿Y por qué Garzhvog te ha llamado Uluthrek?

—Es el título que los úrgalos me otorgaron hace mucho mucho tiempo, cuando viajaba con ellos.

—¿Y qué significa?

—Comedora de Luna.

—¿Comedora de Luna? Vaya un nombre extraño. ¿Por qué te llamaron así?

—Porque me comí la Luna, por supuesto. ¿Por qué, si no?

Eragon frunció el ceño y se concentró en acariciar al gato unos instantes.

—¿Por qué te ha dado Garzhvog esa piedra?

—Porque le he contado una historia. Creí que eso era evidente.

—Pero ¿qué es?

—Un trozo de roca. ¿Es que no lo has visto? —Chasqueó la lengua con cara de desaprobación—. De verdad, deberías prestar más atención a lo que ocurre a tu alrededor. De lo contrario, cualquiera te podrá pillar desprevenido y clavarte un cuchillo. ¿Y entonces con quién intercambiaría yo comentarios crípticos? —Se apartó el pelo de la cara—. Adelante, hazme otra pregunta. Este juego me está gustando.

Eragon arqueó una ceja y, aunque sabía que sería inútil, preguntó:

—¿«Pío, pío»?

La herbolaria estalló en carcajadas; algunos de los gatos abrieron la boca, como si quisieran sonreír. Pero a Cazadora de Sombras pareció que no le gustaba la pregunta y clavó las uñas en las piernas de Eragon, que hizo una mueca de dolor.

—Bueno —dijo Angela, todavía riendo—, ya que quieres respuestas, esta es una buena historia. Vamos a ver… Hace varios años, cuando estaba viajando por los límites de Du Weldenvarden, lejos, hacia el oeste, a kilómetros y kilómetros de cualquier ciudad, pueblo o aldea, me encontré con Grimrr. En esa época, él solamente era el líder de una pequeña tribu de hombres gato, y todavía podía utilizar sus dos zarpas. Bueno, pues lo encontré jugando con un joven petirrojo que se había caído de un nido de uno de los árboles. No me hubiera molestado que lo hubiera matado y se lo hubiera comido, pues, al fin y al cabo, eso es lo que se supone que hacen los gatos. Pero estaba torturando al pobre animalito: le tiraba de las alas, le mordisqueaba la colita, le permitía alejarse un poco y luego lo tumbaba al suelo otra vez… —Angela arrugó la nariz con expresión de desagrado—. Le dije que tenía que parar, pero él se limitó a gruñir y no me hizo caso. —Miró a Eragon con seriedad—. No me gusta que la gente me ignore. Así que le quité el pajarito y le lancé un hechizo: durante las semanas siguientes, cada vez que abría la boca, piaba como un pajarito.

—¿Piaba?

Angela asintió con la cabeza. Tenía el rostro iluminado por la hilaridad.

—Nunca en mi vida me había reído tanto. Ninguno de los hombres gato se acercó a él en una semana.

—No me extraña que te deteste.

—¿Y qué? Si no haces algún enemigo de vez en cuando, es que eres un cobarde… o algo peor. Además, valió la pena ver su reacción. ¡Oh, cómo se enfadó!

Cazadora de Sombras emitió un suave gruñido de advertencia y volvió a clavar las uñas en los muslos de Eragon. Este, haciendo otra mueca, dijo:

—Quizá será mejor que cambiemos de asunto.

—Ajá.

Pero antes de que pudiera sugerir otro tema de conversación, oyeron un fuerte grito procedente del centro del campamento. Su eco sonó tres veces entre las filas de tiendas y, luego, se apagó.

Eragon y Angela se miraron. Y entonces, los dos se pusieron a reír.

Cosas rumoreadas y cosas escritas

Es tarde —dijo Saphira al ver que Eragon se acercaba a paso muy lento.

La dragona descansaba hecha un ovillo al lado de la tienda; a la luz de las antorchas, su cuerpo resplandecía como un montículo de brasas de color azul celeste. Lo miró con los párpados pesados.

Eragon se agachó a su lado y apoyó la frente contra la de ella mientras le acariciaba la rugosa mandíbula.

Lo es —admitió, por fin—. *Y tú necesitas descansar después de haber pasado todo el día volando. Duerme. Nos veremos por la mañana.*

Saphira asintió con un lento parpadeo.

Eragon entró en la tienda y encendió una vela. Luego se quitó las botas y se sentó en el catre con las piernas cruzadas. Se concentró en hacer la respiración más lenta y dejó que su mente se fuera abriendo y expandiendo hasta entrar en contacto con todos los seres vivos que había a su alrededor, desde los gusanos y los insectos que se arrastraban por el suelo alrededor de Saphira hasta los guerreros de los vardenos; incluso hasta las pocas plantas que quedaban por la zona, cuya energía notó débil y huidiza en comparación con la encendida brillantez de la de cualquier animal por pequeño que fuera. Permaneció así un rato, sentado y con la mente vacía de pensamientos, consciente de mil sensaciones agudas y sutiles, concentrado solo en el ritmo regular de su respiración.

Hasta él llegaban las voces lejanas de unos hombres que charlaban sentados alrededor de un fuego, montando guardia. El viento transportaba sus voces más lejos de lo que ellos suponían, tan lejos que el fino oído de Eragon podía distinguir las palabras. También percibía sus mentes, y hubiera podido conocer sus pensamientos si hubiera querido. Pero decidió respetar su intimidad, así que se limitó a escuchar.

Uno de ellos, que tenía la voz muy grave, estaba diciendo:

—… y cómo te miran por encima del hombro, como si uno fuera el ser más vil de la Tierra. La mitad de las veces ni siquiera contestan cuando se les hace una pregunta amistosa. Se limitan a darte la espalda y se van.

—Sí —asintió otro de los hombres—. Y sus mujeres…, hermosas como estatuas…, y ni la mitad de atractivas.

—Eso te pasa porque eres un cabrón muy feo, Svern, es por eso.

—No es culpa mía que mi padre tuviera la costumbre de seducir a todas las ordeñadoras que encontraba. Además, tú no puedes hablar mucho: la cara que tienes haría que tus propios hijos tuvieran pesadillas.

El guerrero de voz grave soltó un gruñido. Alguien tosió y escupió. Eragon oyó el siseo de algo líquido al caer al fuego.

Otro hombre intervino en la conversación:

—A mí los elfos me gustan tan poco como a vosotros, pero los necesitamos para ganar esta guerra

—Pero ¿y si luego se vuelven contra nosotros? —preguntó el de la voz grave.

—Mira, mira —añadió Svern—. Recuerda lo que pasó en Ceunon y en Gil'ead. Con todos sus hombres, con todo su poder, y ni siquiera Galbatorix pudo evitar que treparan por sus murallas.

—Quizá no lo intentó —sugirió el tercer hombre.

Se hizo un largo silencio.

Luego, el hombre de voz grave dijo:

—Bueno, es una idea muy inquietante… Tanto si lo intentó como si no, no sé cómo podríamos impedir que los elfos consiguieran sus antiguos territorios en caso de que intentaran reclamarlos. Son más rápidos y fuertes; además, a diferencia de nosotros, no hay ni uno de ellos que no sepa emplear la magia.

—Ah, pero nosotros tenemos a Eragon —señaló Svern—. Él solo podría obligarlos a regresar a su bosque, si quisiera.

—¿Él? ¡Bah! Se parece más a un elfo que a los de su propia sangre. Yo no me fiaría más de su lealtad que de la de los úrgalos.

El tercer hombre intervino de nuevo:

—¿Os habéis dado cuenta de que siempre parece recién afeitado, sea cual sea la hora de la mañana?

—Debe de utilizar magia en lugar de cuchilla.

—Eso va contra el orden natural de las cosas, eso es. Eso y todos los hechizos que se lanzan hoy en día. Hace que uno desee esconderse en una cueva a esperar a que esos hechiceros se maten entre ellos.

—No me parece que te quejaras mucho cuando los sanadores utilizaron un hechizo en lugar de unas tenazas para quitarte la flecha del hombro.

—Quizá no, pero esa flecha no se me hubiera clavado en el hombro de no ser por Galbatorix. Y es él y su magia las que han provocado todo este lío.

Uno de ellos soltó un bufido de burla.

—Eso es cierto, pero apostaría hasta la última moneda que tengo a que, con o sin Galbatorix, tú hubieras acabado con una flecha clavada. Eres incapaz de hacer otra cosa que no sea luchar.

—Eragon me salvó la vida en Feinster, ¿sabes? —dijo Svern.

—Sí, y si nos vuelves a aburrir con esa historia otra vez, te haré fregar cazos durante una semana.

—Bueno, lo hizo…

Hubo otro silencio, que se rompió con el suspiro del guerrero de voz grave.

—Necesitamos encontrar una manera de protegernos. Ese es el problema. Estamos a merced de los elfos, de los magos, de los nuestros y de los suyos, y de cualquiera de las extrañas criaturas que deambulan por estas tierras. Para los que son como Eragon, todo va bien. Pero nosotros no tenemos tanta suerte. Lo que necesitamos es…

—Lo que necesitamos —intervino Svern— es a los Jinetes. Ellos pondrían orden en el mundo.

—Pffff. ¿Con qué dragones? No se puede tener Jinetes sin dragones. Además, continuaríamos sin poder defendernos, y eso es lo que me preocupa. No soy un niño, no puedo ir escondiéndome bajo las faldas de mamá, y si un Sombra apareciera ahora mismo en plena noche, no seríamos capaces de hacer nada para evitar que nos arrancara la cabeza de nuestro maldito cuerpo.

—Eso me recuerda… ¿Te has enterado de lo de Lord Barst? —preguntó el tercer hombre.

Svern asintió:

—Me dijeron que luego se comió su corazón.

—¿De quién habláis?

—Barst…

—¿Barst?

—Ya sabes, el conde que tiene esa finca cerca de Gil'ead…

—¿No es el que condujo a sus caballos hasta el Ramr para molestar…?

—Sí, ese. Bueno, pues se fue a ese pueblo y ordenó a todos los hombres que se unieran al ejército de Galbatorix. Lo mismo de siempre. Pero esta vez los hombres se negaron, y atacaron a Barst y a sus soldados.

—Valientes —dijo el hombre de la voz grave—. Idiotas, pero valientes.

—Bueno, Barst fue muy listo: había apostado arqueros alrededor del pueblo. Los soldados mataron a la mitad de los hombres y dejaron a los demás moribundos. Hasta aquí, nada nuevo. Entonces Barst va en busca del líder, del hombre que había empezado la pelea, ¡lo agarra del cuello y le arranca la cabeza solo con las manos!

—No.

—Como a un pollo. Y lo que es peor, también ordenó que quemaran viva a toda la familia de ese hombre.

—Barst debe de tener la fuerza de un úrgalo… para poder arrancarle la cabeza a un hombre —dijo Svern.

—Quizás haya un truco para hacerlo.

—¿Magia? —preguntó el de la voz grave.

—La verdad es que él siempre ha sido un hombre fuerte. Fuerte y listo. Se dice que cuando no era más que un jovenzuelo mató a un buey herido de un solo puñetazo.

—A mí me sigue pareciendo cosa de la magia.

—Eso es porque ves magos por todas partes.

El hombre de la voz grave soltó un gruñido, pero no replicó.

Entonces los tres hombres se separaron para hacer la ronda, y Eragon ya no oyó nada más. En cualquier otro momento, esa conversación lo hubiera preocupado. Pero ahora, gracias a la meditación, había permanecido tranquilo todo el rato y únicamente había hecho el esfuerzo de memorizar todo lo que decían para poder reflexionar acerca de ello en otro momento.

Cuando hubo ordenado las ideas, y sintiéndose tranquilo y relajado, volvió a cerrar su mente, abrió los ojos y alargó las piernas despacio para descansar los músculos agarrotados. El movimiento de la llama de una vela le llamó la atención y permaneció unos minutos contemplándola, embelesado.

Al cabo de un rato, fue al lugar donde antes había dejado las alforjas de Saphira y sacó la pluma, el pincel, la botellita de tinta y los trozos de pergamino que había pedido a Jeod unos días antes, así como el ejemplar de *Domia abr Wyrda* que el viejo erudito le había regalado. De vuelta en su tienda, se sentó en el catre y dejó el libro lejos de él para evitar mancharlo. Se puso el escudo sobre las rodillas, y encima de él colocó los trozos de pergamino. Luego abrió la botellita de tinta hecha con agalla de roble y mojó la punta de la pluma. La tienda se llenó del olor ácido y amargo de la tinta. Rozó la punta de la pluma en la boca de la botella para escurrir el exceso de tinta y, con cuidado, dibujó el primer trazo. El contacto de la pluma contra el pergamino producía un sonido seco. Eragon empezó a escribir las runas de su idioma nativo. Cuando terminó, comparó el resultado con el de la noche anterior para ver si su escritura había mejorado —y había mejorado solamente un poco— y con las runas que aparecían en *Domia abr Wyrda*, que utilizaba como modelo.

Escribió el alfabeto tres veces más prestando una atención especial a las formas que más le costaba trazar. Luego se puso a escribir sus pensamientos y observaciones acerca de los sucesos ocurridos durante ese día. Ese ejercicio le parecía útil no solo porque le ayudaba a practicar la escritura, sino porque también le ayudaba a comprender mejor todo lo que había visto y hecho a lo largo de una jornada. Y aunque era un trabajo laborioso, le gustaba escribir, pues era un reto que le resultaba estimulante. Además, le hacía pensar en Brom; recordaba que ese viejo contador de historias le había explicado el significado de cada una de las runas. Eso le ayudaba a sentirse más cerca de su padre. Cuando hubo terminado, limpió la pluma, cogió el pincel y colocó sobre el escudo un trozo de pergamino que ya estaba casi lleno de líneas de glifos del idioma antiguo. El modo de escritura de los elfos, la Liduen Kvaedhí, era mucho más difícil de imitar que las runas de los de su propia raza, pues sus formas eran muy complejas y sus trazos tenían que ser muy sueltos. Pero Eragon insistía por dos motivos: en primer lugar, no quería olvidar sus conocimientos sobre esa escritura; en segundo, si tenía que escribir algo en el idioma antiguo, era mucho más prudente hacerlo de esa manera, pues la mayoría de las personas no eran capaz de leerlo.

Aunque Eragon tenía buena memoria, había empezado a darse cuenta de que iba olvidando los hechizos que Brom y Oromis le habían enseñado. Así que había decidido elaborar un diccionario de todas las palabras que conocía en el idioma antiguo. No era una idea muy original, pero recientemente había comprendido el valor que tenía ese trabajo. Así que estuvo ocupado en el diccionario unas cuantas horas más.

Cuando terminó, volvió a guardar los útiles de escritura en las alforjas y sacó el cofre que contenía el corazón de corazones de Glaedr. Durante un rato, se esforzó en sacar al viejo dragón de su letargo, tal como había hecho muchas otras veces, y como siempre, no lo consiguió. Sin embargo, Eragon se negaba a darse por vencido. Sentado al lado del cofre abierto, estuvo leyendo en voz alta algunos pasajes del *Domia abr Wyrda* que hablaban de los muchos rituales de los enanos, algunos de los cuales ya conocía, hasta que llegó la hora más fría de la noche.

Finalmente dejó el libro, apagó la vela y se tumbó en el catre para descansar. Estuvo sumido en sus erráticos sueños de vigilia durante poco tiempo: cuando el primer rayo de luz apareció por el este, se puso en pie de un salto y repitió su ciclo de actividades de nuevo.

Aroughs

Ya había transcurrido la mitad de la mañana cuando Roran y sus hombres llegaron al grupo de tiendas que se levantaban al lado de la carretera. El chico estaba tan cansado que sus ojos solo pudieron distinguir una masa uniforme y gris.

A un kilómetro y medio hacia el sur se encontraba la ciudad de Aroughs, pero Roran solamente vio los rasgos más característicos de su perfil: unos muros blancos como el hielo, unas puertas enormes y cerradas con barrotes, así como muchas torres de piedra cuadradas y anchas.

Entraron en el campamento a caballo. Roran se sujetaba con fuerza al asidero de su silla. Los caballos también estaban a punto de caer, extenuados. Un jovenzuelo de aspecto esmirriado corrió hasta él, cogió las riendas de la yegua y tiró de ella hasta que el animal tropezó y se detuvo. Roran lo miró sin saber qué era lo que había pasado exactamente y, casi enseguida, le dijo:

—Tráeme a Brigman.

Sin pronunciar palabra, el chico se alejó corriendo por entre las tiendas. Sus pisadas levantaban el polvo de la tierra seca.

A Roran le pareció estar esperando una hora entera. La respiración agitada de la yegua igualaba el rápido latido de su corazón. Cada vez que miraba al suelo le parecía que este se movía, que retrocedía incesantemente hacia un punto muy lejano. Oyó el tintineo de espuelas. Unos doce guerreros se habían reunido cerca de allí con sus lanzas y sus escudos, y con una clara expresión de curiosidad en sus rostros. Entonces, al otro lado del campamento, vio que un hombre de espaldas anchas y vestido con una túnica azul se acercaba cojeando hacia Roran, utilizando una lanza rota a modo de bastón. Tenía una barba grande y poblada, pero llevaba el labio superior afeitado. Roran vio que estaba sudando, aunque no supo si era a causa del dolor o del calor.

—¿Tú eres Martillazos? —preguntó.

Roran emitió un gruñido de afirmación. Se soltó de la silla, metió la mano dentro de la túnica y le dio a Brigman el pergamino doblado que contenía las instrucciones de Nasuada. Brigman rompió el sello de cera con la uña del pulgar, leyó las órdenes y miró a Roran con ojos inexpresivos.

—Te estábamos esperando —dijo—. Uno de los hechiceros preferidos de Nasuada entró en contacto conmigo hace cuatro días y me dijo que ya habías partido, pero no creí que llegarías tan pronto.

—No ha sido fácil —dijo Roran.

Brigman hizo una mueca.

—No, estoy seguro de que no…, señor. —Le devolvió el trozo de pergamino—. Los hombres están a tus órdenes, Martillazos. Estábamos a punto de lanzar un ataque contra la puerta oeste. Quizá desees dirigir la ofensiva.

Esa sugerencia tenía mala intención. A Roran todo le daba vueltas, y había vuelto a sujetarse a la silla de montar. Estaba demasiado agotado como para mantener una discusión dialéctica con alguien y salir bien parado, y lo sabía.

—Ordénales que descansen durante el día de hoy —dijo.

—¿Te has vuelto loco? ¿Cómo, si no, esperas hacerte con la ciudad? Hemos necesitado toda la mañana para preparar el ataque, y no voy a quedarme sentado con los brazos cruzados mientras tú recuperas unas cuantas horas de sueño. Nasuada espera que demos por terminado el sitio dentro de unos días, ¡y por Angvard que así será!

Roran, en un tono de voz tan grave que solamente Brigman pudo oírlo, repuso:

—Les dirás a tus hombres que esperen o haré que te cuelguen de los tobillos y te den unos cuantos latigazos por incumplir las órdenes. No pienso dar mi aprobación a ninguna ofensiva hasta que haya podido descansar y haya estudiado la situación.

—Eres un loco, eso es lo que eres. Eso va a…

—Si no puedes morderte la lengua y cumplir con tu deber, yo mismo te voy a dar esos latigazos…, aquí y ahora.

Brigman resopló por la nariz.

—¿En el estado en que te encuentras? No serías capaz.

—Te equivocas —repuso Roran.

Y lo decía en serio. No estaba seguro de qué manera podría vencer a Brigman en ese momento, pero todas las células de su cuerpo le decían que podría hacerlo. Brigman pareció debatirse consigo mismo.

—Bien —asintió por fin, de mala gana—. De todas formas, no sería bueno que los hombres nos vieran peleándonos por el suelo. Nos quedaremos tal como estamos, si eso es lo que deseas, pero no quiero ser responsable de esta pérdida de tiempo. Que la responsabilidad caiga sobre tus hombros, no sobre los míos.

—Como siempre —dijo Roran, bajando de la yegua y haciendo una mueca a causa del dolor que sentía en todo el cuerpo—. Tú solo eres responsable del lío que has armado con este sitio.

Brigman frunció el ceño. Roran se dio cuenta de que el desagrado que ese hombre sentía hacia él se convertía en puro odio. Deseó haberle respondido de forma más diplomática.

—Tu tienda está por aquí.

Cuando Roran se despertó, ya era por la mañana.

La tienda estaba iluminada con una luz difusa que subió su ánimo. Por un momento pensó que solo había estado durmiendo durante unos minutos, pero luego se dio cuenta de que se sentía demasiado despejado y reposado para ser así. Maldijo para sus adentros, enojado consigo mismo por haber permitido que se le escurriera de las manos un día entero. Estaba tapado con una delgada manta que no le hacía ninguna falta en ese templado clima meridional, y más teniendo en cuenta que continuaba llevando puestas las botas y las ropas. La apartó e intentó sentarse en la cama, pero el cuerpo le dolió hasta tal punto que no pudo reprimir un gemido. Volvió a tumbarse y se quedó quieto, respirando agitadamente. La primera punzada fuerte de dolor pasó, pero el cuerpo le quedó dolorido y magullado en unos puntos más que en otros. Tardó unos cuantos minutos en recuperar las fuerzas. Cuando se creyó capaz de hacer el esfuerzo, rodó sobre un costado y pasó las piernas por el borde de la cama hasta tocar el suelo con los pies para intentar llevar a cabo la misión, en apariencia imposible, de ponerse en pie. Lo consiguió. Con una sonrisa un tanto amarga pensó que iba a ser un día muy interesante.

Al salir de la tienda vio que los demás ya se habían levantado y lo estaban esperando. Se los veía agotados y demacrados, y se movían con la misma rigidez que él. Los saludó y señaló la venda que Delwin llevaba en el antebrazo, donde un tabernero le había hecho un corte con un cuchillo de pelar.

—¿Se te ha pasado un poco el dolor?

Delwin se encogió de hombros.

—No va tan mal. Todavía puedo luchar si hace falta.

—Bien.

—¿Qué piensas hacer en primer lugar? —preguntó Carn.

Roran miró el sol del amanecer y calculó cuánto tiempo quedaba hasta el mediodía.

—Dar un paseo —respondió.

Desde el centro del campamento, Roran y sus compañeros recorrieron todas las filas de tiendas de arriba abajo para examinar a la tropa, así como el equipo. De vez en cuando, Roran se detenía para hacer alguna pregunta a uno de los guerreros y luego continuaba. Casi todos los hombres estaban cansados y descorazonados, aunque percibió que su presencia les infundía un poco de ánimo. La inspección terminó en el extremo sur del campamento, tal como había planeado. Una vez allí, se detuvieron para echar un vistazo a la impresionante vista de Aroughs.

La ciudad había sido construida en dos niveles. El primero de ellos era bajo y achaparrado, y en él se encontraban la mayoría de los edificios. El segundo era más pequeño y se extendía por la parte superior de una suave pendiente, sobre el punto más alto del terreno en muchos kilómetros a la redonda. Un muro rodeaba cada uno de los dos niveles de la ciudad. En la muralla exterior se veían cinco puertas: dos de ellas daban a las dos carreteras que llegaban a Aroughs —una desde el norte, y una desde el este—, y las otras tres se abrían a unos canales que corrían hacia el sur, hacia el interior de la ciudad. Al otro lado de Aroughs se encontraba el bravo mar al cual era de suponer que los canales desembocaban.

«Por lo menos, no hay un foso», pensó Roran.

La puerta septentrional estaba maltrecha por los golpes de un ariete, y el suelo de esa zona estaba revuelto y lleno de indicios de que allí se había llevado a cabo una batalla. Ante la muralla exterior había tres catapultas, cuatro ballestas como las que él había visto durante el tiempo que pasó en el *Ala de Dragón* y dos destartaladas torres de asedio. Esas máquinas de guerra parecían tristemente inútiles ante la monolítica y enorme ciudad. Cerca de ellas había un grupo de hombres que estaban sentados fumando y jugando a los dados.

El terreno plano que rodeaba Aroughs bajaba en una suave pendiente hacia el mar. En él, cientos de granjas manchaban el verde del paisaje, todas rodeadas por una valla de madera y con, por lo menos, una cabaña de techo de paja. Aquí y allá se veía alguna finca suntuosa: grandes casas de piedra protegidas por sus propias murallas y también, pensó Roran, por sus propios guardias. No cabía duda de que pertenecían a la nobleza de Aroughs y, tal vez, a algunos mercaderes acaudalados.

—¿Qué te parece? —le preguntó a Carn.

El mago meneó la cabeza. Su habitual mirada caída tenía una expresión más apagada de lo normal.

—Va a ser igual que asediar una montaña.

—Exacto —dijo Brigman, acercándose a ellos.

Roran se guardó sus opinión. No quería que los demás se dieran cuenta de hasta qué punto estaba desanimado. «Nasuada está loca si cree que podemos someter Aroughs con tan solo ochocientos hombres. Si tuviera ocho mil, y a Eragon y a Saphira, entonces sí podríamos. Pero de esta manera no…» A pesar de ello, sabía que debía encontrar la forma de hacerlo, aunque solamente fuera por la seguridad de Katrina. Sin mirarlo, Roran le dijo:

—Háblame de Aroughs.

Brigman clavó su espada en el suelo y la giró con fuerza hincándola más en la tierra, pensativo.

—Galbatorix fue precavido. Se aseguró de que la ciudad se aprovisionara por completo antes de cortar las carreteras que comunican Aroughs con el resto del Imperio. Como puedes ver, no van escasos de agua. Aunque desviáramos los canales, todavía contarían con los manantiales y pozos de la ciudad. Podrían resistir hasta el invierno, si no más tiempo, aunque diría que acabarían hartos de comer nabos hasta que todo terminara. Además, Galbatorix proveyó a la ciudad de un buen número de soldados, el doble de los que tenemos nosotros, además del contingente habitual.

—¿Cómo sabes todo esto?

—Por un informador. Pero este no tenía ninguna experiencia en estrategia militar, así que ofreció una imagen de los puntos débiles de la ciudad exageradamente optimista.

—Ah.

—También nos prometió que podría introducir un pequeño batallón de hombres en la ciudad durante la noche.

—¿Y?

—Esperamos, pero no apareció, y a la mañana siguiente vimos su cabeza encima del parapeto de la muralla. Todavía sigue allí, cerca de la puerta del sur.

—Así es. ¿Hay alguna otra puerta además de estas cinco?

—Sí, tres más. En el muelle hay una ancha compuerta por la que transcurren los tres ríos al mismo tiempo, y a su lado hay una puerta para los hombres y los caballos. Y hay otra puerta al final —dijo, señalando hacia el lado oeste de la ciudad—, igual que las demás.

—¿Alguna de ellas se puede echar abajo?

—Sería una tarea lenta. En la orilla no hay espacio para maniobrar de forma adecuada ni para mantenerse fuera del alcance de las piedras y las flechas de los soldados. Eso nos deja solamente tres puertas, así como la puerta del oeste. El terreno es muy parecido alrededor de toda la ciudad, excepto en la orilla, así que decidí concentrar nuestro ataque en la puerta más cercana.

—¿De qué están hechas?

—De hierro y de roble. Aguantarán siglos si nadie las echa al suelo.

—¿Están protegidas con algún hechizo?

—No lo sé, pues a Nasuada no le pareció necesario enviar a uno de sus magos con nosotros. Halstead ha...

—¿Halstead?

—Lord Halstead, gobernante de Aroughs. Tienes que haber oído hablar de él.

—No.

Se quedaron callados unos instantes, durante los cuales Roran notó claramente que el desprecio de Brigman hacia él aumentaba. Luego, el hombre continuó:

—Halstead tiene un hechicero: un ser mezquino y de rostro cetrino al cual hemos oído murmurar extrañas palabras desde lo alto de las murallas para intentar derrotarnos con sus hechizos. Parece especialmente incompetente, porque no ha tenido mucha suerte excepto por dos hombres a quienes yo había puesto en el ariete y a los cuales consiguió prender fuego.

Roran y Carn intercambiaron una mirada. El mago parecía más preocupado que antes, pero Roran decidió que hablaría con él en privado de ese asunto.

—¿Sería más fácil echar abajo las puertas desde los canales? —preguntó.

—¿Qué terreno podríamos pisar allí? Fíjate en la forma en que penetran en la muralla, no dejan ni un escalón. Y lo que es peor, hay saeteras y trampillas en el techo de las entradas, para poder verter aceite hirviendo, lanzar rocas o disparar con las ballestas a quien sea tan loco como para aventurarse por allí.

—Las puertas deben de tener una abertura en su parte inferior porque, si no, bloquearían el paso del agua.

—En eso tienes razón. Bajo la superficie del agua son un entramado de madera y metal que tiene unos agujeros grandes para permitir el paso del agua.

—Comprendo. ¿Esas puertas están siempre cerradas hasta abajo, incluso cuando Aroughs no se encuentra asediada?

—Por la noche, seguro. Pero creo que las dejaban abiertas durante las horas de luz.

—Ajá. ¿Y qué me dices de las murallas?

Brigman pasó el peso del cuerpo de una pierna a la otra.

—Granito pulido y encajado de forma tan ajustada que ni siquiera se puede pasar la hoja de un cuchillo entre sus bloques. Un trabajo hecho por los enanos, diría yo, antes de la Caída de los Jinetes. También diría que están rellenas de escombros prensados, aunque no lo puedo asegurar, puesto que todavía no hemos roto el recubrimiento de granito. Se hunden hasta, por lo menos, tres metros y medio bajo el suelo, y probablemente más, lo cual significa que no podemos abrir un túnel para pasar por debajo ni debilitarlas excavando la tierra.

Brigman dio un paso hacia delante y señaló las fincas que había al norte y al oeste.

—Casi todos los nobles se han refugiado en Aroughs, pero han dejado hombres en sus propiedades para defenderlas. Nos han causado algunos problemas atacando a nuestros exploradores, robándonos los caballos y cosas así. Al principio conseguimos apoderarnos de dos de esas fincas —dijo, indicando dos ruinas quemadas que se encontraban a pocos kilómetros de distancia—, pero mantenerlas nos causaba más problemas de lo que valían, así que las saqueamos y las incendiamos. Por desgracia, no tenemos hombres suficientes para hacernos con las otras.

Baldor intervino:

—¿Por qué esos canales entran en Aroughs? No parece que se utilicen para regar los campos.

—Aquí no hace falta regar, chico; sería igual de estúpido que si un hombre del norte recogiera nieve durante el verano. Aquí el problema es más bien permanecer seco.

—Entonces, ¿para qué se utilizan? —preguntó Roran—. ¿Y de dónde vienen? No esperaréis que me crea que el agua viene del río Jiet, a tantos kilómetros de distancia.

—Sería difícil —dijo Brigman en tono burlón—. Al norte se encuentran los lagos de las marismas. Es un agua salobre, malsana, pero la gente de aquí está acostumbrada. Un único canal la transporta desde las marismas hasta un lugar que se encuentra a cuatro kilómetros y medio de distancia de aquí. Allí se divide en los tres canales que llegan hasta aquí, y que transcurren por unas cuantas pendientes y, así, dan fuerza a los molinos de harina de la ciudad. Los campesinos acarrean el grano hasta los molinos cuando es temporada de cosecha. Luego, los sacos se cargan en barcazas para transportarlos hasta Aroughs. También es una manera cómoda de transportar otros artículos, como madera y vino, desde las fincas hasta la ciudad.

Roran se frotó la nuca sin apartar la mirada de Aroughs. Le parecía interesante lo que Brigman contaba, aunque no estaba seguro de para qué le podía servir.

—¿Hay alguna otra cosa significativa en el campo de los alrededores? —preguntó.

—Solo una mina de pizarra más al sur, al lado de la costa.

Roran soltó un gruñido, pensativo.

—Quiero visitar los molinos —dijo—. Pero primero deseo oír un informe completo del tiempo que habéis estado aquí, y averiguar cuál es el estado de nuestras provisiones, desde las flechas hasta las galletas.

—Si me quieres acompañar…, Martillazos.

Roran pasó la hora siguiente hablando con Brigman y con dos de sus tenientes, escuchando y haciendo preguntas, mientras se iba enterando de todos los asaltos que se habían llevado a cabo contra la ciudad y de cuál era la cantidad de suministros que quedaban para los guerreros que tenía a su mando.

«Por lo menos no andamos escasos de armamento», pensó, mientras contaba el número de muertos. Aunque Nasuada no hubiera puesto una fecha límite a su misión, tampoco quedaba suficiente comida para que los hombres y los caballos continuaran acampados delante de la ciudad durante más de una semana. Gran parte de los hechos y de las cifras que Brigman y sus tenientes le estaban comunicando se encontraban escritas en rollos de pergamino. Roran se tuvo que esforzar en disimular que era incapaz de descifrar los angulosos símbolos negros, e insistió en que se lo leyeran todo en voz alta. Pero se sintió muy irritado al encontrarse a merced de los demás. «Nasuada tiene razón —pensó—. Tengo que aprender a leer, porque, si no, no seré capaz de saber si alguien me está mintiendo acerca de lo que pone en los pergaminos… Quizá Carn me pueda enseñar cuando regresemos con los vardenos.»

Cuantas más cosas averiguaba sobre Aroughs, más simpatizaba con la situación en que se había encontrado Brigman. La captura de esa ciudad era una tarea descorazonadora que no parecía tener ninguna solución. Pensó que aquel hombre no había fallado porque fuera un comandante incompetente, sino porque le faltaban las dos cualidades que a Roran le habían proporcionado sus sucesivas victorias: atrevimiento e imaginación. Cuando terminaron de pasar revista, Roran y sus cinco compañeros cabalgaron junto a Brigman para inspeccionar las puertas de Aroughs de cerca, aunque manteniendo una mínima distancia de seguridad. Le resultó increíblemente doloroso sentarse de nuevo sobre el caballo, pero lo soportó sin quejarse.

Mientras se dirigían al trote hacia la ciudad por la carretera pavimentada, Roran se dio cuenta de que los cascos de los caballos producían un ruido extraño al chocar con la piedra. Recordó que habían producido un sonido similar durante la última jornada de su viaje, y que también en esa ocasión le había llamado la atención. Miró hacia el suelo y vio que las piedras planas de la superficie parecían estar unidas por algo de un color plateado y sin lustre que, a la vista, dibujaba una extraña trama por todo el pavimento. Roran llamó a Brigman y le preguntó si sabía de qué se trataba. Brigman, levantando la voz para hacerse oír, contestó:

—¡En esta zona se consigue un mortero muy malo, así que utilizan plomo para mantener las piedras en su sitio!

A Roran le costaba de creer, pero Brigman parecía hablar en serio. Le pareció asombroso que se pudiera disponer de tanta cantidad de cualquier metal para poder permitirse su despilfarro en la construcción de una carretera.

Continuaron avanzando por la carretera de piedra y plomo que conducía a la brillante ciudad. Estudiaron atentamente las defensas de Aroughs, pero el hecho de estar más cerca de la ciudad no les descubrió nada nuevo y solo sirvió para confirmar que esa urbe era casi inexpugnable. Roran, al darse cuenta de ellos, condujo a su caballo hasta donde se encontraba Carn. El mago contemplaba Aroughs con ojos vidriosos mientras movía los labios en silencio, como si hablara consigo mismo. Roran esperó a que terminara y, entonces, preguntó en voz baja:

—¿Hay algún hechizo en las puertas?

—Creo que sí —contestó Carn, también con un susurro—, pero no sé cuántos ni para qué sirven exactamente. Necesitaría más tiempo para averiguarlo.

—¿Por qué es tan difícil?

—La verdad es que no lo es. La mayoría de los hechizos son fáciles de detectar, a no ser que se haya hecho el esfuerzo de ocultarlos. E incluso en ese caso, la magia siempre deja ciertas pistas visibles para quién sepa dónde mirar. Pero me preocupa la posibilidad de que algunos de esos hechizos puedan ser trampas destinadas a evitar que nadie toque los hechizos de las puertas. Si fuera así, y yo los abordara directamente, ¿quién sabe qué podría suceder? Me podría derretir ante tus propios ojos, y ese es un destino que evitaré si puedo.

—¿Quieres quedarte aquí mientras nosotros continuamos?

Carn negó con la cabeza.

—No me parece sensato dejaros desprotegidos mientras estamos lejos del campamento. Regresaré después de que se haya puesto el sol para ver qué puedo hacer. Además, necesitaría estar más cerca de las puertas, y no me atrevo a aproximarme ahora, a la vista de los centinelas.

—Como prefieras.

Cuando Roran quedó satisfecho de haber averiguado todo lo posible acerca de la ciudad, hizo que Brigman los llevara a los molinos que quedaban más cerca de esa zona.

Los molinos eran tal y como Brigman los había descrito. El agua del canal caía por tres cascadas de seis metros cada una, en cuya base había una rueda de cubos. El agua llenaba los cubos haciendo girar las ruedas sin cesar, que estaban conectadas a tres edificios idénticos a través de tres ejes. Esos tres edificios se encontraban dispuestos el uno delante del otro siguiendo el terreno inclinado, y en cada uno de ellos una enorme piedra molía la harina para la gente de Aroughs. En ese momento, y aunque las ruedas giraban, debían de estar desconectadas del mecanismo del interior de los edificios, pues no se oía el ruido de las piedras de moler.

Roran desmontó delante del primer molino y recorrió el camino que pasaba entre los edificios. Observó las compuertas que había arriba de las cascadas y que controlaban la cantidad de agua que caía por ellas. Las compuertas estaban abiertas, pero había un buen charco de agua detrás de las tres ruedas, que giraban lentamente. Se detuvo a mitad de la cuesta y plantó los pies con firmeza en la hierba. Cruzó los brazos y bajó la cabeza con actitud pensativa. Necesitaba averiguar de qué manera podía hacerse con el control de Aroughs. Estaba seguro de que existía algún truco o alguna forma de conseguir que esa ciudad se abriera como una calabaza madura, pero de momento se le escapaba. Estuvo reflexionando en ello hasta que se cansó. Entonces permaneció escuchando el crujido de los ejes al girar y el chapoteo del agua al caer por las cascadas.

A pesar de que eran sonidos tranquilizadores, en Roran despertaban un punzante desasosiego, pues le recordaban el molino de Dempton, en Therinsford, donde había ido a trabajar el día en que los Ra'zac habían incendiado su casa y habían torturado y matado a su padre. Intentó apartar esos recuerdos, pero no consiguió evitar que se le hiciera un nudo en el estómago. «Si hubiera esperado unas horas más en marcharme, le habría podido salvar.» Pero su parte más práctica replicó: «Sí, y los Ra'zac me hubieran matado sin darme tiempo a levantar una mano. Sin Eragon allí para protegerme, me hubiera encontrado tan indefenso como un recién nacido». En ese momento, Baldor se puso a su lado.

—Todos se están preguntando si ya has decidido cuál va a ser el plan —le dijo.

—Tengo algunas ideas, pero ningún plan. ¿Y tú?

Baldor también cruzó los brazos.

—Podríamos esperar a que Nasuada mandara a Eragon y a Saphira en nuestra ayuda.

—¡Bah!

Los dos permanecieron unos instantes contemplando el agua correr. Al fin, Baldor dijo:

—¿Y si les pides que se rindan? Quizá se asusten tanto al oír tu nombre que abran las puertas, se arrodillen a tus pies y te pidan clemencia.

Roran soltó una carcajada.

—Dudo que hayan llegado noticias de mí hasta Aroughs. Pero… —Se rascó la barba—. Quizá pudiera valer la pena intentarlo, aunque solo fuera para inquietarlos un poco.

—Si consiguiéramos entrar en la ciudad, ¿podríamos mantenerla con tan pocos hombres?

—Quizá sí, quizá no.

Después de una pausa, Baldor preguntó:

—¿Hemos llegado lejos, eh?

—Sí.

Volvieron a quedarse en silencio; el único sonido era el del agua que hacía girar las ruedas. Finalmente, Baldor dijo:

—Aquí no se debe de derretir tanta nieve como en casa, porque si fuera así, las ruedas quedarían medio sumergidas en primavera.

Roran negó con la cabeza.

—No importa cuánta nieve o lluvia caiga. Las compuertas les permiten regular la cantidad de agua que hace mover las ruedas.

—Pero ¿y si el nivel del agua supera la parte superior de las compuertas?

—Entonces, con suerte, la jornada de molienda ya habrá terminado. Pero, en cualquier caso, se desmonta el mecanismo, se levantan las compuertas y…

Roran se calló. Por la cabeza le pasó una rápida sucesión de imágenes y sintió que el cuerpo se le llenaba de un calor agradable, como si se acabara de beber un tonel de hidromiel de un trago.

«¿Podría hacerlo? —pensó, eufórico—. ¿Funcionaría de verdad, o…? No importa. Tenemos que intentarlo. ¿Qué otra cosa podemos hacer?»

Roran caminó hasta el centro de la parte de en medio de la pequeña presa y agarró la rueda que se utilizaba para abrir y cerrar las puertas. La rueda estaba apretada y costaba de girar, a pesar de que hizo fuerza con todo el cuerpo.

—¡Ayúdame! —le gritó a Baldor, que se había quedado a la orilla del canal y que lo observaba con extrañeza e interés.

Baldor llegó hasta Roran y entre los dos consiguieron cerrar la compuerta. Luego, y sin querer dar más explicaciones, Roran insistió en que hicieran lo mismo con las compuertas de arriba y de abajo. Cuando todas estuvieron bien cerradas, se dirigió hacia Carn, Brigman y los demás y les hizo una señal para que bajaran de los caballos y se acercaran a él. Esperó, impaciente y dando golpecitos sobre el martillo, a que los hombres obedecieran.

—¿Qué hay? —preguntó Brigman cuando llegó a su lado.

Roran los miró a los ojos uno a uno para asegurarse de que le prestaban toda su atención:

—Bien, vamos a hacer lo siguiente…

Y estuvo hablando deprisa y con ardor durante media hora. Les explicó todo lo que se le había ocurrido en ese instante de revelación. Mientras hablaba, Mandel empezó a sonreír. Baldor, Delwin y Hamund, a pesar de que permanecieron más serios, también se mostraron excitados por la audacia del plan. Roran se alegró al ver esa reacción, pues se había esforzado mucho por conseguir su confianza y le animaba darse cuenta de que continuaba contando con su apoyo. Su único miedo era que pudiera decepcionarlos: de todos los destinos imaginables, solamente el de perder a Katrina era peor que ese.

Sin embargo, Carn no parecía del todo convencido, lo cual no sorprendió a Roran, que ya se lo esperaba. Pero las dudas del mago no eran nada comparadas con la incredulidad de Brigman.

—¡Estás loco! —exclamó cuando Roran acabó de hablar—. No funcionará.

—¡Retira esas palabras! —exclamó Mandel, dando un salto hacia él con los puños cerrados—. ¡Roran ha ganado más batallas de en las que tú has luchado, y lo ha hecho con menos guerreros de los que tú has tenido bajo tus órdenes!

Brigman soltó un bufido de burla y torció los labios en una desagradable mueca.

—¡Cachorro imprudente! Te voy a enseñar una lección que no olvidarás en tu vida.

Roran empujó a Mandel hacia atrás para impedir que saltara sobre Brigman.

—¡Basta! —gruñó Roran—. Contrólate.

Mandel no se resistió, pero mantuvo clavados los ojos en Brigman con expresión hosca y amenazante. El otro, por su parte, continuó mirándolo con una actitud burlona.

—Es un plan descabellado, eso desde luego —dijo Delwin—. Pero tus planes, por muy raros que nos hayan parecido, siempre nos han dado buen resultado.

Los otros hombres de Carvahall asintieron. Carn estuvo de acuerdo y comentó:

—Quizá funcione, tal vez no. No lo sé. En cualquier caso, está claro que conseguirá pillar a nuestros enemigos por sorpresa, y debo admitir que tengo curiosidad por ver qué va a suceder. Nunca, hasta hoy, se ha intentado algo así.

Roran sonrió y, dirigiéndose a Brigman, dijo:

—Lo que sería una locura es continuar como hasta ahora. Solamente nos quedan dos días y medio para conquistar Aroughs. Los métodos normales no sirven, así que debemos arriesgarnos a hacer algo extraordinario.

—Eso puede ser —farfulló Brigman—, pero es una empresa ridícula que va a hacer que muchos hombres mueran solo para demostrar tu supuesta inteligencia.

Roran sonrió todavía más y se acercó a Brigman hasta que su rostro quedó tan solo a centímetros del de él.

—No hace falta que estés de acuerdo conmigo, Brigman; lo único que tienes que hacer es cumplir mis órdenes. Y ahora, ¿las acatarás o no?

El aliento de ambos y el calor de sus cuerpos hizo subir la temperatura entre ellos. Brigman apretó la mandíbula e hizo girar la espada clavada en el suelo con más fuerza que antes. Al fin, levantó la mirada y consintió:

—Maldito seas —dijo—. De momento seré tu perro, Martillazos, pero te van a pedir cuentas de todo esto muy pronto: espera y verás. Entonces tendrás que responder de tus decisiones.

«Siempre y cuando nos hagamos con el control de Aroughs, no me importa», pensó Roran.

—¡Montad! —gritó—. ¡Tenemos trabajo y poco tiempo para hacerlo! ¡Deprisa, deprisa, deprisa!

Dras-Leona

*E*l sol ya estaba alto y Saphira volaba por el cielo. Eragon, montado encima de la dragona, divisó que Helgrind se perfilaba en el horizonte, hacia el norte, y sintió una punzada de odio. Desde esa distancia ya se podía distinguir el alto pico de roca que se elevaba como un diente aserrado. Tenía tantos recuerdos desagradables asociados a Helgrind que deseó ser capaz de destruirla y ver cómo sus picos y promontorios se precipitaban al suelo. Saphira no tenía unos sentimientos tan violentos contra esa oscura mole de piedra, pero Eragon se dio cuenta de que a la dragona tampoco le gustaba pasar cerca de allí.

Cuando llegó la tarde ya habían dejado Helgrind a sus espaldas. Ahora Dras-Leona se encontraba delante de ellos, cerca del lago Leona, donde decenas de barcos permanecían anclados. La achaparrada y ancha ciudad estaba tan poblada y era tan poco hospitalaria como Eragon la recordaba: las mismas calles estrechas y retorcidas; las asquerosas casuchas que se apiñaban contra el amarillento muro de barro que rodeaba el centro de la ciudad; y, más allá del muro, la impresionante silueta de la enorme y oscura catedral de Dras-Leona, donde los sacerdotes de Helgrind llevaban a cabo sus horribles rituales.

Una interminable hilera de refugiados se dirigía hacia el norte por la carretera, gentes que huían de esa ciudad que pronto sería asediada y que se dirigían a Teirm o Urû'baen, donde encontrarían, por lo menos, una tranquilidad pasajera ante el inexorable avance de los vardenos.

A Eragon, Dras-Leona le pareció igual de nauseabunda y malvada que la primera vez que la visitó. Esa ciudad despertaba en él un ansia de destrucción que no había sentido ni en Feinster ni en Belatona. Estando allí, solo deseaba arrasarlo todo con la espada y el fuego, soltar todas las energías innaturales que estaban a su disposición, y permitirse cualquier acto salvaje hasta no dejar tras de sí más que un montón de cenizas humeantes y manchadas de sangre. Sentía cierta compasión por los tullidos, los esclavos y los pobres que vivían confinados en esa ciudad. Pero estaba convencido de que era una ciudad completamente corrupta y de que lo mejor era arrasarla y volver a construirla sin la mancha de la perversa religión con que Helgrind la había contagiado.

Mientras fantaseaba con destruir la catedral con la ayuda de Saphira, se le ocurrió preguntarse si la religión de esos sacerdotes que practicaban la automutilación tendría un nombre. El estudio del idioma antiguo le había hecho tomar conciencia de la importancia de los nombres —implicaban poder y comprensión— y se daba cuenta de que no podría comprender la verdadera naturaleza de esa religión hasta que no conociera su nombre.

A la tenue luz del atardecer, los vardenos se instalaron en unos campos cultivados que quedaban al sureste de Dras-Leona, en un punto en que el suelo plano estaba un tanto elevado y desde el cual podrían tener una posición mínimamente defendible si el enemigo decidía atacar. Los hombres estaban cansados de la larga marcha, pero Nasuada los hizo trabajar en la fortificación del campamento y en el montaje de las poderosas máquinas que habían traído desde Surda.

Eragon también se puso a trabajar con decisión. Primero se unió a un grupo de hombres que estaban aplastando el trigo y la cebada de los campos utilizando unos troncos arrastrados con cuerdas. Hubiera sido más rápido cortarlos utilizando espadas o magia, pero los tallos que quedarían en el suelo harían que este resultara peligroso e incómodo para dormir. En cambio, las espigas aplastadas formaban una superficie suave y mullida tan cómoda como un colchón, y mucho mejor que el suelo desnudo al que estaban acostumbrados. Eragon estuvo trabajando con los hombres casi durante una hora y, al fin, consiguieron habilitar el espacio necesario para montar las tiendas de los vardenos.

Luego ayudó a montar una torre de asedio. Su anormal fuerza le permitía mover troncos de madera que hubieran requerido de la fuerza de varios soldados, así que su ayuda hizo que el proceso de construcción se acelerara. Unos cuantos enanos que todavía estaban con los vardenos supervisaron el montaje, pues ellos eran los que la habían diseñado. Saphira también ayudó: con sus dientes y sus garras, excavó hondas zanjas en el suelo y amontonó la tierra excavada alrededor del campamento formando terraplenes. La dragona hacía en pocos minutos lo que hubiera requerido un día entero de trabajo para cien hombres. Además, valiéndose de las llamaradas de sus fauces y de los violentos latigazos de su cola, eliminó árboles, vallas, paredes y casas de alrededor del campamento para que los enemigos de los vardenos no encontraran dónde esconderse. Sus actos eran la viva imagen de la destrucción, e inspiraban un profundo terror a las almas más valientes.

No fue hasta bien entrada la noche cuando los vardenos terminaron por fin el trabajo, y Nasuada ordenó que hombres, enanos y úrgalos se fueran a dormir.

Eragon se retiró a su tienda. Allí, tal como era ya su costumbre, estuvo meditando un rato hasta que aclaró sus ideas. Después, en lugar de practicar la escritura, pasó unas cuantas horas repasando los hechizos que seguramente necesitaría al día siguiente e inventando otros nuevos para enfrentarse a los desafíos específicos que presentaba Dras-Leona. Cuando estuvo seguro de que se encontraba preparado para enfrentarse a la inminente batalla, se abandonó a sus sueños de vigilia. Esta vez, fueron más variados y movidos de lo habitual, pues la perspectiva de entrar en acción le hacía hervir la sangre y no le permitía relajarse del todo. Como siempre, la espera y la incertidumbre eran lo que más le costaba de soportar, y deseó encontrarse ya en medio de la refriega, donde no tendría tiempo de preocuparse por lo que pudiera suceder.

Saphira estaba igual de inquieta. Eragon percibió algunas breves visiones de los sueños de la dragona, destellos en los que esta clavaba los dientes y desgarraba algo, y se dio cuenta de que ella esperaba con ansia el violento placer de la batalla. El estado de ánimo de Saphira influía en el suyo, aunque no lo suficiente para hacerle olvidar por completo los temores.

Pronto llegó el amanecer, y los vardenos se reunieron a las afueras de Dras-Leona. Su ejército era imponente, pero la admiración que Eragon sintió se vio un tanto mitigada al notar el mellado filo de las espadas, las abolladuras de los yelmos, el mal estado de los escudos y las rasgaduras mal cosidas de las túnicas llenas de parches y de las cotas de malla. Si tenían éxito y conseguían tomar Dras-Leona, podrían reemplazar parte del equipo —tal como habían hecho en Belatona y, antes, en Feinster—, pero lo que no se podía reemplazar era a los hombres que lo llevaban.

Cuanto más se alargue esto —le dijo a Saphira—, *más fácil le será a Galbatorix derrotarnos cuando lleguemos a Urû'baen.*

Entonces no debemos perder tiempo —contestó la dragona.

Eragon se sentó encima de Saphira, al lado de Nasuada, que iba vestida con la armadura completa y que acababa de montar su fiero corcel negro, *Tormenta de Guerra.* Alrededor de ambos se encontraban los doce guardias elfos, además de una docena de guardias de Nasuada, los Halcones de la Noche, cuyo número habitual se había doblado con ocasión de la ofensiva. Los elfos iban a pie, pues se negaban a montar ningún caballo que no hubiera sido criado y entrenado por ellos, mientras que los Halcones de la Noche iban a caballo, al igual que los úrgalos. A unos diez metros de distancia se encontraba el rey Orrin con su comitiva de guerreros, que llevaban los yelmos adornados con plumas de colores. Narheim, el comandante de los enanos, y Garzhvog se encontraban junto a sus respectivas tropas.

Nasuada y el rey Orrin se dirigieron un mutuo asentimiento de cabeza antes de espolear a sus caballos y alejarse al trote del cuerpo principal del ejército vardeno en dirección a la ciudad. Eragon se sujetó con la mano izquierda a una de las espinas del cuello de Saphira y la dragona los siguió. Antes de pasar entre los primeros edificios destartalados de la ciudad, Nasuada y Orrin se detuvieron. A su señal, dos heraldos —uno con el estandarte de los vardenos y el otro con el de los surdanos— enfilaron a caballo la estrecha calle que atravesaba el grupo de casuchas, dirigiéndose hacia la puerta sur de Dras-Leona.

Eragon los miró con el ceño fruncido. La ciudad parecía extrañamente vacía y silenciosa. No se veía a nadie en toda Dras-Leona, ni siquiera en las almenas de la gruesa muralla ocre encima de la cual se suponía que debían encontrarse los soldados de Galbatorix.

El aire tiene un olor sospechoso —dijo Saphira con un gruñido muy suave que no le pasó desapercibido a Nasuada.

Cuando llegó al pie de la muralla, el heraldo de los vardenos, en una voz tan alta que llegó hasta Eragon y Saphira, gritó:

—¡Saludos! En nombre de lady Nasuada, de los vardenos, y del rey Orrin de Surda, así como de las gentes libres de Alagaësia, pedimos que abráis vuestras puertas para que podamos comunicar un mensaje de gran importancia a vuestro señor Marcus Tábor. Ese mensaje les puede ser de gran provecho a él y a todo hombre, mujer y niño de Dras-Leona.

Desde el otro lado de la muralla, un hombre que permaneció oculto, respondió:

—Estas puertas no se abrirán. Comunica tu mensaje desde donde estás.

—¿Hablas de parte de Lord Tábor?

—Sí.

—Entonces te ordeno que le recuerdes que es más apropiado mantener las discusiones de Estado en la privacidad de una sala que al aire libre, donde cualquiera puede oírlas.

—¡No acepto órdenes tuyas, lacayo! ¡Comunica tu mensaje…, y hazlo rápido! Si no, perderé la paciencia y os acribillaré a flechazos.

Eragon estaba impresionado. El heraldo no parecía tener miedo ni sentirse inquieto por la amenaza, y no dudó en replicar:

—Como desees. Nuestros señores ofrecen paz y amistad a Lord Tábor y a toda la gente de Dras-Leona. No tenemos nada contra vosotros, solamente contra Galbatorix, y no lucharemos contra vosotros si tenemos otra alternativa. ¿No tenemos una causa común? Muchos de nosotros vivimos una vez en el Imperio, y tuvimos que irnos porque el cruel reinado de Galbatorix nos expulsó de nuestras tierras. Somos de los vuestros, en sangre y en espíritu. Unid vuestras fuerzas a las nuestras, y podremos liberarnos del usurpador que ahora se sienta en el trono de Urû'baen.

»Si aceptáis nuestra oferta, nuestros señores garantizan la seguridad de Lord Tábor y de su familia, así como la de todo aquel que ahora se encuentre al servicio del Imperio, aunque no se permitirá que mantengan su posición si han prestado juramentos que no pueden romperse. Y si vuestros juramentos no os permiten ayudarnos, entonces, por lo menos, no os interpongáis. Abrid las puertas y tirad vuestras armas; prometemos que no sufriréis ningún daño. Pero si nos cerráis el paso, os barreremos como si fuerais simple paja, pues nadie puede resistir el poder de nuestro ejército, ni el de Eragon *Asesino de Sombra* y su dragona, Saphira.

La dragona, al oír pronunciar su nombre, levantó la cabeza y emitió un rugido terrorífico.

Eragon vio que una figura envuelta en una capa aparecía entre las almenas y miraba hacia donde se encontraba Saphira, más allá de los dos heraldos. El chico forzó la vista, pero no fue capaz de distinguir el rostro de ese hombre. Cuatro figuras vestidas con hábitos negros se unieron al de la capa: por sus siluetas contrahechas, supo que eran los sacerdotes de Helgrind: a uno de ellos le faltaba un antebrazo, a dos les faltaban una pierna y al último de ellos le faltaba un brazo y las dos piernas, y era transportado encima de una silla.

El hombre de la capa echó la cabeza hacia atrás y soltó una risotada que resonó en el aire con la fuerza de un trueno. Abajo, los heraldos tuvieron que esforzarse por controlar a sus caballos, pues los animales se encabritaron, desbocados.

Eragon sintió un nudo en el estómago e, inmediatamente, agarró la empuñadura de *Brisingr*, listo para desenfundarla en cualquier momento.

—¿Que nadie puede resistir vuestro poder? —se burló el hombre, y el eco de su voz resonó en todos los edificios—. Tenéis una exagerada opinión de vosotros mismos, creo.

En ese momento, con un bramido ensordecedor, Espina, rojo y brillante, saltó desde la calle hasta una de las casas, perforando la madera del techo con sus garras. El dragón desplegó las alas llenas de espinas, abrió sus fauces escarlatas e incendió el cielo con una llamarada salvaje.

Entonces, Murtagh (Eragon acababa de darse cuenta de que se trataba de él) añadió en tono burlón:

—Lanzaos contra las murallas si eso es lo que queréis. Nunca os haréis con Dras-Leona, no mientras Espina y yo estemos aquí para defenderla. Mandad a vuestros mejores hechiceros y a vuestros soldados para que luchen contra nosotros, pero todos ellos morirán. Eso lo prometo. No hay ni un solo hombre entre vosotros que nos pueda vencer. Ni siquiera tú..., hermano. Regresad a vuestros escondites antes de que sea demasiado tarde, y rezad para que Galbatorix no decida resolver esta situación en persona. Si no lo hacéis, la muerte y el dolor serán vuestra única recompensa.

Jugando con tabas

—¡*S*eñor, señor! ¡La puerta se está abriendo!

Roran levantó la mirada del mapa que estaba estudiando y vio a uno de los centinelas entrar en su tienda corriendo, con la cara roja y la respiración agitada.

—¿Qué puerta? —preguntó, sintiendo que una fría calma se apoderaba de él—. Sé más preciso —dijo, dejando sobre la mesa una varilla con la que había estado midiendo distancias.

—La que está más cerca del campamento, señor…, la de la carretera, no la del canal.

De inmediato, Roran cogió el martillo que llevaba sujeto al cinturón, salió de la tienda y cruzó a toda prisa el campamento hacia su extremo sur. Allí miró hacia Aroughs. Para su consternación, vio que varios cientos de hombres a caballo —tocados con penachos de brillantes colores— salían de la ciudad y se reunían en formación militar delante de la puerta.

«Nos van a hacer pedazos», pensó Roran, descorazonado. En el campamento solamente quedaban unos ciento cincuenta hombres, y muchos de ellos estaban heridos o no se encontraban en condiciones de luchar. Los demás habían ido a los molinos que había visitado el día anterior, o a la mina de pizarra, abajo, en la costa, o a las orillas del canal que quedaba más al oeste para buscar las barcazas que necesitarían si su plan funcionaba. No era posible llamar a ninguno de los soldados a tiempo para enfrentarse a esa caballería. Roran ya se había dado cuenta de que, al mandar a sus hombres a esas misiones, el campamento quedaba desprotegido frente a un posible ataque. Pero había confiado en que las gentes de la ciudad se sentirían acobardadas a causa de los recientes asaltos a las murallas y que no se atreverían a hacer nada arriesgado. En ese caso, los soldados que quedaban con él habrían sido suficientes para convencer a los vigías de que el cuerpo principal de su ejército continuaba en el campamento.

Ahora estaba claro que la primera de sus suposiciones era completamente equivocada. No estaba seguro de que los defensores de Aroughs hubieran descubierto su artimaña, aunque el escaso número de hombres a caballo que ahora formaba ante la puerta de la ciudad así parecía indicarlo. Si los soldados o sus comandantes hubieran creído que deberían enfrentarse al ejército completo de Roran, hubieran hecho salir de la ciudad el doble de tropas de las que tenían los vardenos. Fuera como fuera, no le quedaba más remedio que encontrar la manera de rechazar ese ataque y salvar a sus hombres de la matanza.

Baldor, Carn y Brigman llegaron corriendo a su lado con las armas en la mano. Mientras Carn se ponía una camisa, Baldor preguntó:

—¿Qué hacemos?

—No podemos hacer nada —repuso Brigman—. Tu estupidez ha sido una maldición para esta misión, Martillazos. Tenemos que huir, ahora, antes de que esos malditos jinetes nos caigan encima.

Roran escupió al suelo.

—¿Retirarnos? No nos vamos a retirar. Los hombres no pueden escapar a pie, y, aunque pudieran, no pienso abandonar a los heridos.

—¿Es que no lo comprendes? Hemos perdido, aquí. Si nos quedamos, nos matarán…, o peor, ¡nos harán prisioneros!

—¡Basta, Brigman! ¡No pienso dar media vuelta y huir!

—¿Por qué no? ¿Para no tener que admitir que has fracasado? ¿Porque pretendes salvar parte de tu honor en una absurda batalla final? ¿Es que no te das cuenta que solo consigues causar más males a los vardenos?

En ese momento se oyó un coro de gritos y alaridos procedente de la puerta de la ciudad: los jinetes acababan de levantar las espadas y las lanzas por encima de sus cabezas y, espoleando a sus caballos, se lanzaban al galope por la suave pendiente que conducía al campamento de los vardenos.

Brigman reanudó su diatriba:

—No permitiré que despilfarres nuestras vidas solo para satisfacer tu orgullo. Quédate si quieres, pero…

—¡Cállate! —bramó Roran—. ¡Mantén la boca cerrada, o tendré que cerrártela yo mismo! Baldor, vigílalo. Si hace algo que no te guste, dale a conocer el filo de tu espada.

Brigman enrojeció de cólera, pero al ver que Baldor apuntaba la espada contra su pecho, refrenó la lengua.

Roran calculó que disponía de unos cinco minutos para decidir qué hacer. Cinco minutos durante los cuales había muchas cosas que tener en cuenta.

Intentó imaginar de qué forma podría matar o mutilar a un número suficiente de jinetes para que estos decidieran retirarse, pero descartó esa posibilidad casi de inmediato. No había ningún punto en ese terreno desde donde sus hombres pudieran mantener una posición ventajosa para enfrentarse a la oleada de jinetes. Era una tierra demasiado plana para ese tipo de maniobras. «Luchando no podemos ganar, así que… ¿y si los asustamos? Pero ¿cómo? ¿Con fuego?». Pero el fuego podía resultar mortal tanto para los suyos como para sus enemigos. Además, esa hierba húmeda no prendería. «¿Humo? No, eso no sirve de nada.» Mirando a Carn, dijo:

—¿Podrías crear una imagen de Saphira y hacer que ruja y escupa fuego, como si de verdad estuviera aquí?

El enjuto rostro del hechicero se puso lívido. Negó con la cabeza con expresión de pánico.

—Quizá. No lo sé. Nunca lo he intentado. Eso sería crear una imagen a partir de mis recuerdos. Y quizá no consiga que se parezca siquiera a ninguna criatura viva. —Indicó con un gesto a la caballería que se acercaba cada vez más y añadió—: Se darían cuenta de que hay algo raro.

Roran, inquieto, apretó los puños con tanta fuerza que se clavó las uñas en las palmas de las manos. Quedaban cuatro minutos, y quizá no tantos.

—Tal vez valiera la pena intentarlo —farfulló—. Solo necesitamos distraerlos, confundirlos…

Miró hacia el cielo y deseó ver en él una cortina de lluvia que se acercara al campamento, pero lo único que vio fue un par de nubes ligeras y muy altas en el aire azul. «Confusión, incertidumbre, dudas… ¿Qué es lo que la gente teme? Lo desconocido, lo que no comprenden, eso es lo que temen.» En un instante, Roran pensó en seis posibles maneras de socavar la confianza de su enemigo, a cual más descabellada, pero al fin dio con una idea que era tan sencilla y atrevida que parecía perfecta. Además, y a diferencia de las otras, satisfacía a su ego, pues solo requería la intervención de una persona más: Carn.

—¡Ordena a los hombres que se escondan en las tiendas! —gritó, empezando ya a alejarse—. Y diles que permanezcan en silencio. ¡No quiero oír ni un murmullo, a no ser que nos ataquen!

Roran entró en la tienda que quedaba más cerca y que estaba vacía, se volvió a sujetar el martillo en el cinturón y cogió una manta de lana sucia de un lecho que había en el suelo. Luego corrió a la chimenea y cogió un trozo de tronco que los guerreros utilizaban a modo de taburete. Salió de la tienda con el tronco bajo el brazo y la manta sobre un hombro, y corrió fuera del campamento hasta un pequeño montículo que quedaba a unos treinta metros de las tiendas.

—Que alguien me traiga un juego de tabas y una jarra de hidromiel —gritó—. E id a buscar la mesa donde tengo los mapas. ¡Ahora, maldita sea, ahora!

A sus espaldas oyó el escándalo de las pisadas y del entrechocar de las armas que sus hombres provocaban al correr hacia las tiendas para esconderse. Al cabo de unos segundos se hizo un silencio mortal en todo el campamento; solamente se oía el rumor de los hombres que habían ido a buscar lo que Roran había pedido.

Él no perdió el tiempo mirando hacia atrás. Cuando llegó a la parte superior del montículo, colocó el leño en el suelo y lo hizo girar a un lado y a otro sobre la tierra para asegurarse de que permanecería firme bajo el peso de su cuerpo. Entonces se sentó encima de él, mirando hacia la pendiente por la que llegarían los hombres a caballo. Quedaban unos tres minutos, o menos, y ya notaba la vibración de los cascos de los caballos contra el suelo bajo su cuerpo. La vibración era cada vez más fuerte.

—¿Dónde están las tabas y el hidromiel? —gritó sin quitar los ojos de la caballería.

Se mesó la barba con la mano y se alisó el borde de la túnica. El miedo le hizo desear haber llevado puesta la cota de malla, pero consiguió pensar con frialdad y se dio cuenta de que sus enemigos se sentirían más impresionados al encontrarlo allí sentado sin ningún tipo de armadura, como si estuviera completamente tranquilo. También pensó que era mejor dejar el martillo sujeto al cinturón: así parecería que se sentía seguro ante la presencia de los soldados.

—Lo siento —dijo Carn sin resuello, llegando al lado de Roran acompañado de un hombre que transportaba la pequeña mesa plegable de la tienda de Roran.

Entre ambos la colocaron delante de Roran y la cubrieron con la manta. Luego, Carn le dio a Roran una jarra llena de hidromiel y un vaso de piel con las cinco tabas habituales.

—Vamos, fuera de aquí —dijo Roran.

Carn se dio la vuelta con intención de irse, pero Roran lo sujetó por el brazo.

—¿Puedes hacer que el aire de mi alrededor vibre, tal como sucede con el aire alrededor de un fuego en un día de invierno?

Carn achicó los ojos y lo miró.

—Es posible. Pero ¿para qué…?

—Limítate a hacerlo si puedes. ¡Y ahora ve a esconderte!

El larguirucho y desgarbado mago salió corriendo hacia el campamento. Roran agitó las tabas dentro del vaso, las echó encima de la mesa y empezó a jugar solo, tirándolas al aire —primero una, luego dos, luego tres…— y cogiéndolas con el dorso de la mano. Garrow, su padre, se había entretenido de esa manera muchas veces mientras fumaba con su pipa, sentado en la destartalada silla del porche de su casa, durante las largas tardes de verano del valle del Palancar. A veces Roran había jugado con él, y casi siempre que lo hacía, perdía, pero Garrow prefería competir consigo mismo.

Aunque el corazón le latía deprisa y tenía las palmas de las manos pegajosas de sudor, Roran se esforzó por mantener una actitud de tranquilidad. Para que ese truco tuviera la más mínima posibilidad de salir bien, tenía que mantener una actitud de inquebrantable confianza en sí mismo fueran cuales fueran sus emociones reales.

Mantuvo la mirada fija en las tabas y no quiso desviarla ni siquiera para comprobar a qué distancia se encontraban los jinetes. El sonido de los cascos de los caballos al galope se fue haciendo más y más fuerte hasta que llegó un momento en que Roran creyó que iban a pasarle por encima.

«Qué manera tan extraña de morir», pensó, y sonrió con amargura. Pero entonces recordó a Katrina y a su hijo recién nacido, y se consoló con la idea de que, si moría, por lo menos alguien de su sangre continuaría viviendo. No era la misma inmortalidad que poseía Eragon, pero algo es algo.

En el último momento, cuando los caballos se encontraban solamente a pocos metros de la mesa, alguien gritó:

—¡Whoa! ¡Whoa, quietos! ¡Detened los caballos! ¡Os digo que detengáis los caballos!

De inmediato, con un estruendo de cascos y arneses, los caballos se vieron obligados a pararse. A pesar del escándalo, Roran todavía no había levantado la mirada de la mesa: dio un trago de hidromiel, volvió a lanzar las tabas al aire y recogió dos de ellas con el dorso de la mano. El olor de la tierra removida por los cascos de los caballos le resultaba agradable y tranquilizador, pero no tanto el hedor del sudor de los animales.

—¡Buenos días, amigo! —dijo el mismo hombre que había ordenado a los jinetes que se detuvieran—. ¡Buenos días, digo! ¿Quién eres, que puedes estar aquí sentado en esta espléndida mañana, bebiendo y disfrutando de este alegre pasatiempo, como si no tuvieras ninguna preocupación en el mundo? ¿Quién eres?

Poco a poco, como si acabara de percatarse de la presencia de los soldados y no le diera la mayor importancia, Roran levantó la vista. Ante él encontró a un pequeño hombre barbudo de yelmo llamativamente empenachado montado encima de un enorme caballo negro que resoplaba como una máquina de vapor.

—No soy el «amigo» de nadie, y desde luego, no el tuyo —repuso Roran, sin esforzarse por disimular su disgusto por haber sido saludado con esa excesiva familiaridad—. ¿Quién eres tú, si puedo preguntarlo, para interrumpir mi juego de forma tan poco educada?

El hombre miró a Roran como si este fuera una especie desconocida de animal que hubiera encontrado en una expedición de caza. El temblor de su penacho delató su desconcierto.

—Soy Tharos *el Rápido*, capitán de la guardia. Aunque seas un maleducado, debo decir que me apenaría profundamente matar a un hombre tan valiente como tú sin saber su nombre.

Y para dar fuerza a sus palabras, Tharos bajó la lanza y apuntó a Roran con ella.

Detrás de él se apretaban tres filas de jinetes, entre los cuales Roran vio a un hombre delgado y de nariz protuberante y aguileña, cuyo rostro y cuyos brazos —que llevaba descubiertos hasta el hombro— tenían la escualidez propia de los hechiceros de los vardenos. De repente, Roran rogó mentalmente que Carn hubiera conseguido hacer vibrar el aire a su alrededor.

—Mi nombre es Martillazos —contestó. Con un movimiento ágil de la mano, recogió las tabas, las lanzó al aire otra vez y recogió tres con el dorso de la mano—. Roran *Martillazos*. Eragon *Asesino de Sombra* es mi primo. Debes de haber oído hablar de él, si no de mí.

Los jinetes se removieron con inquietud y a Roran le pareció que Tharos abría los ojos con sorpresa un instante.

—Ya, ya, pero ¿cómo podemos estar seguros de que es cierto? Cualquier hombre podría mentir sobre su identidad si eso le fuera de algún provecho.

Roran cogió el martillo y golpeó la mesa con él. Luego, ignorando a los soldados, continuó jugando. Esta vez se le cayeron dos tabas del dorso de la mano y soltó un gemido de disgusto.

—Ah —dijo Tharos, y tosió para aclararse la garganta—. Tienes una reputación muy ilustre, Martillazos, aunque algunos dicen que se ha exagerado hasta límites descabellados. ¿Es verdad, por ejemplo, que tú solo acabaste con casi trescientos hombres en el pueblo de Deldarad, en Surda?

—No conozco el nombre de ese sitio, pero si se llama así, sí, maté a muchos soldados en Deldarad. Pero solo fueron ciento noventa y tres, y estaba bien protegido por mis hombres mientras luchaba.

—¿Solamente ciento noventa y tres? —exclamó Tharos con admiración—. Eres demasiado modesto, Martillazos. Una hazaña como esa puede hacer que un hombre encuentre un lugar en muchas canciones e historias.

Roran se encogió de hombros y se llevó la jarra de hidromiel a los labios, pero solo fingió que bebía, pues no podía permitirse tener la mente nublada por tan potente alcohol.

—Lucho para ganar… Permite que te ofrezca un trago, de guerrero a guerrero —dijo, ofreciendo la jarra a Tharos.

El soldado dudó un momento y miró rápidamente al hechicero que estaba detrás de él. Luego se pasó la lengua por los labios y dijo:

—Quizá tome un trago.

Desmontó de su corcel, le dio la lanza a uno de los soldados, se quitó los guantes y caminó hasta la mesa. Allí aceptó con cierta reticencia la jarra que Roran le ofrecía. Tharos olió la hidromiel y le dio un buen trago. Luego, se apartó la jarra de los labios con una mueca.

—¿No te gusta? —preguntó Roran, divertido.

—Confieso que estas bebidas de montaña son demasiado fuertes para mi paladar —respondió Tharos, devolviéndole la jarra a Roran—. Prefiero los vinos de nuestros campos: son cálidos y suaves, y no es tan fácil que dejen a un hombre sin sentido.

—Para mí, esto es dulce como la leche materna —mintió Roran—. Lo tomo por la mañana, por la tarde y por la noche.

Tharos se volvió a poner los guantes, regresó al lado de su caballo, montó y cogió la lanza que le sujetaba el soldado. Entonces volvió a mirar al hechicero. Roran se dio cuenta de que este había adoptado una expresión lívida durante los breves instantes en que Tharos había bajado del caballo. El soldado también pareció notar el cambio en el rostro del hechicero, pues también él adoptó una expresión tensa.

—Muchas gracias por tu hospitalidad, Roran *Martillazos* —dijo, levantando la voz para que todos los jinetes pudieran oírlo—. Quizá pronto tenga el honor de recibirte entre los muros de Aroughs.

Si es así, prometo servirte los mejores vinos de las tierras de mi familia, y quizá con ellos pueda demostrarte que nuestro vino tiene suficiente mérito para ser recomendado. Lo dejamos envejecer en barriles de roble durante meses, y a veces años. Sería una pena que todo ese trabajo se echara a perder y que todo ese vino corriera libremente por las calles manchándolas con la sangre de nuestros viñedos.

—Desde luego, eso sería una lástima —contestó Roran—. Pero, a veces, no se puede evitar verter un poco de vino cuando se limpia la mesa.

Roran giró el vaso en el aire y vertió la poca hidromiel que quedaba sobre la hierba del suelo. Tharos se quedó completamente inmóvil un instante —ni siquiera el penacho de su yelmo se movió—, y luego, con un gruñido de enojo, espoleó a su caballo y gritó a sus hombres:

—¡En formación! ¡En formación, digo! ¡Vamos!

Y con un último alarido, lanzó su caballo al galope de regreso a Aroughs. El resto de jinetes lo siguieron.

Roran mantuvo su fingida actitud de arrogancia e indiferencia hasta que los soldados estuvieron muy lejos. Luego soltó el aire de los pulmones poco a poco y apoyó los codos sobre las rodillas. Las manos le temblaban ligeramente. «Ha funcionado», pensó.

Oyó que los hombres del campamento se acercaban hacia él corriendo. Miró hacia atrás y vio a Baldor y Carn acompañados de, por lo menos, cincuenta de los guerreros que habían permanecido escondidos en las tiendas.

—¡Lo has logrado! —exclamó Baldor cuando llegó a su lado—. ¡Lo has logrado! ¡No me lo puedo creer!

Riendo, le dio una palmada en el hombro con tanta fuerza que Roran cayó sobre la mesa. Los demás se reunieron a su alrededor, también riendo, halagándolo con admirativas observaciones y fanfarroneando con la posibilidad de que, bajo su dirección, podrían someter Aroughs sin sufrir ni una sola baja debido al poco valor y poco carácter de los habitantes de la ciudad. Alguien ofreció a Roran una bota de vino, pero este la miró con disgusto y la pasó al hombre que tenía a su izquierda.

—¿Pudiste realizar el hechizo? —preguntó a Carn con voz casi inaudible en medio del barullo de la celebración.

—¿Qué? —Carn se acercó más y Roran repitió la pregunta. El mago sonrió y asintió con la cabeza vigorosamente—. Sí. Conseguí hacer que el aire vibrara, tal como querías.

—¿Y atacaste a su hechicero? Cuando se fueron, parecía que estuviera a punto de desmayarse.

La sonrisa de Carn se hizo más amplia.

—Eso fue cosa suya por completo. No dejó de esforzarse por deshacer la ilusión que creyó que yo había provocado (quería rasgar el velo de aire vibrante para ver qué había detrás), pero no había nada que rasgar, nada que penetrar, así que gastó todas sus fuerzas en vano.

Roran empezó a reír y sus carcajadas se fueron haciendo cada vez más fuertes y seguidas hasta que se impusieron por encima de la algarabía general. Rio con tanta fuerza que fue como si su risa se alejara rodando por la pendiente que conducía hasta Aroughs.

Durante un rato se permitió disfrutar de la admiración de sus hombres. Pero pronto oyeron un grito de alarma procedente de uno de los centinelas que se encontraban apostados en un extremo del campamento.

—¡Apartaos! ¡Dejadme ver! —dijo Roran, poniéndose en pie de un salto.

Los guerreros obedecieron: divisó a un hombre solitario que se acercaba por el oeste cabalgando a toda velocidad a través de los campos. Lo reconoció de inmediato: era uno de los hombres que había enviado a las orillas de los canales.

—Haced que venga aquí —ordenó.

Un hombre delgaducho y pelirrojo salió corriendo en busca del jinete. Mientras esperaba a que el jinete llegara, Roran recogió las tabas una a una y las guardó dentro del vaso de piel. Las tabas hacían un sonido agradable al entrechocar las unas contra las otras. Pronto vio que el jinete ya se encontraba muy cerca, así que gritó:

—¡Hola! ¿Va todo bien? ¿Os han atacado?

Sin embargo, Roran tuvo que aguantar su impaciencia, pues el hombre permaneció en silencio hasta que estuvo a solo unos metros de él. Entonces saltó del caballo y se presentó ante él poniéndose tan firme y derecho como un pino que busca el sol.

—¡Capitán, señor! —exclamó.

Al verlo de cerca, Roran se dio cuenta de que se trataba de un chico, del mismo tipo desaliñado que había sujetado sus riendas cuando él llegó al campamento. Pero reconocerlo no compensó la frustración que sentía por tener que esperar a satisfacer su curiosidad.

—Bueno, ¿de qué se trata? No tengo todo el día.

—¡Señor! Hamund me manda para decirte que hemos encontrado todas las barcazas que necesitamos, y que está construyendo los trineos para transportarlas hasta el otro canal.

Roran asintió con la cabeza.

—Bien. ¿Necesita más ayuda para llevarlas allí a tiempo?

—¡Señor, no señor!

—¿Y eso es todo?

—¡Señor, sí, señor!

—No hace falta que me llames «señor» todo el rato. Con una vez es suficiente. ¿Comprendido?

—Señor, sí... esto, sí s... Eh, quiero decir, sí, por supuesto.

Roran reprimió una sonrisa.

—Lo has hecho bien. Ve a comer algo y luego regresa a la mina y vuelve para informarme. Quiero saber qué han conseguido hasta el momento.

—Sí, se... Lo siento, señor... Es decir, no quería... Voy de inmediato, capitán.

Al chico se le encendieron las mejillas mientras tartamudeaba. Asintió con la cabeza a modo de saludo, montó de nuevo y salió al trote hacia las tiendas.

Aquello templó el ánimo de Roran, pues le recordó que, a pesar de que habían tenido la suerte de aplazar el enfrentamiento con los soldados, todavía quedaban muchas cosas por hacer y que cualquiera de las tareas que tenían por delante les podía costar la empresa si no las manejaban de la forma correcta.

Entonces, dirigiéndose al grupo de soldados, ordenó:

—¡Regresad al campamento con los demás! Quiero tener dos trincheras alrededor de las tiendas para cuando se ponga el sol; esos cobardes soldados podrían cambiar de opinión y decidir atacarnos, y quiero estar preparado.

Unos cuantos guerreros se quejaron al oír que tenían que ponerse a excavar trincheras, pero los demás parecieron aceptar la orden con buen humor.

Entonces, Carn dijo en voz baja:

—No conviene cansarlos demasiado antes de mañana.

—Lo sé —contestó Roran, también en voz baja—. Pero hace falta fortificar el campamento, y eso les impedirá pensar demasiado. Además, por muy agotados que estén mañana, la batalla les dará nuevas fuerzas. Siempre es así.

A Roran el día se le pasó muy deprisa durante los ratos en que se ocupó de problemas inmediatos y realizó esfuerzos físicos, y muy despacio en los momentos en que la mente le quedaba libre y se ponía a darle vueltas a la situación. Sus hombres trabajaron con ganas —el hecho de haberlos salvado de los soldados le había hecho ganarse su lealtad y devoción hasta un punto que era imposible de conseguir con las palabras—, pero a Roran le parecía evidente que, a pesar de sus esfuerzos, no podrían terminar los preparativos durante las escasas horas que les quedaban.

Se fue sintiendo más desesperanzado a medida que transcurría la mañana, el mediodía y la tarde. Al final, se maldijo a sí mismo por haber concebido un plan tan complicado y ambicioso. «Debería haber sabido desde el principio que no tendríamos tiempo para hacer todo esto», pensó. Pero ya era demasiado tarde para intentar otra cosa. La única opción que les quedaba era esforzarse al máximo con la esperanza de que eso sería, de alguna manera, suficiente para conseguir la victoria a pesar de su incompetencia.

Sin embargo, cuando llegó el anochecer, de repente, los preparativos empezaron a dar resultados con una prontitud inesperada. Roran sintió renacer cierto optimismo. Y al cabo de unas horas, cuando ya era completamente de noche y las estrellas brillaban con fuerza en el cielo, él y casi setecientos de sus hombres se encontraban en los molinos: habían terminado todos los preparativos para invadir Aroughs antes del fin del día siguiente. Al ver el fruto de su trabajo, Roran soltó unas carcajadas de alivio y de orgullo. Luego felicitó a los guerreros que estaban con él y les ordenó que regresaran a sus tiendas.

—Descansad ahora, que podéis. ¡Atacaremos al amanecer!

Los hombres, a pesar de su evidente agotamiento, soltaron gritos de alegría.

Amigo o enemigo

El sueño de Roran era superficial y agitado. Le era imposible relajarse por completo, pues conocía la importancia de la batalla del día siguiente y sabía que era posible que resultara herido, como ya le había sucedido otras veces. Esas dos ideas lo tenían en vilo y sentía como si se le hubiera formado una línea de tensión que le recorría la columna y que lo arrancaba a intervalos regulares de sus oscuros y extraños sueños.

Se despertó sobresaltado al oír un golpe sordo fuera de su tienda.

Abrió los ojos y los clavó en el techo de tela. Todo a su alrededor estaba a oscuras y era casi imposible distinguir nada; tan solo un fino rayo de luz anaranjada procedente de una antorcha de fuera penetraba por entre las dos telas que hacían de cortina. Roran sintió el aire frío en la piel, y le pareció estar enterrado en un profundo nicho bajo tierra. No sabía qué hora era, pero debía de ser muy tarde. Incluso los animales nocturnos debían de haber regresado ya a sus guaridas para dormir. A esa hora no tendría que haber nadie despierto, excepto los centinelas, y estos no se encontraban apostados cerca de su tienda.

Roran procuró respirar despacio para poder escuchar si había más ruidos, pero lo único que oía era su propio corazón, que latía cada vez más deprisa. La línea de tensión a lo largo de la columna le vibraba como si fuera una cuerda de guitarra.

Pasó un minuto.

Luego, otro.

Justo cuando empezaba a pensar que no había ningún motivo para alarmarse y su corazón empezaba a tranquilizarse, vio una sombra sobre la tela de la parte delantera de la tienda que impedía el paso de la luz de las antorchas.

El pulso de Roran triplicó su velocidad. Sentía que el corazón le latía con tanta fuerza como si estuviera subiendo por la ladera de una montaña. Fuera quien fuera, no era posible que hubiera venido a despertarlo para iniciar el sitio de Aroughs, ni tampoco para traerle ninguna información, porque en ese caso no hubiera dudado en llamarlo y entrar en la tienda.

Entonces, una mano enfundada en un guante negro —solo un tono más oscuro que el negro de su alrededor— se coló por la apertura de las cortinas y cogió el nudo que las mantenía cerradas.

Roran abrió la boca para dar la voz de alarma, pero cambió rápidamente de opinión. Sería una locura perder la ventaja que le daba recibir a su atacante por sorpresa. Además, si el intruso se daba cuenta de que lo había visto, podía entrarle el pánico, cosa que podía hacerle más peligroso.

Roran sacó con cuidado su daga de debajo de la capa que había enrollado para utilizar de almohada y la dejó al lado de su rodilla, debajo de un pliegue de la manta. Al mismo tiempo, sujetó el borde de la manta con la otra mano.

El intruso penetró en la tienda y la luz de la antorcha de fuera perfiló su silueta con un halo anaranjado. Roran vio que el hombre llevaba un jubón de piel, pero sin armadura ni cota de malla. Luego la cortina se cerró y la oscuridad lo envolvió todo.

La figura sin rostro se acercó despacio al catre.

Roran se esforzaba por controlar la respiración para fingir que dormía, y le pareció que acabaría desmayándose por falta de aire.

Cuando el intruso estuvo a medio camino entre la puerta y el catre, Roran le lanzó la manta encima y, con un alarido salvaje, saltó sobre él mientras levantaba la daga para clavársela en el estómago.

—¡Espera! —gritó el hombre.

Sorprendido, Roran refrenó la mano y los dos cayeron al suelo.

—¡Amigo! ¡Soy un amigo!

Al cabo de un segundo, el hombre le había dado dos fuertes golpes en los riñones y Roran se había quedado sin aire en los pulmones. El dolor fue tan fuerte que casi lo incapacitó, pero se obligó a rodar por el suelo para poner un poco de distancia entre los dos. Luego se puso en pie y volvió a cargar contra su atacante, que continuaba enredado con la manta.

—¡Espera, soy tu amigo! —gritó el hombre.

Sin embargo, Roran no estaba dispuesto a confiar en aquel tipo por segunda vez. E hizo bien, pues cuando lanzó la daga contra él, el hombre le enredó el brazo derecho y la daga con la manta e hirió a

Roran con un cuchillo que acababa de sacar de debajo de su jubón. Sintió una pequeña sensación de tirantez en el pecho, pero era tan leve que no le dio importancia.

Roran soltó un grito y tiró de la manta con todas sus fuerzas arrastrando al hombre y lanzándolo contra uno de los lados de la tienda. Con el golpe, la estructura se vino abajo y los atrapó a ambos debajo de la pesada tela de lana. Roran, de inmediato, se quitó de encima la sábana enredada y se arrastró hacia el hombre a tientas, en la oscuridad. Pero entonces sintió que una dura suela de bota le pisaba la mano con fuerza.

Se impulsó hacia delante para agarrar al hombre por el tobillo antes de que este pudiera darse la vuelta para ponerse de cara a él. El tipo pateó como un conejo y consiguió soltarse un momento, pero Roran volvió a sujetarlo y le apretó el tobillo con tanta fuerza que le clavó los dedos en el tendón de Aquiles. El hombre rugió de dolor. Sin dejarle tiempo para que se recuperara, Roran se arrastró hasta ponerse al mismo nivel que su agresor y le inmovilizó la mano con que agarraba el cuchillo contra el suelo. Entonces intentó clavarle la daga en un costado del cuerpo, pero fue demasiado lento: su oponente le sujetó la muñeca y la apretó con la misma fuerza que una garra de acero.

—¿Quién eres? —rugió Roran.

—Soy tu amigo —dijo el hombre.

Sintió su aliento caliente en el rostro: le olía a vino y a sidra. Entonces recibió tres rápidos rodillazos en las costillas. Pero Roran reaccionó y le dio un cabezazo en la nariz, hasta rompérsela. El hombre gimió y se removió intentándose librar de Roran, pero este no lo soltó.

—Tú… no eres amigo mío —le dijo Roran, intentando abrirse paso con el cuchillo por debajo del brazo derecho del hombre para clavárselo en el costado.

Forcejearon el uno con el otro un rato hasta que, con repentina facilidad, Roran notó que la daga se abría paso por el jubón y penetraba la carne de su agresor. El hombre se retorció. Roran le dio varias puñaladas más y, al final, le clavó la daga en el pecho.

Con la mano todavía sobre la empuñadura de la daga, sintió la vibración del corazón del hombre, atravesado por la hoja del cuchillo. El tipo sufrió dos convulsiones y luego dejó de resistirse. Se quedó quieto, jadeando.

Roran no lo soltó durante el rato en que el hálito de vida tardó en abandonarlo; su abrazo era tan íntimo como el de dos amantes.

Aunque el hombre había intentado asesinarlo, y a pesar de que Roran no sabía de él más que eso, no podía evitar que le embargara un sentimiento de terrible cercanía con él. Ahí tenía a otro ser humano —otra criatura viviente, pensante— cuya vida acababa por su culpa.

—¿Quién eres? —le susurró—. ¿Quién te ha enviado?

—Casi…, casi conseguí matarte —dijo el hombre, con una satisfacción perversa. Entonces soltó un largo suspiro y su cuerpo quedó inerte. Dejó de existir.

Roran dejó caer la cabeza sobre el pecho del hombre, luchando por respirar y temblando desde la cabeza a los pies por la conmoción de la lucha. Al cabo de poco notó que tiraban de la tela de lana que lo cubría.

—¡Sacádmela de encima! —gritó Roran, apartando la tela con el brazo derecho, incapaz de continuar aguantando el opresivo peso de la tienda, la oscuridad, el poco espacio y el aire viciado.

Alguien rajó la tela y Roran vio que se abría una grieta de luz sobre su cabeza. Era la luz caliente y danzarina de una antorcha. Desesperado por salir de ese confinamiento, se puso en pie, agarró los bordes de la hendidura y se coló por ella. Salió a la noche trastabillando, desnudo excepto por las calzas, y miró a su alrededor, confuso.

Allí estaban Carn, Delwin, Mandel y diez guerreros más, todos ellos con las espadas y las hachas preparadas para intervenir. Ninguno de ellos iba vestido, excepto dos, que Roran reconoció como los centinelas que realizaban el turno de noche.

De repente, alguien exclamó:

—¡Dioses!

Roran se dio la vuelta y vio que uno de los guerreros acababa de apartar la tienda y había dejado al descubierto el cuerpo del asesino. El hombre era bajo de estatura y llevaba el cabello, largo e hirsuto, recogido en una cola. Un parche de cuero le cubría el ojo izquierdo. Tenía la nariz torcida y aplastada —Roran se la había roto—, y una capa de sangre le cubría el pecho y el costado, desde donde caía al suelo. Parecía demasiada cantidad de sangre para pertenecer a una única persona.

—Roran —dijo Baldor. Él continuaba mirando fijamente al asesino, incapaz de apartar la mirada de él—. Roran —repitió Baldor, esta vez con voz más alta—. Roran, escúchame. ¿Estás herido? ¿Qué ha sucedido?… ¡Roran!

La preocupación en el tono de voz de Baldor atrajo por fin la atención de Roran.

—¿Qué? —preguntó.

—Roran, ¿estás herido?

«¿Por qué cree que lo estoy?» Desconcertado, miró hacia su pecho. Tenía el pelo del torso completamente cubierto de sangre, y también los brazos y la parte superior de las calzas estaban manchadas.

—Estoy bien —respondió, aunque le costaba hablar—. ¿Alguien más ha sido atacado?

Por toda respuesta, Delwin y Hamund se apartaron para permitirle ver el cuerpo de un hombre en el suelo. Se trataba del joven que le había traído los mensajes ese día.

—¡Ah! —gruñó Roran, inundado de tristeza—. ¿Qué hacía dando vueltas por ahí?

Uno de los guerreros dio un paso hacia delante para contestar:

—Yo compartía la tienda con él, capitán. El chico siempre tenía que salir a aliviarse por la noche, porque bebía demasiado té antes de retirarse a dormir. Su madre le había dicho que así no se pondría enfermo… Era un buen muchacho, capitán. No merecía recibir una puñalada por la espalda de parte de un rastrero cobarde.

—No, no se lo merecía —murmuró Roran. «Si él no hubiera estado aquí, yo ahora estaría muerto.» Hizo un gesto señalando al asesino y preguntó—: ¿Hay algún otro asesino suelto por ahí?

Los hombres intercambiaron unas miradas, incómodos. Al fin, Baldor dijo:

—No lo creo.

—¿Lo habéis comprobado?

—No.

—¡Bueno, pues hacedlo! Pero intentad no despertar a todos los demás: necesitan dormir. Y que unos guardias se aposten a la puerta de todos los comandantes a partir de ahora…

«Debería haber pensado en esto antes», se dijo.

Roran se quedó quieto, sintiéndose torpe y estúpido, mientras Baldor daba las órdenes correspondientes rápidamente. Todos se dispersaron, excepto Carn, Delwin y Hamund. Cuatro de los guerreros levantaron el cuerpo del chico y se lo llevaron lejos para enterrarlo. Los demás se dirigieron a registrar el campamento. Hamund registró el cuerpo del asesino y, al encontrar el cuchillo, lo empujó con la punta del pie.

—Debiste de asustar a esos soldados más de lo que pensamos esta mañana.

—Quizá sí.

Roran se estremeció. Sentía frío por todo el cuerpo, en especial en las manos y en los pies, que tenía helados. Carn se dio cuenta, así que fue a buscar una manta para que se tapara.

—Toma —dijo Carn, cubriéndole los hombros—. Ven a sentarte al lado del fuego de los centinelas. Calentaré un poco de agua para que puedas lavarte, ¿de acuerdo?

El chico asintió con la cabeza; no se creía capaz de pronunciar ni una palabra. Carn y él se alejaron en dirección a la hoguera, pero de repente el mago se detuvo y Roran se vio obligado a hacer lo mismo.

—Delwin, Hamund —dijo Carn—, traedme un catre, algo donde sentarse, una jarra de hidromiel y unas cuantas vendas. Tan deprisa como podáis. Ahora mismo, por favor.

Sorprendidos, los dos hombres corrieron a hacerlo.

—¿Por qué? —preguntó Roran, confuso—. ¿Qué sucede?

Carn lo miró con expresión sombría y señaló el pecho de Roran.

—Si no estás herido, entonces te ruego que me digas qué es eso.

Roran bajó la mirada hasta su pecho y vio que, bajo la capa de sangre, tenía una larga y profunda herida que le empezaba en el centro del pectoral derecho, le cruzaba el esternón y terminaba justo debajo del pezón izquierdo. La parte más ancha del corte debía de tener unos seis milímetros, y parecía una boca sin labios que esbozara una enorme y espantosa sonrisa. Pero lo más inquietante de esa herida era que no salía sangre de ella, ni una sola gota. Roran vio con claridad la fina capa de grasa de debajo de la piel y, debajo de esta, el oscuro tejido muscular, del mismo color que el de la carne de venado cruda. Aunque estaba acostumbrado a las heridas provocadas por espadas, lanzas y demás armas, se sintió nervioso al verla. Él mismo había sufrido muchas heridas durante su lucha contra el Imperio —la más importante fue cuando un Ra'zac le mordió el hombro derecho cuando capturaron a Katrina, en Carvahall—, pero era la primera vez que le habían hecho una tan grande y extraña.

—¿Duele? —preguntó Carn.

Roran negó con la cabeza sin levantar la vista.

—No.

Sintió un nudo en la garganta, y el corazón —que todavía estaba acelerado a causa de la lucha—, desbocado: le latía tan deprisa que un latido no se distinguía del siguiente. «¿Estaba envenenado ese cuchillo?», se preguntó.

—Roran, tienes que relajarte —dijo Carn—. Creo que te puedo curar, pero si te desmayas va a ser más difícil.

Carn lo sujetó por el hombro y lo condujo hasta el catre que Hamund acababa de sacar de una de las tiendas. Roran, obediente, se sentó.

—¿Cómo se supone que puedo relajarme? —preguntó, soltando una rápida carcajada de crispación.

—Respira profundamente e imagínate que, cada vez que exhalas, te hundes en la tierra. Confía en mí: funciona.

Roran lo hizo, y en cuanto exhaló por tercera vez, los tensos músculos del pecho se le relajaron y un chorro de sangre salió despedido de la herida salpicando a Carn en la cara. El mago retrocedió y soltó una maldición. La sangre corrió por encima del estómago de Roran, caliente.

—Ahora sí que duele —dijo Roran, apretando la mandíbula.

—¡Eh! —gritó Carn levantando el brazo al ver a Delwin, que corría hacia ellos cargado con las vendas y las cosas que Carn le había pedido.

En cuanto el hombre lo hubo dejado todo encima del catre, Carn cogió un rollo de gasa y lo apretó contra la herida de Roran, con lo que consiguió detener la hemorragia momentáneamente.

—Túmbate —le ordenó.

Roran se echó y Hamund le acercó un taburete a Carn, que se sentó al lado de Roran sin dejar de ejercer presión sobre la herida. Entonces, alargando el brazo, chasqueó los dedos y dijo:

—Dadme la hidromiel.

Cuando Delwin le hubo dado la jarra, Carn miró a Roran a los ojos y le dijo:

—Tengo que limpiarte la herida antes de cerrártela con un hechizo. ¿Comprendes?

Roran asintió con la cabeza.

—Dame algo para morder.

Se oyó el sonido de unas hebillas. Roran notó que le ponían un grueso cinturón entre los dientes, y lo mordió con todas sus fuerzas.

—¡Adelante! —dijo, con el cuero en la boca.

Inmediatamente, y sin que Roran tuviera tiempo de reaccionar, Carn apartó la gasa de la herida y vertió hidromiel encima de la herida, limpiándola de pelos, sangre y suciedad. Al notar la quemazón del hidromiel, Roran soltó un gruñido estrangulado y arqueó la espalda agarrándose con fuerza a los bordes del catre.

—Bueno, ya está —dijo Carn, dejando la jarra a un lado.

Roran miró hacia las estrellas. Le temblaban todos los músculos del cuerpo. Mientras Carn le curaba el corte que le había hecho el cuchillo de aquel asesino, Roran sintió un escozor insoportable en la parte más profunda del pecho. El escozor se le extendió por la superficie de la piel y, cuando se le pasó, se dio cuenta de que el dolor había desparecido. Pero la sensación había sido tan desagradable que habría querido rascarse hasta arrancarse la piel. Cuando todo hubo terminado, Carn suspiró y, abandonándose, apoyó la cabeza en las manos.

Con un gran esfuerzo por controlar las piernas, Roran consiguió pasarlas por encima del borde del catre y se sentó. Se pasó una mano por el pecho y notó que, excepto por el pelo, estaba completamente liso: curado y sin ninguna marca, igual que había estado antes de que ese hombre tuerto se colara en su tienda.

«Magia.»

A su lado, Delwin y Hamund permanecían de pie, mirándolo. Roran vio que estaban un tanto sorprendidos, pero no creyó que los demás se dieran cuenta de ello.

—Id a dormir —les dijo, haciendo un gesto con la mano—. Dentro de unas horas nos marcharemos, y necesito que estéis despejados.

—¿Seguro que estás bien? —preguntó Delwin.

—Sí, sí —mintió Roran—. Gracias por vuestra ayuda, pero ahora marchaos. ¿Cómo se supone que voy a descansar con vosotros dos ahí plantados como gallinas cluecas?

En cuanto se hubieron alejado, Roran se frotó el rostro y se observó las manos, que le temblaban. Todavía estaban manchadas de sangre. Se sintió destrozado. Vacío. Como si hubiera realizado el trabajo de una semana entera en tan solo unos minutos.

—¿Crees que estarás en condiciones de luchar? —le preguntó a Carn.

El mago se encogió de hombros.

—No tanto como antes… Pero es un precio que hay que pagar. No podemos presentar batalla si tú no nos diriges.

Roran no gastó energías en llevarle la contraria.

—Deberías descansar un poco. No falta mucho para el amanecer.

—¿Y tú?

—Yo voy a lavarme, buscaré una túnica y, luego, iré a ver si Baldor ha encontrado a algún otro asesino de Galbatorix.

—¿No vas a tumbarte un rato?

—No. —Se rascó el pecho sin querer, pero paró en cuanto se dio cuenta de lo que hacía—. Ya no podía dormir antes, y ahora…

—Comprendo. —Carn se levantó despacio del taburete—. Estaré en mi tienda, por si me necesitas.

Roran lo observó mientras él se alejaba con paso lento e inseguro. Cuando hubo desaparecido en la oscuridad, cerró los ojos y pensó en Katrina, intentando tranquilizarse un poco. Luego reunió las pocas fuerzas que le quedaban y fue hasta su tienda, que continuaba en el suelo, para buscar sus ropas, sus armas, su armadura y el odre de agua. Evitó mirar el cuerpo del asesino, a pesar de que era difícil no verlo mientras se movía entre el amasijo de palos y telas. Pero, al final, se arrodilló a su lado y, apartando la vista, le arrancó el cuchillo. Al salir del cuerpo, la hoja rozó un hueso provocando un desagradable sonido. Roran sacudió con fuerza la mano con que sujetaba su daga y unas gruesas gotas de sangre salpicaron el suelo.

En medio del frío silencio nocturno, se preparó, despacio, para la batalla. Luego fue a buscar a Baldor, quien le aseguró que nadie más había eludido la vigilancia de los centinelas, y caminó por todo el perímetro del campamento repasando mentalmente todas las fases del plan para asaltar Aroughs. Cuando terminó, se comió medio pollo frío que encontró entre las sobras de la cena mientras observaba las estrellas.

Hiciera lo que hiciera, la imagen del cuerpo de ese hombre joven delante de su tienda no lo abandonaba. «¿Quién decide que un hombre debe vivir y que otro debe morir? Mi vida no valía más que la suya, pero es a él a quien van a enterrar, mientras que yo podré disfrutar de, por lo menos, unas cuantas horas más de vida. ¿Se trata del azar, aleatorio y cruel, o existe un motivo o un plan para todo esto, aunque no podamos comprenderlo?»

Un cargamento incendiario

—¿*T*e gusta tener una hermanita? —le preguntó Roran a Baldor mientras cabalgaban el uno al lado del otro en dirección a los molinos más cercanos.

A su alrededor, la tierra estaba bañada en la media luz que precede al amanecer.

—No hay mucha cosa que me pueda gustar, ¿no? Quiero decir que ella es muy poca cosa, todavía. Entiéndeme. Es pequeña como un gatito. —Baldor tiró de las riendas para evitar que su caballo se desviara hacia un trozo de hierba especialmente apetitosa—. Pero resulta extraño que haya otra persona en la familia, sea hermano o hermana, después de tanto tiempo.

Roran asintió con la cabeza. Se giró y miró hacia atrás para asegurarse de que la columna de seiscientos cincuenta hombres que los seguían a pie no se quedaba atrás.

Cuando llegaron a los molinos, Roran desmontó y ató su caballo a un poste que había delante del más bajo de los tres edificios. Uno de los guerreros se quedó atrás para llevar a los animales de vuelta al campamento.

Roran se dirigió al canal, bajó por los escalones de madera que descendían por la fangosa orilla hasta el agua y subió a bordo de la última de las cuatro barcazas que esperaban en fila. Esas barcazas parecían más bien toscas balsas, pero Roran se alegró, pues no tenían la proa en punta y así resultaba más fácil juntar las unas con las otras —con tablones, clavos y cuerdas— para formar una estructura rígida de casi ciento cincuenta metros de longitud.

En la parte delantera de la primera barcaza, así como en los laterales de la primera y de la segunda, se amontonaban los trozos de pizarra que Roran había ordenado transportar hasta allí desde la mina. Encima habían colocado unos sacos de harina que habían encontrado en los molinos y, así, habían construido unos muros bajos que llegaban a la altura de la cintura de los hombres. En las otras barcazas, los muros se había hecho solamente de sacos de harina: dos sacos de ancho y cinco de altura. El inmenso peso de la pizarra y de los sacos de harina compactada, añadido al de las mismas barcazas, hacían que esa estructura flotante pudiera convertirse en un enorme ariete impulsado por el agua. Roran tenía la esperanza de que sirviera para romper la puerta del otro extremo del canal con la misma facilidad que si estuviera hecha de ramitas secas. Aunque la puerta estuviera protegida por un hechizo —y Carn no creía que lo estuviera—, Roran no creía que ningún mago, excepto Galbatorix, pudiera hacer frente a la tremenda fuerza que tenían las barcazas impulsadas por la corriente del canal. Además, esos muros les ofrecerían cierta protección frente a las flechas, lanzas y demás proyectiles.

Roran pasó con cuidado de una barcaza a la otra hasta que llegó a la primera. Allí, con su lanza y su escudo, comprobó la resistencia del muro de pizarra de la proa y, satisfecho, se dio la vuelta y observó a los soldados que iban llenando el espacio entre la pizarra y los sacos. Con cada hombre que subía a bordo, la barcaza se hundía un poco más. Al final, la estructura quedó solo unos centímetros por encima de la superficie del agua.

Baldor, Hamund, Delwin y Mandel llegaron al lado de Roran. Los cuatro, por un acuerdo tácito, habían decidido ocupar la posición más peligrosa de ese ariete flotante: si los vardenos querían entrar por la fuerza en Aroughs, les iba a hacer falta una buena dosis de habilidad y de suerte, y ninguno de ellos deseaba confiar en nadie más para llevar a cabo ese intento.

Roran vio que Brigman se encontraba en la última barcaza, entre los hombres que antes habían estado a su mando. Después de que, el día anterior, Brigman casi se insubordinara, Roran le había quitado toda autoridad y lo había enviado a su tienda. A pesar de ello, Brigman le rogó que le permitiera participar en el ataque final a Aroughs. Roran, aunque con cierta reticencia, había accedido, pues aquel tipo era hábil con la espada y necesitarían toda la ayuda posible para la batalla que los aguardaba. Pero Roran dudaba de haber tomado la decisión correcta. Estaba seguro de que ahora los hombres le eran leales a él, no a Brigman; sin embargo, él había sido su capitán durante muchos meses, y Roran sabía que los lazos que se creaban en esas situaciones eran muy difíciles de olvidar. Y aunque

Brigman no intentara causar ningún problema, ya había demostrado que era muy capaz de no cumplir las órdenes, por lo menos si estas procedían de Roran. «Si me da el más mínimo motivo de desconfianza, lo tumbaré ahí mismo», pensó. Pero se dio cuenta de que era una decisión absurda: si Brigman se volvía contra él, lo más probable era que lo hiciera en medio de la confusión y que no se diera cuenta de ello hasta que fuera demasiado tarde.

Cuando solo faltaban seis hombres para subir a las barcazas, Roran hizo bocina con las manos y gritó:

—¡Soltadlos!

Arriba, en lo alto de la colina, dos hombres se habían apostado encima del rompiente de tierra que detenía el curso del agua por el canal en su trayecto hacia las marismas del norte. A unos seis metros por debajo de ellos se encontraba la primera rueda del molino y la esclusa de agua que lo accionaba. Esa esclusa estaba cerrada por otro rompiente y, más abajo, había una segunda rueda y una segunda esclusa de aguas profundas. Al otro extremo de esta última se encontraba el último rompiente y los últimos dos hombres. Y, debajo de ellos, la tercera y última rueda de molino. A partir de allí, la corriente transcurría con suavidad hasta Aroughs.

En cada uno de los rompientes había una compuerta que Roran había hecho cerrar, con la ayuda de Baldor, en su primera excursión a los molinos. Durante los últimos días, los soldados se habían dedicado a excavar la tierra lateral de las compuertas con picos y palas para debilitar su sujeción y las habían calzado con unos troncos grandes y macizos.

Al oír la orden de Roran, los dos hombres de arriba y los dos de la segunda esclusa empezaron a mover los troncos —que sobresalían un buen trecho de la superficie del agua— hacia delante y hacia atrás a un ritmo constante. Según el plan de Roran, los dos hombres apostados en la esclusa de más abajo tenían que esperar unos momentos antes imitar a sus compañeros.

Roran observaba la operación agarrándose con nerviosismo a uno de los sacos de harina. Si no había calculado bien los tiempos de cada operación, aunque fuera por unos segundos, todo sería un desastre.

Durante casi un minuto no pasó nada.

Entonces, con un rugido imponente, la compuerta de la esclusa de arriba cedió. El rompiente de tierra se rompió y cayó hacia delante, y una enorme oleada de agua fangosa se precipitó sobre la rueda de molino de abajo, haciendo que girara más deprisa de lo que

Roran había calculado. En cuanto el rompiente se derrumbó, los hombres que estaban en él saltaron a la orilla salvándose por segundos. La ola de agua de la primera esclusa, al caer sobre la que había en la segunda, levantó una masa de más de nueve metros de altura y provocó una segunda ola que se izó en el aire y que cayó sobre el siguiente rompiente. Los hombres que se encontraban encima de él, al ver venir la ola, saltaron a tierra firme. E hicieron bien. Cuando la ola impactó contra el rompiente, la compuerta que se encontraba detrás salió volando por los aires como si un dragón le hubiera dado una patada y todo el agua que se encontraba en la esclusa arrastró lo poco que quedaba del rompiente de tierra.

La furiosa corriente embistió la segunda rueda de molino con más fuerza que la primera. La madera crujió bajo su potencia y, por primera vez, Roran pensó que quizá pudiera romperse. Si eso sucedía, sus hombres correrían un serio peligro, al igual que las barcazas, y era muy posible que su ataque a Aroughs terminara antes de haber empezado.

—¡Soltad las amarras! —gritó.

Uno de los hombres cortó la cuerda que los sujetaba a la orilla, y los demás empuñaron las pértigas de tres metros de longitud que habían clavado en el fondo del canal y empezaron a empujar con todas sus fuerzas. Las pesadas barcazas avanzaron unos centímetros y empezaron a ganar velocidad a un ritmo muy inferior a lo que Roran había esperado.

Los dos hombres que se encontraban en el rompiente de abajo, aunque veían que la avalancha de agua se cernía sobre ellos, no dejaban de mover los troncos que calzaban la última compuerta. Y justo un segundo antes de que la segunda ola de agua les cayera encima, los troncos cedieron y los hombres pudieron saltar a tiempo a la orilla.

Al caer, la cascada de agua hizo un hoyo en el fondo de la esclusa de tierra y, desde ella, se precipitó sobre la última rueda de molino, casi destrozándola y haciendo que se inclinara unos cuantos grados hacia delante. El estruendo fue ensordecedor, pero, para alivio de Roran, la rueda no cedió. Entonces, con un violentísimo impulso, la columna de agua se precipitó sobre el nivel inferior del canal levantando una explosiva oleada de espuma. Una corriente de aire frío abofeteó en el rostro a Roran, que se encontraba a unos ciento ochenta metros de allí.

—¡Más deprisa! —gritó, dirigiéndose a los hombres que manejaban las pértigas.

Una turbulenta corriente de agua se acercaba hacia ellos a toda velocidad.

La ola los golpeó con una fuerza inusitada. Al entrar en contacto con la parte posterior de las cuatro barcazas unidas, todas ellas saltaron hacia delante, y tanto Roran como los guerreros cayeron al suelo. Algunos de los sacos de harina se precipitaron al canal o rodaron sobre los hombres. La barcaza de detrás se levantó un buen trecho por encima de las demás y todo el conjunto —de unos ciento cincuenta metros de longitud— se desvió hacia un lado. Roran supo que si no corregían la dirección a tiempo, chocarían contra el lateral del canal y, en un instante, la fuerza de la corriente conseguiría romper la unión de las barcazas.

—¡Mantenedlas rectas! —bramó, levantándose de los sacos de harina sobre los que había caído—. ¡No dejéis que viren!

Los guerreros se pusieron rápidamente en pie y empujaron las barcazas lejos de la orilla, hacia el centro del canal. En la proa, Roran subió de un salto en el montón de pizarra y continuó gritando órdenes hasta que consiguieron estabilizarlas.

—¡Lo hemos conseguido! —exclamó Baldor con una sonrisa boba en el rostro.

—No cantes victoria todavía —le advirtió Roran—. Aún nos queda mucho trecho.

Por el este, el cielo había adquirido un tono amarillento. Ahora se encontraban a la altura de su campamento, a un kilómetro y medio de Aroughs. A la velocidad que navegaban, llegarían a su destino antes de que el sol asomara por el horizonte, y las sombras que en esos momentos cubrirían los campos los ayudarían a ocultarse de la mirada de los vigías apostados en las torres y en las murallas.

A pesar de que avanzaban hincando la proa un poco por debajo de la superficie del agua, las barcazas continuaban ganando velocidad, pues el canal transcurría cuesta abajo hasta la ciudad y en su trayecto ya no había ningún desnivel que pudiera frenar su avance.

—Escuchad —dijo Roran, llevándose ambas manos a los lados de la boca para hacerse oír por todos—: es posible que caigamos al agua cuando colisionemos contra la puerta, así que estad preparados para nadar. Hasta que no consigamos estar en tierra firme, seremos un blanco fácil. Cuando arribemos a la orilla, solo tendremos un objetivo: llegar a la muralla interior antes de que se les ocurra cerrar esas puertas, porque si lo hacen, nunca conseguiremos capturar

Aroughs. Si conseguimos pasar la segunda muralla, encontrar a Lord Halstead y obligarlo a rendirse debería ser muy sencillo. Si no lo logramos, aseguraremos las fortificaciones del centro de la ciudad y continuaremos calle por calle, hasta que toda la ciudad de Aroughs esté bajo nuestro control. Recordad que ellos son el doble que nosotros, así que no os separéis de vuestro compañero y permaneced en guardia en todo momento. No os aventuréis solos, y no permitáis que os separen del resto del grupo. Los soldados conocen esas calles mejor que nosotros, y os prepararán una emboscada cuando menos lo esperéis. Si alguno se encuentra solo, que se dirija al centro de la ciudad, porque estaremos allí.

»Hoy los vardenos van a dar un valiente paso adelante. Hoy ganaremos un honor y una gloria que muchos hombres sueñan con obtener. Hoy..., hoy dejaremos nuestra huella en la historia. Lo que se consiga durante las siguientes horas, los bardos lo cantarán durante cientos de años. Pensad en vuestros amigos. Pensad en vuestras familias, en vuestros padres, vuestras esposas, vuestros hijos. Luchad bien, pues lo hacemos por ellos. ¡Luchamos por la libertad!

Los hombres respondieron con un único rugido.

Roran permitió que se explayaran un momento. Luego levantó un brazo y gritó:

—¡Escudos!

Entonces, los hombres se agacharon y levantaron sus escudos por encima de las cabezas, cubriéndose con ellos, para que pareciera que ese ariete acuático estaba recubierto de una armadura tan grande como para ocultar la pierna de un gigante.

Satisfecho, Roran bajó de un salto del muro de pizarra y miró a Carn, a Baldor y a los otros cuatro hombres que habían viajado con él desde Belatona. El más joven de ellos, Mandel, parecía un tanto temeroso, pero Roran sabía que no perdería los nervios.

—¿Preparados? —les preguntó.

Todos ellos asintieron.

Roran soltó una carcajada. Cuando Baldor le pidió que explicara a qué se debía esa risa, contestó:

—¡Si mi padre pudiera verme ahora!

Y Baldor también rio con ganas.

Roran controlaba el curso del agua: cuando llegaran a la ciudad, los soldados notarían que había algo extraño y darían la voz de alarma. Roran quería que hicieran precisamente eso, pero no por ese motivo. Así que cuando le pareció que se encontraban a cinco minutos de Aroughs, le hizo una gesto a Carn y dijo:

—Manda la señal.

El mago asintió con la cabeza y se agachó, mientras pronunciaba en silencio las extrañas palabras del idioma antiguo. Al cabo de unos instantes, se incorporó y anunció:

—Ya está hecho.

Roran miró hacia el oeste. Allí, en los campos de las afueras de Aroughs, se encontraban las catapultas, las ballestas y las torres de asedio de los vardenos. Las torres de asedio estaban inmóviles, pero las demás máquinas empezaron a cobrar vida. Piedras y flechas salieron volando por los aires en dirección a las inmaculadas y blancas murallas de la ciudad. Además, Roran sabía que, en el extremo más alejado de la urbe, unos cincuenta hombres estaban en esos momentos haciendo sonar las trompetas, lanzando gritos de guerra y disparando flechas de fuego. Todo ello para desviar la atención de los soldados que defendían las murallas y hacerles creer que el ejército que los atacaba era mucho mayor.

Roran sintió que una calma profunda lo invadía.

La batalla estaba a punto de empezar.

Muchos hombres estaban a punto de morir.

Quizás él sería uno de ellos.

Saber eso le aclaró las ideas, y todo su agotamiento se esfumó, al igual que desapareció el ligero temblor que había sufrido desde que habían intentado asesinarle unas horas antes. Nada resultaba tan vigorizador como luchar —ni la comida, ni la risa, ni trabajar con las manos, ni siquiera el amor—, y a pesar de que detestaba reconocerlo, no podía negar el poder de atracción que la batalla ejercía sobre él. Roran nunca había querido ser un guerrero, pero en eso se había convertido, y estaba decidido a superar a todos los que habían existido antes que él.

Se puso en cuclillas y miró por entre dos trozos de afilada pizarra hacia la puerta que se acercaba rápidamente a ellos para cerrarles el paso. La parte de la puerta que quedaba por encima de la superficie del agua —y un trozo que quedaba por debajo, pues el nivel del agua había aumentado—, estaba construida con unos sólidos tablones de roble que se veían oscurecidos por el tiempo y la suciedad. Roran sabía que, por debajo, la puerta se transformaba en una rejilla de acero y de madera, muy parecida a una puerta levadiza, para permitir el paso del agua. La parte superior sería la más difícil de romper, pero supuso que la rejilla de abajo estaría un tanto debilitada por el contacto con el agua. Si conseguían arrancar parte de esa rejilla, luego resultaría más fácil romper los tablones de la parte de arriba. Por eso había hecho sujetar dos robustos troncos en la parte inferior de la primera barcaza. Puesto que estaban sumergidos, impactarían contra la parte inferior de la puerta al mismo tiempo que el ariete golpearía la parte superior.

Era un plan ingenioso, pero no tenía ni idea de si realmente funcionaría.

—Calma —murmuró, más para sí mismo que para los que tenía a su alrededor.

Unos cuantos guerreros situados en la última barcaza continuaban empujando con las pértigas, pero los demás permanecían escondidos debajo del caparazón de escudos.

Ante ellos se abría el arco que conducía hasta la puerta, enorme y oscuro, como la entrada de una cueva. Cuando la proa de la barcaza penetró en la sombra de ese arco, Roran vio que el rostro de un soldado —redondo y blanco como una luna llena— aparecía sobre la muralla, a más de nueve metros de altura, y miraba hacia abajo con expresión de asombro y horror.

Las barcazas estaban avanzando a tal velocidad que Roran no tuvo tiempo más que de soltar un juramento antes de que la corriente los arrastrara al interior de la oscura entrada y el techo abovedado le ocultara al soldado.

Las barcazas impactaron contra la puerta.

La fuerza de la colisión hizo caer a Roran hacia delante, contra el muro de pizarra tras el que se había parapetado. Se golpeó la cabeza contra él y, aunque llevaba puesto el yelmo, los oídos le pitaron. Toda la barcaza tembló. A pesar del pitido, Roran oyó el crujido de la madera al romperse y el chirrido del acero torcido. Uno de los bloques de pizarra le cayó encima y le golpeó en los hombros y los brazos. Roran, furioso, lo cogió con ambas manos y lo lanzó con fuerza contra la pared del arco de la entrada.

En medio de aquella oscuridad era difícil ver qué estaba sucediendo. A su alrededor, todo era confuso y ruidoso. Roran notó los pies sumergidos en agua y se dio cuenta de que la barcaza se había inundado, aunque no supo si se estaba hundiendo.

—¡Dadme un hacha! —gritó, alargando la mano hacia atrás—. ¡Un hacha, dadme un hacha!

La barcaza sufrió una sacudida que estuvo a punto de hacerle caer, pero Roran consiguió avanzar tambaleándose. La puerta se había hundido un poco, aunque todavía resistía. La continua presión del agua acabaría por vencer la resistencia y la barcaza podría cruzar la puerta, pero Roran no podía esperar a que la naturaleza si-

CHRISTOPHER PAOLINI

guiera su curso. Alguien le puso un hacha en la mano. En ese momento, sobre sus cabezas se abrieron seis trampillas y una lluvia de flechas les cayó encima. Al fragor general se sumaron los impactos de las puntas de acero contra la madera y los escudos.

Se oyó el grito de un hombre.

—¡Carn! —bramó Roran—. ¡Haz algo!

Roran continuó avanzando por la inclinada cubierta y trepó por encima del muro de pizarra de la proa. En ese momento se oyó un crujido ensordecedor procedente del centro de la puerta y la barcaza avanzó unos centímetros más. La madera se abrió formando varias grietas por las que se colaba la luz procedente del otro lado.

Una flecha cayó encima de un trozo de pizarra, justo al lado de donde Roran tenía apoyada la mano derecha.

Roran continuó avanzando.

Justo cuando estaba llegando al extremo delantero de la barcaza, se oyó un sonido agudo y penetrante que obligó a Roran a taparse los oídos con las manos. Una potente ola le cayó encima, tapándole la visión por un momento. Cuando la recuperó, se dio cuenta de que la puerta había cedido y que ahora había un agujero por el cual las barcazas podrían entrar en la ciudad. Pero la madera astillada y rota de la parte superior del agujero quedaba a la altura de la cabeza y el pecho de los hombres, lo cual suponía un serio peligro. Sin dudar ni un momento, Roran se lanzó hacia atrás, cayendo al otro lado del muro de pizarra.

—¡Bajad la cabeza! —gritó, protegiéndose con el escudo.

Las barcazas avanzaron hacia delante impulsadas por la corriente, poniéndose a salvo de la lluvia de flechas, y entraron en una enorme sala de piedra iluminada por antorchas. Al otro extremo de esa sala, el agua fluía a través de un rastrillo. Al otro lado de este se veían los edificios de la ciudad.

A ambos lados de la sala había unos muelles de piedra que servían para cargar y descargar las mercancías. En ellos se veían unas grúas montadas encima de unas altas plataformas de piedra. Del techo colgaban poleas, cuerdas y redes. Y de los muros anterior y posterior sobresalían unas galerías y escaleras para permitir el paso de un extremo a otro de la sala sin mojarse. Roran supuso que la galería del muro posterior daba a los cuartos de guardia que quedaban encima del arco de la entrada por donde habían penetrado las barcazas, y también a la parte superior de las murallas de la ciudad, al parapeto donde antes había visto al soldado.

Al ver el rastrillo, Roran se sintió abatido, frustrado. Había creído que podrían entrar directamente en la ciudad, pero ahora estaban atrapados.

«Bueno, ya es inevitable», pensó.

Así fue. Las galerías se llenaron de guardias vestidos de color escarlata que se agachaban para cargar las ballestas y lanzaban flechas y flechas.

—¡Hacia allá! —gritó Roran, señalando el muelle de la izquierda.

Los guerreros volvieron a empuñar las pértigas y empujaron las barcazas hacia el borde del canal. Los escudos abollados de todos ellos daban al conjunto de barcazas el aspecto de un gigantesco erizo alargado. Al ver que las barcazas se aproximaban al muelle, veinte guardias desenfundaron las espadas y bajaron corriendo las escaleras para evitar que los vardenos desembarcaran.

—¡Deprisa! —urgió Roran.

Una flecha se clavó en su escudo y perforó la madera de tres centímetros de grueso con su punta adiamantada. Roran se tambaleó, pero consiguió mantener el equilibrio. Sabía que solo disponía de unos instantes antes de que los guardias dispararan contra él. Saltó al muelle con los brazos extendidos para no perder el equilibrio y aterrizó pesadamente, apoyando una rodilla en el suelo. Acababa de empuñar el martillo cuando los guardias cayeron sobre él.

Los recibió con un sentimiento de alivio y de alegría salvaje. Ya estaba harto de planificar y de preocuparse por lo que pudiera suceder. Ahora por fin se enfrentaba a unos contrincantes honestos —y no a un rastrero asesino— con los que podía combatir a muerte.

El enfrentamiento fue breve y sangriento. Roran dejó fuera de combate a tres de los soldados durante los primeros segundos. Luego Baldor, Delwin, Hamund, Mandel y los demás se unieron a él para repeler a los soldados.

Roran no era un espadachín, así que no intentó batirse con la espada. Parando los golpes de sus espadas con el escudo, utilizó el martillo para romperles los huesos. Tuvo que esquivar alguna que otra estocada, pero evitó intercambiar más de unos cuantos golpes con el mismo guardia porque sabía que su falta de experiencia podía acabar siendo fatal. Había descubierto que, en la lucha, el mejor truco no consistía en realizar alguna floritura con la espada, de esas que se tarda años en aprender, sino en llevar la iniciativa y hacer lo que el enemigo menos esperaba. Así que se alejó de la pelea del muelle y corrió escaleras arriba, hacia la galería desde donde los guardias continuaban disparando a los vardenos que bajaban de las barcazas. Subió los escalones de tres en tres y, cuando llegó arriba, blandió el martillo y golpeó al primero de los guardias en pleno rostro. El soldado que se encontraba a su lado acababa de disparar la ballesta, y, al verlo, cogió la empuñadura de la espada mientras retrocedía. Pero Roran le propinó un fuerte golpe en las costillas, rompiéndoselas, antes de que tuviera tiempo de desenfundarla.

Una de las cosas que a Roran le gustaba de luchar con el martillo era que no tenía que prestar atención a qué clase de armadura llevaban sus enemigos. El martillo, al igual que cualquier arma roma, hería a un hombre por la fuerza del impacto, y esa manera simple de pelear le encantaba.

El siguiente soldado consiguió dispararle una flecha antes de que él continuara avanzando. Esta vez, la flecha atravesó el escudo y se quedó trabada en él, casi clavándosele en el pecho. Roran se aseguró de mantener la mortífera punta de la flecha lejos de su cuerpo y descargó un fuerte golpe en el hombro de su contrincante. El soldado empleó la ballesta para pararlo, así que Roran le propinó un golpe con el escudo. El tipo cayó abajo, gritando. Pero esa maniobra había dejado a Roran totalmente al descubierto, y cuando dirigió la atención a los cinco soldados que quedaban en la galería se dio cuenta de que tres de ellos le estaban apuntando al corazón.

Entonces los soldados dispararon.

Y justo antes de que las flechas lo alcanzaran, se desviaron hacia la derecha e impactaron contra la oscura pared como gigantes abejas enojadas. Carn lo había salvado. Cuando ya no corrieran ningún peligro, encontraría alguna manera de darle las gracias al mago.

Roran cargó contra los demás soldados con una serie de golpes seguidos, acabando con ellos con la misma facilidad con la que hubiera terminado con una hilera de clavos. Luego rompió la flecha que todavía estaba atravesada en su escudo y se dio la vuelta para ver cómo progresaba la lucha en el muelle.

Abajo, en ese mismo momento, el último de los soldados se derrumbaba en el suelo encharcado de sangre y su cabeza rodaba por el muelle hasta caer al agua, donde se hundió dejando una estela de burbujas a su paso. Unas dos terceras partes de los vardenos ya habían desembarcado y estaban formando en ordenadas hileras a lo largo de la orilla del canal. Roran iba a ordenar a sus hombres que se apartaran del borde del muelle para dejar espacio a los que todavía no habían desembarcado, cuando, de repente, una de las puertas del muro izquierdo se abrió y un horda de soldados penetró en la sala.

«¡Maldición! ¿De dónde salen? ¿Y cuántos son?»

Justo cuando Roran empezaba a bajar las escaleras para ayudar a sus hombres a expulsar a los recién llegados, Carn —que todavía se encontraba en la barcaza— levantó los brazos señalando a los soldados y gritó unas secas y extrañas palabras en el idioma antiguo. A su sobrecogedora orden, dos sacos de harina y un bloque de pizarra salieron volando desde la barcaza y golpearon a los soldados, tumbando al suelo a unos doce de ellos. La colisión hizo que los sacos se rasgaran y una enorme nube de harina rodeó a los soldados, asfixiándolos e impidiéndoles ver bien. Casi de inmediato, un potente destello luminoso encendió el muro que había detrás de los soldados. Una enorme bola de fuego, anaranjada y cubierta de hollín, rodaba entre las nubes de harina devorando el fino polvo con voracidad y emitiendo un potentísimo ruido, como si cien banderas ondearan bajo un furioso viento.

Roran se protegió con el escudo mientras observaba la escena con cautela. Un humo asqueroso y caliente le picaba en la nariz y en los ojos y, de repente, vio que se le había incendiado la barba. Soltando una maldición, dejó caer el martillo y apagó las diminutas llamas a manotazos.

—¡Eh! —le gritó a Carn—. ¡Me has quemado la barba! Ten más cuidado, o haré que claven tu cabeza en una pica.

Para entonces, casi todos los soldados habían caído al suelo y se cubrían el rostro quemado. Unos cuantos se debatían con sus ropas prendidas en llamas o blandían a ciegas sus armas en un intento por rechazar un posible ataque de los vardenos. Los hombres de Roran parecían haberse salvado, pues la mayoría de ellos se encontraban fuera del radio de acción de la bola de fuego; solamente tenían alguna quemadura de poca importancia, aunque estaban sobresaltados y desorientados.

—¡Dejad de mirar como tontos e id a por esos granujas antes de que se recuperen! —ordenó, dando un golpe de martillo en la barandilla para asegurarse de que llamaba la atención de todos.

Los vardenos superaban en número a los soldados, así que cuando Roran llegó al final de las escaleras, ya habían matado a tres cuartas partes de las fuerzas de defensa de la ciudad. Roran dejó que sus guerreros acabaran con los últimos soldados y se dirigió hacia una enorme puerta doble que quedaba a la izquierda del canal. Era tan grande que por ella hubieran podido pasar dos carretas de través. Antes de llegar encontró a Carn, que estaba sentado al pie de la plataforma de la grúa y comía algo que llevaba en un saquito de piel. Roran sabía que se trataba de una mezcla de manteca de cerdo, miel, hígado de vaca en polvo, corazón de cordero y bayas. La única vez que había intentado probarlo estuvo a punto de vomitar, pero unos cuantos bocados de esa mezcla podían hacer que un hombre aguantara un día entero de duro trabajo. El mago parecía profundamente agotado, lo cual preocupó a Roran.

—¿Puedes continuar? —le preguntó, deteniéndose un momento a su lado.

Carn asintió con la cabeza.

—Solo necesito un momento… Las flechas del túnel… y los sacos de harina y los bloques de pizarra… —Se puso otro trozo de comida en la boca—. Ha sido demasiado, todo a la vez.

Roran, más tranquilo, hizo ademán de marcharse, pero Carn lo retuvo cogiéndolo del brazo.

—Yo no he sido —le dijo, con los ojos brillantes de picardía—. Quiero decir que yo no te he quemado la barba. Deben de haber sido las antorchas.

Roran soltó un gruñido y continuó su camino en dirección a las puertas.

—¡En formación! —gritó, golpeando su escudo con el martillo—. Baldor, Delwin, iréis en cabeza conmigo. El resto, seguidnos en fila. Escudos colocados, espadas desenvainadas y ballestas cargadas. Probablemente Halstead todavía no sepa que estamos en la ciudad, así que no dejéis que nadie escape, para que no corra la voz… ¿Listos, pues? ¡Bien, seguidme!

Roran y Baldor —que tenía las mejillas y la nariz enrojecidas a causa de la explosión— desatrancaron las puertas y las abrieron, dejando al descubierto el interior de Aroughs.

Polvo y cenizas

Junto a la puerta de la muralla exterior de la ciudad se apiñaban decenas de casas de muros revocados con yeso. Por allí, el canal penetraba en Aroughs. Todos los edificios —fríos e inhóspitos, y cuyas oscuras ventanas recordaban a ojos negros y vacíos— parecían ser almacenes o algo parecido. A esa temprana hora de la mañana, era improbable que corriera alguien por allí que hubiera podido oír la lucha entre los vardenos y los guardias.

Pero Roran no tenía ninguna intención de quedarse para averiguarlo.

Unos tenues rayos de luz cruzaban horizontalmente la ciudad iluminando la parte superior de las torres y las almenas, las cúpulas y los inclinados tejados. Las calles y los callejones se encontraban todavía sumidos en la oscuridad, solo animada por algún apagado tono plateado. El curso del agua por el canal era negro, pero dejaba al descubierto algún que otro hilo de sangre en su superficie. En lo alto del cielo brillaba una estrella solitaria, una chispa furtiva en medio del manto clareante del cielo en el cual todas las otras joyas nocturnas se habían ocultado por la incipiente luz del sol.

Los vardenos avanzaban al trote. Las suelas de sus botas despertaban ecos en las calles pavimentadas.

Lejos, en la distancia, un gallo cantó.

Roran los condujo por el laberinto de edificios en dirección a la muralla interior de la ciudad. Pero no siempre elegía la ruta más directa, pues quería reducir las posibilidades de encontrar a alguien por las calles. Siguieron por callejones estrechos y sucios, tanto que a veces resultaba difícil ver dónde se ponían los pies.

Las alcantarillas de las calles rebosaban porquería, y el olor resultaba asqueroso. Roran deseó encontrarse en medio de los campos a los que estaba acostumbrado.

«¿Cómo puede alguien soportar la vida en estas condiciones? —se preguntó—. Ni siquiera los cerdos se revuelcan en su porquería.»

Cuando dejaron atrás la parte interior de la muralla empezaron a aparecer casas y tiendas: edificios altos, con vigas transversales en las fachadas, muros encalados y puertas con remaches de hierro. Tras algunas de las ventanas cerradas se oían las voces amortiguadas de sus ocupantes, o el tintineo de los platos, o el chirrido de una silla arrastrada sobre un suelo de madera.

«Se nos está acabando el tiempo», pensó Roran. Estaba seguro de que al cabo de cinco minutos los habitantes de Aroughs ya habrían invadido las calles.

En ese momento, como para confirmar esa predicción, la columna de guerreros se encontró con dos hombres que salían de un callejón. Cada uno llevaba dos cubos de leche fresca colgados de una larga vara que cargaban sobre el hombro. Se pararon en seco, sorprendidos al ver a los vardenos, y vertieron parte de la leche que transportaban. Abrieron los ojos con asombro, dispuestos a proferir alguna exclamación de sorpresa.

Roran se detuvo y la tropa que lo seguía lo imitó.

—Si gritáis, os matamos —les dijo, con tono suave y amistoso.

Los hombres retrocedieron un poco, acobardados.

Roran dio un paso hacia delante.

—Si huis, os matamos.

Sin apartar los ojos de los dos atemorizados hombres, llamó a Carn. Cuando el hechicero llegó a su lado, le dijo:

—¿Puedes hacer que caigan dormidos?

El mago pronunció rápidamente unas frases en el idioma antiguo y acabó con una palabra que a Roran le pareció que sonaba a algo parecido a «*slytha*». Al instante, los dos tipos cayeron al suelo, inertes, vertiendo todo el contenido de los cubos sobre el suelo empedrado. La leche se desparramó por la calle, formando una delicada filigrana de hilos blancos y encharcándose en las junturas de las piedras del pavimento.

—Ponedlos a un lado —dijo Roran—, donde no se vean.

En cuanto sus guerreros hubieron apartado de la vista a los dos hombres, Roran ordenó a los vardenos que continuaran avanzando hacia la muralla interior. Pero no habían avanzado más de treinta metros cuando, al girar una esquina, se tropezaron con un grupo de soldados.

Esta vez, Roran no mostró clemencia: en cuanto los vio, corrió hasta ellos y descargó su martillo contra la clavícula del primero de los soldados sin darle tiempo a reaccionar. Y Baldor tumbó a otro con un golpe de espada de una fuerza inigualable, fuerza adquirida gracias a tantos años de trabajo en la forja de su padre. Los dos soldados que quedaban gritaron, alarmados, se dieron media vuelta y huyeron. Desde atrás, alguien disparó una flecha que pasó volando por encima del hombro de Roran y fue a clavarse en la espalda de uno de los soldados, que cayó al suelo. Al cabo de un instante, Carn gritó:

—¡Jierda!

Entonces, el cuello del último soldado se partió por la mitad emitiendo un fuerte chasquido. El hombre dio unos cuantos pasos más y cayó, sin vida, en medio de la calle. El soldado que tenía la flecha clavada en la espalda chilló:

—¡Los vardenos están aquí! ¡Los vardenos están aquí! ¡Dad la alarma, la…!

Roran corrió hasta él, desenfundó la daga y le cortó el cuello. Luego limpió la hoja manchada de sangre con la túnica del soldado e incorporándose, dijo:

—¡Continuad, ahora!

Los vardenos, como si fueran un solo hombre, corrieron por las calles en dirección a la muralla interior de la ciudad. Cuando llegaron a un callejón que debía de encontrarse a unos treinta metros de ella, Roran hizo que los hombres se detuvieran y les indicó que esperaran. Entonces avanzó despacio hasta el final del callejón y sacó la cabeza por la esquina. Delante de él vio la muralla de granito y un rastrillo.

El rastrillo estaba cerrado.

Por suerte, a la izquierda se veía una pequeña poterna que estaba abierta. Mientras Roran la observaba, un soldado salió corriendo por ella y se alejó en dirección al extremo oeste de la ciudad. Al verlo, Roran soltó una maldición. No estaba dispuesto a abandonar, no después de haber llegado tan lejos, pero se daba cuenta de que su situación era cada vez más precaria y de que no tenía ninguna duda de que al cabo de pocos minutos cesaría el toque de queda y descubrirían su presencia. Volvió a ocultarse tras la esquina y bajó la cabeza, concentrado.

—Mandel —llamó, chasqueando los dedos—. Delwin, Carn y vosotros tres —dijo, señalando a un trío de guerreros de fiero aspecto, unos hombres mayores que él que, por experiencia, seguramente tenían cierta habilidad en ganar batallas—. Venid conmigo. Baldor, tú te encargas del resto. Si no regresamos, poneos a salvo. Es una orden.

Baldor asintió con la cabeza y con gesto grave.

Roran y los seis soldados que acababa de elegir dieron un rodeo evitando la calle principal que conducía hasta la poterna y se acercaron al pie de la muralla —cuya base inclinada estaba cubierta de basura—, aproximadamente a unos ciento cincuenta metros del rastrillo y de la poterna abierta. En cada una de las torres de la puerta había un soldado apostado, pero en ese momento no estaban a la vista. Tampoco ellos podrían ver a Roran y a sus compañeros, a no ser que sacaran la cabeza por encima del borde de las almenas. Roran susurró:

—Cuando hayamos traspasado la puerta, tú, tú y tú —e hizo un gesto hacia Carn, Delwin y uno de los guerreros— os dirigiréis al cuartel de la guardia que está al otro lado tan deprisa como podáis. Nosotros tomaremos el de esta parte de aquí. Haced todo lo que sea necesario, pero abrid esa puerta. Quizá solo haya que girar una rueda, o tal vez tengamos que trabajar juntos para abrirla, así que no os dejéis matar. ¿Preparados?… ¡Ahora!

Roran corrió con todo el sigilo de que fue capaz resiguiendo la muralla hasta que llegó a la poterna y la cruzó. Ante él encontró una sala de unos seis metros de longitud que daba a una gran plaza con una fuente en el centro. Por la plaza, hombres vestidos con buenos trajes se apresuraban a un lado y a otro, y algunos llevaban rollos de pergamino bajo el brazo. Sin prestarles atención, Roran corrió hasta una puerta cerrada y, reprimiendo las ganas de abrirla de una patada, descorrió el cerrojo. Al otro lado encontró un lúgubre cuarto de la guardia con una escalera de caracol adosada a uno de los muros. Subió corriendo la escalera y salió a una habitación de techos altos donde cinco soldados fumaban y jugaban a los dados alrededor de una mesa. Al lado de ellos había un enorme cabrestante sujeto con unas cadenas gruesas como los brazos de un hombre.

—¡Saludos! —dijo con voz grave y tono de mando—. Os traigo un mensaje de la mayor importancia.

Los soldados, sorprendidos, se pusieron en pie empujando los bancos hacia atrás, que chirriaron contra el suelo. Pero fueron demasiado lentos. Aunque breve, ese momento de indecisión era lo que Roran necesitaba para salvar la distancia que los separaba sin darles tiempo a que desenfundaran las espadas. Roran se lanzó contra ellos bramando y blandiendo el martillo en todas direcciones, acorralando así a los cinco hombres en una esquina de la sala. En ese momento llegaron Mandel y los otros dos guerreros, empuñando las espadas, y entre todos terminaron con los guardias al instante. Roran, de pie ante el convulsionado cuerpo de uno de los guardias, escupió en el suelo y dijo:

—No confíes en los desconocidos.

La sala se había llenado de un olor nauseabundo. Roran se sintió como envuelto en un grueso y pesado manto hecho con las sustancias más asquerosas que uno pudiera imaginarse. No podía respirar sin marearse, así que se cubrió la nariz y la boca con el brazo para filtrar un poco el hedor. Procurando no resbalar en los charcos de sangre, los cuatro se acercaron al cabrestante y lo observaron con atención para averiguar cómo funcionaba.

En ese momento se oyó un sonido metálico seguido por el crujido de una puerta de madera y unos pasos por los escalones: un soldado estaba bajando por la escalera de caracol desde la torre de arriba. Roran levantó el martillo y se dio media vuelta.

—Taurin, qué diablos va a…

El soldado, al ver al grupo de Roran y los cuerpos de los soldados en el suelo, enmudeció y se paró en seco. Uno de los guerreros de Roran tiró una lanza contra el soldado, pero este se agachó a tiempo y el arma rebotó contra la pared. El soldado soltó una maldición y se lanzó escaleras arriba subiendo casi a cuatro patas. Al cabo de un momento, oyeron que la puerta de la torre se cerraba con un fuerte golpe. El soldado sopló un cuerno y empezó a lanzar advertencias a la gente que se encontraba en la plaza.

Roran, con el ceño fruncido, volvió a dirigir su atención al cabrestante y dijo:

—Dejadlo.

Volvió a sujetarse el martillo bajo el cinturón y empezó a empujar con toda la fuerza de sus músculos la rueda que hacía subir y bajar el rastrillo. Los demás hicieron lo mismo y así consiguieron que, muy despacio, el mecanismo empezara a girar con el agudo chirrido del trinquete al ser forzado contra los dientes de la parte inferior de la rueda. Al cabo de unos segundos notaron que les resultaba más fácil girarla, y Roran pensó que debía de ser así gracias al grupo que había mandado al otro cuartel de la guardia. No tuvieron que subir el rastrillo del todo. Al cabo de otro minuto de sudoroso esfuerzo oyeron los fieros gritos de guerra de los vardenos: los hombres que esperaban al otro lado de la muralla estaban cruzando la puerta y entraban en la plaza.

Roran soltó la rueda, cogió el martillo de nuevo y se dirigió hacia la escalera. Los demás lo siguieron. Una vez fuera del cuartel de la guardia, vio que Carn y Delwin acababan de salir también por el otro lado de la puerta. Ninguno de ellos parecía estar herido, pero Roran notó que la mayor parte de los guerreros que los habían acompañado no se encontraba con ellos.

Mientras esperaban a que el grupo de Roran volviera a reunirse con ellos, Baldor y los vardenos se organizaron formando una sólido muro de hombres en un extremo de la plaza. Se colocaron los unos al lado de los otros, hombro con hombro, en cinco filas. Mientras Roran corría hacia allí, un gran contingente de soldados salió de uno de los edificios que se encontraba en el extremo más alejado y formaron en posición defensiva con las lanzas en ristre. Habría unos ciento cincuenta soldados: un número que sus guerreros podían vencer, aunque con un alto coste de tiempo y de vidas.

Sin embargo, Roran se sintió más desalentado todavía al ver que el mago de nariz aguileña al que había visto el día anterior se colocaba delante de las filas de soldados. Una vez allí, levantó los brazos creando dos pequeños nimbos de rayos negros alrededor de sus manos. Roran había aprendido mucho sobre magia gracias a Eragon, y sabía que, probablemente, los rayos eran más una exhibición que otra cosa. De todas maneras, exhibición o no, no tenía ninguna duda de que ese hechicero era peligrosísimo.

Carn llegó al lado de Roran y de Baldor al cabo de unos segundos. Los tres observaron al mago y a los soldados formados detrás de él.

—¿Puedes matarlo? —preguntó Roran en voz baja para que los guerreros no pudieran oírle.

—Tendré que intentarlo, ¿no? —contestó el mago, pasándose el dorso de la mano por los labios. Tenía el rostro perlado de sudor.

—Si quieres, podemos sorprenderlo con una embestida. Antes de que se dé cuenta, habremos vencido sus protecciones y le habremos atravesado el corazón con un cuchillo.

—Eso no lo sabes… No, esto es responsabilidad mía, y soy yo quien se tiene que encargar de ello.

—¿Podemos ayudar en algo?

Carn soltó una carcajada nerviosa.

—Podéis disparar unas cuantas flechas. Quizás entorpeciendo a los soldados consigamos que se ponga nervioso y cometa algún error. Pero, hagáis lo que hagáis, no os pongáis en medio de los dos… Sería peligroso, para vosotros y para mí.

Cogiendo el martillo con la mano izquierda, Roran le puso la mano derecha en el hombro y lo tranquilizó:

—Todo irá bien. Recuerda, no es tan listo. Pudiste con él una vez, y puedes volver a hacerlo.

—Lo sé.

—Buena suerte —dijo Roran.

Carn asintió con la cabeza y se dirigió hacia la fuente que había en medio de la plaza. La luz del sol se reflejaba en los chorros del agua, que parecían lanzar al aire un rocío diamantino. El mago de nariz aguileña también se encaminó hacia la fuente, imitando a Carn, y ambos se detuvieron a seis metros de distancia el uno del otro.

A Roran le pareció que hablaban entre ellos, pero se encontraba demasiado lejos para oír sus palabras. De repente, los dos hechiceros se pusieron rígidos, como si les hubieran clavado una daga a ambos. Eso era lo que Roran había estado esperando: el gesto que indicaba que habían empezado a luchar mentalmente y de que estaban demasiado concentrados para prestar atención a lo que ocurría a su alrededor.

—¡Arqueros! —gritó—. Id allá, y allá —ordenó, señalando ambos lados de la plaza—. Disparad todas las flechas que podáis contra ese perro traicionero, pero no os atreváis a darle a Carn o haré que Saphira os coma crudos.

Los soldados de Galbatorix se removieron, inquietos, al ver que los arqueros de Roran se dividían y corrían a ambos lados de la plaza, pero no rompieron la formación ni atacaron.

«Deben de tener una gran confianza en esa víbora», pensó Roran, preocupado.

Los arqueros se posicionaron y empezaron a disparar decenas de flechas contra el mago: silbaban dibujando arcos en el aire. Por un momento, Roran creyó que podrían matarlo. Pero todas las flechas, una por una, se partían en el aire y caían al suelo cuando llegaban a unos cinco metros de distancia del hechicero. Era como si impactaran contra un muro invisible que lo protegiera.

Roran estaba demasiado tenso para permanecer quieto. Detestaba tener que esperar sin hacer nada mientras su amigo estaba en peligro. Además, sabía que a cada minuto que pasaba había más posibilidades de que Lord Halstead descubriera lo que estaba sucediendo y organizara una respuesta efectiva. Para no ser aplastados por las fuerzas del enemigo, los vardenos debían conseguir mantenerlos en un estado de incertidumbre, impedir que decidieran qué hacer o qué dirección tomar.

—¡Preparados! —gritó, girándose hacia los guerreros—. Veamos si podemos hacer algo mientras Carn lucha para salvarnos el pescuezo. Vamos a rodear a esos soldados. La mitad de vosotros, venid conmigo. Los demás, seguid a Delwin. No podrán bloquear todas las calles, así que, Delwin, tú y tus hombres llegaréis a su retaguardia y los atacaréis por detrás. Mientras, nosotros los mantendremos ocupados por delante para que no os opongan mucha resistencia. Si alguno de ellos intenta escapar, dejadlo. Tardaríamos demasiado tiempo en matarlos a todos. ¿Comprendido?… ¡Adelante, adelante!

Los hombres se separaron rápidamente en dos grupos. Roran y sus hombres se lanzaron a la carrera por el lado derecho de la plaza, mientras que Delwin y los suyos hacían lo mismo por la izquierda. Cuando ambos grupos se encontraban a la altura de la fuente, el hechicero miró a Roran. Fue una mirada brevísima y de reojo, pero esa mínima distracción pareció tener una consecuencia inmediata en el duelo que mantenía con Carn: justo en el momento en que el hechicero volvía a dirigir la mirada hacia Carn, la sonrisa de su rostro se tornó una mueca de dolor. Las venas de la frente y del cuello se le hincharon desproporcionadamente, y todo su rostro adquirió un oscuro tono rojizo, como si hubiera afluido tanta sangre a él que fuera a estallarle en cualquier momento.

—¡No! —bramó, y de inmediato gritó unas palabras en el idioma antiguo que Roran no pudo comprender.

Al cabo de un instante, Carn también exclamó. Por unos momentos, las voces de ambos se superpusieron la una sobre la otra. Su tono era de tal terror, desolación, odio y furia que Roran supo que algo había ido terriblemente mal en ese duelo.

De repente, Carn desapareció en medio de un destello de luz azulada y una gigantesca y blanca onda expansiva barrió la plaza entera en una fracción de segundo. Todo alrededor de Roran se apagó y una fuerza insoportablemente caliente lo envolvió. Le pareció que todo a su alrededor se ponía cabeza abajo y se retorcía, y que él se precipitaba por un espacio sin forma. El martillo cayó de su mano, y un agudo dolor le paralizó la rodilla derecha. Luego, algo duro le golpeó en la boca. Roran notó que un diente se le soltaba, llenándole la boca de sangre.

Cuando todo quedó quieto de nuevo, Roran no se movió, permaneció tumbado sobre el estómago. La conmoción había sido demasiado grande. Poco a poco fue recuperando los sentidos y vio la lisa superficie verdosa de la piedra del pavimento. Olió el plomo que servía de mortero a las piedras. Todo su cuerpo se despertó en una pesadilla de dolor. El único sonido que oía era el del latido de su propio corazón.

Al volver a respirar de nuevo, parte de la sangre que tenía en la boca le entró en los pulmones. Desesperado, tosió y se incorporó escupiendo una flema negra. El diente salió disparado y rebotó en el suelo, blanco en medio de las manchas de sangre. Roran lo cogió y lo examinó: se había mellado ligeramente en un lado, pero la raíz estaba intacta. Lo lamió para quitarle la suciedad y se lo volvió a colocar en el agujero de la encía.

Se puso en pie. La explosión lo había lanzado contra la puerta de una de las casas que rodeaban la plaza. Sus hombres estaban esparcidos por el suelo, a su alrededor: piernas y brazos rotos, yelmos perdidos, armas arrancadas de las manos. Roran se alegró de tener el martillo, pues algunos de los guerreros se habían apuñalado a sí mismos o a sus compañeros durante el tumulto.

«¿El martillo? ¿Dónde está el martillo?», reaccionó por fin. Buscó con la mirada a su alrededor y vio que la empuñadura del martillo sobresalía por debajo de las piernas de uno de los guerreros. Lo cogió y se dio la vuelta para observar la plaza.

Tanto los vardenos como los soldados habían sido víctimas de la conflagración. De la fuente no quedaba nada, excepto un montón de escombros desde el cual un chorro de agua emergía a intervalos irregulares. Cerca de ellos, en el lugar donde había estado Carn, se veía un cuerpo tirado en el suelo, ennegrecido e inerte, cuyas piernas se abrían, rígidas y humeantes, como las de una araña muerta. Estaba tan chamuscado y deformado que no conservaba ningún rasgo que pudiera indicar que había sido un ser humano. Inexplicablemente, el hechicero de nariz aguileña todavía se encontraba de pie en el mismo sitio, aunque la explosión le había arrancado la ropa y lo había dejado solo con los calzones. Roran sintió una furia incontrolable y, sin pensar en el posible peligro, se dirigió con paso inseguro hacia el centro de la plaza, decidido a matar al hechicero de una vez por todas.

El hechicero, por su parte, no se movía ni un centímetro, a pesar de que Roran estaba cada vez más cerca. El chico levantó el martillo y apretó el paso soltando un grito de guerra. A pesar de todo, el otro no hizo ningún gesto para defenderse. De repente, Roran se dio cuenta de que no se había movido desde la explosión: era como si fuera una estatua y no un hombre. Roran estuvo tentado de ignorar ese inusual comportamiento —o esa falta de comportamiento, en realidad— y, simplemente, destrozarle la cabeza de un golpe sin darle tiempo a que se recuperara del extraño estupor que lo había paralizado. Pero, antes de llegar hasta el hechicero, un sentimiento de cautela enfrió su cólera e hizo que se detuviera cuando apenas estaba a un metro y medio de él.

Y se alegró de haberlo hecho.

Aunque a cierta distancia el aspecto del hechicero parecía normal, de cerca se veía que la piel le colgaba, arrugada, como la de un hombre tres veces más viejo, y que había adquirido una textura como de cuero basto. También el color había cambiado, y continuaba haciéndolo ante los ojos de Roran: segundo a segundo adoptaba un tono cada vez más oscuro, como si todo el cuerpo se le hubiera congelado. El hechicero respiraba agitadamente y tenía los ojos en blanco; aparte de eso, parecía incapaz de hacer ningún otro movimiento. De repente, la piel de los brazos, el cuello y el pecho se le marchitó por completo y sus huesos empezaron a marcarse claramente: desde la curva de las clavículas hasta los dos huesos de la pelvis, desde donde el vientre le colgaba como un odre vacío. Los labios se le estiraron mucho hacia atrás, hasta que esbozó una mueca espeluznante y descubrió sus dientes amarillentos. Las órbitas de los ojos se le deshincharon, como garrapatas vacías, y los músculos de la cara se hundieron, como succionados hacia dentro. Entonces, la respiración —un silbido angustiado— empezó a fallarle, pero todavía no cesó por completo.

Roran, horrorizado, dio un paso hacia atrás. Notó que pisaba algo resbaladizo y, al mirar hacia el suelo, se dio cuenta de que se trataba de un charco de agua. Al principio pensó que procedía de la fuente rota, pero luego vio que manaba bajo los pies del hechicero. Soltó un juramento, lleno de asco, y saltó fuera del charco. Inmediatamente comprendió lo que Carn había hecho, y el sentimiento de repulsión que lo embargaba se hizo más profundo todavía. Parecía ser que el mago había lanzado un hechizo para que el cuerpo del hechicero perdiera hasta la última gota de agua de sus tejidos. En cuestión de segundos, ese hechizo había convertido a aquel tipo en un frágil esqueleto envuelto en una cáscara de piel dura y ennegrecida, y lo había momificado como si hubiera estado expuesto a cien años de viento y de sol en el desierto de Hadarac. Aunque en esos momentos ya debía de estar muerto, el cuerpo todavía no se había derrumbado al suelo, pues la magia de Carn lo mantenía en pie. Lo había convertido en un espantoso espectro sonriente que superaba las peores cosas que Roran había visto en el campo de batalla o en sus pesadillas.

Entonces, la piel disecada del hechicero se convirtió en un fino polvo que se precipitó en pequeñas avalanchas hacia el suelo, donde quedó flotando encima del charco de agua a sus pies. Lo mismo sucedió con los huesos y los músculos, y con los órganos petrificados, hasta que todas las partes del cuerpo del hechicero se disolvieron y solo quedó de él un pequeño montón de polvo que sobresalía por encima de esa agua que una vez había sustentado su vida.

Roran miró hacia el lugar en que antes se encontraba Carn y pensó: «Por lo menos, tú has podido vengarte en él». Luego, apartando sus pensamientos de su amigo fallecido, pues le resultaban demasiado dolorosos, se concentró en resolver los problemas más inmediatos: los soldados que se encontraban en el extremo sur de la plaza y que empezaban a levantarse del suelo poco a poco.

Los vardenos estaban haciendo lo mismo.

—¡Eh! —gritó Roran—. ¡Conmigo! No tendremos una oportunidad mejor que ahora. —Señalando a unos cuantos de sus hombres que estaban heridos, añadió—: Ayudadlos a levantarse y ponedlos en el centro de la formación. Que nadie quede atrás. ¡Nadie!

Los labios le dolían al hablar, y sentía unos terribles pinchazos en la cabeza, como si hubiera estado bebiendo toda la noche.

Al oírlo, los vardenos se pusieron manos a la obra y corrieron hasta él. Mientras los hombres formaban una ancha columna detrás de él, Roran se colocó entre Baldor y Delwin. La explosión les había provocado a ambos unos grandes rasguños por todo el cuerpo que todavía sangraban. Una vez en formación, los hombres levantaron los escudos para crear una dura barrera con ellos.

—¿Carn está muerto? —preguntó Baldor.

Roran asintió con la cabeza mientras levantaba su escudo.

—Entonces esperemos que Halstead no tenga a otro mago escondido en algún lado —farfulló Delwin.

Cuando todos los vardenos estuvieron en su sitio, Roran ordenó:

—¡En marcha!

Y los vardenos cruzaron la plaza con paso firme.

Fuera porque tuvieran un mando menos efectivo o porque la conflagración les hubiera perjudicado más, los soldados del Imperio no se recuperaron con la misma presteza que los vardenos. Todavía estaban desorganizados cuando estos últimos se lanzaron contra ellos.

Una lanza se hundió en el escudo de Roran, haciéndolo trastabillar y dejándole el brazo insensible por el impacto. Con un exabrupto, Roran descargó el martillo contra el asta, pero no consiguió romperla. Un soldado que se encontraba delante de él, quizás el mismo lanzador, aprovechó la oportunidad para correr hacia él y lanzarle una estocada dirigida al cuello. Roran intentó levantar el escudo con la lanza todavía clavada en él, pero le pesaba demasiado, así que utilizó el martillo para desviar el golpe de la espada. Falló y no consiguió descargar el martillo contra la espada: solo conservó la vida porque dio, sin querer, un golpe con los nudillos sobre la parte plana de la hoja y la espada se desvió unos centímetros. El impacto le provocó una corriente de dolor por todo el brazo, el hombro y el costado derecho del cuerpo, y la rodilla izquierda le falló hasta hacerle caer al suelo.

Piedras bajo su cuerpo. Pies y piernas a su alrededor, rodeándolo e impidiéndole ponerse a salvo. Su cuerpo torpe y lento, como si estuviera inmerso en un mar de miel. «Demasiado despacio, demasiado despacio», pensaba mientras se esforzaba por quitarse el escudo del brazo y ponerse en pie de nuevo. Sabía que si continuaba en el suelo, lo apuñalarían o lo aplastarían. «Demasiado despacio.» Entonces vio que un soldado caía delante de él apretándose el vientre con las manos. Al cabo de un segundo, alguien lo agarró por el cuello del jubón y lo puso en pie. Era Baldor.

Roran examinó el golpe que había recibido: cinco eslabones de la cota de malla se habían roto, pero, aparte de eso, había aguantado. Tenía sangre, y sentía un agudísimo dolor en el costado y en el cuello, pero no parecía que fuera una herida peligrosa. En todo caso no iba a perder el tiempo en averiguarlo. Todavía podía mover el brazo derecho —por lo menos, lo suficiente para continuar luchando— y eso era lo único que le importaba en ese momento. Alguien le pasó un escudo y se lo colocó. Luego, acompañado de sus hombres, Roran avanzó obligando a los soldados a apartarse a ambos lados de la ancha calle que salía de la plaza.

Muy pronto, al comprobar la apabullante fuerza de los vardenos, los soldados se batieron en retirada y huyeron por el laberinto de calles que se abría desde la avenida. Entonces Roran se detuvo un momento y decidió enviar a cincuenta de sus hombres a que cerraran el rastrillo y la poterna, ordenándoles que se quedaran allí para obstruir el paso a los posibles enemigos que quisieran entrar y perseguir a los vardenos por el corazón de la ciudad. La mayoría de los soldados debían de estar todavía apostados cerca de la muralla exterior, y Roran no tenía ningún deseo de librar una batalla contra ellos. Eso sería un suicidio, teniendo en cuenta el tamaño del ejército de Halstead.

A partir de ese momento, los vardenos encontraron muy poca resistencia, así que pudieron avanzar rápidamente por el centro de la ciudad en dirección al enorme palacio de Lord Halstead.

El palacio se elevaba varios pisos por encima de los demás edificios de Aroughs. Delante de él había un espacioso patio con un estanque artificial donde nadaban patos y cisnes. El palacio era hermoso: estaba ornamentado con grandes arcos, y tenía columnas y amplias terrazas destinadas a fiestas y bailes. A diferencia del castillo del centro de Belatona, este palacio se había construido pensando en el placer y no en la guerra.

«Debieron de creer que nadie podría traspasar sus murallas», pensó Roran.

En el patio había varias decenas de guardias y soldados que, al ver a los vardenos, cargaron contra ellos soltando gritos de guerra.

—¡Mantened la formación! —ordenó Roran a sus hombres.

El fragor de las espadas inundó el patio durante unos minutos. Ante la conmoción, los patos y los cisnes graznaron, alarmados, y batieron con furia las alas, pero ninguno de ellos se atrevió a traspasar los límites del estanque. Los vardenos no tardaron en derrotar a los guardias e, inmediatamente, penetraron en tromba en el interior del palacio.

El vestíbulo era un espacio con una decoración tan rica —las pinturas en los muros y en los techos, las molduras doradas, los muebles tallados, los dibujos de las baldosas del suelo— que Roran se quedó impresionado. La riqueza que hacía falta para construir y mantener un edificio como ese era algo que escapaba a su comprensión: una sola de las sillas de ese fastuoso vestíbulo valía más que toda la granja en la que él había crecido.

Por un pasillo lateral, tres sirvientas corrían a toda la velocidad que sus faldas les permitían.

—¡No dejéis que escapen! —gritó Roran.

Cinco hombres se separaron del cuerpo principal de los vardenos y salieron en persecución de las mujeres, atrapándolas antes de que llegaran al final del pasillo. Ellas empezaron a chillar y a debatirse con furia contra los guerreros, clavándoles las uñas, pero estos las llevaron a rastras hasta Roran.

—¡Ya basta! —gritó él cuando las tuvo delante.

Las mujeres dejaron de luchar, pero continuaron gimiendo y lamentándose. Le pareció que la mayor de las tres, una fornida matrona que llevaba el cabello plateado recogido en un desordenado moño y que tenía un manojo de llaves colgado de la cintura, parecía más razonable que las demás, así que le preguntó:

—¿Dónde está Lord Halstead?

La mujer irguió el cuerpo y levantó la cabeza con gesto altivo.

—Haced conmigo lo que queráis, pero no pienso traicionar a mi señor.

Roran se acercó a ella con gesto amenazador.

—Escúchame, y hazlo con atención —gruñó—. Aroughs ha caído, y tanto tú como todos los habitantes de esta ciudad estáis a mi merced. No puedes hacer nada para cambiar eso. Dime dónde está Halstead y dejaré que tú y tus compañeras os vayáis. No puedes evitar su destino, pero puedes hacer que las tres os salvéis.

Roran tenía los labios tan hinchados que casi no se le entendía cuando hablaba, y escupía sangre a cada palabra que pronunciaba.

—No me importa lo que me pase, señor —dijo la mujer con una valentía digna de un guerrero.

Roran soltó una maldición y golpeó el martillo contra el escudo, produciendo un estruendoso eco en el inmenso vestíbulo. La mujer se encogió.

—¿Es que has perdido el sentido común? ¿Es que Halstead es digno de que entregues tu vida por él? ¿Lo es el Imperio? ¿Y Galbatorix?

—No sé nada del Imperio ni de Galbatorix, señor, pero Halstead siempre ha sido amable con los sirvientes, y no pienso permitir que gente como vosotros lo cuelgue. Una escoria asquerosa y desagradecida, eso es lo que sois.

—¿Ah, sí? —exclamó Roran, clavándole los ojos con furia—. ¿Cuánto tiempo crees que podrás tener la boca cerrada si decido ordenar a mis hombres que te arranquen la verdad?

—Nunca conseguiréis que diga nada —afirmó ella, y Roran la creyó.

—¿Y qué me dices de ellas? —preguntó, indicando a las otras mujeres con un gesto de la cabeza. La más joven no debía de tener más de diecisiete años—. ¿Piensas permitir que las hagamos pedazos solo para salvar a tu señor?

La mujer sorbió por la nariz con expresión desdeñosa y dijo:

—Lord Halstead está en el ala este del palacio. Id por ese pasillo de ahí, cruzad la sala Amarilla y el jardín de flores de lady Galiana, y lo encontraréis.

Roran la escuchó, desconfiado. Esa capitulación le parecía demasiado rápida y fácil, dada la resistencia que había mantenido hasta ese momento. Además, se dio cuenta de que las otras mujeres habían reaccionado con sorpresa y con alguna otra emoción que no pudo acabar de identificar. «¿Confusión?», se preguntó. En todo caso, no habían reaccionado de la forma que él hubiera esperado en caso de que la mujer hubiera entregado a su señor. Estaban demasiado calladas, su expresión era excesivamente mansa, como si estuvieran escondiendo algo.

De las dos, la más joven era la que tenía mayor dificultad en ocultar sus sentimientos, así que Roran se giró hacia ella y le dijo:

—Tú, está mintiendo, ¿no es cierto? ¿Dónde está Halstead? ¡Dímelo!

Roran había utilizado el tono más amenazante del que había sido capaz. La chica abrió la boca y negó con la cabeza, aunque no consiguió emitir ningún sonido. Intentó apartarse de él, pero uno de los guerreros la sujetó. Roran se acercó todavía más a ella y la empujó con el escudo contra el guerrero, dejándola sin aire en los pulmones. Le puso el martillo sobre la mejilla y le dijo:

—Eres bastante bonita, pero si te rompo los dientes solo conseguirás que te cortejen los viejos. Yo he perdido un diente hoy, y he conseguido colocarlo en su sitio otra vez. ¿Lo ves? —preguntó, dedicándole una sonrisa que era más bien una desagradable mueca—. Pero yo me quedaré con los tuyos para que no puedas hacer lo mismo. Serán un buen trofeo, ¿verdad?

Roran levantó el martillo y la chica gritó.

—¡No! Por favor, señor, no lo sé. ¡Por favor! Estaba en sus habitaciones, reunido con sus capitanes, pero luego él y lady Galiana se iban al muelle por el túnel, y...

—¡Thara, eres una idiota! —exclamó la matrona.

—Un barco los está esperando allí, y no sé dónde está ahora, pero, por favor, no me golpee, no sé nada más, señor, y...

—Sus habitaciones —ladró Roran—. ¿Dónde están?

Sollozando, la chica se lo dijo.

—Soltadlas —dijo Roran cuando ella hubo terminado.

Las tres mujeres salieron corriendo del vestíbulo y los tacones de sus zapatos resonaron un rato en la sala.

Entonces Roran condujo a los vardenos por el enorme edificio siguiendo las indicaciones de la chica. Muchos hombres y mujeres a medio vestir se cruzaron con ellos, pero nadie hizo nada para impedirles el paso. Por todas partes se oían gritos y chillidos. Roran deseó taparse los oídos con las manos.

A medio camino se encontraron en un atrio en cuyo centro se elevaba la enorme estatua de un dragón, y Roran se preguntó si se trataba de Shruikan, el dragón de Galbatorix. Mientras lo cruzaban, oyó un sonido seco y notó que algo le golpeaba en la espalda. Cayó sobre un banco de piedra y se agarró a él.

«Dolor.»

Era una agonía, era un dolor que lo dejaba sin capacidad de pensar, un dolor que nunca antes había experimentado, tan intenso que se hubiera cortado la mano para quitárselo. Era como si le hubieran puesto un hierro candente en la espalda.

No se podía mover...

No podía respirar...

Incluso el menor cambio de postura le provocaba un tormento insoportable.

Todo a su alrededor se sumió en la sombra. Oyó que Baldor y Delwin gritaban. Luego, Brigman —tenía que ser precisamente él— estaba diciendo algo que Roran no pudo comprender. De repente el dolor se hizo diez veces más fuerte. Con un supremo esfuerzo de voluntad se obligó a quedarse completamente quieto. Las lágrimas le rodaban por las mejillas.

Brigman le decía:

—Roran, tienes una flecha en la espalda. Hemos intentado atrapar al arquero, pero ha escapado.

—Duele... —dijo Roran, sin respiración.

—Eso es porque la flecha se te ha clavado en las costillas. De no haber sido así, te hubiera atravesado. Tienes suerte de que no te haya dado unos centímetros más arriba o más abajo, de que no te haya dado en la columna ni en el omóplato.

—Sácamela —respondió Roran apretando la mandíbula.

—No podemos. Tiene la punta dentada. Y no la podemos empujar para que pase hasta el otro lado. Tenemos que abrir para sacarla. Yo tengo experiencia en esto, Roran. Si confías en mí, lo puedo hacer aquí mismo. O, si lo prefieres, podemos esperar a encontrar a un curandero. Debe de haber alguno en el palacio.

Aunque no le gustaba ponerse en manos de Brigman, Roran no podía continuar aguantando el dolor, así que dijo:

—Hazlo aquí... Baldor...

—¿Qué, Roran?

—Coge a cincuenta hombres y encuentra a Halstead. Pase lo que pase, que no escape. Delwin..., quédate conmigo.

Baldor, Delwin y.Brigman mantuvieron una breve discusión de la que Roran solo pudo oír unas cuantas palabras sueltas. Luego un buen número de vardenos abandonó el atrio, que quedó bastante más silencioso.

A instancias de Brigman, un grupo de guerreros fue a buscar sillas en una habitación cercana. Luego las hicieron pedazos y encendieron un fuego en el camino de gravilla, al lado de la estatua, y en él colocaron la punta de una daga. Roran sabía que Brigman la utilizaría para cauterizar la herida después de haber sacado la flecha para contener la hemorragia.

Mientras esperaba en el banco, entumecido y tembloroso, Roran se concentró en controlar la respiración. Inhalaba despacio y superficialmente para minimizar el dolor. Aunque le resultó difícil, vació la mente de todo pensamiento: lo que había sido y lo que podría ser no tenía importancia. Solo importaba la regular inhalación y la exhalación de aire por las fosas nasales.

Cuatro hombres lo levantaron del banco y lo tumbaron boca abajo en el suelo. Estuvo a punto de desmayarse durante el proceso. Alguien le puso un guante de piel en la boca, lo cual hizo que le dolieran aún más los labios. Al mismo tiempo, unas manos callosas lo sujetaron por los brazos y las piernas para inmovilizarlo.

Roran miró hacia atrás y vio que Brigman se acababa de arrodillar a su lado con un cuchillo de caza de hoja curvada en la mano. El cuchillo empezó a descender hacia él. Roran cerró los ojos de nuevo y mordió con fuerza el guante.

Inspiraba.

Exhalaba.

Y entonces el tiempo y el recuerdo dejaron de existir para él.

Interregno

*R*oran se encontraba sentado ante la mesa con los hombros hundidos, y jugueteaba con una copa de piedras incrustadas, mirándola sin ningún interés.

Ya había caído la noche, y la única luz que había en la lujosa habitación procedía de dos velas que descansaban encima de la mesa y del pequeño fuego de la chimenea, delante de la vacía cama con dosel. Todo estaba en silencio, solamente se oía el crepitar de la madera en el fuego.

Roran giró la cabeza hacia la ventana: una ligera brisa salobre se colaba por ella haciendo ondear las finas cortinas blancas. Se alegró al sentir su caricia fría sobre la piel enfebrecida. Desde ahí veía Aroughs, que se extendía ante el palacio. Algunas hogueras de los vigías punteaban las negras calles, y el resto de la ciudad se encontraba a oscuras y tranquila. Pero se trataba de una tranquilidad inusual, pues todo el mundo se había escondido en sus casas.

Cuando la brisa cesó, dio otro trago de vino procurando no hacer ningún esfuerzo con el cuello al tragar. Una gota le cayó en la herida del labio y Roran se puso tenso, aguantando la respiración, mientras esperaba a que el dolor pasara. Luego dejó la copa encima de la mesa, al lado del plato con el pan y el cordero, y de la botella de vino medio vacía, y volvió a dirigir la atención al espejo que había entre las dos velas. Continuaba sin mostrar nada más que su propio rostro demacrado, amoratado y ensangrentado. Además, había perdido una buena parte de la barba del lado derecho de la cara.

Apartó la mirada del espejo: ya contactaría con él cuando quisiera. Mientras tanto, Roran esperaría. Era lo único que podía hacer: sentía demasiado dolor para conciliar el sueño.

Volvió a coger la copa y la hizo rodar entre sus manos.

El tiempo iba pasando.

En plena noche, la imagen del espejo empezó a temblar, como la superficie rizada de un lago de aguas plateadas. Roran parpadeó y lo miró con los ojos borrosos y entrecerrados.

El rostro ovalado de Nasuada apareció ante él. Su expresión era tan grave como siempre.

—Roran —dijo, a modo de saludo y con voz clara y fuerte.

—Lady Nasuada.

El chico se incorporó todo lo que pudo, que fue muy poco.

—¿Te han capturado?

—No.

—Entonces deduzco que Carn está muerto o herido.

—Murió mientras se enfrentaba a otro mago.

—Es una mala noticia, lo siento… Parecía un buen hombre, y no podemos permitirnos perder a nuestros hechiceros. —Se quedó en silencio un instante y añadió—: ¿Qué hay de Aroughs?

—La ciudad es nuestra.

Nasuada arqueó las cejas, sorprendida.

—¿De verdad? Estoy impresionada. Dime, ¿cómo fue la batalla? ¿Salió todo tal como lo planeaste?

Roran, vocalizando lo menos posible en un intento por evitar el dolor, empezó a contarle lo que había sucedido durante los últimos días, cuando llegó a Aroughs: desde el hombre tuerto que había intentado asesinarlo en su tienda hasta la rotura de las compuertas en los molinos, o el asalto de Aroughs y la llegada al palacio de Lord Halstead, además del duelo entre Carn y el hechicero enemigo. También le contó cómo había recibido esa herida en la espalda, y que Brigman le había extraído la flecha.

—Tuve suerte de que estuviera allí. Hizo un buen trabajo. De no haber sido por él, yo no hubiera aguantado hasta que encontraran un sanador.

De repente, Roran se encogió: lo había asaltado el vívido recuerdo de la cauterización de su herida y volvía a sentir el dolor del metal caliente contra su carne.

—Espero que encontraras un sanador para que te diera un vistazo.

—Sí, más tarde, pero no era un hechicero.

Nasuada apoyó la espalda en el respaldo de la silla y lo observó unos momentos.

—Estoy asombrada de que todavía te queden fuerzas para hablar conmigo. La gente de Carvahall estáis hechos de un material muy resistente.

—Después aseguramos el palacio, así como el resto de Aroughs, aunque todavía quedan algunos puntos donde nuestra presencia es débil. Resultó bastante fácil convencer a los soldados de que se rindieran una vez que se hubieron dado cuenta de que nos habíamos colado en la ciudad y de que nos habíamos hecho con el centro.

—¿Qué hay de Lord Halstead? ¿Lo has capturado también?

—Intentaba escapar del palacio cuando unos cuantos de mis guerreros se tropezaron con él. Halstead tenía solamente una pequeña cantidad de guardias a su lado, insuficiente para enfrentarse a nuestros guerreros, así que él y sus criados se escondieron en una bodega y se parapetaron en el interior. —Roran, pensativo, frotó con el pulgar uno de los rubís incrustados en la copa—. No querían rendirse, y yo no me atrevía a entrar por la fuerza en la habitación: hubiera resultado demasiado costoso. Así que… ordené a los hombres que fueran a buscar potes de aceite a la cocina, que les prendieran fuego y los lanzaran contra la puerta de la bodega.

—¿Intentabas hacerlos salir con el humo? —preguntó Nasuada.

Roran asintió con la cabeza, despacio.

—Cuando el fuego destrozó la puerta, unos cuantos soldados huyeron. Pero Halstead esperó demasiado. Lo encontramos tumbado en el suelo, asfixiado.

—Eso es una pena.

—También… a su hija, lady Galiana.

Roran todavía la veía: pequeña, delicada, ataviada con un hermoso vestido de color lavanda cubierto de lazos y volantes. Nasuada frunció el ceño.

—¿Quién sucederá a Halstead como conde de Fenmark?

—Tharos *el Rápido*.

—¿El mismo que dirigió el ataque contra ti ayer?

—El mismo.

Era media tarde cuando sus hombres habían traído a Tharos ante él. El pequeño y barbudo guerrero parecía desorientado, aunque no tenía ninguna herida, y había perdido su yelmo de elegante penacho. Roran —que se encontraba tumbado boca abajo encima de un mullido sofá— le dijo: «Me parece que me debes una botella de vino».

Como respuesta, Tharos le preguntó en un tono de desesperanza: «La ciudad era inexpugnable. Solamente un dragón hubiera podido romper sus murallas. Y a pesar de ello, mira lo que has hecho. Tú no eres humano, no eres…». Y se quedó en silencio, incapaz de continuar hablando.

—¿Cómo reaccionó a la noticia de la muerte de su padre y de su hermana? —preguntó Nasuada.

Roran apoyó la cabeza en la mano. Tenía la frente perlada de sudor, así que se la limpió con la manga de la camisa. Temblaba. A pesar del sudor, sentía frío en todo el cuerpo, especialmente en las manos y en los pies.

—No pareció que la muerte de su padre le importara mucho. Pero su hermana…

Roran frunció el ceño al recordar el torrente de improperios que Tharos le había dirigido al enterarse de que Galiana había muerto: «Si alguna vez tengo oportunidad, te mataré por esto —le había dicho Tharos—. Lo juro». Roran le contestó: «Tendrás que darte prisa, entonces. Hay alguien que reclama su derecho sobre mi vida, y creo que si alguien va a matarme, será ella».

—¿… Roran? ¡… Roran!

Con sorpresa, se dio cuenta de que Nasuada lo estaba llamando. Miro de nuevo su rostro enmarcado en el espejo, como un retrato, y se esforzó por continuar hablando.

—Tharos no es el conde de Fenmark, en realidad. Él es el más joven de los siete hijos de Halstead, pero sus hermanos han huido o se han escondido. Así que, de momento, es el único que puede reclamar el título. Es un buen puente entre nosotros y los mayores de la ciudad. Pero ahora, sin Carn, no puedo saber quién ha jurado lealtad a Galbatorix y quién no. La mayoría de los nobles lo han hecho, supongo, y también los soldados, por supuesto, pero es imposible saber quién más.

Nasuada frunció los labios.

—Comprendo… Dauth es la ciudad que queda más cerca de Aroughs. Le pediré a lady Alarice, a quien creo que conoces, que te mande a alguien que esté versado en el arte de leer la mente. Muchos nobles tienen a personas así entre sus criados, así que a Alarice le será fácil satisfacer nuestra petición. Cuando salimos hacia los Llanos Ardientes, el rey Orrin se llevó con él a todos los hechiceros importantes de Surda, y eso significa que, seguramente, la persona que Alarice te mandará no tendrá ningún conocimiento de magia, excepto el de leer las mentes de los demás. Y sin los hechizos adecuados, será difícil evitar que los que continúan siendo leales a Galbatorix nos desafíen a cada paso.

Mientras Nasuada hablaba, Roran dejó vagar la mirada por el escritorio hasta que, al final, la posó en la botella de vino. «Me pregunto si Tharos lo habrá envenenado.» Pero ese pensamiento no lo alarmó.

Nasuada continuaba hablando:

—… Espero que hayas mantenido bien atados a tus hombres y que no les hayas permitido comportarse como unos salvajes en Aroughs, quemando, arrasando y tomándose libertades con sus habitantes.

Roran estaba tan cansado que le costaba ofrecer una respuesta coherente, pero al final consiguió decir:

—El número de hombres es demasiado pequeño para que puedan hacerlo. Saben tan bien como yo que los soldados podrían recuperar la ciudad si les diésemos la menor oportunidad de hacerlo.

—Eso es tener una suerte contradictoria, supongo… ¿Cuántas bajas habéis sufrido durante el ataque?

—Cuarenta y dos.

Por un momento ambos se quedaron en silencio. Al final, Nasuada dijo:

—¿Carn tenía familia?

Roran se encogió de hombros con cuidado.

—No lo sé. Era de algún lugar del norte, creo, pero no hablamos de nuestras vidas… de antes de esto… No nos pareció importante.

Un repentino escozor en la garganta lo obligó a toser una y otra vez. Se inclinó hacia delante hasta que tocó la mesa con la cabeza. Sentía unas fuertes punzadas de dolor en la espalda, el hombro y la boca. Sus convulsiones eran tan violentas que parte del vino que había dentro de la copa se vertió sobre su mano y su muñeca. Cuando consiguió recuperarse, Nasuada le dijo:

—Roran, tienes que llamar a un sanador para que te examine. No estás bien, y deberías estar en la cama.

—No. —Se lamió las comisuras de la boca y levantó la mirada hacia ella—. Ya han hecho todo lo que han podido, y no soy un niño como para que me estén mimando.

Nasuada dudó un momento, pero al final bajó la cabeza.

—Como quieras.

—¿Y ahora qué? —preguntó Roran—. ¿He terminado aquí?

—Mi intención era hacer que regresaras tan pronto como hubiéramos capturado Aroughs, fuera como fuera que lo hubiéramos conseguido, pero no estás en condiciones de cabalgar hasta Dras-Leona. Tendrás que esperar hasta que…

—No voy a esperar —gruñó Roran. Agarró el espejó y se lo acercó a pocos centímetros de la cara—. No me trates con tantas contemplaciones, Nasuada. Puedo cabalgar, y hacerlo deprisa. El único motivo por el que vine aquí es que Aroughs representaba una amenaza para los vardenos. Y ahora esa amenaza ya no existe, he acabado con ella. ¡No, no pienso quedarme aquí, con o sin heridas, mientras mi mujer, embarazada, está acampada a menos de una milla de Murtagh y su dragón!

Nasuada respondió en un tono más duro que antes:

—Fuiste a Aroughs porque yo te envié. —Luego, más tranquila, continuó—: De todas formas, has cumplido tu misión con éxito. Puedes regresar de inmediato, si te encuentras en condiciones. No hace falta que cabalgues día y noche como hiciste durante el viaje de ida, pero tampoco te entretengas. Ten sentido común. No quiero tener que explicarle a Katrina que te mataste viajando… ¿A quién crees que debería elegir para que te reemplace en Aroughs?

—Al capitán Brigman.

—¿A Brigman? ¿Por qué? ¿No tuviste algunos problemas con él?

—Él me ayudó a mantener a los hombres en posición cuando me dispararon. Yo no tenía la cabeza muy despejada en ese momento…

—Imagino que no.

—Él se ocupó de que no les entrara el pánico o perdieran el arrojo. También los ha tenido bajo su mando mientras yo he estado encerrado en esta asquerosa caja de música de palacio. Sin él, no habríamos sido capaces de extender nuestro control por toda la ciudad. A los hombres les gusta, y tiene habilidad para planificar y organizar. Gobernará bien la ciudad.

—Entonces será Brigman. —Nasuada apartó la mirada del espejo y habló con alguien que Roran no pudo ver. Luego, girándose otra vez hacia él, dijo—: Debo admitir que nunca estuve muy segura de que consiguieras someter Aroughs. Parecía imposible que alguien lograra romper las defensas de la ciudad en tan poco tiempo, con tan pocos hombres y sin la ayuda de un dragón ni de un Jinete.

—Entonces, ¿por qué me enviaste aquí?

—Porque tenía que intentar «algo» antes de permitir que Eragon y Saphira volaran hasta tan lejos, y porque tú has convertido en costumbre el trastocar todas las expectativas y el vencer allí donde otros habrían flaqueado o abandonado. Si lo imposible «podía» suceder, lo más probable era que pasara bajo tu mando, y así ha sido.

Roran soltó un bufido suave. «¿Y cuánto tiempo podré continuar tentando al destino antes de terminar como Carn?», pensó.

—Búrlate cuanto quieras, pero no puedes negar tu éxito. Hoy nos has dado una gran victoria, Martillazos. O, más bien, capitán Martillazos, debería decir. Te has ganado de sobra el derecho a ese rango. Te estoy inmensamente agradecida por lo que has hecho. Al conquistar Aroughs nos has salvado de tener que librar la guerra en dos frentes, lo cual habría implicado nuestro fin. Todos los vardenos están en deuda contigo, y te prometo que los sacrificios que tú y tus hombres habéis hecho no se olvidarán.

Roran intentó decir algo, pero le costaba. Lo volvió a intentar y tampoco pudo. Al final, con un gran esfuerzo, tartamudeó:

—Yo… comunicaré a los hombres vuestra opinión. Significará mucho para ellos.

—Hazlo, por favor. Y ahora debo despedirme. Es tarde, estás enfermo y ya te he entretenido bastante.

—Espera… —Roran alargó la mano y puso las puntas de los dedos en el espejo—. Espera. No me lo has dicho: ¿cómo va el sitio de Dras-Leona?

Nasuada lo miró, inexpresiva.

—Mal. Y no parece que vaya a mejorar. Nos iría bien que estuvieras aquí, Martillazos. Si no encontramos la forma de poner fin a esta situación, y pronto, todo aquello por lo que hemos luchado estará perdido.

Thardsvergûndnzmal

No pasa nada —dijo Eragon, exasperado—. *Deja de preocuparte. De todas formas, no puedes hacer nada.*

Saphira gruñó y continuó observando su imagen en las superficie del lago. Giró la cabeza a un lado y a otro. Luego suspiró, levantando una nube de humo que se alejó flotando por encima del agua como una pequeña nube de tormenta sin rumbo.

¿Estás seguro? —preguntó la dragona, mirándolo—. *¿Y si no vuelve a crecer?*

A los dragones les crecen escamas todo el rato. Ya lo sabes.

¡Sí, pero nunca había perdido una hasta ahora!

Eragon no disimuló una sonrisa, pues sabía que la dragona notaría su risa de todas formas.

No deberías preocuparte tanto. No era muy grande.

Alargó la mano y pasó el dedo por el agujero con forma de diamante que Saphira tenía en la parte izquierda del morro, de donde el objeto de su preocupación había caído hacía tan poco tiempo. El agujero en su brillante armadura no tenía más que unos tres centímetros de largo, y unos dos de profundidad. En el fondo del agujerito se veía la piel de color azulado. Con curiosidad, Eragon le rozó ese trocito de piel con la punta del dedo índice. Era cálida y suave, como la barriga de un ternero.

Saphira soltó un bufido y apartó la cabeza.

Para, hace cosquillas.

Eragon, sentado encima de una piedra del lago, rio y dio una patada al agua. El contacto del agua en el pie desnudo le resultaba agradable.

Quizá no sea muy grande —dijo Saphira—, *pero todo el mundo verá que no está. ¿Cómo podría pasárseles por alto? Sería como no ver un trozo de tierra en la cresta de una montaña cubierta de nieve.*

La dragona bajó los ojos, intentando mirar el agujerito oscuro que le quedaba encima de la ventana de la nariz.

Eragon rio a carcajadas y la salpicó con el agua. Entonces, para aplacar su orgullo, le dijo:

Nadie se dará cuenta, Saphira. Créeme. Además, aunque lo hagan, creerán que es una herida de guerra y te considerarán todavía más temible por ello.

¿De verdad lo crees? —Saphira volvió a contemplar su imagen en el lago. El agua y las escamas de su cuerpo se reflejaban mutuamente formando un deslumbramiento de destellos de todos los colores del arcoíris—. *¿Y si un soldado me clava un cuchillo aquí? La hoja me atravesaría la piel. Quizá debería pedirles a los enanos que hagan una placa de metal para cubrir esta zona hasta que la escama vuelva a crecer.*

Eso quedaría demasiado ridículo.

¿En serio?

Ajá —asintió Eragon, a punto de estallar en carcajadas otra vez.

Saphira sorbió por la nariz.

No hace falta que te rías de mí. ¿Te gustaría a ti que el pelaje de la cabeza se te empezara a caer, o que perdieras una de estas estúpidas protuberancias que llamas dientes? Entonces sería yo quien tendría que consolarte a ti, sin duda.

Sin duda —asintió Eragon de buen grado—. *Pero los dientes no vuelven a crecer.*

El chico saltó de la roca y se dirigió río arriba hasta donde había dejado las botas. Al caminar, ponía los pies en el suelo con cuidado para no hacerse daño con las piedras y las ramas que había en toda la orilla. Saphira lo siguió pisando el fango.

Podrías hacerme un hechizo para proteger justo este punto —le dijo mientras él se ponía las botas.

Sí, podría. ¿Quieres que lo haga?

Sí.

Eragon elaboró el hechizo mentalmente mientras se ataba los cordones de las botas. Luego puso la palma de la mano derecha encima del agujerito del morro de Saphira y murmuró las palabras en el idioma antiguo. La palma de su mano emitió un destello azulado y la protección quedó firmemente colocada en el cuerpo de la dragona.

Ya está —le dijo—. *Ahora no tienes que preocuparte de nada.*

Excepto de que todavía me falta una escama.

Eragon le dio un golpecito en el morro con el puño.

Vamos. Regresemos al campamento.

Se alejaron del lago por la escarpada pendiente y Eragon tuvo que sujetarse a las raíces de los árboles para trepar. Cuando llegaron arriba se encontraron ante un majestuoso paisaje: a un kilómetro hacia el este se extendía el campamento de los vardenos, y un poco más al norte se veía Dras-Leona, una masa desordenada y extensa de edificios. Las únicas señales de vida de la ciudad eran las nubes de humo que se elevaban desde las chimeneas de las casas. Como siempre, Espina reposaba encima de las almenas de la puerta sur, disfrutando del sol de la tarde. Parecía dormido, pero Eragon sabía por experiencia que el dragón vigilaba estrechamente a los vardenos, y que en cuanto alguien intentara acercarse a la ciudad, se erguiría y advertiría a Murtagh y a toda la ciudad.

Eragon saltó a la grupa de Saphira, y ella lo llevó hasta el campamento con paso tranquilo.

Al llegar, el chico bajó al suelo y caminó delante de ella por entre las tiendas. El campamento estaba en silencio, la poca actividad que había en él era perezosa y soñolienta, desde las tranquilas conversaciones de los guerreros hasta la quietud de las banderas en las astas. Los únicos seres que parecían inmunes al aletargamiento general eran los escuálidos perros medio salvajes que vagabundeaban por allí husmeando constantemente en busca de restos de comida. Unos cuantos de esos perros tenían el morro y los costados llenos de arañazos, consecuencia de su error —por otro lado, comprensible— de pretender dar caza y atormentar a los hombres gato como si fueran gatos comunes. Cada vez que lo habían intentado, sus gañidos habían llamado la atención de todo el campamento y los hombres se habían reído con ganas al ver a los perros huir con el rabo entre las piernas.

Consciente de las muchas miradas que se dirigían hacia él, Eragon caminaba con paso vigoroso, la cabeza erguida y los hombros echados hacia atrás para ofrecer una imagen de determinación y energía. Los hombres necesitaban creer que él conservaba una gran confianza, y que no había permitido que el tedio de la situación lo abatiera.

«Si por lo menos Murtagh y Espina se marcharan... —pensó—. No haría falta que estuvieran fuera más de un día, y nosotros podríamos hacernos con el control de la ciudad.»

Hasta el momento, el sitio de Dras-Leona había sido curiosamente tranquilo. Nasuada se negaba a atacar la ciudad:

—Venciste por los pelos a Murtagh la última vez que os encontrasteis —le había dicho a Eragon—. ¿Has olvidado que te hirió en la cadera? Y él prometió que la próxima vez que os cruzarais el uno con él otro, él sería más fuerte. Murtagh puede ser muchas cosas, pero no me parece que sea un mentiroso.

—La fuerza no lo es todo en una lucha entre magos —había respondido Eragon.

—No, pero tampoco carece de importancia. Además, él ahora tiene el apoyo de los sacerdotes de Helgrind, y sospecho que bastantes de ellos son magos. No voy a correr el riesgo de permitir que te enfrentes a ellos y a Murtagh cara a cara en una batalla, ni siquiera con los hechiceros de Blödhgarm a tu lado. Hasta que no consigamos alejar a Murtagh y a Espina, o los atrapemos, o consigamos alguna ventaja sobre ellos, permaneceremos aquí y no atacaremos Dras-Leona.

Eragon protestó, le parecía que no era práctico retrasar la invasión de la ciudad. Además, si él no podía derrotar a Murtagh, ¿qué esperanzas creía ella que tendría cuando se enfrentara a Galbatorix? Pero Nasuada no se había dejado convencer.

Junto con Arya, Blödhgarm y todos los hechiceros de Du Vrangr Gata, habían intentado dar con la manera de ganar esa ventaja de que hablaba Nasuada. Pero todas las estrategias que contemplaron eran impracticables, pues requerían más tiempo y recursos de los que disponían. Y, por otro lado, tampoco resolvían la cuestión de cómo matar, capturar o alejar a Murtagh y a Espina.

Nasuada incluso había acudido a Elva para pedirle que utilizara sus habilidades —su capacidad de percibir el dolor de los demás, así como de predecir el dolor que iban a sufrir en un futuro inmediato— para vencer a Murtagh o para entrar a escondidas en la ciudad. Pero la muchacha se había reído de ella, y la había despedido con burlas y desprecios:

—No te debo ninguna lealtad, ni a ti ni a nadie, Nasuada. Encuentra a algún otro crío que gane tus batallas en tu lugar. Yo no pienso hacerlo.

Así que los vardenos esperaban.

Pasaban los días, y Eragon se daba cuenta de que los hombres estaban cada vez más hoscos y descontentos. Por otro lado, la preocupación de Nasuada aumentaba. Eragon había aprendido que un ejército era una bestia voraz que pronto moría o se desintegraba si sus miles de estómagos no recibían masivas cantidades de comida de forma regular. Cuando un ejército marchaba a un nuevo territorio, obtener los víveres era una sencilla cuestión de confiscar la comida y otros suministros básicos a la gente, además de apropiarse de los recursos que ofrecían sus tierras. Al igual que una plaga de langostas, los vardenos dejaban un territorio desolado a su paso, un territorio carente de todo aquello necesario para sobrevivir. Y durante sus paradas pronto agotaban las provisiones que tenían a mano y se veían obligados a subsistir de lo que les traían de Surda y de las otras ciudades que habían capturado. Aunque los habitantes de Surda eran generosos, y a pesar de que las ciudades conquistadas eran ricas, sus envíos de comida no eran suficientes para mantener a los vardenos durante mucho tiempo más.

Eragon sabía que los guerreros estaban completamente entregados a la causa, pero no tenía ninguna duda de que la mayoría de ellos, enfrentados a la posibilidad de sufrir la agonía de una lenta muerte por hambre que solo serviría para darle a Galbatorix el placer de la victoria, preferiría huir a cualquier lejano rincón de Alagaësia donde pudieran pasar el resto de su vida a salvo del Imperio. Ese momento todavía no había llegado, pero se acercaba rápidamente.

Era el miedo a ese destino lo que mantenía a Nasuada despierta durante las noches. Eragon se había dado cuenta de que cada mañana se la veía más demacrada: las profundas ojeras que se le dibujaban en el rostro parecían dos sonrisas pequeñas y tristes.

Por otro lado, Eragon se alegraba de que Roran no se hubiera encontrado obstaculizado en Aroughs como ellos en Dras-Leona, y lo que su primo había logrado allí aumentaba la profunda admiración y el aprecio que sentía por él. «Es un hombre más valiente que yo.» Nasuada no lo aprobaría, pero Eragon había decidido que cuando Roran regresara —lo cual, si todo iba bien, sería al cabo de pocos días— le colocaría todos los escudos mágicos de nuevo. Eragon ya había perdido a demasiados miembros de su familia por culpa del Imperio y de Galbatorix, y no estaba dispuesto a permitir que Roran también sufriera ese destino.

Tres enanos cruzaron el camino delante de él, discutiendo entre ellos, y se detuvo un momento para dejarlos pasar. Los enanos no llevaban ninguna insignia, pero Eragon sabía que no eran del clan Dûrgrimst Ingeitum, pues llevaban las trenzas de las barbas adornadas con cuentas, y esa moda no era propia de las gentes del Ingeitum. No sabía de qué estaban discutiendo, pues solo podía comprender unas cuantas palabras de ese gutural idioma, pero parecía evidente que era una cuestión de suma importancia, a juzgar por el tono de sus voces, la vehemencia de sus gestos y sus expresiones exageradas…, y por el hecho de que no se dieron cuenta de que él y Saphira se encontraban en el camino. Al verlos, Eragon sonrió: a pesar de la seriedad de sus caras, su preocupación le resultaba un poco cómica. El ejército enano, dirigido por su nuevo rey, Orik, había llegado a Dras-Leona dos días antes, para gran alivio de todos los vardenos. Este hecho y la victoria de Roran en Aroughs se habían convertido en los principales temas de conversación en todo el campamento. Los enanos eran casi el doble de las fuerzas aliadas de los vardenos, y su presencia había hecho aumentar considerablemente las posibilidades de que los vardenos llegaran a Urû'baen y alcanzaran a Galbatorix, siempre y cuando antes encontraran una solución a la situación con Murtagh y Espina.

Mientras Saphira y él caminaban por el campamento, Eragon vio a Katrina, que, sentada delante de su tienda, tejía ropita nueva para el niño que iba a nacer. Al verlo, lo saludó con la mano y gritó:

—¡Primo!

Él respondió con el mismo saludo, tal como se había convertido en costumbre desde la boda.

Al cabo de un rato, después de disfrutar de una tranquila comida —que, por parte de Saphira se desarrolló con gran profusión de ruidos mientras rasgaba y masticaba la carne—, Eragon y la dragona se retiraron a tumbarse al sol en el trozo de césped que había al lado de la tienda. Por orden de Nasuada —orden que los vardenos habían respetado con un celo riguroso— esa porción de césped se había mantenido libre para Saphira. Una vez que estuvo allí, la dragona se enroscó en el suelo para echar una cabezada bajo la cálida brisa de mediodía. Eragon sacó el *Domia abr Wyrda* de las alforjas, trepó encima de Saphira y se acomodó en la sombreada curva interior que formaban el cuello y la musculosa pata anterior de la dragona. Allí, bajo la luz que se filtraba a través de los pliegues de su ala y que hacía brillar sus escamas, la piel del chico adoptaba un raro tono púrpura que también sombreaba las finas y angulares formas de las runas, haciéndole más difícil la lectura. Pero no le importaba: el placer de sentarse con Saphira compensaba con creces esa incomodidad.

Descansaron juntos durante una o dos horas, hasta que Saphira hubo digerido la comida y Eragon se sintió cansado de descifrar las complicadas frases de Heslant *el Monje*. Entonces, aburridos, los dos dieron un paseo por el campamento inspeccionando las defensas y cruzando de vez en cuando algunas palabras con los centinelas apostados por todo el perímetro. Llegaron al extremo este del campamento, donde había acampado el grueso del ejército de los enanos. Allí se encontraron con un enano que, con las mangas de la camisa arremangadas, estaba acuclillado al lado de un cubo de agua y hacía una bola de tierra con las manos. A sus pies tenía un montón de barro y un palo que había utilizado para removerlo. Esa visión era tan absurda que Eragon tardó unos segundos en darse cuenta de que ese enano era Orik.

—*Derûndânn*, Eragon... Saphira —dijo Orik sin levantar la mirada.

—*Derûndânn* —respondió Eragon imitando el saludo tradicional de los enanos.

El chico se agachó al otro lado del montón de barro y observó a Orik mientras este continuaba alisando el contorno de la bola con el dedo pulgar. De vez en cuando, cogía un puñado de tierra seca y salpicaba con ella la amarillenta bola de tierra. Luego, con suavidad, apartaba el exceso de tierra con los dedos.

—Nunca pensé que vería al rey de los enanos agachado en el suelo y jugando con el barro, como un niño —dijo Eragon.

Orik soltó un fuerte resoplido que le movió los pelos del mostacho.

—Y yo nunca pensé que un dragón y un Jinete me estarían observando mientras fabrico una *Erôthknurl*.

—¿Y qué es una *Erôthknurl*?

—Una *thardsvergûndnzmal*.

—¿Una *thardsver...*? —Eragon se rindió a mitad de palabra, incapaz de recordarla completa y, mucho menos de pronunciarla—. ¿Y eso qué es?

—Una cosa que parece ser lo que no es —respondió Orik levantando la bola de tierra—. Como esto. Esto es una piedra hecha de tierra. O, mejor dicho, eso es lo que parecerá cuando haya terminado.

—Una piedra de tierra... ¿Es mágica?

—No, es una habilidad mía. Nada más.

Puesto que Orik no daba explicaciones, Eragon preguntó:

—¿Cómo se hace?

—Si tienes paciencia, lo verás.

Luego, al cabo de un rato, Orik consintió y explicó:

—Primero, tienes que encontrar un poco de tierra.

—Un trabajo difícil, ¿eh?

El enano frunció sus pobladísimas cejas y le dirigió una mirada penetrante.

—Algunas clases de tierra son mejores que otras. La arena, por ejemplo, no sirve. La tierra debe estar compuesta de partículas de tamaños diversos, para poder hacer que se comprima de la forma adecuada. Además, ha de tener un poco de barro, como esta. Pero lo más importante: si hago esto —añadió, dando una palmada sobre un trozo de tierra seca que quedaba entre la hierba—, debe levantar mucho polvo. ¿Ves? —Y mostró la palma de la mano cubierta de una fina capa de polvo.

—¿Y eso por qué es importante?

—Ah —repuso Orik, dándose unos golpecitos en la nariz y ensuciándosela. Luego continuó frotando la bola con las manos mientras la iba girando para darle una forma simétrica—. Cuando tienes la tierra, la humedeces y la mezclas, como harías con harina y agua, hasta que tienes un barro denso. —Hizo un gesto con la cabeza indicando el montón de barro que tenía a sus pies—. Y con ese barro, haces una bola como esta, ¿ves? Luego la comprimes y le extraes hasta la última gota. Después le das una forma redonda. Cuando se te empieza a pegar en las manos, haces lo que estoy haciendo yo: le echas tierra encima para absorber más humedad del interior. Y continúas así hasta que la bola queda seca y mantiene la forma, pero no tan seca que se rompa.

»Mi *Erôthknurl* está casi en ese punto. Cuando lo consiga, la llevaré a mi tienda y la dejaré al sol durante un buen rato. La luz y el calor le harán sudar hasta la última gota que tenga en el interior. Luego le volveré a echar tierra encima y la limpiaré de nuevo. Después de hacerlo tres o cuatro veces, la superficie de mi *Erôthknurl* quedará tan dura como el costado de un nagra.

—¿Y todo eso solamente para conseguir una bola de barro seco? —preguntó Eragon, asombrado.

Saphira compartía la misma extrañeza.

Orik cogió otro puñado de tierra y dijo:

—No, porque no acaba ahí. Luego es cuando el polvo es útil. Lo cojo y lo froto contra la superficie de la *Erôthknurl*, y así se forma una superficie dura y suave a su alrededor. Luego dejo la bola reposar y espero a que saque todavía más humedad. Luego más polvo, y espero; luego más polvo, y espero, y así continúo.

—¿Y cuánto tiempo se tarda?

—Hasta que el polvo ya no queda adherido a la *Erôthknurl*. La superficie que se crea es lo que le da a la *Erôthknurl* su belleza. A lo largo de un día va adquiriendo una pátina brillante, como si estuviera hecha de mármol pulido. Sin pulir, sin moler, sin magia: solo con el corazón, la cabeza y las manos, habrás hecho una piedra de tierra común. Una piedra frágil, es verdad, pero una piedra, al fin y al cabo.

A pesar de la insistencia de Orik, a Eragon le parecía difícil de creer que el barro que tenía a los pies pudiera transformarse sin la ayuda de la magia en algo parecido a lo que Orik describía.

¿Por qué estás haciendo una, Orik, rey enano? —preguntó Saphira—. *Debes de tener muchas responsabilidades ahora que eres rey.*

Orik gruñó.

—En este momento no hay nada que deba hacer. Mis hombres están preparados para ir la batalla, pero no hay ninguna batalla a la que ir. Y sería malo para ellos que yo los acosara como una gallina clueca. Tampoco quiero quedarme sentado solo en mi tienda mirándome crecer la barba... Por eso la *Erôthknurl*.

Orik se quedó callado, pero a Eragon le parecía que había algo que lo preocupaba, así que esperó a ver si el enano continuaba hablando. Al cabo de un minuto, este se aclaró la garganta y dijo:

—Antes yo podía beber y jugar a los dados con los de mi clan, y no importaba que yo fuera el heredero adoptivo de Hothgar. Podíamos hablar y reír juntos sin que eso nos resultara incómodo. Yo no pedía ningún favor, ni tampoco ofrecía ninguno. Pero ahora es distinto. Mis amigos no pueden olvidar que soy el rey, y yo no puedo ignorar el hecho de que su comportamiento hacia mí ha cambiado.

—Eso era de esperar —dijo Eragon, que comprendía la situación de Orik puesto que él había experimentado lo mismo desde que se había convertido en un Jinete.

—Quizá sí. Pero el hecho de saberlo no hace que sea más fácil de soportar. —Orik soltó un bufido exasperado—. Ay, la vida es extraña, un viaje cruel a veces... Yo admiraba a Hothgar como rey, pero a menudo me parecía que se mostraba brusco en su relación con los demás sin motivo. Ahora comprendo mejor por qué era como era. —Orik sostuvo la bola de tierra con las dos manos y la contempló con las cejas fruncidas—. Cuando te encontraste con Grimstborith Gannel en Tarnag, ¿te explicó él el significado de la *Erôthknurl*?

—Nunca habló de ello.

—Supongo que había otros asuntos importantes de los que hablar... Pero, como uno de los Ingeitum, y como knurla adoptado, debes conocer la importancia y la simbología de una *Erôthknurl*. No es solo una manera de concentrar la mente, de pasar el tiempo y de crear un recuerdo interesante. No. El acto de fabricar una piedra con la tierra es sagrado. Al hacerlo, reafirmamos nuestra fe en el poder de Helzvog y le rendimos homenaje. Uno debe acometer esta tarea con reverencia e intención. Hacer una *Erôthknurl* es una forma de devoción, y los dioses no aprecian a quienes realizan los ritos de manera frívola. De la piedra, la carne; de la carne, la tierra; y de la tierra, la piedra otra vez. La rueda gira y nosotros solamente vemos un destello de la totalidad.

Ahora Eragon podía comprender el profundo desasosiego de Orik.

—Deberías tener a Hvedra a tu lado —le dijo—. Ella te haría compañía y evitaría que te sintieras tan apesadumbrado. Nunca te he visto tan feliz como cuando estabas con ella en la fortaleza de Bregan.

Orik, que miraba hacia el suelo, sonrió y unas finísimas arrugas se le formaron alrededor de los ojos.

—Sí… Pero ella es la *grimstcarvlorss* de los Ingeitum, y no puede abandonar sus obligaciones solo para consolarme. Además, yo no estaría tranquilo si ella se encontrara a menos de quinientos kilómetros de Murtagh y de Espina; o, peor, de Galbatorix y su execrable dragón negro.

Eragon, para animarlo un poco, dijo:

—Me has hecho pensar en una adivinanza: un rey enano sentado en el suelo haciendo una piedra con tierra. No sé cómo sería exactamente, pero quizás algo parecido a: «Fuerte y fornido, trece estrellas en la frente, la piedra viva se sienta y convierte la tierra en piedra muerta». No rima, pero no puedes pretender que componga un buen verso en un instante. Creo que una adivinanza como esta puede hacer que más de uno se rasque la cabeza.

—Mmm —repuso Orik—. Pero no un enano. Incluso nuestros niños lo resolverían en un instante.

Un dragón también —dijo Saphira.

—Supongo que tienes razón —asintió Eragon.

Entonces le pidió que le explicara todo lo que había sucedido entre los enanos después de que él y Saphira abandonaran Tronjheim para hacer su segunda visita al bosque de los elfos. Desde que los enanos habían llegado a Dras-Leona, Eragon no había tenido oportunidad de hablar mucho rato con él, y estaba ansioso por saber cómo le había ido a su amigo desde que había subido al trono.

A Orik le gustaba explicar los detalles de la intrincada política de los enanos. Mientras hablaba, su expresión se fue haciendo cada vez más alegre, y se pasó casi una hora contando las discusiones y las estratagemas que había habido entre los clanes de enanos antes de que reunieran al ejército para unirse a los vardenos. Los clanes eran muy quisquillosos, como muy bien sabía Eragon, e incluso Orik tenía dificultad en conseguir su obediencia.

—Es como intentar conducir a un rebaño de ocas —dijo Orik—: siempre hay alguna que intenta ir por su cuenta, monta un escándalo horroroso y te muerde la mano a la primera oportunidad que encuentra.

Mientras Orik hablaba, Eragon pensó en preguntarle por Vermûnd. Siempre se había preguntado qué habría sido de ese jefe enano que había tramado su asesinato. Le gustaba saber dónde se encontraban sus enemigos, y en especial los que eran tan peligrosos como Vermûnd.

—Regresó a su pueblo natal, Feldarast —le contó Orik—. Allí, según dicen, se sienta a beber y maldice todo lo que es y todo lo que será. Pero nadie le hace caso. Los kurlans del clan Sweldn rak Anhûin son orgullosos y testarudos. En general, son fieles a Vermûnd y no se dejan influenciar por lo que otros clanes puedan hacer o decir, pero el intento de asesinar a un invitado es un delito imperdonable. Y no todos los del Az Sweldn rak Anhûin te odian como Vermûnd. No puedo creer que decidan apartarse del resto de los suyos solo para proteger a un grimstborith que ha perdido el honor. Quizás hagan falta años, pero al final se volverán contra él. Ya he oído decir que muchos del clan rechazan a Vermûnd, puesto que también ellos son rechazados.

—¿Qué crees que le sucederá?

—Tendrá que aceptar lo inevitable y dimitir si no quiere que un día alguien le envenene su jarra de hidromiel o, quizá, le clave una daga en las costillas. En cualquier caso, ya no es una amenaza para ti como líder del Az Sweldn rak Anhûin.

Orik y Eragon continuaron charlando hasta que el enano llegó a las últimas fases de su *Erôthknurl* y la dejó lista para dejarla reposar sobre un trozo de tela en su tienda, para que se secara. Orik se puso en pie, cogió el cubo de agua y el palo y dijo:

—Te agradezco la amabilidad que has tenido al escucharme, Eragon. Y tú también, Saphira. Por extraño que parezca, vosotros sois los únicos, además de Hvedra, con quienes puedo hablar libremente. Con los demás… —Se encogió de hombros—. Bah.

Eragon también se puso en pie.

—Eres nuestro amigo, Orik, seas el rey de los enanos o no. Siempre nos ha gustado hablar contigo. Y ya sabes que no debes preocuparte por que podamos decir nada de lo que nos has contado.

—Sí, eso ya lo sé, Eragon —respondió Orik mirándolo con los ojos entrecerrados—. Tú participas en los sucesos del mundo, pero nunca te has dejado atrapar en las mezquinas intrigas de nadie.

—No me interesan. Además, hay cosas más importantes que hacer en este momento.

—Eso está bien. Un Jinete debe permanecer apartado de los demás. Si no, ¿cómo podría juzgar las cosas por sí mismo? Yo no apreciaba la independencia de los Jinetes, pero ahora sí lo hago, aunque solo sea por motivos egoístas.

—Yo no estoy del todo apartado —repuso Eragon—. Os he prestado juramento de lealtad a ti y a Nasuada.

Orik asintió con la cabeza.

—Eso es verdad. Pero no formas parte del todo de los vardenos, ni tampoco de los Ingeitum. Sea como sea, me alegro de poder confiar en ti.

Eragon sonrió.

—Yo también.

—Después de todo, somos medio hermanos, ¿no es así? Y los hermanos deben protegerse mutuamente.

«Deberían hacerlo», pensó Eragon, pero no lo dijo en voz alta.

—Medio hermanos —asintió, dándole a Orik una palmada en el hombro.

El camino del conocimiento

Esa misma tarde, cuando ya quedaban pocas horas de luz y parecía improbable que el ejército de Dras-Leona lanzara un ataque contra los vardenos, Eragon y Saphira fueron al campo de entrenamiento que había detrás del campamento. Allí Eragon se encontró con Arya, tal como había estado haciendo cada día desde que habían llegado a la ciudad. Le preguntó cómo se encontraba, y Arya contestó, sin mayores explicaciones, que había mantenido una agotadora reunión con Nasuada y con el rey Orik desde antes del amanecer. Luego ambos desenfundaron las espadas y tomaron posición el uno frente al otro. Esta vez decidieron utilizar también los escudos, pues así el entrenamiento se parecía más a un combate real y, por otra parte, aportaba una agradable variación en el ejercicio.

Empezaron a dar vueltas el uno delante del otro con pasos cortos y medidos, como si fueran bailarines desplazándose sobre un suelo irregular, tanteando con los pies y sin mirar hacia abajo, sin apartar la mirada de su contrincante en ningún momento. Aquella era la parte que a Eragon más le gustaba. Encontraba una profunda intimidad en el hecho de mirar a Arya directamente a los ojos, sin parpadear, con insistencia, y en que ella también le devolviera la mirada con la misma concentración e intensidad. Era una sensación que le resultaba desconcertante, pero disfrutaba de la conexión que se establecía entre ellos.

Arya inició el primer ataque; en cuestión de un segundo, Eragon se encontró agachado en una extraña posición y con la espada de Arya contra el costado izquierdo del cuello. El chico se quedó inmóvil hasta que Arya decidió soltarlo y permitió que se irguiera.

—Has sido descuidado —dijo Arya.

—¿Cómo es que siempre me ganas? —gruñó Eragon, descontento.

—Porque —empezó a decir ella, fingiendo darle una estocada en el hombro derecho y haciendo que él se apartara de un salto levantando el escudo— llevo unos cien años practicando. Sería extraño que no fuera mejor que tú, ¿no te parece? Deberías estar orgulloso de haber sido capaz de plantarme cara. No son muchos los que pueden hacerlo.

Eragon dibujó un silbante arco en el aire con *Brisingr* dirigido hacia el muslo de Arya, y la elfa paró el golpe con el escudo. Ella contraatacó dándole un hábil golpe en la muñeca del brazo con que Eragon sujetaba la espada. La corriente de dolor le subió por todo el brazo y le llegó hasta la base del cráneo. Con una mueca, Eragon se apartó un instante para recuperarse. Uno de los retos de luchar contra un elfo consistía en que, a causa de su velocidad y su fuerza, eran capaces de alcanzar a su enemigo desde una distancia mucha mayor de la que era posible para un humano. Así que, para ponerse a salvo de Arya, tenía que separarse unos treinta metros de ella. Pero antes de que tuviera tiempo de alejarse mucho, ella, con la oscura melena ondeando al viento, dio dos largos saltos hacia el chico. Eragon reaccionó descargando la espada contra ella cuando Arya todavía estaba en el aire, pero la elfa, en pleno salto, consiguió esquivarlo. La espada de Eragon pasó rozando su cuerpo sin tocarlo. En cuanto tocó el suelo, Arya incrustó el borde de su escudo debajo del de Eragon y se lo arrebató con un gesto brusco, dejándole el pecho completamente descubierto. Con la rapidez del relámpago, la elfa colocó la punta de su espada bajo la barbilla de Eragon otra vez.

Arya lo mantuvo inmóvil, clavando los ojos en los de él con el rostro a pocos centímetros de distancia. La expresión de la elfa era de una ferocidad e intensidad difíciles de interpretar. Eragon se sintió un tanto amedrentado. Entonces le pareció que una sombra pasaba por encima de su rostro, y Arya bajó la espada, apartándose de él.

Eragon se frotó el cuello y le dijo:

—Si sabes luchar con la espada tan bien, ¿por qué no me puedes enseñar a ser mejor?

Arya lo miró. Sus ojos esmeralda parecían arder con aún más intensidad.

—Lo estoy intentando, pero el problema no está aquí —dijo, dándole un golpecito en el brazo derecho con la punta de la espada—. El problema reside aquí —añadió, ahora tocándole el yelmo con la espada—. Y no sé cómo enseñarte lo que necesitas aprender si no es mostrándote una y otra vez tus errores hasta que dejes de cometerlos. —Y, tras dar un par de golpecitos más sobre el yelmo, añadió—: Aunque eso signifique molerte a palos para que lo hagas.

El hecho de que ella lo derrotara continuamente hería el orgullo de Eragon, tanto que le costaba reconocerlo ante sí mismo, e incluso ante Saphira. Además, le hacía dudar de ser capaz de vencer a Galbatorix y a Murtagh, o a cualquier otro temible contrincante, si se encontraba solo en el combate, sin la ayuda de Saphira ni de su magia.

Con paso decidido, Eragon se alejó unos diez metros de Arya.

—¿Pues? Entonces, empieza —dijo, apretando las mandíbulas y bajando el cuerpo, listo para sufrir otra derrota.

Arya le clavó la mirada achicando los ojos, lo cual enfatizó los rasgos angulosos de su rostro y le dio una expresión maligna.

—Muy bien —respondió.

Se lanzaron el uno contra el otro con un grito de guerra. El furioso entrechocar de sus aceros resonó a su alrededor. Lucharon una y otra vez hasta que estuvieron cansados, sudorosos y cubiertos de polvo. Eragon tenía el cuerpo cubierto de magulladuras. Y, a pesar de ello, continuaron enfrentándose con una determinación funesta, desconocida hasta ese momento en sus combates. Ninguno de los dos pidió acabar con esa lucha brutal.

Saphira, tumbada encima de un trecho de hierba verde en un extremo del campo, los observaba. Durante casi todo el rato evitó comunicarle a Eragon lo que pensaba para no distraerlo, pero alguna que otra vez no se pudo reprimir y le hizo una breve observación sobre su técnica o la de Arya. Todos sus comentarios fueron de gran ayuda para el chico, que, además, sospechaba que la dragona había intervenido en más de una ocasión para evitarle un golpe especialmente peligroso: en esos casos, sus brazos y sus piernas parecían moverse con mayor ligereza, o un poco antes de lo que él había previsto, y cada vez que eso sucedía, notaba un cosquilleo en la nuca. Ese cosquilleo significaba que Saphira estaba interviniendo en alguna parte de su conciencia. Al final, Eragon le pidió que dejara de hacerlo.

Debo ser capaz de hacerlo por mí mismo, Saphira —dijo—. *No podrás ayudarme cada vez que lo necesite.*

Puedo intentarlo.

Lo sé. Yo haría lo mismo contigo. Pero esta montaña debo subirla yo, no tú.

Saphira hizo una mueca.

¿Para qué quieres subir, si puedes volar? Nunca vas a llegar a ninguna parte con esas piernas tan cortas que tienes.

Eso no es cierto, y tú lo sabes. Además, si volara lo haría con unas alas prestadas, y con ello solo obtendría una victoria inmerecida.

La victoria es la victoria, y la muerte es la muerte, se consiga como se consiga.

Saphira... —repuso él en tono de advertencia.

Pequeño.

A pesar de todo, y para alivio de Eragon, a partir de ese momento Saphira lo dejó luchar por sus propios medios, aunque continuó vigilándolo con gran celo.

Los elfos que cuidaban de él y de la dragona también se habían reunido en un extremo del campo. Su presencia incomodaba a Eragon, pues le desagradaba que alguien más —aparte de Saphira y de Arya— fuera testigo de sus errores, pero sabía que los elfos no consentirían en irse a sus tiendas. A pesar de todo, su presencia sí resultaba útil en un sentido, pues evitaba que los guerreros estuvieran allí observando el enfrentamiento entre un Jinete y un elfo. Los hechiceros de Blödhgarm no necesitaban hacer nada en concreto para disuadir a los posibles fisgones, pues su mera presencia ya resultaba lo bastante intimidante para mantenerlos alejados.

Cuanto más luchaba contra Arya, más frustrado se sentía Eragon. Ganó dos de los combates por los pelos y con desesperación, y también gracias a algunos ardides que tuvieron éxito, más debido a la suerte que a su habilidad, ardides que Eragon nunca se atrevería a intentar en un enfrentamiento real, a no ser que su vida hubiera dejado de importarle. Pero aparte de esas dos aisladas victorias, Arya continuaba derrotándolo con una facilidad desesperante.

Al fin, la rabia y la frustración que sentía estallaron, y Eragon perdió todo sentido de la mesura. Inspirándose en los métodos que le habían aportado sus pocos éxitos, levantó la espada con intención de descargarla sobre Arya como si golpeara con un hacha de batalla.

Justo en ese momento, una mente tocó la conciencia de Eragon, y este supo al instante que no se trataba ni de Arya ni de Saphira ni de los elfos, pues era la de un macho: no cabía duda de que era la de un dragón. Creyendo que se trataba de Espina, replegó su mente y se apresuró a ordenar sus pensamientos para responder a ese ataque. Pero antes de que lo consiguiera, oyó el eco de una potente voz resonar por los oscuros meandros de su conciencia. Fue como el sonido que hubiera producido una montaña al moverse.

Eragon —dijo Glaedr. .

El chico se quedó inmóvil, de puntillas y con la espada levantada por encima de la cabeza, sin descargarla. Notó que Arya, Saphira y los hechiceros de Blödhgarm también reaccionaban con sorpresa, y supo que ellos también habían oído a Glaedr. La sensación que producía la mente del dragón era muy parecida a la de antes —antigua, inabarcable y desgarrada por el dolor—, pero, por algún motivo, desde que Oromis había muerto en Gil'ead, Glaedr parecía poseído por la urgencia de hacer algo más que continuar sumergido en sus tormentos privados.

¡Glaedr-elda! —dijeron Eragon y Saphira al mismo tiempo.

¿Cómo estás?

¿Estás bien...?

¿Has...?

Los demás también hablaban: Arya, Blödhgarm y dos elfos que Eragon no pudo identificar. Sus voces se mezclaron en un barullo incomprensible.

Basta —dijo Glaedr en tono exasperado y cansado—. *¿Es que queréis llamar la atención de alguien indeseado?*

Todos callaron de inmediato y esperaron a que el dragón continuara. Excitado, Eragon intercambió una mirada con Arya.

Glaedr no habló inmediatamente, sino que los observó durante un rato. Su presencia era una carga pesada para la conciencia de Eragon, pero estaba seguro de que los demás sentían lo mismo.

Entonces, con su voz sonora e imponente, Glaedr dijo:

Esto ya ha durado bastante... Eragon, no deberías pasar tanto tiempo batiéndote. Eso te distrae de asuntos más importantes. Lo que tendrías que temer no es la espada de Galbatorix, ni la espada de su boca, ni siquiera la de su mente. Su mayor talento consiste en su habilidad para penetrar hasta los últimos rincones de tu ser y obligarte a obedecer su voluntad. En lugar de continuar combatiendo con Arya, deberías concentrarte en mejorar tu dominio sobre tus propios pensamientos, pues todavía los tienes terriblemente indisciplinados. ¿Por qué, pues, insistes en estos absurdos intentos?

A Eragon se le ocurrieron multitud de respuestas, tales como que le gustaba cruzar la espada con la de Arya, a pesar de la irritación que le provocaba; que quería ser tan buen espadachín como fuera posible, el mejor del mundo, si podía; que el ejercicio lo ayudaba a tranquilizarse y lo mantenía físicamente en forma, y muchas otras respuestas. Pero se reprimió, pues, por un lado, quería mantener cierta privacidad y, por otro, no quería abrumar a Glaedr con un montón de información absurda que solo confirmaría la opinión que el dragón tenía sobre su falta de disciplina. A pesar de ello, no lo consiguió del todo, pues notó que Glaedr sentía cierta decepción. Como respuesta, el chico ofreció sus mejores argumentos:

Si soy capaz de mantener a raya la mente de Galbatorix, aunque no pueda derrotarlo, si soy capaz de resistir, eso quizá también se decida por la espada. En cualquier caso, el rey no es el único enemigo que debería preocuparnos: está Murtagh, para empezar, ¿y quién sabe qué otras clases de hombres o seres tiene Galbatorix a su servicio? No fui capaz de derrotar a Durza yo solo, ni a Varaug, ni siquiera a Murtagh. Siempre he tenido ayuda. Pero no puedo seguir esperando que Arya, Saphira o Blödhgarm, me rescaten cada vez que tengo un problema. Tengo que ser mejor con la espada, y a pesar de ello no parece que esté haciendo ningún progreso, por mucho que lo intento.

¿Varaug? —preguntó Glaedr—. *Nunca había oído ese nombre.*

Entonces Eragon tuvo que relatarle a Glaedr la toma de Feinster, y le contó que él y Arya mataron al Sombra recién nacido, aunque Oromis y Glaedr habían fallecido —de distinta manera, pero ambos muertos— mientras batallaban en el cielo, encima de Gil'ead. También le resumió lo que los vardenos habían hecho a partir de entonces, pues se dio cuenta de que Glaedr había permanecido tan aislado que no sabía nada de ellos. Eragon tardó unos cuantos minutos en explicarlo todo; durante todo ese tiempo, los elfos permanecieron quietos en el campo, mirando al infinito y con la atención dirigida hacia su interior, concentrados en el rápido intercambio de pensamientos, imágenes y emociones.

Se hizo un largo silencio mientras Glaedr reflexionaba sobre todo lo que acababa de averiguar. Pero cuando se dignó a hablar, lo hizo con cierta ironía:

Eres exageradamente ambicioso si tu objetivo consiste en ser capaz de matar Sombras de un modo impune. Incluso el más viejo y el más sabio de los Jinetes hubiera dudado en atacar solo a un Sombra. Ya has sobrevivido a dos encuentros con ellos, que es mu-

cho más de lo que han conseguido la mayoría. *Agradece el haber tenido tanta suerte y déjalo ahí. Querer derrotar a un Sombra es como querer volar por encima del sol.*

—Sí —contestó Eragon—, *pero nuestros enemigos son tan fuertes como un Sombra, o incluso más, y es posible que Galbatorix cree a más Sombras solo para hacer más lento nuestro avance. Los utiliza alegremente, sin importarle la destrucción que puedan causar en las tierras.*

—*Ebrithil* —intervino Arya—, *él tiene razón. Nuestros enemigos son extremadamente peligrosos..., como tú bien sabes* —añadió en tono más suave—. *Y Eragon no ha llegado a alcanzar el nivel que necesita. Si quiere estar preparado para lo que nos espera, debe llegar a la maestría. Yo he hecho todo lo que he podido para enseñarle, pero la maestría, al final, procede del interior de uno mismo.*

También esta vez Glaedr tardó en responder.

—*Eragon tampoco ha adquirido maestría en dominar sus pensamientos, y eso también debe hacerlo. Ninguna de esas habilidades, la mental o la física, es de gran utilidad por sí sola. Pero, de las dos, la mental es la más importante. Solo es posible vencer a un hechicero y a un espadachín a la vez s con la mente. Esta y el cuerpo deben estar en equilibrio, pero si tienes que elegir cuál entrenar primero, deberías elegir la mente. Arya..., Blödhgarm..., Yaela..., sabéis que es cierto. ¿Por qué ninguno de vosotros ha asumido la responsabilidad de continuar la formación de Eragon en esta área?*

Arya bajó la mirada, un poco como una niña que sufre una regañina. A Blödhgarm, por su parte, se le pusieron los pelos de los hombros en punta, e hizo una mueca que dejó al descubierto sus colmillos blancos. Al final fue él quien se atrevió a responder. Lo hizo en el idioma antiguo, y fue el primero en emplearlo:

—*Arya está aquí en calidad de embajadora de nuestra gente. Yo y los míos estamos aquí para proteger la vida de Saphira Escamas Brillantes y de Eragon Asesino de Sombra, y esta ha sido una tarea lenta y difícil. Todos hemos intentado ayudar a Eragon, pero no es cosa nuestra entrenar a un Jinete, y tampoco lo intentaríamos cuando quien podría ser su maestro está vivo y presente..., a pesar de que ese maestro se muestre negligente con sus deberes.*

La mente de Glaedr se oscureció de rabia, como si unas amenazantes nubes de tormenta se hubieran formado en su interior. Eragon se distanció de la conciencia de Glaedr, un tanto receloso de su furia. El dragón ya no podía hacer daño físico a nadie, pero conti-

CHRISTOPHER PAOLINI

nuaba siendo peligrosísimo, y si perdía el control de su mente, ninguno de ellos podría soportar su poder.

La grosería y la insensibilidad de Blödhgarm sorprendieron a Eragon al principio, pues nunca había oído a un elfo hablarle así a un dragón, pero después de reflexionarlo, se dio cuenta de que Blödhgarm debía de haberlo hecho para provocar a Glaedr a salir de sí mismo, para evitar que volviera a retirarse dentro de su cascarón de tristeza. Eragon admiró la valentía del elfo, pero se preguntó si insultar a Glaedr era la mejor estrategia. Desde luego, no era la más segura.

Las amenazadoras nubes crecieron, iluminadas por los breves destellos de los relámpagos. Glaedr saltaba de un pensamiento a otro.

Te has pasado de la raya, elfo —gruñó, hablando también en el idioma antiguo—. *No eres nadie para cuestionar mis actos. Ni siquiera puedes hacerte una idea de lo que he perdido. De no haber sido por Eragon y por Saphira, y por mi deber hacia ellos, hace tiempo que habría enloquecido. Así que no me acuses de negligencia, Blödhgarm, hijo de Ildrid, a no ser que desees ponerte a prueba contra el último de los grandes Ancianos.*

Blödhgarm enseñó los dientes y siseó. A pesar de eso, Eragon detectó cierta satisfacción en el rostro del elfo. Para su consternación, oyó que este continuaba presionando a Glaedr:

Entonces no nos culpes por no haber hecho lo que es responsabilidad tuya, no nuestra, Anciano. Toda nuestra raza llora por tu pérdida, pero no puedes esperar que seamos indulgentes con tu autocompasión, ese enemigo que ha exterminado a casi todos los de tu raza y que también mató a tu Jinete.

La furia de Glaedr ya era un volcán. Negra y terrible, Eragon la sintió con tanta fuerza que le pareció que todo su ser iba a desgarrarse en dos, como una vela maltratada por el viento. Al otro lado del campo, los hombres soltaron las armas y se sujetaron la cabeza con una expresión de dolor en el rostro.

¿Mi autocompasión? —dijo Glaedr, pronunciando cada sílaba como si fuera una maldición.

Eragon percibió que en los rincones más oscuros de la conciencia del dragón algo muy desagradable empezaba a cobrar forma, y supo que si eso conseguía materializarse sería causa de mucho dolor y arrepentimiento.

Entonces fue Saphira la que intervino. Su voz mental cortó las apasionadas emociones de Glaedr como un cuchillo penetra en el agua.

Maestro —dijo—, he estado preocupada por ti. Me alegra saber que estás bien y fuerte de nuevo. Ninguno de nosotros puede igualarte, y necesitamos tu ayuda. Sin ti, no tenemos ninguna esperanza de derrotar al Imperio.

Glaedr roncó, amenazador, pero no ignoró, ni interrumpió ni insultó a Saphira. Desde luego, sus halagos parecieron complacerlo, aunque solo fuera un poco. Eragon pensó que, después de todo, si los dragones eran sensibles a algo era al halago, como bien sabía Saphira. La dragona, sin dejar tiempo a que Glaedr dijera nada, continuó:

Puesto que ya no dispones de tus alas, permite que te ofrezca las mías. El aire está tranquilo; el cielo, claro; y sería una alegría volar bien alto, más alto que las águilas. Después de estar atrapado durante tanto tiempo dentro de tu corazón de corazones, debes de estar ansioso por dejar todo eso atrás y sentir las corrientes de aire de nuevo.

La tormenta en el interior de Glaedr se apaciguó un tanto, pero continuaba siendo imponente y amenazadora, como si se encontrara al borde de cobrar una fuerza renovada.

Eso…, eso sería muy agradable.

Entonces volaremos juntos muy pronto. Pero, maestro…

¿Sí, jovencita?

Hay una cosa que me gustaría preguntarte, primero.

Pues pregúntalo.

¿Ayudarás a Eragon con la espada? ¿Puedes ayudarlo? No tiene la habilidad que necesita, y no quiero perder a mi Jinete.

Saphira lo dijo con una gran dignidad, pero no pudo evitar cierto tono de súplica en sus palabras. A Eragon se le hizo un nudo en la garganta: las amenazadoras tormentas se replegaron sobre sí mismas, descubriendo un paisaje gris y desolado que le pareció inexpresablemente triste. Glaedr se quedó callado un momento. Unas extrañas e incompletas figuras empezaron a moverse despacio por su horizonte interior, como unos enormes monolitos que Eragon no deseó ver más de cerca.

Muy bien —dijo Glaedr, al cabo de un rato—. Haré lo que pueda por tu Jinete, pero cuando hayamos terminado en ese aspecto, tiene que permitir que le enseñe lo que yo considere adecuado.

De acuerdo —repuso Saphira.

Eragon se dio cuenta de que Arya y los elfos se relajaban un poco, como si hubieran estado aguantando la respiración durante todo el rato.

En ese momento, Trianna y otros magos que prestaban servicio con los vardenos acababan de contactar con él, y Eragon tuvo que separarse un momento de los demás para dedicarles su atención. Querían saber qué era lo que habían sentido en sus mentes, y qué era lo que había inquietado tanto a los hombres y a los animales. Trianna, elevando la voz por encima de los demás, preguntó:

¿Nos están atacando, Asesino de Sombra? ¿Se trata de Espina? ¿Es Shruikan?

Su pánico era tan fuerte que Eragon deseó dejar caer la espada y el escudo y correr para ponerse a salvo.

No, todo va bien —respondió con toda la calma de la que fue capaz. La existencia de Glaedr todavía era un secreto para la mayoría de los vardenos, incluida Trianna y los magos que estaban a su mando. Mentir durante una comunicación mental resultaba extremadamente difícil, pues era casi imposible evitar pensar en aquello que uno deseaba ocultar, así que Eragon se esforzó por que la conversación fuera muy corta—: *Los elfos y yo estamos practicando unos hechizos. Os lo explicaré luego. No os preocupéis, no pasa nada.*

Se daba cuenta de que no los había convencido del todo, pero no insistieron más. Se despidieron de él y apartaron sus mentes del ojo interior de Eragon. Arya pareció notar un cambio en su comportamiento, porque se acercó a él y, en voz baja, le preguntó:

—¿Va todo bien?

—Sí, bien —respondió el chico también en voz baja. Hizo un gesto con la cabeza hacia los hombres, que en ese momento estaban recogiendo sus armas—: He tenido que responder a unas cuantas preguntas.

—Ah. Espero que no les hayas dicho que…

—Por supuesto que no.

Tomad vuestras posiciones, como antes —dijo Glaedr en ese momento, con voz de trueno.

Inmediatamente, Eragon y Arya se separaron y se colocaron a seis metros de distancia el uno del otro. El chico, aunque se daba cuenta de que era un error, no pudo reprimirse y preguntó:

Maestro, ¿de verdad puedes enseñarme lo que necesito saber antes de que lleguemos a Urû'baen? Nos queda muy poco tiempo, y yo…

Te lo puedo enseñar ahora mismo si me escuchas —respondió Glaedr—. *Pero tendrás que escuchar con más atención que hasta ahora.*

Te escucho, maestro.

Sin embargo, Eragon no podía evitar dudar de lo que un dragón sabía sobre la lucha con la espada. Seguramente Glaedr había aprendido mucho de Oromis, al igual que Saphira había aprendido de Eragon, pero a pesar de la experiencia que habían compartido, Glaedr nunca había empuñado una espada: ¿cómo hubiera podido hacerlo? Que le enseñara a él cómo manejar la espada sería como si Eragon enseñase a un dragón a navegar por las corrientes cálidas que se elevan desde el flanco de una montaña: podía hacerlo, pero nunca sería capaz de explicarlo tan bien como Saphira, pues su conocimiento no era directo y, por mucho que hubiera observado ese fenómeno, siempre estaría en desventaja. Eragon procuró guardar sus dudas para sí. Sin embargo, Glaedr debió de notar algo, pues soltó un bufido divertido —o, más bien, lo imitó con su mente: era difícil olvidar las costumbres del cuerpo— y dijo:

Toda gran lucha es lo mismo, Eragon, igual que todos los grandes guerreros hacen lo mismo. A partir de cierto punto, no importa si uno pelea con una espada, una garra, un diente o una cola. Es verdad que uno ha de tener destreza con su arma, pero cualquiera que disponga de tiempo y de la inclinación necesaria puede conseguir una buena técnica. Pero para llegar a la maestría hace falta arte. Es necesario imaginación y reflexión. Y estas son las cualidades que todos los grandes guerreros comparten, aunque, en apariencia, parezcan completamente distintos.

Glaedr se quedó en silencio un momento, pero al final, dijo:

Bueno, ¿qué fue lo que te dije?

Eragon no necesitó hacer memoria.

Que tenía que aprender a ver lo que estaba mirando. Y lo he intentado, maestro. De verdad.

Pero todavía no lo ves. Fíjate en Arya. ¿Por qué ella es capaz de vencerte una y otra vez? Porque te comprende, Eragon. Ella sabe quién eres y cómo piensas, y es eso lo que le permite ganarte con tanta seguridad. ¿Por qué Murtagh fue capaz de derrotarte en los Llanos Ardientes a pesar de que no era ni remotamente tan fuerte ni tan rápido como tú?

Porque yo estaba cansado y…

¿Y cómo es que consiguió herirte en la cadera la última vez que os encontrasteis, mientras que tú solo fuiste capaz de hacerle un rasguño en la mejilla? Te lo diré, Eragon: no fue porque tú estuvieras cansado y él no. No, fue porque él te comprende, Eragon, y tú no le comprendes a él. Murtagh sabe más que tú, y por eso tiene

poder sobre ti, igual que Arya. Mírala, Eragon. Mírala bien. Ella ve quién eres, pero ¿eres tú capaz de ver quién es ella? ¿La ves con la claridad suficiente para derrotarla en la batalla?

Eragon clavó los ojos en los de Arya: vio en ellos una actitud decidida y un tanto defensiva, como si lo desafiara a descubrir sus secretos y, al mismo tiempo, tuviera miedo de lo que podía pasar si él lo hacía. Eragon se sintió inseguro. ¿De verdad la conocía tan bien como creía? ¿O se había engañado a sí mismo al confundir lo superficial con lo profundo?

Te has permitido enojarte más de la cuenta —dijo Glaedr en tono amable—. *La rabia tiene un lugar, pero en este caso no te ayudará. El camino del guerrero es el camino del conocimiento. Si ese conocimiento requiere que utilices la rabia, entonces lo haces, pero no podrás obtener conocimiento si pierdes la calma. Si lo haces así, el dolor y la frustración serán tu única recompensa.*

»Debes ser capaz de encontrar un estado de calma aunque cien voraces enemigos estén pisándote los talones. Vacía tu mente y permite que sea como un tranquilo lago que lo refleja todo y, a pesar de ello, permanece inalterable. La comprensión te llegará en ese estado de vacío, cuando te hayas liberado de los miedos irracionales relacionados con la victoria y la derrota, la vida y la muerte.

»No se pueden prever todas las eventualidades, y no tendrás el éxito garantizado cada vez que te enfrentes a un enemigo, pero si eres capaz de abarcarlo todo sin dejarte nada podrás adaptarte a cualquier cambio. El guerrero que tiene mayor facilidad para adaptarse a lo inesperado es el que vive más tiempo.

»Así pues, mira a Arya, ve lo que estás mirando, y luego sigue el curso de acción que te parezca más adecuado. Y cuando estés en plena lucha, no permitas que los pensamientos te distraigan. Piensa sin pensar, de tal forma que actúes como por instinto y no por la razón. Ve y pruébalo.

Eragon se concentró un instante para reflexionar acerca de todo lo que sabía de Arya: lo que le gustaba y lo que no, sus costumbres y sus gestos, los sucesos más importantes de su vida, lo que temía y lo que deseaba, y, lo más importante de todo, su carácter profundo..., aquello que dirigía su posicionamiento en la vida... y en la lucha. Eragon pensó en todo eso y a partir de ahí intentó adivinar la esencia de su personalidad. Era una tarea descomunal, pues se trataba de verla de una forma distinta a como la veía habitualmente —una mujer hermosa a quien admiraba y quería— y de descubrir quién era ella en realidad, una persona con sus propias necesidades y deseos. Y de todo ello intentó sacar tantas conclusiones como le fue posible en ese breve instante, aunque temía que estas fueran infantiles y demasiado simples. Luego, apartó de su mente toda duda, dio un paso hacia delante y levantó la espada y el escudo.

Sabía que Arya estaría esperando que intentara algo distinto, así que empezó el combate tal como ya lo había hecho en dos ocasiones anteriores: avanzó en diagonal hacia el hombro derecho de ella, como si quisiera pasar por el lado exterior de su escudo y descargar un golpe en su costado. Esa artimaña no la iba a engañar, pero, por lo menos, la mantendría en la duda de qué era lo que de verdad estaba tramando. Y cuanto más tiempo pudiera mantenerla en esa incertidumbre, mejor.

Pero entonces, Eragon pisó una piedra, se trastabilló un poco y tuvo que cambiar el peso de su cuerpo a la otra pierna para no perder el equilibrio. Ese percance no provocó más que una casi indetectable inseguridad en la suavidad de su paso, pero Arya, a quien no le pasó desapercibido, aprovechó y saltó hacia él con un alarido de guerra.

Sus espadas entrechocaron una, dos veces. Entonces el chico se giró y —poseído por una inquebrantable convicción de que la elfa iba a descargarle un golpe en la cabeza— lanzó una estocada en dirección a su pecho con toda la rapidez de la que fue capaz, apuntando directamente al esternón, pues sabía que ella tendría que dejarlo al descubierto cuando levantara la espada.

Su intuición era correcta, pero calculó mal.

Eragon le dio la estocada con tanta rapidez que Arya todavía no había tenido tiempo de levantar el brazo, así que la azulada punta de *Brisingr* dio contra la empuñadura de la espada de la elfa y salió rebotada hacia arriba sin causar el menor daño.

Al cabo de un instante, todo giraba alrededor de Eragon. Su campo de visión se llenó de chispazos rojos y anaranjados. Trastabilló y cayó sobre una rodilla, apoyándose con las manos en el suelo para no derrumbarse. Un pitido sordo le llenaba los oídos.

Poco a poco, el sonido fue perdiendo intensidad y, entonces, Eragon oyó que Glaedr decía:

No te esfuerces por ser rápido, Eragon. No te esfuerces tampoco en ir despacio. Simplemente, muévete en el instante adecuado y tu golpe no será ni precipitado ni lento, sino que será fácil. El tempo lo es todo en la batalla. Debes prestar una gran atención al rit-

mo y a la forma de moverse de tus contrincantes: en qué momento son fuertes y en qué momento son débiles, cuándo se muestran tensos y cuándo flexibles. Acomódate a ese ritmo si eso sirve a tu objetivo, y confúndelos cuando no te sirva. De esta manera podrás dar forma al curso de la batalla como te plazca. Esto lo tienes que comprender profundamente. Grábatelo en la mente y piensa en ello más tarde... ¡Y ahora, inténtalo de nuevo!

Con la mirada fija en Arya, Eragon se puso en pie, sacudió la cabeza y volvió a ponerse en guardia por enésima vez. Al hacerlo, los golpes y las magulladuras que tenía por todo el cuerpo le provocaron un agudo dolor que hicieron que se sintiera como si fuera un viejo artrítico.

Arya se apartó la melena del rostro y le dirigió una sonrisa. Pero esa actitud no afectó a Eragon, que se había concentrado en la tarea que tenía entre manos y que no estaba dispuesto a caer en la misma trampa por segunda vez. Sin esperar a que la sonrisa se desdibujara del rostro de la elfa, Eragon se lanzó contra ella con *Brisingr* al lado del cuerpo y el escudo por delante. Tal como esperaba, la posición de la espada tentó a Arya a descargar un golpe preventivo y precipitado que le hubiera dado en el cuello si la elfa hubiera conseguido tocarlo. Pero el chico se agachó en el último momento y paró el golpe con el escudo. Al mismo tiempo, levantó la espada hacia arriba y hacia un lado de Arya, como lanzando un golpe contra sus piernas y caderas, pero ella interceptó la espada con el escudo y le dio un empujón tan fuerte que Eragon se quedó sin aire en los pulmones.

Se hizo un instante de calma. Los dos giraban, el uno frente al otro, buscando un punto débil por donde atacar. El ambiente estaba cargado de tensión, y los dos se observaban mutuamente. Sus movimientos eran rápidos y bruscos debido al exceso de energía que se acumulaba en sus cuerpos.

De repente, toda esa tensión se liberó con la frialdad de un cristal roto. Eragon lanzó una estocada que ella paró y ambos se enzarzaron en la pelea. Sus espadas se movían a tal velocidad que eran casi invisibles. Mientras combatían, Eragon mantenía los ojos clavados en los de ella, pero también estaba atento —tal como Glaedr le había dicho que hiciera— a su ritmo y a sus movimientos sin olvidar en ningún momento quién era y cómo era más probable que reaccionara. Eragon deseaba tanto ganar que le parecía que, si no lo conseguía, estallaría de la frustración.

Sin embargo, a pesar de todos sus esfuerzos, Arya lo pilló por sorpresa: le dio un golpe en las costillas con la empuñadura de la espada.

Eragon se quedó quieto y soltó una maldición.

Ha estado mejor —dijo Glaedr—. *Mucho mejor. Tu tempo ha sido casi perfecto.*

Pero no del todo.

No, no del todo. Todavía estás demasiado enojado, y aún no has vaciado la mente. No te desprendas de aquello que necesitas recordar, pero no permitas que eso te distraiga de lo que sucede. Encuentra un lugar de calma dentro de ti y deja que las preocupaciones del mundo te atraviesen sin arrastrarte. Deberías sentirte igual que cuando Oromis te hizo escuchar los pensamientos de las criaturas del bosque. En ese momento eras consciente de todo lo que sucedía a tu alrededor, pero no te agarrabas a ningún detalle. No te limites a mirar a Arya a los ojos. Tu mirada es demasiado limitada, busca demasiado el detalle.

Pero Brom me dijo que...

Hay muchas maneras de utilizar los ojos. Brom tenía la suya propia, pero su estilo no era de los más flexibles ni apropiados para una batalla larga. Se pasó toda la vida luchando uno contra uno, o en pequeños grupos, y sus hábitos son consecuencia de ello. Es mejor tener una visión amplia, pues si concentras demasiado la mirada es posible que cualquier característica del lugar o de la situación te pille desprevenido. ¿Lo comprendes?

Sí, maestro.

Entonces, inténtalo otra vez. Y ahora relájate y amplía tu percepción.

Eragon volvió a repasar lo que sabía de Arya. Cuando hubo decidido la estrategia, cerró los ojos, calmó su respiración y se sumió en lo más profundo de sí. Sus miedos y ansiedades fueron desapareciendo poco a poco, dejando a su paso un profundo vacío que atenuó el dolor de su cuerpo y le dio una claridad de mente inusual. Aunque no había perdido interés en la victoria, la posibilidad de la derrota ya no lo afectaba. Sería lo que sería, y no se pelearía inútilmente contra el destino.

—¿Preparado? —preguntó Arya cuando Eragon hubo abierto los ojos otra vez.

—Preparado.

Se colocaron en sus respectivas posiciones y permanecieron quietos, sin moverse, esperando a que fuera el otro quien atacara primero. El sol se encontraba a la derecha de Eragon, y eso signifi-

CHRISTOPHER PAOLINI

caba que si conseguía que Arya se colocara frente a él, su luz la deslumbraría. Ya había intentado eso en otra ocasión, sin éxito, pero esta vez se le ocurrió un modo en que sería capaz de hacerlo.

Sabía que Arya confiaba en su capacidad de derrotarlo. Estaba seguro de que la elfa no menospreciaba sus habilidades, pero aunque fuera consciente de su deseo de mejorar y de su capacidad, había obtenido una victoria apabullante en la mayoría de los combates. Aquello le había demostrado que él era fácil de vencer, a pesar de que su razonamiento le desaconsejara creérselo del todo. Por tanto, esa confianza era su punto débil.

«Cree que es mejor que yo con la espada —se dijo Eragon—. Y quizá lo sea, pero yo puedo hacer que sus expectativas se vuelvan contra ella. Ese será el motivo de su derrota, si es que algo puede serlo.»

Dio unos pasos hacia delante, furtivamente, y le sonrió igual que ella le había hecho antes a él. Arya mantuvo una expresión vacía de toda emoción. Al cabo de un instante, la elfa se lanzó contra él con furia, como si quisiera lanzarlo al suelo. Eragon dio un salto hacia atrás y un poco hacia la derecha, como empezando a conducir a Arya en dirección al punto deseado.

La elfa se detuvo en seco a varios metros de él y se quedó inmóvil como un animal salvaje al que han pillado al descubierto. Luego dibujó medio círculo en el aire con la espada, mirándolo intensamente. Eragon sospechó que el hecho de que Glaedr los observara hacía que ella estuviera decidida a hacerlo bien.

De repente, Eragon se sorprendió al oír que Arya emitía un suave gruñido gatuno. Al igual que su sonrisa, ese gruñido era una estratagema para inquietarlo. Y funcionó, pero solo en parte, pues él ya empezaba a esperar ese tipo de ardides, aunque quizá no aquel en concreto.

De un salto, Arya salvó la distancia que los separaba y empezó a lanzarle unos pesados golpes que Eragon paró con el escudo. Permitió que la elfa lo atacara, sin responder, como si sus golpes fueran demasiado fuertes para él y solo pudiera defenderse. Cada vez que recibía una de esas dolorosas descargas en el hombro y el brazo, Eragon se movía un poco a la derecha, tropezando de vez en cuando para dar la impresión de que iba cediendo poco a poco.

Y, durante todo el proceso, se mantuvo tranquilo…, vacío.

Sabía que se acercaba el momento adecuado. De repente, sin pensarlo y sin dudar, sin esforzarse por ser rápido o lento, actuó con decisión en el instante idóneo y perfecto. Mientras la espada de

Arya descendía hacia él dibujando un arco, Eragon se giró hacia la derecha y esquivó el golpe colocándose de espaldas al sol. La punta de la espada de la elfa fue a clavarse en el suelo con un golpe sordo. Ella giró la cabeza para no perderlo de vista, pero cometió el error de mirar directamente al sol. Achicó los ojos y sus pupilas se contrajeron en dos puntos pequeños y oscuros.

Aprovechando la oportunidad, Eragon le dio una estocada debajo del brazo izquierdo, en las costillas. Se la hubiera podido dar en la base del cuello —y lo habría hecho si la batalla hubiera sido real—, pero se reprimió, pues, a pesar de que la espada no cortaba, un golpe como ese podía ser mortal.

Arya soltó un grito agudo al sentir el contacto de *Brisingr* y retrocedió unos pasos. Apretando el brazo contra el costado del cuerpo, frunció el ceño y miró a Eragon con una expresión rara.

¡Excelente! —exclamó Glaedr—. *¡Otra vez!*

Eragon sintió una momentánea satisfacción, pero inmediatamente se distanció de ese sentimiento y regresó a su anterior estado de desapego.

Cuando Arya bajó el brazo, con la expresión del rostro ya más suave, ambos empezaron a girar el uno frente al otro hasta que ninguno de ellos tuvo el sol enfrente. Entonces comenzaron de nuevo. Eragon se dio cuenta enseguida de que Arya se movía con más prudencia que antes. En otras ocasiones eso le hubiera complacido y lo hubiera animado a atacar con mayor agresividad, pero esta vez se resistió a esa emoción, pues le pareció evidente que la elfa lo hacía a propósito. Si picaba el anzuelo, pronto se encontraría a su merced, como ya le había sucedido tantas otras veces.

El duelo duró solamente unos segundos más, aunque tuvieron tiempo de intercambiar una buena serie de golpes. Los escudos crujieron, la tierra saltó bajo sus pies y las espadas entrechocaron mientras ellos danzaban de un lado a otro retorciendo sus cuerpos con la rapidez y la agilidad de unas volutas de humo.

Al final, el resultado fue el mismo que antes. Eragon traspasó la defensa de Arya con un movimiento diestro y golpeó a la elfa en el pecho, desde el hombro al esternón. La fuerza del golpe la hizo tropezar y caer sobre una rodilla. Arya se quedó en esa posición con el ceño fruncido y la respiración agitada. Sus mejillas adoptaron una inusual palidez, solo rota por unas violentas ronchas rojas en los pómulos.

¡Otra vez! —ordenó Glaedr.

Eragon y Arya obedecieron sin protestar. Esas dos victorias habían hecho que Eragon se sintiera menos cansado, y se daba cuenta de que a Arya le sucedía lo contrario. El siguiente combate no tuvo un ganador claro. Arya se repuso y consiguió frustrar todas las estratagemas y trucos de Eragon, igual que hizo él con ella. Se enfrentaron una y otra vez hasta que estuvieron tan cansados que ninguno de ellos se sentía capaz de continuar. Se quedaron de pie, apoyados en sus respectivas espadas, como si estas fueran demasiado pesadas para levantarlas, jadeantes y sudorosos.

¡*Otra vez!* —dijo Glaedr en voz baja.

Eragon levantó *Brisingr* con una mueca. Cuanto más agotado se sentía, más difícil le resultaba mantener la mente vacía e ignorar su cuerpo maltrecho. También le parecía más complicado mantener el ánimo tranquilo y no caer en el mal humor que lo poseía cuando estaba cansado. Supuso que aprender a manejarse bien en tal situación era parte de lo que Glaedr le quería enseñar.

Los brazos le dolían demasiado para mantener la espada y el escudo en alto. Así que los dejó colgar a ambos lados de su cuerpo con la esperanza de ser capaz de levantarlos con la rapidez adecuada en el momento en que fuera necesario.

Eragon y Arya avanzaron el uno hacia el otro sin la elegancia de las ocasiones anteriores.

El chico se sentía exhausto, pero se negaba a abandonar. Aunque no acababa de comprenderlo del todo, ese entrenamiento se había convertido en algo más que en una simple prueba. Era como una demostración de quién era él: de su carácter, de su fuerza y de su resistencia. No era Glaedr quien lo ponía a prueba, sino más bien Arya. Sentía como si ella buscara algo de él, como si quisiera que le demostrara…, no sabía qué, pero estaba decidido a hacerlo tan bien como pudiera, a continuar luchando mientras ella quisiera, sin importarle cuánto pudiera dolerle el cuerpo.

Una gota de sudor le cayó en el ojo izquierdo. Parpadeó y Arya se rio a carcajadas.

De nuevo se unieron en esa danza mortífera, y otra vez llegaron a un punto muerto. El cansancio los había vuelto torpes, pero, a pesar de ello, se movían juntos con una armonía que impedía que ninguno de los dos obtuviera la victoria.

Al final terminaron el uno frente al otro, con las empuñaduras de las espadas cruzadas, empujándose mutuamente con la poca fuerza que les quedaba. Entonces, mientras forcejeaban sin ningún resultado, Eragon dijo en voz baja y con un tono fiero:

—Yo… te veo…

Los ojos de Arya destellaron un breve instante.

Un encuentro íntimo

Glaedr los hizo combatir dos veces más. Cada enfrentamiento fue más breve que el anterior, y cada uno de ellos terminó en un empate que frustró más al dragón dorado, incluso, que a Eragon o a Arya. Hubiera querido que continuaran enfrentándose hasta que quedara completamente claro quién era mejor, pero al final del segundo combate los dos estaban tan cansados que se dejaron caer al suelo y se quedaron allí, el uno al lado del otro, jadeando. Entonces Glaedr tuvo que admitir que forzarlos a continuar sería, cuando menos, contraproducente, si no directamente dañino.

Cuando se hubieron recuperado y fueron capaces de ponerse en pie y de caminar, Glaedr los convocó a ambos a la tienda de Eragon. Primero, y con la energía de Saphira, sanaron las heridas más dolorosas. Luego devolvieron los destrozados escudos al maestro de armas de los vardenos, Fredric, quien les dio otros nuevos, no sin antes soltarles una lección sobre cómo cuidar mejor del equipo de combate.

Después, al llegar a la puerta de la tienda, se encontraron con que Nasuada los estaba esperando acompañada de su guardia habitual.

—Ya era hora —dijo con aspereza—. Si ya habéis terminado de intentar haceros pedazos el uno al otro, es hora de que hablemos.

Sin pronunciar otra palabra más, se agachó y entró. Blödhgarm y sus hechiceros se colocaron formando un amplio círculo alrededor de la tienda, lo cual intranquilizó a los guardias de Nasuada. Eragon y Arya entraron tras ella, y se sorprendieron al ver que Saphira también metía la cabeza por la puerta, llenando el interior con el olor del humo y de la carne quemada. Esa súbita aparición del morro de Saphira asombró a Nasuada, pero enseguida recuperó la compostura. Dirigiéndose a Eragon, dijo:

—Lo que he notado era Glaedr, ¿verdad?

El chico miró hacia la entrada de la tienda, deseando que los guardias estuvieran demasiado lejos para oírlos. Luego, asintió con la cabeza.

—Sí, lo era.

—¡Ah, lo sabía! —exclamó, satisfecha. Pero enseguida su rostro mostró preocupación—: ¿Puedo hablar con él? ¿Está…, está permitido, o solo se comunica con un Jinete o un elfo?

Eragon dudó un momento y miró a Arya en busca de una pista.

—No lo sé —respondió por fin—. Todavía no se ha recuperado del todo. Quizá no quiera…

Hablaré contigo, Nasuada, hija de Ajihad —intervino Glaedr, de repente, llenando sus mentes con el eco de su voz—. *Pregúntame lo que quieras, y luego déjanos seguir trabajando. Quedan muchas cosas por hacer si queremos preparar a Eragon para los desafíos que le esperan.*

El chico nunca había visto una expresión de asombro como esa en el rostro de Nasuada.

—¿Dónde? —preguntó, con un gesto de duda.

Indicó un trozo de tierra que había al lado de la cama. Nasuada arqueó las cejas, sorprendida, pero asintió con la cabeza. Se puso en pie y saludó a Glaedr con un gesto formal. Ambos intercambiaron unas frases cordiales: Nasuada le preguntó por su salud y ofreció la ayuda de los vardenos en lo que pudiera necesitar. En respuesta a la primera pregunta —que había puesto nervioso a Eragon—, Glaedr, con gran educación, explicó que su salud iba bien, gracias; y en cuanto a la segunda, no necesitaba nada de los vardenos, aunque agradecía el ofrecimiento.

Ya no como —dijo—. *Ya no bebo, y ya no duermo de la manera en que vosotros lo hacéis. Ahora mi único placer, mi única debilidad, consiste en pensar la manera de conseguir la caída de Galbatorix.*

—Lo comprendo —dijo Nasuada—. Yo siento lo mismo.

Nasuada preguntó si el dragón podía dar algún consejo a los vardenos sobre la manera en que podrían capturar Dras-Leona sin que eso les costara un número inaceptable de víctimas y de pérdida de material, y, según sus propias palabras, sin «ofrecer a Eragon y a Saphira en bandeja al Imperio». Después de que ella le explicara con mayor detalle cuál era la situación, el dragón respondió:

No puedo darte ninguna solución sencilla, Nasuada. Continuaré pensando en ello, pero de momento no veo ningún camino claro para los vardenos. Si Murtagh y Espina estuvieran solos, yo podría vencerlos mentalmente con facilidad. Pero Galbatorix les ha dado demasiados eldunarís, y no puedo hacerlo. A pesar de que contamos con Eragon, Saphira y los elfos, la victoria no es segura.

Nasuada, visiblemente decepcionada, se quedó en silencio. Al cabo de unos instantes, apoyó las manos sobre su regazo con actitud de aceptación y le dio las gracias al dragón por el tiempo que le había concedido. Luego se despidió de todos y, dando un rodeo a la cabeza de Saphira, salió de la tienda.

Arya se acomodó en el taburete de tres patas. Eragon se sentó en el catre, un tanto más relajado. Se secó el sudor de las manos en el pantalón y le ofreció a la elfa un trago del odre de agua, que ella aceptó, agradecida. Después, también él dio unos tragos. El combate lo había dejado hambriento. El agua apaciguó un tanto las protestas de su estómago, pero esperaba que Glaedr no los retuviera durante mucho tiempo. El sol casi se había puesto, y deseaba como lo que más un plato caliente de la cocina de los vardenos, antes de que estos apagaran los fuegos y se retiraran a descansar. Si no, debería conformarse con un trozo de pan rancio, un poco de carne seca y de queso de cabra enmohecido y, si tenía suerte, una o dos cebollas crudas, lo cual no era una perspectiva muy apetitosa.

Glaedr esperó a que ambos acabaran de ponerse cómodos y empezó a instruir a Eragon en los principios del combate mental. El chico ya los conocía, pero escuchaba con atención y cada vez que el dragón le pedía que hiciera algo, obedecía sin preguntar ni quejarse. El progreso fue rápido y pasaron de los principios fundamentales a la práctica. Glaedr empezó por poner a prueba las defensas de Eragon con ataques cada vez más fuertes que, al final, se convirtieron en una guerra total en la que cada uno se esforzaba por obtener el dominio sobre los pensamientos del otro, aunque solo fuera por un momento. Durante el combate, Eragon permanecía tumbado de espaldas y con los ojos cerrados, completamente concentrado en el interior de su ser, con todas sus energías dirigidas a la tempestad que se había desencadenado entre los dos. El combate con Arya lo había dejado débil tanto física como mentalmente, mientras que el dragón, además de ser poderosísimo, contaba con la ventaja de que se encontraba descansado y en plena forma. Así que no podía hacer mucho más que parar los ataques de Glaedr. A pesar de ello, consiguió hacerle frente con bastante éxito, aunque sabía que si la batalla hubiera sido real, habría perdido. El dragón, por su parte, hizo algunas concesiones, al tener en cuenta las condiciones en que se encontraba Eragon, pero le advirtió:

Debes estar preparado para defender tu ser más interior en cualquier momento, incluso mientras duermes. Es muy posible que tengas que enfrentarte a Galbatorix o a Murtagh en un momento en que estés tan agotado como hoy.

Después de otros dos combates, Glaedr asumió el papel de espectador y dejó que Arya ocupase su lugar como contrincante de Eragon. Ella también estaba muy cansada, pero el chico se dio cuenta de que, en el combate mental, ella lo superaba. No lo sorprendió, pues la única vez que se habían enfrentado así ella había estado a punto de matarlo, y eso fue cuando la elfa todavía se encontraba drogada después de haber estado cautiva en Gil'ead. Si los pensamientos de Glaedr estaban perfectamente disciplinados y bien dirigidos, Arya ejercía un control sobre su conciencia que ni siquiera el dragón podía igualar. Ese perfecto control de sí era un rasgo que Eragon ya había observado en los elfos. En particular, lo había observado en Oromis, cuyo dominio de sí mismo hacía que nunca se viera acosado por la duda o la preocupación. Eragon consideraba que esa era una característica innata de esa raza, así como una consecuencia natural de haber recibido una educación rigurosa y de tener un perfecto conocimiento del idioma antiguo. El hecho de hablar y de pensar en un idioma que impedía la mentira —y cuyas palabras poseían el poder de deshacer cualquier hechizo— no permitía ser descuidado al hablar y fomentaba un rechazo a dejarse arrastrar por las emociones. Así que los elfos poseían un dominio de sí mucho más sólido que las otras razas.

Eragon y Arya estuvieron enfrentándose mentalmente durante unos minutos. Él trataba de escapar a su dominio, mientras que la elfa buscaba atraparlo y retenerlo para poder imponer su voluntad. Arya consiguió atraparlo varias veces, pero Eragon se había librado de su garra a los pocos segundos. A pesar de todo, era perfectamente consciente de que si la elfa le hubiera querido hacer daño, él no hubiera podido hacer nada al respecto.

Durante todo ese tiempo en que las mentes de ambos estuvieron en contacto, Eragon percibió la salvaje música que resonaba en los espacios más oscuros de la conciencia de Arya. Eran unas melodías que lo atraían fuera de su cuerpo y que amenazaban con aprisionarlo en una red de extrañas e inquietantes notas que no se parecían en nada a las canciones terrenales. Eragon hubiera sucumbido a la fascinación de esa música si los ataques de Arya no hubieran sido tan distraídos y si no hubiera sabido que a los humanos no les iba bien dejarse encantar por la mente de un elfo. Quizás él pudiera salir indemne de ello, pues al fin y al cabo era un Jinete, y era distinto de los demás. Pero no estaba dispuesto a correr ese riesgo. Valoraba su salud mental, y había oído decir que Garven, el guardia de Nasuada, se había convertido en un bobalicón después de haber penetrado en los rincones de la mente de Blödhgarm. Así que resistió esa gran tentación.

Luego Glaedr hizo que Saphira se uniera a la lucha, unas veces como contrincante de Eragon; otras, como su aliada.

Tú debes tener tanta habilidad en esto como Eragon, Escamas Brillantes —le dijo el dragón dorado.

El concurso de Saphira modificó de un modo sustancial el resultado de los combates. Juntos, Eragon y ella podían rechazar a Arya la mayoría de las veces y casi con facilidad. E, incluso, consiguieron someterla en dos ocasiones. Pero cuando Saphira se aliaba con Arya, lo único que Eragon podía hacer era retirarse a lo más profundo de su ser y, allí, hacerse un ovillo —como si fuera un animal herido—, y recitar fragmentos de versos mientras esperaba a que se calmaran las furiosas olas de energía que lo envolvían.

Para terminar, Glaedr organizó dos equipos: él con Arya y Eragon con Saphira. Entonces se enfrentaron como si fueran dos Jinetes con sus respectivas monturas. Durante los primeros y agotadores minutos, ambos equipos se mantuvieron bastante a la par, pero, al final, la fuerza de Glaedr, su experiencia y su astucia combinadas con el riguroso control de Arya se impusieron sobre Eragon y Saphira, a quienes no les quedó otra opción que aceptar la derrota.

Cuando hubieron terminado, Eragon percibió que el dragón dorado estaba descontento, y le dijo:

Mañana lo haremos mejor, maestro.

Pero el humor de Glaedr no mejoró al oírlo. También él parecía cansado después del ejercicio.

Lo habéis hecho muy bien, jovencito. No hubiera podido pedir nada más de vosotros aunque hubierais estado bajo mi ala como aprendices en Vroengard. A pesar de todo, es imposible que aprendas todo lo necesario en unos pocos días o en unas pocas semanas. El tiempo se escurre como el agua entre mis dientes, y pronto todo habrá pasado. Hacen falta años para adquirir la maestría en la lucha mental. Años, décadas y centurias. E incluso después siempre queda algo por aprender, algo por descubrir, sobre uno mismo, sobre los enemigos y sobre los cimientos del mundo.

Glaedr gruñó, enojado, y se quedó en silencio.

Entonces aprenderemos lo que podamos, y dejaremos que el destino decida —repuso Eragon—. *Además, aunque Galbatorix ha tenido cien años para entrenar su mente, hace más de cien años que tú le enseñaste por última vez. Seguro que habrá olvidado «algo» durante todo este tiempo. Si nos ayudas, sé que podemos vencerlo.*

El dragón soltó un bufido de burla.

Tu lengua es cada vez más halagüeña, Eragon Asesino de Sombra.

A pesar de ello, Glaedr pareció complacido. Les aconsejó que comieran y durmieran, y entonces se apartó de sus mentes y no dijo nada más. Aunque estaba seguro de que el dragón todavía los observaba, Eragon ya no sentía su presencia y, de repente, un gran vacío se apoderó de él y tembló, como si una corriente fría le recorriera el cuerpo.

Saphira, Arya y él permanecieron un rato sentados en la penumbra del interior de la tienda, sin decir nada. Al final, el chico se puso en pie y dijo:

—Parece que Glaedr está mejor.

Al hablar, Eragon se dio cuenta de que tenía la voz ronca, así que dio un trago de agua.

—Esto le hace bien —dijo Arya—. «Tú» le haces bien. Si no tuviera ningún objetivo, el dolor lo habría matado. El hecho de que haya sobrevivido es... increíble. Lo admiro por ello. Pocos seres, sean humanos, elfos o dragones, serían capaces de seguir adelante con cordura después de una pérdida como esa.

—Brom lo hizo.

—Él también era increíble.

Si matamos a Galbatorix y a Shruikan, ¿cómo creéis que reaccionará Glaedr? —preguntó Saphira—. *¿Continuará adelante o... abandonará?*

Los ojos de Arya brillaron al dirigirse hacia Saphira.

—Eso solo lo puede decir el tiempo. Espero que no, pero si triunfamos en Urû'baen, es muy posible que Glaedr sienta que no puede continuar solo, sin Oromis.

—¡No podemos permitir que abandone!

Estoy de acuerdo.

—No nos corresponde a nosotros impedir que entre en el vacío si así lo decide —dijo Arya con gran seriedad—. Es una decisión suya, solamente suya.

—Sí, pero podemos razonar con él e intentar hacerle ver que todavía vale la pena vivir.

Arya permaneció en silencio unos segundos, con el rostro solemne. Al final, dijo:

—Yo no quiero que muera. Ningún elfo lo desea. A pesar de ello, en caso de que cada instante de su vida se convirtiera en un tormento para él, ¿no sería mejor que buscara el descanso?

Ni Eragon ni Saphira encontraron respuesta a esa pregunta.

Los tres continuaron discutiendo los sucesos del día durante un breve rato. Luego Saphira sacó la cabeza de la tienda y fue a sentarse en el trozo de césped del exterior.

Me sentía como un zorro que hubiera metido la cabeza en una madriguera de conejos —se quejó—. *Me picaban todas las escamas, y no hubiera podido ver si alguien me trepaba por la grupa.*

Eragon pensaba que Arya también saldría de la tienda, pero, para su sorpresa, la elfa se quedó. Parecía contenta de quedarse con él hablando de esto y de lo otro. Y Eragon estaba más que dispuesto a hacer lo mismo. El hambre que sentía había desaparecido por completo durante el combate mental que había mantenido con ella, con Saphira y con Glaedr. En cualquier caso, no le importaba saltarse una comida a cambio de disfrutar del placer de su compañía.

La noche cayó sobre el campamento y todo quedó en silencio. Eragon y Arya continuaban hablando, pasando de un tema a otro. Al final, él empezó a sentirse un tanto mareado a causa del agotamiento y la excitación —casi como si hubiera bebido demasiado hidromiel— y se dio cuenta de que Arya también se mostraba más relajada de lo normal. Hablaron de muchas cosas: de Glaedr y de sus combates, del sitio a Dras-Leona y de lo que harían durante este, así como de otros temas menos importantes como de la grulla que Arya había visto cazando entre los juncos a la orilla del río, y de la escama que Saphira había perdido en el morro, y de cómo estaba avanzando la estación del año y de que los días volvían a ser más fríos. Pero cada poco volvían al tema que jamás abandonaba sus mentes: Galbatorix y lo que les esperaba al llegar a Urû'baen.

Mientras discutían, como habían hecho tantas veces, acerca de las trampas mágicas que Galbatorix podría tenderles y sobre cómo evitarlas, Eragon recordó la pregunta que Saphira había hecho acerca de Glaedr y dijo:

—Arya…

—¿Sí? —respondió ella con voz clara.

—¿Qué querrás hacer cuando todo esto haya terminado?

«Si es que todavía estamos vivos», pensó. Pero no lo dijo.

—¿Qué querrás hacer «tú»?

Eragon acarició la empuñadura de *Brisingr* mientras pensaba la respuesta.

—No lo sé. No he pensado mucho en lo que sucederá después de Urû'baen… Dependerá de lo que Saphira quiera, pero supongo que regresaremos al valle del Palancar. Podría construir una casa en una de las laderas de las montañas. Quizá no pasaríamos mucho tiempo allí, pero, por lo menos, tendríamos un hogar al que regresar después de volar de un extremo a otro de Alagaësia. —Eragon esbozó una media sonrisa—. Estoy seguro de que habrá muchas cosas por hacer aunque Galbatorix esté muerto… Pero no has respondido a mi pregunta: ¿qué vas a hacer si ganamos? Seguramente tendrás alguna idea. Has tenido más tiempo para pensar que yo.

Arya puso un pie en el taburete, pasó los brazos alrededor de la pierna y apoyó el mentón en la rodilla. En la penumbra del interior de la tienda parecía que su rostro flotara en medio de la negrura, como si fuera una aparición en medio de la noche.

—Yo he pasado más tiempo entre enanos y humanos que entre los *älfakyns* —dijo ella, utilizando el nombre de los elfos en el idioma antiguo—. Me he acostumbrado a ellos, y no quisiera volver a vivir en Ellesméra. Allí no pasa casi nada. Los siglos transcurren sin darse cuenta mientras uno se sienta a contemplar las estrellas. No, creo que continuaré sirviendo a mi madre como embajadora. Dejé Du Weldenvarden por un motivo: deseaba ayudar a corregir el desequilibrio de los mundos. Como has dicho, habrá mucho que hacer si es que conseguimos derrotar a Galbatorix, muchas cosas que reparar, y yo quiero formar parte de ello.

—Ah.

Eso no era exactamente lo que Eragon habría deseado oír, pero, cuando menos, dejaba abierta la posibilidad de no perder el contacto por completo con ella después de Urû'baen. Todavía podría verla de vez en cuando. Eragon no sabía si Arya se había dado cuenta de su decepción, pero, en cualquier caso, no dio ninguna muestra de ello.

Charlaron durante unos minutos más y luego Arya se disculpó y se levantó para marcharse. Cuando la elfa pasaba por delante de él, Eragon alargó la mano como si quisiera detenerla, pero la retiró de inmediato.

—Espera —le dijo en tono suave, sin saber qué quería, pero deseando algo de todas maneras.

El corazón se le había acelerado. Sentía el pulso latir en las sienes y las mejillas ruborizadas.

Arya se detuvo ante la puerta de la tienda, de espaldas a él.

—Buenas noches, Eragon —dijo.

Y traspasó las cortinas, desapareciendo en la noche. El chico permaneció sentado, solo, en la oscuridad.

Descubrimiento

$\mathcal{A}$ Eragon los tres días siguientes se le pasaron volando, aunque no al resto de los vardenos, que continuaban sumidos en el letargo. El sitio a Dras-Leona seguía estando en punto muerto, aunque hubo cierta emoción cuando Espina decidió cambiar su ubicación habitual encima de la puerta principal e irse a otra parte de la muralla que se encontraba a varias decenas de metros a la derecha. Después de discutirlo mucho —y tras hablar de ello en profundidad con Saphira—, Nasuada y sus consejeros llegaron a la conclusión de que Espina solo se había mudado por una cuestión de comodidad, pues la otra parte de la muralla era más plana y más larga. A parte de ese incidente, el asedio a la ciudad iba igual de despacio que siempre.

Eragon pasaba las mañanas y las últimas horas del día estudiando con Glaedr, y durante las tardes entrenaba con Arya y con otros elfos. Los combates con ellos no eran tan largos ni agotadores como los que mantenía con Arya —pues hubiera sido insensato ponerse a prueba hasta ese punto cada día—, pero sus sesiones con Glaedr eran tan intensas como siempre. El venerable dragón no se cansaba nunca de intentar que Eragon mejorara sus habilidades e incrementara sus conocimientos, ni tampoco permitía que se equivocara o desfalleciera.

Eragon descubrió con alegría que por fin era capaz de resistir cuando se batía en duelo con los elfos. Pero le resultaba mentalmente agotador, pues si perdía la concentración, aunque fuera por un momento, podía acabar con una espada punzándole las costillas o apuntándole al cuello. Por otro lado, durante sus lecciones con Glaedr, Eragon realizó grandes progresos. O así se hubiera considerado en circunstancias normales, pues, dada la situación en que se encontraban, tanto él como Glaedr se sentían frustrados por el ritmo de su aprendizaje.

Al segundo día, durante su lección de la mañana con Glaedr, Eragon le dijo:

Maestro, cuando llegué a Farthen Dûr con los vardenos, los Gemelos me pusieron a prueba: quisieron conocer el alcance de mi conocimiento del idioma antiguo y de la magia en general.

Ya le contaste eso a Oromis. ¿Por qué me lo vuelves a contar a mí?

Porque, se me ha ocurrido que... los Gemelos me pidieron que conjurara la réplica de un anillo de plata. En ese momento yo no sabía cómo hacerlo. Arya me lo explicó después: me dijo que, con el idioma antiguo, se podía conjurar la esencia de cualquier cosa o ser. Pero Oromis nunca habló de ello, y yo me pregunto... ¿por qué no?

Glaedr emitió algo parecido a un suspiro.

Conjurar la réplica de un objeto es una clase de magia muy difícil. Para que funcione, uno tiene que conocer todo aquello que es importante en referencia a ese objeto, igual que sucede para poder adivinar el verdadero nombre de una persona o de un animal. Además, tiene poca utilidad práctica. Y es peligroso. Muy peligroso. Es un hechizo que no se puede realizar como un proceso continuado que uno pueda interrumpir en cualquier momento. O bien uno consigue conjurar ese reflejo del objeto..., o bien falla y muere. No tenía ningún sentido que Oromis te hiciera intentar una cosa tan arriesgada; además, por otro lado, tú tampoco habías avanzado tanto en tus estudios para poder, ni siquiera, hablar del tema.

Eragon se dio cuenta en ese momento de lo enojada que debió de haber estado Arya con los Gemelos por haber conjurado la réplica del anillo. Volviendo a dirigirse a Glaedr, dijo:

Me gustaría probarlo ahora.

En cuanto lo hubo dicho, Eragon sintió toda la energía de la atención de Glaedr sobre él.

¿Por qué?

Necesito saber si tengo ese nivel de conocimiento.

Repito: ¿por qué?

Incapaz de explicarlo con palabras, Eragon vertió el desorden de pensamientos que le rondaban por la cabeza en la conciencia de Glaedr. Cuando terminó, el dragón permaneció callado un rato, reflexionando sobre toda esa información.

Entiendo que —dijo por fin—, *para ti, hacerlo es igual a derrotar a Galbatorix. ¿Crees que si eres capaz de hacerlo y sobrevives podrás vencerlo a él?*

Sí —respondió Eragon, aliviado. No había podido poner en palabras sus motivos, pero era exactamente eso.

¿Y estás decidido a probarlo?

Sí, maestro.

Puedes morir —le recordó Glaedr.

Lo sé.

¡Eragon! —oyó que exclamaba Saphira en ese momento. Sus pensamientos le llegaban muy débiles, pues la dragona se encontraba volando a gran altura por encima del campamento, vigilando, mientras él estudiaba con Glaedr—. *Es demasiado peligroso. No lo permitiré.*

Tengo que hacerlo —respondió Eragon, decidido pero con calma.

Glaedr, dirigiéndose a Saphira y también a Eragon, intervino:

Si él insiste, será mejor que lo intente mientras yo pueda vigilarlo. Si sus conocimientos fallan, quizá yo pueda ofrecer la información necesaria y salvarlo.

Saphira soltó un gruñido —un sonido enojado y grave que llenó la mente de Eragon— y en ese momento se oyó, fuera de la tienda, un fuerte vendaval de aire y los gritos de los hombres y los elfos que se encontraban cerca. La dragona aterrizó en el suelo con tanta fuerza que la tienda tembló. Al cabo de un segundo ya había metido la cabeza dentro y miraba a Eragon con enojo. Saphira estaba jadeando, y el aire que salía de sus fosas nasales olía a carne quemada y le provocaba escozor en los ojos.

Eres tan tozudo como un kull —le dijo la dragona.

Igual que tú.

Saphira arrugó un labio, como si quisiera volver a gruñir.

¿A qué esperamos? ¡Si vas hacerlo, acabemos rápido con ello!

¿Qué quieres conjurar? —preguntó Glaedr—. *Tiene que ser algo que conozcas íntimamente.*

Eragon miró a su alrededor, hacia los objetos que había en el interior de la tienda, y al final bajó los ojos hasta el anillo con el zafiro que llevaba en la mano derecha.

Aren.

Se había quitado el anillo de Brom muy pocas veces desde que Ajihad se lo había dado, pues ya se había convertido en parte de su cuerpo. Había pasado muchas horas observándolo, y se sabía de memoria todas sus curvas y facetas. Cerrando los ojos era capaz de visualizarlo a la perfección, sin perder detalle. Pero, aparte de eso, desconocía muchas cosas del anillo: su historia, cómo lo habían fabricado los elfos y, en última instancia, si había o no algún hechizo en él.

No... Aren no.

Entonces sus ojos se encontraron con la empuñadura de *Brisingr*, que estaba apoyada en el catre.

—*Brisingr* —murmuró

De repente, la hoja de la espada pareció emitir un sonido sordo y el arma entera sobresalió un par de centímetros de la funda, como si la hubieran empujado por debajo, y unas pequeñas llamas emergieron del interior y rodearon la base de la empuñadura. Enseguida, tan pronto como pasó el efecto del impremeditado hechizo de Eragon, las llamas se extinguieron rápidamente y la espada volvió a caer en el interior de la funda.

«Sí, *Brisingr*», pensó, seguro de haber elegido bien. La espada había sido forjada gracias a la habilidad de Rhunön, pero él mismo había sujetado las herramientas, y había tenido su mente unida a la del herrero durante todo el proceso. Si había algún objeto que Eragon conocía por completo, ese era su espada.

¿Estás seguro? —preguntó Glaedr.

Él asintió con la cabeza, pero enseguida se dio cuenta de que el dragón no podía verlo.

Sí, maestro... Pero tengo una pregunta: ¿es Brisingr el verdadero nombre de la espada, y si no lo es, necesito saber el nombre verdadero para que funcione el conjuro?

Brisingr es el nombre del fuego, como bien sabes. El verdadero nombre de tu espada es, sin duda, muchísimo más complicado, aunque es muy posible que incluya la palabra «brisingr» en su descripción. Si lo deseas, puedes referirte al verdadero nombre de la espada, pero también puedes llamarla «espada» y obtener el mismo resultado, siempre y cuando mantengas toda tu atención en el conocimiento de ella. El nombre es simplemente una etiqueta de ese conocimiento, y no hacen falta etiquetas para utilizar el conocimiento. Es una distinción sutil, pero importante. ¿Comprendes?

Sí.

Entonces, hazlo como desees.

Eragon dedicó unos segundos a concentrarse. Localizó el punto concreto de su mente que guardaba sus reservas de energía y las canalizó en la palabra que pronunciaba mientras concentraba su mente en todo lo que sabía de la espada:

—¡*Brisingr*!

De inmediato, sintió que sus fuerzas lo abandonaban. Alarmado, intentó decir algo, moverse, pero el hechizo lo tenía inmovilizado. No podía ni pestañear ni respirar.

A diferencia de la vez anterior, las llamas no envolvieron la espada, sino que esta titiló como un reflejo en el agua. Y entonces, justo al lado, apareció una réplica transparente: un reflejo perfecto de *Brisingr* sin la funda. Mostraba las mismas formas perfectas que la espada verdadera —Eragon nunca había visto una mácula en ella—, pero parecía ser, incluso, más refinada. Era como si estuviera viendo la idea de la espada, una idea que ni siquiera Rhünon, a pesar de toda su experiencia en trabajar el metal, podría percibir.

En cuanto la imagen fue plenamente visible, Eragon pudo moverse y respirar de nuevo. Mantuvo el conjuro durante varios segundos para poder contemplar la maravilla de esa visión, y luego lo liberó. Poco a poco, el fantasmal reflejo de la espada se fue desvaneciendo hasta desaparecer.

De un modo inesperado, el interior de la tienda se tornó oscuro.

Entonces, Eragon se dio cuenta de que Saphira y Glaedr estaban ejerciendo presión sobre su conciencia, observando con suma atención cada uno de los pensamientos que le pasaban por la mente. Los dos dragones sufrían una tensión que el chico no había conocido en ellos hasta ese momento. Si le hubiera dado un golpecito a Saphira, la dragona hubiera empezado a dar vueltas en redondo a causa del sobresalto.

Y si yo te diera un golpecito a ti, te derrumbarías —repuso ella.

Eragon sonrió y fue a tumbarse en el catre, cansado.

Glaedr también se relajó, y ese acto produjo en la mente de Eragon un sonido como el del viento acariciando una llanura desolada.

Lo has hecho bien, Asesino de Sombra. —La aprobación de Glaedr sorprendió a Eragon, pues, desde que iniciaron su formación, lo había alabado muy pocas veces—. *Pero no lo intentaremos de nuevo.*

Eragon se estremeció y se frotó los brazos para mitigar el frío que sentía en todo el cuerpo.

De acuerdo, maestro.

No era una experiencia que tuviera ganas de repetir. A pesar de ello, no podía negar que había sentido una profunda satisfacción. Había demostrado sin dejar lugar a dudas que había una cosa, por lo menos, que podía hacer de la mejor forma posible.

Y eso le daba esperanzas.

Y

Al tercer día, por la mañana, Roran y sus compañeros llegaron al campamento de los vardenos. Todos estaban cansados, heridos y maltrechos por el viaje. El regreso de Roran consiguió sacar a los vardenos del sopor en que se encontraban durante unas cuantas horas, pues tanto él como sus compañeros fueron recibidos como héroes, pero pronto el aburrimiento se instaló de nuevo en el campamento.

Eragon se sintió muy aliviado al ver a su primo otra vez. Ya sabía que se encontraba a salvo, pues lo había visto mentalmente varias veces, pero verlo en persona le quitó de encima una ansiedad que, hasta ese momento, no sabía que soportaba. Roran era el único familiar que le quedaba —Murtagh no contaba, en lo que concernía a Eragon—, y no hubiera podido soportar la idea de perderlo.

Al verlo, se sorprendió de su aspecto. Era de esperar que tanto él como sus compañeros estuvieran agotados, pero Roran parecía mucho más cansado que ellos. Parecía como si hubiera envejecido cinco años en ese viaje. Tenía los ojos enrojecidos y las ojeras oscuras; la frente, surcada de arrugas, y sus movimientos eran rígidos, como si tuviera todo el cuerpo magullado. Además, la barba, que se había quemado, se veía manchada y roñosa.

Los cinco hombres —uno menos que los que se habían marchado— fueron a visitar a los sanadores de Du Vrangr Gata. Los hechiceros les curaron las heridas. Luego se presentaron ante Nasuada, en su pabellón.

Nasuada elogió su valentía y despidió a todos los hombres, excepto a Roran, a quien le pidió que le explicara con detalle su viaje de ida y vuelta a Aroughs, así como la captura de la ciudad. Roran tardó bastante tiempo en contárselo todo, pero tanto Nasuada como Eragon —que estaba de pie a la derecha de ella— escucharon el relato con atención, absortos en algunos momentos y con horror en otros. Cuando terminó, Nasuada sorprendió a ambos al anunciar que designaba a Roran jefe de uno de los batallones de los vardenos. Eragon hubiera esperado que a su primo esa noticia le complaciera, pero se dio cuenta de que este fruncía el ceño con expresión adusta. A pesar de todo, Roran no objetó nada ni se quejó. Se limitó a asentir con la cabeza y dijo, con su voz ronca:

—Como desees, lady Nasuada.

Y

Más tarde, Eragon acompañó a Roran hasta su tienda. Katrina, que ya los estaba esperando, recibió a su marido con tal efusividad que Eragon tuvo que apartar la vista, incómodo. Luego, los tres, acompañados de Saphira, cenaron juntos, pero Eragon y Saphira se despidieron tan pronto como les fue posible, pues era evidente que a Roran no le quedaban energías para atender a invitados y que Katrina deseaba tenerlo para ella sola.

Mientras Eragon y Saphira recorrían sin prisa el campamento al anochecer, oyeron que alguien gritaba a sus espaldas:

—¡Eragon! ¡Eragon! ¡Espera un momento!

Él se dio la vuelta y vio a Jeod, el erudito, tan delgado y desgarbado como siempre, que corría hacia él con el pelo ondeándole al viento.

—¿Qué sucede? —preguntó el chico, preocupado.

—¡Esto! —exclamó Jeod con los ojos brillantes. Muy excitado, le mostró un pergamino que llevaba en la mano—. ¡Lo he vuelto a hacer, Eragon! ¡He encontrado el camino!

A la tenue luz del anochecer, la cicatriz que le recorría la sien y la cabeza adquiría una palidez inquietante en contraste con su piel bronceada.

—¿Qué es lo que has hecho otra vez? ¿Qué camino has encontrado? ¡Habla más despacio, no entiendo nada!

Jeod miró a su alrededor con gesto furtivo. Luego se acercó a Eragon y murmuró:

—Todas mis lecturas y mis investigaciones han tenido recompensa. ¡He descubierto un túnel secreto que conduce directamente al interior de Dras-Leona!

Decisiones

—*E*xplícamelo otra vez —dijo Nasuada.

Eragon, impaciente, pasó el peso de su cuerpo de una pierna a otra, pero no replicó.

Jeod, delante de un montón de pergaminos y de libros, cogió un delgado volumen encuadernado con cuero rojo y volvió a explicar lo mismo por tercera vez:

—Hace unos quinientos años, por lo que yo puedo saber...

Jörmundur lo interrumpió con un gesto de la mano.

—Deja los calificativos. Ya sabemos que es solo especulación.

Jeod volvió a comenzar:

—Hace unos quinientos años, la reina Forna envió a Erst Barbagris a Dras-Leona, o mejor dicho, a lo que sería luego Dras-Leona.

—¿Y por qué lo envió allí? —preguntó Nasuada, jugueteando con el borde de la manga de su vestido.

—Los enanos se encontraban en medio de una guerra entre clanes, y Forna esperaba poder contar con el apoyo de nuestra raza si ayudaba al rey Radgar en la planificación y construcción de las fortificaciones de la ciudad, mientras que los enanos se encargaban del diseño de las defensas de Aroughs.

Nasuada dobló un trozo de tela de su vestido con gran concentración y dijo:

—Y entonces Dolgrath Mediavara mató a Forna...

—Sí. Y Erst Barbagris no tuvo otro remedio que regresar a las montañas Beor tan deprisa como pudo para defender a su clan de los ataques de Mediavara. Pero —Jeod levantó el índice y abrió el libro—, antes de partir, parece que Erst empezó este trabajo. El principal consejero del rey Radgar, Lord Yardley, escribió en sus memorias que Erst había comenzado a esbozar unos planos para un sistema de cloacas que pasaba por debajo del centro de la ciudad, porque eso afectaría a la construcción de las fortificaciones.

En ese momento, Orik, que se encontraba al otro extremo de la mesa que ocupaba el centro del pabellón de Nasuada, asintió con la cabeza y dijo:

—Eso es verdad. Es necesario decidir dónde y de qué manera se distribuye el peso para decidir qué es apropiado para la tierra en que se construye. Si no, se corre el riesgo de sufrir desprendimientos en el interior de los túneles.

Jeod prosiguió:

—Por supuesto, Dras-Leona no tiene cloacas subterráneas, así que supuse que los planes de Erst nunca se llevaron a cabo. A pesar de ello, unas cuantas páginas más adelante, dice… —Jeod miró hacia la punta de su nariz y leyó—: «… y por un trágico giro del destino, los saqueadores quemaron muchas casas y se hicieron con muchos tesoros familiares. Los soldados reaccionaron con lentitud, pues estaban trabajando bajo tierra, como si fueran campesinos comunes».

Jeod bajó el libro.

—Bueno, ¿y qué excavaban? No pude encontrar ninguna otra referencia a actividades subterráneas ni dentro ni por los alrededores de Dras-Leona hasta que… —Dejó el volumen de color rojo y cogió un tomo descomunal con cubiertas forradas con láminas de madera que tenía casi treinta centímetros de ancho—. Por casualidad, estaba echando un vistazo a *Los hechos de Taradas y otros misterios y fenómenos ocultos tal como han quedado registrados durante las edades de los hombres, los enanos y de los más antiguos elfos* cuando…

—Ese trabajo está lleno de errores —interrumpió Arya. Se encontraba de pie a la izquierda de la mesa, apoyada en ella con ambas manos, frente a un mapa de la ciudad—. El autor sabía muy poco acerca de mi gente, y lo que no sabía se lo inventó.

—Es posible —asintió Jeod—, pero sabía mucho acerca de los humanos, y son estos quienes nos interesan. —Jeod abrió el libro casi por la mitad y, con cuidado, lo dejó completamente abierto encima de la mesa—. En el curso de sus investigaciones, Othman pasó algún tiempo en esta región. Básicamente estudió Helgrind y los extraños sucesos relacionados con él, pero también dijo lo siguiente acerca de Dras-Leona: «La gente de la ciudad se queja a menudo de unos extraños sonidos que proceden de debajo de las calles y de los suelos de las casas, sobre todo durante la noche, y los atribuyen a fantasmas y a espíritus, así como a otras raras criaturas. Pero si se trata de espíritus, no se parecen a aquellos sobre los que yo he oído hablar, pues los espíritus de los demás lugares evitan los espacios cerrados».

Jeod cerró el libro.

—Por suerte, Othman era meticuloso, y marcó las localizaciones de los sonidos en un mapa de Dras-Leona. En él, como podéis ver, estas localizaciones dibujan una línea casi recta que atraviesa la parte antigua de la ciudad.

—Y tú crees que estos puntos indican la existencia de un túnel —dijo Nasuada. Era una afirmación, no una pregunta.

—Eso es —repuso Jeod, asintiendo con la cabeza.

El rey Orrin, sentado al lado de Nasuada, había hablado poco en todo el rato, pero en ese momento intervino:

—Nada de lo que nos has mostrado hasta ahora, maese Jeod, demuestra que ese túnel exista de verdad. Si hay algún espacio debajo de la ciudad, bien podría tratarse de unas catacumbas o de unos sótanos, o de alguna otra habitación que comunica con el edificio que tenga encima. Y aunque se tratara de un túnel, no sabemos si tendría salida en algún punto del exterior de Dras-Leona ni adónde conduciría. ¿Al centro del palacio, quizás? Y lo que es más, según tu relato, es muy probable que la construcción de este supuesto túnel no se terminara jamás.

—Parece improbable que sea otra cosa que un túnel, teniendo en cuenta la forma, majestad —repuso Jeod—. Un sótano o unas catacumbas no serían tan largas. Y acerca de si fue terminado…, sabemos que nunca se utilizó para lo que se había planeado, pero también sabemos que duró, por lo menos, hasta la época de Othman, lo cual significa que el túnel o pasaje, o lo que sea, tuvo que terminarse hasta cierto punto. Si no, las filtraciones del agua lo habrían destruido haría ya mucho tiempo.

—¿Y qué me dices de la salida, entonces? ¿O de la entrada? —preguntó el rey.

Jeod rebuscó entre los montones de pergaminos y sacó otro mapa de Dras-Leona donde se veía un trozo del paisaje que rodeaba la ciudad.

—Sobre esto no estoy seguro, pero si el túnel conduce fuera de la ciudad, entonces tendría que salir a algún lugar cercano a este.

Jeod colocó el dedo índice en un punto próximo al lado este de la ciudad. La mayoría de los edificios construidos fuera de los muros que protegían el centro de Dras-Leona se encontraban en el lado oeste de la ciudad, cerca del lago. Eso significaba que el punto que Jeod señalaba eran las tierras deshabitadas más cercanas al centro de Dras-Leona.

—Pero es imposible de saber si no vamos allí a investigar.

Eragon frunció el ceño: había creído que el descubrimiento de Jeod sería más fiable.

—Te felicito por tu investigación, maese Jeod —dijo Nasuada—. Es posible que hayas vuelto a prestar un gran servicio a los vardenos. —Se levantó de la elegante silla y se acercó a la mesa para mirar el mapa. El borde del vestido susurró al rozar el suelo—. Si mandamos a un explorador para que investigue, nos arriesgamos a alertar al Imperio de que estamos interesados en esa zona. Suponiendo que el túnel exista, nos serviría de bien poco si eso sucediera. Murtagh y Espina nos estarían esperando en el otro extremo. —Miró a Jeod y preguntó—: ¿Qué anchura crees que puede tener el túnel? ¿Cuántos hombres podrían caber dentro?

—No lo sé. Podrían ser…

Orik carraspeó y dijo:

—La tierra aquí es blanda y arcillosa, incluso tiene un poco de cieno. Es horrible para perforar. Si Erst tenía sentido común, no hubiera planificado un largo canal para llevarse los residuos de la ciudad, sino que hubiera construido varios pasajes más pequeños para reducir el riesgo de desprendimientos. Yo diría que ninguno de ellos debería tener más de un metro de ancho.

—Demasiado estrecho para que pase más de un hombre a la vez —dijo Jeod.

—Demasiado estrecho para un único knurla —añadió Orik.

Nasuada regresó a su asiento y posó la vista en el mapa desplegado encima de la mesa sin fijarse en él, como si estuviera viendo algo a kilómetros de distancia.

Al cabo de unos segundos de silencio, Eragon dijo:

—Yo podría buscar el túnel. Sé cómo ocultarme con magia: los centinelas nunca me verían.

—Quizá —murmuró Nasuada—. Pero sigue sin gustarme la idea de que tú o cualquier otro merodee por allí. Las probabilidades de que el Imperio lo sepa son demasiado grandes. ¿Y si Murtagh estuviera vigilando? ¿Puedes engañarlo a él? ¿Sabes siquiera de qué es capaz él ahora? —Negó con la cabeza—. No, debemos actuar como si el túnel existiera y tomar las decisiones en consecuencia. Si se demuestra lo contrario, no nos habrá costado nada; pero si el túnel está allí…, podríamos capturar Dras-Leona de una vez por todas.

—¿Qué has pensado ? —preguntó Orrin con expresión precavida.

—Algo atrevido; algo… inesperado.

Eragon soltó un bufido de burla.

—Entonces, quizá deberías consultarlo con Roran.

—No necesito la ayuda de Roran para elaborar mis planes, Eragon.

Nasuada se quedó en silencio otra vez, y todos los que estaban en el pabellón, incluido Roran, esperaron a ver qué proponía. Por fin, dijo:

—Enviaremos a un pequeño grupo de guerreros para que abran las puertas de la ciudad desde dentro.

—¿Y cómo se supone que podrán hacerlo? —preguntó Orik—. Ya sería bastante difícil si solo tuvieran que enfrentarse a los cientos de soldados apostados en la zona, pero, por si te has olvidado, también hay un lagarto gigante que escupe fuego por sus fauces. Estoy seguro de que a él no le pasará desapercibida la presencia de cualquier insensato que pretenda abrir las puertas. Y eso sin tener en cuenta a Murtagh.

Antes de que la discusión degenerara, Eragon intervino:

—Yo puedo hacerlo.

Sus palabras tuvieron un efecto inmediato: todo el mundo se calló. Eragon hubiera esperado que Nasuada rechazara la propuesta, pero se sorprendió al ver que ella la tenía en cuenta. Y todavía se sorprendió más cuando, al fin, dijo:

—Muy bien.

Eragon olvidó todos los argumentos que había preparado y la miró, atónito: de repente, supo que Nasuada había seguido el mismo hilo de razonamiento que él.

Todo el mundo empezó a hablar a la vez y el pabellón se llenó de un caos de voces que se superponían las unas a las otras. Al fin, Arya se impuso al griterío general:

—Nasuada, no puedes permitir que Eragon se ponga en peligro de esa manera. Eso sería una imprudencia desmedida. En lugar de eso, envía a los hechiceros de Blödhgarm. Sé que ellos aceptarían ayudarnos, y son unos guerreros tan valientes como los que más, incluido Eragon.

Nasuada negó con la cabeza.

—Ninguno de los hombres de Galbatorix se atrevería a matar a

Eragon: ni Murtagh, ni los hechiceros del rey, ni siquiera el más bajo de los soldados. Deberíamos utilizar eso a nuestro favor. Además, Eragon es nuestro mejor hechicero, y es posible que abrir esas puertas requiera una gran cantidad de energía. De todos nosotros, él es quien tiene más posibilidades de lograrlo.

—Pero ¿y si lo capturan? Eragon no puede resistir a Murtagh. ¡Tú lo sabes!

—Nosotros distraeremos a Murtagh y a Espina. Eso le dará a Eragon la oportunidad que necesita.

Arya levantó la cabeza, desafiante.

—¿Cómo? ¿Cómo piensas distraerlos?

—Fingiremos un ataque a Dras-Leona por el sur. Saphira volará alrededor de la ciudad, incendiando los edificios y matando a los soldados de la muralla. A Espina y a Murtagh no les quedará más opción que perseguirla, puesto que parecerá que Eragon está volando con Saphira todo el tiempo. Blödhgarm y sus hechiceros pueden conjurar un reflejo de Eragon, como ya hicieron antes. Siempre y cuando Murtagh no se acerque demasiado, no descubrirá el engaño.

—¿Estás decidida a hacerlo?

—Lo estoy.

La expresión de Arya se endureció.

—Entonces, yo acompañaré a Eragon.

Este se sintió aliviado al oírla. Había deseado que lo acompañara, pero no se había atrevido a pedírselo por miedo a que ella se negara.

Nasuada suspiró.

—Tú eres la hija de Islanzadí. No me gustaría exponerte a un peligro como ese. Si murieras… Recuerda cómo reaccionó tu madre cuando creyó que Durza te había matado. No podemos permitirnos perder la ayuda de tu gente.

—Mi madre… —Pero Arya se mordió la lengua y empezó de nuevo—. Puedo asegurarte, lady Nasuada, que la reina Islanzadí no abandonará a los vardenos, me pase lo que me pase. Por eso no debes preocuparte. Acompañaré a Eragon, junto con dos hechiceros de Blödhgarm.

Nasuada negó con la cabeza.

—No, solo puedes llevarte a uno. Murtagh conoce el número de elfos que protegen a Eragon. Si se da cuenta de que faltan uno o dos, sospechará algo. Además, Saphira necesitará toda la ayuda posible si tiene que mantenerse a salvo de Murtagh.

—Tres personas no son suficientes para completar una misión

como esta —insistió Arya—. No podríamos garantizar la seguridad de Eragon, y mucho menos abrir las puertas.

—Entonces uno de Du Vrangr Gata puede ir con vosotros también.

Arya no pudo disimular una ligera expresión de mofa.

—Ninguno de tus hechiceros tiene la fuerza ni la habilidad suficiente. Seremos uno contra cien, o peor. Nos enfrentaremos tanto a espadachines como a magos. Solamente los elfos y los Jinetes...

—O los Sombras —puntualizó Orik con voz grave.

—O los Sombras —concedió Arya, aunque Eragon se dio cuenta de que estaba irritada—. Solamente ellos pueden tener alguna esperanza de enfrentarse a esa situación con éxito. Y ni siquiera así estaría asegurado el logro. Permite que nos llevemos a dos de los hechiceros de Blödhgarm. No hay nadie más adecuado para esta tarea, por lo menos entre los vardenos.

—Oh, ¿y yo qué soy, un hígado triturado?

Todo el mundo se dio la vuelta para ver quién había hablado. Angela, que se encontraba en una esquina del pabellón, dio un paso hacia delante. Eragon no tenía ni idea de que se encontraba allí.

—Qué expresión tan extraña —dijo la herbolaria—. ¿Quién se compararía con un hígado triturado? Si hubiera que elegir un órgano, ¿por qué no decidirse por la vesícula o el timo? Cualquiera de ellos es más interesante que el hígado. ¿O qué tal la b...? —Sonrió—. Bueno, supongo que eso no es importante. —Se detuvo delante de Arya y la miró a los ojos—. ¿Pondrías algún reparo en que yo os acompañara, Älfa? No soy un miembro de los vardenos, estrictamente hablando, pero estoy dispuesta a formar cuarteto con vosotros.

Para sorpresa de Eragon, Arya le dirigió un cortés saludo con un gesto de la cabeza y dijo:

—Por supuesto, sabia. No quería ofender. Sería un honor tenerte con nosotros.

—¡Bien! —exclamó Angela—. Es decir, si a ti no te importa —añadió dirigiéndose a Nasuada.

Nasuada, divertida, negó con la cabeza.

—Si lo deseas, y si ni Eragon ni Arya tienen nada que objetar, creo que no hay motivo para que no vayas. Aunque no soy capaz de imaginar por qué quieres hacerlo.

Angela se arregló los rizos con gesto coqueto.

—¿Es que esperas que explique cada decisión que tomo?... Oh, de acuerdo, satisfaré tu curiosidad: digamos que tengo una rencilla con los sacerdotes de Helgrind, y me gustaría tener la oportunidad de jugarles una mala pasada. Y, además, si Murtagh adopta algún disfraz, yo dispongo de algún que otro truco que le dará un buen susto.

—Deberíamos pedirle a Elva que viniera con nosotros —dijo Eragon—. Si alguien es capaz de ayudarnos a evitar el peligro…

Nasuada frunció el ceño.

—La última vez que hablamos, ella dejó bien clara su postura. No pienso bajar la cabeza y suplicar para convencerla de lo contrario.

—Yo hablaré con ella —se ofreció Eragon—. Es conmigo con quien está enojada, y soy yo quien debería pedírselo.

Nasuada tiró de los hilos de los flecos de su vestido dorado, jugueteó con ellos entre los dedos un momento y, finalmente, dijo en tono brusco:

—Elva es impredecible. Si decide ir contigo, ten cuidado, Eragon.

—Lo tendré —prometió él.

A partir de ese momento, Nasuada empezó a discutir algunos temas de logística con Orrin y con Orik, así que Eragon, que no podía aportar nada a aquello, se distanció un poco de la conversación y contactó con Saphira. La dragona había estado siguiendo la conversación a través de él.

¿Y bien? —preguntó—. ¿Qué piensas de todo esto? Has estado increíblemente callada. Pensaba que dirías algo cuando Nasuada ha propuesto que entráramos en Dras-Leona.

No he dicho nada porque no tenía nada que decir. Es un buen plan.

¿Estás de acuerdo con ella?

Ya no somos torpes jovencitos, Eragon. Nuestros enemigos pueden ser temibles, pero nosotros también lo somos. Es hora de que se lo recordemos.

¿No te preocupa que nos separemos?

Por supuesto que sí —gruñó la dragona—. Allí donde vayas, los enemigos te acosarán como las moscas. Pero ya no estás tan desvalido como antes.

A Eragon le pareció que la dragona decía esto último como con un ronroneo.

¿Yo, desvalido? —preguntó él, fingiendo un tono de ofensa.

Solo un poquito. Pero ahora tu mordedura es más peligrosa que antes.

La tuya también.

Mmm... Voy a cazar. Se está avecinando una tormenta, y no podré volver a comer nada hasta después del ataque.

Ten cuidado —dijo Eragon.

Cuando sintió que la presencia de la dragona se había alejado, volvió a dirigir su atención hacia la conversación que se desarrollaba en el interior del pabellón. Sabía que su vida y la de Saphira dependían de las decisiones que Nasuada, Orik y Orrin tomaran en ese momento.

Bajo tierra y piedra

*E*ragon movió los hombros para que la cota de malla que llevaba oculta debajo de la túnica se le colocara en su sitio. La oscuridad los envolvía como un manto pesado y asfixiante. Unas nubes tupidas bloqueaban la luz de la luna y de las estrellas. De no haber sido por la roja esfera de luz que Angela sostenía en la palma de la mano, ni Eragon ni los elfos hubieran sido capaces de ver nada.

El aire era húmedo y Eragon notó una o dos gotas de lluvia sobre las mejillas.

Elva se había reído de él, negándose a prestarle ayuda, cuando él se lo había pedido. Eragon había estado intentando razonar con ella durante mucho rato, pero sin conseguir nada. Saphira había intervenido en la discusión: había aterrizado ante la tienda donde se encontraba la niña bruja y había colocado su descomunal cabeza a su lado, obligando a que la cría mirara uno de sus brillantes ojos que no parpadeaban. Eragon no se había atrevido a reír al verlo, pero Elva se mantuvo firme en su negativa. Su testarudez frustró a Eragon, aunque no podía dejar de admirar su fuerte carácter: decir que no a un Jinete y a un dragón no era cualquier cosa. Pero estaba claro que la niña había soportado un profundo dolor durante su corta vida, y esa vivencia la había endurecido hasta un extremo que ni siquiera el más experimentado guerrero había experimentado.

A su lado, Arya se ataba la larga capa sobre los hombros. Eragon también llevaba una, al igual que Angela y que Wyrden, el elfo de cabello negro que Blödhgarm había elegido para que los acompañara. Las capas los protegerían del frío nocturno y, además, ocultarían las armas que llevaban en caso de que se encontraran con alguien dentro de la ciudad, si es que llegaban tan lejos.

Nasuada, Jörmundur y Saphira los habían acompañado hasta el

extremo del campamento, y se quedaron allí. Entre las tiendas, los vardenos, los enanos y los úrgalos se estaban preparando para iniciar la marcha.

—No lo olvides —dijo Nasuada, despidiendo nubes de vaho por la boca al hablar—. Si no podéis llegar a las puertas al amanecer, encontrad la manera de esperar hasta mañana por la mañana, y lo volveremos a intentar entonces.

—Quizá no dispongamos del lujo de poder esperar —repuso Arya.

Nasuada se frotó los brazos y asintió con la cabeza. Parecía preocupada hasta un extremo que no era habitual en ella.

—Lo sé. En cualquier caso, nosotros estaremos preparados para atacar en cuanto os pongáis en contacto con nosotros, sea la hora del día que sea. Vuestra seguridad es más importante que someter Dras-Leona. Recordadlo. —Mientras hablaba, miró a Eragon.

—Deberíamos partir —interrumpió Wyrden—. La noche avanza.

Eragon apoyó la frente en Saphira un instante.

Buena caza —le dijo la dragona en tono cariñoso.

Lo mismo digo.

Se separaron, y Eragon se apresuró detrás de Arya y de Wyrden, que ya habían empezado a caminar siguiendo a Angela en dirección al extremo este de la ciudad. Nasuada y Jörmundur se despidieron de ellos con un susurro y luego todo quedó en silencio. Solo se oía el ruido sordo de sus botas al pisar la tierra.

Angela bajó la intensidad de la esfera de luz que llevaba en la mano hasta que Eragon solamente pudo verse los pies. Tenía que esforzarse por localizar cualquier piedra o rama que pudiera haber en el camino. Estuvieron caminando en silencio durante casi una hora y, entonces, Angela dijo en un susurro:

—Ya hemos llegado, me parece. Tengo bastante habilidad para calcular distancias, y debemos de encontrarnos a más de treinta metros. Aunque es difícil saberlo en esta oscuridad.

La única señal de Dras-Leona eran seis diminutas lucecitas que flotaban a su izquierda, por encima del nivel del horizonte, y que parecían poder cogerse con la mano. Eragon y las dos mujeres se acercaron a Wyrden, que acababa de arrodillarse en el suelo y se estaba quitando el guante de la mano derecha. El elfo colocó la palma de la mano encima del suelo y empezó a canturrear las palabras de un hechizo que había aprendido de los magos enanos, a quienes Orik —antes de que partieran en esa misión— había ordenado que les enseñaran la manera de detectar cámaras subterráneas.

Mientras el elfo cantaba, Eragon miró hacia la oscuridad, a su alrededor, y escuchó con atención, por si detectaba la presencia de algún enemigo. Las gotas de lluvia se habían hecho más numerosas, y deseó que el tiempo hubiera mejorado cuando la batalla empezara, si es que había alguna batalla.

Se oyó el ulular de una lechuza y Eragon, sobresaltado, se llevó la mano hasta la empuñadura de *Brisingr*. «Barzûl», dijo para sus adentros. Ese era el juramento favorito de Orik. Se dio cuenta de que estaba demasiado inquieto. La posibilidad de tener que enfrentarse a Murtagh y a Espina otra vez —con uno de ellos o con los dos— lo había puesto nervioso. «Si continúo así, seguro que no venceré», pensó. Así que empezó a respirar más despacio e inició el primero de los ejercicios mentales que Glaedr le había enseñado para controlar sus emociones.

El viejo dragón no se había mostrado muy entusiasmado con la misión, pero tampoco se había opuesto a ella. Después de discutir varias posibilidades, Glaedr le había dicho: «Ten cuidado con las sombras, Eragon. En los espacios oscuros se esconden cosas extrañas».

A Eragon le había parecido un consejo muy poco animoso. Se secó las gotas de lluvia del rostro sin apartar la mano de la empuñadura de la espada. Notó el cuero del guante caliente y suave sobre la piel. Luego bajó la mano y apoyó el dedo pulgar en el cinturón, el cinturón de Beloth *el Sabio*, consciente del peso de las siete piedras que llevaba escondidas dentro.

Aquella mañana había ido al corral y, mientras los cocineros mataban a los animales que necesitaban para preparar el desayuno del ejército, Eragon transfirió toda la energía de los animales moribundos a sus piedras. No le gustaba hacerlo, pues cada vez que contactaba con la mente de un animal —si todavía tenía la cabeza y el cuerpo unidos— sentía el dolor y el miedo de ese animal como si fueran suyos. Y cuando ellos desaparecían en el vacío, a Eragon le parecía que también él moría. Era una experiencia terrible y que causaba pánico. Cuando le era posible, susurraba unas palabras en el idioma antiguo para consolar a los animales. A veces funcionaba; otras no. Aunque los animales hubieran muerto igualmente, y a pesar de que necesitaba esa energía, detestaba hacerlo, pues le hacía sentir como si él fuera el responsable de sus muertes. Se sentía sucio.

Ahora le parecía que el cinturón pesaba un poco más que antes, pues contenía toda la energía de esos animales. Aunque las piedras que guardaba dentro no hubieran valido nada, para Eragon hubieran tenido un valor superior al del oro a causa de las muchas vidas que las habían cargado.

Wyrden terminó su canción. Arya preguntó:

—¿Lo has encontrado?

—Por aquí —dijo Wyrden poniéndose en pie.

Eragon se sintió aliviado y lleno de emoción. «¡Jeod tenía razón!»

Wyrden los condujo por un camino que pasaba por entre unas pequeñas lomas. Luego penetraron en un pequeño arroyo que se escondía por entre los desniveles de la tierra.

—La entrada del túnel debería estar por aquí —dijo el elfo, haciendo un gesto en dirección a la pendiente oeste.

La herbolaria aumentó la luminosidad de la esfera de luz para que pudieran buscar la entrada. Entonces Eragon, Arya y Wyrden empezaron a batir los matorrales que había al lado del arroyo y a tantear el suelo con varas. Eragon se golpeó las espinillas dos veces en los troncos de unos abedules caídos y tuvo que aguantar la respiración a causa del dolor. Deseó llevar puestas las grebas, pero no se las había colocado —como tampoco se había llevado el escudo—, pues hubieran llamado demasiado la atención.

Estuvieron buscando durante veinte minutos, arriba y abajo de la pendiente, resiguiendo el río. Por fin, Eragon oyó un sonido metálico y Arya dijo en voz baja:

—¡Aquí!

Todos corrieron hasta ella, que se encontraba ante un agujero lleno de maleza en la misma pendiente. Arya apartó la maleza y vieron un túnel de piedra que debía tener un metro y medio de altura por uno de ancho. Una reja de hierro lo cubría.

—Mirad —dijo Arya, señalando el suelo.

Eragon miró hacia el suelo y vio que un sendero salía del túnel. Incluso a la tenue luz rojiza de la esfera de luz de la herbolaria, Eragon se dio cuenta de que ese sendero se había formado por el paso de personas. Alguien había estado entrando y saliendo secretamente de Dras-Leona.

—Tenemos que ir con cuidado —susurró Wyrden.

Angela emitió un gruñido burlón.

—¿De qué otra manera pensabas ir? ¿Tocando trompetas y soplando cuernos? En serio...

El elfo no respondió, pero se mostró claramente incómodo.

Arya y Wyrden abrieron la reja y, despacio, entraron en el túnel mientras conjuraban unas esferas de luz. Los pequeños círculos de luz flotaron sobre sus cabezas como pequeños soles rojos, aunque no emitían más brillo que un puñado de ascuas. Antes de entrar, Eragon le preguntó a Angela:

—¿Por qué los elfos te tratan con tanto respeto? Parece que casi te tengan miedo.

—¿Es que no merezco respeto?

Eragon dudó unos instantes.

—Un día de estos tendrás que contarme muchas cosas sobre ti, ya lo sabes.

—¿Qué te hace pensar eso? —repuso Angela, empujándolo a un lado para entrar en el túnel. A su paso, su capa flotó en el aire como las alas de un Lethrblaka.

Eragon meneó la cabeza y la siguió.

La herbolaria era bajita, así que no tuvo que agacharse mucho para no darse un golpe en la cabeza. Sin embargo, Eragon tendría que caminar como si fuera un viejo reumático, al igual que los dos elfos. El pasadizo estaba vacío casi por completo; solo una fina capa de tierra apisonada cubría el suelo. Al lado de la entrada había unos cuantos palos y piedras, e incluso una piel de serpiente. El túnel olía a paja húmeda y a alas de polilla.

El grupo avanzaba tan silenciosamente como era posible, pero todos los sonidos resonaban allí dentro. Cada golpe en el suelo o roce contra la pared parecía cobrar vida propia, y al final todos esos susurros hicieron que Eragon se sintiera rodeado por un ejército de espíritus que juzgara cada uno de sus movimientos.

«Vaya manera de entrar sigilosamente», pensó, y dio una patada contra una piedra, haciéndola rebotar contra una de las paredes. El golpe resonó, amplificado, por todo el túnel. Todos se giraron para mirarlo y Eragon pidió disculpas moviendo los labios pero sin emitir ningún sonido. «Por lo menos, ya sabemos qué era lo que provocaba todos esos sonidos bajo el suelo de Dras-Leona.» Tendría que contárselo a Jeod al regresar.

Cuando ya se habían internado un buen trecho por el túnel, Eragon se detuvo para mirar hacia la entrada, que ya no era visible en esa oscuridad. Era una negrura casi palpable, como si un pesado manto hubiera cubierto el mundo. La opresión de esa negrura sumada a las apretadas paredes y el techo bajo lo hacían sentir preso. Normalmente no le molestaba encontrarse en espacios cerrados, pero ese túnel le hacía recordar el laberinto de toscos pasajes del interior de Helgrind, donde él y Roran habían luchado contra los Ra'zac. Y ese no era un recuerdo agradable.

Eragon inhaló profundamente y soltó todo el aire.

Justo cuando se disponía a continuar avanzando vio dos grandes ojos brillar en la oscuridad, como un par de lunas de color cobrizo. Llevó la mano hasta la empuñadura de *Brisingr* y ya la había sacado unos centímetros de su funda cuando Solembum apareció entre las tinieblas con paso silencioso. El hombre gato se detuvo antes de entrar en el círculo de luz que rodeaba a Eragon y a los demás. Movió las orejas y abrió la boca con una expresión que parecía divertida. Eragon se relajó y saludó al hombre gato con un gesto de cabeza. «Debería haberlo adivinado. —Allí dónde iba Angela, Solembum la seguía. Volvió a preguntarse acerca del pasado de la herbolaria—: ¿Cómo se ganará su lealtad?» El grupo se iba alejando, y las sombras volvieron a ocultar a Solembum y Eragon dejó de verlo. Confortado al saber que el hombre gato iba detrás de él, se apresuró para alcanzar a los demás.

Antes de abandonar el campamento, Nasuada los había informado acerca del número exacto de soldados que había en la ciudad, así como de dónde se encontraban apostados y cuáles eran sus deberes y sus costumbres. También les había dado detalles sobre los aposentos de Murtagh, sobre qué comía y sobre de qué humor se había sentido la noche anterior. Su información había sido increíblemente detallada. Cuando le preguntaron, Nasuada sonrió y explicó que, desde que los vardenos habían llegado a Dras-Leona, los hombres gato espiaban para ellos en la ciudad. Les dijo que cuando consiguieran salir al interior de la ciudad, los hombres gato los acompañarían hasta las puertas del sur, pero que no revelarían su presencia al Imperio si era posible, porque, si no, ya no podrían continuar ofreciendo a Nasuada esa información de forma tan eficiente. Después de todo, ¿quién podría sospechar que ese gato tan grande era, en verdad, un espía enemigo?

Entonces, mientras recordaba lo que Nasuada les había contado, Eragon recordó que una de las mayores debilidades de Murtagh era que todavía necesitaba dormir. «Si no lo capturamos o lo matamos hoy, la próxima vez que nos encontremos quizá nos resulte de ayuda despertarlo en mitad de la noche, y durante más de una noche si es posible. Si conseguimos que pase tres o cuatro días sin dormir bien, no estará en forma para luchar.»

Continuaron avanzando por el túnel, que corría recto como una flecha sin desviarse ni girar en ningún momento. A Eragon le parecía que el suelo tenía una suave pendiente —lo cual tendría sentido, si había sido diseñado para evacuar los residuos de la ciudad—, pero no estaba del todo seguro.

Al cabo de un buen rato, la tierra se hizo más blanda y se le empezó a pegar a la suela de las botas, como si fuera barro húmedo. El agua se filtraba por el techo y, de vez en cuando, alguna gota le caía en el cuello y le bajaba por la espalda, como un dedo frío que le hiciera cosquillas. Eragon se resbaló, y, al alargar la mano hasta la pared para apoyarse en ella, notó que esta estaba cubierta de lodo. Pasó un tiempo, aunque era imposible saber cuánto. Quizá llevaban una hora en el túnel. O tal vez llevaban diez. O quizá, solo diez minutos. Fuera como fuera, a Eragon le dolían los hombros y la espalda de avanzar agachado, y ya se había cansado de mirar las mismas piedras todo el rato.

Finalmente pareció que los ecos se iban desvaneciendo, y cada vez se oían más lejanos. Al poco rato, salieron a una gran sala rectangular de techo alto y abovedado que debía de tener cuatro metros y medio de altura en el punto más alto. La sala estaba vacía, excepto por un tonel oxidado que descansaba en una esquina. En el muro del otro extremo de la sala se abrían tres arcos iguales que daban a tres salas idénticas: pequeñas y oscuras. Pero Eragon no vio adónde conducían.

El grupo se detuvo. Eragon se incorporó despacio con una mueca de dolor.

—Esto no debía de formar parte de los planes de Erst Barbagris —dijo Arya.

—¿Qué camino debemos tomar? —peguntó Wyrden.

—¿Es que no es evidente? —dijo la herbolaria—. El de la izquierda. Siempre es el de la izquierda —aseguró, dirigiéndose al arco de la izquierda mientras hablaba.

Pero Eragon no se pudo contener.

—¿El de la izquierda visto desde dónde? Si uno se pone al otro lado, la izquierda…

—La izquierda sería la derecha, y la derecha sería la izquierda, sí, sí —asintió Angela achicando los ojos—. A veces eres demasiado listo para tu propio bien, Asesino de Sombra… Muy bien, lo intentaremos a tu manera. Pero no digas que no te avisé si acabamos dando vueltas por aquí sin fin.

La verdad era que Eragon hubiera preferido seguir el camino del centro, pues le parecía que era el que tenía más probabilidades de llevarles hasta las calles de la ciudad, pero no quería empezar una discusión con la herbolaria. «Sea como sea, pronto encontraremos algunas escaleras —pensó—. No pueden haber tantas salas bajo Dras-Leona.»

Angela sostuvo la esfera de luz en alto y tomó la iniciativa. Wyrden y Arya la siguieron, mientras que Eragon continuó avanzando en la retaguardia.

La habitación que había al otro lado del arco era más grande de lo que había parecido en un principio, pues se extendía unos seis metros hacia un lado y luego continuaba hacia delante un tramo más hasta que terminaba en un pasillo lleno de candelabros vacíos que colgaban de las paredes. Al final de ese pasillo había otra pequeña habitación en el interior de la cual encontraron tres arcos más, cada uno de los cuales conducía a otras tantas habitaciones con más arcos.

«¿Quién construyó esto y por qué?», se preguntó Eragon, asombrado. Todas las habitaciones que encontraban estaban vacías y no tenían ningún mueble. Lo único que encontraron fue un taburete de dos patas que se desmoronó en cuanto Eragon lo tocó con la punta de la bota y un montón de platos de cerámica rotos en un rincón, debajo de unas cuantas telas de araña.

Angela se detuvo cuando llegaron a una habitación circular que tenía siete arcos distribuidos a lo largo de las paredes. De ellos salían otros tantos pasillos, entre los cuales se encontraba el que los había conducido hasta allí.

—Haz una señal por donde hemos entrado, o nos perderemos —dijo Arya.

Eragon se acercó a la entrada del pasillo e hizo una marca en la pared de piedra con la punta de *Brisingr*. Mientras lo hacía, escudriñó en la oscuridad buscando a Solembum, pero no le vio ni los bigotes. Deseó que el hombre gato no se hubiera perdido en ese laberinto de habitaciones. Estuvo a punto de intentar comunicarse mentalmente con él, pero se contuvo, pues si alguien percibía su conciencia, el Imperio se enteraría de que se encontraba allí.

—¡Ah! —exclamó Angela.

De repente, la oscuridad de su alrededor se disipó. La herbolaria se había puesto de puntillas y sostenía la esfera todo lo alto que podía. Eragon corrió al centro de la habitación, al lado de Arya y de Wyrden.

—¿Qué sucede? —preguntó en un susurro.

—El techo, Eragon —murmuró Arya—. Mira el techo.

Él solo vio unos viejos bloques de piedra llenos de grietas y le pareció increíble que ese techo no se hubiera derrumbado.

Pero entonces lo vio. Esas líneas no eran grietas, sino runas grabadas en la roca, hileras e hileras de runas. Eran pequeñas y pulcras, de trazos esbeltos y curvas sinuosas. El moho y el paso de los siglos habían oscurecido algunas partes del texto, pero en general era legible. Eragon se esforzó un rato en descifrar los signos, pero apenas fue capaz de reconocer unas cuantas palabras, y además estaban escritas de forma diferente a como él las conocía.

—¿Qué dice? —preguntó—. ¿Es el idioma de los enanos?

—No —respondió Wyrden—. Es el idioma de tu gente, pero tal como se hablaba y se escribía hace mucho tiempo, y en un dialecto muy concreto: el del zelote Tosk.

A Eragon ese nombre le resultaba familiar.

—Cuando Roran y yo rescatamos a Katrina, oímos que los sacerdotes de Helgrind hablaban de un libro de Tosk.

Wyrden asintió con la cabeza.

—Es el libro fundacional de su fe. Tosk no fue el primero en ofrecer sus plegarias a Helgrind, pero sí fue el primero en codificar sus creencias y sus prácticas, y muchos otros lo imitaron a partir de entonces. Quienes veneran a Helgrind lo ven como un profeta de la divinidad. Y esta —el elfo abrió los brazos en alto, abarcando todo el texto grabado en la roca— es la historia de Tosk, desde su nacimiento hasta su muerte: la historia real, la que sus discípulos no contaron a nadie fuera de su secta.

—Podríamos aprender mucho de esto —dijo Angela, sin apartar los ojos del techo—. Si tuviéramos tiempo…

Eragon se sorprendió al verla tan maravillada.

—Un momento, pero leed deprisa —interrumpió Arya, vigilando los siete pasillos.

Mientras Angela y Wyrden descifraban las runas con atenta avidez, la elfa se acercó a uno de los arcos, y allí, en voz muy baja, empezó a entonar un conjuro para encontrar y localizar. Cuando terminó, esperó un momento con la cabeza ladeada. Luego se fue al siguiente arco.

Eragon se quedó mirando las runas unos momentos y luego regresó al pasillo por el que habían llegado. Se apoyó en la pared y se puso a esperar notando el frío de la piedra en la espalda.

Arya se detuvo delante del cuarto arco. La melodía de su canto se elevaba y descendía como una suave brisa. De nuevo, nada.

De repente, Eragon sintió un cosquilleo en el dorso de la mano derecha y bajó la mirada. Un enorme grillo negro le había trepado hasta el guante. Era un insecto horrible: enorme y como hinchado, con púas en las patas y una cabeza grande que parecía un cráneo. El caparazón le brillaba como si lo tuviera untado con aceite. El chico se estremeció. Sacudió el brazo y el grillo desapareció en la oscuridad. Cuando aterrizó en el suelo, se oyó un desagradable sonido sordo.

El quinto pasillo tampoco le ofreció ningún resultado a Arya. La elfa pasó de largo por delante de Eragon y se detuvo al llegar al séptimo. Pero antes de que empezara a pronunciar el hechizo, se oyó el eco de un aullido gutural que parecía proceder de todas partes al mismo tiempo. Luego oyeron un bufido, un ronquido y un chirrido que le pusieron los pelos de punta a Eragon. De inmediato, Angela dio media vuelta y exclamó:

—¡Solembum!

Los cuatro desenvainaron las espadas al mismo tiempo.

Eragon retrocedió hasta el centro de la habitación sin dejar de mirar de un arco a otro. Su gedwëy ignasia le escocía y le picaba, pero era un aviso inútil, pues no le indicaba cuál era el peligro ni de dónde procedía.

—Por aquí —dijo Arya, dirigiéndose hacia el séptimo arco.

Pero Angela no quiso moverse.

—No —susurró con vehemencia—. Tenemos que ayudarlo.

Eragon se dio cuenta de que la herbolaria llevaba una espada corta con una hoja que no parecía tener ningún color, pero que brillaba como una joya en la oscuridad.

Arya frunció el ceño.

—Si Murtagh se entera de que estamos aquí…

Todo sucedió tan deprisa y con tanto silencio que Eragon no se hubiera dado cuenta si no hubiera estado mirando en la dirección adecuada: seis puertas ocultas en las paredes de tres de los pasillos se habían abierto, y unos treinta hombres vestidos de negro corrían hacia ellos con las espadas en alto.

—¡Letta! —gritó Wyrden, y los hombres de uno de los grupos chocaron entre ellos, como si se hubieran tropezado con una pared invisible.

Pero el resto se lanzó al ataque, y ya no había tiempo para hacer ningún conjuro. Eragon paró una cuchillada y, dibujando un arco con la espada, cortó la cabeza de su atacante. Al igual que los demás, ese hombre llevaba la cara cubierta con un pañuelo; solo se les veían los ojos. El pañuelo ondeó al viento cuando la cabeza voló dando vueltas por el aire hasta caer al suelo. Eragon sintió un gran alivio al ver que *Brisingr* encontraba músculo y hueso, pues, por un momento, había temido que sus atacantes estuvieran protegidos por conjuros o que llevaran armadura…, o, peor, que no fueran humanos. Clavó la espada entre las costillas de otro hombre y, justo cuando se había dado la vuelta para enfrentarse a dos atacantes más, vio una espada que no debería haber estado allí y que volaba por el aire en dirección a su garganta. Las protecciones mágicas que llevaba le salvaron de una muerte segura, pero la hoja de la espada quedó a menos de tres centímetros de su cuello y Eragon retrocedió, tropezando. Asombrado, se dio cuenta de que el hombre al que le acababa de clavar la espada seguía de pie. Tenía el costado derecho del cuerpo cubierto de sangre, pero él parecía ajeno a la herida que Eragon le había provocado.

—No sienten el dolor —gritó, aterrorizado, sin dejar de parar con la espada los golpes que le caían encima por tres lados distintos.

Si alguien lo oyó, no contestó. Eragon no gastó más energías en hablar. Se concentró en combatir a los hombres que tenía delante, confiando en que sus compañeros le cubrían la espalda.

El chico atacó, paró y esquivó, haciendo silbar a *Brisingr* en el aire como si la espada no pesara más que una vara. En condiciones normales, hubiera podido matar a cualquiera de esos hombres al instante, pero el hecho de que fueran inmunes al dolor significaba que debía cortarles la cabeza, atravesarles el corazón o hacerles varios cortes y sujetarlos hasta que se desangraran. Si no lo hacía así, esos hombres no dejarían de atacar por muchas heridas que tuvieran en el cuerpo. Y eran tantos que resultaba difícil esquivarlos o parar todos sus golpes y contraatacar al mismo tiempo. Eragon hubiera podido dejar de luchar y permitir que sus escudos mágicos lo protegieran, pero hacer eso le hubiera resultado igual de agotador que blandir la espada. Y puesto que no sabía en qué momento sus escudos fallarían —pues, en cierto momento, lo harían, por que, si no, lo matarían—, y como los iba a necesitar después, prefirió luchar como si las espadas de esos hombres pudieran matarlo o herirlo de un solo golpe.

Entonces aparecieron todavía más guerreros por las puertas ocultas de los pasillos. Eragon se encontró rodeado por todos lados, empujado a uno y otro lado por la fuerza de todos ellos. Notó que lo sujetaban por las piernas y por los brazos, y que estaban a punto de inmovilizarlo.

—*Kverst* —gruñó sin aliento.

Esa era una de las doce palabras élficas que Oromis le había enseñado. Tal como sospechaba, ese conjuro no tuvo ningún efecto: los hombres estaban protegidos contra ataques mágicos. Entonces preparó el conjuro que Murtagh utilizó una vez contra él:

—¡*Thrysta vindr!*

Era una golpe indirecto, pues con ese hechizo no lanzaba un ataque contra esos hombres, sino que simplemente empujaba el aire contra ellos. Y funcionó. Un fuerte viento surgió, aullando, en el interior de la sala, y levantó el cabello y la capa de Eragon y apartó a los hombres a su alrededor. Delante de él quedó un espacio de unos tres metros. El chico perdió gran parte de sus fuerzas al hacerlo, pero todavía no estaba incapacitado para seguir luchando.

Se dio la vuelta para ver qué hacían los demás, y se dio cuenta de que no había sido el único en encontrar la manera de burlar los escudos mágicos de esos hombres: unos relámpagos de luz se proyectaban desde el brazo de Wyrden y se enroscaban alrededor de todo aquel que tuviera la desgracia de pasar por delante de él. Esos hilos de energía parecían tener una consistencia casi líquida cuando se enrollaban alrededor de sus víctimas.

Más y más hombres de negro continuaban llegando a la habitación.

—¡Por aquí! —gritó Arya, corriendo hacia el séptimo pasillo, el único que no había examinado antes de que cayeran en esa emboscada.

Wyrden la siguió, al igual que Eragon. Angela cerró la comitiva, cojeando mientras se apretaba con la mano un sangriento corte que tenía en el hombro. Los hombres vestidos de negro dudaron unos momentos, sin saber qué hacer. Pero pronto soltaron un rugido furioso y corrieron tras ellos.

Mientras huían por el pasillo, Eragon se concentró en elaborar una variación del conjuro anterior para poder matar a esos hombres en lugar de solamente empujarlos. Enseguida lo consiguió, y lo dejó preparado para poder utilizarlo en cuanto tuviera enfrente a un número importante de esos tipos.

«¿Quiénes son? —se preguntó—. ¿Cuántos son?»

Al fondo del pasillo, hacia arriba, apareció una abertura por la cual se colaba una suave luz púrpura, y Eragon sintió una fuerte aprensión al verla. Y justo en ese momento, Angela soltó un grito. Hubo un fulgor anaranjado y se oyó un golpe sordo. El ambiente se llenó de un denso olor a sulfuro. Eragon se giró, y vio que cinco hombres arrastraban a la herbolaria hacia el interior de un pasaje que se abría a un lado del pasillo.

—¡No! —exclamó Eragon.

Pero antes de que pudiera impedirlo, una puerta se cerró en silencio y bloqueó la entrada del pasaje, y la pared quedó completamente lisa de nuevo.

—¡*Brisingr!* —gritó.

La espada prendió envolviéndose en llamas. Eragon apoyó su punta contra el muro intentando penetrarlo con el acero para abrir un agujero en la piedra. Pero esta era gruesa y se fundía con lentitud. Pronto se dio cuenta de que eso le costaría mucha más energía de la que estaba dispuesto a sacrificar. Entonces Arya apareció a su lado. La elfa apoyó la mano en la pared de roca y murmuró:

—*Ládrin.*

«Ábrete.» Al oírla, Eragon se sintió avergonzado de que no se le hubiera ocurrido antes tal cosa. Pero la puerta se negaba a ceder.

Sus perseguidores estaban tan cerca que Eragon y Arya no pudieron hacer otra cosa que darse la vuelta para hacerles frente. El chico pensó en lanzar el hechizo que había preparado, pero el pasillo era demasiado estrecho: solamente pasaban dos hombres a la vez, así que no conseguiría matarlos a todos. Decidió guardarlo para otra ocasión en que pudiera servirle para acabar con un número mayor de enemigos a la vez.

Decapitaron a los dos primeros hombres y acabaron con los siguientes dos hombres que aparecieron por detrás. Así, en una rápida sucesión, mataron a seis guerreros más, pero parecía que su número era infinito.

—¡Por aquí! —gritó Wyrden en ese momento.

—¡*Stenr slauta!* —exclamó Arya.

De repente, a pocos metros de donde la elfa se encontraba, todas las piedras del pasillo estallaron y los hombres vestidos de negro tuvieron que protegerse de la lluvia de afilados fragmentos de piedra que les cayó encima. Más de uno quedó lisiado y se precipitó al suelo, incapaz de seguir.

Eragon y Arya siguieron a Wyrden, que ya corría en dirección a la abertura que había al final del pasillo. El elfo se encontraba a solo nueve metros de ella.

Luego a tres…

Luego a uno y medio…

Y de repente, del suelo y del techo emergieron unas afiladas estacas de amatista que atraparon a Wyrden. El elfo se elevó en el aire y quedó flotando a pocos centímetros de distancia de esas puntas afiladas, que amenazaban con traspasarle sin conseguirlo debido a sus escudos mágicos. Pero entonces las estacas se encendieron con unas potentes descargas eléctricas y sus afiladas puntas lanzaron unos luminosos rayos contra él. Y con la misma rapidez con que se habían encendido, se apagaron.

Wyrden gritó, sufriendo convulsiones en todo el cuerpo. Su esfera de luz se apagó, y el elfo dejó de moverse.

Eragon corrió hacia él y se detuvo ante las primeras estacas. Le costaba creer lo que había visto. A pesar de toda su experiencia, nunca antes había presenciado la muerte de un elfo. Wyrden, Blödhgarm y los demás eren seres tan excepcionalmente dotados que había creído que solo podían morir si se enfrentaban a alguien como Galbatorix o Murtagh. Arya parecía igual de asombrada, pero reaccionó con prontitud:

—Eragon —le dijo en tono de apremio—, abre paso con *Brisingr*.

El chico comprendió qué pretendía: su espada, a diferencia de la de ella, sería inmune a cualquier magia que esas estacas contuvieran. Levantó el brazo y descargó un golpe con toda la fuerza de que fue capaz. Seis estacas se partieron al ser golpeadas por el filo adamantino de *Brisingr* produciendo un claro sonido como de campana al romperse. Y al tocar el suelo, tintinearon como si fueran de hielo.

Eragon avanzaba por el lado derecho del pasillo, con cuidado de no golpear ninguna de las ensangrentadas estacas que sujetaban el cuerpo de Wyrden. Golpeó una y otra vez, abriéndose paso por ese brillante bosque de amatistas y lanzando fragmentos a un lado y a otro. Uno de ellos le hizo un corte en la mejilla. Eragon se sorprendió al comprobar que sus escudos mágicos no habían funcionado.

Tenían que avanzar con cuidado por entre los afilados trozos que quedaban tanto en el suelo como en el techo, pues corrían el riesgo de que los de abajo les perforaran las botas, y los de arriba podían cortarles la cabeza o el cuello. A pesar de eso, Eragon consiguió llegar al otro extremo sin sufrir más que un pequeño corte en la pantorrilla derecha, que le dolía cada vez que apoyaba el cuerpo en esa pierna. Mientras ayudaba a Arya a salvar las últimas estacas, vio que los hombres de negro estaban a punto de darles alcance. Los dos se lanzaron corriendo hacia la abertura y penetraron a ciegas en la luz púrpura que brillaba a través de ella. Eragon, deseando vengarse de la muerte de Wyrden, tenía la intención de, una vez allí dentro, darse la vuelta y enfrentarse a sus atacantes para matarlos a todos a la vez.

Habían entrado en una oscura sala de piedra muy parecida a las cuevas subterráneas de Tronjheim. En el centro del suelo se veía un amplísimo mosaico circular hecho de mármol, calcedonia y hematita pulidas. Rodeando ese mosaico había unos trozos de amatista sin pulir y del tamaño de un puño que descansaban encima de unos anillos de plata. Cada uno de ellos emitía un suave resplandor. Esa era la luz que habían visto desde el pasillo. Al otro lado del mosaico, delante de la pared del otro extremo de la sala, había un gran altar de color negro cubierto con una tela escarlata.

Eragon vio todo eso en un momento, mientras entraba corriendo en la sala y justo antes de darse cuenta de que el impulso de la misma carrera lo llevaba al centro del mosaico rodeado de amatistas. Quiso detenerse, dar un giro, pero era demasiado tarde. Desesperado, intentó la única posibilidad que le quedaba: dar un gran salto en dirección al altar con la esperanza de pasar por encima del mosaico.

Mientras volaba por encima del círculo de amatistas, su último sentimiento fue de arrepentimiento, y su último pensamiento, para Saphira.

Alimentar al dios

$\mathcal{L}$o primero que Eragon notó fue la diferencia de colores. Los bloques de piedra del techo parecían más vivos que antes. Detalles que anteriormente habían pasado desapercibidos, ahora se veían con toda nitidez. Y otros que habían sido evidentes, ahora parecían apagados. Y, debajo de él, el mosaico de piedra se veía más lujoso.

Tardó unos instantes en comprender el porqué de ese cambio: la esfera de luz de Arya ya no iluminaba la sala. La poca luz que había procedía del resplandor de las amatistas y de unas velas encendidas que reposaban en unos candelabros.

Entonces se dio cuenta de que tenía algo en la boca que le obligaba a mantener la mandíbula abierta en una posición dolorosa y que su cuerpo colgaba de las muñecas, sujetas a unas cadenas que pendían del techo. Intentó moverse, y descubrió que también tenía los tobillos atados a unos aros de metal encadenados al suelo.

Giró la cabeza y vio que Arya estaba a su lado, amordazada y colgada del techo igual que él. También le habían metido una bola de tela en la boca y le habían atado un trapo alrededor de la cabeza para mantenérsela sujeta.

La elfa estaba consciente y lo miraba. Eragon se dio cuenta de que se sentía aliviada al ver que él había despertado.

«¿Por qué no ha escapado ya? —se preguntó Eragon—. ¿Qué ha pasado?»

Notó que pensaba con lentitud, como si estuviera ebrio o mareado de cansancio. Miró hacia abajo y vio que le habían quitado todas las armas. Solamente llevaba puestos los calzones. El cinturón de Beloth *el Sabio* había desaparecido, al igual que el collar que los enanos le habían dado y que evitaba que su presencia pudiera ser detectada a través de la bola de cristal o de los espejos. Al levantar la vista, se dio cuenta de que tampoco tenía el anillo élfico *Aren*.

El pánico lo atenazó. Pero se tranquilizó un poco diciéndose que no estaba del todo desvalido, que todavía podía elaborar hechizos. Puesto que lo habían amordazado, tendría que pronunciar los conjuros mentalmente, lo cual era un poco más peligroso que siguiendo el método habitual, puesto que si sus pensamientos se desviaban durante el proceso, corría el riesgo de elegir alguna palabra equivocada. A pesar de todo, seguía siendo menos peligroso que hacerlo sin el idioma antiguo. En cualquier caso, necesitaría poca energía para liberarse, y esperaba poder hacerlo sin demasiados problemas.

Cerró los ojos y concentró todas sus energías, preparándose. Mientras lo hacía, oyó que Arya hacía sonar las cadenas y emitía sonidos sordos con la garganta. Miró hacia ella. La elfa lo miraba, negando con la cabeza. Eragon arqueó las cejas, haciéndole una pregunta muda: «¿Qué pasa?». Pero Arya era incapaz de hacer nada, excepto gemir y continuar negando con la cabeza.

Frustrado, Eragon proyectó su mente hacia ella con prudencia, alerta a cualquier indicio de una intrusión externa, pero se encontró con que alrededor de él había una presencia indiferenciada que se lo impedía, como si se encontrara rodeado por un muro de fardos de lana. Se alarmó. El pánico lo atenazó de nuevo, a pesar de todos los esfuerzos por controlarlo.

No estaba drogado. De eso estaba seguro. Pero no sabía qué era lo que le impedía llegar a la mente de Arya. Si se trataba de magia, era de una clase desconocida para él.

Arya y él se miraron un momento. Entonces se dio cuenta de que unos grandes regueros de sangre descendían por los antebrazos de la elfa: se había rasgado la piel de las muñecas contra los grilletes. La rabia lo inundó: se agarró a las cadenas y empezó a tirar de ellas con todas sus fuerzas. Las cadenas no cedían, pero se negaba a darse por vencido. Frenético, tiró de ellas una y otra vez sin prestar atención al daño que se estaba haciendo. Al final paró, agotado, y unas gotas de sangre le cayeron sobre el cuello, los hombros y la espalda.

Pero estaba decidido a escapar, así que se sumergió en las reservas de energía que almacenaba en el interior de su cuerpo. Formuló un conjuro dirigido a los grilletes y, mentalmente, dijo: «¡*Kverst malmr du huildrs edtha, mar fröma né thön eka threyja!*». De repente, todos los nervios de su cuerpo se agarrotaron de dolor y soltó un grito que la mordaza amortiguó. Incapaz de mantener la concentración, perdió el conjuro y el hechizo se disolvió. El dolor también desapareció de inmediato, pero Eragon se quedó sin poder respirar, y el corazón le latía tan deprisa como si estuviera trepando por una montaña. Esa experiencia había sido parecida a las convulsiones que había sufrido antes de que los dragones le sanaran la herida en la espalda durante el Agaetí Blödhren.

Mientras se recuperaba, notó que Arya lo observaba con expresión de preocupación. «Ella también debe de haber probado este hechizo. ¿Cómo ha podido pasar esto?» Se encontraban inmovilizados y desvalidos, Wyrden había muerto, y la herbolaria, o bien estaba muerta, o la habían hecho prisionera. Y en cuanto a Solembum, lo más probable era que el hombre gato estuviera herido en algún rincón de ese laberinto de pasadizos, si es que los guerreros de negro no habían acabado con él. Eragon no lo podía entender. Eran un magnífico grupo, pero habían fallado. Y ahora Arya y él estaban a merced de sus enemigos.

«Si no escapamos...» Pero rechazó ese pensamiento: no podía soportarlo. Por encima de todo hubiera querido poder comunicarse con Saphira, aunque solo fuera para comprobar que se encontraba bien y para sentir el consuelo de su compañía. A pesar de que Arya estaba allí también, se sintió profundamente solo, un sentimiento que lo debilitaba más que ningún otro.

A pesar del terrible dolor que sentía en las muñecas, continuó tirando de ellas, convencido de que si lo hacía durante un buen rato acabaría por arrancar las cadenas del techo. Lo intentó retorciéndolas, creyendo que así las podría romper más fácilmente, pero las sujeciones de los tobillos le impedían girar lo suficiente. La agonía que le producían las muñecas lo obligó a parar. Le quemaban, y tuvo miedo de dañarse demasiado el músculo si continuaba. También le preocupaba la posibilidad de perder demasiada sangre, pues las muñecas ya hacía rato que le sangraban profusamente. Y no sabía cuánto tiempo tendrían que aguantar Arya y él allí colgados, esperando.

Era imposible saber qué hora era, pero Eragon supuso que solo debían de llevar unas cuantas horas cautivos, pues no sentía necesidad de comer ni de beber, ni siquiera de aliviarse. Pero eso no duraría mucho, y entonces el malestar sería mucho peor.

El dolor que sentía en las muñecas hacía que cada minuto le pareciera insoportablemente largo. De vez en cuando, Arya y él se miraban e intentaban comunicarse, pero sus esfuerzos eran en vano. Dos veces vio que las heridas de las muñecas empezaban a cerrarse, y volvió a tirar de las cadenas, pero sin conseguir nada. Lo único que podían hacer Arya y él era resistir. Pero cuando Eragon ya empezaba a dudar de que apareciera alguien, oyeron el tañido de unas campanas y las puertas que se encontraban a ambos lados del altar se abrieron. Eragon tensó todos los músculos del cuerpo, inquieto, y clavó la mirada en las puertas, igual que hizo Arya.

Pasó un minuto que se hizo eterno.

Las mismas campanas de antes volvieron a sonar con unos tañidos insistentes y desagradables, y la sala se llenó con un eco insoportable. Por las puertas entraron tres novicios: unos jóvenes con ropajes dorados que sostenían una estructura metálica de la cual pendían unas campanas. Detrás de ellos aparecieron veinticuatro personas, entre hombres y mujeres, todos ellos tullidos y ataviados con unos vestidos de cuero negro que resaltaban sus cuerpos deformes. Por fin, en último lugar, desfilaron seis esclavos con el cuerpo untado con aceite que transportaban, en andas, a un personaje sin brazos, sin piernas, sin dientes y, aparentemente, de un género indeterminado: el sumo sacerdote de Helgrind. En la cabeza llevaba un penacho de casi un metro de alto, lo cual solo acentuaba su cuerpo mutilado.

Los sacerdotes y los novicios se colocaron alrededor del mosaico circular del suelo, mientras que los esclavos depositaban con cuidado las parihuelas encima del altar que presidía la sala. Luego, los tres jóvenes novicios, atractivos y sanos, hicieron sonar las campanas otra vez en un estruendo discordante mientras los sacerdotes empezaban a entonar una frase que parecía pertenecer a algún extraño ritual. A Eragon le pareció distinguir que pronunciaban los nombres de los tres picos de Helgrind: Gorm, Ilda y Fell Angvara.

El sumo sacerdote miró a Eragon y a Arya con ojos que parecían puntas de obsidiana.

—Bienvenidos a la morada de Tosk —dijo, distorsionando las palabras a causa de sus labios atrofiados—. Dos veces has invadido nuestros santuarios, Jinete de Dragón. No tendrás la oportunidad de hacerlo otra vez… Galbatorix desea que preservemos tu vida y te enviemos a Urû'baen. Cree que podrá obligarte a que te pongas a su servicio. Sueña con hacer resucitar a los Jinetes y hacer revivir la raza de los dragones. Yo opino que sus sueños son una locura. Eres demasiado peligroso, y no queremos que los dragones resurjan de nuevo. Es creencia común que nosotros adoramos Helgrind, pero eso es una mentira que contamos para ocultar la verdadera naturaleza de nuestra religión. No es Helgrind lo que adoramos, sino a los Antiguos que hicieron de ella su hogar. A ellos sacrificamos nuestra carne y nuestra sangre. Los Ra'zac son nuestros dioses, Jinete de Dragón. Los Ra'zac y los Lethrblaka.

Un terror infinito invadió a Eragon.

El sumo sacerdote le escupió, y una larga baba le quedó colgando del inerte labio inferior.

—No existe tortura suficiente para castigar el crimen que has cometido, Jinete. Has matado a nuestros dioses, tú y ese maldito dragón que va contigo. Por ello, debes morir.

El chico se debatió en las cadenas e intentó gritar, a pesar de la mordaza. Si hubiera podido hablar, habría intentado ganar tiempo contando cuáles habían sido las últimas palabras de los Ra'zac, o amenazando con una venganza de Saphira. Pero sus captores no parecían interesados en quitarle la mordaza.

El sumo sacerdote esbozó una repugnante sonrisa que dejó al descubierto sus encías grises.

—No podrás escapar, Jinete. Las piedras de esta sala tienen un conjuro destinado a atrapar a cualquiera que intente profanar nuestro templo o robar nuestros tesoros, incluso a alguien como tú. Tampoco queda nadie que pueda rescatarte. Dos de tus compañeros han muerto: sí, incluso esa bruja entrometida, y Murtagh no sabe nada de tu presencia aquí. Hoy es el día de tu condena, Eragon *Asesino de Sombra*.

Entonces el sumo sacerdote echó la cabeza hacia atrás y emitió un desagradable silbido.

Por la puerta que quedaba a la izquierda del altar aparecieron cuatro esclavos con el pecho al descubierto que transportaban sobre sus espaldas una plataforma con unas copas muy grandes. Contenían dos objetos ovalados de unos cuarenta centímetros de alto y quince de ancho. Tenían un color azulado y mostraban unos puntitos en toda su superficie, como la piedra arenisca.

En cuanto los vio, Eragon sintió que el tiempo se detenía. «No pueden ser...», pensó. Pero el huevo de Saphira era liso, y tenía unas vetas parecidas a las del mármol. Fueran lo que fueran, esos objetos no eran huevos de dragón. Las otras alternativas todavía lo aterrorizaban más.

—Puesto que mataste a los Antiguos —dijo el sumo sacerdote—, es justo que seas el alimento de su renacer. No mereces un honor tan grande, pero eso complacerá a los Antiguos, y nosotros solo deseamos satisfacer sus deseos. Somos sus fieles sirvientes, y ellos son nuestros crueles e implacables maestros. El dios de las tres caras: los cazadores de hombres, los comedores de carne y los bebedores de sangre. A ellos les ofrecemos nuestros cuerpos con la esperanza de que nos sean revelados los misterios de esta vida y de que se nos absuelva de nuestras transgresiones. Tal como escribió Tosk, que así sea.

Los sacerdotes exclamaron todos a la vez:

—Tal como escribió Tosk, que así sea.

El sumo sacerdote asintió con la cabeza.

—Los Antiguos siempre han morado en Helgrind, pero en los tiempos del padre de mi abuelo, Galbatorix robó sus huevos, mató a los jóvenes y obligó a todos a jurarle lealtad bajo amenaza de acabar con su raza por entero. Perforó las cuevas y los túneles que han utilizado desde entonces, y a nosotros, sus devotos, nos encargó la custodia de los huevos, para que los vigiláramos, los guardáramos y los cuidáramos hasta que fueran necesarios. Esto es lo que hemos hecho, y nadie podrá encontrar una falla en el servicio que hemos prestado.

»Pero oramos para que Galbatorix sea un día derrocado, pues nadie debe doblegar a los Antiguos a su voluntad. Eso sería una abominación. —La deforme criatura se lamió los labios, y Eragon vio, con repugnancia, que le faltaba un trozo de lengua—. También deseamos que tú desaparezcas, Jinete. Los dragones eran los mayores enemigos de los Antiguos. Sin ellos, y sin Galbatorix, no habrá nadie que pueda impedirles devorar todo lo que quieran y donde quieran.

Mientras el sumo sacerdote hablaba, los cuatro esclavos que lo portaban en la plataforma avanzaron lentamente y lo depositaron con cuidado encima del mosaico circular, a pocos metros de Eragon y de Arya. Cuando lo hubieron hecho, lo saludaron con un respetuoso gesto de cabeza y desaparecieron por la misma puerta por donde habían entrado.

—¿Quién podría pedir algo mejor que servir de alimento a un dios? —preguntó el sumo sacerdote—. Alegraos, los dos, pues hoy recibís la bendición de los Antiguos, y con vuestro sacrificio, vuestros pecados serán lavados y entraréis en la vida del más allá como recién nacidos.

Entonces el sumo sacerdote y sus seguidores levantaron la cabeza hacia el techo y empezaron a cantar una extraña canción que a Eragon le costaba entender. Se preguntó si estarían cantando en el dialecto de Tosk. En algunos momentos le parecía distinguir algunas palabras del idioma antiguo, quizá mal pronunciadas y mal colocadas, pero del idioma antiguo.

Cuando dieron por terminada la grotesca reunión, después de entonar conjuntamente otra vez «Tal como Tosk escribió, que así sea», los tres novicios hicieron sonar las campanas sumidos en un éxtasis de fervor religioso. El ruido fue tan estridente que parecía que el techo fuera a venirse abajo. Sin dejar de tañer las campanas, los novicios salieron de la sala. Los veinticuatro sacerdotes los siguieron, y entonces, cerrando la procesión, desfiló su tullido señor transportado sobre las andas por los seis esclavos untados en aceite.

La puerta se cerró detrás de ellos con un siniestro sonido y se oyó el ruido de una pesada barra de metal que la atrancaba por el otro lado.

Eragon miró a Arya. Los ojos de la elfa tenían una expresión desesperada: ella tampoco tenía ni idea de cómo escapar de allí. Miró hacia arriba otra vez y tiró de la cadena con fuerza. Las heridas de las muñecas se le volvieron a abrir y lo salpicaron de sangre.

Delante de ellos, el huevo que quedaba más a la izquierda empezó a balancearse de un lado a otro ligeramente. Parecía que se oía un suave golpeteo en su interior, como si lo golpearan con un martillo diminuto.

Eragon se sintió invadido por un profundo terror. De todas las muertes imaginables, ser comido en vida por un Ra'zac era, con mucha diferencia, la peor. Tiró de las cadenas con mayor fuerza si cabe, mordiendo la mordaza para soportar el dolor que sentía en los brazos, pero este era tan grande que la visión se le nublaba.

A su lado, Arya también se debatía con las cadenas. Los dos luchaban en silencio por liberarse.

Y el tap-tap-tap en el interior del huevo azul oscuro continuaba.

«No sirve de nada», pensó Eragon. La cadena no cedía. En cuanto lo aceptó, se le hizo evidente que le sería imposible no recibir un daño mayor que el que ya sufría. La única cuestión era si sería algo de fuera el causante del mal o si sería él mismo quien decidiera sus heridas. «Por lo menos, tengo que salvar a Arya.»

Observó los grilletes de hierro que le atenazaban las muñecas. «Puedo romperme los pulgares, y así quizá pueda sacar las manos. Así, tal vez, podría luchar. Quizá pueda coger un trozo de cáscara del huevo de Ra'zac y utilizarlo como cuchillo.» Si conseguía algo con qué cortar, también podría cercenarse las piernas. Pero esa idea era tan aterradora que la ignoró. «Lo único que tengo que hacer es salir del círculo de piedras.» Entonces podría emplear la magia y detener el dolor y la pérdida de sangre. Solo tardaría unos minutos en llevar a cabo lo que estaba planeando, pero sabía que serían los minutos más largos de su vida.

Inhaló profundamente, preparándose. «Primero la mano izquierda.»

Pero antes de que empezara, Arya chilló.

Eragon la miró y una exclamación se le ahogó en la garganta en cuanto vio los dedos de su mano derecha. Se había desollado la piel, como si se hubiera quitado un guante y este le hubiera quedado colgando a la altura de las uñas, y se le veían los huesos blancos entre el escarlata de los músculos. Eragon gritó con ella cuando la elfa sacó la mano por la argolla, arrancándose la piel y la carne. El brazo le cayó, inerte, a un lado del cuerpo, salpicando un chorro de sangre en el suelo y sobre sus piernas.

A Eragon se le llenaron los ojos de lágrimas y la llamó a gritos a pesar de la mordaza, pero la elfa no parecía oírle.

Y justo cuando Arya se preparaba para repetir el proceso con la otra mano, se abrió la puerta que quedaba a la derecha del altar y uno de los novicios entró en la sala. Al verlo, Arya dudó un instante, aunque Eragon sabía que se arrancaría la mano de la argolla en cuanto hubiera la más mínima señal de peligro.

El joven miró a Arya de reojo y luego se dirigió con sigilo al centro del círculo de mosaico sin dejar de mirar con aprehensión el huevo, que seguía balanceándose a un lado y a otro. Era un joven delgado, de ojos grandes y rasgos delicados. A Eragon le pareció evidente que le habían elegido como novicio por su aspecto.

—Mirad —susurró el joven—. He traído esto. —Y se sacó una lima, un cincel y un mazo de madera de debajo de la túnica—. Si os ayudo, tenéis que llevarme con vosotros. Ya no soporto estar aquí más tiempo. Lo odio. ¡Es horrible! ¡Prometedme que me llevaréis con vosotros!

Sin esperar a que el joven terminara de hablar, Eragon ya estaba asintiendo con la cabeza. Pero al ver que el novicio empezaba a ir hacia él, soltó un gruñido e indicó a Arya con un gesto de la cabeza. El joven tardó unos segundos en comprender.

—Ah, sí —murmuró, y se dirigió hacia la elfa.

Eragon mordió la mordaza con rabia al ver la lentitud del joven. Pronto, el seco ruido de la lima ahogó el golpeteo del interior del huevo. Eragon se esforzó por observar los avances del novicio, que había empezado a seccionar la cadena que sujetaba la mano izquierda de Arya. «¡Mantén la lima en el mismo eslabón todo el rato, estúpido!» Eragon estaba furioso. Parecía que aquel novicio no hubiera utilizado nunca una lima, y dudó que tuviera la fuerza o la resistencia necesarias para cortar ni siquiera un hilo de metal.

Arya colgaba sin fuerzas de la cadena mientras el joven continuaba trabajando. El pelo le cubría el rostro. De vez en cuando, unos temblores le sacudían el cuerpo, y la sangre de la mano derecha no cesaba de manar.

Para desesperación de Eragon, la lima no estaba dejando ninguna marca en la cadena. Fuera cual fuera el conjuro que protegía ese metal, era demasiado fuerte para que algo tan simple como una lima lo superara. El novicio resopló, malhumorado ante la falta de progreso. Se detuvo un momento para secarse el sudor de la frente y luego, con el ceño fruncido, volvió a empezar. Los brazos le temblaban, su respiración se había vuelto agitada, y la túnica ondeaba con fuerza siguiendo sus movimientos.

«¿No te das cuenta de que no va a funcionar? —pensó Eragon—. Prueba con el cincel en las argollas de los tobillos.»

El joven continuó trabajando en el mismo punto.

Entonces se oyó un crujido que resonó en toda la sala. Se había abierto una fisura en el oscuro huevo, que al poco se hizo más grande y, a partir de ella, se abrieron una serie de finas grietas por toda la superficie. Entonces el segundo huevo también empezó a balancearse y a emitir un golpeteo que, unido al del primero, marcaba un ritmo enloquecido.

El novicio, al darse cuenta de ello, palideció, soltó la lima y se apartó de Arya. Negando con la cabeza, dijo:

—Yo… lo siento. Es demasiado tarde. —Hizo una mueca y el rostro se le llenó de lágrimas—. Lo siento.

Eragon se alarmó todavía más al ver que el joven se sacaba una daga de debajo de la túnica.

—No puedo hacer otra cosa —dijo, como si hablara consigo mismo—. Solo esto… —Sorbió por la nariz y se acercó a Eragon—. Es lo mejor.

Al ver que el joven se le aproximaba, Eragon tiró de las manos intentando sacarlas de las argollas. Pero estas eran demasiado pequeñas, y lo único que consiguió fue arrancarse un trozo mayor de piel de las muñecas.

—Lo siento —susurró el novicio, deteniéndose delante de Eragon y levantando la daga por encima de su cabeza.

«¡No!», gritó Eragon mentalmente.

Entonces, un bloque de amatista entró volando en la sala desde el pasillo por donde Eragon y Arya habían entrado. La amatista golpeó al joven en la cabeza, y este se precipitó encima de Eragon, que sintió el filo de la daga deslizarse sobre sus costillas. El novicio cayó al suelo, inconsciente.

De las profundidades de ese pasillo apareció una pequeña figura que avanzaba cojeando. Eragon forzó la vista y, cuando la figura entró en el círculo de luz, vio que no era otro que Solembum.

Sintió un profundo alivio.

El hombre gato apareció en forma humana, e iba desnudo excepto por un taparrabos que parecía haber improvisado con las ropas de sus atacantes. Se le veía todo el pelo hirsuto, y su rostro había adoptado una mueca de gran fiereza. Tenía los brazos llenos de cortes, la oreja izquierda le colgaba a un lado y había perdido un trozo de piel de la cabeza. En la mano llevaba un cuchillo lleno de sangre.

Y, unos pasos por detrás del hombre gato, apareció Angela, la herbolaria.

Los infieles andan sueltos

—¡Vaya un idiota! —exclamó Angela mientras se apresuraba en dirección al círculo de mosaico.

La herbolaria tenía unos cuantos cortes y rasguños que sangraban, y sus ropas también estaban empapadas de sangre, pero Eragon sospechó que no era suya. A parte de eso, no había sufrido mayor daño.

—Lo único que tenía que hacer era... ¡esto!

Angela levantó la espada de hoja transparente por encima de su cabeza y descargó un golpe sobre una de las amatistas con la empuñadura. La piedra se rompió con un extraño chasquido parecido al ruido blanco, y la luz que emitía parpadeó y se apagó. Las demás piedras mantenían su brillo. Sin perder tiempo, la herbolaria se acercó a la siguiente amatista y también la rompió. Y así siguió, una tras otra.

Eragon nunca se había sentido tan agradecido de encontrar a alguien. Mientras observaba a Angela, no dejaba de vigilar el huevo, cuyas fisuras se hacían cada vez más grandes. El Ra'zac se había abierto camino casi por completo, y, como si lo supiera, emitía chillidos mientras golpeaba la cáscara desde el interior. Debajo de las grietas de la cáscara se veía una gruesa membrana blanca y el pico y la cabeza del Ra'zac, que empujaba con una fuerza ciega, horrible y monstruosa. «Deprisa, deprisa», pensó Eragon, al ver que un fragmento de cáscara grande como su mano se desprendía del huevo y caía al suelo, emitiendo un sonido como el de la loza al romperse.

Entonces la membrana se rompió y el Ra'zac sacó la cabeza fuera del huevo, abrió el pico, sacó una lengua de color púrpura y emitió un chillido de triunfo. Una baba le goteaba desde el caparazón, y la habitación se llenó de un hedor a moho. El Ra'zac emitió un segundo chillido mientras se esforzaba por librarse de lo que quedaba de la cáscara. Sacó una de las garras, pero al hacerlo, el huevo se desequilibró, inclinándose hacia un lado y vertiendo un fluido denso y amarillento sobre el mosaico del suelo. La grotesca cría se quedó tumbada de lado un instante, aturdida. Luego reaccionó y se puso en pie. Se quedó quieta, vacilante, mientras emitía unos chasquidos nerviosos, como los de un insecto.

Eragon la contempló con consternación y terror, pero también fascinado. El insecto tenía un pecho ancho y rugoso, que parecía tener las costillas fuera del cuerpo en lugar de dentro. Sus patas eran delgadas y nudosas, como palos, y la cintura, más estrecha que la de los seres humanos. Las patas tenían una articulación para poder doblarlas hacia delante, cosa que Eragon no había visto nunca, y que explicaba la inquietante postura que adoptaba ese ser. El caparazón era ahora blando y maleable, no como el de los Ra'zac más adultos que Eragon había visto antes. Sin duda, con el tiempo se haría más duro.

El Ra'zac inclinó la cabeza —sus enormes y protuberantes ojos brillaron a la luz— y soltó unos chirridos animados, como si hubiera descubierto algo emocionante. Entonces dio un paso hacia Arya…, y otro…, y luego otro, abriendo el pico y apuntándolo hacia el charco de sangre que la elfa tenía a sus pies.

Eragon, con intención de distraer a esa criatura, soltó un grito que la mordaza ahogó. El Ra'zac le dirigió una rápida mirada, pero enseguida lo ignoró.

—¡Ahora! —exclamó Angela, rompiendo la última amatista.

Mientras los trozos de piedra todavía rebotaban en el suelo, Solembum saltó sobre el Ra'zac. El cuerpo del hombre gato se transformó en el aire —la cabeza se hizo pequeña, las piernas se le acortaron y le salió pelo por todo el cuerpo— y, al aterrizar, lo hizo sobre las cuatro patas, convertido ya en un animal. El Ra'zac, al verlo, siseó con actitud amenazadora y lanzó un zarpazo en dirección al gato, pero Solembum lo esquivó y, con una rapidez imposible de seguir con la mirada, golpeó la cabeza del Ra'zac con una de sus fuertes y grandes patas. El cuello de la bestia se rompió con un crujido, y la criatura salió volando hacia el otro extremo de la habitación. Después de caer al suelo, estuvo retorciéndose unos instantes antes de quedar inerte.

Solembum bufó, aplastando las orejas contra la cabeza. Luego se sacudió de encima el taparrabos que todavía llevaba alrededor de las caderas y fue a sentarse al lado del otro huevo, a esperar.

—¿Qué te has hecho? —dio Angela a Arya corriendo hacia ella.

Arya levantó un poco la cabeza, pero no hizo ningún esfuerzo por responder. La herbolaria deslizó la hoja de su espada por la cadena, cortándola como si no fuera más que queso tierno. La elfa cayó al suelo apretando la mano herida contra el cuerpo mientras se quitaba la mordaza con la otra mano.

Luego Angela liberó a Eragon, que sintió un alivio inmediato en los hombros en cuanto pudo bajar los brazos a ambos lados del cuerpo. También se quitó la mordaza de la boca y, con voz ronca, dijo:

—Creíamos que estabas muerta.

—Tendrán que esforzarse más si quieren matarme. Unos ineptos, eso es lo que son.

Arya, todavía con la mano apretada contra el cuerpo, empezó a entonar un conjuro para cerrar y sanar heridas. Su voz era suave, pero el tono era tenso. A pesar de ello, en ningún momento dudó ni se equivocó en las palabras. Mientras ella trabajaba para curarse la mano, Eragon se sanó el corte que tenía en las costillas. Cuando terminó, hizo un gesto a Solembum y le dijo:

—Apártate.

El hombre gato dio un latigazo con la cola, pero hizo lo que Eragon le decía.

—¡Brisingr!

De repente, el segundo huevo quedó envuelto en unas llamas azuladas. La criatura chilló: fue un sonido terrible, sobrenatural, más parecido al chirrido del metal que al grito de una persona o una bestia. Eragon, achicando los ojos a causa del calor que emitían las llamas, observó con satisfacción. El huevo quedó carbonizado. «Y que este sea el último de todos ellos», pensó. Cuando el Ra'zac dejó de chillar, Eragon apagó el fuego, que se extinguió de abajo arriba. Entonces se hizo un silencio absoluto, pues Arya también había terminado de pronunciar su hechizo y se había quedado inmóvil.

Angela fue la primera en moverse. Se acercó a Solembum y, pronunciando unas palabras en el idioma antiguo, le curó la oreja caída y las demás heridas que tenía por todo el cuerpo.

Eragon se arrodilló al lado de Arya y le puso una mano en el hombro. Ella lo miró a los ojos y luego le mostró la mano. La piel que le envolvía la base del dedo pulgar, así como la parte exterior de la palma de la mano y el dorso, todavía mostraban un brillante color rojizo. Pero los músculos parecían haberse curado.

CHRISTOPHER PAOLINI

—¿Por qué no has terminado? —le preguntó Eragon—. Si estás demasiado cansada para hacerlo, yo puedo...

Ella negó con la cabeza.

—Me he dañado varios nervios... y no puedo repararlos. Necesito la ayuda de Blödhgarm. Él es más hábil que yo en manipular el cuerpo.

—¿Puedes luchar?

—Sí, si voy con cuidado.

Eragon le dio un apretón en el hombro.

—Lo que has hecho...

—Solo he hecho lo que era lógico.

—Pero no todos hubieran tenido la fuerza de hacerlo... Yo lo intenté, pero mi mano es demasiado grande. ¿Ves? —explicó, levantando la mano y poniéndola al lado de la de ella.

Arya asintió con la cabeza. Luego se sujetó al brazo de Eragon y se puso en pie. Él la imitó y le volvió a ofrecer el brazo para que se apoyara.

—Tenemos que encontrar nuestras armas —dijo—, así como mi anillo, mi cinturón y el collar que los enanos me dieron.

Angela frunció el ceño.

—¿Por qué tu cinturón? ¿Es que tiene algún hechizo?

Eragon dudó un momento si decirle o no la verdad, pero Arya se anticipó:

—No debes de conocer el nombre de quien lo fabricó, sabia, pero seguro que durante tus viajes habrás oído hablar del cinturón de las doce estrellas.

Angela abrió mucho los ojos, asombrada.

—¿Ese cinturón? Pero yo creía que se había perdido hacía muchos siglos, que había sido destruido durante...

—Lo recuperamos —la interrumpió Arya.

Eragon se dio cuenta de que la herbolaria deseaba hacer más preguntas, pero al final solo dijo:

—Comprendo... No podemos perder tiempo buscando por todas las habitaciones de este laberinto. Cuando los sacerdotes se den cuenta de que habéis escapado, los tendremos pisándonos los talones.

Eragon hizo un gesto en dirección al novicio, que todavía estaba tumbado en el suelo, inconsciente.

—Quizás él nos pueda decir adónde se han llevado nuestras cosas.

La herbolaria se puso en cuclillas al lado del joven y colocó dos dedos en su cuello para tomarle el pulso. Luego le dio unas palmadas en las mejillas e intentó abrirle los ojos. Pero el novicio continuaba inerte, y eso pareció enojar a la mujer.

—Un momento —dijo, cerrando los ojos y frunciendo el ceño ligeramente. Se quedó quieta un instante. Luego se levantó con sorprendente presteza—. ¡Vaya un desdichado egocéntrico! No me extraña que sus padres lo enviaran con los sacerdotes. Me sorprende, incluso, que estos lo hayan aguantado tanto tiempo.

—¿Sabe algo que nos pueda ser útil? —preguntó Eragon.

—Solo el camino hasta la superficie. —Angela señaló la puerta que quedaba a la izquierda del altar, la misma por la que habían entrado y salido los sacerdotes—. Es increíble que intentara liberaros. Sospecho que es la primera vez en su vida que hace algo por iniciativa propia.

—Tenemos que llevarlo con nosotros. —A Eragon no le gustaba la idea, pero se sentía obligado por el deber—. Le prometí que lo haríamos si nos ayudaba.

—¡Pero intentó mataros!

—Le di mi palabra.

Angela suspiró. Dirigiéndose a Arya, dijo:

—Supongo que no podrás convencerlo de lo contrario.

La elfa negó con la cabeza y, levantando al chico del suelo, se lo cargó sobre los hombros sin esfuerzo.

—Yo lo llevaré —afirmó.

—En ese caso —le dijo la herbolaria a Eragon—, será mejor que lleves esto, pues parece que tú te vas a encargar de luchar.

Alargando el brazo, le ofreció una espada de hoja corta mientras se sacaba un puñal de empuñadura incrustada con piedras de entre los pliegues del vestido.

—¿De qué está hecha? —preguntó Eragon observando cómo la hoja transparente atrapaba y reflejaba la luz. Le parecía un material parecido al diamante, pero no se imaginaba que nadie pudiera hacer una espada a partir de una piedra preciosa, pues la cantidad de energía que requeriría evitar que esta se rompiera con cada golpe agotaría a cualquier mago.

—No es piedra ni metal —repuso Angela—. Pero ten cuidado. Tienes que manejarla con suma atención. No toques nunca el filo ni la acerques a nada ni nadie que valores, porque lo lamentarás. Tampoco permitas que toque nada que puedas necesitar. Como tus piernas, por ejemplo.

Eragon, cauteloso, apartó la espada de su cuerpo.

—¿Por qué?

—Porque —empezó la herbolaria con evidente placer— esta es la hoja más afilada que ha existido nunca. Ninguna otra espada, cuchillo ni hacha puede igualar su filo, ni siquiera *Brisingr*. Es el instrumento cortante definitivo. «Esto» —y aquí hizo una pausa para dar énfasis— es el arquetipo del plano inclinado… No se encuentra otro igual en ningún lugar. Puede cortar cualquier cosa que no esté protegida por un conjuro, y muchas cosas que sí lo están. Compruébalo, si no me crees.

Eragon miró a su alrededor buscando algo con qué probar la espada. Finalmente se dirigió al altar y golpeó la espada contra una esquina de la placa de mármol.

—¡No tan fuerte! —gritó Angela.

La hoja transparente traspasó los diez centímetros de piedra como si cortara pan y continuó bajando hacia los pies de Eragon, que soltó un grito y saltó hacia atrás. Por suerte, pudo parar el golpe antes de hacerse daño.

El trozo de mármol del altar cayó sobre el escalón y rebotó, yendo a parar al centro de la sala. El chico se dio cuenta de que, después de todo, esa hoja podía muy bien ser de diamante porque no necesitaría tanta protección como había pensado en un principio, pues era raro que se encontrara con alguna resistencia.

—Toma —dijo Angela—. Será mejor que también tengas esto. —Se desabrochó la funda de la espada y se la ofreció—. Es una de las pocas cosas que este filo no puede cortar.

Eragon tardó un momento en ser capaz de hablar: todavía estaba impresionado por haber estado a punto de cortarse los dedos de los pies. Al final, lo consiguió:

—¿Tiene nombre esta espada?

Angela se rio.

—Por supuesto. En el idioma antiguo su nombre es *Albitr*, que significa exactamente lo que piensas. Pero yo prefiero llamarla *Muerte Cristalina*.

—¿Muerte Cristalina?

—Sí. Por el sonido que hace la hoja cuando le das un golpecito —repuso Angela. Tocó la hoja con la punta de la uña y sonrió. La hoja emitía una aguda nota que perforaba el silencio de la sala como un rayo de luz penetra en la oscuridad—. Bueno, ¿en marcha?

Eragon echó un vistazo a su alrededor para asegurarse de que no olvidaban nada. Luego asintió con la cabeza, se dirigió hacia la puerta de la izquierda y la abrió tan silenciosamente como le fue posible. Al otro lado se abría una sala larga y ancha iluminada con antorchas. Y, de pie, formando dos ordenadas filas a ambos lados de esta, encontró a veinte de los guerreros vestidos de negro que les habían tendido la emboscada.

Al ver a Eragon, los soldados se llevaron la mano a la empuñadura de sus espadas.

Eragon soltó una maldición mentalmente y se lanzó hacia delante a toda carrera con la intención de atacarlos antes de que pudieran desenfundar las espadas y organizarse para hacerle frente. Pero no había avanzado casi nada cuando percibió un extraño movimiento al lado de cada uno de esos hombres: era como un borrón oscuro y casi invisible, como el movimiento de una pluma visto de reojo. Y, de repente, sin emitir ni un sonido, los veinte hombres cayeron al suelo, muertos.

Alarmado, Eragon se detuvo. Se dio cuenta de que todos ellos habían recibido una puñalada en el ojo. Una puñalada absolutamente limpia. Se dio la vuelta para preguntar a Arya y a Angela si sabían qué era lo que había sucedido, y enseguida vio que la herbolaria se apoyaba en la pared, doblada sobre sí misma y con las manos en las rodillas, esforzándose por recuperar el resuello. Tenía el rostro completamente lívido y las manos le temblaban. De la hoja de su puñal caían unas gruesas gotas de sangre.

El chico sintió miedo y admiración a partes iguales. Fuera lo que fuera lo que Angela hubiera hecho, quedaba lejos de su comprensión.

—Sabia —dijo Arya, que también parecía asombrada—, ¿cómo has conseguido hacer esto?

La herbolaria, a pesar de la respiración agitada, se rio.

—He utilizado un truco… que aprendí de mi maestro… Tenga… hace siglos. Que mil arañas le muerdan las orejas y los dedos huesudos.

—Sí, pero ¿«cómo» lo has hecho? —insistió Eragon. Un truco como aquel podría serles útil en Urû'baen.

La herbolaria volvió a reírse.

—¿Qué es el tiempo, sino movimiento? ¿Y qué es el movimiento, sino calor? ¿Y no son el calor y la energía nombres que designan la misma cosa? —Apartándose de la pared, se acercó a Eragon y le dio unas palmaditas en la mejilla—. Cuando comprendas lo que eso implica, entonces entenderás qué he hecho y cómo lo he hecho… Hoy no podré volver a emplear este hechizo, porque me causaría daño, así que no esperéis que mate a todos los hombres con los que nos topemos la próxima vez.

Eragon se tragó su curiosidad, aunque tuvo que hacer un buen esfuerzo, y asintió con la cabeza. Luego arrancó una túnica y un jubón acolchado a uno de los hombres, se los puso encima y guio a los demás hacia un arco que quedaba al otro extremo de la sala.

A partir de ese momento ya no encontraron a nadie más en ese laberinto de habitaciones y de pasillos, pero tampoco vieron ni rastro de sus pertenencias. A pesar de que Eragon se alegraba de pasar desapercibido, también le inquietaba no cruzarse ni siquiera con un sirviente. Esperaba que nadie hubiera dado la alarma de que se habían escapado.

A diferencia de las habitaciones que habían atravesado hasta ese momento, estas estaban llenas de tapices, muebles y extraños objetos de cristal y de bronce que no tenían una utilidad evidente. Eragon se sintió tentado varias veces de detenerse a inspeccionar un escritorio o una librería, pero se reprimió. No tenían tiempo de pararse a leer viejos papeles, por muy intrigantes que pudieran ser.

Cada vez que se encontraban con más de una opción, Angela decidía qué camino seguir. Pero Eragon iba a la cabeza sujetando la empuñadura de *Muerte Cristalina* con fuerza, tanta que la mano se le empezaba a agarrotar.

Al cabo de muy poco llegaron a un pasillo que terminaba ante unos escalones de piedra que ascendían, haciéndose cada vez más estrechos. A los pies de la escalera había dos novicios que llevaban unas campanas iguales a las que Eragon había visto antes. En cuanto los vio, se lanzó corriendo contra ellos y consiguió clavar la espada en el cuello del primero sin darle tiempo a gritar o a hacer sonar las campanas. Pero el otro pudo hacer ambas cosas antes de que Solembum le saltara encima y lo tumbara al suelo arañándole la cara. Todo el pasillo se llenó del fragor de su tañido.

—¡Deprisa! —gritó Eragon, subiendo las escaleras.

Al llegar arriba se encontró ante una pared de unos tres metros de ancho que se levantaba, sola, sin colindar con ninguna otra estructura. Estaba muy ornamentada y totalmente cubierta con unos símbolos grabados en la piedra que a Eragon le resultaron familiares. Sin detenerse mucho, pasó al otro lado de la pared y allí se encontró bajo una luz rosada tan intensa que tuvo que protegerse los ojos con la funda de *Muerte Cristalina*. Desorientado, se detuvo.

A un metro y medio de él se encontraba el sumo sacerdote, instalado encima de las andas. Tenía un corte en un hombro del cual le goteaba la sangre, y uno de las sacerdotisas —una mujer a la que le faltaban las dos manos— recogía esas gotas con una copa que sujetaba entre sus dos muñones. El sumo sacerdote y la mujer volvieron la cabeza y miraron a Eragon, sorprendidos.

El chico miró por detrás de ellos y vio varias cosas al mismo tiempo: unas imponentes columnas que se levantaban hasta un techo abovedado; altas ventanas de cristales coloreados en las paredes: las de la izquierda filtraban los rayos del sol naciente mientras que las de la derecha se veían apagadas y sin vida; blancas estatuas entre las ventanas; hileras de bancos de granito veteado de distintos colores que cubrían todo el espacio de la nave hasta el otro extremo de la sala, y, ocupando las primeras cuatro hileras, unos sacerdotes vestidos de cuero negro y con la cabeza levantada, que cantaban con sus bocas tan abiertas como las de los pollos esperando ser alimentados. Eragon tardó un poco en darse cuenta de que se encontraba en el interior de la catedral de Dras-Leona, al otro lado del altar ante el cual una vez se había arrodillado con gran reverencia, mucho tiempo atrás.

La mujer manca dejó caer el cáliz y se puso en pie, cubriendo al sumo sacerdote con su cuerpo y extendiendo ambos brazos en cruz. A Eragon le pareció ver, en el borde de las andas, la funda azul de *Brisingr* y el anillo *Aren* al lado. Dos guardias corrieron hacia él desde ambos lados del altar y lo atacaron con unas picas adornadas con borlas rojas. Esquivó al primero de ellos y le partió el asta de la pica, cuya punta salió volando por los aires. Luego tajó al hombre por la mitad: *Muerte Cristalina* cortó su carne y sus huesos con una facilidad asombrosa. Acabó con el segundo guardia con la misma facilidad, y se dispuso a enfrentarse a otros dos que se le habían acercado por detrás. Angela se le unió, blandiendo el puñal, y un poco a su izquierda oyó que Solembum soltaba un ronquido amenazador. Arya se mantenía un poco apartada, cargando todavía con el novicio.

La sangre del cáliz había cubierto el suelo alrededor del altar, y los guardias resbalaron en ella. Uno cayó sobre el otro, y los dos rodaron por el suelo. Eragon avanzó hacia ellos sin levantar los pies del suelo para evitar resbalar también y les dio muerte al instante, procurando no hacerse daño con la espada de la herbolaria.

Entonces pareció que el sumo sacerdote gritaba desde muy lejos:

—¡Matad a los infieles! ¡Matadlos! ¡No permitáis que estos blasfemos escapen! ¡Deben ser castigados por sus crímenes contra los Antiguos!

Los sacerdotes empezaron a aullar y patear el suelo.

De repente, Eragon sintió que todas esa mentes acuchillaban su conciencia, como una manada de lobos que desgarran a su presa. Se retiró a las profundidades de su ser, rechazando esos ataques con las técnicas que había practicado con Glaedr. Pero era difícil defenderse de tantos enemigos a la vez, y tuvo miedo de no ser capaz de mantener mucho tiempo esa resistencia. La única ventaja era que esos sacerdotes, asustados y desorganizados, lo atacaban individualmente y no en bloque. De no haber sido así, la fuerza de todos ellos actuando al mismo tiempo lo hubiera vencido.

Cuando ya estaba a punto de desfallecer, sintió que la conciencia de Arya ejercía presión contra la suya: una presencia familiar y consoladora en medio de la furia de sus enemigos. Aliviado, Eragon se abrió a ella, y ambos unieron sus mentes igual que habían hecho con Saphira en otras ocasiones. Las identidades de ambos se fusionaron y Eragon dejó de saber de dónde procedían muchos de sus sentimientos y pensamientos. Juntos atacaron mentalmente a uno de los sacerdotes, que se debatió por escapar de las garras de sus conciencias como un pez que se quisiera escurrir entre sus dedos, pero Eragon y Arya mantuvieron la fuerza de su agarre y no lo permitieron. El hombre recitaba una extraña frase en un intento para impedirles la entrada en su mente, tal vez se trataba de un fragmento del *Libro de Tosk*. Pero al sacerdote le faltaba disciplina y muy pronto perdió la concentración y pensó: «Los infieles están demasiado cerca del señor. Tenemos que matarlos antes de que... ¡Un momento! ¡No! ¡No...!».

Eragon y Arya habían aprovechado ese momento de debilidad y pronto tuvieron al sacerdote bajo su dominio. Cuando se hubieron asegurado de que el hombre no tenía fuerzas físicas ni mentales para vengarse, la elfa elaboró un hechizo para examinar sus recuerdos y averiguó cómo traspasar los escudos mágicos que los protegían a todos ellos.

Entonces, uno de los sacerdotes que se encontraba en la tercera hilera de bancos chilló al ver que el fuego prendía en su cuerpo: unas llamas verdes le salían por las orejas, la boca y los ojos. El fuego prendió también en otros sacerdotes que estaban cerca de él y los demás empezaron a gritar y a correr de un lado a otro, enloquecidos. Ese barullo general hizo que el ataque contra Eragon perdiera fuerza. Las llamaradas de fuego crepitaban como el estallido de los rayos en una tormenta.

Angela se lanzó contra los sacerdotes apuñalando a todo aquel que encontraba a su paso. Solembum la siguió, acabando con los que caían al suelo.

A partir de ese momento, a Eragon y a Arya les resultó sencillo tomar el control de las mentes de sus enemigos. Juntos todavía, mataron a cuatro sacerdotes más, y entonces los que quedaban se dispersaron. Algunos huían por el vestíbulo que, según recordaba Eragon, conducía a un priorato adosado a la catedral. Otros se ocultaban tras los bancos y se cubrían la cabeza con los brazos.

Pero hubo seis sacerdotes y sacerdotisas que, en lugar de escapar o esconderse, se lanzaron contra él blandiendo unos cuchillos de hoja curva. Eragon atacó a la primera de ellas de inmediato, pero la mujer llevaba un escudo mágico que paró el golpe de *Muerte Cristalina* a quince centímetros de su cuerpo. Él sintió un fuerte tirón en el brazo. Entonces utilizó el brazo izquierdo para golpear a la mujer. Fuera cual fuera el motivo, el hechizo no detuvo su puño contra el pecho de ella, y la sacerdotisa cayó encima de los que la seguían. Pero el grupo se recuperó y volvió al ataque. Eragon paró un torpe intento de uno de ellos, lanzó un grito y le clavó el puño en el vientre, lanzando al hombre contra uno de los bancos. Luego mató al siguiente sacerdote de forma similar. El sacerdote que quedaba a su derecha sucumbió por un dardo que se le clavó en el cuello, y otro cayó al suelo bajo el ataque de Solembum. Solo quedaba uno de los seguidores de Tosk, una mujer: Arya la agarró por la pechera con la mano que le quedaba libre y la lanzó por los aires.

Durante la escaramuza, cuatro novicios habían levantado las andas del sumo sacerdote y se lo llevaban con paso rápido por el lado este de la catedral, en dirección a la entrada principal. En cuanto se dio cuenta de ello, Eragon subió al altar de un salto tirando al suelo un plato y una copa y, desde allí, saltó por encima de los cuerpos de los sacerdotes para lanzarse a la carrera hacia el otro extremo de la catedral, para perseguir a los novicios. Estos, al ver que Eragon llegaba a la puerta, se pararon.

—¡Dad la vuelta! —gritó el sumo sacerdote—. ¡Dad la vuelta!

Sus sirvientes obedecieron, pero se encontraron frente a Arya, que transportaba a uno de los suyos sobre los hombros. Los novicios chillaron y corrieron hacia uno de los lados pasando entre dos hileras de bancos. Pero no habían avanzado mucho cuando Solembum apareció por el otro extremo cerrándoles el paso. El hombre gato avanzaba hacia ellos con las orejas pegadas a la cabeza y emitiendo un ronquido tan profundo que a Eragon se le pusieron todos los pelos de punta. Tras él se acercaba Angela, desde el altar, con el puñal en una mano y un dardo verde y amarillo en la otra.

Eragon se preguntó cuántas armas llevaba encima.

Pero los novicios no perdieron el coraje ni abandonaron a su señor, sino que lanzaron un grito y corrieron incluso más rápido en dirección a Solembum, quizá porque el gato era el más pequeño de sus enemigos y les debía de parecer que sería más fácil vencerlo. Pero estaban equivocados. Solembum, con un movimiento fluido, se agachó para tomar impulso y saltó hacia uno de los novicios que iban delante. Mientras el hombre gato volaba por los aires, el sumo sacerdote pronunció una palabra en el idioma antiguo. Eragon no la comprendió, pero no cabía duda de que pertenecía al idioma de los elfos. El hechizo no tuvo ningún efecto en Solembum, aunque Eragon se dio cuenta de que Angela trastabillaba como si hubiera recibido un golpe.

Solembum se precipitó sobre uno de los novicios y el joven cayó al suelo, gritando bajo las zarpas del hombre gato. Los demás novicios tropezaron con el cuerpo de su compañero y también cayeron al suelo tumbando al sumo sacerdote sobre uno de los bancos, donde se quedó retorciéndose como un gusano.

Al cabo de un instante, Eragon llegó hasta ellos y acabó con los jóvenes con tres golpes de la espada. El cuarto había sucumbido bajo las fauces de Solembum.

Cuando estuvo seguro de que los hombres estaban muertos, se dio la vuelta para acabar de una vez por todas con el sumo sacerdote. Pero mientras se acercaba a la lisiada criatura, una mente lo invadió. Penetraba y tanteaba hasta las partes más profundas e íntimas de su mente, intentando encontrar sus pensamientos. Ese violento ataque obligó a Eragon a detenerse y a concentrarse para poder defenderse del intruso.

Mientras lo hacía, vio por el rabillo del ojo que también Arya y Solembum se habían quedado quietos. La única excepción era la herbolaria. Angela se había detenido un segundo justo cuando el ataque había empezado, pero ahora se dirigía hacia Eragon con paso lento.

El sumo sacerdote miraba a Eragon. Sus ojos, hundidos y enrojecidos, se clavaban en él encendidos por el odio y la furia. Si esa criatura hubiera tenido brazos y piernas, a Eragon no le cabía ninguna duda de que habría intentado arrancarle el corazón con las manos. Pero lo único que podía hacer era mirarlo, y sus ojos eran tan malignos que no se hubiera sorprendido si el tullido hubiera saltado del banco para morderle los tobillos.

A medida que Angela se acercaba, el ataque contra su mente se hacía más intenso. El sumo sacerdote —pues no podía ser otro el responsable— era mucho más hábil que sus súbditos. Mantener un combate mental con cuatro oponentes a la vez y continuar siendo una amenaza para cada uno de ellos era una hazaña impresionante, sobre todo cuando esos oponentes eran un elfo, un Jinete de Dragón, una bruja y un hombre gato. El sumo sacerdote tenía una de las mentes más formidables con que Eragon se había encontrado jamás. De no haber sido por la ayuda de sus compañeros, seguramente habría sucumbido a sus ataques. El sumo sacerdote estaba haciendo cosas que Eragon no había experimentado nunca, como enredar sus pensamientos con los de Arya y los de Solembum hasta el punto de que, en la confusión, Eragon perdía la noción de su propia identidad.

Al fin, Angela llegó hasta los bancos. Pasó al lado de Solembum —que estaba agachado ante el novicio al que había atacado— y por entre los cuerpos de los tres novicios que Eragon había matado. Al ver que la herbolaria se le aproximaba, el sumo sacerdote empezó a retorcerse como un pez colgado del anzuelo, intentando desplazarse por encima del banco para alejarse. Al mismo tiempo que lo hacía, la presión que Eragon sentía contra su mente disminuía, aunque no lo suficiente para permitir que se moviera.

Cuando llegó hasta él, Angela se detuvo. El sumo sacerdote se quedó quieto, jadeando sobre el banco. Durante un minuto, esa criatura de ojos hundidos y la herbolaria clavaron la vista el uno en el otro librando una batalla de voluntades. Al final, el hombre se encogió un poco. Angela sonrió y, dejando caer el puñal, sacó de debajo de su vestido una daga que tenía la hoja del mismo color rojizo del sol poniente. Entonces, inclinándose sobre el sumo sacerdote, susurró en un tono muy muy bajo:

—Deberías saber mi nombre, deslenguado. Si lo hubieras sabido, nunca te habrías atrevido a oponerte a nosotros. Ven, deja que te diga cuál es.

Y bajando todavía más la voz, tanto que Eragon no pudo oír lo que decía, pronunció una palabra. El sumo sacerdote palideció y un aullido sobrenatural le salió de la garganta. Toda la catedral resonó con su queja.

—¡Oh, cállate! —exclamó la herbolaria, clavándole la daga en el pecho.

La hoja soltó un destello blanco y penetró en la carne con un ruido como el de un trueno lejano. La zona que rodeaba la herida se encendió por dentro como un ascua. La piel y la carne empezaron a desintegrarse y se convirtieron en un polvo fino y negro que cayó sobre la herida. El sumo sacerdote emitió una tos ahogada y el aullido se interrumpió con tanta brusquedad como había empezado.

El hechizo devoró lo que quedaba de él y convirtió su cuerpo en un montón de polvo negro que dibujó en el banco la forma de su torso.

—Por fin —dijo Angela, asintiendo firmemente con la cabeza.

El tañido de la campana

*E*ragon parpadeó con fuerza, como si acabara de despertar de una pesadilla. Ahora que habían acabado con el sumo sacerdote, Eragon empezó a recuperar los sentidos. Se dio cuenta de que la campana del priorato estaba sonando: era un sonido fuerte e insistente que le recordó el episodio en que el Ra'zac lo había perseguido la primera vez que había estado en Dras-Leona.

«Murtagh y Espina estarán aquí muy pronto —pensó—. Tenemos que irnos antes de que lleguen.»

Enfundó *Muerte Cristalina* y se la dio a Angela.

—Toma —le dijo—. Supongo que querrás recuperarla.

Luego apartó los cuerpos de los novicios hasta que pudo sacar *Brisingr* de debajo. En cuanto la tomó por la empuñadura lo inundó una sensación de alivio. La espada de la herbolaria era un arma eficaz y peligrosa, pero no era la suya. Sin *Brisingr* se sentía desarmado, vulnerable…, igual que le sucedía cada vez que él y Saphira se separaban.

Tardó un poco más en encontrar su anillo, que había rodado hasta debajo de uno de los bancos, y su collar, que halló enrollado en uno de los asideros de las andas. También encontró la espada de Arya en medio del montón de cuerpos, y la elfa se alegró de recuperarla. Pero del cinturón de Beloth *el Sabio* no encontró ni rastro. Miró debajo de todos los bancos, e incluso regresó al altar y registró toda esa parte.

—No está aquí —dijo, finalmente, desesperado, regresando a la pared que ocultaba la entrada a las cámaras subterráneas—. Deben de haberlo dejado en los túneles —dijo, y, mirando en dirección al priorato, añadió—: O, quizá… —Dudó un instante, sin saber cuál de las dos opciones tomar.

En voz muy baja, pronunció un conjuro para saber dónde estaba el cinturón y cómo llegar a él, pero el único resultado que obtuvo fue una imagen de un vacío liso y gris: tal como había temido, el cinturón llevaba unos escudos que impedían acercarse a él a través de la magia, iguales a los que portaba su espada. Frunció el ceño y dio un paso hacia la pared. Entonces oyó una campana que sonaba con más fuerza que las otras.

—Eragon —lo llamó Arya desde el otro extremo de la catedral mientras se cargaba al novicio inconsciente en el otro hombro—. Tenemos que irnos.

—Pero...

—Oromis lo comprenderá. No es culpa tuya.

—Pero...

—¡Déjalo! El cinturón ya se perdió una vez. Lo encontraremos de nuevo. Pero ahora debemos huir. ¡Deprisa!

El chico soltó una maldición, pero dio media vuelta y corrió hacia Arya, Angela y Solembum, que se encontraban en la parte delantera de la catedral. «De entre todas las cosas que se podían perder...», se quejó. Le parecía casi un sacrilegio abandonar el cinturón, después de que tantos seres hubieran muerto para darle su energía. Además, tenía la terrible sensación de que esa energía le haría mucha falta antes de que terminara el día.

Mientras ayudaba a Angela a empujar las pesadas puertas de la entrada de la catedral, proyectó su mente hacia Saphira, pues sabía que, en esos momentos, la dragona estaría volando en círculos por encima de la ciudad esperando a que él contactara con ella. Ya no era momento de preocuparse por la discreción, y no le importaba que Murtagh o cualquier otro mago notara su presencia. Pronto percibió el familiar contacto de la conciencia de Saphira. En cuanto sus pensamientos se entrelazaron con los de ella, el peso que había sentido en el pecho desapareció.

¿Por qué has tardado tanto? —exclamó Saphira.

Eragon notó su preocupación y supo que la dragona había estado a punto de bajar a Dras-Leona dispuesta a hacer pedazos la ciudad hasta encontrarlo. Eragon vertió todos sus pensamientos en ella, compartió todo lo que le había sucedido desde que se habían separado. Tardó unos segundos en hacerlo. Cuando terminó, se encontró bajando los escalones frontales de la catedral al lado de Arya, Angela y el hombre gato. Y, sin dejar tiempo a que Saphira terminara de organizar todos esos pensamientos desordenados, le dijo:

Necesitamos que los distraigas. ¡Ahora!

La dragona asintió, y Eragon sintió físicamente cómo el cuerpo de ella se inclinaba en el aire y se lanzaba en picado hacia abajo.

Dile también a Nasuada que inicie el ataque. Estaremos en las puertas de la muralla sur dentro de unos minutos. Si los vardenos no están allí cuando las abramos, no sé cómo vamos a escapar.

La cueva de los alcaudones negros

Saphira oía el frío aire-húmedo-de-la-mañana silbar en sus oídos mientras bajaba en picado hacia la ciudad-nido-de-ratas medio iluminada por el sol naciente. Los rayos oblicuos del sol resaltaban el dibujo de las casas-huevo-que-huelen-a-madera, dejando sus costados occidentales en la penumbra.

El lobo-elfo-reflejo-de-Eragon que llevaba en la grupa le gritó algo, pero el furioso viento se llevó sus palabras y la dragona no comprendió qué le quería decir. Entonces, él empezó a hacerle preguntas con su mente-llena-de-canciones, pero Saphira no le dejó terminar, sino que le contó cuál era la situación de Eragon y le pidió que avisara a Nasuada de que había llegado la hora de la acción.

Saphira no era capaz de comprender cómo ese reflejo de Eragon que Blödhgarm producía podría engañar a alguien. No olía como su compañero-de-corazón-y-de-mente, y sus pensamientos tampoco eran como los de Eragon. A pesar de todo, los bípedos parecían impresionados con esa aparición, y era a ellos a quienes tenía que engañar.

A la izquierda de la ciudad-nido-de-ratas se veía la brillante figura de Espina, que se encontraba tumbado en las almenas de la muralla, sobre la puerta del sur. El dragón levantó su cabeza escarlata, y Saphira se dio cuenta de que la había visto volar en picado hacia el suelo-quebrantahuesos, tal como había esperado. Los sentimientos que Espina despertaba en Saphira eran demasiado complejos para poder resumirlos en pocas imágenes. Cada vez que pensaba en él, se sentía confundida e insegura, una sensación a la que no estaba acostumbrada.

De todas maneras, no estaba dispuesta a permitir que ese presuntuoso cachorro la ganara en la batalla.

Al ver que las chimeneas y los tejados se acercaban, Saphira abrió las alas un poco más e inició el descenso sintiendo el aumento de la presión del aire en el pecho, los hombros y los músculos de las alas. Cuando estaba a unos cien metros de la masa de los edificios, enderezó el cuerpo y dejó que las alas se desplegaran en toda su extensión. El esfuerzo que necesitó para parar a la velocidad a la que estaba bajando fue inmenso, y por un momento le pareció que el viento iba a arrancarle las alas. Mantuvo el equilibrio con unos movimientos de la cola y dio un giro para sobrevolar lentamente la ciudad en dirección a la cueva-de-los-alcaudones-negros donde los sacerdotes-sedientos-de-sangre oraban. En cuanto llegó, plegó las alas al cuerpo y se precipitó hacia abajo hasta que aterrizó en medio del techo de la catedral con un golpe estruendoso. Clavó las uñas en las tejas para no resbalar y, levantando la cabeza, rugió con todas sus fuerzas desafiando al mundo y a todo lo que en él habitaba.

Una campana sonaba en la torre del edificio adosado a la cueva-de-los-alcaudones-negros. A Saphira le pareció un ruido irritante, así que giró la cabeza y lanzó un llamarada azul y amarilla hacia él. La torre no prendió, pues era de piedra, pero la cuerda y las vigas que aguantaban la campana sí lo hicieron. Al cabo de unos segundos, la campana cayó al interior de la torre.

Eso la complació. También le gustaba ver a esos bípedos-de-orejas-redondas correr y gritar por las calles. Después de todo, era una dragona. Era natural que le tuvieran miedo.

Uno de los bípedos se detuvo en un extremo de la plaza de delante de la cueva-de-los-alcaudones-negros y pronunció un hechizo en voz alta y dirigido hacia ella. A Saphira, esa voz le sonó como el chillido de un ratón asustado. Fuera cual fuera el hechizo, los escudos de Eragon la protegieron. O, por lo menos, eso creyó, pues no notó ninguna diferencia en sus sensaciones ni en el aspecto del mundo que la rodeaba.

Entonces el lobo-elfo-reflejo-de-Eragon mató a ese mago: Saphira notó la presencia de Blödhgarm mientras este atrapaba la mente del hechicero, sometía sus pensamientos a su voluntad y, pronunciando una única palabra en el antiguo-idioma-mágico-de-los-elfos, acababa con él. El bípedo-de-orejas-redondas cayó al suelo y un hilo de sangre se deslizó por la comisura de sus labios. Luego, el lobo-elfo le dio un golpecito en el hombro y le dijo:

—Prepárate, Escamas Brillantes. Allá vamos.

Espina se elevó por encima de los tejados con Murtagh-medio-hermano-de-Eragon sobre su grupa, tan brillante y reluciente como

Saphira. Pero las escamas de la dragona estaban más limpias, pues ella había puesto una atención especial en acicalarse. No se podía imaginar a sí misma en el campo de batalla, si no era con su mejor aspecto. Sus enemigos no solo habrían de temerla: también deberían admirarla. Saphira sabía que eso era vanidad, pero no le importaba. No había ninguna raza que pudiera igualar la grandeza de los dragones. Además, ella era la última hembra de su estirpe, y quería que todo aquel que la viera se maravillara de su aspecto y no se olvidara nunca, pues si los dragones habían de desaparecer para siempre jamás, por lo menos los bípedos tendrían que hablar de ellos con el respeto, la admiración y la fascinación debidas.

Mientras Espina subía a más de treinta metros por encima de la ciudad-nido-de-ratas, Saphira echó un rápido vistazo a su alrededor para asegurarse de que su compañero-de-corazón-y-mente-Eragon no se encontraba cerca de la cueva-de-los-alcaudones-negros. No quería hacerle daño por accidente durante la pelea que estaba a punto de empezar. Él era un feroz cazador, pero también era pequeño y fácil de aplastar.

Saphira todavía intentaba descifrar los negros-recuerdos-de-dolor que Eragon había compartido con ella, pero había comprendido lo suficiente y había llegado a la misma conclusión de siempre: cada vez que ella y su compañero-de-corazón-y-mente se separaban, él tenía problemas. Sabía que Eragon no hubiera estado de acuerdo con ella, pero esa última aventura solo hacía que confirmarlo, y Saphira sintió una perversa satisfacción al comprobar que estaba en lo cierto.

Cuando Espina llegó a la altura adecuada, dio media vuelta y se lanzó en picado hacia Saphira soltando llamaradas de fuego por las fauces abiertas. A Saphira el fuego no le daba miedo, pues los escudos de Eragon también la protegían de él, pero sabía que el enorme peso y fuerza de Espina pronto agotarían todos los hechizos que la protegían de sufrir un daño físico. Saphira se vio envuelta en un mar de llamas que rugían como el agua cayendo en cataratas. Las llamas eran tan brillantes que la dragona bajó los párpados interiores instintivamente, igual que hacía debajo del agua, para no verse cegada por ellas. Las llamas pronto se apagaron. Espina pasó volando por encima de su cabeza. Al hacerlo, la punta de su gruesa cola le hizo un rasguño en la membrana del ala derecha. El rasguño sangró, aunque no profusamente, y Saphira no creyó que eso le provocara grandes dificultades para volar, aunque sí le dolía mucho.

Espina se lanzó sobre ella una y otra vez, intentando provocarla para que levantara el vuelo, pero Saphira se negó a hacerlo. Después de pasar por encima de ella unas cuantas veces más, el dragón se cansó de instigarla y aterrizó al otro extremo de la cueva-de-los-alcaudones-negros abriendo sus enormes alas para no perder el equilibrio. En cuanto posó las cuatro patas encima del tejado, el edificio entero tembló. Muchas de las ventanas-de-cristales-de-colores de los muros de abajo se rompieron y cayeron al suelo.

Ahora él era más grande que Saphira, gracias a la intromisión de Galbatorix-rompedor-de-huevos, pero la dragona no se dejaba intimidar. Ella tenía más experiencia que Espina, y además había entrenado con Glaedr, que era más grande que Saphira y Espina juntos. Además, Espina no se atrevería a matarla…, ni tampoco creía que deseara hacerlo.

El dragón rojo gruñó y dio un paso hacia delante clavando las uñas en las tejas del tejado. Saphira también gruñó y retrocedió un poco hasta que notó la base de las púas que se levantaban como un muro encima de la parte frontal de la cueva-de-los-alcaudones-negros. Saphira vio que Espina enroscaba la punta de la cola y supo que el dragón estaba a punto de saltar, así que inhaló con fuerza y le lanzó un torrente de llamas. Ahora su misión era impedir que Espina y Murtagh se dieran cuenta de que el jinete que la montaba no era Eragon y, por tanto, tenía que mantenerse alejada de ellos para que Murtagh no pudiera leer los pensamientos del lobo-elfo-reflejo-de-Eragon. Otra estrategia consistía en atacar con tanta ferocidad que Murtagh no tuviera tiempo de hacerlo, lo cual sería difícil, pues este estaba acostumbrado a luchar a lomos de Espina mientras el dragón se retorcía surcando el aire. Pero ahora estaban muy cerca de tierra, y eso era una ayuda para la dragona, pues ella prefería atacar. Siempre atacar.

—¿Eso es lo mejor que sabes hacer? —gritó Murtagh con una voz modificada por la magia desde el interior de la bola de fuego que lo envolvía.

En cuanto la última llama se apagó en el interior de sus fauces, Saphira saltó hacia Espina y lo golpeó directamente en el pecho. Los dos dragones entrelazaron los cuellos, golpeándose las cabezas, mientras cada uno intentaba morder al otro. La fuerza del impacto había tumbado a Espina de espaldas sobre la cueva-de-los-alcaudones-negros y agitaba las alas, golpeando a Saphira. Los dos cayeron al suelo con tanta fuerza que las casas que había a su alrededor quedaron destrozadas y las piedras del pavimento se rompieron bajo su peso. Se oyó un crujido en el ala izquierda de Espina, y el dragón arqueó la espalda de una forma poco natural, pero los escudos mágicos de Murtagh evitaron que quedara aplastado contra el suelo. Saphira oyó que Murtagh, bajo el cuerpo de Espina, soltaba una maldición y decidió que era mejor apartarse de él antes de que el enojado bípedo-de-orejas-redondas empezara a lanzar hechizos contra ella.

Así que Saphira tomó impulso contra el vientre de Espina y, tras dar un salto, aterrizó en la casa que quedaba detrás del dragón. Pero ese edificio no era bastante resistente para soportar su peso, así que la dragona se elevó en el aire de nuevo y, solo por si acaso, prendió fuego a toda la manzana de edificios.

«A ver qué hacen ahora», pensó, satisfecha, mientras contemplaba como las llamas devoraban todas las estructuras de madera.

Saphira regresó a la cueva-de-los-alcaudones-negros y, tras meter las uñas debajo de las tejas, empezó a destrozar el tejado igual que había hecho en la fortaleza de Durza-Gil'ead. Pero ahora ella era más grande. Ahora era más fuerte. Y los bloques de piedra no le pesaban más que si hubieran sido piedras de río. Los sacerdotes-sedientos-de-sangre que oraban allí dentro habían hecho daño a su compañero-de-corazón-y-mente, y también a Arya-elfa-sangre-de-dragón, a Angela-rostro-joven-mente-anciana y al hombre gato Solembum (el de los muchos nombres). Además, habían matado a Wyrden. Y Saphira, como venganza, estaba decidida a destruir la cueva-de-los-alcaudones-negros.

Al cabo de unos segundos ya había abierto un gran agujero en el tejado. Entonces, lanzó una fuerte llamarada al interior del edificio. Luego, con las garras, arrancó los tubos del órgano que estaban sujetos a la pared posterior, que cayeron encima de los bancos y provocaron un gran estruendo.

Espina, todavía en la calle, soltó un rugido y se elevó por encima de la cueva-de-los-alcaudones-negros. Se quedó suspendido en el aire, haciendo batir las alas con fuerza. Su silueta oscura se recortaba delante del muro de llamas que se elevaba desde las casas de abajo, pero sus alas traslúcidas emitían unos destellos anaranjados y carmesíes. De repente, se lanzó hacia Saphira con las garras por delante.

La dragona esperó hasta el último momento y, entonces, saltó a un lado, alejándose de la cueva-de-los-alcaudones-negros. Espina aterrizó de cabeza sobre la base del chapitel central de la catedral. La alta aguja-de-piedra-agujereada tembló a causa del impacto y su ornamentada punta dorada se rompió y cayó a la plaza, a más de doce metros. Espina soltó un rugido de frustración, esforzándose por ponerse en pie, pero las patas traseras le resbalaron hacia el agujero que Saphira acababa de hacer, y el dragón tuvo que clavar las uñas con fuerza en las tejas para no caer. Saphira aprovechó el momento de debilidad de Espina y voló hasta la parte frontal de la cueva-de-los-alcaudones-negros para posarse al otro lado del chapitel contra el cual había chocado el dragón. Allí, y reuniendo todas sus fuerzas, dio un golpe al chapitel con la pata delantera. Los ornamentos y las figuras de piedra se rompieron, y una nube de polvo llenó las fosas nasales de la dragona. Grandes trozos de piedra y mortero cayeron a la plaza, pero el chapitel resistió. Así que Saphira lo golpeó otra vez.

Al ver lo que la dragona pretendía hacer, Espina empezó a rugir de pánico sin dejar de esforzarse por no caer en el agujero. Saphira dio un tercer golpe, y entonces la alta-aguja-de-piedra se rompió por la base y, con una lentitud terrible, se desmoronó hacia atrás. La alta torre de piedra cayó encima de Espina, lanzándolo al interior del edificio y enterrándolo bajo un montón de cascotes.

El eco del chapitel al romperse e impactar contra el suelo se oyó por toda la ciudad-nido-de-ratas como si hubiera sido el estallido de un trueno.

Saphira gruñó sintiéndose victoriosa. Sabía que Espina saldría de debajo de la montaña de escombros muy pronto, pero hasta ese momento el dragón se encontraba a su merced. Inclinando un poco las alas, dio la vuelta alrededor de la cueva-de-los-alcaudones-negros. Al pasar por los laterales del edificio fue golpeando cada uno de los contrafuertes que sostenían los muros, y los bloques de piedra cayeron al suelo con un desagradable estrépito. Cuando todos los contrafuertes hubieron caído, las paredes empezaron a oscilar de un lado al otro. Los esfuerzos de Espina por salir de debajo del montón de piedras solo sirvieron para empeorar la situación y, al cabo de unos segundos, los muros cedieron. La estructura entera se derrumbó con un gran estruendo y una inmensa nube de polvo se elevó en el aire.

Saphira bramó, triunfante. Luego aterrizó sobre sus patas traseras al lado del montón de escombros y lanzó una llamarada de fuego que chamuscó todas las piedras. En ella concentró todas sus fuerzas para que la temperatura del fuego fuera lo más alta posible. Las llamas se podían apagar fácilmente con la magia, pero reducir el calor requería un gran gasto de energía. Si conseguía obligar a Murtagh a gastar sus energías en evitar que Espina y él se quemaran vivos —teniendo en cuenta la fuerza que ya estaba empleando para no morir aplastados— quizás Eragon y los dos bípedos-de-orejas-puntiagudas tuvieran una oportunidad de vencerlo.

Mientras la dragona escupía llamaradas de fuego, el lobo-elfo que cabalgaba sobre su lomo entonó un hechizo. Saphira no sabía para qué servía, pero tampoco le importaba mucho. Confiaba en ese bípedo. Fuera lo que fuera ese conjuro, estaba segura de que serviría para algo.

De repente, los bloques del montón salieron volando por los aires y Espina, con un potente rugido, emergió de entre las piedras. Saphira retrocedió. Las alas del dragón estaban aplastadas, como las de una mariposa pisoteada, y tenía varias heridas que le sangraban en las patas y en la espalda. Al verla, Espina gruñó y sus oscuros ojos rubís brillaron con rabia. Por primera vez, Saphira lo había hecho enojar de verdad. La dragona se dio cuenta de que Espina estaba deseando arrancarle la carne y probar el sabor de su sangre. «Bien», pensó, Saphira. Tal vez ese dragón no fuera una gallina apocada y miedosa, al fin y al cabo.

Murtagh metió la mano en un saquito que llevaba colgado del cinturón y sacó un objeto pequeño y redondo. Saphira sabía por experiencia propia que ese objeto estaba hechizado y que servía para curar las heridas de Espina. Sin esperar, levantó el vuelo en un intento de ganar tanta altitud como fuera posible antes de que Espina fuera capaz de ir tras ella. Al cabo de unos instantes, miró hacia abajo y vio que el dragón ya la estaba siguiendo a una velocidad vertiginosa: era un gran-halcón-rojo-de-garras-afiladas. Saphira estaba a punto de dar media vuelta y de lanzarse en picado contra él cuando oyó que Eragon gritaba:

¡Saphira!

Alarmada, la dragona continuó girando hasta que se colocó en dirección al arco sur de la ciudad, donde había sentido la presencia de su Jinete. Acercó las alas al cuerpo y bajó rápidamente hacia el arco de la puerta. Cuando pasó por delante de Espina, este se lanzó a por ella y Saphira supo, sin mirar, que el dragón la seguía de cerca.

Los dos se precipitaron en dirección al delgado muro de la ciudad-nido-de-ratas, y el frío aire-húmedo-de-la-mañana aulló como un lobo herido en los oídos de Saphira.

Martillo y yelmo

«¡*P*or fin!», pensó Roran al oír que los cuernos de los vardenos anunciaban su avance.

Miró hacia Dras-Leona y vio que Saphira se precipitaba hacia la masa de edificios. Sus escamas brillaban a la luz del sol naciente. Abajo, Espina se desperezó, como un gato que hubiera estado tomando el sol, y salió tras ella.

Roran sintió que una corriente de energía le atravesaba todo el cuerpo. Por fin había llegado la hora de la batalla. Estaba ansioso por terminar. Pensó un momento en Eragon, preocupado, pero se levantó al instante del tronco en que había estado sentado y corrió a unirse a los demás hombres, que ya estaban formando.

Roran miró a un lado y a otro de las filas, para comprobar que las tropas estuvieran preparadas. Habían estado esperando durante casi toda la noche, y los hombres se encontraban cansados, pero él sabía que el miedo y la excitación pronto les despejarían la cabeza. El propio Roran también se sentía cansado, pero no le importaba. Ya dormiría cuando la batalla hubiera terminado. Hasta ese momento, su principal preocupación era conseguir que tanto sus hombres como él continuaran con vida.

Sin embargo, sí deseó tener tiempo de tomar una taza de té para calmar su estómago. La noche anterior había comido algo que le había sentado mal, y desde entonces sentía náuseas y dolores de estómago. A pesar de todo, la incomodidad no era tanta como para que no pudiera luchar. O eso esperaba.

Satisfecho con el estado de sus hombres, Roran se puso el yelmo. Luego cogió el martillo con una mano y pasó la otra por detrás de las tiras de sujeción del escudo.

—A tus órdenes —le dijo Horst, acercándose a él.

Roran lo saludó con un gesto de la cabeza. Había designado al herrero su segundo, una decisión que Nasuada había aceptado sin objetar nada. Aparte de Eragon, no había nadie más en quien Roran confiara para tener al lado durante la batalla. Sabía que había sido una resolución egoísta por su parte —Horst tenía un hijo recién nacido y los vardenos necesitaban su habilidad como herrero—, pero no había nadie tan adecuado para esa misión. El hombre no se había mostrado especialmente entusiasmado por ese ascenso, pero tampoco había parecido contrariado. Solo se había dedicado a organizar el batallón de Roran con la efectividad y la tranquila seguridad en sí mismo que este sabía que tenía.

Los cuernos sonaron de nuevo. Roran levantó el martillo.

—¡Adelante! —gritó.

Se puso a la cabeza de los cientos de hombres del ejército, que marcharon flanqueados por los otros cuatro batallones de vardenos.

Mientras los guerreros avanzaban al trote por los campos que los separaban de Dras-Leona, unos gritos de alarma sonaron por toda la ciudad. Al cabo de un momento se oyeron campanas y cuernos, y pronto toda la ciudad se llenó con el furioso clamor del ejército defensor. Además, en el centro de la urbe se estaba produciendo un estruendo ensordecedor a causa de la lucha que mantenían los dos dragones. De vez en cuando, Roran veía que uno de ellos, brillante, se elevaba por encima de los edificios. Pero durante casi todo el rato permanecieron ocultos a la vista.

Enseguida estuvieron cerca del desordenado laberinto de edificios que rodeaba las murallas de la ciudad. Sus estrechas y oscuras calles se veían lúgubres y poco hospitalarias. Roran se inquietó. Allí sería muy fácil que los soldados del Imperio —o incluso los ciudadanos de Dras-Leona— les tendieran una emboscada. Luchar en ese espacio tan cerrado sería más brutal, confuso y duro de lo habitual. Roran sabía que, si eso sucedía, pocos de sus hombres saldrían ilesos.

Mientras se desplazaba por entre las sombras de la primera línea de chozas, Roran sintió un desagradable nudo en el estómago y sus náuseas aumentaron. Se lamió los labios. Se sentía mal.

«Será mejor que Eragon abra las puertas —pensó—. Si no..., nos quedaremos atrapados aquí, como corderos esperando que los lleven al matadero.»

Y los muros cayeron…

*U*n estruendo como de piedras en avalancha hizo que Eragon se detuviera y mirara hacia atrás.

Entre los tejados de dos casas lejanas vio que la aguja de la catedral no estaba en el mismo sitio de siempre. En su lugar había un espacio vacío, y una nube de polvo se elevaba hacia las nubes como una columna de humo blanco. Eragon sonrió para sí, orgulloso de Saphira. Para crear el caos y la confusión, los dragones eran únicos. «Adelante —pensó—. ¡Hazla pedazos! Entierra sus lugares sagrados bajo una montaña de piedra de treinta metros.»

Luego continuó corriendo por los callejones oscuros y tortuosos al lado de Arya, Angela y Solembum. Ya había bastante gente en las calles: mercaderes que se dirigían a abrir sus tiendas, vigilantes nocturnos que regresaban a casa para dormir, nobles ebrios que acababan de abandonar sus placeres, vagabundos que dormían en los portales y soldados que corrían desordenadamente hacia las murallas de la ciudad. Todos ellos, incluso los que corrían, no dejaban de mirar hacia la catedral, pues el ruido que provocaba la lucha de los dos dragones resonaba en cualquier punto de la ciudad. Todo el mundo —desde los necesitados mendigos hasta los nobles bien vestidos— parecía aterrorizado. Nadie prestó la más mínima atención a Eragon ni a sus acompañantes. El chico pensó que eso, en parte, era debido al hecho de que tanto él como Arya podían pasar por humanos normales a primera vista.

Arya, después de que Eragon hubiera insistido, había dejado al inconsciente novicio en un callejón bastante distante de la catedral.

—Le prometí que lo llevaríamos con nosotros —explicó Eragon—, pero no dije hasta dónde. A partir de aquí, ya encontrará el camino de regreso a casa.

Arya había estado de acuerdo, y se sintió aliviada de poder librarse del peso del joven.

Mientras los cuatro bajaban corriendo la calle, Eragon sintió que todo eso le resultaba muy familiar. La última visita que había realizado a Dras-Leona había acabado de una manera muy parecida: corriendo entre los sucios y apretados edificios para llegar a las puertas de la ciudad antes de que el Imperio lo localizara. Pero esta vez se enfrentaba a cosas mucho peores que los Ra'zac.

Miró otra vez en dirección a la catedral. Lo único que necesitaba era que Saphira distrajera a Murtagh y a Espina durante unos minutos más. Si lo conseguía, ninguno de los dos podría detener ya a los vardenos. Pero los minutos podían parecer horas durante una batalla, y Eragon era plenamente consciente de lo fácil que era que el equilibrio de la balanza del triunfo se inclinara a un lado o a otro en un instante.

«¡Aguanta! —pensó, pero no se atrevió a decírselo a Saphira para no distraerla y para no delatar dónde estaba—. ¡Solo un poco más!»

A medida que se iban acercando a las murallas, las calles se hacían más estrechas y los tejados de los edificios —casi todos, casas— solo dejaban ver una delgada línea de cielo azul. Las canaletas del alcantarillado estaban llenas de aguas residuales estancadas, y el olor era tan desagradable que Eragon y Arya se cubrían la boca y la nariz con el brazo. Solembum gruñía y no dejaba de mover la cola, irritado por el hedor, y la única que no parecía afectada por él era la herbolaria.

Mientras corría, a Eragon le pareció ver por el rabillo del ojo que algo se movía en el tejado de uno de los edificios, pero en cuanto miró, ya había desaparecido. Continuó avanzando sin dejar de levantar la vista de vez en cuando y, al cabo de un momento, empezó a ver cosas extrañas: una mancha blanca sobre las piedras cubiertas de hollín de una chimenea; unas extrañas siluetas angulosas que se recortaban en el cielo de la mañana; un pequeño puntito ovalado, del tamaño de una moneda, que brillaba como el fuego entre las sombras. De repente se dio cuenta de que los tejados de las casas estaban llenos de hombres gato que habían adoptado su forma animal. Los hombres gato corrían de edificio en edificio y observaban en silencio a Eragon y a sus compañeros avanzar por el laberinto de calles. Eragon sabía que los hombres gato no se dignarían a ayudarlos a no ser que se encontraran en una situación desesperada, puesto que querían mantener en secreto su alianza con los vardenos el máximo tiempo posible. A pesar de ello, a Eragon le resultó esperanzador tenerlos tan cerca.

La calle por la que estaban avanzando terminaba en un cruce con otros cinco callejones. Eragon lo consultó con Arya y con Angela, y decidieron seguir por el que quedaba justo enfrente y continuar en la misma dirección. Unos treinta metros más adelante, el callejón desembocó en una plaza que quedaba delante de la puerta sur de Dras-Leona.

Eragon se detuvo.

Delante de la puerta había cientos de soldados. Los hombres iban de un lado a otro, desorganizados, y se estaban colocando la armadura y cogían las armas mientras sus comandantes les gritaban órdenes. Los bordados de hilo dorado de sus túnicas escarlata brillaban con cada uno de sus movimientos. La presencia de esos soldados desanimó a Eragon, pero lo que lo desalentó todavía más fue ver que habían bloqueado las puertas por dentro con un descomunal montón de cascotes y piedras para impedir que los vardenos pudieran echarlas abajo. Eragon soltó una maldición. Harían falta cincuenta hombres y varios días de trabajo para retirar todo eso. Saphira hubiera podido sacarlo al cabo de pocos minutos, pero Murtagh y Espina no le darían la oportunidad de hacerlo. «Necesitamos otra distracción», pensó. Pero lo que no sabía era qué clase de distracción.

¡*Saphira!* —gritó, dirigiendo su pensamiento hacia su dragona.

La dragona lo había oído, de eso estaba seguro, pero no tenía tiempo de explicarle cuál era la situación, pues en esos momentos uno de los soldados acababa de verle a él y a sus compañeros y ya estaba dando la voz de alarma.

—¡Rebeldes!

Eragon desenfundó la espada y echó a correr hacia ellos antes de que los soldados reaccionaran al aviso. No tenía elección. Retirarse hubiera significado dejar a los vardenos en manos del Imperio. Además, no podía permitir que Saphira se enfrentara sola al muro y a los soldados a la vez. Arya se unió a su enloquecido ataque soltando otro grito de guerra y juntos se abrieron paso entre los soldados, que estaban tan sorprendidos y desorientados que muchos de ellos no se dieron cuenta de que Eragon era un enemigo hasta que recibieron la estocada de *Brisingr*.

Los arqueros que estaban apostados en el parapeto descargaron una lluvia de flechas. Muchas de ellas rebotaron en los escudos mágicos de Eragon, y el resto mató o hirió a los hombres del Imperio.

A pesar de su rapidez, Eragon no era capaz de detener todas las espadas, flechas y dagas que caían sobre él. Debía emplear la magia, y se dio cuenta de que, al hacerlo, sus fuerzas disminuían a una velocidad alarmante. Si no se libraba de esa presión, los soldados acabarían por agotarlo hasta el extremo de que le resultaría imposible continuar luchando. Desesperado, soltó un grito feroz y, manteniendo *Brisingr* a la altura de la cintura, giró sobre sí mismo e hirió a todos los soldados que se encontraban a su alrededor. La iridiscente hoja azul de la espada atravesó músculos y huesos. La sangre se escurría por ella, brillante y roja como el coral, mientras los soldados doblegaban el cuerpo apretándose el vientre con las manos.

Eragon lo percibía todo con gran nitidez, como si cada detalle a su alrededor hubiera sido esculpido en cristal: veía cada uno de los pelos de la barba del espadachín que estaba delante de él; podía contar las gotas de sudor que ese hombre tenía en los pómulos, y hubiera sido capaz de señalar cada mancha, marca y rasgadura de su vestimenta. Además, el ruido de la lucha le resultaba doloroso a los oídos. Sin embargo, a pesar de todo ello, sentía una profunda calma. No se había librado de todos los temores que lo habían acosado anteriormente, pero ahora no parecían tan importantes, y eso lo ayudaba a luchar mejor.

Justo cuando había terminado de girar sobre sí mismo y se disponía a atacar al espadachín, Saphira pasó volando sobre su cabeza. La dragona mantenía las alas plegadas contra el cuerpo. A su paso, una violenta ráfaga de viento alborotó el pelo de Eragon y estuvo a punto de tirarlo al suelo. Y, al instante, apareció Espina siguiendo a Saphira. El dragón escupía fuego con las fauces abiertas. Los dos dragones se alejaron unos ochocientos metros de las ocres murallas; luego, dieron media vuelta y se precipitaron de nuevo en una persecución loca en dirección a la ciudad.

Eragon oyó unas fuertes ovaciones procedentes del otro lado de la muralla. «Los vardenos deben de estar a punto de llegar a las puertas», pensó. De repente, sintió una fuerte quemazón en el antebrazo izquierdo, como si le hubieran echado aceite hirviendo. Agitó el brazo con fuerza, pero el dolor persistía. Entonces vio una mancha de sangre en la manga y levantó la mirada hacia Saphira. Tenía que ser sangre de dragón, pero no sabía de cuál de los dos.

Mientras los dragones se acercaban de nuevo, Eragon aprovechó el desconcierto de los soldados para matar a tres más. Entonces, los otros reaccionaron y volvieron a lanzarse al ataque de inmediato.

Un soldado que llevaba un hacha de batalla saltó hacia Eragon mientras levantaba el brazo para descargar un golpe sobre él, pero Arya, desde detrás, le asestó un tajo que casi lo partió por la mitad. Eragon le agradeció la ayuda con un gesto de cabeza, y ambos se colocaron espalda contra espalda para cubrirse mutuamente mientras hacían frente a los soldados.

Eragon notaba que Arya resollaba tanto como él. Aunque los elfos eran más fuertes y rápidos que los humanos, su resistencia también tenía un límite, al igual que sus energías. Ya habían matado a varias decenas de soldados, pero todavía quedaban cientos y, lo que era peor, pronto llegarían refuerzos procedentes de otros puntos de la ciudad.

—¿Y ahora qué? —gritó, al tiempo que desviaba con un golpe una jabalina dirigida a su pierna.

—¡Magia! —repuso Arya.

Y Eragon, mientras paraba los ataques de los soldados, empezó a recitar todos los hechizos que le pareció que podían acaban con sus enemigos.

De repente, otra ráfaga de viento le revolvió el pelo y una fría sombra lo cubrió. Saphira volaba en círculos, cada vez más despacio, por encima de ellos. Al cabo de un momento, la dragona desplegó las alas y empezó a descender hacia las almenas de las murallas.

Sin embargo, Espina la alcanzó antes de que lo consiguiera. El dragón rojo se había lanzado en picado hacia ella escupiendo llamas de treinta metros de longitud. Saphira soltó un rugido de frustración y, desviándose, volvió a remontar en el aire. Los dos dragones volaron hacia el cielo girando el uno alrededor del otro en espiral, mordiéndose y dándose zarpazos con furia.

Ver a Saphira en peligro hizo que Eragon sintiera una mayor determinación. Comenzó a recitar con mayor velocidad, entonando las palabras en el idioma antiguo tan deprisa como le era posible, pero procurando no pronunciarlas mal. A pesar de ello, y por mucho que lo intentaba, ni sus hechizos ni los de Arya ejercían ningún efecto en los soldados.

Entonces la voz de Murtagh tronó en lo alto del cielo.

—¡Estos hombres se encuentran bajo mi protección, hermano!

Eragon levantó la mirada y vio que Espina bajaba en picado hacia la plaza. El rápido cambio de dirección del dragón había pillado desprevenida a Saphira, que todavía se encontraba a gran altura: una oscura mancha azul en el azul claro del cielo.

«Lo saben», pensó Eragon, sintiendo una punzada de temor.

Bajó la mirada hacia la multitud: más y más soldados aparecían por las calles que desembocaban en la plaza por ambos lados de la muralla de Dras-Leona. La herbolaria se encontraba acorralada ante una de las casas que bordeaban la plaza, y con una mano lanzaba unas botellitas de cristal, mientras que, con la otra, blandía *Muerte Cristalina*. Esas botellitas soltaban un humo verde al romperse, y los soldados que se encontraban en medio del humo caían al suelo, asfixiados y con la piel cubierta de una especie de pequeñísimos hongos. Solembum estaba encima de un muro, detrás de Angela. Desde allí, se dedicaba a clavar sus garras en los rostros de los soldados y les sacaba el yelmo, distrayéndolos cuando intentaban acercarse a la herbolaria. Pero ambos estaban sufriendo un fuerte asedio, y Eragon dudaba que pudieran aguantar mucho tiempo más.

Nada de lo que Eragon veía a su alrededor le daba esperanzas. Levantó la mirada y vio que Espina abría de par en par las alas para iniciar el descenso.

—¡Tenemos que huir! —gritó Arya.

Eragon dudó un instante. Sabía que le sería fácil levantar a Arya, Angela, Solembum y a sí mismo por encima de la muralla y reunirse con los vardenos que se encontraban al otro lado. Pero si lo hacía, la situación de los vardenos no sería mejor que antes. Su ejército no podía continuar esperando: los víveres se agotarían a los pocos días, y los hombres acabarían por desertar. Y cuando eso sucediera, nunca más se produciría una unión de todas las razas contra Galbatorix.

Las enormes alas de Espina tapaban el cielo, sumiendo toda esa zona en la oscuridad y ocultando a Saphira de la vista. Unas gotas de sangre del tamaño del puño de Eragon caían del cuello y las patas del dragón, y más de un soldado gritaba de dolor, víctima de ese líquido ardiente.

—¡Eragon! ¡Ahora! —gritó Arya.

La elfa lo agarró del brazo y tiró de él, pero el chico se negaba a moverse, se resistía a admitir la derrota. Arya volvió a tirar de él con más fuerza, y Eragon tuvo que bajar la cabeza para no perder el equilibrio. Al hacerlo, su mirada se tropezó con *Aren*, el anillo que llevaba en el dedo anular de la mano derecha. Había querido guardar la energía contenida en aquella joya para el día en que tuviera que enfrentarse a Galbatorix. Era una pequeña cantidad, comparada con la que el rey debía de haber acumulado durante sus largos años en el trono, pero era la mayor provisión que poseía y sabía que no podría volver a acumular una cantidad igual antes de que los vardenos llegaran a Urû'baen, si es que lo conseguían. Además, esa era una de las pocas cosas que Brom le había dejado. Por eso no quería utilizarla antes de tiempo.

Pero en ese momento no se le ocurría otra alternativa.

Siempre le había parecido que la cantidad de energía contenida en *Aren* era enorme, y ahora se preguntaba si sería suficiente para lo que necesitaba hacer.

De repente, vio por el rabillo del ojo que Espina se precipitaba hacia él alargando las garras, grandes como un hombre, y se sintió tentado de chillar y salir corriendo antes de que ese monstruo lo atrapara y se lo comiera vivo. Pero aguantó la respiración y, abriendo el precioso anillo, gritó:

—¡*Jierda*!

El torrente de energía que lo atravesó fue lo más poderoso que Eragon había experimentado nunca. Sintió como si un río frío como el hielo corriera por todo su cuerpo y le provocara un cosquilleo de una intensidad insoportable. Fue una sensación dolorosa y, a la vez, de éxtasis. El enorme montón de cascotes que bloqueaban las puertas estalló y se elevó en el cielo formando una sólida columna de piedras y de tierra que golpeó a Espina en el costado, destrozándole un ala y empujándolo hacia las afueras de la ciudad. Entonces la columna explotó y los cascotes se dispersaron en círculo formando una suerte de paraguas que cubrió la mitad sur de la ciudad.

El estallido del montón de cascotes había hecho temblar la plaza y todo el mundo cayó al suelo. Eragon, sobre las rodillas y las manos, permaneció en esa postura y con la cabeza levantada hacia el cielo manteniendo el conjuro. Cuando notó que la energía del anillo estaba a punto de agotarse, murmuró:

—*Gánga raehta*.

Y entonces, como un nubarrón arrastrado por la galerna, los cascotes salieron volando hacia la derecha en dirección al muelle y al lago Leona. Él continuó empujándolos lejos de la ciudad todo el tiempo que pudo hasta que la última gota de energía pasó por su cuerpo. En ese momento, terminó el conjuro.

La nube de escombros cayó: las partes más pesadas —piedras, trozos de madera y montones de tierra compactada— impactaron directamente sobre la superficie del lago, mientras que las partículas más pequeñas quedaron suspendidas en el aire formando una gran mancha marrón que se fue alejando hacia el oeste.

Ahora, delante de la puerta había un enorme agujero rodeado de losas del pavimento rotas, como un círculo de afilados dientes. Las puertas de la ciudad estaban abiertas: la explosión había roto la madera en unos puntos y la había astillado en otros, destrozándolas.

Eragon vio que, al otro lado de las puertas, los vardenos se apiñaban en las calles de fuera de las murallas. Aliviado, soltó el aire y bajó la cabeza, agotado. «Ha funcionado», pensó, sorprendido. Luego irguió otra vez la cabeza, pues sabía que el peligro no había pasado aún.

Mientras los soldados se ponían en pie, los vardenos entraron en tropel en Dras-Leona soltando gritos de guerra y golpeando los escudos con las espadas. Al cabo de unos segundos, Saphira aterrizó entre ellos, y el combate terminó con una victoria aplastante: todos los soldados salieron huyendo para ponerse a salvo.

Eragon vio a Roran un momento en medio de ese mar de hombres y de enanos, pero lo perdió de vista antes de que su primo también lo reconociera.

—¿Arya…?

Eragon se había dado la vuelta y se alarmó al ver que la elfa no estaba a su lado. Miró a su alrededor y la vio en mitad de la plaza, rodeada por unos veinte soldados. Los hombres la sujetaban por los brazos y las piernas con fuerza e intentaban llevársela con ellos. Arya consiguió soltarse una mano y golpeó a uno de los hombres en la mandíbula rompiéndole el cuello, pero otro soldado ocupó su lugar y la elfa no tuvo oportunidad de golpear otra vez. Eragon corrió en su ayuda. A causa del cansancio, corrió con la espada bajada; de repente, la punta de *Brisingr* se enganchó con la cota de malla de un soldado muerto, cayó de la mano de Eragon y topó contra el suelo. Eragon dudó, sin saber si debía volver a por ella, pero entonces vio que dos de los soldados apuñalaban a Arya con unas dagas; corrió hacia ella aún más deprisa.

Justo cuando estaba llegando a su lado, Arya se quitó de encima a sus atacantes. Antes de que pudieran volver a sujetarla, Eragon clavó el puño en las costillas de uno de ellos. Otro de los soldados, que llevaba un bigote encerado, lanzó una estocada dirigida a su pecho, pero él agarró la hoja de la espada con las manos desnudas y la partió en dos. Luego destripó al hombre con su propia espada rota. Al cabo de unos segundos, los soldados que querían llevarse a Arya estaban muertos o moribundos. Arya se encargó de acabar con los que Eragon no había matado.

Cuando terminaron, Arya dijo:

—Hubiera podido derrotarlos yo sola.

Eragon, inclinando el cuerpo hacia delante y apoyando las manos en las rodillas para respirar, respondió:

—Lo sé. —Y, haciendo un gesto hacia la mano derecha de ella, la que se había herido con las esposas y que todavía mantenía muy cerca del cuerpo, añadió—: Considéralo mi manera de darte las gracias.

—Es un obsequio bastante lúgubre —repuso la elfa sonriendo un poco.

Para entonces la mayoría de los soldados habían abandonado la plaza, y los que quedaban se encontraban acorralados por los vardenos y entregaban las armas. Eragon y Arya fueron a buscar la espada *Brisingr* y luego se dirigieron al terraplén, que estaba relativamente despejado. Allí se sentaron en el suelo con la espalda apoyada en la muralla y contemplaron a los vardenos que entraban en la ciudad.

Saphira pronto se reunió con ellos. En cuanto llegó, frotó el hocico contra Eragon, que sonrió y la acarició. La dragona ronroneó.

Lo has conseguido —le dijo.

Lo hemos conseguido —puntualizó él.

Blödhgarm, que continuaba a lomos de la dragona, se desabrochó las tiras de cuero que le sujetaban las piernas y saltó al suelo. Por un momento, Eragon vivió la extraña experiencia de verse a sí mismo y decidió, de inmediato, que no le gustaba cómo se le rizaba el cabello sobre las sienes. Blödhgarm pronunció una palabra en el idioma antiguo y todo él reverberó como un espejismo. Al cabo de un instante volvía a tener su aspecto de siempre: alto, peludo, de ojos amarillentos, grandes orejas y dientes afilados. No parecía ni un elfo ni un humano, pero en su expresión tensa y dura Eragon detectó la marca del dolor y de la rabia.

—Asesino de Sombra —dijo, saludando con la cabeza tanto a Arya como a Eragon—. Saphira me ha contado cuál ha sido el destino de Wyrden. Yo…

Pero antes de que terminara de hablar, los diez elfos que quedaban bajo el mando de Blödhgarm se alejaron de la masa de vardenos y corrieron hacia ellos con las espadas en la mano.

—¡Asesino de Sombra! —exclamaron—. ¡Argetlam! ¡Escamas Brillantes!

Eragon los saludó con un gesto cansado y se esforzó en responder las preguntas que le hacían, aunque hubiera preferido no hacerlo. Pero su conversación se vio interrumpida por un potente rugido: Espina, completamente curado ya, se cernía sobre ellos en el aire. Soltando un juramento, Eragon trepó encima de Saphira y desenfundó la espada. Mientras, Arya, Blödhgarm y los demás elfos formaron un círculo protector alrededor de la dragona. La combinación de la fuerza de ambos era formidable, pero Eragon no estaba seguro de que fuera suficiente para vencer a Murtagh.

Todos los vardenos habían levantado los ojos hacia el cielo. Eran valientes, pero incluso los más valientes se amedrentaban ante la presencia de un dragón.

—¡Hermano! —bramó Murtagh con una voz tan potente que Eragon tuvo que taparse los oídos—. Pagarás por la sangre de Espina. Toma Dras-Leona, si quieres. A Galbatorix no le importa. De todos modos, esta no será la última vez que nos veamos, Eragon *Asesino de Sombra*. Lo juro.

Y entonces dio media vuelta y sobrevoló Dras-Leona hacia el norte, y desapareció tras el velo de humo que se elevaba de las casas humeantes que rodeaban la catedral en ruinas.

A orillas del lago Leona

*E*ragon atravesaba el oscuro campamento con paso decidido, la mandíbula apretada y los puños cerrados. Había pasado las últimas horas reunido con Nasuada, Orik, Arya, Garzhvog, el rey Orrin y varios de sus consejeros, hablando sobre los sucesos de ese día y evaluando la situación de los vardenos. Antes de dar por terminada la reunión, habían contactado con la reina Islanzadí para informarla de que los vardenos habían conquistado Dras-Leona y de que Wyrden había muerto.

A Eragon no le había gustado tener que explicarle a la reina de qué manera había fallecido uno de sus más antiguos y poderosos hechiceros, y a ella tampoco le había complacido recibir esa noticia. Su primera reacción había sido de tal tristeza que Eragon se sorprendió: no creía que conociera tanto a Wyrden. La conversación con Islanzadí había dejado a Eragon de mal humor, pues se le había hecho más evidente todavía lo absurda e innecesaria que había sido la muerte de Wyrden. «Si yo hubiera ido a la cabeza del grupo, hubiera sido yo el empalado por esas estacas —pensó, mientras continuaba buscando por el campamento—. O podría haber sido Arya.»

Saphira sabía lo que Eragon se proponía, pero había decidido regresar al trozo de hierba junto a la tienda donde acostumbraba a dormir, porque, tal como había dicho: «Si voy pateando a un lado y a otro de las tiendas despertaré a los vardenos, y se merecen un descanso». Pero continuaban en contacto mentalmente. Eragon sabía que si la necesitaba, Saphira acudiría a su lado en cuestión de segundos.

Para mantener la visión nocturna, evitaba acercarse demasiado a las hogueras y antorchas que había delante de muchas de las tiendas. Pero se aseguró de inspeccionar hasta el último rincón en busca de su presa.

Mientras buscaba, se le ocurrió pensar que quizás ella pudiera darle esquinazo. Sus sentimientos no eran nada amistosos, y eso significaba que podría detectar dónde se encontraba y, así, esconderse. A pesar de su juventud, era una de las personas más difíciles que había conocido nunca, fueran humanos, elfos o enanos.

Finalmente encontró a Elva sentada delante de una de las tiendas jugando a hacer cunitas al lado de un pequeño fuego. A su lado se encontraba su cuidadora, Greta, con dos agujas de tejer entre sus nudosos dedos. Eragon se detuvo un momento y las observó. La anciana parecía más alegre que otras veces que la había visto, y dudó si debía molestarlas. Pero entonces Elva dijo:

—No pierdas tu determinación ahora, Eragon. No ahora, que ya has llegado tan lejos.

Su voz sonó extrañamente apagada, como si hubiera estado llorando, pero cuando levantó la mirada sus ojos tenían una expresión fiera y desafiante. Greta pareció sobresaltarse cuando Eragon se acercó: recogió la lana y las agujas y, con un gesto de la cabeza, dijo:

—Saludos, Asesino de Sombra. ¿Quieres beber o comer alguna cosa?

—No, gracias.

Eragon se detuvo delante de la pequeña Elva y la miró. Ella le devolvió la mirada un instante, pero rápidamente volvió a dirigir la atención a los hilos que tenía entre los dedos. De repente, Eragon sintió un nudo en el estómago: se acababa de dar cuenta de que sus ojos violetas tenían el mismo tono que las amatistas que los sacerdotes de Helgrind habían utilizado para retenerlos a él y a Arya. Arrodillándose, sujetó los hilos por la mitad haciendo que Elva se detuviera.

—Sé lo que quieres decirme —anunció ella.

—Es posible —gruñó Eragon—, pero lo diré de todas maneras. Tú mataste a Wyrden. Tú lo mataste, es como si lo hubieras apuñalado tú misma. Si hubieras venido con nosotros, nos hubieras podido avisar de que íbamos a caer en una trampa. Nos hubieras podido prevenir a todos. Yo vi morir a Wyrden, y vi cómo Arya se dañaba la mano. Todo por culpa tuya. Por culpa de tu rabia. De tu terquedad. De tu orgullo. Ódiame, si quieres, pero no te atrevas a provocar el sufrimiento de nadie más por tal razón. Si quieres que los vardenos sean vencidos, ve a unirte a Galbatorix y termina de una vez. ¿Es eso lo que quieres?

Elva negó despacio con la cabeza.

—Entonces no quiero enterarme de que te has vuelto a negar a ayudar a Nasuada por despecho. Si no, tú y yo nos las veremos, Elva *Vaticinadora*, y no vas a ganar.

—Tú no podrías vencerme nunca —farfulló ella, tensa.

—Podrías llevarte una sorpresa. Tienes un talento muy valioso, Elva. Los vardenos necesitan tu ayuda, y ahora más que nunca. No sé cómo vamos a derrotar al rey en Urû'baen, pero si estás con nosotros, si utilizas tu habilidad contra él, quizá tengamos una oportunidad de conseguirlo.

Elva pareció debatirse consigo misma. Al final asintió con la cabeza, y Eragon vio que estaba llorando. Unas gruesas lágrimas le rodaban por las mejillas. No se alegraba de su pena, pero sí sintió cierta satisfacción al comprobar que sus palabras la habían afectado tan profundamente.

—Lo siento —susurró ella.

Eragon soltó los hilos y se puso en pie.

—Tus disculpas no nos devolverán a Wyrden. Hazlo mejor a partir de ahora, y quizá puedas compensar tu error.

Eragon saludó con la cabeza a Greta, que había permanecido en silencio todo el rato, y se alejó. Mientras caminaba entre las oscuras hileras de tiendas, oyó que Saphira decía:

Has hecho bien. Actuará de otra manera a partir de ahora, creo.

Eso espero.

Reprender a Elva había sido una experiencia extraña para Eragon. Recordaba las veces que Brom y Garrow lo habían reñido por sus errores, y el hecho de que ahora fuera él quien regañaba lo hacía sentir… diferente…, más maduro.

«La rueda del mundo sigue girando», pensó.

Paseó por el campamento sin prisa, disfrutando de la brisa fría que llegaba desde el lago escondido en las sombras.

Después de que capturaran Dras-Leona, Nasuada sorprendió a todos al insistir en que los vardenos no debían quedarse esa noche en la ciudad. No explicó el porqué de su decisión, pero Eragon sospechaba que, después del largo tiempo que habían pasado ante Dras-Leona, estaba ansiosa por reanudar el viaje hacia Urû'baen. Y que, además, no quería quedarse mucho tiempo en una ciudad que podía estar infestada de agentes de Galbatorix.

Cuando los vardenos hubieron tomado cada una de las calles,

Nasuada designó a unos cuantos guerreros para que se quedaran a cargo de la ciudad bajo el mando de Martland *Barbarroja*. Luego, los vardenos abandonaron Dras-Leona y se dirigieron hacia el norte siguiendo la orilla del lago. Durante el trayecto, un flujo constante de mensajeros a caballo había permitido que Martland y Nasuada continuaran discutiendo los numerosos asuntos referentes a la ciudad.

Antes de que los vardenos partieran, Eragon, Saphira y los hechiceros de Blödhgarm habían regresado a la catedral en ruinas para llevarse el cuerpo de Wyrden y para buscar el cinturón de Beloth *el Sabio*. Saphira solo tardó unos minutos en retirar el montón de piedras que bloqueaban la entrada a las salas subterráneas, y Blödhgarm y los hechiceros encontraron a Wyrden sin dificultad. Pero, por mucho que buscó y por muchos hechizos que empleó, Eragon no encontró el cinturón.

Los elfos transportaron el cuerpo de Wyrden sobre sus escudos hasta un montículo que se encontraba al lado de un pequeño arroyo, fuera de la ciudad. Allí lo enterraron mientras entonaban unas tristes canciones en el idioma antiguo. Sus melodías eran tan desconsoladas que Eragon lloró, y todos los pájaros y los animales que se encontraban por los alrededores parecieron detenerse a escuchar. Yaela, la elfa de cabello plateado, se arrodilló al lado de la fosa, sacó una bellota del saquito que le colgaba del cinturón, y la plantó en la tierra a la altura del pecho de Wyrden. Y entonces los doce elfos, incluida Arya, cantaron a la bellota, que echó raíces, sacó un tallo y creció elevando sus ramas al aire como si quisiera agarrar el cielo. Cuando hubieron terminado, el roble había alcanzado los seis metros de altura, y cada una de sus ramas ofrecía unas bonitas flores verdes.

Eragon pensó que era el entierro más hermoso al que había asistido. Le pareció mucho mejor que la costumbre que tenían los enanos de enterrar a sus muertos en la dura piedra de las salas subterráneas, y le gustó la idea de que el cuerpo del muerto alimentara un árbol que viviría cien años más. Si tenía que morir, decidió que quería que le plantaran un manzano para que sus amigos y su familia pudieran comer la fruta que su cuerpo había alimentado. Esa idea lo divirtió mucho, aunque de una manera un tanto morbosa.

Además de buscar en la catedral y de llevarse el cuerpo de Wyrden, Eragon había hecho otra cosa importante en Dras-Leona, después de su captura. Con el consentimiento de Nasuada, había liberado a todos los esclavos de la ciudad, y había ido en persona a las casas de venta para soltar a los hombres, mujeres y niños que estaban allí encadenados. Aquello le había proporcionado una gran satisfacción, y esperaba que sirviera para mejorar la vida de las personas que había liberado.

Al acercarse a la tienda, vio que Arya lo estaba esperando ante la puerta. Apretó el paso hacia ella, pero antes de que tuviera tiempo de saludarla, alguien gritó:

—¡Asesina de Sombra!

Eragon se dio la vuelta y vio que uno de los pajes de Nasuada corría hacia ellos.

—¡Asesina de Sombra! —repitió el chico, casi sin aliento. Saludó con un gesto a Arya y dijo—: Lady Nasuada quiere que vayas a su tienda una hora antes del amanecer para hablar con ella. ¿Qué le respondo, lady Arya?

—Dile que estaré allí, tal como desea —contestó la elfa.

El paje volvió a bajar la cabeza en señal de respeto, dio media vuelta y salió corriendo por donde había venido.

—Ahora que los dos hemos matado a un Sombra, resulta un poco confuso —comentó Eragon sonriendo ligeramente.

Arya también sonrió, aunque su rostro era casi invisible en la oscuridad.

—¿Hubieras preferido que hubiera dejado a Varaug con vida?

—No…, no, para nada.

—Hubiera podido hacerlo mi esclavo, para que cumpliera mis órdenes.

—Me estás tomando el pelo —dijo Eragon.

Arya rio por lo bajo.

—Quizá debería llamarte princesa…, princesa Arya —dijo, repitiendo la palabra y disfrutando de cómo sonaba.

—No debes llamarme así —repuso Arya, de repente seria—. No soy una princesa.

—¿Por qué no? Tu madre es reina. ¿Cómo puede ser que no seas princesa? Tiene el título de *dröttning*, y tú el de *dröttningu*. Uno significa «reina», y el otro…

—No significa «princesa» —repuso Arya—. No exactamente. En este idioma no existe un verdadero equivalente.

—Pero si tu madre muriera o dejara de ocupar el trono, tú tomarías su lugar como dirigente de los tuyos, ¿no?

—No es tan sencillo.

Arya no parecía dispuesta a dar más explicaciones, así que Eragon dijo:

—¿Quieres que entremos?

—Sí —contestó ella.

Eragon abrió la cortina de la tienda, y Arya se agachó para cruzarla. El chico, después de echar un vistazo rápido a Saphira —que estaba enroscada en el suelo y a punto de quedarse dormida—, la siguió. Se acercó al poste que había en el centro de la tienda y murmuró:

—*Istalrí*.

No había empleado la palabra «*brisingr*» para que su espada no prendiera. El interior de la tienda se iluminó con una luz cálida que le dio un ambiente acogedor, a pesar de su austeridad. Los dos se sentaron.

—Encontré esto entre las cosas de Wyrden, y pensé que podríamos disfrutarlo juntos —dijo Arya.

La elfa buscó en el bolsillo de su pantalón y sacó una botellita de madera tallada que tenía el mismo tamaño que la mano de Eragon, aproximadamente. Se lo ofreció. Eragon lo abrió y olió el contenido. Al notar el fuerte y dulce aroma del licor, arqueó las cejas.

—¿Es faelnirv? —preguntó, refiriéndose a la bebida que los elfos elaboraban con bayas de saúco y, según afirmaba Narí, rayos de luna.

Arya se rio. Su voz sonó como el del metal bien templado:

—Sí, pero Wyrden le añadió otra cosa.

—¿Ah, sí?

—Las hojas de una planta que crece en la parte oriental de Du Weldenvarden, a las orillas del río Röna.

Eragon frunció el ceño.

—¿Conozco el nombre de esa planta?

—Probablemente sí, pero no tiene importancia. Adelante: bebe. Te gustará, te lo prometo.

Y Arya volvió a reír, lo cual hizo dudar a Eragon. Nunca había visto así a la elfa: se mostraba exultante y atrevida, y él se sorprendió al darse cuenta de que estaba un poco achispada. Eragon no sabía qué hacer, y se preguntó si Glaedr los estaría observando. Al final se llevó la botellita a los labios y dio un trago de faelnirv. Ese licor tenía un sabor ligeramente distinto al que él conocía: era potente y almizclado, con un olor muy parecido al de la marta o el armiño. Cuando se lo tragó, le quemó tanto en la garganta que hizo una mueca. Pero tomó otro trago y, luego, se lo pasó a Arya, que también bebió.

Ese día había sido sangriento y terrible. Eragon había luchado, había matado, incluso había estado a punto de perder la vida, y necesitaba un alivio… Necesitaba olvidar. La tensión que sentía era demasiado profunda para que se pudiera relajar solo con un truco mental. Hacía falta algo más. Algo que viniera del exterior. La violencia de la que había formado parte había procedido de allí, en su mayor parte. Así que cuando Arya le volvió a ofrecer la botellita, él dio un largo trago. Luego soltó una carcajada, incapaz de reprimirse. La elfa lo observó con atención, aunque un tanto divertida. Arqueó una ceja y preguntó:

—¿Qué te resulta tan gracioso?

—Esto… Nosotros… El hecho de que todavía estemos vivos, y ellos… —hizo un gesto con la mano en dirección a Dras-Leona— no lo estén. La vida me divierte. La vida y la muerte.

Eragon empezaba a sentir un agradable calor en el estómago y un leve picor en la punta de las orejas.

—Es agradable estar vivo —dijo Arya.

Continuaron pasándose la botellita el uno al otro hasta que la vaciaron. Entonces Eragon le puso el tapón, tarea que requirió varios intentos por su parte, pues sentía los dedos torpes y le parecía que el catre se inclinaba a un lado como si fuera un barco en alta mar. Cuando lo consiguió, se la dio a Arya y, aprovechando el momento en que ella alargaba la mano, Eragon se la cogió y le dio la vuelta poniéndola a la luz. Volvía a tener la piel suave y no se le veía ninguna señal del daño que se había hecho.

—¿Blödhgarm te curó? —le preguntó.

Arya asintió con la cabeza, y Eragon le soltó la mano.

—Casi. Vuelvo a moverla bien —dijo, abriéndola y cerrándola para demostrárselo—. Pero todavía hay un trozo de piel en la base del pulgar que no tiene sensibilidad —añadió, señalando el punto con el dedo índice de la mano izquierda.

Eragon alargó la mano y le acarició donde ella señalaba.

—¿Aquí?

—Aquí —dijo ella, moviéndole la mano un poco hacia la derecha.

—¿Y Blödhgarm no ha podido hacer nada?

Arya negó con la cabeza.

—Lo intentó con seis hechizos distintos, pero los nervios no se querían unir de nuevo. —Hizo un gesto con la mano, quitándole importancia—. No pasa nada. Todavía puedo empuñar una espada y dar un puñetazo. Eso es lo único que importa.

Eragon dudó un momento y dijo:

—Ya sabes… lo agradecido que estoy por lo que hiciste…, lo que intentaste hacer. Lo único que me duele es que te haya quedado esto de forma permanente. Ojalá hubiera podido evitarlo de alguna manera...

—No te sientas mal. Es imposible pasar por la vida sin recibir ningún rasguño. Tampoco es deseable. Por las heridas que acumulamos podemos conocer tanto nuestras locuras como nuestros logros.

—Angela dijo algo parecido refiriéndose a los enemigos..., que si uno no los tenía, era porque era un cobarde o algo peor.

Arya asintió con la cabeza.

—Hay cierta verdad en eso.

Arya y Eragon continuaron charlando y riendo, y la noche avanzó. Los efectos del faelnirv, en lugar de menguar, se fueron acentuando. Él empezó a sentirse un poco mareado, y se dio cuenta de que las sombras del interior de la tienda parecían dar vueltas. Además, su campo de visión se había llenado de unas extrañas lucecitas parpadeantes, muy parecidas a las que veía cuando cerraba los ojos. Sentía las orejas muy calientes, y la espalda le picaba como si un ejército de hormigas caminara por encima de su piel. Además, algunos sonidos parecían más intensos que antes: el canto rítmico de los insectos a la orilla del río, por ejemplo, y el crepitar de la antorcha que había fuera de la tienda. Esos sonidos habían cobrado tanta importancia que le era difícil oír los otros ruidos de la noche.

«¿Me he envenenado?», se preguntó.

—¿Qué sucede? —preguntó Arya, que había percibido su alarma.

Eragon se humedeció los labios, que sentía terriblemente secos, y le explicó lo que le estaba pasando. Arya se rio y se recostó sobre la espalda.

—Todo eso es normal. Esas sensaciones se te pasarán hacia el amanecer. Hasta entonces, relájate y disfruta.

Él dudó unos momentos. No sabía si debía pronunciar un hechizo para que se le aclarase la mente, si es que podía hacerlo. Pero al final decidió confiar en Arya y seguir su consejo.

Al ver que todo a su alrededor se transformaba, Eragon tomó conciencia de hasta qué punto dependía de sus sentidos para determinar qué era real y qué no lo era. Hubiera jurado que esas luces parpadeantes eran reales, aunque su sentido común le decía que solo eran un efecto del faelnirv. Arya y él continuaron charlando, pero su conversación se fue haciendo cada vez más incoherente y sin sentido. A pesar de ello, a él le parecía que todo lo que decían era de la máxima importancia, aunque no hubiera podido decir el porqué. Tampoco era capaz de recordar de qué habían estado hablando un minuto antes.

Al cabo de un rato, oyó el sonido de algo parecido a un clarinete procedente de algún lugar del campamento. Al principio le pareció que esa melodía era producto de su imaginación, pero entonces vio que Arya ladeaba la cabeza y se volvía hacia el lugar de donde parecía proceder la música, como si ella también la hubiera oído.

Eragon no sabía quién estaba tocando ni por qué lo hacía. Tampoco le importaba. Era como si esa melodía surgiera de la misma oscuridad de la noche, igual que el viento, solitaria y desamparada. La escuchó con la cabeza echada hacia atrás y los ojos casi cerrados. Su mente se llenó con unas imágenes fantásticas, imágenes provocadas por el faelnirv pero a las que la música daba forma. La melodía se fue haciendo cada vez más salvaje, y sus notas lastimosas se hicieron apremiantes mientras avanzaban a un ritmo tan rápido, insistente y complicado, tan «alarmante» que Eragon empezó a temer que el músico pudiera sufrir algún daño. Tocar tan deprisa y con tanta habilidad no era natural, ni siquiera para un elfo.

El ferviente tono de la música hizo reír a Arya, que se puso en pie y levantó los brazos en el aire. Dio unos golpes en el suelo con los pies y unas palmadas —una, dos, tres—. Sus movimientos eran lentos al principio, casi lánguidos, pero pronto empezaron a ganar velocidad hasta que se pusieron al mismo ritmo que la música.

La canción llegó a su punto álgido y luego empezó a bajar de intensidad mientras el clarinete repetía y resolvía las frases de la melodía. Pero antes de que la música terminara, Eragon sintió un repentino escozor en la palma de la mano. Al cabo de un momento notó un cosquilleo en la parte más profunda de su mente y se dio cuenta de que uno de sus escudos mágicos se había activado, anunciando algún peligro.

Al cabo de un segundo, un dragón rugió en el cielo.

Eragon sintió un terror helado.

El rugido no era de Saphira.

La palabra de un Jinete

*E*ragon cogió *Brisingr,* y él y Arya salieron de la tienda. En cuanto hubo atravesado la puerta, el chico sintió que el suelo se inclinaba a un lado y cayó sobre una rodilla, agarrándose a un puñado de hierba y esperando a que se le pasara el mareo. Al cabo de un momento, levantó la mirada. La luz de las antorchas era tan brillante que los ojos le dolieron; las llamas se retorcían en el aire como si no tocaran los trapos que las alimentaban.

«He perdido el equilibrio —pensó Eragon—. No puedo fiarme de lo que veo. Tengo que aclararme la cabeza. Tengo que…»

Algo se movió cerca de él. Se agachó. La cola de Saphira le pasó por encima de la cabeza a muy pocos centímetros de distancia y fue a golpear la tienda, rompiendo los postes que la sostenían. La dragona soltó un gruñido y dio unos latigazos más con la cola mientras se esforzaba por ponerse en pie. Luego se quedó quieta un momento, confundida.

Pequeño, ¿qué…?

Un ruido como el de una fuerte ráfaga de viento la interrumpió, y de la oscuridad del cielo emergió Espina, rojo como la sangre y brillante como un millón de estrellas titilantes. El dragón aterrizó al lado del pabellón de Nasuada y la tierra tembló bajo su peso.

Eragon oyó que los guardias de Nasuada gritaban. Luego Espina arrastró la pata delantera por el suelo dibujando un círculo y la mitad de las voces que gritaban dejaron de oírse. Espina llevaba unas cuerdas alrededor del cuerpo, y por ellas bajaron varias decenas de soldados que, rápidamente, se desplegaron y empezaron a acuchillar las tiendas y a los vigilantes que corrían hacia ellos.

Los cuernos sonaron en todo el campamento. Al mismo tiempo, se oyó un ruido de lucha procedente de los extremos: debía de tratarse de otro combate que se acaba de iniciar en la parte norte. «¿Cuántos soldados habrá? —se preguntó—. ¿Estamos rodeados?» Le invadió un pánico tan atroz que estuvo a punto de perder el sentido común y de lanzarse a correr a ciegas en medio de la noche. Lo único que se lo impidió fue saber que el faelnirv era el responsable de esa reacción. Susurró un rápido hechizo de sanación con la esperanza de que contrarrestara los efectos del licor, pero sin éxito. Decepcionado, se puso en pie despacio, desenfundó la espada y se colocó al lado de Arya para hacer frente a cinco soldados que ya corrían hacia ellos. Eragon no sabía cómo serían capaces de rechazarlos, no en esas condiciones.

Los hombres estaban ya a menos de cinco metros cuando Saphira soltó un gruñido y dio un latigazo en el suelo con la cola. Los soldados cayeron al suelo. Eragon —que había percibido lo que Saphira iba a hacer— se había sujetado a Arya. La elfa había hecho lo mismo, y así habían conseguido mantenerse en pie a pesar del temblor en el suelo.

Entonces Blödhgarm y otro elfo, Laufin, salieron corriendo de entre las tiendas y mataron a los cinco soldados antes de que estos se hubieran puesto en pie. Los demás elfos aparecieron detrás de ellos enseguida.

Otro grupo de soldados, de más de veinte hombres, corrió hacia Eragon y Arya. Parecía que supieran dónde encontrarlos. Los elfos se colocaron formando un muro delante de ellos dos, pero antes de que los soldados llegaran hasta allí, de una de las tiendas salió corriendo Angela y cargó contra el grupo de soldados con un grito de guerra, cosa que les pilló por sorpresa. La herbolaria llevaba puesto un camisón rojo, y tenía el pelo revuelto. Con cada mano sujetaba una cardencha para cardar lana. Medían casi un metro de largo y tenían dos hileras de púas de acero en los extremos. Eran más largas que el antebrazo de Eragon y tenían la punta afilada como la de las agujas. Si uno se pinchaba con esas púas que habían estado en contacto con la lana sucia, se le podía infectar la herida.

Dos de los soldados cayeron al suelo después de que Angela les clavara las cardenchas en el costado del cuerpo: las púas habían atravesado sus cotas de malla. La herbolaria era, por lo menos, treinta centímetros más baja que algunos de esos hombres, pero no mostraba miedo ninguno. Más bien al contrario: con el pelo enmarañado, sus gritos de guerra y la funesta expresión de su mirada, era el vivo reflejo de la ferocidad. Los soldados habían rodeado a Angela y se acercaban a ella, ocultándola a la vista de Eragon. Por un mo-

mento, él temió que pudieran vencerla. Pero entonces vio que Solembum, procedente de algún lugar del campamento, corría hacia el
grupo de soldados con las orejas aplastadas contra la cabeza. Muchos hombres gato lo seguían: veinte, treinta, cuarenta…, una manada, y todos en su forma animal.

La noche se llenó con una algarabía de bufidos, maullidos y chillidos. Los hombres gato saltaban sobre los soldados y los tumbaban
al suelo, clavándoles las uñas y los dientes. Los soldados se defendían todo lo que podían, pero no lograban igualar la ferocidad de
esos greñudos gatos.

Toda esa escena, desde la aparición de Angela hasta la intervención de los hombres gato, se desarrolló a tal velocidad que Eragon
no tuvo tiempo de reaccionar. Mientras los animales se lanzaban sobre los soldados, solo pudo parpadear y humedecerse los labios re-
secos. A su alrededor, todo le parecía irreal.

Entonces Saphira dijo, agachándose:

Deprisa, sube.

—Espera —lo detuvo Arya, poniéndole una mano sobre el
brazo.

La elfa pronunció unas palabras en el idioma antiguo y, al cabo
de un instante, Eragon recuperó la claridad. Ahora volvía a tener el
control de su cuerpo. Miró a Arya con agradecimiento. Rápidamente tiró la funda de *Brisingr* sobre lo que quedaba de la tienda y trepó por la pata delantera de Saphira hasta su grupa y se colocó en su
lugar habitual, sobre la cruz. Sin silla, las afiladas escamas de la dragona se le clavaban en la parte interior de las piernas: recordaba
muy bien esa sensación de la primera vez que había volado con ella.

—Necesitamos la *dauthdaert* —le gritó a Arya.

Ella asintió con la cabeza y corrió hacia su tienda, que se encontraba a varios metros de allí, hacia el lado este del campamento.

Una conciencia que no era la de Saphira se cernió sobre la mente de Eragon, que se replegó en sí mismo para protegerse. Entonces
se dio cuenta de que era Glaedr, así que permitió que el dragón dorado atravesara sus defensas.

Voy a ayudaros —dijo Glaedr.

En sus palabras, Eragon notó una rabia terrible hacia Espina y
Murtagh, una rabia que parecía tan potente como para incendiar el
mundo entero.

*Unid vuestras mentes con la mía, Eragon, Saphira. Y tú tam-
bién, Blödhgarm, y tú, Laufin, y el resto de los vuestros. Dejadme
ver con vuestros ojos y escuchar con vuestros oídos para que os*

*pueda aconsejar qué hacer y os pueda ofrecer mi fuerza cuando sea
necesaria.*

Saphira dio un salto hacia delante y pasó por encima de las hileras de tiendas medio volando, medio planeando, en dirección a la enorme masa rubí que era Espina. Los elfos siguieron matando a todos los enemigos que encontraron por el camino.

La altura le daba una ventaja a Saphira, pues Espina todavía estaba en el suelo. Eragon sabía que la dragona se dirigía hacia él con la intención de aterrizar en el lomo de Espina y de clavarle las fauces en el cuello. Pero en cuanto el dragón rojo la vio, emitió un rugido y giró la cabeza hacia ella mientras se agachaba en el suelo, como un perro que está a punto de enfrentarse a otro más grande que él.

Eragon acababa de darse cuenta de que la silla de Espina estaba vacía cuando este, apoyándose sobre las patas traseras, dio una patada hacia Saphira con una de sus gruesas y musculosas patas delanteras. Su pesada garra surcó el aire provocando un profundo zumbido. En la oscuridad, sus garras se vieron increíblemente blancas.

Saphira viró a un lado contorsionándose para esquivar el golpe. Eragon vio que el suelo y el cielo se inclinaban hasta el punto de que si levantaba la cabeza veía el campamento encima de él. En ese momento, la punta de una de las alas de Saphira se enganchó con una tienda, rasgándola. La fuerza del giro hizo que Eragon empezara a resbalar y no pudiera sujetarse con las piernas al cuerpo de la dragona, así que se agarró con fuerza a la púa que tenía delante. Pero los movimientos de Saphira eran tan violentos que, al cabo de un segundo, su mano cedió y se encontró girando en el aire sin saber dónde estaba el cielo y dónde el suelo. Mientras caía se aseguró de no soltar *Brisingr* y de mantener la hoja bien alejada de su cuerpo: aunque llevara los escudos mágicos, el hechizo de Rhunön hacía que la espada pudiera hacerle daño.

¡Pequeño!

—¡*Letta!* —gritó Eragon.

De repente, se quedó inmóvil y suspendido en el aire, a unos tres metros del suelo. El mundo pareció girar todavía unos segundos más a su alrededor, pero pronto vio la brillante silueta de Saphira, que daba vueltas a su alrededor para acudir en su ayuda.

Espina soltó un bramido y una llamarada que incendió las líneas de tiendas que había entre él y Eragon. Las blanquecinas llamas se levantaban hacia el cielo como si quisieran tocarlo e, inmediatamente, se oyeron los gritos de los hombres que había dentro y que murieron carbonizados.

Eragon levantó una mano para cubrirse el rostro. Sus hechizos lo protegían de recibir una herida grave, pero el calor resultaba incómodo.

Estoy bien. No volváis —dijo, dirigiéndose no solo a Saphira, sino también a Glaedr y a los elfos—. *Tenéis que detenerlos. Nos encontraremos en el pabellón de Nasuada.*

El desacuerdo de Saphira era tangible, pero la dragona continuó en la misma dirección que antes para atacar a Espina.

Eragon terminó el hechizo y bajó al suelo. Aterrizó sobre los pies con suavidad y empezó a correr entre las tiendas en llamas, muchas de las cuales ya se estaban derrumbando y despedían unas nubes de chispas anaranjadas hacia el cielo.

El humo y el hedor a lana quemada le hacían difícil respirar. Eragon tosió y los ojos se le llenaron de lágrimas, cosa que veló su mirada.

Varios metros por delante, Saphira y Espina se enfrentaban como dos colosos en medio de la noche. Eragon sintió un miedo primitivo. ¿Por qué estaba corriendo hacia ellos, hacia ese par de criaturas temibles, violentas y enormes, armadas con garras, colmillos y púas más grandes que él? Pero aunque el miedo inicial remitió casi enseguida, todavía le quedó cierto sentimiento de aprensión mientras corría hacia ellos.

Esperaba que Roran y Katrina estuvieran a salvo. Su tienda se encontraba en el otro extremo del campamento, pero Espina y los soldados podían ir hacia allí en cualquier momento.

—¡Eragon!

Arya saltaba entre las telas y los palos incendiados con la *dauthdaert* en la mano izquierda. La hoja dentada de la lanza despedía un suave halo de color verde, aunque costaba distinguir su brillo en medio de las llamas. Al lado de la elfa corría Orik, que atravesaba las llamaradas de fuego como si no fueran más que nubes de vapor. El enano no llevaba ni camisa ni yelmo, pero sujetaba el antiguo martillo de guerra *Volund* en una mano y un pequeño escudo redondo en la otra. Ambos extremos del martillo estaban manchados de sangre.

Al verlos, Eragon levantó la mano y gritó, contento de tener a sus amigos con él. En cuanto llegó a su lado, Arya le ofreció la lanza, pero Eragon negó con la cabeza.

—¡Llévala tú! —dijo—. Tendremos más posibilidades de hacer frente a Espina si tú llevas la espada *Niernen*, y yo, *Brisingr*.

Arya asintió con la cabeza y agarró la lanza con puño firme. Por primera vez, Eragon se preguntó si, al ser una elfa, ella sería capaz de matar a un dragón. Pero se quitó esa idea de la cabeza. Si algo sabía de Arya era que siempre hacía lo que era necesario, por difícil que fuera.

En ese momento, Espina clavó sus garras en Saphira. Eragon sintió su dolor en propia piel. También percibió, a través de la mente de Blödhgarm, que los elfos se encontraban muy cerca de los dragones, luchando contra los soldados. Pero no se atrevían a acercarse más a los dragones por miedo a ser aplastados bajo sus patas.

—Por ahí —dijo Orik, señalando con el martillo un grupo de soldados que avanzaban entre las hileras de tiendas destrozadas.

—Dejémoslos —repuso Arya—. Tenemos que ayudar a Saphira.

Orik gruñó:

—Bien, pues vamos allá.

Los tres se lanzaron hacia delante, pero Eragon y Arya pronto dejaron atrás a Orik. Ningún enano podía correr tanto como ellos, ni siquiera uno tan fuerte y tan en forma como Orik.

—¡Adelante! —gritó Orik desde detrás—. ¡Os sigo tan deprisa como puedo!

Eragon avanzaba esquivando los trozos de tela en llamas que flotaban en el aire. De repente vio a Nar Garzhvog en medio de un grupo de diez soldados. El kull tenía un aspecto grotesco a la rojiza luz del fuego. Descubría los colmillos con una feroz mueca, y las sombras que se proyectaban desde su protuberante entrecejo le daban un aspecto brutal y primitivo, como si su cráneo hubiera sido tallado de un hachazo contra un bloque de piedra. Luchaba solamente con las manos, y acababa de descuartizar a uno de los guerreros con la misma facilidad con la que Eragon hubiera desmembrado un pollo asado.

Unos metros más allá se veían las tiendas en llamas. Al otro lado, todo era confuso.

Blödhgarm y dos de sus hechiceros se encontraban de pie, inmóviles, delante de cuatro hombres vestidos con túnicas negras. Eragon supuso que se trataba de magos del Imperio. Ni ellos ni los elfos se movían, aunque sus rostros mostraban una profunda tensión. En el suelo había decenas de soldados muertos, pero muchos otros todavía vivían; por las terribles heridas que soportaban, Eragon supo que eran inmunes al dolor.

No podía ver a los demás elfos, pero sí notaba su presencia al otro lado del pabellón rojo de Nasuada, que se encontraba en medio del infierno.

Los hombres gato perseguían a los soldados de un lado a otro por el claro que se abría delante del pabellón. El rey Mediazarpa y su compañera Cazadora de Sombras dirigían un grupo cada uno. Solembum se encargaba del tercero.

Al lado del pabellón estaba la herbolaria, que mantenía una pelea con un hombre grande y fornido. Ella luchaba con sus cardenchas para cardar lana; él, con un mazo en una mano y un mayal en la otra. Sus fuerzas parecían bastante parejas, a pesar de la diferencia de sexo, peso, altura, dimensiones y equipo de lucha.

Eragon vio con sorpresa que Elva también estaba allí, sentada en el extremo de un tonel. La niña bruja parecía estar apretándose el estómago con los brazos y tenía aspecto de estar enferma, aunque también ella participaba en la batalla a su manera única. Tenía delante a unos doce soldados y les hablaba rápidamente. Cada uno de los hombres reaccionaba de manera distinta a sus palabras: uno permanecía quieto, aparentemente incapaz de moverse; otro se había arrodillado y se estaba apuñalando a sí mismo con una larga daga; otro había tirado sus armas al suelo y huía del campamento, y otro no dejaba de barbotear palabras ininteligibles como un loco. Ninguno de ellos levantó la espada contra ella ni atacó a nadie más.

Y, cerniéndose por encima de todo ello, como dos montañas vivientes, se encontraban Saphira y Espina. Se habían movido un poco hacia la izquierda del pabellón, y ahora giraban el uno delante del otro arrasando con las tiendas que encontraban a su paso. Unas llamas bailaban en las fosas nasales y entre los dientes como sables de los dos dragones.

Eragon dudó un momento. Era difícil soportar todo ese ruido y confusión. No sabía cómo actuar.

¿Murtagh? —preguntó Glaedr.

Todavía no lo hemos encontrado, si es que está aquí. No percibo su mente, pero es difícil saberlo con tanta gente y tantos hechizos en el mismo lugar.

Gracias al vínculo que habían establecido, Eragon se daba cuenta de que el dragón dorado estaba haciendo mucho más que hablar con él. Glaedr escuchaba los pensamientos de Saphira y los de los elfos al mismo tiempo, y además estaba ayudando a Blödhgarm y a sus compañeros en su batalla mental contra los magos del Imperio. Eragon confiaba en que podrían vencer a los magos, igual que confiaba en la capacidad de Angela y de Elva para defenderse del resto de los soldados. Pero Saphira ya había sufrido varias heridas, y se sentía con la obligación de impedir que Espina atacara el resto del campamento.

Eragon miró la *dauthdaert* que Arya llevaba en la mano y luego volvió a dirigir la mirada a los descomunales dragones. «Tenemos que matarlo», pensó, y el corazón le pesó en el pecho. Entonces su mirada se tropezó con la figura de Elva y se le ocurrió una idea nueva. Las palabras de la niña eran más poderosas que cualquier arma; nadie, ni siquiera Galbatorix, podría soportarlas. Si Elva tenía la oportunidad de hablar con Espina, era posible que lo ahuyentara de allí.

¡No! —gruñó Glaedr—. *Pierdes el tiempo, jovencito. Ve con tu dragona, ¡ahora! Necesita tu ayuda. Debes matar a Espina, no asustarle con sentimientos. Está roto, y no hay nada que puedas hacer para ayudarlo.*

Eragon miró a Arya, y ella le devolvió la mirada.

—Elva sería más rápida —dijo.

—Tenemos la *dauthdaert*…

—Demasiado peligroso. Demasiado difícil.

Arya dudó un momento, pero luego asintió. Los dos se encaminaron hacia Elva. Pero antes de que llegaran hasta ella, Eragon oyó un grito ahogado. Se dio la vuelta y vio, horrorizado, que Murtagh salía del pabellón rojo y llevaba a Nasuada a rastras.

Nasuada tenía el cabello revuelto. Una de sus mejillas mostraba una fea herida, y su vestido amarillo estaba roto por varios sitios. Le dio una patada a Murtagh en la rodilla, pero se encontró con un escudo mágico y el pie le rebotó sin haber podido hacer ningún daño. Murtagh apretó su sujeción con crueldad y le dio un golpe en la sien con la empuñadura de *Zar'roc*. Nasuada perdió la conciencia.

Eragon soltó un grito y corrió hacia ellos.

Murtagh lo miró un momento. Luego enfundó la espada, se cargó a Nasuada sobre un hombro y, apoyando una rodilla en el suelo, bajó la cabeza, como si rezara.

De repente, un aguijonazo de dolor de Saphira distrajo a Eragon, y oyó que la dragona gritaba:

¡Cuidado! ¡Se me ha escapado!

El chico saltó por encima de un montón de cuerpos y, mientras estaba en el aire, levantó la mirada. Vio el brillante vientre de Espina y sus aterciopeladas alas que cubrían casi todas las estrellas del cielo nocturno. El dragón rojo giraba ligeramente mientras se precipitaba hacia abajo.

Eragon se tiró a un lado y giró por el pabellón, intentando poner alguna distancia entre él y el dragón. Al aterrizar, se golpeó el hombro con una roca.

Espina, sin perder tiempo, alargó la pata delantera derecha, que era gruesa y rugosa como un tronco de árbol, y cerró su enorme garra alrededor de Murtagh y Nasuada. Sus uñas se clavaron en la tierra, haciendo un agujero de casi un metro de profundidad, al agarrar a los dos humanos. Luego, con un rugido triunfal y un batir de alas estrepitoso, Espina se elevó y empezó a alejarse del campamento.

Saphira, todavía en el mismo lugar en que ella y Espina habían estado luchando, salió en su persecución, y unos regueros de sangre le cayeron desde las heridas que había sufrido en las patas. La dragona era más rápida que Espina, pero aunque le diera alcance, Eragon no podía imaginar cómo conseguiría rescatar a Nasuada sin causarle daño.

Cuando Saphira pasó por encima de su cabeza, una ráfaga de viento le levantó el pelo. La dragona subió encima de un montón de toneles y saltó, elevándose en el aire más alto de lo que hubiera podido hacerlo un elfo. Alargó la pata delantera y agarró la cola de Espina, colgándose de ella como si fuera un elemento de decoración.

Eragon dio un paso vacilante, como si quisiera detenerla, pero al final soltó una maldición y gruñó:

—¡*Audr!*

El hechizo lo lanzó por los aires, igual que una flecha disparada con un arco. Mientras volaba, recurrió a Glaedr, y el anciano dragón le proporcionó energía con que mantener su ascenso. Eragon la empleó toda, sin importarle el precio que tuviera que pagar por ello. Lo único que quería era alcanzar a Espina antes de que algo terrible les sucediera a Nasuada o a Arya.

Al pasar al lado de Saphira, Eragon vio que Arya empezaba a trepar por la cola de Espina. Se agarraba a las espinas de su grupa con la mano derecha, como si fueran los travesaños de una escalera. Con la mano izquierda, le clavó la *dauthdaert* y, apoyándose en la lanza, se impulsó hacia arriba. Espina se retorció a un lado y a otro, intentando morderla, como un caballo irritado por una mosca, pero no pudo alcanzarla. Entonces el dragón rojo plegó las alas, acercó las patas a su cuerpo, aproximando su preciosa carga al pecho, y se lanzó en picado y girando sobre sí mismo hacia el suelo. La *dauthdaert* se soltó del cuerpo del dragón y Arya quedó colgando solo de la púa a la que se agarraba con la mano derecha, la que estaba herida, la que se había destrozado en las catacumbas de Dras-Leona. Casi enseguida, los dedos le resbalaron y la elfa cayó, girando en el aire con los brazos y las piernas abiertos, como una rueda de carro enloquecida. Pero, pronto, sin duda a causa de un hechizo pronunciado a tiempo, su cuerpo dejó de girar y fue reduciendo la velocidad de la caída hasta que quedó suspendida en el aire. Iluminada por el brillo de la *dauthdaert*, que todavía llevaba en la mano, parecía una luciérnaga que iluminara la oscuridad de la noche.

Espina desplegó las alas y dio media vuelta para ir hacia ella. Arya miró un momento a Saphira e, inmediatamente, rotó en el aire para enfrentarse a Espina. El dragón rojo abrió las fauces, que soltaron un maléfico destello luminoso un segundo antes de escupir un chorro de fuego que envolvió a Arya, ocultándola a la vista. En ese momento, Eragon se encontraba a menos de quince metros de distancia y el calor de las llamas le encendió las mejillas. Cuando el fuego se apagó, vio que Espina se alejaba de Arya, retorciéndose de dolor y dando ciegos latigazos en el aire con la cola. Arya no tuvo tiempo de esquivarla.

—¡No! —gritó Eragon.

La elfa recibió un fuerte golpe que la lanzó por los aires igual que una honda lanza una piedra. La *dauthdaert* se soltó de su mano y dibujó un arco en el cielo en dirección al suelo mientras su halo de luz se apagaba. Eragon sintió una fuerte opresión en el pecho y se quedó sin aire en los pulmones. Espina se estaba alejando, pero si obtenía más energía de Glaedr todavía podría darle alcance. Pero el vínculo con el dragón dorado se había debilitado mucho, y sin él Eragon no se sentía capaz de vencer a Espina y a Murtagh en el aire. Además, sabía que Murtagh tenía a su disposición decenas de eldunarís. Soltando un juramento, interrumpió el hechizo que lo propulsaba por los aires y se lanzó en picado hacia donde estaba Arya. El viento le silbaba en los oídos y parecía querer arrancarle el cabello y la ropa. Eragon tuvo que achicar los ojos para soportar su fuerza. Un insecto chocó contra su cuello y el impacto le dolió como si lo hubiera golpeado una piedra. Mientras descendía, buscaba con su mente la conciencia de Arya. Justo cuando acababa de percibir un destello de inteligencia procedente de abajo, Saphira pasó volando cerca de él. La dragona giró sobre sí misma en el aire y alargó una pata para coger un objeto pequeño y oscuro. Eragon sintió un aguijonazo de dolor procedente de esa mente que acababa de tocar y, luego, sus pensamientos se apagaron y no sintió nada más.

La tengo, pequeño —anunció Saphira.

—*Letta* —dijo Eragon.

Se detuvo, suspendido en el aire. Miró de nuevo hacia donde había estado Espina, pero solo encontró la oscuridad y la luz de las estrellas. Oyó el inconfundible sonido de un aleteo hacia el este y luego todo quedó en silencio.

Desde donde estaba veía todo el campamento de los vardenos. Unas oscuras nubes de humo se levantaban entre el fuego. Cientos de tiendas estaban destrozadas en el suelo, cubriendo los cuerpos de los muchos hombres que no habían conseguido escapar antes de que Saphira y Espina los pisotearan. Pero esos hombres no eran las únicas víctimas del ataque. A esa altura, Eragon no podía distinguir los cuerpos, pero sabía que los guerreros habían matado a muchos soldados.

Eragon sintió el sabor de las cenizas en el paladar. Temblaba, y unas lágrimas de rabia y frustración le bajaban por las mejillas. Arya estaba herida…, quizá, muerta. Nasuada había sido capturada, y pronto se encontraría a merced de los hábiles torturadores de Galbatorix.

La desesperanza abatió a Eragon.

¿Cómo iban a continuar ahora? ¿Cómo podían tener alguna esperanza de conseguir la victoria sin Nasuada?

Cónclave de reyes

*E*ragon aterrizó en el campamento de los vardenos montado en Saphira. En cuanto la dragona tocó tierra, el chico se deslizó por su costado y corrió hacia el trozo de césped sobre el cual Saphira acababa de dejar a Arya. La elfa estaba tumbada boca abajo, inmóvil. Eragon le dio la vuelta y entonces ella abrió un poco los ojos.

—Espina… ¿Qué ha pasado con Espina? —susurró.

Ha escapado —respondió Saphira.

—¿Y… Nasuada? ¿La habéis rescatado?

Eragon bajó la mirada y negó con la cabeza.

El rostro de Arya se llenó de tristeza. Tosió y parpadeó, y luego intentó sentarse. De la comisura de los labios le bajaba un hilo de sangre.

—Espera —dijo Eragon—. No te muevas. Voy a buscar a Blödhgarm.

—No hace falta. —Arya se apoyó en el hombro del chico y se puso en pie. Hizo una mueca al estirar los músculos del cuerpo, pero intentó disimular el dolor que sentía—. Solo tengo unos cuantos golpes, nada serio. Mis escudos me han protegido del golpe de Espina.

Eragon no estaba muy seguro de ello, pero aceptó lo que ella decía.

¿Y ahora qué? —preguntó Saphira, acercándose a ellos.

Eragon notó el punzante olor de la sangre de la dragona. Miró a su alrededor y contempló la destrucción que asolaba el campamento. Se acordó de Roran y de Katrina, y se preguntó si habrían sobrevivido. «¿Sí, y ahora qué?»

Sin embargo, las circunstancias respondieron a su pregunta. En primer lugar, unos soldados aparecieron entre el humo y se lanzaron contra él y contra Arya. Cuando Eragon hubo terminado con ellos, ocho elfos habían llegado ya hasta allí. Eragon tuvo que convencerlos de que no estaba herido, y entonces los elfos dirigieron la atención hacia Saphira e insistieron en curarle las mordeduras y rasguños que Espina le había hecho. Hubiera preferido hacerlo él mismo, pero se dejó convencer por su insistencia. Sabiendo que tardarían unos minutos en hacerlo, dejó a la dragona con los elfos y corrió hacia las tiendas cercanas al pabellón de Nasuada donde había dejado a Blödhgarm y a los dos hechiceros elfos enzarzados en su combate mental con los cuatro magos del Imperio. Al llegar, vio que el último de los magos se había arrodillado en el suelo, abrazándose el pecho y con la cabeza pegada a las rodillas. Eragon, en lugar de unirse a la invisible batalla, se acercó al mago y lo tocó suavemente en el hombro exclamando:

—¡Eh!

El mago se sobresaltó, y su distracción permitió que los elfos atravesaran sus defensas. Al instante, cayó al suelo, víctima de unas violentas convulsiones y con los ojos en blanco. Un hilo de baba amarilla y espumosa se deslizó por sus labios. Al cabo de poco, ya había dejado de respirar.

Eragon explicó rápidamente a Blödhgarm y a los dos elfos lo que les había sucedido a Arya y a Nasuada. Blödhgarm frunció el hirsuto entrecejo y sus ojos amarillos se encendieron de ira. Pero lo único que hizo fue decir en el idioma antiguo:

—Un tiempo oscuro se cierne sobre nosotros, Asesino de Sombra.

Sin perder tiempo, Blödhgarm envió a Yaela a buscar la *dauthdaert*, que debía de haber caído en algún lugar del campamento. Luego, Blödhgarm, Eragon y Uthinarë, el elfo que se había quedado con ellos, recorrieron el campamento y mataron a los pocos soldados que habían escapado de los dientes y las garras de los hombres gato, así como de las afiladas armas de los hombres, los enanos, los elfos y los úrgalos. También emplearon la magia para apagar los fuegos más grandes, que se extinguieron como si no fueran más que las llamas de unas velas.

Un terrible pavor atenazaba a Eragon. Durante todo ese tiempo no pudo pensar en nada que no fuera muerte, derrota y fracaso. Le parecía que el mundo entero se derrumbaba a su alrededor, que todo aquello por lo que él y los vardenos se habían esforzado se desmoronaba rápidamente, y que él no podía hacer nada al respecto. Su desesperanza era tal que solo quería sentarse en un rincón y dejarse vencer por la aflicción. Pero consiguió sobreponerse, pues no hacerlo sería entregarse a una muerte segura. Así que continuó caminando al lado de los elfos sin ceder a la amargura.

Su estado de ánimo no mejoró cuando Glaedr contactó con él y le dijo:

Si me hubieras hecho caso, hubiéramos podido detener a Espina y haber salvado a Nasuada.

O quizá no —repuso Eragon. No quería discutir más sobre ese tema, pero se sintió obligado a añadir—: *Permitiste que la ira te nublara la mente. Matar a Espina no era la única solución. Tampoco deberías haberte mostrado tan dispuesto a acabar con uno de los pocos miembros de tu raza que quedan.*

¡No te atrevas a darme lecciones, jovencito! —replicó Glaedr—. *No tienes la más ligera idea de cuál ha sido mi pérdida.*

Lo comprendo mejor que muchos —repuso él, pero Glaedr ya se había alejado de su mente y Eragon no creyó que el dragón lo hubiera oído.

Justo cuando acababa de extinguir otro fuego y se dirigía hacia el siguiente, Roran llegó corriendo a su lado y lo agarró del brazo.

—¿Estás herido?

Eragon sintió un alivio inmenso al ver que su primo estaba vivo y que se encontraba bien.

—No —respondió.

—¿Y Saphira?

—Los elfos ya le han curado las heridas. ¿Qué hay de Katrina? ¿Está bien?

Roran asintió con la cabeza y pareció relajarse un poco, aunque su rostro seguía mostrando preocupación.

—Eragon —dijo, acercándose—, ¿qué ha sucedido? ¿Qué está pasando? Vi a Jörmundur correr por ahí como un pollo sin cabeza, y los guardias de Nasuada tienen una expresión sombría. No consigo que nadie me cuente nada. ¿Estamos todavía en peligro? ¿Está Galbatorix a punto de atacarnos?

Eragon echó un vistazo a su alrededor. Luego se llevó a Roran a un lado, para que nadie pudiera oírlos.

—No se lo cuentes a nadie. Todavía no —advirtió.

—Tienes mi palabra.

Eragon resumió la situación con unas cuantas frases. Cuando hubo terminado, su primo estaba lívido.

—No podemos permitir que los vardenos se disgreguen —dijo.

—Por supuesto que no. Eso no va a suceder, pero es posible que el rey Orrin intente hacerse con el mando, o… —Eragon se calló al ver que un grupo de guerreros pasaba cerca de ellos—. Quédate a mi lado, ¿de acuerdo? Quizá necesite tu ayuda.

—¿Mi ayuda? ¿Para qué podrías tú necesitar mi ayuda?

—Todo el ejército te admira, Roran. Incluso los úrgalos. Tú eres Martillazos, el héroe de Aroughs, y tu opinión tiene peso. Eso puede ser importante para nosotros.

El chico se quedó callado un momento, pero al final asintió con la cabeza:

—Haré todo lo que pueda.

—De momento, comprueba que no queden más soldados —dijo Eragon, dirigiéndose de nuevo hacia el fuego para apagarlo.

Al cabo de media hora, cuando el campamento empezaba a estar en silencio y en orden, un mensajero lo informó de que Arya deseaba que acudiera de inmediato al pabellón del rey Orik.

Eragon y Roran intercambiaron una mirada. Luego se dirigieron hacia el extremo noroeste del campamento, donde tenían sus tiendas la mayoría de los enanos.

—No hay elección —dijo Jörmundur—. Nasuada dejó bien claro cuál era su deseo. Tú, Eragon, debes ocupar su sitio al frente de los vardenos.

Los rostros de todos los que se habían reunido en el pabellón mostraban una expresión seria y obstinada. Los distintos bípedos, tal como los hubiera llamado Saphira, mostraban el mismo ceño fruncido y los mismos rasgos duros y perfilados por las sombras. La única que no fruncía el ceño era la dragona, que tenía la cabeza metida en la tienda para poder participar en el cónclave. Pero sus labios dibujaban una ligera mueca, como si estuviera a punto de gruñir.

También se encontraban presentes el rey Orrin, con una capa de color púrpura sobre los hombros; Arya, con expresión conmocionada pero decidida; el rey Orik, que había encontrado una cota de malla para cubrirse; el rey de los hombres gato, Grimrr *Mediazarpa*, que llevaba una venda blanca sobre el corte que había recibido en el hombro derecho; Nar Garzhvog, el kull, que tenía que mantener la cabeza agachada para no perforar el techo del pabellón con los cuernos; y Roran, que permanecía de pie en un lateral de la tienda y escuchaba con atención sin hacer ningún tipo de comentario.

No se había permitido la entrada de nadie más en el pabellón. Ni a los guardias, ni a los consejeros, ni a los sirvientes. Ni siquiera a Blödhgarm ni a los elfos. Al otro lado de la puerta se había apostado un nutrido grupo de hombres, enanos y úrgalos para evitar que nadie, por muy poderoso o peligroso que fuera, interrumpiera la reunión. Además, el pabellón había sido protegido con numerosos hechizos para impedir que alguien pudiera oír, ni siquiera mentalmente, lo que se decía dentro.

—Yo no quería esto —dijo Eragon, mirando el mapa de Alagaësia que se extendía encima de la mesa, en el centro del pabellón.

—Ninguno de nosotros lo quería —dijo el rey Orrin en tono mordaz.

Arya había sido lista al haber organizado esa reunión en el pabellón de Orik. El rey enano era conocido por su apoyo a Nasuada y a los vardenos —así como por ser el jefe del clan de Eragon y su hermano adoptivo—, pero nadie podía acusarlo de desear el puesto de Nasuada. Por otro lado, los humanos tampoco hubieran aceptado que tomara su lugar. Además, al haberlos reunido a todos en el pabellón de Orik, Arya había conseguido apoyar a Eragon y restar fuerza a sus detractores sin que pareciera que hacía ni una cosa ni la otra. Eragon tuvo que admitir que la elfa era mucho más hábil que él a la hora de manipular a los demás. El único riesgo que corrían era que algunos pensaran que Orik ejercía algún poder sobre él, pero Eragon estaba dispuesto a jugársela a cambio de recibir el apoyo de su amigo.

—Yo no quería esto —repitió, levantando la cabeza y mirando a los ojos de los allí reunidos—. Pero ahora que ha ocurrido, juro sobre la tumba de todos los que hemos perdido que haré todo lo que pueda por seguir el ejemplo de Nasuada y conducir a los vardenos a la victoria contra Galbatorix y el Imperio.

Eragon se esforzaba por ofrecer una imagen de confianza en sí mismo, pero la verdad era que la situación en que se encontraban lo asustaba y que no tenía ni idea de si estaría a la altura de las circunstancias. Nasuada había demostrado ser increíblemente capaz, y lo intimidaba el mero hecho de tener que hacer solo la mitad de lo que ella había realizado.

—Muy loable, desde luego —dijo el rey Orrin—. Pero los vardenos siempre han buscado el acuerdo de sus aliados: de los hombres de Surda, de nuestro amigo el rey Orik y de los enanos de las montañas Beor, de los elfos y ahora, últimamente, de los úrgalos dirigidos por Nar Garzhvog, así como de los hombres gato. —Dirigió un cortés saludo con la cabeza a Grimrr, quien le devolvió el gesto de respeto—. No sería propio de nuestro rango mostrar nuestros desacuerdos en público. ¿Estáis de acuerdo?

—Por supuesto.

—Por supuesto —repitió el rey Orrin—. ¿Entiendo, pues, que continuarás consultándonos todos los asuntos de importancia, igual que hizo Nasuada?

Eragon dudó un momento, pero antes de que dijera nada, Orrin retomó la palabra.

—Todos nosotros —e hizo un gesto que incluía los que se encontraban allí— hemos arriesgado mucho en este empeño, y a ninguno nos gustaría recibir órdenes. Tampoco las acataríamos. Para ser sincero, y a pesar de tus muchos logros, Eragon *Asesino de Sombra*, todavía eres joven y tienes poca experiencia, y eso puede resultar fatal. Nosotros gozamos de la experiencia que nos han proporcionado los muchos años de dirigentes, o de observar cómo otros lo hacían. Podemos ayudarte a ir por el buen sendero, y quizá, juntos, seamos capaces de encontrar la manera de corregir la situación y de derrocar a Galbatorix.

Todo lo que Orrin había dicho era cierto. Eragon sabía que era joven e inexperto, y que necesitaba el consejo de los demás, pero no podía admitirlo sin que eso pareciera un signo de debilidad. Así que respondió:

—Puedes estar seguro de que consultaré con vosotros cuando sea necesario, pero mis decisiones, como siempre, serán cosa mía.

—Perdóname, Asesino de Sombra, pero me cuesta creerlo. Tu familiaridad con los elfos —y Orrin miró a Arya— es conocida por todos. Además, eres un miembro adoptado del clan Ingeitum, y estás sujeto a la autoridad de su jefe, que resulta que es el rey Orik. Quizás esté equivocado, pero dudo de que tus decisiones sean solo tuyas.

—Primero me aconsejas que escuche a mis aliados, y ahora, no. ¿Se debe eso, quizás, a que preferirías que te escuchara a ti,… y solamente a ti?

El enojo de Eragon aumentaba a medida que hablaba.

—¡Preferiría que tus decisiones se tomaran en defensa de los intereses de nuestra gente, y no de los de otras razas!

—Así ha sido —gruñó Eragon—. Y así continuará siendo. Debo lealtad tanto a los vardenos como al clan Ingeitum, sí. Pero también a Saphira y a Nasuada, y a mi familia. Muchos tienen influencia sobre mí, pero también muchos tienen influencia sobre ti, majestad.

De todas maneras, mi mayor preocupación es encontrar la manera de derrotar a Galbatorix y al Imperio. Siempre lo ha sido, y si me encuentro en un conflicto de lealtades, eso es lo que ocupará el primer lugar. Puedes cuestionar mi juicio, si te parece adecuado hacerlo, pero no cuestiones mis motivos. ¡Y te agradecería que no insinuaras que puedo traicionar a mi gente!

Orrin frunció el ceño y las mejillas se le encendieron. Estaba a punto de replicar algo cuando todos oyeron un fuerte estruendo. Orik acababa de golpear con fuerza su martillo de guerra contra su escudo.

—¡Basta de tonterías! —exclamó, enojado—. ¡Os estáis preocupando por una grieta en el suelo cuando la montaña entera está a punto de caer sobre nuestras cabezas!

Su expresión se hizo todavía más adusta, pero no dijo nada más. Se limitó a coger la copa de vino y fue a sentarse a su silla. Desde allí clavó a Eragon una mirada fulminante.

Creo que te odia —dijo Saphira.

O eso, o puede que odie todo lo que yo represento. De cualquier forma, soy un obstáculo para él. Habrá que vigilarlo.

—La cuestión que se nos plantea es sencilla —dijo Orik—. ¿Qué debemos hacer ahora que Nasuada no está con nosotros? —Dejó el martillo *Volund* encima de la mesa y se pasó la mano por el pelo—. Mi opinión es que nos encontramos exactamente en la misma situación que esta mañana. A no ser que admitamos la derrota y reclamemos la paz, solo nos queda una opción: marchar hacia Urû'baen tan deprisa como nuestros pies nos lleven. Nasuada no pensaba enfrentarse a Galbatorix en persona. Eso era tarea vuestra —dijo, mirando a Eragon y a Saphira—, y de los elfos. Nasuada nos ha traído hasta aquí, y aunque su presencia se eche mucho de menos, no la necesitamos para continuar. El camino que nos espera ofrece poca desviación. Aunque ella estuviera con nosotros, no creo que hiciera nada distinto. Debemos ir a Urû'baen, y eso es todo.

Grimrr jugueteaba con su pequeña daga negra, aparentemente indiferente a la conversación que se llevaba a cabo.

—Estoy de acuerdo —dijo Arya—. No nos queda alternativa.

Garzhvog levantó la cabeza por encima de los demás, proyectando unas largas sombras sobre las paredes el pabellón.

—El enano habla bien. Los Urgralgra se quedarán con los vardenos mientras Espada de Fuego sea su jefe de guerra. Con él y con Lengua de Fuego a la cabeza, reclamaremos la deuda de sangre que el traidor sin cuernos Galbatorix nos debe.

Eragon se sintió un poco incómodo.

—Todo eso está muy bien —dijo el rey Orrin—, pero todavía no sabemos cómo vamos a derrotar a Murtagh y a Galbatorix cuando lleguemos a Urû'baen.

—Tenemos la *dauthdaert* —intervino Eragon, pues Yaela había conseguido encontrarla—, y con ella podemos…

El rey Orrin hizo un gesto con la mano.

—Sí, sí, la *dauthdaert*. Pero no te ha ayudado a detener a Espina, y no creo que Galbatorix permita que te acerques, ni a él ni a Shruikan, con ella. En todo caso, eso no cambia el hecho de que no estás en condiciones de enfrentarte a ese traidor. ¡Maldita sea, Asesino de Sombra, ni siquiera puedes enfrentarte a tu hermano, y él hace menos tiempo que tú que es un Jinete!

«Medio hermano», pensó Eragon, pero no dijo nada. No encontraba la manera de contradecir las afirmaciones de Orrin. Eran todas ciertas. Eragon sintió una gran vergüenza.

El rey continuó:

—Nos sumamos a esta guerra con la garantía de que finalmente encontrarías la manera de contrarrestar la fuerza innatural de Galbatorix. Eso fue lo que Nasuada nos aseguró y prometió. ¡Y aquí estamos, a punto de enfrentarnos al mago más poderoso del mundo que la historia recuerde…, y no estamos más cerca de conseguir la victoria que el primer día!

—Fuimos a la guerra —repuso Eragon con tono tranquilo— porque era la primera vez, desde la Caída de los Jinetes, que teníamos una pequeña posibilidad de derrocar a Galbatorix. Ya lo sabes.

—¿Qué posibilidad? —se burló el rey—. Solo somos marionetas, todos nosotros, y bailamos al ritmo que Galbatorix toca. Si hemos llegado hasta aquí es porque él nos lo ha permitido. «Quiere» que vayamos a Urû'baen. Desea que te llevemos hasta él. Si hubiera querido detenernos, hubiera volado hasta nosotros en los Llanos Ardientes y nos hubiera aplastado allí mismo. Y en cuanto te tenga en su poder, eso es lo que hará: aplastarnos.

La tensión entre Orrin y Eragon era más que palpable.

Cuidado —dijo Saphira—. *Abandonará si no lo convences de lo contrario.*

Arya también parecía preocupada.

Eragon apoyó las manos en la mesa y se tomó un instante para poner en claro sus pensamientos. No quería mentir, pero al mismo tiempo tenía que encontrar la manera de dar esperanzas a Orrin, lo cual era difícil, pues él mismo albergaba muy pocas. «¿Así es como ha sido para Nasuada durante todos estos años, una lucha para convencernos de que continuáramos adelante a pesar de sus propias dudas?»

—Nuestra situación no es… tan precaria como dices —dijo Eragon finalmente.

Orrin soltó un bufido de burla y tomó un trago.

—La *dauthdaert* es una amenaza real para Galbatorix —continuó el chico—, y eso es una ventaja que tenemos. Él irá con cuidado. Es por eso por lo que podremos obligarlo a hacer lo que queramos, aunque solo sea un poco. Y aunque no la podamos usar para matarlo, quizá podamos acabar con Shruikan. Ellos no son una verdadera pareja de dragón y Jinete, pero la muerte de Shruikan le afectará mucho.

—Nunca sucederá tal cosa —replicó Orrin—. Ahora él sabe que tenemos la *dauthdaert*, y adoptará las precauciones necesarias.

—Quizá no. Dudo que Murtagh y Espina la hayan reconocido.

—No, pero Galbatorix si lo hará cuando examine sus recuerdos.

Y también se enterará de la existencia de Glaedr, si es que no se lo han dicho ya —le dijo Saphira a Eragon.

El ánimo del chico se hundió todavía más. No había pensado en eso, pero ella tenía razón.

Ya no podemos contar con sorprenderlo. No nos quedan más secretos.

La vida está llena de secretos. Galbatorix no podrá predecir con exactitud cómo nos enfrentaremos a él. En eso, al menos, todavía podemos confundirlo.

—¿Cuál de las lanzas mortales es la que has encontrado, oh, Asesino de Sombra? —preguntó Grimrr en un tono de voz de aburrimiento.

—*Du Niernen*… La Orquídea.

El hombre gato parpadeó ligeramente, y a Eragon le pareció que su respuesta lo había sorprendido.

—La Orquídea. ¿Es eso verdad? Qué extraño encontrar un arma como esa en esta época, especialmente esta… arma tan especial.

—¿Y eso por qué? —preguntó Jörmundur.

Grimrr se lamió los colmillos con su pequeña lengua rosada.

—*Niernen* es *essspecial* —repuso, emitiendo un breve siseo al pronunciar.

Pero antes de que Eragon pudiera hacerle más preguntas al hombre gato, Garzhvog habló con una voz áspera que sonaba como una rueda de moler.

—¿Qué es esta lanza mortal de la que habláis, Espada de Fuego? ¿Es la que hirió a Saphira en Belatona? Hemos oído historias acerca de ella, pero todas eran muy extrañas.

Eragon recordó en ese instante que Nasuada le había dicho que ni los úrgalos ni los hombres gato sabían qué era en verdad *Niernen*. Pensó que ahora ya no podía evitarlo.

Rápidamente, le explicó a Garzhvog qué era la *dauthdaert* y luego insistió en que todos juraran en el idioma antiguo que no hablarían de esa lanza con nadie sin obtener su permiso antes. Hubo una queja general, pero al final todos consintieron, incluso el hombre gato. Tal vez intentar que Galbatorix no se enterara de que la tenían en su posesión no había servido de nada, pero tampoco podía ser bueno permitir que la *dauthdaert* se convirtiera en tema de conocimiento general.

Cuando todos hubieron prestado el juramento, Eragon retomó la palabra.

—Así que, en primer lugar, tenemos la *dauthdaert*, y eso es más de lo que teníamos antes. En segundo lugar, no pienso enfrentarme a Murtagh y a Galbatorix a la vez; nunca lo he pensado así. Cuando lleguemos a Urû'baen, atraeremos a Murtagh fuera de la ciudad y luego lo rodearemos, con el ejército entero si es necesario, elfos incluidos, y lo capturaremos o lo mataremos de una vez por todas. —Miró a su alrededor con determinación, en un intento por convencerlos—. En tercer lugar, y eso tenéis que creerlo de verdad, Galbatorix no es invulnerable por muy poderoso que sea. Quizás haya elaborado mil hechizos para protegerse, pero a pesar de todos sus conocimientos y de toda su astucia, todavía quedan hechizos que pueden terminar con él. Ahora quizá seré yo quien encuentre el hechizo que significará su ruina, pero también puede ser un elfo o un miembro de los Du Vrangr Gata. Galbatorix parece intocable, lo sé, pero siempre existe una debilidad, siempre hay una grieta por donde introducir la hoja de la espada para apuñalar al enemigo.

—Si los Jinetes de antaño no fueron capaces de encontrar esa grieta, ¿qué probabilidades tenemos de encontrarla nosotros? —preguntó el rey Orrin.

Eragon levantó ambas manos mostrando las palmas.

—Quizá no podamos. No hay nada seguro en la vida, y mucho menos en la guerra. A pesar de todo, si los hechiceros de nuestras cinco razas no pueden matarlo, entonces tendremos que aceptar que Galbatorix gobernará todo el tiempo que desee, y nada de lo que hagamos va a cambiar eso.

La tienda se llenó con un silencio profundo aunque breve.

Entonces Roran dio un paso hacia delante.

—Quiero hablar —anunció.

Eragon se dio cuenta de que todos se miraban entre sí, extrañados.

—Di lo que desees, Martillazos —respondió Orik, cosa que enojó visiblemente al rey Orrin.

—Hemos derramado demasiada sangre y demasiadas lágrimas como para que ahora nos echemos atrás. Sería poco respetuoso tanto hacia los muertos como hacia los que todavía los recuerdan. Quizás esta sea una batalla entre dioses —a Eragon le pareció que hablaba completamente en serio—, pero yo, por lo menos, continuaré peleando hasta que los dioses acaben conmigo, o hasta que yo acabe con ellos. Quizás un dragón pueda matar diez mil lobos de uno en uno, pero diez mil lobos juntos pueden matar a un dragón.

Ni en sueños —se burló Saphira, aprovechando la intimidad del vínculo mental que mantenía con Eragon.

Roran sonrió con tristeza.

—Y tenemos un dragón de nuestra parte. Decidid lo que queráis. Pero yo, por mi parte, voy a ir a Urû'baen, y me enfrentaré a Galbatorix, aunque tenga que hacerlo solo.

—No lo harás solo —dijo Arya—. Sé que puedo hablar en nombre de la reina Islanzadí, así que puedo afirmar que mi gente estará a tu lado.

—Igual que la nuestra —afirmó Garzhvog.

—Y la nuestra —añadió Orik.

—Y la nuestra —dijo Eragon en un tono de voz que, esperaba, acabaría con toda oposición.

Después de un breve momento de silencio, todos se volvieron hacia Grimrr. El hombre gato, tras sorber por la nariz, dijo:

—Bueno, supongo que nosotros también iremos. —Inspeccionó rápidamente las uñas de su pata delantera—. Alguien tendrá que infiltrarse entre los enemigos, y desde luego no lo van a hacer los enanos... con esas botas de hierro.

Orik arqueó las cejas, pero si se ofendió, consiguió disimularlo.

Orrin dio dos tragos más de su copa. Luego se limpió los labios con el dorso de la mano y dijo:

—Muy bien, como deseéis. Continuaremos hacia Urû'baen.

Y después de vaciar la copa, alargó la mano hacia la botella que tenía delante.

Un laberinto sin salida

*E*ragon y los demás dedicaron la parte final de la reunión a discutir cuestiones prácticas: líneas de comunicación o quién debía responder ante quién; reajuste de los escudos mágicos del campamento y de los centinelas para evitar que Espina o Shruikan pudieran volver a aparecer por sorpresa; asignación de tareas, y cómo equipar de nuevo a los hombres que lo habían perdido todo en los incendios. Decidieron por consenso que no dirían nada de lo que le había sucedido a Nasuada hasta el día siguiente, pues en ese momento era más importante que los guerreros descansaran antes de que el sol iluminara el horizonte.

Y, a pesar de todo, lo único que no discutieron fue si debían intentar rescatar a Nasuada. Era evidente que la única manera de hacerlo consistía en tomar Urû'baen, y sabían que, para entonces, ella estaría o muerta o herida, o bien habría jurado lealtad a Galbatorix en el idioma antiguo. Así que evitaron tocar el tema, como si su mera mención estuviera prohibida.

Pero Eragon no podía dejar de pensar en Nasuada. Cada vez que cerraba los ojos veía a Murtagh golpeándola y, luego, la zarpa de Espina cerrándose alrededor de su cuerpo y el dragón elevándose en el aire. Esos recuerdos solo conseguían que Eragon se sintiera más afligido todavía, pero no podía evitar que aparecieran una y otra vez.

Cuando el cónclave se dio por finalizado, Eragon hizo una señal a Roran, Jörmundur y a Arya, que lo siguieron hasta su tienda sin hacer preguntas. Allí Eragon dedicó un buen rato a pedirles consejo y a planificar el día que estaba a punto de comenzar.

—El Consejo de Ancianos va a darte problemas, estoy seguro —dijo Jörmundur—. No te consideran tan hábil en política como Nasuada, e intentarán aprovecharse de eso.

El guerrero se había mostrado extrañamente tranquilo desde el ataque, hasta el punto que Eragon sospechaba que estaba a punto de echarse a llorar o de estallar de cólera, o las dos cosas a la vez.

—No lo soy —repuso Eragon.

Jörmundur inclinó la cabeza a un lado.

—A pesar de ello, debes mostrarte fuerte. Yo te puedo ayudar un poco, pero la manera en que te comportes va a ser de gran importancia. Si permites que ejerzan influencia en tus decisiones, acabarán por pensar que «ellos» han heredado el liderazgo de los vardenos, no tú.

Eragon miró a Arya y a Saphira, preocupado.

No tengáis miedo —dijo la dragona—. *Nadie se pondrá por encima de él mientras yo esté aquí.*

La pequeña reunión terminó. Eragon esperó a que Arya y Jörmundur salieran de la tienda. Entonces, cogió a Roran por el hombro y lo retuvo un momento:

—¿Hablabas en serio cuando dijiste lo de que esto era una batalla entre dioses?

Roran lo miró a los ojos.

—Sí... Tú, Murtagh, Galbatorix..., sois demasiado poderosos para que cualquier persona normal os venza. Eso no está bien. No es justo, pero es así. El resto no somos más que pequeñas hormigas huyendo de vuestras botas. ¿Tienes idea de a cuántos hombres has matado solo con tus manos?

—Ademasiados.

—Exacto. Me alegro de que estés aquí y luches para nosotros, y me alegra que seas mi hermano de corazón, pero me gustaría no tener que depender de un Jinete o de un elfo, o de cualquier mago, para ganar esta guerra. Nadie debería estar a merced de otra persona. No de esta manera. Eso desequilibra el mundo —dijo Roran, antes de salir de la tienda.

Eragon se dejó caer sobre el catre. Se sentía como si acabara de recibir un golpe en el pecho. Se quedó allí sentado un rato, sudando y pensando, hasta que la inquietud que sentía lo obligó a ponerse de pie y a salir fuera.

Al otro lado de la puerta, los seis Halcones de la Noche se pusieron en pie y cogieron las armas para acompañarlo a donde se dirigiera. Pero Eragon les hizo un gesto para que no se movieran. Aunque había protestado, Jörmundur había insistido en añadir los guardias de Nasuada al grupo de Blödhgarm y los elfos para que lo protegieran.

—Ninguna precaución está de más —había dicho Jörmundur.

A Eragon no le gustaba tener a tanta gente siguiéndolo a todas partes, pero se había visto obligado a aceptarlo. Se alejó de los guardias y se apresuró hacia donde se encontraba Saphira, enroscada en el suelo.

En cuanto llegó a su lado, la dragona abrió un ojo y levantó un ala para que él se cobijara debajo y se apretujara contra su cálido vientre.

Pequeño —dijo, y se puso a canturrear suavemente.

Eragon se quedó allí, oyendo su canturreo y su suave respiración. Sentía el vientre de la dragona en la espalda, subiendo y bajando, a un ritmo tranquilo y consolador. En cualquier otro momento, su presencia hubiera sido suficiente para calmarlo, pero en ese momento no le bastaba. Su mente no paraba, y el corazón le latía deprisa. Además sentía un calor insoportable en las manos. El chico no le contó cómo se sentía, pues no quería molestarla, ya que Saphira estaba cansada después de los dos combates con Espina. Al poco rato, la dragona volvió a quedarse profundamente dormida y su canturreo se fundió con el constante sonido de su respiración.

Pero los pensamientos no dejaban descansar a Eragon. Una y otra vez volvían al mismo punto: él era el líder de los vardenos. Le parecía imposible, pero sabía que era un hecho. Él, que no era más que el miembro más joven de una humilde familia de granjeros, ahora era el líder del segundo ejército más grande de Alagaësia. Que eso hubiera sucedido le parecía indignante, como si el destino jugara con él, como si lo hubiera metido en una trampa que acabaría por destruirlo. Nunca lo había deseado, jamás lo había buscado, pero los sucesos lo habían abocado a esa situación.

«¿En qué estaría pensando Nasuada cuando me eligió como sucesor?», se preguntó. Recordó los motivos que ella le había explicado, pero ninguno de ellos lo aliviaba. Estaba lleno de dudas «¿De verdad creía que yo sería capaz de asumir su cargo? ¿Por qué no Jörmundur? Él ha estado con los vardenos décadas enteras, y conoce muy bien sus estrategias y de qué forma dirigirlos.»

Pensó en la decisión que había tomado Nasuada al aceptar el ofrecimiento de los úrgalos como aliados, a pesar de todo el odio y el rencor que había entre las dos razas, y a pesar de que habían sido ellos quienes habían matado a su padre. «¿Hubiera sido yo capaz de eso?» Creía que no. No entonces…, por lo menos. «¿Podría tomar yo una decisión de ese tipo ahora, si hiciera falta para derrotar a Galbatorix?»

No estaba seguro.

Eragon se esforzó por calmar su mente. Cerró los ojos y se concentró en contar sus respiraciones del uno al diez. Luego volvía a empezar. Pero le resultaba muy difícil mantener la atención en esa tarea. Constantemente lo asaltaban pensamientos o sensaciones que lo distraían, y perdía la cuenta una y otra vez. Pero al cabo de poco notó que su cuerpo empezaba a relajarse, y casi sin darse cuenta se adormiló un poco. Las visiones cambiantes y coloridas de sus sueños de vigilia llenaron su mente.

Vio muchas cosas, algunas tristes e inquietantes. Sus sueños repetían los sucesos de ese día. Otras imágenes tenían un sabor agridulce: recuerdos de lo que había sido o de lo que había deseado que fuera. Pero, de repente, como un repentino cambio en la dirección del viento, sus sueños se hicieron más duros y materiales, como si fueran tangibles. Todo a su alrededor desapareció y Eragon penetró en otro tiempo y en otro lugar. Era una dimensión que le resultaba extraña y conocida al mismo tiempo, como si la hubiera visitado mucho tiempo atrás y luego la hubiera olvidado. Abrió los ojos, pero las imágenes permanecían en su mente haciendo que todo a su alrededor perdiera realidad, y entonces supo que lo que estaba experimentando no era un sueño normal:

Una llanura oscura y solitaria se expande delante, atravesada por una corriente de agua que fluye despacio hacia el este: es como una cinta plateada y brillante a la luz de la luna llena… Flotando en ese río sin nombre, un barco, alto y orgulloso, con unas velas de un blanco muy puro desplegadas… Hileras de guerreros agarran sus lanzas, y dos figuras encapuchadas caminan entre ellos, como en una majestuosa procesión. El olor de los sauces y los álamos negros, y la sensación de una tristeza pasajera… El repentino grito de un hombre, y un destello de escamas, y un movimiento borroso que impide ver.

Y luego nada, solo silencio y oscuridad.

Eragon recuperó la visión normal y volvió a encontrarse bajo el ala de Saphira. Soltó el aire que, sin darse cuenta, había retenido en los pulmones y, con la mano temblorosa, se secó las lágrimas que le caían por las mejillas. No comprendía por qué esa visión lo había afectado de forma tan profunda.

«¿Ha sido una premonición? —se preguntó—. ¿O es que algo ha sucedido en este mismo instante? ¿Y por qué tiene importancia para mí?»

A partir de ese momento fue incapaz de descansar. Sus preocupaciones regresaron con mayor fuerza y lo asaltaban sin descanso. Era como si sufriera la mordedura de un ejército de ratas y su cuerpo sufriera el efecto de ese veneno.

Finalmente salió de debajo del ala de Saphira —con cuidado, para no despertarla—, y regresó a su tienda.

Al igual que antes, los Halcones de la Noche se pusieron en pie al verlo. Su jefe, un hombre fornido de nariz aguileña, dio un paso hacia delante para recibir a Eragon.

—¿Necesitas alguna cosa, Asesino de Sombra? —preguntó.

Al chico le pareció recordar que se llamaba Garven, y que Nasuada le había contado que ese hombre había perdido la razón después de haber penetrado en la mente de los elfos. Pero ahora parecía estar bien, a pesar de que su mirada era un tanto soñadora. Supuso que Garven debía de ser perfectamente capaz de cumplir con su deber. De lo contrario, Jörmundur nunca le hubiera permitido volver a asumir su rango.

—En estos momentos no, capitán —contestó Eragon en voz baja. Dio un paso adelante, pero se detuvo otra vez—: ¿Cuántos Halcones de la Noche han muerto hoy?

—Seis, señor. Una guardia entera. Estaremos un poco escasos de hombres durante unos días, hasta que encontremos reemplazos. Y, además, necesitaremos nuevos reclutas. Queremos doblar el cuerpo a tu alrededor. —Los ojos de Garven adquirieron una expresión angustiada—. Le hemos fallado, Asesino de Sombra. Si hubiéramos sido más…, quizá…

—Todos le hemos fallado —repuso Eragon—. Y si hubierais sido más, más habríais muerto.

El hombre dudó un instante. Luego asintió con la cabeza, la expresión triste.

«Yo le he fallado», pensó Eragon mientras entraba en la tienda.

Nasuada era su señora, y él debía protegerla. Su deber era mayor que el de los Halcones de la Noche. Pero la única vez que ella había necesitado su ayuda, había sido incapaz de salvarla.

Soltó una maldición, con rabia y hacia sí mismo.

Era su vasallo, y en esos mismos momentos debería estar buscando la manera de rescatarla y no prestar atención a nada más. Pero también sabía que ella no hubiera querido que abandonara a los vardenos por su causa. Nasuada hubiera preferido sufrir y morir antes que permitir que él abandonara todo aquello a lo que ella había dedicado su vida. Eragon soltó otra maldición y empezó a caminar arriba y abajo por la tienda.

«Soy el líder de los vardenos.»

Ahora que Nasuada no estaba con ellos, se daba cuenta de que ella había sido mucho más que su señora y su líder. Se había convertido en su amiga: sentía la misma urgencia de acudir en su ayuda que la que tenía por proteger a Arya. Pero si lo intentaba, ponía en riesgo todo lo demás.

«Soy el líder de los vardenos.»

Pensó en todas las personas de las que era ahora responsable: Roran, Katrina y los demás vecinos de Carvahall; los cientos de guerreros al lado de los cuales había luchado, y muchos más; los enanos; los hombres gato, e, incluso, los úrgalos. Todos ellos se encontraban ahora bajo su mando y dependían de que él tomara las decisiones adecuadas para derrotar a Galbatorix y al Imperio.

El corazón se le aceleró y la visión se le hizo borrosa. Dejó de caminar y se apoyó en el poste de la tienda. Luego se secó el sudor que le perlaba la frente y el labio superior.

Deseó poder hablar con alguien. Por un momento pensó en la posibilidad de despertar a Saphira, pero pronto descartó la idea. Su descanso era más importante que cualquier consuelo que pudiera ofrecerle. Tampoco quería cargar a Arya ni a Glaedr con problemas que no podían resolver. Y, en cualquier caso, no creía que Glaedr fuera, en esos momentos, un oído muy comprensivo después de la tensa discusión que habían mantenido.

Volvió a caminar arriba y abajo de la tienda: tres pasos hacia delante, un giro, tres pasos en la otra dirección, otro giro.

Había perdido el cinturón de Beloth *el Sabio*. Había dejado que Murtagh y Espina capturaran a Nasuada. Y ahora estaba al mando de los vardenos.

Una y otra vez lo acosaban los mismos pensamientos, y su ansiedad aumentaba.

Se sentía como si estuviera atrapado en un laberinto sin salida, y como si tras cada esquina de este se ocultaran monstruos que esperaran a saltarle encima. A pesar de todo lo que había dicho durante la reunión que había mantenido con Orrin, Orik y los demás, Eragon no sabía de qué manera podrían él, los vardenos y sus aliados derrotar a Galbatorix.

«No sería capaz de rescatar a Nasuada aunque tuviera la libertad de intentarlo. —Eragon sintió una profunda amargura. La tarea que tenía por delante parecía imposible—. ¿Por qué ha tenido que caer esta desgracia sobre nosotros?» Soltó un juramento y se mordió el labio hasta que no pudo soportar el dolor.

Paró de caminar y se dejó caer de rodillas al suelo.

—No podremos. No podremos —murmuraba, balanceándose a un lado y a otro—. No podremos.

Sentía tal desesperación que estuvo a punto de rezar a Gûntera, el dios que ayudaba a los enanos, como ya había hecho otras veces, para dejar sus problemas en manos de algo más grande y confiar su destino a ese poder sería un alivio. Hacerlo lo ayudaría a aceptar su destino —así como el de aquellos a quienes amaba— con mayor entereza, pues él ya no sería el responsable de lo que pudiera suceder.

Pero Eragon no consiguió rezar. Él era el responsable de esos destinos, le gustara o no, y le parecía mal delegar esa responsabilidad en otro, incluso en un dios o en la idea de un dios.

El problema radicaba en que no se creía capaz de hacer lo que era necesario hacer. Sabía que podía dirigir a los vardenos, de eso estaba bastante seguro. Pero con respecto a cómo conseguirían tomar Urû'baen y matar a Galbatorix, se sentía perdido. No tenía la fuerza necesaria para superar a Murtagh, y mucho menos al rey, y le parecía más que improbable que se le ocurriera una manera de traspasar sus escudos mágicos. Igualmente improbable le parecía poder capturar sus mentes, por lo menos la de Galbatorix.

Eragon, que había cruzado las manos sobre la nuca, se clavó las uñas en la piel y se rascó, frenético, mientras pensaba en todas las posibilidades que se le ocurrían por descabelladas que fueran.

Entonces recordó el consejo que le había dado Solembum en Teirm, tanto tiempo atrás. El hombre gato le había dicho: «Escúchame con atención. Te diré dos cosas: cuando llegue el momento y necesites un arma, busca debajo de las raíces del árbol Menoa; y cuando todo parezca perdido y tu poder sea insuficiente, ve a la roca de Kuthian y pronuncia tu nombre para abrir la Cripta de las Almas».

Lo que le había dicho del árbol Menoa había sido cierto: debajo de él Eragon había encontrado el acero brillante que necesitaba para fabricar la hoja de su espada. Al pensar en el segundo consejo del hombre gato, Eragon sintió una renovada esperanza. «Cuando mi poder sea insuficiente y todo parezca perdido es ahora», pensó. Pero no tenía ni idea de dónde estaban ni qué eran la roca de Kuthian y la Cripta de las Almas. Ya lo había preguntado tanto a Arya como a Oromis varias veces, pero ellos nunca le habían sabido dar una respuesta.

Entonces Eragon proyectó su mente y buscó por todo el campamento hasta que encontró la inconfundible sensación que producía la mente de ese hombre gato.

¡Solembum —le dijo—, *necesito tu ayuda! Por favor, ven a mi tienda.*

Al cabo de un instante, percibió un asentimiento de conformidad procedente de la mente del hombre gato e interrumpió la comunicación.

Se quedó sentado en la oscuridad... y esperó.

Fragmentos entrevistos y confusos

$\mathcal{P}$asó un cuarto de hora hasta que la cortina de la tienda se abrió y Solembum entró con su paso sigiloso. El leonado hombre gato pasó al lado de Eragon sin ni siquiera mirarlo, saltó sobre el catre y se instaló entre las sábanas. Allí, con tranquilidad, empezó a lamerse los dedos de la pata delantera. Todavía sin mirar a Eragon, dijo:

No soy un perro para ir y venir a tus órdenes, Eragon.

—Nunca he pensado que lo fueras —contestó Eragon—. Pero te necesito, y es urgente.

Mmm. —El sonido de la rasposa lengua del gato se hizo más audible: Solembum se concentraba en limpiarse los dedos a conciencia—. *Habla, pues, Asesino de Sombra. ¿Qué quieres?*

—Un momento. —El chico se puso en pie y se acercó al poste de donde colgaba la lámpara—. Voy a encenderla —avisó. Entonces pronunció una palabra en el idioma antiguo y una llama cobró vida en el interior de la lámpara. La tienda se llenó de una luz cálida y parpadeante.

Tanto Eragon como Solembum achicaron los ojos y esperaron a que la vista se les acostumbrara a la luz. Luego el chico se sentó en el taburete, cerca del catre. Se sorprendió al ver que el hombre gato lo estaba mirando con sus fríos ojos azules.

—¿No tenías los ojos de otro color? —preguntó.

Solembum parpadeó una vez y sus ojos pasaron del azul al dorado. Luego continuó lamiéndose.

¿Qué es lo que quieres, Asesino de Sombra? La noche es para hacer cosas, no para sentarse a charlar. —Movía la cola a un lado y a otro, inquieto.

Eragon se lamió los labios; estaba un tanto nervioso.

—Solembum, tú me dijiste que cuanto todo pareciera perdido y mi poder no fuera suficiente tenía que ir a la roca de Kuthian y abrir la Cripta de las Almas.

El hombre gato dejó de lamerse.

Ah, eso.

—Sí, eso. Y necesito saber qué quisiste decir. Si hay algo que pueda ayudarnos a vencer a Galbatorix, preciso saberlo ahora. No después, no cuando haya conseguido resolver algún acertijo, sino «ahora». Así pues, ¿dónde puedo encontrar la roca de Kuthian? ¿Cómo puedo abrir la Cripta de las Almas? ¿Qué encontraré allí?

Solembum echó las orejas ligeramente hacia atrás y sacó las uñas de la pata que se estaba lamiendo.

No lo sé.

—¿No lo sabes? —exclamó Eragon, sin poder creerlo.

¿Es que tienes que repetir todo lo que digo?

—¿Cómo es posible que no lo sepas?

No lo sé.

Eragon se inclinó hacia delante y agarró la pesada pata de Solembum. El hombre gato aplastó las orejas sobre la cabeza y le clavó las uñas en la palma de la mano. Eragon sonrió ligeramente y no hizo caso del dolor. El hombre gato era más fuerte de lo que había pensado, quizá tanto como para tirarlo del taburete.

—No más acertijos —dijo Eragon—. Necesito saber la verdad, Solembum. ¿De dónde sacaste esa información y qué significa?

Solembum erizó el pelaje de la nuca y la espalda.

A veces los acertijos son la verdad, estúpido humano. Ahora suéltame, o te destrozaré la cara a arañazos y echaré tus tripas a los cuervos.

Eragon mantuvo sujeta la pata de Solembum un momento más. Luego lo soltó y enderezó el cuerpo. Cerró la mano con fuerza para intentar contrarrestar el dolor que sentía en la palma y detener la sangre.

Solembum lo fulminó con la mirada, entornando los ojos. Su actitud ya no era tan indiferente.

He dicho que no lo sé porque, a pesar de lo que piensas, no lo sé. No tengo idea de dónde puede estar la roca de Kuthian, ni de cómo puedes abrir la Cripta de las Almas ni de qué contiene esa cripta.

—Dilo en el idioma antiguo.

Solembum achicó los ojos, molesto, pero lo repitió todo en el idioma de los elfos: estaba diciendo la verdad. Ahora se le ocurrían tantas preguntas que no sabía por cuál de ellas empezar.

—Entonces, ¿cómo te enteraste de que existía la roca de Kuthian?

Solembum volvió a dar unos latigazos con la cola en el aire con lo cual planchó algunas de las arrugas de las sábanas.

Por última vez, no lo sé. Ninguno de los míos lo sabe.

—Entonces, ¿cómo…? —Eragon se interrumpió, estaba demasiado confundido para continuar.

Poco después de la Caída de los Jinetes, los miembros de mi raza tuvimos, sin saber cómo, la convicción de que si alguna vez nos encontrábamos con un Jinete nuevo, uno que no fuera fiel a Galbatorix, le diríamos lo que te hemos dicho a ti: lo del árbol Menoa y la roca de Kuthian.

—Pero… ¿de dónde procedía esa información?

Solembum arrugó el hocico, como esbozando una desagradable sonrisa.

Eso no lo sabemos, solo que quien fuera, o lo que fuera, que lo hizo tenía buena intención.

—¿Cómo lo sabes? —exclamó Eragon—. ¿Y si se trataba de Galbatorix? Podría ser que hubiera intentado engañaros. Podría haber intentado engañarme a mí y a Saphira para capturarnos.

No —dijo Solembum, clavando las uñas en las sábanas—. *Los hombres gato no se dejan engañar tan fácilmente como otros. No es Galbatorix quien ha hecho esto. Estoy seguro. Quien quiso que tuvieras esa información es el mismo que hizo que encontraras el acero brillante para tu espada. ¿Habría hecho eso Galbatorix?*

Eragon frunció el ceño.

—¿No has intentado averiguar quién está detrás de esto?

Sí, lo hemos intentado.

—¿Y?

Hemos fracasado. —El hombre gato erizó el pelo—. *Hay dos posibilidades. Una, que nuestros recuerdos hayan sido borrados contra nuestra voluntad y que seamos víctimas de un ser vil. Dos, que nosotros estuviéramos de acuerdo en que nos los borraron, por el motivo que fuera. Quizás incluso fuimos nosotros mismos. Me resulta difícil y de mal gusto creer que alguien hubiera podido hacerle eso a nuestras mentes. A unos cuantos de nosotros quizá sí. Pero ¿a nuestra raza entera? No. No es posible.*

—¿Y por qué fuisteis vosotros, los hombres gato, los depositarios de esta información?

Supongo que porque siempre hemos sido amigos de los Jinetes y de los dragones… Somos los vigilantes. Los espías. Los vagabundos. Caminamos en soledad por los rincones oscuros del mundo, y recordamos todo lo que es y lo que ha sido.

Solembum desvió la mirada.

Tienes que comprender lo siguiente, Eragon. A ninguno de nosotros le ha gustado esto. Tuvimos que debatir largamente si el hecho de pasar esa información, llegado el momento, haría mayor mal que bien. Al final, la decisión se dejó en mis manos y yo decidí decírtelo, pues me parecía que necesitabas todos los consejos que te pudieran dar. Haz con ello lo que te plazca.

—Pero ¿qué se supone que debo hacer? —preguntó Eragon—. ¿Cómo se supone que voy a encontrar la roca de Kuthian?

Eso no lo sé.

—Entonces, ¿de qué sirve esta información? Es como si no la hubiera oído nunca.

Solembum parpadeó una vez.

Hay una cosa más que puedo decirte. Quizá no signifique nada, pero tal vez te muestre el camino.

—¿Qué? ¿Qué es?

Si tienes un poco de paciencia, te lo digo ahora mismo. La primera vez que te vi en Teirm, tuve el extraño sentimiento de que tú debías tener el libro Domia abr Wyrda. *Tardé algún tiempo en encontrar la manera, pero yo fui el responsable de que Jeod te lo regalara.*

El hombre gato levantó la otra pata y, después de observarla con atención, empezó a lamérsela.

—¿Has tenido algún otro extraño sentimiento en estos últimos meses? —preguntó Eragon.

Solo una rara urgencia por comerme un pequeño champiñón, pero se me pasó muy pronto.

Eragon soltó un gruñido. Luego se inclinó hacia delante y sacó el libro de debajo del catre, donde lo tenía guardado con los demás útiles de escritura. Miró un momento el grueso volumen encuadernado en piel y luego lo abrió por una página cualquiera. Como siempre, las runas no le decían nada a primera vista. Tenía que esforzarse y concentrarse para descifrarlas. «… lo cual, si hay que creer a Taladorous, significaría que las mismas montañas no son más que el resultado de un conjuro. Eso, por supuesto, es absurdo, pero…»

Eragon soltó otro gruñido de frustración y cerró el libro.

—No tengo tiempo para esto. Es demasiado largo, y yo excesivamente lento leyendo. Ya he leído algunos capítulos y no he encontrado nada relacionado con la roca de Kuthian ni con la Cripta de las Almas.

Solembum lo miró un momento.

Podrías pedirle a alguien que te lo leyera, aunque si hay algún secreto oculto en el Domia abr Wyrda *es posible que tú seas el único que pueda darse cuenta.*

Eragon reprimió una maldición. Se puso en pie de un salto y empezó a caminar arriba y abajo otra vez.

—¿Por qué no me has dicho todo esto antes?

No me pareció apropiado. Mi consejo acerca de la cripta y de la roca podía ser importante o podía no serlo, y saber cuál era el origen de esa información..., o saber que no sabíamos el origen... ¡no... hubiera... cambiado... nada!

—Pero si yo hubiera sabido que el libro tenía algo que ver con la Cripta de las Almas, hubiera dedicado más tiempo a leerlo.

Pero no sabemos si tiene algo que ver —repuso Solembum. Sacó la lengua y se lamió los bigotes—. *Quizás el libro no tenga nada que ver con la roca de Kuthian ni con la Cripta de las Almas. ¿Quién sabe? Además, ya lo estabas leyendo. ¿De verdad le hubieras dedicado más tiempo si yo te hubiera dicho que tenía el presentimiento* —y nada más que eso— *de que el libro tenía alguna importancia para ti? ¿Eh?*

—Quizá no..., pero, de todas formas, deberías habérmelo dicho.

El hombre gato dobló las patas bajo su cuerpo y no respondió. Eragon frunció el ceño y cogió el libro. Deseó destrozarlo.

—Esto no puede ser todo. Tiene que haber alguna otra cosa que no recuerdes.

Muchas, creo, pero ninguna relacionada con esto.

—¿Y en todos tus viajes por Alagaësia, con y sin Angela, no has encontrado nunca nada que pueda explicar este misterio? ¿O quizás algo que nos pueda servir para enfrentarnos a Galbatorix?

Te encontré a ti, ¿no es así?

—No tiene ninguna gracia —gruñó Eragon—. Maldita sea, tienes que saber algo más.

No.

—¡Pues piensa! Si no encuentro algo que me ayude en la lucha contra Galbatorix, perderemos, Solembum. Perderemos, y la mayoría de los vardenos, incluidos los hombres gato, morirán.

Solembum soltó otro bufido.

¿Qué esperas de mí, Eragon? No puedo inventarme una ayuda que no existe. Lee el libro.

—Habremos llegado a Urû'baen antes de que lo haya terminado. Es como si el libro no existiera.

El hombre gato volvió a echar las orejas hacia atrás.

No es culpa mía.

—No me importa de quién sea la culpa. Solo quiero evitar que acabemos muertos o como esclavos. ¡Piensa! ¡Tienes que saber algo más!

Solembum emitió un gruñido largo y profundo.

No sé nada. Y…

—¡Tienes que saber algo o estamos perdidos!

Mientras pronunciaba esas palabras, Eragon notó un cambio en el hombre gato. Las orejas se le enderezaron despacio, los bigotes cayeron, relajados, y su mirada se dulcificó y perdió la dureza de su brillo. Al mismo tiempo, la mente del gato quedó vacía, de un modo extraño, como si se le hubiera calmado, o como si se la hubieran quitado.

Eragon se quedó inmóvil, sin saber qué hacer.

Entonces sintió que Solembum decía con unos pensamientos que eran tan planos y faltos de color como un lago bajo un cielo sin nubes:

Capítulo cuarenta y siete. Página tres. Empieza en el segundo párrafo.

La mirada de Solembum volvió a hacerse penetrante, sus orejas se replegaron hacia atrás de nuevo.

¿Qué? —preguntó, visiblemente irritado—. *¿Por qué me miras así?*

—¿Qué es lo que has dicho?

He dicho que no sé nada más. Y que…

—No, no, lo otro, lo del capítulo y la página.

No juegues conmigo. No he dicho nada de eso.

—Sí lo has dicho.

Solembum lo observó con atención unos segundos. Entonces, con una gran tranquilidad, dijo:

Dime exactamente qué has oído, Jinete de Dragón.

Y Eragon repitió las palabras con toda la exactitud de que fue capaz. Cuando hubo terminado, el hombre gato se quedó en silencio un rato.

No lo recuerdo —dijo, por fin.

—¿Qué crees que significa?

Significa que deberíamos mirar qué hay en la página tres del capítulo cuarenta y siete.

Eragon dudó un momento. Luego asintió con la cabeza y empezó a pasar las páginas. Mientras lo hacía recordó de qué iba ese capítulo: estaba dedicado a las consecuencias de la separación entre los Jinetes y los elfos, después de la breve guerra de los elfos contra los humanos. Eragon había leído el principio de esa parte, pero no le habían parecido más que estériles disquisiciones sobre tratados y negociaciones, así que lo había dejado para otra ocasión. Pronto encontró la página que buscaba. Siguiendo las líneas de runas con el índice, leyó en voz alta:

—«La isla tiene un clima muy templado en comparación con las zonas de tierra firme que se encuentran en la misma latitud. Los veranos pueden ser frescos y lluviosos, pero los inviernos son suaves, y no alcanzan el frío brutal de otras zonas del norte de las Vertebradas, lo cual significa que se puede cultivar durante gran parte del año. Sin duda, el suelo es fértil, lo cual se debe a las montañas de fuego que, tal como es sabido, entran en erupción de vez en cuando y cubren toda la isla con una fina capa de cenizas. Y los bosques están llenos de grandes ciervos, la caza preferida de los dragones, y de muchas especies que no se encuentran en ningún otro sitio de Alagaësia.»

Eragon hizo una pausa.

—Nada de esto parece importante.

Continúa leyendo.

Eragon frunció el ceño y continuó en el siguiente párrafo:

—«Fue allí, en la gran cuenca que hay en el centro de Vroengard, donde los Jinetes construyeron su famosa ciudad Doru Araeba. ¡Doru Araeba! La única ciudad en toda la historia que fue diseñada tanto para dragones como para elfos y humanos. ¡Doru Araeba! El lugar de la magia, del aprendizaje y de los misterios antiguos. ¡Doru Araeba! El mismo nombre parece vibrar. Nunca hubo una ciudad como esa antes, y nunca habría otra igual, pues ahora se ha perdido, destruida, convertida en polvo por Galbatorix, el usurpador.

»Los edificios se construyeron siguiendo el estilo de los elfos (con cierta influencia de los Jinetes durante los últimos años), pero de piedra y no de madera. Los edificios de madera, como debe de resultar evidente para el lector, no sirven de mucho cuando hay criaturas de afiladas zarpas y que tienen la habilidad de escupir fuego. Pero la característica más remarcable de Doru Araeba era la enormidad de la escala con que fue construida. Las calles eran tan anchas que podían pasar por lo menos dos dragones de través, y, con pocas excepciones, las habitaciones y las puertas tenían el tamaño suficiente para que pudieran utilizarlas dragones de todos los tamaños.

»Por tanto, Doru Araeba era un lugar enorme y extenso, con unos edificios de tales proporciones que incluso un enano se hubiera quedado impresionado. Por toda la ciudad había jardines y fuentes, debido a la irrefrenable pasión que sienten los elfos por la naturaleza, y también había altas torres en las casas y mansiones de los Jinetes.

»En las cumbres que rodeaban la ciudad, los Jinetes colocaron torres de vigilancia para estar prevenidos en caso de ataque, y más de un dragón y un Jinete tenían una cueva bien situada en lo alto de las montañas donde podían apartarse del resto de los suyos. A los dragones más grandes y viejos les gustaban en especial estas cuevas, puesto que a menudo preferían la soledad y, además, vivir por encima del nivel de la cuenca les hacía más fácil levantar el vuelo.»

Eragon, frustrado, dejó de leer. La descripción de Doru Araeba era muy interesante, pero ya había leído otras detalladas explicaciones referentes a la ciudad de los Jinetes cuando estaba en Ellesméra. Además, tampoco le gustaba tener que esforzarse tanto por descifrar las complicadas runas, una tarea, como mínimo, ardua.

—Esto no tiene sentido —dijo, bajando el libro hasta su regazo.

Solembum parecía tan molesto como Eragon.

No abandones todavía. Lee un par de páginas más. Si no aparece nada, entonces déjalo.

Eragon suspiró y asintió. Pasó el dedo sobre las líneas de runas hasta que localizó el punto en que había dejado la lectura.

—«La ciudad contenía muchas maravillas, desde la Fuente Cantarina de Eldimirim hasta la fortaleza de cristal de Svellhjall y los terrenos de reproducción de los dragones. Pero a pesar de todo ese esplendor, creo que el mayor tesoro de Doru Araeba era su biblioteca. Y no, como se podría suponer, por su imponente estructura (aunque era verdaderamente imponente), sino por el hecho de que los Jinetes, a lo largo de los siglos, habían recopilado uno de los más completos fondos de conocimiento de toda la Tierra. En la época de la Caída de los Jinetes, solo había tres bibliotecas que podían rivalizar con ella: la de Ilirea, la de Ellesméra y la de Tronjheim. Pero ninguna de ellas contenía tanta información sobre magia como la de Doru Araeba. La biblioteca se encontraba en el extremo noroeste de la ciudad, cerca de los jardines que rodeaban el chapitel de Moraeta, también conocido como roca de Kuthian...»

Eragon se quedó sin voz al encontrar el nombre. Al cabo de un momento, volvió a leer, esta vez más despacio:

—«... también conocido como roca de Kuthian (ver capítulo

doce), y no muy lejos de ese alto asiento, donde los líderes de los Jinetes recibían a los reyes y reinas que acudían a hacer sus peticiones.»

Un profundo asombro y un gran pavor asaltaron a Eragon al mismo tiempo. Alguna persona o alguna cosa había procurado que él descubriera esa información, y se trataba de la misma persona o cosa que había hecho posible que encontrara el acero brillante para su espada. Daba miedo pensarlo. Y ahora que sabía adónde tenía que ir, ya no estaba tan seguro de querer hacerlo.

Se preguntó qué era lo que les estaría esperando en Vroengard. Tenía miedo de pensar en las posibilidades, pues temía albergar alguna esperanza que luego fuera imposible colmar.

Preguntas sin respuestas

*E*ragon pasó las páginas del *Domia abr Wyrda* hasta que encontró la referencia a Kuthian en el capítulo doce. Pero se desilusionó al ver que lo único que decía era que Kuthian había sido uno de los primeros Jinetes en explorar la isla Vroengard. Cerró el libro y se quedó con la mirada clavada en la cubierta mientras pasaba el dedo, con gesto distraído, por una arruga que se había formado en el lomo. Solembum, todavía encima del catre, también permaneció en silencio.

—¿Crees que en esa Cripta de las Almas hay espíritus? —preguntó Eragon.

Los espíritus no son las almas de los muertos.

—No, pero ¿de qué otra cosa podría tratarse?

Solembum se puso en pie y se desperezó. Todo su cuerpo, desde la cabeza hasta la cola, se estiró.

Si lo descubres, me interesará saber lo que has aprendido.

—¿Entonces crees que Saphira y yo deberíamos ir?

No puedo decirte lo que debes hacer. Si esto es una trampa, entonces casi todos los miembros de mi raza han sido esclavizados sin darse cuenta. Por tanto, los vardenos ya podrían ir rindiéndose, porque nunca conseguirán burlar a Galbatorix. Si no lo es, entonces quizás exista una oportunidad de encontrar ayuda en un momento en que creíamos que no era posible hallarla. No lo sé. Tú tienes que decidir por ti mismo si vale la pena correr el riesgo. Por lo que respecta a mí, ya he tenido suficiente misterio.

Solembum saltó del catre al suelo y caminó hacia la puerta. Antes de salir, se detuvo y miró a Eragon otra vez.

En Alagaësia existen fuerzas extrañas, Asesino de Sombra. Yo he visto cosas que son difíciles de creer: remolinos de luz que giran en profundas cavernas subterráneas, hombres que envejecen hacia el pasado, piedras que hablan y sombras que acechan. Habitaciones que son más grandes por dentro que por fuera... Galbatorix no es el único poder en el mundo al que enfrentarse, y quizá ni siquiera sea el más fuerte. Elige con cuidado, Asesino de Sombra, y si decides ir, camina en silencio.

Y entonces el hombre gato se deslizó entre las cortinas y desapareció en la oscuridad.

Eragon suspiró y se recostó. Sabía lo que tenía que hacer: debía ir a Vroengard. Pero no podía tomar esa decisión sin consultarlo con Saphira.

La despertó ejerciendo una suavísima presión mental sobre su conciencia. Después de tranquilizarla y decirle que no sucedía nada malo, compartió con ella sus recuerdos de la visita de Solembum. El asombro de Saphira fue tan grande como el suyo. Cuando terminó, la dragona dijo:

No me gusta la idea de ser una marioneta de quien haya hechizado a los hombres gato.

A mí tampoco, pero ¿qué alternativa tenemos? Si Galbatorix está detrás de esto, ir a Vroengard significará ponernos en sus manos. Pero si nos quedamos, estaremos haciendo exactamente lo mismo cuando lleguemos a Urû'baen.

La diferencia está en que allí tendremos a los vardenos y a los elfos a nuestro lado.

Eso es verdad.

Se quedaron en silencio un rato. Luego, Saphira dijo:

Estoy de acuerdo. Sí, debemos ir. Necesitamos uñas y dientes más afilados si tenemos que vencer a Galbatorix y a Shruikan, además de a Murtagh y a Espina. Además, Galbatorix cree que iremos directamente a Urû'baen con la esperanza de rescatar a Nasuada. Y si hay algo que me pone las escamas de punta es hacer lo que nuestros enemigos esperan que hagamos.

Eragon asintió con la cabeza.

¿Y si es una trampa?

Saphira soltó un suave gruñido.

Entonces le enseñaremos a quien sea a tener miedo con solo oír nuestro nombre, aunque se trate de Galbatorix.

Eragon sonrió. Por primera vez desde el rapto de Nasuada, tenía un objetivo. Ahora había algo que podía hacer, una manera de influir en el desarrollo de la situación en lugar de permanecer sentado como un mero observador pasivo.

—De acuerdo, pues —asintió.

Arya llegó a su tienda poco después de que Eragon contactara con ella. Eragon se sorprendió por su prontitud, pero ella le explicó que había estado vigilando con Blödhgarm y los demás elfos por si Murtagh y Espina volvían a aparecer.

Entonces Eragon contactó mentalmente con Glaedr y lo persuadió para que se uniera a su conversación, a pesar de que el hosco dragón no estaba de humor para charlar.

Cuando los cuatro, incluida Saphira, hubieron reunido sus mentes, Eragon dijo sin más preámbulo:

¡Sé dónde está la roca de Kuthian!

¿Qué roca es esa? —rugió Glaedr con tono agrio.

El nombre me resulta familiar —dijo Arya—, *pero no sé de qué.*

Eragon frunció el ceño. Los dos le habían oído hablar del consejo de Solembum. No era propio de ninguno de ellos olvidar algo así. A pesar de todo, el chico repitió la historia de cómo había encontrado a Solembum en Teirm y luego les contó las últimas revelaciones del hombre gato. También les leyó la parte correspondiente del libro *Domia abr Wyrda*.

Arya se pasó un mechón de pelo tras la puntiaguda oreja y dijo, tanto con la voz como con el pensamiento:

—¿Y cómo dices que se llama ese sitio?

—Chapitel de Moraeta, o la roca de Kuthian —repitió Eragon, un tanto asombrado por la pregunta de la elfa—. Queda un poco lejos, pero…

… si Eragon y yo partimos de inmediato… —dijo Saphira.

—… podremos ir y volver…

… antes de que los vardenos lleguen a Urû'baen. Esta…

—… es la única oportunidad que tenemos de ir.

No tendremos tiempo de…

—… hacer el viaje más adelante.

¿Y adónde vais a ir? —preguntó Glaedr.

—¿Qué…, qué quieres decir?

Lo que he dicho —rugió el dragón, cuya mente se oscureció—. *Tanto parloteo y todavía no nos has dicho dónde se encuentra… esa cosa misteriosa.*

—¡Pero si lo acabo de decir! —protestó Eragon, desconcertado—. ¡Está en la isla Vroengard!

Bueno, por fin una respuesta directa...

Arya frunció el ceño.

—Pero ¿qué vas a hacer en Vroengard?

—¡No lo sé! —repuso Eragon, que empezaba a enojarse. Por un momento pensó en enfrentarse a Glaedr. Parecía que el dragón estuviera pinchándolo a propósito—. Depende de lo que encontremos. Cuando estemos allí, intentaremos abrir la Cripta de las Almas para descubrir qué secretos contiene. Si es una trampa... —Se encogió de hombros—. Entonces lucharemos.

Arya estaba más y más preocupada con cada momento que pasaba.

—La roca de Kuthian... Es como si ese nombre tuviera importancia, pero no sé por qué; es como un eco en mi mente, como una canción que supiera y que ya se me hubiera olvidado. —Meneó la cabeza y se llevó las manos a las sienes—. Ah, ya se me ha olvidado... —Levantó la cabeza—. Perdonad. ¿De qué estábamos hablando?

—De ir a Vroengard —dijo Eragon muy despacio.

—Ah, sí... Pero ¿para qué? Aquí te necesitamos, Eragon. En cualquier caso, no queda nada de valor en Vroengard.

No —dijo Glaedr—. *Es un lugar muerto y abandonado. Después de la destrucción de Doru Araeba, los pocos que conseguimos escapar regresamos para llevarnos lo que pudiera tener alguna utilidad, pero los Trece Apóstatas no habían dejado nada.*

Arya asintió con la cabeza.

—¿Y quién te ha metido esta idea en la cabeza? No comprendo que puedas creer que abandonar a los vardenos ahora, cuando más vulnerables son, sea sensato. ¿Y para qué? Para volar al otro extremo de Alagaësia sin ningún motivo. Tenía un mejor concepto de ti... No puedes marcharte por el simple hecho de que te sientas incómodo con tu nueva posición, Eragon.

El chico desconectó su mente de la de Arya y Glaedr, y le hizo un gesto a Saphira para que hiciera lo mismo.

¡No lo recuerdan!... ¡No pueden recordarlo!

Es magia. Una magia poderosa, como el hechizo que oculta los nombres de los dragones que traicionaron a los Jinetes.

Pero tú no te has olvidado de la roca de Kuthien, ¿verdad?

Por supuesto que no —repuso ella, cuya mente chispeó con un tono verdoso y enojado—. *¿Cómo podría hacerlo con el vínculo tan estrecho que tenemos?*

Eragon sintió un alarmante vértigo al darse cuenta de lo que eso significaba.

Para ser efectivo, el hechizo tiene que borrar los recuerdos de todo aquel que sepa de la existencia de la roca, y también los de cualquiera que oiga o lea algo referente a ella. Lo cual significa... que toda Alagaësia se encuentra bajo ese hechizo. Nadie puede escapar de él.

Excepto nosotros.

Excepto nosotros —asintió Eragon—. *Y los hombres gato.*

Y, quizá, Galbatorix.

Eragon se estremeció. Se sentía como si un ejército de heladas arañas de cristal le estuviera trepando por la espalda. La dimensión de ese hechizo le daba pavor, y lo hacía sentir pequeño y vulnerable. Nublar las mentes de elfos, enanos, humanos y dragones, y hacerlo sin levantar la más mínima sospecha, era una gesta tan difícil que dudaba que se pudiera lograr a través de un trabajo o un ardid deliberado. Más bien le parecía que una cosa así solo se podía conseguir por instinto, pues un conjuro como ese era demasiado complejo para ponerlo en palabras.

Tenía que averiguar quién era el responsable de la manipulación de todas las mentes de Alagaësia, y por qué lo había hecho. Si se trataba de Galbatorix, entonces quizá Solembum tuviera razón y la derrota de los vardenos fuera inevitable.

¿Crees que esto ha sido obra de los dragones, igual que fueron los responsables del Destierro de los Nombres? —preguntó.

Saphira tardó un poco en responder.

Quizá. Pero, tal como te dijo Solembum, hay muchos poderes en Alagaësia. Hasta que vayamos a Vroengard no sabremos con certeza si se trata de una cosa u otra.

Si es que lo averiguamos.

Sí.

Eragon se pasó una mano por el pelo. De repente se sentía profundamente cansado.

¿Por qué todo tiene que ser tan difícil? —se preguntó.

Porque —repuso Saphira— *todo el mundo quiere comer y nadie quiere ser comido.*

Eragon se rio, divertido con su respuesta.

A pesar de lo deprisa que él y Saphira habían intercambiado sus pensamientos, su conversación fue lo bastante larga para que Arya y Glaedr se dieran cuenta.

—¿Por qué has desconectado tu mente de nosotros? —preguntó Arya, mirando hacia una de las paredes de la tienda, la que quedaba más cerca de Saphira—. ¿Es que pasa algo?

Pareces conmocionado —añadió Glaedr.

—Quizá porque lo estoy —respondió Eragon, que sonrió sin alegría.

Arya lo miró con expresión preocupada. Eragon se acercó al catre y se sentó. Bajó los brazos y los dejó colgando entre las rodillas. Se quedó callado un momento para empezar a hablar en el idioma de los elfos y de la magia. Dijo:

—¿Confiáis en Saphira y en mí?

Se hizo un silencio brevísimo, para alivio de Eragon.

—Sí —contestó Arya, también en el idioma antiguo.

Yo también —contestó Glaedr.

¿Lo digo yo o lo dices tú? —le preguntó Eragon a Saphira.

Tú quieres decírselo, pues díselo.

Eragon miró a Arya. Luego, y todavía con el idioma antiguo, les dijo:

—Solembum me ha dicho el nombre de un lugar, un lugar que se encuentra en Vroengard, donde Saphira y yo quizás encontremos algo o alguien que nos ayude a derrotar a Galbatorix. Pero ese nombre está hechizado. Cada vez que os lo digo, lo olvidáis. —Arya se mostró asombrada—. ¿Me creéis?

—Yo te creo —dijo la elfa, seria.

Yo creo que tú crees lo que dices —gruñó Glaedr—. *Pero eso no significa necesariamente que sea así.*

—¿De qué otra manera puedo demostrarlo? Si te digo el nombre o comparto mis recuerdos contigo, lo olvidarás. Puedes preguntarle a Solembum, pero ¿de qué serviría?

¿Que de qué serviría? Para empezar, podremos comprobar que no has sido engañado por algo que parecía ser Solembum. Y en cuanto al hechizo, quizás haya una manera de demostrar su existencia. Llama al hombre gato, y veremos qué es lo que se puede hacer.

¿Lo haces tú? —le pidió Eragon a Saphira, pues pensó que Solembum se resistiría menos si se lo pedía Saphira.

Al cabo de un momento, notó que la mente de la dragona buscaba por el campamento y luego percibió el contacto de la conciencia de Solembum con la de Saphira. Después de una rápida comunicación sin palabras, la dragona anunció:

Ya viene.

Esperaron en silencio. Eragon clavaba la mirada en las palmas de las manos mientras confeccionaba mentalmente una lista de cosas que necesitaría para el viaje a Vroengard.

Cuando Solembum apartó la cortina de la puerta y entró, Eragon se sorprendió al ver que ahora había adoptado su forma humana: la de un joven insolente de ojos oscuros. Con la mano izquierda sujetaba una pata de ganso asado que iba mordisqueando, y tenía los labios y la barbilla manchados de grasa, igual que el pecho, que llevaba descubierto. Mientras daba otro mordisco, Solembum hizo un gesto con la cabeza en dirección al trozo de tierra donde se encontraba enterrado el corazón de corazones de Glaedr.

¿Qué quieres, Aliento de Fuego? —preguntó.

¡Saber si eres quien pareces ser! —repuso Glaedr.

De inmediato, la conciencia del dragón rodeó a Solembum ejerciendo una gran presión sobre él, como si un mar de nubes negras se hubiera cerrado sobre una llama brillante. La fuerza del dragón era inmensa. Eragon sabía por experiencia personal que muy pocos podían soportarla.

Solembum soltó un maullido ahogado y escupió la carne que tenía en la boca al tiempo que daba un salto hacia atrás, como si acabara de pisar una víbora. Luego se quedó quieto, temblando y mostrando los dientes. Sus leonados ojos tenían una expresión de furia tal que Eragon apoyó la mano en la empuñadura de *Brisingr*, por si acaso. La llamita se achicó pero aguantó como un diminuto punto de luz blanca en medio de la tempestad. Al cabo de un minuto, la tempestad amainó y los nubarrones se retiraron, aunque no desaparecieron por completo.

Te pido disculpas, hombre gato —dijo Glaedr—, *pero tenía que estar seguro.*

Solembum bufó y el cabello se le erizó de tal manera que parecía un cardo.

Si tuvieras cuerpo, anciano, te cortaría la cola por lo que has hecho.

¿Tú, gatito? No conseguirías más que hacerme cuatro rasguños.

Solembum volvió a bufar. Luego dio media vuelta y caminó con paso lento y cadencioso hacia la puerta.

Espera —dijo Glaedr—. *¿Le hablaste a Eragon de ese lugar en Vroengard, el lugar de los secretos que nadie recuerda?*

El hombre gato se detuvo y, sin darse la vuelta, levantó la pata de ganso por encima de la cabeza e hizo un gesto de desdén con ella. Con un gruñido, dijo:

—Sí.

¿Y le dijiste en qué página del Domia abr Wyrda *encontraría información sobre ese lugar?*

Eso parece, pero no lo recuerdo, y espero que sea lo que sea lo que haya en Vroengard te chamusque los bigotes y te queme las patas.

La pesada cortina de lona se cerró con un chasquido cuando el hombre gato salió. Luego, su pequeña figura se difuminó en las sombras, como si nunca hubiera existido.

Eragon se puso en pie y dio una patada a la pata de ganso para sacarla de la tienda.

—No deberías haber sido tan rudo con él —dijo Arya.

No tenía alternativa —afirmó Glaedr.

—¿De verdad? Le hubieras podido pedir permiso primero.

¿Y darle, así, la oportunidad de que se prepare? No. Ya está hecho. Déjalo, Arya.

—No puedo. Le has herido en su orgullo. Deberías intentar aplacarlo. Puede ser peligroso tener a un hombre gato de enemigo.

Todavía es más peligroso tener a un dragón de enemigo. Déjalo, elfa.

Eragon, preocupado, cruzó una mirada con Arya. El tono de Glaedr lo preocupaba, y se daba cuenta de que a ella le sucedía lo mismo. Pero él no sabía qué hacer al respecto.

Bueno, Eragon —dijo el dragón dorado—, *¿me permites que examine los recuerdos de tu conversación con Solembum?*

—Si quieres…, pero ¿por qué? Los olvidarás igualmente.

Puede que sí, puede que no. Ya veremos. —Y, dirigiéndose a Arya, le pidió—. *Separa tu mente de las nuestras, y no permitas que los recuerdos de Eragon rocen tu conciencia.*

—Como desees, Glaedr-elda.

Entonces Eragon sintió que las melodías de la mente de Arya se alejaban. Al cabo de un momento, esas extrañas notas dejaron paso a un absoluto silencio. Glaedr volvió a dirigir su atención a Eragon.

Muéstramelos —le ordenó.

Eragon, sin hacer caso del nerviosismo que sentía, pensó en el momento en que Solembum había entrado en la tienda, y recordó con todo detalle la conversación que habían mantenido a partir de ese momento. Glaedr había unido su conciencia con la de Eragon para poder revivir esa experiencia al mismo tiempo que él. Para el chico fue una sensación inquietante, como si él y el dragón fueran dos imágenes grabadas en el mismo lado de una moneda.

Cuando terminó, Glaedr se apartó un poco de la mente de Eragon y le dijo a Arya:

Cuando lo olvide, si es que lo olvido, dime estas palabras: «Andumë y Fíronmas en la colina de las penas, y su carne como el cristal». Ese lugar de Vroengard..., lo conozco. O lo conocí una vez. Era algo importante, algo... —Pero los pensamientos del dragón se apagaron un poco, como si una capa de niebla cubriera las montañas y los valles de todo su ser, ocultándolos de la luz—. *¿Qué?* —preguntó, de repente y con la misma actitud brusca de antes—. *¿Por qué nos hemos demorado? Eragon, muéstrame tus recuerdos.*

—Ya lo he hecho.

Arya, al ver que el dragón empezaba a desconfiar, le dijo:

—Glaedr, recuerda: «Andumë y Fíronmas en la colina de las penas, y su carne como el cristal».

¿Cómo...? —empezó a decir el dragón, y soltó un rugido tan fuerte que a Eragon le pareció que casi lo podía oír de verdad—. *Argggg. Detesto los hechizos que interfieren en la memoria. Son la peor forma de magia, siempre provocan el caos y la confusión. Y casi siempre acaban por hacer que los miembros de una familia se maten los unos a los otros sin darse cuenta.*

¿Qué significa esa frase? —preguntó Saphira.

Nada, excepto para mí y para Oromis. Y ese es el truco, que nadie sabe nada de ella si yo no lo digo.

Arya suspiró.

—Así que el hechizo es real. Supongo que tendréis que ir a Vroengard, entonces. Sería una locura ignorar algo tan importante como esto. Por lo menos tenemos que averiguar quién es la araña que está en el centro de esta tela.

Yo también iré —dijo Glaedr—. *Si alguien quiere hacerte daño, no esperará tener que enfrentarse a dos dragones en lugar de a uno. En cualquier caso, necesitarás un guía. Vroengard se ha convertido en un lugar peligroso desde que los Jinetes fueron destruidos, y no quisiera que cayeras presa de algún demonio olvidado.*

Eragon percibió una extraña ansia en la mirada de Arya y se dio cuenta de que ella también deseaba ir con ellos.

—Saphira volará más deprisa si solo tiene que llevar a una persona —dijo con tono suave.

—Lo sé... Pero es que siempre he querido visitar el hogar de los Jinetes.

—Estoy seguro de que lo harás. Algún día.

Arya asintió con la cabeza.

—Algún día.

Después Eragon preparó todo para su marcha. Cuando terminó, soltó un suspiro y se levantó del catre.

—¡Capitán Garven! —llamó en voz alta—. ¿Quieres venir, por favor?

La partida

*P*rimero, Eragon ordenó a Garven que, sin que nadie se diera cuenta, enviara a uno de los Halcones de la Noche a buscar provisiones para el viaje a Vroengard. Saphira había comido después de que hubieran tomado Dras-Leona, pero no en exceso, pues, de lo contrario, se hubiera sentido demasiado pesada y amodorrada para luchar en caso de necesidad, tal como había sucedido. Había comido lo suficiente para volar hasta Vroengard sin tener que detenerse, pero una vez allí Eragon sabía que tendría que encontrar comida en la isla o en sus alrededores, y eso lo preocupaba.

Si hace falta, puedo volar de regreso con el estómago vacío —lo quiso tranquilizar ella, pero él no estaba tan seguro.

Luego Eragon mandó un mensajero a buscar a Jörmundur y a Blödhgarm. Cuando estos llegaron a su tienda, Eragon, Arya y Saphira dedicaron una hora más a explicarles cuál era la situación y a convencerlos —lo cual era más difícil— de que ese viaje era necesario. Blödhgarm fue el que comprendió más fácilmente su punto de vista, pero Jörmundur se opuso con vehemencia. No porque dudara de la veracidad de la información de Solembum, ni siquiera porque cuestionara su importancia —en ambos puntos aceptaba la palabra de Eragon por completo—, sino porque le parecía terrible que los vardenos se despertaran con la doble noticia del rapto de Nasuada y de la partida de Eragon.

—Además, no tenemos que dejar que Galbatorix crea que nos has abandonado —añadió Jörmundur—. No, ahora que estamos tan cerca de Urû'baen. Podría ser que mandara a Murtagh y a Espina a por ti. O quizás aprovechara la oportunidad para aplastar a los vardenos definitivamente. No podemos correr ese riesgo.

Eragon se vio obligado a reconocer que aquello era de lo más lógico.

Después de discutirlo largamente, llegaron a una conclusión: Blödhgarm y los demás elfos crearían una imagen tanto de Eragon como de Saphira, tal como habían hecho con Eragon cuando se fue a las montañas Beor para participar en la elección y coronación del sucesor de Hothgar.

Esas imágenes tenían que ser réplicas perfectas, la imagen viviente de Eragon y de Saphira, pero sus mentes estarían vacías, lo cual significaba que si alguien se acercaba a ellas el truco quedaría al descubierto. Por tanto, la imagen de la dragona no hablaría, y aunque los elfos podían imitar el habla de Eragon, también era mejor evitar eso por si alguna peculiaridad en su manera de pronunciar fuera a delatarlos. Los límites de esas ilusiones hacían que los elfos pudieran trabajar mejor a distancia y que las personas que tenían mayor cercanía con Eragon y con Saphira —como el rey Orrin y el rey Orik— se dieran cuenta pronto de que algo no iba bien.

Así que Eragon ordenó a Garven que despertara a todos los Halcones de la Noche y que los hiciera presentarse ante él con la máxima discreción posible. Cuando los tuvo a todos reunidos delante de la tienda, el chico explicó al variado grupo de hombres, enanos y úrgalos que él y Saphira tenían que irse, pero no entró en detalles y no reveló cuál era su destino. Luego también les explicó de qué manera los elfos ocultarían su ausencia, y les hizo jurar en el idioma antiguo que mantendrían el secreto. Eragon confiaba en ellos, pero ninguna prudencia estaba de más a la hora de enfrentarse a Galbatorix y a sus espías.

Después, Eragon y Arya visitaron a Orrin, a Orik, a Roran y a la bruja Trianna. Igual que había hecho con los Halcones de la Noche, también les explicó cuál era la situación y les hizo jurar que guardarían el secreto. Tal como Eragon había esperado, el rey Orrin fue el más intransigente. Se mostró indignado por la partida de Eragon y Saphira hacia Vroengard y ofreció muchos argumentos contrarios a la conveniencia de ese arreglo. Cuestionó la valentía de Eragon, la veracidad de la información de Solembum y amenazó con retirar sus fuerzas si el Jinete continuaba con la idea de llevar a cabo ese insensato proyecto. Hizo falta dedicar una hora a amenazas, halagos y argumentos para conseguir que lo aceptara, y aún Eragon temía que Orrin retirara su palabra.

Las visitas a Orik, Roran y Trianna fueron más breves, pero Eragon y Arya tuvieron que dedicar un tiempo que a él le parecía excesivo a hablar con todos ellos. La impaciencia lo hacía mostrarse parco en palabras y nervioso. Solo deseaba partir, y a cada minuto que pasaba solo sentía una urgencia mayor de hacerlo.

Mientras Arya y él hablaban con uno y con otro, Eragon también era consciente del suave y cadencioso canto de los elfos. Lo escuchaba gracias al vínculo con Saphira, y esa melodía era como un sonido de fondo en todas sus conversaciones, como un sutil tejido oculto bajo la superficie del mundo.

Saphira se había quedado en la tienda, y los elfos se habían reunido a su alrededor para cantar con los brazos alargados hacia ella, tocándola con la punta de los dedos. El objetivo de ese largo y complicado hechizo era recoger toda la información visual que iban a necesitar para crear una representación fiel de Saphira. Ya era bastante difícil imitar la forma de un elfo o de un humano, pero la de un dragona era todavía más complicada, especialmente a causa de la cualidad refractaria de sus escamas. Pero la parte más complicada de ese truco, tal como le había contado Blödhgarm, era reproducir el efecto que ejercía el peso del cuerpo de Saphira a su alrededor cada vez que aterrizaba o levantaba el vuelo.

Cuando por fin Arya y él terminaron la ronda, la noche ya había dado paso al día y el sol de la mañana había aparecido por encima del horizonte. A la nueva luz del día, el desastre acaecido en el campamento durante la noche parecía incluso mayor.

A Eragon le hubiera gustado partir con Saphira y Glaedr de inmediato, pero Jörmundur insistió en que dirigiera unas palabras a los vardenos, por lo menos una única vez, en su nueva condición de líder.

Así que poco después, cuando el ejército hubo formado, se encontró de pie sobre la parte trasera de un carro vacío y enfrentado a un mar de rostros —algunos humanos, otros no— que lo miraban. Deseaba encontrarse en cualquier otro lugar excepto donde estaba.

Eragon había pedido permiso a Roran de antemano y este le había dicho:

—Recuerda, no son tus enemigos. No tienes nada que temer de ellos. Ellos «desean» que les gustes. Habla con claridad, con honestidad y, hagas lo que hagas, no muestres tus dudas. Esta es la manera de ganártelos. Cuando les cuentes lo de Nasuada se sentirán asustados y consternados. Dales la seguridad que necesitan, y ellos te seguirán hasta las mismas puertas de Urû'baen.

Sin embargo, a pesar de los ánimos que le había dado Roran, Eragon continuaba sintiendo aprensión ante la perspectiva de su discurso. Casi nunca se había dirigido a un grupo tan grande, y en esos pocos casos no había dicho más que unas cuantas frases. Hubiera preferido enfrentarse él solo con cien enemigos que tener que ponerse ante un público y arriesgarse a recibir su desaprobación.

No sabía qué iba a decir ni siquiera un momento antes de abrir la boca. Pero cuando empezó, las palabras fluyeron por sí mismas. A pesar de ello, se sentía tan nervioso que no fue capaz de recordar gran cosa de lo que había dicho. El discurso pasó con la velocidad de un relámpago, y lo que más recordaba era el calor y el sudor, los rugidos de los guerreros cuando se enteraron de lo que le había sucedido a Nasuada, los vítores después de que Eragon los animara a conseguir la victoria y los gritos de euforia cuando hubo terminado. Entonces, aliviado, saltó del carro al suelo y fue hasta Arya y Orik, que lo esperaban al lado de Saphira.

En cuanto llegó a su lado, los guardias formaron un círculo alrededor de ellos para aislarlos de la multitud y retener a los que se acercaban para hablar con él.

—¡Bien dicho, Eragon! —lo felicitó Orik, dándole una palmada en el hombro.

—¿Sí? —preguntó él, sintiéndose un tanto mareado.

—Has estado muy elocuente —dijo Arya.

Eragon se encogió de hombros, incómodo. Se sentía intimidado por que Arya había conocido a casi todos los líderes de los vardenos, y no podía evitar pensar que Ahihad o su predecesor, Deyno, lo hubieran hecho mucho mejor que él.

Orik tiró de su manga para llamarle la atención. Eragon lo miró. El enano, en voz baja, le dijo:

—Espero que lo que encuentres allí valga la pena, amigo. Pero ten cuidado y no os dejéis matar, ¿eh?

—Lo intentaré.

Para sorpresa de Eragon, Orik lo agarró del brazo y le dio un fuerte abrazo.

—Que Gûntera te proteja. —Cuando se separaron, Orik le dio una palmada a Saphira en el costado—. Y tú también, Saphira. Que tengáis un viaje tranquilo y sin incidentes.

La dragona respondió con un profundo sonido gutural.

Eragon miró a Arya. De repente se sentía torpe, incapaz de pensar en nada que decirle que no fuera una obviedad. La belleza de sus ojos seguía cautivándolo: el efecto que tenía sobre él no cesaba.

Entonces la elfa le puso las manos sobre las mejillas y le dio un beso formal en la frente. Eragon se quedó perplejo.

—*Guliä waíse medh ono*, Argetlam. Que la suerte te acompañe, Mano de Plata.

Cuando Arya apartó sus manos del rostro de Eragon, este las tomó entre las suyas.

—No nos va a pasar nada malo. No lo permitiré. Ni siquiera aunque Galbatorix nos esté esperando allí. Si tengo que hacerlo, te prometo que partiré montañas enteras con las manos desnudas, pero te juro que regresaremos sanos y salvos.

Antes de que Arya respondiera, Eragon le soltó las manos y trepó sobre Saphira. La multitud volvió a lanzar vítores al ver que Eragon se instalaba en la silla de montar. Lo saludaban con la mano y empezaron a patear el suelo y a hacer chocar los escudos con las empuñaduras de las espadas.

Eragon vio que Blödhgarm y los demás elfos se habían reunido formando un círculo cerrado, medio ocultos tras un pabellón cercano. Les dirigió un gesto con la cabeza y ellos respondieron igual. El plan era sencillo: él y Saphira se elevarían en el aire para patrullar, como hacían tantas veces cuando el ejército estaba marchando, pero después de dar unas cuantas vueltas por encima del campamento, la dragona se metería en una nube. Allí, Eragon pronunciaría un hechizo que los haría invisibles. Los elfos crearían las imágenes que reemplazarían a Eragon y a Saphira mientras ellos continuaban su viaje, y serían esas imágenes lo que cualquier persona que estuviera mirando desde el suelo vería salir de la nube. Con un poco de suerte, nadie notaría la diferencia.

Eragon, con movimientos hábiles, gracias a la experiencia, se ajustó las tiras de cuero alrededor de las piernas y comprobó que llevaba las alforjas bien cerradas y atadas. Prestó una atención especial a la de la izquierda, pues allí —bien envuelto entre telas y sábanas— había puesto el cofre forrado de terciopelo que contenía el corazón de corazones de Glaedr, su eldunarí.

Partamos —dijo el anciano dragón.

¡A Vroengard! —exclamó Saphira.

El mundo se volvió del revés cuando Saphira saltó del suelo. Eragon sintió un latigazo de aire provocado por el fuerte batir de las alas de la dragona. Juntos, se elevaron en el cielo.

Eragon se sujetó con fuerza a la espina de delante de la silla y bajó la cabeza para ofrecer menos resistencia al viento mientras clavaba la mirada en el pulido cuero de la silla de montar. Respiró profundamente y procuró dejar de preocuparse por lo que les esperaba y por lo que acababan de dejar atrás. Ahora no podía hacer otra cosa que esperar; esperar y desear que Saphira pudiera volar a Vroengard y regresar antes de que el Imperio volviera a atacar a los vardenos; desear que Roran y Arya estuvieran a salvo, y que, de alguna manera, fuera capaz de rescatar a Nasuada; y desear, también, haber tomado la decisión correcta al ir a Vroengard, pues el momento de enfrentarse con Galbatorix ya estaba muy cerca.

El tormento de la incertidumbre

$\mathcal{N}$asuada abrió los ojos.

Lo primero que vio fue un techo abovedado cubierto de mosaicos con motivos rojos, azules y dorados que formaban un complicado dibujo que lo abarcaba todo. Su mirada quedó atrapada por él durante un buen rato.

Luego, con esfuerzo, consiguió apartar los ojos de allí.

En algún lugar, a sus espaldas, había una fuente de luz que ofrecía una iluminación anaranjada y que dejaba a la vista una sala octogonal. Pero era una luz tenue, que no conseguía borrar las sombras que se proyectaban en las esquinas, arriba y abajo.

Tragó saliva y se dio cuenta de que tenía la garganta seca.

Estaba tumbada sobre una superficie fría, suave y muy dura. Al tacto de las plantas de los pies le parecía piedra. Sentía un frío terrible metido en los huesos, y eso hizo que se diera cuenta de que lo único que llevaba puesto era el fino camisón blanco con que dormía.

«¿Dónde estoy?»

Los recuerdos regresaron a su mente de inmediato, sin orden ni concierto: un galope involuntario que todavía le resonaba en la cabeza con una fuerza que era casi física.

Aguantó la respiración e intentó sentarse —retorcerse, escapar, luchar si tenía que hacerlo—, pero no pudo moverse más que unos centímetros a cada lado. Unas argollas acolchadas la sujetaban por las muñecas y los tobillos a la losa de piedra, impidiéndole todo movimiento. Movió con energía las manos y las piernas, pero las argollas eran demasiado fuertes para que pudiera romperlas.

Nasuada soltó aire y se quedó inmóvil, mirando el techo. Se sentía el pulso en los oídos, veloz. Tenía un calor insoportable: las mejillas le ardían, y notaba las manos y los pies hinchados.

«Parece que así es como voy a morir.»

Por un momento la desesperanza y la tristeza la embargaron. Casi no había empezado a vivir la vida, y ya estaba a punto de acabar. E iba a hacerlo de la manera más vil y miserable de todas. Y, lo que era aún peor, no había conseguido llevar a cabo ninguna de las cosas que había deseado hacer. Su único legado eran los carros de avituallamiento, las batallas y los cuerpos de los muertos; las estrategias, demasiado numerosas para recordarlas; los juramentos de amistad y de lealtad que valían menos que la promesa de un comediante, y un ejército variopinto y vulnerable al que ahora dirigía un Jinete más joven incluso que ella. Le pareció que era un pobre legado para que su nombre se recordara. Ella era la última de los suyos. Cuando muriera, no quedaría nadie para continuar la familia.

Ese pensamiento le dolió, y se recriminó no haber tenido hijos cuando podía.

—Lo siento —dijo en un susurro, viendo el rostro de su padre delante de ella.

Pero luego decidió dejar a un lado esos sentimientos. El único control que podía ejercer en ese momento era sobre sí misma, y no estaba dispuesta a renunciar a él para sucumbir a sus dudas, sus miedos y remordimientos. Mientras pudiera dirigir sus pensamientos y sus sentimientos, no estaría del todo perdida. Esa era la más pequeña de las libertades —la de disponer de la propia mente—, pero se sintió agradecida de tenerla. Saber que quizá muy pronto incluso esa libertad le fuera arrebatada hizo que su determinación fuera incluso mayor.

En cualquier caso, todavía tenía un deber que cumplir: resistir durante el interrogatorio. Y para ello, necesitaba disponer del control absoluto de sí misma. Si no, pronto la vencerían.

Ralentizó la respiración y se concentró en el flujo regular de aire que le entraba y le salía por las fosas nasales, dejando que esa sensación borrara todas las demás. Cuando se sintió lo bastante tranquila, quiso decidir qué era lo mejor a lo que podía dedicar sus pensamientos. Había muchos temas peligrosos, tanto para ella, los vardenos y sus aliados como para Eragon y Saphira. No repasó mentalmente los asuntos que debía evitar, pues eso podría ofrecer a sus captores la información que querían en ese mismo momento. Así que eligió unos cuantos pensamientos que le parecían benignos y se esforzó en olvidar los demás. Se esforzó por convencerse a sí misma que todo lo que ella era, o había sido, tenía que ver solo con esos pocos pensamientos.

Principalmente, lo que hizo fue crear una identidad nueva y más sencilla para sí misma. Así, cuando le hicieran preguntas sobre un tema u otro, podría afirmar su ignorancia con toda sinceridad. Esa era una técnica peligrosa, pues para que funcionara, ella tendría que creerse su propia mentira, y si alguna vez la liberaban le resultaría muy difícil volver a recuperar su verdadera personalidad.

Sin embargo, no tenía ninguna esperanza de que la liberaran ni de que la rescataran. Lo único que podía hacer era frustrar las ambiciones de sus captores.

«Gokukara, dame la fuerza para soportar las duras pruebas que me esperan. Protege a tu pequeña lechuza, y si muero, sácame de este lugar… y llévame a las tierras de mi padre.»

Dejó que sus ojos vagaran por los mosaicos del techo y estudió su diseño con detalle. Supuso que se encontraba en Urû'baen, pues lo lógico era que Murtagh y Espina la hubieran llevado allí. Eso explicaría el toque élfico que tenía esa habitación. Los elfos habían construido gran parte de Urû'baen, ciudad que ellos llamaban Iliera, quizás antes de su guerra contra los dragones —hacía mucho, mucho tiempo— o quizá después de que la ciudad se hubiera convertido en la capital del reino de Broddring y los Jinetes hubieran establecido formalmente su presencia.

O así se lo había contado su padre. Ella no recordaba nada de esa ciudad.

Sin embargo, también era posible que se encontrara en un lugar completamente distinto: quizás en una de las propiedades de Galbatorix. Además, era posible que esa habitación no fuera tal como ella la veía. Un mago hábil podía manipular todo lo que ella veía, oía, notaba y olía, distorsionando el mundo a su alrededor de tal forma que ella no se diera cuenta.

Fuera lo que fuera lo que le sucediera —o lo que le pareciera que le sucedía— no se dejaría engañar. Aunque Eragon destrozara la puerta y le quitara los grilletes, tendría que saber que se trataba de un truco de sus captores. No se atrevía a fiarse de sus sentidos.

Desde el primer momento en que Murtagh la había hecho prisionera, el mundo se había convertido en una mentira para ella. De lo único que podía estar segura era de que existía. Todo lo demás era dudoso, incluso sus pensamientos.

Cuando la conmoción del primer momento hubo pasado, el tedio de la espera empezó a pesarle. La única manera que tenía para calcular el tiempo era con sus sensaciones de hambre y de sed, pero el hambre iba y venía a intervalos. Intentó medir el transcurso de las horas contando, pero esa actividad la aburría y a partir del diez mil perdía la cuenta.

A pesar de que estaba segura de que lo que le esperaba era terrible, deseó que sus captores aparecieran ante ella para saber quiénes eran. Gritó durante mucho rato, pero la única respuesta fue el eco de su voz.

La luz que había a sus espaldas no se apagaba nunca, ni tampoco se hacía más tenue. Supuso que era una lámpara sin llama, parecida a las que fabricaban los enanos. Esa iluminación hacía que dormir le resultara difícil, pero al final el agotamiento pudo con ella y empezó a dormitar.

La posibilidad de soñar la aterraba. Dormida era cuando más vulnerable se encontraba. Tenía miedo de que su inconsciente pudiera mostrar la información que intentaba mantener en secreto. Pero no tenía mucho poder de elección en ese asunto. En un momento u otro se dormiría, y obligarse a permanecer despierta solo empeoraría las cosas.

Así que durmió. Pero su descanso fue intermitente y poco profundo. Al despertar todavía se sentía cansada.

La despertó un fuerte golpe.

Oyó que se abría un cerrojo en algún punto por encima y por detrás de ella. Luego, el crujido de una puerta al abrirse.

El corazón se le aceleró. Le parecía que debía de haber transcurrido un día entero desde que había recuperado la conciencia. Estaba sedienta, y tenía la lengua hinchada y pegajosa. Además, le dolía todo el cuerpo de estar tanto tiempo en la misma posición.

Unos pasos que bajaban unas escaleras. Unas botas de suela suave sobre la piedra del suelo… Una pausa. Un sonido metálico. ¿Llaves? ¿Cuchillos? ¿O algo peor?… Luego, más pasos. Ahora se acercaban. Cada vez más…, más…

Un hombre fornido que vestía una túnica de lana gris apareció en su campo de visión. Llevaba una bandeja de plata llena de comida: queso, pan, carne, vino y agua. Se detuvo y dejó la bandeja al pie del muro. Luego se acercó a Nasuada con pasos cortos, rápidos y precisos. Casi delicados. Resollando suavemente, el hombre se apoyó en la alta losa de piedra sobre la que se encontraba Nasuada y la miró. Su cabeza era como una calabaza: bulbosa en la parte superior y en la parte inferior, y se estrechaba por la mitad. Iba muy bien afeitado y era casi completamente calvo, excepto por una franja de cabello corto y oscuro que le rodeaba el cráneo. La parte alta de la frente le brillaba, sus mejillas carnosas se veían encendidas y sus labios tenían el mismo color gris de su túnica. Tenía unos ojos anodinos: marrones y muy juntos.

El hombre chasqueó la lengua. Nasuada vio que los fuertes dientes encajaban entre sí como las fauces de un cepo, y que sobresalían más de lo normal, lo cual confería a su boca una forma como de hocico.

Su aliento, cálido y húmedo, olía a hígado y a cebolla. A pesar del hambre que tenía, a Nasuada le resultó un olor repugnante.

El hombre le recorrió el cuerpo con la mirada. Nasuada tomó plena conciencia de lo poco vestida que estaba. Eso la hacía sentir vulnerable, como si no fuera más que un juguete o una mascota destinada al disfrute de ese tipo. Las mejillas se le encendieron por la rabia y la humillación.

Decidida a no permitir que él mostrara cuáles eran sus intenciones, quiso hablar, pedir agua, pero tenía la garganta demasiado reseca y solo pudo emitir un sonido entrecortado. El hombre de la túnica gris chasqueó otra vez la lengua en señal de desaprobación y, para sorpresa de Nasuada, empezó a quitarle los grilletes.

Nasuada, en cuanto se vio libre, se sentó en la losa de piedra y fue a golpear al hombre en el cuello con la mano derecha. Pero este, sin ningún esfuerzo, le cogió la mano antes de que lo consiguiera. Ella soltó un gruñido y fue a clavarle las uñas de la otra mano en los ojos. Pero él le cogió también la otra muñeca. Nasuada se retorció a un lado y a otro, pero el hombre tenía mucha fuerza y su puño parecía de piedra.

Frustrada, Nasuada se inclinó hacia delante y clavó los dientes en el antebrazo derecho del hombre. Notó la sangre en la boca, salada y picante. Se atragantó, pero continuó mordiendo a pesar de que la sangre se deslizaba ya por la comisura de sus labios. Notaba, entre los dientes y contra la lengua, los músculos del antebrazo del hombre, que se movían como serpientes atrapadas intentando escapar.

Aparte de eso, el tipo no hizo nada.

Al final, Nasuada soltó su brazo, echó la cabeza hacia atrás y le escupió la sangre en la cara.

Incluso entonces el hombre continuó mirándola con la misma expresión vacía, sin parpadear y sin expresar el más mínimo dolor ni furia.

Nasuada tiró de las manos y levantó las piernas para darle una patada en el estómago. Pero el hombre le soltó una muñeca y le dio una fuerte bofetada en la cara.

Nasuada vio una potente luz blanca con los ojos cerrados y le pareció que algo explotaba a su alrededor sin emitir el menor ruido. La cabeza se le torció a un lado, los dientes castañetearon y un dolor insufrible le recorrió toda la columna vertebral.

Cuando recuperó la visión, miró al hombre, pero no hizo ningún otro intento de atacarlo. Se había dado cuenta de que se encontraba a su merced… Se había dado cuenta de que, si quería vencerlo, necesitaba encontrar algo para clavarle en el ojos o con que cortarle el cuello.

El hombre le soltó la otra muñeca y se metió la mano debajo de la túnica, de donde sacó un pañuelo blanco. Con él se secó la sangre y la baba de la cara. Luego, se envolvió con él el brazo herido y ató los extremos ayudándose de los dientes. Después, agarró a Nasuada del brazo. Ella dio un respingo al notar sus dedos largos y gruesos alrededor de su carne. El hombre la arrastró fuera de la losa de piedra, pero las piernas no la aguantaron cuando Nasuada quiso poner los pies en el suelo. Se quedó colgando de la mano del hombre, como una muñeca, con el brazo doblado por encima de la cabeza en un ángulo forzado.

El hombre la obligó a ponerse en pie, y esta vez Nasuada consiguió sostenerse sobre sus propias piernas. Sin soltarla y sirviendo de apoyo, él la llevó hasta una pequeña puerta lateral que no quedaba a la vista desde la losa sobre la que la habían atado. Al lado de ella había un corto tramo de escaleras que conducían a otra puerta más grande, la misma por la que había entrado su carcelero. Estaba cerrada, pero tenía una pequeña rejilla en el centro. Nasuada miró al otro lado y vio una lisa pared de piedra parcialmente cubierta por un tapiz.

El hombre abrió esa puerta de un empujón y la hizo entrar en el estrecho retrete. Y allí, para alivio de Nasuada, la dejó sola. Ella registró la habitación, que estaba vacía, por si encontraba algo que le sirviera de arma o para poder escapar. Pero allí solo había polvo, virutas de madera y sangre seca.

Así que Nasuada hizo lo que se esperaba que hiciera, y cuando salió, el hombre la volvió a agarrar del brazo y la llevó de nuevo a la losa de piedra. Mientras se acercaban a ella, Nasuada empezó a darle patadas y a retorcerse: prefería que la golpeara de nuevo a que la atara allí otra vez. Pero, a pesar de sus esfuerzos, no consiguió detener ni retrasar al hombre. Ese tipo era como de piedra, y los golpes de Nasuada no tenían ningún efecto en él. Ni siquiera su barriga aparentemente blanda cedió cuando se la golpeó.

Así que, sujetándola como si no fuera más que una niña pequeña, el hombre la levantó del suelo y la depositó encima de la losa de piedra, le pegó los hombros a la piedra plana y volvió a colocarle los grilletes en los tobillos y las muñecas. Al final, le puso un cinturón de piel sobre la frente y lo apretó para inmovilizarle la cabeza, pero sin llegar a hacerle daño.

Nasuada esperaba que ese hombre engullera la comida, o cena, o lo que fuera; pero él se limitó a coger la bandeja, acercársela y ofrecerle un trago del aguado vino.

Era difícil tragar estando tumbada de espaldas, así que Nasuada tuvo que sorber el líquido mientras él sujetaba la copa sobre sus labios. Sentir el vino frío en la garganta fue un gran alivio. Cuando la copa estuvo vacía, el hombre la dejó a un lado, cortó unos trozos de pan y de queso y se los ofreció.

—¿Cómo...? —dijo Nasuada, pero le costaba hablar—. ¿Cómo te llamas?

El hombre la miró, inexpresivo. A la luz de esa lámpara sin llama, la bulbosa frente le brillaba como el ébano pulido. Le acercó un poco más el pan con el queso.

—¿Quién eres? ¿Estamos en Urû'baen? ¿Eres un prisionero como yo? Nos podríamos ayudar el uno al otro. Galbatorix no es omnipotente. Juntos podríamos encontrar la manera de escapar. Quizá te parezca imposible, pero no lo es, te lo prometo.

Nasuada hablaba con tono tranquilo y en voz baja, con la esperanza de que algo de lo que dijera apelara a la simpatía del hombre o despertara su interés. Sabía que podía ser muy persuasiva: las largas horas de negociación en nombre de los vardenos se lo habían demostrado. Pero sus palabras no estaban surtiendo ningún efecto. Si no lo oyera respirar, hubiera creído que se había muerto allí mismo, de pie, con el pan y el queso en la mano. Por un momento pensó que quizás era sordo, pero luego recordó que la había oído cuando le había pedido agua.

Nasuada continuó hablando hasta que agotó todos los argumentos y ya no supo a qué más apelar. Cuando se calló —pensando una nueva manera de intentarlo—, el hombre le colocó el pan y el queso sobre los labios y se lo mantuvo allí. Furiosa, quiso hacer un gesto con la mano para que los apartara, pero no pudo moverla. Él continuaba mirándola con los mismos ojos vacíos.

De repente, se dio cuenta de que ese comportamiento no era fingido, de que ella no significaba nada para él. Nasuada hubiera comprendido que ese hombre la odiara, que sintiera un placer perverso en torturarla, o que fuera un esclavo que se viera obligado a ejecutar las órdenes de Galbatorix. Pero no era nada de eso. Él era completamente indiferente, no poseía la más mínima empatía. La podía matar de la misma manera que la estaba alimentando en esos momentos, y no le hubiera provocado más sentimiento que si hubiera pisado una hormiga.

Nasuada abrió la boca y permitió que el hombre le pusiera el trozo de pan con queso en la boca. Tuvo que refrenar el deseo de morderle los dedos, y maldijo para sí la necesidad que tenía de comer. El hombre la alimentó como si fuera un bebé. Le fue poniendo trozos de comida en la boca con movimientos cuidadosos, como si ella fuera de cristal y como si un gesto brusco pudiera romperla.

Nasuada sintió un profundo odio. Pasar de ser la líder de la mayor alianza de toda la historia de Alagaësia a... Pero no, no, nada de eso existía. Ella era la hija de su padre. Había permanecido en Surda durante los polvorientos calores, había vivido entre las llamadas de los vendedores en las bulliciosas calles el mercado. Eso era todo. No tenía ningún motivo para lamentar su degradación.

Sin embargo, odiaba a ese hombre que se inclinaba hacia ella. Odiaba que insistiera en alimentarla, cuando lo hubiera podido hacer ella misma. Odiaba que Galbatorix, o quien fuera que la hubiera raptado, intentara arrebatarle el orgullo y la dignidad. Y odiaba que, hasta cierto punto, lo estuviera logrando.

Decidió que lo mataría. Si podía hacer solo una cosa más en la vida, deseaba que esa fuera matar a su carcelero. Aparte de escapar, nada le podría dar más satisfacción. «Cueste lo que cueste, encontraré la manera.»

Esa idea la complació, y aceptó la comida sin ganas mientras urdía de qué manera conseguiría acabar con la vida de ese hombre.

Cuando Nasuada terminó de comer, el hombre cogió la bandeja y se fue.

Escuchó cómo se alejaban sus pasos, el sonido de la puerta al abrirse y cerrarse, el ruido del cerrojo y, luego, el pesado golpe del travesaño que aseguraba la puerta del otro lado. Estaba sola otra vez, sin nada más que hacer, excepto esperar y pensar en las distintas formas de matar.

Durante un rato se distrajo siguiendo con la mirada una de las líneas pintadas en los mosaicos del techo e intentando decidir si tenía algún principio y algún fin. Había elegido una línea de color azul: ese color le gustaba, pues lo asociaba con la única persona en quien, por encima de todos los demás, no quería pensar.

Al cabo de un rato empezó a aburrirse de las líneas del techo y de las fantasías de venganza, así que cerró los ojos y se sumió en un medio sueño intranquilo durante el cual, siguiendo la paradójica lógica de las pesadillas, las horas pasaron deprisa y despacio al mismo tiempo.

Cuando el hombre de la túnica gris regresó, Nasuada casi se alegró. Inmediatamente se despreció a sí misma por haber reaccionado de ese modo, por esa debilidad.

No sabía cuánto tiempo había estado esperando —no lo podía saber a no ser que alguien se lo dijera—, pero sabía que había sido menos tiempo que la vez anterior. A pesar de ello, esa espera se le había hecho interminable, e incluso tuvo miedo de que la dejaran allí, atada y aislada —aunque sabía que no se olvidarían de ella, de eso estaba segura— durante tanto tiempo como antes. Le disgustó darse cuenta de que se sentía agradecida de que ese hombre la fuera a visitar más a menudo de lo que habría pensado en un principio. Estar inmovilizada encima de esa plana losa de piedra ya resultaba bastante doloroso, pero que le negaran tener contacto con otra criatura viva —aunque fuera una tan aberrante y lerda como aquella— era la tortura más difícil de soportar.

Mientras el hombre le quitaba los grilletes, se dio cuenta de que la herida del brazo había sanado: tenía la piel tan lisa y suave como un lechón.

Decidió que no lucharía. Pero, cuando se dirigía al retrete, fingió tropezar y cayó al suelo con idea de acercarse lo bastante a la bandeja para coger el pequeño cuchillo que el tipo utilizaba para cortar la comida. Pero la bandeja estaba lejos, y el hombre pesaba demasiado para tirar de él en esa dirección sin levantar sospechas. Así pues, se obligó a aceptar con calma los cuidados de su carcelero: tenía que convencerlo de que se había sometido, para que se confiara y, con un poco de suerte, se volviera descuidado.

Mientras le daba de comer, Nasuada observó sus uñas. La otra vez estaba demasiado enojada para prestar atención, pero, ahora que estaba más tranquila, se sintió fascinada por lo extrañas que eran. Eran unas uñas gruesas y muy curvadas. Se le hincaban mucho en la carne, tenían unas pequeñas lunas blancas que eran más grandes de lo normal y, en general, no eran muy distintas de las uñas de muchos hombres y enanos que conocía.

¿De qué le sonaban?... No lo recordaba.

Lo que resultaba extraño en esas uñas era el esmero con que habían sido cuidadas. «Cuidadas» parecía una palabra correcta para describirlo, como si esas uñas fueran una raras flores a las que el jardinero dedicara largas horas de atención. Las cutículas se veían limpias y acicaladas, sin pieles, y las uñas habían sido cortadas rectas —ni demasiado largas ni demasiado cortas— y suavemente limadas. Las puntas habían sido pulidas y brillaban como cerámica vidriada, y parecía que la piel que las rodeaba hubiera sido untada con aceite o manteca. Nasuada nunca había visto unas uñas como esas en ningún hombre, excepto en los elfos.

¿Elfos? Se quitó de encima esa imagen, irritada consigo misma. No conocía a ningún elfo.

Esas uñas eran un misterio, una rareza en un entorno más comprensible, un enigma que deseaba resolver, a pesar de que sabía que intentarlo sería inútil.

Se preguntó quién sería el responsable de que esas uñas se encontraran en unas condiciones tan ejemplares. ¿Se las cuidaría él mismo? Parecía ser tremendamente maniático, y Nasuada no imaginaba que tuviera una esposa, una hija o una sirvienta, ni nadie muy cercano que estuviera dispuesta a dedicar tanta atención a sus uñas. De todos modos, podía estar equivocada. Muchos veteranos de guerra —hombres adustos y parcos cuyos únicos amores eran el vino, las mujeres y el combate— la habían sorprendido con alguna faceta de su personalidad que no se ajustaba a su aspecto externo: una afición por la talla de madera, una profunda devoción a su familia, a cuyos miembros mantenía ocultos a todo el mundo... Años antes se habían enterado de que Jör...

Nasuada interrumpió ese pensamiento.

En cualquier caso, la pregunta que no dejaba de darle vueltas en la cabeza era sencilla: ¿por qué? La motivación era lo más importante incluso en asuntos tan insignificantes como el cuidado de las uñas. Si se trataba de alguien que se las cuidaba, detrás de ellos debía de haber un gran amor o un gran temor. Pero no creía que fuera eso. Si eran obra de ese mismo hombre, entonces podía haber muchas explicaciones. Tal vez sus uñas eran la única manera que tenía de ejercer cierto control sobre su vida, que ya no le pertenecía. O quizá creyese que eran la única parte de sí mismo que podía resultar atractiva. O a lo mejor el cuidarlas no era más que un tic nervioso, un hábito que no servía para nada más que para pasar el rato.

Fuera cual fuera la verdad, el hecho era que «alguien», con sumo interés, había limpiado, cortado y pulido e hidratado esas uñas.

Nasuada continuó pensando en ese asunto mientras comía, casi sin notar el sabor de los alimentos. De vez en cuando levantaba la mirada hacia el rostro de su carcelero para ver si su expresión le proporcionaba alguna pista, pero siempre era inútil.

Después de darle el último trozo de pan, el hombre se apartó de la losa de piedra, cogió la bandeja y se dio la vuelta. Nasuada masticó y tragó el trozo de pan tan deprisa como pudo sin ahogarse y, con voz ronca (pues hacía bastante que no hablaba), dijo:

—Tienes unas uñas muy bonitas. Están muy… brillantes.

El hombre se detuvo y volvió su enorme cabeza hacia ella. Por un momento, Nasuada temió que la golpearía de nuevo, pero el tipo movió lentamente esos labios grises hasta que esbozaron una sonrisa que dejó al descubierto los dientes superiores e inferiores. Nasuada sintió un escalofrío: parecía que estuviera a punto de arrancar la cabeza de un pollo de un mordisco. El hombre, sin dejar de sonreír de esa manera tan inquietante, se dio la vuelta de nuevo y se alejó. Al cabo de un momento se oyó la puerta abrirse y cerrarse.

Nasuada también sonrió. El orgullo y la vanidad eran debilidades que podría aprovechar. Si era hábil en algo, era en conseguir que los demás siguieran su voluntad. Y ese tipo le acababa de dar una minúscula pista sobre él —tan pequeña como una uña—, pero eso era todo lo que necesitaba. Ahora podía empezar a tirar del hilo.

La Sala de la Adivina

*L*a tercera vez que el hombre la visitó, Nasuada estaba durmiendo: el ruido de la puerta la despertó con un sobresalto. El corazón se le aceleró. Tardó unos segundos en recordar dónde estaba. Cuando lo consiguió, frunció el ceño y parpadeó para aguzar la vista. Deseó poder frotarse los ojos. Bajó la mirada y se extrañó al ver que todavía tenía una mancha húmeda de vino en el camisón de la última vez que había bebido. «¿Por qué ha vuelto tan pronto?»

Entonces vio que el tipo pasaba por delante de ella transportando un gran brasero de cobre lleno de carbón y que lo dejaba en el suelo, apoyado sobre sus patas. En el brasero había tres largos hierros. Nasuada sintió pavor: el momento tan temido había llegado.

Intentó cruzar una mirada con el hombre, pero él no le hizo caso: sacó un trozo de pedernal y uno de acero de una bolsita que llevaba colgada del cinturón. Luego preparó un lecho de yesca en el centro del brasero. Encendió el fuego y la yesca prendió y se puso al rojo vivo; él empezó a soplar con suavidad, con la misma atención con que una madre besa a su bebé, hasta que consiguió que unas pequeñas llamas cobraran vida. Estuvo cuidando el fuego durante unos cuantos minutos. Preparó un lecho de carbón de algunos centímetros de alto y una columna de humo empezó a subir hasta una chimenea que había en el techo. Nasuada lo observaba con una fascinación morbosa, incapaz de apartar la mirada, a pesar de saber lo que le esperaba. Ni él ni ella dijeron nada, era como si ambos se sintieran demasiado avergonzados de lo que iba a suceder y no pudieran reconocerlo.

El hombre estuvo soplando un rato más y, finalmente, se dio la vuelta como si fuera a acercarse a ella.

«No cedas», se dijo Nasuada, preparándose.

Apretó los puños y aguantó la respiración. El hombre se acercaba a ella…, un poco más…, un poco más… Sin embargo, de repente, pasó de largo, levantando una leve brisa que acarició la mejilla de Nasuada. Sus pasos se fueron alejando hasta que todo quedó en silencio. El tipo había salido de la habitación.

Nasuada se relajó un poco y, al hacerlo, se le escapó un leve suspiro. El brillante carbón atrajo su mirada como un imán: los hierros se habían puesto al rojo vivo. Se humedeció los labios con la lengua y pensó en lo agradable que sería poder beber un buen vaso de agua. Uno de los trozos de carbón se partió por la mitad con un chasquido y la habitación volvió a quedar sumida en el silencio.

Mientras permanecía allí tumbada, incapaz de escapar, se esforzaba por no pensar en nada. Si lo hacía, su determinación se debilitaría. Pasaría lo que tuviera que pasar, y por mucho miedo o ansiedad que sintiera, nada cambiaría.

Se oyeron pasos al otro lado de la puerta. Esta vez pertenecían a más de una persona, a un grupo. Algunos sonaban acompasados, otros no. Pero era imposible saber cuántas personas se acercaban. Los pasos se detuvieron ante la entrada. Nasuada oyó unos murmullos. Luego, los pasos de unos zapatos de suela dura —como de botas de montar— que entraban en la habitación.

La puerta se cerró con un golpe sordo.

Los pasos sonaron en los escalones con un ritmo firme y deliberado. Por el rabillo del ojo, Nasuada vio un brazo que colocaba una silla de madera tallada no muy lejos de donde se encontraba ella.

Un hombre se sentó en la silla.

Era un tipo grande: no estaba gordo, pero era muy fornido. Una larga capa le envolvía el cuerpo. Parecía una capa muy pesada, como si estuviera forrada de malla. La luz procedente del brasero y de la lámpara sin llama perfilaba su cuerpo, pero los rasgos de su rostro quedaban ocultos en la sombra, aunque no conseguían ocultar la corona que llevaba en la cabeza.

A Nasuada se le detuvo el corazón un instante.

Otro hombre, vestido con un jubón de color marrón y unas calzas —ambos bordados con hilo dorado— se acercó al brasero y se detuvo ante él, dando la espalda a Nasuada, para atizar el fuego con los hierros.

El hombre de la silla se quitó los guantes tirando de cada uno de los dedos. La piel de sus manos tenía el color del bronce sin brillo.

Entonces habló. Su voz era grave, profunda y decidida. Cualquier bardo que hubiera poseído un instrumento tan exquisito habría visto su nombre alabado y habría sido considerado un maestro de maestros. Su sonido erizaba la piel; sus palabras parecían bañar a Nasuada con unas cálidas olas que la acariciaban, la cautivaban y la esclavizaban. Nasuada se dio cuenta de que escuchar a ese hombre era tan peligroso como escuchar a Elva.

—Bienvenida a Urû'baen, Nasuada, hija de Ajihad —dijo—. Bienvenida a esta, mi casa debajo de estas antiguas rocas. Hacía mucho tiempo que un invitado tan distinguido como tú no nos honraba con su presencia. Mis energías han estado ocupadas en otros asuntos, pero te aseguro que de ahora en adelante no abandonaré mi deber de anfitrión.

Por fin, su voz había adoptado un tono ligeramente amenazador.

Nasuada nunca había visto a Galbatorix en persona. Solo había oído algunas descripciones de él y había visto algunos dibujos, pero el efecto que la voz de ese hombre tenía en ella era tan visceral, tan poderoso, que no tuvo ninguna duda de que era él.

Tanto en su acento como en su pronunciación había cierta cualidad ajena, como si el idioma que estuviera hablando no fuera el mismo con el que había crecido. Era algo muy sutil, pero difícil de ignorar cuando uno se había dado cuenta. Nasuada pensó que quizás eso era debido a que el idioma había cambiado mucho desde su nacimiento. Esa parecía ser la explicación más sensata. Era como si su manera de hablar le recordara… No, no, no le recordaba nada.

El hombre se inclinó hacia delante. Nasuada sintió sus ojos clavados en ella.

—Eres más joven de lo que había esperado. Sabía que eras joven, pero, a pesar de ello, me sorprende ver que no eres más que una niña. Pero muchos me parecen niños hoy en día: niños imprudentes, alocados y engreídos que no saben lo que les conviene; niños que necesitan ser guiados por quienes son más viejos y más sabios.

—¿Como tú? —repuso Nasuada con ironía.

El hombre rio.

—¿Preferirías que nos gobernaran los elfos? Yo soy el único de nuestra raza que los puede mantener a raya. Según ellos, incluso los más ancianos de nosotros no somos más que jóvenes insensatos, incapaces de llevar a cabo las responsabilidades de un adulto.

—Según ellos, así eres tú.

Nasuada no sabía de dónde sacaba el valor para pronunciar esas palabras, pero se sentía fuerte y con ganas de desafiarlo. Tanto si el rey la castigaba como si no, estaba decidida a decir lo que pensaba.

—Ah, pero yo soy más que la experiencia de mis años de vida. Poseo los recuerdos de cientos de personas, de vidas y más vidas: amores, odios, batallas, victorias, derrotas, lecciones aprendidas, errores… Todo ello está en mi mente y su sabiduría susurra en mis oídos. Mi memoria se remonta a eones de antigüedad. En toda la historia no ha existido nadie como yo, ni siquiera entre los elfos.

—¿Cómo es posible? —preguntó Nasuada en un susurro.

El hombre cambió de postura en la silla.

—No finjas conmigo, Nasuada. Sé que Glaedr confió su corazón de corazones a Eragon y a Saphira, y que se encuentra ahí, con los vardenos, ahora mismo. Ya sabes de qué hablo.

Nasuada sintió un escalofrío de miedo. El hecho de que Galbatorix estuviera dispuesto a discutir esos asuntos con ella, que estuviera dispuesto a mencionar, aunque fuera indirectamente, la fuente de su poder, borraba cualquier esperanza que pudiera tener de ser liberada.

Galbatorix hizo un ademán con la mano que abarcó toda la habitación.

—Antes de que continuemos, deberías conocer un poco la historia de este lugar. La primera vez que los elfos se aventuraron por esta parte del mundo, descubrieron una grieta que se encontraba en las escarpadas laderas que se levantan sobre esta planicie. Ellos valoraban esas laderas como un buen lugar desde el cual defenderse contra el ataque de los dragones, pero valoraban esa grieta por un motivo muy distinto. Por casualidad, descubrieron que si alguien se dormía cerca de esa grieta, de la cual emergían unos vapores muy calientes, podía entrever, aunque de manera muy confusa, qué deparaba el destino. Así que, hace unos dos mil quinientos años, los elfos construyeron esta sala encima de la grieta, y una adivina estuvo viviendo aquí durante muchos años, incluso después de que los elfos abandonaran el resto de Ilirea. Ella se sentaba donde tú estás ahora, y se pasó todos esos siglos soñando en todo lo que había sido y todo lo que podía ser.

»Con el paso del tiempo, esos vapores fueron perdiendo su efecto y la adivina y sus ayudantes se marcharon. Nadie sabe con seguridad quién era ella ni adónde fue. No tenía ningún otro nombre, se la conocía como Adivina, y ciertas historias que se cuentan me han hecho pensar que no era ni una elfa ni una enana, sino algo totalmente distinto. Sea como sea, mientras ella vivía aquí, esta sala se llamaba la Sala de la Adivina, y todavía se llama así. Ahora tú eres la adivina, Nasuada, hija de Ajihad.

Galbatorix extendió los brazos.

—Este es el lugar donde se cuenta la verdad… y donde esta es escuchada. No permitiré mentiras entre estos muros, ni siquiera la menor falsedad. Todo aquel que se encuentra encima de esta dura losa de piedra se convierte en el último adivino, y aunque a muchos les ha sido un papel difícil de aceptar, al final ninguno de ellos se ha resistido. Tú no serás diferente.

Galbatorix se levantó de la silla, arrastrándola por el suelo y haciendo chirriar sus patas. Nasuada sintió su caliente aliento en la oreja.

—Sé que esto será doloroso para ti, Nasuada, más doloroso de lo que te puedes imaginar. Tendrás que desprenderte de ti misma hasta que tu orgullo se rinda. No hay nada más difícil en el mundo que cambiar uno mismo. Y yo lo sé, porque he cambiado de forma en más de una ocasión. Pero estaré aquí para darte la mano y ayudarte en esta transición. No hace falta que hagas este viaje sola. Y puedes consolarte al saber que yo nunca te mentiré. Ninguno de nosotros lo hará. No dentro de esta sala. Duda de mis palabras, si eso es lo que quieres, pero al final me creerás. Para mí, este es un lugar sagrado, y preferiría cortarme la mano a mancillar lo que representa. Puedes preguntar todo lo que quieras, y te prometo, Nasuada, hija de Ajihad, que responderemos con la verdad. Como rey de estas tierras, te doy mi palabra.

Nasuada no sabía qué decir. Al final, apretando la mandíbula, soltó:

—¡Nunca te diré lo que deseas saber!

Galbatorix rio.

—No lo comprendes. No te he traído aquí por que desee obtener información. No puedes decirme nada que yo no sepa ya. El número y localización de tu ejército; el estado de tus provisiones; dónde se encuentran los carros de los víveres; de qué manera planeas sitiar la ciudad; los deberes de Eragon y de Saphira, sus costumbres y habilidades; la *dauthdaert* que encontrasteis en Belatona; incluso los poderes que posee Elva, la niña bruja, a la que habéis tenido con vosotros hasta hace poco. Todo eso lo sé, y más. ¿Quieres que te diga cuáles son las cifras? ¿No? Bien, pues. Mis espías son más numerosos y están mejor colocados de lo que crees, y tengo otras maneras de obtener información. No tienes ningún secreto para mí, Nasuada, de ninguna clase. Así que es absurdo que insistas en no decir nada.

Aquello trastornó a Nasuada, pero se esforzó en no dejarse descorazonar.

—Entonces, ¿por qué?

—¿Que por qué te hemos traído aquí? Porque, querida, tienes el don del mando, y eso es más mortífero que cualquier hechizo. Eragon no supone una amenaza para mí, ni los elfos tampoco, pero tú…, tú eres peligrosa, de una manera en que ellos no lo son. Sin ti, los vardenos serán como un toro ciego: furiosos y rebeldes, cargarán sin pensar en lo que les espera. Entonces yo, gracias a su estupidez, acabaré con ellos.

»Pero no te hice secuestrar para destruir a los vardenos. No, tú estás aquí porque has demostrado ser merecedora de mi atención. Tú eres valiente, tenaz, ambiciosa e inteligente, y esas son las cualidades que más valoro de mis sirvientes. Me gustaría tenerte a mi lado, Nasuada, en calidad de consejera principal y dirigente de mi ejército mientras llevo a cabo las últimas tareas del gran plan en el que estoy trabajando desde hace más de un siglo. Un nuevo orden está a punto de asentarse en Alagaësia, y quisiera que tú formaras parte de él. Desde que murió el último de los Trece, he estado buscando a aquellos que podían ocupar su lugar. Durza fue una buena herramienta, pero al ser un Sombra tenía ciertas limitaciones: su falta de instinto de supervivencia no era más que una de ellas. De todos los candidatos que tuve en consideración, Murtagh fue el primero al que tuve en cuenta, y también el primero en sobrevivir a las pruebas que le puse. Tú serás la siguiente, estoy seguro. Y Eragon, el tercero.

Al escucharlo, Nasuada se sintió atenazada por el terror. Lo que le estaba proponiendo era mucho peor de lo que ella había imaginado.

Nasuada se sobresaltó al oír un fuerte ruido: el hombre de marrón estaba removiendo los trozos de carbón con los hierros y había golpeado el brasero con uno de ellos.

Galbatorix continuó hablando:

—Si sobrevives, tendrás la oportunidad de lograr mucho más de lo que hubieras conseguido estando con los vardenos. ¡Piénsalo! Si estás a mi servicio, podrías ayudar a traer la paz a toda Alagaësia, y serías mi principal ingeniera en ese diseño.

—Preferiría que me mordieran mil víboras antes que ponerme a tu servicio —repuso Nasuada, escupiendo.

Galbatorix soltó una carcajada que resonó en toda la habitación: era un hombre que no temía nada, ni siquiera la muerte.

—Ya lo veremos.

Nasuada se sobresaltó al notar que un dedo le rozaba la parte interior del brazo, dibujaba un círculo sobre su piel y descendía hasta la primera de las cicatrices del antebrazo. Sintió el calor de ese dedo sobre la cicatriz. El dedo le dio tres golpecitos y se deslizó hasta las otras cicatrices. Luego volvió a subir.

—Has derrotado a un contrincante en la Prueba de los Cuchillos Largos —dijo Galbatorix—, y con más cortes de los que se han soportado jamás, según lo que se recuerda. Eso demuestra dos cosas: que eres excepcionalmente fuerte y que eres capaz de detener tu imaginación, pues es un exceso de imaginación lo que hace que los hombres se vuelvan cobardes; no es el miedo, como muchos creen. Pero ninguna de estas características te va a ayudar ahora. Al contrario, van a ser un obstáculo. Todo el mundo tiene un límite, tanto físico como mental. La única pregunta es cuánto tardarás en llegar a ese punto. Y llegarás, te lo prometo. Quizá tu fuerza lo aplace, pero no lo podrá evitar. Tampoco tus escudos mágicos te servirán de nada mientras estés en mi poder. ¿Por qué, pues, sufrir sin necesidad? Nadie cuestiona tu coraje: ya lo has demostrado ante todo el mundo. Ahora tienes que ceder. No es vergonzoso aceptar lo inevitable. Continuar significará tener que soportar una serie de torturas, solo para satisfacer tu sentido del deber. Deja que tu sentido del deber se sienta satisfecho ya, y júrame lealtad en el idioma antiguo. Si lo haces, tendrás de inmediato doce sirvientes a tus órdenes, vestidos de seda y de damasco, y unos lujosos aposentos solo para ti, además de un lugar en mi mesa para comer.

Galbatorix se calló un momento. Nasuada clavó la mirada en las líneas del techo, negándose a hablar. El dedo continuaba explorando su brazo y bajó hasta la muñeca. Allí se detuvo encima de una de las venas.

—Muy bien. Como desees. —La presión sobre el brazo desapareció—. Murtagh, ven, muéstrate. Estás siendo poco educado con nuestra invitada.

«Oh, él también no», pensó Nasuada, sintiendo una repentina y profunda tristeza.

El hombre que estaba delante del brasero se dio la vuelta, y aunque llevaba puesta una máscara de plata que le cubría la parte superior del rostro, Nasuada se dio cuenta de que se trataba de Murtagh. Sus ojos quedaban ocultos, pero sus labios tenían una expresión adusta.

—Murtagh se mostró un poco reticente al principio de estar a mi servicio, pero desde entonces ha demostrado ser un buen estudiante. Tiene el talento de su padre. ¿No es así?

—Sí, señor —respondió Murtagh con voz ronca.

—Me sorprendió cuando mató al viejo rey Hrothgar en los Llanos Ardientes. No esperaba que se volviera contra sus antiguos amigos tan pronto, pero está lleno de rabia y de sed de sangre. Lo está. Sería capaz de arrancarle la cabeza a un kull con las manos si yo le diera la oportunidad, y lo he hecho. No hay nada que te guste más que matar, ¿verdad?

Los músculos del cuello de Murtagh se tensaron.

—Así es, señor.

Galbatorix rio por lo bajo.

—Murtagh *Asesino de Reyes...* Es un buen nombre, adecuado para una leyenda, pero es un nombre que nadie debe intentar ganarse a no ser que esté bajo mis órdenes. —Y, dirigiéndose a Nasuada, añadió—: Hasta ahora he sido negligente en su formación en las sutiles artes de la persuasión, por eso lo he traído hoy conmigo. Ya tiene cierta experiencia en este arte, pero nunca lo ha practicado y ya es hora de que lo domine. ¿Y qué otra manera mejor de que lo haga que aquí, contigo? Después de todo, fue Murtagh quien me convenció de que merecías unirte a mi nueva generación de discípulos.

Nasuada se sintió extrañamente traicionada. A pesar de lo que había sucedido, esperaba otra cosa de Murtagh. Lo miró, buscando una explicación, pero él permanecía tenso y distante, sin mirarla. Ella no adivinó nada en su expresión. Entonces el rey hizo un gesto en dirección al brasero y, con tono despreocupado, dijo:

—Coge un hierro.

Murtagh apretó los puños, sin moverse de sitio.

Nasuada oyó una palabra resonar en su oído interno, como el tañido de una gran campana. El mismo mundo pareció vibrar con ese sonido, como si un gigante hubiera tañido las cuerdas de la realidad y estas todavía vibraran. Por un momento le pareció que caía en el vacío, y el aire a su alrededor brilló como si fuera agua. A pesar del poder de esa palabra, no era capaz de recordar qué letras la formaban, pues la palabra había traspasado su mente y solo había dejado a su paso el recuerdo de su fuerza.

Murtagh tembló. Luego dio media vuelta, cogió uno de los hierros y lo sacó del brasero con un gesto brusco. El aire se llenó de chispas con el movimiento de su brazo, y algunas de ellas cayeron en espiral en el suelo.

El extremo del hierro brillaba con un pálido color amarillo que cambió a naranja al instante. La luz que producía se reflejaba en la media máscara de Murtagh, cosa que le confería un aspecto inhumano y grotesco. Nasuada se vio reflejada en la máscara: su torso se veía distorsionado y sus largas piernas se alargaban formando unas oscuras líneas que seguían la curva del pómulo de Murtagh. Él avanzó hacia ella. Nasuada, aunque sabía que era inútil, tiró de los grilletes con todas sus fuerzas.

—No lo comprendo —le dijo a Galbatorix, con una calma fingida—. ¿No vas a utilizar tu mente contra mí?

No era que deseara que lo hiciera, pero prefería tener que enfrentarse a un ataque mental que a soportar el dolor de los hierros candentes.

—Ya habrá tiempo para eso, si hace falta —repuso él—. De momento tengo curiosidad por averiguar cuán valiente eres en realidad, Nasuada, hija de Ajihad. Además, preferiría no obtener tu juramento de lealtad ejerciendo poder sobre tu mente. Quiero que tomes esa decisión de forma libre y mientras todavía estás en pleno dominio de tus facultades.

—¿Por qué? —preguntó Nasuada con la voz ahogada.

—Porque eso me complace. Ahora, y por última vez, ¿te sometes?

—Nunca.

—Que así sea. Murtagh…

El hierro bajó hacia Nasuada. Su punta parecía un rubí gigante y caliente.

No le habían puesto nada en la boca para que lo mordiera, así que no pudo hacer otra cosa que gritar. La sala octogonal se llenó con los ecos de su agonía hasta que la voz le falló y una oscuridad absoluta envolvió por completo a Nasuada.

Volando a lomos de un dragón

*E*ragon levantó la cabeza, respiró hondo y sintió que sus preocupaciones se volvían menores.

Cabalgar a lomos de un dragón no era ningún descanso, pero la proximidad con Saphira les resultaba tranquilizadora a ambos. El simple placer del contacto físico les reconfortaba como pocas cosas podían hacerlo. Por otra parte, el sonido y el movimiento constante de sus alas ayudaban a apartar la mente de los lúgubres pensamientos que le acechaban.

A pesar de la urgencia de su viaje y de lo precario de las circunstancias en general, Eragon agradecía estar lejos de los vardenos. El reciente baño de sangre le había dejado la sensación de que ya no era el mismo.

Desde que había vuelto con los vardenos, en Feinster, se había pasado la mayor parte del tiempo combatiendo o a la espera de hacerlo, y la tensión estaba empezando a desgastarle, especialmente tras la violencia y el horror de la lucha en Dras-Leona. Por cuenta de los vardenos había matado a cientos de soldados —de los que pocos habían podido presentarle la mínima batalla—, y aunque sus acciones estaban justificadas, los recuerdos le inquietaban. No quería que cada combate fuera desesperado y que cada rival fuera de un nivel igual o superior a él, por supuesto, pero tampoco podía evitar sentirse más como un carnicero que como un guerrero cuando mataba a tantos tan fácilmente. Había llegado a pensar que la muerte era algo corrosivo, y que cuanto más la rondaba, más le quitaba parte de su ser.

No obstante, estar solo con Saphira —y con Glaedr, aunque el dragón dorado se había mostrado hermético desde su partida— le ayudaba a recuperar cierta sensación de normalidad. Se sentía más cómodo cuando estaba solo o en grupos pequeños, y prefería no pasar mucho tiempo en pueblos o ciudades, ni siquiera en un campamento como el de los vardenos. A diferencia de la mayoría de las personas, no le tenía aversión ni miedo al entorno natural; por agreste o desolado que fuera aquel territorio, poseía una elegancia y una belleza muy superior a cualquier artificio, y él sentía que le ayudaba a recuperarse.

Así que dejó que el vuelo de Saphira le distrajera, y durante la mayor parte del día no hizo nada más que contemplar el paisaje.

Desde el campamento de los vardenos, a orillas del lago Leona, Saphira atravesó la gran extensión de agua y luego viró al noroeste y ascendió tanto que Eragon tuvo que usar un hechizo para protegerse del frío.

El lago parecía una superficie hecha de retales, con un aspecto brillante en las zonas donde el ángulo de las olas reflejaba la luz solar hacia Saphira, y apagado y gris donde no brillaba la luz. Eragon nunca se cansaba de contemplar los cambiantes patrones de luz; no había nada igual en el mundo.

A menudo veía halcones pescadores, grullas, gansos, patos, estorninos y otras aves volando por debajo de ellos. La mayoría hacía caso omiso de Saphira, pero algunos de los halcones ascendieron en espiral y los acompañaron un rato, más curiosos que asustados. Dos de ellos fueron tan osados que hasta se cruzaron por delante de ella, a apenas unos metros de sus largos dientes afilados.

En cierta medida, a Eragon el aspecto fiero de aquellas rapaces de garras afiladas y pico amarillo le recordaba a la propia Saphira, observación que complació a la dragona, aunque no tanto por lo estético, sino por la habilidad de las aves como cazadoras.

Tras ellos, la orilla fue convirtiéndose poco a poco en una línea morada difuminada, hasta que acabó desvaneciéndose completamente. Durante más de media hora, solo vieron pájaros y nubes en el cielo, y la amplia extensión de agua azotada por el viento que cubría la superficie de la Tierra.

Entonces, frente a ellos y a la izquierda empezó a distinguirse la silueta gris de las Vertebradas en el horizonte, una imagen que Eragon recibió con agrado. Aunque aquellas no eran las montañas de su infancia, pertenecían a la misma cordillera, y al verlas se sentía algo más cerca de su antiguo hogar.

Las montañas se fueron haciendo mayores hasta que las rocosas cimas nevadas acabaron levantándose ante ellos como las almenas en ruinas de un castillo. Más abajo, por las oscuras laderas cubiertas de vegetación, decenas de arroyos de aguas espumosas se abrían paso por entre las grietas del terreno hasta alcanzar el gran lago a los pies de las montañas. Media docena de aldeas poblaban la orilla y las proximidades, pero Eragon empleó de su magia para pasar desapercibido a los ojos de sus habitantes mientras los sobrevolaban.

Al mirar hacia las aldeas, le sorprendió lo pequeñas que eran y lo aisladas que estaban, y entonces se le ocurrió pensar lo aislado que estaba también Carvahall en su tiempo. Comparadas con las grandes ciudades que había visitado, las aldeas eran poco más que un puñado de casuchas arracimadas, indignas para cualquiera que no fuera paupérrimo. Muchos de los hombres y mujeres que las habitaban nunca se habrían alejado más que unos kilómetros de su lugar de nacimiento, de eso estaba seguro, como de que vivirían toda su vida en un mundo que se acababa donde llegaba la vista.

«Qué existencia más limitada», pensó.

Aun así, se preguntó si no sería mejor quedarse en un lugar y aprender todo lo posible de él que pasarse la vida corriendo mundo. ¿Era mejor saber muchas cosas pero nada en profundidad que aprenderlo todo de un pequeño entorno?

No estaba seguro. Recordó que Oromis le había contado una vez que del grano de arena más pequeño podía aprenderse todo sobre el mundo, si se estudiaba con la suficiente atención.

Las Vertebradas tenían una altura muy inferior a las montañas Beor, pero, aun así, aquellas cumbres de paredes verticales se elevaban trescientos metros o más por encima de Saphira, que se abría paso entre ellas, siguiendo las gargantas y valles cubiertos de sombras que dividían la cordillera. De vez en cuando tenía que elevarse para superar algún puerto nevado y, cuando lo hacía, el campo de visión de Eragon aumentaba y le daba la impresión de que las montañas adquirían el aspecto de una boca llena de muelas surgidas de las encías marrones de la tierra.

Saphira planeó sobre un valle especialmente profundo. Eragon vio en el fondo un claro con un arroyo que atravesaba un prado. Y a los bordes del claro entrevió lo que le pareció que podrían ser casas —o quizá tiendas de un campamento— ocultas bajo las gruesas ramas de los abetos que poblaban las laderas de las montañas. Por un resquicio entre las ramas se veía la solitaria luz de un fuego, como una minúscula pepita de oro engarzada entre las capas de agujas negras, y le pareció distinguir una silueta solitaria que avanzaba con pesadez desde el arroyo. Curiosamente, la figura te-

CHRISTOPHER PAOLINI

nía un aspecto voluminoso, con una cabeza que parecía demasiado grande para aquel cuerpo.

Creo que eso era un úrgalo.

¿Dónde? —preguntó Saphira, y Eragon percibió su curiosidad.

En el claro, detrás de nosotros. —Compartió su recuerdo con ella—. *Ojalá tuviéramos tiempo para volver y comprobarlo. Me gustaría ver cómo viven.*

Ella resopló, y emitió un humo caliente por el hocico. Luego giró el cuello en dirección a Eragon.

No creo que les gustara que un Jinete y su dragón aterrizaran entre ellos sin previo aviso.

Él tosió y parpadeó, con los ojos llenos de lágrimas.

¿Te importaría…?

Saphira no respondió, pero el rastro de humo procedente de su hocico desapareció, y el aire en torno a Eragon se aclaró.

Al cabo de un rato, la forma de las montañas empezó a resultarle familiar a Eragon, y entonces una gran fisura se abrió ante ellos y se dio cuenta de que estaban atravesando el puerto de montaña que llevaba a Teirm, el mismo que Brom y él mismo habían recorrido dos veces a caballo. Estaba prácticamente como lo recordaba: el brazo oeste del río Toark aún bajaba lleno y a gran velocidad hacia el lejano mar, la superficie del agua salpicada de penachos blancos allá donde el agua se encontraba con las rocas. El tosco camino que Brom y él habían seguido, a la orilla del río, continuaba siendo una línea pálida y polvorienta poco más ancha que una de las pistas que seguían los ciervos. Incluso le pareció reconocer una arboleda donde se habían parado a comer.

Saphira giró hacia el oeste y siguió río abajo hasta que las montañas dieron paso a unos verdes campos empapados por la lluvia, y entonces corrigió su trayectoria hacia el norte. Eragon no cuestionó su decisión: ella nunca se desorientaba, ni siquiera en una noche sin estrellas, ni en las profundidades de Farthen Dûr.

El sol estaba próximo al horizonte cuando abandonaron las Vertebradas. Con la llegada del crepúsculo, Eragon ocupó la mente intentando pensar en algún método para atrapar, matar o tender una trampa a Galbatorix. Al cabo de un rato, Glaedr abandonó su aislamiento voluntario y se unió en su búsqueda. Se pasaron una hora, más o menos, discutiendo sobre diversas estrategias, y luego practicaron el ataque y la defensa mentalmente. Saphira también participó en el ejercicio, pero con un éxito limitado, ya que el control del vuelo le hacía difícil concentrarse en ninguna otra cosa.

Más tarde, Eragon fijó la mirada brevemente en las estrellas, de un frío color blanco, y le preguntó a Glaedr:

¿Podría ser que la Cripta de las Almas contuviera eldunarís escondidos por los jinetes para que no los encontrara Galbatorix?

No —respondió Glaedr sin dudarlo—. *Es imposible. Si Vrael hubiera trazado un plan así, Oromis y yo lo habríamos sabido. Y si hubieran dejado algún eldunarí en Vroengard, lo habríamos encontrado cuando regresamos a buscar por la isla. Ocultar una criatura viva no es tan fácil como crees.*

¿Por qué no?

Si un puercoespín se hace una bola, eso no significa que se vuelva invisible, ¿no? Pues lo mismo sucede con las mentes. Puedes ocultar tus pensamientos a los demás, pero cualquiera que busque por la zona descubrirá de tu existencia.

Seguro que con un hechizo se podría...

Si hubiéramos encontrado la oposición de un hechizo, lo habríamos sabido; estábamos protegidos contra eso.

Así que nada de eldunarís —concluyó Eragon, desanimado.

Desgraciadamente, no.

Siguieron volando en silencio mientras una luna visible en tres cuartas partes se elevaba tras las recortadas cumbres de las Vertebradas. Con aquella luz, todo el terreno adquiría un tono plateado, como si todo aquello fuera una inmensa escultura que los enanos hubieran tallado y guardado en una cueva tan inmensa como la propia Alagaësia.

Eragon percibía el placer que experimentaba Glaedr con aquel vuelo. Al igual que él y Saphira, el viejo dragón parecía agradecer la oportunidad de dejar las preocupaciones en tierra, aunque solo fuera por un rato, y surcar libremente los cielos.

Entonces fue Saphira quien habló. Entre su pesado aleteo, le dijo a Glaedr:

Cuéntanos una historia, Ebrithil.

¿Qué clase de historia te gustaría oír?

La historia de cómo os capturaron los Apóstatas a Oromis y a ti, y de cómo huisteis.

En aquel momento, el interés de Eragon aumentó. Siempre había sentido curiosidad por aquello, pero nunca había tenido valor de preguntarle a Oromis.

Glaedr permaneció en silencio un instante. Pero luego dijo:

Cuando Galbatorix y Morzan regresaron de los bosques e iniciaron su campaña contra nuestra orden, al principio no nos dimos cuenta de la gravedad de la amenaza. Estábamos preocupados, por supuesto, pero no más que si hubiéramos sabido que un Sombra merodeaba por el territorio. Galbatorix no era el primer jinete que se volvía loco, aunque sí el primero en haberse hecho con un discípulo como Morzan. Eso, por sí solo, debería habernos alertado del peligro al que nos enfrentábamos, pero no vimos la realidad hasta que fue demasiado tarde.

»Por aquel entonces no se nos ocurrió plantearnos que Galbatorix pudiera reunir más seguidores, ni siquiera que pudiera intentarlo. Nos parecía absurdo que uno de los nuestros pudiera ceder ante las tóxicas insinuaciones de Galbatorix. Morzan aún era un novato; su debilidad era comprensible. Pero ¿los jinetes con experiencia? Nunca nos cuestionamos su lealtad. Porque hasta que no se vieron tentados no revelaron hasta qué punto les había corrompido el rencor y la debilidad. Algunos querían venganza por antiguas ofensas; otros creían que el propio poder de Jinetes y dragones nos hacía merecedores del papel de soberanos de toda Alagaësia; y otros, me temo, simplemente vieron una ocasión de romper con todo y ser libres de actuar a su antojo.

El viejo dragón hizo una pausa. Eragon percibió los antiguos odios y también todos los viejos dolores que le acuciaban. Glaedr prosiguió:

Todo lo que pasó fue… confuso. Era poco lo que se sabía, y las informaciones que recibíamos estaban envueltas en rumores y especulaciones hasta tal punto que resultaban inútiles. Oromis y yo empezamos a sospechar que se estaba cociendo algo mucho peor de lo que pensaba la mayoría. Intentamos convencer a varios de los dragones y Jinetes, pero ellos no tenían la misma impresión y no nos hicieron caso. No es que fueran tontos, pero tantos siglos de paz habían nublado su visión y eran incapaces de ver que el mundo estaba cambiando a nuestro alrededor.

Frustrados ante la falta de información, Oromis y yo abandonamos Ilirea para descubrir lo que pudiéramos por nuestra cuenta. Nos acompañaron dos jóvenes Jinetes, ambos elfos y guerreros de habilidad demostrada que acababan de regresar del extremo septentrional de las Vertebradas. En parte fue su insistencia la que nos impulsó a lanzar aquella expedición. Quizá te suenen sus nombres, puesto que se trataba de Kialandí y Formora.

—Ah —dijo Eragon, que por fin lo entendió.

Sí. Tras un día y medio de viaje, nos detuvimos en Edur Naroch, una torre de observación construida en la Antigüedad como lugar de guardia en el Bosque Plateado. Nosotros no lo sabíamos, pero Kialandí y Formora ya habían estado allí antes, habían matado a los tres vigilantes elfos desplazados en aquel lugar y habían colocado una trampa sobre las piedras que rodeaban la torre, una trampa que nos atrapó en el momento en que mis garras tocaron la hierba de la loma. Fue un hechizo inteligente que les había enseñado el propio Galbatorix y para el que no teníamos defensa, pues no nos causaba ningún daño: solo nos retenía y nos frenaba, como si nos hubieran echado miel sobre el cuerpo y la mente. En aquel estado de torpor, los minutos pasaban como si fueran segundos. Kialandí, Formora y sus dragones revoloteaban a nuestro alrededor con la rapidez de colibríes, convertidos en borrosas manchas oscuras a los bordes de nuestro campo visual.

»*Cuando hubieron acabado, nos liberaron. Habían lanzado decenas de hechizos: hechizos para inmovilizarnos, para cegarnos y para evitar que Oromis hablara, para impedirle lanzar hechizos a su vez. Tampoco esta vez nos agredía su magia, por lo que no teníamos defensa posible... En cuanto pudimos, atacamos a Kialandí, Formora y a sus dragones con la mente, y ellos a nosotros, y durante horas forcejeamos. La experiencia... no fue agradable. Ellos eran más débiles y tenían menos experiencia que Oromis y yo, pero había dos por cada uno de nosotros, y tenían consigo el corazón de corazones de un dragón llamado Agaravel —a cuyo Jinete habían asesinado— y su fuerza se sumaba a la de ellos, de modo que nos costó defendernos. Descubrimos que su intención era obligarnos a ayudar a Galbatorix y los Apóstatas a entrar en Ilirea sin ser detectados, para poder pillar a los Jinetes por sorpresa y capturar los eldunarís que aún vivían en la ciudad.*

—¿Cómo lograsteis escapar? —preguntó Eragon.

Con el tiempo, nos quedó claro que no podríamos derrotarlos. Así que Oromis decidió arriesgarse a usar la magia para liberarnos, aunque sabía que eso provocaría que Kialandí y Formora nos atacaran a su vez con más magia. Era un recurso desesperado, pero también suponía nuestra única posibilidad.

»*En un momento dado, ajeno a los planes de Oromis, yo devolví una acometida a nuestros atacantes en un intento por aba-*

tirlos. Oromis estaba esperando algo así. Conocía al Jinete que les *había enseñado magia a Kialandí y a Formora desde hacía mucho tiempo, y era muy consciente de los retorcidos mecanismos mentales de Galbatorix. Basándose en eso, pudo adivinar cómo formular contra Kialandí y Formora sus hechizos, y cuáles debían de ser sus puntos débiles.*

»*Oromis solo tenía unos segundos para actuar; en el momento en que empezara a usar la magia, Kialandí y Formora se darían cuenta de lo que estaba pasando, les entraría el pánico y empezarían a soltar sus hechizos. Oromis tuvo que intentarlo tres veces hasta que consiguió liberar nuestras ataduras. No sé muy bien cómo lo hizo. Dudo de que lo supiera del todo él mismo. Sencillamente, nos «desplazó» un centímetro del lugar en el que estábamos.*

¿*Del mismo modo que Arya transportó mi huevo de Du Weldenwarden a las Vertebradas?* —preguntó Saphira.

Sí y no —respondió Glaedr—. *Sí, nos transportó de un lugar a otro sin movernos por el espacio intermedio. Pero no se limitó a cambiarnos de posición; también cambió nuestra propia sustancia, recomponiéndola después, de modo que ya no fuéramos lo que éramos antes. En nuestros cuerpos hay muchas partes minúsculas que se pueden intercambiar sin provocar consecuencias, y eso es lo que hizo él con cada músculo, cada hueso y cada órgano.*

Eragon frunció el ceño. Un hechizo así era un logro de gran calado, una prueba de destreza mágica que pocos podrían tener la pretensión de llevar a cabo. Aun así, pese a la impresión que le había causado, Eragon no pudo por menos que preguntar:

—¿Y cómo iba a funcionar eso? Seguiríais siendo los mismos que antes.

Sí y no. La diferencia entre quienes éramos antes y quienes fuimos después era mínima, pero suficiente para que los hechizos lanzados en nuestra contra por Kialandí y Formora quedaran obsoletos.

¿*Y qué hay de los hechizos que os lanzaron a partir del momento en que se dieron cuenta de lo que estaba haciendo Oromis?* —preguntó Saphira.

A Eragon le sobrevino la imagen mental de Glaedr agitando las alas, como si estuviera cansado de estar sentado en una misma posición.

El primer hechizo, el de Formora, pretendía matarnos, pero nuestras defensas lo inutilizaron. El segundo, que era de Kialan-

dí..., aquello fue diferente. Era un hechizo que había aprendido de Galbatorix, y este de los espíritus que poseían a Durza. Eso lo sé porque estaba en contacto con la mente de Kialandí en el mismo momento en que formuló el hechizo. Era una treta inteligente y perversa, destinada a impedir que Oromis tocara y manipulara el flujo de energía a su alrededor, para impedirle así usar la magia.

—¿Te hizo lo mismo a ti Kialandí?

Lo habría hecho, pero se temió que aquello me matara o que cortara mi conexión con el corazón de corazones, creando dos versiones independientes de mí a las que habrían tenido que enfrentarse. Los dragones dependen aún más que los elfos de la magia para vivir; sin ella, moriríamos enseguida.

Eragon sentía que la curiosidad de Saphira iba en aumento.

¿Ha ocurrido eso alguna vez? ¿Se ha cortado alguna vez la conexión entre un dragón y su eldunarí mientras aún vivía?

Sí, ha pasado, pero eso es otra historia.

Saphira se conformó, aunque Eragon se dio cuenta de que la dragona volvería a plantear la cuestión a la menor oportunidad.

—Pero el hechizo de Kialandí no impidió que Oromis pudiera usar la magia, ¿no?

No del todo. Debía hacerlo, pero Kialandí lanzó el hechizo en el momento en que Oromis nos transportaba de un lugar a otro, así que el efecto quedó limitado. Aun así, le impidió recurrir a hechizos que no fueran menores y, tal como sabéis, el hechizo le acompañó el resto de su vida, a pesar de los esfuerzos de nuestros sanadores más sabios.

—¿Por qué no le protegieron sus defensas?

Glaedr soltó lo que pareció un suspiro.

Eso es un misterio. Nadie había hecho algo así hasta entonces, Eragon, y de todos los vivos, solo Galbatorix conoce su secreto. El hechizo se lanzó contra la mente de Oromis, pero quizá no le afectara de un modo directo. Puede que actuara sobre la energía que le rodea o sobre su canal de conexión con ella. Los elfos han estudiado la magia durante mucho tiempo, pero ni siquiera ellos comprenden del todo cómo interactúan el mundo material y el inmaterial. Es un enigma que probablemente nunca se resuelva. No obstante, parece razonable suponer que los espíritus saben más que nosotros sobre ambos mundos, teniendo en cuenta que son la personificación del mundo inmaterial y que ocupan el material cuando se materializan en forma de Sombra.

»Sea como fuere, el resultado fue este: Oromis lanzó su hechizo y nos liberó, pero a costa de un esfuerzo excesivo que le dejó temporalmente imposibilitado, algo que se repetiría muchas veces. Nunca más pudo lanzar un hechizo potente, y a partir de aquel momento se vio aquejado de una gran debilidad, algo que habría acabado con él de no ser por su habilidad con la magia. Ya estaba así de débil cuando Kialandí y Formora nos capturaron, pero cuando nos «desplazó» y reordenó las piezas de nuestros cuerpos, la debilidad se hizo evidente. De otro modo, quizás hubiera permanecido en estado latente muchos años más.

»Oromis cayó al suelo, indefenso como un polluelo, en el momento en que Formora y su dragón, una bestia inmunda de color marrón, se lanzó corriendo hacia nosotros a la cabeza del grupo. Yo salté sobre Oromis y ataqué. Si se hubieran dado cuenta de que estaba tocado, lo habrían aprovechado para introducirse en su mente y hacerse con él. Tuve que distraerlos hasta que Oromis se recuperó...

»Nunca he luchado tan duro como aquel día. Había cuatro de ellos plantados ante mí, cinco si contamos a Aragavel. Los otros dos dragones, el marrón y el de color púrpura que montaba Kialandí, eran más pequeños que yo, pero de dientes afilados y zarpas rápidas. Aun así, la rabia me confería una fuerza superior a la normal, y les provoqué graves heridas a ambos. Kialandí cometió la imprudencia de ponérseme al alcance, así que lo aferré con las garras y lo lancé contra su propio dragón. —Glaedr hizo un ruidito divertido—. Su magia no le sirvió para protegerse de aquello. Quedó atravesado por una de las púas del lomo del dragón color púrpura, y podría haber acabado con él en aquel mismo momento si no hubiera sido porque el dragón marrón me obligó a retirarme.

»Debimos de luchar casi cinco minutos, hasta que oí que Oromis me gritaba que escapáramos de allí. De una patada les lancé tierra a la cara a mis enemigos, regresé junto a Oromis, le agarré con la garra anterior derecha y salí volando de Edur Naroch. Kialandí y su dragón no podían seguirnos, pero Formora y el dragón marrón sí, y eso hicieron.

»Nos atraparon a poco más de un kilómetro de la torre. Nos cruzamos varias veces, y entonces el dragón marrón se situó debajo de mí, y vi que Formora estaba a punto de lanzarme una estocada con la espada hacia la pata derecha. Pretendía que soltara a Oromis, supongo, o quizá quisiera matarlo. Yo di un quiebro *para esquivar el golpe, y en lugar de perder la pata derecha la espada dio contra la izquierda, y me la cortó.*

El recuerdo que atravesó la mente de Glaedr era el del contacto duro, frío y cortante de la espada de Formora, como si la hoja hubiera sido forjada con hielo en lugar de acero. A Eragon aquella sensación le revolvió las tripas. Tragó saliva y se agarró con más fuerza a la silla de montar, dando gracias de que Saphira estuviera a salvo.

Me dolió menos de lo que puedes pensar, pero sabía que no podía seguir luchando, así que viré y me dirigí hacia Ilirea tan rápido como me permitieron las alas. En cierto modo, la victoria de Formora le supuso una desventaja, ya que sin el lastre que suponía mi pata conseguí separarme más rápido del dragón marrón y escapar.

»Oromis consiguió detener la hemorragia, pero nada más, y estaba demasiado débil como para contactar con Vrael o con los otros jinetes ancianos y advertirlos de los planes de Galbatorix. Una vez que Kialandí y Formora informaran a Galbatorix, sabíamos que este atacaría Ilirea inmediatamente. Si esperaba, solo conseguiría darnos tiempo para reforzar nuestras posiciones, y él estaba fuerte, así que la sorpresa era su mejor arma.

»Cuando llegamos a Ilirea nos llevamos una gran decepción al ver que quedaban pocos de nuestra orden; durante nuestra ausencia habían partido otros en busca de Galbatorix o para consultar a Vrael en persona en Vroengard. Convencimos a los que quedaban del peligro que nos acechaba y les pedimos que avisaran a Vrael y al resto de los ancianos dragones y jinetes. Les costaba creer que Galbatorix tuviera las fuerzas necesarias para atacar Ilirea —o que pudiera atreverse a hacer algo así—, pero al final conseguimos que vieran la realidad y decidieron trasladar todos los eldunarís de Alagaësia a Vroengard para protegerlos.

»Parecía una medida prudente, pero deberíamos haberlos enviado a Ellesméra. O, en cualquier caso, deberíamos haber dejado los eldunarís que ya estaban en Du Weldenvarden allí mismo. Al menos algunos de ellos habrían escapado a las garras de Galbatorix. Pero ninguno de nosotros pensó que pudieran estar más seguros entre los elfos que en Vroengard, en el mismo centro de nuestra orden.

»Vrael ordenó que todo dragón y jinete que estuviera a pocos días de Ilirea acudiera a toda prisa en ayuda de la ciudad, pero Oromis y yo nos temíamos que fuera demasiado tarde. Y nosotros tampoco estábamos en disposición de defender Ilirea. Así que reu-

nimos las provisiones que necesitábamos, y con los dos alumnos que nos quedaban —Brom y la dragona que se llamaba como tú, Saphira—, abandonamos la ciudad aquella misma noche. Creo que ya habéis visto el fairth que hizo Oromis en el momento de nuestra partida.

Eragon asintió, ausente, al tiempo que recordaba la imagen de la bella ciudad llena de torres a los pies de un despeñadero e iluminada por una luna llena de otoño.

Y por eso no estábamos en Ilirea cuando Galbatorix y los Apóstatas atacaron, unas horas más tarde. Y también es el motivo por el que no estábamos en Vroengard cuando los traidores derrotaron al ejército combinado compuesto por todas nuestras fuerzas y arrasaron Doru Araeba. Desde Ilirea, nos fuimos a Du Weldenvarden con la esperanza de que los sanadores elfos pudieran curar a Oromis de su afección y devolverle el poder para usar la magia. Al ver que no podían, decidimos quedarnos allí mismo, ya que parecía más seguro que volar de vuelta a Vroengard con nuestras respectivas lesiones y caer en una emboscada en algún punto del viaje.

»No obstante, Brom y Saphira no se quedaron con nosotros. A pesar de nuestra insistencia para que no lo hicieran, fueron a unirse al combate, y fue en aquella lucha donde murió tu homónima, Saphira... Y ya sabéis cómo nos capturaron los Apóstatas y cómo escapamos.

Al cabo de un momento, Saphira dijo:

Gracias por la historia, Ebrithil.

De nada, Bjartskular, pero no vuelvas a pedirme que te la cuente.

Cuando la luna se acercaba a su cénit, Eragon vio un grupo de tenues luces anaranjadas flotando en la oscuridad. Tardó un momento en darse cuenta de que eran las antorchas y los faroles de Teirm, a muchos kilómetros de distancia. Y, por encima de las otras luces, apareció un brillante punto amarillo durante un segundo, como un gran ojo mirándolo; luego desapareció y volvió a reaparecer, iluminándose una y otra vez en un ciclo inalterable, como si el ojo parpadeara.

El faro de Teirm está encendido —les dijo a Saphira y Glaedr.

Entonces es que se acerca una tormenta —contestó el dragón.

Saphira dejó de agitar las alas. Eragon sintió que se estiraba e iniciaba un largo descenso planeando.

Pasó aún media hora hasta que llegaron a tierra. Para entonces, Teirm era poco más que un vago resplandor hacia el sur, y la luz del faro no brillaba más que una estrella.

Saphira aterrizó en una playa vacía cubierta de restos de madera arrastrados por las olas. A la luz de la luna, la arena, lisa y dura, parecía casi blanca, y las olas eran grises y negras y rompían furiosamente contra la playa, como si el océano estuviera intentando devorar la tierra con cada arremetida.

Eragon se soltó las correas que le sujetaban las piernas y se dejó caer desde el lomo de Saphira. Ya tenía ganas de estirar los músculos. Percibió el olor a agua salada mientras bajaba por la playa a la carrera en dirección a un gran trozo de madera, con la capa aleteando al viento. Al llegar al trozo de madera, dio media vuelta y emprendió otra carrera en dirección a Saphira.

Ella seguía sentada en el mismo lugar, con la mirada puesta en el mar. Eragon se detuvo un momento, preguntándose si la dragona iba a hablar o no —puesto que sentía una gran tensión en su interior—, pero al ver que permanecía en silencio, dio media vuelta y volvió a salir corriendo hacia la madera. Ya hablaría cuando estuviera lista.

Corrió arriba y abajo, hasta que sintió el calor extendiéndose por todo el cuerpo y las piernas temblorosas.

Y todo aquel tiempo, Saphira mantuvo la mirada fija en algún punto lejano.

Cuando Eragon se dejó caer sobre unas juncias a su lado, Glaedr opinó:

Intentarlo sería una tontería.

Eragon ladeó la cabeza, sin tener muy claro a quién iba dirigido aquello.

Sé que puedo hacerlo —respondió Saphira.

No has estado nunca en Vroengard —rebatió Glaedr—. *Y si hay tormenta, puede arrastrarte mar adentro, o algo peor. Más de un dragón ha perecido a causa de un exceso de confianza. El viento no es tu amigo, Saphira. Puede ayudarte, pero también puede destruirte.*

¡No acabo de salir del huevo! ¡No hace falta que me des lecciones sobre el viento!

No, pero aún eres joven, y no creo que estés preparada para esto.

¡De otro modo tardaríamos demasiado!

Quizá, pero es mejor llegar sanos y salvos que no llegar.

—¿De qué estáis hablando? —exclamó Eragon.

La arena emitió un sonido áspero y rasposo bajo las garras de Saphira en el momento en que dobló las patas y las clavó en el terreno.

Tenemos que tomar una decisión —explicó Glaedr—. *Desde aquí, Saphira puede volar directamente hacia Vroengard o seguir el litoral hacia el norte hasta llegar al punto de la costa más próximo a la isla y, una vez allí, girar al oeste y cruzar el mar.*

¿Cuál sería el camino más rápido? —preguntó Eragon, aunque ya adivinaba cuál sería la respuesta.

Volar en línea recta —respondió Saphira.

Pero si lo hace, estaría sobrevolando el agua todo el tiempo.

La distancia no es mayor que desde los vardenos hasta aquí —replicó Saphira—. *¿O me equivoco?*

Ahora estás más cansada, y si se desata una tormenta…

¡Entonces daré un rodeo! —replicó ella, rebufando y soltando una pequeña llamarada azul y amarilla por el hocico.

La llama se cruzó en el campo visual de Eragon, cegándole por un momento.

—¡Ah! No veo —protestó Eragon se frotó los ojos:

¿Por qué va a ser tan peligroso volar directamente hacia allí?

Podría serlo —gruñó Glaedr.

¿Cuánto tiempo más tardaríamos siguiendo la costa?

Media jornada, quizás un poco más.

El chico se rascó la barbilla mientras contemplaba la imponente masa de agua. Entonces levantó la vista hacia Saphira y, en voz baja, dijo:

—¿Estás segura de que puedes hacerlo?

Ella giró el cuello y le devolvió la mirada con un ojo inmenso. La pupila se había expandido hasta volverse casi redonda; era tan grande y negra que Eragon sintió que podría colarse dentro y desaparecer.

No tengo ninguna duda —dijo ella.

Él asintió y se pasó las manos por el pelo mientras se iba haciendo a la idea.

Entonces tendremos que correr el riesgo… Glaedr, si hace falta, ¿tú puedes guiarla? ¿Puedes ayudarla?

El viejo dragón permaneció en silencio un momento, y luego sorprendió a Eragon susurrándole en la mente, igual que solía hacer Saphira cuando estaba a gusto o cuando se divertía.

Muy bien. Si tenemos que tentar al destino, seamos valientes. Cruzaremos el mar.

Una vez solucionada la disputa, Eragon subió de nuevo a lomos de Saphira, que, de un solo salto, dejó atrás la tierra firme y se echó a volar sobre las olas.

El sonido de su voz, el contacto de su mano

—¡*A*ggghh…!

—¿Me jurarás fidelidad en el idioma antiguo?

—¡Nunca!

La pregunta y la respuesta se habían convertido ya en un ritual entre ambos, una especie de juego de palabras como los de un divertimento infantil, solo que en este juego ella perdía aunque ganara.

A Nasuada los rituales eran lo único que le permitía mantener la cordura. Eran lo que daba orden a su vida: gracias a ellos era capaz de soportar una cosa tras otra, porque le proporcionaban algo a lo que agarrarse cuando todo le había sido arrebatado. Rituales de pensamiento, de acción, de dolor y alivio: se habían convertido en el marco de referencia de su vida. Sin ellos, estaría perdida, como una oveja sin su pastor, como un devoto sin fe…, como un Jinete sin su dragón.

Por desgracia, aquel ritual en particular acababa siempre del mismo modo: con otro contacto del hierro.

Ella gritó y se mordió la lengua, y se le llenó la boca de sangre. Tosió, intentando aclararse la garganta, pero había demasiada sangre y empezó a ahogarse. Los pulmones le ardían por la falta de aire, y veía las líneas del techo cada vez más temblorosas y borrosas. Entonces hasta la mente le falló y desapareció todo, hasta la oscuridad.

Más tarde, Galbatorix volvió a hablarle, mientras los hierros se calentaban.

Eso también se había convertido en parte de su ritual.

Le había curado la lengua —o al menos ella pensó que había sido él, y no Murtagh—, porque dijo:

—No nos iría nada bien que no pudieras hablar, ¿no? ¿Cómo si no voy a saber cuándo estás lista para convertirte en mi sierva?

Una vez más, el rey se sentó a su derecha, en el extremo de su campo visual, donde todo lo que podía ver de él era una sombra dorada y su silueta semioculta tras la larga y pesada capa.

—Conocí a tu padre, ¿sabes? Cuando servía en la residencia principal de Enduriel —dijo Galbatorix—. ¿Te lo contó?

Ella se encogió de hombros y cerró los ojos, sintiendo las lágrimas que le caían por las comisuras. Odiaba tener que escucharle. Tenía una voz demasiado poderosa, demasiado sugerente, que le impelía a hacer todo lo que deseara con tal de oírle pronunciar la mínima expresión de complacencia.

—Sí —murmuró.

—En aquel tiempo apenas me fijé en él. ¿Por qué iba a hacerlo? Era un siervo, nada importante. Enduriel le dio cierta libertad, para poder gestionar mejor los asuntos de su finca…, una libertad excesiva, según parece. —El rey hizo un gesto despreciativo, y la luz iluminó su mano delgada como una garra—. Enduriel siempre fue demasiado permisivo. El que era astuto era su dragón; Enduriel se limitaba a hacer lo que le decían… Qué curiosa sucesión de eventos dispuso el destino. Pensar que el hombre que se encargaba de que mis botas estuvieran perfectamente limpias se convertiría en mi peor enemigo después de Brom, y ahora aquí estás tú, su hija, de vuelta en Urû'baen y a punto de ponerte a mi servicio, igual que hizo tu padre. Qué ironía, ¿no te parece?

—Mi padre huyó, y casi mató a Durza en su huida —le increpó ella—. Todos tus hechizos y juramentos no pudieron retenerle, del mismo modo que tampoco podrán retenerme a mí.

Le pareció que Galbatorix fruncía el ceño.

—Sí, eso fue una desgracia. Durza quedó bastante molesto por aquello. Parece ser que los vínculos familiares llevan a muchos a cambiar de personalidad y hasta de nombre con mayor facilidad. Por eso ahora procuro que ninguno de mis siervos tenga pareja ni descendencia. No obstante, cometes un craso error si crees que vas a poder evitar someterte a mí. De la Sala del Adivino solo se puede salir de dos modos: o jurándome lealtad…, o muriendo.

—Entonces moriré.

—Qué visión más limitada. —La sombra dorada del rey se cernió sobre ella—. ¿Nunca se te ha ocurrido, Nasuada, que el mundo habría estado mucho peor si yo no me hubiera impuesto a los Jinetes?

—Los Jinetes mantenían la paz. Protegían toda Alagaësia de las guerras, de la peste…, de la amenaza de los Sombras. En tiempos de hambruna, llevaban alimento a los que no lo tenían. ¿Cómo iba a ser mejor esta tierra sin ellos?

—Porque sus servicios tenían un precio. Tú, más que nadie, deberías saber que en este mundo todo se paga, sea en oro, en tiempo o en sangre. Nada sale gratis, ni siquiera los Jinetes. Rectifico: «mucho menos» los Jinetes.

»Porque mantenían la paz, sí, pero también reprimieron a las razas de esta tierra, tanto a los elfos y a los enanos como a los humanos. ¿Qué es lo que se dice siempre en recuerdo de los Jinetes cuando los bardos lamentan su desaparición? Que su reinado se extendió a lo largo de miles de años, y que durante esa tan cacareada «edad dorada» poco fue lo que cambió, salvo los nombres de los reyes y de las reinas que vivían cómodamente sentados en sus tronos. Pocos eran los motivos de alarma: un Sombra aquí, una incursión de úrgalos allá, una escaramuza entre dos clanes de enanos por una mina que solo ellos querían… Pero en general el orden de las cosas se mantenía igual que en los días en que empezaron a adquirir un papel relevante.

Nasuada oyó el choque del metal contra el metal al remover Murtagh las brasas. Le habría gustado verle la cara y comprobar cómo reaccionaba a las palabras de Galbatorix, pero estaba de espaldas a ella, como era costumbre en él, con la vista puesta en el carbón. El único momento en que la miraba era cuando tenía que aplicarle el metal candente sobre la piel. Ese era su ritual particular, y Nasuada sospechaba que lo necesitaba tanto como ella necesitaba el suyo.

Galbatorix seguía hablando:

—¿No te parece eso la mayor maldad del mundo, Nasuada? La vida es cambio, y sin embargo, los Jinetes lo reprimieron, dejándolo todo en un incómodo letargo, incapaz de sacudirse las cadenas que la ataban, incapaz de avanzar o retroceder como dicta la naturaleza…, incapaz de convertirse en algo nuevo. Yo he visto con mis propios ojos pergaminos en las cámaras de Vroengard y aquí mismo, en las cámaras de Ilirea, que detallan descubrimientos (mágicos, mecánicos y de todos los campos de la filosofía natural), descubrimientos que los Jinetes mantuvieron ocultos porque tenían miedo de lo que pudiera ocurrir si todas aquellas cosas llegaban a conocimiento de todo el mundo. Los Jinetes eran unos cobardes apegados a un viejo modo de vida y de pensamiento, decididos a defenderlo hasta su último aliento. La suya fue una tiranía blanda, pero una tiranía al fin y al cabo.

—Y la solución fue el asesinato y la traición, ¿verdad? —espetó Nasuada, indiferente a si aquello le supondría un mayor castigo o no.

Él se rio como si aquello le hubiera hecho gracia de verdad.

—¡Qué hipocresía! Me condenas por lo mismo exactamente que tú quieres hacer. Si pudieras, me matarías aquí mismo, como a un perro rabioso.

—Tú eres un traidor; yo no.

—Yo soy el vencedor. A fin de cuentas, es lo único que importa. No somos tan diferentes como te crees tú, Nasuada. Tú deseas matarme porque crees que mi muerte supondría un beneficio para Alagaësia, y porque tú (que no eres más que una niña) te crees que puedes hacerlo mejor que yo al frente del Imperio. Tu arrogancia hará que otros te desprecien. Pero yo no, porque te entiendo. Me alcé en armas contra los Jinetes por esos mismos motivos, y acerté al hacerlo.

—¿Así que la venganza no tuvo nada que ver en ello?

A Nasuada le pareció ver una sonrisa en su rostro.

—Puede que aquello me sirviera de inspiración, pero entre mis motivaciones no se cuentan ni el odio ni la venganza. No me gustaba ver en qué se habían convertido los Jinetes, y estaba convencido (como aún lo estoy) de que hasta que no nos libráramos de ellos no podríamos prosperar como raza.

Por un momento, el dolor de sus heridas le impidió hablar siquiera. Pero luego consiguió susurrar:

—Si lo que dices es cierto…, y no tengo ningún motivo para creerte, pero si lo fuera, no eres mejor que los Jinetes. Saqueaste sus bibliotecas y te hiciste con sus conocimientos, y hasta ahora no has compartido todos esos conocimientos con nadie.

Galbatorix se le acercó y Nasuada sintió su aliento sobre la oreja.

—Eso se debe a que, entre sus innumerables secretos, encontré indicios de una verdad más profunda, una verdad que podría aportar una respuesta a una de las preguntas más desconcertantes de la historia.

Ella sintió un escalofrío en la columna.

—¿Qué… pregunta?

Él se recostó en la silla y tiró del borde de su capa.

—La pregunta de cómo puede imponer las leyes un rey o una

reina cuando entre sus súbditos hay quien puede usar la magia. Cuando me di cuenta de adónde apuntaban esos indicios, dejé todo lo demás de lado y me dediqué a la búsqueda de esa verdad, de esa respuesta, puesto que estaba seguro de que sería de primordial importancia. Por eso me he guardado para mí los secretos de los Jinetes; he estado muy ocupado con mi búsqueda. Tengo que hallar la respuesta a este problema antes de dar a conocer cualquiera de los otros descubrimientos. Las tribulaciones del mundo ya son muchas, y más vale calmar las aguas antes de volver a agitarlas... Tardé casi cien años en encontrar la información que necesitaba, y ahora que la tengo, la usaré para remodelar toda Alagaësia.

»La magia es la gran injusticia del mundo. No sería tan injusta si solo tuvieran esa habilidad los débiles, ya que entonces sería una compensación para cualquier oportunidad o circunstancia perdida, pero no es así. Los fuertes tienen la misma probabilidad de ser capaces de usar la magia, y además le sacan mayor partido. Solo hay que ver a los elfos. Y no se trata únicamente de un problema entre individuos; también afecta a las relaciones entre las razas. A los elfos les resulta más fácil mantener el orden en el seno de su sociedad porque casi todos ellos saben usar la magia, por lo que pocos están a merced de otros. En este aspecto tienen suerte, pero no es nuestro caso, ni el de los enanos, ni siquiera el de los malditos úrgalos. Podemos vivir en Alagaësia solo porque los elfos nos lo han permitido. Si quisieran, podrían habernos barrido de la faz de la Tierra con la misma facilidad que una crecida se lleva un hormiguero. Pero eso no sucederá mientras yo esté aquí para plantarles cara.

—Los Jinetes nunca les habrían permitido matarnos ni desterrarnos.

—No, pero mientras existieran los Jinetes, dependíamos de su voluntad, y no está bien que tengamos que confiar en otros para estar a salvo. Los Jinetes nacieron como medio para mantener la paz entre elfos y dragones, pero al final su principal objetivo se convirtió en imponer la ley en todo el territorio. Sin embargo, han demostrado que no están a la altura de una tarea de tales dimensiones, a diferencia de mis hechiceros, los Mano Negra. El problema es demasiado complejo como para que un único grupo lo resuelva. Mi propia vida es prueba de ello. Aunque hubiera un grupo de hechiceros dignos de confianza y lo suficientemente poderosos como para controlar al resto de los magos de Alagaësia e intervenir al mínimo indicio de una conducta impropia, dependeríamos de los mismos individuos cuyo poder estaríamos intentando limitar. Al final, el territorio no estaría más seguro de lo que está ahora. No, para solucionar este problema hay que afrontarlo a un nivel más profundo y fundamental. Los antiguos sabían cómo hacerlo, y ahora también yo.

Galbatorix cambió de posición en la silla, y Nasuada percibió un brillo penetrante en su ojo, como el de un farol colocado en las profundidades de una cueva.

—Me encargaré de que ningún mago sea capaz de causar ningún daño a otro individuo, sea humano, enano o elfo. Nadie podrá lanzar un hechizo a menos que tenga permiso, y solo los magos con intenciones benignas lo tendrán. Incluso los elfos deberán someterse a este precepto, y aprenderán a medir sus palabras con cuidado o a no hablar en absoluto.

—¿Y quién se encargará de darles permiso? —preguntó ella—. ¿Quién decidirá lo que está permitido y lo que no? ¿Tú?

—Alguien tiene que hacerlo. He sido yo quien se ha dado cuenta de lo que se necesita, quien ha descubierto los medios y quien los pondrá en funcionamiento. ¿Te parece ridículo? Bueno, hazte una pregunta, Nasuada: ¿he sido un mal rey? Sé sincera. En comparación con mis antecesores, no me he excedido.

—Has sido cruel.

—Eso no es lo mismo… Tú has dirigido a los vardenos; conoces el peso del mando. Sin duda te habrás dado cuenta de la amenaza que supone la magia para la estabilidad de cualquier reino. Te pondré un ejemplo: he pasado más tiempo trabajando en los encantos para evitar la forja de la moneda del reino que en ninguna otra tarea. Y sin embargo, seguro que hay algún hechicero avispado que ha encontrado el modo de sortear mis barreras y que se está encargando de fabricar sacos de monedas de plomo con las que puede engañar a nobles y campesinos. ¿Por qué crees, si no, que he tomado tantas precauciones para restringir el uso de la magia por todo el Imperio?

—Porque te supone una amenaza.

—¡No! Ahí te equivocas de pleno. No es ninguna amenaza para mí. Nadie ni nada puede serlo. No obstante, los hechiceros sí son una amenaza para el buen funcionamiento de este reino, y eso no voy a tolerarlo. Una vez que haya sometido a todos los magos del mundo a las leyes del reino, imagínate la paz y la prosperidad que se impondrán. Los hombres y los enanos no tendrán que temer ya nunca a los elfos. Los Jinetes ya no podrán imponer su voluntad sobre los demás. Los que no sean capaces de usar la magia ya no serán presa fácil para los que sí la sepan usar... Alagaësia se transformará, y con esa seguridad recién hallada construiremos un mañana extraordinario, un futuro del que podrías ser parte.

»Ponte a mi servicio, Nasuada, y serás testigo privilegiado de la creación de un mundo como nunca lo ha habido, un mundo en el que la vida de un hombre dependerá de la fuerza de su cuerpo y de la inteligencia de su mente, y no de si ha tenido la suerte de recibir poderes mágicos. El hombre puede potenciar la fuerza de su cuerpo y la habilidad de su mente, pero nunca aprenderá a usar la magia si no posee esa habilidad desde el nacimiento. Como te he dicho, la magia es la gran injusticia, y por el bien de todos, impondré límites a todos los magos del mundo.

Nasuada se quedó mirando las líneas del techo, intentando no prestarle atención. Muchas de las cosas que decía «se parecían» a lo que pensaba ella misma. Tenía razón: la magia era la fuerza más destructiva del mundo, y si podía controlarse, Alagaësia sería un lugar mejor. Odiaba que no hubiera modo de evitar que Eragon...

Azul. Rojo. Motivos de colores entrelazados. El dolor palpitante de sus quemaduras. Hizo un esfuerzo desesperado para concentrarse en cualquier otra cosa que no fuera... nada. Todos sus pensamientos habían quedado reducidos a la nada, ya no existían.

—Decís que soy malvado. Maldecís mi nombre e intentáis derrocarme. Pero recuerda esto, Nasuada: no fui yo quien inició esta guerra, y no soy responsable de las vidas que se ha cobrado. Yo no lo busqué. Fuisteis «vosotros». Yo me habría contentado con dedicarme a mis estudios, pero los vardenos no cejaron hasta robarme el huevo de Saphira de la Sala del Tesoro, y vosotros sois los únicos responsables de toda la sangre derramada y del dolor causado a continuación. «Vosotros» sois los que habéis estado arrasando el campo, quemando y saqueando a vuestro antojo, no yo. ¡Y aun así tenéis el descaro de afirmar que soy «yo» el infame! Si fuerais a las casas de los campesinos, os dirían que es a los vardenos a quienes más temen. Os dirían que les piden a mis soldados que los protejan, y que esperan que el Imperio derrote a los vardenos y que todo vuelva a ser como antes.

Nasuada se humedeció los labios. Aunque sabía que su atrevimiento podía costarle caro, replicó:

—Me parece que te quejas demasiado... Si tu principal preocupación fuera el bienestar de tus súbditos, habrías salido a enfrentarte con los vardenos hace semanas, en lugar de dejar que un ejército se moviera a sus anchas dentro de tus fronteras. A menos que no estés tan seguro de tu poder como quieres demostrar. ¿O es que tienes miedo de que los elfos tomen Urû'baen si sales de la ciudad?

Tal como solía hacer, habló de los vardenos como si no los conociera mejor que cualquier otro habitante del Imperio.

Galbatorix hizo un movimiento en la silla y ella notó que estaba a punto de responder, pero aún no había acabado.

—¿Y qué hay de los úrgalos? No puedes convencerme de que tu causa es justa cuando estabas dispuesto a exterminar a toda una raza para aliviar el dolor por la muerte de tu primer dragón. ¿No tienes respuesta para eso, perjuro? Pues háblame de los dragones. Explícame por qué asesinaste a tantos hasta que llegaste a condenar a la raza a una extinción lenta e inevitable. Y, para acabar, explícame el trato que le diste al eldunarí que capturaste —añadió, presa de la rabia—. Los has doblegado y has destrozado a todos, sometiéndolos a tu voluntad. No hay nada de bueno en lo que haces, solo egoísmo y una sed de poder ilimitada.

Galbatorix se la quedó mirando largo rato en un incómodo silencio. Entonces Nasuada vio cómo se movía su silueta y se cruzaba de brazos.

—Creo que los hierros ya deben de estar lo suficientemente calientes, Murtagh. Por favor…

Ella apretó los puños, clavándose las uñas en la piel, y sus músculos empezaron a temblar, a pesar del esfuerzo por mantenerse firme. Murtagh cogió una de las barras de hierro, que rozó el borde del brasero. Se giró hacia ella, que no pudo evitar fijar la mirada en el metal candente. Luego miró en los ojos de Murtagh, y vio reflejados en ellos la culpa y el desprecio que sentía por sí mismo. Un gran dolor se adueñó de su alma.

«Qué tontos somos —pensó—. Qué tontos más lastimeros y miserables.»

Después de aquello, no le quedaron energías para pensar, así que volvió a sus consabidos rituales, aferrándose a ellos para sobrevivir, del mismo modo que un náufrago se agarra a un pedazo de madera.

Cuando Murtagh y Galbatorix salieron, el dolor era tan intenso que le resultaba imposible hacer otra cosa que no fuera quedarse mirando los motivos del techo y hacer un esfuerzo por no llorar. Estaba sudando y tiritando al mismo tiempo, como si tuviera fiebre, y no podía concentrarse en nada durante más de unos segundos. El dolor de las quemaduras no remitía como lo habría hecho el de una herida o un golpe; de hecho, el dolor palpitante parecía empeorar con el tiempo.

Cerró los ojos y se concentró en respirar más lentamente, intentando calmar su cuerpo.

La primera vez que Galbatorix y Murtagh habían acudido a verla se había mostrado mucho más valiente. Los había maldecido y provocado, haciendo todo lo posible por herirles con sus palabras. No obstante, a través de Murtagh, Galbatorix le había hecho pagar su insolencia, y enseguida se le habían quitado las ganas de rebelarse abiertamente. El hierro la había aplacado; solo de pensar en ello le venían ganas de hacerse un ovillo. Durante su segunda y última visita, había dicho lo mínimo posible, hasta aquel último e imprudente arranque de ira.

Había querido poner a prueba a Galbatorix, que le había asegurado que ni él ni Murtagh le mentirían. Así que les hizo preguntas sobre el funcionamiento interno del Imperio, sobre cosas de las que le habían informado sus espías pero que Galbatorix no tenía motivo para creer que ella supiera. Por lo que había podido oír, ambos le habían contado la verdad, pero no iba a confiar en nada de lo que dijera el rey, ya que no tenía modo de verificar sus afirmaciones.

En cuanto a Murtagh, no estaba tan segura. Cuando estaba con el rey, nada de lo que decía le parecía fiable, pero cuando estaba solo…

Varias horas después de su primera y agonizante audiencia con Galbatorix —cuando por fin se había sumido en un sueño agitado y poco profundo—, Murtagh se había presentado solo en la Sala del Adivino, con los ojos empañados y oliendo a alcohol. Se había quedado de pie junto al pedestal donde yacía ella, y se la había quedado mirando con una expresión tan extraña y atormentada que en aquel momento Nasuada no hubiera podido decir qué iba a hacer.

Por fin dio media vuelta, se acercó a la pared más cercana y se apoyó, dejándose caer hasta quedar sentado en el suelo, con las rodillas contra el pecho, la larga melena enmarañada oscureciéndole el rostro y los nudillos de la mano derecha manchados de sangre. Tras lo que debieron de ser unos minutos, metió la mano bajo su chaqueta marrón sin mangas —ya que llevaba la misma ropa que antes, salvo por la máscara— y sacó una pequeña botella de piedra. Bebió de ella varias veces y luego se puso hablar.

Él habló y ella escuchó. No tenía otra opción, pero no quería creerse lo que decía. Por lo que ella sabía, todo lo que pudiera decir o hacer Murtagh podía ser un ardid para hacer que se confiara.

Murtagh había empezado por contarle una historia bastante confusa sobre un hombre llamado Tornac, acerca de algún tipo de percance que había tenido a caballo y sobre algún consejo que le había dado Tornac acerca de las obligaciones de un hombre de honor. No había entendido si aquel Tornac era un amigo, un siervo, un pariente lejano o alguna combinación de todo lo anterior, pero, fuera lo que fuera, era evidente que era alguien muy importante para Murtagh.

—Galbatorix iba a ordenar que te mataran… —dijo Murtagh al acabar su historia—. Sabía que Elva no te estaba protegiendo como antes, así que decidió que era el momento ideal para que te asesinaran. Me enteré de su plan por casualidad; estaba con él en el momento en que dio las órdenes a la Mano Negra. —Sacudió la cabeza—. Es culpa mía; él sabía que contigo aquí, Eragon vendría mucho más rápidamente… Era el único modo que tenía para evitar que te matara… Lo siento… Lo siento…

Y hundió la cabeza entre los brazos.

—Habría preferido morir.

—Lo sé —dijo él, con la voz ronca—. ¿Me perdonarás?

Ella no respondió. Aquella revelación no hizo más que intranquilizarla. ¿Por qué iba a importarle a él que salvara la vida? ¿Qué esperaba conseguir a cambio?

Pasó un rato y Murtagh no dijo nada más. Entonces, entre llantos y arranques de rabia, le habló de cómo había crecido en la corte de Galbatorix, de la desconfianza y las envidias que le había granjeado ser hijo de Morzan, de los nobles que habían intentado utilizarle para ganarse el favor del rey, y de la nostalgia por una madre que apenas recordaba. Dos veces mencionó a Eragon y le maldijo, acusándole de ser un tonto con mucha suerte.

—No le habría ido tan bien si la situación hubiera sido la contraria. Pero nuestra madre decidió llevárselo a él a Carvahall, no a mí —se lamentó, y escupió al suelo.

A Nasuada todo aquello le pareció una exhibición de sensiblería y autocompasión, y la debilidad de Murtagh no hizo más que inspirarle desprecio, hasta que él habló de cómo le habían secuestrado los Gemelos de Farthen Dûr, de los maltratos sufridos de camino a Urû'baen y de lo que le había hecho sufrir Galbatorix al llegar. Algunas de las torturas que le describió eran peores que la suya y, de ser ciertas, le merecían cierta compasión.

—Espina fue mi perdición —confesó Murtagh por fin—. Cuando salió del cascarón y establecimos el vínculo… —Sacudió la cabeza—. Le quiero. ¿Cómo no iba a quererlo? Le quiero tanto como Eragon a Saphira. En cuanto lo toqué, fue mi ruina. Galbatorix lo usó en mi contra. Espina era más fuerte que yo. Él nunca se rendía. Pero yo no podía soportar verlo sufrir, así que juré lealtad al rey, y después... —Sus labios se tensaron en una mueca de repugnancia—. Después, Galbatorix se metió en mi mente. Lo supo todo de mí, e incluso me dijo mi verdadero nombre. Y ahora soy suyo... Suyo para siempre.

Dicho aquello, apoyó la cabeza contra la pared y cerró los ojos. Nasuada vio las lágrimas que le caían por las mejillas.

Al final se puso en pie y, de camino a la puerta, se detuvo un momento a su lado y la tocó en el hombro. Ella observó que llevaba las uñas limpias y cuidadas, pero no tanto como su carcelero. Murtagh murmuró unas palabras en el idioma antiguo y, en un momento, el dolor desapareció, aunque las quemaduras tenían el mismo aspecto que antes.

Cuando apartó la mano, Nasuada dijo:

—No puedo perdonar..., pero te comprendo.

Él asintió y se fue, tambaleándose, dejándola con la duda de si había dado con un nuevo aliado.

Pequeños actos de rebelión

 $\mathcal{N}$asuada yacía en el pedestal, sudando y temblando, sintiendo dolor en todo el cuerpo, hasta el punto de desear que Murtagh volviera, aunque solo fuera para liberarla de su agonía.

Cuando por fin se abrió de par en par la puerta de la cámara octogonal, no pudo contener un suspiro de alivio, pero pronto se convirtió en amarga desilusión cuando oyó las suaves pisadas de su carcelero bajando las escaleras que llevaban a la sala.

Tal como había hecho antes, aquel hombre corpulento de estrechos hombros le lavó las heridas con un trapo húmedo y luego se las vendó con unas gasas. Cuando le soltó las ataduras para que pudiera ir al retrete, Nasuada descubrió que estaba demasiado débil como para intentar siquiera agarrar el cuchillo de la bandeja de la comida. Así que se contentó con dar las gracias al hombre por su ayuda y, por segunda vez, le felicitó por sus uñas, que estaban aún más brillantes que antes y que obviamente quería que se vieran, puesto que todo el rato colocaba las manos de forma que ella no pudiera evitar mirarlas.

Le dio de comer y se fue. Nasuada intentó dormir, pero el dolor constante de sus heridas le impedía hacer otra cosa que no fuera dormitar a ratos.

Los ojos se le abrieron como platos cuando oyó como se abría la barra de la puerta.

«¡Otra vez no! —pensó, mientras el pánico se extendía por su mente—. ¡Tan pronto no! No podré soportarlo… No tengo fuerzas suficientes.» Entonces se sobrepuso al miedo y se dijo: «No. No digas esas cosas…, o empezarás a creértelas». Aun así, aunque pudiera controlar sus reacciones conscientes, no podía impedir que el corazón le latiera al doble de la velocidad normal.

Se oyó el eco de un único par de pisadas en la sala, y entonces Murtagh apareció en el extremo de su campo visual. No llevaba máscara, y tenía una expresión sombría.

Esta vez lo primero que hizo fue curarla, sin más espera. El alivio que sintió al remitir el pánico fue tan intenso que se acercaba al éxtasis. En toda su vida, no había experimentado una sensación tan agradable como la liberación de aquella agonía.

Jadeó levemente de alivio.

—Gracias.

Murtagh asintió; entonces se dirigió a la pared y se sentó en el mismo sitio que antes.

Nasuada lo escrutó durante un minuto. La piel de sus nudillos estaba lisa y suave de nuevo, y parecía sobrio, aunque su expresión era adusta y no abría la boca. Las ropas que llevaba habían sido elegantes, pero ahora estaban rotas y remendadas, y observó lo que le parecieron unos cortes en la parte baja de las mangas. Se preguntó si habría estado luchando.

—¿Sabe Galbatorix que estás aquí? —preguntó por fin.

—Podría, pero lo dudo. Está ocupado jugando con sus concubinas favoritas. O eso, o está durmiendo. Es medianoche. Además, he lanzado un hechizo para evitar que nadie nos escuche. Él podría romperlo si quisiera, pero me enteraría.

—¿Y si lo descubre?

Murtagh se encogió de hombros.

—Lo descubrirá, ya sabes, si consigue mermar mis defensas.

—Pues no le dejes. Tú eres más fuerte que yo; no tienes a nadie a quien pueda amenazar. Puedes resistirte a él, no como yo… Los vardenos se están acercando rápidamente, igual que los elfos desde el norte. Si aguantas unos días más, habrá alguna posibilidad… Habrá alguna posibilidad de que te liberen.

—No crees que puedan, ¿verdad? —Volvió a encogerse de hombros.

—Entonces…, ayúdame a huir.

De la garganta de Murtagh salió una carcajada sonora como un ladrido:

—¿Cómo? Apenas puedo ponerme las botas por la mañana sin el permiso de Galbatorix.

—Podrías aflojarme las correas y, al salir, quizá podrías olvidarte de cerrar la puerta con llave.

Él la miró con una mueca burlona.

—Hay dos hombres de guardia ahí fuera, y Galbatorix ha dispuesto defensas en esta sala para que le avisen si algún prisionero da un paso más allá de la puerta. Además, hay cientos de guardias entre este punto y la puerta más cercana. Tendrías suerte si llegaras hasta el final del pasillo.

—Quizá, pero me gustaría intentarlo.

—Solo conseguirías que te mataran.

—Entonces ayúdame. Si quisieras, podrías encontrar un modo de sortear sus defensas.

—No puedo. Mis juramentos no me permiten usar la magia en su contra.

—¿Qué hay de los guardias, entonces? Si los retienes lo suficiente como para que llegue a la puerta, podría ocultarme en la ciudad y no importaría que Galbatorix supiera…

—La ciudad es suya. Además, allá donde fueras, te encontraría con un hechizo. El único modo de ponerse a salvo sería alejarse de aquí antes de que saltara la alarma, y eso no podrías hacerlo ni siquiera a lomos de un dragón.

—¡Tiene que haber algún modo!

—Si lo hubiera… —Sonrió amargamente y bajó la mirada—. Es inútil planteárselo.

Decepcionada, Nasuada elevó la mirada al techo un momento.

—Por lo menos aflójame esas correas —dijo entonces.

Él dio un resoplido en señal de exasperación.

—Para que me pueda poner de pie —explicó ella—. Odio estar tendida en esta piedra, y ya me duelen los ojos de tener que mirar hacia abajo.

Murtagh dudó. Entonces se puso en pie con un único movimiento, se acercó al pedestal y empezó a soltar las correas almohadilladas que le rodeaban las muñecas y los tobillos.

—No creas que puedes matarme —dijo, en voz baja—. No puedes.

En cuanto la liberó, regresó a su anterior posición y volvió a sentarse en el suelo, desde donde se quedó mirando al infinito. Nasuada interpretó que era su forma de intentar darle cierta intimidad mientras ella se erguía y, una vez sentada en el pedestal, agitaba las piernas. Su vestido estaba hecho jirones —quemado por decenas de sitios— y no tapaba gran cosa.

Sintió el frío suelo de mármol bajo sus pies; se acercó a Murtagh y se sentó a su lado. Por pudor, se rodeó el cuerpo con los brazos y se tapó con las manos.

—¿De verdad fue Tornac tu único amigo cuando eras niño? —preguntó.

Murtagh siguió sin mirarla.

—No, pero es lo más próximo a un padre que he tenido nunca. Me enseñó, me reconfortó... Me reñía cuando era demasiado arrogante, y evitó que hiciera tonterías más veces de las que puedo recordar. Si aún estuviera vivo, me habría dado una paliza por haberme emborrachado el otro día.

—¿Dijiste que murió cuando huías de Urû'baen?

—Pensé que había sido muy listo. Soborné a uno de los guardas para que nos dejara abierta una de las puertas laterales. Íbamos a escabullirnos de la ciudad protegidos por la oscuridad, y se suponía que Galbatorix no se daría cuenta hasta que fuera demasiado tarde para atraparnos. Pero él lo sabía desde el principio. No sé muy bien cómo, pero supongo que me estaba espiando todo el rato. Cuando Tornac y yo cruzamos la puerta, nos encontramos a un grupo de soldados esperándonos en el otro lado... Tenían orden de no hacernos daño, pero luchamos y uno de ellos mató a Tornac. El mejor espadachín de todo el Imperio, muerto de una puñalada por la espalda.

—Pero Galbatorix te dejó escapar.

—No creo que esperara que nos resistiéramos. Además, aquella noche había otra cosa que le reclamaba.

Ella frunció el ceño al ver una curiosa sonrisa forzada en el rostro de Murtagh.

—No veía el momento —dijo—. Era cuando los Ra'zac estaban en el valle de Palancar buscando el huevo de Saphira. Así que ya ves: Eragon perdió a su padre adoptivo casi al mismo tiempo que yo perdí al mío. El destino tiene un cruel sentido del humor, ¿no crees?

—Sí que lo tiene..., pero si Galbatorix podía tenerte vigilado, ¿por qué no te localizó y te llevó de vuelta a Urû'baen más tarde?

—Supongo que estaba jugando conmigo. Me dirigí a la granja de un hombre en el que creía que podía confiar. Como siempre, me equivoqué, aunque de eso no me di cuenta hasta más tarde, cuando los Gemelos me trajeron aquí otra vez. Galbatorix sabía dónde estaba, y sabía que aún estaba furioso por la muerte de Tornac, así que se limitó a dejarme en aquella granja mientras perseguía a Eragon y a Brom... No obstante, le sorprendí; me fui, y para cuando se enteró de mi desaparición, yo ya estaba de camino a Dras-Leona. Ese es el motivo de que Galbatorix fuera hasta allí. No fue para dar una lección a Lord Tábor por su conducta —aunque desde luego lo hizo—, sino para encontrarme. Pero llegó demasiado tarde. Cuando se presentó en la ciudad, yo ya me había reunido con Eragon y Saphira y habíamos partido hacia Gil'ead.

—¿Por qué te fuiste?

—¿No te lo dijo Eragon? Porque...

—No, no de Dras-Leona. ¿Por qué te fuiste de la granja? Allí estabas seguro, o eso pensabas. ¿Por qué te marchaste?

Murtagh guardó silencio un momento.

—Quería contraatacar a Galbatorix, y quería hacerme un nombre propio, independiente del de mi padre. Toda la vida, la gente me ha mirado diferente por ser el hijo de Morzan. Quería que me respetaran por mis logros, no por los suyos —respondió, y por fin la miró, con una mirada rápida por el rabillo del ojo—. Supongo que tengo lo que me merezco, pero desde luego el destino tiene un sentido del humor muy cruel.

Nasuada se preguntó si habría alguien en la corte de Galbatorix que significara algo para Murtagh, pero decidió que abordar aquello sería peligroso. Así que cambió de tema:

—¿Qué es lo que sabe Galbatorix de los vardenos?

—Por lo que yo sé, todo. Tiene más espías de lo que te crees.

—¿Conoces algún medio para matarle? —preguntó Nasuada con las manos apretadas contra el vientre para contener los retortijones.

—Un cuchillo. Una espada. Una flecha. Veneno. Magia. Los medios habituales. El problema es que se ha protegido con numerosos hechizos y nadie ni nada tiene ninguna posibilidad de hacerle ningún daño. Eragon tiene más suerte que la mayoría; Galbatorix no quiere matarle, así que quizá pueda llegar a atacar al rey más de una vez. Pero aunque Eragon pudiera atacarle cien veces, no podría abrirse paso por las defensas de Galbatorix.

—Todo rompecabezas tiene una solución, y todo hombre tiene una debilidad —insistió Nasuada—. ¿Quiere a alguna de sus concubinas?

La mirada en el rostro de Murtagh respondía aquella pregunta con suficiente claridad. Luego añadió:

—¿Tan mal estaría que Galbatorix siguiera siendo rey? El mundo que quiere es un buen mundo. Si derrota a los vardenos, toda Alagaësia estará por fin en paz. Pondrá fin al uso injustificado de la magia; elfos, enanos y humanos no tendrán ya motivos para odiarse. Es más, aunque los vardenos pierdan, Eragon y yo podremos estar juntos, como hermanos. Pero si ganan, significará la muerte de Espina y la mía propia. Tendrá que ser así.

—¿Ah, sí? ¿Y qué será de mí? —le inquirió Nasuada—. Si Galbatorix gana, ¿me convertiré en su esclava, siempre a sus órdenes? —Murtagh se negó a responder, pero ella vio que los tendones de las manos se le tensaban—. No puedes abandonar, Murtagh.

—¡¿Qué otra opción tengo?! —gritó, y la sala se llenó con el eco de su voz.

Ella se puso en pie y se lo quedó mirando.

—¡Puedes luchar! Mírame a mí... ¡Mírame!

Él levantó la vista a regañadientes.

—Puedes encontrar maneras de enfrentarte a él. ¡Eso es lo que puedes hacer! Aunque tus juramentos no dejen espacio más que para pequeños actos de rebelión, la más pequeña de las rebeliones podría ser su condena. —Nasuada replanteó la pregunta—: ¿Qué otra opción tienes? Puedes ir por ahí sintiéndote impotente y miserable el resto de tus días. Puedes dejar que Galbatorix te convierta en un monstruo. ¡O puedes luchar! —exclamó, abriendo los brazos para que viera todas las quemaduras de su cuerpo—. ¿Disfrutas haciéndome daño?

—¡No! —protestó él.

—¡Entonces lucha, por lo que más quieras! Tienes que luchar o «perderás» todo lo que eres. Y Espina también.

Nasuada permaneció inmóvil mientras Murtagh se ponía en pie de un salto, ágil como un gato, y se acercó a ella hasta tenerla a solo unos centímetros. Tenía los músculos de la mandíbula tensos e hinchados y la miraba fijamente, respirando con fuerza por la nariz. Ella reconoció su expresión, porque la había visto muchas veces. Era la imagen de un hombre al que le habían herido el orgullo y que quería descargar su ira contra la persona que le había insultado. Sería peligroso seguir presionándole, pero sabía que tenía que hacerlo, porque quizá no volviera a tener otra ocasión.

—Si yo puedo seguir luchando —insistió—, tú también.

—Vuelve a la piedra —dijo él, con voz áspera.

—Sé que no eres un cobarde, Murtagh. Es mejor morir que vivir siendo un esclavo de alguien como Galbatorix. Por lo menos podrías hacer algún bien, y tu nombre se recordaría con respeto tras tu muerte.

—Vuelve a la piedra —gruñó, agarrándola por el brazo y arrastrándola hasta el pedestal.

Ella dejó que la empujara hasta caer sobre el bloque de piedra de color ceniza, y que le apretara las correas de las muñecas y de los tobillos, y luego la de la cabeza. Cuando acabó, se quedó de pie, mirándola, con los ojos oscuros y rabiosos, y los músculos tensos como cuerdas exigidas al límite.

—Tienes que decidir si estás dispuesto a arriesgar la vida para salvarte —prosiguió ella—. Para salvarte tú y salvar a Espina. Y tienes que decidirlo ahora, mientras aún hay tiempo. Pregúntate qué es lo que querría Tornac que hicieras.

Sin responder, Murtagh alargó el brazo derecho y apoyó la mano sobre el pecho de Nasuada, tocándole la piel con la palma de la mano, que ardía. El contacto la dejó sin respiración.

Entonces, con una voz que apenas era un susurro, Murtagh se puso a hablar en el idioma antiguo. A medida que las palabras iban abandonando sus labios, el miedo de Nasuada iba en aumento.

Habló durante lo que a ella le parecieron varios minutos. Cuando acabó no sintió ningún cambio, pero tratándose de magia, aquello no era ni buena ni mala señal.

Cuando Murtagh apartó la mano, el aire fresco cubrió el lugar que esta ocupaba. Él dio un paso atrás y se dirigió hacia la entrada de la sala, pasando a su lado. Ella estaba a punto de llamarle para preguntarle qué le había hecho, pero en aquel momento él se detuvo y dijo:

—Eso debería protegerte del dolor de casi cualquier herida, pero tendrás que fingir que no es así, o Galbatorix descubrirá lo que he hecho.

Y se fue.

—Gracias —murmuró ella a una sala ya vacía.

Pasó un buen rato analizando aquella conversación. Le parecía improbable que Galbatorix hubiera enviado a Murtagh a hablar con ella, pero, improbable o no, era una posibilidad. Por otra parte, no sabía decir si en el fondo Murtagh era una buena o una mala persona. Pensó en el rey Hrothgar —que había sido como un tío para ella cuando era niña— y en su muerte a manos de Murtagh en los Llanos Ardientes. Entonces pensó en la infancia de Murtagh y en las muchas dificultades a las que se había tenido que enfrentar, y en que había dejado libres a Eragon y Saphira cuando podría habérselos llevado sin problemas a Urû'baen.

Sin embargo, aunque en otro tiempo Murtagh hubiera sido una persona honorable y digna de confianza, sabía que su servidumbre forzosa podía haberle corrompido.

Al final, decidió que pasaría por alto el pasado de Murtagh y que lo juzgaría por sus acciones presentes, y solo por ellas. Fuera bueno, malo o ambas cosas a la vez, era un aliado potencial, y necesitaba su ayuda si podía conseguirla. Si demostraba ser un mentiroso, no estaría peor de lo que ya estaba. Pero si resultaba ser sincero, quizá podría escapar de Urû'baen, y aquello bien merecía correr el riesgo.

En ausencia de dolor, durmió un sueño largo y profundo por primera vez desde su llegada a la capital. Se despertó más esperanzada que antes, y volvió a fijar la vista en las rayas pintadas en el techo. La raya azul fina que seguía con la vista la llevó a una pequeña forma blanca en la esquina de un azulejo que antes le había pasado por alto. Tardó un momento en darse cuenta de que la decoloración correspondía al lugar donde se había descascarillado.

Aquella visión la divirtió: le pareció gracioso —y algo reconfortante— saber que la sala perfecta de Galbatorix no era tan perfecta a fin de cuentas y que, a pesar de sus pretensiones, no era ni omnisciente ni infalible.

Cuando la puerta de la cámara volvió a abrirse, vio que era su carcelero, que le traía lo que supuso que sería el almuerzo. Le preguntó si podía darle la comida enseguida, antes de levantarla, argumentando que tenía más hambre que otra cosa, algo que no era del todo falso.

Para su satisfacción el hombre accedió, aunque no soltó ni una palabra; simplemente le mostró aquella odiosa sonrisa en forma de almeja y se sentó al borde del pedestal. Mientras le introducía, cucharada a cucharada, en la boca unas gachas tibias, la mente de Nasuada se disparó, intentando trazar su plan hasta el último imprevisto, ya que sabía que solo tendría una oportunidad.

Con los nervios le costaba tragar aquella comida insulsa. Aun así, lo consiguió, y tras dejar vacío el cuenco y beber hasta saciar la sed, se preparó.

El hombre, como siempre, había dejado la bandeja de la comida a los pies de la pared más alejada, cerca del lugar donde había estado Murtagh, quizás a unos tres metros de la puerta del retrete.

Una vez libre de sus correas, bajó del bloque de piedra deslizándose. El hombre, que tenía la cabeza como una calabaza, se acercó para cogerla del brazo izquierdo, pero ella levantó una mano y, con la máxima dulzura en su voz, le dijo:

—Puedo aguantarme en pie sola, gracias.

El carcelero vaciló, pero luego volvió a sonreír e hizo entrechocar los dientes dos veces, como diciendo: «¡Bueno, pues me alegro por ti!».

Se dirigieron hacia el retrete, ella delante y él pegado a su espalda. Al tercer paso, Nasuada se torció deliberadamente el tobillo y cayó al suelo en diagonal. El hombre gritó e intentó agarrarla —ella sintió sus gruesos dedos cerrándose en el aire por encima de su cuello—, pero llegó tarde, y se le escurrió entre las manos.

Cayó cuan larga era sobre la bandeja, rompiendo la jarra —que aún contenía una cantidad considerable de vino aguado— y tirando el cuenco de madera al suelo con gran estruendo. Tal como había planeado, aterrizó con la mano derecha bajo el cuerpo, y en cuanto sintió el contacto de la bandeja empezó a buscar con los dedos la cuchara de metal.

—¡Ah! —exclamó, como si se hubiera hecho daño, y luego se dio la vuelta y levantó la vista hacia el hombre, esforzándose por mostrarse apesadumbrada—. A lo mejor era cierto que no estaba preparada —reconoció, y le ofreció una sonrisa de disculpa. Con el pulgar tocó el mango de la cuchara, y la agarró mientras el hombre la levantaba cogiéndola del otro brazo.

Él la repasó con la mirada y arrugó la nariz, aparentemente molesto por su vestido empapado en vino. En ese momento, ella echó la mano atrás y deslizó el mango de la cuchara por un agujero en la costura del dobladillo del vestido. Entonces levantó la mano, como para demostrar que no había cogido nada.

El hombre gruñó, la agarró del otro brazo y la condujo al retrete. Mientras ella entraba, él se dirigió de nuevo hacia donde estaba la bandeja, refunfuñando.

En cuanto se cerró la puerta, Nasuada sacó la cuchara del vestido y se la colocó entre los labios, sujetándola así mientras se arrancaba un mechón de pelo de la nuca, donde los tenía más largos. Con la mayor rapidez posible, sujetó un extremo del mechón entre los dedos de la mano izquierda y luego lo enrolló sobre los muslos con la palma de la mano, retorciendo los cabellos hasta obtener un único cordón. Se quedó helada cuando se dio cuenta de que el cordón era demasiado corto. Apurada por la urgencia, ató los extremos y colocó el cordón sobre el suelo.

Se arrancó otro mechón de pelos y los enrolló hasta obtener un segundo cordón, que ató como el primero.

Sabía que solo disponía de unos segundos. Puso una rodilla en el suelo y ató los dos mechones juntos. Entonces cogió la cuchara que llevaba en la boca y, con aquel fino cordel de pelo, se ató la cuchara al exterior de la pierna izquierda, donde quedaría cubierta por el vestido.

Tenía que ponérsela en la pierna izquierda, porque Galbatorix siempre se sentaba a su derecha.

Se puso en pie y comprobó que la cuchara quedara oculta, y entonces dio unos pasos para asegurarse de que no se le caería.

No se cayó.

Aliviada, se permitió emitir un suspiro. Ahora el reto era volver a la losa sin que el carcelero se diera cuenta de lo que había hecho.

El hombre estaba esperándola cuando abrió la puerta del retrete. La miró airado, y sus pobladas cejas se unieron en una sola, formando una única línea recta.

—Cuchara —dijo, mascando la palabra con la lengua como si fuera un trozo de patata demasiado cocida.

Ella levantó la barbilla y señaló hacia atrás, al retrete.

Él frunció aún más el ceño. Entró en el baño y examinó con cuidado las paredes, el suelo, el techo y todo lo demás antes de salir pesadamente. Volvió a chasquear los dientes y se rascó la enorme cabeza, con aspecto de no estar muy contento y —pensó Nasuada— algo dolido porque hubiera tirado la cuchara. La había tratado con amabilidad, y sabía que aquel pequeño gesto desafiante le extrañaría y le enfadaría.

Venció la tentación de apartarse cuando lo vio acercarse, ponerle las gruesas manos sobre la cabeza y pasarle los dedos por el cabello. Al no encontrar la cuchara, dejó caer la cabeza. La agarró del brazo y la condujo hasta el pedestal, donde volvió a atarle las correas.

Entonces, con gesto hosco, recogió la bandeja y salió de la habitación.

Nasuada esperó hasta estar completamente segura de que se había ido antes de estirar los dedos de la mano izquierda y, centímetro a centímetro, levantarse el borde del vestido.

Una gran sonrisa le iluminó el rostro cuando sintió el contacto del extremo de la cuchara en la punta del dedo índice.

Ahora ya tenía un arma.

Una corona de hielo y nieve

*C*uando los pálidos rayos de luz del alba cayeron sobre la superficie del rizado mar, iluminando las crestas de aquellas olas translúcidas —que brillaban como si fueran de cristal tallado—, Eragon emergió de sus ensoñaciones y miró al noroeste, movido por la curiosidad de ver lo que revelaba aquella luz de las nubes que se formaban a lo lejos.

Lo que presenció era desconcertante: las nubes cubrían casi la mitad del horizonte, y los penachos más altos parecían tener la altura de las montañas Beor. Saphira no podría superarlas por arriba. El único fragmento de cielo abierto era el que tenía tras ella, e incluso aquel estaba desapareciendo a medida que se cerraban los brazos de la tormenta.

Tendremos que atravesarla volando —anunció Glaedr, y Eragon sintió la inquietud de Saphira.

¿Por qué no intentamos rodearla? —preguntó ella.

A través de Saphira, Eragon percibió que Glaedr examinaba la estructura de las nubes.

No quiero que te desvíes demasiado del rumbo —dijo por fin el dragón dorado—. *Aún tenemos muchas leguas por delante, y si te fallan las fuerzas, puedes...*

Entonces puedes dejarme energía tú para mantenerme a flote.

Hmff. Aun así, es mejor que seamos prudentes. He visto tormentas como esta antes. Es más grande de lo que te crees. Para rodearla tendrías que volar tan al oeste que acabarías más allá de Vroengard, y probablemente te llevaría un día más llegar a terreno firme.

Vroengard no está tan lejos —objetó ella.

No, pero el viento hará que vayamos más lentos. Además, el instinto me dice que la tormenta se extiende hasta la isla. De uno u otro modo, tendremos que atravesarla. No obstante, no hace falta que lo hagamos por el centro. ¿Ves ese agujero entre dos pequeñas columnas de nubes al oeste?

Sí.

Ve hacia allí, y quizás encontremos un paso seguro a través de las nubes.

Eragon se agarró a la parte delantera de la silla mientras Saphira hundía el hombro izquierdo y giraba al oeste, emprendiendo rumbo hacia el agujero que le había indicado Glaedr. Cuando recuperaron la horizontal, se frotó los ojos; luego se giró y sacó una manzana y unas tiras de carne seca de las bolsas que llevaba detrás. Era un desayuno escaso, pero tenía poca hambre, y cuando comía demasiado y volaba, a menudo se mareaba.

Mientras comía, se dedicó a mirar las nubes y las brillantes aguas del mar. Le inquietó que no hubiera nada más que agua bajo sus pies y que la costa más próxima estuviera —calculó— a más de ochenta kilómetros. Se estremeció al imaginarse cayendo en picado en las frías profundidades del mar. Se preguntó qué habría en el fondo, y se le ocurrió que con la magia probablemente podría viajar por el lecho marino y descubrirlo, pero aquello no era buena idea. El fondo del mar era un lugar demasiado oscuro y peligroso para su gusto. No le pareció el sitio indicado para alguien como él. Más valía dejárselo a las extrañas criaturas que vivieran bajo las aguas.

Al ir avanzando la mañana se hizo evidente que las nubes estaban más lejos de lo que les había parecido al principio y que, tal como había dicho Glaedr, la tormenta era más grande de lo que pensaban Eragon y Saphira.

Empezó a soplar un suave viento de cara y a la dragona empezó a costarle algo más avanzar, pero siguió haciéndolo a buen ritmo.

Cuando aún estaban a unas leguas del extremo de la tormenta, Saphira sorprendió a Eragon y a Glaedr lanzándose hacia abajo y volando cerca de la superficie del agua.

Al verla descender, Glaedr reaccionó:

Saphira, ¿qué te propones?

Tengo curiosidad —respondió—. *Y me gustaría descansar las alas antes de penetrar en las nubes.*

Sobrevoló las olas, casi rozándolas, con su reflejo debajo y su sombra por delante, reflejando cada movimiento como dos compañeros fantasmas, uno oscuro y otro claro. Entonces giró las alas y, con tres rápidos aleteos, redujo la velocidad y se posó sobre el agua. Al hundir el pecho en las olas se levantaron dos abanicos de espuma que salieron despedidos a los lados del cuello, rociando a Eragon con centenares de gotas de agua.

El agua estaba fría, pero, después de tanto tiempo en las alturas, el aire tenía una calidez muy agradable. Eragon se desabrochó la capa y se quitó los guantes.

Saphira plegó las alas y se quedó flotando tranquilamente, balanceándose con el vaivén de las olas. Eragon vio varias aglomeraciones de algas marrones a su derecha. Las plantas se ramificaban como arbustos y tenían unas bolsitas del tamaño de una baya en los puntos donde nacían las ramificaciones.

Muy por encima, cerca de la altura a la que estaba antes Saphira, Eragon avistó un par de albatros con las puntas de las alas negras que se alejaban de la enorme pared de nubes. Aquella imagen no hizo más que preocuparle aún más; las aves marinas le recordaban aquella vez que había visto a una manada de lobos corriendo junto a un grupo de ciervos, huyendo de un incendio en los bosques de las Vertebradas.

Si tuviéramos el mínimo sentido común —le dijo a Saphira—, *daríamos media vuelta.*

Si tuviéramos el mínimo sentido común, nos iríamos de Alagaësia y no volveríamos nunca más —respondió ella.

Arqueando el cuello, sumergió el morro en el agua del mar, sacudió la cabeza y sacó la lengua de un rojo encendido varias veces, como si hubiera probado algo desagradable.

Entonces Eragon percibió la sensación de pánico de Glaedr, y en el interior de su mente oyó el grito del viejo dragón:

¡Despegad! ¡Ahora, rápido! ¡Despegad!

Saphira no perdió un momento en hacer preguntas. Con un estruendo atronador, abrió las alas y las agitó, elevándose sobre el agua.

Eragon se inclinó hacia delante y se agarró a la silla para evitar caerse hacia atrás. El aleteo de las alas de Saphira levantó una cortina de bruma que le cegó por un momento, así que usó la mente para intentar ver lo que tanto le había alarmado a Glaedr.

Desde muy abajo algo se elevaba hacia el vientre de Saphira a una velocidad superior a lo que Eragon imaginaba posible, y de pronto sintió algo que era frío y enorme... y que se movía dominado por un hambre atroz e insaciable. Intentó ahuyentarlo, repelerlo, pero la criatura era extraña e implacable, y no parecía afectarle nada de lo que hiciera. En los profundos y oscuros recovecos de su conciencia pudo ver recuerdos de innumerables años pasados en los que acechaba en las aguas heladas del mar, cazando, y huyendo de otros cazadores.

Eragon sintió un miedo creciente y buscó a tientas la empuñadura de *Brisingr* en el momento en que Saphira se liberaba del abrazo del agua y empezaba a ascender.

¡Saphira! ¡Rápido! —le gritó en silencio.

Ella fue ganando velocidad y altura poco a poco, pero de pronto surgió del mar una erupción de agua y espuma, y Eragon vio unas brillantes mandíbulas grises que se abrían paso entre los espumarajos. Aquella boca era tan grande que habría podido tragarse un caballo con su jinete de un bocado, y estaba llena de cientos de dientes de un blanco reluciente.

Saphira era consciente de lo que veía Eragon, y viró violentamente a un lado intentando escapar de las enormes fauces, rozando el agua con la punta del ala. Un instante más tarde, el chico oyó y sintió el chasquido de las mandíbulas de la criatura al cerrarse.

Los dientes, afilados como agujas, no alcanzaron la cola de Saphira por unos centímetros.

Cuando el monstruo cayó de nuevo al agua, pudo ver algo más de su cuerpo: la cabeza era larga y angulosa. Tenía una prominente cresta huesuda sobre cada uno de los ojos, y de la parte externa de cada cresta le salía una especie de apéndice áspero que Eragon supuso que tendría más de dos metros. El cuello de la criatura le recordó el de una serpiente gigantesca. Por lo poco que se veía del torso, era liso y poderoso, y tenía aspecto de ser increíblemente robusto. A los lados del pecho presentaba un par de aletas como remos que se agitaban, inútiles, en el aire.

La criatura cayó sobre un costado, levantando un segundo espumarajo aún mayor.

Justo antes de que las olas cubrieran la silueta del monstruo, Eragon miró en el interior del ojo que tenía orientado hacia arriba, que era negro como una gota de alquitrán. La maldad que contenía —el odio descarnado, la furia y la frustración que percibió en la mirada fija de la bestia— le hicieron temblar y, por un momento, deseó encontrarse en el centro del desierto de Hadarac, puesto que tenía la sensación de que solo allí estaría a salvo del hambre ancestral de aquella criatura.

Con el corazón aún acelerado, soltó la empuñadura de *Brisingr* y se desplomó en la silla.

—¿Qué era eso?

Un Nïdhwal —dijo Glaedr.

Eragon frunció el ceño. No recordaba haber leído sobre nada parecido en Ellesméra.

¿Y qué es un Nïdhwal?

Son raros, no se suele hablar mucho de ellos. Son al mar lo que los Fanghurs son al aire. Ambos están emparentados con los dragones. Aunque las diferencias en aspecto son mayores, los Nïdhwals están más próximos a nosotros que los ruidosos Fanghurs. Son inteligentes, e incluso tienen una estructura similar al eldunarí en el interior del pecho, lo que creemos que les permite permanecer sumergidos mucho tiempo y a grandes profundidades.

¿Pueden respirar fuego?

No, pero al igual que los Fanghurs, a menudo usan el poder de la mente para incapacitar a sus presas, algo que ha sido la ruina de más de un dragón.

¿¡Se comerían a uno de los suyos!? —exclamó Saphira.

Para ellos, no nos parecemos en nada —respondió Glaedr—. *Pero sí que se comen entre ellos, motivo por el que hay tan pocos. No tienen ningún interés en lo que pueda pasar fuera de su reino, y todos los intentos por razonar con ellos han fracasado. Es raro encontrar a uno tan cerca de la orilla. Había un tiempo en que solo se les encontraba a varias jornadas de vuelo de la costa, donde el mar es más profundo. Parece que se han vuelto más atrevidos o que están más desesperados desde la caída de los Jinetes.*

Eragon volvió a estremecerse al recordar la sensación que le había producido la mente del Nïdhwal.

¿Por qué ni Oromis ni tú nos hablasteis de ellos?

Hay muchas cosas que no os enseñamos, Eragon. Teníamos un tiempo limitado, y lo mejor era emplearlo en prepararte para luchar contra Galbatorix, no contra todas las criaturas oscuras que acechan por las regiones inexploradas de Alagaësia.

Así pues, ¿hay otras cosas como los Nïdhwals que no conocemos?

Unas cuantas.

¡Pues háblanos de ellas, Ebrithil! —le instó Saphira.

Haré un pacto contigo, Saphira, y contigo, Eragon. Dejemos pasar una semana, y si aún seguimos vivos y libres, estaré encantado de pasarme los próximos diez años hablándoos de todas las razas que conozco, hasta la última variedad de escarabajo, de los que hay muchísimas especies. Pero hasta entonces, concentrémonos en la tarea que nos ocupa. ¿Estamos de acuerdo?

Eragon y Saphira aceptaron a regañadientes, y no volvieron a hablar del tema.

El viento de cara aumentó y se convirtió en un vendaval borrascoso a medida que se acercaban a la tormenta, obstaculizando el vuelo de Saphira hasta hacerla volar a la mitad de su velocidad habitual. De vez en cuando, unas ráfagas violentas la sacudían y a veces la frenaban unos momentos. Siempre sabían cuando iban a llegar las ráfagas, ya que veían un reflejo sobre la superficie del agua, como si se cubriera de escamas plateadas.

Desde el amanecer, las nubes no habían hecho más que aumentar de tamaño y, vistas de cerca, intimidaban aún más. Por la parte baja eran oscuras y violáceas, y unas cortinas de lluvia conectaban la tormenta con el mar como un ancho cordón umbilical. Más arriba adoptaban el color de una plata deslustrada, mientras que en lo más alto eran de un blanco puro y cegador y daban la misma impresión de solidez que las laderas de Tronjheim. Al norte, por el centro de la tormenta, las nubes habían formado un gigantesco yunque de superficie plana que se elevaba sobre todo lo demás, como si los propios dioses hubieran decidido forjar alguna herramienta extraña y terrible.

Saphira se elevó entre dos voluminosas columnas blancas —a su lado, la dragona se veía diminuta— y el mar desapareció bajo un campo de nubes como algodón, el viento de frente cesó y las ráfagas se volvieron irregulares y violentas y empezaron a azotarles desde todas direcciones. Eragon apretó los dientes para evitar el castañeteo, y el estómago se le encogió cuando Saphira se dejó caer un par de metros para inmediatamente ascender seis o siete metros casi en vertical.

¿Tienes alguna experiencia de vuelo en tormentas, aparte de la vez que te sorprendió aquella entre el valle de Palancar y Yazuac? —preguntó Glaedr.

No —dijo Saphira, seca y tajante.

Daba la impresión de que Glaedr se esperaba aquella respuesta, porque sin dudarlo empezó a darle instrucciones sobre cómo afrontar aquel imponente panorama nublado:

Busca patrones de movimiento y toma nota de las formaciones a tu alrededor —dijo—. *Así puedes adivinar dónde sopla más viento y en qué dirección.*

Saphira ya sabía muchas de las cosas que Glaedr le dijo, pero su voz tranquila y regular les tranquilizaron tanto a ella como a Eragon. Si hubieran percibido miedo o alarma en la mente del viejo dragón, les habría generado desconfianza, y Glaedr debía de haberlo pensado.

El viento arrancó un grupo de nubes del resto y las situó en la trayectoria de Saphira. En lugar de rodearlas, la dragona se lanzó hacia ellas, atravesando el cielo como una lanza azul brillante. Al estar rodeados por aquella bruma gris, el sonido del viento les llegaba amortiguado. Eragon hizo una mueca y se puso una mano frente al rostro para protegerse los ojos.

Cuando por fin salieron de la nube, Saphira tenía el cuerpo cubierto de millones de gotas minúsculas que la hacían brillar como si le hubieran pegado diamantes en las escamas, ya brillantes de por sí.

El vuelo proseguía igual de accidentado; Saphira tan pronto estaba en horizontal como se veía arrastrada por una corriente lateral que le hacía ladear el cuerpo, o de pronto una corriente ascendente le levantaba un ala y la hacía virar en dirección contraria. El simple hecho de estar sentado sobre su lomo mientras ella se enfrentaba a las turbulencias resultaba agotador, mientras que para la dragona era una lucha denodada que resultaba aún más frustrante al saber que estaba lejos de acabar y que no tenía otra opción que seguir adelante.

Al cabo de una hora o dos aún no veían el final de la tormenta.

Tenemos que virar —decidió Glaedr—. *Has ido al oeste hasta los límites de la prudencia, y si tenemos que enfrentarnos a la tormenta en toda su furia, más vale que lo hagamos ahora, antes de que estés más cansada.*

Sin decir palabra, Saphira se dirigió hacia el norte, en dirección al enorme muro de nubes iluminadas por el sol que ocupaban el corazón de la colosal tormenta. Al acercarse a aquella pared informe —que era lo más grande que había visto Eragon en su vida, mayor aún que Farthen Dûr—, por entre sus pliegues aparecieron relámpagos azules que se extendían hacia lo más alto del yunque.

Un momento después, un trueno brutal sacudió el cielo. Eragon se tapó los oídos con las manos. Sabía que sus defensas le protegerían de los rayos, pero no estaba seguro de que debieran acercarse al centro de aquellas descargas eléctricas.

Si Saphira tenía miedo, él no lo notaba. Lo único que percibía era determinación. La dragona aceleró el batir de sus alas y, unos minutos más tarde, llegaron a la pared de nubes y la atravesaron en dirección al corazón de la tormenta.

Quedaron rodeados por la penumbra, gris e indeterminada.

Era como si el resto del mundo hubiera dejado de existir. Las nubes hacían imposible que Eragon pudiera calcular cualquier distancia más allá de la punta del morro de Saphira, de su cola y sus alas. Era como estar ciego, y solo podían distinguir arriba y abajo gracias la fuerza de la gravedad.

Eragon abrió la mente y dejó que su consciencia se expandiera todo lo posible, pero no detectó ninguna otra criatura viva aparte de Saphira y Glaedr, ni un pobre pájaro desorientado. Por fortuna, Saphira conservaba el sentido de la orientación; no se perderían. Y con su búsqueda mental de otros seres vivos, fueran plantas o animales, al menos Eragon estaría seguro de que no se estrellarían con la ladera de una montaña.

También lanzó un hechizo que le había enseñado Oromis, que los informaba a él y a Saphira de la distancia exacta a la que estaban del agua —o de tierra— en cualquier momento.

Desde el momento en que penetraron en la nube, las gotas de humedad se fueron acumulando sobre la piel de Eragon y le empaparon las ropas de lana, lastrándolas. Era una molestia que podría haber pasado por alto si no fuera porque la combinación de agua y viento le iba enfriando el cuerpo hasta el punto de que podría llegar a matarle. Así que lanzó otro hechizo que eliminaba la humedad del aire a su alrededor y, a petición de Saphira, también de los ojos de la dragona, pues se le llenaban de agua, cosa que la obligaba a parpadear con demasiada frecuencia.

En el interior del yunque el viento era sorprendentemente suave. Eragon se lo comentó a Glaedr, pero el viejo dragón se mantuvo tan imperturbable como siempre.

Aún no hemos llegado a lo peor.

Aquel vaticinio se demostró cierto cuando una violenta corriente ascendente golpeó a Saphira por debajo y la lanzó cientos de metros hacia lo alto, donde el aire no tenía el oxígeno suficiente para que Eragon pudiera respirar bien y la humedad se congelaba en innumerables cristalitos minúsculos que se le clavaban en la nariz y en los pómulos, y que cubrían las alas de Saphira como una red de afilados cuchillos.

Plegando las alas contra los costados, la dragona se lanzó en picado hacia delante, intentando escapar de la corriente ascendente. Al cabo de unos segundos, la presión en el vientre había desaparecido, pero en su lugar apareció una potente corriente descendente que la lanzaba hacia las olas a una velocidad de vértigo.

Al ir cayendo, los cristales de hielo se fundieron, formando grandes gotas de lluvia esféricas que parecían flotar inertes junto a Saphira. Cerca de allí estalló un relámpago —un fantasmagórico resplandor azul al otro lado del velo que formaban las nubes—, y Eragon soltó un alarido al oír el estruendo del trueno a su alrededor. Los oídos aún le retumbaban; se arrancó dos trocitos del borde de la túnica, los enrolló y se los metió en los oídos lo más profundamente que pudo.

Tuvieron que llegar a la base de las nubes para que Saphira pudiera liberarse de la poderosa corriente. En cuanto lo consiguió, una segunda corriente ascendente se hizo con ella y, como si de una mano gigante se tratara, la lanzó hacia arriba.

A partir de aquel momento, Eragon perdió conciencia del paso del tiempo. El viento, rabioso, era demasiado fuerte para que Saphira pudiera oponer resistencia, y seguía ascendiendo y cayendo sucesivamente, como un trozo de corcho en un remolino. Consiguió avanzar algo —apenas unos kilómetros, con muchos esfuerzos—, pero cada vez que se liberaba de una de aquellas corrientes se encontraba atrapada en otra.

Para Eragon fue un baño de humildad ver que tanto Saphira como Glaedr estaban indefensos y que, por fuertes que fueran, no podían igualar la fuerza de los elementos.

En dos ocasiones, el viento casi consiguió lanzar a Saphira contra las olas. En ambas, la corriente descendente le hizo salir disparada de la parte baja de la tormenta contra los aguaceros que caían al mar. La segunda vez que ocurrió aquello, Eragon miró por encima del hombro de Saphira y, por un instante, le pareció ver la silueta oscura y alargada del Nïdhwal flotando entre las agitadas aguas. No obstante, cuando estalló el siguiente relámpago la silueta había desaparecido, y se preguntó si los Sombras no le habrían jugado una mala pasada.

Al ir menguando las fuerzas de Saphira, empezó a plantear cada vez menos resistencia al viento y prefirió dejar que le llevara donde quisiera. Solo se enfrentaba a la tormenta cuando llegaba demasiado cerca del agua. El resto del tiempo, dejaba las alas inmóviles y procuraba cansarse lo menos posible. Eragon notó que Glaedr empezaba a transmitirle energía para ayudarla a seguir adelante, pero aquello no bastaba más que para aguantar la posición.

Llegó un momento en que la poca luz que había empezó a desaparecer, y la desesperanza se apoderó de Eragon. Se habían pasado la mayor parte del día zarandeados por la tormenta, y todavía no veían indicios de que fuera a remitir, ni parecía que Saphira se estuviera acercando al final.

Cuando se puso el sol, el chico no podía ver ni a un palmo de sus narices, y no cambiaba nada si tenía los ojos abiertos o si los tenía cerrados. Era como si les hubieran envuelto a los dos en un montón de lana negra. De hecho, parecía realmente que la oscuridad tenía un peso propio, como si fuera una sustancia tangible que les presionaba por todas partes.

Cada pocos segundos, un rayo cortaba la oscuridad, a veces oculto entre las nubes y otras atravesando su campo visual, brillando con la luz de una docena de soles y dejando en el aire un olor a hierro. Tras los hirientes destellos de los rayos más próximos, la noche parecía adquirir una oscuridad aún mayor, y Eragon y Saphira pasaban de la luz cegadora a la oscuridad impenetrable. Algunos rayos pasaban muy cerca, y aunque ninguno cayó sobre Saphira, el constante estruendo les dejaba a ambos conmocionados una y otra vez.

Eragon ya no sabía cuánto tiempo llevaban así.

Entonces, en un momento dado, en plena noche, Saphira penetró en una corriente de aire ascendente mucho mayor y más fuerte que cualquiera de las anteriores. En cuanto sintieron el azote del viento, la dragona empezó a luchar por salir de allí, pero la corriente era tan fuerte que apenas conseguía mantener las alas en posición horizontal.

Ayudadme —les dijo por fin, en su frustración, a Eragon y Glaedr—. *No puedo hacerlo sola.*

Los otros dos unieron sus mentes y, con la energía que le proporcionaba Glaedr, Eragon gritó:

—¡*Gánga fram*!

El hechizo impulsó a Saphira hacia delante, pero muy poco a poco, ya que moverse en ángulo recto en relación con la corriente era como cruzar el río Anora en pleno deshielo. Aunque Saphira avanzaba en horizontal, la corriente seguía arrastrándola hacia arriba a un ritmo de vértigo. Muy pronto Eragon empezó a notar que le faltaba el aliento, y aun así seguían atrapados en la tromba de aire.

Esto está durando demasiado y nos está costando demasiada energía —dijo Glaedr—. *Pon fin al hechizo.*

Pero...

Pon fin al hechizo. No podremos salir antes de que los dos desfallezcáis. Tendremos que dejarnos llevar por el viento hasta que pierda fuerza y Saphira pueda escapar.

¿Cómo? —preguntó la dragona, mientras Eragon hacía lo que le había dicho Glaedr.

El agotamiento y la sensación de derrota le empañaban la mente, y el chico sintió una punzada de preocupación por ella.

Eragon, tienes que modificar el hechizo que estás usando para calentarte y hacer que nos incluya a Saphira y a mí. Va a hacer cada vez más frío, más que en los inviernos más crudos de las Vertebradas, y sin magia nos congelaremos y moriremos.

¿Tú también?

Yo me resquebrajaré como un trozo de cristal caliente al caer en la nieve. Luego tienes que lanzar otro hechizo para concentrar el aire alrededor de Saphira y de ti y mantenerlo ahí, para que podáis seguir respirando. Pero también tiene que permitir la eliminación del aire usado, o si no os ahogaréis. El hechizo tiene una formulación complicada, y no debes cometer ningún error, así que escucha con atención. Dice así...

Cuando Glaedr hubo recitado las frases necesarias en el idioma antiguo, Eragon se las repitió interiormente y, cuando el dragón quedó satisfecho con su pronunciación, lanzó el hechizo. Entonces modificó el otro, tal como le había indicado Glaedr, para que los tres quedaran protegidos del frío.

Entonces esperaron, mientras el aire les lanzaba cada vez más alto. Pasaron minutos. Eragon empezó a preguntarse si aquello pararía en algún momento o si seguirían elevándose hasta llegar a la altura de la luna y las estrellas.

Se le ocurrió pensar que quizás era así como nacían las estrellas fugaces: un pájaro, un dragón u otra criatura de la Tierra quedaba atrapada en una corriente de aire incontrolable y el viento los lanzaba hacia el cielo a tal velocidad que acababan prendiéndose fuego, como flechas incendiarias. Si era así, supuso que Saphira, él mismo y Glaedr se convertirían en la estrella fugaz más espectacular de la historia, si es que alguien estaba lo suficientemente cerca como para ver su caída mar adentro.

El aullido del viento fue menguando. Incluso el estremecedor ruido de los truenos parecía haber desaparecido cuando Eragon se quitó los trozos de tela de los oídos, le sorprendió el silencio que los rodeaba. Aún oía un leve susurro de fondo, como el murmullo de un riachuelo en el bosque, pero aparte de eso todo estaba sereno, envuelto en un silencio tranquilizador.

Al desaparecer el ruido de la atroz tormenta, también observó que el esfuerzo que le exigían sus hechizos aumentaba; no tanto el que evitaba que su calor corporal se disipara demasiado rápidamente, pero sí el que recogía y comprimía el aire alrededor de Saphira y de él mismo para que pudieran respirar con normalidad. Por algún motivo, el segundo hechizo le requería una energía mucho mayor, y muy pronto empezó a notar los síntomas que le indicaban que la magia estaba a punto de acabar con la poca fuerza vital que le quedaba: tenía las manos frías, el corazón le latía sin demasiada convicción y sentía unas irrefrenables ganas de dormir, lo que quizá fuera el síntoma más preocupante de todos.

Sin embargo, Glaedr salió en su ayuda. Aliviado, Eragon sintió aligerarse su carga al notar la fuerza procedente del dragón, un flujo de calor, como una fiebre, que acabó con su somnolencia y le devolvió el vigor.

Y así siguieron adelante.

Por fin, Saphira detectó que el viento amainaba un poco —no era mucho, pero la diferencia era ostensible— y empezó a prepararse para escapar de la corriente de aire.

Antes de que pudiera hacerlo, las nubes que tenían encima se aclararon y Eragon descubrió unos puntos brillantes: estrellas, blancas y plateadas, más brillantes que nunca.

Mira —dijo él.

Entonces las nubes se abrieron a su alrededor y Saphira se elevó por encima de la tormenta y se quedó flotando en un precario equilibrio sobre la columna de viento.

Bajo sus pies, Eragon vio la tormenta al completo, que se extendía por lo que le parecieron más de cien kilómetros en cada dirección. El centro adquiría desde allí la forma de una cúpula redondeada, como el sombrerillo de una seta, sobre cuya superficie soplaban violentos vientos cruzados de oeste a este, amenazando con derribar a Saphira de las alturas. Las nubes, tanto las más próximas como las más lejanas, tenían una textura lechosa y eran casi luminosas, como si tuvieran una fuente de luz en su interior. Eran unas formaciones de una belleza casi inofensiva, una imagen absolutamente contraria a la violencia que contenían en su interior.

Entonces Eragon vio el cielo y se quedó sin aliento, porque contenía más estrellas de las que podía imaginarse. Rojas, azules, blancas, doradas…, cubrían el firmamento como puñados de purpurina. Las constelaciones que conocía estaban allí, pero esta vez rodeadas de miles de estrellas más tenues que contemplaba por primera vez. Y no solo las estrellas brillaban más, sino que el vacío entre ellas parecía más oscuro. Era como si, todas las veces que había contemplado el cielo anteriormente, lo hubiera hecho con un velo ante los ojos que le impidiera ver las estrellas en todo su esplendor.

Se quedó observando aquel espectáculo unos momentos, admirado ante aquel misterio espléndido e insondable. Hasta que no bajó la mirada no se le ocurrió pensar que aquel horizonte de tonos púrpura tenía algo raro. En lugar de ver el mar y el cielo unidos por una línea recta —como debía ser y como siempre había sido—, la unión entre ambos era una curva, como el límite de una esfera de unas dimensiones inimaginables.

Era algo tan raro que Eragon tardó unos segundos en entender lo que estaba viendo, y cuando lo hizo el vello se le puso de punta y sintió como si le faltara el aire.

—El mundo es redondo —murmuró—. El cielo es hueco y el mundo es redondo.

Eso parece —dijo Glaedr, que no parecía impresionado—. *Había oído hablar de ello a un dragón salvaje, pero nunca pensé que lo vería personalmente.*

Al este, un leve resplandor amarillo teñía parte del horizonte, presagiando el regreso del sol. Eragon supuso que si Saphira mantenía su posición cuatro o cinco minutos más lo verían salir, aunque aún debían pasar horas hasta que sus cálidos rayos, fuente de vida, llegaran al agua de la superficie.

Saphira se mantuvo en equilibrio aún un momento y los tres quedaron suspendidos entre las estrellas y la Tierra, flotando en el silencio del crepúsculo como espíritus incorpóreos. Estaban en un punto entre dos mundos, que no pertenecía al cielo ni a la tierra: una mota de polvo pasando por la frontera entre dos inmensidades.

Entonces Saphira bajó el morro y, medio volando y medio cayendo al vacío —ya que nada más salir de la tromba de aire ascendente el aire era tan ligero que sus alas no podían soportar el peso de su cuerpo—, inició el descenso.

Mientras se precipitaban hacia la superficie, Eragon tuvo una idea:

Si tuviéramos suficientes joyas y si almacenáramos suficiente energía en ellas, ¿crees que podríamos volar hasta la Luna?

¿Quién sabe lo que es posible? —dijo Glaedr.

Cuando Eragon era un niño, todo lo que conocía era Carvahall y el valle de Palancar. Había oído hablar del Imperio, claro, pero nunca le había parecido demasiado real hasta que empezó a viajar por él. Más tarde, su mapa mental del mundo se había ampliado y ya incluía el resto de Alagaësia y, de un modo más vago, los otros territorios de los que había sabido por los libros. Y ahora se daba cuenta de que lo que antes consideraba tan grande en realidad no era más que una pequeña parte de un todo mucho mayor. Era como si, en unos segundos, su punto de vista hubiera pasado de ser el de una hormiga al de una águila.

Porque el cielo era infinito, y el mundo era redondo.

Aquello le hizo considerar y clasificarlo todo de nuevo. La guerra entre los vardenos y el Imperio parecía algo sin importancia comparado con la dimensión real del mundo, y pensó en lo ridículo de la mayoría de las ofensas y preocupaciones que afectaban a la gente, vistas desde aquella altura.

Si todo el mundo pudiera ver lo que hemos visto nosotros —le dijo a Saphira—, *a lo mejor habría menos guerras en el mundo.*

No puedes esperar que los lobos se conviertan en ovejas.

No, pero los lobos tampoco tienen por qué ser crueles con las ovejas.

Muy pronto Saphira volvió a sumirse en la oscuridad de las nubes, pero consiguió evitar caer de nuevo en otra serie de corrientes ascendentes y descendentes. Planeó durante muchos kilómetros, aprovechando las corrientes ascendentes más bajas y aprovechándolas para ahorrar energía.

Una o dos horas más tarde, la niebla desapareció y salieron de la inmensa masa de nubes que formaba el centro de la tormenta. Descendieron casi rozando los extremos de la borrasca, que iban perdiendo altura gradualmente hasta convertirse en una manta que cubría todo lo que había a la vista, con la única excepción del yunque.

Cuando por fin apareció el sol sobre el horizonte, ni Eragon ni Saphira tenían fuerzas para prestar demasiada atención a su alrededor. Ni tampoco había nada bajo sus pies que pudiera atraer su atención.

Fue Glaedr, pues, quien habló:

Saphira, ahí, a tu derecha. ¿Lo ves?

Eragon desenterró la cabeza de entre los brazos y entreabrió los ojos, deslumbrado por la luz.

A unos kilómetros al norte, un anillo de montañas emergía por encima de las nubes. Las cumbres estaban cubiertas de nieve y hielo, y en conjunto creaban la imagen de una antigua corona crestada situada sobre un cojín de nubes. Las escarpaduras, orientadas al este, brillaban intensamente a la luz del sol de la mañana, mientras que unas largas sombras azules cubrían las laderas occidentales e iban afilándose a lo lejos, como dagas tenebrosas sobre la blanca llanura nevada.

Eragon irguió la espalda, sin creerse del todo que pudieran estar cerca del final del viaje.

Contemplad eso —dijo Glaedr—, *Aras Thelduin, las montañas de fuego que protegen el corazón de Vroengard. Vuela rápido, Saphira, ya nos queda muy poco.*

Gusano barrenador

*L*a atraparon en el cruce entre dos pasillos idénticos, ambos flanqueados por columnas y antorchas y con banderolas escarlata con la sinuosa llama dorada que era insignia de Galbatorix.

Nasuada realmente no esperaba escapar, pero no podía evitar sentirse decepcionada por su fracaso. Por lo menos esperaba haber llegado más lejos antes de que la pillaran.

No dejó de resistirse cuando los soldados la arrastraron de nuevo a la cámara que había sido su prisión. Los hombres llevaban petos y brazales, pero aun así consiguió arañarles la cara y morderles la mano, provocando heridas bastante graves a un par de ellos.

Los soldados pronunciaron exclamaciones de consternación cuando entraron en la Sala del Adivino y vieron lo que le había hecho al carcelero. Con cuidado de no pisar el charco de sangre, la llevaron hasta el pedestal de piedra, le ataron las correas y se alejaron, dejándola a solas con el cadáver.

Ella gritó con la mirada en el techo y se revolvió, furiosa consigo misma por no haberlo hecho mejor. Aún rabiosa, echó un vistazo al cuerpo tendido en el suelo y enseguida apartó la mirada. Pese a estar muerto, la mirada de aquel hombre parecía acusatoria, y no podía soportar verla.

Después de robar la cuchara, se había pasado horas raspando el extremo del mango contra la piedra. La cuchara estaba hecha de hierro blando, así que no le costó darle forma.

Había pensado que Galbatorix y Murtagh serían los primeros en ir a verla, pero el que se presentó fue el carcelero, que le traía la cena. Había empezado a soltarle las ataduras para escoltarla después al retrete, y en el momento en que le soltó la mano izquierda, ella le apuñaló por debajo de la barbilla con el mango afilado de la cuchara, clavándole el utensilio entre los pliegues de la papada. El hombre chilló, emitiendo un horrible sonido agudo que le recordó al del cerdo en la matanza, y giró sobre sí mismo tres veces, agitando los brazos, para caer luego al suelo, donde quedó tirado, dando patadas al aire y taconazos al suelo mientras escupía espuma durante un rato inusitadamente largo.

Matarle le había afectado. No pensaba que aquel hombre fuera malvado —no estaba segura de lo que era—, pero era tan simple que tenía la sensación de haberse aprovechado de él. Aun así, había hecho lo que había que hacer, y aunque ahora le resultara desagradable pensar en ello, seguía convencida de que sus acciones estaban justificadas.

Con el carcelero aún retorciéndose en su agonía, ella se había soltado el resto de las ataduras y había bajado del pedestal. Entonces, con nervios de acero, le había arrancado la cuchara del cuello, lo que había liberado un chorro de sangre —como si le hubiera quitado el tapón a una barrica de vino— que le había hecho dar un brinco y reprimir una maldición.

Los dos guardias del exterior de la Sala del Adivino no habían supuesto un gran problema. Los había pillado por sorpresa y había matado al de la derecha del mismo modo que al carcelero. Luego le había quitado el puñal del cinto y había atacado al otro cuando este se disponía a cargar contra ella con la lanza. En distancias cortas, una lanza no era rival para un puñal, y antes de que tuviera ocasión de escapar o dar la voz de alarma ya había dado cuenta de él.

Después de aquello no había llegado muy lejos. Fuera a causa de los hechizos de Galbatorix o por pura mala suerte, dio de frente con un grupo de cinco soldados que enseguida la redujeron, aunque les supuso cierto esfuerzo.

No debía de haber pasado más de media hora cuando oyó a un grupo numeroso de hombres con botas metálicas acercándose a la puerta de la cámara, por donde entró Galbatorix seguido de varios guardias.

Como siempre, se detuvo en un extremo de su campo visual, y allí permaneció, una figura oscura con el rostro anguloso, aunque solo podía ver su silueta. Vio que se daba la vuelta y contemplaba la escena y, luego, con voz fría, preguntó:

—¿Cómo ha ocurrido esto?

Un soldado con un penacho en el casco corrió a situarse frente a Galbatorix, plantó una rodilla en el suelo y le tendió la cuchara afilada.

—Señor, hemos encontrado esto clavado en uno de los hombres de fuera.

El rey cogió la cuchara y la examinó.

—Ya veo —dijo, y se acercó a su lado. Agarró los extremos de la cuchara y, aparentemente sin esfuerzo, la dobló hasta partirla en dos pedazos—. Sabías que no podías escapar, y sin embargo, has querido probarlo. No permitiré que mates a mis hombres solo por molestarme. No tienes derecho a quitarles la vida. No tienes derecho a hacer «nada» a menos que yo lo permita —sentenció, y tiró los trozos de metal por el suelo. Entonces se giró y salió a toda prisa de la Sala del Adivino, con la pesada capa aleteando tras él.

Dos de los soldados se llevaron el cuerpo del carcelero y luego limpiaron la sangre, maldiciéndola mientras frotaban el suelo.

Cuando se fueron y volvió a quedarse sola, soltó un suspiro, liberando en parte la tensión acumulada.

Lamentó no haber tenido ocasión de comer, porque ahora que los nervios habían pasado, se dio cuenta de que tenía hambre. Y peor aún, sospechaba que pasarían horas antes de que le dieran la próxima comida, suponiendo que Galbatorix no decidiera castigarla dejándola en ayunas.

Pero sus cavilaciones sobre pan, asados y grandes vasos de vino no duraron mucho, ya que de nuevo oyó el ruido de numerosas botas en el pasillo junto a su celda. Sobresaltada, intentó prepararse mentalmente para cualquier cosa desagradable, porque sin duda sería desagradable, de eso estaba segura.

La puerta de la cámara se abrió de un portazo y resonaron en la sala octogonal los pasos de dos personas: Murtagh y Galbatorix, que se dirigieron hacia el lugar donde estaba. Murtagh se situó donde solía estar antes, aunque no tenía el brasero para entretenerse; se cruzó de brazos, se apoyó en la pared y fijó la mirada en el suelo. Lo que veía de su expresión bajo aquella máscara plateada no le reconfortó en absoluto; los rasgos de su rostro parecían más duros aún que de costumbre, y había algo en la forma de su boca que le heló la sangre.

En lugar de sentarse, como de costumbre, Galbatorix se quedó de pie detrás de ella, hacia un lado, donde podía sentir su presencia más que verla realmente.

Extendió sus largas manos como garras sobre ella. Nasuada vio que sostenían una cajita con tiras de asta tallada que quizá formaran glifos del idioma antiguo. Lo más desconcertante de todo era un leve chirrido procedente del interior, suave como los arañazos de un ratón, pero perfectamente audible.

Con la yema del pulgar, Galbatorix abrió la tapa corrediza de la caja, metió los dedos dentro y sacó algo parecido a un gran gusano de color marfil. La criatura medía casi ocho centímetros de longitud y tenía una minúscula boca en un extremo, por la que emitía el chirrido que había oído antes, anunciando así al mundo su contrariedad. Era grueso, con pliegues horizontales, como una oruga, pero, si tenía patas, eran tan pequeñas que resultaban invisibles.

La criatura se retorcía en un intento vano de liberarse de los dedos de Galbatorix.

—Esto es un gusano barrenador. No es lo que parece. Pocas cosas lo son, pero en el caso de los gusanos barrenadores eso es especialmente cierto. Solo se encuentran en un lugar de Alagaësia y son mucho más difíciles de capturar de lo que te pueda parecer. Tómatelo, pues, como una señal de consideración hacia ti, Nasuada, hija de Ajihad, que me digne a usarlo contigo. —Su voz se volvió más grave, aún más próxima—. No obstante, no querría encontrarme en tu lugar.

El chirrido del gusano barrenador aumentó de volumen en el momento en que Galbatorix lo posó sobre la piel desnuda del brazo derecho de Nasuada, justo por debajo del codo. Ella hizo un gesto de disgusto en el momento en que la criatura aterrizó; pesaba más de lo que parecía, y enseguida se agarró a ella con lo que debían ser un centenar de pequeños ganchos.

El barrenador emitió un último chillido; luego se enroscó en un ovillo y «saltó» varios centímetros subiendo por el brazo.

Ella se revolvió en sus ataduras, esperando hacer caer al gusano, pero este siguió firmemente agarrado.

Y volvió a saltar.

Y una vez más, y ya estaba en su hombro, clavándole los ganchos en la piel, como si fueran una tira de minúsculos garfios. Por el rabillo del ojo vio al gusano levantando aquella cabeza sin ojos y apuntar hacia su rostro, como si olisqueara el aire. La minúscula boca se abrió, y vio que tenía afiladas mandíbulas tras los labios.

—¿*Scriii, scriii?* —chilló el gusano—. ¿*Scrii-sraae?*

—Ahí no —respondió Galbatorix, y pronunció una palabra en el idioma antiguo.

Al oírla, el gusano se alejó de la cabeza de Nasuada, que sintió cierto alivio, y emprendió otra vez el descenso por el brazo.

Pocas cosas la asustaban. El contacto del hierro candente lo hacía. La idea de que Galbatorix pudiera reinar por siempre en Urû'baen la asustaba. La muerte, por supuesto, la asustaba, aunque no tanto porque temiera el fin de la existencia, sino porque temía dejar a medias las cosas que aún esperaba resolver.

Sin embargo, por algún motivo, la visión y el roce del gusano barrenador la pusieron nerviosa como nada hasta ese momento. Cada músculo de su cuerpo parecía arder y estremecerse, y sintió una necesidad desesperada de correr, de huir, de poner la máxima distancia posible entre ella y aquella criatura, porque el gusano barrenador desprendía algo profundamente negativo. No se movía como era de esperar, aquella pequeña boca obscena le recordaba la de un niño y el sonido que emitía, aquel sonido horrible, le provocaba una aversión visceral.

El gusano hizo una pausa a la altura del codo.

—¡*Scriii, scriii!*

Entonces su cuerpo rechoncho y sin miembros se contrajo y saltó al aire, diez o doce centímetros, para caer de cabeza en la parte anterior del codo.

Al caer, el gusano se dividió en una docena de pequeños milpiés de un verde intenso que corretearon por el brazo hasta encontrar un lugar donde clavar sus mandíbulas en la carne y abrirse paso a través de la piel.

El dolor que sintió era insoportable; se revolvió, luchando contra las ataduras, y soltó un grito hacia el techo, pero no podía escapar a aquel tormento, ni en aquel momento ni en el tiempo aparentemente interminable que siguió. El hierro le había dolido más, pero lo habría preferido, porque el metal candente era impersonal, inanimado y predecible, todo lo que no era el gusano. Le producía un terror especial saber que la causa de su dolor era una criatura que iba «masticándola» y, aún peor, que estaba en el interior de su cuerpo.

Al final perdió el orgullo y el autocontrol y gritó a la diosa Gokukara pidiendo compasión, y luego empezó a balbucir como una niña, incapaz de detener el flujo de palabras que salían a borbotones de su boca.

Oyó que Galbatorix se reía. Ver cómo se divertía con su sufrimiento le hizo odiarle aún más.

Parpadeó, volviendo en sí.

Tras unos momentos, se dio cuenta de que Murtagh y Galbatorix se habían ido. No recordaba su marcha; debía de haberse quedado inconsciente.

El dolor era menor que antes, pero aún intenso. Bajó los ojos y se miró el cuerpo, y luego apartó la mirada, con el pulso acelerado. En el lugar donde estaban antes los milpiés —no estaba segura de si por separado seguían siendo gusanos— tenía la piel hinchada y unas rayas de sangre morada marcaban los caminos que habían seguido por debajo de la superficie de la piel, y cada uno de ellos le ardía. Era como si le hubieran azotado por delante con un látigo de colas metálicas.

Se preguntó si los barrenadores seguirían en su interior, inactivos mientras digerían su alimento. O a lo mejor estaban en plena metamorfosis, como las larvas al convertirse en moscas, y volverían en forma de algo aún peor. O quizás —y aquella le parecía la opción más terrible de todas— hubieran puesto huevos en su interior y muy pronto nacerían «más» y empezarían a darse un festín con su cuerpo.

Se estremeció y soltó un grito de miedo y desesperación.

Las heridas le impedían mantener la coherencia. Perdía y recuperaba la visión, y se sorprendió a sí misma llorando, lo que le molestaba profundamente, pero no podía parar por mucho que lo intentara. Para distraerse intentó hablar sola —diciendo tonterías, sobre todo—, lo que fuera para pensar en otras cosas. La ayudó, aunque solo en parte.

Sabía que Galbatorix no quería matarla, pero temía que, dominado por la ira, hubiera ido más allá de lo previsto. Estaba temblando, y tenía todo el cuerpo inflamado, como si le hubieran picado cientos de abejas. La fuerza de voluntad le daba fuerzas para seguir, pero por muy decidida que estuviera, su cuerpo tenía un límite de resistencia, y sentía que lo había rebasado con creces. Daba la impresión de que se había roto algo en lo más profundo de su ser, y ya no tenía ninguna confianza en poder recuperarse de sus lesiones.

La puerta de la sala se abrió de golpe.

Nasuada forzó la vista para distinguir quién se acercaba.

Era Murtagh.

La miró con los labios apretados, los orificios de la nariz hinchados y el ceño fruncido. Al principio pensó que estaba furioso, pero luego se dio cuenta de que en realidad estaba preocupado y asustado por ella. Verlo así la sorprendió; sabía que la miraba con cierta benevolencia —¿cómo si no habría convencido a Galbatorix de que no la matara?—, pero no podía sospechar que se preocupara tanto por ella.

Intentó tranquilizarlo con una sonrisa. No debió de salirle bien, porque al sonreír Murtagh tensó la mandíbula, como si estuviera haciendo un esfuerzo por contenerse.

—Intenta no moverte —le dijo, y levantó las manos sobre ella y empezó a murmurar algo en el idioma antiguo.

«Como si pudiera», pensó Nasuada.

La magia enseguida hizo efecto y, herida tras herida, el dolor fue menguando, pero no desapareció del todo.

Ella arrugó la frente, desconcertada, y él se excusó:

—Lo siento, no puedo hacer más. Galbatorix sabría cómo, pero a mí me supera.

—¿Qué hay…, qué hay de tus eldunarís? —preguntó ella—. Seguro que ellos podrían ser de ayuda.

Él sacudió la cabeza.

—Son todos dragones jóvenes, o eso eran cuando murieron sus cuerpos. Sabían poco de magia entonces, y Galbatorix no les ha enseñado casi nada desde entonces… Lo siento.

—¿Siguen dentro de mí esas «cosas»?

—¡No! No, ya no. Galbatorix los sacó cuando perdiste el conocimiento.

Nasuada sintió un profundo alivio.

—Tu hechizo no ha eliminado el dolor. —Intentó que aquello no sonara como una acusación, pero no pudo evitar una nota de rabia en su voz.

—No sé por qué —dijo él con una mueca—. Debería. Sea lo que sea esa criatura, no encaja en el patrón de las cosas normales de este mundo.

—¿Sabes de dónde viene?

—No. No he sabido de su existencia hasta hoy, cuando Galbatorix fue a buscarla a las cámaras interiores.

Nasuada cerró los ojos un momento.

—Ayúdame a levantarme.

—¿Lo dices en se…?

—Ayúdame a levantarme.

Sin una palabra, le soltó las ataduras. Nasuada se puso en pie y se quedó junto al pedestal, a la espera de que se le pasara el mareo.

—Toma —dijo Murtagh, pasándole su capa.

Ella se la envolvió alrededor del cuerpo, tapándose a la vez por pudor y para calentarse, y también para que él no le mirara las quemaduras, las costras, las llagas y las rayas sanguinolentas que la desfiguraban.

Cojeando —ya que, entre otros lugares, el gusano barrenador le había pasado por las plantas de los pies— caminó hasta la pared. Se apoyó en ella y se dejó caer lentamente hasta el suelo.

Murtagh fue a su lado y los dos se quedaron allí sentados, mirando la pared que tenían delante.

Sin poder evitarlo, Nasuada se echó a llorar.

Al cabo de un rato, notó que Murtagh le tocaba el hombro, y se apartó por instinto. No pudo evitarlo. En los últimos días le había hecho más daño que nadie en toda la vida, y aunque sabía que no había sido por voluntad propia, no podía olvidar que había sido él quien empuñaba el hierro al rojo.

Aun así, cuando vio la sorpresa con que reaccionó Murtagh, cedió y le cogió la mano. Él le apretó los dedos ligeramente, le pasó el brazo sobre los hombros y se la acercó. Ella se resistió un momento, pero luego se relajó y apoyó la cabeza en su pecho sin dejar de llorar, con un llanto apagado que resonaba en las desnudas paredes de piedra de la sala.

Unos minutos más tarde sintió que Murtagh se movía a su lado.

—Encontraré un modo de liberarte, lo juro. Es demasiado tarde para Espina y para mí, pero no para ti. Mientras no le jures lealtad a Galbatorix, aún hay una posibilidad de sacarte de Urû'baen.

Ella lo miró y llegó a la conclusión de que lo decía en serio.

—¿Cómo? —murmuró.

—No tengo ni la menor idea —reconoció él con una media sonrisa—. Pero lo haré. Cueste lo que cueste. Eso sí, tienes que prometerme que no te rendirás... Al menos hasta que lo intente. ¿De acuerdo?

—No creo que pueda soportar esa... «cosa» otra vez. Si vuelve a metérmela en el cuerpo, le daré todo lo que quiera.

—No tendrás que hacerlo; no tiene intención de usar los gusanos barrenadores otra vez.

—¿Y... qué es lo que tiene intención de hacer?

Murtagh guardó silencio un minuto más.

—Ha decidido empezar a manipular lo que ves, lo que oyes, lo que palpas y lo que hueles. Si eso no funciona, te atacará al cerebro directamente. Si lo hace, no podrás resistirte. Nadie lo ha conseguido. No obstante, estoy seguro de que antes de que llegue a eso conseguiré rescatarte. Lo único que tienes que hacer es seguir luchando unos días. Eso es… solo unos días.

—¿Cómo voy a hacerlo si no puedo confiar en mis sentidos?

—Hay un sentido que no puede manipular —dijo Murtagh, volviéndose hacia ella—. ¿Me dejas entrar en contacto con tu mente? No intentaré leerte los pensamientos. Solo quiero que sepas lo que sientes al contacto con mi mente, para que la reconozcas —para que puedas reconocerme «a mí»— en el futuro.

Ella dudó. Sabía que se la jugaba. O accedía y confiaba en él, o se negaba, con lo que quizá perdiera su única ocasión de evitar convertirse en una esclava de Galbatorix. Aun así, no estaba segura de dejar que nadie accediera a su mente. También podía ser que Murtagh estuviera intentando conseguir que bajara la guardia para poder instalarse más fácilmente en su consciencia. O que esperara obtener alguna información introduciéndose en sus pensamientos.

Entonces pensó: «¿Por qué iba a recurrir Galbatorix a esos trucos? Podría hacer cualquiera de esas cosas él mismo. Murtagh tiene razón: no podría resistirme a él… Si acepto su oferta, puede suponer mi perdición, pero si me niego, la perdición es inevitable. De un modo u otro, Galbatorix podrá conmigo. Es solo cuestión de tiempo».

—Haz lo que quieras —concedió.

Murtagh asintió y entrecerró los ojos.

Con la mente en silencio, empezó a recitar el fragmento de poesía que solía usar cuando quería ocultar sus pensamientos o proteger su conciencia de un intruso. Se concentró en ello con todas sus fuerzas, resuelta a repeler a Murtagh en caso necesario y también a no pensar en ninguno de los secretos que estaba obligada a mantener ocultos.

En El-harím vivía un hombre, un hombre de ojos amarillos.
Me dijo: «Desconfía de los susurros, pues los susurros mienten;
no te enfrentes a los demonios de lo oscuro
o en tu mente dejarán una marca;
no escuches a las sombras de lo profundo,
o te acecharán incluso en sueños».

Cuando la mente de Murtagh entró en contacto con su conciencia, Nasuada se tensó y empezó a recitar los versos aún más rápido. Sorprendida, observó que la mente de Murtagh tenía algo de familiar. El parecido entre su conciencia y la de… No, no podía decir la de quién, pero el parecido era sorprendente, tan sorprendente como marcadas eran las diferencias. La más evidente era la rabia, que ocupaba el centro de su ser como un frío corazón negro, agarrotado e inmóvil, con venas de odio que se ramificaban hasta envolver el resto de su mente. Pero en la de Murtagh, mayor aún que la rabia era la preocupación que mostraba por ella. Nasuada lo vio, y se convenció de que su buena voluntad era genuina; no creía que pudiera fingir aquello de un modo tan convincente.

Murtagh cumplió su palabra y no intentó adentrarse en su mente. Al cabo de unos segundos, se retiró y Nasuada volvió a encontrarse sola con sus pensamientos.

Cuando abrió los ojos del todo, le dijo:

—Bueno, ¿ahora crees que podrás reconocerme si intento volver a contactar contigo?

Ella asintió.

—Bien. Galbatorix puede hacer muchas cosas, pero ni siquiera él puede imitar la sensación que produce el contacto con la mente de otra persona. Intentaré avisarte antes de que empiece a alterar tus sentidos, y contactaré contigo cuando pare. Así no podrá confundirte y crearte dudas sobre lo que es real y lo que no.

—Gracias —dijo ella, incapaz de expresar el alcance de su gratitud en una frase tan corta.

—Por fortuna, tenemos tiempo. Los vardenos están a solo tres días de aquí, y los elfos se están acercando rápidamente desde el norte. Galbatorix ha ido a supervisar la disposición de las defensas de Urû'baen y a discutir la estrategia con Lord Barst, que está al mando del ejército apostado en la ciudad.

Nasuada frunció el ceño. Aquello pintaba mal. Había oído hablar de Lord Barst; era temido entre los nobles de la corte de Galbatorix. Se decía que tenía una mente afilada y una crueldad sin límites, y que había aplastado sin compasión a todo el que había osado enfrentarse a él.

—¿Tú no vas?

—Galbatorix tiene otros planes para mí, aunque aún no me los ha comunicado.

—¿Cuánto tiempo estará ocupado con sus preparativos?

—Lo que queda de hoy y todo mañana.

—¿Crees que podrás liberarme antes de que regrese?

—No lo sé. Probablemente no. —Se hizo un silencio entre ellos—. Ahora tengo una pregunta que hacerte: ¿por qué mataste a esos hombres? Sabías que no podrías salir de la ciudadela. ¿Fue solo por rencor hacia Galbatorix?

Ella suspiró y separó la cabeza del pecho de Murtagh, irguiendo la espalda. Él, no muy convencido, levantó el brazo con que le rodeaba la espalda. Nasuada se sorbió la nariz y luego le miró fijamente a los ojos:

—No podía quedarme ahí sin hacer nada, a su merced. Tenía que luchar; tenía que mostrarle que no había acabado conmigo, y quería hacerle todo el daño que pudiera.

—Así que «sí» fue por rencor.

—En parte. ¿Y qué si lo fue? —replicó ella, que esperaba que él se lo reprochara, pero en cambio se encontró con una mirada de admiración y una sonrisa de complicidad.

—Bueno, pues…, bien hecho —respondió él.

Un momento más tarde, ella le devolvió la sonrisa.

—Además —añadió—, siempre cabía la posibilidad de que pudiera escapar.

—Sí, y los dragones cualquier día puede que se pongan a comer hierba —le soltó él, con un bufido.

—Aun así, tenía que probarlo.

—Lo entiendo. De haber podido, yo habría hecho lo mismo cuando los Gemelos me trajeron aquí la primera vez.

—¿Y ahora?

—Sigo sin poder, y aunque pudiera, ¿de qué serviría?

Ella no tenía respuesta para aquello. Se hizo el silencio, y entonces dijo:

—Murtagh, si al final no puedes liberarme, quiero que me prometas que me ayudarás a escapar…, de otro modo. No te lo pediría… No quiero colocar esta carga sobre tus hombros, pero con tu ayuda la tarea sería más fácil, y quizá no tenga ocasión de hacerlo yo misma. —Sus labios se volvieron finos y duros al hablar, pero no se paró—. Ocurra lo que ocurra, no quiero convertirme en un títere de Galbatorix, para que pueda darme órdenes a su antojo. Haré lo que sea, lo que sea, para evitar ese destino. ¿Me entiendes?

Murtagh ocultó la barbilla por un momento al asentir.

—¿Tengo tu palabra, entonces?

Él bajó la mirada y apretó los puños, con la respiración entrecortada.

—La tienes.

Murtagh estaba taciturno, pero al final Nasuada consiguió que volviera a animarse hablando con él de cosas intrascendentes para pasar el tiempo. Murtagh le habló de las adaptaciones que le había hecho a la silla de montar que le había dado Galbatorix para Espina —cambios de los que estaba orgulloso, como no podía ser menos, ya que le permitían montar y desmontar más rápidamente, así como desenvainar con mayor facilidad—. Ella le habló de los mercados callejeros de Aberon, la capital de Surda, y de cuando era niña y solía dar esquinazo a su niñera para explorarlos. De entre los mercaderes, su favorito era un hombre de las tribus nómadas. Se llamaba Hadamanara-no Dachu Taganna, pero él le había pedido que le llamara por su nombre, que era Taganna. Vendía cuchillos y puñales, y parecía encantado de enseñarle su mercancía, aunque ella nunca comprara nada.

A medida que Nasuada y Murtagh iban hablando, su conversación se volvió más cómoda y relajada. A pesar de las desagradables circunstancias, Nasuada disfrutó hablando con él. Era listo y culto, y tenía un humor ácido que le gustaba, en especial en las circunstancias en que se encontraba.

Daba la impresión de que Murtagh disfrutaba de la conversación tanto como ella. Aun así, llegó un momento en que ambos reconocieron que era insensato seguir hablando, porque se arriesgaban a que los descubrieran. Así que ella volvió al pedestal, donde se tendió y le dejó que la atara de nuevo al implacable bloque de piedra.

Cuando estaban a punto de separarse, ella le llamó:

—Murtagh.

Él hizo una pausa y la miró.

Nasuada vaciló por un momento. Luego hizo acopio de valor y dijo:

—¿Por qué?

Pensó que él entendería lo que quería decir: ¿por qué ella? ¿Por qué la quería salvar? ¿Por qué iba a intentar rescatarla? Creía adivinar la respuesta, pero quería oírle decírselo a él.

Él se quedó mirándola un buen rato y luego, con un tono grave y seco, dijo:

—Tú sabes por qué.

Entre las ruinas

Las gruesas nubes grises se abrieron. A lomos de Saphira, Eragon contempló por fin el interior de la isla de Vroengard.

Ante ellos se abría un inmenso valle en forma de cuenco, rodeado por las escarpadas montañas que habían visto asomar sobre las nubes. Un denso bosque de abetos, pinos y cedros cubría los lados de las montañas hasta el pie, como un ejército de esbeltos soldados marchando ladera abajo. Los árboles eran altos y lúgubres, e incluso desde lejos Eragon veía las barbas de musgo y líquenes que les colgaban de las pesadas ramas. Unos jirones de niebla se aferraban a las laderas de las montañas, y en varios puntos del valle caían vaporosas cortinas de lluvia desde un techo de nubes.

Muy por encima del fondo del valle, Eragon distinguió una serie de estructuras de piedra entre los árboles: grutas irregulares con la entrada cubierta de vegetación, restos de torres quemadas, grandes pabellones con el techo hundido y unos cuantos edificios menores con aspecto de estar aún habitables.

Al menos una docena de ríos bajaban de las montañas y serpenteaban por la verde llanura hasta verter sus aguas en un enorme y sereno lago próximo al centro del valle. Alrededor del lago yacían los restos de la ciudad de los Jinetes, Doru Araeba. Los edificios eran inmensos: interminables pabellones vacíos de proporciones tan enormes que en muchos de ellos cabría todo Carvahall. Cada puerta era como la boca de entrada a una colosal caverna inexplorada. Cada ventana era tan alta y ancha como la puerta de un castillo, y cada pared era como un escarpado despeñadero.

Gruesas capas de hiedra aprisionaban los bloques de piedra, y allá donde no había hiedra había musgo, por lo que los edificios se confundían con el paisaje y daba la impresión de haber crecido de la propia tierra. La poca piedra que quedaba al descubierto tenía un color ocre pálido, aunque también se veían manchas de rojo, marrón y azul oscuro.

En cuanto a las estructuras construidas por los elfos, eran edificios de líneas elegantes y fluidas, más suaves que en los de enanos o humanos. Pero también poseían una solidez y una majestuosidad de las que carecían las casas de los árboles de Ellesméra; en algunos de ellos, Eragon observó parecidos con casas del valle de Palancar, y recordó que los primeros Jinetes humanos habían llegado precisamente de aquella parte de Alagaësia. El resultado era un estilo arquitectónico único, no del todo élfico ni humano.

Casi todos los edificios estaban dañados, algunos más que otros. Todo parecía irradiar desde un punto de partida próximo al extremo sur de la ciudad, donde había un cráter que se hundía más de diez metros en el terreno. Un bosquecillo de abedules había crecido en la depresión, y sus hojas plateadas se agitaban empujadas por la brisa que soplaba en todas direcciones.

Los espacios abiertos de la ciudad estaban cubiertos de hierbajos y matojos, y alrededor de cada losa del pavimento asomaba la hierba. En los jardines de los Jinetes que habían quedado protegidos por algún edificio de la explosión que había asolado la ciudad, aún crecían flores de colores apagados que componían artísticos diseños, con unas formas que sin duda seguían los dictados de algún hechizo ancestral.

En conjunto, aquel valle circular presentaba un aspecto desolador.

Contemplad las ruinas de la ciudad que fue nuestro orgullo —dijo Glaedr—. *Eragon, tienes que lanzar otro hechizo. Dice así.*

Y pronunció varias frases en el idioma antiguo. Era un hechizo extraño; tenía una estructura complicada y retorcida, y Eragon no sabía bien para qué serviría.

Cuando le preguntó a Glaedr, el viejo dragón respondió:

Aquí hay un veneno invisible, en el aire que respiras, en el suelo que pisas y en la comida que puedas comer o el agua que puedas beber. El hechizo nos protegerá contra él.

¿Qué… veneno? —preguntó Saphira, pensando tan despacio como batía las alas.

Eragon vio a través de Glaedr una imagen del cráter junto a la ciudad, y el dragón procedió a explicar:

Durante la batalla contra los Apóstatas, uno de los nuestros, un elfo llamado Thuviel, se mató usando la magia. Nunca quedó claro si fue voluntario o un accidente, pero el resultado es lo que ves y lo que no puedes ver, porque la explosión resultante convirtió esta zona en un lugar inhabitable. Los que aquí quedaron muy pronto desarrollaron lesiones en la piel y perdieron el cabello, y muchos de ellos murieron posteriormente.

Preocupado, Eragon lanzó el hechizo —que requería poca energía— y luego dijo:

¿Cómo pudo alguien, elfo o no, causar un daño tan grande? Aunque el dragón de Thuviel le hubiera ayudado, no puedo imaginarme cómo pudo hacerlo, a menos que su dragón tuviera el tamaño de una montaña.

Su dragón no le ayudó —respondió Glaedr—. Su dragón estaba muerto. No, Thuviel causó esta destrucción solo.

Pero ¿cómo?

Del único modo en que podía hacerlo: convirtió su propia carne en energía.

¿Se convirtió en un espíritu?

No. La energía quedó libre de pensamientos o estructura, y una vez liberada, salió disparada hacia el exterior hasta que se dispersó.

Nunca había pensado que un solo cuerpo pudiera contener tanta fuerza.

Es algo de lo que se sabe poco, pero hasta la partícula más pequeña de materia equivale a una gran cantidad de energía. Según parece, la materia no es más que energía congelada. Si la descongelas, liberas un flujo que pocos pueden resistir... Se decía que la explosión que se produjo aquí se oyó hasta en Teirm y que la nube de humo alcanzó la altura de las montañas Beor.

¿Fue la explosión lo que mató a Glaerun? —preguntó Eragon, en referencia al miembro de los Apóstatas que sabía que había muerto en Vroengard.

Sí. Galbatorix y el resto de los Apóstatas estaban advertidos, así que pudieron protegerse, pero muchos de los nuestros no tuvieron tanta suerte y murieron.

Mientras Saphira descendía planeando a la sombra de las nubes bajas, Glaedr le dio instrucciones. Ella alteró su trayectoria y se dirigió hacia el noroeste del valle. El dragón iba nombrando cada una de las montañas que dejaban atrás: Ilthiaros, Fellsverd y Nammenmast, y luego Huildrim y Tírnadrim. También nombró muchos de los bastiones y torres caídas, y les explicó parte de su historia a Eragon y a Saphira, aunque solo Eragon prestaba atención a la narración del viejo dragón.

Eragon sintió que en la conciencia de Glaedr renacía un antiguo dolor, provocado no tanto por la destrucción de Doru Araeba como por la muerte de los Jinetes, la extinción casi completa de los dragones y la pérdida de miles de años de conocimientos y sabiduría. El recuerdo de lo que había sido —de la camaradería que había compartido con los otros miembros de su orden— exacerbaba aún más la sensación de soledad de Glaedr. Eso, sumado a su pena, creaba tal ambiente de desolación que Eragon también empezó a sentirse apenado.

Se apartó ligeramente de Glaedr, pero aun así el valle tenía un aspecto sombrío y melancólico, como si la propia tierra estuviera de luto por la caída de los Jinetes.

Cuanto más descendía Saphira, más grandes se veían los edificios. Cuando fue consciente de su tamaño real, Eragon se dio cuenta de que lo que había leído en el *Domia abr Wyrda* no era ninguna exageración: los más majestuosos eran tan enormes que Saphira habría podido volar por su interior.

Al acercarse al extremo de la ciudad abandonada, distinguió unos montones de enormes huesos blancos apilados en el suelo: los esqueletos de los dragones. Aquella visión le provocó una intensa sensación de repugnancia, y aun así no pudo apartar la mirada. Lo que más le impresionó fue su tamaño. Pocos de aquellos dragones eran más pequeños que Saphira; la mayoría de ellos eran mucho mayores. El esqueleto más grande que vio tenía unas costillas de al menos veinticinco metros de longitud y cuatro o cinco de ancho en su parte más gruesa. Solo el cráneo —una cabeza enorme y temible cubierta en parte de líquenes, como un enorme peñasco— era casi tan grande como el cuerpo de Saphira. Incluso Glaedr, en su forma corpórea, era poca cosa comparado con aquel dragón.

Ahí yace Belgabad, el más grande de los nuestros —explicó Glaedr al ver el interés de Eragon.

El chico recordó vagamente aquel nombre de una de las historias que había leído en Ellesméra; el autor solo había escrito que Belgabad había estado presente en la batalla y que había perecido en combate, igual que otros tantos.

¿Quién era su Jinete? —preguntó.

No tenía Jinete. Era un dragón salvaje. Durante siglos, vivió solo en las tierras heladas del norte, pero cuando Galbatorix y los

Apóstatas empezaron a matar a los nuestros, acudió en nuestra ayuda.

¿Era el dragón más grande de la historia?

¿De la historia? No. Pero en aquel tiempo sí.

¿De dónde sacaba el alimento que necesitaba?

Cuando tienen esa edad y ese tamaño, los dragones se pasan la mayor parte del tiempo en una especie de trance, soñando con lo que se les viene a la mente, sea el movimiento de las estrellas, sea la aparición y caída de las montañas con el paso de los milenios, o incluso con cosas tan nimias como el aleteo de una mariposa. Yo ya siento ganas de ceder a ese letargo, pero se me necesita despierto, y despierto estaré.

¿Conocías… a Belgabad? —preguntó Saphira, hablando con dificultad por la fatiga.

Coincidí con él, pero no lo conocía. Por norma general, los dragones salvajes no se mezclaban con nosotros, los que estábamos vinculados a los Jinetes. Nos miraban mal por ser tan dóciles y complacientes, y nosotros los mirábamos mal a ellos por dejarse llevar tanto por sus instintos, aunque en ocasiones los admirábamos por eso mismo. Por otra parte, debéis recordar que ellos no tenían idioma propio, y aquello nos separaba más de lo que podáis pensar. El idioma altera la mente de formas difíciles de explicar. Los dragones salvajes podían comunicarse con la misma eficacia que cualquier enano o elfo, por supuesto, pero lo hacían compartiendo recuerdos, imágenes y sensaciones, no palabras. Solo los más astutos decidieron aprender este u otros idiomas.

Glaedr hizo una pausa. Luego prosiguió.

Si mal no recuerdo, Belgabad era descendiente lejano de Raugmar el Negro, y Raugmar, como seguro que recuerdas, Saphira, era el trastatarabuelo de tu madre, Vervada.

Saphira, agotada, tardó en reaccionar, pero por fin giró el cuello y volvió a mirar el enorme esqueleto.

Debió de ser un gran cazador para crecer tanto.

Era el mejor de todos —confirmó Glaedr.

Entonces… me alegro de ser de su misma sangre.

La cantidad de huesos esparcidos por el suelo asombró a Eragon. Hasta entonces, no había entendido el alcance de la batalla ni cuántos dragones habían llegado a vivir en el pasado. Aquella visión le reafirmó en su odio hacia Galbatorix, y una vez más Eragon juró que vería muerto al rey.

Saphira se sumergió a través de una capa de niebla blanca que se rizaba al contacto con la punta de sus alas, como minúsculos remolinos en el cielo. Entonces se encontró con un prado de hierba y aterrizó bruscamente. La pata derecha le cedió, y cayó de costado, sobre el pecho y el hombro, hundiéndose en el suelo con tal fuerza que, de no haber sido por sus defensas, Eragon habría quedado empalado contra la cresta del cuello.

Cuando por fin dejó de caer, Saphira se quedó inmóvil, aturdida por el impacto. Luego, poco a poco, se puso en pie de nuevo, plegó las alas y se sentó. Las correas de la silla de montar crujieron con sus movimientos, con un ruido que resonaba de un modo extraño en el silencio que reinaba en el interior de la isla.

Eragon se soltó las correas de las piernas y saltó al suelo. Estaba húmedo y blando, y las botas se le hundieron en el terreno hasta las rodillas.

—Lo hemos conseguido —dijo, sorprendido. Caminó hasta la cabeza de Saphira y, cuando esta bajó el cuello para poder mirarle a los ojos, él colocó las manos a los lados de la larga cabeza de la dragona y apoyó la frente contra su morro.

Gracias —le dijo.

Oyó el clic de los párpados de Saphira al cerrarse, y luego la cabeza le empezó a vibrar con un murmullo procedente de lo más profundo de su pecho.

Al cabo de un momento, Eragon la soltó y miró a su alrededor. El campo en el que había aterrizado la dragona estaba al norte de la ciudad. Había restos de construcciones —algunos del tamaño de Saphira— desperdigados por la hierba; Eragon se sintió aliviado de no haber ido a impactar contra ninguno de ellos.

El campo hacía pendiente y ascendía desde la ciudad hasta llegar a los pies de la colina más próxima, cubierta de bosques. En el punto donde el campo daba paso a la montaña había una gran superficie cuadrada pavimentada, y en el extremo más alejado del cuadrado se levantaba una enorme pared de piedra que se extendía casi un kilómetro al norte. El edificio debía de haber sido uno de los mayores de la isla, y sin duda sería uno de los más elaborados, puesto que entre los bloques cuadrados de piedra que formaban las paredes Eragon descubrió decenas de columnas aflautadas, así como paneles con tallas que representaban viñas y flores, y toda una colección de estatuas, a muchas de las cuales les faltaba algún miembro, como si aquellos personajes también hubieran participado en la batalla.

Aquí está la Gran Biblioteca —anunció Glaedr—. *O lo que queda de ella, después de que Galbatorix la saqueara.*

Eragon se volvió lentamente e inspeccionó el lugar. Al sur de la biblioteca distinguió el recorrido de algunos caminos abandonados bajo la enmarañada alfombra de hierba. Los caminos llevaban desde la biblioteca a un campo de manzanos que ocultaban el suelo, pero tras los cuales se levantaba una risco de piedra de más de sesenta metros de altura, sobre la que crecían unos enebros de ramas retorcidas.

En el pecho de Eragon se encendió una chispa de excitación. Estaba seguro, pero aun así lo preguntó:

¿Es eso? ¿Es la roca de Kuthian?

Sentía que Glaedr usaba sus ojos para observar la formación rocosa, y luego el dragón dijo:

Me resulta vagamente familiar, pero no recuerdo cuándo pude haberla visto antes...

—¡Venga! —exclamó Eragon, que no necesitaba mayor confirmación. Corrió por la hierba, que le llegaba a la cintura, hasta llegar al sendero más próximo.

Allí la hierba no era tan espesa, y sentía el contacto de los adoquines bajo sus pies, en lugar de la tierra empapada. Con Saphira siguiéndole de cerca, recorrió el camino a toda prisa, y juntos pasaron bajo la sombra de los manzanos. Ambos avanzaban con cuidado, puesto que los árboles parecían vigilarlos, y había algo en la forma de sus ramas que no presagiaba nada bueno, como si los árboles estuvieran esperando el momento de atraparlos con sus garras astilladas.

Eragon no se dio cuenta, pero soltó un suspiro de alivio cuando salieron del manzanal.

La roca de Kuthian se levantaba sobre el extremo de un gran claro donde crecían, enmarañados, rosales, cardos, frambuesas y cicutas. Tras la prominencia de piedra se levantaban hilera tras hilera de abetos de ramas caídas que poblaban todo el terreno hasta la montaña que se alzaba detrás. El furioso cuchicheo de las ardillas resonaba por entre los troncos del bosque, pero no se les veía ni un pelo.

Tres bancos de piedra —medio escondidos entre capas de raíces, parras y otras trepadoras— se encontraban, equidistantes, en los márgenes del claro. A un lado había un sauce llorón, cuyo tronco de elaborado relieve habría servido en otro tiempo de respaldo para los Jinetes, que seguramente acudirían allí para sentarse y disfrutar de las vistas; aunque en el último siglo el tronco había crecido demasiado como para que nadie —humano, elfo o enano— pudiera sentarse en el espacio que dejaba.

Eragon se detuvo al borde del claro y se quedó mirando la roca de Kuthian. A su lado, Saphira resopló y se dejó caer sobre el vientre, sacudiendo el suelo hasta el punto de que el chico tuvo que flexionar las rodillas para mantener el equilibrio. Le frotó el hombro a su dragona y luego volvió a posar la mirada en la torre de roca, nervioso ante lo que pudiera encontrar.

El chico abrió la mente y escrutó el claro y los árboles situados más allá por si hubiera alguien esperándolos con alguna emboscada. Los únicos seres vivos que percibió eran plantas, insectos y los topos, ratones y culebras que vivían entre los arbustos.

Entonces empezó a formular los hechizos que esperaba que le ayudarían a detectar cualquier trampa mágica que les hubieran podido tender. Pero antes de que llegar a unir unas cuantas palabras, Glaedr le interrumpió.

Para. Ahora mismo Saphira y tú estáis demasiado cansados para esto. Primero descansad; mañana podemos volver y ver qué descubrimos.

Pero...

Ninguno de los dos estáis en condiciones de defenderos si tenemos que luchar. Sea lo que sea lo que debamos encontrar, seguirá aquí por la mañana.

Eragon dudó, pero luego, no muy convencido, abandonó el hechizo. Sabía que Glaedr tenía razón, pero odiaba tener que esperar más cuando tenían su objetivo tan a mano.

De acuerdo —dijo, y subió de nuevo a lomos de Saphira.

Con un resoplido resignado, la dragona se puso en pie, dio media vuelta y atravesó de nuevo la plantación de manzanos. El duro impacto de sus patas contra el suelo provocó la caída de las hojas marchitas de los árboles, una de las cuales cayó en el regazo de Eragon. La recogió, y estaba a punto de tirarla al suelo cuando observó que tenía una forma diferente a la habitual: los dientes del borde eran más largos y anchos que los de cualquier hoja de manzano que hubiera visto antes, y los nervios formaban unos patrones aparentemente aleatorios, en lugar de tener la distribución regular de líneas.

Cogió otra hoja, esta aún verde. Al igual que la seca, presentaba unos dientes más marcados y unos nervios que seguían un confuso trazado.

Desde la batalla, aquí las cosas no han sido como antes —dijo Glaedr.

Eragon frunció el ceño y soltó las hojas. Una vez más oyó el parloteo de las ardillas, y tampoco esta vez consiguió verlas entre los árboles, ni podía detectarlas con la mente, lo cual le preocupó.

Si tuviera escamas, este lugar me daría picores —le dijo a Saphira.

La dragona soltó un bufido divertido que produjo una bocanada de humo.

Desde el manzanal, caminó hacia el sur hasta llegar a uno de los muchos arroyos que fluían desde las montañas: un fino reguero de agua que borboteaba suavemente al abrirse paso por un lecho de piedras. Allí giró y siguió el arroyo a contracorriente hasta un prado resguardado junto a un bosque de coníferas.

Aquí —decidió, y se posó en el suelo.

Parecía un buen lugar para acampar, y Saphira no estaba en condiciones de seguir buscando, así que Eragon estuvo de acuerdo y desmontó. Hizo una pausa un momento para contemplar las vistas del valle; luego retiraron la silla y las alforjas de Saphira; la dragona sacudió la cabeza, agitó los hombros y giró el cuello para mordisquearse un punto del costado que tenía entumecido del contacto con las correas.

Y sin decir nada más, se hizo un ovillo en la hierba, metió la cabeza bajo el ala y enroscó la cola.

No me despiertes a menos que haya algo que intente comernos —dijo.

Eragon sonrió y le dio una palmadita en la cola; luego se volvió y se detuvo a observar el valle. Se quedó allí de pie un buen rato, con la mente casi en blanco, sin hacer ningún esfuerzo por dar sentido al mundo a su alrededor.

Por fin cogió su saco de dormir, que tendió junto a Saphira.

¿Harás guardia por nosotros? —le preguntó a Glaedr.

Haré guardia. Descansa, no te preocupes.

Eragon asintió, aunque Glaedr no podía verle, se metió entre las sábanas y se sumergió en su sueño de vigilia.

Snalglí para dos

*E*ra ya media tarde cuando Eragon abrió los ojos. La manta de nubes se había abierto por varios lugares, y unos rayos de luz dorada surcaban el valle, iluminando la parte superior de los edificios en ruinas. Aunque el lugar tenía un aspecto frío, húmedo y poco acogedor, la luz le daba una renovada majestuosidad. Por primera vez, Eragon comprendió por qué habían decidido asentarse en la isla los Jinetes.

Bostezó, echó un vistazo a Saphira y la tocó levemente con el pensamiento. Ella seguía dormida, sumida en un sueño sin sueños. Su conciencia era como una llama reducida a la mínima expresión, a poco más que una brasa encendida, una brasa que tan pronto podía revivir como apagarse en cualquier momento.

Aquella sensación le dejó intranquilo —se le parecía demasiado a la muerte—, así que regresó a su propia mente y limitó el contacto entre ellos hasta reducirlo a un hilillo de pensamiento, lo mínimo necesario para estar seguro de que Saphira seguía bien.

En el bosque, tras ellos, un par de ardillas empezaron a discutir con una serie de chillidos agudos. Eragon escuchó y frunció el ceño: sus voces sonaban demasiado agudas, rápidas y aceleradas. Era como si alguna otra criatura estuviera imitando la voz de las ardillas.

Aquella idea le puso el vello de punta.

Se quedó allí tendido más de una hora, escuchando los chillidos y el parloteo procedente de los bosques y observando las juguetonas formas que creaba la luz sobre las colinas, los campos y las montañas de aquel valle redondo. Luego los resquicios entre las nubes se cerraron, el cielo se oscureció y empezó a caer nieve sobre la parte alta de las laderas de las montañas, pintando las cumbres de blanco.

Voy a buscar un poco de leña —le dijo Eragon a Glaedr, poniéndose en pie—. *Volveré dentro de unos minutos.*

El dragón se dio por enterado. Eragon avanzó con cautela por el prado hacia el bosque, haciendo lo posible por no hacer ruido y no despertar a Saphira. Cuando llegó a la altura de los árboles, aceleró el paso. Aunque había muchas ramas muertas por el extremo del bosque, quería estirar las piernas y ver si descubría de dónde procedía aquel parloteo.

De los árboles caían unas densas sombras. El aire era fresco e inmóvil, como el de una gruta subterránea, y olía a hongos, a madera podrida y a savia de los árboles. El musgo y los líquenes que colgaban de las ramas eran como tiras de encajes deshilachados, sucios y empapados, pero aun así poseían cierta belleza y delicadeza. Dividían el interior del bosque en celdas de diferente tamaño, lo que hacía difícil ver a más de quince metros en cualquier dirección.

Eragon usó el borboteo del arroyo como referencia para situarse mientras avanzaba, penetrando cada vez más en el bosque. Ahora que las tenía más cerca, vio que las coníferas no se parecían en nada a las de las Vertebradas ni a las de Du Weldenvarden; tenían las agujas distribuidas en grupos de siete en lugar de grupos de tres, y aunque quizá fuera un efecto de la luz crepuscular, le dio la impresión de que los Sombras colgaban de los árboles, como una túnica que envolviera los troncos y las ramas. Por otra parte, todo lo relacionado con los árboles, desde las grietas de la corteza a las prominentes raíces o las piñas de marcadas escamas, todo, tenía unas líneas angulosas y agresivas que daban la impresión de que fueran a liberarse de la tierra y salir caminando hacia la ciudad.

Eragon se estremeció y tanteó *Brisingr* en su vaina. Nunca había estado en un bosque que le resultara tan amenazante. Era como si los árboles estuviera «furiosos» y —al igual que los manzanos de antes— como si quisieran alargar las ramas y arrancarle la carne de los huesos.

Con el dorso de la mano, apartó un colgajo de líquenes amarillos, avanzando cautelosamente.

Hasta el momento no había visto ni rastro de animales de caza, ni tampoco de lobos ni osos, lo cual le sorprendió. Estando tan cerca del arroyo, debería de haber huellas que llevaran al agua.

«A lo mejor los animales evitan esta parte del bosque —pensó—. Pero ¿por qué?»

Se encontró con un tronco caído cruzado en el camino. Pasó por encima, y su bota se hundió hasta el tobillo en una alfombra de musgo. Un instante después, la gedwëy ignasia de la palma de la mano empezó a picarle, al tiempo que oía un minúsculo coro de *¡scriii, scriii!* y *¡scrii-sraae!* media docena de gusanos blancos con aspecto de orugas, cada uno del tamaño de su dedo pulgar, salían de entre el musgo y se alejaban a saltitos.

El instinto le hizo quedarse inmóvil, igual que habría hecho si hubiera dado con una serpiente. No parpadeó. Ni siquiera respiró mientras observaba la huida de aquellos gusanos gordos y de aspecto obsceno. Al mismo tiempo, rebuscó entre sus recuerdos cualquier mención que se hubiera hecho a aquellas criaturas, pero no recordaba nada parecido.

¡Glaedr! ¿Qué es eso? —preguntó, mostrándole los gusanos al dragón—. *¿Cómo se llaman en el idioma antiguo?*

Me resultan absolutamente desconocidos —respondió Glaedr, para decepción de Eragon—. *No los he visto nunca, ni he oído hablar de ellos. Son nuevos en Vroengard, y nuevos en Alagaësia. No dejes que te toquen; pueden ser más peligrosos de lo que parecen.*

Cuando ya estaban a un par de metros de Eragon, los gusanos sin nombre dieron un salto mayor que los anteriores y con un *¡scriii, scro!* volvieron a hundirse en el musgo. Al tocar el suelo se dividieron, dando origen a un enjambre de milpiés verdes que enseguida desaparecieron entre las enmarañadas hebras de musgo.

Hasta aquel momento, Eragon no volvió a respirar.

No deberían ser —dijo Glaedr, que parecía agitado.

Lentamente, el chico levantó la bota del musgo y volvió al otro lado del tronco. Al examinar el musgo con mayor atención, vio que lo que en principio había tomado por las puntas de unas viejas ramas asomando por entre la alfombra de vegetación en realidad eran fragmentos de costillas y astas de ciervo: los restos de uno o más animales.

Tras reflexionar un momento, dio media vuelta y volvió sobre sus pasos, esta vez asegurándose de evitar cualquier capa de musgo por el camino, tarea nada fácil.

Fuera lo que fuera lo que parloteaba en el bosque, no valía la pena arriesgar la vida para descubrirlo, especialmente porque sospechaba que sería algo peor que los gusanos acechando entre los árboles. La palma de la mano aún le picaba y, por experiencia, sabía que aquello significaba que aún había «algo» peligroso cerca.

Cuando tuvo el prado a la vista y pudo ver escamas azules de Saphira entre los troncos de los abetos, giró a la derecha y se dirigió al arroyo. El musgo cubría la orilla, así que fue pasando de tronco en tronco y de piedra en piedra hasta situarse sobre una roca lisa en medio del agua.

Allí se agachó, se quitó los guantes y se lavó las manos, la cara y el cuello. El contacto del agua helada resultaba tonificante, y al cabo de unos momentos sintió la sangre que le fluía por todo el cuerpo, calentándolo.

Mientras se secaba las últimas gotas del cuello, al otro lado del arroyo oyó un sonoro parloteo.

Moviéndose lo mínimo posible, levantó la vista hacia la copa de los árboles de la orilla opuesta.

A diez metros de altura había cuatro Sombras sentados sobre una rama. Los Sombras tenían largos penachos colgando en todas direcciones desde los óvalos negros que constituían sus cabezas. En el centro de cada óvalo brillaban un par de ojos blancos, rasgados e inclinados, y tenían una mirada tan hueca que resultaba imposible determinar adónde miraban. Lo más desconcertante de todo era que las Sombras, como cualquier Sombra, no tenían profundidad. Cuando se giraban a un lado desaparecían.

Sin perderlas de vista, Eragon cruzó la mano por delante del cuerpo y agarró *Brisingr* por la empuñadura.

La Sombra situada más a la izquierda agitó los penachos y emitió aquel parloteo estremecedor que había tomado por la voz de una ardilla. Otros dos de los espectros hicieron lo propio, y el bosque resonó con el estridente clamor de sus chillidos.

Eragon se planteó la posibilidad de entrar en contacto con sus mentes, pero se acordó del Fanghur de camino a Ellesméra, y descartó la idea por descabellada.

—*Eka aí fricai un Shur'tugal* —dijo: «Soy un Jinete y un amigo».

Le dio la impresión de que los Sombras fijaban la vista en él y, por un momento, todo quedó en silencio, salvo el leve murmullo del arroyo. Entonces empezaron a parlotear de nuevo, y sus ojos se volvieron cada vez más luminosos, hasta adquirir el brillo de un hierro candente.

Cuando pasaron unos minutos y vio que las Sombras no habían mostrado intención ninguna de atacarle ni de irse de allí, Eragon se puso en pie y, con mucho cuidado, alargó un pie hacia la piedra que tenía detrás.

El movimiento pareció alarmar a los espectros, que chillaron todos a la vez, se encogieron de hombros y se sacudieron, y en su lugar aparecieron cuatro grandes búhos, con el mismo plumaje rodeándoles el rostro. Abrieron sus picos amarillos y parlotearon en dirección a él, como habrían hecho las ardillas; luego emprendieron el vuelo y se dirigieron hacia los árboles, para perderse tras una pantalla de pobladas ramas.

—Barzûl —dijo Eragon. Volvió corriendo por donde había venido y llegó al prado, parándose únicamente para recoger unas cuantas ramas caídas.

En cuanto llegó a la altura de Saphira, dejó la madera en el suelo, se arrodilló y empezó a formular hechizos de defensa, todos los que se le ocurrieron. Glaedr le recomendó uno que se le había pasado por alto.

Ninguna de esas criaturas estaban aquí cuando Oromis y yo regresamos tras la batalla —le dijo entonces—. *No son como deberían ser. La magia de este lugar ha alterado la tierra y a los que viven en ella. Ahora este es un lugar maligno.*

¿Qué criaturas? —preguntó Saphira, abriendo los ojos y bostezando. Su enorme boca abierta creaba una imagen intimidatoria. Eragon compartió sus recuerdos con ella, que dijo:

Deberías haberme llevado contigo. Me habría comido los gusanos y los pájaros Sombra, y no tendrías nada que temer de ellos.

¡Saphira!

La dragona puso los ojos en blanco.

Tengo hambre. Sean mágicos o no, ¿hay algún motivo por el que no debiera comerme esas cosas extrañas?

Porque quizás ellas te comerían a ti, Saphira Bjartskular —contestó Glaedr—. *Conoces la primera ley de la caza igual que yo: no vayas en busca de presas hasta que estés segura de que son presas. Si no, puedes acabar convirtiéndote tú en la comida de alguien.*

—Yo tampoco me molestaría en buscar ciervos —advirtió Eragon—. Dudo de que queden muchos. Además, ya es casi de noche, y aunque no lo fuera, no estoy seguro de que ir de caza por aquí sea seguro.

Ella emitió un suave gruñido.

Muy bien. Entonces seguiré durmiendo. Pero por la mañana cazaré, por peligroso que sea. Tengo la barriga vacía, y debo comer antes de volver a cruzar el mar.

Saphira cerró los ojos y enseguida volvió a dormirse.

Eragon encendió una pequeña hoguera, cenó frugalmente y vio que el valle se iba cubriendo de negro. Glaedr y él hablaron de sus planes para el día siguiente, y el dragón le contó más cosas sobre la historia de la isla, remontándose a antes de la llegada de los elfos a Alagaësia, cuando Vroengard era territorio exclusivo de los dragones.

Antes de que hubiera desaparecido el último rastro de luz del horizonte, el viejo dragón dijo:

¿Te gustaría ver Vroengard tal como era en tiempos de los Jinetes?

Claro que sí.

Pues mira —dijo Glaedr.

Eragon sintió que el dragón se hacía con su mente y vertía en ella un flujo de imágenes y sensaciones. El campo visual del chico se transformó, y en lo alto de las colinas apareció una imagen gemela del valle. El recuerdo era del valle al atardecer, igual que en aquel momento, pero el cielo estaba limpio de nubes y una plétora de estrellas brillaba sobre el gran anillo de montañas de fuego, el Aras Thelduin. Los árboles de antaño se veían más altos, más rectos y menos lúgubres, y por todo el valle se levantaban los edificios de los Jinetes intactos, brillando como pálidas balizas en el crepúsculo, a la suave luz de los faroles sin llama de los elfos. Sobre la piedra ocre había menos hiedra y musgo, y los pabellones y las torres reflejaban una nobleza que las ruinas habían perdido. Y por los caminos adoquinados y en las alturas, Eragon distinguió las brillantes formas de numerosos dragones: elegantes colosos cubiertos con el tesoro de mil reyes.

La aparición duró un momento más; luego Glaedr liberó la mente de Eragon, y el valle volvió a presentarse tal como era.

Era bonito —comentó Eragon.

Lo era, pero ya no lo es.

El chico siguió escrutando el valle, comparándolo con lo que le había mostrado Glaedr, y frunció el ceño cuando vio una hilera de luces redondas —farolillos, pensó— en la ciudad abandonada. Con un murmullo, pronunció un hechizo para agudizar la vista y distinguió una fila de siluetas encapuchadas con largas túnicas que caminaban lentamente por entre las ruinas. Aquellas figuras solemnes parecían de otro mundo, y la cadencia rítmica de sus pasos y el balanceo constante de sus faroles creaban una imagen propia de un ritual.

¿Quiénes son? —le preguntó a Glaedr. Tenía la sensación de que estaba presenciando algo que no debía ver.

No lo sé. A lo mejor son los descendientes de los que se escondieron durante la batalla. Tal vez son hombres de tu raza que decidieron ocupar este lugar tras la caída de los Jinetes. O quizá sean los que rinden culto a los dragones y a los Jinetes como dioses.

¿Hay alguien que lo haga?

Lo había. Nosotros les dijimos que no lo hicieran, pero aun así era una práctica habitual en las zonas más aisladas de Alagaësia... Creo que has hecho bien en montar esas defensas.

Eragon observó aquellas figuras encapuchadas que se abrían paso por la ciudad, en lo que tardaron casi una hora. Cuando llegaron al otro extremo, los faroles se apagaron uno a uno, y no pudo ver dónde se habían ido sus portadores, ni siquiera con ayuda de la magia.

Apagó el fuego echándole unos puñados de tierra y se metió bajo la manta a descansar.

¡Eragon! ¡Saphira! ¡Despertad!

El chico abrió los ojos de golpe. Irguió la espalda y echó mano de *Brisingr*.

Todo estaba oscuro, salvo por el tenue brillo rojizo de las brasas a su derecha y una franja de cielo estrellado al este. Pese a la poca luz, Eragon pudo distinguir las formas del bosque y del prado..., y el caracol de enorme tamaño que avanzaba por la hierba en dirección a ellos.

Soltó un grito apagado y retrocedió a trompicones. El caracol —cuyo caparazón medía más de metro y medio de altura— vaciló, y luego se deslizó hacia él a una velocidad equivalente a la carrera de un hombre. De la boca salió un siseo como de serpiente; sus ojos globosos, que se agitaban en el aire, tenían el tamaño de un puño.

Eragon se dio cuenta de que no tendría tiempo de ponerse en pie, y tendido de espaldas no tenía el espacio necesario para desenvainar *Brisingr*. Se preparó para formular un hechizo, pero antes de que pudiera hacerlo la cabeza de Saphira pasó a su lado como una flecha y agarró al caracol por en medio con las mandíbulas. El caparazón del animal crujió entre sus colmillos con el ruido que habría hecho una pizarra al romperse, y la criatura emitió un leve quejido tembloroso.

Volviendo el cuello, Saphira lanzó el caracol al aire, abrió la boca todo lo que pudo y se tragó a la criatura entera, ladeando la cabeza dos veces, como haría un pajarillo al tragarse una lombriz.

Eragon miró más allá y vio otros cuatro caracoles gigantes colina abajo. Una de las criaturas se había retirado al interior de su caparazón; los otros huían reptando sobre sus cuerpos ondulantes.

—¡Por ahí! —gritó Eragon.

Saphira dio un salto adelante. Todo su cuerpo se separó del suelo y fue a caer de cuatro patas junto al primero, que levantó de un mordisco; luego hizo lo mismo con los otros tres. El último caracol, el que se ocultaba en su caparazón, no se lo comió, pero echó la cabeza atrás y lo envolvió en un chorro de fuego azul y amarillo que iluminó el campo en decenas de metros a la redonda.

Mantuvo la llama apenas un par de segundos; luego recogió el humeante caracol entre las mandíbulas con la delicadeza con que una gata agarraría a sus gatitos y lo llevó hasta Eragon. Lo dejó caer a sus pies, y él se lo quedó mirando con desconfianza. Efectivamente, parecía estar muerto y bien muerto.

Ahora ya tienes desayuno —anunció Saphira.

Él se la quedó mirando y luego se echó a reír, y siguió riéndose hasta caer plegado en dos de la risa, de cuatro patas en el suelo, haciendo esfuerzos incluso para respirar.

¿Qué resulta tan divertido? —preguntó la dragona, olisqueando el caparazón cubierto de hollín.

Sí. ¿De qué te ríes, Eragon? —preguntó Glaedr.

Él sacudió la cabeza y siguió jadeando. Por fin logró decir:

—Porque…

Y entonces pasó a hablar con la mente para que Glaedr también pudiera oírle:

Porque…, ¡huevos con caracol! —Y empezó a reírse de nuevo, sintiéndose muy tonto—. *¡Bistec de caracol…! ¿Tienes hambre? ¡Cómete una antena! ¿Estás cansado? ¡Cómete un ojo! ¿Quién necesita hidromiel cuando tienes baba de caracol…?* —Se reía tan fuerte que le resultó imposible seguir, y cayó de rodillas mientras jadeaba intentando respirar, con el rostro cubierto de lágrimas de la risa.

Saphira entreabrió la boca en una especie de sonrisa poblada de dientes y luego emitió un tenue chasquido con la garganta.

A veces eres muy raro, Eragon —concluyó, y él sintió que se le contagiaba el buen humor. Saphira volvió a olisquear de nuevo el caparazón—. *No estaría mal un poco de hidromiel.*

—Por lo menos tú has comido —dijo él, a la vez con la mente en voz alta.

No mucho, pero lo suficiente para regresar con los vardenos.

Cuando acabaron las risas, Eragon le dio una patadita de reconocimiento al caracol con la punta de la bota.

Hace tanto tiempo que no hay dragones en Vroengard que no debe de haberse dado cuenta de lo que eras, y habrá pensado que yo era una presa fácil... Desde luego habría sido una muerte lamentable, acabar convertido en la cena de un caracol.

Lamentable, pero memorable —observó Saphira.

Pero memorable —coincidió él, divertido.

¿Y cuál os he dicho que es la primera ley de la caza, jovencitos? —preguntó Glaedr.

No vayas en busca de presas hasta que estés seguro de que son presas —respondieron Eragon y Saphira al mismo tiempo.

Muy bien —dijo Glaedr.

Gusanos saltarines, pájaros Sombra y ahora caracoles gigantes —observó Eragon—. ¿Cómo pueden haberlos creado los hechizos formulados en la batalla?

Los Jinetes, los dragones y los Apóstatas perdieron una enorme cantidad de energía durante el conflicto. Gran parte se empleó en hechizos pero mucha otra, no. Los que vivieron para contarlo decían que, durante un tiempo, el mundo se volvió loco y que no podían confiar en nada de lo que veían u oían. Parte de esa energía debió arraigar en los antepasados de los gusanos y de los pájaros que has visto hoy, alterándolos. No obstante, te equivocas incluyendo a los caracoles en el mismo saco. Los snalglís, como se les llama, viven en Vroengard desde siempre. Eran uno de nuestros alimentos preferidos, de los dragones, por motivos que seguro que Saphira comprende.

Ella emitió un murmullo y se relamió.

Y no es solo porque su carne sea tierna y sabrosa, sino porque el caparazón es bueno para la digestión.

Si no son más que animales comunes y corrientes, ¿por qué no los detuvieron mis defensas? —preguntó Eragon—. Por lo menos, tendrían que haberme alertado de que se acercaba un peligro.

Eso sí puede ser consecuencia de la batalla —concedió Glaedr—. La magia no creó el snalglí, pero eso no significa que no les hayan afectado las fuerzas que asolaron este lugar. No deberíamos quedarnos por aquí más de lo necesario. Lo mejor es que nos vayamos antes de que algún otro depredador decida poner a prueba nuestro temple.

Con la ayuda de Saphira, Eragon abrió el cascarón del caracol chamuscado y, a la luz de una luz flotante roja, limpió la carcasa, lo que resultó una tarea asquerosa que le dejó cubierto de sangre hasta los codos. Entonces le pidió a la dragona que enterrara la carne junto a las brasas.

Después, Saphira regresó al lugar donde se había echado antes, volvió a tumbarse y se durmió. Esta vez Eragon se le unió. Cargando con sus mantas y las alforjas, una de las cuales contenía el corazón de corazones de Glaedr, se metió bajo su ala y se puso cómodo en el cálido y oscuro hueco entre el cuello y el cuerpo de la dragona. Y allí pasó el resto de la noche, pensando y soñando.

El día siguiente resultó ser tan gris y tenebroso como el anterior. Una ligera capa de nieve cubría las laderas de las montañas y los pies de las colinas, y el aire fresco hacía pensar que podría nevar de nuevo más tarde.

Cansada como estaba, Saphira no se movió hasta que el sol estuvo muy por encima de las cumbres de las montañas. Eragon se sentía impaciente, pero la dejó dormir. Más importante que empezar la jornada pronto era que la dragona se recuperara del vuelo hasta Vroengard.

Cuando se despertó, Saphira desenterró la carcasa del caracol y Eragon se hizo un abundante desayuno de carne de caracol a la brasa. No estaba muy seguro de cómo llamarlo: ¿beicon de caracol? En cualquier caso, aquellas tiras de carne estaban deliciosas y comió más de lo habitual. La dragona devoró lo que quedaba y luego esperaron una hora, porque no sería sensato entrar en combate con el estómago lleno.

Por fin Eragon recogió sus mantas y volvió a atar la silla al lomo de Saphira, y los tres se pusieron en marcha en dirección a la roca de Kuthian.

La roca de Kuthian

*L*a caminata hasta el manzanal les pareció más corta que el día anterior. Los árboles, de ramas retorcidas, tenían el mismo aspecto poco halagüeño, y Eragon no separó la mano de *Brisingr* durante todo el trayecto.

También esta vez Saphira y él se detuvieron al borde del claro frente a la roca de Kuthian. Una bandada de cuervos que se había posado sobre la escarpada piedra emprendió el vuelo al ver a la dragona, lo que Eragon interpretó como el peor presagio posible.

Eragon se quedó inmóvil media hora, formulando un hechizo tras otro, escrutando el lugar en busca de cualquier forma de magia que pudiera causarles algún daño a Saphira, a Glaedr o a él mismo. Por el claro, la roca de Kuthian y —por lo que parecía— en el resto de la isla encontró una impresionante variedad de hechizos. Algunos estaban arraigados a las profundidades de la tierra y tenían tal potencia que era como si un río de energía fluyera bajo sus pies. Otros eran pequeños y aparentemente inocuos, en algunos casos limitados a una única flor o a una rama de un árbol. Más de la mitad de los hechizos estaban en estado latente —porque habían perdido su energía, ya no tenían un objeto sobre el que actuar o estaban a la espera de una sucesión de circunstancias que aún tenían que darse— y una serie de conjuros parecían entrar en conflicto, como si los Jinetes, o quienquiera que los hubiera formulado, hubiera intentado modificar o anular formas de magia anteriores.

Eragon no pudo determinar la finalidad de la mayoría de los hechizos. No quedaba rastro de las palabras usadas para formularlos; solo las estructuras de la energía que los magos de antaño habían creado tan meticulosamente, y tras tanto tiempo era difícil —si no imposible— interpretarlas. Glaedr le ayudó en algunos casos, puesto que le resultaban más familiares los hechizos más antiguos y potentes formulados en Vroengard, pero, por lo demás, a Eragon solo le quedaba adivinar. Por fortuna, aunque no siempre podía deducir el efecto que debía tener un hechizo, en muchos casos sí podía determinar si les afectaría a él, a Saphira o a Glaedr. Pero era un proceso difícil que requería complicados conjuros, y tardó una hora más en examinar todos los hechizos.

Lo que más le preocupaba —y también a Glaedr— eran los hechizos que quizá no pudieran detectar. Meter las narices en los conjuros de otros magos se hacía mucho más difícil si se habían molestado en intentar ocultar su obra.

Por fin, cuando Eragon tuvo el máximo convencimiento posible de que no había trampas en la roca de Kuthian ni en sus alrededores, Saphira y él cruzaron el claro hasta la base de la recortada torre de roca cubierta de líquenes.

Eragon echó la cabeza atrás y se quedó mirando la cima de la formación rocosa. Daba la impresión de estar increíblemente lejos, pero no vio nada raro en la piedra, ni tampoco Saphira.

Pronunciemos nuestros nombres y acabemos con esto —propuso ella.

Eragon consultó mentalmente a Glaedr, y el dragón respondió:

Tiene razón. No hay motivo para retrasarlo más. Di tu nombre, y Saphira y yo haremos lo mismo.

Algo nervioso, Eragon apretó los puños dos veces y luego se soltó el escudo de la espalda, desenvainó *Brisingr* y se puso en cuclillas.

—Yo soy Eragon *Asesino de Sombra*, hijo de Brom —dijo, con voz alta y clara.

Yo soy Saphira Bjartskular, hija de Vervada.

Y yo soy Glaedr Eldunarí, hijo de Nithring, la de la larga cola.

Esperaron.

En la distancia se oyó el graznido de los cuervos, como si se mofaran de ellos. Eragon se sintió incómodo, pero no hizo caso. Realmente no pensaba que fuera tan fácil abrir la cripta.

Probad otra vez, pero esta vez diciéndolo en el idioma antiguo —decidió Glaedr.

De modo que Eragon dijo:

—*Nam iet er* Eragon Sundavar-Vergandí, *sönr abr* Brom.

Y luego Saphira repitió su nombre y linaje en el idioma antiguo, y lo mismo hizo Glaedr.

Una vez más, no sucedió nada.

Eragon se sintió aún más intranquilo. Si su viaje había sido en vano... No, no podían pensarlo siquiera. Todavía no.

A lo mejor tenemos que decir nuestros nombres en voz alta —sugirió.

¿Cómo? —protestó Saphira—. *¿Se supone que tengo que rugirle a la piedra? ¿Y Glaedr?*

Yo puedo decir vuestros nombres.

No creo que sea eso, pero no perdemos nada por intentarlo —dijo Glaedr.

¿En este idioma o en el antiguo?

Yo diría que en el antiguo, pero prueba con ambos para asegurarte.

Dos veces pronunció Eragon sus nombres, pero la piedra permaneció tan inmóvil e imperturbable como antes.

A lo mejor no estamos en el sitio indicado —concluyó Eragon, frustrado—; *a lo mejor la entrada a la Cripta de las Almas está en el otro lado de la piedra. O quizás esté en la cumbre.*

Si fuera ese el caso, ¿no lo mencionarían las instrucciones del Domia abr Wyrda? —replicó Glaedr.

Eragon bajó el escudo.

¿Y desde cuándo son fáciles de entender las adivinanzas?

¿No será que solo tú debes decir tu nombre? —propuso Saphira—. *¿No dijo Solembum «... cuando todo parezca perdido y tu poder sea insuficiente, ve a la roca de Kuthian y pronuncia tu nombre para abrir la Cripta de las Almas»? Tu nombre, Eragon, no el mío ni el de Glaedr.*

El chico frunció el ceño.

Es posible, supongo. Pero si únicamente tengo que decir mi nombre, quizá tenga que estar solo para decirlo.

Con un gruñido, Saphira se elevó de un salto, enmarañándole el pelo a Eragon y agitando las plantas del claro con el viento de sus alas.

¡Entonces prueba, y date prisa! —dijo, volando hacia el este y alejándose de la roca.

Cuando estuvo a medio kilómetro, Eragon volvió a posar la mirada en la irregular superficie de roca, volvió al levantar el escudo y una vez más pronunció su nombre, primero en su idioma y luego en el de los elfos.

No apareció puerta ni pasaje alguno. Ni grietas ni fisuras en la piedra. No afloraron símbolos en la superficie. Mirara por donde mirara, aquella enorme torre no era más que un pedazo de granito sólido, carente de secretos.

¡Saphira! —gritó Eragon mentalmente.

Entonces caminó arriba y abajo por el claro, soltando imprecaciones y dando puntapiés a las piedras y ramas sueltas.

Regresó a la base de la roca cuando Saphira aterrizó en el claro aleteando para frenar su caída y dejando profundas hendiduras en el blando terreno con los espolones de las patas traseras. A su alrededor se levantó una nube de hierbas y hojarasca, como un remolino.

Tras posarse y plegar las alas, Glaedr dijo:

¿Debo suponer que no has tenido éxito?

¡No! —espetó Eragon, mirando a la torre de piedra.

El viejo dragón dejó escapar lo que pareció un suspiro.

Me lo temía. Solo hay una explicación posible...

¿Que Solembum nos mintió? ¿Que nos enviara a esta misión imposible para que Galbatorix pudiera destruir a los vardenos mientras nosotros no estamos?

No. Que para abrir esta..., esta...

La Cripta de las Almas —dijo Saphira.

Sí, esta cripta de la que os habló... Que para abrirla tengamos que decir nuestros nombres verdaderos.

Las palabras cayeron entre ellos como peñascos. Por un momento se quedaron todos en silencio. Aquella idea intimidó a Eragon, y no se sentía con ánimo de hablar de ella, como si hacerlo pudiera empeorar de algún modo la situación.

Pero si es una trampa... —objetó Saphira.

En ese caso, será la trampa más diabólica de todas —dijo Glaedr—. *Lo que tenéis que decidir es si confiáis en Solembum. Porque si seguimos adelante arriesgaremos algo más que nuestras vidas: arriesgamos nuestra libertad. Si confiáis en él, ¿podéis ser lo suficientemente honestos con vosotros mismos para descubrir vuestros nombres verdaderos, y además hacerlo con rapidez? ¿Y estáis dispuestos a vivir sabiéndolos, por desagradable que pueda resultar? Porque si no, deberíamos irnos ahora mismo. Yo he cambiado desde la muerte de Oromis, pero sé quién soy. Pero ¿y tú, Saphira? ¿Y tú, Eragon? ¿Podéis decirme realmente qué es lo que os hace la dragona y el Jinete que sois?*

Eragon sintió que el desánimo se apoderaba de él mientras levantaba la vista hacia la roca de Kuthian.

¿Quién soy yo? —se preguntó.

El mundo en sueños

Nasuada se rio mientras el cielo estrellado giraba a su alrededor y cayó rodando hacia un abismo de intensa luz blanca que se abría kilómetros por debajo.

La melena se le agitaba al viento y la túnica aleteaba descontrolada, con los extremos deshilachados de las mangas golpeándole los brazos como látigos. Unos murciélagos enormes, negros y babosos, revoloteaban a su alrededor, picoteándole las heridas con unos dientes cortantes y penetrantes que le quemaban como el hielo.

Aun así, ella seguía riendo.

La grieta se ensanchó y la luz la engulló, cegándola por un minuto. Cuando recuperó la visión se encontró de pie, en la Sala del Adivino, mirándose a sí misma, tendida sobre la losa de color ceniza y amarrada con las correas. Al lado de su cuerpo inmóvil se encontraba Galbatorix: alto, de anchas espaldas, con una sombra en el lugar que debía ocupar su rostro y una corona de fuego escarlata sobre la cabeza.

El rey se volvió hacia donde se encontraba ella y le tendió una mano enfundada en un guante.

—Ven, Nasuada, hija de Ajihad. Supera tu orgullo y júrame lealtad, y yo te daré todo lo que has deseado.

Ella emitió una risita de desdén y se lanzó hacia él con las manos extendidas. Antes de que pudiera cortarle la garganta, el rey se había desvanecido en una nube de humo negro.

—¡Lo que yo deseo es matarte! —gritó ella, mirando al techo.

En la cámara resonó la voz de Galbatorix como si procediera de todas direcciones a la vez.

—Entonces ahí te quedarás hasta que te des cuenta de tu error.

Υ

Nasuada abrió los ojos. Seguía sobre la losa, con las muñecas y los tobillos encadenados. Las heridas del gusano barrenador seguían doliéndole como el primer momento.

Frunció el ceño. ¿Había perdido la conciencia, o simplemente había estado hablando con el rey? Era tan difícil saber cuándo...

En un rincón de la cámara vio la punta de una gruesa planta trepadora abriéndose paso por entre los azulejos pintados, reventándolos. Junto a ella aparecieron otras plantas, que se abrían paso por la pared desde el exterior y se extendían por el suelo, cubriéndolo como un mar de tentáculos.

Al ver cómo se le acercaban, Nasuada chasqueó la lengua. «¿Esto es todo lo que se ocurre? Tengo sueños más raros que este a diario.»

Como en respuesta a su mofa, la losa que la sostenía se fundió en el suelo y los tentáculos se cernieron sobre ella, envolviéndole las extremidades y aferrándola con más fuerza que cualquier cadena. Los tallos se multiplicaron hasta bloquearle la visión completamente, y lo único que oía era el ruido que hacían al deslizarse unos sobre otros: un sonido de roce seco, como el de la arena al caer.

El aire a su alrededor se volvió más denso y cálido, y sintió que le costaba respirar. Si no hubiera sabido que las plantas no eran más que un espejismo, podría haberse dejado llevar por el pánico, pero escupió a la oscuridad y maldijo el nombre de Galbatorix. No era la primera vez... ni sería la última, estaba segura. Pero se negó a concederle el placer de saber que la había desequilibrado.

Luz... Rayos de sol que bañaban unas suaves colinas cubiertas de campos y viñedos. Ella estaba al borde de un pequeño patio, bajo un enrejado cargado de campanillas en flor, cuyos tallos le resultaban desagradablemente familiares. Llevaba un bonito vestido amarillo. Tenía una copa de cristal llena de vino en la mano derecha y sentía el sabor afrutado y almizclado del vino en la lengua. Soplaba una suave brisa del oeste. El aire olía a cálido y a tierra recién arada.

—Ah, ahí estás —dijo una voz a sus espaldas, y al volverse vio a Murtagh caminando hacia ella procedente de una finca majestuosa.

Al igual que ella, tenía en la mano una copa de vino. Llevaba puestas unas calzas negras y un jubón de satén marrón ribeteado con cordones dorados. Del cinto, tachonado, le colgaba una daga con incrustaciones de piedras preciosas. Llevaba el cabello más largo de lo que ella recordaba, y tenía un aspecto relajado y confiado que resultaba nuevo en él. Eso, y la luz sobre su rostro, le daban una imagen muy atractiva, incluso de nobleza.

La alcanzó bajo el enrejado y le apoyó una mano en su brazo desnudo, en un gesto aparentemente involuntario e íntimo.

—Desde luego, mira que dejarme con Lord Ferros y sus interminables historias... He tardado media hora en escapar —dijo, pero se interrumpió, se la quedó mirando más de cerca y su expresión cambió, volviéndose de preocupación—. ¿Te encuentras mal? Tienes la cara apagada.

Ella abrió la boca, pero no salió ninguna palabra. No reaccionaba.

Murtagh frunció el ceño.

—Has tenido otro de tus ataques, ¿no?

—No..., no lo sé... No recuerdo cómo he llegado hasta aquí, ni... —Se calló de pronto, al ver el dolor que aparecía en los ojos de Murtagh, y que él se apresuró a ocultar.

Le pasó la mano por la parte baja de la espalda mientras la rodeaba y alzaba la vista hacia el paisaje montañoso. Con un ágil movimiento, apuró su copa. Luego, en voz baja, dijo:

—Sé lo confuso que es esto para ti... No es la primera vez que pasa, pero... —Respiró hondo y sacudió la cabeza ligeramente—. ¿Qué es lo último que recuerdas? ¿Teirm? ¿Aberon? ¿El sitio de Cithrí...? ¿El regalo que te di aquella noche en Eoam?

Una terrible sensación de incertidumbre se apoderó de ella.

—Urû'baen —susurró—. La Sala del Adivino. Ese es mi último recuerdo.

Por un instante, sintió que la mano de él temblaba sobre su espalda, pero el rostro de Murtagh no reflejó ninguna reacción.

—Urû'baen —repitió él, con voz áspera, y la miró—. Nasuada... Han pasado ocho años desde Urû'baen.

«No —pensó—. No puede ser.» Y sin embargo, todo lo que veía y lo que sentía parecía perfectamente real. El cabello de Murtagh agitado por el viento, el olor de los campos, el contacto del vestido contra su piel... Todo tenía el aspecto que debía tener. Pero si de verdad estaba allí, ¿por qué no la había tranquilizado Murtagh, contactando con su mente, como había hecho antes? ¿Se le había olvidado? Si habían pasado ocho años, quizás él hubiera olvidado la promesa que le había hecho tanto tiempo atrás, en la Sala del Adivino.

—Yo... —empezó a decir, y en aquel momento oyó a una mujer que la llamaba.

—¡Mi señora!

Ella miró por encima del hombro y vio a una corpulenta doncella que se acercaba corriendo desde la finca, con el delantal blanco aleteando al viento.

—¡Mi señora! —repitió la doncella, y le hizo una reverencia—. Siento molestarla, pero los niños esperaban que quisiera ver la representación que han preparado para los invitados.

—Los niños... —murmuró. Volvió la mirada hacia Murtagh y vio brillar sus ojos humedecidos por las lágrimas.

—Sí —dijo él—. Los niños. Cuatro, todos fuertes y sanos y llenos de energía.

Ella se estremeció, emocionada. No pudo evitarlo. Entonces levantó la barbilla.

—Enséñame qué es lo que he olvidado. Enséñame «por qué» lo he olvidado.

Murtagh le sonrió con una pizca de orgullo.

—Con mucho gusto —dijo, y la besó en la frente. Le cogió la copa de la mano y le dio ambas a la doncella. Luego le agarró las manos con las suyas, cerró los ojos y bajó la cabeza.

Un instante después, sintió una «presencia» que presionaba contra su mente, y entonces lo supo: no era él. Nunca podría haber sido él.

Furiosa y decepcionada por la pérdida de lo que nunca podría ser, separó la mano derecha de las de Murtagh, le cogió la daga y le clavó la hoja en el costado, gritando:

En El-harím vivía un hombre, un hombre de ojos amarillos.
Me dijo: «Desconfía de los susurros, pues los susurros mienten».

Murtagh la observó con una curiosa mirada sin expresión y luego se desvaneció ante sus propios ojos. Todo lo que la rodeaba —el enrejado, el patio, la finca, las colinas con los viñedos— desapareció, y se encontró flotando en un vacío sin luz ni sonido alguno. Intentó seguir con su letanía, pero de su garganta no salía ningún sonido. No podía oír siquiera el pulso de sus venas.

Entonces sintió que la oscuridad «giraba sobre sí misma» y...

Cayó a cuatro patas, sobre las manos y las rodillas. Sintió las piedras cortantes en las palmas. Parpadeó para adaptarse a la luz, se puso en pie y miró alrededor.

Niebla. Jirones de humo flotando sobre un campo yermo como el de los Llanos Ardientes.

Volvía a llevar su andrajosa túnica, y tenía los pies descalzos.

Algo rugió tras ella, y al darse la vuelta vio a un kull de cuatro metros cargando en su dirección, agitando al aire una maza de hierro tan grande como ella. De su izquierda le llegó otro rugido, y vio un segundo kull y cuatro úrgalos más pequeños. Luego un par de personajes jorobados y vestidos con capas aparecieron por entre la blanca bruma y se lanzaron hacia ella, emitiendo una especie de chirrido y agitando sus espadas de hoja lanceolada. Aunque era la primera vez que los veía, sabía que eran los Ra'zac.

Volvió a reírse. Ahora Galbatorix estaba intentando castigarla.

Hizo caso omiso de los enemigos que se acercaban —y a los que sabía que nunca podría abatir, ni podría escapar de ellos— y se sentó con las piernas cruzadas en el suelo, tarareando una vieja cancioncilla de los enanos.

Los primeros intentos de Galbatorix por engañarla habían sido elaborados montajes que muy bien podrían haber prosperado de no ser porque Murtagh la había advertido previamente. Para no revelar que había recibido ayuda de Murtagh, fingió no darse cuenta de que Galbatorix estaba manipulando su percepción de la realidad, pero con independencia de lo que pudiera ver o sentir, se negó a dejar que el rey la convenciera para pensar en las cosas en que no tenía que pensar o —peor aún— para jurarle lealtad.

No era fácil resistirse, pero ella recurría a sus rituales de pensamiento y de habla y, con ellos, había conseguido desbaratar los diferentes montajes del rey.

La primera ilusión había consistido en otra mujer, Rialla, que también había sido enviada a la Sala del Adivino como prisionera. Esta le contó que estaba casada en secreto con uno de los espías de los vardenos en Urû'baen y que había sido capturada mientras le llevaba un mensaje. En lo que le pareció una semana, Rialla intentó congraciarse con Nasuada y, sin que se diera cuenta, convencerla de que la campaña de los vardenos estaba condenada, que sus motivos para la lucha tenían errores de base y que lo único que tenía sentido era someterse a la autoridad de Galbatorix.

Al principio Nasuada no cayó en que Rialla era una imagen. Supuso que Galbatorix estaba distorsionando las palabras o el aspecto de la mujer, o quizá que estuviera alterando su propia percepción para hacerla más vulnerable a los argumentos de Rialla.

Los días pasaron sin que Murtagh la visitara ni contactara con ella, y Nasuada había empezado a temerse que la hubiera abandonado, dejándola en manos de Galbatorix. Aquella idea le provocaba una angustia mayor de lo que era capaz de admitir, y le constantemente estaba preocupada por ello.

Entonces empezó a preguntarse por qué hacía una semana que Galbatorix no había ido a torturarla, y se le ocurrió que si ya había pasado una semana, los vardenos y los elfos habrían atacado Urû'baen. Y si eso era así, Galbatorix sin duda lo habría mencionado, aunque solo fuera para regodearse. Además, el comportamiento algo extraño de Rialla, combinado con una serie de lagunas inexplicables en su memoria, la dejadez de Galbatorix y el silencio prolongado de Murtagh —porque no podía creerse que hubiera roto la palabra que le había dado— la convenció de que, por descabellado que pareciera, Rialla era una aparición y de que el tiempo no había pasado tal como lo percibía ella.

Le impresionó darse cuenta de que Galbatorix podía alterar su percepción del paso del tiempo. Era algo horrible. Desde luego había perdido algo la noción del tiempo desde su reclusión, pero conservaba cierta conciencia. Perder la referencia temporal significaba estar aún más a la merced de Galbatorix, que podría prolongar o concentrar sus experiencias a su antojo.

Aun así, seguía decidida a oponerse a los intentos de coacción del rey, por mucho tiempo que parecieran durar. Si tenía que aguantar cien años en aquella celda, los aguantaría.

Una vez que se demostró inmune a las insidias y murmuraciones de Rialla —hasta el punto de acusar a aquella mujer de ser una cobarde y una traidora—, la visión desapareció y Galbatorix cambió de ardid.

A partir de entonces, los montajes se volvieron cada vez más elaborados y rebuscados, pero ninguno desafiaba las leyes de la razón ni se contradecía con lo que ya le había enseñado, puesto que el rey seguía intentando mantenerla al margen de sus actividades.

El momento culminante llegó cuando hizo que pareciera que la sacaba de aquella cámara y se la llevaba a la celda de una mazmorra en algún otro lugar de la ciudadela, donde vio a Eragon y Saphira encadenados. Galbatorix amenazó con matar a Eragon a menos que Nasuada le jurara lealtad. Cuando se negó, para enojo de Galbatorix —enojo y sorpresa, pensó Nasuada—, Eragon lanzó un hechizo que los liberaba de algún modo a los tres. Tras un breve duelo, Galbatorix huyó —algo que dudaba que fuera a hacer en la realidad— y entonces ella, Eragon y Saphira emprendían el vuelo y escapaban de la ciudadela.

Había sido un episodio trepidante y excitante, y había sentido la tentación de esperar a ver cómo se resolvía la historia, pero le pareció que ya había participado bastante en los montajes de Galbatorix. Así que se aferró a la primera irregularidad que observó —la forma de las escamas alrededor de los ojos de Saphira— y la usó como excusa para fingir su reacción al darse cuenta de que el mundo que la rodeaba no era más que un espejismo.

—¡Me prometiste que no me mentirías mientras estuviera en la Sala del Adivino! —gritó al aire—. ¿Qué es esto si no, hombre sin palabra?

El arranque de ira de Galbatorix al enterarse de su descubrimiento fue terrible; Nasuada oyó un rugido más propio de un dragón del tamaño de una montaña, y luego el rey abandonó todas las sutilezas y durante el resto de la jornada la sometió a una serie de horribles tormentos.

Por fin cesaron las apariciones. Murtagh contactó con ella para decirle que ya podía confiar de nuevo en sus sentidos. Nasuada nunca había estado tan contenta de sentir que alguien entraba en contacto con su mente.

Aquella noche Murtagh fue a verla y se pasaron horas sentados, charlando. Le habló de los progresos de los vardenos —ya casi habían llegado a la capital— y de los preparativos del Imperio, y le dijo que creía haber encontrado un modo de liberarla. Cuando ella le instó a que le diera detalles, él se negó a hacerlo:

—Necesito uno o dos días más para ver si funcionará. Pero existe un modo, Nasuada. Anímate pensando en ello.

A ella lo que le animaba era la dedicación y la preocupación de Murtagh. Aunque no consiguiera escapar, le consolaba saber que no estaba sola en su cautiverio.

Le contó algunas de las cosas que le había hecho Galbatorix y los montajes con los que había intentado engañarla, y Murtagh chasqueó la lengua.

—Has demostrado ser más dura de lo que él creía. Hace mucho tiempo que nadie le plantea tanta batalla. Desde luego yo no me resistí tanto… No sé mucho del tema, pero sí sé que es increíblemente difícil crear ilusiones convincentes. Cualquier mago competente puede hacerte parecer que estás flotando en el aire o que tienes frío o calor, o que hay una flor creciendo delante de ti. Las cosas pequeñas y complicadas, o grandes y simples, son lo máximo que puede esperar crear un mago, y para mantener la ilusión se requiere una enorme concentración. Si te desconcentras, de pronto la flor tiene cuatro pétalos en lugar de diez. O puede desaparecer del todo. Los detalles son lo más difícil. La naturaleza está llena de infinitos detalles, pero nuestras mentes solo pueden retener un número limitado. Si alguna vez dudas de si lo que ves es real, observa los detalles. Busca las junturas del mundo, los lugares que el hechicero no conoce o que ha olvidado que están ahí, o que ha pasado por alto para ahorrar energía.

—Si tan difícil es, ¿cómo lo consigue Galbatorix?

—Usa los eldunarís.

—¿Todos?

Murtagh asintió.

—Le aportan la energía y los detalles que necesita, y él los dirige a su antojo.

—Entonces, ¿lo que yo veo son recuerdos acumulados en la memoria de los dragones? —preguntó ella, algo sorprendida.

Él volvió a asentir.

—Eso, y los recuerdos de los Jinetes, en el caso de los dragones que tuvieran Jinetes.

La mañana siguiente Murtagh la despertó con un mensaje mental para advertirla de que Galbatorix estaba a punto de volver a empezar. A partir de aquel momento la asaltaron fantasmas e ilusiones de todo tipo, pero con el paso del día Nasuada observó que las visiones —con algunas excepciones notables, como las de ella y Murtagh en la finca— se habían ido volviendo más difusas y sencillas, como si Galbatorix o los eldunarís se fueran agotando.

Y ahora se encontraba sentada en la llanura desierta, tatareando una melodía de los enanos, mientras los kull, los úrgalos y los Ra'zac se echaban sobre ella. La cogieron, y sintió los golpes y las heridas que le infligían, y en más de una ocasión chilló y deseó que aquel dolor acabara, pero ni por un momento se planteó ceder a los deseos de Galbatorix.

Entonces la llanura desapareció, al igual que gran parte de su sufrimiento, y se recordó: «Solo está en mi mente. No me rendiré. No soy un animal; mi carne será débil, pero yo soy fuerte».

A su alrededor apareció una oscura gruta iluminada por unas setas verdes luminiscentes. Durante unos minutos, oyó a una enorme criatura olisqueando y caminando por las sombras, entre las estalagmitas, y luego sintió su cálido aliento en la nuca, y el olor a carroña.

Se echó a reír de nuevo, y siguió riéndose mientras Galbatorix la obligaba a afrontar un horror tras otro en un intento por encontrar la combinación de dolor y miedo que la hiciera desmoronarse. Ella se reía porque sabía que su fuerza de voluntad era más fuerte que la imaginación de él, y porque sabía que podía contar con la ayuda de Murtagh, y que con él como aliado no debía temer las espectrales pesadillas en las que la sumergía Galbatorix, por muy terribles que le pudieran parecer en aquel momento.

Una cuestión de personalidad

*E*ragon resbaló al pisar un trozo de musgo y cayó de golpe dando con el costado en la hierba húmeda. Soltó un gruñido e hizo una mueca al sentir el impacto en la cadera. Sin duda le dejaría un cardenal.

—Barzûl —dijo, mientras se ponía en pie de nuevo con cuidado. «Por lo menos no he aterrizado sobre *Brisingr*», pensó, mientras se quitaba unos restos de barro frío de las calzas.

Apesadumbrado y cabizbajo, volvió a caminar hacia el edificio en ruinas donde habían decidido acampar, convencidos de que sería más seguro que el bosque.

Al abrirse paso por la hierba, asustó a unas cuantas ranas toro que salieron de su escondrijo y se apartaron saltando hacia ambos lados. Eran extrañas criaturas con una protuberancia en forma de cuerno sobre sus ojos, rojizos, y del centro de la frente les salía un apéndice curvado —como una caña de pesca— de cuyo extremo colgaba un pequeño órgano carnoso que de noche brillaba con una luz blanca o amarilla. La luz permitía a las ranas toro deslumbrar a cientos de insectos voladores que cazaban con la lengua y, al tener fácil acceso a la comida, adquirían un tamaño enorme. Había visto algunas del tamaño de una cabeza de oso, unas enormes masas carnosas con grandes ojos y una boca de dos palmos.

Las ranas le recordaron a Angela, la herbolaria, y de pronto sintió el deseo de que estuviera allí, en la isla de Vroengard, con ellos. «Si alguien puede decirnos nuestros verdaderos nombres, apuesto a que es ella», pensó. Por algún motivo, siempre había tenido la sensación de que la herbolaria podía mirar en su interior, como si lo supiera todo de él. Era una sensación desconcertante, pero en aquel momento le habría venido muy bien.

Habló con Saphira y decidieron confiar en Solembum y quedarse en Vroengard otros tres días como máximo mientras intentaban descubrir sus nombres verdaderos. Glaedr había dejado la decisión en sus manos.

Conocéis a Solembum mejor que yo —dijo—. *Quedaos, o no lo hagáis. En cualquier caso, el riesgo es grande. Ya no hay vías seguras.*

Los hombres gato nunca servirían a Galbatorix —decidió Saphira finalmente—. *Valoran demasiado su libertad. Yo confiaría en su palabra antes que en la de ninguna otra criatura, incluso la de un elfo.*

De modo que se quedaron.

Se pasaron el resto del día, y la mayor parte del siguiente, sentados, pensando, hablando, compartiendo recuerdos, examinándose la mente el uno al otro y probando diversas combinaciones de palabras en el idioma antiguo, con la esperanza de que pudieran descubrir de forma consciente sus verdaderos nombres o —con un poco de suerte— dar con ellos accidentalmente.

Glaedr les ofreció su ayuda cuando se la pidieron, pero la mayor parte del tiempo se mantuvo al margen y dio intimidad a Eragon y a Saphira para sus conversaciones, muchas de las cuales habrían provocado que Eragon se avergonzara un poco de tener que compartirlas con el viejo dragón.

La búsqueda del nombre verdadero es algo que hay que hacer solo —explicó Glaedr—. *Si se me ocurre el de alguno de los dos, os lo diré, puesto que no tenemos tiempo que perder, pero sería mejor que lo descubrierais por vuestra cuenta.*

De momento, ninguno de los dos lo había conseguido.

Desde que Brom les había hablado de los nombres verdaderos, Eragon había querido saber el suyo. El conocimiento, sobre todo de uno mismo, siempre resultaba útil, y esperaba que saber su nombre verdadero le permitiera dominar mejor sus pensamientos y sus sensaciones. Aun así, no podía evitar sentir cierto temor ante lo que pudiera descubrir.

Eso, suponiendo que «pudiera» descubrir su nombre en los días siguientes, algo de lo que no estaba completamente seguro. Esperaba conseguirlo, por el éxito de su misión y porque no quería que fueran Glaedr o Saphira quienes lo descubrieran. Si tenía que oír una palabra o una frase que revelara todo su ser, quería alcanzar ese conocimiento personalmente, en lugar de que alguien lo hiciera por él.

Eragon suspiró mientras subía los cinco escalones rotos que llevaban al edificio. Aquella estructura había sido una casa nido, o eso es lo que decía Glaedr, y comparada con lo que se veía en Vroengard era tan pequeña que pasaba desapercibida. Aun así, las paredes tenían más de tres plantas de altura y el interior era lo bastante grande como para que Saphira pudiera moverse holgadamente. La esquina sureste se había hundido hacia el interior, llevándose consigo parte del techo, pero por lo demás el edificio parecía sólido.

Los pasos de Eragon resonaron al atravesar el vestíbulo abovedado y avanzar por el suelo vidriado de la sala principal. En el interior del material transparente había unos remolinos de color que componían un diseño abstracto de una complejidad que mareaba. Cada vez que lo miraba, le daba la impresión de que las líneas iban a transformarse en alguna forma reconocible, pero eso nunca ocurría.

El suelo estaba cubierto por una fina red de grietas que se extendían hacia el exterior desde los escombros bajo el agujero donde habían cedido las paredes. De los bordes del techo roto colgaban largos tentáculos de hiedra como sogas con nudos. De los extremos de los tallos goteaba agua formando charcos informes y poco profundos, y el ruido de las gotas al caer resonaba por todo el edificio con un ritmo constante e irregular que Eragon pensó que le volvería loco si se quedaba escuchando unos cuantos días.

Contra la pared que daba al norte había un semicírculo de piedras que Saphira había arrastrado y colocado de aquel modo para proteger su campamento. Cuando Eragon llegó a la barrera, se subió de un salto al bloque más próximo, que medía más de dos metros de altura. Luego se dejó caer por el otro lado, y aterrizó ruidosamente.

Saphira dejó por un momento de lamerse la pata delantera, y Eragon percibió una interrogación por su parte. Negó con la cabeza, y ella siguió con su aseo.

El chico se desabrochó la capa y se acercó a la hoguera que había encendido junto a la pared. Extendió la prenda empapada en el suelo y luego se quitó las botas rebozadas de fango y también las puso a secar.

¿Te parece que va a volver a llover? —preguntó Saphira.

Probablemente.

Él se puso en cuclillas junto al fuego un momento; luego se sentó sobre el saco de dormir y se apoyó en la pared. Observó a Saphira mientras se pasaba la lengua escarlata alrededor de la cutícula flexible que tenía en la base de cada espolón. Se le ocurrió una idea, y murmuró una frase en el idioma antiguo, pero no sintió ningún cambio de energía en las palabras, ni observó reacción ninguna en Saphira, como había sucedido con Sloan cuando había pronunciado su nombre verdadero.

Eragon cerró los ojos y echó la cabeza atrás.

Era frustrante no poder averiguar el nombre verdadero de Saphira. Podía aceptar no llegar a comprenderse a sí mismo del todo, pero conocía a la dragona desde el día en que había salido del huevo, y había compartido con ella casi todos sus recuerdos. ¿Cómo podía ser que hubiera algo en ella que aún fuera un misterio para él? ¿Cómo podía ser que le hubiera resultado más fácil entender a un asesino como Sloan que a su propia compañera, unida a él por la magia? ¿Tenía que ver con que ella fuera una dragona y él un ser humano? ¿Sería porque la identidad de Sloan era más simple que la de Saphira?

Eragon no lo sabía.

Uno de las cosas que habían hecho Saphira y él —por recomendación de Glaedr— era decirse el uno al otro los defectos observados: él los de ella y ella los de él. Había sido todo un ejercicio de humildad. Glaedr también compartió con ellos sus observaciones, y aunque el dragón se mostró amable, Eragon no pudo evitar una sensación de orgullo herido al oír su lista de defectos de boca de Glaedr, pese a que también necesitaba tomar en cuenta aquello para intentar descubrir su verdadero nombre.

Para Saphira lo más difícil de admitir era su vanidad, defecto que se negó a reconocer como tal durante un buen rato. En el caso de Eragon, lo que más le costó fue admitir la arrogancia de la que, según Glaedr, hacía gala a veces, sus sentimientos hacia los hombres que había matado y la petulancia, el egoísmo, la rabia y otras carencias de las que era víctima ocasionalmente, como tantas otras personas.

Aun así, pese a haberse examinado con toda la sinceridad de la que fueron capaces, su introspección no había dado ningún resultado.

Hoy y mañana, eso es todo lo que tenemos. —La idea de volver junto a los vardenos con las manos vacías le deprimía—. *¿Cómo se supone que vamos a sacarle ventaja a Galbatorix?* —se preguntó, como había hecho tantas veces—. *Unos días más y nuestras vidas dejarán de ser nuestras. Seremos esclavos, como Murtagh y Espina.*

Soltó un improperio entre dientes y dio un puñetazo contra el suelo.

Tranquilo, Eragon —dijo Glaedr, y el chico observó que el dragón estaba protegiendo sus pensamientos para que Saphira no le oyera.

¿Cómo voy a estarlo? —gruñó él.

Es fácil mantener la calma cuando no hay nada de lo que preocuparse, Eragon. Cuando realmente pones a prueba tu autocontrol es cuando tienes que mantener la calma en una situación complicada. No puedes permitir que la ira o la frustración nublen tus pensamientos. Ahora no. En este momento lo que necesitas es tener la mente clara.

¿Tú siempre has mantenido la calma en momentos como este?

El viejo dragón emitió algo parecido a un chasquido con la boca.

No. Yo solía gruñir, morder, derribar árboles y abrir el suelo. Una vez, arranqué la cima de una montaña de las Vertebradas; los otros dragones se enfadaron bastante conmigo. Pero tuve muchos años para aprender que perder los nervios raramente sirve de ayuda. Tú no has vivido tanto, pero deja que mi experiencia te sirva de guía en esto. Deshazte de tus preocupaciones y concéntrate solo en la tarea que tienes delante. El futuro será el que tenga que ser, y preocupándote por él solo aumentarás la probabilidad de que tus miedos se hagan realidad.

Lo sé —suspiró Eragon—, *pero no es fácil.*

Por supuesto que no. Las cosas que valen la pena no suelen serlo —respondió Glaedr, que se retiró y le dejó en el silencio de sus pensamientos.

Eragon cogió su cuenco de las alforjas, saltó sobre el semicírculo de piedras y se encaminó, descalzo, hacia uno de los charcos bajo la abertura del techo. Había empezado a caer una fina llovizna que había cubierto aquella parte del suelo con una resbaladiza capa de agua. Se agachó junto al borde del charco y se puso a llenar el cuenco de agua con las manos desnudas.

Cuando lo tuvo lleno, Eragon se retiró un par de metros y lo colocó sobre una piedra que tenía la altura de una mesa. Luego visualizó a Roran mentalmente y murmuró:

—*Draumr kópa.*

El agua del cuenco vibró, y apareció una imagen de Roran contra un fondo de un blanco puro. Estaba caminando junto a Horst y Albriech, y su caballo *Nieve de Fuego* le seguía. Los tres hombres parecían cansados de caminar, pero aún iban armados, por lo que Eragon supo que el Imperio no los había capturado.

A continuación visualizó a Jörmundur y luego a Solembum —que estaba desplumando un tordo recién cazado—, y luego a Arya, pero las defensas de la elfa le impidieron verla, y en su lugar solo apareció un fondo negro.

Por fin puso fin al hechizo y volvió a verter el agua en el charco. En el momento en que trepaba a la barrera que rodeaba el campamento, Saphira se estiró y bostezó, arqueándose como un gato.

¿Cómo están?

Sanos y salvos, por lo que parece.

Dejó caer el cuenco sobre sus alforjas y luego se tendió en el saco de dormir, cerró los ojos y volvió a escrutar sus recuerdos en busca de alguna pista sobre su nombre verdadero. Cada pocos minutos se le ocurría una posibilidad diferente, pero ninguna le provocaba sensaciones especiales, así que las descartó y volvió a empezar de nuevo. Todos los nombres contenían algunas constantes: el hecho de que fuera un Jinete; su afecto por Saphira y Arya; su deseo de vencer a Galbatorix; sus relaciones con Roran, Garrow y Brom; y la sangre que compartía con Murtagh. Pero cualquiera que fuera el orden en que colocaba aquellos elementos, el nombre no le decía nada. Era evidente que estaba pasando por alto algún aspecto crucial de sí mismo, así que empezó a elaborar nombres cada vez más largos con la esperanza de dar con lo que fuera que estaba pasando por alto.

Cuando los nombres empezaron a volverse tan largos que tardaba más de un minuto en pronunciarlos, se dio cuenta de que estaba perdiendo el tiempo. Tenía que revisar sus presuposiciones de partida. Estaba convencido de que su error consistía en haber pasado por alto algún defecto, o en no haberle dado suficiente importancia a alguno del que ya era consciente. Sabía que a la gente le cuesta reconocer sus propias imperfecciones, y que lo mismo le pasaría a él. De algún modo tenía que curarse de aquella ceguera mientras tuviera tiempo. Era una ceguera nacida del orgullo y del instinto de supervivencia, ya que le permitía crearse una mejor imagen de sí mismo y vivir mejor. No obstante, en aquel momento no podía permitirse aquel autoengaño.

Así que pensó y siguió pensando mientras iba pasando el día, pero sus esfuerzos resultaron infructuosos.

La lluvia se hizo más intensa. A Eragon no le gustaba el repiqueteo del agua contra los charcos, porque aquel ruido informe hacía más difícil detectar el de los pasos de cualquier intruso. Desde su primera noche en Vroengard, no había encontrado ni rastro de los extraños personajes encapuchados que había visto moviéndose por la ciudad, ni había percibido ninguna actividad mental. Aun así mantenía la guardia, y no podía evitar la sensación de que iban a ser atacados en cualquier momento.

La luz gris del día fue tornándose oscura y una noche profunda y sin estrellas cubrió el valle. Eragon amontonó más leña sobre la hoguera; era la única luz que tenían en la casa-nido, y en proporción aquel fuego amarillo era como una pequeña vela perdida en aquel inmenso espacio. Junto a la hoguera, el suelo vidriado reflejaba la luz de las brasas y brillaba como una hoja de hielo, iluminando las briznas de color de su interior, que distraían a Eragon de sus cavilaciones.

Eragon no cenó. Tenía hambre, pero estaba demasiado tenso como para que la comida le sentara bien y, en cualquier caso, tenía la sensación de que la comida le haría pensar más despacio. La cabeza siempre le funcionaba mejor con la barriga vacía.

Decidió que no volvería a comer hasta que descubriera su nombre verdadero, o hasta que tuviera que abandonar la isla.

Pasaron varias horas. Hablaron poco entre ellos, aunque Eragon percibía las variaciones de humor y de pensamiento de Saphira, igual que ella notaba las suyas.

Entonces, cuando Eragon estaba a punto de sumirse en sus sueños de vigilia, no solo para descansar, sino también con la esperanza de que el sueño le aportara una nueva perspectiva, Saphira emitió un *¡yauu!*, alargó la pata derecha y golpeó el suelo con ella. Varias ramas de la hoguera se desmoronaron, lanzando un chisporroteo hacia el oscuro techo.

Alarmado, Eragon se puso en pie de un salto y desenvainó *Brisingr*, al tiempo que escrutaba la oscuridad que se abría más allá del semicírculo de piedras en busca de enemigos. Tardó un instante en darse cuenta de que Saphira no estaba preocupada ni furiosa, sino eufórica.

¡Lo he conseguido! —exclamó la dragona. Arqueó el cuello y lanzó un chorro de llamas azules y amarillas hacia lo alto del edificio—. *¡Ya sé mi nombre!* —Dijo una frase en el idioma antiguo, y Eragon sintió que su mente reverberaba con un sonido como el de una campana y, por un momento, las puntas de las escamas de Saphira brillaron con una luz interior, y por un instante la vio como si estuviera hecha de estrellas.

El nombre era solemne y majestuoso, pero también tenía algo triste, porque la definía como la última hembra de su raza. En aquellas palabras, Eragon percibió el amor y la devoción que Saphira sentía por él, así como otros rasgos que componían su personalidad. La mayoría los reconoció; algunos no. Sus defectos eran tan prominentes como sus virtudes, pero la impresión general que daba era de fuego, de belleza y de grandeza.

Saphira se estremeció desde la punta del morro al extremo de la cola y ahuecó las alas.

Sé quién soy —declaró.

Bien hecho, Bjartskular —dijo Glaedr. Eragon notó lo impresionado que estaba—. *Tienes un nombre del que sentirte orgullosa. No obstante, yo no volvería a decirlo, ni siquiera para tus adentros, hasta que estemos en la..., en la torre a la que hemos venido. Debes tener el máximo cuidado de ocultar tu nombre, ahora que lo conoces.*

Saphira parpadeó y volvió a agitar las alas.

Sí, maestro —respondió, visiblemente emocionada.

Eragon envainó *Brisingr* y se acercó a Saphira. Ella bajó la cabeza hasta su altura. Eragon le acarició la mandíbula y luego apoyó la frente contra su duro morro y la abrazó con toda la fuerza que pudo, sintiendo el duro contacto de sus escamas contra los dedos. Unas lágrimas cálidas le bañaron el rostro.

¿Por qué lloras? —preguntó ella.

Porque... Tengo mucha suerte de estar unido a ti.

Pequeño.

Hablaron un rato más, ya que Saphira tenía ganas de comentar lo que había aprendido de sí misma. Eragon se mostró encantado de escuchar, pero no podía evitar sentir cierta amargura por no haber sido capaz de adivinar su nombre verdadero.

Entonces Saphira se acurrucó en su lado del semicírculo y se dispuso a dormir, dejando al chico cavilando a la luz mortecina de la hoguera. Glaedr se mantuvo despierto y en guardia, y en alguna ocasión Eragon le hizo alguna consulta, pero la mayor parte del tiempo se mantuvo en silencio.

Las horas pasaron lentamente, y él se sentía cada vez más frustrado. Se le estaba acabando el tiempo —de hecho, tendrían que haber partido en busca de los vardenos el día anterior— y por mucho que lo intentara no se veía capaz de describirse a sí mismo tal como era.

Calculó que sería casi medianoche cuando dejó de llover.

Eragon se agitó, nervioso, intentando decidirse; por fin se puso en pie, demasiado tenso como para permanecer sentado.

Voy a dar un paseo —le dijo a Glaedr.

Esperaba que el dragón le planteara objeciones, pero en cambió Glaedr le respondió:

Deja aquí tus armas.

¿Por qué?

Encuentres lo que encuentres, tienes que afrontarlo solo. No puedes aprender de qué estás hecho si confías en que algo o alguien te ayude.

Eragon pensó que aquello tenía sentido, pero aun así dudó antes de soltarse el cinto con la espada y el puñal y quitarse la cota de malla. Se puso las botas y la capa aún húmeda y colocó las alforjas que contenían el corazón de corazones de Glaedr al lado de Saphira.

En el momento de dejar atrás el semicírculo de piedra, Glaedr le dijo:

Haz lo que debas, pero ten cuidado.

En el exterior de la casa nido, Eragon se encontró con montones de estrellas y una luz de luna que se filtraba a través de los huecos entre las nubes y le permitía orientarse mínimamente.

Dio unos saltos verticales mientras se preguntaba hacia dónde ir y luego se puso en marcha, con un trote ligero, hacia el corazón de la ciudad en ruinas. Al cabo de unos segundos afloró la frustración que sentía y echó a correr con todas sus fuerzas.

Mientras escuchaba el sonido de su respiración y el ruido de sus pasos sobre los adoquines, se preguntó: «¿Quién soy yo?». Pero no encontró respuesta.

Corrió hasta que los pulmones empezaron a fallarle, y luego siguió corriendo, y cuando ni sus pulmones ni sus piernas aguantaban más, se paró junto a una fuente cubierta de hierbas y apoyó los brazos en ella para recobrar el aliento.

A su alrededor se levantaban las siluetas de enormes edificios: moles cubiertas de sombras que recordaban una vieja cadena de montañas en ruinas. La fuente se encontraba en el centro de un enorme patio, cubierto en gran parte por fragmentos de piedra.

Se irguió, separándose de la fuente, y lentamente dio media vuelta. A lo lejos oía el profundo y sonoro croar de las ranas toro, un curioso y penetrante sonido que adquiría especial intensidad cuando se unía al coro una de las ranas de mayor tamaño.

Unos metros más allá, una losa de piedra agrietada le llamó la atención. Se acercó, la agarró por los bordes y, de un tirón, la arrancó del suelo. Haciendo un gran esfuerzo con los músculos de los brazos, avanzó tambaleándose hasta el extremo del patio y dejó caer la losa más allá, en la hierba.

Aterrizó con un suave pero satisfactorio *¡zump!*

Volvió hasta la fuente, se desabrochó la capa y la colgó del borde de la escultura. Luego fue hasta la siguiente piedra del suelo —una cuña recortada desprendida de un bloque más grande— y metió los dedos por debajo, levantándola para echársela al hombro.

Durante más de una hora se empleó a fondo para limpiar el patio. Algunas de las piedras caídas eran tan grandes que tuvo que usar la magia para moverlas, pero en la mayoría de los casos se bastó con las manos. Lo hizo de un modo metódico, avanzando y retrocediendo por el patio, y a cada resto de piedra que encontraba, fuera pequeño o grande, se paraba y lo retiraba.

El esfuerzo enseguida le dejó cubierto en sudor. Se habría quitado la túnica, pero los bordes de piedra eran en muchos casos afilados y se habría cortado. Aun así, fue acumulando una serie de morados en el pecho y los hombros, y se arañó las manos bastantes veces.

El esfuerzo le ayudó a calmarse y, como requería poca concentración, le permitió seguir pensando en lo que era y lo que podría ser.

A mitad de su tarea autoimpuesta, cuando por fin se concedió un descanso después de trasladar un trozo de cornisa especialmente pesado, oyó un siseo amenazante, levantó la vista y vio un snalglí —este con un cascarón de al menos dos metros de altura— deslizándose en la oscuridad a una velocidad asombrosa, con el cuello bien estirado. Su boca sin labios era como un corte asestado en la tierna carne, y tenía aquellos ojos bulbosos plantados sobre él. A la luz de la luna, la carne del snalglí brillaba como plata, igual que el rastro de babas que dejaba tras de sí.

—*Letta* —dijo Eragon, poniéndose derecho y sacudiéndose unas gotas de sangre de las magulladas manos—. *Ono ach néiat threyja eom verrunsmal edtha, O snalglí.*

Al pronunciar su advertencia, el caracol frenó su avance y echó los ojos atrás. Cuando estaba a unos metros, se detuvo del todo, volvió a sisear y giró a la izquierda, rodeando a Eragon.

—Oh, no, no hagas eso —murmuró, girándose él también, y

echó una mirada por encima del hombro para asegurarse de que no se le acercaba ningún otro snalglí por detrás.

El caracol gigante parecía darse cuenta de que ya no podría pillarle por sorpresa, así que se detuvo y se quedó siseando y agitando los ojos.

—Suenas como una tetera olvidada en el fogón —le dijo Eragon.

Los ojos del caracol se balancearon aún más rápido y entonces cargó contra él, agitando los extremos de su grueso vientre.

El chico esperó hasta el último momento, se echó a un lado y dejó que el snalglí pasara de largo.

—No eres muy listo, ¿verdad? —se mofó, dándole una palmadita en el cascarón al pasar. Se apartó con un paso de baile y empezó a burlarse de la criatura en el idioma antiguo, usando todo tipo de nombres insultantes.

El caracol parecía rebufar de rabia; tenía el cuello hinchado y abría la boca cada vez más, escupiendo baba al tiempo que siseaba.

Una y otra vez cargó contra Eragon, y en cada ocasión él se apartaba de un salto. Al final el snalglí se cansó del juego. Se retiró unos cinco metros y se quedó mirándolo con sus ojos como puños.

—¿Cómo consigues cazar algo con lo lento que eres? —le preguntó Eragon en tono burlón, y le sacó la lengua.

El snalglí volvió a sisear, pero esta vez dio media vuelta y se sumió en la oscuridad.

Eragon esperó unos minutos para asegurarse de que se había ido antes de volver a sus piedras.

—A lo mejor debería llamarme Burlador de Caracoles —murmuró mientras empujaba un trozo de columna, haciéndolo rodar por el patio—. Eragon *Asesino de Sombra, Burlador de Caracoles*… Desde luego asustaría a cualquiera allá donde fuera.

Era entrada la noche cuando por fin echó la última piedra a la franja de césped que rodeaba el patio. Y allí se quedó, jadeando. Tenía frío, hambre y estaba cansado, y le dolían los arañazos de las manos y de las muñecas.

Había acabado en la esquina noreste del patio. Al norte se abría un enorme pabellón que había quedado destruido en gran parte durante la batalla; lo único que quedaba era un fragmento de las negras paredes y una única columna cubierta de hiedra en el lugar donde antes estaba la entrada.

Se quedó mirando la columna un buen rato. Por encima brillaba un cúmulo de estrellas —rojas, azules y blancas—, visibles a través de un hueco entre las nubes, refulgentes como diamantes tallados. Sintió una extraña atracción, como si su aparición significara algo que debiera tener en cuenta.

Sin pensárselo dos veces, caminó hasta la base de la columna —abriéndose paso por entre montones de escombros—, levantó las manos todo lo que pudo y se agarró a la hiedra por un tallo grueso como su antebrazo y cubierto por miles de pelillos.

Tiró de la enredadera. Aguantó el envite, así que dio un salto y empezó a trepar. Primero una mano y luego la otra, fue escalando la columna, que debía de tener unos cien metros de altura, pero que le parecía más alta a medida que iba alejándose del suelo.

Sabía que aquello era una insensatez, pero se sentía insensato.

A media ascensión, los tallos más pequeños de la planta empezaron a separarse de la piedra al cargarlos con su peso. A partir de aquel momento, tuvo la precaución de agarrarse solo al tallo principal y a algunas de las ramas laterales más gruesas.

Cuando llegó arriba, las fuerzas casi le habían abandonado. El capitel de la columna aún estaba intacto; formaba una superficie cuadrada y plana lo suficientemente grande como para sentarse y aún le sobraban casi dos palmos por cada lado.

Agotado por el esfuerzo, Eragon cruzó las piernas y apoyó las manos en las rodillas con las palmas hacia arriba, sintiendo el alivio que le proporcionaba el contacto del aire sobre la piel desgarrada.

A sus pies se extendía la ciudad en ruinas: un laberinto de estructuras fragmentadas en muchas de las cuales resonaban extraños lamentos ancestrales. En algunos lugares, donde había charcas, veía las tenues luces de las ranas toro, como farolillos vistos desde lejos.

«Ranas farolillo —pensó, de pronto, en idioma antiguo—. Así es como se llaman: ranas farolillo.» Y supo que estaba en lo cierto, porque las palabras encajaban como una llave en la cerradura.

Entonces posó la mirada en el cúmulo de nubes que le habían impulsado a trepar. Respiró más despacio y se concentró en mantener un flujo continuo y regular de aire en los pulmones. El frío, el hambre y los temblores que le producía la fatiga le otorgaron una peculiar sensación de clarividencia; le parecía flotar por encima de su cuerpo, como si el vínculo entre su conciencia y su cuerpo se hubiera atenuado, y le invadió una sensación de conciencia extrema con respecto a la ciudad y a la isla entera. De pronto se volvió extraordinariamente sensible a los movimientos del viento y a cualquier sonido u olor que llegara a lo alto de la columna.

Allí sentado, pensó en más nombres, y aunque ninguno le describía del todo, sus fracasos no le desanimaron, porque sentía la mente demasiado despejada como para que cualquier revés perturbara su ecuanimidad.

«¿Cómo puedo incluir todo lo que soy en solo unas palabras?», se preguntó, y siguió planteándose la cuestión mientras las estrellas seguían su viaje por el firmamento.

Tres sombras informes sobrevolaron la ciudad —como pequeñas ondulaciones del aire— y aterrizaron sobre el tejado del edificio que tenía a la izquierda. Luego, las oscuras siluetas en forma de búho extendieron sus penachos emplumados y se le quedaron mirando con unos ojos luminosos que no inspiraban nada bueno. Los Sombras parlotearon en voz baja unas con otras, y dos de ellas se rascaron las alas vacías con unas garras que no tenían volumen. La tercera sostenía los restos de una rana toro entre sus espolones del color del ébano.

Eragon observó a las amenazantes aves unos minutos y ellas le miraron a él; luego emprendieron el vuelo y desaparecieron como espectros, hacia el oeste, silenciosas como una pluma al caer.

Cerca del amanecer, cuando Eragon vio el lucero del alba entre dos cumbres al este, se preguntó: «¿Qué es lo que quiero?».

Hasta entonces no se había molestado en plantearse tal cuestión. Quería derrocar a Galbatorix, por supuesto. Pero si lo conseguía, ¿qué? Desde que había salido del valle de Palancar, había pensado que un día Saphira y él volverían para vivir cerca de las montañas que tanto amaba. No obstante, al plantearse esa posibilidad, poco a poco reconoció que ya no le atraía.

Había crecido en el valle de Palancar, y siempre lo consideraría su casa. Pero ¿qué les quedaba allí a Saphira y a él? Carvahall estaba arrasado, y aunque los lugareños lo reconstruyeran algún día, el pueblo nunca sería el mismo. Además, la mayoría de los amigos que habían hecho Saphira y él mismo vivían en otros lugares, y los dos tenían compromisos con las diversas razas de Alagaësia —compromisos que no podían pasar por alto—. Y después de todo lo que habían hecho y todo lo que habían visto, no podía imaginarse que ninguno de los dos pudiera contentarse con vivir en un lugar tan sencillo y aislado.

«Porque el cielo es infinito y el mundo es redondo…»

Y aunque volvieran, ¿qué harían? ¿Criar vacas y cultivar trigo? Él no tenía ningún deseo de ganarse la vida cultivando la tierra como había hecho su familia durante su infancia. Saphira y él eran dragona y Jinete; su condena y su destino era volar en primera línea de la historia, no sentarse ante el hogar y volverse gordos y perezosos.

Por otra parte estaba Arya. Si Saphira y él vivieran en el valle de Palancar, rara vez la vería, si es que la veía en alguna ocasión.

—No —dijo Eragon, y aquella palabra fue como un martillazo en el silencio—. No quiero volver.

Un cosquilleo frío le recorrió la columna. Hacía tiempo que sabía que había cambiado desde que se había puesto en marcha con Brom y Saphira siguiendo el rastro a los Ra'zac, pero se había aferrado a la convicción de que, en el fondo, seguía siendo la misma persona. Ahora comprendía que ya no era cierto. Aquel chico del primer día, que al fin había puesto el pie fuera del valle de Palancar, ya no existía; Eragon no se le parecía, no actuaba como él y ya no quería las mismas cosas de la vida.

Aspiró profundamente y luego liberó el aire en un largo suspiro estremecedor, al tiempo que la verdad tomaba cuerpo en su interior.

—Yo no soy quien era —dijo. Y, al hacerlo en voz alta, aquel pensamiento parecía adquirir peso.

Entonces, mientras los primeros rayos del amanecer iluminaban el cielo al este de la antigua isla de Vroengard, donde habían vivido hace muchos años Jinetes y dragones, pensó en un nombre —un nombre en el que no había pensado antes— y, al hacerlo, le invadió una sensación de certeza.

Dijo el nombre, se lo susurró mentalmente y sintió que todo su cuerpo vibraba de golpe, como si Saphira le hubiera dado un golpe a la columna que lo sostenía.

Y entonces cogió aire con fuerza y se dio cuenta de que estaba riendo y llorando a la vez: riendo por haberlo conseguido y por la alegría desbocada que le producía el conocerse por fin, y llorando porque todos sus fracasos, todos los errores que había cometido ahora resultaban evidentes y porque ya no podría engañarse como consuelo.

—No soy el que era —susurró, agarrándose a los bordes de la columna—, pero sé quién soy.

El nombre, su nombre verdadero, era menos majestuoso y más

sencillo de lo que le habría gustado, y se odió por ello, pero era admirable por su contenido, y cuanto más pensaba en él, más aceptaba la verdadera naturaleza de su ser. No era la mejor persona del mundo, pero tampoco era la peor.

—Y no me rendiré —gruñó.

Se congratuló de que su identidad no fuera inmutable; podía mejorar si lo deseaba. Y justo en aquel momento se juró que en el futuro sería mejor, por duro que fuera.

Aún riendo y llorando a la vez, levantó la cara hacia el cielo y extendió los brazos a ambos lados. Con el tiempo, las lágrimas y las risas desaparecieron y su lugar lo ocupó una profunda calma aderezada con un punto de felicidad y resignación. A pesar de la recomendación de Glaedr, volvió a susurrar su nombre verdadero, y de nuevo la fuerza de aquellas palabras le hizo temblar de pies a cabeza.

Con los brazos abiertos, se puso en pie sobre la columna y luego se dejó caer hacia delante, de cabeza, hacia el suelo. Justo antes de estrellarse, dijo «Vëoht» y frenó, dio una vuelta sobre sí mismo y aterrizó sobre los escombros con la misma delicadeza que si bajara de un carruaje.

Regresó a la fuente del centro del patio y recuperó la capa. Luego, mientras la luz iba extendiéndose por la ciudad en ruinas, se apresuró a volver a la casa nido, impaciente por despertar a Saphira y contarles a ella y a Glaedr su descubrimiento.

La Cripta de las Almas

*E*ragon levantó la espada y el escudo, dispuesto a proceder, pero al mismo tiempo algo asustado.

Igual que antes, se situaron a los pies de la roca de Kuthian, con el corazón de corazones de Glaedr en el pequeño cofre oculto en las alforjas a lomos de Saphira.

Aún era de madrugada y el sol brillaba con intensidad a través de unos enormes jirones entre el manto de nubes. Eragon y Saphira habían decidido ir directamente a la roca de Kuthian en cuanto Eragon había regresado a la casa nido, pero Glaedr había insistido en que Eragon comiera algo antes, y en que esperaran a que la comida se le asentara en el estómago.

Pero ahora ya estaban por fin en la recortada torre de piedra, y el chico estaba cansado de esperar, igual que Saphira.

Desde que se habían confiado mutuamente sus nombres verdaderos, daba la impresión de que el vínculo entre ellos se había vuelto más fuerte, quizá porque ambos habían oído lo importantes que eran el uno para el otro. Era algo que sabían desde siempre, pero, aun así, haberlo planteado en aquellos términos irrefutables aumentaba la sensación de proximidad que compartían.

En algún lugar, al norte, un cuervo graznó.

Empezaré yo —decidió Glaedr—. *Si es una trampa, quizá pueda detenerla antes de que os afecte a vosotros.*

Eragon se dispuso a cortar la comunicación mental con Glaedr, y también Saphira, para que el dragón pudiera pronunciar su nombre verdadero sin que le oyeran. Pero Glaedr objetó:

No, vosotros me habéis dicho vuestros nombres. Lo justo es que sepáis el mío.

Eragon miró a Saphira, y ambos contestaron.

Gracias, Ebrithil.

Entonces Glaedr pronunció su nombre, y retumbó en la mente de Eragon como una fanfarria de trompetas, regia pero discordante, teñida por el pesar y la rabia de Glaedr ante la muerte de Oromis. Su nombre era más largo que el de Eragon o el de Saphira; comprendía varias frases —compendio de una vida que había durado siglos, llena de alegrías, penas e innumerables logros—. Su nombre reflejaba su sabiduría, pero también sus contradicciones: complejidades que hacían difícil llegar a comprender del todo su identidad.

Saphira se sobrecogió tanto como Eragon al oír el nombre de Glaedr, que les hizo darse cuenta a ambos de lo jóvenes que eran aún y de lo mucho que tendrían que hacer aún antes de acercarse siquiera al nivel de conocimiento y experiencia de Glaedr.

«Me pregunto cuál será el verdadero nombre de Arya», pensó Eragon.

Observaron la roca de Kuthian atentamente, pero no detectaron ningún cambio.

La siguiente fue Saphira. Arqueando el cuello y pateando el suelo como un toro bravo, pronunció su nombre verdadero con orgullo. Incluso a plena luz del día, sus escamas volvieron a centellear al sonido de su voz.

Tras oír los nombres verdaderos de Glaedr y de Saphira, Eragon se sintió menos preocupado por el suyo. Ninguno de los dos era perfecto, y aquello tampoco les condenaba por sus carencias, sino que más bien las reconocía y los ayudaba a superarlas.

Tampoco pasó nada después de que Saphira pronunciara su nombre.

Por último, Eragon dio un paso adelante con la frente cubierta de un sudor frío. Sabiendo que podría ser lo último que hiciera como hombre libre, pronunció su nombre mentalmente, como habían hecho Glaedr y Saphira. Antes habían acordado que sería más seguro no decirlo en voz alta para eliminar la posibilidad de que alguien lo oyera.

En el momento en que Eragon articuló la última palabra mentalmente, apareció una línea fina y oscura en la base de la torre.

La línea se extendió quince metros hacia arriba y luego se dividió en otras dos que se abrieron hacia los lados, trazando la silueta de dos anchas puertas. Sobre las puertas aparecieron filas y más filas de glifos dorados, defensas contra cualquier intento de detección física o mágica.

Una vez definidas las puertas, se abrieron hacia el exterior apoyadas en unas bisagras ocultas, barriendo a su paso la tierra y las plantas que se habían acumulado desde la última apertura, tantos años atrás. Al otro lado había un enorme túnel abovedado que descendía en una pronunciada pendiente hacia las entrañas de la Tierra.

Las puertas se quedaron inmóviles y el claro volvió a quedar en silencio.

Eragon se quedó mirando el oscuro túnel, con una creciente sensación de desconfianza. Habían encontrado lo que buscaban, pero aun así no estaba seguro de si aquello era o no una trampa.

Solembum no mintió —observó Saphira, sacando la lengua para olfatear el aire.

Sí, pero ¿qué nos espera ahí dentro? —preguntó Eragon.

Este lugar no debería existir —dijo Glaedr—. *Los Jinetes y los dragones ocultamos muchos secretos en Vroengard, pero la isla es demasiado pequeña para que pudiera construirse un túnel así sin que los demás se enteraran. Y yo no había oído hablar nunca de él.*

Eragon frunció el ceño y miró alrededor. Seguían solos; nadie intentaba espiarlos.

¿Puede ser que lo construyeran antes de que los Jinetes se establecieran en Vroengard?

Glaedr se quedó pensando un momento.

No lo sé… Quizá. Es la única explicación que tiene sentido, pero si es así, será antiquísimo.

Los tres escrutaron el túnel mentalmente, pero no percibieron ninguna criatura viva en su interior.

Pues adelante —dijo Eragon.

El sabor acre del miedo le llenaba la boca, y en el interior de los guantes sentía las manos empapadas de sudor. Fuera lo que fuera lo que los esperaba al otro extremo del túnel quería descubrirlo de una vez por todas. Saphira también estaba nerviosa, pero menos que él.

Encontremos a la rata que se oculta en esta madriguera —decidió.

Y, juntos, atravesaron la puerta y se introdujeron en el túnel.

Cuando el último centímetro de cola de Saphira rebasó el umbral, las puertas se cerraron tras ellos de golpe con un sonoro ruido de piedra contra piedra, sumergiéndolos en la oscuridad.

—¡Ah, no, no, no! —protestó Eragon, corriendo hacia las puertas—. *Naina hvitr* —dijo, y una luz blanca difusa iluminó la entrada del túnel.

La superficie interior de las puertas estaba completamente lisa, y por mucho que empujó y las golpeó, se negaban a moverse.

—Maldición. Teníamos que haber usado un tronco o una roca como cuña para evitar que se cerraran —se lamentó, fustigándose por no haber pensado en ello antes.

Si es necesario, siempre podemos echarlas abajo —propuso Saphira.

Eso lo dudo mucho —respondió Glaedr.

Entonces supongo que no tenemos otra opción que seguir adelante —concluyó Eragon, agarrando de nuevo *Brisingr*.

¿Cuándo hemos tenido alguna otra opción que no fuera seguir adelante? —preguntó Saphira.

Eragon modificó su hechizo de modo que la luz flotante emanara de un único punto del techo —para evitar que la ausencia de sombras les impidiera determinar las profundidades— y luego, uno junto al otro, iniciaron el descenso por el túnel.

El suelo era algo rugoso, lo que facilitaba la adherencia, a falta de escalones. En el punto de unión entre suelo y paredes no había aristas, como si la piedra se hubiera fundido, lo que le hizo pensar a Eragon que muy probablemente el túnel fuera obra de elfos.

Siguieron descendiendo hacia el interior de la Tierra, hasta que Eragon calculó que habrían pasado las colinas que se levantaban tras la roca de Kuthian y que se habrían introducido en la base de la montaña de detrás. El túnel no se curvaba ni se bifurcaba en ningún momento, y las paredes estaban absolutamente desnudas.

Por fin Eragon sintió que el aire que les llegaba de delante era un poco más cálido, y observó un leve resplandor anaranjado en la distancia.

—*Letta* —murmuró, y apagó la luz flotante.

El aire siguió caldeándose a medida que descendían, y el resplandor se acabó convirtiendo en luz. Muy pronto vieron el final del túnel, que daba a un enorme arco negro completamente cubierto de glifos esculpidos, como si el arco estuviera cubierto de espinas. El aire olía a azufre, y Eragon sintió que empezaban a llorarle los ojos.

Se detuvieron ante el arco; del otro lado vieron que el suelo era liso y gris.

Eragon miró atrás, por donde habían venido, y luego volvió a observar el arco. La estructura recortada le ponía nervioso, y también a Saphira. Intentó leer los glifos, pero estaban demasiado enmarañados y pegados unos a otros como para interpretarlos, y tampoco percibía que la estructura negra tuviera ninguna energía propia. Aun así, le costaba creer que no estuviera encantada. Quienquiera que hubiera construido el túnel había conseguido ocultar el hechizo de la abertura a todo el que pasara por fuera, lo que hacía pensar que podría haber hecho lo mismo con cualquier hechizo aplicado al arco.

Intercambió una mirada rápida con Saphira y se humedeció los labios, recordando lo que había dicho Glaedr: «Ya no hay vías seguras».

Saphira rebufó, liberando una pequeña llamarada por cada orificio nasal, y luego, como si fueran uno solo, Eragon y la dragona atravesaron el arco.

En la cripta, primera parte

*E*ragon notó varias cosas a la vez.

En primer lugar, que se encontraban en un extremo de una cámara circular de más de sesenta metros de anchura con un gran foso en el centro del que radiaba una suave luz anaranjada. En segundo lugar, que el aire era abrasador. En tercero, que en la parte externa de la sala había dos anillos concéntricos de gradas —la de atrás más alta que la de delante— con numerosos objetos oscuros encima. En cuarto lugar, que la pared que se levantaba tras la segunda grada brillaba por muchos puntos, como si estuviera decorada con cristal de colores. Pero no tuvo ocasión de examinar ni la pared ni los objetos oscuros, porque en la zona abierta junto al foso de luz había un hombre con la cabeza de dragón.

El hombre estaba hecho de metal y brillaba como acero pulido. No llevaba más ropas que un taparrabos del mismo material brillante que su cuerpo, y tenía el pecho y las extremidades musculados como los de un Kull. En la mano izquierda llevaba un escudo de metal y, en la derecha, una espada iridiscente que Eragon reconoció como el arma de un Jinete.

Detrás del hombre, en el otro extremo de la sala, el chico distinguió vagamente un trono con las marcas del contorno del cuerpo del hombre en el asiento y el respaldo.

El hombre con cabeza de dragón dio un paso adelante. Su piel y sus articulaciones se movían con la misma ligereza que si fueran de carne, pero cada paso resonaba como si se hubiera apoyado un gran peso en el suelo. Se detuvo a diez metros de Eragon y Saphira y se los quedó mirando con unos ojos que brillaban como un par de llamas de color escarlata. Luego, levantando su cabeza cubierta de escamas, emitió un extraño rugido metálico que resonó, creando la impresión de que era una docena de criaturas las que rugían.

Eragon aún se estaba preguntando si se suponía que tenían que enfrentarse a aquel ser cuando de pronto sintió una mente extraña y poderosa que entraba en contacto con la suya. Era diferente a todas las que se le habían acercado nunca, y parecía contener una gran cantidad de voces, gritos, coros disonantes que le recordaban el ruido del viento en una tormenta.

Antes de que pudiera reaccionar, aquella mente se abrió paso a través de sus defensas y se hizo con el control de sus pensamientos. Por mucho que hubiera practicado con Glaedr, Arya y Saphira, no pudo detener el ataque; ni siquiera retardarlo. Era como intentar detener la subida de la marea con las manos.

Una luz cegadora y un estruendo incoherente le rodearon mientras aquel coro de lamentos se extendía por todos los recovecos de su ser. Entonces sintió como si el invasor le partiera la mente en media docena de trozos —cada uno de ellos consciente de la presencia de los demás, pero ninguno capaz de actuar con libertad— y su visión se fragmentó como si viera la cámara a través de las facetas de una piedra tallada.

Seis recuerdos diferentes empezaron a tomar posesión de su fracturada conciencia. No los había elegido él; aparecieron sin más, y fueron pasando tan rápido que él no podía siquiera seguirlos. Al mismo tiempo, su cuerpo se dobló y adoptó diferentes posturas, y luego su mano levantó a *Brisingr* hasta la altura de los ojos y contempló seis versiones idénticas de la espada. El invasor incluso le hizo formular un hechizo cuya finalidad él no podía entender, puesto que los únicos pensamientos que tenía eran los que le permitía aquel ser. Tampoco sintió ninguna emoción, más que una leve sensación de alarma.

Durante horas, aquella mente extraña examinó cada uno de sus recuerdos, desde el momento en que había salido de la granja de su familia para cazar ciervos en las Vertebradas —tres días antes de encontrar el huevo de Saphira— hasta el presente. En segundo plano, Eragon notaba que lo mismo le estaba ocurriendo a Saphira, pero saberlo no le servía para nada.

Por fin, mucho después de que abandonara toda esperanza de recuperar el control de sus pensamientos, el coro de voces disonantes volvió a unir las piezas de su mente y se retiró.

Eragon se tambaleó y cayó hacia delante, clavando una rodilla en el suelo; luego recuperó el equilibrio. A su lado, Saphira daba bandazos y lanzaba mordiscos al aire.

«¿Cómo? —pensó—. ¿Quién?» Capturarlos a los dos a la vez, y supuestamente también a Glaedr, era algo de lo que no creía capaz ni siquiera a Galbatorix.

Eragon sintió de nuevo aquella presencia en la mente, pero esta vez no le atacó.

Nuestras disculpas, Saphira. Nuestras disculpas, Eragon, pero teníamos que estar seguros de vuestras intenciones. Bienvenidos a la Cripta de las Almas. Llevamos mucho tiempo esperándoos. Y bienvenido tú también, primo. Nos alegramos de que sigas vivo. ¡Recupera ahora tus recuerdos, sabiendo que por fin has completado tu labor!

Un resplandor de energía brilló entre Glaedr y aquella conciencia. Un instante más tarde, Glaedr profirió mentalmente un rugido que a Eragon le provocó un intenso dolor en las sienes. Del dragón dorado surgió una maraña de emociones: pesar, triunfo, incredulidad, decepción y, por encima de todas ellas, una sensación de alivio y regocijo tan intensos que el propio Eragon se encontró sonriendo sin saber por qué. Y al buscar el contacto de la mente de Glaedr sintió no solo una mente, sino una multitud de ellas, todas susurrando y murmurando.

—¿Quién…? —susurró Eragon. Ante ellos, el hombre con la cabeza de dragón no se había movido ni un centímetro.

Eragon —dijo Saphira—. *Mira la pared. Mira…*

Miró. Y vio que la pared circular no estaba decorada con cristal, como le había parecido en un principio, sino que estaba cubierta de decenas y decenas de hornacinas, y cada una de ellas contenía una esfera brillante. Algunas eran grandes; otras, pequeñas; pero todas emitían un suave resplandor, como brasas ardiendo en los restos de una hoguera.

El chico sintió que el corazón se le paraba por un momento, y entonces comprendió.

Bajó la mirada hacia los objetos oscuros dispuestos sobre las gradas; eran lisos y ovoides, y parecían esculpidos en piedra de diferentes colores. En cuanto a las esferas, algunas eran más grandes y otras más pequeñas, pero tenían una forma que habría reconocido en cualquier parte.

Una oleada de calor le invadió y las rodillas le temblaron.

No puede ser.

Quería creer lo que veía, pero temía que fuera una ilusión creada para arrebatarle sus esperanzas. Sin embargo, la posibilidad de que lo que veía fuera real le dejó sin respiración, sobrecogido hasta tal punto que no sabía qué decir o hacer. La reacción de Saphira fue similar, o quizás aún más intensa.

Entonces la mente volvió a hablar:

No os equivocáis, jovencitos, ni os engañan vuestros sentidos. Somos la esperanza secreta de nuestra raza. Aquí se encuentran nuestros corazones de corazones (los últimos eldunarís libres de la Tierra), y aquí están los huevos que hemos custodiado durante más de un siglo.

En la cripta, segunda parte

*P*or un momento, Eragon se quedó paralizado y sin aliento.

Entonces murmuró:

—Huevos, Saphira… *Huevos.*

Ella se estremeció, como de frío, y las escamas del lomo se le erizaron un poco.

¿Quién eres tú? —le preguntó a la mente—. *¿Cómo podemos saber que eres de confianza?*

Dicen la verdad, Eragon —intervino Glaedr, en el idioma antiguo—. *Lo sé, porque Oromis estaba entre los que idearon el proyecto para la creación de este lugar.*

¿Oromis…?

La otra mente habló antes de que Glaedr pudiera darle más explicaciones:

Me llamo Umaroth. Mi Jinete era el elfo Vrael, líder de nuestra orden antes de que la desgracia cayera sobre nosotros. Hablo por los demás, pero no estoy al mando, porque aunque muchos de nosotros estuvimos vinculados a Jinetes, la mayoría de ellos nunca lo estuvieron, y nuestros congéneres salvajes no reconocen ninguna autoridad que no sea la suya propia. —Y esto último lo dijo con un tono que revelaba cierta exasperación—. *Sería muy confuso que habláramos todos a la vez, así que mi voz habla por los demás.*

¿Eres tú…? —preguntó Eragon, señalando al hombre plateado con cabeza de dragón que tenían enfrente.

No —respondió Umaroth—. *Este es Cuaroc, Cazador del Nïdhwal y Azote de los Úrgalos. Silvarí la Hechicera le hizo el cuerpo que tiene ahora, de modo que tuviéramos un guardián para defendernos en caso de que Galbatorix o algún otro enemigo consiguiera entrar en la Cripta de las Almas.*

Mientras Umaroth hablaba, el hombre con cabeza de dragón se echó la mano al pecho, abrió un cierre oculto y se abrió el torso, como si estuviera abriendo la puerta de un armario. El interior de su pecho albergaba un corazón de corazones violeta, rodeado de miles de cables plateados finos como cabellos.

Entonces Cuaroc cerró la placa de su pecho.

No, yo estoy aquí —dijo Umaroth.

Y dirigió la vista de Eragon hacia una hornacina que contenía un gran eldunarí blanco.

Huevos y eldunarís. Eragon aún no podía creerse lo enorme de aquella revelación. Era como si la mente se le hubiera bloqueado, como si le hubieran dado un porrazo en la cabeza, lo cual no se alejaba mucho de la realidad.

Se dirigió hacia las gradas a la derecha del arco negro cubierto de glifos, hizo una pausa frente a Cuaroc y dijo, a la vez con la voz y con la mente:

—¿Puedo?

El hombre con cabeza de dragón apretó los dientes y se retiró con un par de sonoras pisadas, situándose junto al foso iluminado del centro de la sala. No obstante, no enfundó la espada, algo que a Eragon no le pasó desapercibido.

Maravillado y con cierta sensación de reverencia, el chico se acercó a los huevos. Al inclinarse hacia la grada inferior no pudo reprimir un soplido: allí había un huevo rojo y dorado que medía casi metro y medio de altura. En un movimiento instintivo, se quitó un guante y apoyó la palma de la mano desnuda contra el huevo. Estaba caliente al tacto, y cuando contactó con la mente a través de la mano, percibió la conciencia aletargada del dragón aún por nacer.

Sintió en la nuca el aliento de Saphira, que estaba a su lado.

Tu huevo era más pequeño —recordó.

Eso es porque mi madre era más joven y más pequeña de tamaño que la dragona que puso este huevo.

Ah. No había pensado en ello.

Repasó el resto de los huevos y sintió un nudo en la garganta.

—Hay muchísimos —susurró.

Apoyó el hombro contra la enorme mandíbula de Saphira y sintió que temblaba. Era evidente que la dragona estaba deseando contactar con las mentes de los suyos, pero a ella también le costaba creer que lo que estaban viendo fuera real.

Rebufó y giró la cabeza para ver el resto de la sala. Luego emitió un rugido que sacudió el polvo del techo.

¿Cómo pudisteis? —exclamó mentalmente—. *¿Cómo pudisteis escapar de Galbatorix? Los dragones no nos escondemos de la guerra. No somos cobardes que huyamos del peligro. ¡Explicaos!*

No grites tanto, Bjartskular, o alterarás a los jóvenes que aún están en sus huevos —la reprendió Umaroth.

Entonces habla, anciano, y dinos cómo pudo ser —replicó ella, arrufando el hocico.

Por un momento pareció que aquello le había hecho gracia a Umaroth, pero cuando respondió, lo hizo con dureza y amargura.

Tienes razón: no somos cobardes, y no nos escondemos del combate, pero incluso los dragones pueden esperar su momento para pillar a su presa desprevenida. ¿No estás de acuerdo, Saphira?

Ella volvió a rebufar y agitó la cola de un lado al otro.

No somos como los Fanghurs o las víboras, que abandonan a sus pequeños para que vivan o mueran según dicte el destino. Si hubiéramos participado en la batalla de Doru Araeba, solo habríamos conseguido que nos destruyeran. La victoria de Galbatorix habría sido absoluta (y de hecho, él cree que lo fue) y nuestra raza habría desaparecido para siempre de la faz de la Tierra.

Cuando se hizo evidente el alcance del poder y de la ambición de Galbatorix —intervino Glaedr—, *y cuando nos dimos cuenta de que él y los traidores que le secundaban intentaban atacar, Vroengard, Vrael, Umaroth, Oromis y yo y unos cuantos más decidimos que sería mejor esconder los huevos de dragón, así como unos cuantos eldunarís. Resultó fácil convencer a los dragones salvajes; Galbatorix les estaba dando caza y no tenían defensas contra su magia. Vinieron aquí y confiaron a sus crías por nacer a Vrael, y las dragonas que pudieron, pusieron sus huevos (cuando quizás hubieran esperado a más adelante), puesto que sabíamos que la supervivencia de nuestra raza estaba en peligro. Según parece, hicimos bien en tomar esas precauciones.*

Eragon se frotó las sienes.

—¿Cómo es que no sabías esto antes? ¿Por qué no lo sabía Oromis? ¿Y cómo es posible ocultar sus mentes? Me dijiste que eso no se podía hacer.

Y no se puede —respondió Glaedr—, *o por lo menos no con magia de forma exclusiva. En este caso, no obstante, lo que no se puede conseguir con la magia se logra con la distancia. Por eso estamos a tanta profundidad, kilómetro y medio bajo el monte Erolas. Aunque a Galbatorix o a los Apóstatas se les hubiera ocurrido buscar con la mente en un lugar tan poco probable, la roca que hay* por medio les habría impedido sentir nada más que un confuso flujo de energía, que habrían atribuido a remolinos en las corrientes de magma de la Tierra que pasan por aquí debajo. Es más, antes de la batalla de Doru Araeba, hace más de cien años, se sumió a todos los eldunarís en un trance tan profundo que simulaba la muerte, lo que dificultaba mucho más aún su localización. Pensábamos despertarlos tras el final de la guerra, pero los que construyeron este lugar también formularon un hechizo que los despertaría del trance tras un número determinado de lunas.

Tal como ocurrió —confirmó Umaroth—. Aunque hay otro motivo por el que se ubicó aquí la Cripta de las Almas. El foso que ves ante ti da a un lago de piedra fundida que fluye bajo estas montañas desde el origen del mundo. Aporta el calor que necesitamos para mantener la temperatura necesaria para los huevos, y también nos da la luz precisa para que los eldunarís conservemos nuestra fuerza.

Aún no has respondido a mi pregunta —insistió Eragon, dirigiéndose a Glaedr—: ¿Por qué ni Oromis ni tú recordabais este lugar?

Fue Umaroth quien respondió:

Porque todos los que sabían de la Cripta de las Almas acordaron borrar lo que sabían de sus mentes y reemplazar el recuerdo por otro falso, entre ellos Glaedr. No fue una decisión fácil, sobre todo para las madres de los huevos, pero no podíamos permitir que nadie fuera de esta cámara supiera la verdad, por si Galbatorix se enteraba a través de ellos. Así que nos despedimos de nuestros amigos y camaradas, sabiendo perfectamente que quizá nunca volveríamos a verlos y que, si pasaba lo peor, moririan convencidos de que nos habíamos perdido en el vacío… Como he dicho, no fue una decisión sencilla. También borramos de nuestro recuerdo los nombres de la roca que marca la entrada a este santuario, igual que habíamos borrado antes los nombres de los trece dragones que habían decidido traicionarnos.

Me he pasado los últimos cien años convencido de que nuestra raza estaba condenada al olvido —dijo Glaedr—. Ahora, saber que toda aquella angustia fue para nada… No obstante, me alegro de haber contribuido a salvaguardar a mi raza con mi ignorancia.

¿Cómo es que Galbatorix no se dio cuenta de vuestra desaparición y de la de los huevos? —preguntó Saphira.

Pensó que habíamos muerto en la batalla. Éramos una pequeña proporción de los eldunarís de Vroengard, tan pocos que nues-

tra ausencia no levantó sospechas. En cuanto a los huevos, sin duda se enfurecería por su pérdida, pero no tenía motivo para pensar que se tratara de algún truco.

Ah, sí —recordó Glaedr con tristeza—. *Por eso accedió Thuviel a sacrificarse: para que Galbatorix no se diera cuenta de nuestro engaño.*

Pero ¿Thuviel no mató a muchos de los suyos? —preguntó Eragon.

Lo hizo, y fue una tragedia —dijo Umaroth—. *No obstante, habíamos acordado que no debía actuar a menos que estuviera claro que la derrota era inevitable. Al inmolarse, destruyó los edificios en los que solíamos guardar los huevos, y también hizo que la isla se volviera tóxica, para asegurarse de que Galbatorix no decidiera instalarse en Vroengard.*

—¿Sabía el motivo de su muerte?

En aquel momento no, solo sabía lo necesario. Uno de los Apóstatas había matado el dragón de Thuviel un mes antes. Aunque no podía desaparecer sin más, ya que necesitábamos a todos los guerreros posibles para combatir a Galbatorix, Thuviel ya no deseaba seguir viviendo, así que estaba contento con su sacrificio; le proporcionaría la liberación que tanto anhelaba y al mismo tiempo le permitía contribuir a la causa. Sacrificando su vida, aseguró el futuro de nuestra raza y de los Jinetes. Fue un gran héroe, un valiente, y su nombre algún día sonará en canciones por todos los rincones de Alagaësia.

Y después de la batalla, esperasteis —dijo Saphira.

Sí, entonces esperamos —confirmó Umaroth. A Eragon la idea de pasarse más de un siglo en una cámara en las profundidades de la Tierra le provocó un escalofrío—. *Pero no hemos perdido el tiempo. Cuando nos despertamos del trance, empezamos a tantear el exterior con la mente, al principio despacio y luego con una confianza cada vez mayor, al darnos cuenta de que Galbatorix y los Apóstatas habían abandonado la isla. Nuestra fuerza combinada es grande, y hemos podido observar gran parte de lo que ha ido pasando en el territorio durante todos estos años. No podemos escrutar el terreno como si estuviéramos fuera, pero podemos ver los flujos de energía que se entrecruzan por toda Alagaësia, y en muchos casos podemos escuchar los pensamientos de quienes no ponen defensas a su mente. De ese modo hemos ido recopilando información.*

»Con el lento transcurso de los años empezamos a perder la esperanza de que alguien fuera capaz de acabar con Galbatorix. Es-

tábamos preparados para esperar siglos si hacía falta, pero sentíamos que el poder de ese ladrón de huevos iba en aumento, y nos temíamos que nuestra espera acabara siendo de milenios en lugar de siglos. Decidimos que eso sería inaceptable, tanto por nuestra salud mental como por la salud física de los pequeños aún en los huevos. Se les aplicó un hechizo que hace que sus cuerpos funcionen más despacio, y pueden permanecer como están durante muchos más años, pero no es bueno que pasen demasiado tiempo en el cascarón. Si lo hacen, sus mentes pueden volverse retorcidas y extrañas.

»Así, espoleados por esta preocupación, empezamos a intervenir en los eventos que veíamos. Al principio de un modo muy sutil: un empujoncito aquí, una sugerencia entre susurros allá, una sensación de alarma en alguien que estaba a punto de ser víctima de una emboscada… No siempre nos salió bien, pero pudimos ayudar a los que seguían luchando contra Galbatorix, y con el paso del tiempo fuimos ganando precisión y confianza en nuestras acciones. En contadas ocasiones detectaron nuestra presencia, pero nadie pudo determinar qué o quiénes éramos. Conseguimos organizar la muerte de tres Apóstatas; y cuando no se dejaba llevar por sus pasiones, Brom también nos sirvió de arma.

—¡Ayudasteis a Brom! —exclamó Eragon.

Lo hicimos, y también a muchos otros. Cuando el humano conocido como Hefring robó el huevo de Saphira de la sala del tesoro de Galbatorix —hace casi veinte años— le ayudamos a escapar, pero fuimos demasiado lejos, porque detectó nuestra presencia y se asustó. Huyó y no volvió con los vardenos, como se suponía. Más tarde, después de que Brom hubiera rescatado tu huevo y de que los vardenos y los elfos empezaran a presentarle jovencitos para intentar encontrar el que te hiciera salir del cascarón, decidimos que debíamos hacer algunos preparativos para cuando llegara el caso. Así que nos dirigimos a los hombres gato, que siempre han sido amigos de los dragones, y hablamos con ellos. Accedieron a ayudarnos, y les pusimos en conocimiento de la roca de Kuthian y del acero brillante de bajo las raíces del árbol Menoa, y luego eliminamos de sus mentes todo recuerdo de nuestra conversación.

—¿Hicisteis todo eso… desde aquí? —se extrañó Eragon.

Y más. ¿Nunca te has preguntado cómo es que el huevo de Saphira apareció frente a ti cuando estabas en medio de las Vertebradas?

¿Eso fue cosa vuestra? —exclamó Saphira, tan sorprendida como Eragon.

—Pensé que era porque Brom era mi padre y Arya nos confundió.

Pues no —dijo Umaroth—. Los hechizos de los elfos no fallan tan fácilmente. Alteramos el flujo de la magia para que Saphira y tú os pudierais encontrar. Pensamos que había una posibilidad (pequeña, pero posibilidad al fin y al cabo) de que encajaras con ella. Y teníamos razón.

—¿Y por qué no nos habéis traído aquí antes? —preguntó Eragon.

Porque necesitabais tiempo para entrenaros, o nos arriesgábamos a poner sobre aviso a Galbatorix de nuestra presencia antes de que vosotros y los vardenos estuvierais listos para presentar batalla. Si hubiéramos contactado con vosotros tras la batalla de los Llanos Ardientes, por ejemplo, ¿de qué habría servido, con los vardenos aún tan lejos de Urû'baen?

Se produjo un silencio que duró un minuto. Luego Eragon habló, poco a poco:

—¿Qué más habéis hecho por nosotros?

Unos cuantos empujones, advertencias sobre todo. Visiones de Arya en Gil'ead, cuando necesitaba tu ayuda. La curación de tu espalda durante el Agaetí Blödhren.

¿Les enviasteis a Gil'ead, sin entrenamiento y sin defensas, sabiendo que tendrían que enfrentarse a un Sombra? —protestó Glaedr, que evidentemente no aprobaba aquello.

Pensamos que Brom estaría con ellos, pero incluso después de que muriera no pudimos pararlos, porque igualmente tenían que ir a Gil'ead para encontrarse con los vardenos.

—Un momento —dijo Eragon—. ¿Sois los responsables de mi... transformación?

En parte. Tocamos el reflejo de tu raza que conjuran los elfos durante la celebración. Aportamos la inspiración, y ella-él aportó la energía para el hechizo.

Eragon bajó la mirada y apretó el puño un momento, no de rabia, sino porque con tantas emociones no podía quedarse quieto. Saphira, Arya, su espada, hasta la forma de su cuerpo... Se lo debía todo a aquellos dragones.

—*Elrun ono* —dijo. Gracias.

No se merecen, Asesino de Sombra.

—¿También habéis ayudado a Roran?

Tu primo no ha necesitado ninguna ayuda de nuestra parte. —Umaroth hizo una pausa—. *Os llevamos observando a ambos,*

Eragon y Saphira, desde hace muchos años. Os hemos observado mientras crecíais, viendo cómo pasabais de ser unos renacuajos a poderosos guerreros, y ahora estamos orgullosos de todo lo que habéis conseguido. Tú, Eragon, eres todo lo que esperábamos de un nuevo Jinete. Y tú, Saphira, has demostrado ser digna de contarte entre los miembros más distinguidos de nuestra raza.

La alegría y el orgullo de la dragona se mezclaban con los de Eragon. Él hincó una rodilla en el suelo en señal de reverencia, mientras que ella pateó el suelo y bajó la cabeza. El chico sentía ganas de saltar, gritar y celebrarlo, pero no hizo nada de todo aquello.

—Mi espada es vuestra… —se limitó a decir.

Y mis dientes y mis garras —añadió Saphira.

Hasta el fin de nuestros días —concluyeron al mismo tiempo—. *¿Qué deseas de nosotros, Ebrithilar?*

Umaroth, satisfecho, respondió:

Ahora que nos habéis encontrado, nuestros días de reclusión han acabado; iremos con vosotros a Urû'baen y lucharemos juntos para matar a Galbatorix. Ha llegado el momento de abandonar nuestra guarida y, de una vez por todas, enfrentarnos con ese ladrón de huevos traidor. Sin nosotros, le costaría poco abrir vuestras mentes con la misma facilidad que lo hemos hecho nosotros, ya que tiene muchos eldunarís a su mando.

Yo no puedo llevaros a todos —advirtió Saphira.

No tendrás que hacerlo —dijo Umaroth—. *Cinco de nosotros se quedarán para vigilar los huevos, junto a Cuaroc. En caso de que no pudiéramos derrotar a Galbatorix, no alterarán más los flujos de energía, sino que se limitarán a esperar a que vuelvan a darse las circunstancias necesarias para que los dragones puedan volver a Alagaësia. Pero no te preocupes, no seremos una carga para ti, porque te aportaremos la fuerza necesaria para transportar nuestro peso.*

—¿Cuántos sois? —preguntó Eragon, recorriendo la sala con la mirada.

Ciento treinta y seis. Pero no te creas que somos superiores a los eldunarís esclavizados por Galbatorix. Somos pocos para eso, y los que fueron elegidos para ocupar esta cripta eran demasiado viejos y valiosos como para arriesgarnos a perderlos en la batalla o demasiado jóvenes e inexperimentados como para participar en ella. Por eso decidí unirme a ellos; yo aporto un puente entre ambos grupos, un punto de contacto necesario. Los viejos y sabios tienen un gran poder, pero sus mentes se pierden por extraños cami-

nos, y a menudo es difícil convencerlos de que se concentren en nada que no sea sus propios sueños. Los jóvenes son más desgraciados: se separaron de sus cuerpos antes de lo que les tocaba, de modo que sus mentes quedan limitadas por el tamaño de su eldunarí, que no puede crecer ni expandirse una vez que abandona la carne. Que eso te sirva de lección, Saphira, para que no te separes tu eldunarí hasta que hayas alcanzado un tamaño respetable o te enfrentes a una verdadera emergencia.

—Así que seguimos en desventaja —dijo Eragon, apesadumbrado.

Sí, Asesino de Sombra. Pero ahora Galbatorix no puede dejarte postrado ante él en el momento en que te vea. Puede que no podamos vencerlos, pero podremos tener ocupados a sus eldunarís el tiempo necesario para que Saphira y tú hagáis lo que debéis. Y tened esperanza; sabemos muchas cosas, muchos secretos sobre la guerra y la magia, y acerca del funcionamiento del mundo. Os enseñaremos lo que podamos, y puede que algo de lo que sabemos os ayude a acabar con el rey.

A continuación, Saphira preguntó por los huevos, y supo que doscientos cuarenta y tres se habían salvado. Treinta y seis estaban listos para vincularse a sus Jinetes; el resto estaban libres. Entonces hablaron sobre el vuelo a Urû'baen. Mientras Umaroth y Glaedr indicaban a Saphira el modo más rápido de llegar a la ciudad, el hombre con cabeza de dragón enfundó la espada, dejó el escudo en el suelo y, uno por uno, empezó a sacar los eldunarís de sus hornacinas en la pared. Colocó cada una de aquellas esferas brillantes en la bolsita de seda sobre la que estaban apoyadas y fue amontonándolas con cuidado en el suelo, junto al foso luminoso. El tamaño del eldunarí más grande era tan inmenso que el dragón de cuerpo metálico no podía rodearlo con los brazos.

Mientras Cuaroc trabajaba y hablaba, Eragon no podía evitar sentirse entre incrédulo y asombrado. Hasta entonces casi no quería creer que pudiera haber otros dragones ocultos en Alagaësia. Y sin embargo ahí estaban, los supervivientes de una era perdida. Era como si las historias de antaño se hubieran hecho realidad, y como si Saphira y él se vieran atrapados en medio de una de ellas.

Las emociones que sentía la dragona eran más complejas. Saber que su raza ya no estaba condenada a la extinción era como haberle quitado la sombra que se cernía sobre su mente —una sombra que la había acompañado siempre—, y la felicidad que la embargaba era tan profunda que daba la impresión de que sus ojos y sus escamas brillaban más de lo normal. Aun así, una curiosa actitud de prudencia matizaba aquella alegría, como si los eldunarís la cohibieran.

Pese a su aturdimiento, Eragon observó el cambio de humor de Glaedr; no parecía haber olvidado del todo su pesar, pero no lo había visto tan feliz desde la muerte de Oromis. Y aunque no se mostraba sumiso ante Umaroth, sí le hablaba con una deferencia que Eragon nunca le había visto antes, ni siquiera al hablar con la reina Islanzadí.

Cuando Cuaroc casi había acabado, Eragon se acercó al borde del foso y miró en su interior. Vio un pozo circular que se hundía en la piedra más de treinta metros, donde daba a una gruta llena de un mar de piedra fundida. El espeso líquido amarillo borboteaba y salpicaba como un caldero de cola hirviendo, y emanaba unos remolinos de humos rosados. A Eragon le pareció ver una luz, como la de un espíritu, revoloteando por la superficie del mar de magma, pero se desvaneció tan rápidamente que no pudo estar seguro.

Ven, Eragon —dijo Umaroth mientras el hombre con cabeza de dragón colocaba los últimos eldunarís destinados a aquel viaje en el montón—. *Ahora tienes que pronunciar un hechizo, que dice así...*

El chico frunció el ceño mientras escuchaba.

—¿Qué es ese... «giro» de la segunda frase? ¿Qué se supone que debo hacer girar, el aire?

La explicación de Umaroth le dejó aún más confundido. Umaroth lo volvió a intentar, pero el chico seguía sin entender el concepto. Otros eldunarís más ancianos se unieron a la conversación, pero sus explicaciones tenían incluso menos sentido, puesto que consistían básicamente en un torrente de imágenes, sensaciones y comparaciones esotéricas superpuestas que lo dejaron desconcertado.

Para alivio de Eragon, Saphira y Glaedr parecían haber entendido lo mismo o poco más.

Creo que lo entiendo —dijo Glaedr—, *pero es como intentar agarrar a un pez asustado: cada vez que me parece que lo tengo, se me escapa.*

Lo aprenderéis en otro momento —decidió Umaroth por fin—. *Sabéis cuál es el objetivo del hechizo, aunque no sepáis cómo lo hace. Eso debería bastar. Eragon, toma de nosotros la energía que necesitas para formularlo, y pongámonos en marcha.*

Nervioso, él memorizó las palabras del hechizo para evitar cometer errores y luego empezó a hablar. Mientras pronunciaba el conjuro, recurrió a las reservas de los eldunarís, y la piel se le estremeció con el enorme flujo de energía que lo atravesaba, como un río de agua caliente y fría a la vez.

El aire que envolvía el montón irregular de eldunarís se agitó y tembló; luego el montón pareció replegarse sobre sí mismo y desapareció de la vista. Una ráfaga de viento le agitó el pelo a Eragon y se oyó un impacto seco pero amortiguado que resonó por toda la cámara.

El chico observó, sorprendido, cómo Saphira echaba la cabeza adelante y la agitaba por el lugar donde estaban los eldunarís un momento antes. Habían desaparecido del todo, como si nunca hubieran existido, y aun así ambos percibían las mentes de los dragones muy cerca.

Cuando salgáis de la cripta —explicó Umaroth—, *la entrada a este espacio estará siempre a una distancia fija por encima y por detrás de vosotros, excepto cuando estéis en un lugar cerrado o cuando el cuerpo de una persona pase por ese espacio. La entrada es más pequeña que el ojo de una aguja, pero es más mortífera que cualquier espada; podría cortaros la carne con un simple contacto.*

Saphira rebufó.

Ha desaparecido hasta vuestro olor.

—¿Quién descubrió cómo hacer esto? —preguntó Eragon, asombrado.

Un ermitaño que vivió en la costa septentrional de Alagaësia hace mil doscientos años —respondió Umaroth—. *Es un truco muy útil para ocultar algo de la vista, pero es peligroso y resulta difícil hacerlo correctamente.* —El dragón calló por un momento, y Eragon sintió que estaba ordenando sus ideas—. *Hay una cosa más que Saphira y tú tenéis que saber. En cuanto atraveséis el arco que tenéis detrás (la puerta de Vergathos) empezaréis a olvidaros de Cuaroc y de los huevos ocultos en este lugar, y para cuando lleguéis a las puertas de piedra al final del túnel, todos vuestros recuerdos sobre ellos se habrán desvanecido. Incluso nosotros, los eldunarís, nos olvidaremos de los huevos. Si conseguimos matar a Galbatorix, la puerta nos devolverá nuestros recuerdos, pero hasta entonces tenemos que vivir en la ignorancia* —añadió, con una voz sorda como un rugido—. *Es… desagradable, lo sé, pero no podemos permitir que Galbatorix llegue a enterarse de la existencia de los huevos.*

A Eragon no le gustaba la idea, pero no se le ocurría ninguna alternativa razonable.

Gracias por decírnoslo —respondió Saphira, y Eragon se sumó a su agradecimiento.

Entonces el gran guerrero de metal, Cuaroc, recogió su escudo del suelo, desenvainó la espada, se acercó a su antiguo trono y se sentó en él. Tras apoyar la hoja desnuda sobre las rodillas y el escudo contra el lado del trono, colocó las manos sobre los muslos y se quedó inmóvil como una estatua, salvo por la chispa de sus ojos púrpura, que contemplaban los huevos.

Eragon se estremeció mientras le daba la espalda al trono. Había algo conmovedor en la imagen de aquel personaje solitario en el otro extremo de la cámara. Saber que Cuaroc y los otros eldunarís que se quedaban atrás quizá tuvieran que permanecer allí otros cien años —o más— hacía que le costara más marcharse.

Hasta la vista —dijo, mentalmente.

Hasta la vista, Asesino de Sombra —respondieron cinco susurros—. *Hasta la vista, Escamas Brillantes. Que la suerte os acompañe.*

Entonces Eragon levantó la espalda y, con Saphira al lado, atravesó la puerta de Vergathos y abandonó la Cripta de las Almas.

Regreso

*E*ragon frunció el ceño al salir del túnel y encontrarse con el sol de media tarde que iluminaba el claro frente a la roca de Kuthian.

Sentía que había olvidado algo importante. Intentó recordar qué era, pero no le vino nada a la mente, solo una sensación de vacío que le incomodaba. Tenía que ver con… No, no recordaba con qué.

Saphira, ¿tú…? —empezó a decir, pero luego se detuvo.

¿Qué?

Nada. Solo pensaba… Deja, no importa.

Tras ellos, las puertas del túnel se cerraron con un golpe seco, las líneas de glifos que las rodeaban desaparecieron y la mole de piedra volvió a adoptar la imagen de un sólido peñasco.

Venga —dijo Umaroth—, *vámonos de aquí. El día va pasando, y nos separan muchas leguas de Urû'baen.*

Eragon miró a su alrededor, por el claro, con la sensación de que se dejaba algo; luego asintió y subió a la silla de montar.

Mientras se ajustaba las correas de las piernas, oyó el parloteo fantasmagórico de un pájaro sombra por entre los densos abetos que tenía a la derecha. Miró, pero la criatura no estaba a la vista. Hizo una mueca. Estaba contento de haber visitado Vroengard, pero también de abandonar aquel lugar. La isla era un lugar muy poco acogedor.

¿Vamos? —preguntó Saphira.

Vamos —dijo él, sintiendo cierto alivio.

Agitando las alas, la dragona dio un salto y emprendió el vuelo sobre el manzanal al otro lado del claro. Se elevó enseguida por encima del valle en forma de cuenco, sobrevolando las ruinas de Doru Araeba mientras ganaba altura. Cuando había ascendido lo suficiente como para rebasar las montañas, viró al este y se dirigió hacia la costa y Urû'baen, dejando atrás las ruinas del que antaño había sido el glorioso bastión de los Jinetes.

La ciudad del dolor

*E*l sol aún estaba cerca de su cénit cuando los vardenos llegaron a Urû'baen.

Roran oyó los gritos de los hombres que encabezaban su columna al superar una cresta. Intrigado, adelantó al enano que tenía delante y, cuando llegó a lo alto hizo una pausa para admirar las vistas, como habían hecho los guerreros que le habían precedido.

A partir de aquel punto, la ladera descendía suavemente varios kilómetros, allanándose y convirtiéndose en una planicie salpicada de granjas, molinos y majestuosas fincas de piedra que le recordaba las proximidades de Aroughs. Unos ocho kilómetros más allá, la llanura daba a las murallas exteriores de Urû'baen.

A diferencia de las de Dras-Leona, las murallas de la capital eran tan largas que rodeaban toda la ciudad. También eran más altas; incluso desde la distancia parecían mucho mayores que las de Dras-Leona y las de Aroughs. Roran supuso que tendrían al menos cien metros de altura. Sobre las anchas almenas observó que había balistas y catapultas montadas a intervalos regulares.

Aquella visión le preocupó. Sería difícil anular aquellas máquinas —sin duda tendrían protecciones contra ataques mágicos— y sabía por experiencia lo mortíferas que podían resultar.

Tras los muros se levantaba una curiosa mezcla de estructuras construidas por humanos y las que suponía que serían obra de los elfos. Los más prominentes de los once edificios eran seis altas y esbeltas torres de malaquita verde distribuidas en un arco, por lo que supuso que sería la parte más antigua de la ciudad. A dos de las torres les faltaba el tejado, y le pareció ver las ruinas de otras dos parcialmente enterradas bajo la maraña de casas a nivel del suelo.

No obstante, lo que más le llamó la atención no fue la muralla ni los edificios, sino el hecho de que gran parte de la ciudad se encontraba a la sombra de una enorme losa de piedra que debía de tener casi un kilómetro de ancho y ciento cincuenta metros de grosor en el punto más fino. El voladizo constituía la prolongación de la ladera de una enorme colina que se levantaba al noreste y que se extendía varios kilómetros. En el borde recortado de la losa se levantaba otra muralla, como la que rodeaba la ciudad, y varias torres de guardia.

En lo más hondo del espacio que quedaba bajo la losa había una enorme ciudadela adornada con una gran profusión de torres y parapetos. La ciudadela se elevaba muy por encima del resto de la ciudad, tan alta que casi rozaba la parte inferior de la losa protectora. Lo más intimidatorio eran las puertas en la parte anterior de la fortaleza, que creaban una entrada tan grande que Saphira y Espina habrían podido entrar caminando uno al lado del otro.

Roran sintió un nudo en la garganta. A juzgar por la puerta, Shruikan debía de ser lo suficientemente grande como para arrasar a todo el ejército de los vardenos por sí solo. «Más vale que Eragon y Saphira se den prisa —pensó—. Y también los elfos.» Por lo que había visto, estos podrían plantear resistencia al dragón negro del rey, pero incluso a ellos les costaría matarlo.

Todo aquello y mucho más pasó por la mente de Roran mientras hacía una pausa en lo alto de la cresta. Luego tiró de las riendas de *Nieve de Fuego*. El semental blanco, tras él, rebufó y le siguió, y ambos reemprendieron la marcha siguiendo el serpenteante camino que descendía hasta la llanura.

Podía haber ido a caballo —de hecho, se suponía que debía ir a lomos del suyo, como capitán de su batallón—, pero tras el viaje de ida y vuelta a Aroughs había acabado harto de la silla.

Mientras caminaba, intentó pensar en cómo podrían atacar la ciudad. La bolsa de piedra en la que quedaba encajada Urû'baen evitaba ataques por los lados y por detrás, y protegía de ofensivas aéreas, lo que explicaría por qué habrían escogido los elfos aquel lugar para construir la ciudad.

«Si pudiéramos romper el voladizo de algún modo, aplastaríamos la ciudadela y gran parte de la ciudad —pensó, aunque le daba la impresión de que aquello no sería nada fácil, ya que la piedra era demasiado gruesa—. Aun así, quizá podríamos tomar la muralla en lo alto de la colina, y desde allí lanzar piedras y aceite hirviendo a los de debajo. Aunque no será fácil. Luchar cuesta arriba, y con esas murallas… Quizá puedan hacerlo los elfos. O los kull. A ellos puede que hasta les guste.»

El río Ramr pasaba varios kilómetros al norte de Urû'baen, demasiado lejos como para resultar de ayuda. Saphira podría cavar una zanja lo suficientemente grande como para desviar su curso, pero incluso ella tardaría semanas en completar una obra de ese calibre, y los vardenos no tenían comida para semanas. Solo les quedaban unos días. A partir de entonces, tendrían que retirarse o morirse de hambre.

Su única opción era atacar antes de que lo hiciera el Imperio. No es que Roran creyera que Galbatorix fuera a atacar. Hasta aquel momento al rey no parecía haberle importado que los vardenos se le acercaran. «¿Por qué iba a jugarse el cuello? Cuanto más tiempo espere, más nos debilitamos nosotros.»

Así pues, solo quedaba el asalto frontal: una carga desesperada a campo abierto contra unas murallas demasiado gruesas como para abrir una grieta y excesivamente altas como para trepar por ellas bajo el fuego de arqueros y máquinas de guerra. Solo de pensarlo, la frente se le cubría de sudor. Morirían unos tras otros. Soltó una maldición. «Nosotros iremos cayendo como moscas, y mientras tanto Galbatorix seguirá sentado en su trono… Si conseguimos acercarnos a las murallas, estaremos fuera del alcance de sus máquinas, pero podrán tirarnos brea, aceite o piedras desde arriba.»

Y aunque consiguieran abrir un paso entre las murallas, aún tendrían que enfrentarse a todo el ejército de Galbatorix. Llegados a ese punto, más que las defensas de la ciudad, lo decisivo sería el carácter y la calidad de los hombres del ejército enemigo. ¿Lucharían hasta el último aliento? ¿Se asustarían? ¿Acabarían huyendo si se les presionaba lo suficiente? ¿A qué juramentos y hechizos estarían sometidos para obligarles a luchar?

Los espías de los vardenos habían informado de que Galbatorix había puesto a un conde llamado Lord Barst al mando de sus tropas en Urû'baen. Roran nunca había oído hablar de él, pero al saber aquello Jörmundur se había mostrado consternado, y entre los hombres del batallón de Roran circulaban anécdotas que no dejaban lugar a dudas sobre la crueldad de Barst. Se decía que había sido dueño de una gran finca cerca de Gil'ead que había tenido que abandonar tras la invasión de los elfos. Sus vasallos vivían aterrados, porque Barst tenía la costumbre de resolver disputas y castigar a los delincuentes con la mayor dureza, en muchos casos ejecutando directamente a los que consideraba que habían actuado mal. Aquello, por sí solo, no era nada del otro mundo; en el Imperio había más de un terrateniente famoso por su brutalidad. No obstante, aquel no solo era implacable, sino también fuerte —de una fuerza impresionante— y muy sagaz. En todo lo que había oído Roran sobre Barst, quedaba patente la inteligencia de aquel hombre. Sería una bestia inmunda, pero era muy listo, y él sabía que sería un error subestimarlo. Galbatorix no habría elegido a alguien débil o estúpido para dirigir a sus hombres.

Y luego estaban Espina y Murtagh. Quizá Galbatorix no se moviera de su fortaleza, pero seguro que el dragón rojo y su Jinete salían en defensa de la ciudad. «Eragon y Saphira tendrán que distraerlos, o nunca conseguiremos rebasar las murallas», pensó Roran, frunciendo el ceño. Aquello sería un problema. Ahora Murtagh era más fuerte que Eragon, y este necesitaría la ayuda de los elfos para derrotarlo.

Una vez más, sintió que la amargura y el resentimiento se apoderaban de él. Odiaba estar en manos de los que podían usar la magia. Cuando se trataba de emplear la fuerza y la inteligencia, un hombre al menos podía compensar la una con la otra, pero no había modo de compensar la falta de poderes mágicos.

Frustrado, recogió un guijarro del suelo y, tal como le había enseñado Eragon, dijo:

—*Stenr rïsa.*

El guijarro no se movió.

El guijarro «nunca» se movía.

Su esposa y su hijo aún por nacer estaban con los vardenos, y, sin embargo, él no podía hacer nada para matar ni a Murtagh ni a Galbatorix. Apretó los puños y se imaginó rompiendo cosas. Huesos, sobre todo.

«A lo mejor tendríamos que irnos de aquí», pensó. Era la primera vez que se le ocurría algo así. Sabía que había tierras al este, lejos del alcance de Galbatorix, llanuras fértiles donde solo vivían nómadas. Si otros campesinos fueran con Katrina y con él, podrían empezar de nuevo, lejos del Imperio y de Galbatorix. Aunque el simple hecho de haber pensado en aquello le ponía enfermo. Estaría abandonando a Eragon, a sus hombres y a la tierra a la que llamaba hogar. «No, no permitiré que nuestro hijo nazca en un mundo en el que Galbatorix aún campa a sus anchas. Más vale morir que vivir con miedo.»

Por supuesto, aquello no solucionaba el problema de cómo tomar Urû'baen. Hasta entonces siempre había encontrado algún punto débil que explotar. En Carvahall, había sido que los Ra'zac no se esperaran que los aldeanos presentaran batalla. Al enfrentarse al úrgalo Yarbog, habían sido los cuernos de aquella criatura. En Aroughs, los canales. Pero en Urû'baen no veía puntos débiles, ningún lugar en el que pudiera conseguir que la propia fuerza de sus enemigos se volviera en su contra.

«Si tuviéramos provisiones, esperaría a que se murieran de hambre. Sería lo mejor. Cualquier otra cosa será una locura», reflexionó. Pero sabía muy bien que la guerra era todo un catálogo de locuras.

«El único medio es la magia —concluyó por fin—. La magia y Saphira. Si conseguimos matar a Murtagh, o Saphira o los elfos tendrán que ayudarnos a superar las murallas.»

Tragó saliva, sintiendo la boca amarga, y aligeró el paso. Cuanto antes montaran el campamento, mejor. Le dolían los pies de tanto caminar, y si iba a morir en una carga sin sentido, al menos quería comer caliente y dormir bien antes.

Los vardenos plantaron sus tiendas a kilómetro y medio de Urû'baen, junto a un pequeño arroyo que desembocaba en el río Ramr. A continuación, hombres, enanos y úrgalos empezaron a construir defensas, proceso que continuó hasta la noche y que retomaron por la mañana. De hecho, mientras permanecían en un punto, nunca dejaban de trabajar en el refuerzo del perímetro. Los guerreros detestaban aquel trabajo manual, pero les mantenía ocupados y además podía llegar a salvarles la vida.

Todo el mundo pensaba que las órdenes procedían del reflejo de Eragon, pero Roran sabía que en realidad venían de Jörmundur. Desde el secuestro de Nasuada y la partida de Eragon, el viejo guerrero se había ganado su respeto. Jörmundur se había pasado casi toda la vida luchando contra el Imperio, y entendía muy bien sus tácticas y su estrategia. Roran se llevaba bien con él; ambos eran hombres de acero, no de magia.

Y luego estaba el rey Orrin, con quien, una vez levantadas las primeras defensas, había acabado discutiendo. Aquel hombre siempre conseguía enfadarle; si alguien iba a conseguir que los mataran, sería él. Roran sabía que ofender a un rey no era lo más conveniente, pero el muy estúpido quería enviar un mensajero a las puertas de Urû'baen y presentar un desafío formal, tal como habían hecho en Dras-Leona y Belatona.

—¿«Queréis» provocar a Galbatorix? —gruñó Roran—. Si hacemos eso, puede que responda.

—Bueno, por supuesto —dijo el rey Orrin, poniéndose en pie—. Lo correcto es que anunciemos nuestras intenciones y le demos la oportunidad de negociar la paz.

Roran se quedó mirándolo, desconcertado; luego se volvió hacia Jörmundur.

—¿No puedes hacerle razonar?

—Su majestad —dijo Jörmundur—, Roran tiene razón. Sería mejor esperar antes de establecer contacto con el Imperio.

—Pero pueden vernos —protestó Orrin—. Hemos acampado frente a sus murallas. Sería… «de mala educación» no enviar un mensajero para declarar nuestra postura. Ambos sois plebeyos, no espero que lo entendáis. La realeza exige cierto protocolo, aunque estemos en guerra.

A Roran le vinieron ganas de soltar un puñetazo al rey.

—¿Tan engreído sois que creéis que Galbatorix os considera un igual? ¡Bah! Para él no somos más que insectos. No le interesan en absoluto vuestras normas de cortesía. Olvidáis que Galbatorix era un plebeyo, como nosotros, antes de derrocar a los Jinetes. Su protocolo no es el vuestro. No hay nadie como él en el mundo. ¿Y vos pensáis que podéis predecir sus actos? ¿Creéis que podéis aplacarlo? ¡Bah!

Orrin se quedó pálido y tiró a un lado su copa de vino, que fue a impactar contra la esterilla del suelo.

—Vas demasiado lejos, Martillazos. Ningún hombre tiene derecho a insultarme de ese modo.

—Tengo derecho a hacer lo que quiera —replicó Roran—. No soy uno de vuestros súbditos. No respondo ante vos. Soy un hombre libre, e insultaré a quien quiera, cuando quiera y como quiera. Incluso a vos. Sería un error enviar un mensajero, y yo…

Se oyó el chirrido del roce del acero. El rey Orrin había desenvainado. Pero no pilló a Roran del todo desprevenido; el chico tenía la mano en el martillo, y al oír aquel ruido, se lo sacó del cinto.

La hoja del rey emitía un brillo plateado a la tenue luz de la tienda. Roran vio donde iba a golpear Orrin y se apartó a tiempo. Entonces golpeó la hoja de la espada del rey, que cedió y se le escapó de las manos.

La preciosa arma de Orrin cayó sobre la esterilla con un repiqueteo metálico.

—Señor —gritó uno de los guardas desde el exterior—, ¿estáis bien?

—Solo se me ha caído el escudo —intervino Jörmundur—. No pasa nada.

—Sí, señor.

Roran se quedó mirando fijamente al rey; Orrin tenía una mirada rabiosa. Sin apartar la vista de él, Roran volvió a colgarse el martillo al cinto.

—Contactar con Galbatorix es una estupidez, y es peligroso. Si lo intentáis, mataré a cualquiera que enviéis antes de que llegue a la ciudad.

—¡No te atreverás!

—Sí, lo haré. No permitiré que nos pongáis a todos en peligro para satisfacer vuestro… «orgullo real». Si Galbatorix quiere hablar, sabe dónde encontrarnos. Si no, dejadlo estar.

Roran salió de la tienda hecho una furia. Una vez fuera frenó en seco y se quedó de pie, con las manos en las caderas, mirando las nubes de algodón mientras esperaba que le bajaran las pulsaciones. Orrin era como un mulo joven: tozudo, confiado y demasiado dispuesto a soltar una coz a la primera ocasión.

«Y bebe demasiado», pensó Roran.

Caminó arriba y abajo frente a la tienda del rey hasta que salió Jörmundur, pero antes de que este pudiera hablar, Roran dijo:

—Lo siento.

—Más te vale —respondió Jörmundur, que se cubrió el rostro con una mano. Luego se sacó una pipa de arcilla de la bolsita que llevaba al cinto y la llenó con semillas de cardo que presionó con la yema del pulgar—. He tardado todo este rato solo para convencerle de que no envíe un mensajero para darte en las narices. —Hizo una breve pausa—. ¿Realmente serías capaz de matar a uno de los hombres de Orrin?

—No lanzo amenazas sin fundamento —respondió Roran.

—Ya, eso me parecía… Bueno, esperemos no llegar a ese punto. —Jörmundur echó a caminar por el camino entre las tiendas y Roran le siguió. Mientras avanzaban, los hombres iban apartándose y se inclinaban en señal de respeto—. Tengo que admitir que en más de una ocasión he tenido ganas de hacer callar a Orrin —prosiguió, devolviendo los saludos con la mano en la que llevaba la pipa, aún apagada. Luego esbozó una fina sonrisa—. Por desgracia, siempre he preferido ser prudente.

—¿Es así de… intratable desde siempre?

—Hmm. No, no. En Surda era mucho más razonable.

—¿Y qué le ha pasado?

—El miedo, supongo. Hace que los hombres adopten conductas extrañas.

—Ya.

—Puede que te ofenda saberlo, pero tú también te has comportado como un tonto.

—Lo sé. Me he dejado llevar por los nervios.

—Y te has enemistado con un rey.

—Querrás decir con «otro» rey.

Jörmundur soltó una risa contenida.

—Sí, bueno, supongo que cuando tienes a Galbatorix como enemigo personal, todos los demás parecen bastante inocuos. Aun así… —Se detuvo junto a una hoguera y sacó una ramita fina de entre las llamas. Acercó la punta de la rama a la cazoleta de su pipa, aspiró varias veces hasta que prendió y luego volvió a echar la rama al fuego—. Aun así, yo no subestimaría a Orrin y su mal humor. Habría querido matarte allí mismo. Si esta te la guarda, y creo que lo hará, puede que busque la ocasión de vengarse. Pondré un guardia junto a tu tienda los próximos días. Después… —Jörmundur se encogió de hombros.

—Después, puede que todos estemos muertos o convertidos en esclavos.

Caminaron en silencio unos minutos más, Jörmundur dando una calada tras otra a su pipa. Cuando estaban a punto de separarse, Roran dijo:

—Cuando vuelvas a ver a Orrin…

—¿Ajá?

—Quizá puedas decirle que si él o alguno de sus hombres le hacen algún daño a Katrina, le arrancaré las tripas ante todo el campamento.

Jörmundur hundió la barbilla contra el pecho y se quedó pensando un momento. Luego levantó la cabeza y asintió.

—Creo que quizás encuentre el modo de hacerlo, Martillazos.

—Te lo agradezco.

—De nada. Como siempre, ha sido un placer.

—Señor…

Roran fue a buscar a Katrina y la convenció para que se llevara la cena a la orilla norte, donde estuvo atento por si Orrin enviaba algún mensajero. Comieron sobre un mantel que la chica extendió sobre la tierra recién removida y luego se sentaron juntos mientras las sombras se iban alargando y las estrellas empezaban a aparecer en el cielo púrpura sobre el voladizo de la ciudad.

—Me alegro de estar aquí —dijo ella, apoyando la cabeza en el hombro de él.

—¿De verdad?

—Es bonito, y te tengo todo para mí —dijo, apretándole el brazo.

Él la atrajo hacia sí, pero en el fondo seguía sintiendo la sombra que se cernía sobre ellos. No podía olvidar el peligro que la amenazaba a ella y al hijo de ambos. Saber que su mayor enemigo estaba a solo unos kilómetros le consumía; sentía unos irrefrenables deseos de salir corriendo, entrar en Urû'baen y matar a Galbatorix.

Pero aquello era imposible, así que sonrió, se rio con ella y escondió su miedo, sabedor de que ella ocultaba el suyo.

«Por lo que más quieras, Eragon —pensó—, más vale que te des prisa, o juro que te perseguiré toda la vida desde mi tumba.»

Consejo de guerra

$\mathcal{D}$urante el vuelo de Vroengard a Urû'baen, Saphira no se enfrentó a tormentas y tuvo la suerte de contar con un viento de cola que hacía que fuera más rápido, ya que los eldunarís le indicaron dónde se encontraban las corrientes más rápidas que, según decían, soplaban casi todos los días del año. Por otra parte, los eldunarís le proporcionaban una energía constante, así que en ningún momento se sintió fatigada.

De este modo, apenas dos días después de abandonar la isla avistaron la ciudad en el horizonte.

En dos ocasiones, cuando el sol estaba en lo más alto, a Eragon le pareció ver la entrada al espacio en el que flotaban los eldunarís, ocultos detrás de Saphira. Tenía el aspecto de un único punto oscuro, tan pequeño que no podía mantener la vista fija en él más de un segundo. Al principio supuso que sería una mota de polvo, pero luego observó que el punto permanecía siempre a la misma distancia de Saphira, y cada vez que lo veía estaba en el mismo lugar.

Durante el vuelo, a través de Umaroth los dragones habían ido vertiendo recuerdos y más recuerdos en las mentes de Eragon y Saphira: un flujo de experiencias, batallas ganadas y perdidas, amores, odios, hechizos, situaciones vividas en todo el territorio, decepciones, logros y valoraciones sobre la evolución del mundo. Los dragones poseían miles de años de conocimientos, y parecían querer compartir hasta el último detalle con ellos.

¡Es demasiado! —protestó Eragon—. *No podemos recordarlo todo, y mucho menos comprenderlo.*

Es cierto —concedió Umaroth—. *Pero podéis recordar parte, y quizás esa parte sea lo que necesitáis para derrotar a Galbatorix. Ahora prosigamos.*

El torrente de información era apabullante; había veces en las que Eragon sentía que estaba olvidando quién era, porque los recuerdos de los dragones superaban con mucho los suyos propios. Cuando llegaba a ese punto, separaba su mente de la de ellos y se repetía su nombre verdadero mentalmente hasta recobrar la seguridad sobre su identidad.

Las cosas que aprendieron Saphira y él les causaron sorpresa y agitación, y en algunos casos llevaron a Eragon a cuestionarse sus propias creencias. Pero nunca tenía tiempo de entretenerse en esos pensamientos, porque siempre había otro recuerdo que venía detrás. Sabía que tardaría años en empezar a entender lo que les estaban enseñando los dragones.

Cuanto más aprendía sobre los dragones, más admiración sentía por ellos. Los que habían vivido cientos de años tenían un modo de pensar curioso, y los más ancianos eran tan distintos de Glaedr y Saphira como lo eran ellos dos de los Fanghurs de las montañas Beor. La interacción con estos ancianos les provocaba confusión y desconcierto; se iban de una cosa a otra y hacían asociaciones y comparaciones que Eragon no entendía, pero que sabía que en el fondo tendrían sentido. Raramente entendía lo que intentaban decir, y los dragones ancianos tampoco se dignaban a explicarse en términos que él pudiera entender.

Al cabo de un rato se dio cuenta de que «no podían» expresarse de ningún otro modo. A lo largo de los siglos, sus mentes habían cambiado; lo que para él era sencillo y directo, en muchos casos ellos lo veían complicado, y viceversa. Tenía la impresión de que escuchar sus pensamientos era como escuchar los pensamientos de un dios.

Cuando hizo aquella observación, Saphira rebufó y le dijo:

Hay una diferencia.

¿Cuál?

A diferencia de los dioses, nosotros tomamos parte en los acontecimientos del mundo.

A lo mejor los dioses han decidido actuar sin ser vistos.

Entonces, ¿de qué sirven?

¿Tú crees que los dragones son mejores que los dioses? —preguntó él, divertido.

Cuando hemos crecido del todo, sí. ¿Qué criatura es más grande que nosotros? Hasta Galbatorix depende de nosotros para ser fuerte.

¿Y qué hay de los Nïdhwals?

Saphira resopló.

Nosotros podemos nadar, pero ellos no pueden volar.

El más anciano de los eldunarís, un dragón llamado Valdr —que significaba «soberano» en el idioma antiguo— les habló directamente solo una vez. De él recibieron una visión de rayos de luz convirtiéndose en ondas en la arena, así como una desconcertante sensación de que todo lo que antes parecía sólido era en realidad espacio vacío. Entonces Valdr les mostró un nido de estorninos durmiendo, y Eragon sintió sus sueños agitándose en sus mentes con la velocidad de un parpadeo. Al principio, Valdr se mostró satisfecho —los sueños de los estorninos parecían pequeñeces, algo nimio y sin consecuencias—, pero luego su estado de ánimo cambió y se volvió cálido y acogedor, y hasta la más pequeña de las preocupaciones de los pajarillos adquirió importancia hasta alcanzar la misma dimensión que las preocupaciones de los reyes.

Valdr prolongó su visión como si quisiera asegurarse de que Eragon y Saphira la conservarían junto al resto de los recuerdos. Sin embargo, ninguno de los dos tenía claro qué era lo que intentaba decirles el dragón, y Valdr se negó a dar más explicaciones.

Cuando por fin apareció Urû'baen, los eldunarís dejaron de compartir sus recuerdos con Eragon y Saphira.

Ahora haríais bien en estudiar la guarida de nuestro enemigo —les dijo Umaroth.

Así lo hicieron, y Saphira emprendió un largo descenso. Lo que vieron no les animó, ni se animaron cuando Glaedr comentó:

Galbatorix ha construido mucho desde que nos expulsó de este lugar. Las murallas no eran tan gruesas ni tan altas en nuestros tiempos.

Ni Ilirea estaba tan fortificada durante la guerra entre los nuestros y los elfos —añadió Umaroth—. *El traidor se ha resguardado bien y ha envuelto su guarida en piedra. No creo que salga por voluntad propia. Es como un tejón escondido en su madriguera, que morderá el morro a cualquiera que intente sacarle.*

A kilómetro y medio de la cubierta amurallada y de la ciudad se encontraba el campamento de los vardenos. Era bastante más extenso de lo que Eragon recordaba, lo que le sorprendió hasta que cayó en que la reina Islanzadí y su ejército debían de haber unido por fin sus fuerzas a las de los vardenos. Soltó un suspiro de alivio. Hasta Galbatorix era consciente del poder de los elfos.

Cuando estaba aproximadamente a una legua de las tiendas, los eldunarís ayudaron a Eragon a ampliar el radio de alcance de su mente para escrutar las de los hombres, enanos, elfos y úrgalos congregados en el campamento. Fue un contacto tan leve que nadie lo habría notado, a menos que estuviera observando de un modo explícito, y, en cuanto localizó la melodía característica de los pensamientos de Blödhgarm, se centró solo en el elfo.

Blödhgarm —dijo—, *soy yo, Eragon* —dijo, contento de hablar con alguien después de revivir tantas experiencias de tiempos ancestrales.

¡Asesino de Sombra! ¿Estás bien? Tu mente me transmite una sensación extraña. ¿Estás con Saphira? ¿La han herido? ¿Le ha pasado algo a Glaedr?

Ambos están bien, y yo también.

Entonces... —dijo Blödhgarm, evidentemente confundido.

Pero Eragon le cortó:

No estamos lejos, pero de momento nos hemos escondido de la vista. ¿Los de abajo aún ven aquella imagen mía y de Saphira?

Sí, Asesino de Sombra. Tenemos a Saphira sobrevolando las tiendas a un kilómetro de altura. A veces la ocultamos tras un banco de nubes, o hacemos que parezca que os habéis ido a patrullar, pero no dejamos que Galbatorix piense que os habéis marchado lejos. Ahora haremos que vuestras imágenes se alejen volando, para que podáis volver entre nosotros sin despertar sospechas.

No. Mejor esperad y mantened vuestros hechizos un poco más.

¿Y eso?

No volvemos directamente al campamento. —Eragon echó un vistazo al terreno—. *Hay una pequeña colina unos tres kilómetros al sureste. ¿La conoces?*

Sí, la veo desde aquí.

Saphira aterrizará detrás. Lleva a Arya, Orik, Jörmundur, Roran, la reina Islanzadí y al rey Orrin hasta allí, pero asegúrate de que no abandonan el campamento todos a la vez. Si pudieras ayudarlos a esconderse, sería perfecto. Tú también deberías venir.

Como desees..., Asesino de Sombra, ¿qué es lo que encontrasteis en...?

¡No! No me preguntes. Sería peligroso pensar en ello aquí. Ven y te lo contaré, pero no quiero decirlo a los cuatro vientos, para que alguien lo oiga.

Entiendo. Iremos en cuanto podamos, pero puede que tardemos un poco, si escalonamos las salidas convenientemente.

Por supuesto. Confío en que harás lo que más convenga.

Eragon interrumpió el contacto y se recostó en la silla. Esbozó una sonrisa imaginándose la expresión de Blödhgarm cuando se enterara de la existencia de los eldunarís.

Levantando un remolino, Saphira aterrizó a los pies de la colina; un rebaño de ovejas, asustadas, se escabulló entre balidos lastimeros.

Mientras plegaba las alas, Saphira miró hacia las ovejas.

Sería fácil cazarlas, ya que no pueden verme —dijo, relamiéndose.

—Sí, pero eso no sería juego limpio —respondió Eragon, aflojándose las correas de las piernas.

El juego limpio no te llena la barriga.

—No, pero tampoco tienes tanta hambre, ¿no? —La energía de los eldunarís, pese a ser insustancial, le había quitado el apetito.

La dragona soltó un enorme soplido a modo de suspiro.

No, la verdad es que no...

Mientras esperaban, Eragon estiró los doloridos miembros y luego tomó un almuerzo frugal con lo que quedaba de sus provisiones. Sabía que Saphira se había tendido a su lado cuan larga era, aunque no podía verla. Lo único que revelaba su presencia era la forma su cuerpo, impresionada sobre la hierba aplastada, formando un molde de curiosa silueta. No sabía muy bien por qué, pero aquello le pareció divertido.

Mientras comía, echó un vistazo a los campos que rodeaban la colina, observando las espigas de trigo y centeno agitadas por el viento. Unos largos muretes bajos de piedra separaban los campos; los granjeros de la zona debían de haber tardado cientos de años en extraer tantas piedras del suelo.

Por lo menos en el valle de Palancar no teníamos ese problema —pensó.

Un momento más tarde le volvió a la mente uno de los recuerdos de los viejos dragones, y supo con exactitud la antigüedad de aquellos muretes de piedra; procedían de los tiempos en que los humanos se habían instalado en las ruinas de Ilirea, después de que los elfos hubieran derrotado a los guerreros del rey Palancar. De pronto vio, como si hubiera estado allí, hileras de hombres, mujeres y niños atravesando los campos recién cultivados, cargando con las piedras que habían encontrado entre las ruinas hasta el lugar que ocupaban los muros.

Al cabo de un rato, Eragon dejó que el recuerdo se disipara y abrió la mente a los flujos de energía que circulaban a su alrededor.

Escuchó los pensamientos de los ratones entre la hierba y de las lombrices en el subsuelo, y de los pájaros que revoloteaban sobre su cabeza. Hacer aquello era algo arriesgado, porque podía llamar la atención de cualquier hechicero enemigo que estuviera cerca, pero prefería saber qué tenía cerca, para que nadie pudiera atacarles por sorpresa.

Así fue como detectó que se acercaban Arya, Blödhgarm y la reina Islanzadí, y no se alarmó cuando sintió sus pasos acercándose por la ladera oeste de la colina.

El aire se agitó como el agua de una balsa al viento, y al instante los tres elfos aparecieron ante él. La reina Islanzadí encabezaba el grupo, tan majestuosa como siempre. Portaba una coraza ligera de escamas doradas con un casco decorado con joyas y su capa roja de bordes blancos colgando de los hombros. Una espada larga y fina le colgaba del estrecho cinto. Llevaba una larga lanza de hoja blanca en una mano y un escudo en forma de hoja de abedul —que incluso tenía los bordes dentados, como una hoja— en la otra.

Arya también iba protegida. Había cambiado sus ropas oscuras habituales por una coraza como la de su madre —aunque la de ella era gris como el acero, no dorada— y llevaba un casco decorado con un nudo repujado en la frente y sobre la nariz, así como un par de estilizadas alas de águila que sobresalían desde las sienes. Comparado con el esplendor del atuendo de Islanzadí, el de Arya era sobrio, pero por eso mismo más mortífero. Juntas, madre e hija eran como un par de cuchillas a juego, una decorada para exposición y la otra preparada para el combate.

Al igual que las dos elfas, Blödhgarm llevaba una coraza de escamas, pero tenía la cabeza al descubierto y no portaba armas, salvo por un pequeño cuchillo en el cinto.

—Muéstrate, Eragon *Asesino de Sombra* —dijo Islanzadí, mirando hacia el lugar donde se encontraba.

Él anuló el hechizo que los ocultaba y luego hizo una reverencia a la reina elfa.

Ella lo escrutó con sus ojos oscuros, estudiándolo como si fuera un caballo de pura raza. Por primera vez, a Eragon no le costó aguantarle la mirada. Pasaron unos segundos.

—Has mejorado, Asesino de Sombra.

Él hizo una segunda reverencia, más breve.

—Gracias, majestad. —Como siempre, el sonido de su voz le estremeció. Parecía un murmullo mágico y musical, como si cada palabra formara parte de un poema épico—. Un halago así significa mucho para mí, procediendo de alguien tan sabio y justo como tú.

Islanzadí se rio, mostrando sus largos dientes, y la montaña y los campos se regocijaron con ella.

—¡Y además has ganado en elocuencia! No me habías dicho que se había vuelto tan educado, Arya.

—Aún está aprendiendo —precisó su hija, esbozando una sonrisa—. Me alegro de que hayas vuelto sano y salvo —le dijo a Eragon.

Los elfos les hicieron numerosas preguntas a él, a Saphira y a Glaedr, pero los tres se negaron a dar respuestas hasta la llegada de los demás. Aun así, Eragon pensó que los elfos percibían algo de los eldunarís, y los sorprendió varias veces mirando en dirección al lugar donde se encontraban, aunque no supieran de qué se trataba.

Orik fue el siguiente en llegar. Vino desde el sur montado en un poni lanudo que llegó cubierto de sudor y jadeando.

—¡Ho, Eragon! ¡Ho, Saphira! —gritó el rey enano, levantando un puño. Se dejó caer desde su exhausta montura, se acercó y abrazó a Eragon enérgicamente, dándole unas vigorosas palmadas en la espalda.

Cuando acabaron los saludos —y después de que Orik le frotara el morro a Saphira a modo de caricia—, Eragon preguntó:

—¿Dónde está tu guardia?

Orik hizo un gesto con la cabeza, señalando hacia atrás.

—Trenzándose las barbas en una granja a un par de kilómetros al oeste, y diría que no les hace ninguna gracia. Confío en todos y cada uno de ellos (son miembros de mi mismo clan), pero Blödhgarm me dijo que era mejor que viniera solo, así que solo he venido. Ahora cuéntame. ¿Qué es tanto secreto? ¿Qué descubristeis en Vroengard?

—Tendrás que esperar a que llegue el resto de la comitiva para saberlo —dijo Eragon—. Pero me alegro de volver a verte. —Y le dio una palmadita en el hombro.

Roran llegó a pie poco después, con gesto adusto y cubierto de polvo. Agarró a Eragon por el brazo y le dio la bienvenida; luego se lo llevó a un lado:

—¿Puedes evitar que nos oigan? —dijo, señalando con la barbilla hacia Orik y los elfos.

Eragon no tardó más que unos segundos en formular un hechizo que los protegían de oídos ajenos.

—Hecho —dijo. Al mismo tiempo, separó su mente de la de Glaedr y los otros eldunarís, aunque no de la de Saphira.

Roran asintió y miró hacia los campos.

—He tenido unas palabras con el rey Orrin mientras tú no estabas.

—¿Unas palabras? ¿Y eso?

—Estaba comportándose como un idiota y se lo he dicho.

—Supongo que no reaccionó muy bien.

—Más bien no. Intentó matarme.

—¿Cómo?

—Conseguí desarmarlo con un martillazo antes de que pudiera clavarme la espada, pero si lo hubiera conseguido, me habría matado.

—¿Orrin? —A Eragon le costaba imaginarse al rey haciendo algo así—. ¿Le ofendiste gravemente?

Por primera vez, Roran sonrió, con una mueca fugaz que desapareció rápido bajo la barba.

—Le asusté; no sé si es peor.

Eragon soltó un gruñido y apretó el pomo de la empuñadura de *Brisingr*. Se dio cuenta de que Roran y él estaban copiándose las posturas; ambos tenían la mano en su arma, y ambos apoyaban el peso en la pierna opuesta.

—¿Quién más sabe esto?

—Jörmundur. Estaba allí. Y si Orrin se lo ha contado a alguien…

Con el ceño fruncido, Eragon empezó a caminar arriba y abajo, intentando decidir qué hacer.

—No podía haber pasado en peor momento.

—Lo sé. No querría haber sido tan brusco con Orrin, pero estaba a punto de «presentar sus respetos» a Galbatorix, y otras tonterías así. Nos habría puesto a todos en peligro. No podía permitirlo. Tú habrías hecho lo mismo.

—Quizá sí, pero esto no hace más que empeorar las cosas. Ahora soy el líder de los vardenos. Un ataque dirigido a ti o a cualquier otro guerrero bajo mi mando es lo mismo que un ataque a mi persona. Orrin lo sabe, y es consciente de que somos de la misma sangre. Podría incluso desafiarme.

—Estaba borracho —afirmó Roran—. No creo que pensara lo que hacía cuando desenvainó la espada.

Eragon vio que Arya y Blödhgarm le miraban, intrigados. Dejó de caminar y les dio la espalda.

—Me preocupa Katrina —dijo Roran—. Si Orrin está lo suficientemente enfadado, puede que envíe a sus hombres a por mí o a por ella. En cualquier caso, podría salir lastimada. Jörmundur ya ha puesto un guardia junto a nuestra tienda, pero eso no es protección suficiente.

Eragon sacudió la cabeza.

—Orrin no se atrevería a hacerle daño.

—¿No? No puede hacértelo a ti, y no tiene agallas para enfrentarse a mí directamente, así que, ¿qué le queda? Una emboscada. Cuchillos en la noche. Para él, matar a Katrina sería un modo fácil de vengarse.

—Dudo que Orrin recurra a un ataque nocturno… o que quiera hacer daño a Katrina.

—Pero no puedes saberlo con seguridad.

Eragon pensó un momento.

—Formularé unos hechizos para resguardar a Katrina, y me encargaré de que Orrin sepa de su existencia. Eso debería frenar cualquier plan que pudiera urdir.

—Te lo agradecería mucho —dijo Roran, ostensiblemente menos tenso.

—También te pondré nuevas protecciones a ti.

—No, ahórrate esfuerzos. Yo puedo cuidarme solo.

Él insistió, pero Roran mantuvo su negativa.

—¡Ya está bien! —explotó Eragon, al final—. Escúchame. Vamos a entrar en combate contra los hombres de Galbatorix. Necesitas «alguna» protección, aunque solo sea contra la magia. ¡Voy a ponerte unas protecciones, te guste o no, así que lo mejor que podrías hacer es sonreír y darme las gracias!

Roran se lo quedó mirando, resopló y levantó las manos.

—Bueno, como quieras. Nunca has sabido cuándo echar atrás.

—Ah, ¿y tú sí?

Su primo chasqueó la lengua, que ocultaba tras una frondosa barba.

—Supongo que no. Debe de ser cosa de familia.

—Mmm. Entre Brom y Garrow, no sé quién era más tozudo.

—Papá, seguro.

—Eh… Brom era tan… No, tienes razón. Lo era Garrow.

Se sonrieron mutuamente, recordando su vida en la granja. Entonces Roran echó la cabeza atrás y miró a Eragon con más atención.

—Parece que has cambiado.

—¿Sí?

—Sí, has cambiado. Se te ve más seguro de ti mismo.

—Quizá sea porque ahora me conozco mejor que antes.

Roran no tenía respuesta para aquello.

Media hora más tarde, Jörmundur y el rey Orrin llegaron juntos, a caballo. Eragon saludó a Orrin con la misma educación de siempre, pero este le respondió con un saludo escueto y evitó mirarle a los ojos. El aliento le olía a vino, incluso a metros de distancia.

Una vez reunidos todos ante Saphira, Eragon empezó. Primero hizo que todos juraran mantener el secreto en el idioma antiguo. Luego les explicó el concepto del eldunarí a Orik, Roran, Jörmundur y Orrin, y les hizo un resumen de la historia de los corazones de los dragones en manos de los Jinetes y de Galbatorix.

Los elfos se mostraron algo incómodos al ver que Eragon hablaba de los eldunarís ante los demás, pero ninguno protestó, algo que él agradeció. Al menos se había ganado su confianza. Orik, Roran y Jörmundur reaccionaron con sorpresa, incredulidad y decenas de preguntas. A Roran, en particular, se le iluminaron los ojos, como si aquella información le alimentara toda una serie de ideas nuevas sobre cómo matar a Galbatorix.

Durante todo aquel tiempo, Orrin se mostró hosco y poco convencido de la existencia de los eldunarís, y sus dudas no se disiparon hasta que Eragon sacó el corazón de corazones de Glaedr de las alforjas y les presentó el dragón a los cuatro.

La admiración que mostraron al encontrarse con Glaedr confortó a Eragon. Hasta Orrin parecía impresionado, aunque después de intercambiar unas cuantas palabras con Glaedr, se giró y dijo:

—¿Nasuada estaba al corriente?

—Sí. Se lo conté en Feinster.

Tal como esperaba Eragon, aquello molestó a Orrin.

—Así que, una vez más, los dos habéis decidido dejarme de lado. Sin el apoyo de mis hombres y el alimento de mi pueblo, los vardenos no habrían tenido ninguna esperanza de plantar cara al Imperio. ¡Soy el soberano de uno de los cuatro únicos países de Alagaësia, mi ejército contribuye en una gran proporción a nuestras fuerzas, y ninguno de los dos considerasteis necesario informarme de esto!

Antes de que Eragon pudiera responder, Orik dio un paso adelante.

—A mí tampoco me lo contaron, Orrin —bramó el rey de los

enanos—. Y mi pueblo lleva ayudando a los vardenos más tiempo que el tuyo. No deberías ofenderte. Eragon y Nasuada hicieron todo lo que consideraron mejor para nuestra causa; no pretendieron faltar el respeto a nadie.

Orrin hizo un mohín. Parecía que iba a seguir discutiendo, pero Glaedr se le adelantó.

Hicieron lo que yo les pedí, rey de los surdanos. Los eldunarís son el mayor secreto de nuestra raza, y no queremos compartirlo con los demás sin más, ni siquiera con los reyes.

—¿Y entonces por qué has decidido hacerlo ahora? —inquirió Orrin—. Podrías haber entrado en combate sin revelar tu presencia.

Como respuesta, Eragon contó la historia de su viaje a Vroengard, incluido el encuentro con la tormenta en el mar y la vista desde lo alto de las nubes. Arya y Blödhgarm parecían interesadísimos en aquella parte de la historia, mientras que Orik se sentía muy incómodo.

—Barzûl, parece una experiencia horrible —dijo—. Me dan escalofríos solo de pensar en ello. El lugar de un enano es tierra firme, no las alturas.

Estoy de acuerdo —apostilló Saphira, provocando una mueca de desconfianza de Orik, que se retorció los extremos de su barba trenzada.

Eragon prosiguió con su relato y explicó su entrada a la Cripta de las Almas, aunque evitó compartir que para ello habían tenido que usar sus nombres verdaderos. Y cuando por fin les reveló lo que contenía la cripta, todos se quedaron mudos, estupefactos.

—Abrid vuestras mentes —dijo entonces Eragon.

Un momento más tarde, el aire se llenó de un montón de murmullos. Eragon sintió la presencia de Umaroth y de los otros dragones ocultos a su alrededor.

Los elfos se tambalearon y Arya hincó una rodilla en el suelo, apoyándose una mano contra la sien, como si le hubieran dado un golpe. Orik soltó un grito y miró a su alrededor, con los ojos desorbitados, mientras que Roran, Jörmundur y Orrin permanecieron inmóviles, anonadados.

La reina Islanzadí se arrodilló, adoptando una postura muy parecida a la de su hija. Mentalmente, Eragon la oyó hablar con los dragones, saludando a muchos de ellos por su nombre y dándoles la bienvenida como si fueran viejos amigos. Blödhgarm hizo lo mismo, y durante unos minutos hubo un intercambio de pensamientos entre los dragones y los congregados a los pies de la montaña.

La maraña de pensamientos era tal que Eragon se aisló y se retiró, sentándose en una de las patas de Saphira mientras esperaba que el ruido remitiera. Los elfos eran los que más afectados parecían por aquella revelación: Blödhgarm se quedó con la mirada perdida en el infinito, con una expresión extasiada, mientras que Arya seguía arrodillada. A Eragon le pareció ver un reguero de lágrimas en cada pómulo. Islanzadí estaba radiante, y por primera vez desde que se conocían, la vio realmente feliz.

Entonces Orik sacudió la cabeza, como si se despertara de un sueño.

—¡Por el martillo de Morgothal —dijo, mirando a Eragon—, esto da un nuevo giro a los acontecimientos! ¡Con su ayuda, quizá podamos realmente matar a Galbatorix!

—¿Antes no pensabas que pudiéramos hacerlo? —preguntó Eragon, irónico.

—Claro que sí. Solo que no tanto como ahora.

Roran también parecía despertar.

—Yo no… Yo sabía que los elfos y tú lucharíais con todas vuestras fuerzas, pero no creía que pudierais ganar —reconoció, encontrándose con los ojos de Eragon—. Galbatorix ha derrotado a muchos Jinetes, y tú estás solo, y no eres tan mayor. No me parecía posible.

—Lo sé.

—Ahora, en cambio. —Una mirada salvaje invadió los ojos de Roran—. Ahora tenemos una posibilidad.

—Sí —corroboró Jörmundur—. Y ten en cuenta que ahora ya no tendremos que preocuparnos tanto por Murtagh. No es rival para la fuerza combinada de Eragon y los dragones.

Eragon golpeteó con los tacones sobre la pierna de Saphira, sin responder. Tenía otras ideas al respecto. Además, no le gustaba tener que pensar en matar a Murtagh.

Entonces Orrin tomó la palabra:

—Umaroth dice que habéis trazado un plan de ataque. ¿Piensas compartirlo con nosotros, Asesino de Sombra?

—Yo también querría oírlo —dijo Islanzadí en un tono más suave.

—Y yo —se apuntó Orik.

Eragon se los quedó mirando un momento y luego asintió.

—¿Tu ejército está listo para el combate? —le preguntó a Islanzadí.

—Lo está. Hemos esperado mucho para vengarnos; no necesitamos esperar más.

—¿Y el nuestro? —preguntó Eragon, dirigiéndose a Orrin, Jörmundur y Orik.

—Mis knurlan están deseosos de combatir —proclamó Orik.

Jörmundur echó una mirada al rey Orrin.

—Nuestros hombres están cansados y hambrientos, pero su voluntad no tiene fisuras.

—¿Y los úrgalos también?

—Ellos también.

—Entonces ataquemos.

—¿Cuándo? —preguntó Orrin.

—Al alba.

Por un momento nadie habló. Roran fue quien rompió el silencio.

—Es fácil decirlo; difícil hacerlo. ¿Cómo?

Eragon se lo explicó.

Cuando acabó, se hizo otro silencio.

Roran se puso de cuclillas y empezó a escribir en la tierra con la punta de un dedo.

—Es arriesgado.

—Pero audaz —dijo Orik—. Muy audaz.

—Ya no quedan vías seguras —dijo Eragon—. Si conseguimos pillar a Galbatorix desprevenido, aunque sea un poco, puede que baste para inclinar la balanza de nuestro lado.

Jörmundur se frotó la barbilla.

—¿Por qué no matamos primero a Murtagh? Eso es lo que no entiendo. ¿Por qué no acabamos primero con él y con Espina, mientras tengamos ocasión?

—Porque entonces Galbatorix sabrá que «existen» —respondió Eragon, señalando hacia donde estaban flotando los eldunarís—. Perderíamos la ventaja del factor sorpresa.

—¿Y la niña? —preguntó Orrin, brusco—. ¿Qué te hace pensar que se adaptará a lo que le pidas? No siempre lo ha hecho.

—Esta vez lo hará —prometió Eragon, demostrando más confianza de la que sentía.

El rey gruñó, poco convencido.

—Eragon —intervino Islanzadí—, lo que propones es genial y terrible a la vez. ¿Estás dispuesto a hacerlo? No te pregunto porque dude de tu entrega o tu valentía, sino porque es algo que no hay que emprender sin haberlo pensado muy bien antes. Así que te pregunto: ¿estás dispuesto a hacer esto, aun sabiendo el coste que puede tener?

Eragon no se puso en pie, pero endureció ligeramente la voz.

—Lo estoy. Hay que hacerlo, y la tarea ha recaído en nosotros. Cueste lo que cueste, ahora no podemos echarnos atrás.

Como señal de acuerdo, Saphira abrió las mandíbulas unos centímetros y las cerró con un chasquido, como poniendo punto final a la frase.

Islanzadí elevó el rostro hacia el cielo.

—¿Y tú y los que por tu boca hablan también estáis de acuerdo, Umaroth-elda?

Lo estamos —respondió el dragón blanco.

—Entonces, adelante —murmuró Roran.

La llamada del deber

*L*os diez, incluido Umaroth, siguieron hablando una hora más. Orrin no estaba convencido del todo, y había numerosos detalles que fijar: cuestiones de tiempo, lugar y señalización.

Eragon se sintió aliviado cuando Arya dijo:

—Si a ti o a Saphira no os importa, mañana iré con vosotros.

—Nos encantará que vengas —contestó él.

Islanzadí se quedó rígida.

—¿De qué serviría eso? Harás más falta en otros frentes, Arya. Blödhgarm y los otros hechiceros que les asigné a Saphira y Eragon tienen más conocimientos de magia que tú y más experiencia en combate. Recuerda que lucharon contra los Apóstatas y vivieron para contarlo, cosa que no todos pueden decir. Muchos de los miembros más veteranos de nuestra raza se presentarían voluntarios a ocupar tu puesto. Sería egoísta insistir en ir cuando tenemos a mano a otros más preparados y que desean ir.

—Yo creo que no hay nadie más idóneo para esta tarea que Arya —dijo Eragon con voz reposada—. Y no hay nadie, aparte de Saphira, que prefiera tener a mi lado.

Islanzadí mantuvo la mirada fija en Arya pero se dirigió a Eragon:

—Aún eres joven, Asesino de Sombra, y dejas que tus emociones enturbien tu razonamiento.

—No, madre —dijo Arya—. Eres tú quien permites que tus emociones enturbien tu razonamiento. —Se acercó a Islanzadí con pasos largos y ligeros—. Tienes razón, hay otros más fuertes, más sabios y más experimentados que yo. Pero fui yo quien cargué con el huevo de Saphira por Alagaësia, quien ayudó a Eragon contra el Sombra Durza. Y fui yo quien, con ayuda de Eragon, mató al Sombra Varaug en Feinster. Yo también soy una Asesina de Sombra, y sabes bien que juré prestar servicio a nuestro pueblo hace mucho tiempo. ¿Quién, de los nuestros, puede decir lo mismo? Aunque quisiera, no podría evadirme de esta responsabilidad. Preferiría morir. Estoy tan preparada para este reto como cualquiera de nuestros mayores, porque a esto es a lo que he dedicado toda mi vida, igual que Eragon.

—Y «toda tu vida» es un periodo muy corto de tiempo —respondió Islanzadí, que le tocó la cara con mano—. Te has dedicado a combatir a Galbatorix todo este tiempo, desde que murió tu padre, pero sabes poco de la felicidad que puede dar la vida. Y en todos estos años hemos pasado muy poco tiempo juntas: apenas unos cuantos días repartidos a lo largo de un siglo. Hasta que no trajiste a Saphira y a Eragon a Ellesméra no volvimos a hablar como deben hacerlo madre e hija. No quiero volver a perderte tan pronto, Arya.

—No fui yo quien decidió vivir separada —puntualizó ella.

—No —reconoció Islanzadí, que retiró la mano—. Pero fuiste tú quien decidió irse de Du Weldenvarden. No quiero discutir, Arya —añadió, suavizando el gesto—. Entiendo que consideres tu deber ir en esta misión, pero ¿por qué no permites que otro ocupe tu lugar? Te lo pido como un favor personal.

Arya bajó la mirada y se quedó en silencio.

—No puedo permitir que Eragon y Saphira vayan sin mí, del mismo modo que tú no puedes permitir que tu ejército entre en combate sin que esté tú a la cabeza —dijo por fin—. No puedo… ¿Te gustaría que dijeran que tu hija es una cobarde? Los miembros de nuestra familia no son de los que eluden sus obligaciones. No me pidas que lo haga yo.

A Eragon le pareció que el brillo de los ojos de Islanzadí se parecía sospechosamente al de las lágrimas.

—Tienes razón —dijo la reina—, pero enfrentarse a Galbatorix…

—Si tanto miedo tienes —intervino Arya, con el mismo tono amable—, ven conmigo.

—No puedo. Tengo que quedarme a dirigir mis tropas.

—Y yo debo ir con Eragon y Saphira. Pero te prometo que no moriré. —Arya apoyó su mano en el rostro de Islanzadí, igual que había hecho su madre antes—. «No moriré» —repitió, esta vez en el idioma antiguo.

La determinación de Arya impresionó a Eragon; decir lo que había dicho en el idioma antiguo significaba que lo creía sin reservas.

Islanzadí también parecía impresionada, y también orgullosa. Sonrió y dio un beso a Arya en cada mejilla.

—Entonces ve. Tienes mi bendición. Pero no corras más riesgos de los necesarios.

—Tú tampoco —respondió Arya, y las dos se abrazaron.

Cuando se separaron, Islanzadí miró a Eragon y Saphira y dijo:

—Cuidadla, os lo imploro, porque ella no tiene un dragón ni eldunarís que la protejan.

Lo haremos —respondieron a la vez Eragon y Saphira en el idioma antiguo.

Una vez que fijaron todos los detalles necesarios, el consejo de guerra se disolvió y sus miembros empezaron a dispersarse. Desde su posición, junto a Saphira, Eragon vio que los otros empezaban a retirarse. Ni él ni ella hicieron además de moverse. Saphira iba a permanecer escondida tras la colina hasta el momento del ataque, mientras que él tenía intención de esperar a que oscureciera antes de aventurarse en el campamento.

Orik fue el segundo en marcharse, tras Roran. Antes de hacerlo, el rey enano se acercó a Eragon y le dio un fuerte abrazo.

—¡Ah, ojalá pudiera ir con vosotros! —dijo, con solemnidad.

—Ojalá —respondió Eragon.

—Bueno, nos veremos después y brindaremos por la victoria con aguamiel a raudales, ¿eh?

—Me encantará.

Y a mí también —dijo Saphira.

—Bueno, pues así será —sentenció Orik, que asintió enérgicamente—. No permitas que Galbatorix te venza, o me veré obligado a vengarte.

—Iremos con cuidado —le tranquilizó el chico con una sonrisa.

—Eso espero, porque dudo que pudiera hacer mucho más que retorcerle la nariz.

Eso me gustaría verlo —exclamó Saphira.

Orik soltó un gruñido.

—Que los dioses te protejan, Eragon, y a ti también, Saphira.

—Y a ti, Orik, hijo de Thrifk.

Entonces Orik le dio una palmada en el hombro a Eragon y se dirigió hacia el arbusto donde había atado a su poni.

Cuando Islanzadí y Blödhgarm se marcharon, Arya se quedó. Estaba charlando animadamente con Jörmundur, así que Eragon no hizo caso. Pero cuando Jörmundur se fue y vio que Arya seguía allí, se dio cuenta de que quería hablar con él a solas.

En efecto, una vez solos, los miró a él y a Saphira y dijo:

—¿Os ha ocurrido algo más en este tiempo, algo de lo que no quisierais hablar delante de Orrin o de Jörmundur..., o de mi madre?

—¿Por qué lo preguntas?

Ella vaciló.

—Porque... los dos parecéis haber cambiado. ¿Es por los eldunarís, o tiene que ver con vuestra experiencia en la tormenta?

Eragon sonrió. Consultó con Saphira y, tras recibir su aprobación, le dijo:

—Hemos descubierto nuestros nombres verdaderos.

Arya abrió los ojos como platos.

—¿De verdad? Y... ¿estáis satisfechos con ellos?

En parte —respondió Saphira.

—Descubrimos nuestros nombres verdaderos —repitió Eragon—. Vimos que la Tierra es redonda. Y durante el vuelo de regreso, Umaroth y los otros eldunarís compartieron con nosotros muchos de sus recuerdos. —Esbozó una sonrisa irónica—. No puedo decir que los entendamos todos, pero hacen que veamos las cosas... de un modo diferente.

—Ya veo —murmuró Arya—. ¿Y creéis que el cambio es positivo?

—Yo sí. El cambio nunca es bueno ni malo, pero el conocimiento siempre es positivo.

—¿Os costó descubrir vuestros nombres verdaderos?

Eragon le contó cómo lo habían hecho, y también le habló de las extrañas criaturas que habían encontrado en la isla de Vroengard, que despertaron en ella un vivo interés.

Mientras Eragon hablaba, se le ocurrió una idea, una idea que resonaba en su interior con demasiada fuerza como para no hacer caso. Se la explicó a Saphira, y de nuevo ella le dio permiso, aunque más de mala gana que antes.

¿Debes hacerlo? —le preguntó.

Sí.

Entonces haz lo que debas, pero solo si ella está de acuerdo.

Cuando acabaron de hablar de Vroengard, Eragon miró a Arya a los ojos y dijo:

—¿Quieres oír mi nombre verdadero? Me gustaría compartirlo contigo.

Aquella oferta provocó una brusca reacción en la elfa.

—¡No! No debes decírmelo, ni a mí ni a nadie. En especial estando tan cerca de Galbatorix. Podría robarlo de mi mente. Además, solo deberías dar tu nombre verdadero a… alguien en quien confíes por encima de todos los demás.

—Yo confío en ti.

—Eragon, aunque los elfos podemos llegar a intercambiar nuestros nombres, nunca lo hacemos hasta habernos conocido durante muchos muchos años. Es una información demasiado personal, demasiado íntima para hacerla pública, y no hay mayor riesgo que el de compartirla. Cuando le dices a alguien tu nombre verdadero, pones todo lo que eres en sus manos.

—Lo sé, pero quizá no vuelva a tener ocasión de hacerlo. Esto es lo único que tengo, y querría dártelo a ti.

—Eragon, lo que me estás ofreciendo… es el tesoro más precioso que una persona puede dar a otra.

—Lo sé.

Arya sintió un escalofrío y se encogió. Al cabo de un rato, dijo:

—Nadie me ha ofrecido nunca algo así… Tu confianza me halaga, Eragon, y entiendo lo mucho que significa para ti, pero no, debo declinar la oferta. No estaría bien que lo hicieras, y tampoco estaría bien que yo aceptara, solo porque mañana podamos morir o convertirnos en esclavos de Galbatorix. El peligro no justifica un acto irresponsable, por grave que sea la situación.

Eragon agachó la cabeza. Los motivos de Arya estaban justificados, y respetaba su decisión.

—Muy bien, como desees —accedió.

—Gracias, Eragon.

Hubo un momento de silencio.

—¿Alguna vez le has dicho tu nombre verdadero a alguien?

—No.

—¿Ni siquiera a tu madre?

Ella hizo una mueca con la boca.

—No.

—¿Sabes cuál es?

—Claro. ¿Por qué no iba a saberlo?

—No sé. No estaba seguro —respondió encogiéndose de hombros. Se hizo el silencio entre ambos—. ¿Cuándo…? ¿Cómo supiste tu nombre verdadero?

Arya se quedó callada tanto tiempo que Eragon empezaba a pensar que se negaría a responder. Entonces respiró hondo y dijo:

—Fue unos cuantos años después de salir de Du Weldenvarden, cuando por fin me acostumbré a mi nuevo papel entre los vardenos y los enanos. Faolin y mis otros compañeros estaban lejos y tuve mucho tiempo para estar sola. Lo pasé en su mayor parte explorando Tronjheim, paseando por los rincones de la montaña-ciudad por donde otros no solían pasar. Tronjheim es más grande de lo que parece, y alberga muchas cosas extrañas: cámaras, personas, criaturas, artefactos olvidados...

»Mientras recorría el lugar fui pensando y acabé conociéndome mejor que nunca. Un día descubrí una cámara en las alturas de Tronjheim (dudo que pudiera volver a encontrarla, aunque la buscara). Daba la impresión de que un rayo de luz del sol se colaba en la cámara, aunque el techo era sólido, y en el centro había un pedestal y, sobre el pedestal, una única flor. No sé qué tipo de flor era; nunca había visto una igual, ni la he vuelto a ver. Los pétalos eran de color púrpura, pero el centro era como una gota de sangre. Tenía espinas en el tallo y emanaba un aroma delicioso, y parecía emitir una música propia. Era una cosa tan insólita y maravillosa que me quedé en la cámara contemplando la flor, no sé decir cuánto tiempo, y fue entonces cuando por fin pude verbalizar quién era y quién soy yo.

—Me gustaría ver esa flor algún día.

—A lo mejor la ves —respondió Arya, fijando la mirada en el campamento de los vardenos—. Debo irme. Aún queda mucho que hacer.

Eragon asintió.

—Nos veremos mañana, entonces.

—Mañana. —Arya echó a andar. Tras unos pasos, hizo una pausa y miró hacia atrás—. Me alegro de que Saphira te eligiera como Jinete, Eragon. Y estoy orgullosa de haber luchado a tu lado. Te has convertido en más de lo que cualquiera de nosotros se habría atrevido a imaginar. Ocurra lo que ocurra mañana, no lo olvides.

Y reemprendió la marcha. Enseguida desapareció tras la ladera de la colina y lo dejó solo con Saphira y los eldunarís.

Fuego en la noche

*C*uando cayó la noche, Eragon formuló un hechizo para ocultarse. Luego le dio una palmadita a Saphira en el morro y se dirigió hacia el campamento de los vardenos.

Ten cuidado —dijo ella.

Al ser invisible, no le costó superar a los guerreros que montaban guardia alrededor del campamento. Mientras no hiciera ruido y los hombres no vieran sus huellas o su sombra, podría moverse libremente.

Se abrió paso entre las tiendas de lana hasta que encontró la de Roran y Katrina. Golpeó con los nudillos sobre el poste central. Roran asomó la cabeza.

—¿Dónde estás? —susurró—. ¡Entra, corre!

Eragon cortó el flujo de magia y se hizo visible. Roran se estremeció, y al instante lo agarró del brazo y tiró de él hacia el interior de la tienda.

—Bienvenido, Eragon —dijo Katrina, levantándose del pequeño catre donde estaba sentada.

—¡Katrina!

—Me alegro de volver a verte. —Le dio un breve abrazo.

—¿Tardaremos mucho? —preguntó Roran.

—No deberíamos —respondió Eragon, sacudiendo la cabeza. Se puso de cuclillas, pensó un momento y luego empezó a recitar algo en el idioma antiguo. Primero lanzó unos hechizos sobre Katrina para protegerla de cualquiera que quisiera hacerle daño. Hizo los conjuros más amplios de lo que había planeado originalmente para asegurarse de que tanto ella como el niño que llevaba en el vientre pudieran escapar de las fuerzas de Galbatorix si algo les ocurría a él y a Roran—. Estos hechizos te protegerán de un número limitado de ataques

—explicó—. No te puedo decir cuántos, porque depende de la potencia de los impactos o de los hechizos. Pero te he aplicado otra protección. Si estás en peligro, di *frethya* dos veces y te harás invisible.

—*Frethya* —murmuró ella.

—Exacto. No obstante, no te ocultará del todo. Los ruidos que hagas se oirán y tus huellas serán visibles. Ocurra lo que ocurra, no te metas en el agua o desvelarás tu posición de inmediato. El hechizo absorberá energía, lo que significa que te cansarás antes de lo habitual, y no te recomiendo que te duermas mientras esté activo. Podrías no volver a despertarte. Para poner fin al hechizo, di sencillamente *frethya letta*.

—*Frethya letta*.

—Bien.

Entonces Eragon centró su atención en Roran. Empleó más tiempo en asignar defensas a su primo —porque lo más probable era que se enfrentara a un mayor número de amenazas— y les atribuyó más energía de la que Roran le habría permitido, pero eso le daba igual. No podía soportar la idea de derrotar a Galbatorix y luego encontrarse con que su primo había muerto durante la batalla.

—Esta vez he hecho algo diferente, algo que debía haber pensado tiempo atrás. Además de las protecciones habituales, te he asignado algunas que alimentarán directamente tus reservas de energía. Mientras estés vivo, te protegerán de los peligros. Pero… —levantó un dedo— solo se activarán cuando las otras defensas estén agotadas, y si les exiges demasiado, quedarás inconsciente y morirás.

—¿Así que en su intento por salvarme pueden matarme? —preguntó Roran.

Eragon asintió.

—Tú no dejes que te caiga otro muro encima, y estarás bien. Es un riesgo, pero vale la pena, creo, si evita que un caballo te pisotee o que una jabalina te atraviese. También te he aplicado el mismo hechizo que a Katrina. Solo tienes que decir *frethya* dos veces, o *frethya letta* para pasar de la visibilidad a la invisibilidad cuando desees. —Se encogió de hombros—. Puede que eso te resulte útil durante la batalla.

—Así lo haré —respondió Roran, con una mueca socarrona.

—Eso sí, asegúrate de que los elfos no te toman por uno de los hechiceros de Galbatorix.

Eragon se puso en pie y Katrina hizo lo propio, pero le sorprendió al agarrarle una mano y llevársela al pecho.

—Gracias, Eragon —dijo, en voz baja—. Eres un buen hombre.
Él se ruborizó.

—No es nada.

—Protégete bien mañana. Significas mucho para los dos, y seguro que serás un tío ejemplar para nuestro niño. Sería un duro golpe que te mataran.

—No te preocupes —respondió él, con una risita—. Saphira no me dejará hacer ninguna tontería.

—Bien. —Le besó en ambas mejillas y luego le soltó—. Adiós, Eragon.

—Adiós, Katrina.

Roran le acompañó al exterior. Antes de volver a la tienda, dijo:

—Gracias.

—Me alegro de haber sido de ayuda.

Ambos se agarraron por los brazos y se estrecharon en un abrazo. Luego Roran se despidió:

—Que la suerte te acompañe.

Eragon suspiró profundamente.

—Que la suerte te acompañe —repitió. Agarró el brazo de Roran con más fuerza aún, como si no quisiera soltarlo, porque sabía que quizá no volvieran a verse—. Si Saphira y yo no volvemos, ¿te encargarás de que nos entierren en casa? No querría que nuestros huesos quedaran ahí.

—Será difícil acarrear a Saphira todo el camino —respondió Roran, levantando las cejas.

—Estoy seguro de que los elfos te ayudarían.

—Entonces sí, lo prometo. ¿Hay algún lugar en particular que prefieras?

—La cima de la colina calva —dijo Eragon, en referencia a una colina próxima a su granja. La cumbre despoblada de aquella colina siempre le había parecido un lugar excelente para construir un castillo, algo de lo que habían charlado largamente cuando eran más jóvenes.

Roran asintió.

—Y si yo no regreso…

—Haremos lo mismo por ti.

—No era eso lo que iba a pedirte. Si yo no… ¿Te ocuparás de Katrina?

—Por supuesto. Ya lo sabes.

—Sí, pero tenía que estar seguro. —Se miraron un instante más—. Bueno, te esperamos mañana a cenar —dijo Roran, por fin.

—Cuenta con ello.

Roran volvió a meterse en la tienda y dejó a Eragon solo en la noche.

Él elevó la mirada hacia las estrellas y sintió un pesar lejano, como si ya hubiera perdido a alguien muy próximo.

Un momento después volvía a sumergirse entre las sombras, ocultándose en la oscuridad.

Buscó por todo el campamento hasta encontrar la tienda que Horst y Elain compartían con su hija, Hope. Los tres estaban aún despiertos, puesto que el bebé lloraba.

—¡Eragon! —exclamó Horst en voz baja al verlo—. ¡Entra, entra! No te hemos visto mucho desde Dras-Leona. ¿Cómo estás?

Eragon se pasó casi una hora hablando con ellos —no sobre los eldunarís, pero sí de su viaje a Vroengard—, y cuando Hope por fin se durmió, se despidió de ellos y volvió a la oscuridad.

Luego buscó a Jeod, a quien encontró leyendo pergaminos a la luz de las velas mientras su esposa, Helen, dormía. Cuando llamó con los nudillos y metió la cabeza en la tienda, su huesudo amigo dejó los manuscritos y salió al exterior.

Jeod tenía muchas preguntas para él, y aunque Eragon no las respondió todas, con lo que le dijo supuso que adivinaría gran parte de lo que iba a suceder. Luego Jeod apoyó una mano en el hombro de Eragon.

—No te envidio la misión que te espera. Brom estaría orgulloso de tu valor.

—Eso espero.

—Estoy seguro... Si no vuelvo a verte, deberías saber que he escrito un breve relato de tus experiencias y de los acontecimientos previos, básicamente de mis aventuras con Brom para recuperar el huevo de Saphira. —Eragon lo miró, sorprendido—. Puede que no tenga la oportunidad de acabarlo, pero pensé que sería un útil anexo al trabajo realizado por Heslant en el *Domia abr Wyrda*.

Eragon se rio.

—Eso estaría muy bien. No obstante, si tú y yo seguimos vivos y libres mañana, hay unas cuantas cosas que debo contarte que harán tu relato mucho más completo e interesante.

—Te lo recordaré.

Eragon paseó por el campamento una hora más, deteniéndose junto a las hogueras donde aún había hombres, enanos y úrgalos despiertos. Conversó brevemente con cada uno de los guerreros que encontró, les preguntó si se les trataba bien, se congració con ellos por sus pies doloridos y las escasas raciones de comida e intercambió alguna broma. Esperaba que verle les elevara el ánimo y les infundiera determinación, aumentando así el nivel de optimismo por todo el ejército. Vio que los úrgalos eran los que estaban más animados; parecían encantados con entrar en combate y con las oportunidades de alcanzar la gloria que pudiera proporcionarles la guerra.

Sin embargo, también tenía otro propósito: extender información falsa. Cada vez que alguien le preguntaba sobre el ataque a Urû'baen, dejaba caer que Saphira y él estarían en el batallón que atacarían por el tramo noroeste de las murallas. Esperaba que los espías de Galbatorix hicieran llegar la falsa noticia al rey en cuanto las alarmas le despertaran a la mañana siguiente.

Al mirar a los rostros de los que le escuchaban, Eragon no pudo evitar preguntarse cuál de aquellos sería un siervo de Galbatorix, si es que había alguno. La idea le puso incómodo, y acabó pendiente de cada ruido y cada paso a sus espaldas mientras pasaba de una hoguera a la siguiente.

Por fin, cuando consideró que ya había hablado con suficientes guerreros para asegurarse de que la información llegara a Galbatorix, dejó atrás las hogueras y se dirigió hacia una tienda que estaba algo apartada del resto, en el extremo sur del campamento.

Llamó golpeando con los nudillos el poste central: una, dos, tres veces. No hubo respuesta, así que volvió a llamar, esta vez más fuerte y prolongadamente.

Un momento más tarde oyó un gruñido somnoliento y el roce de las mantas. Esperó pacientemente hasta que una pequeña mano abrió la solapa de tela de la entrada y apareció la niña bruja, Elva. Llevaba una bata oscura demasiado larga y, a la tenue luz de una antorcha situada a unos metros, pudo ver que la pequeña tenía el ceño fruncido.

—¿Qué quieres, Eragon?

—¿No te lo imaginas?

Elva frunció aún más el ceño.

—No. Lo único que imagino es que hay algo que deseas tanto que no te ha importado despertarme a media noche, pero eso lo vería hasta un idiota. ¿Qué es lo que quieres? Ya duermo poco normalmente, así que más vale que sea importante.

—Lo es.

Habló sin interrupción varios minutos, describiendo su plan.

—Sin ti no funcionará —añadió—. Tú eres el eje sobre el que gira todo.

Ella soltó una risotada.

—Qué ironía: el gran guerrero acude a una niña para acabar con el enemigo al que no puede vencer.

—¿Nos ayudarás?

La niña bajó la mirada y frotó el pie desnudo contra la tierra.

—Si lo haces, todo esto quizás acabe mucho antes —dijo, señalando todo el campamento y la ciudad, más allá—, y no tendrás que soportar tanto...

—Te ayudaré. —Pateó el suelo y se lo quedó mirando—. No hace falta que me sobornes. Iba a ayudarte igualmente. No voy a dejar que Galbatorix destruya a los vardenos solo debido a que no me gustes. No eres tan importante, Eragon. Además, le hice una promesa a Nasuada, y tengo intención de mantenerla. —Ladeó la cabeza—. Hay algo que no me estás contando. Algo que temes descubra antes del ataque. Algo sobre...

El sonido metálico de unas cadenas le interrumpió.

Por un momento, Eragon no entendía nada. Luego se dio cuenta de que el ruido procedía de la ciudad. Se llevó la mano a la espada.

—Prepárate —le dijo a Elva—. Puede que tengamos que salir ahora mismo.

La niña no discutió: dio media vuelta y desapareció en el interior de la tienda.

Eragon buscó a Saphira con la mente.

¿Lo oyes?

Sí.

Si es necesario, nos encontraremos junto al camino.

El ruido metálico prosiguió un rato; luego se oyó un potente impacto, seguido por un silencio.

Eragon escuchó con la máxima atención, pero no oía nada más. Estaba a punto de aumentar la sensibilidad de sus oídos cuando oyó un ruido sordo acompañado de una serie de ruidos menores.

Luego otro...

Y otro...

Eragon sintió un escalofrío en la columna. No había duda: era el ruido de un dragón caminando sobre piedra. ¡Pero qué dragón sería, para que sus pasos se oyeran a dos kilómetros de distancia!

«Shruikan», pensó, con un nudo en la garganta.

Por todo el campamento sonaron las alarmas, y hombres, enanos y úrgalos encendieron antorchas. El campamento se despertó entre una gran agitación.

Eragon evitó mirar de reojo a Elva en el momento en que salía a toda prisa de la tienda seguida de Greta, su anciana cuidadora. La niña se había puesto una túnica roja corta sobre la que llevaba una cota de malla justo de su medida.

Los pasos en Urû'baen cesaron. La oscura silueta del dragón tapaba la mayoría de los faroles y antorchas de la ciudad.

«¿Cómo será de grande?», se preguntó Eragon, consternado. Más grande que Glaedr, eso seguro. ¿Tanto como Belgabad? No sabía decir. Aún no.

Entonces el dragón abandonó la ciudad de un salto, desplegó sus enormes alas y fue como si se abrieran un centenar de velas negras al viento. Al aletear, el aire se agitó con un estruendo y por el campo se oyó el aullido de los perros y el canto de los gallos.

Sin pensarlo, Eragon se acurrucó. Se sentía como un ratón escondiéndose de un águila.

Elva le tiró del borde de la túnica.

—Debemos irnos —insistió.

—Espera —dijo él—. Aún no.

La silueta de Shruikan fue tapando montones de estrellas en el cielo a medida que iba ascendiendo. Eragon intentó adivinar el tamaño del dragón por su silueta, pero la noche estaba demasiado oscura y a aquella distancia resultaba difícil calcularlo. Cualesquiera que fueran las proporciones exactas de Shruikan, era espantosamente grande. Apenas tenía un siglo de vida, por lo que debería ser menor, pero daba la impresión de que Galbatorix había acelerado su crecimiento, igual que había hecho con el de Espina.

Mientras contemplaba la sombra que surcaba las alturas, Eragon deseó con todas sus fuerzas que Galbatorix no fuera montado en el dragón o, en caso contrario, que no se molestara en examinar las mentes de los que estaban allí abajo. Si lo hacía, descubriría…

—¡Eldunarís! —exclamó Elva—. ¡Eso es lo que escondes! —Tras ella, la cuidadora de la niña frunció el ceño, perpleja, e hizo ademán de formular una pregunta.

—¡Calla! —le espetó Eragon. Elva abrió la boca, pero se la tapó con la mano, silenciándola—. ¡Ahora no! ¡Aquí no! —la advirtió. Ella asintió, y él retiró la mano.

En aquel mismo momento, una estela de fuego tan ancha como el río Anora cruzó el cielo. Shruikan agitó la cabeza adelante y atrás, lanzando un torrente de llamas cegadoras por encima del campamento y los campos de los alrededores, y un ruido como el de una cascada lo invadió todo. Eragon sintió el calor en el rostro. Luego las llamas se evaporaron, como el rocío al sol, dejando tras de sí un rastro invisible y un olor sulfuroso.

El enorme dragón dio media vuelta y aleteó una vez más, agitando el aire, pero luego su informe silueta negra regresó a la ciudad y se posó entre los edificios. Se oyeron pisadas y el ruido metálico de cadenas, y por fin el impacto de una puerta al cerrarse.

Eragon respiró y tragó saliva, aunque tenía la garganta seca. El corazón le latía tan fuerte que le dolía.

«¿Tenemos que enfrentarnos a… eso?», pensó, y sus antiguos miedos volvieron de pronto.

—¿Por qué no ha atacado? —preguntó Elva, con un hilo de voz.

—Quería asustarnos —respondió Eragon, frunciendo el ceño—. O distraernos.

Buscó por las mentes de los vardenos hasta que encontró a Jörmundur; luego le dio al guerrero instrucciones para que los vigilantes redoblaran la guardia el resto de la noche. A Elva le dijo:

—¿Has podido detectar algo en Shruikan?

La niña se estremeció.

—Dolor. Un gran dolor. Y mucha rabia. Si pudiera, mataría a todas las criaturas que encontrara y arrasaría todas las plantas hasta que no quedara nada. Está desquiciado.

—¿No hay ningún modo de llegar hasta él?

—Ninguno. Lo mejor que se le podría hacer es liberarlo de su desgracia.

Aquello entristeció a Eragon. Siempre había tenido la esperanza de que pudieran rescatar a Shruikan de las garras de Galbatorix.

—Más vale que nos vayamos —dijo, por fin, con voz apagada—. ¿Estás lista?

Elva le explicó a su cuidadora que se iba, lo que disgustó a la anciana, pero Elva la tranquilizó con unas palabras. El poder de aquella niña para ver en los corazones de los demás no dejaba de sorprender a Eragon, y de preocuparle.

Después de que Greta diera su consentimiento, Eragon se ocultó a sí mismo y a Elva con un hechizo, y ambos se pusieron en marcha hacia la colina donde los esperaba Saphira.

En la boca del lobo

—¿*T*ienes que hacer eso? —preguntó Elva.

Eragon dejó por un momento lo que tenía entre manos, que era comprobar las fijaciones de cuero para las piernas de la silla de Saphira, y levantó la vista hacia donde se encontraba la niña, que, con las piernas cruzadas sobre la hierba, jugueteaba con los eslabones de su cota de malla.

—¿El qué? —preguntó.

Elva se señaló el labio con un dedito.

—No dejas de mordisquearte la parte interior de la boca. Me pones nerviosa —dijo. Y, tras pensárselo un momento, añadió—. Y es asqueroso.

Con cierta sorpresa, Eragon se dio cuenta de que se había estado mordiendo la superficie interior de la mejilla izquierda hasta dejársela cubierta de heridas sangrantes.

—Perdón —dijo, y se curó con un hechizo rápido.

Se había pasado la mayor parte de la noche meditando, pensando no en lo que le venía encima ni en lo pasado antes, sino solo en lo tangible: el contacto del aire contra la piel, del suelo bajo los pies, el flujo constante de su respiración y el lento latido de su corazón, que iba marcando los momentos restantes de su vida.

Ahora, no obstante, la estrella del alba, Aiedail, había salido por el este, anunciando la llegada de las primeras luces del día, y había llegado el momento de prepararse para el combate. Había inspeccionado cada centímetro de su equipo, había ajustado el arnés de la silla para que resultara perfectamente cómodo para Saphira, había vaciado las alforjas de todo lo que no fuera el cofre que contenía el eldunarí de Glaedr y de una manta de relleno, y se ató y desató el cinto de la espada al menos cinco veces.

Completó el examen de las correas de la silla y luego bajó de un salto.

—Ponte de pie —dijo. Elva le miró, molesta, pero hizo lo que le pedía, sacudiéndose la hierba de la túnica. Con un rápido movimiento, Eragon le pasó las manos por los finos hombros y le dio unos tirones a la cota de malla para asegurarse de que le encajaba bien—. ¿Quién te hizo esto?

—Un par de encantadores hermanos enanos llamados Ûmar y Ulmar —dijo, y en las mejillas le aparecieron dos hoyuelos al sonreír—. No les parecía que pudiera necesitarla, pero fui «muy» persuasiva.

Estoy segura de que lo fue —le dijo Saphira a Eragon, que contuvo una sonrisa.

La niña se había pasado gran parte de la noche hablando con los dragones, engatusándolos como solo ella podía hacerlo. No obstante, Eragon notaba que ellos también la temían —incluso los más ancianos, como Valdr—, puesto que no tenían defensa alguna contra el poder de Elva. Nadie la tenía.

—¿Y Ûmar y Ulmar no te dieron un arma con la que combatir?

—¿Para qué iba a quererla? —replicó Elva con una mueca.

Eragon se la quedó mirando un momento; luego sacó su viejo cuchillo de caza, que usaba para comer, y le dijo que se lo atara a la cintura con una tira de cuero.

—Por si acaso —insistió, al oír sus protestas—. Ahora, arriba.

Ella obedeció, se subió a su espalda y le rodeó el cuello con los brazos. Así es como la había llevado hasta la colina. Era incómodo para los dos, pero ella no podía seguir su ritmo a pie.

Eragon subió con cuidado a la grupa de Saphira y se encaramó hasta la cruz. Cogiéndose a una de las púas del cuello de la dragona, giró el cuerpo para que Elva pudiera dejarse caer sobre la silla.

Cuando dejó de notar el peso de la niña, volvió a bajar al suelo. Le lanzó su escudo y luego se echó a correr adelante con los brazos abiertos al ver que Elva estaba a punto de caer por el esfuerzo al cogerlo.

—¿Lo tienes?

—Sí —dijo ella, poniéndose el escudo en el regazo—. Vete, vete —le dijo, con un movimiento de la mano.

Con una mano en la empuñadura de *Brisingr* para evitar que se le cruzara entre las piernas, Eragon echó a correr hasta la cima de la colina e hincó una rodilla en el suelo, agachándose todo lo que pudo. Tras él subió Saphira, que también se agachó y ocultó la cabeza entre la hierba hasta situarla a su altura y ver lo que veía él.

Una gruesa columna de humanos, enanos, elfos, úrgalos y hombres gato partían desde el campamento de los vardenos. A la tenue luz gris del alba, las siluetas resultaban difíciles de distinguir, especialmente porque no llevaban luces. La columna atravesó los campos en dirección a Urû'baen y, cuando los guerreros estaban a menos de un kilómetro de la ciudad, se dividieron en tres líneas. Una se situó frente a la puerta principal; otra se dirigió al tramo sur de la muralla y otro se dirigió al del noroeste.

Aquel último grupo era en el que Eragon había sugerido que iban a ir él mismo y Saphira.

Los guerreros se habían envuelto los pies y las armas con trapos, y hablaban en susurros. Aun así, Eragon oyó el ocasional rebuzno de algún burro o el relincho de un caballo, y unos cuantos perros que ladraron al ver aquel desfile. Los soldados apostados en las murallas detectarían muy pronto aquel movimiento, probablemente cuando los guerreros empezaran a desplazar las catapultas, balistas y torres de asedio que los vardenos ya habían montado y situado en los campos frente a la ciudad.

A Eragon le impresionó que hombres, enanos y úrgalos siguieran dispuestos a entrar en combate después de ver a Shruikan.

Deben de tener una gran fe en nosotros —le dijo a Saphira. Era una gran responsabilidad, y era muy consciente de que si fracasaban, pocos de aquellos guerreros sobrevivirían.

Sí, pero si Shruikan vuelve a salir volando, saldrán corriendo por todas partes como ratones asustados.

Entonces más vale que no permitamos que eso pase.

Sonó un cuerno en Urû'baen, y luego otro y otro, y empezaron a encenderse faroles y antorchas por toda la ciudad.

—Ahí vamos —murmuró Eragon, con el pulso acelerado.

Viendo que ya había sonado la alarma, los vardenos abandonaron cualquier intento por mantener el secreto. Al este, un grupo de elfos a caballo partieron al galope hacia la colina que se levantaba tras la ciudad, con la intención de subir por la ladera y atacar la muralla que rodeaba la inmensa losa que colgaba sobre Urû'baen.

En el centro del campamento de los vardenos, prácticamente vacío, Eragon vio lo que parecía ser la brillante silueta de Saphira. Sobre aquella imagen había una figura solitaria —que sabía que tendría exactamente sus rasgos— con una espada y un escudo.

El doble de Saphira levantó la cabeza y extendió las alas; luego emprendió el vuelo y soltó un rugido.

Lo han hecho bien, ¿eh? —le dijo a Saphira.

Los elfos, a diferencia de algunos humanos, entienden el aspecto que se supone que debe tener un dragón y cómo debe comportarse.

El doble de Saphira aterrizó junto al grupo de guerreros situados más al norte, aunque Eragon observó que los elfos tomaban la precaución de ubicarla a cierta distancia de hombres y enanos, para que no pudieran ir a tocarla, o descubrirían que era tan intangible como un arcoíris.

El cielo se iluminó mientras los vardenos y sus aliados se disponían en ordenadas formaciones en cada uno de los tres puntos frente a las murallas. En el interior de la ciudad, los soldados de Galbatorix seguían preparándose para el ataque, pero al verlos correr por las almenas quedaba claro que estaban aterrados y desorganizados. En cualquier caso, Eragon sabía que su confusión no duraría mucho.

«Ahora —pensó—. ¡Ahora! No esperes más. —Paseó la mirada por los edificios, buscando la mínima mancha roja, pero no la encontró—. ¿Dónde estás, maldito? ¡Muéstrate!»

Sonaron tres cuernos más, esta vez de los vardenos. La tropa respondió con un coro de gritos y las máquinas de guerra de los vardenos lanzaron sus proyectiles hacia la ciudad, los arqueros tiraron sus flechas y las filas de guerreros iniciaron la carga contra la muralla, aparentemente impenetrable.

Las piedras, jabalinas y flechas parecían moverse poco a poco en su trayectoria curva por el terreno que separaba al ejército de la ciudad. Ninguno de los proyectiles dio contra la muralla exterior; sería inútil intentar derribarla, así que los ingenieros apuntaron más arriba y más atrás. Algunas de las piedras se rompieron en pedazos al caer en Urû'baen, enviando fragmentos afilados en todas direcciones, mientras que otras atravesaron edificios y rebotaron por las calles como canicas gigantes.

Eragon pensó lo terrible que sería despertarse en aquel caos, en plena lluvia de piedras. Pero entonces otra cosa le llamó la atención: Saphira sobrevoló los guerreros que corrían hacia la muralla. Con tres movimientos de alas, rebasó la muralla y envolvió las almenas en una llamarada que a Eragon le pareció algo más brillante de lo normal. Sabía que el fuego era real, obra de los elfos que estaban cerca del tramo norte de la muralla, que habían creado aquella ilusión y la mantenían.

El reflejo de Saphira recorrió aquel tramo de muralla arriba y abajo, limpiándolo de soldados, tras lo cual una veintena de elfos voló desde el exterior de la ciudad hasta la más alta de las torres de guardia, para poder mantener el contacto visual con la aparición mientras se adentraba en Urû'baen.

Si Murtagh y Espina no aparecen pronto, van a empezar a preguntarse por qué no atacamos otras partes de la muralla —le dijo a Saphira.

Pensarán que estamos defendiendo a los guerreros que intentan entrar por este tramo —respondió ella—. *Dales tiempo.*

Por las otras secciones de la muralla, los soldados disparaban flechas y jabalinas al ejército agresor, provocando decenas de bajas entre los vardenos. Aquellas muertes eran inevitables, pero Eragon las lamentaba igualmente, puesto que los ataques de los guerreros no eran más que una distracción: en realidad tenían pocas posibilidades de rebasar las defensas de la ciudad. Mientras tanto, las torres de asedio se iban acercando, y una lluvia de flechas caía entre sus niveles superiores y los hombres de las almenas.

Desde lo alto, una cascada de brea ardiendo cayó por el borde del saliente y desapareció entre los edificios de abajo. Eragon levantó la mirada y vio destellos de luz en lo alto de la muralla que protegía el extremo de la cornisa. Al momento observó cuatro cuerpos que caían torpemente al vacío, como muñecas de trapo. Aquello le gustó, porque significaba que los elfos habían tomado la muralla superior.

El doble de Saphira sobrevoló la ciudad en un bucle, incendiando varios edificios. Mientras lo hacía, un enjambre de flechas salió disparado de un tejado cercano. La aparición hizo un quiebro para evitar las flechas y, aparentemente por accidente, chocó contra una de las seis torres élficas verdes repartidas por Urû'baen.

La colisión pareció de lo más real. Eragon hizo una mueca divertida viendo cómo el ala izquierda del falso dragón se rompía al impactar contra la torre y los huesos se partían como varillas de cristal. La falsa Saphira rugió y se revolvió mientras caía hasta la calle. Luego quedó oculta tras los edificios, pero sus rugidos eran audibles a kilómetros a la redonda, y la llama que parecía exhalar tiznó las fachadas de las casas e iluminó la parte inferior de la losa de piedra que colgaba a modo de cornisa sobre la ciudad.

Yo nunca habría sido tan patosa —suspiró Saphira.

Lo sé.

Pasó un minuto. Eragon sintió aumentar la tensión en su interior hasta niveles insoportables.

—¿Dónde están? —gruñó, apretando el puño. Con cada segundo que pasaba, aumentaba la posibilidad de que los soldados descubrieran que el dragón que habían abatido, en realidad, no existía.

Saphira fue la primera en verlos.

Ahí —anunció, mostrándoselos con la mente.

Como una afilada hoja de rubí colgada de las nubes, Espina apareció por una abertura oculta en el interior de la cornisa. Se lanzó en picado decenas de metros y luego abrió las alas justo a tiempo para frenar antes de aterrizar en una plaza cerca de donde habían caído los dobles de Saphira y de Eragon.

Al chico le pareció ver a Murtagh sobre el dragón rojo, pero estaba demasiado lejos como para estar seguro. Tendrían que esperar que fuera Murtagh, porque si era Galbatorix sus planes estaban casi sin duda condenados al fracaso.

Tiene que haber túneles en la piedra —le dijo a Saphira.

Entre los edificios se vio más fuego de dragón; luego el doble de Saphira dio unos saltos por encima de las azoteas y, como un pájaro con un ala herida, revoloteó un poco antes de volver a caer al suelo. Espina la siguió.

Eragon no esperó a ver más.

Dio media vuelta, corrió por encima del cuello de Saphira y se lanzó a la silla, por detrás de Elva. Solo tardó unos segundos en introducir las piernas entre las correas y ajustar dos a cada lado. Dejó el resto sueltas; únicamente le supondrían un freno más tarde. La correa superior también rodeaba las piernas de Elva.

Pronunciando las palabras con gran rapidez, lanzó un hechizo para ocultarlos a los tres. Cuando la magia surtió efecto, experimentó la habitual sensación de desorientación. Le parecía como si estuvieran colgando a unos metros del suelo, sobre una mole en forma de dragón que presionaba las plantas de la colina.

En cuanto concluyó el hechizo, Saphira se lanzó hacia delante. Saltó desde un saliente y aleteó con fuerza para ganar altura.

—Esto no es muy cómodo, ¿no? —observó Elva, cuando Eragon le cogió el escudo.

—No, no siempre —respondió él, levantando la voz para que le oyera pese al ruido del viento.

En un rincón de su conciencia percibía la presencia de Glaedr, de Umaroth y de los otros eldunarís, que observaban mientras Saphira se lanzaba montaña abajo en dirección al campamento de los vardenos.

Ahora tendremos nuestra venganza —dijo Glaedr.

Eragon se acurrucó sobre Elva mientras Saphira iba ganando velocidad. Reunidos en el centro del campamento vio a Blödhgarm y a sus diez hechiceros, así como a Arya con la *dauthdaert*. Cada uno tenía una cuerda de diez metros atada alrededor del pecho, bajo los brazos. En el otro extremo, todas las cuerdas estaban atadas a un tronco del grosor de la cintura de Eragon y de una longitud equivalente a la altura de un úrgalo adulto.

Cuando Saphira sobrevoló el campamento, Eragon señaló en aquella dirección con la mente y dos de los elfos lanzaron el tronco al aire. La dragona lo cogió con las garras, los elfos saltaron y, un momento después, Eragon sintió una sacudida en el momento en que el peso de los elfos se sumó al que ya llevaba Saphira.

A través del cuerpo de la dragona, Eragon pudo ver a los elfos, las cuerdas y el tronco solo un momento, ya que los elfos también lanzaron un hechizo de invisibilidad, el mismo que había usado él.

Con un aleteo poderoso, Saphira ascendió a trescientos metros por encima del suelo, lo suficiente como para rebasar fácilmente las murallas y las fortificaciones de la ciudad.

A su izquierda, Eragon vio a Espina y luego al doble de Saphira, persiguiéndose el uno al otro a pie por la parte norte de la ciudad. Los elfos que controlaban la aparición intentaban que Espina y Murtagh estuvieran tan ocupados físicamente que no tuvieran tiempo de atacar con la mente. Si lo hacían, o si llegaban a pillar al espectro, enseguida se darían cuenta de que les habían tomado el pelo.

«Solo unos minutos más», pensó Eragon.

Saphira voló por encima de los campos y de las catapultas con los soldados que las atendían; de formaciones de arqueros con las flechas clavadas en el suelo, frente a ellos, como formaciones de juncos de puntas blancas; de una torre de asedio y de los guerreros de a pie: hombres, enanos y úrgalos ocultos tras sus escudos mientras apoyaban escaleras contra la muralla. Y por encima de los elfos, altos y esbeltos, con sus brillantes cascos y sus largas lanzas y sus espadas de hoja fina.

Entonces Saphira sobrevoló la muralla. Eragon sintió un escalofrío al ver reaparecer a la dragona bajo sus pies, y se encontró con la nuca de Elva enfrente. Supuso que Arya y los otros elfos que colgaban de las patas de Saphira también se habrían vuelto visibles. Eragon pronunció unas rápidas palabras y puso fin al hechizo que les había mantenido ocultos. Estaba claro que los conjuros de Galbatorix no permitían que nadie entrara en la ciudad sin ser visto.

Saphira aceleró en dirección a la enorme puerta de la ciudadela. Eragon oyó gritos de miedo y asombro a nivel del suelo, pero no les hizo caso. Los que le preocupaban eran Murtagh y Espina, no los soldados.

Encogiendo las alas, Saphira se lanzó hacia la puerta. En el momento en que parecía que iba a chocar, giró el cuerpo, agitando la cola para frenar. Cuando ya casi estaba parada, se dejó caer hasta que los elfos pudieron bajar a tierra sin dificultad.

Una vez que los elfos se habían liberado de las cuerdas, se alejaron, y Saphira aterrizó en el patio frente a la puerta, provocando una potente sacudida a Eragon y a Elva con la frenada.

El chico sintió cómo se le clavaban las hebillas de las correas que los sostenían a él y a Elva. Enseguida ayudó a la niña a bajar y, a toda prisa, ambos salieron corriendo tras los elfos, hacia la puerta.

La entrada a la ciudadela tenía la forma de una doble puerta negra gigante que acababa en punta. Parecía hecha de hierro sólido y estaba tachonada con cientos o miles de remaches en punta del tamaño de la cabeza de Eragon. La imagen era impresionante. Eragon no podía imaginar una entrada que invitara menos a atravesarla.

Lanza en mano, Arya corrió hacia la portezuela tallada en la puerta izquierda, solo visible por una fina línea oscura que delimitaba un rectángulo que apenas permitiría el paso de un hombre. En el interior del rectángulo había una tira horizontal de metal de unos tres dedos de ancho y el triple de largo, de un color ligeramente más claro que el resto de la puerta.

Al acercarse, la tira se hundió un centímetro y se deslizó hacia el lateral con el ruido del metal al rozar. En la oscuridad del interior apareció un par de ojos penetrantes.

—¿Quién va? —inquirió una voz—. ¡Decid a qué venís o marchaos!

Sin dudarlo un instante, Arya introdujo la lanza *Dauthdaert* por la ranura. Al otro lado se oyó una voz ahogada y luego el ruido de un cuerpo al caer al suelo.

Arya recuperó la lanza y la sacudió para eliminar la sangre y los restos de carne de la hoja dentada. Luego agarró la empuñadura del arma con ambas manos, apoyó la punta en el extremo derecho de la portezuela y dijo:

—¡*Verma*!

Eragon entrecerró los ojos y se dio la vuelta al ver una llama azul que se encendía entre la lanza y la puerta. Incluso a unos metros de distancia se sentía el calor que emanaba.

Arya hizo una mueca del esfuerzo, apoyó la hoja de la lanza contra la puerta y fue cortando el hierro lentamente. De la hoja salían chispas y gotas de metal fundido que iban cayendo al suelo como la grasa de un caldero, provocando que Eragon y los demás se echaran atrás.

Mientras tanto, él miró en dirección a Espina y el doble de Saphira. No los veía, pero aún oía sus rugidos y el ruido de los edificios al romperse.

Elva se apoyó en él y, al mirarla, Eragon vio que estaba temblando y sudando, como si tuviera fiebre. Se arrodilló a su lado.

—¿Quieres que te lleve?

Ella negó con la cabeza.

—Estaré mejor cuando estemos dentro, lejos de… eso —dijo, señalando el campo de batalla.

En los extremos del patio, Eragon vio unas cuantas personas —no parecían soldados— de pie, en los huecos entre las casas, observándolos.

Espántalos, ¿quieres? —le pidió a Saphira.

La dragona giró la cabeza y emitió un gruñido profundo, y los mirones salieron despavoridos.

Cuando la fuente de chispas y metal incandescente cesó, Arya le dio unas patadas a la portezuela hasta que —a la tercera— cayó hacia dentro, aterrizando sobre el cuerpo del guardián. Un segundo más tarde, se extendió un olor a lana y piel quemadas.

Aún con la *dauthdaert* en la mano, Arya atravesó la oscura puerta. Eragon contuvo la respiración. Pese a las defensas que hubiera podido aplicar Galbatorix a la ciudadela, la *dauthdaert* debería permitirle pasar sin sufrir ningún daño, del mismo modo que le había posibilitado abrir la portezuela. Pero siempre cabía la opción de que el rey hubiera lanzado un hechizo que la *dauthdaert* no pudiera contrarrestar.

Arya entró en la ciudadela y, para alivio de Eragon, no ocurrió nada.

Entonces una veintena de soldados se lanzaron contra ella, picas en ristre. Eragon desenvainó *Brisingr* y corrió hacia la portezuela, pero no se atrevió a cruzar el umbral y entrar en la ciudadela con ella; aún no.

Blandiendo la lanza con la misma destreza que la espada, Arya se abrió paso entre aquellos hombres, despachándolos a una velocidad impresionante.

—¿Por qué no la has advertido? —exclamó Eragon, sin apartar los ojos del combate.

Elva atravesó el hueco de la puerta y se situó a su lado.

—Porque no le harán daño.

Aquellas palabras resultaron ser proféticas; ninguno de los soldados consiguió alcanzarla. Los dos últimos intentaron huir, pero Arya saltó tras ellos y los degolló cuando apenas habían recorrido diez metros por el inmenso vestíbulo, que era aún mayor que los cuatro pasillos principales de Tronjheim.

Arya apartó los cuerpos de todos los soldados para facilitar la entrada por la portezuela. Luego se adentró más de diez metros por el pasillo, dejó la *dauthdaert* en el suelo y se la lanzó a Eragon deslizándola por el suelo.

En el momento de posar la lanza se tensó, como preparándose para un duro golpe, pero no parecía que le afectara la magia de la zona.

—¿Notas algo? —dijo Eragon, en la distancia. Su voz resonó en el interior del corredor.

Ella negó con la cabeza.

—Mientras nos mantengamos apartados de la puerta, no deberíamos tener problemas.

Eragon le dio la lanza a Blödhgarm, que la cogió y entró. Arya y el elfo peludo examinaron las salas a ambos lados de la puerta y activaron los mecanismos ocultos para abrirla, tarea que dos humanos nunca habrían podido desempeñar.

El ruido metálico de las cadenas invadió el ambiente, y las gigantescas puertas de hierro se fueron abriendo lentamente hacia el exterior.

Cuando el hueco fue lo bastante grande como para que entrara Saphira, Eragon gritó:

—¡Alto!

Las puertas se detuvieron.

Blödhgarm salió de la sala de la derecha y, manteniéndose a una distancia segura del umbral, lanzó la *dauthdaert* a otro de los elfos.

De este modo fueron entrando a la ciudadela, uno a uno.

Cuando solo Eragon, Elva y Saphira seguían en el exterior, se oyó un terrible rugido en la zona norte de la ciudad y, por un momento, todo Urû'baen quedó en silencio.

—Han descubierto nuestro engaño —gritó el elfo Uthinarë, que le pasó la lanza a Eragon—. ¡Rápido, Argetlam!

—Ahora tú —le dijo Eragon a Elva, entregándole la lanza.

Con la lanza prácticamente en brazos, la niña corrió hasta donde estaban los elfos y luego se la devolvió a Eragon, que la cogió y atravesó el umbral. Al girarse, vio, alarmado, que Espina se elevaba por encima de los edificios en el otro extremo de la ciudad. El chico hincó una rodilla en el suelo, posó la *dauthdaert* y se la lanzó a Saphira.

—¡Rápido! —gritó.

Saphira perdió unos segundos tanteando la lanza, intentando cogerla con la punta del hocico. Por fin consiguió agarrarla entre los dientes y saltó al enorme pasillo, apartando los cuerpos de los soldados hacia los lados.

A lo lejos, Espina rugía y agitaba las alas con rabia, acercándose a toda velocidad a la ciudadela.

Los dos a la vez, Arya y Blödhgarm pronunciaron un hechizo. Oyeron un estruendo ensordecedor y las puertas de hierro se cerraron mucho más rápido de lo que se habían abierto. Retumbaron con tal fuerza que Eragon sintió el impacto a través de los pies, y luego una barra de metal —de un metro de grosor y dos de anchura— se deslizó desde cada pared y se introdujo en las abrazaderas fijadas al interior de las puertas, asegurándolas.

—Eso debería entretenerlos un rato —dijo Arya.

—No mucho —intervino Eragon, mirando la portezuela abierta.

Entonces se volvieron a ver qué los aguardaba.

Eragon calculó que el corredor seguiría unos cuatrocientos metros, así que debía de llevar a las profundidades de la montaña situada tras la ciudad. En el extremo opuesto había otras puertas, tan grandes como las primeras, pero con una cobertura de oro repujado que emitía unos preciosos brillos a la luz de las luces sin llama situadas a intervalos regulares por la pared. Decenas de pasillos más estrechos se extendían hacia ambos lados y, aunque Saphira habría podido pasar por muchos de ellos, ninguno tenía el tamaño necesario para el paso de Shruikan. Cada treinta metros más o menos colgaban banderolas bordadas con la silueta de la llama retorcida que usaba Galbatorix como escudo. Por lo demás, el corredor estaba vacío.

El enorme tamaño de aquel lugar resultaba intimidante, y su desnudez le ponía a Eragon mucho más nervioso. Supuso que la sala del trono estaría al otro lado de las puertas de oro, pero estaba seguro de que acceder sería mucho más difícil de lo que parecía. Si Galbatorix era la mitad de astuto de lo que se suponía, habría sembrado el corredor con decenas —o cientos— de trampas.

Le sorprendía que el rey no los hubiera atacado aún. No sentía el contacto de ninguna mente, salvo las de Saphira y las de sus compañeros, pero notaba bien que estaban muy cerca del rey. Toda la ciudadela parecía estar observándolos.

—Debe de saber que estamos aquí —dijo—. «Todos» nosotros.

—Entonces más vale que nos demos prisa —respondió Arya, que cogió la *dauthdaert* de la boca de Saphira. El arma estaba cubierta de saliva—. *Thurra* —dijo Arya, y toda la saliva cayó al suelo.

Tras ellos, al otro lado de la puerta de hierro, se oyó un potente impacto: el de Espina aterrizando en el patio. Emitió un rugido de frustración, pero luego algo pesado golpeó la puerta y las paredes retumbaron.

Arya se situó al frente del grupo con una carrera ligera y Elva fue a su lado. La niña de oscuros cabellos apoyó una mano en el mango de la lanza —para compartir ella también sus poderes de protección— y las dos emprendieron la marcha, recorriendo el largo pasillo e introduciéndose cada vez más en la guarida de Galbatorix.

Estalla la tormenta

—*S*eñor, es la hora.

Roran abrió los ojos y asintió hacia el chico que, con un farol había metido la cabeza en la tienda. El muchacho se fue y Roran se inclinó a darle un beso a Katrina en la mejilla. Ella también le besó. Ninguno de los dos había dormido.

Se levantaron y se vistieron. Ella acabó antes, ya que él tuvo que ponerse la armadura y cargar con sus armas.

Mientras se ponía los guantes, Katrina le dio una rebanada de pan, un trozo de queso y una taza de té tibio. Él dejó el pan, dio un bocado al queso y se bebió la taza de té de un trago.

Se dieron un corto abrazo.

—Si es una niña, ponle un nombre con fuerza —dijo Roran.

—¿Y si es un niño?

—Lo mismo. Niño o niña, hay que ser fuerte para sobrevivir en este mundo.

—Lo haré. Te lo prometo. —Se soltaron y luego él le miró a los ojos—. Que se te dé bien la lucha, mi amor.

Los hombres a su mando se estaban reuniendo junto a la entrada norte del campamento en el momento en que él llegó. La única luz que había era el leve resplandor del cielo y las antorchas colgadas del parapeto exterior. Con aquella escasa iluminación, las siluetas de los guerreros parecían las de una manada de animales salvajes, amenazantes y extraños.

Entre ellos había una gran cantidad de úrgalos, incluidos algunos kull. Su batallón contenía una proporción de úrgalos mayor que los otros, ya que Nasuada consideraba que era más probable que aceptaran sus órdenes que las de ningún otro. Los úrgalos llevaban a cuestas las largas y pesadas escaleras de asedio que servirían para trepar a las murallas.

Entre la tropa también había unos cuantos elfos. La mayoría de ellos luchaban por su cuenta, pero la reina Islanzadí había autorizado que algunos lucharan en el ejército de los vardenos como protección contra los hechiceros de Galbatorix.

Roran dio la bienvenida a los elfos y se tomó el tiempo necesario para preguntarles a cada uno su nombre. Ellos respondieron con la debida educación, pero tuvo la sensación de que no le tenían en una alta consideración. No le importaba. Él tampoco les tenía especial aprecio. Había algo en ellos que no le inspiraba confianza; eran demasiado distantes, demasiado formales y, sobre todo, demasiado diferentes. A los enanos y a los úrgalos, por lo menos, los entendía. Pero a los elfos no. Nunca sabía qué estaban pensando, y aquello le molestaba.

—¡Saludos, Martillazos! —dijo Nar Garzhvog con un murmullo que podía oírse a treinta pasos—. ¡Hoy conquistaremos una gran gloria para nuestras tribus!

—Sí, hoy conquistaremos una gran gloria para nuestras tribus —confirmó Roran, pasando de largo.

Los hombres estaban nerviosos; algunos de los más jóvenes parecía que estuvieran enfermos —y algunos lo estaban, algo que era de esperar—, pero es que incluso los más veteranos se mostraban tensos, irascibles y demasiado locuaces o reservados. La causa era evidente: Shruikan. Poco podía hacer Roran para ayudarlos, más que ocultar sus propios miedos y esperar que los hombres no perdieran todo su valor.

Los nervios ante lo que se avecinaba eran evidentes en todos, incluido él mismo. Habían sacrificado mucho para llegar a aquel momento, y no eran solo sus vidas lo que iban a arriesgar en la batalla. Era la seguridad y el bienestar de sus familias y descendientes, así como el futuro de la propia tierra. Todos los combates anteriores habían sido peligrosos, pero aquella era la batalla decisiva. Era el final. De un modo o de otro, después de aquel día no habría más guerras en el seno del Imperio.

Aquella idea le parecía casi irreal. No tendrían otra ocasión de acabar con Galbatorix. Y aunque el enfrentamiento con el rey parecía algo lógico en las conversaciones de la noche anterior, ahora que llegaba el momento la perspectiva resultaba aterradora.

Roran buscó a Horst y a sus otros compañeros de Carvahall, y

LEGADO

todos ellos formaron un núcleo compacto en el interior del batallón. Birgit estaba entre los hombres, cargada con un hacha que parecía recién afilada. La saludó levantando el escudo, como habría podido levantar una jarra de cerveza. Ella le devolvió el gesto, y Roran esbozó una sonrisa forzada.

Los guerreros se forraron las botas y los pies con trapos, y luego se quedaron esperando la orden de ponerse en marcha.

La orden llegó enseguida, y salieron del campamento haciendo todo lo posible para evitar que las armas y armaduras hicieran ruido. Roran guio a sus guerreros por los campos hasta sus puestos frente a las puertas de Urû'baen, donde se unieron a otros dos batallones, uno encabezado por el viejo comandante Martland *Barbarroja* y otro a las órdenes de Jörmundur.

Poco después sonaron las alarmas en Urû'baen, de modo que se quitaron los trapos de las armas y de los pies y se prepararon para el ataque. Unos minutos más tarde los cuernos de los vardenos llamaron a atacar y echaron a correr por la tierra oscura hacia la inmensa muralla de la ciudad.

Roran ocupó su lugar en primera fila de las fuerzas de ataque. Era el modo más rápido de conseguir que le mataran, pero sus hombres necesitaban verle enfrentándose a los mismos peligros que ellos. Aquello les daría ánimos y evitaría que rompieran filas al primer indicio de resistencia. Porque, pasara lo que pasara, la toma de Urû'baen «no» sería sencilla. De eso estaba seguro.

Dejaron atrás una de las torres de asedio, que tenía unas ruedas de más de seis metros de altura que crujían como unas bisagras oxidadas, y se encontraron en campo abierto. Los soldados de las almenas los recibieron con una lluvia de flechas y jabalinas.

Los elfos gritaron en su extraña lengua y, a la tenue luz del alba, Roran vio muchas de las flechas y de las lanzas desviarse y hundirse en la tierra sin causar ningún daño. Pero no todas. Un hombre que le seguía emitió un grito desesperado, y Roran oyó el ruido metálico de las armaduras de hombres y úrgalos que saltaban para evitar pisar al guerrero caído. No miró atrás ni redujo el ritmo de la carrera hacia la muralla, como tampoco lo hicieron los que le seguían.

Una flecha dio contra el escudo que llevaba sobre la cabeza. Apenas sintió el impacto.

Cuando llegaron a la muralla, se echó a un lado, gritando:

—¡Escaleras! ¡Dejad espacio a las escaleras!

Los hombres se apartaron para que los úrgalos que llevaban las

591

escaleras pudieran avanzar. Al ser tan largas, los kull tuvieron que usar pértigas hechas con árboles atados unos a otros para ponerlas derechas. Cuando las escaleras tocaban la muralla, se combaban hacia dentro debido a su propio peso, de modo que los dos tercios superiores quedaban en contacto con la piedra y resbalaban de lado a lado, amenazando con caer.

Roran se abrió paso a codazos entre los hombres y agarró por el brazo a una de las elfas, Othíara. Ella le lanzó una mirada furiosa a la que él no hizo caso.

—¡Fijad las escaleras! —gritó—. ¡No dejéis que los soldados puedan empujarlas!

Ella asintió e inició un cántico en el idioma antiguo al que se sumaron los otros elfos.

Roran dio media vuelta y volvió corriendo a la muralla. Uno de los hombres ya estaba empezando a subir por la escalera más cercana. Roran le agarró del cinto y le bajó de un tirón.

—Yo iré primero —dijo.

—¡Martillazos!

Roran se echó el escudo a la espalda y empezó a trepar, martillo en mano. Nunca le habían gustado mucho las alturas, y al ir viendo a hombres y úrgalos cada vez más pequeños bajo sus pies, fue sintiéndose más y más intranquilo. La sensación empeoró cuando llegó a la parte de la escalera que quedaba en contacto con la muralla, porque ya no podía rodear los travesaños con la mano, ni pisar con el centro del pie: solo podía apoyar unos centímetros de la bota sobre los peldaños, hechos de ramas con corteza, y tuvo que moverse con cuidado para asegurarse de no resbalar.

Una lanza le pasó al lado, tan cerca que sintió el aire desplazado en la mejilla.

Soltó una maldición y siguió subiendo.

Estaba a menos de un metro de las almenas cuando un soldado de ojos azules se asomó y le miró directamente a la cara.

—¡Bah! —gritó Roran, y el soldado se encogió y dio un paso atrás.

Antes de que el hombre tuviera tiempo de recuperarse, Roran ya había cubierto los últimos peldaños y había saltado a la almena, para aterrizar en la pasarela de guardia.

El soldado que había espantado estaba a un par de metros, con una pequeña espada de arquero en la mano, girado hacia un grupo de soldados situados a cierta distancia, gritándoles.

Roran aún tenía el escudo en la espalda, así que agitó el martillo y lo dirigió hacia la muñeca de su oponente. Sin el escudo, Roran sabía que tendría dificultades para enfrentarse a un espadachín; lo más seguro era desarmar a su oponente lo antes posible.

El soldado intuyó sus intenciones y esquivó el golpe. Luego le clavó la espada a Roran en la barriga.

O más bien eso fue lo que intentó. Los hechizos de Eragon detuvieron el avance de la hoja a un centímetro del vientre de Roran, que soltó un gruñido, sorprendido y luego apartó la espada de un mamporro y le rompió la crisma al soldado con otros tres golpes rápidos.

Volvió a soltar otra maldición. Era un mal inicio.

Los vardenos intentaban trepar a las almenas por diferentes puntos de la muralla. Pocos lo consiguieron. Los soldados se arracimaban en lo alto de casi todas las escaleras, mientras de la ciudad y por la pasarela de la muralla iban llegando refuerzos.

Baldor llegó tras él y juntos corrieron hacia una balista en la que había ocho soldados. Estaba montada cerca de la base de una de las muchas torres que se elevaban sobre la muralla a unos sesenta metros de distancia unas de otras. Más allá de los soldados y de la torre, Roran vio la imagen de Saphira creada por los elfos, que sobrevolaba la muralla y escupía fuego.

Los soldados reaccionaron enseguida; cogieron sus lanzas y las dirigieron hacia él y hacia Baldor, manteniéndolos a distancia. Roran intentó agarrar una de las lanzas, pero el hombre que la blandía era muy rápido y a punto estuvo de clavársela. Un momento más tarde le quedó claro que los soldados acabarían con Baldor y con él sin problemas.

Pero antes de que pudiera pasar aquello, un úrgalo superó la muralla a sus espaldas, bajó la cabeza y cargó, aullando y agitando la maza de hierro que llevaba en la mano.

El úrgalo golpeó a un hombre en el pecho, quebrándole las costillas, y a otro en la cadera, al que le rompió la pelvis. Ambas lesiones debían de bastar para acabar definitivamente con los soldados, pero en cuanto el úrgalo los dejó atrás, los dos hombres se levantaron del suelo de piedra como si nada y ensartaron al úrgalo por la espalda.

Roran sintió que el mundo se le caía encima.

—Tendremos que reventarles el cráneo o decapitarlos si queremos detenerlos —le gritó a Baldor. Sin apartar la vista de los soldados, gritó a los vardenos que le seguían—: ¡No sienten el dolor!

En lo alto de la ciudad, la falsa Saphira se estrelló contra una torre. Todo el mundo, salvo Roran, se quedó mirando; él sabía lo que estaban haciendo los elfos.

Dio un salto adelante y reventó a uno de los soldados con un martillazo en la sien. Usó el escudo para quitarse de encima al siguiente enemigo; ya estaba demasiado cerca como para que sus lanzas pudieran hacerle nada, mientras que él podía usar el martillo perfectamente en las distancias cortas.

Una vez que hubieron acabado con el resto de los soldados que rodeaban la balista, Baldor le miró, desesperanzado:

—¿Has visto? Saphira…

—Está bien.

—Pero…

—No te preocupes por ella. Está bien.

Baldor vaciló; luego aceptó la palabra de Roran y fueron al encuentro de la siguiente cuadrilla de soldados.

Poco después, Saphira —la de verdad— apareció sobre el tramo sur de la muralla volando hacia la ciudadela, levantando vítores entre los vardenos.

Roran frunció el ceño. Se suponía que tenía que mantener la invisibilidad durante todo el vuelo.

—*Frethya. Frethya* —dijo, a toda prisa, entre dientes. No se volvía invisible. «Maldición», pensó.

Se dio la vuelta y gritó:

—¡Volvemos a las escaleras!

—¿Por qué? —protestó Baldor, mientras agarraba a otro soldado y, con un grito feroz, le asestaba un empujón, tirándolo desde lo alto de la muralla al interior de la ciudad.

—¡No hagas preguntas! ¡Rápido!

Lucharon hombro con hombro abriéndose paso entre la fila de soldados que los separaban de las escaleras. No fue tarea fácil, y Baldor recibió un corte en la pantorrilla izquierda, por detrás de la espinillera, y un fuerte golpe en uno de los hombros, donde una lanza casi le atraviesa la cota de malla.

La inmunidad de los soldados al dolor significaba que el único modo de detenerlos era matándolos, y eso no era fácil. Por otra parte, suponía que no había lugar para la compasión. Más de una vez pensó que había matado a un hombre y luego se encontraba con que el soldado herido se ponía en pie y arremetía contra él cuando ya estaba enfrentándose a otro oponente. Y había tantos soldados en la pasarela que empezó a temerse que ni él ni Baldor lo consiguieran.

—¡Aquí! ¡Quédate aquí! —gritó, cuando llegaron a la escalera más cercana.

Si Baldor estaba perplejo, no lo demostró. Contuvieron a los soldados hasta que otros dos hombres subieron por la escalera y se unieron a ellos; y luego un tercero. Por fin Roran empezó a tener la impresión de que podrían repeler a los soldados y hacerse con aquel tramo de la muralla.

Aunque el ataque había sido ideado únicamente como distracción, Roran no vio ningún motivo para tratarlo como tal. Si iban a arriesgar la vida, también podían sacarle algún partido. En cualquier caso, tenían que limpiar la muralla de enemigos.

Entonces oyeron el furioso rugido de Espina y el dragón rojo apareció por encima de los edificios, volando en dirección a la ciudadela. Roran vio a alguien, que supuso que sería Murtagh, montado encima, empuñando una espada carmesí.

—¿Qué significa eso? —gritó Baldor entre lances.

—¡Significa que el juego se ha acabado! —respondió Roran—. ¡Agárrate; estos bastardos se van a llevar una sorpresa!

Apenas había acabado de hablar cuando las voces de los elfos resonaron por encima del fragor de la batalla, bellas y misteriosas, cantando en el idioma antiguo.

Roran esquivó una lanza y le clavó el extremo del martillo a un soldado en el vientre, dejándole sin respiración. Quizás aquellos tipos no sintieran dolor, pero aun así tenían que respirar. Mientras el soldado hacía esfuerzos por coger aire, Roran le pilló desprevenido y le aplastó la garganta con el borde del escudo.

Estaba a punto de atacar al siguiente hombre cuando sintió que la piedra temblaba bajo sus pies. Se retiró, apretó la espalda contra la almena y separó los pies para no perder el equilibrio.

Uno de los soldados fue lo suficientemente insensato como para lanzarse contra él en aquel mismo momento. En cuanto el hombre inició la carga, el temblor aumentó, la parte alta de la muralla osciló como una manta al sacudirla, y el soldado, al igual que la mayoría de sus compañeros, cayó y se quedó a cuatro patas en el suelo, incapaz de levantarse.

La tierra seguía temblando, y del otro lado de la muralla que los separaba de la puerta principal de Urû'baen llegó un ruido, como el de una montaña resquebrajándose. De la tierra salieron unos chorros de agua en forma de abanico y, con un gran estruendo, la muralla situada sobre las puertas tembló y se vino abajo.

Los elfos seguían cantando.

Cuando el temblor del suelo remitió, Roran dio un salto adelante y mató a tres de los soldados antes de que pudieran ponerse en pie. El resto dio media vuelta y bajó corriendo por las escaleras que llevaban a la ciudad

Roran ayudó a Baldor a ponerse en pie y gritó:

—¡Tras ellos!

Hizo una mueca socarrona, sediento de sangre. Tal vez, a fin de cuentas, no fuera tan mal inicio.

Lo que no mata…

—¡*P*ara! —dijo Elva.

Eragon se quedó inmóvil, con un pie en el aire. La niña le indicó con la mano que no siguiera, y él obedeció.

—Salta ahí —le indicó, señalando un punto un metro por delante—. Junto a los arabescos.

Él se agazapó y luego vaciló, a la espera de que ella le dijera si aquello era seguro.

Ella dio un pisotón al suelo y chasqueó la lengua, exasperada:

—No funcionará si no tienes intención de hacerlo. No puedo saber si algo va a hacerte daño a menos que tengas intención real de ponerte en peligro —explicó, y le mostró una sonrisa que a Eragon no le pareció nada tranquilizadora—. No te preocupes; no dejaré que te pase nada.

Él no las tenía todas consigo, pero flexionó otra vez las piernas y se dispuso de nuevo a saltar adelante. De pronto…

—¡Para!

Eragon soltó una maldición y agitó los brazos para mantener el equilibrio y no caer sobre la parte del suelo que activaría las púas ocultas en el suelo y el techo.

Las púas eran la tercera trampa que se habían encontrado en el largo pasillo que llevaba hasta las puertas de oro. La primera había sido una serie de fosas ocultas. La segunda, unos bloques de piedra del techo que les habrían hecho papilla. Y ahora las púas, al estilo de las que habían matado a Wyrden en los túneles de Dras-Leona.

Habían visto entrar a Murtagh en el vestíbulo por la portezuela de guardia, pero no había hecho ningún esfuerzo por perseguirlos sin Espina. Tras unos segundos, le habían visto desaparecer por una de las cámaras laterales, donde Arya y Blödhgarm habían roto los engranajes que abrían y cerraban la puerta principal de la fortaleza.

Murtagh podía tardar una hora en arreglar el mecanismo, o quizá solo unos minutos. En cualquier caso, no podían entretenerse.

—Inténtalo un poco más lejos —propuso Elva.

Eragon hizo una mueca, pero la obedeció.

—¡Para!

Esta vez se habría caído de no haberlo agarrado Elva por la túnica.

—Más lejos aún —dijo entonces—. ¡Para! Más lejos.

—No puedo. No llegaría sin carrerilla —gruñó él, cada vez más frustrado. Pero si tomara carrera, no podría parar a tiempo en caso de que Elva determinara que el salto era peligroso—. ¿Qué hacemos ahora? Si hay púas por todas partes hasta las puertas, no llegaremos nunca.

Habían pensado en usar la magia para pasar por encima de las trampas flotando, pero el mínimo hechizo las habría accionado, o eso decía Elva, y no tenían otra opción más que la de confiar en ella.

—A lo mejor la trampa está pensada para el paso de un dragón —sugirió Arya—. Si solo mide uno o dos metros, Saphira o Espina podrían pasar por encima sin darse cuenta siquiera de que está ahí. Pero si mide treinta metros, seguro que los pilla.

No si salto —dijo Saphira—. *Treinta metros es un salto fácil.*

Eragon intercambió una mirada de preocupación con Arya y Elva.

—Pero asegúrate de no tocar el suelo con la cola —dijo él—. Y no vayas demasiado lejos, o podrías caer en otra trampa.

Sí, pequeño.

Saphira se encogió y tomó impulso, bajando la cabeza hasta situarla apenas a un palmo del suelo. Entonces clavó las garras en el suelo y saltó, abriendo las alas mínimamente para darse un poco de impulso.

Para alivio de Eragon, Elva no abrió la boca.

Tras un salto de dos cuerpos, Saphira plegó las alas y cayó en el suelo con gran estrépito.

Hecho —dijo. Sus escamas rozaron el suelo al girarse. Saltó de nuevo hacia atrás y Eragon y los demás se apartaron para hacerle sitio.

¿Y bien? ¿Quién va primero?

Tuvo que hacer cuatro viajes para transportarlos a todos por encima de aquel campo de púas. Luego siguieron a paso ligero, con Arya y Elva de nuevo a la cabeza. Cubrieron tres cuartas partes del pasillo sin encontrar más trampas, pero de pronto Elva se estremeció y levantó su manita. Todos pararon inmediatamente.

—Algo nos cortará en dos si seguimos —dijo—. No estoy segura sobre de dónde vendrá... De las paredes, creo.

Eragon frunció el ceño. Eso significaba que, fuera lo que fuera lo que les iba a cortar, pesaba lo suficiente o tenía la suficiente fuerza como para superar sus protecciones, y eso no resultaba muy alentador.

—¿Y si...? —empezó a decir, pero se detuvo de pronto cuando se encontró con veinte humanos, hombres y mujeres, vestidos con túnicas negras que salieron de un pasaje lateral y formaron una línea frente a ellos, cortándoles el paso.

Eragon percibió un ataque mental, como una hoja que se clavaba en su conciencia, cuando aquellos magos enemigos empezaron a canturrear en el idioma antiguo. Saphira abrió las fauces y vertió un torrente de llamas sobre los hechiceros, pero el fuego les pasó por los lados sin causarles ningún daño. Una de las banderolas colgadas en la pared se incendió, y la tela calcinada cayó al suelo.

Eragon se defendió, pero no devolvió el ataque; tardaría demasiado en someter a los magos uno por uno. Es más, sus cánticos le preocupaban: si estaban dispuestos a lanzarle hechizos antes de hacerse con el control de su mente —y de sus compañeros—, es que no les importaba vivir o morir, sino solo detener a los intrusos.

Puso una rodilla en el suelo, junto a Elva, que estaba hablando con uno de los hechiceros, diciéndole algo sobre su hija.

—¿Están apoyados en la trampa? —le preguntó, sin levantar la voz.

Ella asintió, sin dejar de hablar.

Eragon extendió la mano y golpeó con la palma en el suelo.

Esperaba que sucediera algo, pero apenas tuvo tiempo de echarse atrás cuando de cada pared salió una hoja metálica horizontal —de diez metros de longitud y diez centímetros de grosor— con un terrible chirrido. Las planchas de metal pillaron a los magos de lleno y los cortaron en dos, como unas tijeras gigantes, para volver a desaparecer al instante en sus ranuras ocultas.

Aquello fue tan repentino que sorprendió al propio Eragon.

Apartó la vista de los restos que tenía delante. «Qué modo tan horrible de morir», pensó.

A su lado, Elva borboteó algo y luego se tambaleó hacia delante, a punto de desmayarse. Arya la cogió antes de que diera con la cabeza en el suelo. Se la puso sobre un brazo y la arrulló con un murmullo en el idioma antiguo.

Eragon consultó a los otros elfos sobre el mejor modo de superar la trampa. Decidieron que lo más seguro sería saltar por encima, igual que habían hecho con el campo de púas.

Cuatro de ellos se subieron a Saphira y la dragona se dispuso a saltar, cuando de pronto Elva exclamó con voz débil:

—¡Parad! ¡No!

Saphira agitó la cola, pero se quedó donde estaba.

Elva se soltó de los brazos de Arya, dio unos pasos inciertos, se inclinó hacia delante y vomitó. Se limpió la boca con el dorso de la mano y luego se quedó mirando el montón de cuerpos despedazados que tenían delante, como si quisiera grabárselos en la memoria.

Sin apartar la vista, dijo:

—Hay otro interruptor, a medio camino, en el aire. Si saltas… —dio una sonora palmada con las manos, con una fea mueca—, salen cuchillas de lo alto de las paredes, y también de la parte baja.

Una idea empezó a preocupar a Eragon.

—¿Por qué querría matarnos Galbatorix? Si tú no estuvieras aquí…, Saphira podría estar muerta ahora mismo. Si Galbatorix la quiere viva, ¿por qué hace esto? —dijo, mirando a Elva y señalando hacia el suelo bañado en sangre—. ¿Por qué las púas y los bloques de piedra?

—A lo mejor esperaba que cayéramos en las fosas antes de llegar al resto de las trampas —sugirió una de las elfas, Invidia.

—O quizá sabe que Elva está con nosotros —propuso Blödhgarm con voz grave—. Sí, sabe que está con nosotros, y de lo que es capaz.

—¿Y qué? No puede detenerme —dijo la niña, encogiéndose de hombros.

Eragon sintió un escalofrío recorriéndole la espalda.

—No, pero si sabe de ti, puede que se asuste, y si se asusta…

Entonces sí que podría intentar matarnos —concluyó Saphira.

Tras un minuto discutiendo cómo pasar las cuchillas, Eragon tuvo una idea:

—¿Y si uso la magia para transportarnos allí, tal como hizo

Arya para llevar el huevo de Saphira a las Vertebradas? —propuso, señalando la zona al otro lado de los cuerpos.

Requeriría demasiada energía —dijo Glaedr.

Más vale conservar nuestra energía para cuando nos enfrentemos a Galbatorix —añadió Umaroth.

Eragon se mordisqueó el labio. Miró atrás por encima del hombro y, alarmado, vio a Murtagh muy por detrás de ellos, corriendo de un lado del pasillo al otro.

No tenemos mucho tiempo.

—A lo mejor podríamos introducir algo en las paredes para evitar la salida de las cuchillas.

—Seguro que las hojas están protegidas contra la magia —señaló Arya—. Además, no llevamos nada que pudiera hacer cuña. ¿Un cuchillo? ¿Un peto? Las planchas de metal son demasiado grandes y pesadas. Cortarían cualquier cosa que les pongamos delante como si nada.

Se hizo el silencio.

Entonces Blödhgarm se relamió los colmillos e intervino:

—No necesariamente. —Se volvió y colocó su espada en el suelo frente a Eragon; luego se dirigió a los elfos de su grupo y les ordenó que hicieran lo mismo.

Eragon se encontró con once espadas en total allí delante.

—No puedo pediros que lo hagáis —objetó—. Vuestras espadas...

Blödhgarm le interrumpió levantando la mano. Su manto de pelo brillaba a la suave luz de las antorchas.

—Nosotros luchamos con la mente, Asesino de Sombra, no con el cuerpo. Si nos encontramos con soldados, podemos cogerles a ellos las armas que necesitemos. Si nuestras espadas son más útiles aquí y ahora, sería una tontería conservarlas simplemente por motivos sentimentales.

Eragon inclinó la cabeza.

—Como deseéis.

—Debería ser un número par para que tengamos más probabilidades de éxito —le dijo Blödhgarm a Arya.

Ella vaciló; luego desenvainó su fina espada y la colocó sobre las otras.

—Medita bien lo que vas a hacer, Eragon —dijo—. Todas estas armas tienen mucha historia. Sería una pena destruirlas si no ganamos nada con ello.

Él asintió y luego frunció el ceño, concentrándose y recordando sus lecciones con Oromis.

Umaroth —dijo—, *necesito vuestra fuerza.*

Lo que es nuestro es tuyo —respondieron los dragones.

La ilusión óptica que mantenía ocultas las ranuras donde se escondían las cuchillas de metal estaba demasiado bien hecha como para que Eragon pudiera desbaratarla. Eso se lo esperaba: Galbatorix no era de los que pasan por alto detalles así. Por otra parte, los hechizos que creaban ese efecto eran fáciles de detectar, y así pudo determinar la posición y las dimensiones exactas de las ranuras.

No podía saber con exactitud a qué profundidad se encontraban las hojas de metal. Esperaba que estuvieran al menos a cinco o diez centímetros de la superficie de la pared. Si estaban más cerca, su idea fracasaría, porque en ese caso seguro que el rey había protegido el metal de cualquier manipulación exterior.

Combinando las palabras necesarias, Eragon lanzó el primer hechizo de los doce que iba a formular. Una de las espadas de los elfos —la de Laufin— desapareció con un soplo de aire, como una túnica empujada por el viento. Medio segundo más tarde, se oyó un duro golpe en el interior de la pared de la izquierda.

Eragon sonrió. Había funcionado. Si hubiera intentado enviar la espada a través de la hoja de metal, la reacción habría sido mucho más llamativa.

Formuló el resto de los hechizos más rápidamente, empotrando seis espadas en cada pared, cada espada a metro y medio de la siguiente. Los elfos le observaron con atención mientras hablaba; si estaban disgustados por la pérdida de sus armas, no lo demostraban.

Cuando hubo acabado, Eragon se arrodilló junto a Arya y Elva —que tenían agarrada la *dauthdaert*— y les dijo:

—Preparaos para correr.

Saphira y los elfos se tensaron. Arya se puso a Elva a la espalda procurando que la niña no soltara la lanza verde.

—Listas —dijo entonces.

Eragon tendió la mano hacia delante y volvió a dar una palmada contra el suelo.

Cada una de las paredes emitió un chirrido monumental y del techo cayeron cascadas de polvo que al poco se convirtieron en turbias nubes.

En cuanto vio que las espadas resistían, Eragon se lanzó hacia delante. Cuando apenas llevaba dos pasos, Elva gritó:

—¡Más rápido!

Gritando del esfuerzo, corrió todo lo rápido que pudo. Saphira le adelantó por la derecha, con la cabeza y la cola bajas, convertida en una sombra oscura.

En el preciso momento en que llegó al otro extremo, oyó el chasquido del acero al romperse y el crujido del metal al rozar con otro metal.

Alguien gritó tras él.

Sin dejar de alejarse del lugar de donde procedía el ruido se volvió y comprobó que todos habían pasado a tiempo, salvo la elfa Yaela, de cabellos plateados, que había quedado atrapada entre las dos últimas planchas de metal, separadas solo por quince centímetros. A su alrededor caían chispas azules y amarillas, como si el propio aire estuviera ardiendo, y en su rostro se veía una mueca de dolor.

—¡*Flauga!* —gritó Blödhgarm, y Yaela salió volando de entre las hojas de metal, que emitieron un sonoro chasquido al cruzarse, para luego desaparecer en el interior de las paredes con el mismo chirrido terrible con que habían salido.

Yaela había aterrizado sobre las manos y las rodillas, cerca de Eragon, que le ayudó a ponerse en pie. Sorprendido, observó que estaba sana y salva.

—¿Estás herida?

—No —dijo ella, sacudiendo la cabeza—, pero... he perdido mis defensas. —Levantó las manos y se las quedó mirando con una expresión casi de asombro—. No he estado sin defensas desde..., desde que era más joven que tú. De algún modo, las hojas me las han arrebatado.

—Tienes suerte de estar viva —respondió Eragon, con el ceño fruncido.

Elva se encogió de hombros.

—Estaríamos todos muertos, menos «él» —dijo, señalando a Blödhgarm—, si no os hubiera dicho que fuerais más rápido.

Eragon soltó un gruñido.

Siguieron adelante, esperando encontrarse alguna otra trampa a cada paso. Pero el resto del pasillo estaba libre de obstáculos, y llegaron a las puertas del final sin más incidentes.

Eragon levantó la vista y contempló aquella enorme superficie de oro. Las dos puertas presentaban la imagen de un roble de tamaño natural repujado, con una copa arqueada que se unía con las raíces a los lados, cerrando un gran círculo que rodeaba el tronco. De ambos lados del tronco, por la parte central, salían unas ramas que dividían el círculo en cuartos. El cuadrante superior izquierdo representaba un ejército de elfos con lanzas marchando a través de un tupido bosque. En el cuadrante superior derecho había humanos construyendo castillos y forjando espadas. El inferior izquierdo mostraba a úrgalos —kull, en su mayoría— arrasando un pueblo y matando a sus habitantes. En el inferior derecho se veía a enanos cavando en grutas llenas de joyas y filones de oro. Entre las raíces y las ramas del roble, Eragon localizó hombres gato y Ra'zac, así como unas cuantas criaturas de aspecto extraño que no reconocía. Y en el mismo centro del tronco había un dragón con el extremo de la cola en la boca, como si se mordiera a sí mismo. El repujado de las puertas era exquisito. En otras circunstancias, Eragon habría disfrutado sentándose y empezando a analizarlas durante un día entero.

Pero en aquellas circunstancias la imagen de aquellas puertas relucientes solo le infundía temor, al pensar en lo que podría haber en el otro lado. Si era Galbatorix, sus vidas estaban a punto de cambiar para siempre y nada volvería a ser igual, ni para ellos ni para el resto de Alagaësia.

No estoy preparado —le dijo a Saphira.

¿Y cuándo estaremos preparados? —respondió ella, que agitó la lengua al aire, olisqueándolo. Eragon notó que estaba nerviosa—. *Galbatorix y Shruikan deben morir, y nosotros somos los únicos que podemos matarlos.*

¿Y si no podemos?

Pues no podemos, y lo que tenga que ser, será.

Él asintió y respiró hondo.

Te quiero, Saphira.

Yo también te quiero, pequeño.

Eragon dio un paso adelante.

—¿Y ahora qué? —preguntó, intentando ocultar sus nervios—. ¿Llamamos a la puerta?

—Primero veamos si está abierta —propuso Arya.

Se pusieron en formación de combate. Luego Arya, con Elva a su lado, agarró una manija situada en la puerta de la izquierda y se dispuso a tirar.

Al hacerlo, una vibrante columna de aire apareció alrededor de Blödhgarm y de cada uno de sus diez hechiceros. Eragon gritó, alarmado, y Saphira emitió un breve silbido, como si hubiera pisado algo afilado. Los elfos, en el interior de aquellas columnas, parecían incapaces de moverse: hasta sus ojos quedaron inmóviles, fijos sobre lo que estuvieran mirando en el momento en que el hechizo había surtido efecto.

Con un sonoro ruido metálico, en la pared de la izquierda se abrió una puerta, y los elfos empezaron a caminar hacia ella, como una procesión de estatuas deslizándose sobre el hielo.

Arya se lanzó hacia ellos, con la lanza extendida, en un intento por atravesar los hechizos que tenían inmovilizados a los elfos, pero llegó tarde.

—¡*Letta*! —gritó Eragon. ¡Alto! Era el hechizo más sencillo que le vino a la mente y que pudiera ser de ayuda. Pero la magia que tenía prisioneros a los elfos resultó demasiado fuerte como para que aquello funcionara, y desaparecieron por la oscura abertura. La puerta se cerró con un portazo tras ellos.

El desánimo invadió a Eragon. Sin los elfos…

Arya golpeó la puerta con el extremo inferior de la *dauthdaert*, e incluso intentó encontrar la fisura entre la puerta y la pared con la punta de la hoja —como había hecho con la portezuela de entrada—, pero la puerta parecía sólida, inamovible.

Cuando se dio la vuelta, su rostro expresaba una furia gélida.

Umaroth —dijo—, *necesito tu ayuda para abrir esta pared.*

No —dijo el dragón blanco—. *Seguro que Galbatorix habrá escondido bien a tus compañeros. Intentar encontrarlos solo nos haría desperdiciar mucha energía y nos pondría en un peligro aún mayor.*

Arya frunció el ceño y sus cejas inclinadas se acercaron entre sí.

Entonces le seguimos el juego, Umaroth-elda. Quiere dividirnos y debilitarnos. Si seguimos sin ellos, a Galbatorix le será mucho más fácil derrotarnos.

Sí, pequeña. Pero ¿no crees que el Ladrón de Huevos quizá quiera que le persigamos? Puede que pretenda que nos dejemos llevar por la rabia y la preocupación y nos olvidemos de él, para acabar cayendo de bruces en alguna de sus trampas.

¿Y por qué se iba a tomar tantas molestias? Podía haber capturado a Eragon, a Saphira, a ti y al resto de los eldunarís, igual que ha hecho con Blödhgarm y con los otros, pero no.

A lo mejor quiere que nos agotemos antes de enfrentarnos a él, o antes de que intente atacarnos.

Arya bajó la cabeza un momento y, cuando levantó la mirada, su furia se había desvanecido —al menos externamente— y volvía a mostrar su habitual expresión atenta y controlada.

¿Qué deberíamos hacer entonces, Ebrithil?

Esperar que Galbatorix no mate a Blödhgarm ni a los otros (al menos no de inmediato) y seguir hasta que encontremos al rey.

Arya asintió, pero Eragon notó que aquello le parecía de mal gusto. No podía culparla; él sentía lo mismo.

—¿Por qué no has detectado la trampa? —le preguntó a Elva en voz baja. Creía saber el motivo, pero quería oírselo decir a ella.

—Porque no les ha hecho ningún daño —respondió la niña.

Él asintió.

Arya retrocedió hasta las puertas doradas y volvió a agarrar la manija de la izquierda. Elva fue a su lado y agarró con su manita el mango de la *dauthdaert*.

Arya tiró de la puerta con fuerza, curvando el cuerpo hacia el exterior, y la enorme estructura empezó a abrirse. Eragon estaba seguro de que ningún humano podría haberla abierto, y sin embargo, la fuerza de Arya bastó.

Cuando la puerta llegó a la pared, Arya la soltó y tanto ella como Elva volvieron junto a Eragon, que esperaba delante de Saphira.

Al otro lado se abría una cámara inmensa y oscura. Eragon no estaba seguro de cuánto mediría, porque las paredes estaban ocultas entre sombras aterciopeladas. Hileras de luces sin llama montadas sobre varas de hierro flanqueaban el vestíbulo, iluminando el suelo y poco más, mientras que de los cristales que formaban el alto techo salía una tenue claridad. Las dos filas de luces acababan a casi doscientos metros de distancia, cerca de la base de una ancha tarima en la que descansaba un trono. En el trono había una única figura negra, la única persona que había en toda la sala, y en el regazo tenía una espada desnuda, una hoja larga y blanca que parecía emitir un suave resplandor.

Eragon tragó saliva y apretó la empuñadura de *Brisingr* con la mano. Acarició el morro de Saphira con el borde del escudo en un rápido movimiento, y ella, como respuesta, agitó la lengua en el aire. Luego, como si se hubieran puesto de acuerdo, los cuatro reanudaron la marcha.

En cuanto los cuatro estuvieron dentro del salón del trono, las puertas doradas se cerraron de golpe tras ellos. Eragon ya se lo esperaba, pero aun así el estruendo le sobresaltó. El ruido aún resonaba en la lúgubre cámara y la figura sentada al trono se agitó, como si despertara de un trance, y entonces una voz —una voz que no se parecía a nada que hubiera oído Eragon anteriormente, rica y profunda, y con un tono de autoridad mayor que la de Ajihad, Oromis o Hrothgar, una voz que hacía que hasta la de los elfos pareciera dura y disonante— les recibió desde el otro extremo del salón del trono.

—Ah, os esperaba. Bienvenidos a mi morada. Y bienvenidos vosotros en particular, Eragon *Asesino de Sombra* y Saphira *Escamas Brillantes*. Hace mucho tiempo que deseaba conoceros. Pero también me alegro de verte a ti, Arya, hija de Islanzadí, y también Asesina de Sombra, y a ti también, Elva, *la de la Frente Brillante*. Y por supuesto a Glaedr, Umaroth, Valdr y todos los otros que viajan ocultos con vosotros. Os creía muertos desde hace mucho tiempo; me alegra saber que no es así. ¡Bienvenidos, todos! Tenemos mucho de lo que hablar.

En el fragor de la batalla

*R*oran, rodeado por los guerreros de su batallón, se abrió paso desde la muralla exterior de Urû'baen hasta las calles de la ciudad. Allí hicieron una pausa para reagruparse.

—¡A las puertas! —gritó entonces, señalando con el martillo.

Él y varios hombres de Carvahall, entre ellos Horst y Delwin, se pusieron a la cabeza del grupo, corriendo a lo largo de la base de la muralla hacia la brecha que habían abierto los elfos con su magia. Las flechas volaban sobre sus cabezas al correr, pero ninguna iba dirigida a ellos específicamente, y no oyó que ninguno de su grupo resultara herido.

Se encontraron con decenas de soldados en el estrecho espacio entre la muralla y las casas de piedra. Algunos se detuvieron a luchar, pero el resto salió corriendo, e incluso los que les plantaron cara acabaron retirándose enseguida por los callejones contiguos.

Al principio la intensidad salvaje de la matanza y la victoria cegó a Roran, que no veía nada más. Pero al observar que los soldados con los que se iban encontrando seguían huyendo, la sensación de intranquilidad empezó a reconcomerle y se puso a mirar alrededor con gran atención, en busca de cualquier cosa que fuera diferente de lo esperado.

Algo no iba bien. Estaba seguro.

—Galbatorix no les dejaría rendirse tan fácilmente —murmuró.

—¿Qué? —preguntó Albriech, que estaba a su lado.

—He dicho que Galbatorix no les dejaría rendirse tan fácilmente. —Y, volviendo la cabeza, gritó al resto del batallón—: ¡Afinad el oído y estad muy atentos! Apuesto a que Galbatorix nos preparara alguna sorpresa. Pero no dejaremos que nos pille desprevenidos, ¿verdad?

—¡Martillazos! —gritaron todos, en señal de aprobación, y golpearon las armas contra los escudos. Todos menos los elfos, claro. Satisfecho, Roran aceleró el paso, sin dejar de escrutar los tejados.

Muy pronto llegaron a la calle cubierta de escombros que llevaba a lo que antes era la puerta principal de la ciudad. Ahora lo único que quedaba era un enorme agujero de decenas de metros de ancho en lo alto, y un montón de piedras en la base. Por el agujero no dejaban de entrar los vardenos y sus aliados: hombres, enanos, úrgalos, elfos y hombres gato, luchando todos, hombro con hombro, por primera vez en la historia.

Una lluvia de flechas les recibió al entrar en la ciudad, pero la magia de los elfos detuvo los mortíferos dardos antes de que pudieran hacer mella en ellos. Los soldados de Galbatorix no podían decir lo mismo: Roran vio unos cuantos que caían alcanzados por las flechas de los vardenos, aunque algunos parecía que tenían defensas que los protegían. Los favoritos de Galbatorix, supuso.

Mientras su batallón se unía al resto del ejército, Roran localizó a Jörmundur a caballo entre la aglomeración de guerreros. Roran le saludó de lejos.

—Cuando lleguemos a esa fuente —respondió Jörmundur, tras devolverle el saludo, señalando con la espada hacia un vistoso edificio situado en un patio a varios cientos de metros—, llévate a tus hombres hacia la derecha. Limpiad la zona sur de la ciudad y luego reuniros con nosotros de nuevo en la ciudadela.

Roran asintió, exagerando el movimiento para que Jörmundur le viera bien.

—¡Sí, señor!

Se sentía más seguro ahora que estaba en compañía de los otros guerreros, pero seguía teniendo aquella sensación de intranquilidad. «¿Dónde están?», se preguntó, mirando a la embocadura de las calles desiertas. Se suponía que Galbatorix había concentrado a todos sus ejércitos en Urû'baen, pero Roran aún no había visto ni rastro de grandes tropas. Habían encontrado un número sorprendentemente reducido de soldados en las murallas, y los que allí estaban habían salido corriendo mucho más rápido de lo esperado.

«Nos está atrayendo hacia el interior —dedujo, con una repentina certeza—. Todo esto es un truco.» Y volvió a llamar la atención de Jörmundur.

—¡Algo va mal! —gritó—. ¿Dónde están los soldados?

Jörmundur frunció el ceño y se giró para hablar con el rey Orrin y la reina Islanzadí, que le habían alcanzado montados en sus caballos. Ella llevaba sobre el hombro izquierdo un extraño cuervo blanco, que se sostenía clavando las garras en la armadura dorada de la reina.

Y los vardenos seguían avanzando cada vez más hacia el interior de Urû'baen.

—¿Qué pasa, Martillazos? —gruñó Nar Garzhvog, abriéndose paso hacia Roran.

Roran levantó la mirada hacia la enorme cabeza del kull.

—No estoy seguro. Galbatorix...

Pero se le olvidó lo que iba a decir: un cuerno sonó entre los edificios, por delante de ellos, y resonó durante casi un minuto con un tono grave que no presagiaba nada bueno y que hizo que los vardenos se detuvieran y miraran a su alrededor con preocupación.

A Roran se le encogió el corazón.

—Ahí está —le dijo a Albriech. Luego se dio la vuelta y agitó el martillo, dirigiéndose hacia un lado de la calle—. ¡Apartaos! —gritó—. ¡Escondeos entre los edificios y poneos a cubierto!

Su batallón tardó más en separarse de la columna de guerreros de lo que había tardado en unirse a ella. Roran siguió gritando, desesperado, para que se dieran prisa.

—¡Más rápido, hatajo de perros lastimeros! ¡Rápido!

El cuerno volvió a sonar, y por fin Jörmundur dio el alto a sus tropas.

Para entonces los guerreros de Roran ya estaban seguros, apiñados en tres calles, apostados tras los edificios, a la espera de órdenes. Roran estaba junto al lateral de una casa, con Garzhvog y Horst, sacando la cabeza por la esquina para ver qué sucedía.

De nuevo sonó el cuerno, y por toda la ciudad resonaron las pisadas de multitud de pies.

Roran se quedó de piedra al ver una formación interminable de soldados marchando desde la ciudadela, en filas ordenadas y a paso ligero, con una expresión en la cara que no reflejaba ni el más mínimo temor. A la cabeza iba un hombre bajo y de anchos hombros a lomos de un corcel gris. Llevaba una brillante coraza que sobresalía un palmo, probablemente para hacer sitio a una gran barriga. En la mano izquierda portaba un escudo pintado con un emblema que mostraba una torre derrumbándose sobre una montaña de piedra desnuda. En la mano derecha llevaba una maza con púas que muchos hombres habrían tenido problemas para levantar siquiera del suelo, pero que él agitaba adelante y atrás sin dificultad aparente.

Roran se humedeció los labios. Aquel tipo no podía ser otro que

Lord Barst, y aunque solo la mitad de todo lo que había oído sobre aquel hombre fuera cierto, Barst nunca se habría lanzado directamente contra una fuerza enemiga, a menos que estuviera segurísimo de poder destruirla.

Roran ya había visto bastante. Dio un paso adelante y dijo:

—No vamos a esperar. Decidles a los otros que nos sigan.

—¿Quieres decir que huyamos, Martillazos? —respondió Nar Garzhvog con un rugido.

—No. Quiero decir que ataquemos por el flanco. Solo un loco atacaría a un ejército como ese de frente. ¡Vamos! —Le dio un empujón al úrgalo y luego corrió por la calle transversal para tomar posiciones al frente de sus guerreros. «Y solo un loco se enfrentaría cara a cara con el hombre elegido por Galbatorix para dirigir su ejército», pensó.

Mientras se abrían paso por entre las abigarradas construcciones, Roran oyó que los soldados empezaban a vitorear a su líder:

—¡Lord Barst! ¡Lord Barst! ¡Lord Barst! —gritaban, al tiempo que pateaban el suelo con sus botas tachonadas y golpeaban las espadas contra los escudos.

«Esto se pone aún mejor», pensó Roran, que habría deseado estar en cualquier otro lugar.

Entonces los vardenos respondieron a los vítores: el aire se llenó de gritos de «¡Eragon!» y «¡los Jinetes!», y la ciudad resonó con el choque de los metales y los gritos de los soldados heridos.

Cuando le pareció que su batallón estaba a la altura del ejército del Imperio, Roran los hizo girar y lanzarse en dirección a sus enemigos.

—Mantened la formación —ordenó—. Formad una pared con los escudos y, hagáis lo que hagáis, aseguraros de proteger a los hechiceros.

Muy pronto vieron a los soldados pasando por la calle —lanceros, sobre todo—, apretados unos contra otros mientras avanzaban hacia el frente.

Nar Garzhvog soltó un rugido atronador y lo mismo hicieron Roran y los otros guerreros del batallón, al tiempo que cargaban contra las filas enemigas. Los soldados gritaron, alarmados, y el pánico se extendió entre ellos mientras retrocedían a trompicones, pisándose unos a otros en su búsqueda de espacio para luchar.

Con un grito, Roran cayó sobre la primera fila de hombres y la sangre lo cubrió todo a medida que agitaba el martillo, llevándose por delante metal y hueso. Los soldados estaban tan apretados que prácticamente no se podían defender. Mató a cuatro de ellos antes de que uno consiguiera atacarle con la espada, y él bloqueó el golpe con el escudo.

Al otro lado de la calle, Nar Garzhvog derribó a seis hombres de un solo mazazo. Los soldados se disponían a ponerse de nuevo en pie, haciendo caso omiso a unas lesiones que debían de haberles dejado tendidos en el suelo si sintieran dolor, y Garzhvog volvió a golpear, haciéndolos picadillo.

Roran no podía prestar atención a nada más que los hombres que tenía delante, el peso del martillo y los resbaladizos adoquines cubiertos de sangre que tenía bajo los pies. Rompió y aporreó; esquivó y arremetió; gruñó y gritó, mató y mató y mató…, hasta que, sorprendido, se encontró asestando martillazos contra el aire. El martillo golpeó contra el suelo, levantando chispas de los adoquines, y sintió una dolorosa sacudida en el brazo.

Roran sacudió la cabeza y recuperó la claridad de ideas; se había abierto camino a través de la masa de soldados, atravesándola por completo.

Dio media vuelta y vio que la mayoría de sus guerreros seguían combatiendo a soldados a diestro y siniestro. Soltó otro grito y volvió a meterse en la refriega.

Tres soldados le cercaron: dos con lanzas y uno con una espada. Roran se lanzó hacia el de la espada, pero se resbaló al pisar algo blando y húmedo. Aun así, al caer dirigió el martillo a los tobillos del hombre que tenía más cerca. El soldado trastabilló hacia atrás y a punto estaba de dejar caer la espada sobre Roran cuando una elfa apareció con un salto y, con dos rápidos mandobles, los degolló a los tres.

Era la misma elfa con la que había hablado fuera de las murallas, solo que ahora estaba cubierta de sangre. Antes de que pudiera darle las gracias, ella se alejó a toda prisa, agitando la espada y abatiendo a otros soldados.

Después de haberlos visto en acción, Roran decidió que cada elfo valía al menos por cinco hombres, sin contar con su capacidad para lanzar hechizos. En cuanto a los úrgalos, hacía lo posible por mantenerse apartado de ellos, especialmente de los kull. Una vez excitados, no parecían distinguir muy bien amigos de enemigos, y los kull eran tan grandes que fácilmente podían matar a alguien sin proponérselo. Vio que uno de ellos había matado a un soldado aplastándolo entre la pierna y la fachada de un edificio, sin darse cuenta siquiera. En otra ocasión, uno decapitó a un soldado sin querer, dándole con el escudo al dar media vuelta.

La lucha siguió unos minutos más, y los únicos soldados que quedaban allí eran soldados muertos.

Limpiándose el sudor de la frente, Roran contempló la calle, arriba y abajo. Hacia el interior de la ciudad, vio que algunos supervivientes del ejército que acababan de destruir desaparecían entre las casas para ir a unirse al ejército de Galbatorix en otro lugar. Se planteó perseguirlos, pero el foco principal de la batalla se encontraba cerca de la muralla, y quería caer sobre el ejército enemigo por la retaguardia para obligarlos a perder la formación.

—¡Por aquí! —gritó, levantando el martillo y embocando una calle.

Una flecha se clavó en el borde de su escudo y, al levantar la vista, distinguió la silueta de un hombre escondiéndose bajo un tejado cercano.

Cuando Roran emergió de entre los edificios al espacio abierto frente a los restos de la puerta principal de Urû'baen se encontró con un caos tal que vaciló, sin saber muy bien qué hacer.

Los dos ejércitos se habían entremezclado tanto que era imposible definir las líneas de ataque o siquiera determinar dónde estaba el frente. Las túnicas rojas de los soldados estaban repartidas por toda la plaza, a veces aisladas y otras en grupos numerosos, y la lucha se había extendido como una mancha de aceite hasta las calles de los alrededores. Entre los combatientes que esperaba ver, Roran también encontró montones de gatos —gatos callejeros, no hombres gato— que atacaban a los soldados, en una imagen tan salvaje y aterradora como la que más. Por supuesto, los gatos seguían las indicaciones de los hombres gato.

Y en el centro de la plaza, a lomos de su gris corcel, estaba Lord Barst, con su gran coraza redondeada brillando como la luz del fuego que asolaba las casas cercanas. Agitaba su maza una y otra vez, con una rapidez inusitada en un humano, y con cada mazazo reventaba al menos a uno de los vardenos. Las flechas que le disparaban se desvanecían en el aire con una humareda anaranjada; las espadas y las lanzas rebotaban en él como si estuviera hecho de piedra, y ni siquiera la fuerza de un kull a la carga bastaba para derribarlo de su caballo. Roran observó, anonadado, cómo con un golpe de su maza le abría la cabeza a un kull, reventándole los cuernos y el cráneo como si fueran un cascarón de huevo.

Roran frunció el ceño. ¿De dónde sacaba esa fuerza y esa velocidad? Evidentemente, la respuesta era la magia, pero esta tenía que proceder de algún sitio. En la maza y la armadura de Barst no había joyas, y Roran no creía que Galbatorix estuviera proveyéndolo de energía a distancia. Roran recordó su conversación con Eragon la noche antes de que rescataran a Katrina de Helgrind. Eragon le había dicho que era básicamente imposible alterar un cuerpo humano para que tuviera la velocidad y la fuerza de un elfo, aunque el humano fuera Jinete —lo que hacía aún más asombroso lo que le habían hecho los dragones a Eragon durante la Celebración del Juramento de Sangre—. Parecía improbable que Galbatorix hubiera podido llevar a cabo una transformación similar en Barst. Aquello, una vez más, hacía que Roran se preguntara de dónde provendría el poder sobrenatural del comandante de las tropas del rey.

Barst tiró de las riendas de su caballo, haciéndolo girar. Los reflejos de luz sobre la superficie de su prominente armadura llamaron la atención de Roran.

La boca se le quedó seca y sintió un nudo en la garganta: por lo que él sabía, Barst no era uno de esos tipos barrigones. No era de los que se descuidaba, y Galbatorix nunca habría elegido a una persona así para defender Urû'baen. La única explicación lógica, pues, era que Barst llevara un eldunarí pegado al cuerpo bajo aquella coraza de tan extraña forma.

Entonces la calle se abrió en dos y una oscura grieta se abrió bajo los pies de Barst y su caballo. La fosa se los habría tragado a los dos y aún sobraría espacio, pero el caballo se mantuvo flotando en el aire, como si sus pezuñas siguieran firmemente plantadas en el suelo. Una espiral de diferentes colores se agitó alrededor de Barst, como una nube de humo con los colores del arcoíris. Del agujero emanaron de un modo alterno olas de calor y de frío, y Roran vio unos tentáculos de hielo que salían reptando del suelo, intentando enroscarse en las patas del caballo y agarrarlas. Pero el hielo no pudo agarrar al caballo; ningún hechizo parecía tener efecto sobre el hombre ni sobre el animal.

Barst tiró de nuevo de las riendas y luego espoleó al caballo, dirigiéndolo hacia un grupo de elfos situados cerca de una casa próxima, recitando sus cánticos en el idioma antiguo. Roran supuso que habrían sido ellos los que habían lanzado los hechizos contra Barst.

Agitando la maza por encima de la cabeza, Barst cargó contra los elfos, que se dispersaron intentando defenderse, pero en vano, ya que les reventó los escudos y les partió las espadas y, al golpear, la maza los aplastó como si sus huesos fueran finos y huecos como los de los pajarillos.

«¿Por qué no los han protegido sus defensas? —se preguntó

Roran—. ¿Por qué no pueden detenerlo con la mente? Solo es un hombre, y solo lleva un eldunarí consigo.»

A unos metros, una gran piedra redonda aterrizó sobre un mar de cuerpos agonizantes, dejando tras de sí una estela de un rojo brillante en el suelo, y rebotó para dar luego contra la fachada de un edificio, donde hizo añicos las estatuas del friso.

Roran se encogió y soltó una maldición mientras buscaba el lugar de origen de la piedra. Levantó la vista hacia la ciudad y vio que los soldados de Galbatorix habían tomado de nuevo las catapultas y otras máquinas de guerra montadas sobre la muralla.

«Están disparando hacia el interior de su propia ciudad —pensó—. ¡Están disparando a sus propios hombres!»

Asqueado, soltó un gruñido y se apartó de la plaza, dirigiéndose hacia el interior de la ciudad.

—¡Aquí no podemos hacer nada! —gritó a su batallón—. Dejad que los otros se ocupen de Barst. ¡Tomad esa calle! —Señaló a su izquierda—. ¡Nos abriremos camino hasta la muralla y tomaremos posiciones allí!

Si los guerreros respondieron, no lo oyó, porque ya estaba en marcha. Tras él, otra piedra cayó sobre los soldados que combatían, provocando aún más gritos de dolor.

La calle que Roran había elegido estaba llena de soldados, junto a unos cuantos elfos y hombres gato, amontonados al lado de la puerta de una sombrerería, defendiéndose de la enorme cantidad de enemigos que los rodeaban. Los elfos gritaron algo, y una docena de soldados cayeron al suelo, pero los demás siguieron en pie.

Roran se sumergió en el mar de la batalla y volvió a perderse entre la sangrienta marabunta. Superó a uno de los soldados caídos de un salto y soltó un martillazo en el casco a un hombre que miraba hacia atrás. Lo dejó tendido en el suelo y usó el escudo para quitarse de encima al siguiente soldado y luego arremetió contra él con el extremo del martillo, clavándoselo en la garganta y aplastándole el cuello.

A su lado, Delwin recibió el impacto de una lanza en el hombro e hincó una rodilla en el suelo, con un grito de dolor. Agitando el martillo más rápido aún de lo normal, Roran repelió al lancero mientras Delwin se arrancaba el arma del hombro y volvía a ponerse en pie.

—¡Échate atrás! —le dijo Roran.

—¡No! —protestó Delwin, sacudiendo la cabeza y con los dientes apretados.

—¡Échate atrás, maldita sea! ¡Es una orden!

Delwin soltó un juramento pero obedeció, y Horst ocupó su lugar. Roran observó que el herrero sangraba por diferentes puntos de los brazos y las piernas, pero las heridas no parecían afectar a su capacidad de movimiento.

Esquivando una espada, Roran dio un paso adelante. Le pareció oír un leve rumor tras él, luego un estruendo, y todo se movió y se tiñó de negro.

Se despertó con la cabeza dolorida. Vio el cielo en lo alto —luminoso, a la luz del sol de la mañana— y el color oscuro de la parte inferior del saliente rocoso cubierto de grietas.

Con un gruñido de dolor, intentó ponerse en pie. Estaba tendido a los pies de la muralla exterior de la ciudad, junto a los fragmentos ensangrentados de un proyectil de catapulta. Había perdido el escudo y el martillo, lo que le preocupaba y le desconcertaba.

En aquel momento, un grupo de cinco soldados fueron corriendo en su dirección y uno de los hombres le clavó una lanza en el pecho. La punta del arma le lanzó contra la pared, pero no le atravesó la piel.

—¡Agarradle! —gritaron los soldados.

Roran sintió unas cuantas manos que le cogían brazos y piernas. Se debatió, intentando liberarse, pero aún estaba débil y desorientado, y eran demasiados soldados para él solo.

Los soldados le golpearon una y otra vez, y él sintió que las fuerzas iban abandonándole a medida que las defensas mágicas paraban los golpes. Todo se puso gris, y estaba a punto de perder la conciencia de nuevo cuando vio la hoja de una espada saliendo de la boca de uno de los soldados.

Los soldados le soltaron, y Roran vio a una mujer de pelo oscuro moviéndose como un torbellino entre ellos, blandiendo la espada con la pericia de un guerrero veterano. Al cabo de unos segundos había matado a los cinco hombres, aunque uno de ellos consiguió causarle una herida superficial en el muslo izquierdo.

Acto seguido, le tendió una mano y dijo:

—Martillazos.

Al agarrarla del antebrazo, Roran vio que tenía la muñeca —por donde no alcanzaba a cubrirle el guardabrazo— cubierta de cicatrices, como si le hubieran quemado o azotado casi hasta el hueso. Detrás de la mujer apareció una adolescente de cara pálida vestida con una armadura incompleta y un chico que parecía un año o dos más joven que la chica.

—¿Quién eres? —preguntó Roran, poniéndose en pie.

La mujer tenía un rostro llamativo: ancho y de huesos fuertes, con el aspecto bronceado y curtido de quien ha pasado la mayor parte de su vida al aire libre.

—Una extraña que pasaba por aquí —respondió. Poniéndose en cuclillas, recogió una de las lanzas de los soldados y se la tendió.

—Gracias.

Ella asintió y luego, seguida de sus jóvenes acompañantes, salió corriendo por entre los edificios y se perdió en la ciudad.

Roran se los quedó mirando medio segundo, confuso; luego sacudió la cabeza y volvió a toda prisa a la calle para reunirse con su batallón.

Los guerreros le dieron la bienvenida con gritos de asombro y, alentados por su regreso, atacaron con fuerzas renovadas. No obstante, al ocupar su lugar entre los hombres de Carvahall, Roran descubrió que la piedra que le había golpeado también había matado a Delwin. Su pena enseguida se convirtió en rabia, y luchó aún con mayor encono que antes, decidido a poner fin a la batalla lo antes posible.

El nombre de todos los nombres

$\mathcal{A}$sustado pero decidido, Eragon avanzó con Arya, Elva y Saphira hacia la tarima donde los esperaba Galbatorix, cómodamente sentado en su trono.

Era una larga caminata, tanto que Eragon tuvo tiempo de plantearse diversas estrategias, la mayoría de las cuales descartó por considerarlas poco prácticas. Sabía que solo con la fuerza no podrían derrotar al rey; haría falta también astucia, y eso no era algo de lo que anduviera sobrado en ese momento. Aun así, no tenían otra elección que enfrentarse a Galbatorix.

Las dos filas de lámparas que llevaban hasta la tarima quedaban lo suficientemente apartadas como para que los cuatro pudieran caminar uno al lado del otro. Eragon lo agradeció, porque significaba que Saphira podría combatir a su lado si llegaba la ocasión.

Se acercaron al trono, y Eragon siguió estudiando la cámara en la que estaban. Le pareció un lugar extraño para las recepciones del rey. Aparte del camino iluminado que tenían por delante, la mayor parte del espacio quedaba oculto en una oscuridad impenetrable —más aún que las salas de los enanos en las profundidades de Tronjheim y Farthen Dûr— y en el aire flotaba un olor seco y almizclado que le resultaba familiar, aunque no sabía por qué.

—¿Dónde está Shruikan? —dijo, en voz baja.

Saphira olisqueó.

Lo huelo, pero no lo oigo.

—Yo tampoco lo percibo —dijo Elva, frunciendo el ceño.

Cuando llegaron a unos diez metros de la tarima se detuvieron. Tras el trono colgaban unas gruesas cortinas negras de un material aterciopelado que se extendían del suelo al techo.

Las sombras envolvían a Galbatorix, ocultando sus facciones.

Entonces echó el cuerpo adelante, situándose bajo la luz, y Eragon le vio la cara. Era larga y flaca, con gruesas cejas y una nariz como una hoja de lanza. Sus ojos eran duros como piedras, y el espacio blanco alrededor de las pupilas era mínimo. La boca era fina y ancha, y trazaba una línea recta que bajaba un poco en los extremos, rodeada por una barba y un bigote perfectamente afeitados y, al igual que sus ropas, de un negro intenso. Por su aspecto podía estar en la cuarentena: aún lleno de fuerzas pero próximo al inicio de la decadencia. Se le veían líneas de expresión en la frente y a los lados de la nariz, y la bronceada piel parecía fina, como si no hubiera comido nada más que carne de conejo y nabos en todo el invierno. Tenía unos hombros anchos y bien formados, y la cintura fina.

Sobre la cabeza llevaba una corona de oro rojizo con todo tipo de joyas engastadas. La corona parecía antigua —más antigua aún que la sala—, y Eragon se preguntó si siglos atrás habría pertenecido al rey Palancar.

La espada de Galbatorix descansaba sobre su regazo. Era una espada de Jinete, eso era obvio, pero Eragon nunca había visto nada parecido. La hoja, la empuñadura y la guarda eran de un blanco cándido, y la joya del pomo era transparente como el agua de manantial. En conjunto, el arma tenía algo inquietante. Su color —o más bien su «falta» de color— le recordaba un hueso blanqueado al sol. Era el color de la muerte, no de la vida, y parecía mucho más peligroso que cualquier tono de negro, por muy oscuro que fuera.

Galbatorix los examinó uno por uno con su afilada mirada, sin parpadear.

—Bueno, así que habéis venido a matarme —dijo—. Bueno, pues..., ¿empezamos? —añadió, levantando la espada y extendiendo los brazos hacia los lados en un gesto de bienvenida.

Eragon plantó firmemente los pies en el suelo y levantó la espada y el escudo. La invitación del rey le intranquilizó.

Está jugando con nosotros.

Sin soltar la *Dauthdaert*, Elva dio un paso adelante y empezó a hablar. No obstante, de su boca no salió ningún sonido, y miró a Eragon, alarmada.

El chico intentó entrar en contacto con su mente, pero no le llegaban sus pensamientos; era como si ya no estuviera en la sala con ellos.

Galbatorix se rio, volvió a ponerse la espada sobre el regazo y se apoyó en el trono.

—¿De verdad creías que no sabía nada de tu habilidad, niña?

¿De verdad creías que podías dejarme indefenso con un truco tan simple y transparente? Sí, no dudo de que tus palabras pueden hacerme daño, pero solo si las oigo. —Sus pálidos labios se curvaron trazando una sonrisa fría y cruel—. Qué tontería. ¿«Esto» es vuestro gran plan? ¿Una niña que no puede hablar a menos que yo se lo permita, una lanza más indicada para colgarla de la pared que para la batalla, y una colección de eldunarís medio locos por la edad? Pues vaya. Esperaba más de ti, Arya. Y de ti, Glaedr, pero supongo que las emociones te han nublado la razón desde que usé a Murtagh para matar a Oromis.

Matadle —les dijo Glaedr a Eragon, Saphira y Arya.

El dragón dorado parecía perfectamente tranquilo, pero tras aquella serenidad se ocultaba una rabia que sobrepasaba a cualquier otra emoción.

Eragon cruzó una mirada rápida con Arya y Saphira, y los tres se dirigieron hacia la tarima, al tiempo que Glaedr, Umaroth y el resto de los eldunarís atacaban la mente de Galbatorix.

El chico apenas había dado unos pasos cuando el rey se levantó de su trono de terciopelo y gritó una palabra. La palabra reverberó en el interior de la mente de Eragon, y cada parte de su ser vibró a modo de respuesta, como si todo él no fuera más que un instrumento en el que un bardo hubiera tocado una cuerda. A pesar de la intensidad de la respuesta, Eragon no era capaz de recordar la palabra; se le borró de la mente, dejando tras de sí solo la certeza de su existencia y de cómo le había afectado.

Galbatorix pronunció otras palabras tras la primera, pero ninguna de ellas tuvo el mismo efecto, y Eragon estaba demasiado aturdido como para entender su significado. En el momento en que la frase salió de los labios del rey, una fuerza inmovilizó a Eragon, deteniéndolo en mitad de un paso. Sobresaltado, soltó un grito. Intentó moverse, pero era como si su cuerpo estuviera envuelto por una capa de piedra. Lo único que podía hacer era respirar, mirar y, según parecía, hablar.

No lo entendía; sus defensas deberían de haberle protegido de la magia del rey. No era posible que le hubieran dejado así, como si se estuviera tambaleando al borde de un enorme abismo.

A su lado, Saphira, Arya y Elva estaban paralizadas, igual que él.

Furioso por la facilidad con que les había atrapado el rey, Eragon unió su mente a las de los eldunarís, que batallaban con la de Galbatorix. Percibió un número enorme de mentes que se les oponían: eran dragones, que canturreaban, balbucían y chillaban en un coro alocado y disonante tan lleno de dolor y pena que Eragon decidió apartarse, por si le arrastraban hacia su propia locura. También eran fuertes; la mayor parte debían de ser como Glaedr o más grandes.

La oposición de los dragones hacía imposible atacar a Galbatorix directamente. Cada vez que Eragon creía haber llegado a contactar con los pensamientos del rey, uno de los dragones esclavizados se lanzaba a su mente y —con una risa desquiciada que no paraba— le obligaba a retirarse. Combatir a los dragones era difícil debido a sus pensamientos alocados e incoherentes; someter a uno de ellos era como intentar retener a un lobo rabioso. Y había muchos, muchos más de los que habían escondido los Jinetes en la Cripta de las Almas.

Antes de que ninguno de los dos bandos pudiera imponerse, Galbatorix, que parecía absolutamente ajeno al forcejeo, dijo:

—Venid aquí, queridos míos, y saludad a nuestros invitados.

De detrás del trono salieron un niño y una niña, y se situaron a la derecha del rey. La niña parecía tener unos seis años. El niño, quizás ocho o nueve. Se parecían mucho, y Eragon supuso que serían hermanos. Ambos iban vestidos con ropa de dormir. La niña se cogió de la mano del niño y se escondió en parte tras él; este parecía asustado pero decidido. Mientras luchaba contra los eldunarís de Galbatorix, Eragon contactó con la mente de los críos, y percibió su pánico y confusión, y supo que eran reales.

—¿No es encantadora? —preguntó Galbatorix, levantando la barbilla de la niña con su largo dedo—. Con esos ojos tan grandes y ese cabello tan bonito. ¿Y no es guapo nuestro hombrecito? —Apoyó la mano en el hombro del chico—. Se dice que los niños son una bendición. Yo en realidad no comparto esa idea. Por mi experiencia, los niños son tan crueles y rencorosos como los adultos. Lo único que les falta es la fuerza necesaria para someter a los demás a su voluntad.

»A lo mejor estáis de acuerdo conmigo; a lo mejor no. En cualquier caso, sé que vosotros, los vardenos, os jactáis de vuestra virtud. Os veis como defensores de la justicia y protectores de los inocentes (como si hubiera alguien realmente inocente) y como nobles guerreros que luchan para enmendar una injusticia secular. Bueno, pues muy bien; pongamos a prueba vuestras convicciones y veamos si sois lo que afirmáis ser. A menos que detengáis vuestro ataque, mataré a estos dos —sacudió el hombro del niño—, y también los mataré si osáis volver a atacarme… De hecho, si me contrariáis demasiado, los mataré igualmente, así que os aconsejo que seáis corteses.

Al oír aquello los niños se quedaron pálidos, pero no intentaron huir.

Eragon miró en dirección a Arya, y vio la frustración en sus ojos.

¡Umaroth! —gritaron.

No —gruñó el dragón blanco, mientras forcejeaba con la mente de otro eldunarí.

Tienes que parar —dijo Arya.

¡No!

Los matará —insistió Eragon.

¡No! No nos rendiremos. ¡Ahora no!

¡Ya basta! —rugió Glaedr—. *¡Hay pequeños en peligro!*

Y más pequeños estarán en peligro si no matamos al Ladrón de Huevos.

Sí, pero ahora no es el mejor momento para eso —objetó Arya—. *Esperemos un poco, y quizás encontremos un modo de atacarle sin poner en peligro las vidas de los niños.*

¿Y si no? —preguntó Umaroth.

Ni Eragon ni Arya tenían una respuesta para eso.

Entonces haremos lo que tenemos que hacer —decidió Saphira.

Eragon odiaba hacer aquello, pero sabía que tenía razón. No podían poner a aquellos dos niños por delante de toda Alagaësia. Si podían, los salvarían, pero, si no, seguirían atacando. No tenían otra opción.

Umaroth y los eldunarís por los que hablaba Eragon cedieron a regañadientes y Galbatorix sonrió.

—Muy bien. Eso está mejor. Ahora podemos hablar como seres civilizados, sin tener que preocuparnos de quién intenta matar a quién. —Le dio una palmadita al chico en la cabeza y luego señaló los escalones de la tarima—. Sentaos.

Sin discutir, los niños se instalaron en el escalón más bajo, lo más lejos del rey que pudieron. Entonces Galbatorix hizo un movimiento y dijo «Kausta», y Eragon se deslizó hacia delante hasta situarse en la base de la tarima, igual que Arya, Elva y Saphira.

Eragon seguía asombrado de que sus defensas no le protegieran. Pensó en la «palabra» —fuera lo que fuera— y una terrible sospecha empezó a arraigar en su interior, tras lo cual llegó la desesperanza. Pese a todos sus planes, a todas sus discusiones, sus preocupaciones y sus sufrimientos, pese a todos sus sacrificios, Galbatorix los había capturado con la misma facilidad con que se habría hecho con una camada de gatitos recién nacidos. Y si la sospecha de Eragon era cierta, el rey tenía un poder aún más formidable de lo que sospechaban.

Aun así, no estaban del todo desvalidos. De momento, al menos, controlaban sus mentes. Y parecía que aún podían usar la magia…, de un modo o de otro.

Galbatorix posó la mirada en Eragon.

—Así que tú eres el que me ha creado tantos problemas, Eragon, hijo de Morzan… Tú y yo deberíamos habernos conocido hace mucho tiempo. Si tu madre no hubiera sido tan tonta como para esconderte en Carvahall, habrías crecido aquí, en Urû'baen, como un niño noble, con todas las riquezas y las responsabilidades que ello conlleva, en lugar de pasarte los días revolcándote entre el fango.

»Sea como fuere, ahora estás aquí y todas esas cosas serán por fin tuyas. Te pertenecen por nacimiento, son tu legado, y yo me ocuparé de que las recibas —afirmó. Escrutó a Eragon con mayor intensidad y luego observó—: Te pareces más a tu madre que a tu padre. A Murtagh le ocurre lo contrario. Aun así, eso poco importa. Cualquiera que sea vuestro parecido, es de ley que tu hermano y tú estéis a mi servicio, como lo estuvieron vuestros padres.

—Nunca —dijo Eragon apretando las mandíbulas.

En el rostro del rey apareció una fina sonrisa.

—¿Nunca? Eso lo veremos —Apartó la mirada—. Y tú, Saphira… De todos mis invitados de hoy, tú eres la que recibo con mayor ilusión. ¿Te acuerdas de este sitio? ¿Te acuerdas del sonido de mi voz? Me pasé más de una noche hablándoos a ti y a los otros huevos a mi cargo durante los años en que iba asegurando mi reinado sobre el Imperio.

Lo recuerdo… un poco —dijo Saphira.

Eragon le transmitió sus palabras al rey. Ella no quería comunicarse directamente con Galbatorix, y el rey tampoco lo habría permitido. El mejor modo de protegerse mientras no estuvieran en combate abierto era mantener las mentes separadas.

Galbatorix asintió.

—Y estoy seguro de que recordarás más cuanto más tiempo pases entre estas paredes. Puede que no te dieras cuenta en aquel momento, pero pasaste la mayor parte de tu vida en una sala no muy lejos de esta. Esta es tu casa, Saphira. Es tu lugar de origen. Y es donde construirás tu nido y pondrás tus huevos.

Saphira entrecerró los ojos, y Eragon sintió una extraña nostalgia en ella, combinada con un odio feroz.

El rey pasó a la siguiente:

—Arya Dröttningu. Parece que el destino tiene un curioso sentido del humor, puesto que aquí estás, después de que ordenara que te trajeran hace tanto tiempo. Has seguido un largo camino para venir, pero por fin has llegado, y por propia voluntad. Eso me parece bastante divertido. ¿A ti no?

Arya apretó los labios y se negó a responder.

Galbatorix chasqueó la lengua.

—Admito que has sido una molestia constante durante un tiempo. No tanto como ese entrometido incompetente de Brom, pero tampoco tú has perdido el tiempo. Podríamos decir que toda esta situación es culpa tuya, ya que fuiste tu quien enviaste el huevo de Saphira a Eragon. No obstante, no te guardo ningún rencor. Si no hubiera sido por ti, quizá Saphira no habría salido del huevo y no habría podido sacar a los últimos enemigos que me quedan de sus madrigueras. Te doy las gracias por ello.

»Y luego estás tú, Elva. La niña con la señal de un Jinete en la frente. Marcada por los dragones y bendecida con la capacidad de percibir todo lo que hace sufrir a una persona y todo lo que la «hará» sufrir. Cuánto debes de haber sufrido estos últimos meses. Cuánto debes despreciar a todos los que te rodean por sus debilidades, mientras te ves obligada a compartir sus miserias. Los vardenos no han sabido aprovechar tu potencial. Hoy mismo pondré fin a los conflictos que tanto te han atormentado, y no tendrás que soportar nunca más los errores y las desgracias de otros. Eso te lo prometo. Puede que ocasionalmente tenga que recurrir a tu don, pero, por lo demás, podrás vivir como te plazca, y encontrarás la paz.

Elva frunció el ceño, pero era evidente que la oferta del rey le resultaba tentadora. Eragon se dio cuenta de que escuchar a Galbatorix podía ser tan peligroso como escuchar a la propia Elva.

Galbatorix hizo una pausa y rozó la empuñadura envuelta en hilos de metal mientras los miraba a todos con los párpados caídos. Luego miró más allá, hacia el punto en el que flotaban ocultos los eldunarís, y adoptó un tono más sombrío.

—Transmitid mis palabras a Umaroth según las pronuncio —ordenó—. ¡Umaroth! Nos encontramos de nuevo en un momento aciago. Pensé que te había matado en Vroengard.

Umaroth respondió, y Eragon empezó a transmitir sus palabras:

—Dice que…

—… que solo mataste su cuerpo —acabó Arya.

—Eso es evidente —dijo Galbatorix—. ¿Dónde te ocultaron los Jinetes, a ti y a los que estaban contigo? ¿En Vroengard? ¿O en algún otro lugar? Mis siervos y yo mismo buscamos a fondo por entre las ruinas de Doru Araeba.

Eragon dudó de si debía transmitir la respuesta del dragón, ya que estaba seguro de que al rey no le gustaría, pero no veía otra posibilidad.

—Dice... que no está dispuesto a compartir esa información contigo.

Las cejas de Galbatorix se encontraron por encima de la nariz.

—¿Ah, no? Bueno, me lo dirá muy pronto, esté o no esté dispuesto. —El rey dio un golpecito en el pomo de su espada, de un blanco deslumbrante—. Le cogí esta espada a su Jinete cuando lo maté (cuando maté a Vrael) en la torre de guardia sobre el valle de Palancar. Vrael le había puesto nombre a esta espada. La llamaba *Islingr*, «Iluminadora». Yo pensé que *Vrangr* era un nombre más... apropiado.

Vrangr significaba «perversa»; y Eragon estaba de acuerdo en que aquel nombre le iba mucho mejor.

Tras ellos se oyó un impacto sordo y Galbatorix volvió a sonreír.

—Ah, bien. Murtagh y Espina se unirán a nosotros enseguida, y entonces podremos empezar. —Otro sonido llenó la estancia, y luego un enorme resoplido que parecía provenir de varios sitios a la vez. Galbatorix miró atrás, por encima del hombro—. Ha sido una falta de consideración por vuestra parte atacar tan temprano. Yo ya estaba despierto (me levanto antes del amanecer), pero habéis despertado a Shruikan. Se irrita bastante cuando está cansado, y cuando está irritado tiende a comerse a la gente. Mis guardias aprendieron hace mucho a no molestarle cuando descansa. Habríais hecho bien en seguir su ejemplo.

Mientras Galbatorix hablaba, las cortinas de detrás del trono se movieron, levantándose hacia el techo.

Eragon observó, pasmado, que en realidad se trataba de las alas de Shruikan.

El dragón negro estaba tendido en el suelo con la cabeza cerca del trono. La mole de su enorme cuerpo formaba un muro demasiado escarpado y alto como para que nadie pudiera trepar a lo alto sin usar la magia. Sus escamas no tenían el brillo radiante de las de Saphira o Espina, sino que era más bien un brillo líquido y oscuro, como de tinta, que las hacía casi opacas, y les daba un aspecto fuerte y sólido que Eragon no había visto nunca en las escamas de un dragón; era como si Shruikan estuviera forrado de piedra o metal, no de joyas.

El dragón era enorme. En un principio a Eragon le costó hacerse a la idea de que todo aquel volumen que tenían delante pertenecía a una única criatura viva. Vio parte del cuello de Shruikan y pensó que estaba viendo el lomo del dragón; vio el lateral de una de las garras traseras y pensó que era una pata entera. Un pliegue del ala parecía más bien una entera. Hasta que levantó la mirada y vio las púas del lomo del dragón, Eragon no fue consciente de su inmenso tamaño. Cada púa tenía la anchura de un viejo roble, y las escamas que las rodeaban tenían más de un palmo de grosor.

Entonces Shruikan abrió un ojo y los miró. El iris era de un azul pálido casi blanco, el color de un glaciar de alta montaña, y tenía un brillo impresionante, en contraste con el negro de las escamas.

La enorme pupila rasgada del dragón se movió de un lado al otro, escrutando sus rostros. Aquella mirada solo transmitía furia y locura, y Eragon sintió la certeza de que Shruikan los mataría en un instante si Galbatorix lo permitía.

La mirada de aquel ojo enorme de aspecto tan malvado hizo que Eragon sintiera la necesidad de salir corriendo y ocultarse en una madriguera, en lo más profundo de la tierra. Imaginó que sería lo que sentía un conejo cuando se encontraba ante una enorme criatura de afilados dientes.

Saphira gruñó a su lado, y las escamas de su espalda se erizaron como púas.

En respuesta, de las fosas nasales de Shruikan salieron sendos chorros de fuego, y luego emitió un gruñido que eclipsó el de Saphira y que resonó en la sala como el estruendo de un desprendimiento de rocas.

En la tarima, los dos niños chillaron y se hicieron un ovillo, escondiendo la cabeza entre las rodillas.

—Tranquilo, Shruikan —dijo Galbatorix.

El dragón negro se calló. Sus párpados cayeron, pero no se cerraron del todo; el dragón siguió observándolos a través de una rendija de unos centímetros, como si estuviera esperando el momento indicado para abalanzarse.

—No le gustáis —observó Galbatorix—. Pero también es cierto que no le gusta nadie… ¿Verdad, Shruikan?

El dragón rebufó, y la sala se llenó de un olor a humo.

La desesperanza volvió a hacer mella en Eragon. Shruikan podía matar a Saphira solo con darle un empujón con la garra. Y, por grande que fuera la sala, no lo era tanto como para que su dragona pudiera esquivar al gran dragón negro mucho tiempo.

Su desesperanza se tornó rabia y frustración, y forcejeó contra sus ataduras invisibles.

—¿Cómo puedes hacer esto? —gritó, tensando cada músculo de su cuerpo.

—Yo también querría saberlo —dijo Arya.

Los ojos de Galbatorix parecieron iluminarse bajo las oscuras cejas.

—¿No lo adivinas, pequeña elfa?

—Preferiría una respuesta a una suposición.

—Muy bien. Pero primero tenéis que hacer algo para comprobar que lo que digo es cierto. Debéis formular un hechizo, los dos, y entonces os lo diré. —Al ver que ni Eragon ni Arya se mostraban dispuestos a hablar, el rey hizo un gesto con la mano—. Vamos, os prometo que no os castigaré por ello. Ahora intentadlo... Insisto.

Arya fue la primera:

—*Thrautha* —dijo, con voz dura y sonora.

Eragon supuso que estaba intentando lanzar la *dauthdaert* volando hacia Galbatorix. Sin embargo, el arma permaneció pegada a su mano. Era el turno de Eragon.

—¡*Brisingr*! —Pensó que quizá su vínculo con su espada le permitiría usar la magia pese al fracaso de Arya, pero observó, decepcionado, que la espada seguía en el mismo sitio, con el mismo brillo apagado provocado por la tenue luz de las luces.

La mirada de Galbatorix se volvió más intensa.

—La respuesta debería de resultarte evidente, pequeña elfa. He tardado casi un siglo en conseguirlo, pero por fin encontré lo que tanto buscaba: un medio para gobernar a los magos de Alagaësia. La búsqueda no fue fácil; la mayoría de los hombres se habrían rendido, dejándose llevar por la frustración o, en caso de contar con la paciencia necesaria, por el miedo. Pero yo no. Yo persistí. Y con mi estudio descubrí lo que tanto tiempo había anhelado: una tabla escrita en otra tierra y en otro tiempo, por manos que no eran ni de enanos ni de humanos ni de úrgalos. Y en aquella tabla había escrita una palabra determinada, un nombre que los magos de todos los tiempos han buscado infructuosamente. —Galbatorix levantó un dedo—. El nombre de todos los nombres. El nombre del idioma antiguo.

Eragon reprimió una maldición. Tenía razón. «Eso es lo que intentaba decirme el Ra'zac», pensó, recordando lo que uno de aquellos monstruos con aspecto de insectos le había dicho en Helgrind: «*Casssi* ha encontrado el "nombre"... ¡El "nombre" real!».

Por descorazonadora que fuera la revelación de Galbatorix, Eragon se aferró al hecho de que aquel nombre no podía impedir que ni él ni Arya —ni Saphira, claro—, usaran la magia sin el idioma antiguo. No es que aquello sirviera de mucho. Seguro que las defensas del rey los protegerían a él y a Shruikan de cualquier hechizo que pudieran lanzar. Aun así, si el rey no sabía que era posible usar la magia sin el idioma antiguo, o aunque lo supiera, si pensaba que ellos no lo sabían, quizá pudieran sorprenderle y distraerle un momento, aunque no sabía hasta qué punto podría serles aquello de ayuda.

—Con esta palabra, puedo modificar los hechizos con la misma facilidad con la que otro mago podría gobernar los elementos. Todos los hechizos dependerán de mí, pero yo no dependeré de ninguno, salvo de los que yo elija.

«A lo mejor no lo sabe», pensó Eragon, mínimamente reconfortado con la posibilidad.

—Usaré el nombre de nombres para meter en cintura a todos los magos de Alagaësia, y nadie podrá formular un hechizo sin contar con mi permiso, ni siquiera los elfos. En este mismo momento, los magos de vuestro ejército están descubriéndolo personalmente. Una vez que se adentran en Urû'baen y pasan la puerta principal, sus hechizos empiezan a fallar. Algunos pierden todo su efecto, mientras que otros quedan alterados y acaban afectando a vuestras tropas en lugar de a las mías. —Galbatorix ladeó la cabeza y su mirada se perdió en la distancia, como si estuviera escuchando a alguien susurrándole al oído—. Eso ha causado una gran confusión entre sus filas.

Eragon reprimió las ganas que tenía de escupirle al rey.

—No importa —dijo, con un gruñido—. Encontraremos un modo de pararte los pies.

Galbatorix parecía divertido.

—¿Ah, sí? ¿Cómo? ¿Y por qué? Piensa en lo que estás diciendo. ¿Destruirías la primera oportunidad que ha tenido Alagaësia de encontrar la paz verdadera solo por saciar tu desbocada sed de venganza? ¿Permitirías que los magos de todas partes siguieran actuando sin control, sin importarte el daño que pudieran causar a otros? Eso me parece mucho peor que cualquier cosa que haya podido hacer yo. Pero en fin, eso son puras especulaciones. Los mejores guerreros de entre los Jinetes no pudieron derrotarme, y tú estás muy lejos de su nivel. Nunca has tenido ninguna posibilidad de derrocarme. Ninguno de vosotros la habéis tenido.

—Maté a Durza y a los Ra'zac —dijo Eragon—. ¿Por qué no iba a poder contigo?

—Yo no soy tan débil como los que me sirven. Ni siquiera pudiste vencer a Murtagh, y él no es más que la sombra de una sombra. Tu padre, Morzan, era mucho más poderoso que cualquiera de vosotros, y ni siquiera él pudo plantearme resistencia. Además —prosiguió Galbatorix, mientras aparecía una cruel expresión en su rostro—, te equivocas si crees que acabaste con los Ra'zac. Los huevos de Dras-Leona no eran los únicos que cogí de los Lethrblaka. Tengo otros, ocultos en otro lugar. Pronto se abrirán, y volverá a haber Ra'zac rondando por la Tierra y cumpliendo mis órdenes. En cuanto a Durza, los Sombras son fáciles de crear, y en muchos casos dan más problemas de los que solucionan. Así que ya ves, no has conseguido nada, chico…, solo más que falsas victorias.

Por encima de todo, Eragon detestaba la suficiencia de Galbatorix y su aire de superioridad insultante. Deseaba cargar como una furia contra el rey y soltarle todas las maldiciones que sabía, pero para proteger a los niños se mordió la lengua.

¿Tenéis alguna idea? —les preguntó a Saphira, Arya y Glaedr.

No —respondió Saphira.

Los otros guardaron silencio.

¿Umaroth?

Solo que deberíamos atacar mientras podamos.

Pasó un minuto en el que nadie habló. Galbatorix apoyó un codo y se los quedó mirando, con la barbilla sobre el puño. A sus pies, los niños lloraban en silencio. Por encima, el ojo de Shruikan seguía clavado en Eragon y sus compañeros, como un enorme farol de color azul hielo.

Entonces oyeron que las puertas de la cámara se abrían y se cerraban, y el sonido de unos pasos que se acercaban: los pasos de un hombre y un dragón.

Enseguida aparecieron en su campo de visión Murtagh y Espina. Se detuvieron junto a Saphira. Murtagh hizo una reverencia.

—Señor.

El rey hizo un gesto, y Murtagh y Espina se situaron a la derecha del trono.

En cuanto Murtagh se situó en su sitio, le lanzó a Eragon una mirada de desprecio; luego juntó las manos tras la espalda y observó el extremo de la sala, como si nada.

—Has tardado más de lo que esperaba —dijo Galbatorix con una voz más suave de lo esperado.

Murtagh respondió sin dirigirle la mirada:

—La puerta estaba más dañada de lo que pensaba, señor, y los hechizos que le habíais aplicado han hecho más difícil su reparación.

—¿Quieres decir que es culpa mía que llegues tarde?

La mandíbula de Murtagh se tensó.

—No, señor. Solo pretendía explicarme. Además, parte del pasillo estaba algo… sucio, y eso nos hizo entretenernos.

—Ya veo. Hablaremos de esto más tarde, pero de momento hay otros asuntos que reclaman nuestra atención. Entre otras cosas, va siendo hora de que nuestros invitados conozcan al último miembro de nuestro grupo. Además, aquí hace falta algo de luz.

Entonces frotó la parte plana de la hoja de la espada contra un brazo del trono y, con voz profunda, gritó:

—¡*Naina*!

De inmediato, se encendieron cientos de lámparas distribuidas por las paredes de la sala, llenándola de una luz cálida similar a la de las velas. Aún se mantenía la penumbra en las esquinas, pero por primera vez Eragon distinguió los detalles de aquel lugar. En las paredes había una gran cantidad de columnas y puertas, y por todas partes había esculturas, pinturas y paneles de oro repujado. El oro y la plata abundaban en la sala, y también se veían numerosas joyas. Era una imponente demostración de riquezas, incluso en comparación con los tesoros de Tronjheim o Ellesméra.

Un momento después observó algo más: un bloque de piedra gris —granito, quizá— de unos dos metros y medio de altura, que se levantaba a su derecha, en la zona antes sumergida en la oscuridad. Y de pie, encadenada al bloque, estaba Nasuada, vestida con una sencilla túnica blanca. Los observaba con los ojos abiertos como platos, aunque no podía hablar, porque una mordaza le tapaba la boca. Tenía aspecto de haber sufrido y parecía agotada, pero por lo demás se la veía sana.

Eragon suspiró, aliviado. No esperaba encontrarla viva.

—¡Nasuada! —gritó—. ¿Estás bien?

Ella asintió.

—¿Te ha obligado a jurarle fidelidad?

Negó con la cabeza.

—¿Crees que le dejaría decírtelo si lo hubiera hecho? —preguntó Galbatorix.

Eragon miró de nuevo al rey y sorprendió a Murtagh lanzando una mirada de preocupación hacia Nasuada. Se preguntó qué significaría.

—¿Y bien? ¿Lo has hecho? —inquirió Eragon con un tono desafiante.

—En realidad no. He decidido esperar hasta reuniros a todos. Ahora que lo he conseguido, ninguno de vosotros se irá de aquí hasta que os hayáis postrado ante mí y hasta que sepa el nombre verdadero de cada uno de vosotros. Por eso estáis aquí. No para matarme, sino para postraros ante mí y poner fin de una vez a esta rebelión tan molesta.

Saphira gruñó de nuevo.

—No nos rendiremos —declaró Eragon, pero incluso a él las palabras le sonaron débiles e inocuas.

—Entonces ellos morirán —respondió Galbatorix, señalando a los dos niños—. Y al final, vuestro desafío no cambiará nada. No parece que lo entendáis: ya habéis perdido. Ahí fuera, la batalla pinta mal para vuestros amigos. Muy pronto mis hombres los obligarán a rendirse, y esta guerra llegará al fin que le corresponde. Luchad si queréis. Negad la evidencia si eso os consuela. Pero nada de lo que hagáis puede cambiar vuestro destino, ni el de Alagaësia.

Eragon se negó a creer que Saphira y él mismo tuvieran que pasarse el resto de su vida respondiendo ante Galbatorix. La dragona sentía lo mismo, y su rabia se mezclaba con la de Eragon, imponiéndose al miedo y a la prudencia.

—*Vae weohnata ono vergarí, eka thäet otherúm* —dijo Eragon. «Te mataremos, lo juro.»

Por un momento, Galbatorix pareció agraviado; luego pronunció de nuevo la palabra —y otras más en el idioma antiguo— y el juramento que había pronunciado Eragon perdió todo su sentido; las palabras se le quedaron flotando en la mente como un puñado de hojas secas, carentes de cualquier fuerza que le sirviera de impulso o inspiración.

El labio superior del rey se curvó en una mueca burlona.

—Jura y perjura todo lo que quieras. Tus juramentos no te servirán de nada, a menos que yo lo permita.

—Aun así te mataré —murmuró Eragon. Entendía que, si seguían resistiéndose, aquello podría costarles la vida a los dos niños, pero Galbatorix «tenía» que morir, y si el precio de su muerte era la de aquellos niños, él estaba dispuesto a aceptarlo. Sabía que se odiaría por ello. Sabía que vería las caras de aquellos niños en sus sueños el resto de su vida. Pero si no desafiaba a Galbatorix, lo perderían todo.

No dudes —insistió Umaroth—. *Es el momento de atacar.*

—¿Por qué no luchas contra mí? —dijo Eragon, levantando la voz—. ¿Eres un cobarde? ¿O es que eres demasiado débil como para medirte conmigo? ¿Por eso te escondes detrás de esos niños, como una anciana asustada?

Eragon... —dijo Arya, a modo de advertencia.

—No soy el único que ha traído niños consigo hoy —replicó el rey, con los músculos del rostro más tensos.

—Hay una diferencia: Elva accedió a venir. Pero no has respondido a mi pregunta: ¿por qué no luchas? ¿Es que has pasado tanto tiempo sentado en el trono y comiendo dulces que ya se te ha olvidado cómo usar la espada?

—No querrías luchar conmigo, jovencito —gruñó el rey.

—Demuéstramelo. Libérame y enfréntate a mí en un combate limpio. Demuestra que aún eres un guerrero digno de consideración. O vive sabiendo que eres un cobarde llorón que no se atreve a enfrentarse siquiera a un único rival sin ayuda de sus eldunarís. ¿Mataste nada menos que a Vrael? Entonces, ¿por qué ibas a tenerme miedo? ¿Por qué ibas...?

—¡Ya basta! —gritó Galbatorix. Sus huesudos pómulos habían adoptado un tono rojizo. Entonces, como el azogue, cambió de pronto de humor y mostró los dientes en una temible aproximación a una sonrisa. Dio un golpecito al brazo del trono con los nudillos—. No conseguí este trono aceptando cada desafío que se me propuso. Ni lo he conservado enfrentándome a mis enemigos en «combates limpios». Lo que aún tienes que aprender, jovencito, es que no importa cómo consigues la victoria, sino el hecho de conseguirla.

—Te equivocas. Sí que importa.

—Eso te lo recordaré cuando me jures fidelidad. No obstante... —añadió el rey, dando unos golpecitos al pomo de su espada—. Dado que tanto deseas luchar, te concederé lo que pides. —Eragon sintió un atisbo de esperanza, que se desvaneció enseguida—: Pero no conmigo. Con Murtagh.

Al oír aquellas palabras, Murtagh le lanzó una mirada furiosa a Eragon.

El rey se frotó la barba.

—Querría saber, de una vez por todas, quién de vosotros es mejor guerrero. Lucharéis con vuestros propios medios, sin magia ni eldunarís, hasta que uno de los dos no pueda continuar. No podéis mataros (eso os lo prohíbo), pero aparte de eso permitiré casi cualquier cosa. Será bastante entretenido, diría, ver luchar a hermano contra hermano.

—No —precisó Eragon—. Hermanos no. Hermanastros. Mi padre era Brom, no Morzan.

Por primera vez, Galbatorix pareció sorprendido. Entonces un extremo de su boca se curvó hacia arriba.

—Por supuesto. Debía de haberlo supuesto; lo llevas en la cara. Entonces el duelo será aún más interesante. El hijo de Brom contra el hijo de Morzan. Desde luego, el destino tiene su sentido del humor.

Murtagh también se sorprendió. Pero controló sus gestos demasiado bien como para que Eragon pudiera decidir si aquel dato le agradaba o le contrariaba. Aun así, Eragon sabía que le había dejado descolocado. Eso era lo que esperaba. Si Murtagh estaba distraído, a Eragon le costaría mucho menos derrotarlo. Y derrotarlo era lo que pretendía, independientemente de la sangre que le costara.

—*Letta* —dijo Galbatorix, con un leve movimiento de su mano.

El hechizo que retenía a Eragon perdió efecto, haciéndole trastabillar.

—*Gánga aptr* —dijo entonces el rey, y Arya, Elva y Saphira se deslizaron hacia atrás, dejando un amplio espacio entre ellas y la tarima. El rey murmuró otras palabras más, y la mayoría de las lámparas de la cámara bajaron de intensidad, concentrando casi toda la luz en la zona frente al trono.

—Venga —le dijo Galbatorix a Murtagh—. Ve con Eragon, y mostradnos cuál de los dos es más hábil con la espada.

Con una mueca de rabia, Murtagh se dirigió a un punto unos metros por delante de Eragon. Desenvainó *Zar'roc* —la hoja de la espada carmesí ya parecía estar cubierta de sangre—, levantó el escudo y se puso en posición.

Tras echar una mirada a Saphira y a Arya, Eragon hizo lo propio.

—¡Ahora luchad! —gritó Galbatorix, y dio una palmada.

Sudando, Eragon se lanzó hacia Murtagh, al tiempo que este se abalanzaba hacia él.

Músculo contra metal

*R*oran soltó un grito y se echó a un lado en el momento en que una chimenea de ladrillo impactaba contra el suelo delante de él, seguida del cuerpo de uno de los arqueros del Imperio.

Se sacudió el sudor de los ojos y luego rodeó el cuerpo y el montón de ladrillos, saltando de un hueco entre los escombros al siguiente, igual que solía saltar sobre las piedras del río Anora.

La batalla iba mal. Eso era evidente. Él y sus guerreros habían aguantado junto a la muralla exterior al menos un cuarto de hora, combatiendo las oleadas de soldados que llegaban, pero luego habían permitido que los soldados les arrastraran al interior de la ciudad. Ahora se daba cuenta de que aquello había sido un error. La lucha por las calles era desesperada, sangrienta y confusa. Su batallón se había ido disgregando, y solo unos cuantos guerreros seguían cerca de él: hombres de Carvahall, sobre todo, junto a cuatro elfos y varios úrgalos. El resto estaban dispersos por las calles adyacentes, luchando solos, sin dirección.

Lo peor era que, por algún motivo que los elfos y demás hechiceros no sabían explicar, la magia no parecía tener el efecto esperado. Lo habían descubierto cuando uno de los elfos había intentado matar a un soldado con un hechizo: en lugar del soldado, un vardeno había caído muerto, consumido por el enjambre de escarabajos conjurados por el elfo. A Roran aquella muerte le había puesto enfermo; era un modo terrible de morir, sin sentido, y podría haberles ocurrido a cualquiera.

A su derecha, más cerca de la puerta principal, Lord Barst seguía diezmando el cuerpo central del ejército vardeno. Roran lo había visto varias veces de lejos: ahora iba a pie, abriéndose paso entre humanos, elfos y enanos y abatiéndolos como si fueran bolos con su enorme maza negra. Ninguno había podido detener al enorme guerrero, y mucho menos herirle, y los que se encontraban a su alrededor salían corriendo para evitar ponerse al alcance de su temible arma.

Roran también había visto al rey Orik y a un grupo de enanos ganando terreno entre un grupo de soldados. El casco enjoyado de Orik brillaba a la luz del sol mientras agitaba su poderoso martillo de guerra, *Volund*. Tras él, sus guerreros gritaban: «¡*Vor Orikz korda!*».

Quince metros por detrás de Orik, Roran había podido ver a la reina Islanzadí moviéndose con agilidad por todo el campo de batalla, con su capa roja al vuelo y su brillante armadura reluciente, como una estrella entre la oscura masa de cuerpos. Sobre su cabeza revoloteaba el cuervo blanco que la acompañaba. Por lo poco que vio Roran de Islanzadí, le sorprendió su habilidad, arrojo y valentía. Le recordó a Arya, pero pensó que la reina debía de ser mejor guerrera.

Un grupo de cinco soldados giraron una esquina, a la carga, y a punto estuvieron de atropellarle. A voz en grito, tendieron las lanzas e intentaron atravesarlo como un pollo asado. Él se encogió para esquivarlos, cogió la lanza de uno de ellos y se la clavó en la garganta. El soldado permaneció de pie un minuto más, pero no podía respirar bien, así que cayó al suelo, dificultando el avance de sus compañeros.

Roran aprovechó la ocasión y se puso a asestar cuchilladas a diestro y siniestro. Uno de los soldados consiguió alcanzar a Roran en el hombro derecho, y este sintió que de nuevo sus fuerzas disminuían con la energía que precisaban sus defensas para desviar la hoja cortante.

Le sorprendió que las defensas le protegieran. Solo unos momentos antes le habían fallado, cuando se había abierto una herida en el pómulo con el borde de un escudo. Esperaba que, fuera lo que fuera lo que estaba ocurriendo con la magia, se resolviera de un modo o de otro. Tal como estaban las cosas, no se atrevía a ponerse al descubierto ni lo más mínimo.

Roran avanzó hacia los últimos dos soldados, pero antes de llegar hasta ellos se oyó un ruido metálico, y sus cabezas cayeron sobre los adoquines con una expresión de sorpresa en la cara. Los cuerpos se derrumbaron y, tras ellos, Roran vio a Angela, la herbolaria, vestida con su armadura verde y negra y con su alabarda en la mano. A su lado había un par de hombres gato, uno con forma de chica con el pelo moteado y afilados dientes manchados de sangre, que blandía una larga daga, y el otro con forma animal. Quizá fuera Solembum, pero Roran no estaba seguro.

—¡Roran! Me alegro de verte —dijo la herbolaria con una sonrisa demasiado alegre, teniendo en cuenta las circunstancias—. ¡Mira que encontrarnos aquí!

—¡Mejor aquí que en la tumba! —gritó él, recogiendo una lanza del suelo y tirándosela a un hombre a unos metros de allí.

—¡Bien dicho!

—Pensé que irías con Eragon.

Ella negó con la cabeza.

—No me lo pidió, y yo tampoco habría ido si lo hubiera hecho. No soy rival para Galbatorix. Además, Eragon tiene los eldunarís para que le ayuden.

—¿Lo sabes? —preguntó él, sorprendido.

—Yo sé muchas cosas —respondió ella, guiñándole el ojo bajo el borde del casco.

Roran soltó un gruñido y situó el hombro tras el escudo mientras embestía a otro grupo de soldados. La herbolaria y los gatos se unieron a él, al igual que Horst, Mandel y muchos otros.

—¿Dónde está tu martillo? —gritó Angela, mientras agitaba su alabarda alrededor, bloqueando el ataque del enemigo e infligiendo heridas al mismo tiempo.

—¡Lo he perdido!

Alguien soltó un alarido de dolor tras él. Haciendo acopio de valor, Roran se volvió y vio a Baldor agarrándose el muñón del brazo derecho. En el suelo yacía su mano, que temblaba.

Roran corrió a su lado, esquivando varios cadáveres. Horst ya estaba al lado de su hijo, repeliendo el ataque del soldado que había amputado la mano a Baldor.

Roran sacó su daga y cortó una tira de tela de la túnica del soldado caído.

—¡Ya está! —exclamó, al tiempo que vendaba con ella el muñón de Baldor, frenando la hemorragia.

La herbolaria se agachó a su lado.

—¿Puedes ayudarle? —preguntó Roran.

—Aquí no —dijo ella, sacudiendo la cabeza—. Si uso la magia, puede acabar matándole. No obstante, si puedes sacarlo de la ciudad, probablemente los elfos puedan salvarle la mano.

Roran vaciló. No estaba seguro de atreverse a prescindir de nadie para que sacara a Baldor de Urû'baen. No obstante, con una sola mano, a Baldor le esperaba una vida muy dura, y Roran no tenía ningunas ganas de condenarlo a aquello.

—Si tú no lo llevas, lo haré yo —gritó Horst.

Roran se agachó para esquivar una piedra del tamaño de un jabalí que le pasó sobre la cabeza e impactó levantando trozos de ladrillo. En el interior del edificio, alguien chilló.

—No. Te necesitamos. —Roran eligió a dos guerreros: el viejo zapatero Loring y a un úrgalo—. Llevádselo a los sanadores elfos lo más rápido posible —les dijo, poniendo a Baldor en sus brazos, momento en que el propio chico recogió su mano y se la metió bajo la cota de malla.

El úrgalo soltó un bufido y replicó con un marcado acento que hacía casi imposible entenderle.

—¡No! Yo quedo. ¡Yo lucho! —Y golpeó el escudo con la espada.

Roran dio un paso adelante, lo agarró por uno de los cuernos y tiró de él hasta hacerle girar la cabeza.

—Haced lo que os digo —dijo Roran, con un gruñido—. Además, no es tarea fácil. Protégelo y conseguirás mucha gloria para ti y para tu tribu.

Los ojos del úrgalo se iluminaron de pronto.

—¿Mucha gloria? —respondió, mascando las palabras entre sus enormes dientes.

—¡Mucha gloria! —confirmó Roran.

—¡Yo hago, Martillazos!

Aliviado, Roran los vio partir a los tres en dirección a la muralla exterior, para evitar en la medida de lo posible la zona de combate. También le tranquilizó ver que los hombres gato los seguían en su apariencia humana: la chica del pelo moteado y aspecto silvestre agitaba la cabeza de un lado al otro, olisqueando el aire.

Pero enseguida llegó otro ataque de los soldados, y Roran no pudo pensar más en Baldor. Odiaba tener que luchar con una lanza en lugar de con su martillo, pero se arregló como pudo, y al cabo de un rato la calle volvió a la calma. Sabía que la paz duraría poco.

Aprovechó la oportunidad para sentarse en el escalón de entrada a una casa y recobrar el aliento. Los soldados parecían estar tan frescos como al principio, pero él notaba la fatiga acumulada en sus miembros. Dudaba de que pudiera seguir adelante mucho más tiempo sin cometer algún error fatal.

Mientras estaba allí sentado, jadeando, oyó los gritos y chillidos procedentes de los restos de la puerta principal de Urû'baen. Con aquel clamor generalizado era difícil establecer qué había pasado, pero sospechaba que los vardenos estaban siendo repelidos, porque el ruido parecía ir alejándose ligeramente. Entre la conmoción general podía distinguir los impactos regulares de la maza del Lord Barst golpeando a un guerrero tras otro, y los gritos consiguientes, cada vez más frecuentes.

Roran se puso en pie. Si se quedaba sentado mucho más rato, los músculos empezarían a quedársele rígidos. En cuanto se apartó del umbral, el contenido de un orinal fue a caer justo en el lugar en el que había estado sentado.

—¡Asesinos! —gritó una mujer desde el piso superior, que luego cerró las contraventanas de golpe.

Roran refunfuñó y luego se abrió paso por entre los cadáveres, dirigiendo a los guerreros que le quedaban hacia la siguiente calle.

Se pararon un momento justo cuando un soldado pasaba corriendo con una mueca de pánico. Una manada de hombres gato le seguían de cerca, con las bocas manchadas de sangre.

Roran sonrió y se puso de nuevo en marcha.

Un segundo más tarde se detuvo, al encontrarse con un grupo de enanos de barbas rojas que corrían en su dirección desde el interior de la ciudad:

—¡Preparaos! —gritó uno de ellos—. Tenemos un montón de soldados pisándonos los talones. Por lo menos son un centenar.

Roran miró hacia atrás y vio la calle vacía.

—A lo mejor los habéis perdido… —empezó a decir, pero calló al ver una fila de túnicas rojas que doblaban la esquina de un edificio a unos cien metros. Se les sumaron otros, que fueron invadiendo la calle como un enjambre de hormigas rojas.

—¡Atrás! —gritó Roran—. ¡Atrás!

«Tenemos que encontrar una posición que podamos defender», pensó. La muralla exterior estaba demasiado lejos, y ninguna de las casas era del tamaño suficiente como para tener patio.

Mientras Roran corría calle abajo con sus guerreros, una docena de flechas aterrizaron a su alrededor.

Roran trastabilló y se cayó, retorciéndose, sintiendo una dolorosa punzada que le recorría la columna desde la parte baja. Era como si alguien le hubiera clavado una barra de hierro.

Un segundo más tarde la herbolaria estaba a su lado. Le arrancó algo de la espalda y Roran soltó un grito. El dolor disminuyó, y volvió a ver con claridad.

Ella le mostró una flecha con la punta manchada de sangre, y luego la tiró a un lado.

—Tu cota de malla la detuvo, en parte —dijo, mientras le ayudaba a ponerse en pie.

Apretando los dientes, Roran corrió con ella para volver con su grupo. Le dolía a cada paso, y si flexionaba la cintura demasiado notaba un espasmo en la espalda y se quedaba prácticamente inmovilizado.

No encontró ningún lugar apropiado para tomar posiciones, y los soldados se estaban acercando, así que por fin gritó:

—¡Alto! ¡En formación! ¡Elfos a los lados! ¡Úrgalos delante y al centro!

Roran ocupó su lugar cerca de la primera fila, junto a Darmmen, Albriech, los úrgalos y uno de los enanos de barba roja.

—Así que tú eres ese que llaman «Martillazos» —dijo el enano mientras observaban el avance de los soldados—. Yo combatí junto a tu primo en Farthen Dûr. Es un honor para mí luchar también contigo.

Roran asintió con un gruñido. Lo que él esperaba era no desplomarse en cualquier momento.

Entonces los soldados cargaron, echándolos atrás por el propio impacto. Roran apoyó el hombro contra el escudo y empujó con todas sus fuerzas. Las espadas y las lanzas se colaban por entre los huecos en la pared de escudos superpuestos; sintió una hoja rozándole por un lado, pero la cota de malla le protegió.

Los elfos y los úrgalos demostraron su gran valía. Rompieron las filas de los soldados y les dieron espacio a Roran y a los otros guerreros para blandir sus armas. En un extremo de su campo visual, vio al enano clavándole la espada a los soldados en las piernas, los pies y las ingles, provocando así la caída de muchos de ellos.

No obstante, parecía que los soldados no se acababan nunca, y Roran se vio obligado a retroceder paso a paso. Ni siquiera los elfos podían resistirse a la oleada de hombres, por mucho que lo intentaran. Othíara, la elfa con la que había hablado en el exterior de la muralla, murió de un flechazo en el cuello, y los elfos que resistieron recibieron muchas heridas.

Roran también resultó herido: un corte en la parte alta de la pantorrilla derecha; otro en el muslo de la misma pierna hecho con una espada que se había colado por el borde de su cota de malla; un arañazo de feo aspecto en el cuello que se había procurado él mismo al rascarse con el escudo; una incisión en la parte interna de la pierna derecha que afortunadamente no había alcanzado ninguna arteria importante; y más magulladuras de las que podía contar. Se sentía como si le hubieran dado una paliza por todo el cuerpo con una maza de madera y luego le hubieran usado como blanco un par de lanzadores de cuchillos miopes.

Se retiró de la primera línea un par de veces para descansar los brazos y recuperar el aliento, pero siempre volvía al frente de inmediato.

Entonces los edificios se abrieron a su alrededor. Roran se dio cuenta de que los soldados habían conseguido llevarlos hasta la plaza frente a la puerta en ruinas de Urû'baen, y que allí tenían enemigos tanto detrás como delante.

Echó un vistazo rápido por encima del hombro y vio que los elfos y los vardenos se retiraban ante la presión de Barst y sus soldados.

—¡A la derecha! ¡A la derecha, contra los edificios! —gritó Roran, señalando con su lanza manchada de sangre.

No sin dificultad, los guerreros se concentraron tras él, contra el lateral y la escalinata de un enorme edificio de piedra que en la fachada presentaba una doble hilera de columnas más altas que muchos de los árboles de las Vertebradas. Entre las columnas, Roran entrevió la oscura abertura de un arco en el que fácilmente cabría Saphira, si no ya Shruikan.

—¡Arriba! ¡Arriba! —gritó Roran, y hombres, enanos, elfos y úrgalos subieron con él escaleras arriba.

Se situaron entre las columnas y repelieron la oleada de soldados que cargaban contra ellos. Desde aquel punto alto, a más de tres metros sobre el nivel de la calle, Roran vio que el Imperio había conseguido empujar a los vardenos y a los elfos casi hasta la abertura de la muralla exterior.

«Vamos a perder», pensó, de pronto, preso de la desesperación.

Los soldados volvieron a cargar escaleras arriba. Roran esquivó una lanza y le asestó una patada en la barriga a quien la llevaba, derribándolo a él y a otros dos hombres, que cayeron escaleras abajo.

Desde una de las balistas situadas en una torre de la muralla, salió disparada una jabalina en dirección a Lord Barst. Cuando aún estaba a unos metros de su objetivo, la jabalina estalló en llamas y luego se convirtió en polvo, como ocurría con cualquier flecha que lanzaran contra el hombre de la armadura.

«Tenemos que matarle», pensó Roran. Si Barst caía, probablemente los soldados se desmoralizarían y perderían toda su confianza. Pero dado que tanto los elfos como los kull habían fracasado en su intento de matarle, parecía improbable que ningún otro, salvo Eragon, pudiera hacerlo.

Sin dejar de luchar, Roran siguió mirando a la enorme figura de la armadura, esperando ver algo que le proporcionara un medio para derrotarlo. Observó que caminaba cojeando levemente, como si en algún momento se hubiera hecho daño en la rodilla o la cadera izquierdas. Y también parecía que iba algo más lento que antes.

«Así que tiene sus límites —pensó Roran—. O, mejor dicho, los tiene el eldunarí.»

Con un grito, esquivó la espada de un soldado que estaba presionándolo. Dio un golpe con el escudo hacia arriba, clavándoselo al hombre bajo la mandíbula, que murió en el acto.

Roran estaba sin aliento y muy débil por sus heridas, así que se retiró tras una de las columnas y se apoyó en ella. Tosió y escupió; el esputo contenía sangre, pero pensó que sería de haberse mordido la boca; no creía que se hubiera perforado un pulmón. Al menos eso esperaba. Las costillas le dolían tanto que perfectamente podía tener alguna rota.

Los vardenos gritaron con fuerza, y Roran se asomó tras la columna para ver a qué se debía: la reina Islanzadí y otros once elfos acudían cabalgando en dirección a Lord Barst. Una vez más, sobre el hombro izquierdo de Islanzadí estaba el cuervo blanco, que graznaba y levantaba las alas para no perder el equilibrio. En la mano, Islanzadí llevaba su espada, y el resto de los elfos llevaban lanzas con estandartes colgando junto a las afiladas hojas lanceoladas.

Roran se apoyó en la columna, esperanzado:

—Matadlo —gruñó, entre dientes.

Barst no hizo ademán de esquivar a los elfos, sino que se quedó esperándolos con las piernas abiertas y la maza y el escudo a los lados del cuerpo, como si no tuviera ninguna necesidad de defenderse.

Por las calles, el combate fue apagándose hasta detenerse: todo el mundo parecía mirar lo que estaba a punto de ocurrir.

Los dos elfos en primera fila bajaron las lanzas, y sus caballos se lanzaron al ataque, con los músculos tensos bajo el brillante manto, mientras cubrían la corta distancia que los separaba de Barst. Por un momento, dio la impresión de que iba a caer; parecía imposible que nadie pudiera resistir aquel impacto en pie.

Sin embargo, las lanzas no llegaron a tocar a Barst. Sus defensas las detuvieron al llegar a un metro de su cuerpo, y se partieron por el mango bajo el brazo de los elfos, que se encontraron con unos palos inútiles entre las manos. Entonces Barst levantó su maza y su escudo, y con ellos golpeó a los caballos en la cabeza, rompiéndoles el cuello y matándolos.

Los caballos cayeron, y los elfos saltaron al suelo, trazando una pirueta en el aire.

Los dos elfos siguientes no tuvieron tiempo de cambiar su trayectoria. Al igual que sus predecesores, se encontraron con que las defensas del comandante les rompieron las lanzas, y también tuvieron que saltar de los caballos, que Barst abatió de sendos golpes.

Para entonces, los otros ocho elfos, incluida Islanzadí, ya habían conseguido dar media vuelta y controlar sus monturas. Al trote, se situaron en círculo alrededor de Barst, con las armas apuntadas hacia él, mientras los cuatro elfos a pie desenvainaban y se acercaban con cautela a Barst.

El hombre se rio y levantó el escudo, preparándose para su ataque. La luz se coló bajo el casco y le iluminó el rostro, e incluso a distancia Roran pudo ver que era una cara ancha, de cejas pobladas y pómulos prominentes. En cierto sentido, le recordaba la cara de un úrgalo.

Los cuatro elfos corrieron hacia Barst, cada uno desde una dirección diferente, y soltaron las espadas al mismo tiempo. Barst paró una de ellas con el escudo, apartó la otra con la maza y dejó que sus defensas detuvieran el ataque de los dos elfos que tenía detrás. Volvió a reírse e hizo girar su arma.

Un elfo de pelo plateado se tiró a un lado, y la maza pasó de largo sin impactar.

Dos veces más lanzó Barst su maza, y dos veces más la esquivaron los elfos. El tipo no parecía decepcionado: se agazapó tras el escudo y esperó la ocasión, como un oso esperando a que alguien lo suficientemente incauto se adentre en su refugio.

Tras el círculo de elfos, un bloque de soldados armados con alabardas decidió lanzarse a voz en grito contra la reina Islanzadí y sus compañeros. Al momento, la reina levantó la espada sobre la cabeza y, a su señal, un enjambre de flechas pasó zumbando por encima de las filas vardenas y abatió a los soldados.

Roran gritó, excitado, al igual que muchos de los vardenos.

Barst se iba acercando cada vez más a los cuerpos de los cuatro caballos que había matado, hasta situarse entre ellos, de modo que los cuerpos formaban una trinchera a ambos lados. Los elfos a su izquierda y a su derecha no tendrían más remedio que saltar sobre los caballos si querían atacarle.

«Muy listo», pensó Roran, frunciendo el ceño.

El elfo situado frente a Barst se lanzó hacia delante, gritando algo en el idioma antiguo. Barst pareció dudar, y su vacilación animó al elfo a acercarse más. Pero entonces Barst se lanzó adelante, soltó la maza y el elfo cayó al suelo, abatido.

Un murmullo se extendió entre los suyos.

A partir de aquel momento, los tres elfos que quedaban en pie se mostraron más cautos. Siguieron rodeando a Barst, lanzando ataques puntuales a la carrera, pero manteniendo las distancias la mayor parte del tiempo.

—¡Ríndete! —gritó Islanzadí, y su voz resonó por las calles—. Somos más numerosos. Por muy fuerte que seas, con el tiempo te cansarás y tus defensas se agotarán. No puedes vencer, humano.

—¿No? —respondió Barst. Se irguió y dejó caer el escudo con un estruendo metálico.

Roran sintió un pánico repentino. «Corre», pensó.

—¡Corre! —gritó, medio segundo después.

Era demasiado tarde.

Doblando las rodillas, Barst agarró a uno de los caballos por el cuello y, solo con el brazo izquierdo, se lo lanzó a la reina Islanzadí.

Si ella dijo algo en el idioma antiguo, Roran no lo oyó, pero levantó la mano y el cuerpo del caballo se detuvo en el aire, para caer después sobre los adoquines con un ruido desagradable. El cuervo emitió un chillido.

No obstante, Barst ya no estaba mirando. En cuanto el cuerpo del animal salió de su mano, recogió su escudo y se lanzó a la carrera contra el elfo a caballo que tenía más cerca. Uno de los tres elfos que quedaban en pie —una mujer con una banda roja en el brazo— corrió hacia él y le asestó un golpe con la espada por detrás. Barst ni se inmutó.

En terreno abierto, el caballo del elfo habría podido poner tierra de por medio, pero en el espacio limitado que había entre los edificios y la multitud de guerreros, Barst fue más rápido y ágil. Cargó con el hombro contra el costillar del caballo, derribándolo, y luego lanzó la maza contra un elfo montado sobre otro de los caballos, tirándolo al suelo. Un caballo relinchó.

El círculo de once jinetes se desintegró; cada uno se movió en una dirección diferente, intentando calmar a sus monturas y plantar cara a la amenaza que tenían delante.

Media docena de elfos salieron corriendo de entre la multitud de guerreros y rodearon a Barst, lanzando ataques a una velocidad frenética. Barst desapareció tras ellos un momento; luego su maza se elevó por encima de sus cabezas y tres de los elfos volaron dando tumbos. Luego otros dos, y Barst dio un paso adelante, con la negra maza cubierta de sangre y tejidos.

—¡Ahora! —rugió Barst, y cientos de soldados atravesaron la plaza, lanzándose contra los elfos y obligándolos a defenderse.

—¡No! —murmuró Roran, desolado. Habría ido con sus guerreros a ayudarlos, pero demasiados cuerpos (tanto vivos como muertos) le separaban de Barst y los elfos. Miró a la herbolaria, que parecía tan preocupada como él—. ¿No puedes hacer nada?

—Podría, pero me costaría la vida, y también a todos los demás.

—¿También a Galbatorix?

—Él está demasiado bien protegido, pero nuestro ejército quedaría destruido, así como casi todo el mundo en Urû'baen, e incluso los que están en nuestro campamento. ¿Es eso lo que quieres?

Roran negó con la cabeza.

—Ya me parecía.

Moviéndose a una velocidad pasmosa, Barst atacó a un elfo tras otro, derribándolos con facilidad. Uno de sus golpes impactó sobre el hombro de la elfa de la banda roja y la derribó, dejándola tendida boca arriba en el suelo. Ella señaló a Barst y gritó algo en el idioma antiguo, pero el hechizo se distorsionó, porque fue otro elfo el que cayó de su silla, con la parte frontal del cuerpo abierta de la cabeza a las ingles.

Barst mató a la elfa con un golpe de maza y luego siguió avanzando, de caballo en caballo, hasta llegar a Islanzadí, montada en su yegua blanca.

La reina elfa no esperó a que matara a su montura. Saltó de la silla, con su capa roja ondeando tras ella, y su compañero, el cuervo blanco, agitó las alas y se echó a volar.

Antes incluso de caer al suelo, Islanzadí soltó su primer envite contra Barst, y el acero de su espada dejó tras de sí una estela de luz. La hoja emitió un sonido metálico al chocar contra las defensas de su rival.

Barst contraatacó con la maza, que Islanzadí esquivó con un ágil giro de cintura, dejando que la bola con púas de metal impactara con los adoquines. A su alrededor se formó un espacio: los combatientes de uno y otro bando se fueron quedando inmóviles, observando el duelo. Por encima de sus cabezas el cuervo revoloteaba, graznando y maldiciendo a su modo.

Roran nunca había visto un combate igual. Los golpes de Islanzadí y de Barst eran tan rápidos que resultaba imposible seguirlos —cuando golpeaban, solo se veía una estela borrosa— y el ruido de sus armas al entrechocar era más potente que cualquier otro sonido de la ciudad.

Una y otra vez, Barst intentó aplastar a Islanzadí con su maza, igual que había hecho con los otros elfos. Pero ella era demasiado rápida y parecía que, aunque quizá no le igualara en fuerza, al menos sí tenía la suficiente como para desviar sus golpes sin dificultad. Roran pensó que los otros elfos debían de estar ayudándola, porque no parecía agotarse, pese a sus esfuerzos.

Un kull y otros dos elfos se unieron a Islanzadí. Barst no les prestó atención, más que en el momento de matarlos, uno a uno, en cuanto cometían el error de ponérseles a tiro.

Roran se sorprendió a sí mismo viendo que apretaba tanto la columna que empezaba a sentir calambres en las manos.

Pasaron los minutos, e Islanzadí y Barst lucharon arriba y abajo por la calle. Los movimientos de la reina elfa eran espectaculares: ágiles, ligeros y poderosos. A diferencia de Barst, ella no podía permitirse ni un error —y no lo hacía—, porque sus defensas no la protegerían de aquello. La admiración de Roran por Islanzadí aumentaba por momentos, y tuvo la impresión de que estaba presenciando una batalla de la que se hablaría durante siglos. El cuervo a menudo se lanzaba contra Barst, intentando distraerle. Tras los primeros intentos del pájaro, Barst dejó de hacerle caso, puesto que aquel animal enloquecido no podía tocarle, y tenía que hacer enormes esfuerzos para esquivar su maza.

El animal parecía más y más frustrado; graznaba cada vez con más frecuencia y arriesgaba más en sus ataques y, en cada ocasión que arremetía, se acercaba un poco más a la cabeza y el cuello de Barst.

Por fin, en uno de los ataques del pájaro, Barst giró la maza hacia arriba, cambiando su trayectoria, y le dio al cuervo en el ala izquierda. El animal soltó un chillido de dolor y cayó un palmo hacia el suelo, pero luego se recuperó y volvió a alzar el vuelo.

Barst lanzó la maza contra el cuervo otra vez, pero Islanzadí la detuvo con su espada y ambos se quedaron con las armas bloqueadas, la espada encajada entre las púas de la maza.

Elfa y humano se balancearon a un lado y otro por la tensión, empujando sin poder imponerse al rival. Entonces la reina Islanzadí gritó una palabra en el idioma antiguo, y en el lugar de contacto de las armas apareció un brillante resplandor.

Roran entrecerró los ojos, se protegió con la mano y apartó la mirada.

Durante un minuto, los únicos ruidos que se oyeron fueron los gritos de los heridos y un tañido metálico que fue aumentando de intensidad hasta resultar prácticamente insoportable. A su lado, Roran vio al hombre gato que acompañaba a Angela encogiéndose y tapándose las peludas orejas con las zarpas.

Cuando el sonido alcanzó su máxima intensidad, la hoja de la espada de Islanzadí se quebró y la luz y el tañido metálico desaparecieron.

Entonces la reina elfa golpeó a Barst en el rostro con el extremo roto de su espada y dijo:

—¡Yo te maldigo, Barst, hijo de Berengar!

Barst dejó que la espada atravesara sus defensas. Luego agitó su maza una vez más y golpeó a la reina Islanzadí entre el cuello y el hombro. La reina cayó al suelo, con la cota de malla dorada empapada en sangre.

Y se hizo el silencio.

El cuervo blanco sobrevoló el cuerpo de Islanzadí una vez más y emitió un quejido lastimero; luego se dirigió lentamente hacia la brecha de la muralla exterior, con las plumas del ala herida chafadas y manchadas de rojo.

Un grito de dolor se extendió entre los vardenos. Por todas las calles, los hombres bajaron las armas y salieron corriendo. Los elfos gritaron de rabia y dolor, con un sonido terrible, y todos los que llevaban arco dispararon sus flechas hacia Barst, pero estas ardieron y se consumieron antes de alcanzarle. Una docena de elfos cargaron contra él, pero él se los quitó de encima como si fueran niños. En aquel momento, otros cinco elfos se lanzaron al lugar donde estaba el cuerpo de Islanzadí y se la llevaron cargándola sobre sus escudos en forma de hoja.

Roran no quería creérselo. De todos los que estaban allí, Islanzadí era la que menos esperaba que pudiera morir. Se quedó mirando a los hombres que huían y los maldijo en silencio por traidores y cobardes; luego miró a Barst, que estaba reuniendo sus tropas para intentar sacar a los vardenos y a sus aliados de Urû'baen.

El nudo en la garganta de Roran se tensó aún más. Los elfos seguirían luchando, pero los hombres, los enanos y los úrgalos ya no tenían ánimo para combatir. Lo veía en sus rostros. Romperían filas y se retirarían, y Barst los masacraría a centenares por la espalda. Y tampoco se detendría en las murallas de la ciudad, estaba seguro. No, seguiría por los campos y perseguiría a los vardenos hasta su campamento, dispersándolos y matando a todos los que pudiera.

Ese era su plan.

Lo peor de todo era que, si Barst llegaba al campamento, Katrina estaría en peligro, y Roran no se hacía ilusiones sobre lo que le ocurriría si caía en manos de los soldados.

Se quedó mirando sus manos manchadas de sangre. Había que parar a Barst. Pero ¿cómo? Roran pensó y pensó, repasando todo lo que sabía sobre la magia hasta que por fin recordó lo que había sentido cuando los soldados le habían atrapado y vapuleado.

Respiró profundamente y suspiró, estremeciéndose.

Había un modo, pero era peligroso, muy peligroso. Si hacía lo que se estaba planteando, sabía que probablemente no volvería a ver a Katrina, y mucho menos conocería a su hijo, aún por nacer. Sin embargo, su convicción le dio cierta paz. Dar su vida por la de ellos le parecía un trato justo, y si al mismo tiempo podía contribuir a la salvación de los vardenos, no le importaba el sacrificio.

«Katrina…»

No le costó decidirse.

Levantando la cabeza, se dirigió a la herbolaria, que estaba tan impresionada y abatida como cualquier elfo. Le tocó en el hombro con el borde del escudo y le dijo:

—Necesito tu ayuda.

Ella lo miró con los ojos enrojecidos.

—¿Qué pretendes hacer?

—Matar a Barst —dijo, y sus palabras atrajeron las miradas de todos los que les rodeaban.

—¡Roran, no! —exclamó Horst.

—Te ayudaré en todo lo que pueda —respondió la herbolaria.

—Bien. Quiero que vayas a buscar a Jörmundur, Garzhvog, Orik, Grimrr y un elfo que tenga alguna autoridad.

La mujer de pelo rizado se sorbió la nariz y se frotó los ojos.

—¿Dónde quieres que se reúnan contigo?

—Aquí mismo. ¡Y date prisa, antes de que huyan más hombres!

Angela asintió y salió corriendo acompañada del hombre gato, pegándose a los edificios para protegerse.

—Roran —dijo Horst, agarrándole del brazo—, ¿qué te propones?

—No voy a enfrentarme a él sin más, si es lo que crees —le tranquilizó, señalando a Barst con un gesto de la cabeza.

Horst parecía aliviado en cierta medida.

—Entonces, ¿qué vas a hacer?

—Ya lo verás.

Varios soldados con picas subieron la escalinata del edificio a la carrera, pero los enanos de pelo rojo que se habían unido al grupo de Roran los repelieron con facilidad, gracias a la posición de ventaja que les daban los escalones.

Mientras los enanos combatían a los soldados, Roran se dirigió a un elfo situado allí mismo que —con una mueca inmutable en el rostro— iba vaciando su carcaj a una velocidad prodigiosa, disparando todas sus flechas hacia Barst. Ninguna de ellas, por supuesto, dieron en el blanco.

—Ya basta —dijo Roran. El elfo de pelo oscuro no le hizo ni caso, así que le agarró la mano derecha, en la que sostenía el arco, y tiró de ella hacia un lado—. He dicho que ya basta. Guárdate las flechas.

Se oyó un gruñido, y Roran sintió una mano apretándole la garganta.

—No me toques, humano.

—¡Escúchame! Puedo ayudaros a matar a Barst. Pero… suéltame.

Un par de segundos después, los dedos que apretaban el cuello de Roran se relajaron.

—¿Cómo, Martillazos? —La sed de sangre en la voz del elfo contrastaba con las lágrimas que caían por sus mejillas.

—Lo descubrirás enseguida. Pero primero tengo una pregunta para ti. ¿Por qué no podéis matar a Barst con la mente? Solo es un hombre, y vosotros sois muchos.

Por un momento, el rostro del elfo adoptó una expresión de angustia.

—¡Porque oculta su mente!

—¿Y cómo lo hace?

—No lo sé. No percibimos sus pensamientos. Es como si una esfera rodeara su mente. No vemos nada más allá de la esfera, y no podemos penetrar en ella.

Roran se esperaba algo así.

—Gracias —dijo, y el elfo hizo un mínimo gesto con la cabeza en reconocimiento.

Garzhvog fue el primero en llegar al edificio; emergió de una calle cercana y subió los escalones con dos enormes zancadas; luego se volvió y lanzó un rugido a los treinta soldados que le seguían. Al ver al kull a salvo y entre amigos, los soldados se retiraron.

—¡Martillazos! —exclamó Garzhvog—. Has llamado, y yo he venido.

Unos minutos más tarde, el resto de los que le había pedido a la herborista que trajera estaban allí. El elfo de cabello plateado que se presentó era uno de los que Roran había visto con Islanzadí en diversas ocasiones. Se llamaba Lord Däthedr. Los seis, todos manchados de sangre y con aspecto fatigado, hicieron un corrillo entre las aflautadas columnas.

—Tengo un plan para matar a Barst —anunció Roran—, pero necesito vuestra ayuda, y no tenemos mucho tiempo. ¿Puedo contar con vosotros?

—Eso depende de tu plan —dijo Orik—. Cuéntanoslo primero.

Así que Roran se explicó lo más rápidamente que pudo. Cuando hubo acabado, preguntó a Orik:

—¿Tus ingenieros pueden orientar las catapultas y las balistas con la máxima precisión?

El enano hizo un ruido con la garganta.

—No con estas máquinas construidas por humanos. Podemos situar una piedra a seis o siete metros del objetivo, pero que se acerquen más dependerá de la suerte.

Roran miró a Lord Däthedr, el elfo.

—¿Los tuyos te obedecerán en lo que les mandes?

—Obedecerán mis órdenes, Martillazos. No lo dudes.

—Entonces, ¿enviarás a alguno de tus magos con los enanos para que ayuden a dirigir las piedras?

—No habría ninguna garantía de éxito. Es fácil que los hechizos fallen o se tuerzan.

—Tendremos que arriesgarnos —dijo Roran, pasando la mirada por todo el grupo—. Os pregunto de nuevo: ¿puedo contar con vosotros?

Junto a la muralla, resonó un nuevo coro de gritos al abrirse paso a mazazos Barst por entre un grupo de hombres.

Garzhvog sorprendió a Roran respondiendo el primero:

—La guerra te ha vuelto loco, Martillazos, pero yo te seguiré

—dijo, con un sonido ahogado que Roran interpretó como una risa—. Matar a Barst nos dará mucha gloria.

Entonces fue Jörmundur quien habló:

—Sí, yo también te seguiré, Roran. No creo que tengamos otra opción.

—De acuerdo —asintió Orik.

—De *acuerrrrdo* —dijo Grimrr, rey de los hombres gatos, arrastrando la palabra hasta convertirla en un ronroneo.

—De acuerdo —intervino Lord Däthedr.

—¡Pues vamos! —exclamó Roran—. ¡Ya sabéis lo que tenéis que hacer! ¡Adelante!

Cuando se quedó solo, Roran llamó a sus soldados y les contó su plan. Se agazaparon entre las columnas y esperaron. Tardaron tres o cuatro minutos —un tiempo precioso en el que Barst y sus soldados llevaron a los vardenos cada vez más cerca de la muralla exterior—. Entonces Roran vio a unos grupos de enanos y elfos que se encaramaban a doce de las balistas y catapultas más cercanas y las liberaban de soldados.

Pasaron unos cuantos minutos más de gran tensión. Entonces Orik subió a la carrera los peldaños del edificio, acompañado de treinta de sus enanos, y anunció:

—Están listos.

Roran asintió y dijo a todo el mundo:

—¡A vuestros puestos!

Los restos del batallón de Roran formaron una densa cuña, con él en la punta y con los elfos y los úrgalos justo por detrás. Orik y sus enanos ocuparon la retaguardia.

—¡Adelante! —gritó Roran, cuando tuvo a todos los guerreros en sus puestos. Y bajó al trote los escalones, entre soldados enemigos, sabiendo que el resto del grupo le seguía de cerca.

Los soldados no se esperaban la carga; el grupo se abrió ante Roran como el agua ante la proa de un barco.

Un hombre intentó cortarle el paso, y Roran le clavó la lanza en el ojo sin detenerse siquiera.

Cuando estaban a unos quince metros de Barst, que estaba de espaldas, Roran se detuvo, al igual que los guerreros que le seguían, y le dijo a uno de los elfos:

—Haz que todos los que están en la plaza puedan oírme.

El elfo murmuró algo en el idioma antiguo.

—Ya está —dijo luego.

—¡Barst! —gritó Roran, y descubrió, aliviado, que su voz resonaba por encima del fragor de la batalla. Los combates en las calles se detuvieron, salvo por algunas escaramuzas aquí y allá.

Roran tenía la frente cubierta de sudor y el corazón le latía con fuerza, pero se negaba a dejar paso al miedo.

—¡Barst! —volvió a gritar, y golpeó el escudo con la lanza—. ¡Lucha conmigo, perro sarnoso!

Un soldado salió corriendo a su encuentro. Roran le bloqueó el paso con la espada y, con un diestro movimiento, lo abatió con dos golpes rápidos. Liberó su lanza y repitió su llamada:

—¡Barst!

La corpulenta figura se giró lentamente en su dirección. Ahora que lo tenía más cerca, podía ver la mirada inteligente y taimada de los ojos de Barst y la sonrisita burlona que curvaba las comisuras de su boca infantil. Su cuello era tan grueso como los muslos de Roran, y bajo su cota de malla se veían unos brazos musculosos. Los reflejos de su prominente peto metálico le deslumbraban, pese a sus esfuerzos por no mirar.

—¡Barst! ¡Soy Roran Martillazos, primo de Eragon *Asesino de Sombra*! Lucha conmigo si te atreves, o quedarás como un cobarde ante todos los presentes.

—No hay ningún hombre que me asuste, Martillazos. O quizá debería decir «Sin Martillo», porque no veo que lleves ninguno.

—No necesito ningún martillo para matarte, sabandija —replicó Roran, levantando la cabeza.

—¿Ah, sí? —La sonrisita de Barst se hizo más amplia—. ¡Dadnos espacio! —gritó, y agitó su maza ante soldados y vardenos.

Con el estrépito sordo de miles de pies retrocediendo, ambos ejércitos se retiraron y se formó un amplio círculo alrededor de Barst, que señaló a Roran con su maza.

—Galbatorix me habló de ti, «Sin Martillo». Dijo que podía romperte todos los huesos del cuerpo antes de matarte.

—¿Y si soy yo quien te rompe los huesos a ti? —dijo Roran. «¡Ahora!», pensó con todas sus fuerzas, intentando que sus pensamientos salieran disparados por la oscuridad que rodeaba su mente. Esperaba que los elfos y los otros hechiceros estuvieran escuchando, tal como habían quedado.

Barst frunció el ceño y abrió la boca. Pero antes de que pudiera hablar, un ruido similar a un silbido recorrió la ciudad, y seis proyectiles de piedra —cada uno del tamaño de un barril— sobrevolaron las casas procedentes de las catapultas de la muralla, acompañados de media docena de jabalinas.

Cinco de las piedras fueron a caer directamente sobre Barst. La sexta se desvió y fue rebotando por la plaza como una piedra plana sobre el agua, arrollando a hombres y enanos.

Las piedras se resquebrajaron y explotaron al impactar contra las defensas de Barst. Los fragmentos de roca salieron volando en todas direcciones. Roran se ocultó tras su escudo y a punto estuvo de caer al suelo cuando un pedazo de piedra impactó contra él, magullándole el brazo. Las jabalinas se desintegraron en una llamarada amarilla, lo que le dio un aspecto aún más fantasmagórico a la nube de polvo que quedó flotando sobre Barst.

Cuando estuvo seguro de que seguía de una pieza, Roran miró por encima de su escudo.

Barst estaba tendido en el suelo, entre los escombros, con la maza en el suelo, a su lado.

—¡Cogedle! —gritó Roran, y salió corriendo hacia delante.

Muchos de los vardenos presentes se lanzaron hacia Barst, pero los soldados con los que habían estado combatiendo lanzaron un grito y atacaron, evitando que pudieran avanzar más que unos pasos. Con un rugido generalizado, los dos ejércitos volvieron a la lucha, exaltados y rabiosos.

En ese momento apareció Jörmundur por una calle lateral, encabezando a un batallón de cien hombres que había ido reclutando de los extremos del campo de batalla, y con ellos fue a apoyar a los que retenían a los soldados enemigos mientras Roran y los otros se ocupaban de Barst.

Desde el lado contrario de la plaza, Garzhvog y otros seis kull salieron a la carga desde detrás de los caballos que habían usado como trinchera. Sus pasos resonaron por el suelo, y tanto soldados del Imperio como vardenos tuvieron que echarse a un lado.

Entonces cientos de hombres gato, la mayoría de ellos en su forma animal, salieron de entre la masa de combatientes y recorrieron la plaza adoquinada, mostrando los dientes, hacia donde se encontraba tendido Barst.

El hombre apenas había empezado a moverse cuando Roran llegó a su altura. Agarrando la lanza con ambas manos, arremetió contra su cuello.

La hoja del arma se detuvo a un palmo del cuello, y la punta se torció y se quebró como si hubiera chocado contra un bloque de granito.

Roran soltó un exabrupto y siguió apuñalando lo más rápidamente que pudo, intentando evitar que el eldunarí que ocultaba Barst en el peto recuperara sus fuerzas. Este, aturdido, soltó un gruñido.

—¡Rápido! —les gritó Roran a los úrgalos.

Cuando estuvieron lo bastante cerca, Roran se echó a un lado para que los kull dispusieran del espacio que necesitaban. Por turnos, cada uno de los enormes úrgalos golpearon a Barst con sus armas. Sus defensas pararon los golpes, pero los kull siguieron aporreando. El sonido era ensordecedor.

Los hombres gato y los elfos se reunieron alrededor de Roran que, situado tras ellos, apenas era consciente de que los soldados que habían venido con él estaban luchando hombro con hombro con los de Jörmundur, conteniendo a los soldados.

Cuando Roran empezaba a pensar que las defensas de Barst nunca se agotarían, uno de los kull emitió un grito triunfante y Roran vio que el hacha del úrgalo había conseguido mellar la armadura de Barst.

—¡Seguid! —gritó Roran—. ¡Ahora! ¡Matadle!

El kull apartó su hacha. Garzhvog levantó su maza de hierro, dirigiéndola a la cabeza de Barst.

Roran vio una ráfaga de movimiento y oyó un sonido sordo y potente al impactar la maza contra el escudo que Barst se había llevado a la cabeza, protegiéndose.

«¡Maldición!»

Antes de que los úrgalos pudieran atacar de nuevo, Barst rodó por el suelo hasta dar con las piernas de uno de los kull, y le agarró por detrás de la rodilla derecha. El kull soltó un alarido de dolor y dio un salto atrás, sacando a Barst del corrillo.

Los úrgalos y dos elfos se echaron de nuevo sobre Barst, y durante un par de segundos dio la impresión de que lo habían dominado, pero entonces uno de los elfos salió volando, con el cuello doblado en un ángulo imposible. Un kull cayó de lado, gritando en su idioma nativo, con un hueso saliéndole del brazo. Garzhvog gruñó y se echó atrás, chorreando sangre por un orificio en el costado del tamaño de un puño.

«¡No! —pensó Roran, petrificado—. No puede acabar así. ¡No lo permitiré!»

Gritando, salió a la carrera y se coló entre dos de los úrgalos gigantes. Apenas tuvo tiempo de ver a Barst —bramando y cubierto de sangre, con el escudo en una mano y una espada en la otra—

CHRISTOPHER PAOLINI

cuando este agitó el escudo y le asestó un golpe en el costado izquierdo.

Roran se quedó sin aire en los pulmones; el cielo y el suelo daban vueltas a su alrededor. Sintió que la cabeza, cubierta por el casco, rebotaba sobre los adoquines.

El mundo parecía seguir moviéndose bajo su cuerpo, incluso cuando él se detuvo.

Se quedó donde estaba un rato, haciendo un esfuerzo por respirar. Por fin pudo llenar los pulmones de aire, y pensó que nunca había agradecido nada tanto como el aire que respiraba en aquel momento. Jadeó, y luego soltó un aullido de dolor. Tenía el brazo izquierdo insensible, pero el dolor que sentía en el resto de músculos de su cuerpo era insufrible.

Intentó levantarse y cayó boca abajo, demasiado mareado y dolorido como para aguantarse en pie. Delante tenía un pedazo de piedra amarillenta con unas vetas de ágata roja. Se la quedó mirando un rato, jadeando, con un único pensamiento en la mente: «Tengo que levantarme. Tengo que levantarme. Tengo que levantarme...».

Cuando se sintió con fuerzas, volvió a intentarlo. El brazo izquierdo se negó a responder, así que se vio obligado a apoyarse únicamente en el derecho. Le costó, pero consiguió apoyar los pies en el suelo y levantarse, temblando, incapaz de aspirar más que un poco de aire cada vez.

Al erguirse, sintió un tirón en el hombro izquierdo y reprimió un alarido. Era como si tuviera un cuchillo al rojo clavado en la articulación. Bajó la mirada y vio que tenía el brazo dislocado. De su escudo no quedaba nada más que un trozo de madera astillada colgando de una tira de cuero que le rodeaba el antebrazo.

Roran buscó a Barst con la mirada, y lo vio a unos treinta metros, cubierto de hombres gato que le clavaban las garras.

Satisfecho al ver que Barst al menos estaría ocupado unos segundos más, Roran volvió a mirarse el brazo dislocado. En un primer momento no pudo recordar qué era lo que su madre le había enseñado, pero entonces las palabras volvieron a su mente, borrosas por el paso del tiempo. Recogió los restos de su escudo.

—Aprieta el puño —murmuró Roran, y eso es lo que hizo con la mano izquierda—. Flexiona el brazo echando el puño hacia delante. —También lo hizo, aunque aquello hizo que el dolor aumentara—. Luego gira el brazo hacia el exterior, en dirección contraria al...

Aulló de dolor al sentir el roce del hombro y los músculos y los tendones tirando hacia donde se suponía que no tenían que hacerlo. Siguió girando el brazo y apretando el puño y, al cabo de unos segundos, el hueso volvió a encajarse con un chasquido.

Sintió un alivio inmediato. Aún le dolía todo —especialmente la espalda y las costillas—, pero al menos podía volver a usar su arma, y el dolor no era tan insufrible.

Entonces volvió a mirar hacia Barst.

Lo que vio le provocó náuseas.

Barst estaba de pie, rodeado de un círculo de cadáveres de hombres gato. Su peto magullado estaba cubierto de sangre, y había recuperado la maza, de la que colgaban bolas de pelo. Tenía las mejillas cubiertas de arañazos profundos, y la manga derecha de su cota de malla rota, pero por lo demás parecía estar bien. Los pocos hombres gato que aún le presentaban batalla mantenían las distancias, y a Roran le dio la impresión de que estaban a punto de dar media vuelta y salir corriendo. Detrás de Barst yacían los cuerpos de los kull y los elfos que se habían enfrentado a él. Todos los guerreros de Roran parecían haber desaparecido; a su alrededor no había más que soldados: una masa de túnicas rojas que se movía siguiendo las mareas de la batalla.

—¡Disparadle! —gritó Roran, pero no pareció que nadie le oyera.

Sin embargo, Barst sí lo oyó, y se acercó a Roran.

—¡«Sin Martillo»! —rugió—. ¡Esto te costará la cabeza!

Roran vio una lanza en el suelo. Se arrodilló y la recogió, pero se mareó solo con agacharse.

—¡Eso vamos a verlo! —replicó. Pero sus palabras parecían huecas. No dejaba de pensar en Katrina y en el bebé que aún tenía que nacer.

Entonces uno de los hombres gato —en forma humana, la de una mujer de pelo blanco que a Roran le llegaría al codo— atacó y le provocó un corte a Barst en el lateral del muslo izquierdo.

Barst se encogió, pero su atacante ya se había retirado, bufándole. Esperó un momento más para asegurarse de que no volviera a molestarle, y luego siguió caminando hacia Roran, ahora con una cojera ostensible, potenciada por la nueva herida. La pierna le sangraba.

El chico se humedeció los labios, incapaz de apartar la mirada del enemigo que se acercaba. Solo tenía la lanza. No tenía escudo. No podía abatir a Barst ni esperar estar a la altura de su fuerza y su velocidad contra natura. Ni había nadie cerca que pudiera ayudarle.

Era una situación imposible, pero Roran se negaba a admitir la derrota. Se había rendido una vez en su vida, y nunca volvería a hacerlo, aunque el sentido común le decía que estaba a punto de morir.

Barst se lanzó sobre él y Roran le asestó una cuchillada en la rodilla izquierda, con la vana esperanza de que, de algún modo, aquello le dejara tocado. Pero su rival desvió la lanza con su maza y luego la lanzó contra Roran.

Este se esperaba el contraataque y ya había retrocedido a la máxima velocidad que le permitían sus piernas. Una ráfaga de viento le rozó la cara cuando la maza pasó por delante, a unos centímetros de su piel.

Barst lucía una sonrisa funesta, y estaba a punto de golpear de nuevo cuando una sombra cayó sobre él desde lo alto, haciéndole levantar la vista.

El cuervo blanco de Islanzadí cayó en picado desde el cielo y aterrizó en el rostro de Barst, graznando con furia al tiempo que le picoteaba y le clavaba las garras. Roran se quedó de piedra al oír que cuervo decía:

—¡Muere! ¡Muere! ¡Muere!

Barst gritó alguna imprecación y dejó caer el escudo. Con la mano libre, golpeó al cuervo, rompiéndole el ala herida. La piel de la frente le caía a tiras, y la sangre le cubría los pómulos y la barbilla.

Roran se lanzó adelante y clavó su lanza en la otra mano de Barst, por lo que este soltó la maza.

Entonces aprovechó la ocasión y atacó con la lanza hacia la garganta de Barst. No obstante, este agarró la lanza con una mano, se la arrancó de un tirón y la rompió entre los dedos con la misma facilidad con que Roran podría partir una pajita.

—Ha llegado tu hora —dijo Barst, escupiendo sangre. Tenía los labios rotos y el ojo derecho inutilizado, pero aún veía por el otro.

Barst se lanzó contra él, intentando envolverlo en un abrazo mortal. Roran no tenía escapatoria, pero cuando los brazos de Barst estaban a punto de rodearle, le cogió de la cintura y apretó hacia un lado todo lo que pudo, aplicando la máxima presión posible sobre su pierna herida, la que le hacía cojear.

Barst aguantó un momento; luego la rodilla cedió y, con un grito de dolor, cayó hacia delante sobre una pierna, apoyándose en la mano izquierda. Roran se retorció y se escabulló bajo el brazo derecho de Barst. La sangre de su peto resbalaba, lo que facilitó la tarea, a pesar de la inmensa fuerza del comandante.

Roran intentó rodear el cuello de Barst desde atrás, pero este bajó la barbilla, impidiéndoselo. Así que tuvo que conformarse con rodearle el pecho con los brazos, con la esperanza de inmovilizarlo hasta que alguien más pudiera acudir a ayudarle.

Barst gruñó y se tiró al suelo de costado, rozándole el hombro herido a Roran, que soltó un quejido. Dieron tres vueltas rodando uno sobre el otro; Roran sentía los adoquines, que se le clavaban en los brazos y espalda. Cuando tenía aquella mole encima, le costaba respirar. Sin embargo, no lo soltó. Uno de los codos de Barst le impactó en el costado, y notó como se le rompían varias costillas.

Roran apretó los dientes y los brazos, aferrándolo con la máxima fuerza posible.

«Katrina...», pensó.

De nuevo el codo de Barst impactó contra su costado.

Roran aulló de dolor, y vio unos destellos luminosos. Apretó aún con más fuerza.

Otra vez el codo, como un martillo aporreando un yunque.

—No... ganarás... «Sin Martillo»... —murmuró Barst, que se puso en pie a trompicones, arrastrando a su rival consigo.

Aunque tenía la sensación de que los músculos se le acabarían despegando de los huesos, Roran aumentó la fuerza de su presa aún más. Gritó, pero no podía oír su propia voz, y sintió el estallido de venas y tendones.

Entonces la armadura de Barst se hundió, cediendo por donde la había mellado el kull, y se oyó el sonido de un cristal roto.

—¡No! —gritó Barst, al tiempo que, de debajo de su armadura, se escapaba una luz blanca y pura que hacía brillar los bordes de la coraza.

Entonces el resplandor cesó, dejando todo más oscuro que antes, y lo poco que quedaba de Lord Barst cayó tambaleándose hacia atrás, humeando sobre los adoquines.

Roran parpadeó y levantó la vista al cielo vacío. Sabía que tenía que levantarse, porque había soldados cerca, pero los adoquines le parecían blandos bajo su cuerpo, y lo único que quería hacer era cerrar los ojos y descansar...

Cuando abrió los ojos, vio a Orik, a Horst y a unos cuantos elfos rodeándole.

—Roran, ¿me oyes? —dijo Horst, mirándolo con aspecto de preocupación.

El chico intentó hablar, pero no podía articular palabra.

—¿Me oyes? Escúchame. Tienes que mantenerte despierto. ¡Roran! ¡Roran!

De nuevo sintió que se sumergía en la oscuridad. Era una sensación reconfortante, como la de envolverse en una mullida manta de lana. Sintió que le invadía un agradable calor. Lo último que vio fue a Orik inclinándose sobre él y diciendo algo en el idioma enano, algo que sonaba como una oración.

El don de la sabiduría

$\mathcal{M}$irándose fijamente el uno al otro, Eragon y Murtagh iban girando en círculo, intentando adivinar dónde y cómo se movería el contrario. Murtagh parecía estar tan en forma como siempre, pero bajo los ojos lucía unas ojeras oscuras y parecía demacrado; Eragon sospechaba que habría estado bajo una enorme tensión. Llevaba la misma armadura que él: cota de malla, guanteletes, braceras y espinilleras, pero su escudo era más largo y más fino. En cuanto a sus espadas, *Brisingr*, con su larga empuñadura, tenía la ventaja de alcanzar más lejos, mientras que *Zar'roc*, con su hoja más ancha, ganaba en cuanto al peso.

Empezaron a aproximarse, y cuando estaban a unos tres metros de distancia, Murtagh, que estaba de espaldas a Galbatorix, dijo en una voz baja y rabiosa:

—¿Qué estás haciendo?

—Ganar tiempo —murmuró Eragon, moviendo los labios lo mínimo posible.

—Eres idiota —respondió Murtagh, frunciendo el ceño—. Se quedará mirando cómo nos arrancamos la piel a tiras, ¿y qué cambiará? Nada.

En lugar de responder, Eragon osciló hacia delante y alargó el brazo de la espada, haciendo que Murtagh se echara atrás.

—Maldito seas —gruñó Murtagh—. Si hubieras esperado solo un día más, podría haber liberado a Nasuada.

Aquello sorprendió a Eragon.

—¿Por qué debería creerte?

La pregunta enfureció aún más a Murtagh, que se mordió el labio y aceleró el paso, obligando a Eragon a hacer lo propio. Luego, en voz más alta, dijo:

—Así que por fin conseguiste una espada propia. Los elfos te la hicieron, ¿no?

—Sabes que ellos no…

Murtagh se abalanzó sobre él, apuntándole con *Zar'roc* a la garganta, y Eragon se echó atrás, esquivando el golpe a duras penas.

Eragon replicó con un movimiento en arco, atacando desde arriba, y dejó que *Brisingr* se le deslizara en la mano hasta agarrarla por el pomo para aumentar su rango de acción, por lo que Murtagh tuvo que dar un salto.

Ambos hicieron una pausa para ver si el otro atacaba de nuevo. Al ver que no era así, siguieron girando en círculo. Eragon se mostró más cauteloso que antes.

Por el intercambio anterior, quedaba claro que Murtagh seguía siendo tan rápido y fuerte como Eragon —o como un elfo—. Aparentemente la prohibición de Galbatorix con respecto al uso de la magia no se había hecho extensiva a los hechizos usados para fortalecer los miembros de Murtagh. A Eragon le perjudicaba el edicto del rey, pero entendía sus motivos; de otro modo la lucha nunca sería justa.

Pero no quería una lucha justa. Deseaba controlar el transcurso del duelo para poder decidir cuándo debía acabar, y cómo. Por desgracia, no creía que tuviera la oportunidad de hacerlo, dada la destreza de Murtagh con la espada, y aunque así fuera, no estaba seguro de cómo podría usar el combate para atacar a Galbatorix. Ni tenía tiempo de pensar en ello, aunque confiaba en que Saphira, Arya y los dragones pensaran en alguna solución.

Murtagh hizo una finta con el hombro izquierdo, y Eragon se protegió tras el escudo. Un instante más tarde, se dio cuenta de que había sido un truco y de que Murtagh avanzaba hacia su flanco derecho para intentar pillarlo por la retaguardia.

Eragon se volvió y vio a *Zar'roc*, que ya caía sobre su cuello con tal velocidad que de la hoja no se veía más que una fina línea brillante. La apartó con un empujón improvisado del guardamano de *Brisingr*. Entonces replicó con un mandoble rápido sobre el antebrazo de Murtagh y observó que le había alcanzado en la muñeca. *Brisingr* no había conseguido atravesar el guantelete y la manga de la túnica, pero aun así el impacto le había hecho daño y apartó el brazo del cuerpo, dejando el pecho expuesto.

Eragon arremetió, y Murtagh usó el escudo para desviar la espada. Volvió a atacar tres veces más, pero su rival detuvo todos los golpes, y cuando echó el brazo atrás para volver a golpear, Murtagh contraatacó con un golpe de revés dirigido a su rodilla, que le habría dejado tullido de haberle alcanzado.

Al ver las intenciones de Murtagh, Eragon cambió la trayectoria de la espada y frenó a *Zar'roc* a apenas unos centímetros de la pierna, tras lo cual respondió atacando él.

Durante varios minutos intercambiaron golpes, intentando alterar el ritmo del rival, pero sin éxito. Ambos se conocían demasiado bien. Murtagh frustraba todos los intentos de Eragon por alcanzarlo, y lo mismo ocurría en sentido contrario. Era como un juego en el que ambos tuvieran que pensar con varios movimientos de antelación, lo que alimentaba una sensación de intimidad, al tener que penetrar Eragon en la mente de Murtagh y, de ahí, predecir lo que haría a continuación.

Desde el primer momento, Eragon observó que Murtagh se comportaba de un modo diferente que en sus enfrentamientos anteriores. Le atacaba sin el mínimo atisbo de compasión, algo que nunca había visto, como si por primera vez quisiera derrotarlo, y lo antes posible. Es más, tras el primer envite la rabia parecía haber desaparecido, y únicamente mostraba una determinación fría e implacable.

Eragon se encontró luchando al límite, y aunque de momento conseguía contener a su adversario, se pasaba más tiempo a la defensiva de lo que habría querido.

Al cabo de un rato, Murtagh bajó la espada y se dirigió hacia el trono y hacia Galbatorix.

Eragon mantuvo la guardia, pero vaciló; no estaba seguro de si habría sido correcto atacar.

En aquel momento de duda, Murtagh saltó en su dirección. Eragon se mantuvo en pie y soltó el brazo. Murtagh paró el golpe con el escudo y luego, en lugar de contraatacar con la espada, tal como esperaba Eragon, le golpeó con el escudo y empujó.

Eragon soltó un gruñido y empujó a su vez. Habría sacado la espada por un lado del escudo para intentar alcanzar a Murtagh por la espalda o las piernas, pero este empujaba con demasiada fuerza como para arriesgarse. Murtagh era unos centímetros más alto, y su mayor altura le permitía cargar contra el escudo de Eragon de un modo que hacía difícil evitar resbalarse por el suelo, de piedra pulida.

Por fin, con un rugido y un potente empujón, Murtagh lanzó a Eragon hacia atrás, trastabillando. Este se tambaleó, y en aquel momento su rival se lanzó adelante para clavarle la espada en el cuello.

CHRISTOPHER PAOLINI

—¡*Letta!* —exclamó Galbatorix.

La punta de *Zar'roc* se detuvo a menos de un dedo de la piel de Eragon, que se quedó paralizado, sin saber muy bien qué había sucedido.

—Contente, Murtagh, o tendré que hacerlo yo por ti —dijo Galbatorix desde su tribuna—. No me gusta tener que repetirme. No debes matar a Eragon, ni él debe matarte a ti... Ahora seguid.

Al darse cuenta de que Murtagh había intentado matarle —y de que lo habría conseguido de no ser por la intervención de Galbatorix—, el asombro de Eragon fue mayúsculo. Escrutó el rostro de Murtagh en busca de una explicación, pero este se mostraba absolutamente inexpresivo, como si Eragon significara muy poco para él, o nada en absoluto.

No lo entendía. Murtagh estaba actuando de un modo inesperado. Algo en él había cambiado, pero no alcanzaba a comprender qué era.

Además, saber que había perdido —y que debería estar muerto— minó su confianza en sí mismo. Se había enfrentado a la muerte muchas veces, pero nunca de un modo tan crudo y certero. No había duda: Murtagh le había vencido y, curiosamente, lo que le había salvado era la piedad de Galbatorix.

Eragon, no le des más vueltas —dijo Arya—. *No tenías motivos para sospechar que intentaría matarte. Tú no intentabas matarle. Si lo hubieras querido, el combate habría ido de otro modo, y Murtagh nunca habría tenido ocasión de atacarte.*

Vacilante, Eragon echó un vistazo al lugar donde estaba ella, al borde de la zona iluminada, junto a Elva y a Saphira.

Si quiere degollarte, tú córtale los músculos de los muslos y asegúrate de que no pueda volver a intentarlo —dijo la dragona.

Eragon asintió, asimilando lo que le acababan de decir.

Murtagh y él se separaron de nuevo y ocuparon sus posiciones uno frente al otro, bajo la mirada aprobatoria de Galbatorix.

Esta vez Eragon fue el primero en atacar.

Lucharon durante lo que a Eragon le parecieron horas. Murtagh no intentó más golpes letales, mientras que él consiguió tocarle en la clavícula, aunque detuvo el golpe antes de que Galbatorix considerara que debía hacerlo él mismo. Murtagh parecía incómodo con aquel contacto, y Eragon se permitió el lujo de esbozar una sonrisa al ver la reacción de su rival.

También hubo golpes que no consiguieron detener en el último momento. Pese a su gran velocidad y destreza, ni él ni Murtagh eran infalibles, y al no poder poner fin al combate fácilmente, era inevitable que cometieran errores, errores que provocaban heridas.

La primera fue un corte que le hizo Murtagh a Eragon en el muslo derecho, en el hueco entre la cota de malla y la parte superior de la protección para las piernas. Era superficial, pero muy doloroso, y cada vez que Eragon apoyaba el peso sobre la pierna, la herida sangraba.

La segunda herida también la sufrió Eragon: un corte por encima de la ceja, después de que *Zar'roc* impactara contra su casco y este se le clavara en la piel. De las dos heridas, la segunda era, con mucho, la más molesta, porque la sangre le goteaba en el ojo y le nublaba la vista.

Entonces Eragon volvió a darle a Murtagh en la muñeca y, esta vez, le atravesó el puño del guantelete, la manga de la túnica y una fina capa de piel, hasta dar contra el hueso. No le cortó ningún músculo del todo, pero la herida parecía dolerle mucho a Murtagh, y la sangre que se le colaba por el guantelete le hizo perder el agarre de la empuñadura al menos dos veces.

Eragon recibió otro corte en la pantorrilla derecha y luego, en un momento en que Murtagh aún estaba recuperándose de un ataque fallido, se desplazó hacia el lateral del escudo de su oponente y dejó caer *Brisingr* con todas sus fuerzas contra la pernera izquierda de Murtagh, mellándola.

Este soltó un alarido y saltó hacia atrás a la pata coja. Eragon le siguió, levantando la espada para intentar atacar de nuevo y abatirlo. A pesar de su herida, Murtagh consiguió defenderse, y unos segundos más tarde era Eragon quien tenía dificultades para mantenerse en pie.

Durante un buen rato, ambos escudos resistieron los innumerables golpes —Eragon observó, satisfecho, que al menos Galbatorix había dejado intactos los hechizos aplicados a sus espadas y armadura—, pero al rato las defensas del escudo de Eragon fueron cediendo, al igual que las del de Murtagh, algo evidente por las astillas y limaduras que salían volando cada vez que las espadas aterrizaban sobre ellos. Poco después, Eragon abrió el escudo de Murtagh con un golpe especialmente potente. Aun así, su triunfo duró poco, porque Murtagh agarró *Zar'roc* con ambas manos y asestó dos golpes sucesivos sobre el escudo de Eragon, partiéndolo también, con lo que ambos quedaron igualados de nuevo.

A medida que avanzaba el combate, la piedra bajo sus pies iba resbalando cada vez más, con las salpicaduras de sudor y de sangre, y se hizo más y más difícil conservar la estabilidad. El inmenso salón del trono les devolvía el eco de los sonidos metálicos que producían sus armas —como el sonido de una batalla remota—, dando la impresión de que ellos eran el centro de todo lo pasaba en el mundo, porque suya era la única luz, y que se encontraban solos en ella, acompasados.

Y mientras tanto, Galbatorix y Shruikan seguían mirando desde la penumbra exterior.

Sin escudo, a Eragon le resultaba más fácil asestarle golpes a Murtagh —sobre todo en brazos y piernas—; tanto como le resultaba a su rival alcanzarlo a él. Las armaduras los protegían de heridas en la mayoría de los casos, pero no de los golpes y las magulladuras, que fueron acumulándose.

A pesar de las heridas que le causó a Murtagh, Eragon empezó a sospechar que su hermanastro era el mejor espadachín de los dos. No es que hubiera gran diferencia, pero sí la suficiente como para que Eragon nunca llevara la iniciativa. Si el duelo se alargaba, Murtagh acabaría desgastándolo hasta acabar demasiado agotado o herido para seguir, momento que parecía irse acercando a marchas forzadas. A cada paso, Eragon sentía la sangre que le bañaba la rodilla procedente del corte del muslo y conforme pasaba el tiempo le resultaba cada vez más difícil defenderse.

Tenía que poner fin al duelo enseguida o no podría afrontar a Galbatorix más tarde. Tampoco pensaba que pudiera oponer gran resistencia al rey, pero debía intentarlo. Cuando menos, intentarlo.

Se dio cuenta de que el quid de la cuestión era que las razones de Murtagh para luchar eran un misterio para él, y que a menos que las descubriera, seguiría pillándolo siempre por sorpresa.

Recordó lo que le había dicho Glaedr a las afueras de Dras-Leona: «Debes aprender a ver lo que miras». Y también: «El camino del guerrero es el camino de la sabiduría».

Así que miró a Murtagh. Lo observó con la misma intensidad con que había mirado a Arya durante sus sesiones de entrenamiento, la misma con la que se había estudiado a sí mismo durante su larga noche de introspección en Vroengard, intentando descifrar el lenguaje oculto del cuerpo de Murtagh.

Tuvo cierto éxito; estaba claro que Murtagh estaba abatido y desgastado, y tenía los hombros encogidos en una postura que comunicaba una rabia profunda, o quizá fuera miedo. Y luego estaba aquella crueldad, que no era nueva en Murtagh, pero que nunca había visto dirigida a él. Vio todo esto y otros detalles más sutiles, y entonces hizo un esfuerzo para combinarlos con lo que sabía del Murtagh de antes, de su amistad y su lealtad, y su resentimiento contra Galbatorix por el control que ejercía sobre él.

Tardó unos segundos —llenos de respiraciones entrecortadas y de un par de impactos que le provocaron un nuevo moratón en el codo— hasta que entendió la verdad y, cuando lo hizo, le pareció obvia. Tenía que haber algo en la vida de Murtagh, algo que cambiaría con aquel duelo y que era tan importante para él que se veía obligado a ganar por todos los medios, aunque aquello supusiera matar a su hermanastro. Fuera lo que fuera —y Eragon tenía sus sospechas, algunas más inquietantes que otras— significaba que Murtagh nunca se rendiría. Implicaba que lucharía como un animal acorralado hasta el último suspiro, y suponía que Eragon nunca podría derrotarlo por los medios convencionales, porque el duelo no significaba tanto para él como para Murtagh. Para Eragon, el duelo era una distracción necesaria, y le importaba poco quién ganara o perdiera, mientras pudiera enfrentarse a Galbatorix a continuación. Pero para Murtagh el duelo significaba mucho más, y por propia experiencia sabía que superar a alguien con esa determinación solo con la fuerza era algo muy difícil, si no imposible.

La cuestión, pues, era cómo detener a un hombre decidido a luchar a muerte e imponerse independientemente de los obstáculos que se encontrara por el camino.

Aquello le planteó un problema en apariencia irresoluble hasta que, por fin, Eragon se dio cuenta de que el único modo de vencer a Murtagh era darle lo que quería. Para conseguir lo que deseaba, tendría que aceptar la derrota.

Pero no del todo. No podía dejar que Murtagh hiciera lo que Galbatorix quería. Eragon le daría su victoria, pero luego él se tomaría la suya.

Saphira, mientras tanto, escuchaba sus pensamientos y cada vez estaba más preocupada:

No, Eragon. Tiene que haber otro modo.

Pues dime cuál —dijo él—, *porque yo no lo veo.*

Ella rebufó, y Espina le devolvió el gruñido desde el otro lado de la superficie iluminada.

Elige sabiamente —le rogó Arya.

Eragon entendió lo que quería decir.

Murtagh se le echó encima y las hojas de sus espadas se cruzaron con un gran ruido metálico. Luego se liberaron y se detuvieron un momento para recuperar fuerzas. Cuando se lanzaban de nuevo al ataque, Eragon se desplazó hacia la derecha de Murtagh, dejando que la espada se le separara del costado, fingiendo agotamiento o un descuido. Era un movimiento mínimo, pero sabía que su rival lo notaría y que intentaría aprovechar el hueco que le dejaba.

En aquel momento, Eragon no sentía nada. Seguía percibiendo el dolor de sus heridas, pero en la distancia, como si aquellas sensaciones no fueran las suyas propias. Su mente era como una balsa de aguas profundas en un día sin brisa, lisa e inmóvil, y que, sin embargo, reflejaba todo lo que le rodeaba. Lo que vio lo registró mentalmente sin ser consciente. Ya no necesitaba hacerlo. Entendía todo lo que tenía delante, y seguir dándole vueltas solo serviría para complicar las cosas.

Tal como esperaba, Murtagh se lanzó hacia él, directo al vientre.

En el momento justo, Eragon se movió. No lo hizo ni rápido ni lento, sino a la velocidad exacta que requería la situación. Era como un movimiento programado, como si fuera la única acción posible.

En lugar de darle en el vientre, como pretendía Murtagh, *Zar'roc* impactó contra los músculos del costado derecho de Eragon, justo por debajo de las costillas. El impacto fue como un martillazo, y Eragon oyó un roce metálico cuando la espada atravesó los eslabones rotos de la malla y se introdujo en la carne. El frío del metal le causó una impresión mayor que el dolor en sí mismo.

La punta de la hoja topó con la cota de malla al salir del cuerpo por la espalda.

Murtagh se quedó mirando, aparentemente sorprendido.

Y antes de que pudiera recuperarse, Eragon soltó el brazo y le clavó *Brisingr* en el abdomen, cerca del ombligo, provocándole una herida mucho más grave que la que acababa de recibir.

El rostro de Murtagh perdió toda expresión. La boca se le abrió como si fuera a hablar, y cayó de rodillas, sin soltar a *Zar'roc*.

En un extremo, Espina soltó un rugido.

Eragon liberó su espada y luego dio un paso atrás con una mueca de dolor; contuvo un grito al sentir cómo *Zar'roc* iba saliendo de su cuerpo.

Se oyó un repiqueteo metálico: Murtagh había soltado su espada, que cayó al suelo. Luego se llevó los brazos a la cintura, se dobló sobre sí mismo y apoyó la cabeza sobre la piedra pulida.

Ahora era Eragon el que miraba, con un ojo cubierto de sangre.

—*Naina* —dijo Galbatorix desde su trono, y decenas de lámparas cobraron vida por toda la cámara, dejando de nuevo a la vista las columnas y las tallas de las paredes y el bloque de piedra donde estaba Nasuada, encadenada.

Eragon se acercó a Murtagh, trastabillando, y se arrodilló a su lado.

—Y el ganador es Eragon —anunció el rey, llenando el gran salón con su sonora voz.

Murtagh levantó la mirada hacia su hermanastro, con el rostro cubierto de sudor y retorciéndose del dolor.

—No podías dejarme ganar sin más, ¿verdad? —murmuró—. No puedes vencer a Galbatorix, pero aun así tenías que demostrar que eres mejor que yo… ¡Ah! —Se estremeció y empezó a balancearse a un lado y al otro.

Eragon le puso una mano en el hombro.

—¿Por qué? —dijo, seguro de que Murtagh entendería la pregunta.

La respuesta llegó en forma de susurro apenas audible:

—Porque esperaba ganarme su favor para poder «salvarla». —Las lágrimas empañaban los ojos de Murtagh, que apartó la mirada.

Abatido, Eragon se dio cuenta de que su hermanastro había dicho la verdad en un principio.

Pasó otro momento. Eragon era consciente de que Galbatorix los observaba muy interesado.

—Me has engañado —dijo Murtagh.

—Era el único modo.

—Esa ha sido siempre la diferencia entre tú y yo —respondió Murtagh, rebufando, y le miró a los ojos—. Siempre has estado dispuesto a sacrificarte. Yo no… Antes no.

—Pero ahora sí.

—No soy el que era. Ahora tengo a Espina, y… —Murtagh vaciló, y se encogió un poco de hombros—. Ya no lucho solo por mí… No es lo mismo. —Cogió aire con dificultad e hizo una mueca de dolor—. Antes pensaba que eras un idiota al jugarte la vida constantemente… Ahora no. Entiendo… por qué. Lo entiendo. —Abrió los ojos y la mueca desapareció, como si el dolor quedara olvidado, y sus rasgos faciales adoptaron un brillo que parecía emanar de su interior—. Lo entiendo. «Lo entendemos» —murmuró, y Espina emitió un extraño ruido a medio camino entre un gimoteo y un gruñido.

Galbatorix se agitó en el trono, incómodo.

—Ya basta de parloteo —decidió, con voz dura—. El duelo ha terminado, y Eragon ha ganado. Ha llegado la hora de que nuestros visitantes se arrodillen y me juren fidelidad... Acercaos, vosotros dos. Curaré vuestras heridas y podemos seguir.

Eragon se dispuso a levantarse, pero Murtagh le agarró por el brazo, deteniéndolo.

—¡Ahora! —insistió Galbatorix, juntando sus pobladas cejas—. O dejaré que sufráis el dolor de vuestras heridas hasta que hayamos acabado.

«Prepárate», le dijo Murtagh a Eragon solo articulando con la boca, sin hablar.

Eragon vaciló; no sabía qué esperar, pero asintió y advirtió a Arya, Saphira, Glaedr y a los otros eldunarís.

Entonces Murtagh lo empujó a un lado y se irguió sobre las rodillas, aún apretándose el vientre. Miró a Galbatorix. Y pronunció la «palabra» en voz alta.

Galbatorix se echó atrás y levantó una mano, como para protegerse.

A voz en grito, Murtagh pronunció otras palabras en el idioma antiguo, demasiado rápido como para que Eragon entendiera el objetivo del hechizo.

Unos destellos rojos y negros rodearon a Galbatorix, y por un instante su cuerpo quedó envuelto en llamas. Se oyó un sonido como el de un vendaval agitando las ramas de un bosque de abetos. Entonces Eragon oyó una serie de tenues chillidos, al tiempo que doce esferas de luz rodeaban la cabeza de Galbatorix y salían despedidas hacia el exterior, atravesando las paredes de la estancia y desapareciendo. Parecían espíritus, pero duraron tan poco que Eragon no podía estar seguro.

Espina dio un brinco —igual de rápido que un gato al que le hubieran pisado la cola— y se abalanzó sobre el inmenso cuello de Shruikan. El dragón negro emitió un aullido y se echó atrás, agitando la cabeza para intentar librarse de Espina. Sus rugidos tenían un volumen insoportable, y el suelo tembló con el peso de ambos dragones.

En los escalones de la tarima, los dos niños se pusieron a chillar y se taparon los oídos con las manos.

Eragon vio que Arya, Elva y Saphira daban un salto adelante, liberadas ya de la magia de Galbatorix. Arya, blandiendo la *dauthdaert*, se dirigió al trono, al tiempo que Saphira se lanzaba hacia donde Shruikan se debatía, presa del mordisco de Espina. Elva se llevó una mano a la boca y dijo algo, pero Eragon no pudo oírlo con el ruido de los dragones.

Unas gotas de sangre como puños cayeron por todas partes, humeando al alcanzar el suelo.

Eragon se levantó del lugar donde había ido a parar empujado por Murtagh y se fue tras Arya, hacia el trono.

Entonces Galbatorix dijo el nombre del idioma antiguo, junto a la palabra «*letta*». Unas ataduras invisibles bloquearon los miembros de Eragon, y se hizo el silencio en toda la estancia: el hechizo del rey dejó a todos inmóviles, incluso a Shruikan.

Eragon bullía de rabia y frustración. Habían estado muy cerca de asestarle un duro golpe al rey, y aun así estaban indefensos ante sus hechizos.

—¡Cogedle! —gritó, con la mente y con la lengua a la vez.

Ya habían intentado atacar a Galbatorix y Shruikan; el rey mataría a los dos niños tanto si seguían como si no. El único camino que les quedaba a Eragon y a los suyos —la única esperanza de victoria que restaba— era abrirse paso a través de las barreras mentales de Galbatorix y tomar el control de sus pensamientos.

Con la ayuda de Saphira, Arya y los eldunarís que habían traído, Eragon extendió su conciencia en dirección al rey, volcando todo su odio, su rabia y su dolor en un único rayo candente que dirigió al centro del ser de Galbatorix.

Por un instante, estableció contacto con la mente del rey; era un panorama terrible y cubierto de sombras, dominado por un frío desolador y un calor abrasador, cercado por barrotes de hierro, duros y resistentes, que separaban los diferentes espacios de su mente.

Entonces los dragones que Galbatorix tenía a sus órdenes, los mismos que aullaban enloquecidos, atacaron la mente de Eragon y le obligaron a retirarse para evitar acabar destrozado.

A sus espaldas, oyó que Elva decía algo, pero apenas había empezado a hacerlo cuando Galbatorix exclamó: «¡*Theyna!*», haciéndola parar con un sonido ahogado.

—¡Le he desprovisto de sus defensas! —gritó Murtagh—. Está…

Galbatorix dijo algo, demasiado rápido y bajo como para que Eragon lo distinguiera, pero fuera lo que fuera hizo callar a Murtagh y, un momento más tarde, le oyó caer al suelo con el sonido metálico de la malla y de su casco al golpear el suelo.

—Tengo muchas defensas —replicó Galbatorix, con su rostro aguileño negro de la ira—. No podéis hacerme daño.

Se levantó del trono y bajó los escalones de la tarima en dirección a Eragon, con la capa ondeando a su alrededor y en la mano su espada, *Vrangr*, blanca y letal.

En el poco tiempo que tenía, Eragon intentó capturar la mente de al menos uno de los dragones que asediaban su conciencia, pero había demasiados, y acabó debatiéndose para repeler a la horda de eldunarís antes de que subyugaran por completo sus pensamientos.

Galbatorix se detuvo a menos de medio metro y se lo quedó mirando con una gruesa vena bifurcada muy marcada en la frente y los músculos de la mandíbula tensos.

—¿Piensas desafiarme, «chico»? —gruñó, escupiendo de la rabia—. ¿Crees que estás a mi altura? ¿Qué podrías someterme y robarme el trono? —Los tendones del cuello de Galbatorix se le marcaban como las hebras de una soga retorcida. Se agarró el extremo de la capa—. Me hice este manto con las alas del propio Belgabad, y también los guantes. —Levantó *Vrangr* y situó su pálida hoja ante los ojos de Eragon—. Cogí esta espada de la mano de Vrael, y esta corona de la cabeza del quejumbroso infeliz que la llevó antes que yo. ¿Y tú crees que me puedes superar? ¿A mí? Vienes a mi castillo, matas a mis hombres y te comportas como si fueras mejor que yo. Como si fueras más noble o virtuoso.

Eragon oyó ruidos por todas partes, y vio una constelación de motas de color rojo intenso revoloteando ante sus ojos en el momento en que Galbatorix le golpeó en la mejilla con el pomo de *Vrangr*, arañándole la piel.

—Necesitas que te den una lección de humildad, muchacho —dijo Galbatorix, acercándose aún más, hasta que sus brillantes ojos quedaron a unos centímetros de los de Eragon.

Lo golpeó en la otra mejilla, y por un segundo lo único que pudo ver Eragon fue un inmenso espacio negro salpicado de luces de colores.

—Disfrutaré teniéndote a mi servicio —soltó Galbatorix que, bajando la voz, dijo «*Gánga*», y el acoso de los eldunarís que presionaban la mente de Eragon cedió, lo que le permitió pensar libremente de nuevo.

Sin embargo, a los demás no les ocurrió lo mismo, tal como reflejaba la tensión en sus rostros.

Entonces una flecha de pensamiento, afilada hasta el límite, penetró en la conciencia de Eragon y se instaló en lo más profundo de su ser. La hoja de la flecha giró y, como una semilla espinosa enredada en una tela de fieltro, iba rasgando el tejido de su mente, intentando destruir su voluntad, su identidad, su propia conciencia.

Fue un ataque diferente a todos los que había experimentado; le hizo encogerse y concentrarse en un único pensamiento —venganza—, haciendo un esfuerzo por protegerse. A través de aquel contacto, sentía las emociones de Galbatorix: rabia, sobre todo, pero también un salvaje deleite por poder hacerle daño y por verle retorcerse de angustia.

Eragon se dio cuenta de que si a Galbatorix se le daba tan bien penetrar en las mentes de sus enemigos, era porque aquello le producía un placer perverso.

La hoja se hundió más y más en su ser, y Eragon soltó un alarido, incapaz de defenderse.

Galbatorix sonrió mostrando unos dientes de bordes translúcidos, como si fueran de cerámica cocida.

Solo defendiéndose no vencería nunca, así que, a pesar del dolor lacerante, Eragon se obligó a sí mismo a atacar a Galbatorix. Penetró en la conciencia del rey y se aferró a sus pensamientos, afilados como cuchillos, intentando bloquearlos y evitar que el rey actuara o pensara sin su aprobación.

No obstante, Galbatorix no hacía ningún intento por defenderse. Su cruel sonrisa se amplió, y retorció aún más la hoja que había introducido en la mente de Eragon.

El chico sintió como si un manojo de zarzas lo estuvieran desgarrando por dentro. Soltó un grito rasposo y se quedó atenazado por el hechizo.

—Ríndete —dijo el rey, agarrando la barbilla de Eragon con unos dedos de acero—. Ríndete.

La hoja giró una vez más. Eragon gritó hasta quedarse sin voz.

Los pensamientos del rey se adentraron en él, rodeando su conciencia y confinándolo a una parte cada vez menor de su mente, hasta que lo único que le quedó fue un pequeño núcleo brillante, aplastado por el tremendo peso de la presencia de Galbatorix.

—Ríndete —susurró el rey, con una voz casi cariñosa—. No tienes sitio adonde ir, sitio donde esconderte… Esta vida se te acaba, Eragon *Asesino de Sombra*, pero te espera una nueva. Ríndete, y todo te será perdonado.

Las lágrimas le emborronaban la vista, fija en el abismo informe de las pupilas de Galbatorix.

Habían perdido… Él había perdido.

Aquel convencimiento le dolía más que cualquiera de las heridas. Cien años de lucha…, todo para nada. Saphira, Elva, Arya, los eldunarís: ninguno de ellos podía derrotar a Galbatorix. Era demasiado fuerte, sabía demasiado. Garrow, Brom y Oromis habían muerto en vano, al igual que tantos guerreros de las diferentes razas que habían dado su vida combatiendo contra el Imperio.

Los ojos de Eragon se cubrieron de lágrimas.

—Ríndete —susurró el rey, atenazándolo aún con más fuerza.

Más que ninguna otra cosa, lo que Eragon odiaba era lo injusto de la situación. No podía ser que tanta gente hubiera sufrido y muerto persiguiendo un objetivo imposible. No podía ser que Galbatorix por sí solo fuera la causa de tanto dolor. Y no podía ser que se librara del castigo que merecía por sus crímenes.

«¿Por qué?», se preguntó Eragon.

Recordó, entonces, la visión que le había mostrado el más anciano de los eldunarís, Valdr, de él y de Saphira, en el que los sueños de los estorninos eran igual de importantes que las preocupaciones de los reyes.

—¡Ríndete! —gritó Galbatorix, y su mente presionó a Eragon con una fuerza aún mayor mientras le atravesaban unas chispas de fuego y hielo procedentes de todas partes.

El chico gritó y, en su desesperación, su mente salió al encuentro de Saphira y los eldunarís —asediados por el ataque de los dragones enloquecidos a las órdenes de Galbatorix— y, sin pretenderlo, se alimentó de sus reservas de energía.

Y con esa energía formuló un hechizo.

Era un hechizo sin palabras, porque la magia de Galbatorix no las permitiría, y porque ninguna palabra podría describir lo que quería Eragon, ni lo que sentía. Una biblioteca entera de libros no bastaría. El suyo era un hechizo de instinto y emoción que no podía expresarse con el lenguaje.

Lo que quería era sencillo y complejo a la vez: deseaba que Galbatorix entendiera…, que entendiera lo incorrecto de sus acciones. El hechizo no era un ataque; era un intento por comunicar. Si Eragon iba a pasarse el resto de su vida como esclavo del rey, quería que comprendiera lo que había hecho, del todo y en toda su magnitud.

El hechizo fue surtiendo efecto. Eragon sintió que atraía la atención de Umaroth y los eldunarís, que se esforzaban por no hacer caso a los dragones de Galbatorix. Cien años de dolor y rabia inconsolables afloraron en ellos, como una ola estruendosa, y los dragones fundieron sus mentes con la de Eragon y fueron alterando el hechizo, dándole profundidad y amplitud, y construyendo sobre su base, hasta que abarcó mucho más de lo que pretendía en un principio.

Ahora el hechizo no solo le mostraría a Galbatorix lo incorrecto de sus acciones; también le obligaría a experimentar todas las sensaciones, positivas y negativas, que había provocado en los demás desde el día en que había nacido. Iba mucho más allá de lo que Eragon podía haber creado por sí mismo, porque contenía mucho más de lo que una sola persona —o un solo dragón— podía haber concebido. Cada eldunarí contribuyó a él, y la suma de sus contribuciones fue un hechizo que se extendía no solo en el espacio, por toda Alagaësia, sino también en el tiempo, desde aquel momento hasta el del nacimiento de Galbatorix.

Eragon pensó que sería el mayor hechizo forjado nunca por los dragones, y él había sido su instrumento; él era su arma.

El poder de los eldunarís fluyó a través de su cuerpo y su mente, como un río ancho como un océano, y se sintió como un conducto hueco y frágil, como si su piel pudiera reventar con la fuerza del caudal que canalizaba. De no ser por Saphira y los otros dragones, habría muerto al instante, extenuado por lo voraz del hechizo.

A su alrededor, la luz de las lámparas se volvió más tenue, y en el interior de su mente a Eragon le pareció oír el eco de miles de voces: una insufrible cacofonía de innumerables dolores y alegrías, retumbando entre el presente y el pasado.

Los rasgos del rostro de Galbatorix se hicieron más profundos y sus ojos parecían estar a punto de salírsele de las órbitas.

—¿Qué has hecho? —dijo, con la voz hueca y tensa. Dio un paso atrás y se llevó los puños a las sientes. *¡¿Qué has hecho?!*

—Te he hecho comprender —respondió Eragon, con esfuerzo.

El rey se lo quedó mirando con expresión de horror. Los músculos de su cara se tensaban y destensaban a intervalos irregulares, y los temblores se extendieron por todo su cuerpo. Apretando los dientes, murmuró:

—No me vencerás, chico. Tú... no... me... —Gruñó y se tambaleó, y de pronto se desvaneció el hechizo que atenazaba a Eragon, que cayó al suelo, al tiempo que Elva, Arya, Saphira, Espina, Shruikan y los dos niños volvían a moverse.

Un rugido ensordecedor procedente de Shruikan llenó la estancia, y el enorme dragón negro se sacudió a Espina del cuello, enviando al dragón rojo por los aires. Espina aterrizó al otro lado de la sala, sobre el costado, y los huesos de su ala izquierda se quebraron con un sonoro chasquido.

—No… me… ren… diré… —dijo Galbatorix.

Tras el rey, Eragon vio a Arya, que estaba más cerca del trono que él y que vacilaba, volviéndose hacia donde se encontraba Eragon. Pero enseguida salió corriendo al otro lado de la tarima, acompañada de Saphira, hacia Shruikan.

Espina se puso en pie como pudo y las siguió.

Con el rostro contorsionado como el de un loco, Galbatorix dio un paso hacia Eragon y le lanzó un golpe con *Vrangr*.

El chico rodó hacia un lado y oyó que la espada golpeaba la piedra que estaba junto a donde tenía la cabeza. Siguió rodando un par de metros y luego se levantó. Solo la energía de los eldunarís lo mantenía en pie.

Gritando, Galbatorix cargó contra él, y Eragon desvió la torpe acometida del rey. El choque de sus espadas resonó como el tañido de una campana, claro y agudo, por encima de los rugidos de los dragones y los susurros de los muertos.

Saphira dio un gran salto y golpeó a Shruikan en su enorme morro, haciéndolo sangrar; luego cayó al suelo. Él le lanzó un golpe con la garra, extendiendo el espolón, y ella dio un salto atrás, abriendo a medias las alas.

Eragon esquivó un golpe de través y le clavó la espada a Galbatorix en la axila izquierda. Sorprendido, observó que había alcanzado su objetivo, y que la punta de *Brisingr* estaba manchada con la sangre del rey.

Con un espasmo, Galbatorix lanzó su siguiente ataque, y ambos acabaron con las espadas cruzadas por las guardas, empujándose el uno al otro buscando desequilibrarse. El rostro del rey estaba tenso hasta quedar casi irreconocible, y tenía los pómulos cubiertos de lágrimas.

Una llamarada se encendió sobre sus cabezas. El aire se calentó a su alrededor.

En algún lugar, los niños lloraban.

La pierna herida de Eragon cedió, y cayó sobre pies y manos, magullándose los dedos con que sostenía *Brisingr*.

Esperaba que el rey se le lanzara encima al instante, pero Galbatorix permaneció donde estaba, tambaleándose de un lado al otro.

—¡No! —gritó—. ¡Yo no…! —dijo, mirando a Eragon—. ¡Haz que pare!

Eragon sacudió la cabeza, al tiempo que se ponía de nuevo en pie.

Un dolor penetrante le atravesaba el brazo izquierdo, y al mirar hacia donde estaba Saphira, vio que tenía una herida sangrante en la pata del mismo lado. Al otro lado de la sala, Espina clavaba los dientes en la cola de Shruikan, haciendo que el dragón negro se revolviera y se fuera hacia él. Aprovechando aquel momento de distracción, Saphira dio un salto y aterrizó sobre el cuello de Shruikan, cerca de la base del cráneo. Le clavó las garras bajo las escamas y le mordió en el cuello, entre dos de las púas de la nuca.

Shruikan soltó un aullido salvaje y atronador y se agitó aún con más fuerza.

Una vez más, Galbatorix cargó contra Eragon, espada en ristre. Eragon bloqueó un golpe, luego otro y luego recibió un impacto en las costillas que a punto estuvo de dejarle sin sentido.

—¡Haz que pare! —repitió Galbatorix, en un tono que era más una súplica que una amenaza—. El dolor…

Se oyó otro aullido, este más desesperado que el anterior, procedente de Shruikan. Por detrás del rey, Eragon vio que Espina se había colgado del cuello de Shruikan, por el lado contrario que Saphira. La suma del peso de ambos dragones hizo que Shruikan bajara la cabeza hasta llegar casi al suelo. Sin embargo, el dragón negro era demasiado grande y poderoso como para que pudieran someterlo entre los dos. Además, tenía el cuello tan grueso que Eragon no creía que ni Saphira ni Espina pudieran hacerle mucho daño con los dientes.

Entonces, como si fuera una sombra cruzando el bosque, Eragon vio a Arya que salía por detrás de una columna y se dirigía hacia los dragones. En la mano izquierda, la *dauthdaert* de color verde brillaba, envuelta en su habitual nube de estrellas.

Shruikan la vio llegar y agitó el cuerpo, intentando librarse de Saphira y Espina, pero al no conseguirlo rugió y abrió las mandíbulas, inundando el espacio que tenía delante con un torrente de llamas.

Arya se lanzó hacia el dragón y, por un momento, Eragon la perdió de vista tras el muro de fuego. Luego volvió a aparecer, no muy lejos de donde Shruikan tenía la cabeza. Tenía las puntas del cabello en llamas, pero no parecía que se diera cuenta.

Con tres ágiles pasos se subió a la pata izquierda de Shruikan y, desde allí, trepó hasta la sien del dragón, que escupía fuego como un cometa. Con un grito que se oyó por todo el salón del trono, Arya clavó la *dauthdaert* en el centro de aquel enorme ojo de color azul hielo brillante, introduciendo toda la lanza en el cráneo del dragón.

Shruikan aulló y se revolvió de dolor, y lentamente fue cayendo de costado, vertiendo aún fuego líquido por la boca.

Saphira y Espina saltaron un momento antes de que el gigantesco dragón negro impactara contra el suelo.

Algunas columnas se agrietaron y cayeron trozos de piedra del techo, fragmentándose. Unas cuantas lámparas se rompieron y salpicaron gotas de una sustancia fundida.

Con el temblor, Eragon estuvo a punto de caer al suelo. No había podido ver lo que le había sucedido a Arya, pero se temía que la mole de Shruikan la hubiera aplastado.

—¡Eragon! —gritó Elva—. ¡Agáchate!

Él obedeció y oyó el silbido del aire cuando la blanca hoja de la espada de Galbatorix pasó por encima de su espalda.

Eragon se levantó y se lanzó adelante… y clavó la espada en el vientre de Galbatorix, igual que había hecho con Murtagh.

El rey emitió un gruñido y luego dio un paso atrás, liberándose de la hoja de la espada. Se tocó la herida con la mano libre y se quedó mirando la sangre que tenía en la punta de los dedos. Luego volvió a mirar a Eragon y dijo:

—Las voces… Esas voces son terribles. No puedo soportarlo. —Cerró los ojos y las mejillas se le cubrieron de lágrimas—. Dolor… Tanto dolor. Tanta pena… ¡Haz que pare! ¡Haz que pare!

—No —respondió Eragon.

Elva acudió a su lado, y también Saphira y Espina desde el otro extremo de la sala. Eragon observó, aliviado, que Arya estaba con ellos, chamuscada y ensangrentada, pero viva al fin y al cabo.

Galbatorix abrió los ojos como platos —redondos y perfilados, con una cantidad de blanco innatural— y se quedó con la mirada fija en la distancia, como si Eragon y todos los que tenía delante hubieran dejado de existir. Se estremeció y tembló, y movió la mandíbula, pero de su garganta no salió ningún sonido.

De pronto ocurrieron dos cosas a la vez. Elva soltó un alarido y se desvaneció, y Galbatorix gritó:

—¡*Waíse néiat!*

«Sea la nada.»

Eragon no tuvo tiempo para palabras. Recurriendo de nuevo a los eldunarís, lanzó un hechizo para trasladarse a él, Saphira, Arya, Elva, Espina, Murtagh y los dos niños de la tarima al bloque de piedra donde estaba encadenada Nasuada. Y también formuló un hechizo para detener o repeler lo que pudiera hacerles daño.

Estaban aún a medio camino del bloque de piedra cuando Galbatorix se desvaneció en un resplandor más intenso que la luz del sol. Luego todo quedó a oscuras y en silencio: el hechizo protector de Eragon había surtido efecto.

Últimos estertores

*R*oran estaba sentado en una camilla que los elfos habían apoyado en uno de los muchos bloques de piedra esparcidos por el interior de la puerta en ruinas de Urû'baen, dando órdenes a los guerreros que tenía delante.

Cuatro de los elfos lo habían sacado de la ciudad, a un lugar donde podían usar la magia sin temor a que los hechizos de Galbatorix distorsionaran los suyos. Le habían curado el hombro dislocado y las costillas rotas, así como el resto de las heridas que le había infligido Barst, advirtiéndole que tardaría semanas en tener los huesos fuertes como antes, y le habían recomendado que mantuviera reposo el resto del día.

Aun así, él había insistido en volver a la batalla. Aquello había provocado una discusión con los elfos, pero él les dijo:

—O me volvéis a llevar allí, o iré andando.

Era evidente que ellos estaban en contra, pero al final habían transigido y lo habían trasladado al lugar donde estaba ahora sentado, mirando hacia la plaza.

Tal como se esperaba, los soldados habían perdido todas las ganas de luchar tras la muerte de su comandante, y los vardenos pudieron empujarlos por las callejuelas. A su regreso, Roran se encontró con que los vardenos ya habían liberado un tercio de la ciudad o más, y que se acercaban a la ciudadela a gran velocidad.

Habían sufrido muchas bajas —los muertos y agonizantes cubrían las calles, y las cloacas estaban rojas de la sangre—, pero los recientes avances habían renovado la sensación de victoria en la tropa; Roran lo veía en los rostros de hombres, enanos y úrgalos, aunque no en la de los elfos, que mantenían una expresión fría y furiosa por la muerte de su reina.

A Roran le preocupaban los elfos; los había visto matar a soldados dispuestos a rendirse, pasándolos por la espada sin la mínima contemplación. Una vez desatada, su sed de sangre no parecía tener límites.

Poco después de la caída de Barst, el rey Orrin había recibido un impacto en el pecho al tomar un puesto de guardia en el interior de la ciudad. Era una herida grave, que aparentemente los elfos no estaban muy seguros de poder curar. Los soldados del rey se lo habían llevado de vuelta al campamento y, de momento, Roran no sabía nada sobre su estado.

Aunque no podía combatir, Roran sí podía dar órdenes. Decidió reorganizar el ejército desde atrás, reuniendo a guerreros dispersos y enviándolos en misiones por todo Urû'baen —la primera de ellas, hacerse con el resto de las catapultas distribuidas por las murallas—. Cuando se enteraba de algo que consideraba que debían saber Jörmundur, Orik, Martland *Barbarroja* o cualquiera de los otros comandantes del ejército, enviaba mensajeros que cruzaban la ciudad para informar.

—… y si veis algún soldado cerca del edificio de la gran cúpula junto al mercado, no dejes de decírselo también a Jörmundur —le ordenó al enjuto soldado de altos hombros que tenía delante.

—Sí, señor —contestó el soldado, y la nuez del cuello se le movió arriba y abajo al tragar saliva.

Roran se quedó mirando un momento, fascinado por el movimiento; luego agitó la mano y lo despidió:

—Venga.

Mientras el hombre se iba a la carrera, Roran frunció el ceño y miró más allá de los tejados de las casas, hacia la ciudadela situada en la base de la losa que cubría la ciudad.

«¿Dónde estás?», se preguntó. No había visto a Eragon ni a sus acompañantes desde su entrada a la fortaleza, y le preocupaba lo prolongado de su ausencia. Se le ocurrían numerosas explicaciones para el retraso, pero ninguna pintaba bien. En el mejor de los casos, Galbatorix estaría aún escondido, y Eragon y sus compañeros estarían buscándolo. Pero después de ver el poder de Shruikan la noche anterior, no concebía que Galbatorix pudiera esconderse de sus enemigos.

Si sus peores miedos se hacían realidad, las victorias de los vardenos durarían poco, y Roran sabía que era poco probable que él o cualquiera de los soldados de su ejército vivieran para ver llegar la noche.

Uno de los hombres que había enviado antes —un arquero lampiño, de cabello rubio y con las mejillas rojas— volvió, asomando por una calle a la derecha de Roran. Se detuvo frente al bloque de piedra y bajó la cabeza sin dejar de jadear para recuperar el aliento.

—¿Has encontrado a Martland?

El arquero volvió a asentir, con el cabello cubriéndole la frente.

—¿Y le has dado mi mensaje?

—Sí, señor. Martland me ha dicho que le diga… —hizo una pausa para coger aire—… que los soldados se han retirado de los baños, pero que ahora se han atrincherado en un pabellón próximo a la muralla sur.

Roran se movió sobre la camilla y sintió una punzada en el brazo recién curado.

—¿Y las torres de guardia entre los baños y los graneros? ¿Ya están aseguradas?

—Dos de ellas; aún estamos luchando para tomar el resto. Martland convenció a unos cuantos elfos para que colaboraran. También…

Un rugido apagado procedente de la montaña de piedra los interrumpió.

El arquero palideció, salvo por el rubor de sus mejillas, que adoptó un rojo aún más intenso que antes, como si se lo hubiera pintado.

—Señor, ¿eso es…?

—¡Shhh! —Roran ladeó la cabeza, aguzando el oído. Solo Shruikan podía haber rugido con tanta fuerza.

Por unos momentos, no oyeron nada digno de mención. Entonces se produjo otro rugido en el interior de la ciudadela, y a Roran le pareció distinguir otros ruidos más leves, aunque no estaba seguro de qué eran.

Por todas partes, frente a la puerta en ruinas, hombres, elfos, enanos y úrgalos se quedaron quietos y miraron hacia la ciudadela.

Se oyó otro rugido, aún más potente que el anterior.

Roran agarró con fuerza el extremo de la litera, con el cuerpo rígido.

—Matadlo —murmuró—. Matad a esa alimaña.

Una vibración, sutil pero perceptible, se extendió por toda la ciudad, como si un gran peso hubiera impactado contra el suelo. Y con ella Roran oyó otro ruido, como el de algo al romperse.

Entonces el silencio se extendió por la ciudad, y cada segundo que pasaba era más largo que el anterior.

—¿Cree que necesita nuestra ayuda? —preguntó el arquero, en voz baja.

—No hay nada que podamos hacer por ellos —dijo Roran, con la mirada fija en la ciudadela.

—¿No podrían los elfos…?

El suelo tembló y se agitó; luego la fachada de la ciudadela explotó con una pantalla de fuego blanca y amarilla de tal intensidad que Roran vio los huesos en el interior del cuello y la cabeza del arquero, como si la carne fuera de papel.

Roran agarró al arquero y se lanzó tras el borde del bloque de piedra, arrastrando al mensajero consigo.

En el momento en que cayeron, Roran oyó una explosión, como si le hubieran introducido unas agujas por los oídos. Gritó, pero no pudo oír su propia voz —de hecho, tras el estruendo inicial no oía nada de nada—. Los adoquines se le clavaron en el cuerpo y por encima de sus cuerpos se extendió una nube de polvo y escombros que eclipsó el sol, y un viento potentísimo le levantó la ropa.

El polvo lo obligó a cerrar los ojos con fuerza. Lo único que podía hacer era mantenerse agarrado al arquero y esperar que el caos remitiera. Intentó respirar, pero el viento caliente le arrancaba el aire de los labios y de la nariz antes de que pudiera ni siquiera llenar los pulmones. Algo le golpeó la cabeza, y notó que su casco salía volando.

El temblor se prolongó, pero por fin el suelo volvió a quedarse inmóvil, y Roran abrió los ojos, temeroso ante lo que pudiera encontrarse.

El aire estaba turbio y gris; todo lo que quedaba a más de unos treinta metros, envuelto en la niebla. Del cielo aún caían pequeños fragmentos de madera y de piedra, así como astillas calcinadas. Frente a ellos aún ardía un trozo de madera cruzado en la calle —un fragmento de las escaleras que habían roto los elfos al destruir la puerta—. El calor producido por la deflagración había calcinado la viga de punta a punta. Los guerreros que estaban de pie yacían ahora en el suelo, algunos aún moviéndose; otros, sin duda, muertos.

Roran miró al arquero. El hombre se había mordido el labio inferior y la sangre le cubría la barbilla.

Se levantaron ayudándose el uno al otro. Roran miró hacia el lugar donde se encontraba la ciudadela. No vio nada más que una turbia oscuridad. ¡Eragon! ¿Podrían haber sobrevivido a la explosión él y Saphira? ¿Era posible que alguien hubiera salido con vida de aquel infierno?

Abrió la boca varias veces, intentando recuperar el uso de los oídos —que le dolían, con un ruido continuado de fondo—, pero no lo consiguió. Cuando se tocó la oreja derecha, se manchó los dedos de sangre.

—¿Me oyes? —le gritó al arquero, aunque para él las palabras no eran más que una vibración en la boca y la garganta.

El otro hombre frunció el ceño y negó con la cabeza.

Roran sintió que se mareaba y tuvo que apoyarse en el bloque de piedra. Mientras esperaba recuperar el equilibrio, pensó en la losa que se extendía sobre sus cabezas, y de pronto se le ocurrió que toda la ciudad podía estar en peligro.

«Tenemos que salir de aquí antes de que se caiga», pensó. Escupió sangre y polvo sobre los adoquines. Entonces volvió a mirar hacia la ciudadela, que aún estaba oculta por el polvo. El corazón se le encogió en el pecho.

«¡Eragon!»

Un mar de ortigas

*O*scuridad, y en la oscuridad, silencio.

Eragon sintió que dejaba de moverse de forma gradual y luego... nada. Podía respirar, pero el aire estaba viciado y muerto, y cuando intentó moverse, la tensión sobre el hechizo aumentaba.

Contactó mentalmente con todos los que le rodeaban y comprobó que estuvieran a salvo. Elva estaba inconsciente, y Murtagh casi, pero vivos, como todos los demás.

Era la primera vez que contactaba con la mente de Espina. Al hacerlo, el dragón rojo se echó atrás un poco. Sus pensamientos eran más oscuros y retorcidos que los de Saphira, pero había en él una fuerza y una nobleza que le impresionó.

No podemos mantener este hechizo mucho más tiempo —advirtió Umaroth, con voz tensa.

Tenéis que hacerlo —respondió Eragon—. *Si no, moriremos.*

Pasaron los segundos.

De pronto, los ojos del chico percibieron la luz, y sus oídos se llenaron de ruidos.

Parpadeó y apretó los ojos, aún deslumbrados.

A través del aire lleno de humo vio un enorme cráter en el lugar donde antes estaba Galbatorix. La piedra brillaba, incandescente, y latía como la carne viva al contacto con el aire fresco. El techo también era un mar de luz, y aquello resultaba de lo más inquietante; era como si estuvieran en el interior de un crisol gigante.

El aire olía como a hierro.

Las paredes de la sala estaban agrietadas, y los pilares, las tallas y las lámparas habían quedado pulverizados. Al fondo de la estancia yacía el cadáver de Shruikan, con gran parte de la carne arrancada, y los huesos, manchados de hollín, a la vista. En otro extremo de la sala, la explosión había derribado las paredes de piedra, así como todas las de decenas de metros más allá, dejando a la vista un verdadero laberinto de túneles y cámaras. Las preciosas puertas de oro que antes protegían la entrada al salón del trono habían salido volando. A Eragon le pareció distinguir luz de día en el otro extremo del largo pasillo que llevaba al exterior.

Al ponerse en pie observó que sus defensas seguían alimentándose de la fuerza de los dragones, pero ya no al mismo ritmo de antes.

Un trozo de piedra del tamaño de una casa cayó del techo y fue a parar cerca del cráneo de Shruikan, donde se partió en una docena de pedazos. A su alrededor se abrieron nuevas grietas por las paredes con unos chirridos y crujidos procedentes de todas partes.

Arya se dirigió hacia los dos críos, agarró al niño por la cintura y lo subió a lomos de Saphira. Una vez allí, señaló a la niña y le dijo a Eragon:

—¡Pásamela!

Eragon tardó un segundo en envainar a *Brisingr*. Luego agarró a la niña y se la pasó a Arya, que la cogió entre los brazos.

El chico se dio la vuelta y pasó junto a Elva, corriendo en dirección a Nasuada.

—¡*Jierda*! —dijo, apoyando una mano sobre los grilletes que la tenían encadenada al bloque de piedra gris.

El hechizo no surtió efecto, así que le puso fin enseguida, antes de consumir demasiada energía.

Nasuada emitió un chillido apagado, y él le arrancó la mordaza de la boca.

—¡Tenéis que encontrar la llave! —dijo—. La tiene el carcelero de Galbatorix.

—¡No tenemos tiempo para encontrarlo! —Eragon volvió a desenvainar a *Brisingr* y golpeó con ella la cadena que acababa en el grillete que tenía Nasuada en la mano izquierda.

La espada rebotó sobre el eslabón, reverberando con fuerza, pero solo consiguió mellar levemente el metal. Dio un segundo golpe, pero la cadena no cedió ante la hoja de la espada.

Del techo cayó otro trozo de piedra que impactó contra el suelo con un sonoro crac.

Una mano le agarró del brazo y, al volverse, vio a Murtagh de pie tras él, con un brazo apretado sobre la herida del vientre.

—Apártate —murmuró.

Eragon se hizo a un lado, y su hermanastro pronunció el nombre de todos los nombres, como antes, y luego dijo «*jierda*», y los grilletes se abrieron, soltándose y cayendo al suelo.

Murtagh la cogió por la cintura y la acompañó hacia donde estaba Espina. Pero tras dar un paso ella situó el cuerpo bajo el brazo de él y dejó que se apoyara sobre sus hombros.

Eragon se quedó con la boca abierta, pero enseguida la cerró. Ya habría tiempo para hacer peguntas.

—¡Esperad! —gritó Arya, bajando de un salto de la grupa de Saphira y corriendo hacia Murtagh.

—¿Dónde está el huevo? ¿Y los eldunarís? ¡No podemos dejarlos!

Murtagh frunció el ceño. Eragon intercambió una mirada con Arya.

La elfa dio media vuelta, con su cabello chamuscado al aire, y salió corriendo hacia una puerta en el lado opuesto de la sala.

—¡Es demasiado peligroso! —le gritó Eragon—. ¡Este lugar se cae a pedazos! ¡Arya!

Marchaos —dijo ella—. *Poned a los niños a salvo. ¡Marchaos! ¡No tenéis mucho tiempo!*

Eragon soltó una maldición. Cuando menos, Arya tenía que haberse llevado consigo a Glaedr. Envainó *Brisingr*, se agachó y recogió a Elva, que se estaba despertando.

—¿Qué sucede? —preguntó la niña mientras Eragon la acomodaba sobre Saphira, detrás de los otros dos niños.

—Nos vamos —le dijo—. Agárrate.

Saphira ya se había puesto en movimiento. Cojeando ligeramente por la herida en la pata, rodeó el cráter. Espina la siguió de cerca, con Murtagh y Nasuada en la grupa.

—¡Cuidado! —gritó Eragon, al ver un pedazo de techo que se desprendía y se les venía encima.

Saphira viró a la izquierda, y el afilado trozo de piedra cayó a su lado, soltando una lluvia de fragmentos de color pajizo en todas direcciones. Uno de ellos impactó contra el costado de Eragon y se alojó en su cota de malla. Él se lo arrancó y lo tiró al suelo. De la punta del guante le salió un rastro de humo, y olía a cuero quemado. Por todas partes de la cámara seguían cayendo fragmentos de piedra.

Cuando Saphira llegó a la entrada del pasillo, Eragon giró la cabeza y miró hacia Murtagh.

—¿Qué hay de las trampas? —gritó.

Murtagh sacudió la cabeza y le indicó con un gesto que continuara.

Gran parte del pasillo estaba cubierto de montones de piedras, lo que hizo que los dragones fueran más lentos. A ambos lados se veían las cámaras y los túneles llenos de escombros abiertos por la explosión. En su interior ardían mesas, sillas y otros muebles. Por debajo de las piedras sobresalían brazos y piernas de personas muertas o agonizantes y en ocasiones se veía alguna cara contorsionada o la parte posterior de una cabeza.

Eragon buscó con la mirada a Blödhgarm y a sus hechiceros, pero no vio ningún indicio de que estuvieran allí, ni vivos ni muertos.

Al fondo del pasillo, centenares de personas —soldados y criados— iban saliendo de las puertas contiguas y corrían hacia la entrada, ya visible. Muchos tenían algún brazo roto, quemaduras, magulladuras y otras heridas. Los supervivientes se apartaron para dejar espacio a Saphira y Espina, pero por lo demás no les hicieron caso.

Saphira ya estaba casi al final del pasillo cuando se oyó un estruendo tras ellos. Eragon vio que el salón del trono se había hundido sobre sí mismo; el suelo de la cámara había quedado enterrado bajo una capa de piedras de quince metros de grosor.

«¡Arya!», se dijo. Intentó localizarla con la mente, pero no lo logró. O les separaba una barrera demasiado gruesa, o alguno de los hechizos atrapados entre los escombros le bloqueaba el paso o —aunque era una alternativa que odiaba plantearse— estaba muerta. No estaba en la sala en el momento del hundimiento; eso lo sabía, pero se preguntaba si podría encontrar el modo de salir ahora que no podría pasar por el salón del trono.

Al salir de la ciudadela el aire se aclaró y Eragon pudo ver la destrucción que había creado la explosión en Urû'baen. Había arrancado los tejados de pizarra de muchos edificios cercanos y había incendiado las vigas que los sostenían. Por toda la ciudad se veían focos de incendios. Las columnas de humo se elevaban hasta la losa que cubría la ciudad, donde se extendían por la superficie inclinada de la piedra, como agua por el cauce de un río. En el extremo sureste de la ciudad, el humo se escapaba por el lateral del saliente y encontraba la luz del sol de la mañana, adquiriendo un brillo del color anaranjado rojizo de un ópalo.

Los habitantes de Urû'baen abandonaban sus casas, corriendo por las calles hacia el agujero abierto en la muralla exterior. Los soldados y los criados de la ciudadela se unieron a ellos, lo que les dio a Saphira y a Espina espacio suficiente para atravesar el patio que se abría frente a la fortaleza. Eragon no les prestó demasiada atención; mientras no se mostraran belicosos, no le importaba lo que hicieran.

Saphira se paró en el centro del rectángulo, y Eragon bajó a Elva y a los dos niños sin nombre al suelo.

—¿Sabéis dónde están vuestros padres? —preguntó, agachándose junto a los hermanos.

Ellos asintieron, y el chico señaló una gran casa a la izquierda del patio.

—¿Es ahí donde vivís?

El niño volvió a asentir.

—Pues marchaos a casa, venga —dijo Eragon, y les dio un empujoncito en la espalda.

Los críos no esperaron a que se lo dijera dos veces y atravesaron corriendo el patio hasta la casa. La puerta se abrió y un hombre algo calvo con una espada al cinto salió y los estrechó entre sus brazos. Miró a Eragon desde la distancia y luego hizo entrar a los niños.

Eso ha sido fácil —le dijo Eragon a Saphira.

Galbatorix debe de haber ordenado a sus hombres que capturaran a los niños que encontraran más cerca —respondió ella—. *No le dimos tiempo para más.*

Supongo.

Espina estaba a unos metros de Saphira, y Nasuada ayudó a Murtagh a bajar. Luego este se dejó caer contra el vientre de Espina. Eragon le oyó recitar hechizos curativos.

Él, a su vez, se ocupó de las heridas de Saphira, pasando por alto las suyas, ya que las de la dragona eran más graves. El corte en la pata izquierda tenía una profundidad de un palmo, y alrededor de la garra se le estaba formando un charco de sangre.

¿Diente o garra? —le preguntó, mientras examinaba la herida.

Garra —dijo ella.

Eragon usó la fuerza de Saphira y la de Glaedr para reparar el corte. Cuando acabó con aquello se fijó en sus propias heridas, empezando por el dolor lacerante del costado, donde Murtagh le había clavado la espada.

Mientras lo hacía, observó a su hermanastro, que se curaba la herida del vientre, así como sanaba el ala rota de Espina y las otras lesiones del dragón. Nasuada estuvo a su lado todo el rato, apoyándole la mano en el hombro. Eragon observó que, de algún modo, había recuperado la espada *Zar'roc* durante la huida del salón del trono.

Entonces se dirigió hacia Elva, que estaba de pie, allí cerca. Parecía estar sufriendo un gran dolor, pero no vio sangre.

—¿Estás herida? —le preguntó.

Ella frunció aún más el ceño y sacudió la cabeza.

—No, pero muchos de ellos sí —dijo, señalando a la gente que huía de la ciudadela.

—Mmm. —Eragon volvió a mirar hacia donde estaba Murtagh. Nasuada y él estaban ahora de pie, hablando.

Nasuada arrugó la frente.

Entonces Murtagh alargó la mano, agarró a Nasuada por el cuello de la túnica y tiró de la tela, rasgándola.

Eragon tenía *Brisingr* medio desenvainada cuando vio el mapa de moratones que ella tenía sobre las clavículas. Aquella visión le impresionó; le recordó las lesiones que presentaba Arya en la espalda cuando Murtagh y él la rescataron de Gil'ead.

Nasuada asintió y bajó la cabeza.

Murtagh volvió a hablar, y esta vez Eragon estaba seguro de que era en el idioma antiguo. Apoyó las manos sobre varios puntos del cuerpo de Nasuada, con gran suavidad —casi vacilando— y la expresión de alivio de ella fue la prueba que hizo entender a Eragon el gran dolor que había sufrido.

Se quedó mirando un minuto más y luego se sintió embargado por la emoción. Las rodillas le fallaron, y se sentó sobre la garra derecha de Saphira, que bajó la cabeza y le acarició el hombro con el morro. Él apoyó la cabeza.

Lo hemos conseguido —dijo ella en un tono suave.

Lo hemos conseguido —repitió él, casi incapaz de creérselo.

Sentía que Saphira pensaba en la muerte de Shruikan; por peligroso que fuera el dragón negro, aún lamentaba el fallecimiento de uno de los últimos miembros de su raza.

Eragon se agarró a sus escamas. Estaba casi mareado, como si flotara en el aire.

¿Y ahora qué…?

Ahora reconstruiremos —dijo Glaedr, que también sentía una curiosa mezcla de satisfacción, pesar y preocupación—. *Te has desenvuelto bien, Eragon. A nadie más se le habría ocurrido atacar a Galbatorix como tú lo has hecho.*

—Solo quería que comprendiera —murmuró, abatido.

Pero si Glaedr le oyó, decidió no responder.

Por fin el Perjuro ha muerto —dijo Umaroth, orgulloso.

Parecía imposible que Galbatorix ya no existiera. Mientras Eragon evaluaba la situación, algo en el interior de su mente se liberó y recordó —como si nunca lo hubiera olvidado— todo lo que había ocurrido durante su visita a la Cripta de las Almas, y se estremeció.

Saphira...

Sí, lo sé —dijo ella, más animada—. ¡Los huevos!

Eragon sonrió. ¡Huevos! ¡Huevos de dragón! La raza no desaparecería en el olvido. Sobrevivirían, prosperarían y recuperarían su antigua gloria, como en tiempos de los Jinetes.

Entonces tuvo una horrible sospecha.

¿Hicisteis que olvidáramos algo más? —le preguntó a Umaroth.

Si lo hubiéramos hecho, ¿cómo íbamos a saberlo? —respondió el dragón blanco.

—¡Mirad! —exclamó Elva, señalando con el dedo.

Al volverse, Eragon vio a Arya saliendo de entre los escombros de la ciudadela. Con ella iban Blödhgarm y sus hechiceros, cubiertos de arañazos y magulladuras, pero vivos. En sus brazos llevaba un cofre de madera con cierres dorados. Una larga fila de cajas de metal —cada una del tamaño de un carro— flotaba tras los elfos, a unos centímetros del suelo.

Eufórico, Eragon dio un salto y corrió a su encuentro.

—¡Estáis vivos! —exclamó, y sorprendió a Blödhgarm al agarrarlo y darle un abrazo.

El peludo elfo se lo quedó mirando un momento con sus ojos amarillos y luego sonrió, mostrando los colmillos.

—Estamos vivos, Asesino de Sombra.

—¿Son esos los... eldunarís? —preguntó, en voz baja.

Arya asintió.

—Estaban en la sala del tesoro de Galbatorix. Tendremos que volver en algún momento; lo que hay allí dentro es una maravilla.

—¿Cómo están? Los eldunarís, quiero decir.

—Confundidos. Tardarán años en recuperarse, si es que lo hacen.

—¿Y eso es...? —Eragon se acercó hacia el cofre que Arya llevaba en brazos.

Arya echó un vistazo para cerciorarse de que no había nadie cerca que pudiera ver; luego levantó la tapa con un dedo. En el interior, envuelto en un trapo de terciopelo, Eragon vio un precioso huevo de dragón verde jaspeado con vetas blancas.

La alegría en el rostro de Arya hizo que Eragon sintiera que el corazón le daba un respingo en el pecho. Sonrió y envió una mirada de complicidad a los otros elfos. Cuando los tuvo a su alrededor, les habló susurrando en el idioma antiguo sobre los huevos de Vroengard.

Los elfos no reaccionaron con grandes muestras de alegría, pero los ojos se les iluminaron, y todos ellos parecían vibrar de la emoción. Sin dejar de sonreír, Eragon dio media vuelta, encantado con su reacción.

¡Eragon! —dijo entonces Saphira.

Al mismo tiempo, Arya frunció el ceño y dijo:

—¿Dónde están Espina y Murtagh?

Eragon vio a Nasuada sola en el patio. A su lado había un par de alforjas que no recordaba haber visto a lomos de Espina. El viento soplaba por el patio y oyó un aleteo en el aire, pero no vio ni rastro de Murtagh ni de Espina.

Eragon extendió su percepción mental hacia donde supuso que estarían. Los encontró enseguida, porque no habían escondido sus mentes, pero se negaron a hablarle o escucharle.

—Maldita sea —murmuró él, corriendo hacia donde estaba Nasuada, que tenía lágrimas en las mejillas y que parecía estar a punto de perder la compostura.

—¡¿Dónde van?!

—Se van —dijo ella, con un temblor en la barbilla. Entonces cogió aire, lo soltó y levantó la cabeza más aún que antes.

Maldiciendo una vez más, Eragon se agachó y abrió las alforjas. En su interior encontró unos cuantos eldunarís más pequeños envueltos en paquetes acolchados.

—¡Arya! ¡Blödhgarm! —gritó, señalando las alforjas.

Los dos elfos asintieron.

Eragon corrió hacia Saphira. No tuvo que explicarle nada: ella lo entendió. Extendió las alas y el chico montó. En cuanto estuvo bien sentado, la dragona emprendió el vuelo.

Los vítores se extendieron por la ciudad cuando los vardenos la vieron.

Saphira agitó las alas con fuerza, siguiendo la estela almizclada de Espina. Le condujo al sur, lejos de la sombra de la losa de piedra, y allí viró y rodeó el saliente, hacia el norte, en dirección al río Ramr.

A lo largo de varios kilómetros, el rastro se mantuvo recto y al mismo nivel. Pero cuando tuvieron el ancho río flanqueado de árboles casi debajo, empezó a descender.

Eragon escrutó el terreno y vio un destello rojo a los pies de una colina, al otro lado del río.

Por ahí —le dijo a Saphira, pero ella ya había localizado a Espina.

Saphira trazó una espiral descendente y aterrizó suavemente en lo alto de la colina, donde tenía mejor visibilidad. El aire procedente del río era fresco y húmedo, y transportaba el olor del musgo, el barro y la savia. Entre la colina y el río se extendía un mar de ortigas. Las plantas crecían con tal profusión que el único modo de atravesarlas hubiera sido abrir un camino. Sus hojas oscuras y dentadas se frotaban unas con otras con un suave murmullo que se mezclaba con el ruido del agua del río.

Al borde del campo de ortigas estaba Espina, y Murtagh permanecía a su lado, ajustando la cincha de la silla.

Eragon envainó la espada y luego se acercó sigilosamente.

—¿Habéis venido a detenernos? —dijo Murtagh, sin darse la vuelta siquiera—. Eso depende. ¿Adónde vais?

—No lo sé. Al norte, quizá… A algún lugar lejos de todo el mundo.

—Podríais quedaros.

Murtagh soltó una carcajada amarga.

—Tú sabes que no. Solo le causaría problemas a Nasuada. Además, los enanos nunca lo aceptarían, después de que matara a Hrothgar. —Echó una mirada hacia Eragon por encima del hombro—. Galbatorix solía llamarme «Asesino de Reyes». Ahora tú también eres un Asesino de Reyes.

—Parece que es algo de familia.

—Entonces más vale que mantengas a Roran vigilado… Y Arya es una asesina de dragones. Eso no puede ser fácil para ella: un elfo que mata un dragón. Deberías hablar con ella y asegurarte de que está bien.

Aquella reacción sorprendió a Eragon.

—Lo haré.

—Ya está —dijo Murtagh, dando un último tirón a la cincha. Entonces se giró hacia Eragon, que observó que su hermanastro había tenido la espada *Zar'roc* pegada al cuerpo todo el rato, desenvainada y lista para usar—. Bueno, así pues, ¿habéis venido a detenernos?

—No.

Murtagh esbozó una sonrisa y envainó *Zar'roc*.

—Me alegro. Tendría que volver a luchar contigo.

—¿Cómo pudiste liberarte de Galbatorix? Era tu nombre verdadero, ¿no?

Murtagh asintió.

—Como te he dicho, no soy…, «no somos» —rectificó, tocando el costado de Espina— lo que éramos. Tardamos un poco en darnos cuenta.

—Y Nasuada…

Murtagh frunció el ceño. Luego apartó la mirada y la fijó en el mar de ortigas. Cuando Eragon se acercó a su lado, le dijo en voz baja:

—¿Te acuerdas de la última vez que estuvimos en este río?

—Sería difícil olvidarlo. Aún recuerdo cómo relinchaban los caballos.

—Tú, Saphira, Arya y yo, todos juntos y seguros de que nada podría detenernos…

En un rincón de su mente, Eragon notaba que Saphira y Espina estaban hablando. Sabía que su dragona le contaría más tarde lo que se habían dicho.

—¿Qué vas a hacer? —le preguntó a Murtagh.

—Sentarme a pensar. A lo mejor construyo un castillo. Me sobra tiempo.

—No tienes por qué irte. Sé que sería… difícil, pero tienes familia: yo, y también Roran. Es tu primo, igual que lo es mío, y nunca os habéis llegado a conocer… Carvahall y el valle de Palancar son tu casa, tanto como lo es Urû'baen, o quizá más.

Murtagh sacudió la cabeza y siguió mirando las ortigas.

—No funcionaría. Espina y yo necesitamos estar solos un tiempo, para curarnos. Si nos quedamos, estaremos demasiado ocupados como para pensar en nosotros.

—La buena compañía y la actividad a menudo son el mejor remedio para curar las dolencias del alma.

—No para lo que nos hizo Galbatorix… Además, resultaría doloroso estar cerca de Nasuada ahora mismo, tanto para ella como para mí. No, tenemos que irnos.

—¿Cuánto tiempo crees que estaréis lejos?

—Hasta que el mundo no esté tan lleno de odio y hasta que no sintamos ganas de derribar montañas y llenar el mar de sangre.

Eragon no tenía respuesta para aquello. Se quedaron mirando al río, tras una hilera de sauces. El murmullo de las ortigas, agitadas por el viento del oeste, se hizo más intenso.

—Cuando ya no queráis estar solos, venid a buscarnos —dijo Eragon—. Siempre seréis bienvenidos, allá donde estemos.

—Lo haremos. Lo prometo. —Y, para sorpresa de Eragon, los

ojos de Murtagh se iluminaron por un momento—. Ya sabes que nunca pensé que lo consiguieras…, pero me alegro de que lo hicieras.

—Tuve suerte. Y no habría sido posible sin tu ayuda.

—Aun así… ¿Encontrasteis los eldunarís en las alforjas?

Eragon asintió.

—Bien.

¿Se lo contamos? —le preguntó Eragon a Saphira, con la esperanza de que ella estuviera de acuerdo.

La dragona se lo pensó un momento.

Sí, pero no le digas dónde. Tú se lo dices a él y yo se lo digo a Espina.

Como quieras —dijo Eragon.

Luego se dirigió a Murtagh:

—Hay algo que deberías saber.

Murtagh lo miró de costado.

—El huevo que tenía Galbatorix… no es el único de Alagaësia. Hay más, ocultos en el mismo sitio donde encontramos los eldunarís que trajimos.

Murtagh lo miró, con expresión incrédula. Al mismo tiempo, Espina arqueó el cuello y emitió un alegre bramido que espantó a un banco de golondrinas que estaban posadas entre las ramas de un árbol cercano.

—¿Cuántos más?

—Cientos.

Por un momento, Murtagh se quedó sin habla.

—¿Qué harás con ellos? —dijo luego.

—¿Yo? Creo que Saphira y los eldunarís tendrán algo que decir al respecto, pero probablemente buscaremos algún lugar seguro para que nazcan los dragones, y volveremos a tener Jinetes.

—¿Los entrenaréis Saphira y tú?

—Estoy seguro de que los elfos colaborarán —dijo Eragon, encogiéndose de hombros—. Vosotros también podríais hacerlo, si queréis.

Murtagh echó la cabeza atrás y suspiró con fuerza.

—Así que los dragones van a volver, y los Jinetes también —dijo, y soltó una risita—. El mundo está a punto de cambiar.

—Ya ha cambiado.

—Sí. De modo que Saphira y tú os convertiréis en los nuevos líderes de los Jinetes, mientras que Espina y yo viviremos en la naturaleza.

Eragon intentó decir algo para reconfortarlo, pero Murtagh le detuvo con la mirada.

—No, así es como debe ser. Saphira y tú seréis mucho mejores maestros que nosotros.

—Yo no estoy tan seguro de eso.

—Mmm… Pero prométeme una cosa.

—¿Qué?

—Cuando les enseñéis, enseñadles a no tener miedo. El miedo es bueno en pequeñas cantidades, pero cuando es una constante, un compañero inseparable, te merma y te resulta difícil hacer lo que sabes que debes hacer.

—Lo intentaré.

Entonces Eragon observó que Saphira y Espina ya no estaban hablando. El dragón rojo se giró hacia un lado, rodeando a Saphira, hasta tener a Eragon enfrente. Con una voz mental que resultaba sorprendentemente musical, le dijo:

Gracias por no matar a mi Jinete, Eragon, hermano de Murtagh.

—Sí, gracias —dijo Murtagh, seco.

—Me alegro de no haber tenido que hacerlo —respondió Eragon, mirando a uno de los ojos de Espina, brillante y rojo como la sangre.

El dragón rebufó, bajó el morro y tocó con el morro la cabeza de Eragon, dándole unos golpecitos en el casco.

Que siempre tengas el viento y el sol a la espalda.

—Y tú también.

De pronto Eragon sintió la presencia de unos intensos sentimientos enfrentados: era la conciencia de Glaedr, que se había hecho presente en su mente y, en apariencia, también en la de Murtagh y Espina, porque de repente se pusieron tensos, como si estuvieran a punto de entrar en combate. Eragon se había olvidado de que Glaedr y los otros eldunarís —ocultos en su bolsa de espacio invisible— estaban presentes y los escuchaban.

Ojalá yo pudiera darte las gracias por el mismo motivo —dijo Glaedr, con un tono amargo como la bilis—. *Mataste mi cuerpo y a mi Jinete.*

La afirmación era llana y simple, y eso era lo que le daba mayor peso.

Murtagh dijo algo mentalmente, pero Eragon no supo lo que era, porque iba dirigido solo a Glaedr.

No, no puedo —respondió Glaedr—. *No obstante, entiendo que fue Galbatorix quien te llevó a hacerlo y quien movió tu bra-*

zo, Murtagh… No puedo perdonar, pero Galbatorix está muerto y con él mi deseo de venganza. Tu camino siempre ha sido difícil, desde tu nacimiento. Pero hoy has demostrado que tus desgracias no han podido contigo. Te volviste contra Galbatorix cuando eso solo podía traerte dolor, y con ello hiciste posible que Eragon lo matara. Espina y tú habéis demostrado hoy que sois dignos de ser reconocidos Shur'tugal de pleno derecho, aunque nunca hayáis contado con la instrucción y la guía necesarias. Eso es… admirable.

Murtagh inclinó la cabeza levemente.

Gracias, Ebrithil —dijo Espina.

Eragon lo oyó. El uso del Ebrithil honorífico por parte de Espina debió de sorprender a Murtagh, porque se volvió a mirar al dragón y abrió la boca, como si fuera a decir algo.

Entonces fue Umaroth quien habló:

Conocemos muchas de las dificultades que habéis tenido que atravesar, Espina, Murtagh, porque os hemos observado desde la distancia, del mismo modo que observamos a Eragon y a Saphira. Hay muchas cosas que podríamos enseñaros cuando estéis listos, pero hasta entonces os diremos esto: en vuestras andaduras, evitad los túmulos de Anghelm, donde vive el rey úrgalo Kulkarvek. Evitad también las ruinas de Vroengard y de El-harím. Protegeos de las profundidades del mar, y no paséis por donde el suelo es negro y áspero y el aire huele a azufre, porque en esos lugares mora el mal. Haced lo que os decimos y, a menos que tengáis muy mala suerte, no encontraréis peligros que no podáis afrontar.

Murtagh y Espina le dieron las gracias a Umaroth. El chico lanzó una mirada en dirección a Urû'baen y anunció:

—Tenemos que irnos. —Luego volvió a mirar a Eragon—. ¿Recuerdas aún el nombre del idioma antiguo, o todavía tienes la mente nublada por los hechizos de Galbatorix?

—Casi lo recuerdo, pero… —Eragon sacudió la cabeza, confuso.

Entonces Murtagh dijo el nombre de nombres dos veces: la primera para anular el hechizo que Galbatorix había lanzado sobre Eragon; la segunda para que Eragon y Saphira pudieran aprender el nombre.

—Yo no lo compartiría con nadie más —sugirió Murtagh—. Si todos los magos supieran el nombre del idioma antiguo, sería peor que si el idioma en sí no tuviera efecto.

Eragon asintió. Estaba de acuerdo.

Entonces Murtagh le tendió la mano y se agarraron del antebrazo. Se quedaron así un momento, mirándose a los ojos.

—Cuídate —dijo Eragon.

—Tú también…, hermano.

Eragon vaciló, y luego asintió de nuevo:

—Hermano.

Murtagh comprobó las correas del arnés de Espina una vez más antes de subirse a la silla. Cuando el dragón extendió las alas y empezó a moverse, Murtagh se dirigió a Eragon por última vez:

—Encárgate de que Nasuada esté protegida. Galbatorix tenía muchos siervos, más de los que me llegó a decir, y no todos ellos estaban vinculados a él únicamente por la magia. Buscarán venganza por la muerte de su amo. No bajes nunca la guardia. ¡Entre ellos los hay más peligrosos aún que los Ra'zac!

Entonces Murtagh levantó una mano a modo de despedida. Eragon también lo hizo, y Espina dio tres largas zancadas, alejándose del mar de ortigas, y despegó dejando tras él unas profundas huellas en la tierra blanda.

La criatura, de un rojo brillante, sobrevoló la zona en círculos una, dos, tres veces, y luego puso rumbo al norte, moviendo las alas con una cadencia lenta y regular.

Eragon fue a reunirse con Saphira en la cima de la colina y juntos observaron a Espina y Murtagh hasta que no fueron más que una mota próxima al horizonte.

Con cierta tristeza, el chico ocupó su sitio a lomos de su dragona y, dejando atrás la loma, emprendieron el camino de vuelta a Urû'baen.

El legado del Imperio

*E*ragon ascendió lentamente por los erosionados escalones de la torre verde. Estaba a punto de anochecer, y a través de las ventanas abiertas en la pared curva a su derecha veía los edificios de Urû'-baen envueltos en sombras, así como los campos cubiertos de niebla más allá de las murallas y, a medida que seguía la espiral ascendente, la oscura masa de la colina de piedra que se elevaba detrás.

La torre era alta, y él se sentía cansado. Deseó haber podido llegar a la cumbre volando con Saphira. Había sido un día largo, y en aquel momento no había nada que le apeteciera más que sentarse con su dragona y tomarse una taza de té caliente mientras la luz iba desapareciendo tras el horizonte. Pero, como siempre, aún había algo que hacer.

Solo había visto a Saphira dos veces desde que habían aterrizado de nuevo en la ciudadela, tras la partida de Murtagh y Espina. Ella se había pasado la mayor parte de la tarde ayudando a los vardenos a matar o capturar a los demás soldados y, más tarde, a concentrar en campamentos a las familias que habían huido de sus casas y se habían dispersado por el campo por si el saliente de roca se rompía y caía sobre la ciudad.

Tal como le contaron los elfos, eso no había ocurrido por los hechizos que habían aplicado a la piedra en tiempos pasados —cuando Urû'baen aún era conocida como Ilirea— y también por el inmenso tamaño del saliente, que le había permitido soportar la fuerza de la explosión sin sufrir daños significativos.

La colina, por su parte, había contribuido a contener los residuos nocivos de la explosión, aunque una gran parte había escapado por la entrada de la ciudadela, y casi todos los que habían estado en Urû'baen o en sus proximidades necesitarían que se les curara con magia, o muy pronto enfermarían y morirían. Ya muchos habían caído enfermos. Eragon había trabajado con los elfos para salvar a cuantos pudieran; la fuerza de los eldunarís le había permitido curar a una gran parte de los vardenos, así como a muchos habitantes de la ciudad.

En aquel mismo momento, los elfos y los enanos estaban tapiando la parte frontal de la ciudadela para evitar que la contaminación se extendiera. Eso después de haber registrado el edificio en busca de supervivientes, que habían sido muchos: soldados, criados y cientos de prisioneros de las mazmorras subterráneas. La gran cantidad de tesoros acumulados en la ciudadela, entre ellos la inmensa biblioteca de Galbatorix, tendrían que recuperarse más adelante. No sería tarea fácil. Se habían derrumbado las paredes de muchas salas; y otras, aún en pie, estaban tan dañadas que suponían un peligro para cualquiera que se aventurara a acercarse. Es más, habría que hacer uso de la magia para protegerse del veneno que impregnaba el aire, la piedra y todos los objetos situados en cualquier recoveco de la fortaleza. Y también habría que emplear la magia para limpiar cualquier objeto que decidieran sacar.

Una vez precintada la ciudadela, los elfos procederían a purgar la ciudad y los terrenos de los alrededores de los residuos nocivos que se hubieran sedimentado, para que la zona volviera a ser un lugar seguro para vivir. Eragon sabía que también tendría que ayudar en aquella tarea.

Antes de participar en la curación de la gente y en la asignación de defensas a todos los que estaban en Urû'baen y en los alrededores, se había pasado más de una hora usando el nombre del idioma antiguo para detectar y desmantelar los numerosos hechizos formulados por Galbatorix y que afectaban a los edificios y a los habitantes de la ciudad. Algunos de ellos parecían benignos, e incluso útiles —como el hechizo que aparentemente tenía como único objetivo evitar que crujieran las bisagras de una puerta, y que obtenía su energía de un cristal del tamaño de un huevo incrustado en la puerta—, pero Eragon no se atrevía a dejar intacto ninguno de los hechizos del rey, por muy inocuos que parecieran, especialmente los que afectaban a los sirvientes del rey. Entre ellos, los juramentos de fidelidad eran lo más común, pero también había hechizos de defensa que les asignaban habilidades fuera de lo ordinario, y otros hechizos más misteriosos.

En alguna ocasión, al liberar a nobles y plebeyos de sus ataduras, había percibido un grito de angustia, como si les hubiera arrancado algo precioso.

Había habido un momento de crisis, cuando retiró las restricciones impuestas por Galbatorix sobre los eldunarís esclavizados. Los dragones liberados se dedicaron a asaltar las mentes de los habitantes de la ciudad, atacando sin más a amigos y enemigos. El pánico se extendió por todas partes, haciendo que todos, hasta los elfos, se encogieran, pálidos del miedo.

Entonces Blödhgarm y los diez hechiceros que le quedaban ataron el convoy de cajas de metal que contenían los eldunarís a un par de caballos, y se los habían llevado lejos de Urû'baen, donde los pensamientos de los dragones no tendrían un efecto tan potente. Glaedr insistió en seguir a los dragones enloquecidos, al igual que varios de los eldunarís de Vroengard. Era la segunda vez que Eragon veía a Saphira desde su regreso, cuando tuvo que modificar el hechizo que ocultaba a Umaroth y a sus compañeros, de modo que cinco de los eldunarís pudieran separarse del grupo y ponerse en manos de Blödhgarm. Glaedr y los cinco eldunarís estaban convencidos de que podrían calmar y comunicarse con los dragones que Galbatorix había atormentado durante tanto tiempo. Eragon no estaba tan seguro de ello, pero esperaba que así fuera.

Mientras los elfos y los eldunarís se alejaban de la ciudad, Arya había contactado con Eragon, enviándole un pensamiento de interrogación desde el exterior de la puerta en ruinas, donde se había reunido con los capitanes del ejército de su madre. En aquel breve momento de contacto entre sus mentes, sintió la desolación de Arya por la muerte de Islanzadí, así como los reproches que se hacía a sí misma, y vio que sus emociones amenazaban con imponerse al sentido común, y la lucha interna que aquello suponía para ella. Le envió todos los pensamientos de consuelo que pudo, pero le pareció que aquello no supondría mucho en comparación con su gran pérdida.

Desde la partida de Murtagh, había momentos en que Eragon sentía un vacío interior. Antes estaba convencido de que si llegaban a matar a Galbatorix, estaría eufórico, y aunque estaba contento —que lo estaba— con la desaparición del rey, ya no sabía qué se esperaba de él. Había conseguido su objetivo. Había alcanzado una meta imposible. Ahora, sin aquel objetivo como guía, como impulso, estaba desorientado. ¿Qué deberían hacer con su vida él y Saphira a partir de aquel momento? ¿Qué les daría sentido? Sabía que, con el tiempo, los dos tendrían que impulsar la siguiente generación de dragones y Jinetes, pero la perspectiva se le antojaba demasiado distante como para ser real.

CHRISTOPHER PAOLINI

Todo aquello le superaba y no hacía más que infundirle inseguridad. Intentó pensar en otras cosas, pero las preguntas seguían acechándole, y la sensación de vacío persistía.

«A lo mejor Murtagh y Espina han tomado la opción más correcta», pensó.

Daba la impresión de que las escaleras de la torre verde no se acabarían nunca. Siguió subiendo, subiendo y girando, hasta que llegó un punto en que la gente de la calle se veía como un desfile de hormigas; sentía el cansancio en las pantorrillas y en los talones del movimiento repetitivo. Vio los nidos construidos por las golondrinas en los ventanucos, y bajo uno de ellos encontró un montón de esqueletos: los restos dejados por un halcón o un águila.

Cuando por fin vio el final de la escalera de caracol —una gran puerta ojival, negra por el paso de los años— hizo una pausa para ordenar las ideas y recuperar el aliento. Entonces ascendió los últimos metros, levantó el pestillo y empujó la puerta, que daba a una gran cámara redonda en lo alto de la torre de guardia élfica.

Le esperaban seis personas, además de Saphira: Arya y Lord Däthedr, el elfo de cabellos plateados, el rey Orrin, Nasuada, el rey Orik y el rey de los hombres gato, Grimrr *Mediazarpa*. Todos estaban de pie —salvo el rey, Orrin, que estaba sentado— en un amplio círculo, con Saphira justo enfrente de las escaleras, ante la ventana que daba al sur por donde había entrado. La luz del sol poniente entraba en la cámara de lado, iluminando las tallas élficas de las paredes y los intrincados patrones de color de la piedra descantillada del suelo.

Salvo Saphira y Grimrr, todos parecían tensos e incómodos. En la rigidez de los rasgos de Arya, alrededor de los ojos y en el cuello oscuro, Eragon vio reflejados el dolor y la rabia. Habría deseado poder hacer algo para aliviar su dolor. Orrin estaba sentado en un sillón, con la mano izquierda sobre el pecho vendado y una copa de vino en la derecha. Se movía con un cuidado exagerado, como si tuviera miedo de hacerse daño, pero tenía la mirada clara y luminosa, por lo que Eragon supuso que era la herida la que le hacía moverse con precaución, y no la bebida. Däthedr daba golpecitos con un dedo sobre el pomo de la espada, mientras que Orik tenía las manos apoyadas sobre el extremo del mango de *Volund*, su martillo —que a su vez tenía apoyado, invertido, en el suelo— y se examinaba la barba. Nasuada tenía los brazos cruzados, como si tuviera frío. A la derecha, Grimrr *Mediazarpa* miraba por la ventana, ajeno en apariencia a la presencia de los demás.

Cuando Eragon abrió la puerta todos le miraron y en el rostro de Orik apareció una sonrisa:

—¡Eragon! —exclamó. Se cargó *Volund* al hombro, avanzó pesadamente hacia el chico y le agarró por un brazo—. ¡Sabía que podrías matarle! ¡Bien hecho! Esta noche lo celebramos, ¿eh? Que prendan las hogueras y que nuestras voces canten hasta que la música de nuestros festejos resuene en el mismo cielo.

Eragon sonrió y asintió, y Orik le dio una palmadita en el brazo; luego volvió a su lugar, mientras el chico cruzaba la sala y se situaba junto a Saphira.

Hola, pequeño —dijo ella, rozándole el hombro con el morro.

Él alargó la mano y le tocó el duro pómulo cubierto de escamas, reconfortado por tenerla de nuevo al lado. Luego dirigió un pensamiento en dirección a los eldunarís que aún llevaba consigo. Al igual que él, estaban agotados tras todo lo que había sucedido en aquella jornada, y era evidente que preferían observar y escuchar que participar activamente en la conversación que estaba a punto de iniciarse.

Los eldunarís le saludaron. Umaroth pronunció su nombre, pero luego se mantuvo en silencio.

No parecía que nadie quisiera romper el hielo. Desde la ciudad, a sus pies, Eragon oyó el relincho de un caballo. De fuera de la ciudadela les llegó el repiqueteo de picos y cinceles. El rey Orrin se agitó, incómodo, en su sillón y dio un sorbo al vino. Grimrr se rascó una de sus puntiagudas orejas y luego olisqueó el aire.

Por fin Däthedr rompió el silencio:

—Tenemos que tomar una decisión.

—Eso lo sabemos, elfo —respondió Orik, con su voz profunda.

—Déjale hablar —dijo Orrin, haciendo un gesto con su enjoyado cáliz—. Me gustaría oír lo que piensa sobre el modo en que deberíamos proceder —añadió, con una sonrisa amarga, algo burlona, en el rostro. Agachó la cabeza hacia Däthedr, como si le diera permiso para hablar.

Däthedr le devolvió el gesto. Si el tono del rey ofendió al elfo, este no lo dejó entrever.

—Que Galbatorix está muerto es un hecho. Ahora mismo, la noticia de nuestra victoria se estará extendiendo por todo el territorio. A finales de semana, la derrota de Galbatorix será conocida en casi toda Alagaësia.

—Como debe ser —dijo Nasuada.

Había cambiado la túnica que le habían proporcionado sus carceleros por un vestido rojo oscuro, que hacía aún más evidente la pérdida de peso sufrida durante su cautiverio, ya que la ropa le colgaba de forma holgada de los hombros, y le marcaba una cintura de una delgadez extrema. Pero pese a su aspecto frágil, parecía haber recuperado fuerzas. Cuando Eragon y Saphira habían vuelto a la ciudadela, Nasuada estaba al límite, agotada tanto mental como físicamente. Nada más verla, Jörmundur se la había llevado al campamento, y Nasuada había pasado el resto del día lejos de todo. Eragon no había podido hablar con ella antes de la reunión, así que no estaba seguro de lo que pensaría sobre el tema que debían discutir. Si se daba el caso, contactaría con ella con la mente, pero esperaba poder evitarlo, porque no quería invadir su intimidad. No en aquel momento. No después de todo lo que había soportado.

—Como debe ser —confirmó Däthedr, con voz fuerte y clara bajo la bóveda de la sala redonda de la torre—. No obstante, cuando se sepa en todo el territorio que Galbatorix ha caído, lo primero que preguntarán es quién ha ocupado su lugar. —Däthedr miró a todos a la cara—. Tenemos que darles una respuesta antes de que se extienda la incertidumbre. Nuestra reina está muerta. El rey Orrin está herido. Corren muchos rumores, de esto estoy seguro. Es importante que los acallemos antes de que provoquen algún daño. El retraso podría ser desastroso. No podemos permitir que todos los señores con algún tipo de fuerza militar crean que pueden imponerse como soberanos de su propia monarquía de pacotilla. Si eso ocurriera, el Imperio se desintegraría en cien reinos diferentes. Y ninguno de nosotros desea que eso ocurra. Debemos elegir un sucesor: escogerlo y nombrarlo, por difícil que sea.

Sin volverse, Grimrr dijo:

—No se puede dirigir una manada si eres débil.

El rey Orrin sonrió de nuevo, pero sus ojos no acompañaron la sonrisa.

—¿Y qué papel pretendéis jugar en todo esto, Arya, Lord Däthedr? ¿O tú, rey Orik? ¿O tú, rey Mediazarpa? Estamos agradecidos por vuestra amistad y por vuestra ayuda, pero esto es algo que tenemos que decidir los humanos, no vosotros. Nosotros nos gobernamos solos, y no permitimos que otros elijan a nuestros reyes.

Nasuada se frotó los brazos, aún cruzados y, para sorpresa de Eragon, coincidió:

—Estoy de acuerdo. Esto es algo que tenemos que decidir por nosotros mismos. —Paseó la mirada por la sala, fijándola en Arya y Däthedr—. Seguro que lo entendéis. Vosotros no permitiríais que os dijéramos a quién debéis nombrar como nuevo rey o reina. —Entonces miró a Orik—. Ni los clanes habrían permitido que nosotros te hubiéramos elegido a ti como sucesor de Hrothgar.

—No —concedió Orik—. No lo habrían permitido.

—Por supuesto, la decisión es solo vuestra —dijo Däthedr—. Nosotros no nos atreveríamos a deciros lo que tenéis que hacer o no. No obstante, como amigos y aliados vuestros, ¿no nos hemos ganado el derecho de ofreceros asesoramiento sobre un tema de tanto peso, especialmente teniendo en cuenta que nos afecta a todos? Lo que decidáis acabará afectando a mucha gente, y haríais bien en tenerlo en cuenta antes de tomar vuestra decisión.

Eragon entendió aquello perfectamente. Era una amenaza. Däthedr estaba diciendo que si tomaban una decisión que no contara con la aprobación de los elfos, habría desagradables consecuencias. Contuvo la tentación de fruncir el ceño. La postura de los elfos era de esperar. Había mucho en juego, y un error en aquel momento podría causar problemas durante décadas.

—Eso… parece razonable —dijo Nasuada, que echó una mirada al rey Orrin.

Orrin se quedó con la vista fija en su cáliz mientras lo giraba, dando vueltas al líquido que contenía.

—¿Y «cómo» nos aconsejáis exactamente que hagamos nuestra elección, Lord Däthedr? Decidnos; estoy intrigado.

El elfo hizo una pausa. A la luz baja y cálida del atardecer, su pelo plateado brillaba como si un halo difuso le envolviera la cabeza.

—Quienquiera que vaya a llevar la corona debe tener la capacidad y la experiencia necesarias para gobernar de un modo efectivo desde el principio. No hay tiempo para instruir a nadie en los mecanismos del poder, ni tampoco podemos permitirnos los errores de un novato. Además, esa persona debe tener la talla moral para asumir un cargo tan elevado; debe ser una opción aceptable tanto para los guerreros de los vardenos como, en menor medida, para los habitantes del Imperio; y a ser posible, también debería ser de nuestro agrado y del de vuestros otros aliados.

—Con tantos requisitos limitáis mucho nuestras opciones —observó el rey Orrin.

—Son simples requisitos para un buen jefe de Estado. ¿O es que vos no lo veis así?

—Yo veo varias opciones que se han pasado por alto o que no se han considerado, quizá porque os resultan desagradables. Pero no importa.

Däthedr entrecerró los ojos, pero mantuvo el mismo tono de voz, suave.

—La opción más evidente (y la que quizás esperen los habitantes del Imperio) es la de la persona que mató personalmente a Galbatorix. Es decir, Eragon.

El aire de la sala se volvió tenso y quebradizo, como si estuviera hecho de cristal.

Todo el mundo miró a Eragon, incluso Saphira y el hombre gato, y también sintió que Umaroth y los otros eldunarís lo observaban muy de cerca. Él los miró a todos, ni asustado ni enfadado por estar en el punto de mira. Buscó en el rostro de Nasuada algún indicio que revelara lo que pensaba, pero aparte de su seriedad, no pudo deducir nada sobre lo que pensaba ni lo que sentía.

Se sintió intranquilo al pensar que Däthedr tenía razón: podía llegar a ser rey.

Por un momento, Eragon se permitió contemplar la posibilidad. No había nadie que pudiera impedirle subir al trono, nadie salvo Elva o, quizá, Murtagh, pero ahora ya sabía cómo contrarrestar el poder de Elva, y Murtagh ya no estaba allí para desafiarle. Saphira —lo notaba en su mente— no se le opondría, decidiera lo que decidiera. Y aunque no podía leer la expresión de Nasuada, tenía la extraña sensación de que, por primera vez, estaría dispuesta a echarse a un lado y dejarle a él tomar el mando.

¿Qué quieres tú? —le preguntó Saphira.

Eragon lo pensó.

Quiero… ser útil. Pero el poder y el dominio sobre los demás (las cosas que buscaba Galbatorix) para mí no tienen un gran atractivo. En cualquier caso, tenemos otras responsabilidades.

Entonces volvió a centrar su atención en los que lo observaban y dijo:

—No. No estaría bien.

El rey Orrin suspiró y dio otro sorbo a su vino, mientras que Arya, Däthedr y Nasuada parecían relajarse, aunque solo fuera levemente. Igual que ellos, los eldunarís parecían complacidos con su decisión, aunque no la comentaron con palabras.

—Me alegro de oírte decir eso —respondió Däthedr—. Sin duda serías un buen soberano, pero no creo que sea bueno para los tuyos, ni para las otras razas de Alagaësia, que otro Jinete de Dragón asumiera la corona.

Entonces Arya se dirigió a Däthedr. El elfo de cabellos dorados se echó atrás ligeramente.

—Roran sería otro candidato lógico —dijo Arya.

—¡Roran! —exclamó Eragon, incrédulo.

Arya se lo quedó mirando con expresión solemne y, a la luz del ocaso, sus ojos adoptaron un brillo feroz, como esmeraldas talladas con un patrón radial.

—A su actuación se debe el que los vardenos capturaran Urû'baen. Es el héroe de Aroughs y de muchas otras batallas. Los vardenos y el resto del Imperio lo seguirían sin dudarlo.

—Es maleducado y petulante, y no tiene la experiencia necesaria —objetó Orrin, que echó una mirada a Eragon, con cara de culpabilidad—. Eso sí, es un buen guerrero.

Arya parpadeó, una vez, como un búho.

—Supongo que estamos de acuerdo en que su mala educación depende de con quién trate…, majestad. No obstante, es verdad: Roran carece de la experiencia necesaria. Así pues, eso solo nos deja dos opciones: Nasuada y el rey Orrin.

Orrin volvió a moverse en su sillón, y frunció el ceño aún más que antes, mientras que la expresión en el rostro de Nasuada no cambió.

—Supongo —dijo Orrin a Nasuada— que querrás reclamar tu derecho al trono.

Ella levantó la barbilla.

—Sí —dijo, con la voz tan serena como el agua clara.

—Entonces volvemos a estar en un punto muerto, porque yo también. Y no cederé. —Orrin hizo rodar el pie de su cáliz entre los dedos—. El único modo que veo para resolver el asunto sin derramamiento de sangre es que renuncies a tu pretensión. Si insistes en reclamar el trono, acabarás destruyendo todo lo que hemos ganado hoy, y nadie más que tú serás la culpable del desastre consiguiente.

—¿Os volveríais contra tus aliados solo con el fin de negarle el trono a Nasuada? —preguntó Arya.

Quizás el rey Orrin no se diera cuenta, pero Eragon vio en la frialdad de la elfa lo que realmente ocultaba: la disposición para atacar y matar en cualquier momento.

—No —rebatió Orrin—. Me volvería contra los vardenos para «conseguir» el trono. Hay una diferencia.

—¿Por qué? —preguntó Nasuada.

—¿Por qué? —La pregunta pareció enfurecer a Orrin—. Mi pueblo ha dado cobijo, alimento y suministros a los vardenos. Ha luchado y ha muerto junto a vuestros guerreros y, como país, hemos arriesgado mucho más que los vardenos. Los vardenos no tienen patria; si Galbatorix hubiera derrotado a Eragon y a los dragones, habríais podido huir y esconderos. Pero nosotros no teníamos ningún otro lugar al que ir más que Surda. Galbatorix habría caído sobre nosotros como un rayo, y habría arrasado todo el país. Nos lo hemos jugado todo (nuestras familias, nuestras casas, nuestras riquezas y nuestra libertad) y, después de todo, de todos nuestros sacrificios, ¿creéis de verdad que nos contentaremos con volver a nuestros campos sin más recompensa que una palmadita en la espalda y tu agradecimiento real? ¡Bah! Antes preferiría revolcarme por el fango. Hemos sembrado la tierra entre este lugar y los Llanos Ardientes con nuestra sangre, y ahora tendremos nuestra recompensa. —Apretó el puño—. Ahora tendremos el botín de guerra que justamente nos corresponde.

Nasuada no parecía contrariada por las palabras de Orrin; de hecho, adoptó una expresión pensativa, casi de comprensión.

Espero que no le dé a este perro rabioso lo que pretende —dijo Saphira.

Espera y verás —dijo Eragon—. *No se saldrá con la suya.*

—Yo espero que los dos alcancéis un acuerdo amistoso —dijo Arya—, y...

—Por supuesto. Yo también lo espero —la cortó el rey Orrin, que fijó la vista en Nasuada—. Pero me temo que el egoísmo de Nasuada no le permitirá ver que, en esto, debe rendirse.

—Y, tal como ha dicho Däthedr —prosiguió Arya—, no querríamos interferir con vuestra raza en la elección del nuevo soberano.

—Lo recuerdo —dijo Orrin, esbozando una sonrisa socarrona.

—No obstante —señaló Arya—, debo recordaros que juramos combatir en alianza con los vardenos, por lo que consideraremos cualquier ataque dirigido a ellos como un ataque personal, y responderemos en consonancia.

Las facciones de Orrin se encogieron, como si hubiera mordido algo ácido.

—Los enanos estamos en la misma situación —dijo Orik. El sonido de su voz era como el del roce de dos piedras en las profundidades de la Tierra.

Grimrr *Mediazarpa* levantó la mano herida, se la puso frente al rostro y se miró las uñas como garras de los tres dedos que le quedaban.

—A nosotros no nos importa quién se corone rey o reina, siempre que se nos conceda un lugar junto al trono, tal como se nos prometió. Aun así, fue Nasuada quien nos lo ofreció, y a ella es a quien daremos apoyo hasta entonces, mientras siga siendo la jefa de la manada de los vardenos.

—¡Ajá! —exclamó el rey Orrin, echándose adelante con la mano sobre una rodilla—. Pero Nasuada ya no es la líder de los vardenos. ¡Ya no! ¡Ahora lo es Eragon!

Todas las miradas se volvieron de nuevo hacia el chico, que hizo una leve mueca y dijo:

—Pensé que estaba claro que había devuelto el mando a Nasuada en el momento en que quedó libre. Si no, que nadie se llame a engaño: Nasuada es la líder de los vardenos, no yo. Y creo que es ella la que debería heredar el trono.

—Claro, cómo no —replicó el rey Orrin, sarcástico—. Le has jurado fidelidad. Claro que crees que debería heredar el trono. No eres más que un siervo fiel que da apoyo a su señora, y tu opinión no tiene más peso que la de cualquiera de mis siervos.

—¡No! —replicó Eragon—. Ahí te equivocas. Si pensara que tú o que cualquier otro podría ser un soberano mejor, lo diría. Sí, juré lealtad a Nasuada, pero eso no me impide decir la verdad tal como yo la siento.

—A lo mejor no, pero tu lealtad para con ella sigue nublándote la razón.

—Igual que tu lealtad para con Surda nubla la tuya —señaló Orik.

El rey Orrin frunció el ceño.

—¿Por qué os volvéis siempre en mi contra? —preguntó, mirando a Arya y a Orik—. ¿Por qué, en cada disputa, os ponéis de su parte? —El vino rebosó del cáliz al mover el brazo para señalar a Nasuada—. ¿Cómo es que «ella» os impone respeto, y no yo, ni el pueblo de Surda? Siempre favorecéis a Nasuada y a los vardenos, y antes de ella, hacíais lo mismo con Ajihad. Si mi padre aún viviera…

—Si vuestro padre, el rey Larkin, aún viviera —le cortó Arya—, no estaría ahí sentado compadeciéndose por cómo le ven los demás; estaría haciendo algo al respecto.

—Haya paz —dijo Nasuada, antes de que Orrin pudiera replicar—. No hace falta que nos insultemos… Orrin, tus preocupaciones son razonables. Tienes razón: los surdanos han contribuido en gran medida a nuestra causa. Admito que sin vuestra ayuda nunca habríamos podido atacar al Imperio como lo hemos hecho, y que mereces una recompensa por los riesgos, el gasto y las pérdidas que te ha supuesto esta guerra.

El rey Orrin asintió, aparentemente satisfecho.

—¿Te rindes, pues?

—No —respondió Nasuada, con la misma serenidad—. Ni mucho menos. Pero tengo una contraoferta que quizá satisfaga los intereses de todos.

Orrin emitió un ruidito que dejaba clara su insatisfacción, pero no la interrumpió.

—Mi propuesta es esta: gran parte del territorio que hemos capturado pasará a formar parte de Surda. Aroughs, Feinster y Melian serán tuyas, así como las islas del sur, una vez que estén bajo nuestro gobierno. Con estas incorporaciones, la superficie de Surda prácticamente se duplicará.

—¿Y a cambio? —preguntó el rey Orrin, levantando una ceja.

—A cambio, jurarás fidelidad al trono de Urû'baen y a quien lo ocupe.

Orrin torció la boca.

—Te coronarías la gran reina de todo el territorio.

—Estos dos reinos (el Imperio y Surda) deben unificarse para evitar futuras hostilidades. Surda seguirá bajo tu mando para que la gobiernes como creas conveniente, salvo por un detalle: los magos de ambos países estarán sujetos a ciertas restricciones, la naturaleza exacta de las cuales decidiremos en una fecha posterior. Además, Surda tendrá que contribuir necesariamente a la defensa del total del territorio. Si alguno de los dos fuera objeto de un ataque, el otro tendría que proporcionar ayuda, tanto en forma de hombres como de equipamiento.

El rey Orrin apoyó el cáliz sobre su regazo y se lo quedó mirando.

—Vuelvo a preguntarlo una vez más: ¿por qué deberías ser tú quien ocupara el trono en mi lugar? Mi familia ha gobernado Surda desde que Lady Marelda ganó la batalla de Cithrí, y fundó Surda y la casa de Langfeld, y nuestro linaje se remonta hasta Thanebrand, *el Dador del Anillo*. Nos hemos enfrentado al Imperio durante un siglo. Sin nuestro oro, nuestras armas y nuestras armaduras, los vardenos ni siquiera existirían, y os hemos dado sustento durante años. Sin nosotros, no habríais podido resistir ante Galbatorix. Los enanos no habrían podido aportaros todo lo que necesitabais, ni tampoco los elfos, que estaban muy lejos. Así que, una vez más, vuelvo a preguntar: ¿por qué debería concedérsete a ti este privilegio, Nasuada, y no a mí?

—Porque creo que puedo ser una buena reina —respondió Nasuada—. Y porque, al igual que en todo lo que he hecho en el gobierno de los vardenos, creo que es lo mejor para nuestro pueblo y para toda Alagaësia.

—Te tienes en muy buena estima.

—La falsa modestia no es una virtud, en ningún caso, y mucho menos en los que tienen a otros a su cargo. ¿No he demostrado ampliamente mi capacidad para gobernar? Si no hubiera sido por mí, los vardenos aún estarían escondiéndose en Farthen Dûr, esperando una señal del cielo para saber cuándo debían atacar a Galbatorix. He llevado a los vardenos desde Farthen Dûr a Surda, y los he convertido en un poderoso ejército. Con tu ayuda, sí, pero yo soy quien los ha dirigido, y quien consiguió el apoyo de los enanos, de los elfos y de los úrgalos. ¿Podrías haberlo hecho tú? Quien gobierne en Urû'baen tendrá que tratar con todas las razas de la Tierra, no solo con la suya. Y eso es algo que yo he hecho y que puedo hacer. —Entonces la voz de Nasuada se suavizó, aunque su expresión se mantuvo tan dura como siempre—. Orrin, ¿por qué quieres esto? ¿Te haría más feliz?

—No es una cuestión de felicidad —gruñó él.

—Sí que lo es, en parte. ¿De verdad quieres gobernar todo el Imperio, además de Surda? Quien ocupe el trono tendrá una inmensa tarea por delante. Queda un país por reconstruir, tratados por negociar, ciudades aún por conquistar, nobles y magos que hay que someter. Llevará toda una vida empezar, solo, a reparar el daño creado por Galbatorix. ¿Estás realmente dispuesto a emprender tan inmensa tarea? A mí me parece que te gustaría más disfrutar de la vida tal y como era antes. —Su mirada se posó en el cáliz que tenía en el regazo y luego volvió a mirarle a los ojos—. Si aceptas mi oferta, puedes volver a Aberon y a tus experimentos de filosofía natural. ¿No te gustaría? Surda será más grande y más rica, y tú tendrás libertad para cultivar tus intereses.

—No siempre podemos hacer lo que nos gusta. A veces tenemos que hacer lo que debemos, no lo que queremos —replicó el rey Orrin.

—Cierto, pero…

—Además, si ocupara el trono de Urû'baen, podría cultivar mis intereses del mismo modo que lo hacía en Aberon. —Nasuada frunció el ceño, pero antes de que pudiera hablar, Orrin prosiguió—. Tú no lo entiendes… —Frunció el ceño y dio otro sorbo al vino.

Entonces explícanoslo —dijo Saphira, cuya impaciencia ya se estaba haciendo evidente por el tono de sus pensamientos.

Orrin rebufó, apuró su copa y luego la tiró por el hueco de la puerta hacia las escaleras, mellando el oro del cáliz y haciendo que varias de las gemas se desprendieran y salieran despedidas por el suelo.

—No puedo, y no quiero siquiera intentarlo —gruñó, paseando la mirada por la sala—. Ninguno de vosotros lo entendería. Estáis todos demasiado convencidos de vuestra importancia como para verlo. ¿Cómo ibais a hacerlo, cuando nunca habéis experimentado lo que he vivido yo? —Se hundió en su sillón, con los ojos como pepitas de carbón oscuro ocultas bajo las cejas. Entonces se dirigió a Nasuada—. ¿Estás decidida? ¿No desistirás?

Ella negó con la cabeza.

—¿Y si yo decido reafirmarme en mis pretensiones?

—Entonces tendremos un conflicto.

—¿Y vosotros tres os pondréis de su lado? —preguntó Orrin, mirando sucesivamente a Arya, Orik y Grimrr.

—Si los vardenos son atacados, nosotros lucharemos a su lado —respondió Orik.

—Nosotros también —dijo Arya.

El rey Orrin sonrió, apenas enseñando los dientes.

—Pero no se os ocurriría decirnos a quién debemos elegir como soberano, ¿verdad?

—Por supuesto que no —dijo Orik, también enseñando los dientes, blancos y peligrosos, por entre la barba.

—Por supuesto que no —repitió Orrin, que volvió a encarar a Nasuada—. Quiero Belatona, además de las otras ciudades que has mencionado.

Nasuada se lo pensó un momento.

—Ya estás ganando dos ciudades portuarias con Feinster y Aroughs, tres si cuentas Eoam, en la isla de Beirland. Te daré Furnost si quieres, y tendrás todo el lago Tüdosten, del mismo modo que yo tendré todo el lago Leona.

—Leona vale más que Tüdosten, porque da acceso a las montañas y a la costa del norte —señaló Orrin.

—Sí. Pero tú ya tienes acceso al lago Leona desde Dauth y el río Jiet.

El rey Orrin se quedó mirando al suelo, en el centro de la sala, y permaneció en silencio. En el exterior, el borde superior del sol iba desapareciendo por el horizonte, dejando atrás unas pocas nubes que aún reflejaban su suave luz. El cielo empezó a oscurecer y el ocaso trajo las primeras estrellas: tenues puntitos de luz en la inmensidad de color púrpura. Se levantó una suave brisa, y en el roce del aire contra la torre, Eragon reconoció el sonido de las dentadas hojas de las ortigas al viento.

Cuanto más esperaban, más probable le parecía que Orrin rechazara la oferta de Nasuada, o de que el hombre se quedara ahí sentado, en silencio, esperando toda la noche.

Pero entonces el rey se movió sobre su sillón y levantó la mirada.

—Muy bien —dijo en voz baja—. Mientras respetes los términos de nuestro acuerdo, no reclamaré el trono de Galbatorix..., majestad.

Eragon sintió un escalofrío al oír a Orrin pronunciar aquellas palabras.

Nasuada, con gesto solemne, dio unos pasos hasta situarse en el centro de la sala. Entonces Orik golpeó el mango de *Volund* contra el suelo y proclamó:

—El rey ha muerto. ¡Larga vida a la reina!

—El rey ha muerto. ¡Larga vida a la reina! —gritaron Eragon, Arya, Däthedr y Grimrr.

El hombre gato estiró los labios, dejando a la vista sus afilados colmillos, y Saphira emitió un rugido triunfante, a modo de toque de corneta, que resonó en el techo inclinado y por toda la ciudad, sumida ya en la penumbra. Los eldunarís manifestaron su aprobación mentalmente.

Nasuada irguió el cuerpo, orgullosa, con los ojos empañados, brillando a la luz grisácea del anochecer.

—Gracias —dijo, y los miró a todos uno por uno, con detenimiento. Aun así, parecía que tenía la mente en otra parte; la envolvía una sensación de tristeza. Eragon dudaba que los demás pudieran reconocerla.

Por todo el territorio se extendió la oscuridad, mientras la punta de la torre brillaba, convertida en el único punto de luz por encima de la ciudad.

El epitafio más apropiado

$\mathcal{T}$ras la victoria de Urû'baen, a Eragon los meses se le pasaron rápida y lentamente a la vez. Rápidamente, porque Saphira y él tenían muchas cosas que hacer, y raro era el día en que no llegaban al anochecer exhaustos. Y lentamente, porque seguía sintiendo que no tenía un objetivo —a pesar de las numerosas tareas que le asignaba la reina Nasuada— y porque le parecía como si estuvieran pasando el tiempo en el remanso de un río, esperando algo, cualquier cosa, que los devolviera a la corriente principal.

Saphira y él se quedaron en Urû'baen otros cuatro días después de la elección de Nasuada como reina, ayudando en el asentamiento de los vardenos en la ciudad y por toda la zona. Gran parte del tiempo lo emplearon tratando con los habitantes de la ciudad —en general aplacando a la multitud furiosa por alguna acción de los vardenos— y persiguiendo a grupos de soldados que habían huido de Urû'baen y que saqueaban a viajeros, campesinos y fincas cercanas. Saphira y él también participaron en la reconstrucción de la enorme puerta frontal de la ciudad y, a instancias de Nasuada, Eragon lanzó varios hechizos destinados a evitar que los que aún se mantenían fieles a Galbatorix hicieran algo para atacarla. Los hechizos solo iban destinados a los que estaban en la ciudad y en los territorios próximos, pero consiguieron que todos los vardenos se sintieran más seguros.

Eragon observó que los vardenos, los enanos e incluso los elfos los trataban a él y a Saphira de otro modo desde la muerte de Galbatorix, con más respeto y deferencia, especialmente los humanos, y que los miraban a ambos con lo que poco a poco fue reconociendo como admiración. Al principio le gustó —a Saphira no parecía importarle lo más mínimo—, pero luego empezó a molestarle, cuando se dio cuenta de que muchos enanos y humanos se mostraban deseosos de agradarle y que a veces le decían lo que pensaban que quería oír y no la verdad. Aquel descubrimiento le inquietó; se veía incapaz de confiar en nadie que no fuera Roran, Arya, Nasuada, Orik, Horst o, por supuesto, Saphira.

Aquellos días vio poco a Arya. Las pocas veces que se encontraron, ella se mostró poco comunicativa, algo que él reconoció como un modo de enfrentarse a su dolor. No tuvieron ninguna ocasión de hablar en privado, y solo pudo ofrecerle sus condolencias de un modo breve e impersonal. Le pareció que ella apreciaba el gesto igualmente, pero no podía estar seguro.

En cuanto a Nasuada, daba la impresión de que había recuperado gran parte de su iniciativa, su chispa y su energía tras solo una noche de descanso, lo cual a Eragon le pareció sorprendente. La opinión que tenía de ella mejoró tremendamente cuando le contó lo que había tenido que pasar en la Sala del Adivino, y también mejoró la que tenía de Murtagh, de quien Nasuada no volvió a decir ni una palabra a partir de entonces. Felicitó a Eragon por cómo había liderado a los vardenos en su ausencia —aunque se quejó de que hubiera pasado lejos la mayor parte del tiempo— y le dio las gracias por rescatarla tan rápido, puesto que, tal como admitió más tarde, Galbatorix había estado a punto de acabar con su resistencia.

El tercer día, Nasuada fue coronada en una gran plaza cerca del centro de la ciudad, ante una gran multitud de humanos, enanos, elfos, hombres gato y úrgalos. La explosión que había acabado con la vida de Galbatorix había destruido la antigua corona de los Broddring, así que los enanos habían forjado una nueva con el oro encontrado en la ciudad y con joyas que los elfos se habían quitado de sus propios cascos o de los pomos de sus espadas.

La ceremonia fue simple, pero precisamente por ello más efectiva. Nasuada se acercó a pie desde las ruinas de la ciudadela. Llevaba un vestido de color púrpura real —de manga corta, para que todo el mundo pudiera ver las cicatrices que le cubrían los antebrazos— con una cola con el borde de visón que le llevaba Elva, ya que Eragon, siguiendo el consejo de Murtagh, había insistido en que la niña se mantuviera cerca de Nasuada siempre que fuera posible.

Un redoble lento de tambor sonó cuando Nasuada ascendió al estrado que se había erigido en el centro de la plaza. En lo alto de la tarima, junto al sillón tallado que haría de trono, se encontraba Eragon, con Saphira detrás de él. Frente a la plataforma elevada estaban los reyes Orrin, Orik y Grimrr, así como Arya, Däthedr y Nar Garzhvog.

Nasuada ascendió al estrado e hizo una reverencia ante Eragon y Saphira. Un enano del clan de Orik le presentó a Eragon la corona recién forjada, y él se la colocó a Nasuada sobre la cabeza. Entonces Saphira arqueó el cuello y, con el morro, tocó a Nasuada sobre la frente y, al mismo tiempo que Eragon, dijo:

—Levántate ahora como reina, Nasuada, hija de Ajihad y Nadara.

Sonó una fanfarria de trompetas, y la multitud —que hasta entonces había mantenido un silencio total— estalló en vítores. Era una extraña cacofonía, entre los bramidos de los úrgalos y las melodiosas voces de los elfos.

Entonces Nasuada se sentó en el trono. El rey Orrin se situó frente a ella y le juró fidelidad y, tras él pasaron Arya, el rey Orik, Grimrr *Mediazarpa* y Nar Garzhvog, que declararon la amistad de sus respectivas razas.

Aquella celebración afectó mucho a Eragon. Se encontró reprimiendo lágrimas al ver a Nasuada sentada en su trono. Hasta el momento de la coronación no tuvo la impresión de que el espectro de Galbatorix empezaba a desaparecer.

Posteriormente lo celebraron, y los vardenos y sus aliados siguieron la fiesta durante toda la noche y el día siguiente. Eragon recordaría después muy poco de la celebración, salvo las danzas de los elfos, los tambores de los enanos y los cuatro kull que treparon a una torre de la muralla y desde allí hicieron sonar cuernos hechos con los cráneos de sus antepasados. Los habitantes de la ciudad también se unieron a las celebraciones; Eragon vio en ellos el alivio y el júbilo de saber que ya no estaban bajo el reinado de Galbatorix. Y en segundo plano, tras todas aquellas emociones, estaba la conciencia de la importancia del momento, puesto que todos ellos sabían que eran testigos del final de una era y del inicio de otra.

Al quinto día, cuando la puerta estuvo ya casi del todo reparada y la ciudad parecía razonablemente segura, Nasuada encargó a Eragon y a Saphira que volaran a Dras-Leona y de allí a Belatona, Feinster y Aroughs, y que en cada uno de aquellos lugares usaran el nombre del idioma antiguo para liberar de sus compromisos a todos los que habían jurado fidelidad a Galbatorix. También le pidió a Eragon que impusiera hechizos a soldados y nobles —iguales que los que había aplicado a los habitantes de Urû'baen— para evitar que intentaran socavar la paz recién conseguida. Eragon se negó, porque le pareció que era muy similar a lo que había hecho Galbatorix para controlar a sus siervos. En Urû'baen el riesgo de que hubiera asesinos ocultos o individuos que aún se mantuvieran fieles a Galbatorix era lo suficientemente importante, pero no en el resto del territorio. Para alivio de Eragon, tras considerarlo Nasuada se mostró de acuerdo.

Saphira y él se llevaron consigo la mitad de los eldunarís de Vroengard; el resto se quedó con los rescatados de la sala del tesoro de Galbatorix. Blödhgarm y sus hechiceros —ya liberados de la misión de defender a Eragon y Saphira— los trasladaron a un castillo al noroeste de Urû'baen, donde sería más fácil protegerlos de cualquiera que quisiera robarlos, y donde los pensamientos de los dragones enloquecidos no podrían alcanzar la mente de nadie más que de sus cuidadores.

Hasta que Eragon y Saphira no se sintieron satisfechos con la seguridad de los eldunarís, no se pusieron en marcha.

Cuando llegaron a Dras-Leona, Eragon quedó impresionado con la cantidad de hechizos que encontró entretejidos en la ciudad, así como en la oscura torre de piedra, Helgrind. Muchos de ellos supuso que tendrían cientos de años, si no más: encantos olvidados de tiempos pasados. Dejó los que le parecieron inocuos y eliminó los que no lo eran, pero en muchos de los casos era difícil distinguirlos, y no le gustaba la idea de interferir en hechizos cuyo objetivo no entendía. En aquello los eldunarís demostraron ser de gran ayuda; en varios casos, recordaban quién habían formulado un hechizo y por qué, o podían adivinar su finalidad a partir de información que no significaba nada para Eragon.

En el caso de Helgrind y los diversos hechizos que afectaban a los sacerdotes —que se habían ocultado en cuanto habían recibido la noticia de la derrota de Galbatorix—, Eragon no se molestó en intentar determinar qué hechizos eran peligrosos y cuáles no; los eliminó todos. También usó el nombre de nombres para buscar el cinturón de Beloth *el Sabio* entre las ruinas de la gran catedral, pero sin éxito.

Se quedaron en Dras-Leona tres días, y luego pasaron a Belatona. Allí también Eragon eliminó los hechizos de Galbatorix, al igual que en Feinster y Aroughs. En Feinster, alguien intentó matarle con una bebida envenenada. Sus defensas le protegieron, pero el incidente enfureció a Saphira.

Si alguna vez encuentro a la rata rastrera que ha hecho esto, me lo comeré vivo, empezando por los pies —bramó.

Y

En el viaje de vuelta a Urû'baen, Eragon sugirió un ligero cambio de ruta. Saphira estuvo de acuerdo y alteró su trayectoria, virando de modo que el horizonte quedó en el centro del campo de visión del chico, que veía el mundo dividido a partes iguales entre el cielo azul oscuro y la tierra, marrón y verde.

Les llevó media jornada de búsqueda, pero por fin Saphira encontró el macizo de colinas de arenisca y, entre ellas, una en particular, un alto montículo de piedra rojiza con una gruta en medio de la ladera. Y, sobre la cima, una reluciente tumba de diamante.

La montaña estaba exactamente como la recordaba Eragon. Cuando la contempló, sintió una presión en el pecho.

Saphira aterrizó junto a la tumba. Sus garras rascaron la piedra erosionada, de la que se desprendieron unas esquirlas.

Poco a poco, Eragon fue desatándose las correas. Luego se dejó caer al suelo. Al sentir el olor de la piedra cálida se sintió, por un momento, mareado, como si hubiera hecho un viaje al pasado.

Sacudió la cabeza y se le aclaró la mente. Caminó hacia la tumba y miró a través del cristal, y allí vio a Brom.

Allí vio a su padre.

El aspecto de Brom no había cambiado. El diamante que le envolvía por completo le protegía de los ataques del tiempo, y su carne no mostraba ningún rastro de decadencia. La piel de su marcado rostro era firme y conservaba un tono rosado, como si bajo su superficie siguiera circulando sangre caliente. Parecía como si, en cualquier momento, Brom pudiera abrir los ojos y ponerse en pie, listo para proseguir su viaje. En cierto modo, se había vuelto inmortal, porque no envejecía como los demás, sino que se mantendría siempre igual, atrapado en un sueño sin sueños.

La espada de Brom yacía sobre su pecho y bajo la larga barba blanca, con las manos cruzadas sobre la empuñadura, tal como Eragon las había colocado. A su lado estaba su nudoso bastón, tallado —ahora se daba cuenta Eragon— con docenas de glifos en el idioma antiguo.

Los ojos de Eragon se cubrieron de lágrimas. Cayó de rodillas y lloró en silencio un buen rato. Oyó que Saphira se situaba a su lado, sintió el contacto de su mente y supo que ella también lloraba la muerte de Brom.

Por fin Eragon se puso en pie y se apoyó contra el borde de la tumba mientras estudiaba la forma del rostro de Brom. Ahora que sabía qué debía buscar, veía los parecidos entre sus rasgos, difusos y oscurecidos por la edad y por la barba de Brom, pero aún inconfundibles. El ángulo de los pómulos de Brom, la línea de expresión entre las cejas, la curva de su labio superior. Eragon reconoció todas esas cosas. Sin embargo, no había heredado la nariz aguileña de Brom. La nariz era como la de su madre.

Eragon bajó la mirada, respirando con fuerza, y los ojos volvieron a empañársele.

—Ya está —dijo, en un murmullo—. Lo he hecho… Lo hemos hecho. Galbatorix ha muerto. Nasuada está en el trono, y Saphira y yo hemos salido ilesos. Eso te haría feliz, ¿verdad, viejo zorro? —Soltó una breve carcajada y se limpió los ojos con el dorso de la mano—. Es más, hay huevos de dragón en Vroengard. ¡Huevos! Los dragones no van a extinguirse. Y Saphira y yo seremos quienes los eduquemos. Eso no lo habías previsto, ¿eh? —Volvió a reírse, sintiéndose tonto y apesadumbrado al mismo tiempo—. Me pregunto qué te parecería todo esto. Tú eres el mismo de siempre, pero nosotros no. No sé si nos reconocerías siquiera.

Claro que lo haría. Eres su hijo —dijo Saphira, tocándolo con el morro—. *Además, tu cara no ha cambiado tanto como para que te pudiera confundir por otro, aunque tu olor sí sea otro.*

—¿Ha cambiado?

Ahora hueles más como un elfo… En cualquier caso, no creo que nos confundiera con Shruikan o Glaedr, ¿no?

—No.

Eragon se sorbió la nariz y se levantó. Brom parecía tan vivo dentro de su funda de diamante que aquella imagen le inspiró una idea: una idea loca e improbable que estaba a punto de pasar por alto, pero sus emociones no se lo permitieron. Pensó en Umaroth y en los eldunarís, en la sabiduría de todos ellos y en lo que habían conseguido con su hechizo en Urû'baen, y una chispa de esperanza prendió en su corazón. Se dirigió a Saphira y a Umaroth a la vez:

Brom acababa de morir cuando lo enterramos. Saphira no convirtió la piedra en diamante hasta el día siguiente, pero aún estaba envuelto en piedra, aislado del aire. Umaroth, con vuestra fuerza y vuestra sabiduría quizá…, quizás aún podríamos curarlo. —Eragon se estremeció, como si tuviera fiebre—. *Antes no sabía cómo curarle la herida, pero ahora…, ahora creo que sabría hacerlo.*

Sería más difícil de lo que imaginas —dijo Umaroth.

¡Sí, pero podríais hacerlo! —respondió Eragon—. *Os he visto, a*

*vosotros y a Saphira, conseguir cosas sorprendentes con la magia.
¡Seguro que esto no está fuera de vuestras posibilidades!*

Sabes que no podemos usar la magia a nuestro capricho —dijo
Saphira.

Y aunque lo consiguiéramos —añadió Umaroth—, *lo más probable es que no pudiéramos conseguir que la mente de Brom fuera
lo que era antes. Las mentes son muy complejas, y podría ser que
Brom acabara trastornado o que su personalidad se viera alterada.
¿Y entonces qué? ¿Querrías que viviera así? ¿Querría él? No, es
mejor dejarle como está, Eragon, y honrarle con tus pensamientos
y tus acciones, tal como has hecho. Desearías que las cosas no fueran así. Le pasa a todo el que ha perdido a algún ser querido. No
obstante, así son las cosas. Brom vive en tus recuerdos, y si era el
hombre que nos has mostrado, estaría contento de que fuera así.
Conténtate tú también con ello.*

Pero...

No fue Umaroth quien le interrumpió, sino el más anciano de
los eldunarís, Valdr, que le sorprendió hablándole no con imágenes
o sensaciones, sino con palabras en el idioma antiguo, elaboradas y
complejas, como si se tratara de un lenguaje extraño para él. Y dijo:

Deja los muertos a la tierra. No son para nosotros.

No habló más, pero Eragon percibió en él una gran tristeza y
mucha comprensión.

El chico soltó un largo suspiro y cerró los ojos un momento. Entonces, en lo más profundo de su interior, liberó aquella vana esperanza y aceptó de nuevo el hecho de que Brom se había ido.

—Ah, no esperaba que esto fuera tan difícil.

Sería raro que no lo fuera —le respondió Saphira, y Eragon sintió su cálido aliento rozándole la coronilla y el contacto de su morro
en la espalda.

Esbozó una sonrisa y, haciendo acopio de valor, volvió a mirar a
Brom.

—Padre —dijo. La palabra tenía un sabor extraño en su boca;
nunca antes había tenido motivo para decirle aquello a nadie. Entonces desvió la mirada a la inscripción rúnica que había grabado en
la aguja a la cabeza de la tumba, que decía:

AQUÍ DESCANSA BROM,
Jinete de Dragón,
y un padre para mí.
Que su nombre perdure en la gloria.

Esbozó una dolorosa sonrisa, consciente de lo cerca que había estado de la verdad. Entonces dijo algo en el idioma antiguo, y observó el brillo del diamante, que transformó la inscripción, mostrando una serie de runas diferentes. Cuando acabó, la inscripción había cambiado:

> AQUÍ DESCANSA BROM,
> Jinete de la dragona Saphira,
> hijo de Holcomb y Nelda,
> gran amor de Selena,
> padre de Eragon *Asesino de Sombra*,
> fundador de los vardenos
> y azote de los Apóstatas.
> Que su nombre perdure en la gloria.
> *Stydja unin mor'ranr*

Era un epitafio menos personal, pero a Eragon le pareció más adecuado. Luego formuló varios hechizos para proteger el diamante de ladrones y vándalos.

Siguió allí de pie, junto a la tumba, sin decidirse a marcharse, con la sensación de que debía de haber algo más, algún acontecimiento o revelación que le hiciera más fácil despedirse de su padre y marcharse.

Por fin posó la mano sobre el frío diamante, lamentando no poder alargarla y tocar a Brom por última vez.

—Gracias por todo lo que me enseñaste.

Saphira rebufó e inclinó la cabeza hasta tocar el duro cristal con el morro.

Entonces el chico se dio media vuelta y se subió a la grupa de Saphira. Allí ya había acabado.

La dragona despegó y voló hacia el noreste, hacia Urû'baen. Eragon estaba melancólico pero, cuando el mosaico de colinas de arenisca quedo convertido en una pequeña mancha en el horizonte, soltó un largo suspiro y levantó la vista hacia el cielo azul.

Una sonrisa le cruzaba el rostro.

¿Qué es lo que es tan divertido? —preguntó Saphira, agitando la cola.

Está volviendo a crecerte la escama del morro.

Era evidente que ella estaba encantada. Olisqueó el aire sonriente y dijo:

Siempre supe que volvería a crecer. ¿Por qué no iba a hacerlo?

No obstante, Eragon sentía que los costados de Saphira vibraban bajo sus talones, señal de que la dragona estaba radiante de satisfacción, y le dio una palmadita. Apoyó el pecho sobre el cuello de su amiga y sintió la calidez del cuerpo de la dragona en el suyo propio.

Fichas en un tablero

Cuando Saphira llegó a Urû'baen, Eragon se llevó la sorpresa de que Nasuada le había devuelto el nombre de Ilirea, por respeto a su historia y a su legado.

Por otra parte, supo que Arya había partido hacia Ellesméra, junto con Däthedr y muchos de los altos cargos de los elfos, y que se había llevado consigo el huevo de dragón verde que habían encontrado en la ciudadela.

Le había dejado a Nasuada una carta para él, en la que explicaba que tenía que acompañar el cuerpo de su madre a Du Weldenvarden para que tuviera el funeral que se merecía. En cuanto al huevo de dragón, escribió:

> … y como Saphira te escogió a ti, un humano, para que fueras su Jinete, es de justicia que el próximo Jinete sea un elfo, si el dragón que nazca está de acuerdo. Es mi deseo darle esa oportunidad lo antes posible, puesto que ya ha pasado demasiado tiempo dentro del cascarón. Dado que hay muchos más huevos de dragón en otro lugar —que no nombraré—, espero que no pienses que he actuado con prepotencia o que he querido favorecer a mi raza. Consulté el asunto con los eldunarís, y ellos se mostraron de acuerdo.
>
> En cualquier caso, con la desaparición de Galbatorix y de mi madre, ya no deseo seguir siendo embajadora ante los vardenos. Prefiero volver a mi tarea como portadora del huevo de dragón por el territorio, igual que hice con el de Saphira. Por supuesto, seguiremos necesitando embajadores ante nuestras respectivas razas, por lo que Däthedr y yo hemos nombrado como mi sustituto a un joven elfo llamado Vanir, al que conociste durante tu estancia en Ellesméra. Él mismo ha expresado su deseo de aprender más sobre la gente de tu raza, y me

parece un motivo tan bueno como cualquier otro para concederle el puesto, siempre que no se muestre absolutamente incompetente, por supuesto.

La carta tenía varias líneas más, pero Arya no daba ninguna indicación de cuándo volvería a la mitad occidental de Alagaësia, o de si lo haría alguna vez. Eragon estaba contento de que hubiera pensado en él y le hubiera escrito, pero lamentaba que no hubiera podido esperar a su regreso antes de marcharse. La ausencia de Arya dejaba un agujero en su mundo, y aunque pasaba bastante tiempo con Roran y Katrina, así como con Nasuada, el dolor que le creaba aquel vacío en su interior no parecía remitir. Aquello, sumado a la sensación de que Saphira y él no hacían más que esperar algo, le dejaba una sensación de desapego. En muchas ocasiones le parecía como si estuviera observándose a sí mismo desde fuera de su cuerpo, como lo haría un extraño. Entendía por qué se sentía de tal modo, pero no se le ocurría otra cura que no fuera el tiempo.

Durante su reciente viaje, se le había ocurrido que —con el control del idioma antiguo que le otorgaba el nombre de nombres— podría retirarle a Elva las secuelas de su bendición, que había resultado ser una maldición. Así que se fue a ver a la niña, que vivía en el gran pabellón de Nasuada, y le expuso su idea; luego le preguntó qué quería ella.

Elva no reaccionó con la alegría que él se esperaba, sino que se quedó sentada, mirando al suelo, con el ceño fruncido sobre su pálido rostro. Se quedó en silencio casi una hora, y él esperó, delante de ella, sin quejarse.

Entonces la niña le miró y dijo:

—No. Prefiero quedarme como estoy... Te agradezco que lo pensaras, pero esto es una parte demasiado grande de mí misma, y no puedo prescindir de ello. Sin mi capacidad para detectar el dolor de los demás, no sería más que una rareza, una aberración de la naturaleza, que no valdría para nada más que para satisfacer la curiosidad morbosa de los que soportarían mi presencia, de los que me «tolerarían». Con ella, sigo siendo una rareza, pero también puedo ser útil, y tengo un poder temido por los demás y un control sobre mi propio destino, algo de lo que carecen muchas personas de mi sexo. —Hizo un gesto hacia la elegante sala en la que se encontraba—. Aquí puedo vivir cómodamente, en paz, y al mismo tiempo puedo hacer algún bien, ayudando a Nasuada. Si me quitas mi poder, ¿qué me quedará? ¿Qué puedo hacer? ¿Qué será de mí? Quitarme el hechizo no sería ninguna bendición, Eragon. No, me quedaré como estoy, y soportaré el peso de mi don por propia voluntad. Pero te lo agradezco.

Dos días más tarde, Nasuada volvió a enviar a Saphira y Eragon al exterior, primero a Gil'ead y luego a Ceunon —las dos ciudades capturadas por los elfos—, para que el chico pudiera usar de nuevo el nombre de nombres y liberarlas de los hechizos de Galbatorix.

La visita a Gil'ead les resultaba desagradable tanto a Eragon como a Saphira. Les recordaba cuando los úrgalos habían capturado a Eragon por orden de Durza, y también la muerte de Oromis.

Durmieron en Ceunon tres noches. Era diferente a cualquier otra ciudad que hubieran visto antes. Los edificios eran casi todos de madera, con tejados puntiagudos de tejas planas que, en el caso de las casas de mayor tamaño, tenían varias capas. Muchos tejados tenían las puntas decoradas con estilizadas tallas de cabezas de dragón, mientras que las puertas estaban talladas o pintadas con elaborados patrones en forma de nudos.

Cuando abandonaron la ciudad, fue Saphira la que sugirió un cambio de rumbo. No tuvo que esforzarse mucho para convencer a Eragon, que enseguida accedió, al saber que el desvío no les llevaría demasiado tiempo.

Desde Ceunon, Saphira voló hacia el oeste, cruzando la bahía de Fundor: una amplia extensión de agua salpicada de espuma blanca. Los lomos grises y negros de los grandes peces que surcaban las olas parecían pequeñas islas lisas y correosas. Algunos expulsaban agua por sus orificios nasales y levantaban las aletas al aire, para luego sumergirse de nuevo en el silencio de las profundidades.

Al otro lado de la bahía de Fundor se encontraron con vientos fríos y racheados; luego cruzaron los picos de las Vertebradas: Eragon los conocía a todos por su nombre. Y así llegaron al valle de Palancar por primera vez desde que habían emprendido la persecución de los Ra'zac con Brom, hacía una eternidad.

Para él era como estar en casa: el olor de los pinos, los sauces y los abedules le recordó su infancia, y el aire frío y penetrante le decía que se acercaba el invierno.

Aterrizaron entre los escombros calcinados de Carvahall. Eragon se paseó por sus calles, cubiertas de matojos y malas hierbas.

Una manada de perros salvajes salió a la carrera de entre unos abedules cercanos. Pero al ver a Saphira se detuvieron, soltaron un gemido y salieron huyendo con el rabo entre las piernas. La dragona gruñó y soltó una bocanada de fuego, pero no hizo siquiera ademán de perseguirlos.

Eragon rozó con la bota un montón de cenizas y un trozo de madera quemada crujió bajo su pie. Le entristeció ver su pueblo destruido. Pero la mayoría de los que habían escapado seguían con vida. Si volvían, Eragon sabía que reconstruirían Carvahall e incluso lo mejorarían. No obstante, los edificios en los que había crecido habían desaparecido para siempre. Su ausencia exacerbó la sensación de que el valle de Palancar ya no era su hogar, y los espacios vacíos que había ahora en su lugar le dejaron la sensación de que todo estaba fuera de lugar, como si se encontrara atrapado en un sueño en el que todo estuviera desbaratado.

—El mundo está descoyuntado —murmuró.

Eragon encendió una pequeña hoguera junto a lo que había sido la taberna de Morn y guisó un gran estofado. Mientras comía, Saphira hizo una ronda por los alrededores, olisqueando todo lo que le parecía interesante.

Tras dar buena cuenta del estofado, Eragon se llevó la cazuela, el cuenco y la cuchara al río Anora y los lavó en el agua helada. Se puso de cuclillas sobre las piedras de la orilla y se quedó mirando la espuma blanca que se elevaba en el extremo del valle: las cataratas de Igualda, que caían casi un kilómetro desde un saliente rocoso elevado del monte Narnmor. Al ver todo aquello recordó la tarde en que regresó de las Vertebradas con el huevo de Saphira en el zurrón, sin poder imaginarse todo lo que los esperaba a los dos, ni siquiera el hecho de que «serían» dos.

—Vámonos —le dijo a Saphira, que le esperaba junto al pozo del centro del pueblo.

¿Quieres visitar tu granja? —preguntó ella, mientras Eragon se le subía a la grupa.

—No —dijo él, sacudiendo la cabeza—. Prefiero recordarla tal como era, no tal como está ahora.

Saphira estuvo de acuerdo. No obstante, con el consentimiento tácito de Eragon, voló hacia el sur, siguiendo la misma ruta que cuando habían salido del valle de Palancar. De camino, él pudo distinguir el claro donde antes estaba su casa, pero con la distancia y la oscuridad pudo intuir que quizá la casa y el granero seguían intactos.

En el extremo sur del valle, Saphira se situó sobre una columna de aire ascendente que se elevaba por encima de la enorme cumbre pelada del monte Utgard, donde se levantaba la torreta en ruinas que habían construido los Jinetes para controlar al loco rey Palancar. La torreta había sido conocida en su día como Edoc'sil, pero ahora llevaba el nombre de Ristvak'baen, «Lugar de la Pena», ya que era donde Galbatorix había matado a Vrael.

En sus ruinas, Eragon, Saphira y los eldunarís que los acompañaban honraron la memoria de Vrael. Umaroth estaba afectado en particular, pero dijo:

Gracias por traerme aquí, Saphira. Nunca pensé que vería el lugar donde cayó mi Jinete.

Entonces Saphira extendió las alas y se alejó de la torreta, elevándose sobre el valle y las praderas que se extendían más allá.

A medio camino de Ilirea, Nasuada contactó con ellos a través de uno de los magos de los vardenos y les ordenó que se unieran a un gran grupo de guerreros que había enviado a Teirm desde la capital.

A Eragon le gustó saber que Roran estaba al mando de los guerreros y que entre las tropas estaban Jeod, Baldor —que había recuperado la funcionalidad de la mano después de que los elfos se la reimplantaran— y otros muchos paisanos suyos.

Con sorpresa se enteró de que el pueblo de Teirm se negaba a rendirse, incluso después de que él los hubiera liberado de sus juramentos a Galbatorix y aunque era evidente que los vardenos, con la ayuda de Saphira y Eragon, no tendrían ningún problema para hacerse con el control de la ciudad. Pero el gobernador de Teirm, Lord Risthart, exigía que se les permitiera convertirse en una ciudad-estado independiente con libertad para elegir a sus propios gobernantes y para dictar sus propias leyes.

Al final, tras varios días de negociaciones, Nasuada cedió a sus exigencias, siempre que Lord Risthart le jurara lealtad como reina suprema, igual que había hecho el rey Orrin, y consintiera aplicar sus leyes con respecto a los magos.

Desde Teirm, Eragon y Saphira acompañaron a los guerreros al sur por la costa hasta que llegaron a la ciudad de Kuasta. Allí se encontraron con el mismo problema que en Teirm, pero, a diferencia

CHRISTOPHER PAOLINI

de esta, el gobernador de Kuasta cedió y acordó unirse al nuevo reino de Nasuada.

Entonces Eragon y Saphira volaron en solitario hasta Narda, muy al norte, y allí obtuvieron la misma promesa, tras lo cual volvieron por fin a Ilirea, donde se quedaron unas semanas en un pabellón junto al de Nasuada.

En cuanto encontraron el momento, Eragon y Saphira abandonaron la ciudad y se dirigieron al castillo donde Blödhgarm y los otros hechiceros custodiaban los eldunarís rescatados de Galbatorix. Allí colaboraron en la curación de las mentes de los dragones. Hicieron progresos, pero era una tarea lenta, y algunos de los eldunarís respondían más rápido que otros. A Eragon le preocupaba que muchos de ellos no tuvieran ya interés por vivir, o que estuvieran tan perdidos en el laberinto de su mente que era casi imposible comunicarse con ellos y sacarles algo con sentido, aunque quienes lo intentaran fueran los dragones más ancianos, como Valdr. Para evitar que los centenares de dragones enloquecidos aturdieran a los que intentaban ayudarlos, los elfos mantenían a la mayoría de los eldunarís en un estado de trance y trataban solo con unos cuantos cada vez.

Eragon también trabajó junto a los magos de Du Vrangr Gata extrayendo los tesoros de la ciudadela. Gran parte del trabajo recayó en él, ya que ninguno de los otros hechiceros tenía los conocimientos o la experiencia necesarios para tratar con muchas de las piezas encantadas que había dejado Galbatorix tras de sí. Pero a Eragon no le importaba; disfrutaba explorando la fortaleza en ruinas y descubriendo los secretos que ocultaba. Galbatorix había acumulado un maravilloso botín a lo largo del último siglo, algunas piezas más peligrosas que otras, pero todas ellas interesantes. La favorita de Eragon era un astrolabio que, al ponérselo junto al ojo, le permitía ver las estrellas, incluso de día.

La existencia de los artefactos más peligrosos se convirtió en un secreto entre él, Saphira y Nasuada, al considerar que era demasiado arriesgado permitir que se extendiera la voz.

Nasuada dio uso de inmediato a los tesoros recuperados, utilizándolos para dar comida y vestido a sus guerreros, así como para la reconstrucción de las defensas de las ciudades capturadas durante su invasión del Imperio. Además, regaló cinco coronas de oro a cada uno de sus súbditos: una cantidad insignificante para los nobles, pero una verdadera fortuna para los granjeros más pobres. Eragon estaba seguro de que aquel gesto le otorgaría el respeto y la fidelidad del pueblo de un modo que Galbatorix nunca habría podido entender.

También recuperaron varios cientos de espadas de Jinetes: espadas de todas las formas y colores, hechas tanto para humanos como para elfos. Fue un hallazgo sobrecogedor. Eragon y Saphira llevaron personalmente las armas al castillo donde estaban los eldunarís, impacientes porque llegara el día en que fueran necesarias de nuevo para armar a los Jinetes.

Eragon pensó que Rhunön estaría contenta de saber que tantas de sus obras habían sobrevivido.

Y luego estaban los cientos de pergaminos y libros que Galbatorix había ido coleccionando, que Jeod y los elfos se encargaron de catalogar, apartando los que contenían secretos sobre los Jinetes o sobre los mecanismos ocultos de la magia.

Mientras clasificaban el inmenso filón de conocimientos que atesoraba Galbatorix, Eragon no perdía la esperanza de encontrar alguna mención al lugar donde el rey había escondido el resto de los huevos de Lethrblaka. No obstante, las únicas menciones a los Lethrblaka o a los Ra'zac que encontró estaban en las obras ancestrales de los elfos y de los Jinetes, en las que hablaban de la oscura amenaza de la noche y se preguntaban qué hacer contra un enemigo que no podían detectar con ningún tipo de magia.

Ahora que Eragon podía hablar abiertamente con Jeod, acabó haciéndolo con regularidad, confiándole todo lo que había ocurrido con los eldunarís y los huevos, e incluso llegando a explicarle el proceso que le llevó a descubrir su nombre verdadero en Vroengard. Hablar con Jeod le resultaba reconfortante, especialmente porque era una de las pocas personas que había conocido a Brom lo suficiente como para poder considerarlo su amigo.

De algún modo, Eragon disfrutaba observando los mecanismos que integraban las labores del reinado de Nasuada y la reconstrucción que había emprendido a partir de los restos del Imperio. El esfuerzo necesario para gestionar un país tan enorme y diverso era tremendo, y la tarea no parecía tener fin; siempre había que hacer algo más. Eragon sabía que él no soportaría las exigencias del trono, pero Nasuada parecía desenvolverse perfectamente. Ella nunca decaía, y siempre parecía saber cómo enfrentarse a los problemas que se le planteaban. Día a día, vio como aumentaba el respeto que le tenían emisarios, altos oficiales, nobles y campesinos. Parecía perfecta para ocupar el trono, aunque no estaba muy seguro de que, en realidad, fuera feliz, y aquello le preocupaba.

Observó que juzgaba a los nobles que habían colaborado con Galbatorix —voluntariamente o no— y le gustó ver que se mostraba a la vez justa y compasiva. Aprobaba los castigos que imponía en caso necesario, que en la mayoría de los casos suponían la expropiación de tierras, de títulos o de la mayor parte de las riquezas obtenidas de forma ilícita, pero en ningún caso la ejecución, algo que Eragon agradeció.

Estuvo de acuerdo con ella cuando concedió a Nar Garzhvog y a su pueblo amplios territorios en la costa norte de las Vertebradas, así como en las llanuras fértiles entre el lago Fläm y el río Toark, donde apenas vivía gente.

Al igual que el rey Orrin o Lord Risthart, Nar Garzhvog había jurado fidelidad a Nasuada como su reina suprema. No obstante, el enorme Kull le advirtió:

—Mi pueblo está de acuerdo con esto, Señora Acosadora de la Noche, pero los míos tienen la sangre espesa y la memoria corta, y las palabras no les atarán para siempre.

—¿Quieres decir que tu pueblo romperá la paz? —respondió ella, con voz fría—. ¿Debo entender que nuestras razas volverán a ser enemigas?

—No —dijo Garzhvog, sacudiendo su enorme cabeza—. No queremos enfrentarnos a vosotros. Sabemos que Espada de Fuego nos mataría. Pero… cuando nuestros pequeños crezcan, querrán batallas en las que demostrar su valía. Si no hay batallas, las crearán. Lo siento, Acosadora de la Noche, pero no podemos cambiar nuestra esencia.

Aquella charla inquietó a Eragon —y también a Nasuada—, y pasó varias noches pensando en los úrgalos, intentando resolver el problema que planteaban.

Las semanas iban pasando, y Nasuada siguió enviándolos a él y a Saphira a diversos puntos de Surda y de su reino, en muchos casos usándolos como representantes personales ante el rey Orrin, Lord Risthart y los otros nobles y grupos de soldados por todo el territorio.

Allá donde iban, buscaban un lugar que pudiera servir de hogar a los eldunarís durante los siglos venideros y como nido y terreno de pruebas para los dragones ocultos en Vroengard. Había zonas de las Vertebradas que prometían, pero la mayoría de ellas estaban demasiado cerca de los humanos o de los úrgalos, o demasiado al norte, por lo que Eragon pensó que la vida allí todo el año sería muy dura. Además, Murtagh y Espina habían ido hacia el norte, y Eragon y Saphira no querían provocarles mayores dificultades.

Las montañas Beor habrían sido un lugar perfecto, pero no parecía probable que los enanos acogieran con gusto a cientos de voraces dragones en los límites de su reino. Cualquiera que fuera la zona de las Beor que escogieran, estarían a un corto vuelo de al menos una de las ciudades de los enanos, y eso supondría un problema en cuanto algún joven dragón empezara a lanzarse contra los rebaños de Feldûnost de los enanos (algo que, conociendo a Saphira, era más que probable).

Tal vez los elfos no tendrían objeción en que los dragones vivieran en una de las montañas de Du Weldenvarden, pero a Eragon le preocupaba igualmente la cercanía de las ciudades elfas. Por otra parte, no le gustaba la idea de situar los dragones y los eldunarís dentro del territorio de ninguna de las razas. De hacerlo, parecería que estaban dándole apoyo a esa raza en particular. Los Jinetes del pasado nunca lo habían hecho, y Eragon consideraba que los del futuro tampoco debían.

La única ubicación que estaba lo suficientemente lejos de todas las ciudades y pueblos y que ninguna raza había reclamado aún era el hogar ancestral de los dragones: el corazón del desierto de Hadarac, donde se levantaban las Du Fells Nángoröth o montañas Malditas. Eragon estaba seguro que sería un buen lugar para sus crías. No obstante, tenía tres inconvenientes. En primer lugar, en el desierto no encontrarían la comida necesaria para alimentar a los jóvenes dragones. Saphira tendría que pasarse la mayor parte del tiempo llevando ciervos y otros animales salvajes a las montañas. Y, por supuesto, una vez que crecieran las crías, tendrían que empezar a volar por su cuenta, lo que los acercaría a las tierras de los humanos, de los elfos o de los enanos. En segundo lugar, todo el que había viajado mucho —y el que no— sabía dónde estaban las montañas. Y en tercer lugar, no era excesivamente difícil llegar a ellas, sobre todo en invierno. Estas dos últimas cuestiones eran las que más le preocupaban, y le hacían preguntarse si serían capaces de proteger los huevos, las crías de dragón y los eldunarís.

Sería mejor si estuviéramos en lo alto de uno de los picos de las Beor, donde solo podemos llegar volando los dragones —le dijo a Saphira—. *Así nadie podría ir a curiosear, más que Espina, Murtagh o algún otro mago.*

Por «algún otro mago» querrás decir todos los elfos de la Tierra... ¡Además, haría frío todo el tiempo!

Pensé que no te importaba el frío.

No me importa. Pero tampoco quiero vivir todo el año entre la nieve. La arena es mejor para las escamas; me lo dijo Glaedr. Ayuda a pulirlas y a mantenerlas limpias.

Mmh.

Día a día, fue llegando el frío. Los árboles empezaron a soltar sus hojas, las bandadas de pájaros emigraron al sur y el invierno se extendió por el territorio. Fue un invierno duro y cruel, y durante mucho tiempo dio la impresión de que toda Alagaësia hubiera quedado atrapada en un profundo letargo. Al caer los primeros copos de nieve, Orik y su ejército regresaron a los montes Beor. Todos los elfos que seguían en Ilirea —salvo Vanir, Blödhgarm y sus diez hechiceros— también se fueron a Du Weldenvarden. Los úrgalos habían partido semanas antes. Los últimos en irse fueron los hombres gato, que sencillamente desaparecieron; nadie los vio marcharse, y, sin embargo, un día ya no estaban, salvo por un hombre gato grande y gordo llamado Ojos Amarillos, que se quedó sentado en un cojín junto a Nasuada ronroneando, durmiendo y pendiente de todo lo que sucedía en el salón del trono.

Mientras recorría las calles, Eragon contemplaba los copos de nieve que caían de lado bajo la losa de piedra que cubría la ciudad, que sin los elfos y los enanos le parecía terriblemente vacía.

Y Nasuada seguía enviándolos a él y a Saphira a diferentes misiones. Pero nunca los mandó a Du Weldenvarden, el único lugar al que Eragon quería ir. No tenían noticias de los elfos, que no los habían informado de quién había sido elegido sucesor de Islanzadí. Cuando le preguntaron a Vanir, él se limitó a decir:

—No somos un pueblo que viva con prisas. Para nosotros, el nombramiento de un nuevo monarca es un proceso difícil y complicado. En cuanto sepa lo que se ha decidido en nuestros consejos, os lo diré.

Hacía tanto tiempo que Eragon no sabía nada de Arya que se planteó usar el nombre del idioma antiguo para superar las defensas de Du Weldenvarden y poder comunicarse con ella, o por lo menos rastrear su presencia. No obstante, sabía que los elfos no verían con buenos ojos la intrusión, y temía que a Arya no le hiciera ninguna gracia aquel intento de contacto sin que hubiera una necesidad acuciante.

Así pues, en lugar de eso, le escribió una breve carta en la que preguntaba por ella y le contaba parte de lo que habían estado haciendo Saphira y él. Le dio la carta a Vanir, y este prometió que se la enviaría a Arya de inmediato. Eragon estaba seguro de que Vanir mantendría su palabra —puesto que ambos habían hablado en el idioma antiguo—, pero no recibió ninguna respuesta, y con el paso de una luna tras otra, empezó a pensar que, por algún motivo desconocido, Arya había decidido poner fin a su amistad. La idea le dolió terriblemente y decidió concentrarse en el trabajo que le daba Nasuada aún con mayor ahínco, esperando así poder olvidar sus penas.

En lo más crudo del inverno, cuando de la losa que cubría Ilirea colgaban témpanos de hielo como espadas y gruesas capas de nieve tapizaban el paisaje de los alrededores, cuando los caminos estaban prácticamente impracticables y la comida empezaba a escasear en las mesas, tres veces atentaron contra la vida de Nasuada, tal como Murtagh había advertido que podía pasar.

Los atentados fueron inteligentes y elaborados, y el tercero —que consistía en el desprendimiento de una red llena de piedras sobre Nasuada— estuvo a punto de tener éxito. Pero gracias a las defensas de Eragon y Elva, Nasuada sobrevivió, pese a que el último ataque le costó varias fracturas.

Durante el tercer atentado, Eragon y los Halcones de la Noche consiguieron matar a dos de los atacantes de Nasuada, aunque nunca supieron cuántos eran en realidad, pues el resto escapó.

A partir de entonces, Eragon y Jörmundur tomaron medidas extraordinarias para reforzar la seguridad de Nasuada. Aumentaron el número de sus guardias otra vez y, allá donde fuera, iba siempre acompañada de al menos tres hechiceros. La propia Nasuada se volvió más desconfiada, y Eragon vio en ella cierta dureza que antes no mostraba.

No se produjeron más ataques contra Nasuada, pero un mes después de que acabara el invierno y los caminos volvieran a abrirse, un conde llamado Hamlin reunió una tropa compuesta de varios centenares de los antiguos soldados del Imperio y empezó a lanzar ataques contra Gil'ead y contra los viajeros que recorrían los caminos de la región.

Al mismo tiempo, se produjo una rebelión de mayor entidad en el sur, encabezada por Tharos *el Rápido*, de Aroughs.

Los alzamientos eran más que nada una molestia, pero aun así les llevaba varios meses aplacarlos cada vez, y provocaban una serie de luchas de una crueldad insólita, aunque Eragon y Saphira intentaban arreglar las cosas de un modo pacífico siempre que podían. Tras las batallas en las que ya habían participado en su vida, ninguno de los dos seguía con sed de sangre.

Poco después del final de las revueltas, Katrina dio a luz a una niña grande y sana con la cabeza cubierta de pelo rojo igual que el de su madre. La cría lloraba más fuerte que ningún otro bebé que hubiera oído nunca Eragon, y tenía una fuerza enorme en las manitas. Roran y Katrina le pusieron Ismira, en recuerdo de la madre de Katrina, y cada vez que la miraban, la alegría que se reflejaba en sus rostros hacía sonreír también a Eragon.

El día después del nacimiento de Ismira, Nasuada llamó a Roran a la sala del trono y le sorprendió concediéndole el título de conde y poniendo todo el valle de Palancar bajo su dominio.

—Mientras tú y tus descendientes sigáis demostrando vuestras aptitudes para gobernar, el valle será vuestro —le dijo.

—Gracias, majestad —respondió Roran, con una reverencia. Era evidente que aquel regalo significaba tanto para él como el nacimiento de su hija, porque, después de su familia, lo más preciado para el chico era su hogar.

Nasuada también intentó otorgar a Eragon diversos títulos y territorios, pero él los rechazó diciendo:

—Ya es suficiente ser Jinete; no necesito nada más.

Unos días más tarde, Eragon estaba con Nasuada en su estudio, examinando un mapa de Alagaësia y discutiendo asuntos sobre el territorio cuando ella le dijo:

—Ahora que las cosas están algo más tranquilas, creo que es hora de afrontar el tema de los magos que pueblan Surda, Teirm y mi propio reino.

—¿Cómo?

—He pasado mucho tiempo pensando en ello y he llegado a una conclusión: he decidido formar un grupo, como el de los Jinetes, pero solo para magos.

—¿Y qué hará ese grupo?

Nasuada cogió una pluma de ganso de su escritorio y la hizo girar entre los dedos.

—Pues algo muy parecido a los Jinetes: viajar por el territorio, mantener la paz, resolver disputas legales y, sobre todo, observar a sus compañeros magos para asegurarse de que no usan su habilidad con fines perversos.

Eragon arrugó la nariz.

—¿Por qué no dejas eso en manos de los Jinetes?

—Porque pasarán años antes de que tengamos más, e incluso entonces no tendremos los suficientes como para que puedan ocuparse de cada hechicero o bruja de poca monta… Aún no has encontrado un lugar para que se críen los dragones, ¿verdad?

Eragon negó con la cabeza. Tanto él como Saphira estaban cada vez más impacientes, pero de momento no se habían podido poner de acuerdo con los eldunarís sobre el lugar ideal. Estaba empezando a convertirse en un tema de fricción entre ellos, porque las crías de dragón iban a necesitar lo antes posible un lugar donde nacer.

—Ya me imaginaba. Debemos hacerlo, Eragon, y no tenemos tiempo que perder. Fíjate en el caos que creó Galbatorix. Los magos son las criaturas más peligrosas de este mundo, más peligrosas incluso que los dragones, y tienen que estar bajo control. Si no, siempre estaremos a su merced.

—¿De verdad crees que podrás reclutar suficientes magos como para tener controlados al resto de los hechiceros del Imperio y de Surda?

—Sí lo creo, si «tú» les pides que se incorporen. Y esa es una de las razones por las que quiero que dirijas este grupo.

—¿Yo?

Nasuada asintió.

—¿Quién si no? ¿Trianna? No confío plenamente en ella, ni tampoco tiene la fuerza necesaria. ¿Un elfo? No, tiene que ser uno de los nuestros. Tú conoces el nombre del idioma antiguo, eres un Jinete y cuentas con la sabiduría y la autoridad de los dragones. No se me ocurre nadie más adecuado para dirigir a los hechiceros. He hablado con Orrin sobre el tema, y él está de acuerdo.

—No creo que la idea le agrade demasiado.

—No, pero entiende que es necesario.

—¿Lo es? —Eragon repiqueteó con los dedos sobre el borde de la mesa, preocupado—. ¿Cómo piensas controlar a los magos que no pertenezcan a ese grupo?

—Esperaba que tú tuvieras alguna sugerencia. Pensé que quizá con los hechizos y los espejos mágicos podríamos seguirles la pista y supervisar el uso que hacen de la magia, para evitar que la empleen para beneficiarse a costa de los demás.

—¿Y si lo hacen?

—Entonces nos ocuparemos de que respondan por el delito, y les haremos jurar en el idioma antiguo que abandonarán el uso de la magia.

—Un juramento en el idioma antiguo no impedirá necesariamente que alguien pueda usar la magia.

—Lo sé, pero es lo mejor que podemos hacer.

Eragon asintió.

—¿Y si un hechicero se niega a que se le observe? ¿Qué hacemos entonces? No creo que muchos acepten ser espiados.

Nasuada suspiró y dejó la pluma en la mesa.

—Esa es la parte complicada. ¿Qué harías tú, Eragon, si estuvieras en mi lugar?

—No lo sé… —Ninguna de las soluciones que se le ocurrían eran muy aceptables.

—Yo tampoco —dijo ella, adoptando un gesto triste—. Es una cuestión difícil, dolorosa y complicada y, decida lo que decida, alguien se sentirá molesto. Si no hago nada, los magos seguirán teniendo la posibilidad de manipular a los demás con sus hechizos. No obstante, creo que estarás de acuerdo conmigo en que es mejor proteger a la mayoría de mis súbditos, aunque sea a costa de unos pocos.

—El asunto no me gusta —murmuró él.

—A mí tampoco me gusta.

—Estás hablando de someter a todos los hechiceros humanos a tu voluntad, sean quienes sean.

—Por el bien de toda la población —replicó ella sin pestañear.

—¿Qué hay de la gente que solo puede oír pensamientos, y nada más? Eso también es una forma de magia.

—Ellos también. La posibilidad de que abusen de su poder sigue siendo demasiado grande. —Nasuada suspiró—. Sé que no es fácil, Eragon, pero sencillo o no, es algo a lo que tenemos que enfrentarnos. Galbatorix era un loco malvado, pero tenía razón en una cosa: los magos necesitan control. No como pretendía él, pero hay que hacer algo y creo que mi plan es la mejor solución posible. Si se te ocurre otro medio mejor para hacer cumplir la ley a los hechiceros, estaré encantada de oírlo. Si no, es el único camino que se nos presenta, y necesito tu ayuda para emprenderlo… Así pues, ¿aceptarás hacerte cargo de este grupo, por el bien del país y por el de nuestra raza en conjunto?

Eragon tardó en responder.

—Si no te importa —dijo por fin—, me gustaría pensármelo un poco. Y necesito consultarlo con Saphira.

—Por supuesto. Pero no te lo pienses demasiado, Eragon. Los preparativos ya están en marcha, y muy pronto te necesitaremos.

Tras aquella charla, el chico no volvió directamente al lado de Saphira, sino que paseó un rato por las calles de Ilirea, ajeno a las reverencias y los saludos de la gente con la que se cruzaba. Se sentía… intranquilo, tanto por la propuesta de Nasuada como por la vida en general. Saphira y él habían estado inactivos durante demasiado tiempo. Había llegado el momento de hacer algún cambio, y las circunstancias ya no les permitirían esperar. Tenían que decidir qué iban a hacer y, fuera lo que fuera, afectaría al resto de sus vidas.

Pasó varias horas caminando y pensando, sobre todo en sus vínculos y sus responsabilidades. Al atardecer emprendió el camino de vuelta para reunirse con Saphira y, sin decir nada, se montó en su grupa.

Ella dio un salto desde el patio del pabellón y se elevó por encima de Ilirea, tan alto que se la veía a cientos de kilómetros a la redonda. Y allí se quedó, volando en círculos.

Hablaron sin palabras, intercambiando sus estados de ánimo. Saphira compartió con él muchas de sus preocupaciones, pero a ella no la inquietaban como a él las relaciones con los demás. Lo único importante para ella era proteger los huevos y los eldunarís, y que los dos hicieran lo correcto. Sin embargo, Eragon sabía que no podían pasar por alto los efectos que tendrían sus decisiones, tanto políticas como personales.

Por fin, él dijo:

¿Qué deberíamos hacer?

El viento bajo las alas de Saphira amainó e iniciaron poco a poco el descenso.

Lo que haga falta, como siempre —sentenció. No dijo nada más; dio media vuelta e inició la aproximación a la ciudad.

El chico agradeció su silencio. La decisión sería más dura para él que para ella, y necesitaba pensar en ello a solas.

Cuando aterrizaron en el patio, Saphira le hizo una caricia con el morro y le dijo:

Si necesitas hablar, estaré aquí.

Él sonrió y le frotó el cuello; luego se retiró lentamente hacia sus aposentos, sin levantar la mirada del suelo.

Υ

Aquella noche, cuando la luna creciente acababa de aparecer tras el borde del despeñadero al otro lado de Ilirea, Eragon, que estaba leyendo un libro de los antiguos Jinetes sobre técnicas de elaboración de sillas de montar, sentado al borde de la cama, observó un brillo en un extremo de su campo visual, como el fugaz aleteo de una cortina.

Se puso en pie de golpe, desenvainando *Brisingr*.

Entonces, por la ventana abierta, vio un barquito de tres mástiles tejido con briznas de hierba. Sonrió y enfundó la espada. Extendió la mano, y el barquito cruzó la habitación y aterrizó en su palma, donde escoró hacia un lado.

El barquito era diferente al que había hecho Arya durante sus viajes por el Imperio, después de que Roran rescatara a Katrina de Helgrind. Tenía más mástiles, y también velas hechas con las hojas de hierba. Aunque la hierba estaba ya seca y amarronada, no estaba muerta del todo, lo que le llevó a pensar que habría sido arrancada un día o dos antes, como mucho.

Atado al centro de la cubierta había un cuadradito de papel plegado. Eragon lo retiró con cuidado, con el corazón latiéndole con fuerza; luego desplegó el papel en el suelo y leyó los glifos, que decían en idioma antiguo:

> Eragon:
>
> Por fin hemos elegido a nuestro líder, y voy de camino a Ilirea para acordar la presentación con Nasuada. Me gustaría hablar primero contigo y con Saphira. Este mensaje debería llegarte cuatro días antes de la luna llena. Si puedes, ven a encontrarte conmigo el día después de que lo recibas en el extremo oriental del río Ramr. Ven solo, y no le digas a nadie adónde vas.
>
> ARYA

Eragon sonrió sin querer. Arya había calculado el tiempo perfectamente; el barquito había llegado en el momento exacto. Pero luego se le borró la sonrisa de la cara y releyó la carta varias veces más. Arya ocultaba algo; eso era evidente. Pero ¿qué era? ¿Por qué tenían que encontrarse en secreto?

«A lo mejor Arya no está de acuerdo con el gobernante elegido por los elfos. O quizás haya algún otro problema», pensó. Y aunque Eragon estaba deseando volver a verla, no podía olvidar el tiempo que había estado sin dar señales de vida. Supuso que, para Arya, los meses pasados no eran más que un instante, pero no podía evitar sentirse herido.

Esperó hasta que el primer rastro de sol apareció en el cielo y luego fue corriendo hasta Saphira para explicarle las noticias. La carta despertó la misma curiosidad en ella que en él, aunque quizá no tanta excitación.

La ensilló, salieron de la ciudad y se dirigieron hacia el noreste, sin contarle a nadie sus planes, ni siquiera a Glaedr ni a los otros el-dunarís.

Fírnen

*E*ra ya media tarde cuando llegaron al lugar indicado por Arya: un suave meandro del río Ramr en el punto más oriental de su cuenca.

Eragon estiró la cabeza por encima del cuello de Saphira buscando con la vista por si veía a alguien abajo. El terreno parecía despoblado, salvo por un rebaño de toros salvajes. Cuando los animales vieron a Saphira huyeron, bajando la cabeza y levantando una nube de polvo. Los toros y algunos otros animales pequeños dispersos por el campo eran las únicas criaturas vivas que detectaba Eragon. Desanimado, levantó la mirada hacia el horizonte, pero no vio ni rastro de Arya.

Saphira aterrizó en un repecho a unos cincuenta metros de la orilla del río. Tomó asiento y Eragon se sentó a su lado, apoyando la espalda contra su costado.

En lo alto del repecho había un saliente de roca blanda, como pizarra. Mientras esperaban, Eragon se entretuvo tallando un trozo del tamaño de un dedo hasta convertirlo en una punta de flecha. La piedra era demasiado blanda como para que la punta tuviera alguna utilidad que no fuera decorativa, pero era un buen entretenimiento. Cuando quedó satisfecho con la sencilla punta triangular que obtuvo, la dejó a un lado y empezó a tallar un trozo mayor hasta obtener una daga en forma de hoja, similar a las que llevaban los elfos.

No tuvo que esperar tanto como pensó en un principio.

Una hora después de su llegada, Saphira levantó la cabeza del suelo y miró en dirección a la llanura, hacia el desierto de Hadarac, que no quedaba tan lejos.

Eragon sintió que el cuerpo de la dragona se tensaba con una extraña emoción, como si estuviera a punto de pasar algo.

Mira.

Sin soltar la daga a medio tallar, Eragon se puso en pie y miró hacia el este.

Entre su posición y el horizonte no vio nada más que hierba, tierra y algunos árboles solitarios agitados por el viento. Escrutó una zona más amplia, pero siguió sin ver nada de interés.

Qué... —empezó a preguntar, pero se interrumpió. La vista se le fue al cielo.

En el cielo apareció un brillo de fuego verde, como una esmeralda iluminada por el sol. El punto de luz trazó un arco por el manto azul del cielo, acercándose a toda velocidad, brillante como una estrella en plena noche.

Eragon dejó caer la daga de piedra y, sin apartar la vista del punto de luz, se subió a la grupa de Saphira y fijó las correas de las piernas. Quería preguntarle qué creía que era aquella luz —obligarla a traducir en palabras lo que él ya sospechaba—, pero a ninguno de los dos les salían las palabras.

Saphira se quedó inmóvil, aunque abrió las alas y las extendió a medias, levantándolas para preparar el despegue.

Al ir aumentando de tamaño, el brillo creció, dividiéndose en un grupo de decenas, luego de cientos y por fin de miles de minúsculos puntos de luz. Al cabo de unos minutos distinguieron por fin la forma real que componían, y vieron que era un dragón.

Saphira no podía esperar más. Emitió un rugido triunfal, como una corneta, saltó desde el repecho, colina abajo, y agitó las alas.

Eragon se aferró a la púa del cuello que tenía delante mientras Saphira ascendía casi en vertical, desesperada por ir al encuentro del otro dragón lo antes posible. La emoción que experimentaban tanto Eragon como ella iba acompañada de un sentimiento de preocupación originado por las muchas batallas que llevaban a sus espaldas. Y, siendo precavidos, agradecieron tener el sol a la espalda.

Saphira siguió ascendiendo hasta encontrarse ligeramente por encima del dragón verde, momento en que se niveló y centró sus esfuerzos en ganar velocidad.

Ya más de cerca, Eragon vio que el dragón, aunque bien formado, aún mostraba el típico aspecto de la juventud —sus miembros aún no habían adquirido la robustez de los de Glaedr o Espina— y era más pequeño que Saphira. Las escamas de sus costados eran de un verde oscuro como el de los bosques, mientras que las del vientre y las almohadillas de las patas eran más claras, y las más pequeñas casi blancas. Cuando tenía las alas pegadas al cuerpo, tomaban el color de las hojas de acebo, pero cuando la luz del sol las atravesaba, adquirían el de las hojas de roble en primavera.

En la grupa, junto al cuello, había una silla parecida a la de Saphira, y sobre la silla una figura que parecía Arya, con la oscura melena al viento. Aquella imagen llenó a Eragon de alegría, y el vacío que había sentido durante tanto tiempo desapareció como la oscuridad de la noche al salir el sol.

En el momento en que los dragones pasaron uno junto al otro, Saphira rugió y el otro dragón respondió con otro rugido. Dieron la vuelta y se pusieron a volar en círculo, como si se persiguieran mutuamente. Saphira estaba aún algo por encima del dragón verde, que no hacía ningún intento por elevarse por encima de ella. Si lo hubiera hecho, Eragon se habría temido que estuviera intentando situarse en posición de ventaja para atacar.

Eragon sonrió y gritó al viento. Arya devolvió el grito y levantó un brazo. Entonces el chico contactó con su mente, solo para asegurarse, y al instante «supo» que era realmente Arya, y que ni el dragón ni ella suponían ningún peligro. Al cabo de un momento retiró el contacto mental, porque habría sido de mala educación prolongarlo sin el consentimiento de ella; ya respondería a sus preguntas cuando estuvieran en tierra.

Saphira y el dragón verde volvieron a rugir, y este agitó la cola como un látigo; luego se persiguieron el uno al otro por el aire hasta llegar al río Ramr. Allí, Saphira encabezó el descenso hasta aterrizar en el mismo saliente donde Eragon y ella habían estado esperando antes.

El dragón verde aterrizó a unos treinta metros y se estiró mientras Arya bajaba de la silla.

Eragon se soltó las ataduras de las piernas y saltó al suelo; la vaina de *Brisingr* le golpeó en la pierna. Salió corriendo hacia Arya, y ella hacia él, y se encontraron entre los dos dragones, que los siguieron a un ritmo más tranquilo, pisando el terreno con fuerza.

Al irse acercando, Eragon observó que, en lugar de la tira de cuero que Arya solía llevar para recogerse el cabello, llevaba un aro de oro sobre la frente. En el centro del aro brillaba un diamante en forma de lágrima con una luz que no procedía del sol, sino de las profundidades de la propia piedra. Del cinto le colgaba una espada de empuñadura verde, con una funda del mismo color, que reconoció como *Támerlein*, la misma espada que el lord elfo Fiolr le había ofrecido a él en sustitución de *Zar'roc* y que en su día había pertenecido al Jinete Arva. No obstante, la empuñadura tenía un aspecto diferente al que él recordaba, más ligera y estilizada, y la vaina era más estrecha.

Eragon tardó un momento en darse cuenta de lo que significaba la diadema. Miró a Arya con asombro:

—¡Tú!

—Yo —dijo ella, e inclinó la cabeza—. *Atra esterní ono thelduin*, Eragon.

—*Atra du evarínya ono varda*, Arya… *¿Dröttning?* —No se le escapó el detalle de que ella había decidido saludarle en primer lugar.

—*Dröttning* —confirmó ella—. Mi pueblo decidió otorgarme el título de mi madre, y yo decidí aceptar.

Por encima de ellos, Saphira y el dragón verde acercaron las cabezas y se olisquearon mutuamente. Saphira era más alta; el dragón verde tuvo que estirar el cuello para alcanzarla.

Por mucho que Eragon quisiera hablar con Arya, no podía evitar mirar al dragón verde.

—¿Y él? —preguntó, haciendo un gesto hacia arriba con la cabeza.

Arya sonrió, y luego le sorprendió cogiéndole de la mano y llevándole hacia el dragón verde, que rebufó y bajó la cabeza hasta situarla justo por encima de ellos. De sus orificios nasales púrpura aún salían restos de humo y vapor.

—Eragon —dijo ella, apoyando la mano de él sobre el cálido morro del dragón—, este es Fírnen. Fírnen, este es Eragon.

El chico levantó la mirada y la fijó en los brillantes ojos de Fírnen; las bandas del interior del iris del dragón eran de color verde pálido y amarillo, como las briznas de hierba tierna.

Encantado de conocerte, Eragon-amigo Asesino de Sombra —dijo Fírnen. Su voz mental era más profunda de lo que esperaba, más aún que la de Espina o Glaedr, o la de cualquiera de los eldunarís de Vroengard—. *Mi Jinete me ha hablado mucho de ti* —añadió, y parpadeó una vez, con un leve chasquido agudo, como el de una concha al golpear con una piedra.

En la mente abierta e iluminada por el sol de Fírnen, poblada de sombras transparentes, Eragon percibía la emoción del dragón. Se quedó maravillado ante aquella revelación.

—Yo también me alegro de conocerte, Fírnen-finiarel. Nunca pensé que viviría para verte fuera del huevo y libre de los hechizos de Galbatorix.

El dragón esmeralda soltó un ligero bufido. Tenía un porte orgulloso y enérgico, como el de un ciervo en otoño. Luego volvió la mirada hacia Saphira. Ambos compartieron muchas cosas; a través de Saphira, Eragon sentía el flujo de pensamientos, emociones y sensaciones, lento al principio, pero cada vez mayor, hasta convertirse en un torrente.

Arya esbozó una sonrisa.

—Parece que se llevan bien.

—Desde luego.

Guiados por un entendimiento mutuo, Eragon y Arya echaron a andar, dejando a Saphira y Fírnen con sus cosas. La dragona no estaba sentada como siempre, sino más bien agazapada, como si estuviera a punto de saltar sobre un ciervo. Fírnen estaba igual. De vez en cuando movían la punta de la cola.

Arya tenía buen aspecto; Eragon no la había visto tan bien desde de aquella vez que habían estado juntos en Ellesméra. A falta de una palabra más apropiada, habría podido decir que parecía ser feliz.

Pasaron un rato sin hablar, observando a los dragones. Entonces ella dijo:

—Te pido disculpas por no haberme puesto en contacto contigo antes. Debes de haber pensado que soy una desconsiderada por no deciros nada a ti y a Saphira en tanto tiempo y por mantener en secreto la existencia de Fírnen.

—¿Recibiste mi carta?

—Sí —dijo ella y, para sorpresa de Eragon, metió la mano bajo la túnica y sacó un cuadrado de pergamino manoseado que, pasados unos segundos, Eragon reconoció—. Habría respondido, pero Fírnen ya había nacido y no quería mentirte, ni siquiera por omisión.

—¿Por qué lo has mantenido oculto?

—Aún quedan muchos siervos de Galbatorix merodeando por ahí, y con los pocos dragones que quedan no quería correr el riesgo de que nadie supiera lo de Fírnen hasta que hubiera crecido lo suficiente como para defenderse solo.

—¿Realmente crees que algún humano podría haberse colado en Du Weldenvarden y haberlo matado?

—Hemos visto cosas más raras. Los dragones aún están en peligro de extinción, así que era un riesgo que no podíamos correr. De haber podido, habría mantenido a Fírnen en Du Weldenvarden los próximos diez años, hasta que fuera lo suficientemente grande como para que nadie se atreva a atacarle. Pero él quería salir, y yo no podía negárselo. Además, ha llegado la hora de que me presente ante Nasuada y Orik en mi nueva posición.

Eragon notaba que Fírnen le estaba contando a Saphira la primera vez que había cazado un ciervo en el bosque de los elfos. Sabía que Arya también era consciente del diálogo entre los dragones, porque observó una mueca divertida en su rostro en respuesta a una imagen de Fírnen saltando tras un cervatillo asustado después de que este hubiera tropezado con una rama.

—¿Y cuánto tiempo hace que eres reina?

—Desde un mes después de mi regreso. No obstante, Vanir no lo sabe. Ordené que no se los informara ni a él ni a nuestro embajador ante los enanos para poder concentrarme en criar a Fírnen sin tener que preocuparme por asuntos oficiales que me habrían tenido muy ocupada… Quizá te guste saber que lo he criado en los riscos de Tel'naeír, donde vivían Oromis y Glaedr. Me pareció el lugar más indicado.

Se hizo el silencio entre ellos. Entonces Eragon señaló la diadema de Arya y a Fírnen, y dijo:

—¿Cómo ha ocurrido todo esto?

—Al regresar a Ellesméra, observé que Fírnen empezaba a agitarse dentro del cascarón, pero no le di importancia, porque Saphira también lo había hecho en su tiempo. No obstante, cuando llegamos a Du Weldenvarden y atravesamos las defensas del bosque, salió del cascarón. Estaba anocheciendo, y yo llevaba el huevo en el regazo, como hice con el de Saphira, y le estaba hablando sobre el mundo, tranquilizándole, diciéndole que estaba seguro. Entonces sentí que el huevo se agitaba y… —Se estremeció y se echó el cabello hacia atrás, con los ojos humedecidos—. El vínculo es tal como me lo imaginaba. Cuando nos tocamos… Siempre quise ser Jinete de Dragón, Eragon, para poder proteger a mi pueblo y vengar la muerte de mi padre a manos de Galbatorix y los Apóstatas, pero hasta que no vi la primera grieta en el huevo de Fírnen, nunca me atreví a pensar que pudiera llegar a pasar.

—Cuando os tocasteis…

—Sí. —Levantó la mano izquierda y le mostró la marca plateada en la palma, un gedwëy ignasia idéntico al suyo—. Fue como… —Se detuvo, buscando las palabras.

—Como el contacto con el agua helada, un cosquilleo y un escalofrío —sugirió él.

—Exactamente —respondió ella y, sin darse cuenta, cruzó los brazos, como si le hubiera dado frío.

CHRISTOPHER PAOLINI

—Así que volvisteis a Ellesméra —dijo Eragon.

Ahora Saphira le estaba hablando a Fírnen de cuando ambos habían nadado en el lago Leona de camino a Dras-Leona con Brom.

—Así que volvimos a Ellesméra.

—Y te fuiste a vivir a los riscos de Tel'naeír. Pero ¿por qué aceptaste ser reina si ya eras una de los Jinetes?

—No fue idea mía. Däthedr y los otros ancianos de nuestra raza vinieron a la casa de los riscos y me pidieron que ocupara el trono de mi madre. Yo me negué, pero volvieron al día siguiente, y el día después, y cada día durante una semana, y cada vez con nuevos argumentos sobre los motivos por los que debería aceptar la corona. Al final me convencieron de que sería lo mejor para nuestro pueblo.

—Pero ¿por qué tú? ¿Fue porque eras la hija de Islanzadí, o porque habías pasado a ser uno de los Jinetes?

—No fue porque Islanzadí fuera mi madre, aunque eso influyó. Ni tampoco por ser Jinete. Nuestra política es mucho más complicada que la de los humanos o la de los enanos, y elegir un nuevo monarca nunca es fácil. Implica obtener el consentimiento de decenas de casas y familias, así como de varios de los ancianos de nuestra raza, y cada decisión que toman forma parte de un juego sutil al que los nuestros llevan jugando desde hace milenios… Había muchos motivos por los que querían que fuera la reina, no todos ellos evidentes.

Eragon se agitó, mirando alternativamente a Saphira y Arya, incapaz de asumir la decisión de la elfa.

—¿Cómo puedes ser Jinete y a la vez reina? Se supone que los Jinetes no deben dar prioridad a ninguna raza por encima de las demás. Sería imposible que los pueblos de Alagaësia confiaran en nosotros si lo hiciéramos. ¿Y cómo puedes contribuir a la reconstrucción de nuestra orden y a criar a la próxima generación de dragones si estás ocupada con tus responsabilidades en Ellesméra?

—El mundo ha cambiado —dijo ella—. Y los Jinetes tampoco se pueden mantener al margen como antes. Somos demasiado pocos como para aislarnos, y pasará mucho tiempo hasta que vuelva a haber los suficientes como para que volvamos a estar en el lugar que ocupábamos antes. En cualquier caso, tú has jurado fidelidad a Nasuada y a Orik y al Dürgrimst Ingeitum, pero no a nosotros, los älfakyn. Es justo que nosotros también tengamos un Jinete y un dragón.

—Sabes que Saphira y yo lucharíamos por los elfos igual que por los enanos o los humanos —protestó él.

—Lo sé, pero otros no lo harían. Las apariencias importan, Eragon. No puedes cambiar el hecho de que le has dado tu palabra a Nasuada y de que le debes lealtad al clan de Orik… Mi pueblo ha sufrido mucho los últimos cien años, y aunque a ti quizá no te lo parezca, no somos lo que fuimos. La decadencia de los dragones también ha traído la nuestra. Hemos tenido menos niños y nuestras fuerzas se han visto mermadas. Algunos dicen incluso que nuestras mentes ya no son lo agudas que eran antes, aunque eso es difícil de saber.

—Lo mismo nos ha pasado a los humanos, o al menos eso nos dijo Glaedr.

—Tiene razón —Arya asintió—. Ambas razas tardarán un tiempo en recuperarse, y eso dependerá en gran parte del regreso de los dragones. Nasuada necesita que la ayuden a dirigir la recuperación de tu raza, pero mi pueblo también precisa un líder. Tras la muerte de Islanzadí, me sentí obligada a asumir esa tarea yo misma. —Se tocó el hombro izquierdo, donde ocultaba el tatuaje del glifo yawë—. Juré servir a mi pueblo cuando era poco mayor que tú, y ahora no puedo abandonarlos, cuando tanto me necesitan.

—Siempre te necesitarán.

—Y yo siempre responderé a su llamada. No te preocupes, Fírnen y yo no desatenderemos nuestras obligaciones como dragón y Jinete. Os ayudaremos a patrullar el territorio y a dirimir todas las disputas que podamos, y allá donde se estime conveniente que deban crecer los dragones, los visitaremos y ofreceremos nuestra asistencia del modo en que sea posible, aunque sea en el extremo sur de las Vertebradas.

Las palabras de Arya inquietaron a Eragon, pero hizo lo posible para que no se le notara. Lo que prometía no sería posible si Saphira y él mismo hacían lo que habían decidido durante el vuelo hasta llegar allí. Aunque todo lo que había dicho Arya confirmaba que el camino que habían tomado era el correcto, le preocupaba que fuera un camino que Arya y Fírnen no pudieran seguir.

Asintió con la cabeza, indicando que aceptaba la decisión de Arya de ser reina y que reconocía su derecho a serlo.

—Sé que no dejarás de lado tus responsabilidades —contestó—. Nunca lo haces. —Lo dijo sin malicia; era un hecho, y un motivo de respeto—. Y entiendo que no te pusieras en contacto con nosotros durante tanto tiempo. En tu lugar, yo probablemente habría hecho lo mismo.

—Gracias —dijo ella, sonriendo.

—Imagino que Rhunön modificó *Támerlein* para que se te ajustara mejor —dijo, señalando la espada.

—Sí, aunque no dejó de refunfuñar mientras lo hacía. Decía que la hoja era perfecta tal como era, pero yo estoy muy satisfecha con los cambios que hizo; la espada se me adapta mejor a la mano, y es ligerísima.

Se quedaron allí, observando a los dragones, mientras Eragon buscaba un modo de contarle a Arya sus planes. Pero antes de que pudiera hacerlo Arya le preguntó:

—¿Os ha ido todo bien a Saphira y a ti?

—Sí.

—¿Qué más cosas de interés han pasado desde que me escribiste?

Eragon se lo pensó un minuto y luego le explicó de forma concisa los atentados contra Nasuada, las revueltas del norte y del sur, el nacimiento de la hija de Roran y Katrina, el título nobiliario otorgado a Roran y la cantidad de tesoros recuperados de la ciudadela. Por último, le habló de su regreso a Carvahall y de su visita a la tumba de Brom.

Mientras hablaba, Saphira y Fírnen empezaron a corretear uno tras el otro, agitando las colas más rápido que nunca. Ambos tenían la mandíbula entreabierta, mostrando sus largos dientes blancos, y respiraban con fuerza por la boca, emitiendo unos suaves gañidos, algo que Eragon nunca había oído. Parecía casi como si fueran a atacarse el uno al otro, lo cual le preocupó, pero la sensación que transmitía Saphira no era de rabia ni de miedo. Era…

Quiero ponerlo a prueba —dijo Saphira. Chasqueó la cola contra el suelo, y Fírnen se quedó inmóvil.

¿Ponerlo a prueba? ¿Para qué?

Para descubrir si tiene hierro en los huesos y fuego en el vientre, como yo.

¿Estás segura? —preguntó él, que la veía venir.

Ella volvió a chasquear la cola contra el suelo, y Eragon vio que estaba decidida.

Lo sé todo de él…, todo menos esto. Además… —añadió, de pronto con gesto divertido— *no es que los dragones nos emparejemos de por vida.*

Muy bien… Pero ten cuidado.

Apenas había acabado de hablar cuando Saphira se lanzó hacia delante y mordió a Fírnen en el flanco izquierdo, haciéndole sangrar y dar un salto hacia atrás. El dragón verde gruñó, vacilante, y se retiró en el momento en que Saphira se le acercaba de nuevo.

¡*Saphira!* —Avergonzado, Eragon se giró hacia Arya, con la intención de disculparse.

La elfa no parecía molesta. Se dirigió a Fírnen, pero permitió que Eragon también la oyera:

Si quieres que te respete, tienes que morderla tú también.

Miró a Eragon con una ceja levantada y él le respondió con una sonrisa de complicidad.

Fírnen echó una mirada a Arya, no muy seguro de sí mismo. Dio otro salto atrás en el momento en que Saphira se lanzaba a morderle de nuevo, rugió y abrió las alas, como para que se le viera más grande, y cargó contra Saphira, alcanzándole en la pata trasera y hundiendo los dientes.

El dolor que sintió Saphira no era dolor.

Saphira y Fírnen volvieron a sus carreras en círculo, gruñendo y aullando cada vez más alto. Entonces Fírnen volvió a saltar sobre ella, aterrizó sobre el cuello de Saphira y le hizo bajar la cabeza al suelo, donde la inmovilizó y la mordisqueó en la base del cráneo.

Saphira no se debatió con la fuerza que Eragon se esperaba, y supuso que había permitido que Fírnen la hubiera pillado, ya que aquello era algo que ni siquiera Espina había conseguido.

—El cortejo de los dragones no es cosa de arrumacos —le dijo a Arya.

—¿Te esperabas palabras de amor y tiernas caricias?

—Supongo que no.

Con un movimiento del cuello, Saphira se desembarazó de Fírnen y se echó atrás. Rugió y pateó el suelo con las garras delanteras, y entonces Fírnen levantó la cabeza al cielo y lanzó una llamarada de fuego verde el doble de larga que su propio cuerpo.

—¡Oh! —exclamó Arya, encantada.

—¿Qué?

—¡Es la primera vez que echa fuego!

Saphira lanzó otra llamarada. Eragon sintió el calor a más de quince metros de distancia. Luego se agazapó y se echó a volar, ascendiendo casi en vertical. Fírnen la siguió un momento después.

Eragon y Arya se quedaron observando el brillo de los dragones, que ascendían en espirales, lanzando bocanadas de fuego. Era una imagen impresionante: salvaje, bella y aterradora a la vez. Eragon se dio cuenta de que estaba observando un ritual ancestral y único, algo que formaba parte del propio tejido de la naturaleza y sin el cual la Tierra perdería su esencia y moriría.

Su conexión con Saphira fue haciéndose cada vez más tenue al ir aumentando la distancia que los separaba, pero aun así sentía el ardor de su pasión, que reducía su campo de visión y anulaba todos los pensamientos, salvo el de la necesidad instintiva a la que están sometidas todas las criaturas, incluso los elfos.

Los dragones fueron haciéndose más pequeños hasta que no fueron más que un par de estrellas brillantes orbitando una alrededor de la otra en la inmensidad del cielo. Pese a su lejanía, a Eragon aún le llegaban sensaciones y pensamientos inconexos de Saphira, y aunque había experimentado muchos momentos similares al compartir los eldunarís sus recuerdos con él, no pudo evitar ruborizarse, y se sintió incapaz de mirar directamente a Arya.

Ella también parecía afectada por las emociones de los dragones, aunque de un modo diferente al de él; se quedó mirando hacia el lugar donde estaban Saphira y Fírnen con una leve sonrisa y con los ojos más brillantes de lo habitual, como si la visión de los dos dragones la llenara de orgullo y felicidad.

Eragon soltó un suspiro. Luego se puso de cuclillas y empezó a dibujar en la tierra con una pajita.

—Bueno, no han perdido el tiempo.

—No —respondió Arya.

Se quedaron así unos cuantos minutos: ella de pie y él de cuclillas, y a su alrededor todo era silencio, salvo por el murmullo del viento.

Por fin Eragon se atrevió a levantar la mirada hacia Arya. Estaba más bella que nunca. Pero más que admirar su belleza, en ella veía a su amiga y aliada; veía quien le había salvado de Durza, que había luchado a su lado contra innumerables enemigos, que había estado presa con él en las mazmorras de Dras-Leona y que, en última instancia, había matado a Shruikan con la *dauthdaert*. Eragon recordó lo que le había contado sobre su vida en Ellesméra cuando estaba creciendo, la difícil relación con su madre y los numerosos motivos que la habían llevado a abandonar Du Weldenvarden y a servir como embajadora de los elfos. También pensó en lo que había tenido que sufrir: a causa de su madre, del aislamiento que había experimentado entre los humanos y los enanos, y sobre todo después de perder a Faolin y al soportar las torturas a las que la había sometido Durza en Gil'ead.

Pensó en todo aquello, y sintió una profunda conexión con ella, y también tristeza, y un deseo repentino de registrar lo que estaba viendo.

Mientras Arya meditaba mirando al cielo, Eragon buscó por el suelo hasta encontrar un trozo de piedra que parecía pizarra. Haciendo el mínimo ruido posible, extrajo la piedra plana y le pasó los dedos por encima hasta limpiarla del todo.

Tardó un momento en recordar los hechizos que había usado en una ocasión, y en modificarlos para extraer los colores que necesitaba del terreno. Articulando las palabras mentalmente, formuló el hechizo.

Un movimiento, como un remolino de aguas fangosas, alteró la superficie de la piedra y sobre la pizarra aparecieron colores —rojo, azul, verde, amarillo— que empezaron a crear líneas y formas, mezclándose para formar nuevos tonos más sutiles. Al cabo de unos segundos apareció la imagen de Arya.

Cuando hubo acabado, puso fin al hechizo y estudió el fairth, satisfecho con el resultado. La imagen representaba fielmente a Arya, a diferencia del fairth que había hecho de ella en Ellesméra. El que sostenía ahora en las manos tenía una profundidad de la que carecía el otro. No era una imagen perfecta en cuanto a la composición, pero estaba orgulloso de haber podido capturar en ella la esencia de su personalidad. En aquella imagen había conseguido concentrar todo lo que sabía de ella, tanto lo claro como lo oscuro.

Se concedió un momento para disfrutar de su logro y luego tiró la tableta a un lado, para que se rompiera contra el suelo.

—*Kausta* —dijo Arya, y la tableta trazó una curva en el aire y aterrizó en su mano.

Eragon abrió la boca con la intención de explicarse o disculparse, pero se lo pensó mejor y no dijo nada.

Arya se lo quedó mirando, con el fairth en la mano. Eragon le devolvió la mirada, atento a su reacción.

Pasó un largo y tenso minuto.

Entonces Arya bajó el fairth.

Eragon se puso en pie y le tendió la mano para que le devolviera la tabla, pero ella no hizo ningún gesto. Parecía agitada, y a Eragon se le encogió el estómago; su fairth la había contrariado.

Mirándolo directamente a los ojos, Arya dijo en el idioma antiguo:

—Eragon, si lo deseas, me gustaría decirte mi nombre verdadero.

Su propuesta le dejó de piedra. Asintió, abrumado, y haciendo esfuerzos por encontrar las palabras consiguió decir por fin:

—Sería un honor para mí.

Arya dio un paso adelante y situó sus labios junto a la oreja del chico y, en un murmullo apenas audible, le dijo su nombre. Mientras lo pronunciaba, resonó en la mente de Eragon, y de pronto la comprendió mucho mejor. En parte era algo que ya sabía, pero había cosas que entendía que debían de haberle costado mucho compartir.

Entonces Arya dio un paso atrás y esperó su respuesta con una expresión vacía.

El nombre de la elfa le planteó muchas preguntas, pero sabía que no era el momento de formularlas. Lo que tenía que hacer era tranquilizar a Arya, haciéndole entender que aquello no había afectado a la imagen que tenía de ella. Si acaso, había hecho que la tuviera en mayor consideración, porque le había demostrado hasta donde llegaba su altruismo y su dedicación al deber. Sabía que si reaccionaba mal ante su nombre —o incluso si decía algo incorrecto aunque fuera sin querer— podría destruir su amistad.

Miró fijamente a Arya a los ojos y dijo, también en el idioma antiguo:

—Tu nombre…, tu nombre es un buen nombre. Deberías estar orgullosa de ser quien eres. Gracias por compartirlo conmigo. Me enorgullezco de poder llamarte amiga, y te prometo que siempre mantendré tu nombre a buen recaudo. ¿Quieres oír ahora el mío?

—Sí —dijo ella, asintiendo—. Y prometo recordarlo y protegerlo mientras siga siendo tuyo.

Eragon sintió la trascendencia del momento. Sabía que, cuando lo hiciera, no habría vuelta atrás, algo que le daba miedo y al mismo tiempo le fascinaba. Se acercó y, tal como había hecho Arya, apoyó los labios en su oreja y susurró el nombre lo más bajito que pudo. Todo su ser vibró al reconocer las palabras.

Se echó atrás, de pronto lleno de dudas. ¿Qué opinión despertaría en ella? ¿Buena o mala? Porque desde luego suscitaría una opinión, era algo inevitable.

Arya soltó aire lentamente y se quedó un rato mirando al cielo. Cuando volvió a mirarle a él, su expresión era más afable que antes.

—Tú también tienes un buen nombre, Eragon —dijo ella, en voz baja—. No obstante, no creo que sea el mismo nombre que tenías cuando saliste del valle de Palancar.

—No.

—Y tampoco creo que sea el nombre que tenías cuanto estuviste en Ellesméra. Has crecido mucho desde que nos conocimos.

—Tuve que hacerlo.

Ella asintió.

—Aún eres joven, pero ya no eres un niño.

—No. Ya no lo soy.

Más que nunca, Eragon se sintió atraído por ella. El intercambio de nombres había creado un vínculo entre ellos, pero no estaba muy seguro de su naturaleza, y la incertidumbre le creaba una sensación de vulnerabilidad. Arya le había visto con todos sus defectos y no se había echado atrás, sino que le había aceptado tal como era, del mismo modo que la había aceptado él. Es más, había visto en su nombre la profundidad de sus sentimientos por ella, y eso tampoco la había ahuyentado.

Eragon no sabía si debía decir algo al respecto, pero no podía dejar escapar la ocasión.

—Arya, ¿qué va a ser de nosotros? —dijo por fin, haciendo acopio de valor.

Ella dudó, pero estaba claro que había entendido lo que quería decir. Procuró elegir bien sus palabras:

—No lo sé… En otro tiempo, ya sabes que habría dicho: «nada», pero… Como he dicho antes, aún eres joven, y los humanos a menudo cambiáis de opinión. Dentro de diez años, o quizá de cinco, puede que ya no sientas lo que sientes ahora.

—Mis sentimientos no cambiarán —dijo, seguro de sí mismo.

Ella escrutó su rostro durante un buen rato. Entonces Eragon vio un cambio en sus ojos.

—Si no cambian…, quizá, con el tiempo… —Arya le puso una mano sobre la mejilla—. Ahora no puedes pedirme más. No quiero cometer un error contigo, Eragon. Eres demasiado importante, tanto para mí como para el resto de Alagaësia.

Eragon intentó sonreír, pero le salió una mueca.

—Pero… no tenemos tiempo —dijo, con la voz entrecortada. Sentía una presión en el estómago.

Arya frunció el ceño y bajó la mano.

—¿Qué quieres decir?

Él miró al suelo, intentando pensar cómo decírselo. Al final, lo dijo tan simplemente como pudo. Explicó lo difícil que les estaba resultando a Saphira y a él encontrar un lugar seguro para los huevos y los eldunarís, y luego le contó el plan de Nasuada de formar un grupo de magos para controlar al resto de los magos humanos.

Habló durante varios minutos, y concluyó diciendo:

—Así que Saphira y yo hemos decidido que lo único que podemos hacer es abandonar Alagaësia y criar a los dragones en otro sitio, lejos de la gente. Es lo mejor para nosotros, para los dragones, para los Jinetes y para el resto de las razas de Alagaësia.

—Pero los eldunarís… —objetó Arya, sorprendida.

—Los eldunarís tampoco se pueden quedar. Nunca estarían a salvo, ni siquiera en Ellesméra. Mientras permanezcan en esta tierra, habrá gente que quiera robarlos o usarlos para su propio interés. No, necesitamos un lugar como Vroengard, un lugar donde nadie pueda encontrar los dragones, donde no puedan hacerles daño y donde los dragones jóvenes y los salvajes no puedan herir a nadie. —Eragon intentó sonreír otra vez, pero no pudo hacerlo—. Por eso he dicho que no tenemos tiempo. Saphira y yo pensamos irnos lo antes posible, y si tú te quedas… No sé si volveremos a vernos nunca.

Arya bajó la mirada hacia el fairth que aún tenía en las manos, confusa.

—¿Renunciarías a la corona para venir con nosotros? —preguntó él, aunque ya sabía la respuesta.

Ella levantó la mirada.

—¿Renunciarías tú a tu responsabilidad para con los huevos?

—No. —Eragon sacudió la cabeza.

Durante un rato permanecieron en silencio, escuchando el soplo del viento.

—¿Cómo encontrarás candidatos a Jinete?

—Dejaremos algunos huevos (os los dejaremos a vosotros, supongo) y, cuando salgan del cascarón, vendrán con sus Jinetes y nosotros os enviaremos más huevos.

—Debe de haber otra solución que no suponga que Saphira y tú, así como todos los eldunarís, abandonéis Alagaësia.

—Si la hubiera, la adoptaríamos, pero no la hay.

—¿Y que hay de los eldunarís? ¿Qué hay de Glaedr y Umaroth? ¿Habéis hablado de esto con ellos? ¿Están de acuerdo?

—Aún no hemos hablado con ellos, pero estarán de acuerdo. Lo sé.

—¿Estás seguro de esto, Eragon? ¿Realmente es el único modo? ¿Dejar todo atrás y a todos los que conoces?

—Es necesario, y estábamos predestinados a marcharnos. Angela lo predijo cuando me leyó el futuro en Teirm, y he tenido tiempo de hacerme a la idea. —Levantó la mano y tocó a Arya en el pómulo—. Te lo pregunto de nuevo: ¿vendrás con nosotros?

Una fina capa de lágrimas le cubrió los ojos. Se llevó el fairth al pecho y lo abrazó.

—No puedo.

Él asintió y apartó la mano.

—Entonces... nuestros caminos se separan —dijo, él también con lágrimas en los ojos, haciendo esfuerzos por mantener la compostura.

—Pero aún no —susurró ella—. Aún nos queda algo de tiempo para estar juntos. No os iréis inmediatamente.

—No, no de inmediato.

Y allí se quedaron, de pie uno junto al otro, mirando al cielo y esperando el regreso de Saphira y Fírnen. Al cabo de un rato, ella le rozó la mano y él se la tomó, y aunque era un consuelo mínimo, le ayudó a aliviar el dolor que sentía en su interior.

Un hombre con conciencia

*U*n cálido haz de luz atravesaba las ventanas a la derecha del pasillo, iluminando trozos de la pared donde colgaban estandartes, pinturas, escudos, espadas y las cabezas de varios ciervos entre oscuras puertas talladas distribuidas a intervalos regulares.

Mientras se dirigía al estudio de Nasuada, Eragon miró hacia las ventanas y, más allá, a la ciudad. Oía a los bardos y los músicos que tocaban en el patio, junto a las mesas del banquete celebrado en honor de Arya. La fiesta no había cesado desde el momento en que Arya había llegado a Ilirea acompañada de Fírnen, Saphira y él mismo, el día anterior. Pero los festejos tocaban a su fin y había llegado el momento de que se reuniera con Nasuada.

Hizo un gesto con la cabeza a los guardias de las puertas del estudio, que le hicieron pasar.

Una vez en el interior, vio a Nasuada sentada en un diván, escuchando a un músico que tocaba el laúd y cantaba una bonita canción de amor algo triste. En el otro extremo del diván estaba la niña bruja, Elva, absorta en un bordado y, en una silla, Farica, la criada personal de Nasuada. Y en el regazo de Farica descansaba el hombre gato Ojos Amarillos en su forma animal. Parecía muy dormido, pero Eragon sabía por experiencia que probablemente estuviera despierto.

El chico esperó junto a la puerta hasta que el músico acabó la pieza.

—Gracias. Puedes irte —le dijo Nasuada al músico—. Ah, Eragon. Bienvenido.

Él insinuó una reverencia y saludó a la niña:

—Elva.

La chica lo miró sin levantar la cabeza.

—Eragon.

El hombre gato agitó la cola.

—¿De qué deseas hablar? —preguntó Nasuada, y a continuación dio un sorbo a un cáliz apoyado en una mesita auxiliar.

—Quizá podríamos hablar en privado —propuso Eragon, e indicó con un gesto las puertas de cristal situadas tras la reina, que daban a un balcón con vistas a un jardín rectangular con una fuente.

Nasuada se lo pensó un momento. Luego se levantó y se dirigió hacia el balcón, arrastrando la cola de su vestido púrpura tras ella.

Eragon la siguió y se situaron uno junto al otro, observando el chorro de agua de la fuente, frío y gris, a la sombra procedente del edificio.

—Qué bonita tarde —comentó Nasuada, respirando hondo. Parecía más en paz que la última vez que la había visto, solo unas horas antes.

—Parece que la música te ha puesto de buen humor —observó él.

—No, no la música: Elva.

—¿Y eso? —Eragon ladeó la cabeza.

Una sonrisa misteriosa apareció en el rostro de Nasuada.

—Tras mi reclusión en Urû'baen, después de todo lo que soporté… y perdí, y después de los atentados contra mi vida, me daba la impresión de que el mundo había perdido todo su color. No me sentía bien conmigo misma, y nada de lo que hacía conseguía arrancarme de mi tristeza.

—Es la impresión que tenía yo —reconoció él—, pero no sabía qué podía hacer o decir para ayudarte.

—Nada. Nada de lo que hubieras dicho o hecho me habría ayudado. Podría haber seguido así durante años, de no haber sido por Elva. Ella me dijo…, ella me dijo lo que necesitaba oír, supongo. Fue el cumplimiento de una promesa que me había hecho, años atrás, en el castillo de Aberon.

Eragon frunció el ceño y volvió la vista hacia la sala, donde Elva seguía sentada, bordando. Pese a todo lo que habían pasado juntos, seguía sin inspirarle confianza y se temía que estuviera manipulando a Nasuada de un modo egoísta, para sus propios fines.

Nasuada le tocó el brazo con la mano.

—No tienes que preocuparte por mí, Eragon. Me conozco a mí misma lo suficiente como para que Elva pueda desequilibrarme. Galbatorix no pudo doblegarme; ¿crees que ella sí podría?

Él la miró a los ojos con dureza.

—Sí.

Nasuada volvió a sonreír.

—Agradezco que te preocupes, pero en este caso tus temores son infundados. Déjame que disfrute de mi buen humor; ya me plantearás tus sospechas más adelante.

—De acuerdo. —Eragon cedió—. Me alegro de que te encuentres mejor.

—Gracias. Yo también… ¿Siguen tonteando Saphira y Fírnen como antes? Ya no los oigo.

—Sí, pero ahora están sobre el saliente rocoso —respondió Eragon, que se ruborizó un poco al contactar con la mente de Saphira.

—Ah. —Nasuada apoyó las manos, una encima de la otra, sobre la balaustrada de piedra, cuya parte superior estaba tallada en forma de lirios—. Bueno, ¿por qué querías verme? ¿Ya has tomado una decisión con respecto a mi oferta?

—Sí.

—Excelente. Entonces podemos proceder con nuestros planes. Ya he…

—He decidido no aceptar.

—¿Qué? —respondió Nasuada, incrédula—. ¿Por qué? ¿A quién si no confiarías ese puesto?

—No lo sé —dijo él, con tono amable—. Eso es algo que Orrin y tú tendréis que decidir.

—¿Ni siquiera nos ayudarás a elegir a la persona adecuada? —respondió, levantando las cejas—. ¿Y esperas que me crea que obedecerías a quien pusiera en el cargo?

—No me has entendido —precisó Eragon—. No quiero dirigir a los magos, y tampoco me voy a unir a ellos.

Nasuada se lo quedó mirando un momento; luego dio unos pasos y cerró las puertas de cristal del balcón para que Elva, Farica y el hombre gato no pudieran oír su conversación. Se volvió de nuevo hacia Eragon.

—¡Eragon! Pero ¿en qué estás pensando? Sabes que tienes que unirte al grupo. Todos los magos de mi reino tienen que hacerlo. No puede haber excepciones. ¡Ni una! No puedo dejar que la gente piense que me dejo llevar por favoritismos. Muy pronto se levantarían voces discrepantes entre los magos, y eso es exactamente lo que «no» quiero. Mientras seas un súbdito de mi reino, tendrás que acatar sus leyes; de lo contrario, mi autoridad no significaría «nada». No debería tener que decírtelo, Eragon.

—No tienes que hacerlo. Soy muy consciente de ello. Ese es el verdadero motivo de que Saphira y yo hayamos decidido abandonar Alagaësia.

Nasuada apoyó una mano sobre la barandilla, como si necesitara agarrarse para mantener el equilibrio. Por unos momentos, el murmullo del agua en el patio fue el único sonido que se oyó.

—No lo entiendo.

Una vez más, tal como había hecho con Arya, expuso los motivos por los que los dragones —y, por tanto, también Saphira— no podían quedarse en Alagaësia.

—Yo nunca habría podido ser el jefe de los magos. Saphira y yo tenemos que criar a los dragones y entrenar a los Jinetes, y eso tiene prioridad por encima de todo lo demás. Aunque tuviera tiempo, no podría dirigir a los Jinetes y seguir respondiendo ante ti: las otras razas nunca lo aceptarían. A pesar de la decisión de Arya de ser reina, los Jinetes tienen que mantener la máxima imparcialidad posible. Si «nosotros» empezamos a dejarnos llevar por favoritismos..., eso destruirá Alagaësia. Lo único que haría que me planteara aceptar el cargo sería que en ese grupo de magos se incluyeran a los de todas las razas (incluidos los úrgalos), pero eso no va a ocurrir. Además, aún quedaría sin resolver el problema de qué hacer con los huevos y con los eldunarís.

Nasuada frunció el ceño.

—No pretenderás que crea que, con todo tu poder, no puedes proteger los dragones aquí, en Alagaësia.

—A lo mejor podría, pero no podemos confiar solo en la magia para salvaguardarlos. Precisamos barreras físicas; necesitamos murallas y fosos y despeñaderos tan altos que ni hombres ni elfos ni enanos ni úrgalos puedan escalarlos. Tenemos que hacer tan difícil el acceso que hasta los enemigos más decididos pierdan las ganas de intentarlo. Pero no pienses en eso. Suponiendo que pudiera proteger a los dragones, el problema seguiría siendo cómo evitar que se comieran el ganado (el nuestro, el de los enanos o el de los úrgalos). ¿Quieres tener que explicar al rey Orik por qué sus rebaños de Feldûnost van desapareciendo, o quieres tener que aplacar constantemente a los granjeros que han perdido a sus animales? No, la única solución es marcharse de aquí.

Eragon fijó la mirada en la fuente.

—Y aunque hubiera algún lugar en Alagaësia para los huevos y los eldunarís, yo no podría quedarme.

—¿Y eso por qué?

—Conoces la respuesta tan bien como yo —respondió él, sacudiendo la cabeza—. Me he vuelto «demasiado» poderoso. Mientras yo esté aquí, tu autoridad (y la de Arya, la de Orik y la de Orrin) siempre estará en entredicho. Si se lo pidiera, la mayoría de los habitantes de Surda, Teirm y de tu propio reino me seguirían. Y con los eldunarís de mi lado, nadie podría plantarme cara, ni siquiera Murtagh o Arya.

—Tú nunca te volverías en nuestra contra. No eres así.

—¿No? En todos los años que pueda vivir (y podrían ser muchos), ¿de verdad crees que nunca decidiría interferir con los gobiernos del territorio?

—Si lo hicieras, estoy segura de que sería por un buen motivo, y estoy segura de que agradeceríamos tu ayuda.

—¿De verdad? No hay duda de que yo creería que mis motivos son justos, pero esa es precisamente la trampa, ¿no? La convicción de que tengo razón y de que, dado que tengo ese poder a mi disposición, tengo también la responsabilidad de actuar —Eragon recordó las palabras de Nasuada y se las repitió—: por el bien de la mayoría. Si estuviera equivocado, ¿quién iba a detenerme? Y podría acabar convirtiéndome en Galbatorix, a pesar de mi buena intención. Tal como están las cosas, mi poder hace que la gente tienda a mostrarse de acuerdo conmigo. Lo he visto en mis viajes por el Imperio… Si tú estuvieras en mi lugar, ¿podrías resistir la tentación de intervenir, aunque solo fuera un poco, para mejorar las cosas? Mi presencia aquí desequilibra la situación, Nasuada. Si quiero evitar convertirme en lo que odio, tengo que marcharme.

Nasuada levantó la barbilla.

—Podría ordenarte que te quedaras.

—Espero que no lo hagas. Preferiría marcharme como amigo, no con hostilidad.

—¿Así que no responderás ante nadie que no seas tú mismo?

—Responderé ante Saphira y ante mi conciencia, como siempre he hecho.

Nasuada tensó los labios.

—Un hombre con conciencia… Lo más peligroso del mundo.

Una vez más, el murmullo de la fuente llenó el espacio dejado por su conversación. Nasuada interrumpió el silencio:

—¿Crees en los dioses, Eragon?

—¿Qué dioses? Hay muchos.

—En cualquiera. En todos. ¿Crees en algún poder más elevado que tú mismo?

—¿Aparte de Saphira? —Sonrió como disculpa; Nasuada frunció el ceño—. Lo siento —Se lo pensó seriamente un rato—. Quizás existan. No lo sé. Yo vi… No sé muy bien lo que vi, pero quizá viera a Gûntera, dios de los enanos, en Tronjheim durante la coronación de Orik. En todo caso, si hay dioses no me merecen muy buena opinión, después de haber dejado a Galbatorix en el poder durante tanto tiempo.

—A lo mejor tú fuiste el instrumento de los dioses para derrocarlo. ¿Nunca te lo has planteado?

—¿Yo? —Soltó una carcajada—. Supongo que podría ser, pero, en cualquier caso, está claro que no les importa mucho si vivimos o si morimos.

—Claro que no. ¿Por qué iba a importarles? Son dioses… ¿Tú le rindes culto a alguno? —Aquella pregunta parecía tener especial importancia para Nasuada.

Eragon volvió a pensárselo un rato. Luego se encogió de hombros.

—Hay tantos… ¿Cómo iba a saber cuáles escoger?

—¿Por qué no el creador de todo, Unulukuna, que ofrece la vida eterna?

Eragon no pudo evitar chasquear la lengua.

—Mientras no enferme y nadie me mate, podría vivir mil años o más, y si vivo todo ese tiempo no se me ocurre por qué iba a querer seguir viviendo tras la muerte. ¿Qué otra cosa puede ofrecerme un dios? Con los eldunarís, tengo la fuerza necesaria para hacer casi cualquier cosa.

—Los dioses también proporcionan la oportunidad de reunirnos con nuestros seres queridos. ¿No deseas eso?

Eragon dudó.

—Sí, pero no quiero tener que «aguantar» una eternidad. Eso me parece aún más aterrador que pasar al vacío, tal como creen los elfos.

Aquello pareció inquietar a Nasuada.

—Así que has decidido no responder ante nadie más que ante Saphira y tú mismo.

—Nasuada, ¿soy mala persona?

Ella negó con la cabeza.

—Entonces confía en mí y déjame hacer lo que considero correcto. Yo respondo ante Saphira y los eldunarís, y ante todos los Jinetes que aún están por llegar, y también ante ti y Arya y Orik, y ante todos los habitantes de Alagaësia. No necesito ningún maestro que me castigue para comportarme como debo. Si así fuera, no sería más que un niño que obedece las normas impuestas por su padre por temor a los azotes, y no porque en realidad sean buenas.

Ella se lo quedó mirando varios segundos.

—Muy bien, pues. Confiaré en ti.

El murmullo de la fuente volvió a imponerse sobre el resto de los sonidos. Sobre sus cabezas, la luz del sol poniente ponía de manifiesto las grietas y deformidades de la cara inferior del saliente de roca.

—¿Y si necesitamos tu ayuda?

—Entonces ayudaré. No te abandonaré, Nasuada. Comunicaré uno de los espejos de tu estudio con uno mío, para que siempre puedas contactar conmigo, y lo mismo haré con Roran y Katrina. Si surge algún problema, encontraré el modo de enviar ayuda. Puede que no pueda venir personalmente, pero te ayudaré.

—Sé que lo harás —dijo ella, asintiendo. Luego suspiró. La tristeza se reflejaba en su rostro.

—¿Qué pasa?

—Todo iba tan bien… Galbatorix ha muerto. Los últimos combates han terminado. Por fin vamos a solucionar el problema de los magos. Saphira y tú ibais a dirigirlos a ellos y a los Jinetes. Y ahora… No sé qué haremos.

—Se arreglará, estoy seguro. Encontrarás el modo.

—Sería más fácil contigo aquí… ¿Aceptarás por lo menos enseñarle el nombre del idioma antiguo a quien escojamos para controlar a los magos?

Eragon no tuvo que pensárselo, puesto que ya había considerado aquella posibilidad, pero hizo una pausa para buscar las palabras adecuadas.

—Podría hacerlo, pero con el tiempo lo lamentaríamos.

—Así que no lo harás.

Sacudió la cabeza, y el rostro de Nasuada reflejó su frustración.

—¿Y por qué no? ¿Cuáles son las razones?

—El nombre es demasiado peligroso como para manejarlo a la ligera, Nasuada. Si un mago ambicioso pero sin escrúpulos se hiciera con él, podría provocar un caos terrible. Con él, podrían destruir el idioma antiguo. Ni siquiera Galbatorix estaba tan loco como para hacer eso, pero… ¿Un mago sediento de poder y sin la formación necesaria? ¿Quién sabe lo que podría ocurrir? Ahora mismo, Arya, Murtagh y los dragones son los únicos, aparte de mí, que saben el nombre. Mejor dejarlo así.

—Y cuando te marches, si lo necesitáramos, dependeremos de Arya.

—Sabes que ella siempre os ayudará. Si acaso, yo me preocuparía por Murtagh.

Nasuada apartó la mirada.

—No tienes que preocuparte. Ahora no supone ninguna amenaza para nosotros.

—Como tú digas. Si lo que quieres es mantener controlados a los hechiceros, el nombre del idioma antiguo es precisamente el dato que más conviene proteger.

—Si es así de verdad..., lo entiendo.

—Gracias. Hay algo más que deberías saber.

—¿Oh? —respondió Nasuada, de nuevo preocupada.

Eragon le contó entonces lo que se le había ocurrido recientemente con respecto a los úrgalos. Cuando acabó, Nasuada guardó silencio un momento. Luego dijo:

—Asumes mucha responsabilidad.

—Tengo que hacerlo. Nadie más puede... ¿Estás de acuerdo? Me parece el único modo de asegurar la paz a largo plazo.

—¿Estás seguro de que es conveniente?

—No del todo, pero creo que tenemos que intentarlo.

—¿Los enanos también? ¿Es realmente necesario?

—Sí. Es lo correcto. Y es justo. Y contribuirá a mantener el equilibrio entre las razas.

—¿Y si no están de acuerdo?

—Estoy seguro de que estarán de acuerdo.

—Entonces obra como te parezca. No necesitas mi aprobación (eso lo has dejado claro), pero estoy de acuerdo en que parece necesario. Si no, dentro de veinte o treinta años podemos encontrarnos con muchos de los problemas a los que se enfrentaron nuestros ancestros al llegar a Alagaësia.

Él hizo una leve reverencia.

—Lo prepararé todo.

—¿Cuándo tienes pensado marcharte?

—Cuando lo haga Arya.

—¿Tan pronto?

—No hay motivo para esperar más.

Nasuada se apoyó en la baranda, con la mirada fija en la fuente.

—¿Volverás a visitarnos?

—Lo intentaré, pero... no lo creo. Cuando Angela me leyó el futuro, dijo que nunca regresaría.

—Ah. —La voz de Nasuada sonó más gruesa, como si estuviera afónica. Se volvió y lo miró de frente—. Voy a echarte de menos.

—Yo también te echaré de menos.

Nasuada apretó los labios, como si hiciera un esfuerzo por no llorar. Luego dio un paso adelante y lo abrazó. Él también la rodeó con los brazos, y así se quedaron unos segundos.

Se separaron.

—Nasuada —dijo Eragon—, si algún día te cansas de ser reina, o si quieres un lugar para vivir en paz, ven con nosotros. Siempre serás bienvenida. No puedo hacerte inmortal, pero podría prolongar tus años mucho más allá de lo que vive la mayoría de los humanos, y serían años de buena salud.

—Gracias. Agradezco la oferta, y no la olvidaré —contestó. No obstante, Eragon tenía la sensación de que Nasuada nunca podría dejar Alagaësia, por muchos años que pasaran. Su sentido del deber era demasiado fuerte.

—¿Nos darás tu bendición? —preguntó él por fin.

—Claro. —Le cogió la cabeza entre las manos y le besó en la frente—. Os bendigo a ti y a Saphira. Que la paz y la suerte os acompañen allá donde vayáis.

—Y a ti también.

Nasuada mantuvo las manos sobre la cabeza de Eragon un momento más; luego lo soltó. El chico abrió la puerta de cristal y salió del estudio, y la dejó sola en el balcón.

Pago en sangre

$\mathcal{A}$l bajar las escaleras en dirección a la entrada principal del edificio, Eragon se encontró con Angela, la herbolaria, que estaba sentada con las piernas cruzadas en el oscuro hueco de una puerta. Tejía lo que parecía un gorro azul y blanco con extrañas runas ininteligibles para él en la parte inferior. A su lado estaba Solembum, con la cabeza apoyada en el regazo de Angela y una de sus gruesas patas sobre la rodilla derecha.

Eragon se detuvo, sorprendido. No los había visto desde...
—tardó un momento en hacer memoria—, desde poco después de la batalla de Urû'baen. Después de aquello desaparecieron.

—Saludos —dijo Angela, sin levantar la vista.

—Saludos —respondió Eragon—. ¿Qué estás haciendo aquí?

—Tejiendo un gorro.

—Eso ya lo veo, pero ¿por qué aquí?

—Porque quería verte. —Las agujas se entrecruzaban con gran rapidez, con un movimiento hipnótico, como las llamas de una hoguera—. He oído decir que tú, Saphira, los huevos y los eldunarís vais a abandonar Alagaësia.

—Tal como predijiste —replicó él, malhumorado al ver que había descubierto lo que debía de haber sido un gran secreto. No podía ser que hubiera estado espiándolos a él y a Nasuada (sus defensas lo habrían evitado) y, por lo que él sabía, nadie le había hablado a ella ni a Solembum de la existencia de los huevos y los eldunarís.

—Bueno, sí, pero no pensé que te vería partir.

—¿Cómo te has enterado? ¿Por Arya?

—¿Por ella? ¡Ja! No, qué va. Tengo mis propios medios para informarme. —Hizo una pausa en su labor, levantó los ojos, lo miró y parpadeó—. No es que vaya a compartirlos contigo. Al fin y al cabo, todos tenemos «algunos» secretos.

—¡Umpf!

—Eso digo yo. Si te vas a poner así, no sé muy bien ni para qué me he molestado en venir.

—Lo siento. Es que me he puesto un poco… incómodo. —Y, al cabo de un momento, Eragon añadió—: ¿Por qué querías verme?

—«Quería» despedirme de ti y desearte buena suerte en tu viaje.

—Gracias.

—Mmm. Procura no encerrarte demasiado en ti mismo cuando te instales. Asegúrate de que te da el sol lo suficiente.

—Lo haré. ¿Qué hay de ti y de Solembum? ¿Os quedaréis por aquí y cuidaréis de Elva? Dijiste que lo haríais.

La herbolaria soltó un resoplido muy poco femenino.

—¿Quedarnos? ¿Cómo voy a quedarme cuando Nasuada parece decidida a espiar a todos los magos del lugar?

—¿También has oído eso?

Ella le miró a los ojos.

—Estoy «en contra». Estoy completamente «en contra». No dejaré que se me trate como a una niña que ha hecho una travesura. No, ha llegado el momento de que Solembum y yo nos traslademos a algún lugar más acogedor: las montañas Beor, quizá, o Du Weldenvarden.

Eragon se lo pensó un momento y luego dijo:

—¿Os gustaría venir con Saphira y conmigo?

Solembum abrió un ojo y se lo quedó mirando un segundo. Luego lo volvió a cerrar.

—Es muy amable por tu parte —dijo Angela—, pero creo que declinaremos la oferta. Por lo menos, de momento. Estar ahí sentados vigilando los eldunarís y entrenando a nuevos Jinetes me parece un aburrimiento…, aunque criar a una nueva hornada de dragones seguro que es emocionante. Pero no, de momento Solembum y yo nos quedaremos en Alagaësia. Además, no quiero perder de vista a Elva los próximos años, aunque no pueda vigilarla personalmente.

—¿No te has cansado ya de emociones?

—Nunca. Son la salsa de la vida —dijo, y levantó su gorro a medio terminar—. ¿Te gusta?

—Está bien. El azul es bonito. ¿Qué dicen las runas?

—Raxacori. Oh, no hagas caso. Tampoco significarían nada para ti. Que Saphira y tú tengáis buen viaje, Eragon. Y recuerda ir con cuidado con las tijeretas y los hámsteres salvajes. Son bichos feroces, los hámsteres salvajes.

Él no pudo evitar sonreír.

—Cuídate tú también. Y tú, Solembum.

El ojo del hombre gato volvió a abrirse.

Buen viaje, Asesino del Rey.

Eragon salió del edificio y se abrió paso por la ciudad hasta llegar a la casa donde ahora vivían Jeod y su esposa, Helen. Era una casa regia, con paredes altas, un gran jardín y criados a ambos lados de la entrada. Helen había prosperado muchísimo. Al aprovisionar a los vardenos —y ahora el reino de Nasuada— con suministros esenciales, había levantado en poco tiempo una empresa comercial mayor que la que tenía Jeod en Teirm.

Eragon se encontró a Jeod preparando los platos para la cena. Después de rechazar su invitación para que cenara con ellos, el chico pasó unos minutos explicándole las mismas cosas que le había contado a Nasuada. Al principio su amigo se mostró sorprendido y algo desilusionado, pero al final estuvo de acuerdo en que era necesario que Eragon y Saphira se fueran con los otros dragones. Al igual que había hecho con Nasuada y con la herbolaria, también invitó a Jeod a que los acompañara.

—Es una tentación —admitió Jeod—, pero mi lugar está aquí. Aquí está mi trabajo y, por primera vez en mucho tiempo, Helen es feliz. Ilirea se ha convertido en nuestro hogar, y ninguno de los dos desea mudarse a ningún otro sitio.

Eragon asintió. Lo comprendía.

—Pero tú… Tú vas a viajar donde muy pocos, salvo los dragones y los Jinetes, han ido. Dime, ¿sabes qué hay al este? ¿Hay otro mar?

—Si viajas lo suficiente.

—¿Y antes de eso?

Eragon se encogió de hombros.

—Terreno baldío en su mayor parte, o eso dicen los eldunarís, y no tengo motivos para pensar que haya cambiado en el último siglo.

Entonces Jeod se le acercó y bajó la voz:

—Dado que te vas…, te diré una cosa. ¿Te acuerdas de cuando te hablé de los Arcaena, la orden dedicada a preservar el conocimiento por toda Alagaësia?

Eragon asintió.

—Dijiste que Heslant *el Monje* pertenecía a la orden.

—Y yo también. —Ante la expresión de sorpresa de Eragon, Jeod puso cara de inocente y se pasó la mano por el pelo—. Me uní a ellos hace mucho tiempo, cuando era joven y buscaba una causa por la que luchar. Les he aportado información y manuscritos durante muchos años, y ahora ellos me han devuelto el favor. En cualquier caso, pensé que deberías saberlo. La única persona a la que se lo dije fue a Brom.

—¿Ni siquiera se lo has dicho a Helen?

—Ni siquiera a ella… En cualquier caso, cuando acabe de escribir mi relato sobre ti y Saphira, y acerca del alzamiento de los vardenos, lo enviaré a nuestro monasterio en las Vertebradas, y se incluirá en forma de nuevos capítulos en el *Domia abr Wyrda*. Tu historia no caerá en el olvido, Eragon; eso, al menos, puedo prometértelo.

Eragon encontró aquello profundamente conmovedor.

—Gracias —le dijo, y agarró a Jeod por el antebrazo.

—A ti, Eragon *Asesino de Sombra*.

Después de aquello, Eragon volvió al pabellón donde se habían instalado Saphira y él, así como Roran y Katrina, que le esperaban para cenar.

Durante toda la cena hablaron de Arya y Fírnen. Eragon no quiso comentar sus planes de marcha hasta después de dar cuenta de la comida, cuando los tres —y la niña— se habían retirado a una sala con vistas al patio, donde se encontraban echando una siesta Saphira y Fírnen. Se sentaron y bebieron vino y té, mientras veía cómo se ponía el sol tras el lejano horizonte.

Tras un rato que Eragon consideró razonable, abordó el tema. Tal como esperaba, Katrina y Roran reaccionaron con consternación e intentaron convencerle de que cambiara de opinión. Eragon tardó casi una hora en exponerles sus motivos, porque le discutieron cada punto y se negaron a transigir hasta que no hubo respondido a sus objeciones con todo detalle.

Por fin, Roran exclamó:

—¡Maldita sea, eres nuestra familia! ¡No te puedes marchar!

—Tengo que hacerlo. Tú lo sabes igual que yo; simplemente no quieres admitirlo.

Roran dio un puñetazo en la mesa y se dirigió hacia la ventana abierta, con los músculos de la mandíbula en tensión.

La niña lloriqueó.

—Chis, bajad la voz —dijo Katrina, dándole unas palmaditas en la espalda al bebé.

Eragon se acercó a Roran.

—Sé que no es lo que quieres. Yo tampoco quiero, pero no tengo elección.

—Claro que tienes elección. Tú, más que nadie, tienes elección.

—Sí, y esta es la decisión correcta.

Roran soltó un gruñido y se cruzó de brazos.

—Si te vas, no podrás hacerle de tío a Ismira —objetó Katrina, tras ellos—. ¿Va a tener que crecer sin conocerte siquiera?

—No —dijo Eragon, volviéndose hacia el bebé—. Podré hablar con ella, y me ocuparé de que esté bien protegida; incluso podré enviarle algún regalo de vez en cuando. —Se arrodilló y extendió un dedo, y la niña lo envolvió con su manita y tiró de él con una fuerza inesperada.

—Pero no estarás aquí.

—No… No estaré aquí. —Eragon se liberó con suavidad de la mano de Ismira y volvió a ponerse en pie—. Ya os he dicho que podríais venir conmigo.

La tensión en la mandíbula de Roran se trasladó de unos músculos a otros.

—¿Y abandonar el valle de Palancar? —Sacudió la cabeza—. Horst y los otros ya se están preparando para regresar. Reconstruiremos Carvahall y lo convertiremos en el pueblo más bonito de todas las Vertebradas. Podrías ayudarnos; sería como antes.

—Ojalá pudiera.

Abajo, Saphira emitió un suave ronquido y mordisqueó a Fírnen en el cuello. El dragón verde se acurrucó, acercándose más a ella.

—¿No hay otro modo, Eragon? —dijo Roran, en voz baja.

—A Saphira y a mí no se nos ocurre ningún otro.

—Maldición… No está bien. No deberías tener que irte a vivir solo en plena naturaleza.

—No estaré solo del todo. Blödhgarm y otros elfos nos acompañarán.

—Ya sabes lo que quiero decir —respondió Roran con un gesto de impaciencia. Se mordisqueó la punta del bigote y apoyó las manos en el alféizar de piedra. Eragon observó que las fibras de sus gruesos antebrazos se tensaban y se relajaban alternativamente. Luego Roran se lo quedó mirando—. ¿Qué harás cuando llegues allá donde vayas?

—Buscar una colina o un despeñadero y construir un pabellón en lo alto: un espacio lo bastante grande como para que pueda dar cobijo y protección a todos los dragones. ¿Y tú? Una vez que hayáis reconstruido el pueblo, ¿qué?

Roran esbozó una sonrisa.

—Algo parecido. Con los tributos del valle, tengo pensado construir un castillo en lo alto de la colina de la que siempre hemos hablado. No un castillo grande, simplemente una construcción de piedra con una muralla que baste para protegerla de cualquier grupo de úrgalos que pudiera decidir atacar. Es probable que tarde unos años, pero así podremos defendernos, no como cuando vinieron los Ra'zac con los soldados. —Le echó una mirada de reojo a Eragon—. También tendríamos espacio para un dragón.

—¿Y tendrías espacio para «dos» dragones? —dijo Eragon, señalando a Saphira y a Fírnen.

—Quizá no... ¿Cómo se siente Saphira teniendo que separarse de él?

—Tampoco le gusta, pero sabe que es necesario.

—Mmh.

La luz ámbar del sol del atardecer acentuaba aún más los rasgos de Roran; sorprendido, Eragon vio que a su primo empezaban a marcársele algunas arrugas incipientes en la frente y alrededor de los ojos. Le impresionó ver aquellas señales de envejecimiento. «Qué rápido pasa la vida», pensó.

Katrina puso a Ismira en la cuna. Luego fue junto a la ventana, con ellos, y apoyó una mano en el hombro de Eragon.

—Te vamos a echar de menos, Eragon.

—Y yo a vosotros —dijo él, tocándole la mano—. Pero no tenemos que despedirnos aún. Me gustaría que los tres vinierais con nosotros a Ellesméra. Creo que os gustaría verla, y así podríamos pasar juntos unos días más.

Roran hizo un movimiento con la cabeza en dirección a Eragon.

—No podemos viajar hasta Du Weldenvarden con Ismira. Es demasiado pequeña. El regreso al valle de Palancar ya será bastante duro; otro viaje a Ellesméra es impensable.

—¿Ni siquiera si fuera en dragón? —Eragon se rio al ver sus caras de asombro—. Arya y Fírnen han accedido a llevaros a Ellesméra mientras Saphira y yo vamos a buscar los huevos de dragón a su escondite.

—¿Cuánto tiempo duraría el vuelo a Ellesméra? —preguntó Roran, frunciendo el ceño.

—Una semana, más o menos. De camino, Arya tiene intención de visitar al rey Orik en Tronjheim. Estaríais calentitos y seguros durante todo el trayecto. Ismira no correría ningún peligro.

Katrina miró a Roran, y él la miró a ella.

—Estaría bien poder despedirse de Eragon, y siempre he oído decir lo bonitas que son las ciudades de los elfos... —dijo ella.

—¿Estás segura que lo aguantarías? —preguntó Roran.

Ella asintió.

—Mientras tú estés con nosotras, sí.

Roran guardó silencio un momento.

—Bueno, supongo que Horst y los demás pueden empezar sin nosotros. —Apareció una sonrisa bajo su barba, y chasqueó la lengua—. Nunca pensé que vería las montañas Beor ni que visitaría una de las ciudades de los elfos, pero... Por qué no, ¿eh? Quizá debamos aprovechar la oportunidad.

—Muy bien, pues está decidido —dijo Katrina, radiante—. Nos vamos a Du Weldenvarden.

—¿Cómo volveremos? —preguntó Roran.

—Con Fírnen —dijo Eragon—. Aunque estoy seguro de que Arya os proporcionaría una escolta hasta el valle de Palancar, si preferís viajar a caballo.

Roran hizo una mueca.

—No, a caballo no. Por poco que pueda, preferiría no tener que volver a montar a caballo en mi vida.

—¿Ah, no? ¿Quiere eso decir que ya no quieres a *Nieve de Fuego*? —preguntó Eragon, levantando una ceja al mencionar al semental que le había regalado a Roran.

—Ya sabes lo que quiero decir. Estoy contento de tener a *Nieve de Fuego*, aunque no lo haya necesitado durante un tiempo.

—Mm-hmm.

Se quedaron junto a la ventana una hora más, mientras el sol se ponía y el cielo se volvía púrpura, y luego negro, y aparecían las estrellas, planeando su viaje y charlando sobre las cosas que tendrían que llevarse Eragon y Saphira cuando partieran de Du Weldenvarden en dirección a tierras desconocidas. Detrás, Ismira dormía plácidamente en su cuna, con las manitas cerradas bajo la barbilla.

A primera hora de la mañana siguiente, Eragon usó el espejo de plata bruñida de su habitación para contactar con Orik en

Tronjheim. Tuvo que esperar unos minutos, pero por fin apareció ante él la cara de Orik; el enano se estaba pasando un peine de marfil por la barba destrenzada.

—¡Eragon! —exclamó Orik, con una alegría evidente—. ¿Cómo estás? Hacía tiempo que no te veía.

Era cierto. Eragon se sentía un poco culpable. Pero luego le comunicó a Orik su decisión de marcharse y cuáles eran sus motivos. Su amigo dejó de peinarse y escuchó sin interrumpirle, muy serio.

—Me entristecerá verte marchar —dijo por fin—, pero estoy de acuerdo en que es lo que debes hacer. Yo también he pensado en ello, y me preocupaba encontrar para los dragones un buen lugar, pero me guardé mis preocupaciones para mí, porque los dragones tienen el mismo derecho que nosotros a compartir esta tierra, aunque no nos guste que se coman nuestras Feldûnost y que quemen nuestras aldeas. No obstante, criarlos en otro lugar será lo más acertado.

—Me alegro de que te parezca bien —dijo Eragon. Le contó a Orik su idea para los úrgalos, que implicaba también a los enanos. Esta vez Orik le planteó muchas preguntas, y el chico se dio cuenta de que no veía clara la propuesta.

Tras un largo silencio durante el cual Orik se quedó mirando su barba, el enano dijo:

—Si le hubieras pedido esto a cualquiera de los grimstnzborithn anteriores a mí, te habrían dicho que no. Si me lo hubieras pedido antes de que invadiéramos el Imperio, también habría dicho que no. Pero ahora, después de haber luchado codo con codo con los úrgalos y tras ver en persona lo indefensos que estábamos ante Murtagh y Espina, Galbatorix y aquel monstruo de Shruikan... ya no pienso lo mismo. —Levantó la mirada y, tras aquellas pobladas cejas, sus ojos se clavaron en Eragon—. Puede que me cueste la corona, pero, por el bien de los knurlan de todo el territorio, acepto. Por su propio bien, aunque puede que alguno no se dé cuenta.

Una vez más, Eragon se sintió orgulloso de tener a Orik como hermano de adopción.

—Gracias.

Orik soltó un gruñido.

—Mi pueblo no se merecía esto, pero doy gracias de que sea así. ¿Cuándo lo sabremos?

—Dentro de unos días. Una semana como mucho.

—¿Sentiremos algo?

—A lo mejor. Le preguntaré a Arya. En cualquier caso, contactaré contigo otra vez cuando esté hecho.

—Bien. Entonces hablaremos pronto. Que tengas buen viaje sobre piedras firmes, Eragon.

—Que Helzvog te proteja.

Al día siguiente partieron de Ilirea.

Lo hicieron en silencio, sin fanfarrias, algo que Eragon agradeció. Nasuada, Jörmundur, Jeod y Elva salieron a su encuentro en el exterior de la puerta sur de la ciudad, donde Saphira y Fírnen esperaban sentados uno al lado del otro, juntando las cabezas, mientras Eragon y Arya inspeccionaban sus monturas. Roran y Katrina llegaron unos minutos más tarde: la chica llevaba a Ismira envuelta en una manta, y Roran portaba dos paquetes llenos de mantas, comida y otras provisiones, uno sobre cada hombro.

Roran le dio los paquetes a Arya, que los ató a las alforjas de Fírnen.

Entonces Eragon y Saphira se despidieron, algo que resultó más duro para él que para la dragona. No era el único que tenía lágrimas en los ojos: tanto Nasuada como Jeod lloraron al abrazarle y expresarles sus mejores deseos a él y a Saphira. Nasuada también se despidió de Roran y volvió a agradecerle su ayuda en la lucha contra el Imperio.

En el último momento, cuando Eragon, Arya, Roran y Katrina estaban a punto de subirse a los dragones, se oyó gritar a una mujer:

—¡Quietos ahí!

Eragon se detuvo con el pie sobre la pata delantera de Saphira y se volvió para ver a Birgit corriendo hacia ellos desde las puertas de la ciudad, con su falda gris al viento y arrastrando a su hijo pequeño, Nolfavrell, que la seguía a duras penas. En una mano, Birgit llevaba una espada desenvainada. En la otra, un escudo de madera redondo.

Eragon sintió un nudo en el estómago.

Los guardias de Nasuada se dispusieron a interceptarlos, pero Roran gritó:

—¡Dejadlos pasar!

Nasuada hizo un gesto a los guardias, que se hicieron a un lado. Sin detener la marcha, Birgit se dirigió hacia donde estaba Roran.

—Birgit, por favor, no —dijo Katrina en voz baja, pero la mujer hizo caso omiso de su petición. Arya observó la escena sin parpadear, con la mano en la espada.

—Martillazos, siempre dije que me pagarías la muerte de mi marido, y vengo a reclamar lo que me corresponde. ¿Lucharás conmigo, o pagarás tu deuda?

Eragon fue a situarse junto a Roran.

—Birgit, ¿por qué haces esto? ¿Por qué ahora? ¿No puedes perdonarle y olvidar los viejos agravios?

¿Quieres que me la coma? —preguntó Saphira.

Aún no.

Birgit no hizo ni caso, y mantuvo la mirada fija en Roran.

—Madre… —intervino Nolfavrell, tirándole de la falda, pero ella no reaccionó a sus súplicas.

Nasuada se unió al grupo.

—Yo te conozco —le dijo a Birgit—. Tú luchaste con los hombres durante la guerra.

—Sí, majestad.

—¿Qué disputa tienes pendiente con Roran? Él ha demostrado ser un gran guerrero en más de una ocasión, y me desagradaría sobremanera perderlo.

—Él y su familia son los responsables de que los soldados mataran a mi marido. —Birgit miró a Nasuada un momento—. Los Ra'zac se lo «comieron», majestad. Se lo comieron y sorbieron el tuétano de sus huesos. Eso no puedo olvidarlo, y «obtendré» mi compensación.

—No fue culpa de Roran —dijo Nasuada—. Esto no tiene sentido, y lo prohíbo.

—Sí, sí lo tiene —dijo Eragon, aunque odiaba hacerlo—. Según nuestra costumbre, tiene derecho a exigir un pago en sangre de todos los responsables de la muerte de Quimby.

—¡Pero no fue culpa de Roran! —exclamó Katrina.

—Sí que lo fue —dijo Roran en voz baja—. Yo podría haberme vuelto contra los soldados. Podría haberlos atraído, alejándolos de allí. O podría haber atacado. Pero no lo hice. Decidí esconderme, y por eso Quimby murió. —Miró a Nasuada—. Es una cuestión de honor, igual que la Prueba de los Cuchillos Largos lo fue para ti.

Nasuada frunció el ceño y miró a Eragon, que asintió. A regañadientes, dio un paso atrás.

—¿Qué vas a darme, Martillazos? —preguntó Birgit.

—Eragon y yo matamos a los Ra'zac en Helgrind —dijo Roran—. ¿No te basta?

Birgit sacudió la cabeza, decidida.

—No.

Roran se quedó un momento en silencio, con los músculos del cuello en tensión.

—¿Es esto lo que quieres realmente, Birgit?

—Lo es.

—Entonces pagaré mi deuda.

Mientras Roran hablaba, Katrina soltó un grito y se interpuso entre su marido y Birgit, aún con la niña en brazos.

—¡No te lo permitiré! ¡No puedes hacerle esto! ¡No, después de todo lo que hemos pasado!

Birgit permaneció impasible y no hizo ademán de retirarse. Roran, por su parte, tampoco mostraba emoción ninguna. Agarró a Katrina por la cintura y, aparentemente sin esfuerzo, la levantó y la apartó.

—Sujétala, ¿quieres? —le dijo a Eragon con voz fría.

—Roran…

Su primo lo miró fijamente y luego encaró a Birgit.

Eragon agarró a Katrina por los hombros para evitar que se lanzara sobre Roran, e intercambió una mirada resignada con Arya, que miró su espada y sacudió la cabeza.

—¡Déjame! ¡Déjame! —gritó Katrina. El bebé, en sus brazos, se puso a llorar.

Sin apartar la vista de la mujer que tenía delante, Roran se soltó el cinto y lo dejó caer al suelo, con la daga y el martillo, que uno de los vardenos había encontrado en las calles de Ilirea poco después de la muerte de Galbatorix. Entonces se abrió la túnica por delante y descubrió su pecho cubierto de vello.

—Eragon, quítame las defensas.

—Yo…

—¡Quítamelas!

—¡Roran, no! —gritó Katrina—. ¡Defiéndete!

«Está loco», pensó Eragon, pero no se atrevió a interferir. Si detenía a Birgit, avergonzaría a su primo y la gente del valle de Palancar le perdería todo el respeto. Y sabía que Roran preferiría la muerte antes que aquello.

Sin embargo, Eragon no tenía ninguna intención de permitir que Birgit matara a Roran. Le permitiría cobrarse su precio, pero nada más.

Murmurando en el idioma antiguo —de modo que nadie pudiera oír las palabras que usaba— hizo lo que Roran le había pedido, pero activó otras defensas en su lugar: una para protegerle la columna vertebral de roturas; otra para evitar que se le abriera el cráneo; y otra para proteger sus órganos. Todo lo demás suponía que podría curarlo, en caso necesario, siempre que Birgit no empezara a cortarle brazos y piernas.

—Ya está.

Roran asintió y le dijo a Birgit:

—Cóbrate tu precio, pues, y pon fin a esta disputa entre los dos.

—¿No combatirás conmigo?

—No.

La mujer se lo quedó mirando un momento; luego tiró el escudo al suelo, cruzó los dos o tres metros que le separaban de Roran y apoyó la punta de la espada contra el pecho de Roran. Con un volumen de voz solo audible para Roran —y para Eragon y Arya, gracias a su percepción felina—, dijo:

—Yo quería a Quimby. Era mi vida, y murió por tu culpa.

—Lo siento —susurró Roran.

—Birgit —suplicó Katrina—. Por favor…

Nadie se movió, ni siquiera los dragones. Eragon aguantaba la respiración. Se oyó el llanto nervioso del bebé por encima de cualquier otro sonido.

Entonces Birgit levantó la espada del pecho de Roran. La dirigió hacia su mano derecha y le atravesó con ella la palma. Roran hizo una mueca de dolor al sentir que la hoja le penetraba en la mano, pero no la retiró.

Una línea roja apareció sobre su piel. La sangre le llenó la palma y se derramó por el suelo, donde cayó y penetró, formando un oscuro charquito en la tierra.

Birgit tiró de la espada, pero se detuvo a medio camino, reteniéndola en la palma de Roran un momento más. Luego dio un paso atrás y bajó el arma. Roran cerró los dedos y apretó el puño bañado en sangre, y se llevó la mano a la cintura.

—Ya me he cobrado mi precio —anunció Birgit—. Nuestra disputa ha terminado.

Entonces se dio la vuelta, recogió su escudo y volvió a la ciudad, con Nolfavrell tras ella.

Eragon soltó a Katrina, que fue corriendo al lado de Roran.

—¡Inconsciente! —exclamó ella, con amargura—. ¡Eres como una mula, tozudo e inconsciente! Déjame ver.

—Era lo único que podía hacer —dijo Roran, sintiéndose muy lejos de todo aquello.

Katrina frunció el ceño mientras examinaba el corte en la mano de Roran con gesto adusto.

—Eragon, deberías curarle esto.

—No —dijo Roran de pronto, y volvió a cerrar la mano—. No, conservaré esta cicatriz. —Miró alrededor—. ¿Alguien tiene un trozo de tela que pueda usar como venda?

Tras un momento de confusión, Nasuada señaló a uno de sus guardias y le dijo:

—Córtate el bajo de la túnica y dáselo.

—Espera —dijo Eragon, mientras Roran empezaba a vendarse la mano—. No te lo curaré, pero al menos déjame que formule un hechizo para evitar que el corte se te infecte. ¿De acuerdo?

Roran dudó, pero luego asintió y le tendió la mano.

Eragon solo tardó unos segundos en formular el hechizo.

—Ya está —dijo—. Ahora no se te pondrá verde y morada, ni se te hinchará como la vejiga de un cerdo.

Roran respondió con un gruñido.

—Gracias, Eragon —dijo Katrina.

—¿Nos vamos, entonces? —preguntó Arya.

Los cinco se subieron a los dragones. Arya ayudó a Roran y a Katrina a situarse en la silla de Fírnen, que habían modificado con correas y cinchas para que cupieran más pasajeros. Cuando todos estuvieron perfectamente sentados sobre el dragón verde, Arya levantó una mano.

—¡Hasta la vista, Nasuada! ¡Adiós, Eragon y Saphira! ¡Os esperamos en Ellesméra!

¡Adiós! —dijo Fírnen con su voz profunda. Extendió las alas y despegó de un salto, aleteando rápidamente para poder levantar el peso de las cuatro personas que llevaba a la espalda, ayudado por la fuerza de los dos eldunarís que Arya llevaba consigo.

Saphira se despidió con un rugido, y Fírnen respondió con una especie de toque de corneta antes de tomar rumbo al sureste y hacia las distantes montañas Beor.

Eragon, sobre su silla de montar, saludó con la mano a Nasuada, Elva, Jörmundur y Jeod. Ellos agitaron la mano a su vez, y Jörmundur gritó:

—¡Toda la suerte para los dos!

—Adiós —gritó Elva.

—¡Adiós! —exclamó Nasuada—. ¡Id con cuidado!

Eragon respondió a sus buenos deseos y luego les dio la espalda. No soportaba más aquello. Saphira se encogió un momento y

CHRISTOPHER PAOLINI

saltó, emprendiendo el vuelo hasta la primera escala de su larguísimo viaje.

La dragona fue ganando altura en círculos. Por debajo, Eragon vio a Nasuada y a los otros agrupados junto a las murallas. Elva sostenía un pañuelito blanco que se agitaba con las ráfagas de viento que levantaba el aleteo de Saphira.

Promesas, antiguas y nuevas

$\mathcal{D}$esde Ilirea, Saphira voló hacia la finca cercana donde Blödh-garm y los elfos a su mando estaban empaquetando los eldunarís para el transporte. Los elfos cabalgarían hacia el norte con ellos hasta llegar a Du Weldenvarden, y atravesarían el enorme bosque hasta llegar a la ciudad élfica de Sílthrim, a orillas del lago Ardwen. Allí esperarían a que Eragon y Saphira regresaran de Vroengard; luego, juntos, iniciarían su viaje más allá de Alagaësia, siguiendo el curso del río Gaena hacia el este, a través del bosque y de las llanuras. Todos ellos, salvo Laufin y Uthinarë, que habían decidido quedarse atrás, en Du Weldenvarden.

La decisión de los elfos de acompañarlos había sorprendido a Eragon, pero en cualquier caso estaba agradecido. Tal como Blödh-garm había dicho, no podían abandonar los eldunarís. Los necesitaban, y también los pequeños, una vez que salieran del cascarón.

Eragon y Saphira se pasaron media hora debatiendo con Blödh-garm sobre el modo más seguro de transportar los huevos. Luego Eragon reunió los eldunarís de Glaedr, Umaroth y otros dragones; Saphira y él necesitarían su fuerza en Vroengard.

Se despidieron de los elfos y se dirigieron al noroeste. Saphira agitaba las alas a un ritmo constante y tranquilo en comparación con su primer viaje a Vroengard.

Mientras volaban, la tristeza se apoderó de Eragon y, por primera vez, se sintió abatido y se dejó llevar por la autocompasión. Saphira también estaba triste por haberse separado de Fírnen, pero el día era luminoso y el viento suave, y muy pronto se animaron. Aun así, una leve sensación de pérdida teñía todo lo que rodeaba a Eragon, que observaba el paisaje con una mirada nueva, consciente de que nunca más volverían a ver aquellos parajes.

Dejaron atrás muchas leguas de verdes praderas. La sombra de Saphira espantaba a las aves y las bestias del suelo. Cuando cayó la noche, no siguieron adelante, sino que se detuvieron y acamparon junto a un riachuelo que corría por el fondo de un pequeño desfiladero. Se sentaron, observando las estrellas sobre sus cabezas y hablando de todo lo vivido y lo que les depararía el futuro.

Al atardecer del día siguiente llegaron al poblado úrgalo que se levantaba junto al lago Fläm, donde sabían que encontrarían a Nar Garzhvog y a las Herndall, el consejo de hembras úrgalas que gobernaban su pueblo.

A pesar de las protestas de Eragon, los úrgalos insistieron en organizar un fastuoso banquete en su honor y en el de Saphira, de modo que se pasó la noche bebiendo con Garzhvog y sus guerreros. El vino que hacían los úrgalos, con bayas y cortezas de árbol, a Eragon le pareció más fuerte que el más potente hidromiel de los enanos. A Saphira le gustó más que a él —para su gusto, sabía a cerezas podridas—, pero igualmente se lo bebió para agradar a sus anfitriones.

Muchas de las hembras úrgalas se les acercaron, curiosas por conocerlos, ya que pocas de ellas habían participado en la lucha contra el Imperio. Eran algo más delgadas que sus hombres, pero igual de altas, y con cuernos algo más cortos y más delicados, aunque también contundentes. Con ellas vinieron sus hijos: los más jóvenes no tenían cuernos; los mayores, unas prominencias escamosas sobre la frente que sobresalían entre tres y quince centímetros. Sin sus cuernos, guardaban un parecido sorprendente con los humanos, a pesar de las diferencias en el color de la piel y de los ojos. Era evidente que algunos de los pequeños eran kull, porque incluso los más jóvenes eran más altos que sus compañeros y, en algunos casos, que sus mismos padres. Por lo que pudo ver Eragon, no había ningún patrón que determinara qué padres tenían kull y cuáles no. Según parecía, los padres que eran kull tan pronto tenían úrgalos de estatura normal como gigantes de su talla.

Eragon y Saphira pasaron toda la noche de juerga con Garzhvog, y el chico se sumió en sus sueños de vigilia mientras escuchaban a un bardo úrgalo recitando la historia de la victoria de Nar Tulkhqa en Stavarosk, o aquello fue lo que le dijo Garzhvog, porque Eragon no entendía una palabra del idioma de los úrgalos, que a sus oídos hacía que la lengua de los enanos sonara dulce como el vino y la miel.

Por la mañana, se encontró cubierto de una docena de morados, resultado de los golpetazos y abrazos amistosos que había recibido de los kull durante la fiesta.

Le dolía la cabeza, igual que el cuerpo, pero aun así fue con Saphira y Garzhvog a hablar con las Herndall. Las doce hembras recibían en una cabaña circular baja llena de humo de enebro y cedro. El umbral de la puerta, de mimbre, apenas permitía el paso de la cabeza de Saphira, y sus escamas brillaban con destellos de color azul en el oscuro interior.

Las úrgalas eran muy viejas, muchas de ellas ciegas y desdentadas. Llevaban túnicas con nudos similares a las correas entretejidas que colgaban en el exterior de todos los edificios, donde se exhibía la divisa del clan correspondiente. Cada una de las Herndall blandía un bastón tallado con formas que no tenían ningún sentido para Eragon, aunque estaba convencido de que significarían algo.

Con Garzhvog de traductor, Eragon les contó la primera parte de su plan para evitar futuros conflictos entre los úrgalos y las otras razas; se trataba de que los úrgalos celebraran unos juegos periódicamente, juegos de fuerza, velocidad y agilidad con los que los jóvenes úrgalos podrían conseguir la gloria que necesitaban para emparejarse y hacerse un lugar en la sociedad. Los juegos, propuso Eragon, estarían abiertos a todas las razas, lo que también les proporcionaría a los úrgalos un medio para ponerse a prueba contra los que habían sido sus enemigos.

—El rey Orik y la reina Nasuada ya han dado su aprobación —dijo Eragon—, y Arya, que es ahora reina de los elfos, también se lo está planteando. Confío en que ella también dará su bendición a los juegos.

Las Herndall discutieron varios minutos; luego, la más anciana, una úrgala de cabellos blancos con los cuernos ya desgastados, habló. Garzhvog volvió a traducir:

—Tu idea es buena, Espada de Fuego. Debemos hablar con nuestros clanes para decidir cuándo celebrar esas competiciones, pero lo haremos.

Satisfecho, Eragon hizo una reverencia y les dio las gracias.

Entonces habló otra de las úrgalas:

—Eso nos gusta, Espada de Fuego, pero no creemos que con ello se eviten las guerras entre nuestros pueblos. Tenemos la sangre demasiado caliente como para que unos simples juegos la enfríen.

¿Y la de los dragones no? —preguntó Saphira.

Una de las úrgalas se tocó los cuernos.

—No cuestionamos la ferocidad de tu raza, Lengua en Llamas.

—Sé que tenéis la sangre caliente, más que la mayoría —admitió Eragon—. Por eso tengo otra idea.

Las Herndall escucharon en silencio mientras se explicó, aunque Garzhvog se sentía agitado, inquieto, y emitió un gruñido profundo. Cuando Eragon hubo acabado, las Herndall no hablaron ni se movieron durante varios minutos, y él empezó a sentirse incómodo ante la mirada impertérrita de las que aún veían bien.

Cuando la úrgala más a su derecha agitó el bastón, un par de anillos de piedra colgados de la vara entrechocaron sonoramente en la cabaña llena de humo. Habló despacio, con una voz gruesa y pastosa, como si tuviera la lengua hinchada.

—¿Tú harías eso por nosotros, Espada de Fuego?

—Lo haría —dijo Eragon, con una nueva reverencia.

—Si lo hacéis, Espada de Fuego y Lengua en Llamas, seréis los mejores amigos que han tenido nunca los Urgralgra, y recordaremos vuestros nombres para la eternidad. Los tejeremos en todos nuestros thulqna y los grabaremos en nuestras columnas, y se los enseñaremos a nuestros jóvenes cuando les asomen los cuernos.

—¿Eso es un sí?

—Lo es.

Garzhvog hizo una pausa y —hablando por sí mismo, supuso Eragon—, dijo:

—Espada de Fuego, no sabes cuánto significa esto para mi pueblo. Siempre estaremos en deuda contigo.

—No me debéis nada —contestó él—. Lo único que quiero es evitar que tengáis que volver a la guerra.

Habló con las Herndall un rato más, discutiendo sobre los detalles del acuerdo. Entonces Saphira y él se despidieron y reemprendieron su viaje a Vroengard.

Cuando las toscas cabañas del poblado ya no eran más que unos puntitos a sus espaldas, Saphira dijo:

Serán buenos Jinetes.

Espero que tengas razón.

El resto de su vuelo a la isla de Vroengard no registró ninguna incidencia. No encontraron tormentas sobre el mar; las únicas nubes que aparecieron eran finas e inconsistentes y no les planteaban ningún peligro, ni a ellos ni a las gaviotas con las que compartían el cielo.

Saphira aterrizó en Vroengard, delante de la misma casa nido en ruinas donde habían pernoctado en su anterior visita. Y allí esperó mientras Eragon se adentraba en el bosque y paseaba por entre los oscuros árboles cubiertos de líquenes hasta encontrar a varios de los pájaros sombra como los que había visto antes y, después, un manto de musgo infestado de las orugas saltarinas que Galbatorix llamaba gusanos barreneros, tal como le había contado Nasuada. Con el nombre de nombres, Eragon les dio a ambos animales un nombre propio en el idioma antiguo. A los pájaros sombra los llamó *sundavrblaka* y a los gusanos barreneros *ílgrathr*. El segundo de estos nombres le hizo cierta gracia, ya que significaba «hambre mala».

Satisfecho, Eragon volvió con Saphira. Se pasaron la noche descansando y hablando con Glaedr y los otros eldunarís.

Al amanecer se dirigieron a la roca de Kuthian. Dijeron sus nombres verdaderos y las puertas talladas de la torre cubierta de musgo se abrieron. Eragon, Saphira y los eldunarís descendieron a la cripta. En la caverna, iluminada por la piedra fundida de las profundidades del monte Erolas, el guardián de los huevos, Cuaroc, los ayudó a colocar cada huevo en un cofre. Luego amontonaron los cofres en el centro de la cámara, junto a los cinco eldunarís que se habían quedado en la caverna para proteger los huevos.

Con ayuda de Umaroth, Eragon pronunció el mismo hechizo que había usado antes y colocó los huevos y los corazones en una bolsa invisible que colgaba de Saphira, oculta en un punto del espacio donde ni ella ni nadie podían tocarla.

Cuaroc los acompañó al exterior de la cripta. Los pies metálicos del hombre con cabeza de dragón resonaban con fuerza contra el suelo del túnel al ascender hasta la superficie con ellos.

Una vez en el exterior, Saphira agarró a Cuaroc entre las patas —ya que era demasiado grande y pesado como para poder llevarlo en la grupa— y despegó, elevándose sobre el valle circular del centro de la isla.

Saphira cruzó el mar, oscuro y brillante. Luego sobrevoló las Vertebradas, con sus picos como hojas de hielo y nieve, y sus grietas como ríos de sombras. Se desvió hacia el norte y cruzó el valle de Palancar —para que Eragon y ella misma pudieran ver por última vez el hogar de su infancia, aunque fuera desde lo alto— y luego la bahía de Fundor, con el mar pintado de espuma blanca que formaba líneas como las de las cordilleras nevadas. Ceunon, con sus tejados inclinados de varios niveles y sus esculturas de cabezas de dragón, fue el siguiente lugar de referencia que pasaron, y poco después apareció Du Weldenvarden, cubierto de pinos altos y fuertes.

Pasaron varias noches acampando junto a arroyos y estanques y encendiendo hogueras que se reflejaban en el cuerpo de metal bruñido de Cuaroc, rodeados del coro de voces de ranas e insectos. En la distancia, ocasionalmente oían el aullido de los lobos hambrientos.

Una vez en Du Weldenvarden, Saphira voló una hora en dirección al centro del gran bosque, hasta un punto en que las defensas de los elfos le impidieron seguir. Entonces aterrizó y atravesó a pie la invisible barrera mágica, con Cuaroc a su lado, para volver a emprender el vuelo una vez rebasada.

Los árboles se sucedieron durante leguas y más leguas, con pocas variaciones en el paisaje, salvo por algún bosquecillo de árboles de hoja caduca —robles, olmos, abedules, álamos temblones y lánguidos sauces llorones— que aparecían de vez en cuando en las orillas de los ríos. Pasaron una montaña cuyo nombre Eragon había olvidado, y la ciudad élfica de Osilon, y luego enormes extensiones de pinos sin un solo sendero, todos únicos y, sin embargo, idénticos a sus innumerables vecinos.

Por fin, al anochecer, con la luna y el sol flotando en horizontes opuestos, Saphira llegó a Ellesméra y planeó hasta aterrizar entre las viviendas de la mayor y más orgullosa de las ciudades de los elfos.

Arya y Fírnen los estaban esperando, junto a Roran y Katrina. Al acercarse Saphira, Fírnen se echó atrás y abrió las alas, emitiendo un rugido de alegría que asustó a todos los pájaros que volaban en una legua a la redonda. Saphira respondió del mismo modo y se posó sobre sus cuartos traseros, depositando suavemente a Cuaroc en el suelo.

Eragon se soltó las correas de las piernas y se deslizó por la grupa de la dragona.

Roran corrió a su encuentro, lo agarró del brazo y le dio una palmada en el hombro, mientras Katrina lo abrazaba por el otro lado.

—¡Ah! ¡Ya basta! ¡Dejadme respirar! —se quejó él, entre risas—. Bueno, ¿qué os parece Ellesméra?

—¡Es preciosa! —dijo Katrina, sonriendo.

—Pensaba que exagerabas, pero es tan impresionante como decías —añadió Roran—. El pabellón en el que nos hemos alojado…

—La Sala Tialdarí —apuntó Katrina.

Roran asintió.

—Esa misma. Me ha dado algunas ideas sobre cómo podríamos reconstruir Carvahall. Y luego está Tronjheim y Farthen Dûr...
—Sacudió la cabeza y soltó un silbido agudo.

Eragon volvió a reírse y los siguió hacia el sendero del bosque que llevaba a la zona oeste de Ellesméra. Arya se les unió, con un aspecto tan regio como el que antes tenía su madre.

—Nos encontraremos a la luz de la luna, Eragon. Bienvenido.

Él la miró.

—Desde luego, Asesina de Sombra.

Ella sonrió al oírle usar aquel apodo, y la penumbra bajo los árboles agitados por la brisa pareció iluminarse un poco.

Después de que Eragon le quitara la silla, Saphira y Fírnen emprendieron el vuelo —aunque Eragon sabía que Saphira estaría agotada tras el viaje— y juntos desaparecieron en dirección a los riscos de Tel'naeír. Mientras despegaban, Eragon oyó que Fírnen decía:

Esta mañana he cazado tres ciervos para ti. Están esperándote sobre la hierba, junto a la cabaña de Oromis.

Cuaroc se puso en marcha tras Saphira, puesto que los huevos aún seguían con ella, y era su deber protegerlos.

Roran y Katrina condujeron a Eragon por entre los gruesos troncos hasta llegar a un claro flanqueado por cerezos silvestres y malvas reales, donde se habían dispuesto unas mesas con un gran surtido de platos. Un grupo numeroso de elfos, vestidos con sus mejores túnicas, dieron la bienvenida a Eragon con vítores y risas suaves y melifluas, con canciones y con música.

Arya ocupó su lugar a la cabeza de la mesa, y el cuervo blanco, Blagden, se posó en un soporte tallado, muy cerca de los comensales, graznando y recitando de vez en cuando fragmentos de versos. Eragon se sentó junto a Arya, y comieron y bebieron, divirtiéndose hasta entrada la noche.

Cuando la celebración tocaba a su fin, Eragon se escabulló unos minutos y corrió por el oscuro bosque hasta el árbol Menoa, guiado más por el olfato y el oído que por la vista.

Las estrellas volvieron a aparecer en el cielo cuando emergió de entre las ramas de los grandes pinos. Se detuvo para recuperar el aliento y el valor, y reemprendió la marcha por entre el mar de raíces que rodeaba el árbol Menoa.

Se paró junto a la base del inmenso tronco y apoyó la mano contra la agrietada corteza. Orientó la mente hacia la aletargada conciencia del árbol que en otro tiempo había sido una elfa y dijo:

Linnëa... Linnëa... ¡Despierta! ¡Tengo que hablar contigo!

Esperó, pero no detectó ninguna respuesta del árbol; era como si intentara comunicarse con el mar, con el aire o con la propia tierra.

¡Linnëa, tengo que hablar contigo!

Un suspiro como el viento le atravesó la mente, y sintió la presencia de un pensamiento, leve y distante, un pensamiento que decía:

¿Qué hay, Jinete...?

Linnëa, la última vez que estuve aquí te dije que te daría lo que quisieras a cambio del acero brillante que se escondía bajo tus raíces. Estoy a punto de abandonar Alagaësia, así que he venido a cumplir con mi palabra. ¿Qué quieres de mí, Linnëa?

El árbol Menoa no respondió, pero sus ramas se agitaron un poco, unas cuantas agujas cayeron sobre las raíces y una sensación divertida emanó de su conciencia.

Ve... —susurró la voz, y luego el árbol se retiró de la mente de Eragon.

Él se quedó donde estaba unos minutos más, llamando a Linnëa por su nombre, pero el árbol se negó a responder. Al final, Eragon se fue, sintiendo que no había resuelto el asunto, aunque era evidente que el árbol Menoa no pensaba lo mismo.

Los tres días siguientes, Eragon se los pasó leyendo libros y pergaminos —muchos de ellos procedentes de la biblioteca de Galbatorix, enviados por Vanir a Ellesméra a petición de Eragon—. Al caer la noche, cenaba con Roran, Katrina y Arya, pero el resto del día lo pasaba solo, sin ver siquiera a Saphira, que seguía con Fírnen en los riscos de Tel'naeír, aparentemente ajena a todo lo demás. Por la noche, los rugidos de los dragones resonaban de vez en cuando por el bosque, distrayéndole de su estudio y haciéndole sonreír cuando contactaba con la mente de Saphira. Echaba de menos su compañía, pero sabía que tenía poco tiempo que compartir con Fírnen, y no quería robarle ni un momento de felicidad.

Al cuarto día, cuando ya había aprendido todo lo que podía de sus lecturas, se dirigió a Arya y les presentó su plan a ella y a sus consejeros. Tardó casi un día entero en convencerlos de que lo que tenía pensado era necesario y, sobre todo, de que funcionaría.

Una vez que lo consiguió, se fueron a cenar. Cuando la oscuridad se extendió por el territorio, se reunieron en el claro alrededor del árbol Menoa: él, Saphira y Fírnen, Arya, treinta de los mejores y más ancianos hechiceros elfos, Glaedr y los otros eldunarís que Eragon y Saphira habían traído consigo, y las dos Cuidadoras: las elfas Iduna y Nëya, que eran la personificación del pacto entre los dragones y los Jinetes.

Las Cuidadoras se despojaron de sus vestiduras y, siguiendo el antiguo ritual, Eragon y los demás empezaron a cantar y, mientras cantaban, Iduna y Nëya bailaron, moviéndose al mismo tiempo de forma que el dragón que tenían tatuado en la piel se convirtió en una única criatura.

En el momento álgido de su canción, el dragón se estremeció y entonces abrió la boca y extendió las alas, dando un salto adelante, abandonando la piel de las elfas y elevándose por encima del claro hasta que solo la cola permanecía en contacto con los cuerpos entrelazados de las Cuidadoras.

Eragon llamó a la luminosa criatura, y cuando consiguió que le prestara atención, le explicó lo que quería y le preguntó si los dragones estarían de acuerdo.

Haz lo que deseas, Asesino del Rey —dijo la espectral criatura—. *Si contribuye a asegurar la paz en Alagaësia, no tenemos nada que objetar.*

Entonces Eragon leyó un pasaje de uno de los libros de los Jinetes y pronunció el nombre del idioma antiguo mentalmente. Los elfos y los dragones que estaban presentes le prestaron la fuerza de sus cuerpos, y la energía así obtenida le atravesó como una gran tormenta. Con ella, Eragon formuló el hechizo que llevaba días perfeccionando, un hechizo que no se había formulado desde hacía cientos de años, que recurría a la gran magia ancestral que corría por las profundidades de la Tierra y por el interior de las montañas. Y con todo ello se atrevió a hacer lo que solo se había hecho una vez hasta aquel momento.

Forjó un nuevo pacto entre los dragones y los Jinetes. Vinculó no solo a los elfos y a los humanos con los dragones, sino también a los enanos y a los úrgalos, y así hizo posible que los miembros de cualquier raza pudieran convertirse en Jinetes.

En el momento en que pronunció las últimas palabras del potente hechizo, haciéndolo efectivo, un temblor sacudió el aire y la tierra. Sintió como si todo lo que los rodeaba —y quizá toda la Tierra— se hubiera movido, aunque fuera ligeramente. El hechizo le dejó agotado a él, a Saphira y a los otros dragones, pero cuando concluyó sintió que le invadía una gran satisfacción, y supo que había hecho un bien enorme, quizá lo mejor que hubiera hecho en toda su vida.

Arya insistió en organizar otra fiesta para celebrar la ocasión. Pese a lo cansado que estaba, Eragon participó de buen grado, disfrutando de la compañía de Arya, pero también de la de Roran, Katrina e Ismira.

En pleno banquete, no obstante, no pudo más de comida y de música y se excusó, abandonando la mesa donde estaba sentado con Arya.

¿Te encuentras bien? —preguntó Saphira, mirándolo desde el lugar en el que estaba, junto a Fírnen.

Él le sonrió desde el otro extremo del claro.

Solo necesito un poco de tranquilidad. Volveré enseguida.

Se alejó y desapareció entre los pinos, respirando hondo el fresco aire de la noche.

A unos treinta metros del lugar donde estaban las mesas, Eragon vio a un elfo delgado y enjuto sentado sobre una raíz enorme, de espaldas a la fiesta. Se desvió para evitar molestarle, pero al hacerlo distinguió su rostro.

No era un elfo, sino el carnicero Sloan.

Eragon se detuvo, sorprendido. Con todo lo que había pasado, se había olvidado de que Sloan —el padre de Katrina— estaba en Ellesméra. Vaciló un momento, debatiéndose, pero al final se le acercó con pasos sigilosos.

Igual que la última vez que lo había visto, Sloan llevaba una fina tira de tela roja alrededor de la cabeza que le cubría las órbitas vacías donde antes tenía los ojos. Por debajo de la tela asomaban lágrimas, y tenía el ceño fruncido y los puños apretados.

El carnicero oyó que Eragon se acercaba, porque orientó la cabeza en su dirección y exclamó:

—¿Quién va ahí? ¿Eres tú, Adarë? ¡Ya te he dicho que no necesito ayuda!

Hablaba con rabia y resentimiento, pero había en sus palabras un dolor que Eragon no había oído antes.

—Soy yo, Eragon.

Sloan se quedó rígido, como si le hubieran tocado con un hierro de marcar al rojo.

—¡Tú! ¿Has venido a regodearte con mis miserias?

—No, por supuesto que no —respondió el chico, horrorizado. Se puso de cuclillas a un par de metros.

—Perdona que no te crea. A veces es difícil saber si alguien quiere ayudarte o hacerte más daño.

—Eso depende de tu punto de vista.

Sloan hizo una mueca.

—Una respuesta ingeniosa digna del elfo más taimado, desde luego.

Tras ellos, los elfos atacaron una nueva canción al laúd y a la flauta, y de la fiesta llegó una explosión de carcajadas hasta donde estaban Eragon y Sloan.

El carnicero echó la barbilla atrás, por encima del hombro.

—La oigo —dijo, y las lágrimas volvieron a aflorar bajo la venda de sus ojos—. La oigo, pero no puedo verla. Y tu maldito hechizo no me permite hablar con ella.

Eragon permaneció en silencio, sin saber bien qué decir.

Sloan apoyó la cabeza contra el árbol, y la nuez del cuello se le movió como una boya.

—Los elfos me han contado que la niña, Ismira, está fuerte y sana.

—Es cierto. Es la niña más fuerte y llena de energía que conozco. Será toda una mujercita.

—Eso está bien.

—¿Qué has hecho todo este tiempo? ¿Has seguido haciendo tallas?

—Los elfos te mantienen informado de mis actividades, ¿no? —dijo. Eragon intentó decidir si debía responder, ya que no quería que Sloan supiera que ya lo había visitado en una ocasión—. Ya me lo imaginaba —añadió el carnicero—. ¿Qué crees tú que he hecho todo este tiempo? He pasado mis días a oscuras, desde el momento en que salí de Helgrind, sin nada que hacer en el mundo, mientras los elfos me dan la lata con tonterías, sin dejarme un momento en paz.

De nuevo se oyeron risas tras ellos. Y entre ellas, Eragon distinguió el sonido de la voz de Katrina.

Una mueca de rabia apareció en el rostro de Sloan.

—Y tenías que traerla «a ella» a Ellesméra. No tenías bastante con exiliarme, ¿verdad? No, debías torturarme haciéndome saber que mi única hija y mi nieta estaban aquí, y que nunca podré verlas, y mucho menos hablar con ellas. —Sloan mostró los dientes, y parecía como si fuera a saltar sobre Eragon—. Eres un bastardo sin corazón, eso es lo que eres.

—Lo que tengo son demasiados corazones —dijo Eragon, pero sabía que el carnicero no lo entendería.

—¡Bah!

Eragon dudó. Le parecía más humano dejar que Sloan creyera que había querido hacerle daño en lugar de decirle que su dolor se debía simplemente a que no se había acordado de él.

El carnicero volvió la cabeza y su rostro volvió a llenarse de lágrimas.

—Vete —dijo—. Déjame. Y no vuelvas a molestarme, Eragon, o te juro que uno de los dos morirá.

Eragon pasó los dedos por entre las agujas de los pinos del suelo; luego se puso en pie y miró a Sloan. No quería marcharse. Lo que le había hecho a Sloan trayendo a Katrina a Ellesméra le parecía un error y una crueldad. La culpa le reconcomía, y la sensación era más intensa a cada segundo, hasta que por fin tomó una decisión y recuperó la calma.

Con apenas un murmullo, usó el nombre del idioma antiguo para alterar los hechizos que había lanzado a Sloan. Tardó más de un minuto, y cuando estaba a punto de acabar, Sloan gruñó entre dientes:

—Deja esos malditos murmullos, Eragon, y vete. ¡Déjame, maldita sea! ¡Déjame en paz!

Pero Eragon no se fue, sino que inició un nuevo hechizo. Recurrió a los conocimientos de los eldunarís y de los Jinetes de muchos de los dragones más ancianos y recitó un hechizo restaurador. Fue una labor difícil, pero la sabiduría de Eragon era mucho mayor que tiempo atrás, y consiguió lo que quería.

Mientras el chico recitaba, Sloan se retorció y empezó a maldecir y a rascarse las manos, las mejillas y la frente, como si le hubiera dado un ataque de urticaria.

—¡Maldito seas! ¿Qué me estás haciendo?

Una vez completado el hechizo, Eragon volvió a agacharse lentamente y retiró la tela de la cabeza de Sloan. Este resopló al sentir que le quitaban la venda, y extendió las manos para detener a Eragon, pero no llegó a tiempo, y dio un manotazo al aire.

—¿También quieres arrebatarme mi dignidad? —dijo Sloan, con una voz cargada de odio.

—No —contestó Eragon—. Quiero devolvértela. Abre los ojos.

El carnicero dudó.

—No. No puedo. Quieres reírte de mí.

—¿Cuándo he hecho yo eso? Abre los ojos, Sloan, y mira a tu hija y a tu nieta.

Sloan se estremeció y luego, lentamente, sus párpados fueron abriéndose y, en lugar de las órbitas vacías, revelaron un par de ojos brillantes. A diferencia de los ojos que tenía de nacimiento, los nuevos eran azules como el cielo del mediodía y de un brillo impresionante.

El hombre parpadeó y sus pupilas se encogieron adaptándose a la escasa luz del bosque. Se puso en pie de un respingo y se dio la vuelta para mirar por encima de las raíces hacia el lugar donde se celebraba la fiesta, al otro lado de los árboles. El resplandor de los faroles sin llama de los elfos iluminó su rostro con una luz cálida y le devolvió la vida y la felicidad. La transformación en su expresión era impresionante; Eragon sintió que a él también se le escapaban las lágrimas al observar al anciano.

Sloan no dejaba de mirar por encima de la raíz, como un viajero agotado al descubrir un gran río ante él. Con voz ronca, dijo:

—Es preciosa. Ambas son preciosas. —Se oyó otra carcajada—. Ah… Parece muy feliz. Y Roran también.

—A partir de ahora podrás mirarlos si quieres —dijo Eragon—. Pero los hechizos no te permitirán hablar con ellos ni dejarte ver, ni contactar con ellos de ningún modo. Y si lo intentas, lo sabré.

—Lo entiendo —murmuró Sloan.

Se giró y se quedó mirando a Eragon con una fuerza inquietante. La mandíbula se le movió arriba y abajo unos segundos, como si estuviera mascando algo, y por fin encontró las palabras:

—Gracias.

El chico asintió y se puso en pie.

—Adiós, Sloan. No volverás a verme, lo prometo.

—Adiós, Eragon.

Y el carnicero se volvió para mirar otra vez en dirección a la luz que emanaba de la fiesta de los elfos.

La hora de la despedida

$\mathcal{P}$asó una semana: unos días llenos de risas, música y largos paseos por entre las maravillas de Ellesméra. Eragon llevó a Roran, Katrina e Ismira a visitar la cabaña de Oromis en los riscos de Tel'naeír, y Saphira les mostró la escultura de piedra que había hecho para la Celebración del Juramento de Sangre. En cuanto a Arya, se pasó un día enseñándoles los numerosos jardines de la ciudad, para que pudieran ver algunas de las plantas más espectaculares que habían recogido y cultivado los elfos a lo largo de los tiempos.

A Eragon y Saphira les habría gustado quedarse en Ellesméra unas semanas más, pero Blödhgarm contactó con ellos y los informó de que él y los eldunarís a su cargo habían llegado ya al lago Ardwen. Y aunque ni Eragon ni Saphira deseaban admitirlo, sabían que era hora de irse.

Se alegraron, no obstante, al saber que Arya y Fírnen los acompañarían, al menos hasta el límite de Du Weldenvarden, o quizás algo más allá.

Katrina decidió quedarse con Ismira, pero Roran se ofreció para acompañarlos durante la primera parte del viaje, ya que quería ver cómo era aquel extremo de Alagaësia, y viajando con ellos iría mucho más rápido que montando a caballo.

Al día siguiente, al amanecer, Eragon se despidió de Katrina, que no dejó de llorar, y de Ismira, que le agarró el pulgar y se lo quedó mirando sin entender lo que pasaba.

Entonces se pusieron en marcha, y Saphira y Fírnen volaron uno junto al otro, sobrevolando el bosque hacia el este. Roran se sentó detrás de Eragon, cogiéndose a su cintura, mientras que Cuaroc colgaba de las garras de Saphira, reflejando la luz solar como un espejo.

Υ

Al cabo de dos días y medio avistaron el lago Ardwen: una pálida capa de agua más grande que todo el valle de Palancar. En su orilla occidental se levantaba la ciudad de Sílthrim, que ni Eragon ni Saphira habían visitado nunca. Fondeado junto a los embarcaderos de la ciudad, había un largo barco blanco con un solo mástil.

Eragon reconoció inmediatamente el barco, puesto que lo había visto en sus sueños, y sintió el peso inexorable del destino al contemplarlo.

«Esto tenía que ser así desde el principio», pensó.

Pasaron la noche en Sílthrim, que era muy parecida a Ellesméra, aunque más pequeña y heterogénea. Mientras descansaban, los elfos cargaron los eldunarís en el barco, junto a comida, herramientas, ropas y otros suministros. La tripulación del barco se componía de veinte elfos que deseaban colaborar en criar a los dragones y en el entrenamiento de los futuros Jinetes, además de Blödhgarm y sus hechiceros, salvo Laufin y Uthinarë, que llegados a aquel punto se separaron del grupo.

Por la mañana, Eragon modificó el hechizo que mantenía los huevos ocultos tras Saphira y retiró dos, que les entregó a los elfos que Arya había elegido para que los protegieran. Uno de los huevos iría a los enanos, el otro a los úrgalos, y era de esperar que los dragones que nacieran de ellos decidieran elegir a Jinetes de las razas asignadas. Si no, tendrían que intercambiárselos, y si aun así no encontraban a sus Jinetes…, bueno, Eragon no estaba muy seguro de qué hacer en ese caso, pero confiaba en que a Arya se le ocurriera algo. Una vez se abrieran los huevos, los dragones y sus Jinetes responderían ante Arya y Fírnen hasta tener la edad necesaria para unirse a Eragon, Saphira y al resto de los suyos en el este.

Entonces Eragon, Arya, Roran, Cuaroc, Blödhgarm y los otros elfos que viajaban con ellos subieron a bordo del barco y zarparon hacia el otro lado del lago, mientras Saphira y Fírnen volaban alto sobre sus cabezas.

El barco se llamaba *Talíta*, en honor a una estrella rojiza del cielo de oriente. El navío, ligero y estrecho, solo necesitaba unos centímetros de profundidad para flotar. Avanzaba en silencio y apenas había que mover el timón; parecía saber exactamente dónde quería llevarlo el timonel.

Υ

Navegaron durante días a través del bosque, primero por el lago Ardwen y después por el río Gaena, que bajaba lleno de agua gracias al deshielo primaveral. Mientras pasaban por aquel túnel verde de ramas, a su alrededor cantaban y revoloteaban pájaros de diversos tipos, y las ardillas —rojas y negras— chillaban desde la copa de los árboles o se sentaban en las ramas, lejos de su alcance.

Eragon pasó la mayor parte del tiempo con Arya y con Roran, y solo voló con Saphira en raras ocasiones. Por su parte, la dragona se mantuvo al lado de Fírnen, y en muchas ocasiones se los veía sentados en la orilla, con las patas entrecruzadas y las cabezas apoyadas en el suelo, el uno junto al otro.

Durante el día, la luz del bosque era dorada y nebulosa; por la noche, las estrellas brillaban con fuerza y la luna creciente daba suficiente luz como para navegar. La cálida temperatura, la bruma y el balanceo constante del *Talíta* le hacían sentir a Eragon como si estuviera medio dormido, perdido en el recuerdo de un sueño agradable.

Por fin llegó lo inevitable y el bosque quedó atrás, dando paso a los campos que se abrían tras él. El río Gaena giraba al sur y los llevó, flanqueando el bosque, hasta el lago Eldor, aún mayor que el lago Ardwen.

Allí cambió el tiempo: estalló una tormenta. El barco se agitó a merced de las altas olas, y durante un día tuvieron que soportar la fría lluvia y los violentos embates del viento. No obstante, soplaba de popa, por lo que aceleró su avance considerablemente.

Desde el lago Eldor, entraron en el río Edda y siguieron al sur, pasando por el puesto avanzado de los elfos en Ceris. A partir de allí se alejaron del bosque, y el *Talíta* se deslizó por el río y entre las llanuras, como si fuera él mismo quien lo hubiera decidido.

Desde el momento en que dejaron atrás los árboles, Eragon esperaba que en cualquier momento Arya y Fírnen emprendieran el regreso. Pero ninguno de los dos dijo nada al respecto, y él no tenía ningunas ganas de preguntarles por sus planes.

Siguieron más al sur, atravesando terrenos despoblados.

—Esto está bastante desolado, ¿no? —preguntó Roran, mirando a su alrededor. Y Eragon tuvo que coincidir con él.

Por fin llegaron al asentamiento más oriental de Alagaësia: un pequeño y solitario conglomerado de construcciones de madera llamado Hedarth. Los enanos habían construido aquel lugar con el único objetivo de comerciar con los elfos, puesto que no había nada de valor en aquella zona, salvo las manadas de ciervos y de toros salvajes que se veían en la distancia. Los edificios se levantaban en el punto donde el Âz Ragni vertía sus aguas en el Edda, lo que aumentaba su caudal en más del doble.

Eragon, Arya y Saphira habían pasado por Hedarth anteriormente, en dirección contraria, cuando habían viajado de Farthen Dûr a Ellesméra tras la batalla con los úrgalos, así que Eragon sabía qué podía encontrarse en cuanto avistó el pueblo.

Sin embargo, se quedó asombrado cuando vio a cientos de enanos esperándolos en la punta de un embarcadero improvisado que se adentraba en el Edda. Su confusión se convirtió en alegría cuando el grupo se abrió y Orik se abrió paso entre los enanos.

Alzando su martillo, *Volund*, Orik gritó:

—No pensarías que dejaría que mi propio hermano de adopción se fuera sin despedirme como corresponde, ¿verdad?

Con una risita divertida, Eragon se puso las manos alrededor de la boca y gritó:

—¡Nunca!

Los elfos amarraron el *Talíta* el tiempo suficiente como para que desembarcaran todos, salvo Cuaroc, Blödhgarm y otros dos elfos que montaron guardia para proteger los eldunarís. Las aguas en aquel lugar de unión entre los dos ríos eran muy movidas como para mantener el barco estable en un punto sin que chocara con el embarcadero, así que los elfos zarparon de nuevo y siguieron río abajo por el Edda en busca de un lugar más tranquilo donde echar el ancla.

Eragon se quedó de piedra al ver que los enanos habían llevado hasta Hedarth cuatro jabalíes gigantes de las montañas Beor. Ensartaron los nagran en ramas del grosor del muslo de Eragon y los asaron sobre unas brasas.

—¡Ese lo maté yo mismo! —dijo Orik, orgulloso, señalando al más grande de los jabalíes.

Además de la comida preparada para la ocasión, Orik había traído tres carros de la mejor hidromiel de los enanos especialmente para Saphira. La dragona soltó un murmullo de placer cuando vio los barriles.

Tienes que probarla —le dijo a Fírnen, que rebufó y alargó el cuello, olisqueando los barriles con curiosidad.

Cuando llegó la noche y la comida estaba lista, se sentaron en las toscas mesas construidas por los enanos aquel mismo día. Orik golpeó el martillo contra el escudo, haciendo callar a la multitud. Entonces cogió un trozo de carne, se lo llevó a la boca, lo masticó y tragó.

—*Ilf gauhnith!* —proclamó.

Los enanos gritaron, satisfechos, y empezó el banquete.

Al final de la velada, cuando todos estaban ya llenos —incluso los dragones—, Orik dio una palmada y llamó a un criado, que le trajo un cofre lleno de oro y joyas.

—Una pequeña muestra de nuestra amistad —dijo Orik, dándoselo a Eragon.

Eragon agachó la cabeza y le dio las gracias.

Entonces Orik se dirigió a Saphira y, con los ojos brillantes, le ofreció un anillo de oro y plata que podía ponerse en cualquiera de las garras de sus patas delanteras.

—Es un anillo especial, porque no se manchará ni se rayará; además, mientras lo lleves, tus presas no te oirán acercarte.

A Saphira le encantó su regalo. Dejó que Orik le colocara el anillo en el espolón de la pata derecha y, el resto de la noche, Eragon la sorprendió varias veces admirando la joya de reluciente metal.

Orik insistió tanto que tuvieron que pasar la noche en Hedarth. Eragon esperaba partir a primera hora de la mañana siguiente, pero, cuando el cielo empezó a iluminarse, Orik los invitó a él, a Arya y a Roran a desayunar. Tras el desayuno dejaron la charla y se fueron a ver las balsas que habían usado los enanos para transportar los nagran desde las montañas Beor hasta Hedarth, y enseguida se les hizo de nuevo la hora de la cena, y Orik consiguió convencerlos de nuevo para que se quedaran a comer con él por última vez.

Con la cena, al igual que en el banquete del día anterior, los enanos cantaron y tocaron, y la interpretación de un bardo enano de gran talento retrasó la partida de la comitiva aún más.

—Quedaos otra noche —insistió Orik—. Está oscuro; no es hora de viajar.

Eragon levantó la mirada a la luna llena y sonrió.

—Te olvidas de que para mí no está tan oscuro como para ti. No, tenemos que irnos. Si esperamos más, me temo que no nos iremos nunca.

—Entonces ve con mis bendiciones, hermano de mi corazón.

Se abrazaron, y Orik hizo que les trajeran caballos, que los enanos tenían en Hedarth para los elfos que venían a comerciar.

Eragon levantó la mano en señal de despedida hacia Orik. Luego espoleó a su caballo y galopó con Roran, Arya y el resto de los elfos, saliendo de Hedarth y siguiendo la pista de caza que recorría la orilla sur del Edda, donde el aire olía a dulce con el aroma de los sauces llorones y los álamos. Los dragones les seguían volando, jugueteando y entrecruzándose en divertidas maniobras.

Una vez que estuvieron fuera de Hedarth, Eragon y sus compañeros tiraron de las riendas y siguieron a un paso más lento y cómodo, charlando tranquilamente entre ellos. Eragon no habló de nada importante con Arya y Roran, porque no eran las palabras lo que importaba, sino la sensación de proximidad que compartían en aquella noche remota. La sensación que flotaba en el ambiente era preciosa y frágil, y cuando hablaban era con una suavidad mayor de lo habitual, porque sabían que se les estaba acabando el tiempo de estar juntos, y ninguno quería estropear el momento con una frase fuera de lugar.

Muy pronto llegaron a lo alto de una loma y miraron hacia el otro lado, donde les esperaba el *Talíta*.

Allí estaba el barco, tal como Eragon esperaba. Tal como debía ser.

Bajo la pálida luz de la luna, la embarcación tenía el aspecto de un cisne preparado para salir volando y dejar atrás las lentas aguas del ancho río en dirección a lo desconocido. Los elfos habían arriado las velas, que, recogidas, aún emitían un leve resplandor. Distinguieron una única silueta al timón, pero, por lo demás, la cubierta estaba vacía.

Más allá del *Talíta*, la oscura llanura se extendía hasta el lejano horizonte: era una imponente extensión de terreno interrumpida únicamente por el curso del río, que atravesaba la tierra como una tira de metal alisado a martillazos.

Eragon sintió un nudo en la garganta. Se cubrió la cabeza con la capucha, como si quisiera ocultarse de aquella imagen.

Poco a poco descendieron por la loma cubierta de hierba hasta llegar a la playa de guijarros. Los cascos de los caballos resonaban con fuerza contra las piedras.

Eragon desmontó allí, y los demás hicieron lo mismo. Espontáneamente, los elfos formaron dos filas en dirección al barco, una frente a la otra, y plantaron el extremo de sus lanzas en el suelo, junto a los pies, poniéndose firmes, como estatuas.

Eragon los miró. El nudo de su garganta se tensó aún más, haciéndole aún más difícil la respiración.

Es el momento —anunció Saphira.

El chico asintió, consciente de que tenía razón.

—Toma —dijo, entregándole el cofre a Roran—. Esto deberías quedártelo tú. Te puede ser más útil que a mí... Úsalo para construir tu castillo.

—Lo haré —dijo Roran, con voz profunda. Se puso el cofre bajo el brazo izquierdo y luego abrazó a Eragon con el derecho. Ambos permanecieron así un buen rato. Luego, se despidió—. Cuídate, hermano.

—Tú también, hermano... Cuida mucho a Katrina y a Ismira.

—Lo haré.

Eragon no podía pensar en nada más que decir, así que tocó a Roran en el hombro y se dirigió a Arya, que le esperaba junto a las dos filas de elfos.

Se quedaron mirando unos segundos, hasta que la elfa dijo por fin:

—Eragon.

También ella se había echado la capucha sobre la cabeza; pese a la luz de la luna Eragon veía poco de su rostro.

—Arya.

Eragon paseó la mirada por las plateadas aguas del río y luego volvió a mirar a Arya, con la mano en la empuñadura de *Brisingr*. Temblaba de la emoción. No quería marcharse, pero sabía que tenía que hacerlo.

—Quédate conmigo...

Ella levantó la mirada de pronto.

—No puedo.

—Quédate conmigo hasta la primera curva del río.

Ella dudó, pero luego asintió. Él le ofreció el brazo, y ella pasó el suyo por debajo, y juntos subieron al barco y se dirigieron a la proa.

Los elfos los siguieron y, una vez que estuvieron todos a bordo, recogieron la pasarela. Sin viento ni remos, el barco se alejó de la pedregosa orilla y emprendió su camino por el río, largo y tranquilo.

En la playa, Roran se quedó solo, viéndolos partir. Luego echó la cabeza atrás y soltó un grito, largo y lleno de dolor, y su lamento resonó en la noche.

Pasaron varios minutos, y Eragon seguía allí de pie, junto a Arya, sin que ninguno de los dos hablara, mientras observaban la llegada de la primera curva del río. Por fin, el chico se volvió hacia ella y le retiró la capucha del rostro, para poder verle los ojos.

—Arya —dijo. Y susurró su nombre verdadero. Un temblor familiar atravesó el cuerpo de la elfa.

A su vez, Arya susurró el nombre verdadero de Eragon, y él también se estremeció al oír la definición más profunda de su ser.

Abrió la boca para hablar de nuevo, pero Arya le hizo callar apoyando tres dedos sobre sus labios. Dio un paso atrás y levantó una mano por encima de la cabeza.

—Adiós, Eragon *Asesino de Sombra*.

Y entonces Fírnen descendió sobre ella y se la llevó de la cubierta del barco, zarandeando a Eragon con las ráfagas de viento levantadas con su aleteo.

—Adiós —susurró Eragon, viendo cómo Arya y Fírnen volvían hacia el lugar donde los esperaba Roran, en la orilla.

Eragon dio por fin rienda suelta a las lágrimas y se agarró con fuerza a la baranda del barco. Y lloró, mientras dejaba atrás todo lo que había conocido en su vida. En el cielo se oyó el aullido de dolor de Saphira, y su dolor se mezcló con el de Eragon, pues ambos lamentaban lo que nunca podría ser.

Al cabo de un rato, no obstante, el corazón de Eragon volvió a la calma, sus lágrimas se secaron y recuperó cierta paz al contemplar la llanura vacía que se extendía ante él. Se preguntó qué extrañas cosas encontrarían entre sus confines, y pensó en la vida que iban a vivir él y Saphira: una vida con los dragones y con los Jinetes.

No estamos solos, pequeño —dijo Saphira.

En el rostro de Eragon apareció una sonrisa.

Y el barco siguió su camino, deslizándose suavemente por el río bajo la luz de la luna, en dirección a las oscuras tierras que se abrían más allá.

FIN

Sobre el origen de los nombres

*P*ara el observador casual, los diversos nombres que el intrépido viajero encontrará en toda Alagaësia pueden parecer una aleatoria colección de etiquetas sin ninguna coherencia cultural ni histórica. Pero, al igual que sucede en cualquier territorio que las distintas culturas —y, en este caso, diversas razas— han colonizado de manera continuada, Alagaësia adquirió sus nombres de un amplio espectro de fuentes únicas, entre las cuales se cuentan el lenguaje de los enanos, el de los elfos, el de los humanos e, incluso, el de los úrgalos. Así podemos encontrarnos con el valle de Palancar (un nombre humano), con el río Anora y Ristvak'baen (nombres élficos) y con la montaña Utgard (un nombre enano), todos ellos separados entre sí solamente por unos cuantos kilómetros.

Por otra parte, está la cuestión de cuál es la pronunciación correcta de estos nombres. Por desgracia, no existen reglas establecidas para el principiante. El asunto se hace todavía más complejo cuando uno se da cuenta de que, en muchos lugares, la población ha modificado la pronunciación de las palabras extranjeras para adaptarlas a su propio idioma. El río Anora es un excelente ejemplo. En su origen, «anora» se pronunciaba «äenora», que significa «ancho» en el idioma antiguo. En sus escritos, los humanos simplificaron la palabra convirtiéndola en «anora» y, así, modificando las vocales «äe» (ay-eh) en la más fácil «a» (ah), crearon el nombre tal y como era en tiempos de Eragon.

Para ahorrar a los lectores tantas dificultades como sea posible, he elaborado las siguientes listas, a modo de guía. Desde aquí animo al entusiasta a estudiar las fuentes de los idiomas para aprender su verdadera complejidad.

CHRISTOPHER PAOLINI

Pronunciación

Aiedail: EI-ah-deil.
Ajihad: AH-si-jod.
Alagaësia: Al-ah-GUEI-si-ah.
Albitr: OL-bait-er.
Arya: AR-i-ah.
Blödhgarm: BLOD-garm.
Brisingr: BRIS-in-gur.
Carvahall: CAR-vah-jal.
Cuaroc: Cu-AR-oc.
Dras-Leona: DRAHS-li-OH-nah.
Du Weldenvarden: Du WEL-den-VAR-den.
Ellesméra: El-ahs-MIR-ah.
Eragon: EHR-ah-gahn.
Farthen Dûr: FAR-den DOR.
Fírnen: FIR-nen.
Galbatorix: Gal-bah-TOR-ics.
Gil'ead: GIL-i-ad.
Glaedr: GLEY-dar.
Hrothgar: JROZ-gar.
Islanzadí: Is-lan-SAH-di.
Jeod: JOUD.
Murtagh: MER-tag.
Nasuada: Nah-su-AH-dah.
Niernen: Ni-ER-nen.
Nolfavrell: NOL-fah-vrel.
Oromis: OR-ah-mis.
Ra'zac: RAA-sac.
Saphira: Sah-FIR-ah.
Shruikan: SHRU-kin.
Silthrim: SIL-zrim (sil es un sonido difícil de transcribir; se produce al chasquear la punta de la lengua con el paladar).
Teirm: TIRM.
Thardsvergûndnzmal: ZARD-sver-GUN-dins-maal.
Trianna: TRI-ah-nah.
Tronjheim: TROÑS-jim.
Umaroth: U-MAR-oz
Urû' baen: U-ru-bein.
Vrael: VREIL.

800

Yazuac: YAA-zu-ac.
Zar'roc: ZAR-roc.

EL IDIOMA ANTIGUO

Agaetí Blödhren: celebración del Juramento de Sangre (llevada a cabo una vez cada cien años en honor al pacto originario entre elfos y dragones).

Älfa: elfo (el plural es *älfya*).

Älfakyn: la raza de los elfos.

Atra du evarínya ono varda, Däthedr-vodhr: «Que las estrellas te protejan, honorable Däthedr».

Atra esterní ono thelduin, Eragon *Shur'tugal*: «Que la fortuna gobierne tus días, Jinete de Dragón Eragon».

Audr: arriba.

Böllr: un objeto redondo; una esfera.

Brisingr: fuego.

Dauthdaert: Lanza de la Muerte; nombre de las lanzas creadas por los elfos para matar dragones.

Deloi sharjalví!: ¡Muévete, Tierra!

Domia abr Wyrda: *Dominio del destino* (libro).

Draumr kópa: ojos de sueño.

Dröttning: reina.

Dröttningu: princesa (aproximadamente; no es una traducción exacta).

Du: el/la.

Du Fells Nángoröth: las montañas Malditas.

Du Vrangr Gata: el Camino Errante.

Du Weldenvarden: el bosque Guardián.

Ebrithil(ar): maestro/s.

Eka aí fricai un Shur'tugal: «Soy un Jinete y un amigo».

Eka elrun ono, älfya, wiol förn thornessa: «Os doy las gracias, elfos, por este regalo».

Elda: sufijo honorífico de género neutro que expresa una gran alabanza (se une a la palabra con guion).

Elrun ono: gracias.

Erisdar: farol sin llama usado por los elfos y los enanos (recibe el nombre del elfo que lo inventó).

Fairth: retrato que se obtiene por medios mágicos sobre una placa de pizarra.

Fell: montaña.

Finiarel: sufijo honorífico que designa a un joven muy prometedor (se une a la palabra con guion).

Flauga: volar.

Frethya: esconder.

Gánga: ve.

Gánga aptr: retrocede.

Gánga fram: avanza.

Gánga raehta: ve a la derecha.

Gedwëy ignasia: palma reluciente.

Guliä waíse medh ono, Argetlam: Que la suerte de acompañe, Mano de Plata.

Helgrind: las Puertas de la Muerte.

Hvitr: blanco.

Íllgrathr: hambre mala.

Islingr: iluminador.

Istalrí: fuego (*véase también* brisingr).

Jierda: romper, golpear.

Kausta: venir.

Kverst: cortar.

Kverst malmr du huildrs edtha, mar frëma né thön eka threyja!: ¡Corta el metal que me retiene, pero no más de lo que deseo!

Ládrin: abrir.

Letta: detener.

Liduen Kvaedhí: escritura poética.

Mäe: fragmento de una palabra que Eragon nunca acabó de pronunciar.

Naina: iluminar.

Naina hvitr un böllr: crea una esfera de luz blanca.

Nam iet er Eragon Sundavar-Vergandí, sönr abr Brom: Me llamo Eragon Asesino de Sombra, hijo de Brom.

Nídhwal: criaturas parecidas a los dragones que viven en el mar, emparentadas con los Fanghur.

Niernen: orquídea.

Ono «ach» néiat threyja eom verrunsmal edtha, O snalglí: Tú «no» quieres enfrentarte a mí, snalglí.

Sé ono waíse ilia: Que seas feliz.

Sé onr sverdar sitja hvass: Que vuestras espadas no pierdan el filo.

Shur'tugal: Jinete de Dragón.

Slytha: dormir.

Snalglí: raza de caracoles gigantes.

Stenr rïsa!: ¡Álzate, piedra!

Stern slauta!: ¡Reverbera, piedra! (*slauta* es una palabra de difícil traducción: es un sonido muy agudo y penetrante, como el de una piedra cuando se rompe, pero también puede significar hacer ese sonido).

Stydja unin mor'ranr: descanse en paz.

Sundavrblaka: sombra que aletea.

Svit-kona: título formal y honorífico para una elfa de gran sabiduría.

Thelduin: gobernar.

Theyna: guardar silencio.

Thrautha: lanzar.

Thrysta vindr: comprimir el aire.

Thurra: secar.

Un: y.

Vae weohnata ono vergarí, eka tháet otherúm!: ¡Te mataremos, lo juro!

Vaer Ethilnadras: alga flotante marrón con unas vejigas llenas de gas en las uniones entre el tallo y las hojas.

Vaetna: desperdigar, desactivar.

Valdr: gobernante.

Vëoht: mostrar.

Verma: calentar.

Vrangr: pervertido; errado.

Waíse néiat!: ¡Sea la nada!

Yawë: un vínculo de confianza.

EL IDIOMA DE LOS ENANOS

Az Ragni: el Río.

Az Sweldn rak Anhûin: las Lágrimas de Anhûin.

Barzûl: para maldecir el destino de alguien.

Beor: oso de las cuevas (término élfico).

Derûndânn: saludos.

Dûr: nuestro.

Dûrgrimst: clan (literalmente, «nuestra sala/hogar»).

Erôthknurl: terrón (literalmente «piedra de tierra»; el plural es *Erôthknurln*).

Fanghur: criaturas parecidas a los dragones, pero más pequeñas y menos inteligentes que sus primos (naturales de las montañas Beor).

Farthen Dûr: Padre nuestro.

Feldûnost: barba de escarcha (una especie de cabra natural de las montañas Beor).

Grimstborith: jefe de clan (literalmente, «medio jefe»; el plural es «*grimstborithn*»).

Grimstcarvlorss: el que arregla la casa.

Grimstnzborith: dirigente de los enanos, sea rey o reina (literalmente, «jefe de sala»).

Ilf gauhnith!: peculiar expresión de los enanos que significa «Es seguro y bueno». Suele pronunciarla quien ofrece una comida. Es un vestigio de los días en que eran frecuentes los envenenamientos entre clanes.

Ingeitum: trabajadores del fuego, herreros.

Knurla: enano (literalmente, «hecho de piedra»; el plural es *knurlan*).

Nagra: jabalí gigante, natural de las montañas Beor (el plural es «Nagran»).

Thardsvergûndzmal: algo que parece lo que no es; una falsificación; un engaño.

Tronjheim: yelmo de gigantes.

Vor Orikz korda!: ¡Por el martillo de Orik!

EL IDIOMA DE LOS NÓMADAS

No: sufijo honorífico que se añade al nombre de alguien a quien se respeta.

EL IDIOMA DE LOS ÚRGALOS

Drajl: larvas de oruga.

Nar: título de gran respeto.

Thulqna: tiras tejidas donde los úrgalos lucen los emblemas de sus clanes.

Uluthrek: Comedora de Luna.

Urgralgra: el nombre que los úrgalos se dan a sí mismos (literalmente, «los que tienen cuernos»).

Agradecimientos

Kvetha Fricaya. Saludos, amigos.

Ha sido un camino muy largo. Cuesta creer que haya llegado el final. Muchas veces me han entrado las dudas de si acabaría esta serie. Y que lo consiguiera se debe en gran medida a la ayuda y al apoyo de mucha gente.

No exagero cuando digo que escribir *Legado* ha sido lo más duro que he hecho en mi vida. Por diversos motivos —personales, profesionales y creativos— este libro presentaba un desafío mayor que los anteriores. Estoy orgulloso de haberlo completado, y más aún del libro en sí mismo.

Al echar la vista atrás y contemplar la serie en conjunto, me resulta imposible expresar un sentimiento único. El ciclo de «El legado» ha consumido doce años de mi vida —casi la mitad de los que he vivido hasta la fecha—. La serie me ha cambiado a mí y a mi familia, y para explicar las experiencias que me ha generado necesitaría otros cuatro libros. Y tener que desprenderse ahora de todo ello, decir adiós a Eragon, Saphira, Arya, Nasuada y Roran y seguir adelante con nuevos personajes y nuevas historias… es una perspectiva sobrecogedora.

De todos modos no pienso abandonar Alagaësia. He invertido mucho tiempo y muchos esfuerzos en la creación de este mundo, y en algún momento futuro volveré a él. Puede que pasen unos años antes de que lo haga, o tal vez ocurra el mes que viene. Ahora mismo no lo sé. Pero cuando vuelva a él espero abordar algunos de los misterios que he dejado por resolver en la serie.

Hablando de eso, siento haber decepcionado a los que esperabais saber más sobre Angela, la herbolaria, pero es un personaje que no resultaría ni la mitad de interesante si lo supiéramos todo de ella.

No obstante, si alguna vez tenéis ocasión de conocer a mi hermana, Angela, siempre podéis preguntarle a ella por el personaje. Si está de buen humor, puede que os cuente algo interesante. Si no... Bueno, en cualquier caso es posible que os responda con alguna ocurrencia divertida.

Y ahora pasemos a los agradecimientos.

En casa, doy las gracias a mi madre y a mi padre por su apoyo constante, por sus consejos y por darle una oportunidad a *Eragon* desde un principio. A mi hermana, Angela, por ser una estupenda mesa de pruebas para cualquier idea, por ayudarme en la edición y, una vez más, por permitirme usarla como personaje y proporcionarme un apoyo enorme durante la última parte de la obra. Estoy en deuda contigo, hermanita, pero eso ya lo sabías. También le agradezco a Immanuela Meijer que me hiciera compañía cuando me enfrentaba a un tramo particularmente difícil.

En Writers House: a Simon Lipskar, mi agente, por su amistad y por todo lo que ha hecho por la serie a lo largo de los años (¡prometo empezar a escribir algo más rápido a partir de ahora!); y a su ayudante, Katie Zanecchia.

En Knopf: a mi editora, Michelle Frey, por su inquebrantable confianza y por hacer posible todo esto. En serio: sin ella, hoy no tendríais este libro en las manos. A su ayudante, Kelly Delaney, por hacerle la vida algo más fácil a Michelle, y también por ayudar en la elaboración de la sinopsis de los tres primeros libros. A la editora Michele Burke por seguir atentamente la historia y por ayudar a conseguir que se publicara el libro. A Judith Haut, jefa de Comunicaciones y Marketing, sin la que esta serie no habría llegado a oídos de casi nadie. También en el Departamento de Publicidad, a Dominique Cimina y Noreen Herits, que fueron de gran ayuda antes, durante y después de mis diversos viajes. A la directora de Arte Isabel Warren-Lynch y a su equipo por el bonito diseño de la cubierta y del interior (y también por su trabajo en las ediciones en rústica). Al artista John Jude Palencar por crear una serie de cubiertas magnífica; esta última es una gran imagen para acabar la serie. A Chip Gibson, jefe de la división infantil de Random House. A Nancy Hinke, directora de Publicaciones, por su inmensa paciencia. A Joan DeMayo, directora de Ventas, y a su equipo (¡*huzzah* y muchas gracias!). A John Adamo, jefe de marketing, cuyo equipo no ha dejado de sorprenderme con su creatividad. A Linda Leonard y a su equipo en nuevos medios; a Linda Palladino y Tim Terhune, de Producción; a Shasta Jean-Mary, directora editorial; a Pam White, Jocelyn Lange y al resto del Departamento de Derechos de Autor, que contribuyeron a que este ciclo se convirtiera en un fenómeno editorial en todo el mundo; a Janet Frick, Janet Renard y Jennifer Healy, correctoras; y al resto de las personas de Knopf que me han dado su apoyo.

En Listening Library: a Gerard Doyle, que ha hecho un gran trabajo dando voz a mi historia (me temo que con Fírnen le he planteado un desafío considerable); a Taro Meyer por dirigir la actuación de Gerard de un modo sutil y conmovedor; a Orli Moscowitz por tirar de todos los cables a la vez; y a Amanda D'Acierno, editora de Listening Library.

Gracias también a mi colega Tad Williams (si no lo habéis hecho, leed la trilogía *Añoranzas y pesares*, no lo lamentaréis) por darme la inspiración para usar una mina de pizarra en los capítulos de Aroughs. Y al escritor Terry Brooks, que ha sido a la vez un amigo y un mentor para mí. (Recomiendo vivamente su serie *El reino mágico de Landover*.)

Y gracias a Mike Macauley, que ha creado y dirige uno de los mejores sitios webs de fans (shurtugal.com) y que, con Mark Cotta Vaz, escribió *La enciclopedia de El legado*. Sin los esfuerzos de Mike, la comunidad de lectores sería mucho más reducida y estaría peor informada. ¡Gracias, Mike!

Debo hacer una mención especial a Reina Sato, una fan cuya reacción al encontrarse con un plato de caracoles por primera vez me animó a crear los snalglí de Vroengard. Reina, los snalglí son para ti.

Como siempre, mi último agradecimiento es para ti, lector. Gracias por seguirme a lo largo de toda la historia, que las estrellas brillen sobre ti el resto de tu vida.

Y… eso es todo. No tengo más palabras que añadir a la serie. Ya he dicho lo que había que decir. El resto es silencio.

Sé onr sverdar sitja hvass!

CHRISTOPHER PAOLINI
8 de noviembre de 2011

Índice

Christopher Paolini

Christopher Paolini nació el 17 de noviembre de 1983 en el sur de California. Ha vivido la mayor parte de su vida en Paradise Valley, Montana, con sus padres y su hermana menor. Las altísimas y escarpadas Beartooth Mountains, que se elevan a un lado del valle y están nevadas durante la mayor parte del año, inspiraron los paisajes fantásticos que aparecen por primera vez en *Eragon*.

Rocaeditorial ha publicado todos los libros de la serie: *Eragon, Eldest, Brisingr* y *Legado*. Ahora que esta llega a su fin, Christopher planea tomarse unas vacaciones y empezar a pensar en ideas para sus siguientes libros.